suhrkamp taschenbuch 5051

Für die junge Staatsanwältin Sophie Wolf ist es der erste richtige Fall: Sie soll die Ermittlungen des Bundeskriminalamts bei einem illegalen Waffengeschäft leiten. Daß der BKA-Präsident ihr Vater ist, zu dem sie seit ihrer Kindheit keinen Kontakt hat, macht es nicht leichter. Der Einsatz endet in einem Desaster: Zwei hohe Mafiabosse werden liquidiert, ein Ermittler stirbt, ein Informant wird erschossen. Alles verweist auf ein neues Kartell, das mit Erpressung, Korruption und Mord den internationalen Waffen- und Drogenmarkt zu erobern versucht. Der BKA-Präsident geht einen gefährlichen Weg: Er gründet die Gruppe Rubikon. Nur Sophie und vier seiner engsten Mitarbeiter wissen davon. Vielleicht einer zuviel …

Andreas Pflüger wurde 1957 in Thüringen geboren. Er wuchs im Saarland auf und lebt seit vielen Jahren in Berlin. Zu seinen Werken zählen Theaterstücke, Drehbücher für Kino- und Fernsehfilme, Dokumentarfilme, Hörspiele und Romane. Er wurde u. a. mit dem Stuttgarter Krimipreis und dem Deutschen Krimipreis ausgezeichnet.

Zuletzt erschienen: *Endgültig* (st 4770), *Niemals* (st 4940) und *Geblendet* (2019).

Andreas Pflüger
OPERATION RUBIKON

Thriller
Herausgegeben von
Jürgen Haase

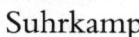

Suhrkamp

Der Titel erschien erstmals 2004 im Herbig Verlag.

5. Auflage 2025

Erste Auflage 2020
suhrkamp taschenbuch 5051
© Suhrkamp Verlag GmbH, Berlin, 2016
Alle Rechte vorbehalten. Wir behalten uns auch
eine Nutzung des Werks für Text und Data Mining
im Sinne von § 44b UrhG vor.
Umschlaggestaltung: zero-media.net, München
Umschlagfoto: Marcello Bertinetti / Getty Images
Druck und Bindung: CPI books GmbH, Leck
Printed in Germany
ISBN 978-3-518-47051-0

Suhrkamp Verlag GmbH
Torstraße 44, 10119 Berlin
info@suhrkamp.de
www.suhrkamp.de

OPERATION
RUBIKON

Für Anne

PROLOG

Wolf erwachte von seinem eigenen Schrei. Naß von Schweiß richtete er sich im Bett auf und starrte in die Dunkelheit. Die Gardine wurde vom Wind gebauscht, der von den Hängen des Taunus kam und klamm und kalt in das Zimmer stieß. Ein leiser, singender Ton erfüllte die Luft. Wolf fröstelte und fühlte den trommelnden Herzschlag in seiner Brust. Es dauerte einen Moment, ehe seine Augen sich an das Dunkel gewöhnt hatten und er die Umzugskartons erkannte; zusammengerollte Teppiche, in Tücher eingeschlagene Bilder, Verpackungsmaterial. Der Singsang kam von dem arabischen Mobile, das vor dem Fenster hing und vom Wind gegen das Glas gedrückt wurde. Ein Beduinenfest, Tänzer, die in Stammestracht herumwirbelten. Er würde es zuletzt abhängen. Morgen. Leise stöhnend setzte er die Füße auf den Boden. Stemmte sich hoch, um ins Badezimmer zu schlurfen. Neonlicht zuckte auf. Wolf beugte den Kopf über das Becken und ließ Wasser über seinen Nacken fließen.

Als er sich wieder aufrichtete und in den Spiegel blickte, lief ein zittriges Rinnsal seinen Rücken hinab. Wolf sah einen Mann von Mitte Sechzig. Schüttere Haare umrahmten ein Gesicht, das von tiefen Kerben durchzogen war. Sie kamen von langen, einsamen Nächten, in denen er Entscheidungen treffen mußte, und von weiteren Nächten, in denen er mit seinen Dämonen allein war. Selbst jetzt, in der barfüßigen Lächerlichkeit eines alten Mannes, dem die Beine der Schlafanzughose bis hinab auf den Boden schlabberten, hielten sie seinen Schmerz am Leben.

Du hast getötet, was du liebst, damit lebt, was du haßt.

Draußen fiel der Schnee dicht und grau. Der Wind wälzte ihn über den mit Natodraht gesicherten Doppelzaun, fort aus dem Lichtkreis der Scheinwerfer, hinaus in die Finsternis, wo er sich in einem schimmernden Wirbel verlor.

Wolf konnte die unteren Stockwerke des terrassenförmig in den Berg getriebenen Gebäudekomplexes sehen, in dessen siebter Etage er seine Wohnung hatte. *Das war einmal mein Reich.* Ein Gefängnis, das er vorher nie als solches empfunden hatte. Eine hell erleuchtete Glasfront stach aus der Wand aus Schnee. Das kalte Licht eines Vernehmungsraumes drang durch eine Jalousie. Als Wolf die Augen zusammenkniff, konnte er schemenhaft zwei Beamte erkennen, die einen Verdächtigen bearbeiteten. Wolf wußte, daß sie ihre Jacketts abgelegt hatten. Er wußte, daß ihre Hemden von den Waffenholstern zusammengeschnürt wurden, während sie dem Mann ihre Fragen entgegenhämmerten. Fast glaubte er, ihre monotonen Stimmen zu hören: »*Wann und wo? Wann und wo? Wann und wo?*« In diesem Augenblick beneidete er niemanden auf der Welt so sehr wie diesen Mann, der den Kopf erschöpft auf die Tischplatte sinken ließ. *Es wäre so einfach.* Er müßte nur alles zugeben und das Protokoll unterschreiben. Dann würde man ihn wieder in seine Arrestzelle führen und ihn in Ruhe lassen. Er hätte seine Schuld gestanden und wäre nicht mehr mit ihr allein.

Welch eine Gnade.

Angst und Schmerz überfluteten Wolf wie eine Welle, und er spürte, wie das Zimmer sich bewegte.

Schuld.

Hatte er sich jemals zuvor gefragt, wie sie sich anfühlt? Er war sich nicht sicher. Er hatte Verantwortung für mehr als fünftausend Männer und Frauen getragen, doch dieses Gewicht hatte er nie auf seinen Schultern gespürt. Nicht wirklich. Sicher, wenn nötig, hätte er jederzeit die *politische Verantwortung* für sein Haus übernommen. Eine anständige Pension, vielleicht eine kleine Gastprofessur, eine gute Zigarre, abends ein Glas Rotwein, das wäre sein Leben gewesen.

Dieses Leben würde er niemals führen.

Als der Morgen anbrach, hatte es aufgehört zu schneien. Der Himmel war farblos wie gebleichtes Leinen. Krähen kreisten über dem Berg, ihre Schreie zerschellten in der eisigen Luft.

Wolf hatte einen Mantel um die Schultern geschlungen und stand auf seiner Terrasse, die wenig mehr war als eine kleine, betonierte Freifläche auf dem Dach des Hauptgebäudes. Männer mit Maschinenpistolen unter den Achseln patrouillierten entlang des stählernen Zaunes, der das Gelände umschloß. Eine Böe fuhr unter die große, halbmast geflaggte Deutschlandfahne. Sie knatterte gegen den Mast und erzeugte einen peitschenähnlichen Knall, ehe sie wieder zusammensank und nur noch lautlos zappelte.

Wiesbaden lag schlafend unter ihm. Es war schon fast sieben, doch die wenigen Autos, die auf der Danziger Straße den Berg hochkrochen, hatten noch die Scheinwerfer an. Bald vierzig Jahre lebte er hier, und erst jetzt wurde ihm bewußt, daß er die Stadt immer nur von ferne gesehen hatte. Aus dem Hubschrauber. Oder aus der Panzerlimousine. Rasende Fahrt über Wilhelmstraße und Dambachtal. Fast immer war er in seine Akten vertieft gewesen. Meist war es der Fahrer, der ihn darauf hinweisen mußte, daß sie angekommen waren und bereits in der Tiefgarage standen. *»Herr Präsident, wir sind da!«* Das war sein Leben gewesen. *Präsident.* Er hatte dieses Wort so oft gehört, daß er es als Vorsilbe zu seinem Namen empfand. *»Ihre Verantwortung, Präsident Wolf. Ganz allein Ihre Verantwortung!«* Wie lange war das her? Tage, Monate, Jahre? Er wußte es nicht mehr.

Sein Blick suchte unwillkürlich das Waldstück zwischen dem Opelbad und der griechischen Kapelle, deren mattgoldene Kuppeln von Schnee bedeckt waren. Fünfhundert Meter, auf denen der Wald bis an die Serpentinenstraße wucherte. Ein idealer Ort für einen Anschlag. Wolf hatte immer gedacht, wenn es ihn einmal erwischte, dann hier. Er war einer der bestgeschützten Männer der Bundesrepublik gewesen, sein Schutzkommando hatte aus acht Bodyguards bestanden. Zwei Panzerlimousinen. Doch natürlich hatte er sich deshalb niemals sicher gefühlt. Man kommt an jeden Mann heran, das wußte TUAREG genausogut wie die Männer, die bereit sein mußten, ihr Leben für ihn zu geben. Aber seine Sherpas hatten ihm wenigstens die Illusion gelassen, hatten es zumindest versucht, und dafür war er ihnen immer dankbar gewesen.

»Ist das alles, was Sie dazu zu sagen haben?«
Wolf schloß die Augen. Der eisige Wind betäubte seine Haut.
»Herr Vorsitzender, dürfte ich als der in diesem Prozeß Angeklagte eine Bitte äußern? Ich möchte nicht mehr als PRÄSIDENT angesprochen werden. Diesen Titel habe ich stets mit Stolz getragen. Doch das kann ich jetzt nicht mehr. Es geht nicht, verstehen Sie? Ich ertrage es nicht länger!«
»Aber Herr Präsident, das ist doch hier kein Prozeß. Und Sie sind nicht angeklagt. Also antworten Sie bitte auf meine Frage: Wer hat den Einsatzbefehl erteilt? Wer, Herr Präsident?«
Das Bewußtsein seiner Schuld überwältigte ihn, und Wolf erkannte, daß es für ihn keine Erlösung geben konnte.
Keine Erlösung. Verwundert und von einem dunklen Taumel erfaßt, sah er auf diesen Gedanken wie auf einen Zettel, der aus dem Fenster eines rasenden Zuges gerissen wird. Er hörte das Klatschen der Fahne aus großer Ferne, vom anderen Ende des Tunnels, in den der Zug eingetaucht war. Wolf sank auf die Knie. Er versuchte zu schreien; kein Laut kam heraus. In seiner Brust stampften die Kolben des rasenden Zuges. Der Schmerz war so groß, daß er den Drang hatte, sich zu übergeben. Er würgte, doch alles, was austrat, war dünner, wäßriger Schleim.
Dann war es vorbei. Der Zug stand still, und Wolf lag da, zusammengekrümmt wie ein Baby, und weinte.

Erstes Buch

MAULWURF

Tausend Feinde außerhalb des Hauses
sind besser
als einer drinnen.

MAROKKANISCHES SPRICHWORT

EINS

Das Fest war vorbei. Abdullah Bucak und seine Freunde waren die letzten, die noch zwischen Luftschlangen und Resten vom Hammelbraten auf dem Boden saßen. »Kopf« hieße, in Völklingen, im Haus von Bucaks Schwester, deren vierundzwanzigsten Geburtstag sie gefeiert hatten, zu übernachten, »Zahl« dagegen, noch in der Nacht nach Saarbrücken zurückzufahren.

In Wirklichkeit hieß Kopf Leben und Zahl Tod.

Doch das ahnten sie nicht.

Bucak warf die Münze. Kopf gewann. Da er aber das enttäuschte Gesicht von Mesut sah, befand Bucak, daß das Geldstück auf den Teppichrand gerollt und damit »verbrannt« sei. Es sei also nötig, noch einmal zu werfen. Alle grinsten, denn sie wußten, daß Mesut, den sie nur »Mäuschen« nannten, in ein Mädchen aus dem Studentenwohnheim verliebt war. Mäuschen hatte Augen wie schwarze Perlmuttknöpfe und Ohren, die so weit abstanden, daß sie vorwitzig aus den Wuschelhaaren hervorspitzten. Jeden Morgen war er schon um sechs im Gemeinschaftsraum, wo er mit Herzklopfen wartete, bis das Mädchen endlich kam und er sich »zufällig« zu ihr setzen konnte, um mit ihr zu frühstücken. Das wollten sie ihm nicht verderben. So mußten sie, unter Aufbietung immer absurder werdender Regeln, bei denen sie sich gegenseitig zu übertrumpfen suchten, drei weitere Male werfen, bis endlich Zahl oben lag. Lachend nahmen sie Mesut in die Mitte und traten die Heimfahrt an. Es hätte sich sowieso kaum noch gelohnt, ins Bett zu gehen.

Krustiges Eis schmolz auf der Kühlerhaube von Bucaks altem Opel, als sie auf dem Parkplatz des Studentenwohnheims ausstiegen. Sie kamen nicht einmal bis zum Eingang. Die Männer tauchten aus dem Nichts auf. Ehe Bucak wußte, was geschah, raste der Schmerz wie eine Flutwelle durch seinen Körper. Die

Muskeln wurden schlaff, und sein Darm entlud sich. Dann wurde er bewußtlos. Die Männer packten die fünf jungen Kurden, die sie mit Bullenschockern paralysiert hatten, in einen Ford Transit. Fünf Minuten später waren sie auf der Stadtautobahn, die sie in Güdingen, einem Vorort von Saarbrücken, wieder verließen.

Als Bucak die Augen öffnete, sah er, daß er auf einer dunklen Ladepritsche lag. Neben sich hörte er das leise Stöhnen seiner Freunde. Sie waren alle mit Tape gefesselt und geknebelt. Es war, als sei sein Körper eine einzige Wunde, doch Bucak zwang sich, den Kopf zu heben. Er starrte in die Gesichter von drei Männern. Sie trugen keine Masken.

Einer von ihnen sagte lächelnd: »Bozkurtlar gelior.«

Da wußte Bucak, daß sie alle sterben würden.

Der Ford Transit hielt an einer Ampel. Zwei Sekunden später stoppte ein Streifenwagen daneben. Der Beamte, der am Steuer saß, registrierte mit einem müden Blick, daß die Reifen des Fords heruntergefahren waren. Vorne hockten zwei Türken, junge Burschen, die vermutlich zur Frühschicht auf die Halberger Hütte fuhren. Einen Moment lang überlegten die beiden Polizisten, die ihren Dienst schon beendet hatten und auf dem Rückweg zum Revier in Kleinblittersdorf waren, ob sie eine Anzeige schreiben sollten. Doch die Aussicht auf zwanzig Minuten draußen in der schneidenden Kälte konnte mit dem heißen Kaffee, der auf sie wartete, nicht konkurrieren. Sie bogen nach rechts ab, und der Lieferwagen fuhr weiter in Richtung französische Grenze.

Auf einem Feld, dicht an der Saar, wurden Abdullah Bucak und die anderen aus dem Auto gezerrt. Raben kauerten auf dem braunen Gras, Nebel stieg vom Fluß hoch. Das einzige Geräusch, das Bucak hörte, war sein eigenes, herzrasendes Fiepen, das unter dem Knebel hervordrang. Die Männer zwangen die Kurden auf die Knie und verlasen – *im Namen des türkischen Volkes* – die Todesurteile. Dann ging es schnell. Dreien von Bucaks Freunden schossen sie in den Kopf; Mesut, der auf allen vieren zu fliehen versuchte, wurde in einem Bach ertränkt. Bucak sah es mit an. Seine Augen flehten um Gnade, doch das Messer, mit dem sie sich an ihm zu schaffen machten, löschte alles aus.

Der Polizeibeamte, der als erster am Tatort eintraf, stand kurz vor seiner Pensionierung. Er dachte, er hätte in seinen vierzig Dienstjahren alles erlebt. Doch als er sah, was man Bucak, der im Alter seines eigenen Sohnes war, angetan hatte, mußte er sich wegdrehen und schluchzte.

Dies ereignete sich am Morgen des 6. Dezember.

Abdullah Bucak hatte dreizehn Messerstiche in Brust, Hals und Bauch. Neben ihm auf dem Acker hatte das gelegen, was sie abgeschnitten hatten.

Aber er überlebte.

Nach einer Woche war er vernehmungsfähig. Bucak hatte für die Studentenzeitung der Universität Saarbrücken mehrere kritische Artikel über türkische Polizeiwillkür und über staatlich sanktionierte Folterungen an Kurden geschrieben. Die »Grauen Wölfe« hatten ihn schon seit längerem bedroht. »Bozkurtlar gelior« – die Grauen Wölfe kommen! Das war die Parole der Männer, die seine Freunde getötet hatten.

Damit gehörte der Fall in die Zuständigkeit der Bundesanwaltschaft.

Von der Nacht an, in der Bucak seine Aussage im Saarbrücker Krankenhaus Winterberg machte, sollte dieses Land nicht mehr dasselbe sein.

ZWEI

Der Tag begann mit der Farbe Grau. Mit dem Asphaltgrau der menschenleeren Brauerstraße, auf der das Regenwasser trocknete, dem verwaschenen Grau der hohen Mauer, die das Gebäude der Karlsruher Bundesanwaltschaft umgab, mit den grauen, übernächtigten Gesichtern der Wachschutzbeamten, die an der Eingangsschleuse Dienst taten. Darüber spannte sich die Wolkendecke wie graues Reispapier auf einem Paravent und verbarg die Wintersonne, die seit Wochen niemand mehr gesehen hatte.

Sophie stoppte ihren Mercedes SLK neben dem Magnetscanner der Schleuse. Sie erwiderte das stumme Nicken der mit Maschinenpistolen bewaffneten Beamten, während sie ihre Chipkarte aus der Handtasche fingerte und in den Schlitz schob. Zwei Sekunden später hob sich die Schranke, und Sophie fuhr auf das Gelände. Vor ihr öffnete sich die Mauer zu einem Innenhof. Im Zentrum befand sich eine kreisförmige Rasenfläche mit Brunnen. Die Hälfte des Areals wurde von dem sandsteinfarbenen, vierstöckigen Bau eingenommen, in dessen Vorderfront ein gläserner, nach innen gewölbter Rundbogen eingelassen war. Von der Außensicherung abgesehen, hätte es eine Bank sein können oder die Zentrale einer Versicherung. Tatsächlich war es der Sitz der obersten Strafverfolgungsbehörde der Bundesrepublik Deutschland.

Die Tiefgarage war an diesem Sonntag so gut wie leer. Als Sophie den Mercedes einparkte, sah sie die beiden Panzerlimousinen und den schwarzen Porsche, die zur Fahrzeugkolonne des Generalbundesanwaltes gehörten. Also war Steindorff im Haus. Solange Sophie hier arbeitete, bald dreieinhalb Jahre, war das für ein Wochenende mehr als ungewöhnlich. Der Generalbundesanwalt wohnte die Woche über zwar in einem kugelsicheren Penthouse auf dem Dach der Bundesanwaltschaft, verbrachte seine »freien«

Tage jedoch üblicherweise in der ehelichen Villa in Bad Herrenalb, zwanzig Autominuten vom Amt entfernt, wo sein Begleitkommando schon Freitag abends einen dicken Karton mit Akten ablieferte, die er dann bis Montag durcharbeitete.

Der GBA war detailbesessen und hatte ein juristisches Gedächtnis, das bis ins Justizministerium berüchtigt war. Sophie war erst ein einziges Mal bei einer Besprechung dabeigewesen, an der er teilnahm, und sie erinnerte sich an ihre Verblüffung, als Steindorff scheinbar mühelos und aus dem Stand Leitsätze aus Urteilen zitierte, die an irgendeinem Oberlandesgericht vor Jahren ergangen waren. Natürlich war ihr klar, daß er das durchaus kalkuliert tat, um seine Umgebung zu beeindrucken.

Jetzt mußte Sophie unwillkürlich lächeln, als sie daran dachte, wie der GBA, der Leiter dieser mächtigen Behörde, am Stirnende des Konferenztisches gethront hatte, das Kreuz kerzengerade, die Hände fuchtelnd in der Luft, und sein Wissen präsentierte wie ein Einserschüler. Steindorff konnte man respektieren, bewundern konnte man ihn nicht.

Sie blieb neben dem Fahrstuhl stehen und schob erneut ihre Karte in einen Scanner. Als die Tür auffuhr, drückte sie auf »2. Stock«, lehnte den Kopf gegen die Kabinenwand und fühlte, wie müde sie war. Die halbe Nacht hatte sie zu Hause in ihrer kleinen Ettlinger Wohnung Akten gewälzt, bis sie gegen vier ins Bett gefallen war. Nach drei Stunden hatte das Telefon sie aus dem Schlaf gerissen. *»Entschuldigung, falsch verbunden.«* Ihr Frühstück hatte aus einer verschrumpelten Pampelmuse bestanden, dazu Kaffee aus der Espressomaschine, die sie letztes Jahr zu einem sündhaften Preis in Mailand gekauft hatte. Sie war, abgesehen von dem SLK, der luxuriöseste Gegenstand, den Sophie besaß.

Ihre Schritte hallten von den Wänden des Rundgangs wider, der um das Atrium herumführte. Die einzigen Farben waren Sandstein und Schwarz und das Blau von Sophies Wollmantel, den sie noch im Gehen auszog, weil das Gebäude hoffnungslos überheizt war.

In der Etage unter ihr befanden sich die Büros der Abteilung Spionage, über ihr saßen die Kollegen, die für Revisionsverfahren vor dem Bundesgerichtshof zuständig waren. Sophies Abteilung ermittelte Staatsschutzdelikte, präzise: Terrorismus, und war die personell stärkste im Haus. Außer ihr arbeitete hier in der Regel sonntags niemand. Sophie schaute unwillkürlich nach oben, wo der GBA im vierten Stock sein Amtszimmer hatte. Sie hörte Schritte und sah Lorenz Binkle, der aus der Bibliothek kam und gedankenverloren, den Kopf über ein Schriftstück gebeugt, sein Büro ansteuerte.

Binkle war irgendwo in den Vierzigern, ein dürres Männchen, das die wenigen Haare, die ihm geblieben waren, wagemutig von links nach rechts über den kahlen Schädel drapiert hatte. Sophie hatte vor Jahren, als sie frisch zur Bundesanwaltschaft abgeordnet worden war, ein Praktikum in seinem Referat absolviert, und er hatte sich sehr um sie gekümmert. Anders als seine Kollegen besaß er nicht den Standesdünkel der »Revisionisten«, für die ihre Profession die hohe Schule der Wissenschaft war, dieweil die »Erstinstanzler«, zu denen Sophie gehörte, rohes Metzgerhandwerk betrieben. Daraus hatte sich eine Art kollegiale Freundschaft entwickelt, die jedoch ihr jähes Ende fand, als Binkle auf einer nächtlichen Zugfahrt, die sie von einer Besprechung beim Münchener Verfassungsschutz zurück nach Karlsruhe brachte, Sophie schlafend gewähnt und eine Hand auf ihre Brust gelegt hatte.

In diesem Moment wandte Binkle den Kopf und starrte Sophie an. Ertappt, als müsse sie ein schlechtes Gewissen haben, formte sie die Lippen zu einem stummen »Guten Tag«, ehe sie in ihrem Büro verschwand, wo sie den Mantel aufhängte, sich in den Schreibtischsessel fallen ließ, nach ihren Gitanes griff und die Akte Bucak aufschlug.

Aktenzeichen URS/1204/up. Zusatz zur Aussage von Bucak, Abdullah. Quelle: Bundesamt für Verfassungsschutz (BfV). VS – Verschlußsache.

Die Grauen Wölfe (Bozkurtlar): Antikommunistische und militante Gruppierung, Schößling der türkischen Mutterpartei MHP, die für ein großtürkisches Reich kämpft. Langjähriger Führer: Alparslan Türkes, 1997 verstorben. Ehrentitel: »Basbug« – Führer. Glühender Verehrer von Adolf Hitler. Sachlage: Auf das Konto der Gefolgsleute von Türkes gehen mehrere tausend Morde an Oppositionellen sowie Massaker im Kurdengebiet. Mentalität: Fanatisch. Ideologie: Rassistisch. Zielobjekte: Kurden. Linksgerichtete Türken im In- und Ausland. Einfluß auf höchste Regierungskreise. Enge Verflechtung mit dem türkischen Geheimdienst MIT.

Auch der Papstattentäter Ali Agca war einer von ihnen gewesen.

Bei der Bundesanwaltschaft waren fünf Staatsanwälte mit den aufsehenerregenden Morden befaßt, die sich im Saarland zugetragen hatten. Sophie hatte nicht gerade den Zuckerguß vom Kuchen abbekommen. In Karlsruhe führten die Bundesanwälte das Wort, und eine Oberstaatsanwältin, zumal eine, die erst so kurze Zeit fest dabei war, durfte keine allzu großen Ansprüche stellen. Da zwei der wissenschaftlichen Mitarbeiter, die ihnen normalerweise zuarbeiteten, krank waren, hatte Sophie deren Job übernehmen müssen. Fast eine Woche hatte sie damit verbracht, das Bundeszentralregister nach Prozeßakten zum Thema Graue Wölfe zu durchforsten. Danach war ihr die Ehre zugefallen, in der Bibliothek des Bundesgerichtshofs zu recherchieren. Eingemummelt in ihren Wintermantel hatte sie endlose Stunden in den unbeheizten, düsteren Katakomben gehockt, die sich unter dem erzherzöglichen Palais an der Karlsruher Herrenstraße erstreckten, und hatte den alten Kopierer gequält.

Oberstaatsanwältin mit vierunddreißig. Die meisten meiner früheren Kommilitonen würden sagen: Die hat's geschafft. Aber was bedeutet das großartige Schild an meiner Tür? In Karlsruhe – gar nichts. Tatsache ist, ich trete auf der Stelle. Zwar hatte ihre bisherige Karriere steil nach oben geführt, doch nun bewegte Sophie sich in einer Luft, die so dünn war, daß man lernen mußte, darin zu segeln wie ein Langstreckenflugzeug, dem der Sprit ausgegangen ist; Tausende von Kilometern, wenn es sein mußte. Es konnte passieren, daß man schließlich vom Radar verschwand, abstürzte und von niemandem vermißt wurde. Man konnte aber auch Glück haben, wurde entdeckt und in der Luft aufgetankt, um das Ziel endlich zu erreichen.

Vorgestern, nach Feierabend, als sie gerade die Tür zu ihrer Wohnung aufschloß, hatte ihr Telefon geklingelt.

»Axel Gusner. Störe ich?«

Gusner. Sie hatten zu Studentenzeiten zusammen in einer Berliner WG gewohnt und sich dann, als Sophie nach Stanford ging, aus den Augen verloren. Inzwischen hatte er es zum persönlichen Referenten von Fritz Limmer, dem Präsidenten des Bundesamtes für Verfassungsschutz, gebracht.

»Ihr ermittelt doch in der Sache Bucak«, sagte Gusner. »Seid ihr da weitergekommen?«

Sophie hielt kurz den Atem an. Sie überlegte, wie sie reagieren sollte, und entschied sich dann, auf Zeit zu spielen und abzuwarten.

»Warum interessiert euch das?« fragte sie und hörte ein Rascheln am anderen Ende der Leitung, das klang, als ob Gusner eine Akte umblätterte.

Er räusperte sich. »Ich habe da vielleicht was für dich. Etwas, mit dem ich nicht zu deinem Referatsleiter gehen will.«

»Aha.«

»Sieh mal, die Sache ist ganz einfach. Hör es dir an, und mach damit, was du willst. Du kannst deinen Chef informieren, kannst es aber auch für dich behalten, okay?«

Sophie zögerte, dann sagte sie: »Ich höre.«

Fünf Minuten später tigerte sie durch ihre Wohnung, in der sie so wenig Zeit verbrachte, daß sie noch immer aussah wie kurz nach dem Einzug. Schließlich traf sie eine Entscheidung und rief Bundesanwalt Siegfried del Mestre an, der genau wie sie am Fall Bucak arbeitete.

»Schießen Sie los«, sagte del Mestre in seinem bedächtigen badischen Dialekt. »Ich bin ganz Ohr.«

Sophie erzählte ihm, ohne Gusners Namen zu nennen, was sie soeben erfahren hatte: Sedat Yilmaz, ein Türke, der in Ankara ein Import- und Exportgeschäft besaß, hatte zwei Tage zuvor mit einem Landsmann in Pirmasens telefoniert. Dabei war der Name Ufuk Catli gefallen. Möglicherweise war er der Drahtzieher der Güdinger Morde. Yilmaz jedenfalls hatte Kenntnisse, daß es sich bei ihm um einen Aktivisten der Grauen Wölfe handelte. Catli war kurz vor dem Überfall auf die kurdischen Studenten nach Deutschland eingereist. Und zwar mit einem Diplomatenpaß, den ihm der türkische Geheimdienst MIT besorgt hatte.

»Ist Ihre Quelle sicher?« fragte del Mestre.

»Absolut«, sagte Sophie und verschwieg, wie sie es Gusner versprochen hatte, daß Yilmaz als Undercoveragent auf der Lohnliste des BfV stand. Die Verfassungsschützer hatten ihn abgehört, weil er seit längerem im Verdacht stand, gleichzeitig für den MIT zu arbeiten und doppelt zu kassieren. Natürlich konnten sie diese Information nicht über offizielle Kanäle laufen lassen, denn Auslandsaufklärung war allein Sache des Bundesnachrichtendienstes, und die Tatsache, daß das BfV in der Türkei eigene Undercoveragenten führte, würde beim BND wie eine Bombe einschlagen. Präsident Julius Boehnke, der gewöhnlich keinem Streit aus dem Weg ging, würde stante pede zum Kanzleramtsminister rennen und dem Verfassungsschutz jede Menge Ärger machen.

Sophie hörte das leise Kratzen eines Stifts, als del Mestre sich Notizen machte. »Weiß Ihre Quelle, wo dieser Catli jetzt ist?« fragte er.

»In Frankfurt, sein Bruder betreibt dort ein Reisebüro. Mein Informant hat erfahren, daß er erst in einer Woche wieder zurück in die Türkei reisen wird.«

»Okay, ich werde das BKA veranlassen, den Mann zu observieren. Alles weitere dann Montag.« Er brach ab, und einen Herzschlag lang dachte Sophie schon, daß er auflegen würde. Doch dann hörte sie seine Stimme noch einmal. »Gute Arbeit. Sollte sich der Verdacht erhärten und der Mann festgenommen werden, gehe ich zu Bresser und sorge dafür, daß Sie mit der Vernehmung beauftragt werden.«

Vor Sophie lag eine schlaflose Nacht, in der sie dreimal ihren Aschenbecher leerte und Espresso trank wie Leitungswasser. Der türkische MIT kooperierte, wie sie aus einem VS-Papier wußte, eng mit dem BND, und sie beschlich die dunkle Ahnung, daß hinter den Güdinger Morden mehr steckte als ein Racheakt von Fanatikern.

Catli war mit einem falschen Diplomatenpaß eingereist.

Kaum vorstellbar, daß der BND hier nicht seine Finger drin hatte.

War es möglich, daß das Tankflugzeug Sophie gefunden hatte? Vielleicht. Konnte sie del Mestre vertrauen? Eine gute Frage, für die es jetzt aber zu spät war. Ihr blieb nichts übrig, als bis Montag zu warten und zu hoffen, daß er bei der Weitergabe der Information an den GBA nicht vergaß zu erwähnen, woher er sie hatte. Diese Sache konnte eine Tür für sie aufstoßen. Das wußte sie, aber das wußte auch del Mestre, und sie fragte sich, ob das in seinem Interesse lag. Zwar wurde in der Bundesanwaltschaft Kollegialität großgeschrieben, aber doch bloß auf dem Briefpapier, während in Wirklichkeit, durchaus zivilisiert, mit Säbel und Florett gefochten wurde und manchmal auch der Dolch zu seinem Recht kam.

Wie auch immer: Ein Erfolg im Fall Bucak würde die Karriere desjenigen, der ihn auf seine Fahnen heften konnte, mächtig nach vorne bringen, und Sophie, die betete, sie möge diejenige sein, sank erst, als der Morgen schon dämmerte, in einen schwitzigen Schlummer und träumte von dem düsteren Schloß ihrer Kindheit, in das sie vielleicht schon bald zurückkehren würde.

Als sie jetzt zum erstenmal von ihren Akten hochschaute, war es kurz nach eins. Ihr Magen knurrte. Sie verließ das Büro, um im Keller, wo die Sherpas des GBA ihre Aufenthaltsräume hatten, einen Müsliriegel aus dem Automaten zu ziehen. *»Sherpas«. Wer hat sich den Namen wohl einfallen lassen? Auf Steindorffs Jungs paßt er jedenfalls besser als »Bodyguards«. Bei ihm müssen sie mehr schleppen als nur die Verantwortung für sein Leben.*

Sophie fuhr mit dem Fahrstuhl bis ins Erdgeschoß. Sie ging an der Bronzetafel vorbei, die man zum Andenken an den 1977 von der RAF ermordeten Generalbundesanwalt Buback angebracht hatte, und sah, daß der Reinigungsdienst bei der Arbeit war. Das schmatzende Geräusch der Maschine, die über das Schachbrettmuster des Granitbodens glitt, begleitete sie die Treppe hinunter, bis Sophie im Keller angelangt war, sich nach links wandte und die Arrestzellen passierte, in denen gelegentlich auch Untersuchungshäftlinge vernommen wurden.

Sophie wollte gerade Geld in den Automaten werfen, als sie ein Geräusch hörte. Sie drehte sich um und sah, wie ein Mann von zwei Polizisten aus einer der Zellen geführt wurde. Er trug Business, war vielleicht vierzig Jahre alt und unschwer als Südländer zu erkennen. Del Mestre, bei einer Größe von knapp eins siebzig gut und gern zwei Zentner schwer, tauchte hinter dem Mann auf und wollte die Beamten zum Ausgang begleiten, als er Sophie entdeckte und stehenblieb.

Alles in ihr krampfte sich zusammen. »Das war doch Catli, nicht wahr?« fragte sie tonlos, nachdem del Mestre den Vollzugsbeamten einen Wink gegeben hatte und sie mit ihrem Häftling in der Tiefgarage verschwunden waren, um ihn mit einer grünen Minna zurück ins Gefängnis zu bringen.

»Ja, das war er. Ich gratuliere Ihnen, Sie haben ...«

»Sie Scheißkerl! Sie verlogenes Miststück! Wie konnte ich nur so dumm sein, Ihnen zu vertrauen! Wir warten bis Montag, ja? Ich werde die Vernehmung durchführen, ja? Sie sind ein solches Schwein! Ein richtiges Schwein!« Sie spürte, wie ihr vor Wut und Enttäuschung die Tränen in die Augen schossen, und haßte den Gedanken, daß del Mestre sie so sah.

»Vielleicht sollten wir uns«, sagte er, »ehe Sie sich noch weitere Beleidigungen für mich einfallen lassen, zuerst einmal in Ruhe in mein Büro begeben. Ich fürchte, Sie verstehen nicht ganz, was hier passiert.«

»Ach, halten Sie doch einfach den Mund, dann denken die Leute, Sie hätten Charakter! Meinen Glückwunsch, ich muß zugeben, daß Sie das sauber eingefädelt haben! Ansonsten hoffe ich, Sie ersticken an Ihren Lorbeeren!«

Del Mestre hob nur leicht die Augenbrauen und rückte seinen Gürtel zurecht, über dem die kräftige Wampe sich wölbte.
»Sind Sie jetzt fertig?« fragte er.
»Ja, das bin ich. Mit Ihnen bin ich fertig, da können Sie sicher sein!«
»Gut, freut mich, das zu hören.«
Er wandte sich ab und ging zur Treppe, wo er noch einmal kurz stehenblieb. »Übrigens – Sie sollen zu Voigt hochkommen«, sagte er und ließ Sophie allein.
Sie stieß einen hilflosen Fluch aus, trat mit voller Wut gegen den Automaten und wußte nicht, ob sie lachen oder weinen sollte, als ein Müsliriegel in den Auswurfschacht fiel.

Der Fahrstuhl stoppte im fünften Stock. Sophie atmete durch. Das war der schwärzeste Tag ihrer Karriere. Del Mestre hatte ihr en passant klargemacht, daß sie die Spielregeln immer noch nicht kannte. Vor allem aber, das war das Schlimmste, daß man das Spiel ohne sie spielen würde. Sie zog den Schminkspiegel aus der Handtasche und sah die steile Kerbe auf ihrer Oberlippe, wo sich die weiche Haut zu einer trotzigen Schnute kräuselte. Die muß weg! dachte sie. Jetzt durfte sie alles mögliche sein, nur nicht trotzig. Selbstbewußt. Aber nicht verletzlich! Sie straffte das Kreuz, verließ die Kabine und steuerte mit festen Schritten das Büro der persönlichen Referentin des Generalbundesanwaltes an.
»Herein!« Susanne Voigt saß hinter ihrem Schreibtisch, hatte trotz der Kälte das Fenster einen Spaltbreit offen und arbeitete Akten durch. Als Sophie eintrat, hob sie nur kurz den Kopf und wies mit dem Kinn auf den Besuchersessel. »Bitte, Frau Wolf.« Sophie setzte sich, indes Voigt in aller Ruhe einige Dokumente abzeichnete und Sophie warten ließ wie bestellt und nicht abgeholt.
Sie war eine schlanke Frau von Mitte Vierzig. Alles an ihr vermittelte Strenge: das gedeckte, sicher irrsinnig teure Kostüm von Escada, der blonde Dutt in ihrem Nacken, der kleine schmallippige Mund, der immerfort spöttisch zu lächeln schien und grenzenloses Selbstbewußtsein signalisierte. Sie qualmte drei

Schachteln Marlboro am Tag, und ihr größtes denkbares Unglück war laut Flurfunk, wenn der Zigarettenautomat in der Cafeteria kaputt war. Manche sagten, sie käme mit drei Stunden Schlaf aus, andere behaupteten, sie schliefe nie.

Voigt war Mitglied der Kanzlerpartei, Kreisvorsitzende in Heidelberg und Kandidatin für den nächsten Bundestag. Ihr Spitzname in der Bundesanwaltschaft war »Stalin«. Sophie versuchte sich die Frau im verrauchten Hinterzimmer einer badischen Gastwirtschaft vorzustellen, wo die Honoratioren des Ortsvereins bei Grauburgunder und Maultaschen tagten. Daß Voigt in ihrem Escada-Kostüm hinter einem Resopaltisch sitzen und aus einem Eckwertepapier zitieren sollte, war eine einigermaßen bizarre Vorstellung, bei der Sophie unmerklich lächeln mußte.

Stalin legte den Stift weg. Sie lehnte sich zurück und klopfte eine neue Marlboro aus der Packung. »Frau Wolf, Sie sind mit der Sache Bucak befaßt und wissen, daß wir in dieser Angelegenheit unter erheblichem Druck der Medien stehen. Wir konnten bis dato noch keine Festnahmen präsentieren, was uns vier Wochen nach der Tat ziemlich dumm aussehen läßt. Nun ja, wie es scheint, hat das Glück uns doch nicht ganz verlassen. Ich habe gestern mit Herrn del Mestre gesprochen, und er ...«

»Frau Voigt, vielleicht sollten Sie erfahren, daß die Information, die zur Festnahme von Ufuk Catli führte, von mir stammte«, platzte Sophie heraus und verfluchte sofort ihre vorlaute Klappe.

»Ich weiß«, sagte Voigt spöttisch lächelnd, »Herr del Mestre hat mir davon erzählt und nicht vergessen, Ihren Anteil an diesem Erfolg gebührend zu würdigen.«

Sophie wäre am liebsten im Erdboden versunken.

»Das BKA hat in Mainz ein Treffen zwischen Catli und drei Männern observiert, die den Täterbeschreibungen von Bucak entsprechen«, fuhr Voigt gelassen fort. »Wir haben also vier Festnahmen. Bucak hat Catlis Kontaktleute anhand von Fotos einwandfrei identifiziert. Sie haben in ersten Vernehmungen bereits gestanden, an den Güdinger Morden beteiligt gewesen zu sein. Nur stellt sich ein weiteres Problem: Der Bruder von Catli ist beim BKA kein Unbekannter. Er verdient sich als V-Mann für die Wiesbadener ein bißchen was dazu und hat, wie es der Zufall will, schon vor Wochen von einer Waffenlieferung berichtet, die für die Frankfurter Dependance der Grauen Wölfe bestimmt ist. Keine Unbekannten für uns. Die Gruppe operiert unter dem Deckmantel eines deutsch-türkischen Freundschaftsvereins namens ›Türk-Föderation‹. Der Lieferant ist ein Zypriote, Dimitri Fasoulas. Er gehört zur Organisation von Anton Czarny. Die Waffen – vermutlich Sturmgewehre – werden in drei Tagen von Krakau nach Deutschland geliefert. Das BKA hat zwei verdeckte Ermittler in Krakau, die an Fasoulas bereits seit Monaten dran sind. Sie haben sein Vertrauen gewonnen und bereiten genau diesen Transport als ›kontrollierte Lieferung‹ vor. Die Fachaufsicht lag bisher beim Berliner Generalstaatsanwalt. Der GBA hat sein Evokationsrecht ausgeübt und den Fall in unsere Zuständigkeit überführt, wir haben Akteneinsicht ... Tja, Frau Wolf, die Welt ist manchmal klein. Es sieht so aus, als hätten wir dank Ihrer Hilfe die Chance, eine Presse zu bekommen, an der wir uns in kalten Winternächten die Füße wärmen können.«

Sie drückte die Kippe aus, klemmte sich die nächste zwischen die dünnen Lippen und inhalierte tief, ehe sie weitersprach. »Sie sind jetzt etwas mehr als drei Jahre bei uns. Meines Wissens haben Sie bisher noch nie eine Aktion des Bundeskriminalamtes geleitet. Ist das korrekt?«

»Ja«, sagte Sophie, bemüht, Voigt ihre Erregung nicht spüren zu lassen.

»BKA-Präsident Richard Wolf ist Ihr Vater. Könnte das ein Problem darstellen?«

»Nicht für mich.«

»Gut. Dann werden Sie morgen nach Wiesbaden fahren. Die Aktion wird von der Abteilung OA durchgeführt. Gruppenleiter Thom ist Ihr Ansprechpartner. Ich glaube, Sie kennen sich von früher?«

»Er war ein Freund der Familie«, sagte Sophie steif.

»Wie nett, auf diesem Wege können Sie ja alte Freundschaften auffrischen. Das wäre dann alles.«

Sophie stand auf und ging zur Tür.

»Ach, Frau Wolf, nur ein kleiner Rat: Vielleicht wäre es angemessen, sich bei Herrn del Mestre zu entschuldigen.«

Voigt vertiefte sich wieder in ihre Akten, und Sophie zog die dick gepolsterte Tür hinter sich zu. Sie ging zum Fahrstuhl und sah, daß im Erdgeschoß die Reinigungsmaschine noch immer leise über den Boden schmatzte. Als sie wieder in ihrem Büro war, hatte sie das Gefühl, am Ende einer langen Reise zu sein.

Doch sie empfand keinen Triumph.

Angst kroch in ihr hoch und füllte sie vollkommen aus.

Sie ging zum Fenster und starrte hinaus und war ganz still. Die Scheiben vibrierten, als eine Straßenbahn vorbeifuhr. Sophie dachte an Bruckheimer, Reed & Macintire, die Anwaltskanzlei in Baltimore, bei der sie nach dem ersten Staatsexamen ein Praktikum absolviert hatte, an jene Nacht, in der sie von der Weihnachtsfeier kam und über die Thames Street ging und es so kalt war, daß ihre Hände in den Handschuhen froren.

Ihr Handy hatte vibriert. Sie hatte seine Stimme gehört. »Ich brauche dich. Ich weiß nicht, was mit mir ist. Hilf mir, bitte.«

Die Stimme hatte schwach und flehend geklungen. Sie konnte nicht glauben, daß es ihr Vater war. Sie hatte kein Wort gesagt. Dann war nur noch Rauschen in der Leitung gewesen, und Sophie hatte dagestanden, das Handy in der Hand, zitternd, ohne daß sie etwas dagegen tun konnte.

Die ganze Nacht über hatte sie überlegt, was sie tun sollte, war schon soweit gewesen, einen Flug nach Deutschland zu buchen, und tat doch nichts. Am nächsten Tag erfuhr sie aus dem Internet, daß ein Attentat auf ihren Vater verübt worden war. Es hieß, daß er nur leicht verletzt sei und er sein Leben einem seiner Sherpas verdankte. Dazu wurde ein Bild eingeblendet, auf dem ihr Vater rosig und gesund aussah.

Das war neun Jahre her. Sophie lehnte ihre Schläfe gegen das kalte Fensterglas und fühlte nichts und merkte an dem salzigen Geschmack in ihrem Mund, daß sie weinte.

Drei

Sie stand im Morgengrauen auf, trank eine Tasse Espresso, duschte und hockte dann eine halbe Stunde vor dem Kleiderschrank, ohne sich entscheiden zu können, was sie anziehen sollte. Schließlich entschied sie sich für ein Businesskostüm, das ausreichend Förmlichkeit ausstrahlte, packte Unterwäsche, Jeans und einen Pullover zum Wechseln in ihren kleinen Rimowa-Koffer und legte das Dossier über Fasoulas und Czarny sowie die Kurzakte Bucak obenauf. Eine Viertelstunde später war sie auf der Autobahn. Gegen neun passierte sie das Mannheimer Kreuz, die Nachrichten brachten das Übliche: »... tappen die Ermittlungsbehörden auch vier Wochen nach den brutalen Morden von Güdingen noch immer im dunkeln ...« Es gab keine Meldung über die Verhaftungen in Frankfurt, was nicht verwunderte, denn Sophie war mit del Mestre, der ihre Entschuldigung huldvoll angenommen hatte, übereingekommen, eine Informationssperre zu verhängen, um die verdeckten Ermittler in Krakau nicht zu gefährden.

Stalin hatte von einer »kontrollierten Lieferung« gesprochen. Es bedeutete, daß das BKA den Waffentransport verdeckt und in Eigenregie organisierte. Ziel war, die Abnehmer dingfest zu machen – ein Standardverfahren, das zum Tagesgeschäft der Wiesbadener gehörte. Doch seit gestern dachte Sophie unentwegt darüber nach, warum ihr die Ermittlungsführung nicht von ihrem Referatsleiter Rupert Bresser, sondern von Voigt übertragen worden war. Sehr ungewöhnlich. Der GBA war im Haus gewesen. An einem Sonntag! Natürlich, er hatte die kontrollierte Lieferung evoziert, also in seine Verantwortung gezogen, doch das hätte er nicht persönlich machen müssen, Bresser übernahm so etwas normalerweise. Voigt, Steindorffs »general dogsbody«, hatte ihr Ohr stets dicht am Mund des Alten. Das Ganze lief also mit Sicherheit über die Chefetage, und man hatte Sophie den Fall gegeben, obwohl *oder gerade weil* man wußte, daß sie die Tochter des BKA-Präsidenten war.

Grund genug, auf der Hut zu sein.

Sie nahm die Abfahrt Wiesbaden-Erbenheim. Links des Autobahnzubringers sah sie die Shelter der Kampfflugzeuge auf der amerikanischen Airbase. Gewerbeparks, Tankstellen und Großmärkte huschten vorbei und machten an der sechsspurigen Mainzer Straße den Betonpalästen von Banken und Versicherungen Platz. Es war kurz vor elf, als Sophie die Stadt ihrer Kindheit erreichte.

Sie hatte noch fünfundvierzig Minuten Zeit, wollte auf keinen Fall zu früh sein und nahm deshalb den Umweg über das Nerotal, wo sie den Mercedes abstellte und ein Ticket für die Bergbahn löste. Zusammen mit einer amerikanischen Touristengruppe ruckelte sie in einem der kleinen historischen Waggons den Berg hoch. Die Bahn gewann ächzend an Höhe, das dichte Grün der Tannen, die zu beiden Seiten die Gleise säumten, brach schließlich auf und gab den Blick auf Wiesbaden und Darmstadt frei.

Der Himmel war klar und weit und mit zartem weißen Firn bedeckt. Sophie erinnerte sich, daß sie als kleines Mädchen manchmal mit ihrer Mutter hier hochgefahren war. Sie stieg an der Endstation aus und ging die wenigen Schritte zu dem griechischen Tempel, der auf dem Aussichtspunkt thronte. Sie setzte sich auf eine Bank, kuschelte sich in ihren Mantel, rauchte, und ihre Augen verweilten auf der schläfrigen Bürgerlichkeit der Stadt.

Über Dimitri Fasoulas, den Mann, der hinter dem Krakauer Waffentransport stand, war in Deutschland kaum etwas bekannt. Ein Zypriote, der bisher erst einmal aufgefallen war. Man hatte Mitte der Neunziger bei einer Grenzkontrolle in seinem Handschuhfach eine Beretta gefunden, für die er keinen Waffenschein besaß, doch das Verfahren wurde, da Fasoulas kein deutscher Staatsbürger war, gegen Zahlung einer Geldbuße eingestellt. Im BKA waren seine Fingerabdrücke lediglich routinemäßig in der

AFIS-Datei gespeichert und zehn Jahre später, nach Ablauf der gesetzmäßigen Frist, ebenso routinemäßig wieder gelöscht worden.

Aber natürlich kannte Sophie den Namen des Mannes, für dessen Organisation Fasoulas arbeitete: Anton Czarny. Er war so berüchtigt wie geheimnisumwittert. Die Disc, die ihr bereits kurz nach dem Gespräch mit Voigt in der Geschäftsstelle der Bundesanwaltschaft ausgehändigt worden war, hatte jedes verfügbare Material enthalten, das es über ihn gab.

Czarny wurde als Sohn eines Tschechen und einer Russin in Moskau geboren und wuchs im sibirischen Omsk auf, wo sein Vater als Elektroniker in einer Rüstungsfabrik arbeitete, die Scarp-Raketen fertigte. Er ging schon früh zur Armee, kam zu den »Truppen besonderer Bestimmung« – jener Eliteeinheit, die man unter dem Namen »Spetsnaz« kannte – und absolvierte im Anschluß auf der Militärakademie Frunse eine Ausbildung zum Verhörspezialisten. 1984 wurde seine Einheit nach Afghanistan versetzt, wo sie Operationen hinter den feindlichen Linien durchführte. Man wußte mit Sicherheit, daß Czarny mit den Mudschaheddin ein Kompensationsgeschäft betrieb: Kalaschnikows gegen Heroin. Drei Jahre später setzte er sich von der Truppe ab. Seine Spur verlor sich im Nahen Osten.

Erst 1991 tauchte Czarny wieder auf. Er hatte auch nach dem Ende der Sowjetunion beste Verbindungen zu russischen Armeekreisen und lieferte Waffen an einen Neffen des libanesischen Premierministers. Dieser war das Oberhaupt der örtlichen Mafia, auf deren Lohnliste auch der Verteidigungsminister und der Chef des Nachrichtendienstes standen. Der Clan kontrollierte die libanesische Armee sowie den Polizeichef von Tripoli. Von dort wurde der Stoff, mit dem man Czarny für seine Waffenlieferungen bezahlte, über die Heroinpipeline nach Europa gepumpt. Aus dieser Zeit datierte auch der Beginn seiner Geschäfte mit den Grauen Wölfen. Deren Mutterpartei MHP hatte fünfzehntausend Mann ihrer Spezialeinheiten in den Osten der Türkei geschickt, wo sie einen gnadenlosen Vernichtungskrieg gegen die Kurden führten. Czarny half mit

AK-47-Gewehren und Handgranaten. Der Legende nach sollte er sogar mit Alparslan Türkes, dem »Basbug« der Grauen Wölfe, befreundet gewesen sein.

Sophie schaute auf ihre Uhr, sah, daß es Zeit war, und ging mit dem Gedanken, daß ein ehemaliger sowjetischer Obrist und ein fanatischer Antikommunist wie Türkes ein hübsches Paar abgegeben haben mußten, zurück zur Bahnstation. Fünfzehn Minuten später saß sie wieder in ihrem Wagen. Die Straße schraubte sich in Serpentinen den Neroberg hinauf. Gründerzeitvillen lösten Sechziger-Jahre-Bauten aus Waschbeton ab.

Die Scheiben des Mercedes waren beschlagen, und Sophie fror.

Vor etwa zehn Jahren hatte Czarny sein Geschäft mit dem »Narco-Terrorismus« aufgegeben und sich ausschließlich auf Waffen spezialisiert. Laut BKA war er heute der größte Waffenhändler der Welt. Er hatte beide Parteien des Kaschmirkriegs, Indien und Pakistan, mit Panzern und Geschützen ausgestattet, sein Lieferkatalog aus dem letzten Geschäftsjahr las sich wie die Inventarliste eines russischen Armeearsenals: Panzerabwehrraketen für die Taliban, AKM-Gewehre, Katjuscha-Werfer und BMP-Schützenpanzer an Nordkorea, Stabminen, die für die Abu Sayyaf bestimmt waren. Sein Meisterstück war jedoch eine Ladung von russischen SA-6-Raketen, die er über die EOS-Trade in Tallinn, eine Tarnfirma des Dschihad-Terroristen Aslam Ghaffar, in die USA schickte. Dort wurde das Waffensystem von der US-Armee auf ihrem Übungsgelände in Fort Irwin/Kalifornien zur Gefechtssimulation genutzt. Daß die CIA dabei ihre Finger im Spiel hatte, war mehr als eine Vermutung.

Czarny besaß Wohnsitze in Asien, Rußland und auf Barbados, wo er unter der persönlichen Protektion des dortigen Innenministers stand. Er wurde von einer Art Privatarmee bewacht, die aus früheren Spetsnaz- und KGB-Leuten bestand, und war vermutlich einer der bestgeschütztesten Männer der Welt. Sophie fragte sich, wo Fasoulas in der Hierarchie der Organisation stand. Vermutlich nicht besonders hoch, denn die Lieferung von ein paar Maschinengewehren war für Anton Czarny wirklich keine große Sache.

Vor ihr tauchte der massige Gebäudekomplex des BKA auf. Noch war der Hauptsitz des Amtes in Wiesbaden. Aber der Umzug nach Berlin war bereits beschlossene Sache. Damit würde Sophies Vater sich nicht mehr herumschlagen müssen, nur sein Nachfolger. *Er ist der letzte Präsident, der auf dem Neroberg herrscht, ein Relikt der alten Bundesrepublik.*

Sie parkte in der Thaerstraße, atmete einmal kräftig durch und steuerte, den Rimowa-Koffer fest in der Hand, den Haupteingang an. Sophie legitimierte sich bei den Beamten, die an der Detektorschleuse Dienst taten. Sie erhielt einen Hausausweis, heftete ihn an und passierte, die neugierigen Blicke in ihrem Rücken spürend, die Röntgenkontrolle. Normalerweise bewegte sie sich mit der selbstsicheren Gelassenheit einer Frau, die weiß, daß sie schön ist. Sie war es gewohnt, daß Männer ihr nachschauten, doch diese Blicke, hier, hatten einen anderen Grund, das wußte sie.

»Frau Wolf?«

»Ja?«

»Entschuldigung, aber wir wurden soeben informiert, daß Sie zuerst zum Präsidenten sollen.« Sophie zögerte kurz, nickte dann und ging weiter. »Kennen Sie sich im Haus aus?« rief der Beamte ihr hinterher.

»Ja, ich kenne mich aus«, sagte Sophie. Sie erreichte über den gläsernen Verbindungsgang, BKA-intern »Beamtenlaufbahn« genannt, den Neubau am Tränkweg, betrat einen der Fahrstühle und fuhr hoch in den siebten Stock. Zu ihrer eigenen Verwunderung registrierte sie, daß ihre Hände nicht zitterten. Sie war ganz ruhig.

An der Flurwand der Chefetage hing eine kleine Galerie von Porträts der bisherigen Präsidenten, auch das ihres Vaters, doch Sophie warf keinen Blick darauf. Sie betrat das Vorzimmer, ohne anzuklopfen. Eine der beiden Sekretärinnen hob den Kopf, während die Finger der anderen, die Sophie den Rücken zudrehte, leise klackend über die Tastatur eines Computers huschten. Noch ehe Sophie sich vorstellen konnte, sagte die Sekretärin: »Sie können gleich reingehen, Frau Wolf. Ihr Vater erwartet Sie bereits.«

»Danke.« Wieder spürte sie diesen Blick.

Als Sophie die Tür öffnete, stand Wolf von seinem Schreibtisch auf und ging auf sie zu. Einen ängstlichen Augenblick lang dachte sie, er wolle sie umarmen, doch Wolf blieb einen Meter vor ihr stehen, lächelte nur unbeholfen und sagte: »Du siehst gut aus.«

»Du auch«, sagte Sophie.

Sie standen voreinander, in kaum erträglichem Schweigen, bis die Sekretärin hereinlugte. »Kaffee, Herr Präsident?«

Wolf schaute Sophie fragend an.

»Gern, danke.«

Die Sekretärin verschwand wieder, um wenige Sekunden später ein Tablett mit einer Kaffeekanne, zwei Tassen und einer kleinen Keksschale auf den Besprechungstisch zu stellen.

Dann war Sophie mit ihrem Vater allein.

»Hattest du eine gute Fahrt?« fragte Wolf, indes er den handgearbeiteten Humidor, der auf seinem Schreibtisch stand, aufklappte und eine Partagás herausnahm.

»Ja«, sagte sie.

Die umständliche Prozedur, mit der Wolf die Zigarre erst befühlte, dann anleckte und schließlich mit einem Streifen Zedernholz anzündete, war ihr noch so vertraut, daß es weh tat und sie den Blick abwandte, um sich in dem eigenwillig eingerichteten Zimmer umzuschauen. Ein orientalischer Teppich, in den mittelalterliche Kampfszenen eingewoben waren, bedeckte den größten Teil des Bodens. Gerahmte Fotos schmückten die holzgetäfelten Wände. Sie zeigten Porträts von Tuaregkriegern und Impressionen einer Wüstenlandschaft. Wolf hatte seine Kindheit in Marokko verbracht, wo Sophies Großvater der erste Botschafter der Bundesrepublik gewesen war. Preußischer Diplomat, drei Jahre Buchenwald, bis 1956 im Auswärtigen Amt, dann Rücktritt aus Protest gegen die Wiederbewaffnung. Weiße Haare, die sich anfühlten wie Watte. »*Papa?*« – »*Ja?*« –»*Kommt Großvater heute zu Besuch?*« – »*Ja. Aber spiel bitte auf deinem Zimmer, du weißt, es macht ihn immer nervös, wenn du hier unten rumtobst.*«

Auf dem Schreibtisch herrschte kreatives Chaos. Akten und Dossiers türmten sich zu einem Berg, mäanderten bis hinab auf den Boden, und der Tag war absehbar, an dem Wolf den Weg zu seinem dick gepolsterten Sessel nicht mehr finden würde. *Ferien in Agadir. Kisten voller Akten. Vater und Mutter, schweigend. Sherpas, die beim Sandburgenbauen halfen. Einsiedlerkrebse, arglos vor der Flut.*

Sie setzten sich jeweils ans Stirnende des Konferenztisches.

Zwischen ihnen klafften vier Meter eisige Luft.

»Ich bin eigentlich davon ausgegangen, daß Siegfried mein Ansprechpartner im Haus ist«, sagte Sophie. Sie tat Zucker in ihren Kaffee, nahm einen Schluck, griff nach den Gitanes.

»Ist er auch. Du sollst lediglich wissen, daß ich gestern mit dem GBA telefoniert habe. Ich habe ihm gesagt, daß du meiner Meinung nach zu unerfahren für die Leitung dieser Aktion bist. Nun ja, leider sind er und ich nicht immer einer Meinung. Es war nichts Persönliches. Ich hoffe, du verstehst das.«

»Aber ja. Sonst noch etwas?«

»Wie würdest du das Verhältnis zwischen euch und uns definieren?«

»Ganz einfach: Ihr macht, was wir euch sagen.«

»So steht's auf dem Papier. Aber glaub mir, nur weil Steindorff sich gern damit brüstet, daß wir Hilfsbeamte der Staatsanwaltschaft sind, bin ich noch lange nicht sein Büttel. Seit ich im Amt bin, hat der GBA mir noch nie eine Anweisung erteilt. Er weiß auch, warum, und es wäre hilfreich, wenn du das nicht vergißt. Für dich und für mich.«

»Es ist allgemein bekannt, was du vom GBA hältst. Um mir das zu sagen, hättest du deine kostbare Zeit nicht opfern müssen. Darf ich davon ausgehen, daß das jetzt alles war?«

»Fürs erste.«

Sophie machte ihre Zigarette aus und ging zur Tür.

»Es kann nicht immer so bleiben zwischen uns, das weißt du«, sagte Wolf, der ebenfalls aufgestanden war.

Sophie drückte das Kreuz durch und ging hinaus, durchquerte mit hoch erhobenem Haupt das Vorzimmer, wandte sich auf dem Flur nach links, und erst, als die Fahrstuhltür zuschnappte, wurde ihr bewußt, daß sie am ganzen Körper schweißnaß war.

Hinter dem achtgeschossigen Haupthaus, das einen terrassenartigen Riegel zur Straße bildete, erstreckte sich ein zwei Hektar großes, parkähnliches Gelände mit mehreren Nebengebäuden. Sophie gelangte über die Beamtenlaufbahn in den Altbau. Hier, wo die Labors und Asservate der Kriminaltechnik beheimatet waren, hatte man ihr im zweiten Stock ein Büro zugeteilt.

Als sie eben den Koffer geöffnet und die Akten herausgenommen hatte, kam Siegfried Thom herein.

Sophie lächelte. Sie umarmten sich.

»Gut siehst du aus«, sagte Thom.

»Hat mein Vater auch gesagt.«

»Oh, Pardon.« Er senkte gespielt zerknirscht den Blick. Thom war Anfang Fünfzig, mittelgroß und schmal, wenn man von dem kleinen Bauchansatz absah. Seine Haare waren weizenblond, fast weiß. Er hatte die glatte, helle Haut und den gedehnten Akzent der Friesen. Es gab wohl keinen Mitarbeiter von ihm, der sich erinnern konnte, wann er einmal laut geworden wäre. Selbst in den hitzigsten Diskussionen blieb er sachlich. Das konnte provozieren. Und sollte es bisweilen auch.

»Na, hat er dich leben lassen?« fragte Thom, setzte sich, das linke Bein, das von einer Schußverletzung steif geblieben war, lang ausgestreckt, und schob eine Dunhill in eine Zigarettenspitze aus Perlmutt, um mit dandyhaft gespitztem Mund zu rauchen.

»Oh, es war ein nettes Gespräch. Fast wie in alten Zeiten.«

»Er liebt dich. Du mußt ihm nur zeigen, daß er es darf.«

»Ich habe mich sehr gefreut, dich wiederzusehen, Siegfried. Wollen wir jetzt zum Geschäft kommen?«

»Natürlich«, sagte Thom. Allein das feine Zucken um die Mundwinkel verriet, was er dachte. »Ich vermute, du hast eine Menge Fragen.«

Sophie setzte sich ihm gegenüber, griff nach einer der Akten und legte sie auf ihren Schoß. »Ihr habt zwei verdeckte Ermittler in Krakau?«

»Broszat und Vandreyke. Heute nacht wird ein weiterer meiner Männer zu ihnen stoßen. Schrader. Er fährt den Lkw.«

Sophie stockte einen Moment. »Gregor Vandreyke?«

Thom nickte mit unbewegtem Gesicht. »Ja, er war der Sherpa, der deinem Vater damals das Leben gerettet hat.«

Für den Bruchteil einer Sekunde sah Sophie sich in jener Nacht in Baltimore mit klopfendem Herzen über die Straße laufen und hörte den Schnee, der wie zerstoßenes Glas unter ihren Schuhen knirschte.

Sie zwang sich, das Bild auszublenden, und fragte statt dessen: »Welche Legende benutzt er?«

»Spediteur für Baumaschinen. Illegale Aktivität als Lieferant von Semtex-Sprengstoff an die ETA. Er hat sechs Monate gebraucht, bis Fasoulas ihm den Transport anvertraut hat. Vandreyke und Broszat haben sich bereits zweimal mit ihm getroffen. Einmal in Haifa, einmal in Zürich.«

»Warum läßt Fasoulas die Lieferung nicht von eigenen Leuten durchführen – es fehlt ihm doch wohl kaum an Logistik?«

Kopfschütteln. »Simple Risikominimierung. Sie benutzen Vandreyke als Subunternehmer. Er hat kein Herrschaftswissen. Wenn etwas schiefgeht, ist die Struktur der Organisation nicht in Gefahr.«

»Hat Fasoulas eine Keuschheitsprobe verlangt?«

»Hmm, er wollte eine kleine Gefälligkeit von Vandreyke. Eine nicht registrierte Beretta. Haben wir arrangiert.«

»Hat er Vandreykes Liquidität überprüft?«

»Ja, in Zürich. Wir hatten ein Bankschließfach angemietet, und Vandreyke hat Fasoulas eine Million Euro in bar gezeigt.«

Sophie notierte sich das. Solche Geldvorzeigeaktionen waren ein wichtiger Bestandteil des Geschäfts. Die Kartelle wollten sich bei ihren potentiellen Partnern vergewissern, daß sie über genügend Kapital verfügten. Auf diesem Weg hatte Vandreyke also bewiesen, daß er flüssig und damit ernst zu nehmen war.

»Woraus besteht die Lieferung genau?«

»Kalaschnikows. Wir vermuten, daß sie aus dem Einbruch in das Nato-Depot vor drei Monaten stammen. Du weißt schon, Bratislava.«

»Und ihr seid sicher, daß sie für die Grauen Wölfe bestimmt sind?«

»Absolut. Fasoulas ist ein sehr mißtrauischer Mann und führt nie ein Telefonat über Handy, weil er Angst hat, abgehört zu werden. Er benutzt ausschließlich öffentliche Telefonzellen. Vandreyke hat in Haifa beobachtet, daß er immer dieselbe Zelle nahm, ein paar Straßen von seinem Hotel entfernt. Der Mossad hat für uns eine warme Stube gebastelt. Wir haben fünf Telefonate abgehört, die Fasoulas mit Catlis Bruder in Frankfurt geführt hat.«

Sophie lächelte. Thoms BKA-Karriere hatte während der RAF-Zeit in den siebziger Jahren begonnen. Niemand außer den Männern, die damals im Einsatz waren, nannte eine Abhöraktion noch »warme Stube«.

»Das beste ist, wir gehen rüber in mein Büro«, sagte Thom, »dort habe ich alle nötigen Unterlagen.«

»Wieso, sitzt du nicht mehr in der Äppelallee?« fragte Sophie verdutzt.

Die in Wiesbaden belassenen Beamten der für Organisierte Kriminalität zuständigen Abteilung OA, in der Thom als Gruppenleiter über sechs Referate herrschte, waren, stählern eingezäunt und mit Hundelaufstreifen gesichert, in der alten Hindenburgkaserne untergebracht; ein viktorianisches Gemäuer, auf dessen Fluren es nach Bohnerwachs und ranzigen Reinigungsmitteln roch. Der Rest, mehr als dreihundert Männer und Frauen, war bereits in Berlin stationiert.

»Dein Vater wollte, daß ich mit meiner Kerntruppe hierherkomme. Wir sind jetzt im sechsten Stock, unter der Chefetage«, sagte Thom.

»Aha«, sagte Sophie gedehnt, und Thom lächelte.

Er war von ihrem Vater, der vor einer halben Ewigkeit Ausbilder an der Polizeiführungsakademie Hiltrup gewesen war, persönlich ausgebildet worden, und Wolf, dem nur noch ein knappes Jahr Zeit bis zur Pensionierung blieb, hatte nie einen Zweifel daran gelassen, daß er in Thom einen Mann sah, der für höchste Positionen im BKA prädestiniert war. Er wurde allgemein als Kronprinz gehandelt. Daß er nun auch noch so dicht beim Präsidenten saß, war ein Signal, das man schwerlich übersehen konnte.

Sophie erinnerte sich, wie sie als kleines Mädchen auf Thoms Schoß gehockt und den Märchen gelauscht hatte, die er ihr mit sanfter, einschläfernder Stimme vorlas. Er war in ihrem Elternhaus unterhalb des Nerobergs ein und aus gegangen. Ihr Vater schätzte seinen Rat mehr als den jedes anderen Menschen; für Sophie war er immer so etwas wie ein Onkel gewesen.

»Seit dem Attentat wohnt er im Amt«, sagte Thom. Sophie schaute ihn fragend an. »Du weißt, wie er sich im Bereich OK engagiert. Er steht auf der Todesliste der Kartelle. Und von Al Qaida wird er auch nicht geliebt. Dein Vater wollte nicht, aber der Innenminister hat darauf bestanden, daß er eine Wohnung hier im Haus bezieht.«

»Die von Herold, oben im fünften Stock?«

»Nein, im DV-Gebäude, gleich hinter seinem Amtszimmer, wo früher der Ruheraum war. Dort hat man ein paar Durchbrüche gemacht. Sie haben ihm sechs Zentimeter Panzerglas und Sicherheitsstufe I verpaßt.«

Er schien zu erwarten, daß sie etwas sagte, doch sie drückte nur die Gitane aus, klemmte ihre Akten unter den Arm und ging mit ihm hinaus auf den Flur.

»Von wem hast du eigentlich den Job gekriegt?« fragte Thom beiläufig.

»Stalin.«

»Ach. Hockt die immer noch auf Steindorffs Schoß?«

»Ja, schmeißt mit ihren Launen um sich wie ein Funkenmariechen mit Kamellen.«

Sie mußten beide lachen.

»Weißt du schon, wo du wohnst?«

»Im Crown Plaza.«

»Sophie?«

»Ja?« Sie blieb stehen und schaute Thom an.

»Versteh mich nicht falsch, aber ... nun ja, es ist ungewöhnlich, daß der GBA einer Staatsanwältin, die noch keine Erfahrung mit dem BKA hat, einen solchen Auftrag erteilt.«

»Und?« fragte Sophie steif.

»Ich weiß nur nicht, was dahintersteckt. Steindorff streichelt nicht mal seinen Hund ohne Hintergedanken. Sei vorsichtig, ja?«

Sophie nickte stumm. Sie nahmen die Treppe.

VIER

Lajosz Kiraly lenkte den S-Klasse-Daimler, den er vor zwei Tagen in Lublin gestohlen hatte, über den Krakauer Innenstadtring. Links ragte das düstere Gemäuer der polnischen Königsburg in die Höhe, hinter sich wußte er die Scheinwerfer des Lieferwagens, an dessen Steuer Sascha Roth saß. Sie überquerten die Weichsel. Schartige Eisbrocken trieben unter der Brücke hindurch und sahen auf dem träge fließenden Grau des Wassers wie Schimmelbesatz aus. Kiraly fuhr, Roth im Schlepptau, in zügigem Tempo auf der vierspurig ausgebauten Wielicka in Richtung Tarnów. Bald hatten sie die Lichter der Stadt hinter sich gelassen. Der Ostwind schleppte Wolken heran, die Schnee brachten. Er fiel in dicken Flocken und verwandelte sich auf der Fahrbahn in braunen Matsch.

Kurz vor Kosocice bog Kiraly von der Schnellstraße ab. Sie passierten ein abgelegenes, halb verfallenes Gehöft und rumpelten über einen Feldweg, um wenige Minuten später ihr Ziel zu erreichen. Kiraly stoppte am Rand des früheren sowjetischen Manövergeländes, dessen Schlammwüste in die Dunkelheit wucherte. Er besprach mit Roth die nötigen Dinge, was kaum länger als eine Minute dauerte, denn sie hatten die ganze letzte Woche damit verbracht, jedes Detail auszuarbeiten.

Roth stemmte zwei Standscheinwerfer aus dem Laderaum des Lieferwagens, verband sie mit der Autobatterie und richtete sie aus etwa zwanzig Metern Abstand auf den Daimler, während Kiraly, den Gewehrkoffer unter dem Arm, zu einem der Wachtürme stapfte und die Leiter hochstieg. Er hockte sich auf die Steinbank und sah in vierhundert Metern Entfernung die schwach angestrahlte Limousine. Die Lichtverhältnisse waren realistisch. Kiraly klappte den Gewehrkoffer auf und setzte, eine Melodie nachsummend, die er vorhin im Autoradio gehört hatte, das langläufige Scharfschützengewehr zusammen. Zuletzt schraubte er das Orion-Nachtsichtvisier, dessen Halterung eine Eigenkonstruktion war, direkt über das Magazin und nahm den Vorsatzfilter ab. Kiraly legte das Gewehr auf die Fensterkante und preßte die Flansche des Suchers gegen sein rechtes Auge. Das Licht wurde von dem Orion fünfzigtausendfach verstärkt. Er sah, daß Roth das Geländemotorrad bereits aus dem Lieferwagen herausgeschoben hatte.

Kiraly setzte ein Headset auf. »Alles klar?« fragte er.

»Alles klar«, quäkte Roths Stimme aus dem Ohrstöpsel.

Er trug einen Rucksack über seiner Lederkluft und entfernte sich mit der Enduro etwa hundert Meter von dem Daimler, ehe er wendete und mit Vollgas losfuhr. Neben der Limousine stoppte er, griff mit einer fließenden, hundertmal geübten Bewegung über die Schulter, zog die fünfundsiebzig Zentimeter lange Steyr-ACR aus dem Rucksack und schoß den rechten vorderen und hinteren Reifen platt.

»Jetzt!« flüsterte Kiraly.

Sein Zeigefinger erreichte den Druckpunkt. Die Kugel verließ mit einer Mündungsgeschwindigkeit von achthundertfünfzehn Metern pro Sekunde den Lauf, sirrte durch die Speichen der Enduro und traf die Hintertür des Daimlers. Im gleichen Augenblick riß Roth die ACR hoch. Er schoß auf die hintere Scheibe. Sie zerplatzte in einem Glasregen, doch Roth feuerte weiter, immer auf den gleichen, jetzt imaginären Punkt. Die Kugeln fanden kein Hindernis mehr, flogen durch die leeren Fensterhöhlen, und Roth hörte erst auf, nachdem er in schneller Folge exakt zwanzig Schüsse abgegeben hatte.

»Zu langsam«, sagte Kiraly. »Noch mal.«

Roth lud die ACR nach und fuhr wieder auf seine Ausgangsposition. Sie wiederholten das Ganze zwölfmal, stets mit dem gleichen Ablauf. Und immer traf Kiraly mit traumwandlerischer Sicherheit dieselbe briefmarkengroße Stelle in der Hintertür, ohne daß, selbst nach dem letzten Schuß, die Eintrittsöffnung wesentlich größer geworden wäre.

Schließlich war Kiraly zufrieden. Er schraubte das Gewehr

auseinander und traf sich mit Roth vor dem Lieferwagen. Sie schoben die Enduro in den Laderaum, verstauten die Scheinwerfer und fuhren, im Bewußtsein, daß sie noch mehr als sechs Stunden Zeit hatten, zurück in die Stadt. Den Daimler, in dessen Karosserie sich nur ein einziges Loch befand, ließen sie stehen.

Erst als sie wieder die Weichsel überquerten, schaute Kiraly nach rechts, wo Roth schweigend auf dem Beifahrersitz kauerte. »Gut gemacht, Kleiner«, sagte Kiraly lächelnd. »Das nächste Mal zeige ich dir, wie man einen Menschen mit einer Zigarettenschachtel tötet.«

Um Mitternacht fiel der Schnee immer dichter. Er wehte wie Asche gegen die Außenmauer des Hotels Cracovia und stob über die Kante des angekippten Badezimmerfensters der Suite, die Gregor Vandreyke sich mit Ines Broszat teilte.

Vandreyke drückte das Fenster zu und machte das Licht aus.

Als er in Broszats Zimmer kam, lief eine Soap im Fernsehen. Polnische Untertitel, der Ton war ausgeschaltet. Broszat hockte auf dem Bett und reinigte ihre Dienstpistole mit Waffenöl. Sie trug einen superkurzen Stretch-Mini, war perfekt geschminkt und hatte die Haare zu einer Mähne hochtoupiert.

Mit ihr konnte man vieles in Verbindung bringen. Aber keine Sig Sauer .9 mm.

Sechs Monate waren Broszat und Vandreyke jetzt im verdeckten Einsatz. Sie spielten ein Pärchen, wobei Broszat die Rolle der sehr blonden, etwas nervigen Begleiterin des weltläufigen Geschäftsmanns Vandreyke alias Kurt Bongartz zugefallen war.

Sie sah zu, wie Vandreyke vor dem Spiegel seine Krawatte band. Er war groß und durchtrainiert. Schwarze Augen brannten in den Höhlen, tiefe Runen zerfurchten das Gesicht. Kaum zu glauben, daß er erst auf die Vierzig zuging. Broszat konnte, obwohl sie ihn besser kannte als die meisten anderen Menschen, nicht die geringste Nervosität bei ihm entdecken. Wieder einmal verblüffte er sie mit der Ruhe jeder seiner Bewegungen.

Sie würde ihm jederzeit ihr Leben anvertrauen.

Als er sein Jackett anzog, buchtete das Waffenholster den Stoff kaum merklich aus. Zwar war die Sig Sauer die BKA-Dienstpistole, doch Vandreyke bevorzugte eine österreichische Glock 17, deren Magazin dreiunddreißig Patronen aufnahm. Sie war komplett aus Kunststoff gefertigt, auf keinem Röntgendetektor zu erkennen und sehr praktisch bei Flughafenkontrollen.

Er stellte einen Fuß auf einen Stuhl und schob das Hosenbein hoch. Broszat sah, daß er zusätzlich eine Walther TPH in das Wadenholster gleiten ließ. Sie dachte an Fasoulas, den Mann, den Vandreyke gleich treffen würde. Er war der vorsichtigste Mensch, der ihr jemals begegnet war. Dimitri Fasoulas hatte Krakau offenkundig mit Bedacht ausgewählt, weil hier zur Zeit das internationale Kurzfilmfestival stattfand und seine beiden Bodyguards, ein Libanese und ein Syrer, denen Broszat und Vandreyke die Spitznamen Plisch und Plum gegeben hatten, in dem Trubel, den Besucher aus aller Welt veranstalteten, nicht weiter auffielen. Genau wie die beiden verdeckten Ermittler war er im Cracovia abgestiegen, einem düsteren Kasten aus sozialistischen Zeiten, dessen Betonriegel zwischen dem Festivalkino und dem Jordana Park in die Höhe ragte.

Gestern waren sie mit ihm in einem französischen Restaurant am Rynek essen gewesen. Während Fasoulas, Broszat und Vandreyke im hinteren Teil des Restaurants saßen, hatten Plisch und Plum einen Platz gewählt, von dem aus sie sowohl den Tisch von Fasoulas als auch die Eingangstür ständig im Auge hatten. Dimitri Fasoulas, groß und hager, tiefe Magenfalten rechts und links der Nase, hatte mit Vandreyke kein Wort übers Geschäft gewechselt und statt dessen von Afghanistan erzählt. Von Geschossen, mit denen die Sowjetarmee in den Achtzigern experimentiert hatte; Treibladungen, die im Körper ein zweites Mal explodierten. Von den Mudschaheddin, die Schafherden als Minenräumer vor sich her trieben. Von den ausgebrannten Tonnen der Napalmbomben, in denen alte Frauen Hirsebrei für die Kämpfer kochten. Aber auch von einem Tal im Hindukusch, wo über dem leuchtenden Rot der Mohnfelder die schneebedeckten Gipfel der Siebentausender thronten.

Broszat hatte sich die ganze Zeit über gefragt, was einen Zyprioten griechischer Abstammung wie Dimitri Fasoulas nach Afghanistan verschlagen haben könnte. Aus einem Nebensatz glaubte sie herausgehört zu haben, daß er beim Internationalen Roten Kreuz gewesen war. Vielleicht hatte er so Czarny kennengelernt. Aber das war nur Spekulation.

Vandreyke zog seinen Mantel an und sagte: »Es ist Zeit.«

»Willst du wirklich allein gehen?«

»Natürlich.«

Sie zögerte kurz, dann sagte sie nur: »Viel Glück.«

Gregor Vandreyke nahm den 7er-BMW, den sie in Warschau gemietet hatten. Er fuhr die Mickiewicza nach Norden, bog an der Kreuzung Listopada und Opolska nach Osten ab, und die Wischer räumten von der Windschutzscheibe, was vom Himmel kam. Um kurz nach halb eins, nach einer viertelstündigen Fahrt über die Komorowskiego, sah er die Gasflammen, die aus den Industrieschloten von Nova Huta schossen.

Vandreyke legte weitere fünf Kilometer zurück, ehe er die Hauptstraße verließ. Er fuhr durch ein Labyrinth von Gasleitungen und Versorgungsrohren, die irgendwo im Nichts zu enden schienen, bis er den Fabrikhof erreichte, auf dem Schrottautos und in den Schlamm eingesunkene Maschinenteile vor sich hin rosteten. Die Scheinwerfer strahlten ein schmutzstarrendes Hallentor an. Im gleichen Moment, in dem er stoppte, tauchten zwei Männer aus dem Schneegestöber auf. Sie hielten kurzläufige Uzi-Maschinenpistolen in den Händen. Einer beugte sich zu Vandreyke herunter und schaute schweigend in dessen Gesicht.

Die Halle war riesig. Rostige Fleischerhaken baumelten von den Schienen, die unter der Decke verliefen. Auf dem Boden konnte man, von Moos und Unkraut halb überwuchert, noch die Rinnen erkennen, in denen früher das Blut ablief. Jetzt war hier alles Verfall. Ein großes Stück Mauerwerk war aus der

Wand herausgebrochen, Schnee trieb durch das düstere Loch. Mehrere Russen waren damit beschäftigt, schwere Metallkisten von einem Transporter in einen Container-Lkw zu laden. Weitere mit Uzis bewaffnete Männer standen um sie herum.

Hannes Schrader half beim Aufladen. Er war vor drei Stunden, nach eintägiger Fahrt, in Krakau angekommen. In den vierzehn Jahren, die er jetzt beim BKA war, hatte er eine Reihe von kontrollierten Lieferungen durchgeführt. Heroin für die Pruschkow-Mafia, Handgranaten für die Corsica Nazione, sogar waffenfähiges Plutonium, das von Palermo aus in den Irak verschickt werden sollte. Diese Aktion hatte zur Festnahme von Lew Ramius, einem der mächtigsten litauischen Paten geführt, und Schrader war mit der BKA-Medaille ausgezeichnet worden. Er war Spezialist für solche Einsätze, doch das, was er vor zwanzig Minuten hier gesehen hatte, war so ungeheuerlich, daß er sich zwingen mußte, nicht in Panik zu geraten.

Als das Hallentor auffuhr, der BMW hereinrollte und Vandreyke ausstieg, atmete Schrader erleichtert durch. Seine Aufpasser waren für einen kurzen Moment abgelenkt. Schrader deckte die Laderampe mit dem Körper ab und pappte mit einer kaum merklichen Handbewegung einen Minisender, nicht größer als ein Hemdknopf, unter den Container. Bei der Vorbesprechung in Wiesbaden hatten sie lange diskutiert, ob sie den »Lolli« schon in Deutschland anbringen sollten, doch Thom hatte entschieden, dies erst bei der Übergabe der Waffen in Krakau zu tun. Eine Entscheidung, der Schrader sein Leben verdankte, denn Fasoulas' Männer hatten den Lkw sofort nach der Ankunft sorgfältig mit einem Bug-Detektor abgetastet.

Er entfernte sich ein paar Schritte vom Container, steckte sich eine Zigarette an und begrüßte Vandreyke mit einem Nicken.

»Sonst noch jemand?« murmelte Vandreyke.

»Zwei draußen«, kam die geflüsterte Antwort.

Vandreyke klappte ein silbernes Zigarettenetui auf. Er nahm eine Lucky Strike heraus und benutzte sein Dupont-Feuerzeug. »Was ist mit dem Lolli?« fragte er durch die Zähne.

»Klebt.«

»Ganz locker, Hannes. Ist doch keine große Sache«, murmelte Vandreyke beruhigend.

»Czarny ist hier.«

Vandreyke starrte Schrader an und sagte keinen Ton.

»Und nicht nur er. Hier läuft ...« Er brach ab. »Hinter dir!«

Vandreyke wandte den Kopf ohne Hast. Er sah die beiden S-Klasse-Daimler, die aus dem Dunkel der Halle auftauchten. Die Form der Türzargen und die Mattierung der Fensterscheiben verriet Vandreyke, daß nur das erste Fahrzeug gepanzert war. Die Limousinen stoppten wenige Schritte von ihm und Schrader entfernt. Der Wagenschlag des Panzers öffnete sich, Fasoulas stieg zusammen mit Anton Czarny aus. Vandreyke erhaschte einen Blick ins Fahrzeuginnere. Ein Mann saß neben dem Fahrer, ein weiterer hinten im Fond. Die Krägen ihrer Kaschmirmäntel waren hochgeschlagen. Doch Vandreyke konnte, ehe Czarny die Wagentür zuschlug, die Gesichter erkennen.

»Pallucci! Der andere ist Grasso!« zischte Schrader.

»Schnauze. Mach deinen Job!«

Schrader schmiß seine Zigarette auf den Boden und beeilte sich, daß er zurück zum Lkw kam. Ein Bodyguard stieg zu Pallucci auf die Rückbank des ersten Daimlers. Die Limousinen rollten aus der Halle und verschwanden, während Vandreyke den beiden Männern, die auf ihn zukamen, lächelnd entgegensah. Vom ersten Augenblick an war klar, daß Fasoulas mit Czarny auf Augenhöhe verkehrte. Die kleine beiläufige Geste, mit der er Czarny antippte, genügte Vandreyke, um Bescheid zu wissen.

»Schön, Sie zu sehen«, sagte Fasoulas und gab Vandreyke die Hand.

»Geht mir genauso. Ich hab das Scheißwetter hier satt.«

»Ich möchte Ihnen meinen Partner vorstellen, Anton Czarny.«

»Hab schon viel von Ihnen gehört«, sagte Vandreyke in perfektem Russisch und erwiderte Czarnys Blick. Er war etwas kleiner als auf den Fotos, die Vandreyke kannte. Er wirkte zäh und drahtig, und seine Bewegungen paßten eher zu einem Boxer als zu dem Chef einer so mächtigen Organisation. Die auffällige Narbe auf der Stirn war überschminkt.

Czarny musterte schweigend den Mann, von dem Fasoulas ihm erzählt hatte. Nicht viele wären in Zürich, wo Vandreyke das Geld vorzeigen mußte, ohne Bodyguards herumspaziert. Das hatte soviel Eindruck auf Fasoulas gemacht, daß Czarny neugierig geworden war. Er zog den linken Mundwinkel hoch, fletschte die Zähne zu einem Grinsen und gab Vandreyke die Hand.

»Wieviel kommt noch?« fragte Vandreyke.

»Nur das hier«, sagte Fasoulas.

»Mit dem Zoll ist alles klar, aber billig war es nicht.«

»Ja, ja, so fristen wir unser karges Dasein«, sagte Czarny amüsiert. Sein Russisch hatte den harten sibirischen Akzent. Er kaute die Wörter wie einen Priem und spuckte sie dann regelrecht aus.

Es war schwer zu sagen, warum Vandreyke in diesem Moment fühlte, daß etwas außer Kontrolle geriet. Im Bruchteil einer Sekunde spürte er ein Ziehen, das von seinem Nacken zwischen die Schulterblätter wanderte, ein Signal, das ihm so vertraut war wie ein Kratzen im Hals, wenn eine Erkältung sich ankündigt.

»Wir hatten zweihunderttausend vereinbart«, sagte er und bückte sich, um einen seiner Schnürsenkel neu zu binden. Schrader sah es aus dem Augenwinkel. Jetzt gingen auch bei ihm alle Alarmglocken an. *Die Gasse in Marrakesch. Safin und seine Männer. Vandreyke, der sich bückte, um die Schnürsenkel zu binden. Plötzlich das Blut. Safins ungläubiger Blick. Bilder, die zitterten wie in einem Zettelkino. Warten auf den Tod, der nicht kam.*

»Natürlich«, sagte Czarny. »Da wäre nur noch eine Kleinigkeit.«

Seine Männer richteten ihre MPs auf Vandreyke und auf Schrader, der langsam die Hände hob.

»Was soll das?« fragte Vandreyke ruhig, blieb in der Hocke und schaute zu Czarny hoch.

»Ich habe da was gehört. Ihr Mann soll ein Polizeispitzel sein.«

Vandreyke sagte keinen Ton.

»Und woher soll ich wissen, daß Sie nicht auch ein Spitzel sind?« fuhr Czarny fort.

Vandreykes Hand näherte sich unmerklich dem Waffenholster unter dem Hosenbein. »Unsinn«, sagte er.

»Beweisen Sie's«, sagte Czarny.

Fasoulas zog eine Beretta aus seinem Jackett und hielt sie Vandreyke hin. Der zögerte, dann traf er eine Entscheidung, ließ die Walther, wo sie war, und kam aus der Hocke hoch. Er ignorierte die Beretta.

»Fasoulas, Sie wissen, daß ich kein Spitzel bin«, sagte Vandreyke ruhig.

»Beweisen Sie's.«

Vandreyke nahm ihm die Beretta aus der Hand. Er ging zu Hannes Schrader und setzte ihm die Pistole entschlossen an den Kopf. Vandreyke entsicherte die Waffe und sah, wie die dicke Ader, die auf Schraders Schläfe hervorgetreten war, unter dem Lauf der Beretta pulsierte. Er wandte den Kopf und schaute Czarny in die Augen. »Interessieren Sie sich für Eishockey?« fragte er und zog dabei die Nase hoch.

»Was?«

»Eishockey, Czarny. Kennen Sie Igor Tamassow?«

Czarny und Fasoulas wechselten einen Blick, dann zuckte der Russe die Schultern. »Spielt seit dieser Saison in Petersburg.«

»Genau. Erstklassiger Stürmer, hat 'nen Mordsschuß. Aber er schießt keine Penalties. Und wissen Sie auch, warum?«

»Sagen Sie's mir.«

»Penalties sind was für Memmen. Deshalb.«

Czarny starrte Vandreyke an. Dann brach er in Lachen aus. Es war ein dröhnendes, volles Lachen, das tief aus dem Bauch kam. Es dauerte eine Sekunde, ehe Fasoulas in das Lachen einstimmte. Die Russen ließen die Uzis sinken. Hannes Schrader sackte auf die Knie. Vandreyke sicherte die Beretta. Er zog Schrader ohne erkennbare Kraftanstrengung mit einer Hand hoch und gab ihm einen Stoß, der ihn gegen den Lkw taumeln ließ.

»Mach weiter!« sagte er

Während Fasoulas Vandreyke freundschaftlich eine Hand auf die Schulter legte und zusammen mit ihm und Czarny nach hinten ins Dunkel der Halle verschwand, krümmte Schrader sich, keuchte und würgte und mußte sich übergeben. Die Russen, die um ihn herumstanden, lachten.

Zur gleichen Zeit nahm Ricardo Pallucci das parfümierte Erfrischungstuch, das sein Bodyguard ihm reichte, und rieb sich damit über das rotgeäderte Gesicht. Nichts an diesem Mann war elegant oder feingliedrig. Die Wangen hingen fleischig neben den Mundwinkeln herunter, die Ohren waren knorplige Lappen und die Augenbrauen pechschwarze, harte Bürsten, die auf der Haut zu scheuern schienen.

Pallucci wirkte wie ein Metzger, der zu Geld gekommen war.

Sie nahmen den kürzesten Weg zurück in die Innenstadt. Der Fahrer bog in die Jana-Pawla-Allee ein. Sie war von häßlichen Betonsilos gesäumt, farblosen achtgeschossigen Kästen mit Balkons wie Karnickelverschlägen. Der Daimler schlingerte auf dem Schneematsch, und Pallucci dachte über das Geschäft nach, dessentwegen er und Salvatore Grasso nach Krakau gekommen waren. Anton Czarny war ein Mann, auf den man sich verlassen konnte, aber das hier war groß, sehr groß und barg das Risiko des Scheiterns. Pallucci war noch am Leben, weil er immer auf seinen Instinkt gehört hatte. Nun aber hatte er das Gefühl, daß die Zahl seiner Feinde zunehmen würde, wenn er auf Czarnys Angebot einging. Andererseits bewegte der mögliche Profit sich in einer Dimension, die selbst für Pallucci neu war. Das hatte ihn aus Kalabrien, wo er und Grasso ihr halbes Leben verbracht hatten, herausgelockt.

Pallucci stammte aus Cicagna, einem Dorf in den Bergen, wo die Häuser gelb von Salpeter waren und Fenster hatten wie Schießscharten. Sein Vater war gestorben, als Pallucci fünfzehn Jahre alt war, und er mußte, um seine Mutter und seine Schwester zu ernähren, nach Norden gehen, wo er in Turin Arbeit am Fließband einer Autofabrik fand. Zusammen mit anderen hauste er in einer Bruchbude am Stadtrand. Er schickte jede Lira, die er nicht zum Überleben brauchte, nach Hause und ertrug es, daß man ihm im Werk »Terrone« – Erdfresser – hinterherrief.

Kurz nach seinem achtzehnten Geburtstag bekam er einen

Brief von seiner Mutter, in dem stand, daß zwei Männer seine Schwester vergewaltigt hatten. Noch am gleichen Tag saß Pallucci in einem Zug, der ihn zurück in seine Heimat brachte. Jeder im Dorf wußte, wer die Männer waren, die seiner Schwester das angetan hatten. Doch sie waren Mafiosi und unantastbar. In einer Nacht, in der die Sterne am Himmel pappten wie Fliegendreck, kamen sie aus einer Trattoria und torkelten betrunken nach Hause. Pallucci tötete den einen mit dem Messer, dem zweiten, der versuchte, sich zu wehren, rammte er den Kopf so lange gegen eine Hauswand, bis sein Hirn auf dem Putz klebte.

Die nächsten Wochen versteckte er sich in den Bergen. Seine Mutter brachte ihm Essen. Er hatte Angst vor der Polizei, aber nichts geschah. Als er sich schließlich wieder nach Cicagna traute, bezeugten ihm die Dorfbewohner ihren Respekt. Selbst der Carabiniere neigte den Kopf in Demut. Seine Onkels, Neffen und Cousins gaben ihm mit ernsten, bedeutungsschweren Gesichtern die Hand und sagten ihm, wie stolz sie auf ihn waren. Er hatte wahrgemacht, was das alte Sprichwort sagte: »Ein Mafioso muß zu neunundneunzig Prozent aus Eis bestehen und zu einem Prozent aus jener Energie, die man braucht, um einem Menschen ein Messer ins Herz zu stoßen.« So wurde er einer von ihnen, ein Mitglied der kalabresischen Mafia, in der er es nach vielen Jahren, in denen er sich bewährt und mit Blut nach oben gekämpft hatte, bis zum mächtigen Capo Bastone brachte, der über die Familie herrschte wie der Papst über die Seinen.

Lajosz Kiraly klappte das Fenster der Wohnung auf. Er stützte das mit einem Schalldämpfer versehene Scharfschützengewehr auf den Sims und justierte den Lichtverstärker. Die etwa vierhundert Meter entfernte Kreuzung war unbeleuchtet. Doch das Orion-Visier sorgte dafür, daß er eine Zigarettenkippe fixieren konnte, die im Schneematsch lag.

»Standort?« fragte er leise in sein Headphone.

»Kurz vor der Wysockiej. Zügige Fahrt. Tempo sechzig.«

Die Kreuzung war wie ausgestorben. Kiraly langte, ohne das Auge vom Sucher zu nehmen, nach dem elektromagnetischen

Impulsgeber, mit dem er die Ampelanlage manipulieren konnte. Er machte einen Test. Die Ampel schaltete sofort von Grün auf Rot.

Kiraly wußte, daß er noch etwa fünf Minuten Zeit hatte. Er griff nach seinen Zigaretten und sah den alten Mann und die alte Frau, denen er gestern die Kehlen durchgeschnitten hatte, hinter sich auf dem Boden liegen.

Grasso wandte den Kopf und schaute Pallucci an. »Wann fliegen wir zurück?« fragte er.

»Morgen«, antwortete Pallucci.

Grasso war sein Freund, seit sie als Kinder in den Sümpfen Frösche gefangen hatten, aber zu einer Cosca der 'Ndrangheta konnte nur gehören, wer blutsverwandt war. Also heiratete Grasso eine von Palluccis Cousinen und wurde von ihm zum Stellvertreter, dem Picotto, ernannt. Viele Jahre waren sie jetzt Mitglieder der Società onorata, und sie hatten die sieben Regeln der 'Ndrangheta stets beherzigt. Vor allem »fedeltà«, die Treue, deren Bruch den Tod bedeutete, und die »umiltà«, die Demut gegenüber den anderen Ehrenwerten. Sie waren mächtiger als jeder Richter und jeder Staatsanwalt, was aber keine Rolle spielte, da die meisten Richter und Staatsanwälte Kalabriens auf ihrer Lohnliste standen, sie kontrollierten die wichtigsten Politiker und die Gewerkschaften.

Nicht einmal der italienische Innenminister würde sich an sie heranwagen. Niemand.

Die beiden Limousinen hielten an einer Ampel. Pallucci starrte in die trostlose Ödnis des Arbeiterviertels. Drei Uhr nachts. Kein Mensch war zu sehen, auch kein anderes Auto. Der Schnee war in Eisregen übergegangen, der auf das Wagendach prasselte wie Reißnägel. Ricardo Pallucci sehnte sich nach der Sonne in Cicagna und fragte sich, wie man in einem Land wie Polen leben konnte. Das war der letzte klare Gedanke, den er hatte.

Ein Motorrad stoppte neben ihnen.

Pallucci sah, wie der Fahrer, dessen Gesicht hinter dem Visier eines Integralhelms verborgen war, in seinen Rucksack langte und eine Waffe herauszog. Der Doppelknall, mit dem die Reifen des Panzers zerplatzten, war laut wie eine Explosion.

Im gleichen Moment warf Palluccis Bodyguard sich über seinen Boß. Er hatte, noch ehe Pallucci wußte, was geschah, eine Maschinenpistole in die Halterung unter dem Fenster geklinkt und wollte durch die briefmarkengroße Schießscharte in der Hintertür feuern, die auf der Außenseite der Karosserie, für einen Laien unsichtbar, mit Plastik kaschiert war.

Kiraly schoß, präzise wie ein Uhrwerk, durch die Blende. Da er Training und Schußhaltung dieser Männer kannte, wußte er, ohne es zu sehen, daß er den Bodyguard entscheidend getroffen hatte.

Palluccis Fahrer versuchte einen Alarmstart. Der Wagen war eine Spezialanfertigung. Stahlscheiben waren in die Reifen eingelassen, so daß er fahrtüchtig blieb, wenn die Pneus zerschossen wurden. Doch der Stahl drehte auf dem Glatteis durch, ohne daß der Daimler von der Stelle kam.

Während Roth das Feuer aus der Steyr-ACR eröffnete, gab Kiraly auf das ungepanzerte Begleitfahrzeug, in dem vier weitere Bodyguards saßen, sechs Schüsse ab und tötete die Männer mit seinem Zeigefinger.

Kiraly schwenkte den Lauf nach rechts. Er sah, wie Palluccis Fahrer sich aus dem Wagen rollte und eine Pistole zog. Er schoß dem Mann direkt durch den Hals.

Roth setzte mit Hartkerngeschossen ohne Unterlaß Punktfeuer auf die Panzerscheibe. Pallucci wälzte den Bodyguard, der versucht hatte, die Maschinenpistole einzuklinken, von seinem Schoß, nahm die Waffe in die Hand und wußte doch nicht, was sie ihm nutzen sollte. Er und Grasso hockten wie Hasen in der Falle. Links stand die Fahrertür offen. Sie sahen die Blutfontäne, die aus dem Hals ihres Fahrers sprudelte. Auf der rechten Seite bildeten sich feine Verästelungen auf dem zentimeterdicken Spezialglas, die aussahen wie Eisblumen.

Durch die Vibrationen, die Sascha Roths millimetergenaue Schüsse auslösten, wurde das Glas Schicht für Schicht abgefräst. Die Splitter, die durch die Luft stäubten, waren feiner als Puderzucker, und die beiden Männer im Wagen konnten nichts anderes tun, als hilflos zuzusehen, wie die Scheibe dünner und dünner wurde, bis das Glas schließlich platzte.

So jämmerlich starben Ricardo Pallucci und Salvatore Grasso, ihre Köpfe wurden praktisch weggesprengt.

Sascha Roth schob die ACR zurück in den Rucksack. Er raste schlingernd davon und war bereits verschwunden, als Kiraly noch in aller Seelenruhe sein Scharfschützengewehr auseinanderschraubte.

Morgen würde er endlich ausschlafen.

FÜNF

Exakt um 6.30 Uhr eilte Siegfried Thom, so schnell sein steifes Bein es ihm erlaubte, über den Flur des siebten Stocks im BKA-Hauptgebäude.
Sophie lief neben ihm her.
»Sind Pallucci und Grasso identifiziert?« fragte sie atemlos.
»Eindeutig!« sagte Thom. Er überflog ein Papier, das einer seiner Männer ihm hinhielt. »Was soll ich damit? Geben Sie das zum Lagedienst!« Er riß eine Tür auf, und sie standen in einem Raum, der von vibrierender Hektik erfüllt war.
»Ich bitte um Ruhe! Ruhe bitte!« rief Thom.
Das Stimmengewirr erstarb sofort. Zwanzig Männer und Frauen starrten auf ihren Chef und auf die zierliche junge Frau neben ihm, von der sie bisher nur durch Hörensagen wußten, ignorierten die Telefone, die heißliefen, kümmerten sich nicht mehr um die Faxgeräte, die pausenlos Meldungen ausspuckten, warteten gespannt auf Thoms erste Worte.
»Meine Damen und Herren, für diejenigen, die sich noch nicht bekanntgemacht haben: Das ist Frau Wolf von der Bundesanwaltschaft. Sie leitet die Ermittlungen«, sagte Thom.
Jan Pieper stand in der Mitte des Raumes, ein Hüne von gut eins fünfundneunzig und mehr als zwei Zentnern Lebendgewicht. Spiegelblanke Glatze. Sein breitflächiges, rosiges Gesicht hätte man gutmütig nennen können, wäre nicht die Nase gewesen, die sich messerscharf bis dicht über die Oberlippe bog.
Sophie spürte sein Selbstbewußtsein wie einen Luftzug, der durch ein offenes Fenster dringt.
Katja Lombardi beugte sich zu ihm hinüber. »Ist das die Tochter vom Alten?« fragte sie leise.
»Ja, ich wette, die kommt frisch von der Uni.«
»Ich weiß nicht. Die sieht tough aus«, sagte Lombardi.

Sie war, genau wie Pieper, irgendwo in den Dreißigern, eher der burschikose Typ als hübsch und die einzige im Raum, die Sophie ein Lächeln schenkte.

»Bitte, Herr Pieper«, sagte Thom.

»Vor etwas mehr als zwei Stunden, genau um 4.18 Uhr, wurden wir von der polnischen CBS informiert, daß Ricardo Pallucci und Salvatore Grasso gemeinsam mit sechs Leibwächtern in einem Vorort von Krakau liquidiert wurden. Sie hatten sich zuvor in Nova Huta aufgehalten, wo es zu einem Treffen mit Dimitri Fasoulas und Anton Czarny gekommen war.« Er machte eine kleine Pause, ehe er fortfuhr. »Das Treffen ist durch einen unserer verdeckten Ermittler verbürgt. Wir bereiten in Krakau eine kontrollierte Lieferung vor.«

Sophie hörte das leise Raunen und sah das Erstaunen in den meisten der Gesichter. Die Arbeit mit verdeckten Ermittlern besaß im BKA die höchste Sicherheitsstufe. Nur der VE-Führer, dessen Stellvertreter und der Präsident besaßen Detailinformationen. Von Thom, Pieper und Lombardi abgesehen, war lediglich eine Handvoll Leute in die Aktion eingeweiht. Sie lief unter dem Decknamen »Weichsel«.

»Bitte zum Tathergang«, sagte Thom.

»Pallucci und Grasso brachen um 1.15 Uhr auf. Der Tatort lag, Straßen- und Wetterverhältnisse zugrunde gelegt, zwanzig Minuten Autofahrt von Nova Huta entfernt.«

»Wie viele Tatbeteiligte?« fragte Sophie.

»Mindestens zwei, soweit bis jetzt bekannt. Ausführung und dazu nötige Vorbereitung lassen aber vermuten, daß weitere Personen involviert sind.« Pieper gab einem seiner Leute einen Wink. Das Licht wurde gedimmt, er rief über eine kabellose Fernbedienung Bilder ab, die auf eine Leinwand an der Stirnseite des Raumes projiziert wurden. Sie zeigten Leichenfotos, Darstellungen der Kreuzung aus unterschiedlichen Perspektiven sowie die Wohnung des alten Ehepaares, das Lajosz Kiraly getötet hatte.

Sophie fühlte Übelkeit in sich hochsteigen, als sie die Großaufnahmen der zerfetzten Leichen von Pallucci und Grasso sah.

Da sie jedoch wußte, daß jeder im Raum sie beobachtete, zwang sie sich, die Augen nicht zu schließen, und setzte eine professionell-gleichmütige Miene auf.

»Das Material wurde uns vom Generalstaatsanwalt der Wojwodschaft Krakau zur Verfügung gestellt und bereits in die BIVAS-Datei übernommen. Bei einem der Täter handelte es sich um einen Scharfschützen, der von dieser Wohnung aus ...« – Pieper deutete mit einem Laserpointer auf eines der Fotos – »... den Panzer von Pallucci und Grasso sowie das ungeschützte Begleitfahrzeug unter Beschuß nahm. Entfernung zum Zielobjekt: zirka vierhundert Meter. Bemerkenswert ist, daß der Mann umfassende Kenntnisse über Armierung und Schwachpunkte der Fahrgastzelle besessen haben muß. Er tötete mit einem gezielten Schuß durch die Verblendung der Schießscharte den Sherpa, der hinten neben Pallucci saß, und erledigte mit sieben weiteren Schüssen die Männer im Begleitfahrzeug sowie den Chauffeur des Panzers, der versucht hatte zu entkommen.«

»Wissen wir, welche Waffe er benutzt hat?« fragte Sophie.

»Vermutlich ein israelisches Galil, Laborierung .223 Remington«, antwortete Lombardi. »Die Durchschlagskraft ist so groß, daß die Opfer, selbst wenn kein letaler Treffer vorliegt, an dem Schock sterben, den die Munition verursacht.« Sie sah Pieper an.

»Sein Komplize, bei dem bislang unklar ist, ob er motorisiert war, nahm Palluccis Daimler aus kurzer Distanz unter Beschuß und verwandte dabei panzerbrechende Hartkernmunition. Auch hier steht fest, daß Insiderkenntnisse vorlagen, denn er setzte Punktfeuer auf die Mitte der Scheibe. Wir wissen durch Materialtests, die wir nach dem Manteuffel-Attentat durchgeführt haben, daß man bei dieser Kalibrierung und geringer Distanz exakt zwanzig Schüsse benötigt, um das Glas zu knacken. Die Täter entkamen unerkannt, die Leichen wurden um 2.10 Uhr von einer Polizeistreife entdeckt.«

»Wo ist die Limousine gepanzert worden?« fragte Thom.

»Laut Signatur bei Barthez & Mercier in Genf, einer Spezialwerkstatt, die auch für die französische Regierung arbeitet. Die

Mitarbeiter werden in regelmäßigen Abständen streng überprüft. Mir ist ein Rätsel, wie die Informationen nach draußen gelangt sind. Bei uns liegt so was im Giftschrank.« Pieper sah in die Runde. »Dieses Attentat wurde brillant vorbereitet und ausgeführt. Ein Meisterwerk, das Eingang in die Fachliteratur finden wird. Wir haben bereits einen Abgleich mit unserer Modus-operandi-Datei durchgeführt, aber nichts Vergleichbares gefunden. Man muß beeindruckt sein.«

Wieder wurden Fotos auf die Leinwand projiziert. Sie zeigten Pallucci und Grasso, offenbar ältere Fahndungsbilder. »Ricardo Pallucci und Salvatore Grasso, zwei der meistgesuchten Männer Europas. Die Sensation ist nicht, daß sie tot sind, die Sensation ist, daß sich überhaupt jemand an sie herangewagt hat. Diese Männer waren unantastbar. Pallucci war Chef der mächtigsten Cosca der kalabresischen 'Ndrangheta, der Capo di tutti capi, und Grasso war sein Stellvertreter. Der Umsatz ihrer Familie betrug im letzten Geschäftsjahr schätzungsweise achtundzwanzig Milliarden Euro. Reingewinn sechs Milliarden.«

»Palluccis Investitionen belaufen sich allein in Deutschland auf mehr als zwei Milliarden Euro, dazu gehören Pizzerien, Import- und Exportfirmen in Berlin und Nürnberg, Beteiligungen an einem Kaufhaus in Rostock sowie an einer Hamburger Reederei und mutmaßlich einer Landmaschinenfabrik in Sindelfingen«, fügte Lombardi hinzu.

Pieper nickte grimmig. »Er war ein enger persönlicher Freund des früheren italienischen Ministerpräsidenten Giulio Andreotti und Geschäftspartner von Toto Riina, dem Drahtzieher des Attentats auf Untersuchungsrichter Falcone. In ganz Italien hätte man keinen Staatsanwalt gefunden, der den Mut gehabt hätte, ihn anzuklagen.«

Sophie wußte, daß nun Gelegenheit war, sich Respekt zu verschaffen.

»Lassen Sie uns zu Cuevo kommen«, sagte sie.

Thom erlaubte sich ein Lächeln. Pieper hob leicht die Augenbrauen und räusperte sich. »Nun ja, Pallucci erzielte in der Tat den größten Teil seines Gewinns aus dem Drogengeschäft. Er war der wichtigste europäische Handelspartner des bolivianischen Cuevo-Syndikats. Wer auch immer für die Morde an ihm und Grasso verantwortlich zeichnet, ist entweder verrückt oder stark genug, es mit Cuevo aufzunehmen. Und das ist eigentlich unvorstellbar.«

Ein Organigramm wurde auf die Leinwand projiziert.

»Cuevo. Das mächtigste Drogenkartell, das jemals existiert hat, Medellin und Cali eingeschlossen. Es beschäftigt mehr als einhundertzwanzigtausend Menschen in Bolivien, Peru und anderen Staaten. Der aktuelle Umsatz beläuft sich laut UNDCP-World Drug Report auf gut einundsechzig Milliarden Euro. Gewinn: dreißig Milliarden. Die Jahresproduktion liegt bei zirka achthundertvierzig Tonnen Kokain, was einem Weltmarktanteil von siebzig Prozent entspricht. Dreihundert Tonnen gehen nach Europa, die Hälfte davon allein an Palluccis Cosca.«

Pieper zog die Mundwinkel süffisant nach unten. »Vielleicht möchte unser Besuch aus Karlsruhe meine Ausführungen ergänzen?«

Sophie steckte sich in aller Ruhe eine Gitane an und inhalierte gelassen den ersten Zug. »Gern. Cuevo wurde vor acht Jahren in der gleichnamigen Kleinstadt südlich des Chaparé gegründet. Über die Bosse ist so gut wie nichts bekannt. Möglicherweise hochrangige Militärs, vielleicht Politiker. Durch Aufklärung des BND wissen wir jedoch einiges über die Struktur des Kartells. Es ist wie ein multinationaler Konzern aufgebaut. Die Mutter tätigt vor allem legale Investitionen: Immobilien, Hotels, Finanzdienstleister und Ölraffinerien. Unterhalb des Vorstands existieren straff geführte Abteilungen für die unterschiedlichen Geschäftszweige. Alles, was riskant ist, wird an Subunternehmer delegiert: Kokaintransport, Lagerung und Verarbeitung der Kokapaste und selbst die Geldwäsche.«

Jetzt war es Sophie, die Pieper anschaute und ihn ein bißchen kitzelte. »Habe ich etwas Wesentliches vergessen?«

»Ja, das Rauchverbot in diesem Raum.«

»Sobald ich hier ein Schild sehe, mache ich die Zigarette gerne aus.«

Pieper ignorierte Lombardis Grinsen. »Cuevo kontrolliert den IPCO-Investmentfonds und besitzt Einlagen in internationalen Banken, ausländische Wertpapiere und Aktien. Alles in allem erwirtschaftet das Kartell über vierzig Prozent des Bruttosozialprodukts Boliviens.«

»Und damit das auch so bleibt, brauchen sie Pallucci«, sagte Sophie.

»Richtig. Palluccis Cosca betreibt mit Cuevo ein Kompensationsgeschäft: Die 'Ndrangheta kauft von den Bolivianern Kokain und bezahlt mit Waffen, die Cuevo im Kampf gegen die amerikanische Drug Enforcement Administration einsetzt. Die DEA hat dreitausend Mann im Chaparé stationiert. Sie tun nichts anderes, als Kokaplantagen abzubrennen oder von Helikoptern aus mit Chemikalien zu besprühen. Bisher sind es schon über vierzigtausend Hektar. Die haben sogar einen Pilz entwickelt, der die Sträucher befällt und vernichtet. Zwar bucht Cuevo das als kalkulierten Verlust ab, sie haben noch erheblich mehr Männer unter Waffen als die DEA. Doch sie brauchen effektiveres Gerät, um nicht ins Hintertreffen zu geraten; vor allem Boden-Luft-Raketen, mit denen sie die Hubschrauber der Amis bekämpfen können. Ich habe keine Ahnung, was in den Kisten war, die in Krakau verladen wurden, und unsere verdeckten Ermittler wissen es auch nicht. Aber ich bezweifle, daß es sich um Sturmgewehre handelt. Mit so einem Firlefanz gibt Cuevo sich nicht ab.«

»Es ist schwer vorstellbar, daß Pallucci sich mit Czarny in Krakau getroffen hätte, wenn es nicht um ein großes Geschäft ginge«, stimmte Sophie zu. »Und woher wissen wir, ob sich nicht auch ein Vertreter von Cuevo in Polen aufhält? Vielleicht findet dort eine Art Konferenz statt ...«

»Heute abend gibt es in Berlin einen Empfang«, sagte Thom bedächtig. »Der bolivianische Staatsminister kommt in die Hauptstadt, um den Antrittsbesuch seines neugewählten Präsidenten vorzubereiten. Möglicherweise besteht ein Zusammenhang mit Krakau. Ich fürchte nur, daß solche Spekulationen uns momentan wenig bringen.«

»Wo sind Czarny und Fasoulas jetzt?« fragte Sophie.

»Unklar«, antwortete Lombardi. »Czarny hat erstklassige Beziehungen zur polnischen Polizei, speziell zur Antiterrortruppe ›Grom‹. Sicher weiß er bereits, daß Pallucci und Grasso tot sind. Vermutlich haben er und Fasoulas Polen längst verlassen.«

»Was ist mit der kontrollierten Lieferung?«

»Wird durchgeführt wie geplant. Wir wissen, daß sie für einen Containerterminal in Bremerhaven bestimmt ist. Das Endziel ist unbekannt, aber Cuevo pflegt seine Transfers über die venezolanischen Überseehäfen Maracaibo und Puerto La Cruz abzuwickeln.«

»Ich frage mich nur, weshalb unser Freund in Frankfurt von einer Lieferung an die Grauen Wölfe gesprochen hat«, murmelte Pieper nachdenklich.

»Ganz einfach«, sagte Sophie. »Er arbeitet für die Türken *und* für Czarny. Vermutlich hat er nur etwas aufgeschnappt, ohne genau zu wissen, für wen der Transport bestimmt war, und hat es weitergeplappert, um sich wichtig zu machen. Möglich wäre auch, daß es eine weitere Lieferung geben wird, diesmal Sturmgewehre für Frankfurt. Wie auch immer, es wäre sicher nicht verkehrt gewesen, die Angaben Ihres V-Mannes sorgfältig zu überprüfen, ehe Sie die verdeckten Ermittler nach Krakau schicken, wo sie einer Situation ausgesetzt sind, die außer Kontrolle geraten ist. Aber nun ja, das ist Ihr Problem und nicht das der Bundesanwaltschaft.«

Pieper wechselte einen stummen Blick mit Thom, und Sophie war klar, daß sie zu weit gegangen war. Sie wollte sich Respekt verschaffen, aber sie durfte die Männer nicht düpieren.

Thom klopfte seine Zigarettenspitze aus. Das Klacken des Perlmutts auf dem Rand des Aschenbechers war das einzige Geräusch. »Wie sieht das Einsatzgebiet in Bremerhaven aus?« fragte er schließlich.

»Weiträumige Sicherung«, antwortete Lombardi. »Wir haben zwei SETs GSG 9 angefordert. Die Abnehmer werden die Ware erfahrungsgemäß prüfen, sobald sie auf dem Schiff ist. Sicher Gewährsleute von Cuevo. Dann werden wir zugreifen.«

»Ist der Zoll informiert?« fragte Sophie.

»Noch nicht. Aber das werden wir tun«, sagte Pieper.

Sophie zögerte einen Moment. »Gehen wir damit nicht ein zu großes Risiko ein? Falls Czarny jemanden beim Bremerhavener Zoll hat, können wir den Einsatz vergessen.«

»Wir *werden* den Zoll informieren!« sagte Pieper scharf. »Ich will nicht, daß uns ein übereifriger Beamter in die Quere kommt. Dann sind wir nämlich, Pardon, am Arsch!«

Sophie hielt seinem Blick stand und ließ sich Zeit mit ihrer Antwort.

»Herr Pieper, ich respektiere Sie als ausgewiesenen Fachmann. Und Sie haben recht.« Pieper entspannte leicht und rang sich ein Lächeln ab. »Aber ich habe auch recht«, fuhr Sophie fort. »Und da die Sachentscheidung nun einmal bei der Bundesanwaltschaft liegt, machen wir es genau so, wie ich sage.«

Das Lächeln hatte sich aus Piepers Gesicht verdrückt. Er schaute Thom an. Doch der half ihm nicht und wollte sich den kleinen Machtkampf offenbar in aller Ruhe anschauen. Seine Leute standen mit verschränkten Armen da und genossen die Show.

»Verehrte Frau Staatsanwältin ...«, begann Pieper. »Ich bitte Sie, mich zu korrigieren, aber ist es nicht so, daß der Generalbundesanwalt ausschließlich für Spionage und Terrorismus zuständig ist? Bei einer Involvierung der Grauen Wölfe wäre das der Fall gewesen. Aber jetzt reden wir über Organisierte Kriminalität. Und bei OK haben Sie leider keinerlei Kompetenz!«

»Korrekt, Herr Pieper. Allerdings hat der GBA auch bei Verstößen gegen das Kriegswaffenkontrollgesetz ein Evokationsrecht. Wenn Sie sich die Mühe machen wollen, können Sie das gern im Gerichtsverfassungsgesetz nachlesen. Nehmen Sie also bitte zur Kenntnis, daß die Bundesanwaltschaft die Aktion weiterhin leitet.«

»Ich will Ihnen ja nicht zu nahe treten, aber es wäre mir lieb, Sie würden uns unseren Job machen lassen. Das ist nämlich kein Routineeinsatz mehr. Wir spielen jetzt in der Champions League!«

»Und Sie wollen mir wohl die Abseitsregel erklären?«

»Warum rufen wir nicht in Karlsruhe an und fragen Ihre Vorgesetzte?«

»Gute Idee«, sagte Sophie und griff nach ihrem Handy. Es war sprachgesteuert, sie brauchte nur den Namen des gewünschten Gesprächspartners in das Mikro zu sprechen.

»GBA«, sagte sie. »Wolf hier. Geben Sie mir bitte Frau Voigt ... Nein, wir sind telefonisch verabredet.« Dabei sah sie Pieper in die Augen. »Frau Voigt? ... Ja ... Moment, hier ist jemand, der mit Ihnen sprechen will.« Sie warf Pieper ihr Handy zu.

»Pieper, Einsatzleiter. Wir haben hier einen kleinen Dissens. Es geht um die Frage Ihrer Zuständigkeit, ich ...« Weiter kam er nicht, da er offenkundig unterbrochen wurde. Er stand kerzengerade da, hörte mit zusammengepreßten Lippen zu, und seine Leute bekamen das deutliche Gefühl, daß die Angelegenheit sich anders entwickelte als gedacht. Als Pieper das Handy sinken ließ, sprach sein Gesicht Bände.

Thom räusperte sich. »Dann wäre das ja geklärt.«

In diesem Moment tauchte Niklas Grimm in der Tür auf. »Der Präsident ist heute abend auf dem Staatsempfang in Berlin. Er möchte eine Satellitenstandleitung zu dem Einsatzteam. Ständige Information! Das läuft über mich, ja?« sagte Grimm zu Thom.

»Herr Grimm, Sie haben in Harvard studiert, sind bestimmt ein toller Hecht und schwimmen in einem großen Becken. Was diesen Einsatz angeht, tauchen Sie lieber ab. Oder sind Sie der Meinung, daß Sie nach drei Wochen im BKA mehr von meiner Arbeit verstehen als ich?«

Es war so still im Raum, daß man eine Stecknadel hätte fallen hören.

Sophie musterte den jungen Mann, der vor Thom stand. Sie hatte bereits von ihm gehört und wußte, daß er der neue Stabschef ihres Vaters war. Grimm war kaum älter als Sophie, mittelgroß und schlank. Gegelte Haare, straff nach hinten gekämmt. Große blaue Augen, die provozierend unschuldig blickten, beherrschten ein Gesicht, das jungenhaft und zugleich entschlossen wirkte.

»Mein lieber Herr Thom, Sie sind Gruppenleiter. Wie der Name schon ausdrückt, leiten Sie eine Gruppe von Referaten, nicht die Stabsstelle des Präsidenten. Haben wir uns verstanden?« sagte Grimm mit eisiger Stimme.

»In wichtigen Fragen werde ich Sie selbstverständlich unterrichten.«

»Und was wichtige Fragen sind entscheiden Sie?«

»Ich hätte es nicht besser ausdrücken können.«

Sie funkelten einander an und spielten das zeitlose Spiel »Wer senkt zuerst den Blick?«.

»Das haben Sie sicher lange vor dem Spiegel geübt«, sagte Thom schließlich.

»Sie leider nur im Dunkeln.«

Grimm drehte sich auf dem Absatz um und verschwand.

Thom sah seine Leute an. »An die Arbeit!«

Das Stimmengewirr erhob sich von neuem. Sophie fing das Handy, das Pieper ihr zuwarf, und setzte ihr freundlichstes Lächeln auf.

Bis zum Mittag ging eine Sitzung in die nächste über. Telefonkonferenzen mit dem Stabsbereich Einsatz der GSG 9, die den Zugriff durchführen sollte, wechselten mit Diskussionen über die Wahl der Einsatzzentrale in Bremerhaven, Beratungen über den günstigsten Fahrtweg des Container-Lkws und Besprechungen, in denen die ständig aus Polen einlaufenden Meldungen erörtert und bewertet wurden. Die letzte Nachricht besagte, daß Czarny und Fasoulas Krakau wahrscheinlich in den frühen Morgenstunden verlassen hatten.

Um zwei, eine halbe Stunde vor dem Aufbruch nach Bremerhaven, war Sophie ausgepumpt wie nach einem Marathonlauf. Sie stand auf dem Flur vor dem Raum, in dem Pieper seinen Männern letzte Instruktionen gab, füllte einen Becher mit der sämigen Brühe, die sich im BKA Kaffee nannte, warf drei Stück Zucker hinterher und sah, wie Thom den Raum verließ. Er stellte sich neben sie und bediente sich ebenfalls an der Kaffeemaschine.

»Entschuldige bitte«, sagte sie. »Ich wollte vorhin nicht ...«
Thom nickte nur und sagte: »Vergessen.«
Beide versuchten sie zu lächeln.
Sophie pustete in ihren Becher. »Deine Leute haben nichts von ›Weichsel‹ gewußt?« murmelte sie.
»Nur der Kern.«
»Und die polnische CBS – war die eingeweiht?«
Thom schwieg.
Sophie graute es vor der nächsten Frage. »Europol?«
Ein Schuß Milch im Kaffee, der Spatel, mit dem Thom umrührte, sein leises Schlürfen mit geschürzten Lippen. Das ersetzte die Antwort.
»Die haben doch wenigstens strategische Eckdaten?«
»Czarny hat Beziehungen. Auch bei Europol in Den Haag«, sagte Thom mit Bedacht. »Wir wissen nicht, ob wir den Verbindungsmännern der Polen, der Franzosen und der Portugiesen trauen können. Eine Information wurde diskutiert, aber verworfen.«
»Von wem?«
»Das ist Präsidentensache.«
»Die sind völlig ahnungslos?« wiederholte Sophie geschockt.
»Mädchen, ich muß dir nicht sagen, wie sich die Sache entwickelt. Es wäre jetzt an dir, Eurojust zu informieren. Willst du das?«
Genauso wie das BKA angewiesen war, die »Papiersammelstelle« Europol mit Informationen zu füttern, hatten die nationalen Staatsanwaltschaften die grundsätzliche Pflicht, ihre Erkenntnisse an die zentrale europäische Behörde Eurojust weiterzuleiten, um die Partnerländer über anhängige Ermittlungsverfahren zu unterrichten.
Sophie zögerte, Thoms Frage zu beantworten.
»Siehst du das anders?« Sie schwieg, und er prostete ihr mit seinem Becher zu. »Willkommen im Club!«

Sechs

Als Grimm den Kopf wandte, sah er den Präsidenten, der im hinteren Teil des BGS-Helikopters saß und Akten durcharbeitete. Wolf hatte eine Lesebrille aufgesetzt und machte hier und da mit einem kleinen, unwilligen Schlenker der linken Hand eine Notiz. Grimm fragte sich, ob er gerade die Rede redigierte, die er ihm für seinen morgigen Vortrag vor der Innenministerkonferenz geschrieben hatte. In der kurzen Zeit, die er nun im BKA war, hatte er bereits festgestellt, daß Wolf von den Manuskripten, an denen Grimm nächtelang feilte, lediglich das nackte Gerüst übernahm, ansonsten frei formulierte und die Aussage exakt auf den Punkt brachte. Es fiel Grimm nicht leicht, das zuzugeben, doch Wolf hatte den Text bisher jedesmal wesentlich verbessert, ohne daß Grimm hätte sagen können, worin das Geheimnis bestand.

Wolf schaute kurz hoch, so, als spüre er, daß er beobachtet wurde. Sie sahen einander für eine Sekunde an, ehe der Mann, mit dem Niklas Grimm Tür an Tür arbeitete, ohne ihn wirklich zu kennen, sich wieder in seine Akten vertiefte. Grimm rutschte mit dem vertrauten Gefühl, Wolfs Unwillen erregt zu haben, zurück in den Sitz. Seine Aufgabe als Leiter des persönlichen Stabes des Präsidenten bestand nicht nur darin, Terminabsprachen zu treffen oder Reden zu verfassen. Grimm führte achtzig Mitarbeiter, bereitete vertrauliche Informationen vor und herrschte über die Pressestelle. Er nahm an der Ministerlage genauso teil wie an den Besprechungen mit den Chefs von Bundesnachrichtendienst und Verfassungsschutz und war im Prinzip der wichtigste Ratgeber des Präsidenten. Im Prinzip, denn über Macht oder Ohnmacht seines Stabschefs entschied Wolf allein. Er konnte ihn stark machen oder schwächen, ganz wie es ihm beliebte. Bei seinem Einstellungsgespräch vor drei Monaten hatte Wolf gesagt, er erwarte von ihm die Umsetzung des »Willens des Präsidenten«. Aber was war dessen Wille? Grimm hatte das Gefühl, daß der Versuch, das herauszufinden, ihn mit Abstand die meiste Zeit kostete.

Als er nach Wiesbaden gekommen war, hatte er sich noch eingebildet, alles über Wolf zu wissen. Verständlich, denn er hatte seine Promotion über den Mann geschrieben, der in der RAF-Zeit Abteilungsleiter Terrorismus und später Chef der Spionageabwehr des BKA gewesen war, ehe er vor sechzehn Jahren Präsident des Amtes wurde. Grimm hatte jedes verfügbare Material durchgearbeitet, und so manches, was in einem bekannten Spiegel-Artikel der siebziger Jahre über den damaligen Präsidenten Herold gestanden hatte, schien ihm auch auf Wolf und *sein* BKA zu passen. *»Vielleicht sind die Vorzimmer einen Tick zu servil, zu angespannt beflissen. Man ahnt die Hände, die einem den Weg zum Präsidenten weisen, immer zugleich an der Hosennaht.«* Genau das war Grimms erster Eindruck gewesen. Wolf gebot über das Amt wie ein Patriarch, und wer ihm in seinem Büro gegenübersaß, sprach automatisch eine Oktave tiefer. *»Um Präsident des BKA zu sein, bedarf es einer grundsätzlich auf Einsamkeit angelegten Person.«* In der Tat hatte Wolf noch kein privates Wort mit Grimm gewechselt. Er arbeitete bis spät in die Nacht, brauchte das an Schlaf, was andere als Nickerchen bezeichnen würden, und hatte eine Aura, deren Kälte es undenkbar erscheinen ließ, ihn mit etwas zu behelligen, das nicht wirklich wichtig war.

Grimm hörte das leise Lachen der Sherpas, die ihn und Wolf zu dem Staatsempfang nach Berlin begleiteten. Die Männer saßen zwei Reihen vor ihm. Sie hatten die langläufigen Trommelrevolver, die nur in der Sicherungsgruppe benutzt wurden, auf dem Tisch abgelegt, spielten Karten, und Grimm fühlte die Wut auf Siegfried Thom noch immer wie ein Geschwür in seinem Magen. Thom war Wolfs Protegé; Grimm hatte vom ersten Tag an instinktiv gewußt, daß er sich den Respekt des Präsidenten nur verschaffen konnte, wenn er dessen Liebling Paroli bot. Das gestaltete sich jedoch schwieriger als anfangs gedacht, denn Thom verschanzte sich hinter Wolfs Gunst wie hinter Sandsäcken. Grimm mußte sich eingestehen, daß er am Morgen nicht sonderlich geschickt gewesen war. Natürlich würde Thom sich vor seiner versammelten Truppe keine Blöße geben. Er hatte Grimm mit Absicht provoziert, und der war prompt in die Falle getappt. *»Das haben Sie sicher lange vor dem Spiegel geübt.«* Zum Kotzen.

Wolf hatte nur noch knapp ein Jahr Amtszeit vor sich, danach würden die Karten sowieso neu gemischt werden. Die Sicherheitsarchitektur Deutschlands stand auf dem Prüfstand. Es gab Überlegungen, Bundesgrenzschutz und Zoll mit dem Bundeskriminalamt zu verschmelzen, eine »freundliche Übernahme«, die für das BKA einen neuerlichen Machtzuwachs bedeuten würde. Auf dem Neroberg beschwerte sich niemand darüber. Dort hatten längst die Diadochenkämpfe begonnen, und Grimm wurde hineingezogen, ob er wollte oder nicht. Thom genoß lediglich nach außen den Respekt der Hauptabteilungsleiter und der Vizepräsidenten, alles Polizeibeamte, die zusammen mit ihm im Amt groß geworden waren. In Wirklichkeit beäugten sie mißtrauisch und eifersüchtig jede seiner Aktionen. Sie warteten bloß auf einen Fehler oder ein Anzeichen von Schwäche, und es war keineswegs sicher, daß Thom Wolfs Nachfolger werden würde. Er war nur Gruppenleiter, was bedeutete, daß er bis zur Chefetage noch drei Hierarchieebenen zu überwinden hatte. Schwer vorstellbar, daß er den Tigersprung in den Präsidentensessel schaffte. Der Bundesinnenminister favorisierte, wie allgemein bekannt war, seinen Staatssekretär Ludwig Zwergblau für den Job. Ein geschickter Schachzug, denn Zwergblau gehörte der Partei des Koalitionspartners an, und eine solche Personalie konnte in Zeiten wie diesen, in denen es unüberhörbar in der großen Koalition knirschte, durchaus der Reinigung der Atmosphäre am Kabinettstisch dienen. Darüber hinaus gab es eine dritte Möglichkeit: Wolf könnte noch ein Jahr dranhängen, was mit Einwilligung des Innenministers durchaus möglich war. *Realistisch? Hmm, eher unwahrscheinlich, obwohl –* *»Kein Abschied auf der Welt fällt schwerer als der Abschied von der Macht.« War das Richelieu? ... Nein, Talleyrand. Nicht dumm, der*

Satz. Wenn Wolf erst einmal pensioniert ist und zu Hause ein paarmal seine Buchsbaumhecke geschnitten hat, wird er schnell genug merken, daß er jetzt nur noch über seinen Garten herrscht.

Wolf klappte das Dossier über Czarny zu und sah aus dem Fenster. Sie überflogen das Zentrum der Hauptstadt. Unter ihnen lag der rot und orange glimmende Moloch, der aussah wie ein Rost, auf den jemand einen Haufen glühender Kohlen geschüttet hatte. Träge pulsierende Straßen und Alleen durchschnitten das Häusermeer; die Blutbahnen, in denen die Energie der Stadt zirkulierte. Und mittendrin, selbst aus dieser Höhe unverwechselbar, der Tiergarten. Ein tiefschwarzes Rechteck, erkennbar allein durch schiere Größe.

Der Präsident schloß die Augen und gab den Versuch auf, nicht an Sophie zu denken. Er hatte geglaubt, auf das Wiedersehen mit ihr vorbereitet zu sein, doch als sie die Tür zu seinem Büro geöffnet hatte, war die Trauer über das, was zwischen ihnen stand, übermächtig gewesen wie nie zuvor, und er hatte das kleine Mädchen gesehen, das sich in seinem Zimmer einschloß, das den Vater nicht sehen und nicht mit ihm sprechen wollte, das keine Berührung mehr zuließ, seit sie neun gewesen war. So viele Jahre, in denen Wolf eine Tochter nur noch in den Träumen hatte, die ihn jagten wie Raubtiere.

Am frühen Sonntagmorgen war sie in sein Leben zurückgekehrt.

Das Telefon hatte geklingelt. Steindorff, natürlich. *»Herr Präsident, ich habe mich entschlossen, im Falle der kontrollierten Lieferung, die Sie in Krakau vorbereiten, mein Evokationsrecht auszuüben. Der Berliner Generalstaatsanwalt ist informiert. Wir erhalten noch heute Akteneinsicht.«*

Seine Stimme, die jedesmal, wenn er mit Wolf sprach, merkwürdig hoch und zittrig klang, als müsse er sich gegen den Präsidenten verteidigen. *»Stellt es für Sie ein Problem dar, wenn ich Ihre Tochter mit den Ermittlungen beauftrage?«*

Natürlich wußte Wolf, daß Sophie bei der Bundesanwaltschaft war. Er hatte ihre Karriere aus der Ferne verfolgt und seit dem Tag, an dem er erfahren hatte, daß sie nach Karlsruhe gegangen war, vorausgesehen, was sie plante.

»*Hallo, sind Sie noch dran?*«

Vor drei Wochen hatte Vandreyke über die deutsche Botschaft in Warschau nach Wiesbaden gemeldet, daß die Verhandlungen mit Fasoulas vor dem Abschluß stünden. Und schon als Wolf die dechiffrierte Kurzmitteilung in seinen Händen gehalten hatte, war die düstere Ahnung in ihm hochgekrochen, es könne um mehr gehen als um ein paar Kisten mit Sturmgewehren. Czarny, sein alter Gegner. Einen Moment lang hatte Wolf erwogen, die Aktion abzubrechen, doch die Versuchung, dem Mann, der seit so vielen Jahren immer wieder seinen Weg kreuzte, in die Suppe zu spucken, war zu groß gewesen. Da hatte er noch nicht gewußt, daß Sophie die Staatsanwältin sein würde. Er hätte die Aktion abgebrochen! Bestimmt hätte er das! Doch dazu war es zu spät gewesen, das war ihm längst klar, noch während er, krampfhaft bemüht, sachlich zu bleiben, versucht hatte, den GBA von seinem Entschluß abzubringen. »*Ich vermute, daß Sie persönliche Gründe haben, Herr Präsident. Leider kann ich darauf keine Rücksicht nehmen. Ihre Tochter wurde vor fünf Minuten über den Einsatz in Kenntnis gesetzt. Sie ist morgen in Wiesbaden.*« Aufgelegt.

Wolf hatte keine Erinnerung mehr an die Stunden danach. Sie waren einfach weg, verschüttet von einem Erdbeben, dessen Epizentrum in Karlsruhe lag.

Der Helikopter ging tiefer. Sie überflogen den Grunewald. Wolf wußte die stockdunkle Wasserfläche des Wannsees unter sich. Er rieb sich die müden Augen. Der Tag war lang gewesen. Und er wünschte, er wäre schon vorbei. Noch gestern hatte er die feste Absicht gehabt, seine Teilnahme an dem Staatsempfang abzusagen und statt dessen den Aktenberg auf seinem Schreibtisch in Angriff zu nehmen, der niemals kleiner wurde und immer nur wuchs. Das Attentat auf Ricardo Pallucci hatte alles verändert. »*Herr Präsident, Nachricht aus Polen!*« Grimm, ohne Krawatte, mit verwuschelten Haaren und in Jeans, unter denen man noch die Schlafanzughose ahnte. Das war um halb fünf gewesen, eine Viertelstunde nachdem Wolf aufgestanden war.

»*Czarny ist in Krakau! Pallucci und Grasso sind tot!*«

Cuevo.

Niklas Grimm hatte es nicht aussprechen müssen, es war Wolfs erster Gedanke gewesen. Der mächtigste Partner des Kartells war am frühen Morgen des gleichen Tages liquidiert worden, an dem Miguel de la Peña, der Staatsminister der neugewählten bolivianischen Regierung, in Berlin gelandet war. Zufall? Kaum. Die Frage war nur, worin die Verbindung bestand. Cuevo lieferte sich einen erbitterten Kampf mit der Drug Enforcement Administration. *Corbies Truppe. Corbin James Frederics, vormals CIA, vormals Secret Service, vormals NSA. Waren wir wirklich einmal Freunde gewesen? Grillabende in Flatbush, Lobster, Corbie, der es nicht fertigbrachte, die Tiere ins heiße Wasser zu werfen. Und doch schickt er seine Männer hinunter in den Dschungel des Chaparé, wo sie Dinge anstellen, von denen nicht einmal Langley wissen will. Sie waren als Kreuzritter gekommen, doch sie haben ihre Mission längst vergessen. Ihre Schlachtrösser stapfen bis zu den Bäuchen durch den Schnee, und wenn sie sich bedienen wollen, müssen sie nur die Hände ausstrecken und sich die Satteltaschen vollstopfen.* Sie konnten in Bolivien bloß aktiv werden, weil die dortige Regierung es ihnen gestattete. Nicht ganz freiwillig allerdings, denn Uncle Sam übte einen Druck aus, dem kein lateinamerikanisches Land standhalten konnte. Das Votum der DEA war entscheidend für die Drogenzertifikate, die vom U.S. State Department jährlich attestiert wurden. Wer schlechte Zensuren bekam und nichts gegen die Kartelle tat, dem schlug der Weltwährungsfonds die Tür vor der Nase zu. No credits, no economic aid. Wenn die DEA es wollte, gingen ganze Staaten bankrott.

Es war also ein Zweifrontenkrieg, den Cuevo führte – gegen die Amerikaner und gegen die eigene Regierung. Dazu brauchten sie die Waffen, die Pallucci ihnen mit Czarnys Hilfe beschafft hatte. Nach Palluccis Tod würde ein anderer seine Stelle einnehmen. Dieser Jemand hatte Cuevo möglicherweise eine Botschaft geschickt: Vergeßt die 'Ndrangheta! Macht das Geschäft mit uns, oder ihr verliert eure Macht und damit den Krieg!

Wolf erinnerte sich an de la Peña, dem er vor vielen Jahren

schon einmal begegnet war. Der Mann, der heute in offizieller Mission der deutschen Hauptstadt seinen Besuch abstattete, war damals Student in Berlin gewesen, gehörte aber zur bolivianischen Revolutionsbewegung BRP, die gegen die Diktatur in seinem Land kämpfte. Er hatte sich in einem Schöneberger Lokal mit einem Kontaktmann der IRA getroffen, um Waffen für seine Compañeros zu beschaffen, die im Dschungel, nahe der brasilianischen Grenze, einen Zermürbungskrieg gegen die Armee von Luis García Meza führten. Das sollte ihm eine kurze Untersuchungshaft in Moabit einbringen, wo Wolf persönlich an einer Vernehmung teilgenommen hatte.

Miguel de la Peña war Anfang Zwanzig gewesen. Entspannt und scheinbar völlig unbesorgt hatte er vor Wolf gesessen, wollte keinen Rechtsanwalt und brauchte auch keinen, denn er wußte genau, daß die Beweise mehr als dürftig waren. Die Ermittlungen wurden schließlich eingestellt.

Das war eine halbe Ewigkeit her. Wolf hatte nichts mehr von de la Peña gehört, bis vor drei Monaten der Wahlkampf in Bolivien angelaufen und eine Lagebeurteilung des BND auf seinen Schreibtisch geflattert war: Die früheren Guerilleros hatten ein Bündnis mit der bürgerlichen Partei gebildet, befanden sich auf dem Sprung zur Macht, und Miguel de la Peña wurde als starker Mann eines künftigen Kabinetts gehandelt.

Es war ein weiter Weg gewesen von der Zelle in Moabit bis in den Präsidentenpalast von La Paz. Und es war eine erstaunliche Karriere.

Der Pilot begann den Landeanflug. Wolf sah die Parade der an- und abfahrenden Limousinen vor der schneeweißen herrschaftlichen Villa, die bis zum Abzug der Alliierten der Wohnsitz des britischen Stadtkommandanten gewesen war und seit kurzem als Gästehaus der Bundesregierung diente. Bunte Lampions, die wie Glühwürmchen in der Dunkelheit funkelten, wurden vom Luftstrom der Rotoren herumgewirbelt und tanzten auf und ab. Als die Maschine im Garten aufgesetzt hatte, eilten Bedienstete in Livree herbei. Wolfs Kommandoführer griff nach seinem Walkie-talkie und meldete der Innensicherung, daß der Präsident angekommen war: »14/23 mit TUAREG gelandet.«

Die Sherpas nahmen ihre Schutzperson in die Mitte. Grimm lief geduckt einige Schritte hinter ihnen und folgte seinem Chef ins Haus.

Fünf Stunden zuvor hatte eine kleine Wagenkolonne Wiesbaden verlassen. Sophie saß mit Pieper und Lombardi im Führungsfahrzeug. Insgesamt hatte Pieper acht Männer für den Einsatz ausgesucht. Ein Kommando der Abteilung ZD, das die Aufgabe hatte, den Bremerhavener Containerterminal zu präparieren, war bereits am Vormittag vorausgefahren.

Zwar gehörte Polen zu den Staaten des Schengener Abkommens, das einen unbeschränkten Warenverkehr garantierte. Dennoch waren an der deutsch-polnischen Grenze Kontrollstellen belassen worden, um der zunehmenden Schmuggel- und Schieberaktivitäten Herr zu werden. Schrader hatte am Checkpoint Frankfurt/Oder, wo ein als Lastwagenfahrer getarnter BKA-Mann Kontakt mit ihm aufgenommen hatte, die vorerst letzte Meldung abgesetzt. Sie besagte, daß er vermutlich gegen Mitternacht in Bremerhaven ankommen würde.

Niemand konnte ausschließen, daß der Lkw observiert wurde, auch mußte damit gerechnet werden, daß man Schraders Handy abhörte. So starrte Sophie, die allein im Fond des Wagens saß, auf den Monitor, der vorne zwischen Pieper und Lombardi auf der Mittelkonsole stand, und versuchte sich vorzustellen, wie der vom BKA genutzte geostationäre Helios-II-Satellit den Impuls aus dem Minisender, den Schrader unter dem Container angebracht hatte, in jenen grünen Leuchtpunkt umwandelte, der auf dem Display ruhig und gleichmäßig blinkte.

»Hat er Frankfurt/Oder schon passiert?« fragte Sophie.

»Noch nicht. Die lassen sich Zeit«, antwortete Lombardi.

Auf solche Informationen beschränkte sich der Dialog nahezu während der ganzen Fahrt. Lombardi blätterte in einem Magazin, schlief dann für eine halbe Stunde, die Schläfe gegen das Fensterglas gelehnt, indes Pieper stumm am Steuer saß und so tat, als sei Sophie nicht vorhanden. In unregelmäßigen Abständen hielt er Funkkontakt zu den anderen Wagen, der aus einem solchen Kauderwelsch bestand, daß sie kein Wort verstand. Bald glaubte sie, unendlich fern von allem zu sein, am Rande des Sonnensystems.

Raumfrachter Tethys an Bodenstation. Befinden uns im Anflug auf Ganymed III. Erbitten Hypersektor. Erteilt, Raumfrachter Tethys. Achten Sie bitte auf Gasprotuberanzen. Kann ein bißchen holprig werden. Verstanden, Bodenstation, beginnen Anflug.

Sophie steckte sich eine Gitane an.

»Könnten Sie das bitte lassen?« schnauzte Pieper.

»Ja«, sagte Sophie. »Könnte ich.« Und rauchte weiter.

Als Lombardi kurz vor dem Kamener Kreuz aufwachte, beugte Sophie sich nach vorne. »Etwas würde mich interessieren: Der verdeckte Ermittler, der den Lkw fährt, hat die Ware persönlich verladen. Er sitzt die ganze Zeit allein im Fahrerhaus. Warum wird der Truck trotzdem über Satellit kontrolliert? Wir wissen doch, daß Bremerhaven das Ziel ist.« Sie sah Piepers süffisantes Grinsen im Rückspiegel und wußte im gleichen Moment, daß er es sich nicht nehmen lassen würde, ihr einen Seitenhieb zu verpassen.

»Tja, Frau Staatsanwältin ... oh, Pardon, Oberstaatsanwältin, schätzen Sie doch mal, was die Ladung für einen Wert hat. Denken Sie, wir vertrauen unseren VEs blind? Sie sind echt süß. Das ist ja direkt rührend.«

Pieper lehnte sich entspannt zurück und pfiff ein Liedchen. Sophie zwang sich, die Erwiderung, die ihr auf den Lippen lag, herunterzuschlucken, als sie den Blick bemerkte, den Lombardi zu ihr nach hinten schickte.

Die drei Fahrzeuge machten, nicht weit von Osnabrück, einen kurzen Stop an einer Tankstelle. Während Sophie rauchte und sich die Füße vertrat, sah Lombardi, daß Pieper sich ein halbes Dutzend Schokoriegel und literweise Coca-Cola einpacken ließ. Er wechselte mit den Kollegen, die hinter ihm an der Kasse standen, ein paar belanglose Worte. Sie wußte, wie das lief. *»Entschuldigung, ist das Ihr Mercedes da draußen? Sie haben noch die Tank-*

klappe offen.« (Checkt die Karre mal ab, die ist schon seit zwei Stunden hinter uns.) *»Ist nicht meiner, trotzdem danke.«* (Schon passiert. Alles roger!)

Lombardi schlenderte kaugummikauend, die Hände tief in den Taschen vergraben, zu Sophie. »Ein kleiner Tip, Frau Wolf.«
»Ja?«
»Gregor Vandreyke ist der Freund von Jan. Sein bester. Ist so 'n Männerding, verstehen Sie?«
Sophie nickte stumm.
»Legen Sie's nicht unbedingt drauf an, okay?«
Ein zweites Nicken.

Sophie wußte, daß Vandreyke und Ines Broszat noch immer in Krakau waren. Allen war klar, daß sie nach der Ermordung von Pallucci und Grasso in höchster Gefahr schwebten. Niemand konnte ausschließen, daß Czarny etwas mit dem Attentat zu tun hatte, und die Frage, was passieren würde, wenn seine Männer, die sich möglicherweise noch in der Stadt aufhielten, von dem Zugriff in Bremerhaven erfuhren, war während der morgendlichen Sitzungen ständig präsent gewesen, ohne daß jemand sie aussprach. Sophie hatte es, in Anbetracht der Spannung, die zwischen ihr und Pieper herrschte, peinlich vermieden, das Thema anzuschneiden.

»Was passiert jetzt mit den VEs?« fragte sie.
»Wir haben in Krakau einen Verbindungsbeamten. Er nimmt Kontakt zu ihnen auf und wird versuchen, sie rauszuholen.«
»Wann?«
»Gute Frage. Ich wollte, ich könnte sie Ihnen beantworten.« Lombardi nahm drei Öljanker mit dem Aufdruck der Firma GlobalGate aus dem Kofferraum und gab einen davon Sophie. »Die werden wir nachher brauchen.«

Pieper kam zurück, mampfte schon auf dem Weg zum Auto einen Schokoriegel und spülte, die Plastiktüte mit den restlichen Sachen unter den Arm geklemmt, mit Cola nach. Daß ihm etliche Kilos zuviel auf den Rippen saßen, war kein Wunder.

Um so größer war Sophies Verblüffung.

Pieper machte Anstalten, die Tüte mit dem süßen Zeug im Wagen zu verstauen, als Sophie, die gerade wieder einsteigen wollte, ihn unabsichtlich anrempelte. Die Tüte glitt aus seiner Hand, und sie sah den Inhalt schon herauspurzeln. Doch Pieper machte eine Körperdrehung, die so schnell war, daß Sophies Auge ihr kaum folgen konnte. Er fing mit der linken Hand fünf Schokoriegel auf, mit der rechten zwei Colaflaschen, gab dabei nicht einmal einen Laut von sich und bewegte sich so elegant, daß es ihr den Atem nahm.

Sophie murmelte halblaut »Entschuldigung« und verkrümelte sich auf die Rückbank. Die schweigende Fahrt ging weiter. Doch noch eine halbe Stunde danach sah sie vor ihrem inneren Auge, wie der Mann, der sonst so tapsig und behäbig wirkte, mit großer Selbstverständlichkeit, ohne erkennbare Mühe, dieses artistische Kunststück vollbrachte.

Jetzt wußte sie Bescheid.

Bis Bremerhaven unterdrückte sie ihr Verlangen zu rauchen. Als sie gegen zwanzig Uhr die Autobahn verließen, hatte Nebel eingesetzt. Er dünnte im Scheinwerferlicht fadig aus. Pieper mußte auf der Cherbourger Straße, die direkt in den Überseehafen führte, immer wieder Containertrucks überholen, die zu den Gatehouses unterwegs waren und im Schneckentempo über den Asphalt krochen.

Rechts und links der Straße lagen die Parkplätze, auf denen Tausende von Pkws darauf warteten, in die Bäuche der unförmigen Schiffstransporter verladen zu werden, um die Fahrt über den Atlantik anzutreten. Die Parkplätze wichen den Bananenpiers, dann den Kühlhäusern der Nordseefangflotte. Der Fischgestank, den das Gebläse ins Wageninnere pumpte, war so penetrant, daß Sophie übel wurde.

Schrader war jetzt kurz vor Hannover. Sie hatten also noch vier Stunden.

Als sie an einer hochgefahrenen Zugbrücke halten mußten, meldete sich Piepers Handy. Sophie hörte, wie er mit einem Kind telefonierte; offenbar sein Sohn. Pieper nannte ihn »Tiger«. Seine Stimme wurde weich. Sophie fragte sich, ob er wohl ein guter Familienvater war. Ein Bananenfrachter glitt unter den Auslegern der Brücke hindurch. Er war unbeleuchtet bis auf die Positionslampen und hob sich mit seinem rostfleckigen Rumpf kaum von dem öligen Dunkel des Wassers ab. Sophie wischte die Seitenscheibe frei und sah direkt neben der Straße einen Bretterverhau, über dessen Tür eine Leuchtreklame flackerte: »Letzte Kneipe vor New York«.

Um 20.10 Uhr erreichten sie ihr Ziel. Drei mächtige Gebäude tauchten vor ihnen auf, die Gatehouses der Firma GlobalGate, in denen sich die Verwaltung des Containerterminals befand. Sophie, Lombardi und Pieper hatten die Öljanker übergestreift und schlenderten ohne Hast, als läge die übliche Nachtschicht vor ihnen, zum Gatehouse III, wo ZD im achten Stock die provisorische Einsatzzentrale eingerichtet hatte. Die Männer aus den Begleitfahrzeugen würden im Abstand von jeweils zwanzig Minuten nachkommen.

Der Raum war groß, sicher mehr als dreihundert Quadratmeter, und leer bis auf die Batterie von Monitoren und Equalizern, hinter denen Techniker saßen. Mit Joysticks konnten Kameras und Mikrofone in jeden Winkel des Areals dirigiert werden. Die Begrüßung bestand aus einem stummen Nicken. Während Pieper und Lombardi zu ihren Kollegen gingen, um technische Details zu besprechen, trat Sophie an eines der Fenster und sah hinaus. Vor ihr lag der mehrere Hektar große Chassis-Platz, der sich bis zur Pier erstreckte. Hier setzten die Lkws ihre Last ab. Die Container waren in Blöcken aufeinandergeschichtet und bildeten ein Labyrinth, durch das die wieselflinken, achträdrigen Van-Carrier huschten, die so hoch waren wie Zweifamilienhäuser. Die Spredder hingen in neun Metern Höhe direkt unter den gläsernen Fahrerkabinen an den Winschen. Sie senkten sich nach unten, packten die Container wie Legoklötze und rangierten sie zu den riesigen Kranbrücken, unter deren Auslegern die Frachtschiffe unersättlich nach Ladung gierten. Sophie fragte sich, wo in dem Gewirr da draußen die beiden SETs der GSG 9, insgesamt also zehn Mann, in Stellung gegangen waren. Sie hatten, soviel war aus Piepers maulfaulen Bemerkungen herauszuhören gewesen, ihren Stützpunkt in Hangelar mit einem

Helikopter verlassen und waren seit fünfundvierzig Minuten vor Ort. Irgendwo.

Pieper hatte entschieden, die SETs aus den Einsatzeinheiten I und IV zu nehmen. II und III waren für spezielle Zugriffe aus dem Wasser und aus der Luft vorgesehen, jedoch für diesen Einsatz ungeeignet. Die Seeseite bot keine Deckung, eine Luftlandeaktion wäre zu umständlich gewesen.

Sophie wandte den Kopf, als Lombardi sie antippte und ihr einen Becher mit lauwarmem Kaffee in die Hand drückte.

»Danke.« Sie sah sich um, entdeckte Würfelzucker und süßte die Plörre.

»Wie Ihr Vater.«

Sophie fixierte Lombardi, als habe die etwas Ungehöriges gesagt.

»Drei Stück Zucker. So mag er's auch.«

»Damit dürften die Gemeinsamkeiten wohl erschöpft sein!«

Lombardi wärmte die Hände an ihrem Becher und schaute Sophie stoisch an. Die machte den Versuch eines unbeholfenen Lächelns. »Um genau zu sein: Er trinkt ihn mit Zucker *und* mit Milch.«

»Katja, kommst du mal?«

»Entspannen Sie sich«, sagte Lombardi. »Ist nur ein Job.« Sie ging zu Pieper, der über eine Lagekarte gebeugt war.

Sophie gönnte sich die erste Gitane seit Osnabrück, roch an dem sogenannten Kaffee und vermißte ihre Espressomaschine.

Bundesinnenminister Josef Langheinrich klopfte mit einem Montblanc-Füller gegen sein Champagnerglas. Die etwa zweihundert geladenen Gäste richteten ihre Blicke auf ihn. Er griff nach dem Mikrofon, das ein Page ihm reichte, und lächelte den bolivianischen Staatsminister an. Der Smoking paßte zu Miguel de la Peña wie die Federn zu einem Pfau, und Wolf, der nahe der geschwungenen Freitreppe stand, die zum ersten Stock führte, erinnerte sich in diesem Moment an die verwaschenen Jeans des Untersuchungshäftlings und an die Turnschuhe, mit denen er die Zigarettenkippen auf dem Boden der Zelle ausgetreten hatte.

»Sehr geehrter Herr Staatsminister de la Peña, Exzellenzen, verehrte Damen und Herren, ich habe die Ehre und das Vergnügen, Sie als Bundesinnenminister, in Vertretung des Bundeskanzlers, hier im Gästehaus unserer Regierung begrüßen zu dürfen«, sagte Langheinrich. »Es ist uns eine große Freude, daß Sie, Señor de la Peña, als Vertreter der neuen bolivianischen Regierung, in Vorbereitung der baldigen Europareise Ihres neugewählten Präsidenten, zuerst in der Bundeshauptstadt Station gemacht haben. Unsere beiden Länder pflegen seit langem enge und freundschaftliche Beziehungen, und Männer wie Sie sind der Garant dafür, daß das auch weiterhin so bleibt. Ich darf wohl sagen, verehrter Herr Staatsminister, Sie haben einen Koffer in Berlin ...«

De la Peña hatte ein ebenmäßiges, gebräuntes Gesicht, dessen Ausstrahlung durch die kleine, kaum sichtbare Narbe über dem linken Mundwinkel noch verstärkt wurde. Kohlefarbene Augen ließen seinen Blick intensiv und strahlend wirken, was den Eindruck ständiger Konzentration erweckte. Seine dichten schwarzen Haare fielen lockig auf den Hemdkragen und hoben ihn von dem biederen Outfit der sonstigen Politprominenz ab. Ein charismatischer Beau, sich seiner Wirkung auf Männer und Frauen gleichermaßen bewußt. Niemand im Saal konnte sich dieser Wirkung entziehen. Er nahm mit schlanken, fast zierlich zu nennenden Händen das Mikrofon, das Langheinrich ihm hinhielt. »Vielen Dank, Herr Minister, danke für den herzlichen Empfang. Als ich vor dreißig Jahren zum erstenmal in dieses schöne Land kam, herrschte in meiner Heimat Diktatur. Ich hatte hundert Mark und die Immatrikulation für die Freie Universität Berlin in der Tasche. Es folgten sieben Jahre, die ich zu den schönsten meines bisherigen Lebens zähle ...«

Sein Deutsch war nahezu perfekt. Lediglich ein leichter spanischer Akzent und die kleinen suchenden Pausen, die er hier und da vor einer Formulierung machte, verrieten, daß dies nicht seine Muttersprache war. »Jetzt, in diesem Augenblick, bin ich sehr glücklich, nach so langer Zeit an einen Ort zurückgekehrt zu sein, der eine ganz besondere Rolle in meinem Leben gespielt hat. Nicht in ein fremdes Land, sondern in meine zweite Heimat!«

De la Peña bedankte sich mit einem leichten Kopfnicken für den Applaus. »Gestatten Sie mir nun noch einige Sätze über den eigentlichen Anlaß meines Besuchs: Jahre der Rezession und des sozialen Niedergangs liegen hinter uns. In Bolivien ist die Kluft zwischen Arm und Reich heute größer als je zuvor, und wir stehen vor ungeheuren Aufgaben, die wir nur schwer aus eigener Kraft bewältigen können. Wir brauchen die Hilfe der Reichen, um den Armen ein menschenwürdiges Leben ermöglichen zu können. Daher weiß ich, daß mir schwierige Gespräche bevorstehen, aber auch Gespräche mit Freunden! Erlauben Sie mir, einen Toast auszubringen: Auf die Freundschaft zwischen unseren Ländern und auf besseres Wetter! Ich habe wohl ganz vergessen, wie kalt es hier im Januar sein kann!«

Der Applaus ging über das Übliche hinaus. Wolf gab ihm auf seiner persönlichen Skala eine stabile Acht. Er deutete ein Klatschen lediglich an, so daß in dem Champagnerglas, das er in der Hand hielt, kaum Bewegung entstand.

Als de la Peña und der Innenminister miteinander anstießen, fiel Wolf wieder einmal auf, mit welcher Leichtigkeit Josef Langheinrich sich auf dem Parkett bewegte. Drei Jahre war er jetzt im Amt, und er war weiß Gott nicht immer mit Wolf einer Meinung gewesen. Langheinrich verstand es über alle Maßen geschickt, sein Image als liberales Aushängeschild der Partei zu pflegen. Seine Positionen in Fragen der Inneren Sicherheit unterschieden sich deutlich von jenen des BKA-Präsidenten, den man nicht beleidigte, wenn man ihn zur Fraktion Law and Order zählte. Trotzdem kam Wolf, der in seiner Zeit als Präsident sechs Dienstherren hatte kommen und gehen sehen, mit seinem Minister, wie man so sagte, zurecht. Langheinrich ließ Wolf an der langen Leine, redete ihm nicht in Dinge hinein, von denen er nichts verstand, und das war ohne Zweifel das Wichtigste. Bis vor wenigen Wochen jedenfalls.

Das Defilee begann. Langheinrich stellte de la Peña die Gäste vor, die murmelnd eine Schlange gebildet hatten und darauf warteten, in alphabetischer Reihenfolge aufgerufen zu werden. Wolf entdeckte Johannes Steindorff. Er wurde von seiner Referentin Susanne Voigt begleitet. Ein vertrauter Anblick, denn Steindorffs Frau war an Parkinson erkrankt, saß, wie man hörte, mittlerweile im Rollstuhl und war seit Jahren nicht mehr in der Öffentlichkeit gesehen worden. Genau wie Wolf hatten Steindorff und Voigt hohe Anfangsbuchstaben und waren es gewohnt, sich Zeit zu lassen. Die Blicke des BKA-Präsidenten und des Generalbundesanwaltes trafen sich. Sie nickten einander ohne jede Regung zu, ehe der GBA von einem Staatssekretär des Justizministeriums angesprochen wurde und die beiden Männer, Susanne Voigt in die Mitte nehmend, eines jener Gespräche begannen, auf die man sich bei späteren, dienstlichen Begegnungen gerne in einem Nebensatz bezog und sie als angeregt bezeichnete, während sie in Wirklichkeit das Lächeln nicht wert waren, mit dem jedes kleine Gerücht aus der Berliner Politszene breitgetratscht wurde.

»Schau mich an!« sagte Kiraly und leuchtete mit einer Taschenlampe in Sascha Roths Gesicht.

Haifischpupillen weiteten sich unter dem Strahl der Maglite.

»Hast du was genommen?« fragte Kiraly.

»Nein.«

»Ich will wissen, ob du was genommen hast!«

Roth schob die Taschenlampe weg. »Zwei Captagon, verdammt! Nur zwei, heute morgen!«

Kiraly ohrfeigte ihn rechts und links und packte ihn bei den Schultern. Roth machte nicht den Ansatz einer Gegenwehr. Er spürte den Schmerz unter dem Neoprenanzug, als Kiralys Finger sich in seinen Arm gruben. »Hör zu, Kleiner, das wird hier kein Spaziergang! Packst du das?«

»Scheiße, ja!«

»Bist du sicher?«

»Hör auf damit!«

»Nur zwei?«

»Ja, zwei! Okay?«

Kiraly fixierte Roth schweigend, ehe er ihn schließlich losließ. Sie zogen das Schlauchboot, mit dem sie gekommen waren, auf die kleine Landzunge an der Nordspitze der Kaje. Die Felstrümmer, zwischen denen sie das Boot versteckten, würden irgendwann von Lastkähnen abtransportiert werden. Aber nicht heute nacht. Der Wind kam scharf von der See und drückte den Nebel auf das Wasser, das dick und zäh wie Haferschleim an den Felsen schmatzte. Der gleißend hell angestrahlte Chassis-Platz war nur knapp einen Kilometer entfernt. Er schien vor Licht regelrecht zu dampfen.

Roth schnallte den Bleigurt sowie die Tarierweste mit der Sauerstoffflasche um und überprüfte die Funktionsfähigkeit des Inflators.

»Erster Kontakt, wenn du an der Nordschleuse bist«, sagte Kiraly.

Sascha Roth nickte stumm.

»Okay, versau's nicht!« Kiraly reichte ihm den wasserdichten Sack, in dem sich alles Nötige befand. Roth glitt in die Strömung. Er legte die Flossen an, griff nach dem batteriebetriebenen Tauchschlitten und ließ sich von ihm in die Tiefe ziehen, während Kiralys Schatten mit dem rußigen Schwarz der Felsen verschmolz.

Er trug ebenfalls einen Neoprenanzug, Tarierweste und Sauerstoffflasche lagen griffbereit neben ihm. Sollte etwas schiefgehen, würden sie das Boot nicht mehr benutzen können. War es richtig gewesen, Roth den Chassis-Platz zu überlassen? Hätte Kiraly das nicht besser selber übernommen? Die Entscheidung darüber hatte nicht in seiner Hand gelegen. Sein Auftraggeber wollte, daß Roth die Aktion durchführte. Lajosz Kiraly wußte nur wenig über die Organisation, für die er seit sechs Monaten arbeitete. Sie war wie ein großes Haus mit vielen Zimmern, in denen die Bewohner der unteren Etagen keine Ahnung hatten, wer über ihnen wohnte. Ganz oben im Penthouse residierte der Boß, den aber niemals jemand sah. Kannte Kiraly ihn? Er war sich nicht sicher. Für Roth war wohl etwas im mittleren Geschoß vorgesehen. Eine hübsche große Wohnung mit Panoramablick auf mehr Geld, als Kiraly je auf einem Haufen gesehen hatte. Man hatte Kiraly offenkundig als eine Art Ausbilder angeworben, um das kommende Führungspersonal zu trainieren, junge, vor Ehrgeiz brennende Männer, die sich ihre ersten Sporen an der Front verdienen sollten, ehe sie vom Schreibtisch aus töteten. Kiraly vermutete, daß es viele Roths in der Organisation gab.

Und er fragte sich, ob sich nicht auch für ihn selbst eine schöne Wohnung in dem Haus finden ließ.

Es war eiskalt. Kiraly registrierte das, ohne daß es ihn störte. Er hatte gelernt, sich durch Meditation unempfindlich gegen Kälte und Schmerz zu machen. Bald fünfzehn Jahre war er jetzt im Geschäft, und es war erst ein einziges Mal vorgekommen, daß er einen Job nicht erledigt hatte. Wolf, damals. Kiralys Auftraggeber war Boris Michailow gewesen, das Oberhaupt der ukrainischen Pravye-Mafia, die sich auf Raub und Erpressung spezialisiert hatte. Wolf war gegen ihren deutschen Zweig mit aller Härte vorgegangen und hatte Michailow mit der Festnahme seines Stellvertreters, der in Duisburg einen Prostitutionsring aufbaute, einen schweren Schlag versetzt.

Eine halbe Million Dollar hatte Michailow auf den Kopf des BKA-Präsidenten ausgelobt. Lajosz Kiraly war sich darüber im klaren gewesen, daß man einen Mann in einer solchen Sicherheitsstufe nur mit einer Kamikaze-Aktion töten konnte. Riadh Souayah war genau der Richtige dafür. Kiraly hatte ihn ausgesucht, weil er wußte, daß er zum tunesischen Clan der Quaer gehörte. Wolfs Männer hatten bei einem Zugriff in München einen seiner Brüder getötet, und die Familienehre verlangte, daß Rache geübt wurde. Souayah haßte Wolf so sehr, daß er sein Leben opfern würde, ohne zu zögern. Auf Michailow würde nicht der geringste Verdacht fallen. Doch das Sprengstoffattentat wurde durch einen von Wolfs Sherpas vereitelt. Das Gesicht dieses Mannes war auf keinem der Fernsehbilder zu sehen gewesen, die um die Welt gingen. Die Sekunde jedoch, in der er Wolf gepackt und sich mit ihm vor dem Ministerium unter den BGS-Schützenpanzer gerollt hatte, blieb in Kiralys Gedächtnis eingebrannt wie eine Narbe.

Nie zuvor hatte er eine solche Eleganz gesehen. Atemberaubend.

Der Rest war Geschichte. Kiraly hatte zwar die Anzahlung kassiert, doch das Gefühl, versagt zu haben, war wie eine juckende Stelle, die er nicht kratzen konnte. Tief in seinem Innern wußte er, daß er den Job noch erledigen würde. Irgendwann. Und lange Zeit hatte er sich gefragt, ob er dann vielleicht dem Mann, der Wolf das Leben gerettet hatte, gegenüberstehen würde.

Bis vor drei Tagen. Bis Krakau.

Kiralys Auftraggeber hatte es eher beiläufig erwähnt, so, als sei es nicht weiter der Rede wert. »*Er ist vom BKA. Verdeckter Ermittler. Er wohnt im Cracovia. Vielleicht haben Sie von ihm gehört. Er war früher mal Wolfs Sherpa. Hat ihn damals unter diesen Panzer gezerrt, Sie wissen schon.*«

Ein seltsam erregendes Gefühl hatte sich seiner bemächtigt. Er und dieser Mann. Sie waren in der gleichen Stadt. Und trotzdem gab es keine Chance.

»*Vergessen Sie ihn. Er ist unantastbar für uns.*«

Es war ihm schwergefallen, aber er hatte das akzeptieren müssen.

Fast immer hatte er allein gearbeitet. Er tötete für Geld und liebte die Einsamkeit. So war es gewesen bis vor einem halben Jahr, bis zu dem Treffen auf Kuba. Sie hatten von seinem letzten Hit gehört – der Ermordung des MI-6-Sektionschefs in Moskau. Dreihunderttausend Euro war sie der russischen Fedorovskie wert gewesen. Bei diesem Treffen auf Kuba hatte Kiraly ein Angebot erhalten, das er nicht ablehnen konnte: zweihunderttausend in einer Währung seiner Wahl. Monatlich, ob er gebraucht wurde oder nicht. Kiraly hatte lange überlegt, aber keinen Haken an der Sache gefunden. Die Überweisung war an jedem Ersten pünktlich auf dem Züricher Konto eingegangen, wo, dank seiner guten Jahre, mittlerweile mehr als vier Millionen Euro lagen, und Kiraly hatte sich schon gefragt, ob das immer so weitergehen würde. Normalerweise erledigte er einen oder zwei Hits pro Jahr, doch nun nahm er, obwohl es Offerten gab, keinen weiteren Job an. Sein Auftraggeber wollte ihn exklusiv für sich, und Kiraly fand, daß die Summe, die er dafür zahlte, ihm das Recht dazu gab. Er war jetzt ein festangestellter Killer und kam sich vor wie ein Beamter. Es war eine merkwürdige Art, sein Geld zu verdienen.

Vor vier Wochen hatte er dann den Anruf erhalten. Krakau. Es war klar, daß man dafür mindestens einen zweiten Mann brauchte. Kiraly war es gewohnt, seine Leute persönlich auszusuchen, doch man wollte, daß er Sascha Roth nahm. *»Glauben Sie mir, der Junge hat Zukunft. Sehen Sie ihn sich wenigstens an!«*

Das hatte er getan. Roth war ein ungeschliffener Diamant. Er hatte alles: die Bewegung und die Intelligenz, das Auge und den Mut. Er erinnerte Kiraly an einen jungen Bullterrier, dem man nur noch die Verspieltheit austreiben mußte. Manchmal warf er ein paar Pillen ein, aber das war allein der Streß, ganz normal. Ein Jahr oder zwei, dann wäre er soweit, es selbst mit Kiraly aufnehmen zu können. Vielleicht. Ein Lächeln grub sich unter seinen Bartstoppeln hervor, als ihm dieser Gedanke kam.

Es könnte Spaß machen. Wer weiß, vielleicht würde der Tag kommen.

Er leuchtete seine Uhr an. Zwei Minuten nach zehn.

Die Kälte fuhr Roth unter die Haut, als würde sie mit einer Spritze injiziert. Es war stockfinster. Er hielt sich dicht an der Kaje, blieb konstant auf zwei Metern und orientierte sich an der Kaimauer, die er immer wieder mit seiner Stablampe anstrahlte. Das Surren des Tauchschlittens war das einzige Geräusch. Nach zwanzig Minuten hatte er die Schiffsmeldestation erreicht. Roth wandte sich nach links und stieß schließlich gegen das stählerne Wehr der Nordschleuse. Er tauchte vorsichtig auf und glitt lautlos zu der Stelle, wo bei Flut die Lotsenboote anlegten und Stufen hoch zur Kaje führten.

Roth machte den Tauchschlitten fest und stieg aus dem Wasser. Er legte die Tarierweste ab und öffnete den Plastiksack. Während er den GlobalGate-Overall über das Neopren zog, sah er hoch zu dem Stacheldrahtzaun, der den Chassis-Platz umgab.

Das Gatter für die Lotsen würde kein Hindernis darstellen. Es war nur mit einem Vorhängeschloß gesichert.

Zehn Sekunden später setzte er die erste Meldung an Kiraly ab.

Noch drei Stunden.

»Señor de la Peña, darf ich Ihnen meine Frau vorstellen? Claudia Langheinrich – Miguel de la Peña!«

De la Peña erwiderte das Lächeln der Frau des Innenministers und deutete einen formvollendeten Handkuß an. »Ich freue mich ganz besonders. Vielleicht haben wir später noch Gelegenheit, ein wenig zu plaudern.«

»Das wäre wirklich nett.« Claudia Langheinrich zeigte de la Peña die Grübchen, denen sie die Titelbilder in der Yellow Press zu verdanken hatte, bevor sie Platz für den Ministerpräsidenten machte, der hinter ihr stand.

Wolfs Blick folgte Claudia. Sie war ohne Zweifel eine bemerkenswert schöne Frau. Vor ihrer Ehe mit Langheinrich hatte sie ein Promi-Magazin eines Berliner Fernsehsenders moderiert und war schon damals der Liebling der bunten Blätter gewesen. Die Bekanntgabe der Hochzeit hatte die Klatschpresse in einen regelrechten Taumel versetzt, der noch Wochen nach dem Fest, das unter gewaltigem Blitzlichtgewitter im Ettlinger Erbprinzen zelebriert worden war, angehalten und Schlagzeilen wie *»Claudia und ihr Minister: Flitterwochen in Australien!«* oder *»Claudia – Baby schon unterwegs?«* produziert hatte.

Langheinrich war zwanzig Jahre älter als seine Frau. Auch er war ein Leben auf dem Präsentierteller gewohnt und hatte die Republik an seinen beiden ersten Ehen, ihren Wellentälern und ihrem Scheitern, ebenso teilhaben lassen wie an seiner Leidenschaft für selbstrestaurierte Oldtimer und am tragischen Unfalltod seiner Tochter vor fünf Jahren. Über seine Mediengeilheit wurde gerne getratscht *(»Kennst du schon den kürzesten Witz Berlins? Der Innenminister geht an einem Journalisten vorbei!«)*, und wer für bare Münze nahm, was durch den Blätterwald rauschte, mußte glauben, Josef Langheinrich verdiene sein Geld mit Small talk auf Filmpremieren und Empfängen. In der Tat hatte er bis vor kurzem nicht zu den Politikern gehört, die sich die Nasen an Akten blutig schlugen.

Nur wenige Menschen wußten, daß sich das geändert hatte. Wolf war einer davon. Es war ihm nicht verborgen geblieben, daß der Minister auf die Besprechungen, zu denen der BKA-Präsident nach Berlin kam, neuerdings akribisch vorbereitet war und die Diskussion, die auf den Sachvortrag folgte, nicht mehr ausschließlich seinem für die innere Sicherheit zuständigen Staatssekretär überließ. Die Details, die Josef Langheinrich hinterfragte, konnte Wolf in die Stunden umrechnen, die er gebraucht haben mußte, um sie zu entdecken. Nächte also.

Da Wolf als Präsident des Bundeskriminalamtes zugleich oberster Chef der siebenhundert Mann starken, für den Personenschutz zuständigen Sicherungsgruppe war, hatte er durch die Sherpas der Begleitkommandos Zugang zu unschätzbaren Informationen über die Kabinettsmitglieder. Daher wußte er, daß Langheinrich sich letzthin häufig mit Bundeskanzler Hettmer traf. Nachgerade konspirativ, unter Ausschluß selbst des Kanzleramtsministers, der Hettmers engster Vertrauter war. Eigentlich. Manche dieser Treffen dauerten bis spät in die Nacht. Wolf machte sich seinen Reim darauf. Die große Koalition stand auf wackligen Beinen, und Josef Langheinrich sollte für den Fall von Neuwahlen offenbar zum Kandidaten für das Kanzleramt aufgebaut werden. Man mußte Langheinrich nicht mögen, aber es war nicht die schlechteste Wahl.

Wolf sah, daß Claudia dem Gesellschaftskolumnisten, von dem sie sich interviewen ließ, zweimal ein Grübchen schenkte. Er fragte sich, wie sie mit der plötzlichen Arbeitswut ihres Mannes zurechtkam. Das Gefühl, so müde zu sein, daß man über dem Schreibtisch einschlief, kannte Wolf sehr wohl, und es war sicher kein Stimulans für eine junge Ehe.

»Der Generalbundesanwalt, Dr. Johannes Steindorff.«

»Sehr erfreut«, sagte de la Peña und gab Steindorff die Hand.

Der GBA war in den Fünfzigern, groß und so hager, daß der Smoking, obwohl maßgeschneidert, an ihm zu schlackern schien.

Die Haare waren militärisch kurz geschnitten, die Augen schimmerten hinter dicken Brillengläsern wie blasse blaue Amtsstempel. Der Mann war fleischgewordene Disziplin. Nur der große Adamsapfel, der beim Sprechen aufgeregt über dem Hemdkragen auf und ab hüpfte, wollte nicht recht gehorchen. Kenner hätten auf hundert Meter den Jesuitenzögling erkannt. Er wechselte zwei, drei Worte mit de la Peña. Wolf rückte einen Platz nach vorne und widmete sich der Frage, ob der Bolivianer sich noch an ihn und an Moabit erinnerte.

Zwei Minuten später war er an der Reihe.

»Dr. Richard Wolf, Präsident des Bundeskriminalamtes.«

Er fühlte den eigenartig weichen Händedruck des Staatsministers. »Schön, daß wir uns mal wiedersehen«, sagte de la Peña lächelnd. »Sie haben mir eine Zigarette gegeben, als ich eine gebraucht habe.«

Wolf zauberte ein Fragezeichen in sein Gesicht. »Ich fürchte, ich verstehe nicht ganz.«

»Nein? Sind Sie nicht der Mann, der mich für zwei Nächte in Untersuchungshaft gesteckt hat? Sie waren der Meinung, ich hätte Geld gesammelt, mit dem Waffen für die Revolution bezahlt werden sollten.«

»Und – habe ich recht gehabt?«

»Maschinenpistolen sind nichts Schlimmes, an und für sich. Es kommt nur darauf an, wofür man sie verwendet.«

»Oder wogegen«, sagte Wolf.

»Sie haben völlig recht, Herr Präsident.«

Wolf warf einen knappen Blick auf Langheinrich, der neben de la Peña stand, die Stirn in Falten gelegt, bemüht, etwas von dem Geplänkel zu verstehen. Jetzt war es Zeit herauszufinden, ob die Kommunikation zwischen einem Mann, der lange im Untergrund gelebt hatte, und einem früheren Chef der Spionageabwehr funktionierte.

»Ja, die alten Zeiten ...«, sagte Wolf mit wehmütigem Unterton. »Kommen nicht wieder, auch wenn man möchte.« *Können wir uns treffen?*

De la Peña stutzte kurz, dann lächelte er. »Ich fürchte, jetzt haben wir dem verehrten Herrn Minister wirklich ein Rätsel aufgegeben.« *Unter vier Augen?*

»Ach, sind doch nur ein paar Erinnerungen.« *Bitte. Jederzeit.*

»Einen schönen Abend noch für Sie.« *Ich rufe Sie an.*

»Wünsche ich auch.«

Wolf nickte Langheinrich zu und wandte sich ab. Er entdeckte Niklas Grimm und sah, daß er eine Hand gegen sein linkes Ohr preßte, wo der winzige Lautsprecher des Mikroports versteckt war.

»Heißt das Kontakt?« flüsterte Grimm.

»Negativ. Kein Kontakt. Ich wiederhole: Kein Kontakt!« sagte Pieper. Er starrte genau wie Sophie und Lombardi auf die Wand aus Monitoren.

Schrader war angekommen und hatte vor der achtspurigen Ampelanlage gestoppt, deren Terminals alle Lkws passieren mußten, die auf den Chassis-Platz wollten. Er sprang aus der Fahrerkabine und zeigte dem Mitarbeiter von GlobalGate die Bill of Loading, die über den Eigentümer der Containerfracht Auskunft gab. Sophie wußte, daß es sich dabei um die BKA-Tarnfirma KEO-Trade in Kattowitz handelte. Auf dem Carnet waren Silvesterknaller deklariert.

Es war genau 23.47 Uhr.

Pieper sprach in sein Headphone. »Großmutter an Hänsel und Gretel: Schneewittchen wartet vor dem Schloß. Funkstille. Positionscode auf Anfrage.«

»Hänsel hat verstanden. Over.« Der Truppführer des ersten GSG-9-SETs kauerte mit seinen Männern in einem leeren Viehwaggon dicht an der Pier. Das zweite SET lag in einem Lieferwagen in Stellung. Er parkte nur etwa fünfzig Meter von der Kaje entfernt neben der Waschanlage für die riesigen Van-Carrier. »Gretel hat ebenfalls verstanden. Over.«

Pieper tippte einen der Techniker an. »Die Zehner!«

Der Techniker bewegte den Joystick und fuhr die Kamera auf Schraders Lkw. Grobkörniges Schwarzweiß. Der Container wurde mit Bordmitteln auf dem Chassis-Platz abgesetzt. Schrader stand neben dem Fahrzeug und tauschte mit einem Mann Papiere aus.

»Ist das der Zoll?« fragte Sophie.

»Ja«, sagte Pieper.

»Welches Schiff?«

»Katja?«

»Santa Maria, venezolanischer Frachter. Position zwölf.«

Pieper gab dem Techniker einen Wink. Das Schiff wurde fokussiert. Es war ein Panamax, ziemlich neu, vielleicht vierzigtausend Tonnen. Der blendend weiße Rumpf reflektierte das Scheinwerferlicht wie Schnee die Sonne. Die Ladebucht war noch so gut wie leer.

Sophie ging näher an den Monitor heran. Ihr Blick folgte einem Container, der in sechzig Metern Höhe am Spredder hing. Er wanderte, von der Winsch gezogen, unter der Kranbrücke entlang, bis er direkt über der Santa Maria hing. Der Kranführer, der den für den Container vorgesehenen Slot nur über das Display in der Kanzel sehen konnte, steuerte die Winsch nach achtern, dicht hinter das hoch aufragende Mittelschiff und senkte seine Fracht millimetergenau ab. Auf dem Deck war kein Mensch zu sehen, alles geschah vollautomatisch.

Wie zum Teufel hat ZD es geschafft, hier all diese Kameras zu installieren? Irgendwie haben sie's hingekriegt.

Sophie wandte den Kopf in Piepers Richtung. »Was machen wir, wenn die Ware vor dem Ablegen nicht überprüft wird? Vielleicht will Cuevo den Check erst in Venezuela durchführen.«

»Könnte sein, ja.«

»Und?«

»Was wollen Sie von mir hören? Wir haben nur Erfahrungswerte. Also gehen wir davon aus, daß der Check hier stattfindet. Der Pott legt in acht Stunden ab. Wenn bis dahin nichts passiert ist, wird der Container wieder von Bord geholt und die Aktion abgebrochen. Wäre nicht das erste Mal.«

»Vielleicht sind die Männer schon auf dem Schiff. Sie könnten zur Besatzung gehören.«

»Ja, vielleicht gehört auch der Papst zur Crew. Vielleicht auch nicht. Warten wir die nächste Osteransprache ab.« Er griff in einen Rucksack, förderte in aller Seelenruhe einen Packen Stullen hervor, die in Butterbrotpapier eingewickelt waren, um wohlig schnaufend zu futtern.

»He, Jan ... Hat deine Frau die geschmiert?« rief Lombardi.

Pieper tat, als habe er nichts gehört.

»Komm schon, ist da Bierschinken drauf?« Pieper warf ihr wortlos eine Stullenhälfte zu. Lombardi prüfte die Ware, ehe sie herzhaft ins Weiche biß.

Sophie war ebenfalls hungrig, aber sie hätte sich eher einen rostigen Nagel in den Fuß getreten, als Pieper zu fragen, ob er ihr auch etwas zu essen abgab. Sie steckte sich eine Gitane an, inhalierte den Rauch, der bitter war, ging zum Fenster und sah hinaus. Der Himmel war eine große trübe Pfütze. Der Mond schwamm darin wie ein glitzerndes Fettauge.

Als sie den Kopf wandte, sah sie Schrader, der in dieser Sekunde hereinkam.

»Danke, wir haben noch«, sagte der GBA. Seine Stimme hatte einen unwilligen Unterton, der dem livrierten Pagen klarmachte, daß er ein wichtiges Gespräch störte. Der Page wandte sich von Johannes Steindorff und Susanne Voigt ab und balancierte sein Getränketablett durch das Getümmel. Der protokollarische Teil des Abends war beendet. Die Gäste des Staatsempfangs tanzten und amüsierten sich. Steindorff und seine persönliche Referentin standen abseits der Tanzfläche. Sie sahen, wie der Innenminister seine Frau von de la Peña übernahm und sie medienwirksam über das Parkett wirbelte.

»Glauben Sie, Wolf ist mißtrauisch geworden?« fragte Steindorff, während sein Blick gewohnheitsmäßig durch den Saal schweifte, er hier jemandem zunickte, dort jemandem ein unverbindliches Lächeln zeigte und sich doch vergeblich anstrengte, entspannt zu wirken.

»Warum sollte er? Sophie Wolf war mit der Sache Bucak befaßt. Es lag auf der Hand, sie nach Wiesbaden zu schicken«, meinte Voigt, die in der Kunst bewandert war, zu sprechen, ohne die Lippen zu bewegen. »Außerdem ist Krakau ein Routinefall. Wir hätten ihn erfinden müssen, wenn es ihn nicht gäbe.«

»Aber es ist seit heute kein Staatsschutzdelikt mehr. Und wenn ich mein Evokationsrecht ausübe, gehen bei Wolf alle Alarmglocken an. Sie wissen, wie er ist. Der schnüffelt jetzt wie ein Trüffelschwein.«

»Lassen Sie ihn doch. Wir haben über das Kriegswaffenkontrollgesetz einen Fuß in der Tür. Da mache ich mir keine Sorgen.«

»Sie ist seine Tochter.«

»Deswegen ist sie ja perfekt für uns.«

»Perfekt und gefährlich. Das ist ein rutschiger Pfad. Ich möchte mich nur ungern auf den Hosenboden setzen.«

»Selbst wenn wir wollten – wir können sie nicht heute zur leitenden Staatsanwältin machen und morgen wieder abziehen. Das macht sich nicht besonders gut, finden Sie nicht? Wenn die Mayonnaise auf dem Salat ist, löffelt man sie nicht mehr ins Glas zurück. Wolf weiß das. Außerdem hat er nur noch ein knappes Jahr. Da wird er sich doch nicht verrückt machen.«

»Ja, ein Jahr. Aber genau darum ...« Er brach ab, als er Franz Krupka sah, der mit mächtiger Bugwelle durch den Saal pflügte. Der Mann war ein Kraftpaket. Ende Vierzig, untersetzt, breitschultrig. Sein Stiernacken drohte den Kragen des Smokinghemdes zu sprengen und ging nahtlos in den massigen Schädel über, dessen hohe Wangenknochen dem Gesicht einen Ausdruck von Bauernschläue gaben. Eisgraue Haare bildeten einen eigenwilligen Kontrast zu wäßrigen, grünen Augen, die listig unter Fettwülsten schwammen und ständig in Bewegung waren, als hätten sie Sorge, etwas zu verpassen.

»Guten Abend, Herr Krupka«, sagte Steindorff.

»Herr Generalbundesanwalt, Frau Voigt, Sie entschuldigen mich.« Krupkas Stimme klang, als würde mit einer Schaufel Schnee vom Trottoir gekratzt. Er steuerte auf Miguel de la Peña zu, der ihm lächelnd entgegensah. »Señor de la Peña, schön, daß wir uns mal wiedersehen!«

»Herr Krupka! Wann war das – achtundneunzig oder neunundneunzig?«

»Achtundneunzig in Panama City! Herrgott, das war sicher die langweiligste Konferenz, an die ich mich erinnern kann! Und wenn Sie und Ihre Frau nicht gewesen wären ... Oh, là, là! Ich bin Ihnen auf jeden Fall noch eine Einladung schuldig. Kommen Sie doch auf einen Sprung bei mir in Hamburg vorbei – oder läßt das Programm Ihnen keine Zeit?« Er fingerte ein Zigarrenetui aus der Smokingtasche, zog zwei Cohiba-Churchill heraus und bot eine davon dem bolivianischen Staatsminister an. Während Miguel de la Peña einen Schneider benutzte, biß Krupka die Zigarrenspitze kurzerhand ab und spuckte sie auf den Boden. Man durfte glauben, er könne eine Dose Corned beef mit den Zähnen öffnen.

»Immer noch der alte Charmeur. Ich wußte gar nicht, daß Krupka auch Geschäfte mit Bolivien macht«, murmelte Susanne Voigt indigniert.

»Er ist dort sogar Honorarkonsul«, sagte Steindorff abwesend. Er hatte Grimm entdeckt. Der GBA gab ihm ein kurzes Zeichen, das mehr war als eine Höflichkeitsgeste. »Ich glaube, die Justizministerin braucht ein wenig Zuspruch. Übernehmen Sie das?« sagte er halblaut zu Voigt.

»Sicher.« Sie entfernte sich, so daß Grimm nach dem kurzen Moment, den die Etikette verlangte, zu Steindorff ging und ihm die Hand gab.

»Herr Generalbundesanwalt ...«

»Niklas Grimm, richtig?« fragte der GBA. »Ich kenne Sie doch aus dem Innenministerium. Sind Sie dort nicht in der Polizeiabteilung?«

»Gewesen. Ich bin fürs erste nach Wiesbaden gezogen.«

»Machen Sie keine Sachen – Sie in Wiesbaden?«

»Dann stimmt also, was getratscht wird ...«

»So, was denn?«

»Daß der GBA nicht alles weiß«, sagte Grimm.

Sie lächelten einander an, fanden beide, daß das kleine Spiel ausgereizt war, und wurden wieder ernst. »Ich hoffe, daß wir uns in Zukunft öfter sehen«, sagte Steindorff. »Ihr Antrittsbesuch bei uns steht noch aus ...«

»Mittwoch. Ihre Sekretärin hat eine Stunde für mich freigeschaufelt.«

»Schön, sehr schön.« Steindorff räusperte sich. »Ich hoffe jedenfalls, daß unsere Zusammenarbeit erfreulicher verläuft als mit Ihrem Vorgänger. Ihr Chef hat ihn an der kurzen Leine gehalten. An einer sehr kurzen. Nun ja, ich vermute, Sie sind aus anderem Holz geschnitzt. Wie man hört, nehmen Sie sogar an der Ministerlage teil ...«

»Auf Wunsch des Innenministers, ja.«

»Schön, wenn man die richtigen Freunde hat.« Der GBA hüstelte. »Ich erinnere mich noch immer gern an einen Kommentar, den Sie während Ihrer Zeit im BMI verfaßt haben ...« Kein Mensch sagte: »Bundesministerium des Inneren«; die Abkürzung BMI war einfach griffiger. »Sie haben die Arbeit der Bundesanwaltschaft damals sehr fair beurteilt. Hoffentlich ist Ihnen klar, daß Sie jetzt für einen Mann arbeiten, der uns im Grunde für überflüssig hält.«

»Ach, tut er das?«

»Mit wachsendem Vergnügen. Sagen Sie, mein lieber Herr Grimm, wußten Sie eigentlich, daß es bis 1832 niemanden gab, der die Polizei kontrolliert hat? Im Grunde war die Einrichtung von Staatsanwaltschaften ein liberaler Reflex auf das Hambacher Fest, und es ...«

Der Sand war fein und glatt und schwarz wie Samt und glitzerte in der untergehenden Sonne. Kurt Wilken saß allein im Aufenthaltsraum von GlobalGate, trank den letzten Schluck Kaffee und starrte versonnen auf die tausendmal zusammengefaltete und wieder hervorgeholte Seite, die er aus dem Reisekatalog herausgerissen hatte. Er war achtundfünfzig Jahre alt und hatte sein Leben lang nur geschuftet. Jetzt war das Häuschen abbezahlt, die Kinder erwachsen, und Wilken fand es an der Zeit, die Welt zu sehen. Er und seine Frau waren noch nie weiter gekommen als bis Rimini. Seit Wochen redeten sie von nichts anderem als von dem Strand in Thailand, wo der Sand schwarz und das Meer klar war wie Wasser in der Badewanne.

Übermorgen würde es endlich losgehen. Übermorgen!
Kurt Wilken sah auf die Uhr. Er faltete die Katalogseite wieder zusammen, steckte sie in die Brusttasche seines Overalls und machte sich auf den Weg zu dem Van-Carrier, den er die nächsten vier Stunden fahren würde. Als er den düsteren Verbindungsgang betrat, der direkt zur Garage führte, nickte er dem entgegenkommenden Kollegen zu. Unbekanntes Gesicht, war wohl neu. Der Kollege berührte Wilken leicht mit der Schulter, und dieser sank, verwundert, daß er plötzlich so schwach wurde, zu Boden. Schmerz fühlte er nicht.

Roth zog das Messer aus dem Rücken des Mannes, griff ihm unter die Achseln und schleifte ihn in die Toilette. Ehe er die Tür zuzog, sah er noch einmal in den Gang und vergewisserte sich, daß kein Blut zu sehen war. Er zerrte den schlaffen Körper in eine der Kabinen und schloß von innen ab. Roth setzte Wilken aufrecht auf die Toilettenschüssel, lehnte ihn gegen die Wand und beugte sich dann über ihn, um in dem Overall nach dem Sensor für den Van-Carrier zu suchen.

Als er die Brusttasche des Mannes abtastete, wurde ihm schlagartig klar, daß er einen Fehler gemacht hatte.

Das Herz schlug noch.

Schaumiges Blut trat auf Wilkens Lippen, seine Hände fuchtelten in der Luft herum. Noch ehe Roth ihn nach vorne wuchtete und ihm den Ellenbogen mit brachialer Gewalt gegen die Stirn donnerte, bekam Wilken den Ring zu fassen, den der Killer am linken Ohr trug, und riß ihn ab. Dann brach sein Genick wie ein trockener Ast.

Roth fluchte über seine eigene Unachtsamkeit. Das Ohrläppchen war tief aufgerissen, kaum zu glauben, daß so ein kleines Stück Fleisch derart stark bluten konnte. Er verklebte die Wunde notdürftig mit Klopapier, das er von der Rolle abriß. Er mußte dem Toten die Finger brechen, um den Ring zurückzubekommen. Er steckte ihn ein und kletterte dann über die Kabinentür nach draußen, so daß sie von innen verschlossen blieb. Ehe er den Raum verließ, überprüfte er noch einmal den falschen Bart und den Sitz der Perücke. Nicht einmal seine eigene Mutter hätte ihn erkannt.

Zwei Minuten später saß er in der Kanzel des Van-Carriers. In der riesigen Garage herrschte die übliche Hektik, die den Schichtwechsel begleitete. Die Luft war erfüllt von dem Wummern der Dieselmotoren. Jeder, der sich hier aufhielt, trug Ohrenschützer, so daß Roths Verletzung genausowenig auffiel wie das Surren des Metallbohrers, mit dem er ein zehn Zentimeter großes, kreisrundes Loch in den Kanzelboden fräste. Er hielt das ausgeschnittene Stück mit einem Magneten fest, um zu verhindern, daß es herunterfiel, und packte es zusammen mit dem Bohrer weg. Als Roth aus der Garage fuhr, war ihm klar, daß er von mindestens einem Dutzend Videokameras beobachtet wurde. Doch das kümmerte ihn nicht. Nicht im geringsten.

»Die Katze will spielen«, flüsterte er in seinen Mikroport.

»Sachte, sachte, immer dem Wollknäuel nach«, hörte er Kiralys Stimme.

Roth sah auf dem Display des Monitors die Nummern der Parkboxes, die ihm zugewiesen worden waren. Er machte drei Fuhren zu einem philippinischen Containerfrachter, der aussah, als würde ihn nur noch der Dreck zusammenhalten, bediente einen jamaikanischen Bauxittransporter, der Maschinenteile mit nach Hause nahm, bis es endlich soweit war und Roth den sechzig Tonnen schweren Van-Carrier über den Container setzte, den Hannes Schrader vor einundzwanzig Stunden in Krakau verladen hatte. Als die Winsch nach unten fuhr und die Drehzapfen des Spredders sich in die dafür vorgesehenen Stahlösen einhakten, registrierte Roth zum erstenmal, daß er nervös war. Er wischte die Hände an seinem Overall ab, ehe er ein Kästchen, etwa von der Größe einer Puderdose, aus der Tasche zog. Ein Gummiband war daran befestigt. Roth ließ das Kästchen durch die kreisrunde Öffnung im Kanzelboden fallen. Es sank, von dem Gummiband gehalten, wie ein Jojo sechs Meter nach unten und saugte sich mit seinem Haftmagneten auf dem Container fest. Roth zog an dem Band, das nur festgeklebt war, löste es von dem Kästchen und zog es zurück in die Kanzel. Ein Blick durch die winzige Bodenöffnung genügte ihm, um zu sehen, daß der batteriebetriebene Mechanismus funktionierte und die Düse einen feinen Strahl auf den Container sprühte. Die Säure begann sofort, sich durch das Metall zu fressen.

»Großmutter an Hänsel und Gretel: Schneewittchens Sarg wird aufgebahrt.« – »Hänsel hat verstanden ... Gretel hat verstanden.«

Pieper, Lombardi und Sophie starrten auf die Monitorwand. Sie sahen, wie der Container auf die Pier rangiert wurde. Schrader stand neben ihnen. Er bemerkte, daß Sophie den Kopf gewandt hatte und ihn beobachtete.

»Keine Angst. Ich sehe immer so aus«, sagte er leise. Er lächelte über das Fragezeichen in Sophies Gesicht. »Besorgt. Ich sehe immer besorgt aus.«

Sophie nickte nur stumm. Der Van-Carrier setzte seine Fracht unter einem der Kräne ab. Sechs weitere Container standen bereits in einer Reihe und warteten darauf, exakt nach dem Fahrplan, den der Kranführer in sechzig Metern Höhe auf seinem Display sah, auf das Schiffsdeck verbracht zu werden.

Der Van-Carrier verschwand, niemand achtete weiter auf ihn.

Er war schlicht und einfach uninteressant.

Kiraly nahm Roth den Tauchschlitten ab und verstaute ihn im Schlauchboot. Roths Lippen waren blau vor Kälte. Seine Hände zitterten, als er den Neoprenanzug abstreifte und die warmen Sachen anzog, die Kiraly ihm hinhielt. Fluchend tupfte er das Ohr ab, das wieder zu bluten begonnen hatte.

»Wie ist das passiert?«, fragte Kiraly.

»Vergiß es. Kein Problem.«

Kiraly riß Roth herum und drückte ihn gegen die Felsen. »Was hier ein Problem ist und was nicht, entscheide ich!«

Roth wischte sich den Rotz von der Nase. »Der Typ war schon hinüber, war 'ne reine Reflexbewegung. Ist alles sauber abgelaufen, wie geplant!«

»Nennst du das sauber?« Kiraly riß ihm das Taschentuch aus der Hand. Er sah, daß das Blut in einem stetigen Rinnsal Roths Hals herunterlief.

»Ist was runtergetropft? Hast du irgendeine Spur hinterlassen?«

Roth sah die Besorgnis in Kiralys Gesicht. »Scheiße, nein! Hab alles gecheckt. Ist total clean, verlaß dich drauf!«

Kiraly zögerte, dann zog er ein Pflaster aus der Tasche, die im Boot lag, und gab es Roth. »Hier, du Arschloch!« Er zündete sich eine Zigarette an und sah schweigend zu, wie Roth die Wunde abklebte.

»Wie geht's jetzt weiter?« fragte Kiraly. Seine Stimme war kälter als das Wasser, aus dem Roth gekrochen war.

Dies war eine Besonderheit des Einsatzes, und Roth wußte, daß sie Kiraly von Anfang an nicht gefallen hatte. Zwar hatte er die Taktik ausgearbeitet und entschieden, welches Material sie benötigen würden, doch über zwei wichtige Dinge hatte man ihn im unklaren gelassen: wer der Gegner war, der auf dem Chassis-Platz lauerte, und wann das ausgelöst werden sollte, was Kiraly und Roth »den Pilz« nannten. Diese Informationen hatte nur Roth erhalten. Er wußte nicht, warum, aber er konnte auch nicht sagen, daß es ihm nicht gefiel.

»Abwarten«, sagte Roth. »Wir kriegen Bescheid.«

Er hatte den Satz kaum heraus, als er merkte, wie er das Gleichgewicht verlor und mit dem Rücken auf den Fels krachte. Kiraly kniete über ihm. Er hatte ein Knie auf Roths linker Schulter und preßte den linken Ellenbogen in seine rechte Armbeuge. Als Kiraly das Handgelenk nach unten drückte, war der Schmerz so groß, daß Roth die Tränen in die Augen schossen. Kiraly lächelte, ohne die Zigarette aus dem Mund zu nehmen: »Kleiner, hör mir mal gut zu: Du wirst vielleicht mal ein ganz Großer, und da oben gibt es wohl jemand, der dich in seine Gebete eingeschlossen hat. Nur – siehst du den hier irgendwo? Ich nicht. Und jetzt sag mir, was du weißt, sonst muß ich dir leider den Arm brechen. Ich mach's nicht gern, aber es wär so einfach, wie nach einem fetten Essen einen Furz zu lassen.«

»Ich darf nicht ... bitte ...«, keuchte Roth. Der Schmerz drückte ihm die Augäpfel aus den Höhlen.

»Was darfst du nicht?« fragte Kiraly sanft und erhöhte den

Druck. »Ich kann dich so schlecht hören, du mußt ein bißchen lauter sprechen.«

»Lajosz, nicht! ... Ich kann nicht! ... Kann es nicht!« Roth schrie jetzt fast.

Kiraly ließ los. Er stand auf und schaute zufrieden auf Roth herab.

»Gut gemacht, Kleiner. Und jetzt entspann dich, ist alles in Ordnung.« Er sah, wie Roth seinen linken Arm an seinen Körper preßte und verständnislos zu ihm hochstarrte. Natürlich war Kiraly in alles eingeweiht. »*Sieben bis zehn Mann vom BKA, Abteilung OA. Zwei SETs GSG 9. Zwanzig Kameras. Zugriff von Land aus, Seeseite und Luft sind clean.*« Die Informationen, die Kiralys Auftraggeber hatte, stammten direkt aus dem Giftschrank des BKA. »*Vergessen Sie den Mann, er ist unantastbar für uns.*« Deshalb wahrscheinlich. Was Kiraly mit Roth angestellt hatte, war nur ein Test gewesen, der Teil des Trainingsprogramms, der ihn den Umgang mit Geheimwissen lehren sollte. Roth hatte bestanden, doch daran hatte Kiraly nie gezweifelt.

Er warf die Zigarette ins Wasser, ging in die Hocke und schloß die Augen. Er meditierte, ohne Roth weiter zu beachten. Lajosz Kiraly beherrschte, was er tat, auf vielerlei Art, doch es gab nichts, was er so gut konnte wie warten.

Wolf drehte die Partagás zwischen den Fingern der linken Hand, fühlte, daß sie weich war wie eine reife Frucht, und ließ dabei Grimm und den GBA nicht aus den Augen. Sie stießen gerade mit ihren Champagnergläsern an.

»Na, verbrüdert sich Ihr neuer Stabschef mit der Justiz?« Der Innenminister setzte sich Wolf gegenüber in ein Fauteuil und nahm das Whiskeyglas, das ein Page ihm beflissen reichte. »Ist es tatsächlich so schwer zu verstehen, daß Steindorff Sie haßt? Jedesmal, wenn er den Fernseher einschaltet, sieht er Ihr Gesicht und muß sich anhören, daß die Justiz versagt.« Langheinrich nahm einen Schluck Whiskey und rollte das Glas nachdenklich zwischen den Innenflächen seiner Hände hin und her. »Warum machen Sie sich das Leben unnötig schwer? Sie haben doch nur noch ein Jahr. Oder vielleicht doch *zwei*?«

Wolf verkniff sich eine Antwort. Dieses Spiel lief jetzt schon seit Monaten zwischen ihnen. *Es ist doch ein Spiel, oder?*

Langheinrich machte eine müde Handbewegung. »Lassen Sie einfach jedes zweite Interview aus, und der GBA hört auf, gegen Sie zu stänkern. Ich habe eine große Koalition am Hals, denken Sie, das ist reines Vergnügen?«

Wolf lächelte. »Soll ich eine Kerze für Sie anzünden, Herr Minister?«

»Ach Wolf, mein Fall ist Steindorff auch nicht. Ich finde, er sieht aus, als hätte er schon als Kind sein Geld damit verdient, Trauerreden zu schreiben.« Er nickte Franz Krupka zu, der noch immer mit de la Peña plauderte. Krupka machte mit Daumen und kleinem Finger das Telefonzeichen in Richtung Innenminister, welcher mit einem Blinzeln signalisierte, daß er verstanden hatte.

»Ihr Freund Krupka hat im Moment ein paar Probleme«, sagte Wolf mit geübter Beiläufigkeit. »Ich habe läuten hören, daß die EU-Agrarkommission ihn für nächste Woche vorgeladen hat. Wie es scheint, ist man in Brüssel der Meinung, daß seine Firma die Hygienevorschriften für Einfuhren in den europäischen Binnenraum ein wenig ... gedehnt hat.«

Langheinrich zuckte die Schultern, als rede man über ein ungezogenes Kind und nicht über den besten Freund des Innenministers. »Ja, ja, wer Geld liebhat, bleibt nicht ohne Sünde.« Er sah wieder hinüber zu Niklas Grimm, der sich mit dem GBA blendend zu unterhalten schien. »Wie macht der Junge sich denn? Ich habe Ihnen meinen besten Mann geschickt. Da dürften Sie sich eigentlich nicht beschweren ...«

»Er ist erst seit drei Wochen in Wiesbaden, warten wir ab.«

»Ihre Zurückhaltung hat nicht etwa damit zu tun, daß er aus der Polizeiabteilung meines Hauses kommt? Ich könnte mir denken, daß die Kommentare, die er zu Ihren Strategiepapieren verfaßt hat, im BKA nicht immer auf, sagen wir mal, Zustimmung gestoßen sind ...«

»Ich habe nichts gegen kritische Geister. Solange sie nur kritisch sind.«

»Natürlich. Übrigens, was sollte das vorhin mit de la Peña? War er wirklich bei uns im Gefängnis? Und wenn ja, hätte ich nicht davon wissen sollen?«

»Ich hatte es vergessen, tut mir leid.«

»Sicher haben Sie das. Wissen Sie, was man in Berlin über Ihr Gedächtnis sagt? Ihr zweiter Vorname soll Elefant sein.«

»Dann sollten Sie nie mit mir in einen Porzellanladen gehen.« Jetzt war es Wolf, der grinste.

Langheinrich zögerte einen Moment, ehe er aufstand. »Entschuldigen Sie mich, ich fürchte, meine Frau will mich zu einem Tango überreden.« Er verschwand im Gewimmel.

Wolf sah, daß auch Steindorff und Grimm ihr Gespräch beendet hatten, und winkte seinem Stabschef zu. Ein wenig gönnerhaft, aber das war durchaus beabsichtigt. »Kommen Sie, Herr Grimm, setzen Sie sich zu mir!« Er griff in seine Smokingjacke und förderte eine Zigarre hervor. Grimm nahm die Partagás-Robusto vorsichtig in die Hand und hielt sie wie ein Analphabet den Bleistift. »Was ist – rauchen Sie nicht mit einem alten Bullen?«

Grimm gab sich einen Ruck. Er steckte sich die Partagás zwischen die Zähne. Wolf gab ihm Feuer. »Na, hat Steindorff Ihnen kostenlosen Geschichtsunterricht erteilt?« Der Präsident hob amüsiert die Augenbrauen, denn Grimm tat so, als verstehe er nicht. »Die Staatsanwaltschaft als Reflexion auf das Hambacher Fest. Schließlich mußte ja endlich jemand die Polizei mal kontrollieren, nicht wahr? Doch dann wollte das Mündel Vormund werden, und das böse BKA tut den ganzen Tag nichts anderes, als Karlsruhe Kummer, Schmerz und Leid zu bescheren ... Habe ich recht?«

Grimm mußte lachen. »Ich fürchte, ja. Das glaubt er tatsächlich. Sie müssen mir wirklich nicht sagen, daß das Unsinn ist.«

Wolf paffte einen Kringel gegen die Decke. »Hat er Ihnen auch von den Zeitungen erzählt? Nein? Das ist seine Lieblingsgeschichte. Er war zehn Jahre alt und hat morgens vor der Schule Zeitungen ausgetragen, weil sein alter Herr ihm kein Taschengeld gegeben hat. Da war ein Junge aus der Nachbarschaft, drei Jahre älter. Der hat den kleinen Steindorff jeden Morgen verdroschen, hat ihm die Zeitungen geklaut und sie auf eigene Rechnung verkauft. Und was hat Steindorff gemacht? Nach der dritten Tracht Prügel hat er die Zeitungen mit Pattex verklebt, sich hinter der nächsten Ecke versteckt und zugesehen, wie der Nachbarsjunge vom ersten Zeitungskäufer links und rechts eine Backpfeife bekommen hat ... Ja, ja, der GBA ist ein eisenharter Bursche.«

»Vor allem, wenn die Presse in der Nähe ist«, sagte Grimm grinsend.

»Vor allem dann!«

Sie schmunzelten beide still vor sich hin.

»Sekunde bitte«, sagte Grimm leise. Er deckte seine Ohrmuschel mit der Hand ab und lauschte.

»Immer noch nichts?« fragte Wolf.

Grimm schüttelte den Kopf.

Das Warnsignal ertönte genau um 1.13 Uhr. Der BKA-Techniker führte einen Systemcheck durch und wiederholte ihn den Vorschriften entsprechend noch ein weiteres Mal, ehe er Pieper ansprach: »Der Lolli ist ab. Die Spredder sind magnetisch, könnten ihn umgepolt haben.«

Katja Lombardi bemerkte Sophies fragenden Blick. »Die Wanze«, raunte sie halblaut.

Pieper wandte den Kopf. »Lutz!« Der Kollege war mit zwei Schritten bei ihm. »Okay, paß auf, du läßt dir von ZD einen neuen Lolli geben, gehst da runter und pappst das Scheißding dran. In spätestens fünf Minuten bist du wieder hier oben. Also mach hinne!«

»Sekunde«, mischte Sophie sich ein. »Wozu sollen wir so ein Risiko eingehen? Ist die Wanze eben ab, na und?«

»Der Lolli ist nicht nur ein Spielzeug für den Satelliten da oben«, grunzte Pieper. »Wir brauchen ihn zur akustischen Überwachung. Falls Cuevo noch kommt, sollten wir ein bißchen Text haben. Macht sich einfach besser vor Gericht. Wie mein alter Herr zu sagen pflegte: ›Wenn man sich scheiden lassen will, sollte man bis nach der Hochzeit warten‹.«

»Ist der Zoll noch da unten?« fragte Sophie.

»Ja.«

»Dann macht Schrader das.«

»Wie bitte?«

»Er hat den Lkw gefahren. Der Zoll kennt ihn.«

»Ja, und wenn wir den Zoll vorher informiert hätten, würde sich die Frage gar nicht stellen!«

»Herr Pieper, warum nehmen Sie nicht endlich zur Kenntnis, daß ich hier die leitende Staatsanwältin bin! Das wäre wirklich nett, danke.«

»Sie entscheiden höchstens über das *Ob* des Zugriffs. Das *Wie* liegt in meiner Verantwortung! Und jetzt lassen Sie mich meinen Job tun, ich hab keine Lust, noch morgen früh ...«

»Jan, sie hat recht.« Das war Schrader. »Laß mich gehen. Ist doch das Einfachste von der Welt.«

»Hannes, vergiß es, Lutz macht das!«

»Herr Pieper, das ist eine dienstliche Anweisung! Wenn Ihnen das nicht paßt, dürfen Sie Beschwerde einlegen. Morgen. Ansonsten ist die Diskussion beendet!« Sophie nickte Schrader zu. »Machen Sie's offiziell und gehen Sie zuerst zum Zoll. Die Fracht ist als Feuerwerkskörper ausgewiesen. Sagen Sie einfach, Sie hätten vergessen, das Gefahrgutlabel anzubringen.«

Schrader mußte sich anstrengen, Piepers brennendem Blick standzuhalten. »Ist besser so, Jan, glaub mir«, murmelte er verlegen. Einer der ZD-Beamten gab ihm die Wanze und verkabelte ihn mit einem Mikroport, während Pieper, die Arme vor der Brust verschränkt, durchatmete.

»Haben wir die Aufkleber hier?« fragte Sophie.

Lombardi warf Schrader ein Gefahrgutlabel zu. Es war selbstklebend, hatte die Form einer Rombe und als Symbol eine brennende Wunderkerze auf grünem Grund. Schrader steckte es ein und ging hinaus.

Pieper murmelte in sein Headphone: »Großmutter an Hänsel

und Gretel: Schneewittchen guckt sich den Sarg an. Alle bleiben auf Position. Nichts unternehmen. Ich wiederhole: Nichts unternehmen!«

»Hänsel hat verstanden ... Gretel hat verstanden.«

Die erste Kamera erfaßte Schrader, als er das Gatehaus verließ. Er steuerte die Ampelschleuse an, wo die ankommenden Lkws von GlobalGate-Mitarbeitern einem Eyeball-Check unterzogen wurden. Zwei Zollbeamte lehnten gegen den Maschendrahtzaun und machten eine Zigarettenpause.

Lombardi setzte sich ebenfalls ein Headset auf. »Großmutter II an Schneewittchen. Sprechprobe.«

»Klar und deutlich, Großmutter II.«

»Okay, du klebst den Lolli fest und haust sofort ab.«

»Verstanden.«

Kamera II übernahm. Sophie sah auf einem der Monitore, wie Schrader den beiden Zollbeamten das Gefahrgutlabel zeigte. Die Stimmen der Männer wurden über den Mikroport in die Einsatzzentrale übertragen. Schrader war deutlich zu verstehen, die Zollbeamten waren nur ein Murmeln im Hintergrund. Großes Palaver.

»Scheiße, das könnte alles schon längst gelaufen sein«, murmelte Pieper.

Endlich durfte Schrader passieren. Kamera III war dran.

Pieper fixierte Sophie.

»Sie kriegen Ärger, verlassen Sie sich drauf!«

Das Handy war auf Vibrationsalarm geschaltet und meldete sich lautlos.

»Ja?« sagte Kiraly.

»Sie sind in Weddewarden. Drei Minuten bis Ankunft.«

Das war Karol, einer, der in dem großen Haus mit den vielen Zimmern in einer Souterrainwohnung hauste, die er sich mit anderen seiner Kaste teilen mußte.

»Okay. Ihr bleibt jetzt zurück.« Kiraly steckte das Handy wieder weg. Er zog den Impulsgeber aus der Tasche und leuchtete mit der Maglite auf das Zifferblatt seiner Armbanduhr. »*Zwei Männer. Fotos per Mail. Hotel Mariott, Hamburg. Abfahrt nach Bre-*

merhaven 23.20 Uhr. Observieren. Nicht in Gefahr bringen, sie sollen die Show richtig genießen.«

»Worauf wartest du? Du weißt, daß ihnen nichts passieren darf«, sagte Roth, der noch immer seinen schmerzenden Arm massierte.

»Ja, weiß ich. Aber wir wollen ihnen doch was bieten, oder?«

Hannes Schrader ging, von zwei Dutzend Kameras beobachtet, durch das Labyrinth. Noch fünfzig Meter. Der Wind war so stark, daß die Winschen, die von den Kränen herabsanken, über die Kaje wehten wie die Schnüre eines Perlenvorhangs. Da waren die Container. Sie standen in einer Reihe, als seien sie Gepäckstücke, die ein Riese abgestellt und vergessen hatte.

Pieper riß den Telefonhörer hoch. »Ja? ... Was?«

»Wilken, er sollte den Van-Carrier fahren. Messerstich im Rücken.«

Pieper ließ den Hörer einfach fallen und brüllte in das Headphone: »Schneewittchen! Stop! Sofort stop!« Schrader blieb unsicher stehen. Sophie, Pieper und Lombardi starrten auf den Monitor. Sie sahen, wie Schrader sich langsam umdrehte und direkt in die Kamera schaute.

Lajosz Kiraly betätigte den Impulsgeber.

Die Säure hatte sich durch das Metall gefressen und besaß Kontakt zu der Ladung. Das puderdosengroße Kästchen mit dem Haftmagneten empfing das elektromagnetische Signal und löste die erste Explosion aus. Sie war nicht sehr stark, doch sie reichte aus, um das, was in den Kisten war, die Schrader in Krakau verladen hatte, zu entzünden. Die zweite Detonation war so gewaltig, daß sie im geophysikalischen Institut Bremen, mehr als siebzig Kilometer entfernt, noch als eine Eins auf der Richterskala registriert wurde.

Der Riese wollte seinen Koffer wiederhaben. Er warf ihn zwanzig Meter hoch in die Luft und schleuderte ihn gegen eine der vier Standstreben des Krans. Noch ehe das achthundert Tonnen schwere Ungetüm umkrachte, war der Container zu einer riesigen Bombe geworden. Seine Hülle platzte. Stahlteile sirrten mit wahnsinniger Geschwindigkeit durch die Luft und bohrten sich in alles, was im Weg war.

Hannes Schrader wurde von der Faust des Riesen gepackt. Die Druckwelle wehte ihn wie trockenes Laub über die Pier gegen einen Eisenbahnwaggon. Er war sofort tot.

Pieper riß Sophie mit sich zu Boden, als die Scheiben der Einsatzzentrale barsten und die Splitter sich in Geschosse verwandelten. Er deckte Sophie mit dem Körper ab und fühlte, wie etwas ihm die Haut im Nacken aufritzte. Dann schwankte das ganze Gebäude. Der Kran. Er stürzte wie in Zeitlupe auf den Chassis-Platz und riß einen mächtigen Krater auf, als er sich in den Asphalt bohrte. Der hundertzwanzig Meter lange Ausleger wurde durch die Wucht des Aufpralls wie ein Strohhalm geknickt und von der ungeheuren kinetischen Energie in eine Stahlzange verwandelt, deren Branchen einen umgekippten Van-Carrier zerquetschten wie einen Käfer.

Plötzlich wurde es unwirklich still.

Sophie hörte Meeresrauschen, wirbelnde Wellen von einer Schläfe zur anderen. Sie fühlte, wie sie nach unten sank, eingeschlossen in einer Tauchglocke, tiefer und tiefer, bis in eine Welt, in der es ewig dunkel war. Bewegungslos trieb sie in dem unzerstörbaren Panzer, der dem Druck standhielt. Dann zerriß ein Schrei die Stille. Sophie wollte sich die Ohren zuhalten, konnte es nicht und merkte erst jetzt, daß jemand auf ihr lag. Sie wußte nicht, daß sie es war, die geschrien hatte.

Pieper rappelte sich hoch. Das Kommandopult war zerfetzt und unbrauchbar. Er kroch zum Fenster und sah hinaus. Noch immer regneten Metallteile und Glut und Asche vom Himmel. Es sah aus wie nach einem Fliegerangriff. Irgendwo heulte eine Sirene. Irgend jemand rief nach einem Sanitäter. Irgend etwas stimmte nicht. Pieper faßte in seinen Nacken und wunderte sich über das Blut, das an seiner Hand klebte. Dann wurde er bewußtlos.

Er versuchte, die Augen zu öffnen. Jemand sagte: »Entspannen Sie sich, wir haben alles im Griff.« Er schlief wieder ein, taumelte durch die Unendlichkeit von Träumen, die ihm entglitten wie dunkel schimmernde Kiesel, und fühlte den Schmerz, ehe er wieder zu sich kam.

Der Notarzt lächelte. »Sie haben Schwein gehabt.«

Zwanzig Minuten später saß er auf einer Rolltrage und blickte regungslos über das Schlachtfeld. Das Tatortkommando war bei der Arbeit. Pieper trug einen dicken, weißen Verband um den Hals. Der Notarzt befestigte den Klettverschluß.

Lombardi tauchte auf und ging vor Pieper in die Hocke. »Bist du okay?«

»Ist nur ein Kratzer.«

Der Notarzt schüttelte halb amüsiert, halb fassungslos den Kopf. »Da wo ich studiert habe, nennt man das eine Verletzung der Halsschlagader.« Er sah Lombardi an. »Haben Sie die Blutung gestoppt?«

Lombardi nickte.

»Gute Arbeit.«

»Da hinten haben wir noch ein paar Quetschungen und einen gebrochenen Arm. Sehen Sie sich das mal an?«

»Sicher.« Der Notarzt schloß seine Tasche und verschwand.

»Wie sieht's aus?« murmelte Pieper, während er schwankend aufstand.

»Die kurze oder die lange Version?«

»Die kurze.«

»Hannes, natürlich.« Sie machte eine lange, bittere Pause, ehe sie fortfuhr. »Es grenzt an ein Wunder, aber außer dem Kranführer und dem Van-Carrier-Fahrer haben wir keine weiteren Toten. Neun Verletzte, niemand schwer.« Sie schaute über den Chassis-Platz. Er war weiträumig abgesperrt. Das Kreischen von Metallsägen jagte durch die Luft. Man versuchte, ein Dutzend Container auseinanderzuschneiden, die zu einem Klumpen zusammengeschmolzen waren und die Ampelschleuse blockierten. Dahinter wartete eine Schlange von Polizei- und Feuerwehrfahrzeugen auf Einlaß.

»Was ist mit der GSG 9?«

»Die hatten einen Schutzengel. Der Lieferwagen war Gott sei

Dank weit genug weg, hat nicht mal 'n Kratzer im Lack. Der Viehwaggon ist von der Druckwelle umgekippt, aber heil geblieben. Ein paar blaue Flecke, viel mehr haben sie nicht abgekriegt.«

Pieper nickte nur stumm.

»Man muß auch mal Glück haben«, sagte Lombardi.

»Schönes Glück.«

»Jan, es ist nicht deine Schuld.«

Er schwieg.

»Es wäre sowieso passiert, ob Hannes gegangen wäre oder Lutz oder irgendein anderer. Du weißt selbst, es hätte keinen Unterschied gemacht!«

»Doch, hätte es! Die zwei Minuten, die er beim Zoll war! Es waren genau diese zwei Minuten! Vielleicht hätte er es gepackt!«

»Vielleicht, vielleicht auch nicht, aber du kannst nichts dafür.« Lombardi schielte rüber zu Sophie. Sie hockte an der Pier, hatte eine Wolldecke über den Schultern und starrte reglos auf das Wasser. »Sie ist ziemlich fertig. Tu mir den Gefallen und laß sie leben.«

Jan Pieper schüttelte den Kopf und verzog das Gesicht, als die Nähte im Nacken schmerzten. »Die Entscheidung hätte bei *mir* gelegen. Wir allein entscheiden über das *Wie*. Aber sie hat mich mit ihrem verdammten Gequatsche über den Zoll so verrückt gemacht, daß ich schließlich selber gedacht habe, es wäre richtig. Wenn ich anderer Meinung gewesen wäre, hätte ich es verhindert. Das ist die Scheißwahrheit.« Alles war gesagt. Er blickte zu dem Tatortkommando. »Sind das Bremer?«

»Hamburger. Die haben ziemlich was drauf in Leichensachen.«

Pieper wußte, was sie damit meinte. Seit dem Desaster von Bad Kleinen, wo die Tatortgruppe des BKA mehr Fehler produziert hatte, als Flöhe im Fell eines Jagdhundes saßen, gaben sie die »Leichensachen«, also Identifizierung, Spurensuche und Obduktion, bevorzugt an die Mordkommissionen vor Ort. Für diese war das Tagesgeschäft, sie waren dafür besser ausgerüstet.

»Hast du 'ne Zigarette?« fragte Pieper. Lombardi sah ihn bekümmert an. Er hatte nach der Geburt seines jüngsten Sohnes mit dem Rauchen aufgehört und war standhaft geblieben, obwohl er seitdem mächtig zugenommen hatte.

»Gib schon her, ich brauch jetzt eine!«

Sie gab ihm eine Marlboro. Pieper inhalierte einen tiefen Zug und stieß den Rauch durch die Nase wieder aus. Er rollte die Zigarette zwischen den Fingern und betrachtete sie wie einen alten Freund, den er lange nicht gesehen hatte.

»Er war immer so vorsichtig«, sagte Lombardi, ohne Pieper anzusehen.

Er hörte ein lauter werdendes Geräusch und sah zum Himmel. Die Bugscheinwerfer des Hubschraubers geisterten durch die Nacht, ehe die Maschine zu sehen war.

Zwei Minuten später war sie gelandet.

Wolf trug noch seinen Smoking. Selbst hier, wo es nur so von Polizeibeamten wimmelte, war er von den Sherpas umringt. Lombardi sah, daß Grimm hinter ihm auftauchte.

»Der hat uns gerade noch gefehlt«, zischte sie.

TUAREG schnarrte ein Kommando. Die Sherpas blieben mit Grimm zurück, als ihr Chef mit schnellen Schritten zu Pieper und Lombardi stapfte.

Er war der Präsident. Und er hatte ein Recht auf Antworten.

Pieper warf seine Zigarette weg und drückte das Kreuz durch.

»Wer hat ihn da rausgeschickt?«

»Herr Präsident, wir können ...«

»Wer?«

»Ich hatte die Verantwortung. Es war mein Fehler. Ich habe ...«

»Herr Pieper, ich habe nicht nach Ihren Fehlern gefragt, ich habe gefragt, wer Schrader rausgeschickt hat. Das ist eine einfache Frage. Ich erwarte darauf eine einfache Antwort!«

Sophie wußte nicht, wie lange sie schon dasaß. Jemand hatte ihr einen Becher mit Kaffee in die Hand gedrückt, aber sie erinnerte sich nicht, wer oder wann das gewesen war. Nieselregen hatte eingesetzt, ihre Hände waren taub von der Kälte. Sie spürte es nicht. Die Welt war untergegangen. Sie war in einem Feuerball zerborsten, und Sophie hockte ganz oben auf einem Berg von Trümmern. Sie hob den Kopf, als ihr Vater vor ihr stehenblieb. Vielleicht war es kalte Verachtung, die sie in seinem Blick sah, vielleicht eine Wut, die größer war als das und alles andere zusammen.

»Hast du deinen Willen gehabt? Du wolltest unbedingt die große Staatsanwältin spielen, bist du endlich zufrieden? Ich will wissen, ob du zufrieden bist!«

Sophies Stimme war ein zaghaftes, zittriges Etwas, das sich selbständig machte und mit dem Wind davontrieb. »Ich mußte eine Entscheidung treffen. Es war ein Fehler, aber was verstehst du schon davon? Denn du hast ja in deinem ganzen Leben noch keinen Fehler gemacht!«

Wolf packte Sophie am Arm, zog sie zu sich hoch und zwang sie mit einem Griff an den Schultern, in seine Richtung zu blicken. Sie starrte auf einen Sarg, der in einen Leichenwagen geschoben wurde. »Hier hast du deine Entscheidung! Sieh sie dir genau an, und versuch nicht, dich rauszureden! Es gibt keine Entschuldigung, hast du verstanden! Keine Entschuldigung!«

Sophie hing in Wolfs Armen und sagte keinen Ton. Tränen schossen ihr in die Augen. Wolf ließ sie los, und sie taumelte.

»Morgen früh habe ich deinen Bericht!«

Er ging. Sophie weinte. Irgendwann merkte sie, daß jemand den Arm um ihre Schulter legte. Lombardi. Sophie kratzte den Rest an Kraft, der noch übrig war, zusammen und wollte sich losmachen. Doch Lombardi hielt sie einfach fest.

»Ist schon okay. Alles in Ordnung.«

Schwarze Schlieren blieben zurück, als Sophie sich mit dem Handrücken die Tränen aus dem Gesicht rieb. »... Pieper, er ... ich glaube, er hat mir ... hat mir das Leben gerettet ... Ich ... sollte ...« Sie machte eine Bewegung, als wolle sie zu ihm hingehen.

Lombardi hielt sie weiter fest. »Nicht jetzt. Ein andermal.«

Sophie konnte nicht einmal mehr nicken.

»Aufbruch in zwei Stunden. Wir fliegen mit der Präsidentenmaschine.«

Die Welt war untergegangen. Der kommende Tag würde schlimmer werden.

SIEBEN

Sie konnte nicht mehr. Sie hatte den Rückflug nach Wiesbaden überstanden, schweigend, den Blick ihres Vaters im Rücken, hatte es geschafft, gleich nach der Ankunft ins Hotel zu fahren, um sich etwas anderes anzuziehen, erfuhr an der Rezeption, daß die Bundesanwaltschaft versucht hatte, sie zu erreichen, registrierte erst jetzt, daß sie ihr Handy abgeschaltet hatte, telefonierte mit Stalin, besprach das Nötige, hörte das Verschwiegene zwischen den Sätzen, sagte ja und sagte nein, raste zurück auf den Neroberg, mußte unterwegs tanken, wollte ein Sandwich kaufen, merkte, daß sie gar keinen Hunger hatte, mußte sich erneut an der Eingangsschleuse legitimieren, sah an den Blicken der Beamten, daß sie Bescheid wußten, packte es bis zum Lift, wollte in den Besprechungsraum gehen, hatte die Klinke in der Hand.

Und konnte sie nicht nach unten drücken.

Sie schleppte sich auf die Toilette. Das Gesicht im Spiegel war ihr so fremd wie ihre Stimme, als sie flüsterte: »Fertig.« Zeit verging, kam zurück, brachte Bilder, die schwarzweiß waren wie der Monitor, auf dem sie Schraders Gesicht zuletzt gesehen hatte. Ihre Hand tat, was der Kopf befahl, griff in die Tasche und zog den Lippenstift heraus. Sie zitterte so sehr, daß die Spitze abbrach und zu Boden fiel und über die Fliesen kullerte. Sophie hatte nicht die Kraft, sich zu bücken und sie aufzuheben. Lombardi kam herein. Sie schloß die Tür und lehnte sich dagegen.

Sophie stand da, klammerte sich am Waschbecken fest und war nackt bis auf die Seele.

»Und jetzt?« fragte Lombardi.

»Sagen Sie ihnen, ich kann nicht. Nicht jetzt. Sagen Sie die Wahrheit. Es spielt keine Rolle mehr.«

»Sie wollen also aufgeben. Einfach so?«

Sophie antwortete nicht.

»Täusche ich mich, waren das nicht Sie? Sind Sie nicht gestern hier reinmarschiert wie Rommel in Tunis und haben aus allen Rohren geschossen? Ich dachte, Sie hätten mehr drauf. Hab ich mich geirrt?«

»Lassen Sie mich allein. Bitte.«

»Sagen Sie mir, daß ich mich geirrt habe!«

»Sie haben sich geirrt.«

»Jetzt passen Sie mal gut auf, Frau Oberstaatsanwältin! Wir machen hier alle unseren Job. Es hat uns keiner gesagt, daß es leicht ist, und Ihnen auch nicht. Gestern nacht waren Sie davon überzeugt, das Richtige zu tun. Sie wollten das gleiche wie jeder von uns: eine glatte Aktion, einen perfekten Zugriff und ein gutes Gefühl, wenn man am Tag danach die Zeitung aufschlägt. Niemand war schuld. Sie nicht, Jan nicht und schon gar nicht Hannes. Solche Dinge passieren. So wird es auch bleiben, ob Sie kotzen oder heulen oder sonst was! Und jetzt gehen Sie verdammt noch mal mit mir da raus und lassen Sie uns den Dreck wegkehren!«

Sophie starrte Lombardi an und mußte schlucken.

»Was ist? Wollen wir hier warten, bis der Lippenstift wieder nachgewachsen ist, oder kneifen wir die Arschbacken zusammen und zeigen ein paar gestandenen Machos, was wir draufhaben?«

Sophie konnte nicht anders: Sie mußte tatsächlich lachen.

»Schon besser«, sagte Lombardi.

»Danke.«

»Bitte.«

Sophie gab sich einen Ruck und wollte zur Tür.

»Sekunde!« Lombardi kramte in ihrer eigenen Handtasche. Sie reichte Sophie einen Lippenstift. »Ist nicht ganz Ihre Farbe, fällt aber keinem auf.« Ihr Grinsen ging bis zu den Ohren. »Sie können's echt gebrauchen. Mannomann, sehen Sie beschissen aus!«

Man hatte auf sie gewartet. Zwölf Beamte, von denen Sophie

nur Siegfried Thom, Katja Lombardi und Jan Pieper näher kannte. Die anderen hatte sie gestern morgen bei der Besprechung gesehen. 6.15 Uhr. Graue, eingefallene Gesichter, in denen noch die Nacht saß. Thom vermied es, Sophie anzusehen. Er klopfte seine Zigarettenspitze aus und wartete, bis sie und Lombardi sich gesetzt und ihre Unterlagen zur Hand hatten. »Herr Pieper, bitte eine kurze Zusammenfassung, ehe wir die Sachlage bewerten. Was wissen wir, und was wissen wir noch nicht?«

Pieper nickte einem seiner Leute zu. Eine Luftbildaufnahme des Chassis-Platzes wurde an die Wand projiziert. Pieper stand auf, benutzte den Laserpointer und deutete während seines Vortrags mehrmals auf Details. Schließlich setzte er sich wieder. Er bewegte den Hals steif unter dem Verband, als sei er ihm zu eng geworden.

»Was wissen wir über die Bombe?«

»Bisher gar nichts. KT 12 ist noch bei der Untersuchung. Viel Hoffnung haben sie uns aber nicht gemacht. Der Container wurde praktisch atomisiert, das sieht nach einer Bastelarbeit für lange Winterabende aus. Am Tatort ist ein ziemliches Durcheinander. Unsere Leute haben jetzt auch noch den MAD am Hals. Die stellen wie immer eine Million dumme Fragen, mischen sich in jeden Mist ein und wundern sich, warum sie niemand liebhat.«

»Bitte? Was hat der MAD damit zu tun?«

»Ich kann's nicht ändern. Soweit ich weiß, hat sich das die Bundesanwaltschaft ausgedacht. Die faseln was von ›militärischem Sprengstoff‹.«

Sophie sah Lombardis aufmunternden Blick und räusperte sich. »Ich habe auch erst vor einer Stunde davon erfahren. Der GBA ist anscheinend der Meinung, daß der MAD mit seinen Möglichkeiten der Aufklärung …«

»Die Möglichkeiten kennen wir«, fiel Thom ihr ins Wort. »Spekulieren. Verschleiern. Behindern.«

Er hatte recht, und Sophie wußte es. »Ich sitze hier zwar als Vertreterin der Bundesanwaltschaft, das heißt aber nicht, daß

ich alles gutheißen muß, was in Karlsruhe entschieden wird. Können wir uns auf diese Sprachregelung einigen?«
Jetzt lächelte Thom. »Ja, das können wir, Frau Wolf.«
Sie registrierte, wie alle entspannten. Lombardi nickte ihr unmerklich zu.
»Was sollen wir von der MAD-Sache halten?« fragte Thom.
»Im Moment ignorieren. Ich bin für heute nachmittag telefonisch mit Frau Voigt verabredet. Dann wird sich das klären.«
Thom sah Pieper an. »Bis gestern sind wir davon ausgegangen, daß sich Sturmgewehre im Container befanden. Diese Theorie hat sich spätestens jetzt erledigt. Eine solche Sprengwirkung kann unmöglich von Kalaschnikows kommen. Dazu brauchen wir die KT nicht, das sagt uns der gesunde Menschenverstand. Sie hatten Gelegenheit, mit Schrader vor seinem Tod zu sprechen. Was genau hat er gesagt?«
»Nicht viel. Pallucci und Grasso in Krakau. Außerdem Czarny und Fasoulas. In etwa das, was wir schon wußten. Unser Mann hat den Deal abgewickelt wie besprochen. Keine größeren Probleme. Schrader ist auf dem kürzesten Weg nach Bremerhaven gefahren. Von einer Observation hat er nichts bemerkt. Das ist alles. Interessant ist allerdings der Bericht der Tatortgruppe. Katja?«
»Unsere Leute haben sich den Van-Carrier vorgenommen. Im Boden der Kanzel war eine Öffnung, die da nicht hingehört. Kreisrund, zehn Zentimeter Durchmesser, sauber ausgefräst.«
»Bewertung?« fragte Thom stirnrunzelnd.
»Wir hatten so was vor Jahren schon mal«, sagte Lombardi. »Damals die Sache in Kiel. Der Jojo ...«
Pieper nickte. »Eine Haftladung ...« Er rieb sich mit der Hand bedächtig über die Glatze, wie er es immer tat, wenn ihn etwas beschäftigte.
»Genügt dazu eine so kleine Öffnung?« fragte Sophie.
»Kein Problem. Der Sprengstoff muß nur für die Initialzündung sorgen. Wichtig ist, was im Container war.«
»Wurde die Fracht in Krakau überprüft?« fragte Thom.
Pieper zuckte die Schultern.

»Was ist mit dem Schiff?«

»Jetzt wird's interessant«, sagte Pieper. »Wir haben die Besatzung vernommen. Der Kapitän der Santa Maria hat ausgesagt, daß er kurz vor Mitternacht einen Anruf erhalten hat. Pünktlich um 1.30 Uhr sollten zwei Lotsen zur Vorbesprechung an Bord kommen.«

»Und?«

»Der Gag ist, daß die Hafenmeisterei nichts davon weiß. Der Lotse war erst für sechs Uhr avisiert. Einer, nicht zwei.«

Vielsagendes Schweigen. »Cuevo«, sagte Thom schließlich.

»Vermutlich.«

»Wann ist die Bombe hochgegangen?«

»Exakt um 1.26 Uhr.«

»Vier Minuten bis zur Ankunft der angeblichen Lotsen.«

»Vier Minuten«, bestätigte Pieper.

Thom pustete Tabakreste aus seiner Zigarettenspitze. Er öffnete sein silbernes Etui. Er nahm eine Dunhill heraus und betrachtete sie nachdenklich. Schließlich legte er sie zurück in das Etui, wählte eine andere Zigarette, ohne Eile, als habe er alle Zeit der Welt, und schob sie in die Spitze aus Perlmutt. Niemand sprach ein Wort. Thom rauchte den ersten Zug. Seine Stimme war so leise, daß Sophie sich bemühen mußte, jedes Wort zu verstehen. »Glauben wir an Zufall? Nein, tun wir nicht. Vier Minuten. Das heißt, wer immer für die Explosion verantwortlich war, wollte, daß Cuevo einen Logenplatz kriegt.« Pause. »Irgendwelche Ideen?«

»Die Prüfer sollten nicht in Gefahr kommen«, sagte Lombardi. »Sie sollten sich das Spektakel ansehen, aber nicht verletzt werden.«

»Ihre Einschätzung, Frau Wolf?« fragte Thom.

»Ich gebe Frau Lombardi recht. Der Auftraggeber der Morde an Pallucci und Grasso will mit Cuevo ins Geschäft kommen. Bremerhaven war als Demonstration gedacht. Mehr nicht. Wenn wir allerdings die Koinzidenz zwischen der wahrscheinlichen Ankunftszeit der Prüfer und dem Zeitpunkt der Explosion beiseite lassen, ergeben sich theoretisch weitere Möglichkeiten: Zum Beispiel könnte es sich um einen Bandenkrieg handeln. Oder Czarny hat erfahren, daß ›Bodyguard‹ für das BKA arbeitet, und wollte Wiesbaden einen kräftigen Denkzettel verpassen.«

Sophie hatte bewußt den Decknamen verwandt, mit dem Vandreyke in seiner VE-Akte geführt wurde, und Thom quittierte das mit einem zufriedenen Blick. Noch immer kannte im BKA nur ein sehr elitärer Personenkreis die wahre Identität von Bodyguard und seiner Partnerin Model.

»Wann haben wir das letzte Mal von Bodyguard gehört?« fragte Thom.

»Gestern früh«, antwortete Pieper.

Sophies Kopf ruckte in Piepers Richtung. »Wollen Sie damit sagen, daß der Kontakt abgebrochen ist?«

Sein Schweigen war Antwort genug.

»Wie schon gesagt«, murmelte Sophie, sich vollkommen bewußt, daß sie gleich mitten in einem riesigen Fettnapf stehen würde, »es gibt eine Menge Möglichkeiten. Und eine besonders häßliche.«

Pieper reagierte prompt. »Was soll das heißen?« raunzte er.

Alle starrten Sophie an. Ehe sie antworten konnte, stand Thom auf. »Ich habe einen Termin beim Präsidenten. Wir vertagen uns auf morgen 13.30 Uhr, dann hat die KT hoffentlich den Bericht vorgelegt.« Er räusperte sich. »Schrader hatte eine Frau und zwei Kinder. Wir sollten eine Kasse einrichten. Ich freue mich über jeden Kollegen, der etwas zur Unterstützung der Familie beiträgt. Das wäre vorerst alles. Danke.«

Während die anderen unter leisem Gemurmel ihre Unterlagen packten und den Raum verließen, sah Thom Sophie an. »Frau Wolf, haben Sie noch einen Moment Zeit?« Er wartete ihre Antwort erst gar nicht ab und nickte Pieper und Lombardi zu. »Sie beide ebenfalls.«

Dann waren die vier allein. »Frau Wolf, ich wäre Ihnen dankbar, wenn Sie Ihre Andeutung von eben konkretisieren könnten«, sagte Thom mit einer Stimme, die nichts mehr von dem sanften Timbre ihres Märchenonkels hatte.

Sophie steckte sich eine Zigarette an und war heilfroh, daß ihre Hand nicht zitterte. »Versuchen wir, die Sache ohne Polemik zu sehen: Es hätte eine Million Gelegenheiten gegeben, den Container während der Fahrt zu präparieren. Das ist aber offensichtlich nicht passiert. Unser Mann hat es in Bremerhaven getan. Aber wie? An jedem normalen Tag wäre er auf das Gelände spaziert, hätte die Haftbombe drangepappt und wäre wieder verschwunden. Hat er das? Nein. Er tötete den Fahrer des Van-Carriers, was fraglos ein erhebliches Risiko bedeutete. Danach hat er sich die Mühe gemacht, ein Loch in den Kanzelboden zu fräsen, um – ich versuche mir das vorzustellen! – in einer vermutlich äußerst komplizierten Prozedur eine Haftladung abzuseilen. Für mich läßt das nur einen Schluß zu. Aber ich bezweifle, daß er Ihnen gefallen wird.«

»Ich habe Sie nicht um dieses Gespräch gebeten, um Geschmacksfragen zu diskutieren«, sagte Thom.

»Der Mann *wußte*, daß das BKA auf dem Chassis-Platz war. Daran kommen wir nicht mehr vorbei.«

»Sie denken, wir haben einen Maulwurf?«

»Gibt es noch eine andere Möglichkeit?«

Thom blieb die Antwort schuldig, und Lombardi schloß ergeben die Augen. Ihr war klar, daß sie Sophie jetzt nicht mehr helfen konnte.

Jan Pieper brüllte unvermittelt los. »Immer raus damit, nur keine Hemmungen! Sie wollen allen Ernstes behaupten, daß Bodyguard für die Gegenseite arbeitet? Das ist doch kompletter Blödsinn, Sie wissen doch gar nicht, wovon Sie reden!«

Sophie versuchte, ruhig zu bleiben und sich nicht provozieren zu lassen. »Herr Pieper, ich weiß, daß er Ihr Freund ist. Aber lassen Sie uns doch nicht so tun, als ob solche Sachen nicht vorkommen. Es wäre nicht das erste Mal, daß ein VE die Seiten gewechselt hat. Oder sind Sie anderer Meinung?«

»Das ist doch komplette Scheiße! Wissen Sie, was *ich* denke? Sie haben keine Ahnung vom Geschäft, tun aber andauernd so, als hätten Sie die Regeln erfunden! Bremerhaven war Ihr erster Einsatz, und Sie haben Mist gebaut! Sie sind arrogant, wissen alles besser und können von Glück sagen, daß Sie die Tochter vom Alten sind! Alles klar soweit?«

»Herr Pieper, Sie halten sich zurück!« Das war Thom, noch immer sachlich, noch immer ruhig. »Ich habe nichts gegen eine offene Rede, Sie wissen das. Aber jetzt werden Sie beleidigend, und das dulde ich nicht. Ich hoffe, ich habe mich deutlich genug ausgedrückt.« Er wandte sich Sophie zu. »Frau Wolf, bitte vergessen Sie, was Herr Pieper gesagt hat. Sie denken, wir haben einen Maulwurf. In der Tat scheint dieser Verdacht nicht völlig aus der Luft gegriffen zu sein. Was jedoch Bodyguard betrifft, so muß ich ...« Er brach ab. Wolf stand in der Tür, Grimm hielt sich auf dem Flur im Hintergrund. Niemand von ihnen wußte, wie lange der Präsident schon zugehört hatte.

Sophie war klar, daß sie etwas sagen mußte. Das wollte sie doch: zeigen, was sie *draufhatte*. Aber alles, was sie herausbrachte, war: »Wir können das ein andermal diskutieren.« Sie griff sich ihre Akten. Ging an ihrem Vater vorbei. Brauchte jeden Funken Mut, der ihr geblieben war, um seinem Blick nicht auszuweichen.

Wolf wartete ab, bis Sophie außer Hörweite war, ehe er das Nötige sagte. »Herr Pieper, es spielt keine Rolle, daß sie meine Tochter ist. Keine Vorzugsbehandlung. Aber auch keine Schikanen. Haben wir uns verstanden?«

Pieper senkte den Blick. Wolf feuerte seine halb aufgerauchte Zigarre in den Mülleimer neben der Tür und stapfte mit raumgreifenden Schritten über den Flur. Grimm hastete neben ihm her.

»Was ist das für eine Sache mit dem MAD?« bellte Wolf.

»Wahrscheinlich Stalins Idee. Die schmeißen uns natürlich jede Menge Knüppel zwischen die Beine.«

»Klären Sie das! Bis heute mittag ist das vom Tisch!«

Sie blieben vor den Fahrstühlen stehen. Grimm drückte auf den Knopf und machte sich eine schnelle Notiz. »Der GBA hat schon zweimal angerufen. Er will wissen, wer die Pressekonferenz gibt – Karlsruhe oder wir?«

»Er hat evoziert. Dann soll er auch die Scheiße runterspülen!«

Sie stiegen in den Fahrstuhl.

»Stalin wird argumentieren, daß der Präventionsbereich beim BKA liegt.«

»Interessiert mich nicht. Weiter!«

»Das LKA Bremen jammert, weil wir keine Informationen rausgeben.«

»Jammern lassen! Was ist mit der Innenministerkonferenz?«

»Ihren Vortrag habe ich abgesagt. Das BMI ist informiert und wartet auf Stellungnahme. Die Ministerlage scheint mir dafür geeignet zu sein.«

»Für wann ist die angesetzt?«

»Siebzehn Uhr. Was ist mit den Medien – soll ich durchsickern lassen, daß Sie der Familie von Schrader kondolieren?«

»Kein Wort, halten Sie mir die Aasgeier vom Leib!«

Der Fahrstuhl stoppte.

»Herr Präsident?«

»Was?« knurrte Wolf.

»Ich möchte weder Herrn Pieper noch Herrn Thom kritisieren ...«

»Aber?«

»Was ist, wenn Ihre Tochter recht hat? Ehrlich gesagt, wundere ich mich, daß Thom sich weigert, diese Möglichkeit auch nur in Betracht zu ziehen.«

Wolf hob die Augenbrauen und musterte seinen Stabschef von oben bis unten. »Wie lange sind Sie jetzt bei uns, Herr Grimm?«

»Drei Wochen.«

»Drei Wochen. Denken Sie gut darüber nach, ob es vier werden sollen!«

Am Stichtag 1. Januar wurden dreiundsiebzig Mitarbeiter für besondere Aufgaben auf der Lohnliste des Bundeskriminalamtes geführt. Die VBs, wie sie kurz genannt wurden, weil sich niemand mit der semantischen Schrankwand »Rauschgiftverbindungsbeamter« abmühen wollte, wurden aus der Abteilung OA rekrutiert. Sie operierten von deutschen Botschaften und Konsulaten aus, und zwar in Ländern, die als Brennpunkte des Drogenhandels galten. Ihr Auftrag war es, das Unkraut dort zu rupfen, wo es wuchs. Es war ein interessanter Job, aber auch ein gefährlicher, was zu strengen Auswahlkriterien auf der umfangreichen Liste der Bewerber führte.

Gernot Falcke war einer dieser Männer.

Er beherrschte die höchste Kunst in seinem Gewerbe – die Fähigkeit, sich unsichtbar zu machen. Seit zwei Jahren war er zuständig für Süditalien. Das Goldkettchen, das unter dem offenen Hemdkragen auf der braunen Haut baumelte, die Slipper von Gucci und der Anzug von Cerruti waren genau das, was man von einem Geschäftsmann in Sizilien oder Kalabrien erwartete. Zuvor war er in Rußland stationiert gewesen, wo er die graue Gesichtsfarbe eines Moskauer Ministerialbeamten spazierentrug. Sein Mandat war die perfekte Anpassung an jede Umgebung, und Gernot Falcke hatte es darin zu unbestrittener Meisterschaft gebracht. Pünktlich um dreizehn Uhr saß er im Büro des Trekking-Reisebüros für deutsche Touristen, das er als Tarnadresse in Reggio di Calabria betrieb. Das Fenster wies auf den Corso Vittorio Emanuele III und bot normalerweise einen unvergleichlichen Blick über die Straße von Messina. Jetzt waren die Vorhänge zugezogen. Falcke sah die Gesichter von Wolf und Thom vor sich auf dem Videophon. Die Leitung war kryptiert, was an dem lästigen Nachhall der Stimmen erkennbar war.

»Wie stehen die Dinge in Reggio?« fragte Wolf.

»Ich soll Ihnen Grüße von Untersuchungsrichter Giani ausrichten. Letzte Woche war ich in seinem Büro im Justizpalast. Er wird von dreißig Männern der ›Mobile‹ bewacht. Beamte mit Uzis überall auf den Fluren. Videokameras und Bewegungsmelder. Zwei Leibesvisitationen, bis ich zu Giani ins Zimmer durfte. Eine knappe Stunde waren wir allein, und alle fünf Minuten hat er auf einen Knopf unter seinem Schreibtisch gedrückt, damit seine Leute wußten, daß er noch am Leben ist. Das sollte Ihre Frage beantworten, Herr Präsident.«

Wolf nickte schweigend. Die Italiener hatten den Krieg bereits verloren, das wußte er genausogut wie sein alter Freund Silvio

Giani, mit dem er vor bald vierzig Jahren auf dem Nato-Defense-College in Rom gewesen war.

»Zur Sache«, sagte Wolf.

»Vor drei Stunden habe ich einen Anruf von einem V-Mann erhalten. Er hat einen Frisiersalon in Catanzaro.«

»Und?«

»Mein Mann hatte einen Kunden im Laden, der morgen heiratet und noch was für seine Schönheit tun wollte. Wie das Leben so spielt, hat er einen Neffen namens Zippo Conti, und der ist ein kleiner Soldat in der Cosca von Pallucci und Grasso. Der Kunde sitzt also gemütlich auf seinem Stuhl und läßt sich gerade eine Dauerwelle machen, als sein Handy klingelt. Sein Neffe Conti ruft ihn aus dem Auto an. Es tut ihm furchtbar leid, aber er kann nicht zur Hochzeit kommen. Ach, und warum nicht? Weil er noch heute verreisen muß, ganz plötzlich. Leider, jammerschade. Aber er wird dem Brautpaar Glückwünsche senden. Aus Caracas in Venezuela.«

Wolf und Thom wechselten einen vielsagenden Blick. Caracas war eine wichtige Dependance von Cuevo. Dort befanden sich Labors, in denen die Kokabase mit Salzsäure, Äther und Azeton versetzt und so zu dem chemischen Wirkstoff Methylbenzoylekgonin wurde, den die europäische und US-amerikanische Schickeria, die sich das Pulver durch die Nase zog, schlicht unter dem Namen Koks kannte. »Haben Sie das überprüft?« fragte Wolf.

»Ich habe über einen Kontakt bei der Alitalia die Passagierlisten abgecheckt. Vier Männer, von Lamezia Terme über Zürich nach Caracas. Bei einem von ihnen handelte es sich um Julio Patrese, einen Neffen von Pallucci. Er war Contabile – Buchhalter, ziemlich weit oben in der Hierarchie. Ein anderer war Umberto ›die Axt‹ Luca, der Puntaiolo, also der Mann fürs Grobe. Die beiden anderen, darunter der erwähnte Conti, dürften Leibwächter gewesen sein. Vermutlich ist der Clan nach der Ermordung der Capos in Panik geraten, und sie wollten ein Treffen mit Cuevo.«

»War? Gewesen? Wollten?« fragte Wolf stirnrunzelnd.

»Sie wurden auf der Fahrt zum Flughafen von einer Auto-

bombe getötet. Die Schnellstraße macht vor dem Abfertigungsgebäude eine scharfe Kurve, dort hat es sie erwischt. Schätzungsweise ein Neigungswinkelzünder.«
»Waren Sie am Tatort?« fragte Thom.
»Ja, ist ein echtes Schlachtfeld. Die DIA rotiert wie verrückt, die haben einen Sonderermittler hingejagt.«
»Also Krieg?«
»Wer soll den noch führen? Die Leitungsebene von Palluccis Cosca ist innerhalb von nicht einmal achtundvierzig Stunden komplett eliminiert worden. Die brauchen Jahre, bis sie wieder auf die Beine kommen. Die sind fertig.«
Das mußten Wolf und Thom erst einmal verdauen.
»Sind die VEs schon aus Krakau raus?« Falcke wußte durch seinen Kollegen Tobias Philippen, der das Büro in Polen leitete, über die Sache Bescheid.
»Noch nicht. Philippen kümmert sich darum.«
»Er sollte sich besser beeilen.«

Vermutlich war Krakau im Sommer eine schöne Stadt. Jetzt, Anfang Januar, nach zwei Wochen, in denen es nahezu ununterbrochen geschneit hatte, versank »das Venedig des Ostens« im Matsch. Tauwetter hatte am Morgen eingesetzt und den Rynek in eine Schlammwüste verwandelt. Ines Broszat stand an der Ostseite des riesigen Platzes, nahe der Floriańska. Sie hatte einen Stadtführer in der Hand und blickte hoch zum Turm der Marienkirche, wo das Trompetenspiel erklang, das an die Eroberung der Stadt durch die Tataren erinnern sollte. Als sie sich umdrehte, sah sie, daß Gregor Vandreyke sein Handy wegsteckte. Er hakte Broszat schweigend ein. Sie schlenderten in Richtung Planty, vorbei an den mittelalterlichen Tuchhallen, wo die Nippeshändler hinter ihren Ständen hockten, dampfenden Borschtsch löffelten und über das miese Geschäft klagten.
»Was sagt der VB?« fragte Broszat.
»Er holt uns raus. Morgen früh, 7.55 Uhr, die Maschine nach Berlin.«
»Morgen erst?«

»Sie haben Probleme mit den Enteisungsmaschinen für die Startbahn. Ist nur ein kleiner Flugplatz, geht nicht anders.« Vandreyke spürte, daß Broszat zitterte. Er legte seinen Arm um sie. »Hey, noch einmal schlafen, dann sind wir draußen!« sagte er aufmunternd.

Broszat brachte nur ein schwaches Nicken zustande. Seit drei Tagen hatte wegen des Wetters kein Flugzeug in Krakau starten oder landen können, und sie hatten alle Varianten, aus der Stadt rauszukommen, diskutiert. Der Mietwagen war zu gefährlich, da sie möglicherweise von Czarnys Leuten observiert wurden. Das gleiche galt für den Zug. Der VB hatte davon abgeraten, die polnischen Kollegen um Hilfe zu bitten, denn Czarnys Kontakte zur CBS waren hinlänglich bekannt. Blieb also nur das Flugzeug. Air Berlin, 7.55 Uhr, war die erste Maschine, die wieder starten würde. Broszat wollte, sie säßen schon drin. Ständig hatte sie das Gefühl, beobachtet zu werden, und dieses Gefühl war nahe dran, in Paranoia überzugehen.

»Hinter uns«, sagte sie. »Der Typ im braunen Mantel. Ich glaub, der war vorhin schon im Café.«

»Schon gecheckt. Der ist mit seiner Frau hier. Die geht shoppen, und er langweilt sich. Ganz ruhig, Petra, alles im grünen Bereich.« Selbst wenn sie allein waren, redeten sie sich mit ihren Decknamen an. Es war einfach sicherer. Sie hatten es vor vielen Jahren in der Ausbildung gelernt und nie vergessen. Vandreyke steckte sich eine Lucky Strike an und rauchte schweigend.

Ines Broszat kannte ihren Partner lange genug, um zu wissen, daß es etwas zu besprechen gab. »Was ist los?« fragte sie.

»Er hat mich angerufen.«

»Wer?«

»Fasoulas.« Broszat blieb unwillkürlich stehen, doch er schob sie mit seinem Ellenbogen vorwärts. »Locker, Mädchen, immer locker«, murmelte Vandreyke.

»Was wollte er von dir?« fragte sie mit leichtem Zittern in der Stimme.

»Er schuldet mir noch Geld. Ich soll ins Schlachthaus kommen.«

»Haha! Hat er etwas über den Container gesagt?«
»Kein Wort.«
»Er muß dich für ganz schön dumm halten. Glaubt er wirklich, daß du da hingehst?«
»Ich habe zugesagt.«
»Was? Bist du völlig übergeschnappt? Von denen kriegst du kein Geld, nur eine Kugel in den Kopf!«
»Wenn ich nicht hingehe, weiß er Bescheid, das können wir nicht riskieren. Wir haben zu lange an der Sache gearbeitet. Der Kontakt ist erstklassig, den laß ich mir nicht kaputtmachen!«
»Kurt, das kannst du nicht! Die wollen ...«
»Hör zu«, beendete Vandreyke die Diskussion. »Sie werden mich wieder anrufen und mir den Zeitpunkt mitteilen. Es ist besser, wir trennen uns. Du fährst ins Hotel und wartest. Wenn ich mich bis Mitternacht nicht gemeldet habe, gehst du vor wie besprochen. Der VB weiß Bescheid.« Ehe sie noch etwas sagen konnte, drückte er ihr einen Kuß auf die Wange, wandte sich nach rechts und war wenige Sekunden später im Gewimmel auf der Szczepańska verschwunden.

Ines Broszat blieb zurück, wurde von jemandem angerempelt, hörte ein gemurmeltes »Proszę wybaczyc«, schmeckte Metall, als sie sich auf die Lippe biß, roch noch immer Vandreykes Lucky Strike und fühlte nichts als Angst, die sich an ihr festkrallte.

Acht

Der Helikopter landete in Schönefeld. Zwei Panzer standen bereit, um Wolf und Grimm nach Moabit zu befördern, wo das Bundesministerium des Inneren in einem Neubau auf dem Gelände der ehemaligen Bolle-Meierei residierte. Es war eigentlich ein Routinetermin, eine Ministerlage, bei der es um die anstehende Novellierung des Geldwäschegesetzes gehen sollte, doch durch die Ereignisse der letzten Tage hatten die Dinge eine Wende genommen, und Wolf war sicher, daß es in der Hauptsache um Krakau und Bremerhaven gehen würde.

Meine Tochter! Verdammt! Ich habe den ganzen Tag noch keine Zigarre geraucht. Sie schmecken einfach nicht mehr.

Die Sherpas nahmen jedesmal eine andere Fahrtroute. Diesmal ging es bis zur Autobahnabfahrt Sachsendamm, dann weiter durch die City. Als sie die Klingelhöferstraße erreicht hatten und auf den Großen Stern zuhielten, sah Grimm, der gedankenversunken neben dem Präsidenten saß, erstmals bewußt aus dem Fenster. Sie passierten das Gebäude der Konrad-Adenauer-Stiftung, das von Unkundigen leicht für eine Kläranlage gehalten werden konnte, so häßlich war es. Gegenüber war die giftgrüne, fensterlose Fassade der nordischen Botschaften hell angestrahlt. Die Berliner spotteten, es sei der größte bewohnte Bauzaun der Stadt.

Grimm fragte sich immerfort, worum es wohl bei der Videokonferenz zwischen Wolf, Thom und Falcke gegangen sein mochte. Gernot Falcke hatte die Verbindung über Grimms Büro angemeldet, und der hatte aufmerksam registriert, daß der VB eine kryptierte Leitung haben wollte. Ungewöhnlich, war doch im Amt allgemein bekannt, daß der Präsident den schlechten Raumton bei verschlüsselten Gesprächen haßte. Also war es wichtig. Wie wichtig? Sicher hatte es mit Pallucci und Grasso zu tun.

Weiß Falcke etwas, das ich nicht weiß? Vielleicht. Ich brauche mehr Herrschaftswissen! Doch die Mitschnitte der Videokonferenzen lagerten im Giftschrank der VS-Stelle, und dort endete selbst Grimms Kompetenz.

Als sie in der Tiefgarage des BMI stoppten, waren sie eine Minute über der Zeit. Grimm wußte, daß dies durchaus kalkuliert war. Der Präsident scheute die Präliminarien der Ministerlage, deren wichtigstes Element der Kampf zwischen dem BfV- und dem BKA-Präsidenten um den Sitzplatz direkt gegenüber dem Minister darstellte. Wer diesen Stuhl ergattert hatte, durfte traditionell als erster das Wort ergreifen. Wolf haßte die lächerliche Reise nach Jerusalem. Also überließ er Fritz Limmer, seinem Kollegen vom Verfassungsschutz, stets den Vortritt und pflegte erst, wenn schon der BfV-Präsident, der Minister, die Referenten und Staatssekretäre ihre Plätze eingenommen hatten, hereinzukommen, sich für die kleine Verspätung zu entschuldigen und sich in aller Ruhe eine Zigarre anzustecken, während Limmer sein übliches düsteres Szenario einer von allen Seiten bedrohten freiheitlich-demokratischen Gesellschaftsordnung beschwor.

Die Lage dauerte zwei Stunden. Kein Wort über Krakau. Kein Wort über Bremerhaven.

Schließlich stand Langheinrich auf. »Danke, meine Herren. Wir sollten das Thema Geldwäsche bei unserem nächsten Treffen vertiefen. Zwar ist das BMJ hier federführend, doch der Kanzler hat mich gebeten, die Angelegenheit, na ja, ein wenig zu begleiten.« Ein Schmunzeln wanderte durch den Raum. Die Justizministerin war über die Quotenregelung ins Kabinett gerutscht und hatte sich bisher lediglich durch das völlige Fehlen von Sachkenntnis hervorgetan. Ihr letzter und fraglos amüsantester Schnitzer war ein Amtsbesuch in Oslo, bei dem sie sich für die schwedische Gastfreundschaft bedankt hatte. Der Kommentar des Kanzlers lautete angeblich: »Herrlich, jetzt haben wir endlich die Gleichberechtigung! Die ist nämlich exakt dann erreicht, wenn genauso viele Flaschen in Röcken wie Flaschen in Hosen in Chefsesseln sitzen!« Darüber hatte Berlin wochenlang gelacht.

»Präsident Wolf ... Präsident Limmer, ich möchte Sie noch einen Moment allein sprechen.«

»Natürlich, Herr Minister.«

Die meisten hatten den Raum bereits verlassen. Grimm ließ sich, in der Hoffnung, noch den einen oder anderen Satz aufzuschnappen, Zeit mit dem Zusammenpacken seiner Akten. Doch Josef Langheinrich sagte: »Vielleicht gehen wir besser runter in die Bibliothek.« Er marschierte mit Wolf und Limmer hinaus, ehe Grimm mit dem Sortieren der Papiere fertig war. In der Tür drehte der Innenminister sich noch einmal um und warf Wolfs Stabschef einen routiniert-freundlichen Blick zu. Grimm nickte genauso obenhin, den Kopf halb über den Akten.

Die persönliche Bibliothek des Bundesinnenministers lag im elften Stock des Ostflügels. Sie besaß eine intime, nachgerade anheimelnde Atmosphäre, weshalb Josef Langheinrich sie für Besprechungen im kleinen Kreis zu nutzen pflegte. Als Wolf hinter dem Minister und dem BfV-Präsidenten den Raum betrat, blieb er verdutzt stehen und starrte den Mann an, der am Fenster stand, ihnen den Rücken zuwandte und auf die Spree blickte.

Der Präsident des Bundesnachrichtendienstes drehte sich um und ging lächelnd auf Wolf zu. »Hallo, Richard, schön, dich zu sehen.«

Julius Boehnke war ein Mann von barocker Körperfülle. Er liebte üppiges Essen, eine gute Zigarre und die Frau, mit der er seit Studententagen verheiratet war. Von den beiden Fragen, die ihm in seinem Leben am häufigsten gestellt worden waren, fing die erste mit »Wissen Sie eigentlich ...?« und die zweite mit »Ach, generell oder nur ...?« an. Erstens: Ja, er wußte, daß er eine erstaunliche physische Ähnlichkeit mit einem verstorbenen bayrischen Ministerpräsidenten besaß. Zweitens: Nein, er trank überhaupt keinen Alkohol. Und zwar seit einem Novembertag vor vielen Jahren.

Er und Richard Wolf kannten sich seit der Zeit, in der Boehnke im BND Leiter der Abteilung III – Operative Aufklärung –

gewesen war und Wolf Chef der Spionageabwehr des Bundeskriminalamtes. Sie waren etwa im gleichen Alter, und sie durften einander Freunde nennen, soweit dies Männern in ihrem Gewerbe möglich war. Viele Jahre lang hatten sie einen gemeinsamen Feind, den sie mit all ihrer Intelligenz und mit Tricks bekämpften, die sie sich in unzähligen Stunden ausdachten, in denen Zigarren und Rotwein die Gedanken beflügelten. Es war ein kalter Krieg, aber es war eine Welt, in der sie sich auskannten. Am 9. November 1989 brach sie zusammen.

Für viele Menschen war es ein Tag, an dem sie vor Freude weinten. Für Julius Boehnke war es ein Schock. Er hatte die Stunden nach Schabowskis Pressekonferenz nur noch dunkel in Erinnerung, und das lag in der Hauptsache an einer Flasche Whiskey und einer halben Flasche Gin.

»Hallo, Julius«, sagte Wolf, der sich anstrengen mußte, sich seine Verblüffung nicht allzusehr anmerken zu lassen. Die Anwesenheit des BND-Präsidenten im BMI war, gelinde gesagt, ziemlich ungewöhnlich. Zwar hatte der Bundesnachrichtendienst nach der Wiedervereinigung und dem Kollaps des Warschauer Pakts, quasi als Ausgleich für den Verlust seines Spielkameraden Sowjetunion, Kompetenzen im Bereich Terrorismus, Waffen- und Drogenhandel erhalten. Doch der BND war allein dem Kanzleramt verantwortlich, und es wurde, gleichwohl es ein Datenboard gab, in dem signifikante Informationen von BfV, BND und BKA zusammenliefen, penibel darauf geachtet, die Zuständigkeiten des Auslandsnachrichtendienstes nicht mit denen von Staatsschutz und Polizei zu vermengen.

Langheinrich setzte sich. »Bitte, meine Herren.« Er wandte sich an Wolf und Limmer. »Ich könnte mir vorstellen, daß Sie sich fragen, aus welchem Grund ich den BND-Präsidenten zu unserem Gespräch hinzugebeten habe. Nun, ich darf Sie davon informieren, daß es ein Anliegen des Kanzlers war. Präsident Wolf, wie ist unsere Medienstrategie bezüglich Krakau und Bremerhaven?«

Wolfs Gedanken rasten. *Der Kanzler schenkt seinem Kronprinzen eine Spielwiese. Jetzt ist es raus. Morgen steht in der Zeitung, daß*

Langheinrich der kommende Mann ist. Ich gebe der Koalition kein halbes Jahr mehr.

»Herr Präsident?«

»Vorerst Informationsstop. Morgen haben wir den Bericht der Kriminaltechnik, dann sollten wir uns positionieren.«

Langheinrich nickte und starrte auf die Tischplatte. Seine nächsten Worte tropften in die Stille wie Elektrolyt in eine Sprengkapsel vor der Zündung.

»Seit wann wußte das BfV, daß Czarny sich in Krakau aufhält?«

Wolfs Kopf ruckte herum, und Limmer reckte den dürren Hals aus dem Hemdkragen. »Seit fünf Tagen«, antwortete der BfV-Präsident, als handle es sich um eine Anamnese. *Wie lange haben Sie die Schmerzen schon? Seit fünf Tagen, Herr Doktor.*

»Woher?« fauchte Wolf.

»Ein abgehörtes Telefonat.«

»Und warum wurde ich nicht informiert?«

Limmer funkelte Wolf aus seinen kleinen Frettchenaugen an. »Informieren Sie mich denn über alles, was auf Ihrem Schreibtisch landet? Von Ihrer kontrollierten Lieferung zum Beispiel habe ich erst heute morgen erfahren.« *Das schöne Datenboard nützt nur dir was und uns gar nichts. Du profitierst von unseren Informationen, wir aber nicht von deinen!*

»Seit wann müssen Sie von einer Aktion in Krakau wissen? Sie haben nur Kompetenz im Inland, hinter die Oder dürfen Sie höchstens als Tourist fahren!« Dabei wußte Wolf genau, daß Limmer so unrecht nicht hatte. Es war wie in einem stilvollen Restaurant, in dem ein hübscher Tisch für drei Personen gedeckt war. Zwei bekamen die Suppenteller, doch nur einer den Löffel. Und das war der Präsident des BKA. Die anderen – BfV und BND – durften ihm beim Genießen bloß zusehen und sich ein Stück trocken Brot nehmen.

»Bitte, Richard!« Das war Boehnke. »Ich habe auch davon gewußt. Präsident Limmer hat mich verständigt, und wir haben die Hotelzimmer von Czarny und Fasoulas verwanzt. Leider ohne Ergebnis. Von Pallucci und Grasso wußten wir nichts.«

Wolf konnte seine Wut kaum zügeln.

Langheinrich spürte es und legte eine Hand auf seinen Arm, während er Boehnke ansah. »Czarny wird mit europäischem Haftbefehl gesucht. Wäre es nicht angeraten gewesen, die polnischen Behörden zu informieren?«

»Ich denke, Präsident Wolf kann dazu etwas sagen.«

Wolf wäre am liebsten vom Tisch aufgestanden, aber er beherrschte sich. »Czarnys Organisation ist ein Phantom, das wir nach dem Legalitätsprinzip nicht einmal als kriminelle Vereinigung bezeichnen dürfen. Die Struktur ist genial ausgetüftelt. Bei den Festnahmen, die wir bisher verzeichnen konnten, handelt es sich ausschließlich um kleine Fische oder Mitglieder des unteren Managements. Nicht einer von ihnen hat gegen Czarny ausgesagt. Er selbst hat nur einmal eine Unvorsichtigkeit begangen. Dem MI 5 ist es vor sieben Jahren gelungen, ein Treffen zwischen ihm und Bill McDaid, dem Führer der LVF, in Dover zu observieren. Zugegriffen haben die Engländer allerdings nicht.«

»LVF? Nie gehört«, meinte Langheinrich.

»Loyalist Volunteer Force. Eine ultramilitante nordirische Splittergruppe. Einige Wochen nach dem Treffen wurde eine Ladung Handgranaten an die LVF abgefangen. Das reichte zwar für einen Haftbefehl, nur hat er nicht die geringste Wirkung gezeigt. Man hätte Czarny schon in diversen Ländern festnehmen können. Doch er weiß zuviel über die Waffengeschäfte der meisten Regierungen. Vor allem die Polen, die Franzosen und die Portugiesen sind unsichere Kantonisten. Vor drei Jahren haben wir über einen VB erfahren, daß er in Paris ist, und haben die Sûreté informiert. Sie haben ihm höflich mitgeteilt, daß es besser wäre, das Land zu verlassen – offenbar auf Anweisung von oben. Er hat in aller Ruhe seine Koffer gepackt und ist zurück nach Rußland. Soweit wir wissen, besitzt er verschiedene Diplomatenpässe. Die polnische CBS hätte Czarny nicht mit der Kneifzange angefaßt.«

»Dann gibt es noch nicht einmal einen *deutschen* Haftbefehl?«

»Ich habe den GBA demgemäß informiert. Czarny war bei

der Verladung der Waffen in Krakau persönlich anwesend. Das war mehr als eine Unvorsichtigkeit.«

»Was ist mit Cuevo?«

»Spekulation«, erwiderte Wolf. »Es gibt Anhaltspunkte, ja. Aber nichts Greifbares.«

Langheinrich nickte Boehnke zu. »Herr Präsident?«

»Wie gesagt, wir wußten nicht, daß Pallucci und Grasso in Krakau waren. Aber das Treffen mit Czarny ergibt durchaus Sinn. Die Polen haben ein neues Gesetz verabschiedet, das den Waffenexport in Drittweltländer erleichtert. Es ist bereits vor zwei Monaten in Kraft getreten, ohne daß in dieser Zeit allerdings Exporte erfolgt sind. Wir haben Informationen, daß von maßgeblichen Beamten im polnischen Verteidigungsministerium ein künstlicher Schwebezustand aufrechterhalten wird, um den Fluß von Bestechungsgeldern aus diversen Quellen nicht abreißen zu lassen. Wie es aussieht, ist Czarny mit im Spiel. Übrigens auch ein paar deutsche Waffenhändler, aber die können wir an dieser Stelle wohl vernachlässigen.«

»Sie denken, Czarny hat den Italienern ein Geschäft vorgeschlagen?«

»Ja.«

»Waffen für Cuevo«, murmelte Wolf, wieder ruhig und gefaßt.

Boehnke nickte. »Und zwar im großen Stil. Panzer, Flakgeschütze, Helikopter, etwas in der Art. Es muß sich um eine Riesensache handeln, sonst wären Pallucci und Grasso niemals aus ihrem Kuhkaff rausgekrochen.«

»Wo sitzt Ihre Quelle?« fragte Langheinrich.

Boehnke lächelte nur.

Langheinrich verzog das Gesicht. »Also gut. Was sind unsere Optionen?«

»Abwarten«, antwortete Boehnke. »Wenn das Geschäft wirklich so groß ist, wird Czarny dranbleiben. Mein Mann hält die Ohren auf. Ich schlage vor, daß wir das Thema demnächst erneut erörtern.«

»Einverstanden«, sagte Langheinrich. Sein Blick ging zu Wolf.

»Europol hat sich an meine Polizeiabteilung gewandt. Man war in Den Haag nicht sehr erfreut, daß das BKA die kontrollierte Lieferung ohne Weitergabe von strategischen Eckdaten durchgeführt hat.«

»Ich habe die Gründe dafür gerade ausgeführt, Herr Minister.«

»Ja, das haben Sie. Daher werde ich Den Haag auch darauf hinweisen lassen, daß hier ausschließlich deutsche Interessen berührt sind. Bislang jedenfalls. Europol würde mit seiner Task Force zwar jetzt gerne mitspielen, aber zwei Tote und neun Verletzte in Bremerhaven sollten als Argument genügen. Die Ermittlungen bleiben ausschließlich bei der Bundesanwaltschaft und dem BKA.«

Den letzten Satz betonte er besonders, um Wolf zu signalisieren, daß er auf seiner Seite stand. Langheinrichs Augen verweilten auf dem Mann aus Wiesbaden, als wolle er noch etwas sagen. Doch dann entschied er sich anders, stand auf und beendete damit das Gespräch.

»Sie entschuldigen mich, mein Stabschef wartet.« Wolf schritt mit hochrotem Kopf hinaus. Am Fahrstuhl holte Boehnke ihn ein. Die Tür fuhr auf, sie stiegen ein, schweigend, ohne einander anzusehen.

Die Kabine setzte sich in Bewegung. Wolf hieb mit der Faust auf das Stopschild und fixierte den BND-Präsidenten. »Verdammt, Julius! Verdammt, verdammt!«

»Ich habe heute morgen versucht, dich zu erreichen. Aber dein Stabschef schirmt dich ab wie eine Glucke das Ei. Glaub mir, ich hätte es mir auch anders gewünscht. Wenn ich nur einen Tag eher von eurer Aktion in Krakau und Bremerhaven erfahren hätte ...«

»Einer meiner Männer ist tot! Das ist keine Aktennotiz, das ist ein Vater von zwei Kindern, und morgen werde ich ihnen und seiner Frau ins Gesicht sehen müssen!« Wolfs Stimme klang rauh. Er war todmüde, und Boehnke sah die tiefen Falten, die sich in das Gesicht des alten Freundes eingegraben hatten.

»Es tut mir leid.«

»Das reicht nicht. Wer ist eure Quelle?«

Boehnke schwieg.

»Du bist mir was schuldig, Julius!«

Boehnke wand sich. Der Schutz von Quellen besaß bei allen Geheimdiensten den Rang eines Sakraments. Aber es stimmte: Wolf hatte ein Recht auf die Information, und Boehnke wußte das.

»Ein Mann beim WSI.« Der polnische militärische Informationsdienst. »Wir haben ihn vor einem Jahr umgedreht.«

»Zuverlässig?«

»Ja.«

Wolf drückte wieder auf den Knopf, der Fahrstuhl fuhr weiter.

»Der gute Langheinrich scheint sich mit dem Kanzleramt ja bestens zu verstehen«, sagte Boehnke nach einer langen Pause, in der beide Männer ihren Gedanken nachhingen. »Brüten die was aus?«

»Die brüten immer was aus in Berlin. Ich habe schon Minister erlebt, die waren regelrecht in Brutstarre.«

»Komm schon. Ist Langheinrich nur der Eierwärmer des Kanzlers, oder steckt mehr dahinter?«

»Die Koalition wackelt.«

»Ist das alles? Ich habe hinten rechts einen Zahn, der wackelt schon seit drei Jahren, und ich kann immer noch draufbeißen.«

»Meinen Glückwunsch.«

»Stimmt es, daß deine Tochter die verantwortliche Staatsanwältin ist?«

»Ja.«

»Dir steht Ärger ins Haus, das weißt du hoffentlich.«

Wolf antwortete nicht und blickte stur gegen die Fahrstuhltür. Jetzt war es Boehnke, der den Stopschalter drückte. Die Kabine hielt wieder an.

»Ihr sollt einen Maulwurf haben. Ist da was dran?«

»Woher weißt du das?«

»Langheinrich hat es mir gesteckt. Du weißt schon, ein Bröckchen Herrschaftswissen für einen, mit dem man vielleicht in Zukunft zusammenarbeiten muß …«

»Wann?«

»Am Telefon, als er mich herbestellt hat.« Boehnke las in Wolfs versteinertem Gesicht. Langsam dämmerte es ihm. »Sag nur, er hat es nicht von dir?«

Die Sonne war aus den Wolken gekrochen; fahles, kaltes Winterlicht, das die Farbe aus den Gesichtern heraussog. Vier Sherpas umringten TUAREG, als er das Ministerium verließ. Wenn man die Fünf auf einem Würfel betrachtete, so war Wolf genau der Punkt in der Mitte. In der Sicherungsgruppe wurde diese Taktik »Diamantformation« genannt. Journalisten standen auf dem Weg zu den Panzern Spalier. Sie stießen dem Präsidenten ihre Kameras und Mikrofone entgegen und schrien ihre Fragen, doch Wolf sah weder nach rechts noch nach links und folgte mit schnellen, federnden Schritten seinem Pointer, dem Frontmann, der den Weg für ihn freimachte.

Das Schutzkommando hatte die Limousinen fast erreicht, als ein Mann in einem Bundeswehrparka sich vordrängelte. Er riß zwei Journalisten um und schrie etwas. Wolf drehte den Kopf. Er starrte den Mann im selben Moment an, in dem dieser sich nach vorne warf. Der Parka, den er nur über die Schultern geworfen hatte, fiel herab, und die dicken Sprengstoffbündel, die er sich an den Körper geklebt hatte, kamen zum Vorschein. Sein Gesicht war zu einer Fratze verzerrt.

Er war bereit zu sterben.

Der Kommandoführer befand sich, den Vorschriften entsprechend, einen Schritt *hinter* seiner Schutzperson. Es wäre als Backman seine Aufgabe gewesen, TUAREG zu Boden zu reißen und mit seinem Körper abzudecken, doch ehe er reagieren konnte, hatte der Pointer, der unmittelbar *vor* Wolf lief, eine rasend schnelle Drehung gemacht. Er packte den Präsidenten und rollte sich mit ihm unter einen BGS-Schützenpanzer, der am Straßenrand stand.

Die Explosion war so heftig, daß die Lautsprecher klirrten.

Sophie fuhr das Band in Einzelbildschaltung vor. Verletzte wälzten sich auf dem Asphalt, stumme Schreie zeichneten die

Gesichter. Der Mitschnitt stammte von einer Überwachungskamera, die automatisch aufzeichnete. Da war Sophies Vater. Er wurde von dem Pointer unter dem BGS-Fahrzeug hervorgezerrt. Es war Gregor Vandreyke. Er schüttelte Wolf und schrie ihm etwas zu. Der Präsident starrte ihn an wie ein Gespenst. Dann waren die anderen Sherpas bei ihnen. Sie schleiften Wolf in die Limousine, deren Panzerung die Explosion überstanden hatte, und rasten mit ihm davon.

Sophie deaktivierte die Wiedergabe.

Siebenmal hatte sie sich die Sequenz jetzt angesehen. Und noch immer war es ihr ein Rätsel, wie es Vandreyke gelungen war, ihren Vater in diesem einen Sekundenbruchteil unter den Schützenpanzer zu bugsieren. Er war *vor* ihm gewesen, und der Attentäter kam *von hinten*. Der Backman hätte die Gefahr wesentlich schneller erkennen müssen, und doch ... Eine solche Körperbeherrschung hatte sie bis dahin erst ein einziges Mal gesehen. *Die Tankstelle bei Osnabrück. Pieper und die Colaflaschen. Vandreyke ist sein bester Freund.* »Ist so 'n Männerding, wissen Sie ...«

Sechsunddreißig Stunden ohne Schlaf saßen Sophie in den Knochen und ließen die Gedanken auf einer elliptischen Bahn träge durch den Schädel krauchen. Sie stand auf und ging zum Fenster und sah hinaus. Es war bereits dunkel. Die Scheinwerfer hatten auf Gelblicht umgeschaltet, das wie ein matt schimmernder Wasserfall von der Fassade des Hauptgebäudes herabströmte. Hin und wieder ertönte ein dumpfer Knall, der sich anhörte wie eine Fehlzündung. Sophie wußte, daß das Geräusch aus dem Schießbunker kam, wo KT 21 Waffentests durchführte.

Sie zwang sich zurück zum Schreibtisch, spürte Ekel, als sie nach ihren Zigaretten griff, klopfte trotzdem die letzte Gitane aus der Packung und schlug die Akte auf, die sie sich in der Personalabteilung besorgt hatte.

Gregor Stefan Vandreyke. Geboren in Berlin. Vater Schutzpolizist. Mutter bei der Geburt gestorben. Aufgewachsen bei einer Tante in Kanada. Im Besitz einer doppelten Staatsbür-

gerschaft. Mit zwanzig Rückkehr nach Deutschland. Dienst bei den Kampfschwimmern. Drei Jahre später Eintritt in die Bereitschaftspolizei Frankfurt. Aufgrund herausragender Leistungen Übernahme ins Bundeskriminalamt.

Vandreyke diente zusammen mit Jan Pieper und Hannes Schrader beim mobilen Einsatzkommando MEK. Sie absolvierten die Führungsakademie in Hiltrup, ehe Pieper und Schrader in die Abteilung OA versetzt wurden. Gregor Vandreyke wurde dem Schutzkommando des Präsidenten zugeteilt. Nur eine Woche darauf rettete er Wolf das Leben. Das war elf Jahre her, und es war der Beginn einer Freundschaft zwischen zwei Männern, die nicht verschiedener und sich gleichzeitig nicht ähnlicher hätten sein können.

Seltsam, so über jemanden zu denken, den man noch nie getroffen hat.

Sophie lehnte sich im Sessel zurück und schloß die Augen und hörte das Blut, das in ihren Schläfen rauschte.

»Störe ich?«

Thom stand in der Tür. »Ich habe geklopft«, sagte er.

»Natürlich, entschuldige bitte.« Sophie setzte sich aufrecht. Sie deckte die Vandreyke-Akte unauffällig mit einem Dossier über Pallucci und Grasso ab, wobei sie gleichzeitig ihre Zigarette, von der ein langer, trauriger Aschestreifen herunterhing, auf einer Untertasse ausdrückte.

Thom schwieg und sah Sophie nur an.

»Du kannst mir ruhig sagen, was du denkst. Oder wollen wir über alte Zeiten plaudern?« fragte sie.

»Soll ich dir ein Märchen vorlesen? In den Märchen wird immer alles gut.«

»Ja, früher vielleicht. Aber heute enden sie anders. Sie enden mit ›... und wenn er nicht gestorben ist, dann ist er noch in Krakau‹.«

»Mich würde interessieren, was *du* denkst.«

»Worüber?«

»Über die Akte.«

»Welche Akte?«

»Die Akte, die du dir in der Personalabteilung geholt hast. Die Akte, die du gerade versucht hast, vor mir zu verstecken.«

Sophie wurde rot. »Hätte ich dich um Erlaubnis bitten müssen?«

»Nein.« Sein Gesicht sagte etwas anderes.

»Warum kann nicht sein, was nicht sein darf? Sag mir, wieso niemand bereit ist, auch nur darüber nachzudenken. Ich will's bloß verstehen.«

»Willst du das wirklich?«

»Vandreyke ist unberechenbar. Fünf Disziplinarverfahren in vierzehn Jahren. Und jedesmal hat mein Vater seine schützende Hand über ihn gehalten.«

»Nicht jedesmal. Einmal war ich es.«

»Und warum?«

»Weil er der beste Mann ist, den ich jemals ausgebildet habe.«

Er ging und schloß die Tür. Sophie saß stocksteif da. Sie hörte das Wummern aus dem Schießbunker. Maschinenpistolen waren an der Reihe. Sie ratterten so schnell wie ihr Herz. *Du trinkst zuviel Kaffee. Und du reitest dich langsam, aber sicher in die Scheiße!*

Um 22.40 Uhr war Ines Broszat nahe daran, in Panik zu geraten. Gregor Vandreyke war nicht ins Hotel gekommen. Zwar hatte er gesagt: »*Warte bis Mitternacht*«, doch sie hielt es nicht mehr länger aus. Was waren ihre Optionen? Es gab für solche Situationen Standardverfahren, die penibel eingehalten werden mußten. Eine Regel hieß, Handys nur im äußersten Notfall zu benutzen. Tatsächlich konnte Broszat nicht ausschließen, daß Vandreyke in der Klemme steckte und jedes Wort, das sie am Telefon sagte, mitgehört wurde. Aus dem gleichen Grund hatte sie, sollte Vandreyke sich melden, keine Möglichkeit zu überprüfen, ob er unter Zwang anrief oder nicht.

Das Risiko war groß. Aber sie *mußte* Kontakt aufnehmen. Also wählte sie die Variante, die ihr am sichersten erschien. Sie griff nach dem Hoteltelefon, das auf dem Nachttisch stand, und rief Vandreykes Handy an. Die Mailbox war eingeschaltet. Broszat sprach in ihrer normalen Tonhöhe, also eine Quarte tiefer als in Gegenwart von Fasoulas und seinen Männern. Sie beherrschte ein halbes Dutzend Sprachen und ebenso viele Dialekte und entschied sich für Englisch mit polnischem Akzent. »Guten Abend, Herr Bongartz, hier ist das Hotel Cracovia. Ich wollte Ihnen nur sagen, daß wir Sie doch noch bei der Lufthansa buchen konnten. Entschuldigen Sie bitte das kleine Hickhack. Die Tickets für Sie und Frau Schneider liegen bereit. Auf Wiederhören.«

Das Zauberwort war *Hickhack*. Es bedeutete, daß Broszat nun nach dem Standardverfahren vorgehen würde.

Sie ging ins Badezimmer, öffnete ihren Schminkkoffer und wählte eine Perücke aus. Mit ihrem schwarzen Pagenkopf hätte selbst ein langjähriger Kollege sie erst auf den dritten Blick erkannt.

Fünf Minuten später verließ sie das Zimmer. Der Flur war mit einem Teppichboden bedeckt, der schon bessere Tage gesehen hatte. Kein Mensch war zu sehen. Ines Broszat fühlte die Erleichterung darüber wie eine Hitzewallung. Sie ging bis zum Ende des Flurs, wo sich der Personalaufzug befand. Um ihn benutzen zu können, mußte man einen Zifferncode eingeben. Broszat kannte ihn, seit ein Fünfzigeuroschein in die Kitteltasche eines Zimmermädchens gewandert war. Die Fahrstuhltür fuhr zu, und sie atmete durch. *Ruhig bleiben. Was würde Gregor jetzt tun?* Sie mußte an Hiltrup denken, wo sie mit ihm, Pieper und Schrader in einem Jahrgang gewesen war. Der psychologische Test am Ende des zweiten Studienjahres. Sie waren alle um einen Tisch versammelt, auf dem ein Glaskubus stand. Auf seinem Boden lag eine Murmel, wie sie Kinder zum Spielen benutzen, oben war ein Loch, breit genug, um die Murmel durchzulassen. Die Aufgabe lautete, sie mittels eines kleinen Stabes, den man durch das Loch stecken konnte, aus dem Kubus herauszuholen, und zwar, ohne daß man diesen anhob.

Man hatte zwei Minuten Zeit. Keiner schaffte es. Broszat war vor Vandreyke an der Reihe, und ihr hatte, noch während sie den anderen bei ihren hilflosen Bemühungen zusah, gedämmert, daß es unmöglich sei, diese blöde Murmel herauszuholen.

Obwohl ... irgendwo in ihrem Hinterkopf ahnte sie, *es könnte gelingen, wenn* ... Aber das war natürlich Unsinn. Sie machte Platz für Vandreyke. Und der tat genau das, was sie sich nicht getraut hatte: Er wickelte sich ein Taschentuch um die Hand und schlug mit Wucht auf den Kubus, der in tausend Stücke zersprang. Alle machten unwillkürlich einen Satz zurück, doch Vandreyke lachte nur, warf die Murmel hoch in die Luft und sagte grinsend: »Was soll's, ist doch nur Glas!« Er hatte als einziger bestanden.

Der Fahrstuhl stoppte. Broszat betrat den hinteren, vom Publikumsverkehr abgetrennten Teil der Lobby. Sie verließ das Hotel über eine Seitentür und lief rasch hinaus auf die Straße, wo die Kälte sie umarmte wie eine Freundin. Sie mischte sich unter die Menschen, die zum Festivalkino auf der Krasińskiego strömten. An der Kreuzung zur Piłsudskiego nahm sie den Fußgängerüberweg und rannte zur Straßenbahnhaltestelle auf der anderen Seite.

Sie sah niemanden, der ihr gefolgt war.

Zwei Minuten später saß sie in der Bahn. Sie war halbleer. Broszat ging ganz nach hinten, um sich in die letzte Reihe zu setzen, wo sie den Waggon im Blick hatte. Die Scheiben waren dick beschlagen. Die Fahrgäste hatten Lachen aus geschmolzenem Schnee unter den Stiefeln. Broszat fuhr bis zur Haltestelle Straszewskiego, wartete, bis die Türen schon wieder geschlossen waren, um dann aufzuspringen und gegen den Notschalter zu hauen. Sie rannte über die Straße, einen Fluch des Straßenbahnfahrers im Rücken, und tauchte in das Dunkel der Planty ein, der Parkanlagen, die sich wie ein Gürtel um die Altstadt zogen. An der Wiślna, nur hundert Meter weiter, befand sich ein Taxistand. Noch immer glaubte sie, nicht verfolgt zu werden.

Glauben, nicht wissen.

Sie ging zum ersten Taxi in der Schlange. Jetzt sprach sie gebrochen Polnisch mit starkem amerikanischen Akzent. »Guten Abend, können Sie mir helfen? Mein Mann und ich haben mit Freunden ein bißchen gefeiert, und jetzt kann er unseren Mietwagen nicht mehr holen, weil er zuviel getrunken hat. Wir müssen ihn aber morgen ganz früh abgeben. Wären Sie so nett und bringen ihn für mich zu unserem Hotel. Die erledigen den Rest.«

Der Taxifahrer schien gerade gedöst zu haben. »Das kostet aber doppelt. Ich muß das Auto holen, das Taxi stehenlassen und wieder zurückfahren«, nölte er.

»Reichen hundert Euro?«

Er war sofort hellwach. »Wo steht der Wagen denn?«

»In der Głowackiego, gleich gegenüber vom Hotel Demel. Es ist ein silberner Audi. Geben Sie den Sensor einfach an der Rezeption vom Hotel Francuski in der Pijarska ab.«

»Kommen Sie nicht mit?« fragte der Mann verdutzt. Einem wildfremden Menschen in Polen den Sensor für einen Audi zu überlassen war mehr Dummheit, als in seinen Schädel ging.

Broszat lächelte. »Ich habe ja Ihre Konzessionsnummer.« Sie drückte ihm einen Hunderteuroschein und den Sensor in die Hand. »Ach, im Kofferraum ist eine Stange Camel. Die haben wir geschenkt bekommen, aber wir sind keine Raucher. Wenn Sie wollen, können Sie die Zigaretten behalten.«

Der Taxifahrer nickte glücklich. Sein Tag war gerettet.

Broszat wartete, bis er losgefahren war, dann stieg sie in das nächste Taxi. »Fahren Sie bitte Ihrem Kollegen hinterher. Aber halten Sie ein bißchen Abstand, ja?« Diesmal sprach sie Englisch.

Der Taxifahrer startete den Motor seines altersschwachen Polski-Fiats, die Verfolgung begann. Es ging wieder über die Piłsudskiego, dann über die Adama Mickiewicza, wo rußgeschwärzte poststalinistische Verwaltungsbauten die Straße säumten. Schmutzwasser spritzte am Wagenfenster hoch, die polnische Coverversion von *Sweet Dreams* dudelte im Autoradio. Als sie in die Czarnowiejska einbogen, griff der Taxifahrer zum Mikro. Broszat hörte, wie er den Kollegen rief, dessen Bremslichter fünfzig Meter vor ihnen aufglühten. Es gehörte nicht viel Phantasie dazu, sich vorzustellen, daß er, im Glauben, Broszat verstände ihre Sprache nicht, mit ihm über seinen seltsamen Fahrgast plaudern wollte.

»Ich hoffe, Sie möchten sich ein bißchen Geld verdienen«, sagte sie in akzentfreiem Polnisch, »dann sollte das hier unser kleines Geheimnis bleiben, proszę przyjacielu.«

Er schnappte sich den Geldschein, den sie ihm hinhielt.

»344 hört«, scheppterte die Stimme des Taxifahrers vor ihnen aus dem Lautsprecher.

»Kollege, dein rechtes Bremslicht flackert«, sagte Broszats Chauffeur. Dabei grinste er sie an, als habe er gerade eine großartige Finte geschlagen.

»Danke«, plärrte es, und die Fahrt ging weiter.

Broszat lehnte sich, von dem Fahrer neugierig im Rückspiegel beäugt, in den durchgesessenen Polstern zurück. Der Audi, den der VB für sie und Vandreyke gegenüber dem Hotel Demel abgestellt hatte, war ein toter Briefkasten. Wenn die Zigarettenstange nicht mehr im Kofferraum lag, hieß das, daß Vandreyke nicht zurück ins Hotel konnte. Dafür waren viele Gründe denkbar. Und keiner gefiel ihr. Sie hoffte inständig, daß die Camel noch da waren.

Der Fahrer stoppte. »Und jetzt?«

»Wir warten.« Broszat sah, wie sein Kollege ausstieg und zu dem Audi A8 ging. Sie achtete auf jeden Wagen am Straßenrand, auf jeden Passanten, jede Bewegung. Nichts Auffälliges. Vielleicht hatte sie Glück, vielleicht war ihr niemand gefolgt, vielleicht wußten Czarnys Männer nichts von dem Audi, vielleicht würde alles gut werden.

Vielleicht.

Der Taxifahrer öffnete den Kofferraum. Broszat atmete durch, als sie sah, daß er die Camel herausnahm. Er stieg ein, warf die Zigaretten auf den Beifahrersitz und fuhr los, Richtung Altstadt.

»Noch nicht. Lassen Sie ihn ein Stück fahren.«

Der Audi bog um die nächste Ecke. Niemand folgte ihm.

»Jetzt«, sagte Broszat.

Der Taxifahrer gab wieder Gas. Auf der Królewska hatten sie den Audi eingeholt und den alten Abstand wieder hergestellt. Broszat wartete weitere zwei Minuten, ehe sie sicher war, daß wirklich niemand an ihnen dranhing.

»Signalisieren Sie ihm, daß er anhalten soll.«

Der Mann drückte auf die Lichthupe, bis der Audi endlich stoppte. Broszat stieg aus und lief zu dem Fahrer. Er sah verdutzt zu ihr hoch. »Vielen Dank, aber meinem Mann geht's wieder besser, ich kann den Wagen jetzt doch nehmen. Das Geld und die Zigaretten können Sie behalten, Ihr Kollege bringt Sie zurück zu Ihrem Taxi.«

Der Fahrer machte ein Gesicht, das sagte: *Die Amerikaner werden immer verrückter*, doch der Besitz von hundert Euro und einer Stange Zigaretten ließ ihn rasch aussteigen und zu seinem Kollegen nach hinten laufen.

Broszat fuhr los. Nach wenigen Minuten war sie wieder auf der Adama Mickiewicza und passierte das Cracovia. Es herrschte nur wenig Verkehr auf der mehrspurigen Straße. Der Audi beschleunigte mit einem satten, tiefen Ton, der beruhigend wirkte. Südlich des Wawel, dicht an der Weichsel, lag das Viertel Kazimierz, in dem sich viele Jahrhunderte lang das jüdische Ghetto befunden hatte. Windschiefe, zweigeschossige Häuser säumten die engen Gassen. Als Broszat den Wagen auf der Szeroka abstellte und ausstieg, hörte sie Klezmermusik, die vom Café Ariel zu ihr herüberwehte.

Die Remuth-Synagoge befand sich am nordwestlichen Ende des Platzes, den Ines Broszat jetzt mit schnellen Schritten überquerte. Dahinter lag der alte Friedhof. Ihr Ziel war die Rückseite an der Jakuba, wo nur ein rostiger Maschendrahtzaun die verfallenen Gräber schützte. Broszat kannte die Stelle, an der sie den Zaun anheben mußte, um darunter hindurchzuschlüpfen. Nach wenigen Metern hatte sie den Lichtkreis der Laternen verlassen und war von Finsternis umgeben. Dürre Äste streiften ihr Gesicht, Schlamm schmatzte unter ihren Schritten, es roch nach Moder. Das Grab, das sie suchte, lag dicht an der Friedhofsmauer. Die Inschrift war deutsch und über hundert Jahre alt: *Hier ruhen Jakob und Roza Ameizen*. Kieselsteine lagen darauf, wie es jüdischer Brauch war. Sollten es drei sein, bedeutete es, daß Vandreyke nicht hiergewesen war. Waren es jedoch vier, so war es eine Warnung, daß Broszat Krakau sofort verlassen mußte. Das Signal für den äußersten Notfall.

Sie leuchtete das Grab mit ihrer Minitaschenlampe an.

Drei Steine. Sie stand da, hörte ihren Atem und wußte nicht, was sie machen sollte.

Zurück ins Hotel? Es gab eine Million Dinge, die sie lieber getan hätte. Aus Krakau verschwinden? Nicht ohne Vandreyke. Er hatte ihr das Leben gerettet, ihr und Hannes Schrader, damals in Marrakesch. Lleyton Safin, der Drogenhändler, auf den Thom sie angesetzt hatte. Es sollte nur ein erstes Treffen sein, ein Scheinkauf von zehn Kilo Heroin. Doch dann hatten Safins Männer plötzlich Waffen in den Händen.

Vandreyke und seine Schnürsenkel. Er muß es geahnt haben. Es war Wahnsinn, daß er es geschafft hat, in diesem Tempo zu schießen. Ich wußte, ich bin tot. Ich wußte es! Aber dann ...

Sie traf eine Entscheidung. Fünf Minuten später saß sie wieder im Audi und fuhr in Richtung Nova Huta. Es begann zu regnen. Dreckige, seifige Nässe überzog alles, als würde am Himmel jemand Chemikalien verklappen. Selten hatte Ines Broszat soviel Angst gehabt. Angst, die so groß war, daß ihr schlecht wurde. Aber sie mußte das jetzt tun, mußte dorthin fahren, wo alles begonnen hatte.

Sie bog von der Okulickiego ab, glitt im Schrittempo unter den rostbraunen Schlangenhäuten der Gasleitungen hindurch und stoppte den Wagen in Sichtweite des Schlachthauses. Sie schaltete den Motor aus und lauschte in die Dunkelheit. Irgendwo bellte ein Hund. Ein Zug ratterte weit entfernt über die Bahnlinie, die nach Kattowitz führte.

Broszat zog die Sig Sauer aus dem Holster und überprüfte das Magazin. Sie spürte das Zittern und konzentrierte sich ganz auf ihren Herzschlag. *Ist doch nur Glas ... Ist doch nur Glas ...* Endlich wurde sie ruhiger.

Sie stieg aus und schlich, die Waffe in der Hand, im Schatten einer Remise auf das Schlachthaus zu. Nach fünfzig Metern sah sie Vandreykes BMW. Er stand draußen vor der Halle neben einem weiteren Fahrzeug. Ein grauer Volvo. Broszat drückte sich gegen die Wand der Remise. Sie wischte mit dem Handrücken über das Gesicht, das naß vom Regen war.

In diesem Augenblick fielen die Schüsse. Drei, kurz hintereinander.

Broszat rannte los. Sie fühlte nichts, dachte nichts, tat das, wofür sie ausgebildet worden war. Das Tor stand einen Spaltbreit offen. Broszat lud die Sig Sauer durch. Sie pumpte Luft in die Lunge, dann stieß sie das Tor auf, hechtete hinein und rollte sich ab. Als sie die Waffe im Anschlag hatte, sah sie Vandreyke. Er stand in der Mitte der Halle, die Glock 17 in beiden Händen. Vor ihm lagen drei Männer in dem Matsch, der den Hallenboden bedeckte. Sie hielten noch im Tod ihre Pistolen umklammert.

Stille.

Broszat richtete sich langsam auf. Gregor Vandreyke stand regungslos da, die Waffe im Anschlag. Er starrte seine Partnerin an. Seine Augen brannten in ihrem Gesicht.

Ungläubig registrierte sie, daß die Glock auf sie gerichtet war. Das Projektil sirrte aus dem Lauf, und in einer einzigen Millisekunde rasten die Gedanken durch ihren Kopf wie Elementarteilchen in einem Neutronenbeschleuniger. *Nur ein Traum ... Ich bin gar nicht hier ... Ich bin in Hiltrup ... Ist doch nur Glas ...*

Sie fühlte, wie reines Adrenalin ihren Körper flutete. Sie schloß die Augen. Sie spürte den Luftzug der Kugel und knickte in den Knien ein.

Als sie langsam den Kopf wandte, sah sie den Mann, der hinter ihr aufgetaucht war. Die Uzi glitt aus seiner Hand. Er kippte nach vorne und fiel mit dem Gesicht in den Matsch.

Jetzt war es vorbei.

Neun

Die Schwimmhalle des Bundeskriminalamtes lag im Souterrain des Erweiterungstrakts. Es war kurz vor sechs, als Wolf in dem türkis schimmernden Wasser einsam seine Bahnen zog. Halbdunkel. Nur das Neon aus den Lichtschächten strahlte kalt. Er hörte, wie über ihm der Schwingboden der Sporthalle federte. Vermutlich Kampftraining.

»Guten Morgen, Herr Präsident.«

Siegfried Thom war hereingekommen. Er hatte seine teuren Slipper abgestreift, hielt sie in der Hand und lief langsam, während Wolf weiterschwamm, auf Socken den Beckenrand entlang.

»Schenk dir den Präsidenten. Wenigstens, wenn ich in der Badehose bin.« Wolf drehte sich auf den Rücken. Er schloß die Augen und glitt friedlich durch das Wasser. »Hast du das Memo gekriegt?« murmelte er, wendete und nahm eine weitere Bahn in Angriff.

»Ja.«

»Was hältst du davon?«

»Es ergibt Sinn. Polnische Exportaufträge in Milliardenhöhe ... das wäre selbst für Pallucci eine große Nummer gewesen, damit hätte seine Cosca die Bolivianer auf Jahre hinaus glücklich gemacht. Und Europol – gut, daß die uns nicht auch noch zwischen den Füßen rumstolpern. Die haben fünf Prozent von unserer Manpower. Was wollen sie damit anfangen?«

»Schon recht. Aber Langheinrichs Argument stinkt.«

»Wieso? Bremerhaven. Unser Staatsgebiet.«

»Das ist nicht der wahre Grund. In dieser Polensache stecken deutsche Rüstungsfirmen mit drin. Von zweien wissen wir, daß sie Lizenzrechte nach Warschau verhökern. Das müßte offiziell durch die Bundeswaschmaschine laufen« – *schönes Wort für das Kanzler-*

amt –, »tut es aber nicht. Die Lobbyisten gehören zur Regierungspartei, und Langheinrich soll es wohl unter dem Deckel halten. Ich nehme an, der Kanzler hat ihn instruiert.«

Thom nahm die Information mit unbewegtem Gesicht zur Kenntnis. Politik. Nicht seine Baustelle. »Was mich beunruhigt, ist die Möglichkeit, daß das Kartell, das mit Cuevo ins Geschäft kommen will, von Deutschland aus kontrolliert wird. Das wäre neu, jedenfalls in dieser Größenordnung. Wenn es stimmt, müssen wir uns damit herumschlagen. Das könnte groß werden. Sehr groß. Ich habe das Gefühl, der Pickel sitzt tiefer, als uns lieb sein kann.«

»Heute haben wir die Krisen der Höhen, morgen haben wir die Krisen der Täler. Entspann dich, Siegfried, komm erst mal in mein Alter. Ich muß dreimal zum Pinkeln aus dem Bett, aber schlaflose Nächte habe ich schon lange keine mehr gehabt.« Wolf schwamm weiter, lauschte auf das sanfte Plätschern des Wassers, lauschte auf das Schweigen seines Vertrauten und konnte darin lesen wie in einem offenen Buch. Er hielt sich an der Leiter fest und sah zu Thom hoch: »Spuck's schon aus!«

Thom gab sich einen Ruck. »Waren Sie nicht ein bißchen hart zu ihr? Natürlich fehlt ihr die Erfahrung. Aber das in Bremerhaven hätte jedem anderen auch passieren können. Sie hat ziemlich gute Ideen. Alles in allem würde ich sagen, wir haben schon schlechtere Bundesanwälte im Haus gehabt.«

»Gute Ideen ... Meinst du damit eine bestimmte?«

»Die haben den Panzer von Pallucci geknackt wie eine Walnuß. Zwanzig Schüsse. Punktfeuer mit Hartkernmunition. Als ob unser Handbuch neben ihnen gelegen hätte. Und Bremerhaven war zu perfekt vorbereitet und durchgeführt. Die hatten Informationen direkt aus unserem Giftschrank. Ob es uns paßt oder nicht, ich fürchte, Ihre Tochter hat recht. Wir müssen uns mit dem Gedanken auseinandersetzen, daß wir einen Maulwurf haben. Und zwar einen, der weiß, wie's läuft.«

Wolf stieg aus dem Wasser. Er rubbelte sich ab und griff nach dem Bademantel, den Thom ihm hinhielt. Sie hockten sich auf zwei der Liegen, die am Beckenrand standen.

»Tue dir keinen Zwang an«, brummte Wolf.

»Natürlich nicht Vandreyke. Aber es könnte jemand anderes sein.«

»Wie viele deiner Leute kommen in Frage?«

»Fünfzehn, vielleicht zwanzig. Und dann noch die VS-Stelle. Da sind wir schnell bei dreißig.«

»Broszat?«

Thom schüttelte den Kopf. »Gut für die zweite Reihe. Aber zu so was hat sie nicht genug Mumm.« Er zog eine Dunhill aus dem Etui. »In fünf Stunden landet der Flieger aus Krakau. Vielleicht sind wir dann schlauer.«

»Siegfried, es sind so viele Speichellecker um mich herum, daß ich den ganzen Tag einen trockenen Mund habe. Und genau darum bist du mir so wichtig. Du sagst: ›Natürlich nicht Vandreyke.‹ Das heißt, daß du es nicht ausschließt.«

Thom schwieg.

»Raus damit: Glaubst du es?«

»Vor langer Zeit habe ich einen schönen Satz von Ihnen gelernt: ›Glauben ist Wissen minus Fakten.‹ Daran habe ich mich immer gehalten. Aber eines steht fest: Manchmal ist es besser, wenn der Präsident nicht alles weiß. Ich wollte, ich hätte Sie nicht davon informiert, daß *er* mit Fasoulas verhandelt. Wenn er es ist – ich sage, *wenn* –, dann stehen Sie mitten in der Schußlinie. Steindorff wird es ein Fest sein, aus allen Rohren auf Sie zu ballern. Und wer weiß, vielleicht landet er einen Treffer.«

»Er hat die Knarre doch schon rausgeholt und den Lauf geölt, siehst du das denn nicht? Was denkst du, warum er meine Tochter mit den Ermittlungen betraut hat? Die Sache ist so durchsichtig, daß sie meine Intelligenz beleidigt.«

Thom legte die Dunhill wieder zurück und sah Wolf abwartend an.

»Der GBA hat ausschließlich Zuständigkeit für Terrorismus und Spionage«, fuhr dieser fort. »Mit Terrorismus sind sie eingedeckt, dafür sorgt Al Qaida. Spionage ist ihr Sorgenkind, schon seit dem Fall der Mauer. Zwar ist es nicht mehr so schlimm wie vor ein paar Jahren, als sie sich noch auf jede Akte stürzen mußten, die auf dem Flur rumlag, aber die Abteilung hat einfach nicht mehr genug zu tun. Und Steindorff ist gieriger als eine Hyäne.«

Thom dämmerte, worauf Wolf hinauswollte. »OK, das ist es also ...«

»Natürlich. Er will die Zuständigkeit für Organisierte Kriminalität. Sieh dir nur an, wie umständlich er seine Evokation mit dem Kriegswaffenkontrollgesetz begründet. Das geht doch von hinten durch die Brust ins Auge. Dreimal hat er wegen OK schon bei der Justizministerin antichambriert. Die bearbeitet natürlich den Kanzler, der geht damit zu Langheinrich, und der fragt mich, was ich davon halte. Vermutlich landet die Angelegenheit demnächst auf dem Kabinettstisch. Wenn sie's durchziehen wollen, geht das nur über eine Verfassungsänderung. Sie bräuchten lediglich eine einfache Mehrheit, also kein Problem. Allerdings wird man vorher meine Meinung hören wollen. Und die habe ich Langheinrich schon mitgeteilt.«

»Wie argumentiert Steindorff?«

»Daß wir darüber froh sein müßten. Prima vista ist das nicht mal falsch. Es wurde schon öfter darüber diskutiert, und nicht ohne Grund. Du weißt, wie wir manchmal die Staatsanwaltschaften abklappern müssen, bis wir irgendwann eine finden, die so gnädig ist, den Fall zu übernehmen. Bei Großkomplexen müssen wir doch betteln wie der heilige Franz von Assisi. Da wäre es schon angenehm, nur zum Telefon zu greifen und in Karlsruhe anzurufen.«

»Zumal die Grenzen zwischen Terrorismus und OK fließend sind. Wo fängt das eine an, und wo hört das andere auf?« stimmte Thom zu.

»Ja, das hat Czarny uns wieder mal eindrucksvoll vorgeführt.«

»Aber?«

»Der GBA würde uns nicht die Butter auf dem Brot gönnen. Glaub mir, wenn ich dem zustimme, spielt die Musik nicht mehr in Wiesbaden, sondern im Badischen. Dann müssen wir bei jedem Schritt daran denken, daß sie uns die Beine weghauen können, wann immer es ihnen beliebt. Wenn wir uns bockig zeigen, nimmt Steindorff uns den Fall einfach weg und gibt ihn irgendeinem Landeskriminalamt, das er besser kujonieren kann.«

Thom stand auf. Er ging am Beckenrand auf und ab, blieb dann stehen und sah Wolf an. »Er spekuliert darauf, daß Sophie einen Fehler macht und daß Sie diesen Fehler decken. Dann hat er Sie in der Hand.«

»Genau so. Aber er braucht etwas Größeres als den Schnitzer in Bremerhaven. Und wer weiß, vielleicht wird sie ihm den Gefallen tun. Sein Schönstes wäre natürlich, wenn ich bei ihm für Sophie bitten müßte. Das wäre sein Elysium.«

»Stalin?«

»Dazu brauche ich keinen Graphologen. Das ist eindeutig ihre Handschrift.«

»Weiß Ihre Tochter davon?«

»Keine Ahnung. Spielt das eine Rolle?«

Thom ignorierte die rhetorische Frage. »Haben Sie heute den Pressespiegel schon durchgesehen?«

»Warum?«

»Es wird wild spekuliert, daß der Kanzler demnächst das Zepter an Langheinrich übergibt. Unser Innenminister scheint mächtig durchzustarten.«

»Ich weiß. Du wirst es nicht glauben, aber Boehnke war gestern im BMI.«

Thom sog hörbar die Luft ein. »Hoppla!«

»Die Information über Czarny und die Polen stammt von ihm. Mein alter Freund Julius weiß viel. Und manches, was er nicht wissen sollte.«

»Über Czarny?«

»Auch. Aber vor allem weiß er, daß wir einen Maulwurf haben. Langheinrich hat es ihm brühwarm erzählt. Und wo kann der es wohl herhaben …?«

Thom brauchte nicht lange für die Antwort. »Grimm.«

»Von keinem anderen. Die Koalition steht auf der Kippe. Vielleicht will Grimm rechtzeitig auf den richtigen Mann setzen.«

Thom war sprachlos. Wolf stand auf, schnappte sich sein

Handtuch und schlenderte, von Thom begleitet, zu den Umkleidekabinen.

»Was läuft da eigentlich zwischen dir und meinem kleinen intriganten Stabschef?« fragte er so nebenher, als erkundige er sich, wie die Eintracht am Samstag gespielt hat.

»Nichts Besonderes. Wir pinkeln bloß beide an denselben Baum.«

»Mach ihm ruhig ein bißchen die Hose naß.«

Thom nickte. »Kein Problem.« Er sah auf seine Uhr. »Ich muß jetzt. Wir sehen uns, wenn Vandreyke da ist.« Er ging zum Ausgang und blieb stehen, als er Wolfs Stimme noch einmal hörte.

»Willst du mir nicht etwas sagen?«

»Was denn?«

»Stimmt es nicht, daß du ein Angebot von der Lufthansa hast? Sicherheitschef, eine sehr gute Position ...«

»Ich habe öfter Angebote. Soll ich Ihnen jedesmal davon erzählen?«

»Siegfried, als die RAF dir das Bein kaputtgeschossen hat, hast du fünftausend Mark Entschädigung bekommen. Du liebst schöne Dinge und wirst schlecht bezahlt für die Arbeit, die du tust. Ich könnte es verstehen, wenn du dich anders orientieren willst.«

»Sie brauchen sich keine Gedanken zu machen.«

»Dann bleibst du also?«

»Natürlich.«

Wolf lächelte. »Bis nachher dann.«

Das Wandtelefon im Umkleideraum klingelte, als der Präsident des Bundeskriminalamtes gerade seine Badehose auszog. »Ja?«

»Ein Gespräch für Sie, Herr Präsident.« Das war der Dauerdienst, wie Wolf sofort an der Geräuschkulisse im Hintergrund erkannte.

»Jetzt?«

»Es ist die bolivianische Botschaft. Staatsminister de la Peña.«

»Läßt sich die Leitung kryptieren?«

»Sicher.«

»Dann tun Sie das bitte.« Er hörte das Klicken, als die Verbindung hergestellt war. »Wolf hier.«

»De la Peña. Ich habe leider kein Bild. Ist Ihre Videoeinrichtung defekt?«

»Nein, aber ich bezweifle, daß Sie am frühen Morgen einen nackten alten Mann sehen möchten«, gab Wolf mit einem Grienen zurück.

»Oh. Ich hoffe, ich habe Sie nicht geweckt, aber man sagte mir, daß Sie vor den Vögeln aufstehen. Eine Gewohnheit, die mir ebenfalls zu eigen ist.«

»Ich freue mich, daß Sie anrufen. Haben Sie Zeit für einen Besuch bei mir?«

»Leider nein. Ich bin zwar noch die ganze Woche hier, aber das Protokoll ist mörderisch.« Er machte eine kleine Pause. Wolf konnte förmlich sehen, wie sich die Narbe auf Miguel de la Peñas Oberlippe kräuselte. »Ich stelle fest: Auch die Deutschen haben noch nicht herausgefunden, wie man eine Leitung kryptiert, ohne daß der Nachhall verschwindet.«

»Und was entnehmen Sie dem?«

»Daß Ihre Techniker doch nicht so perfekt sind, wie man behauptet. Und daß es Ihnen unlieb wäre, wenn wir ungebetene Lauscher hätten. Ich vermute also, es hat mit Bremerhaven zu tun.«

»Wie kommen Sie denn darauf?«

»Ich lese Zeitung, daher weiß ich von dieser Explosion im Containerterminal. Als ich gestern versucht habe, Sie zu erreichen, wurde mir gesagt, daß Sie unmöglich zu sprechen sind. Solche Tage gibt es bei Männern in Positionen wie der Ihren oder der meinen in der Tat, aber nicht, nachdem Sie mir in Berlin nachdrücklich klargemacht haben, daß Sie mich *dringend* zu sprechen wünschen. Den Rest müssen Sie mir erzählen.«

Wolf war beeindruckt, aber das ließ er sich natürlich nicht anmerken. De la Peña war ein Mann, dessen Verstand äußerst präzise arbeitete, also kam der BKA-Präsident direkt auf den Punkt. »Es geht um Cuevo. Wie es aussieht, will ein neues Vertriebskartell an die Macht.«

»Cuevo ... Jetzt, Herr Präsident, teilen wir nicht nur eine Gewohnheit, sondern auch eine Geißel.« Miguel de la Peña machte eine lange Pause, ehe er fortfuhr. »Dieses neue Kartell – wird es von Deutschland aus kontrolliert?«
»Es wäre möglich.«
»Wie kann ich Ihnen helfen?«
»Sie wissen sicher, daß wir einen Verbindungsbeamten in La Paz haben. Leider hat Ihre Vorgängerregierung seine Arbeit ... nun ja, um einen Euphemismus zu benutzen, nicht gerade erleichtert. Ich wäre Ihnen überaus verbunden, wenn sich das ändern würde. Wir spielen momentan Blindekuh, aber auf den Topf geklopft wird nicht hier, sondern in Bolivien. Ich bin sicher, daß Ihr Innenministerium V-Männer im Umfeld von Cuevo hat. Sorgen Sie dafür, daß mein VB Zugang zu Informationen erhält, dann werde ich veranlassen, daß Beamte Ihrer Drogenbekämpfungsbehörde UMOPAR hier im BKA ausgebildet und geschult werden. Das dürfte ihre Effizienz nicht unwesentlich erhöhen.«
»Herr Präsident, ich will gerne über Ihre Bitte nachdenken. Und ich danke Ihnen für Ihr Angebot. Aber, wie Sie selbst sagen, die Musik spielt in Bolivien, nicht in Europa. Sie kennen die Situation in meinem Land. Die großen Drogenkartelle haben es unter sich aufgeteilt. Vor allem Cuevo macht uns das Leben schwer. Wir stehen in einem erbitterten Kampf, und ich befürchte, daß eine Niederlage das Ende der Demokratie bedeuten würde. Es gibt einflußreiche Militärs bei uns, die nur darauf warten, daß wir Schwäche zeigen.«
»Das ist mir bekannt.«
»Ja, und wir brauchen mehr als nur ein paar anständig ausgebildete Beamte von UMOPAR. Im Bundeskriminalamt lagern große Mengen an ausrangierten Waffen. Maschinenpistolen, Nachtsichtgeräte, leichte Panzerfahrzeuge ... Für Sie ist das nutzlos. Für uns könnte es das Überleben bedeuten.«
Der Mann ist gut informiert. Wolf ließ sich so lange Zeit mit der Antwort, wie es die Höflichkeit erforderte. »Es tut mir leid, ich fürchte, diese Bitte kann ich Ihnen nicht erfüllen.«

»Das wundert mich. Im BMI existiert ein nicht unbeträchtlicher Etat für solche Aufgaben, und andere Staaten, auch südamerikanische, kommen sehr wohl in den Genuß Ihrer guten Gaben. Warum also nicht wir?«

»Señor de la Peña, ich schätze Ihre Offenheit, erlauben Sie mir daher, ebenso offen zu sein: Niemand wünscht Ihrer Regierung im Kampf gegen Cuevo mehr Erfolg als ich, aber es gibt Gerüchte um Ihren Präsidenten. Man hört, er stände höchstselbst in Verbindung zur Drogenmafia. Sie müssen also verstehen, daß ich abwarten möchte, wie sich die Dinge in Ihrem Land entwickeln. Lassen Sie uns nichts überstürzen. Wir werden zu einem anderen Zeitpunkt Gelegenheit haben, erneut darüber zu sprechen.«

De la Peñas Stimme wurde eine Nuance rauher. »Señor Wolf, ich will nicht leugnen, daß Präsident Gutierez lange Zeit eine, sagen wir: indifferente Haltung in der Rauschgiftfrage eingenommen hat. Aber er ist doch nicht dumm. Die ganze Welt sieht ihm auf die Finger, und er hat bei seinem Amtsantritt den Drogenkartellen ausdrücklich den Kampf angesagt. Ich versichere Ihnen, ich werde persönlich dafür sorgen, daß dieses Versprechen eingelöst wird.«

»Wie Sie sagen: Bislang ist es ein Versprechen.«

»Es gibt das Sprichwort: ›Eine Katze kann eine Maus auf dem Schwanz davontragen.‹ Gehen Sie davon aus, daß ich nicht die Maus bin.«

»Ich will mich an die Katze gewöhnen, bevor ich sie streichle.«

»Ihr letztes Wort?«

»Ja. Werden Sie trotzdem über meine Bitte nachdenken?«

»Das werde ich. Einen schönen Tag für Sie.«

»Für Sie auch. Ich hoffe, wir bleiben in Kontakt.«

Die Wüste aus Schlacke- und Abraumhalden wälzte sich bis zum Horizont. Kein Mensch, kein Tier, kein Strauch. Nur Sophie. Sie war neun Jahre alt. Sie saß in ihrem dünnen Kleidchen auf einer Schaukel, ganz oben auf einem Hügel aus schwarzer Asche, und zitterte im Wind, der die Wolken über das Land jagte. Ihre Beine flogen steil in die Luft, höher und höher. Tränen der Angst liefen über ihr Gesicht, während sie sich verzweifelt an die Seile klammerte. Ihr Vater stand hinter ihr. Seine Hände waren groß und stark wie Schaufeln. Er stieß die Schaukel mit aller Kraft. Sie flehte ihn an aufzuhören, bettelte, daß er losließ und sie in seine Arme nahm, doch er verstärkte seine Anstrengung nur und lachte. Da hob sie langsam den Kopf und starrte hoch zu der Querstange, an der die Schaukelseile befestigt waren. Voller Entsetzen sah sie, daß einzelne Fasern sich aus den Strängen lösten. Ihren Vater kümmerte es nicht. Er warf sie mit solcher Macht in die Luft, daß ihr Kopf auf gleicher Höhe mit dem Gestänge war. Sophie starrte wie hypnotisiert auf die Seile. Sie hingen nur noch an zwei Fäden.

Und dann rissen sie.

Ihr Schrei gellte in die Dunkelheit des Zimmers. Sie drückte schweißgebadet auf den Schalter der Nachttischlampe. 6.45 Uhr. Sie hatte zwei Stunden geschlafen und fühlte noch immer die Hände ihres Vaters auf ihren Schultern. Zerschlagen und ohne Kraft schleppte sie sich ins Badezimmer. Die Wände des Hotels waren dünn wie Papier; sie hörte Musik aus dem Radiowecker im Zimmer nebenan. Das dampfend heiße Wasser, das auf sie herabprasselte, brachte sie ins Leben zurück.

Um 7.20 Uhr rief Stalin an. Sie wußte, daß das Telefon in Sophies Zimmer seit gestern abhörsicher war. Thom war ihrer Bitte gefolgt und hatte einen ZD-Trupp ins Plaza geschickt, der zehn Minuten gebraucht hatte, um die nötige Kryptierungssoftware zu installieren.

»Gut geschlafen?«

»Danke, ja.«

»Ihr Vater war gestern im BMI. Hat er Ihnen davon erzählt?«

»Nein.«

»Dann hören Sie zu: Es gibt Neuigkeiten über Czarny. Der BND hat ihn in Polen observiert. Und das BfV hat den Geburtshelfer gespielt. Ich vermute, die wußten auch von Pallucci und Grasso.«

Sophie hielt den Atem an. »Steckt der BND mit drin?«

»Was weiß ich? Die rühren in so vielen Suppen, daß man die Fettaugen auf dem Löffel nicht mehr zählen kann. Wann sind die VEs zurück?«

»Gegen Mittag. Die Sitzung ist um halb zwei.«

Stalins Stimme wurde unvermittelt zackig wie bei einem Appell auf dem Kasernenhof. »Sprechen Sie die Sache mit dem BND an. Lassen Sie durchsickern, daß Sie die Information aus Karlsruhe haben. Es muß ein Dossier darüber geben. Falls man es Ihnen nicht geben will, machen Sie Rabatz. Es wird Zeit, daß Ihr Vater Respekt vor uns bekommt. Wenn wir jemanden nach Wiesbaden schicken, dann schicken wir Kompetenz. Machen Sie ihm das klar!«

»Was ist mit dem MAD? Thom ist deswegen ziemlich besorgt.«

»Quid pro quo. Das BKA gibt uns was, wir geben ihnen was. Ich will das BND-Dossier. Dann ist die Sache mit dem MAD vom Tisch.«

Aufgelegt. Nachdenklich fuhr Sophie hinunter in den Frühstücksraum, wo sie sich Espresso und Eier mit Schinken bringen ließ. Sie fragte sich, woher Stalin die Information hatte. Sicher nicht direkt vom BND. Präsident Boehnke war ein alter Freund ihres Vaters und würde ihm nicht in den Rücken fallen. Allerdings hatte der GBA erstklassige Kontakte zu BfV-Präsident Limmer. Es hieß, sie hätten zusammen studiert. Limmer haßte ihren Vater, der ihm als alter Spionagemann des öfteren Ratschläge erteilte, wie er sein Amt zu führen habe. Und zwar über die Medien. *»Lassen Sie durchsickern, daß Sie die Information aus Karlsruhe haben ...«* Das kam von Steindorff, ohne Zweifel.

Der heiße, starke Espresso machte sie endgültig wach. Sie fuhr zurück auf ihr Zimmer, hängte das Schild »Nicht stören« an die Tür und nahm sich wieder die Cuevo-Akte vor, über der sie nur wenige Stunden zuvor eingeschlafen war. Es mochte in den nächsten Tagen um vieles gehen. Um Krakau, um Bremerhaven, um Czarny und um Pallucci. Doch in Wirklichkeit ging es nur um eines: um eine kleine Stadt im Süden Boliviens, die dem mächtigsten Drogenkartell der Welt seinen Namen gegeben hatte. Sophie wollte darauf vorbereitet sein, wie sie nie zuvor auf etwas vorbereitet war. Sie dankte im stillen ihrem Vater für das fotografische Gedächtnis, das er ihr vererbt hatte, und prägte sich die Akte ein, bis sie jedes Detail herunterbeten konnte.

Um kurz nach zehn verließ sie das Crown Plaza. Am Himmel türmte sich blasses, dunstiges Blau und kündigte einen schönen Tag an. Sophie ging zu Fuß in die Wilhelmstraße, wo sie sich in einer der kleinen, feinen Boutiquen gegenüber dem Kurpark ein Kostüm, Strumpfhosen und eine Bluse kaufte. Sie wußte nicht, wie lange sie noch in Wiesbaden bleiben mußte. Die beiden Tage, an die ursprünglich gedacht war, konnten schnell zu Wochen werden, das war vollkommen klar. Sophie war so in Gedanken versunken, daß sie vergessen hatte, nach dem Preisschild zu sehen. Als die Verkäuferin ihr die Quittung der Kreditkarte zur Unterschrift hinschob, erschrak sie. Ein halbes Monatsgehalt! Da gab es nur eines, was sie tun konnte: Sie erstand, plötzlich übermütig geworden, auch noch den Schal von Hermès, um den sie bereits in Karlsruhe wochenlang herumgeschlichen war. Jetzt fühlte sie sich besser, eindeutig.

Zurück auf der Straße, konnte sie freier atmen. Sie schlenderte am Nassauer Hof entlang, wurde von einem japanischen Touristenpaar gebeten, ein Foto zu machen, tat es und überquerte dann die Fahrbahn, um sich auf eine der Bänke vor dem Spielcasino zu hocken. Eine Million Fragen schwirrten ihr durch den Kopf. Sie hatte das Gefühl, daß sie alle nur von einem einzigen Mann beantwortet werden konnten. *Vandreyke. In drei Stunden werde ich ihm gegenüberstehen.* Sophie konnte sich nicht erinnern, daß sie jemals so neugierig auf einen Menschen gewesen war.

Es ist Zeit, daß ich den Bruder kennenlerne, den ich nie hatte.

Sie fuhren mit zwei Limousinen. Anton Czarny und Dimitri Fasoulas hockten im Fond des ersten Wagens, an ihrer Stoßstange klebte das Begleitfahrzeug, in dem vier Leibwächter und ein bewaffneter Chauffeur saßen. Sie kreuzten an der Place des

Pyramides die Rue de Rivoli, passierten die Tuilerien und überquerten die Seine auf dem Pont du Carrousel, ehe sie in die Rive gauche abbogen und in schneller Fahrt Trocadéro ansteuerten. Jahrmarktgetöse drang durch die gepanzerten Scheiben des Daimlers. Czarny sah, als er aus dem Fenster blickte, das Riesenrad, das sich am anderen Ufer der Seine hoch über dem Louvre drehte. Dimitri Fasoulas saß schweigend neben ihm, rauchte einen seiner dünnen schwarzen Zigarillos, und Czarny lockerte den Krawattenknoten. Es war warm in der Limousine, denn Fasoulas haßte die Kälte und hielt sich mit Vorliebe in überheizten Räumen auf. Eine Marotte, an die Czarny sich gewöhnt hatte. Sein Partner sah auf die Uhr, wachsam, angespannt, während Czarny sich fragte, ob Fasoulas noch manchmal an Farid Babrak Khan dachte. An ihn und an Afghanistan, wo vor vielen Jahren alles begonnen hatte.

1986 rollte der sowjetische Nachschub Tag und Nacht über die Salang-Autobahn nach Kabul. Es war die bestgesicherte Straße des Landes, sie führte von der tadschikischen Grenze über fünfhundert Kilometer bis nach Kandahar im Süden. Einhundertzwanzig Kilometer nördlich der Hauptstadt lag in dreitausenddreihundert Metern Höhe der Salang-Tunnel, der höchste der Welt. In einer Nacht im Februar kam eine Kolonne von Panzern, Lkws und Geschützen aus Termez und fuhr in den Tunnel ein. Eines der Versorgungsfahrzeuge war ein Tanklaster, der von zwei Soldaten der regulären afghanischen Armee gefahren wurde. Die Sowjets ahnten nicht, daß diese Männer sich bereits vor Monaten auf die Seite der Mudschaheddin geschlagen hatten. Sie waren bereit für das Paradies und zündeten mitten im Tunnel eine Sprengladung. Der Tanklaster verwandelte sich in eine gewaltige Bombe, die mehr als eintausendzweihundert sowjetische Soldaten tötete. Einheiten der 40. Armee durchkämmten bis zum Morgengrauen die schneebedeckten Schluchten des umliegenden Gebirges, in denen die Mudschaheddin sich versteckt hielten.

Einer von ihnen fiel in die Hände der sowjetischen Soldaten.

Sein Name war Farid Babrak Khan. Man brachte ihn ins Pol-i-Charki-Gefängnis, zehn Kilometer östlich von Kabul, wo er von den Schlächtern des berüchtigten afghanischen Geheimdienstes KHAD bearbeitet wurde. Doch Khan schwieg tapfer und weigerte sich, seine Kameraden zu verraten.

Anton Czarny war zu dieser Zeit als Verhörspezialist im Lager Tari Tajbeg, dem Hauptquartier der 40. Armee, stationiert. Er hörte von dem unbeugsamen Mann in Pol-i-Charki und konnte nicht glauben, daß jemand der grausamen Folter des KHAD standgehalten hatte. Sollte es wahr sein, so wäre es das erste Mal. Czarny ging zu seinem Kommandeur und bat darum, Khan persönlich verhören zu dürfen. Die Bitte war ungewöhnlich, doch sie wurde ihm genehmigt, da er in dem Ruf stand, in seiner Profession der Beste zu sein und Geständnisse nicht durch Folter, sondern durch das ihm eigene psychologische Geschick zu erhalten.

Als Czarny seinen Jeep dicht entlang des Kabul-Flusses nach Osten steuerte, sah er die Feuer, die im Norden, fast zwanzig Kilometer entfernt, über dem Munitionslager der Garnison Kharga loderten. Die Mudschaheddin hatten es Stunden zuvor mit Mehrfachraketenwerfern beschossen, und die Flammen tauchten den Himmel über der verdunkelten Stadt in glühendes Rot.

Er erreichte das Gefängnis um Mitternacht. Als er sah, wie man Khan zugerichtet hatte, wurde selbst ihm, der Zeuge so vieler Folterungen gewesen war, übel. Czarny beherrschte jede denkbare Art, den Willen eines Menschen zu brechen, doch nachdem er Khan weitere sechs Stunden in der Mangel gehabt hatte, schwieg dieser unverwandt. Er war ein tiefreligiöser Mann. Er sehnte sich danach, ein Shaheed zu sein, ein Märtyrer, und glaubte an das Paradies, in das seine Tapferkeit ihn führen würde. Wie jeder vom Stamm der Shura-e-Nezar hatte er für seine Freiheit gekämpft, für sein Schicksal, für seine Familie. Er hatte keine Angst vor dem Tod; ein enormer Vorteil gegenüber den Soldaten der Invasionsarmee, die nichts anderes wollten als überleben.

Zwei Jahre war Czarny jetzt in Afghanistan, und längst hatte er erkannt, daß der Krieg nicht gewonnen werden konnte. Die einzige offene Frage war, wie er in einem Land, in dem Haschisch und Opium billiger als Wodka waren, das Geschäft abwickeln konnte, über das er seit Monaten nachgedacht hatte. Als Khan nun geschunden und gemartert in seinen Exkrementen lag, aber weiter stolz und unbeugsam war, wußte er, daß er den Mann, den er suchte, gefunden hatte. Es gab nur noch einen Test, den Kahn bestehen mußte.

Czarny ließ ihn fesseln und fuhr mit ihm, unter dem Vorwand, ihn in die Garnison bringen zu wollen, allein aus dem Gefängnis hinaus. Auf einem Feld nahe Koh-i-Safi hielt er an und zeigte seinem Gefangenen die Bulldozer, die Erde über ein Massengrab wälzten, in dem Hunderte von Exekutierten lagen. Der Mudschahed sah es reglos mit an, und selbst als Czarny ihm sagte, daß seine Frau und seine Kinder in dieser Grube lägen, sprach er kein Wort, denn für einen Mann seines Stammes war es unmännlich, Schwäche zu zeigen oder gar zu weinen.

Da wußte Czarny, daß Khan schweigen würde, auch wenn er erneut in die Hände der Russen fallen sollte.

Eine halbe Stunde später war sein Gefangener frei, lief über die Felder davon und tauchte in der Dunkelheit unter. Czarny verpaßte sich einen Streifschuß am Arm, ehe er zurück ins Lager Tari Tajbeg fuhr, wo er behauptete, in einen Hinterhalt der Mudschaheddin geraten und nur mit großem Glück entkommen zu sein. Man glaubte ihm, und es war der Beginn eines sensationellen Geschäfts. In den nächsten vierzehn Monaten verriet Czarny seinem neuen Freund Dutzende von Waffen- und Munitionstransporten der Sowjets, die daraufhin von den Mudschaheddin überfallen wurden. Als Gegenleistung für die erbeuteten Waffen erhielt er regelmäßig Heroinlieferungen. Czarny hatte lange überlegt, wie er den Stoff, den er in einem Gebirgsdepot bunkerte, außer Landes schaffen und zu Geld machen konnte. Dimitri Fasoulas löste das Problem. Er war ein junger zypriotischer Arzt, der mit dem Internationalen Roten Kreuz nach Afghanistan gekommen war. An dem Tag, an dem er und Czarny sich bei einem Empfang in der sowjetischen Botschaft kennenlernten, begann eine wunderbare Freundschaft. Fasoulas hatte Verbindung zu einem Neffen des libanesischen Premierministers, mit dem er auf einem Schweizer Internat gewesen war. Jener kaufte das »H«, das Dimitri Fasoulas in Krankentransporten versteckt aus Afghanistan herausschmuggelte, und pumpte es über die Heroinpipeline nach Europa. Schon bald hatten Czarny und sein Partner auf einem Konto in Tel Aviv mehr Geld, als sie sich je hatten träumen lassen.

Ein Jahr bevor der Kommandeur der sowjetischen Streitkräfte in Afghanistan in den letzten Flieger stieg, der ihn zurück in die Heimat brachte, setzte Czarny sich von der Truppe ab, die bereits in chaotische Rückzugsgefechte verstrickt war. Mit Fasoulas' Hilfe gelangte er nach Israel. Der Zypriote verschaffte ihm gefälschte Papiere, und Czarny erhielt als vermeintlicher russischer Jude die israelische Staatsbürgerschaft. Die beiden Männer hatten alles Nötige: Phantasie und vor allem Kontakte. Ihr alter Freund Farid Babrak Khan machte nach dem Abzug der Sowjets Karriere. Sein Mudschaheddin-Führer gehörte zu den Warlords, die nun im Regierungspalast in Kabul saßen, was Khan eine Beförderung zum Chefeinkäufer für Waffen aller Art eingetragen hatte. Czarny bezog sie zu einem lachhaft geringen Preis von seinem früheren Kommandeur. Dieser war mittlerweile in Tschetschenien stationiert, wo seine Männer seit Monaten keinen Sold mehr gesehen hatten und buchstäblich im Dreck wühlten. Sie verscherbelten ganze Munitionsdepots, nur um Essen kaufen zu können, und Czarny lieferte seinen Freunden in Kabul, was sie brauchten. Das Heroin, mit dem man ihn bezahlte, wanderte nach Syrien oder wurde mit einem kleinen Umweg durch den Iran über die Dolgoprudnenskaja-Route nach Europa gebracht. Es war ein Schlaraffenland, und Czarny und Fasoulas schöpften den Rahm mit einem großen Löffel ab.

Die beiden Limousinen tauchten in den Tunnel an der Pont de l'Alma ein, wo noch immer frische Kränze an dem Pfeiler lagen, gegen den Lady Di gerast war. Dimitri Fasoulas mochte Paris nicht. Die Stadt war ihm zu laut und zu schnell, doch die Verbindungen, die Czarny zur Sûreté hatte, garantierten ihre Sicherheit. Fasoulas hatte immer gut daran getan, seinem Partner in diesen Dingen zu vertrauen, was auch der Grund war, warum er vor langer Zeit akzeptiert hatte, aus dem Geschäft mit dem Narco-Terrorismus auszusteigen und sich auf reinen Waffenhandel zu spezialisieren. Es war eine gute Entscheidung gewesen. Vielleicht waren die Profite nicht ganz so extraordinär wie im Rauschgiftbusiness, doch dafür mußten sie sich nicht mehr mit den Türken, den Taliban, den Kurden und den Albanern herumschlagen, die ihnen Anfang der Neunziger schwere Verluste beigebracht hatten.

Diesen Part hatte Pallucci für sie übernommen. Fasoulas konnte noch immer nicht glauben, daß der Mann, mit dem sie mehr als zehn Jahre zusammengearbeitet hatten, in Krakau liquidiert worden war. Es war unfaßbar, so, als habe man gehört, das Mittelmeer sei verdunstet. Dann Bremerhaven. Das BKA hatte natürlich eine Informationssperre verhängt, doch seit Fasoulas und Czarny die Meldung über eine gewaltige Explosion im Containerterminal gehört hatten, wußten sie, was passiert war. Sie waren zu lange in diesem Geschäft, um an Zufall zu glauben. Jemand hatte die Lieferung in die Luft gesprengt, und damit war dieser Jemand noch immer nicht satt, denn zehn Stunden später war Julio Patrese, Palluccis Contabile, zusammen mit drei weiteren Männern in Lamezia Terme mit einer Autobombe getötet worden. Es war das Ende von Palluccis Cosca, und Fasoulas wußte genausogut wie Czarny, daß sie damit ihren wichtigsten Partner verloren hatten.

Gestern abend dann der Anruf. »Ich habe Informationen für Sie. Bremerhaven. Krakau. Lamezia Terme. Wenn Sie interessiert sind, treffen Sie sich mit mir. Morgen zwölf Uhr. Paris. Trocadéro, das Wasserbassin.«

Fasoulas und Czarny, die sich zu diesem Zeitpunkt in Belgrad aufhielten, hatten lange beratschlagt, was sie tun sollten. War es eine Falle? Steckte die Polizei dahinter? Unwahrscheinlich. Trocadéro war den ganzen Tag lang von Touristen bevölkert. Nur

Verrückte würden hier einen Zugriff wagen, bei dem es zu einer Schießerei kommen konnte. Also war es eine vertrauensbildende Maßnahme. Die Wahl des Treffpunktes sollte ihnen signalisieren, daß sie sicher waren. *Sicherheit.* Dieses Gefühl hatte Fasoulas nicht mehr gehabt, seit er zwölf Jahre alt gewesen war und mit ansehen mußte, wie seine Mutter und sein Vater von den türkischen Nachbarn getötet wurden, mit denen sie ihr Leben lang in Nikosia Tür an Tür gewohnt hatten.

Czarny jedoch schien sich keinerlei Sorgen zu machen. Er summte leise vor sich hin, als machten sie einen kleinen Ausflug an einem schönen Wintertag in Paris. *Trocadéro. Keine schlechte Wahl, wenn man sichergehen will, daß niemand Unsinn macht und die Waffen in ihren Holstern bleiben.*

Sie stoppten an der Place de Varsovie, direkt vor dem weitläufigen Ensemble, das für die Weltausstellung 1878 angelegt worden war. Hoch auf dem Hügel thronte das Palais Chaillot in faschistoider Monumentalität. Unzählige Touristen schlenderten entlang der kegelförmigen Taxushecken, die das große Bassin säumten. Sie machten Fotos, lauschten den Erklärungen ihrer Reiseleiter und sahen den Kindern zu, die ferngesteuerte Modellboote über das Wasser gleiten ließen. Die beiden Bodyguards, die Broszat und Vandreyke Plisch und Plum getauft hatten, stiegen aus der Begleitlimousine, um das Terrain zu sondieren, doch Czarny hatte die Lage in weniger als einer halben Minute vom Autofenster aus gecheckt. Der Mann saß auf einer der Bänke an der Avenue Albert 1er de Monaco. Er hatte seinen Mantelkragen hochgeschlagen, las die Libération und warf hier und da Brotstücke in das flatternde Taubengewimmel zu seinen Füßen. Die beiden Jungs auf der mit Efeu berankten Rampe hinter ihm hatten einen Panoramablick. Ein weiterer Bodyguard stand dicht am Bassin, mit dem Rücken zur Avenue Gustave V de Suède. Klassische Keilformation, geschickt gewählt für diesen Ort.

Jetzt hatten auch Plisch und Plum den Mann ausgemacht. Sie kamen zurück zu der Limousine, warteten, bis Czarny und Fasoulas ausgestiegen waren, und formierten sich mit ihren Kollegen ebenfalls zu einem Keil, einer rechts, einer links, einer für das Nachfeld. Der vierte Bodyguard war der Libero. Er hielt sich zwanzig Meter abseits, um den Mann an der Gustave-V-de-Suède kontrollieren zu können.

Nach wenigen Schritten hatten Czarny und Fasoulas den Taubenliebhaber erreicht. Er sah hoch und sagte: »Schön, daß Sie gekommen sind. Bitte, setzen Sie sich doch.«

»Halten Sie mich für altmodisch, aber ich mag es, wenn man sich mir vorstellt. Meinen Namen kennen Sie offensichtlich. Vielleicht sind Sie so freundlich und verraten mir Ihren«, sagte Czarny, ohne die Hand zu ergreifen, die der Fremde ihm hinhielt. Sie sprachen Englisch, aber er hatte an dem Akzent sofort erkannt, daß er es mit einem Deutschen zu tun hatte.

»Nennen Sie mich einfach Görtz«, antwortete der Mann lächelnd. Er war in den Vierzigern, mit ausgesuchter Eleganz gekleidet, und hatte dichtes blondes Haar, dessen Ansatz so hoch war, daß er aussah, als sei er geradewegs einem Gemälde von Goya entstiegen.

Czarny und Fasoulas setzten sich rechts und links neben ihn.

»Ich weiß nicht, wie es Ihnen geht«, sagte Görtz, »aber ich finde, Paris hat etwas Magisches. Was ist Krakau dagegen für eine häßliche Stadt ...«

»Nur im Winter. Waren Sie schon einmal im Sommer dort?« fragte Fasoulas.

»Leider nein. Ich hatte in Polen lediglich geschäftlich zu tun. Da bleibt einem sowieso nicht viel Zeit zum Bummeln. Eines habe ich allerdings herausgefunden: Es ist dort genauso unsicher wie überall. Ich fürchte, Ihre italienischen Freunde haben diese Erfahrung ebenfalls machen müssen.«

»Das sagen Sie mir ins Gesicht? *Mir?*« Das war Czarny.

Görtz warf den Tauben ein paar Brotfetzen zu. Sie stritten sich darum mit großem Geflatter. »Ich weiß, Sie haben lange Jahre mit Pallucci zusammengearbeitet. Er war Ihr Geschäftspartner, und ich respektiere das, glauben Sie mir. Ich bin ein Mann, der Loyalität zu schätzen weiß, aber sie darf natürlich nur bis zu einem bestimmten Punkt gehen. Danach ist es keine Loyalität mehr, sondern Dummheit ...«

»Und wann dieser Punkt erreicht ist, legen *Sie* fest?« fragte Czarny, den Görtz' Chuzpe elektrisierte. Er wußte, wann ihm Macht begegnete. Hier und jetzt war dies zweifelsohne der Fall. »Palluccis Zeit war vorbei, das wissen Sie genausogut wie ich. Wären wir sonst in Bremerhaven an den Container herangekommen? Es war eine sehr wertvolle Fracht, aber er hat sie nicht schützen können. Cuevo wird daraus die richtigen Schlüsse ziehen.«

»Sicher werden sie das. Und Sie werden der erste sein, der davon erfährt. Nur werden Sie keine Freude daran haben.«

»Glauben Sie? Cuevo macht Geschäfte, und ich bezweifle, daß sentimentale Erinnerungen an einen alten Partner darauf Einfluß haben. Alle paar Jahre fließt ein bißchen Blut, das reinigt die Atmosphäre, und danach können alle freier atmen. Aber wem sage ich das? Sie wissen das besser als jeder andere.«

Fasoulas blickte schweigend hinüber auf das andere Ufer der Seine, wo der Eiffelturm an der Sonne kratzte und die Touristenschlange so lang war, daß sie bis zum Quai Branly reichte.

»Wer steht hinter Ihnen – die Türken?« fragte er, ohne Görtz anzusehen.

»Aber nein. Die werden bald froh sein, wenn sie für mich die Drecksarbeit machen dürfen. Hinter mir steht der liebe Gott, und es wäre nicht zu Ihrem Schaden, wenn Sie regelmäßig in die Kirche gingen.«

»Nur aus Neugierde – was wird denn so gepredigt?«

»Paulus' Brief an die Römer: ›Wenn Ihr durch den Geist die Geschäfte tötet, so werdet Ihr leben.‹ Ein schöner Satz, der mir Hoffnung für die Zukunft gibt. Sie haben letztes Jahr Waffen für mehr als drei Milliarden Euro an Pallucci geliefert. Wir zahlen ab sofort für die gleiche Menge *zweieinhalb*. Wenn Sie das Geschäft nicht machen wollen, würde mich das sehr traurig stimmen.«

Czarny strich sich über die Stirnnarbe, wie er es immer tat, wenn er amüsiert war. »Was wollen Sie – uns ein Angebot machen oder uns erpressen?«

»Die Zeiten haben sich geändert. Was soll ich Ihnen sagen – sie werden nicht besser.« Görtz wies mit dem Kinn auf den Westflügel des Palais Chaillot. »Waren Sie schon einmal im Musée de la Marine? Falls nicht, sollten Sie das bei Gelegenheit nachholen. Die haben dort eine sehr schöne Sammlung von Schiffsmodellen, von der Galeere bis zum Flugzeugträger. Dafür müßten Sie doch eigentlich ein Faible haben. Schließlich haben Sie damals an das Cali-Kartell – Gott hab es selig – ein U-Boot der Tango-Klasse inklusive Besatzung geliefert. Es fehlt Ihnen doch nicht an Phantasie, also strengen Sie sich ein bißchen an ...«

Czarny stand abrupt auf. Das amüsierte Lächeln war so schnell aus seinem Gesicht verschwunden, wie eine Taube sich ein Stück Brot pickt.

»Du häßliche kleine Schmeißfliege bist vielleicht ein König auf deinem Scheißhaufen. Aber glaub mir: Wenn du mir zu nahe kommst, schlage ich dich mit der flachen Hand tot!« Er wandte sich um und stapfte zurück zu den Limousinen. Seine beiden Bodyguards folgten ihm. Plisch und Plum warteten auf Fasoulas.

Er stand ebenfalls auf und blickte auf Görtz hinab. »Sie sind ein dummer Mensch, daß Sie glauben, uns herausfordern zu können«, sagte er ruhig. Aus seinem Blick sprach reine Verachtung. Dann wollte er gehen. Görtz hielt ihn am Mantelschoß fest. Die Hände von Plisch und Plum waren blitzschnell hinter ihren Revers, doch Fasoulas warf ihnen einen beruhigenden Blick zu und schüttelte unmerklich den Kopf.

»Sie wollen wissen, wie mächtig ich bin?« fragte der Mann, der sich Görtz nannte, ohne erkennbare Nervosität. »Ich sage es Ihnen: Das BKA war in Bremerhaven, *bevor* der Container hochgegangen ist. Denken Sie in Ruhe darüber nach. Und bringen Sie Ihren Partner zur Vernunft!« Er ließ Fasoulas los. Der Zypriote starrte ihn eine Sekunde lang schweigend an, dann folgte er Czarny. Plisch und Plum sicherten seinen Rücken.

Görtz warf die letzten Brotkrumen unter die Tauben, ehe er aufstand. Er sah reglos auf das Bassin, wo die ferngesteuerten Boote, von Kinderhand gelenkt, pfeilschnell durch das Wasser schossen, und rief mit einem Zucken des linken kleinen Fingers einen seiner Männer zu sich. »Die sind hübsch, die Bötchen«, murmelte er. »Mach dich mal schlau, wo man hier so was kauft. Ich will meinem Kleinen etwas mitbringen.«

»Gregor, ich freue mich!« Wolf umfaßte Vandreykes Schultern mit einem festen Griff.
»Herr Präsident ...«
Sophie war vom Besprechungstisch aufgestanden und musterte Vandreyke mit unverhohlener Neugierde. »*Herr Präsident ...*« Sie war sehr wohl in den Nuancen einer Anrede bewandert, weshalb sie sofort wußte, daß er ihren Vater nur in offizieller Runde siezte und mit Titel ansprach. Die beiden duzten sich, darauf hätte sie ihre Espressomaschine verwettet. Vandreykes Stimme war tief und dunkel und sandte Schwingungen aus, die den Raum füllten. *Alpha-Tier. Typischer Einzelgänger. Mir kann keiner.*

»Frau Broszat, schön, Sie wiederzusehen«, sagte Wolf. *Routiniert. Hierarchiebewußt. Die Frau an Vandreykes Seite. Zweitrangig.*
Vandreyke gab Thom die Hand. »Herr Thom ...« *Distanziert. Kein unproblematisches Verhältnis. Konkurrenten um den Platz an der Sonne?*
Jetzt Pieper. »Hallo, Gregor.« *Kumpels. Zwischen die paßt kein Blatt.*
Lombardi gab Vandreyke einen Knuff. »Hast zugenommen. Zuviel fettes polnisches Essen?« *Kleine Frotzelei unter Kollegen.*
»Ich möchte Ihnen meinen neuen Stabschef vorstellen. Niklas Grimm. Ich glaube, Sie kennen ihn noch aus dem BMI.«
Vandreyke nickte, weder freundlich noch unfreundlich. »Ist schon ein paar Jahre her.« *Jetzt mauert er. Will sich nicht in die Karten sehen lassen. Ist da was?*
Wolf legte eine Hand auf Vandreykes Schulter und stellte ihm Sophie vor. »Meine Tochter Sophie. Sie ist die verantwortliche Staatsanwältin.«
»Ich freue mich, Sie kennenzulernen«, sagte Sophie.
Sein Händedruck war fest und trocken. Vielleicht *zu* fest.
»Guten Tag. Ob ich mich freue, sage ich Ihnen *nach* der Be-

sprechung«, antwortete er mit einem dünnen Lächeln, aus dem sowohl Gelassenheit als auch Selbstbewußtsein sprachen. Doch da war noch etwas anderes, wie Sophie augenblicklich spürte. *Er weiß Bescheid. Pieper. Verdammt!*

Man setzte sich an den Besprechungstisch. Wolf eröffnete.

»Wir haben vor zwei Stunden den Bericht der KT erhalten und wissen jetzt, was sich in dem Container befunden hat. Siegfried, bitte ...«

»Ich muß keinem von Ihnen sagen, wie groß die Sprengwirkung war. Der Container wurde ebenso wie der Inhalt komplett zerstört. Allerdings hat KT 12 Spuren sichergestellt, die auf Boden-Luft-Raketen schließen lassen. Das Waffensystem arbeitet offensichtlich mit einer Thermalbatterie, die den Infrarotsuchkopf und den Stabilisierungskreisel mit Energie versorgt. Das und die Tatsache, daß wir hexogenes Aluminium und weitere Rückstände einer speziellen Thermitladung fanden, die früher schon von den Sowjets verwandt wurde, läßt vermuten, daß es sich um russische Strela-SA-7^P-Fliegerfäuste handelte. Vorgängerstufen dieser Waffe wurden bereits Mitte der sechziger Jahre entwickelt. Im Westen ist das System unter dem Namen *Grail* bekannt.«

Grimm meldete sich zu Wort. »Die Vietkong bekämpften damit schon im Vietnamkrieg amerikanische Flugzeuge und Hubschrauber, und ...«

»Herr Grimm, das haben Sie sich hübsch angelesen, aber ich denke, daß wir uns den Geschichtsunterricht sparen können«, fuhr Siegfried Thom ihm scharf in die Parade.

Grimm schluckte den Zorn über die Zurechtweisung hinunter, als er das zufriedene Lächeln sah, das um die Mundwinkel des Präsidenten spielte.

»Die SA-7^P ist eine Neuentwicklung der sibirischen Waffenfabrik Kalininez und hat keine Ähnlichkeit mehr mit dem Schrott der Sowjets«, ergänzte Thom. »CIA und BND warnen seit Jahren vor dieser Entwicklungsstufe, die angeblich das Feinste ist, was es im Bereich Boden-Luft gibt. Besser als Stinger. Die Software wurde von den Südkoreanern geliefert und beinhaltet einen ultramodernen Bildwandler. Die Russen testen das System im Tschetschenienkrieg.« *Der wievielte ist das eigentlich? Langsam verliert man den Überblick.* »Dort verfügen die Rebellen neuerdings über Kampfhubschrauber vom Typ MI 17, die sie bei den Chinesen mit Drogengeldern gekauft haben. Damit sind wir bei Czarny. Seine Kontakte zu einigen der russischen Kommandanten sind bekannt. Er dürfte der einzige Waffenhändler der Welt sein, der Zugang zu Grails der neuesten Baureihe hat. Eine Lizenz zum Gelddrucken, für Cuevo wie ein Sechser im Lotto. Mit diesen Raketen könnten sie auf die Helikopter der DEA Tontaubenschießen veranstalten. Sollten sie bereits eine Ladung davon erhalten haben, werden die Karten im bolivianischen Chaparé neu gemischt. Und ich bezweifle, daß die Amerikaner sich über ihr Blatt freuen werden.«

»Ihr habt euch die Ware doch angesehen?« fragte Wolf.

»Stichproben. Mehr war nicht drin. Was ich gesehen habe, waren AK-74-Sturmgewehre vom lieben Onkel Kalaschnikow«, antwortete Vandreyke.

Sophie fühlte den Blick von Katja Lombardi. Der Tisch, an dem sie saßen, war Feindesland, jedes Wort wie ein Schritt durch ein Minenfeld. »Herr Vandreyke, wie lange waren Sie im verdeckten Einsatz?«

»Sechs Monate.« Zwei Worte. Und jedes sprach er mit Bedacht.

»Sie haben die kontrollierte Lieferung nach Ihrem Verständnis sorgfältig vorbereitet?«

»Allerdings.«

»Und hätte es zu einer sorgfältigen Vorbereitung nicht gehört, sich über die Ware genauestens zu informieren?«

»Wenn Sie einen Gebrauchtwagen kaufen und zu Hause in Ihrer Garage feststellen, daß unter der Filzmatte im Kofferraum, im Winkel hinter dem Reserverad, eine fingernagelgroße Roststelle sitzt – würden Sie dann sagen, Sie haben sich dämlich angestellt?«

»Kommt ganz drauf an, ob ich den Wagen von Ihnen gekauft habe.«

»Gehen Sie davon aus, daß wir keine Geschäfte miteinander machen«, sagte Vandreyke und griff nach seinen Zigaretten.

»Das hilft uns natürlich enorm weiter«, murmelte Sophie, sich bewußt, daß jeder am Tisch auf diese Auseinandersetzung gewartet hatte. *Ich habe keinen Freund in diesem Zimmer. Nicht einen.*

In diesem Moment meldete sich Grimm zu Wort. »Herr Vandreyke, für Ihre Darstellung gibt es keine Zeugen. Schrader ist tot und Czarnys Männer ebenfalls. Denn die haben Sie ja in Krakau erschossen, nicht wahr?«

Vandreyke sprang abrupt vom Tisch auf. »Wo bin ich hier, in einem verdammten Gerichtssaal?« Er funkelte Grimm an. »Na los, reden Sie ruhig weiter! Nur raus damit, tut nicht weh!«

Wolf legte Vandreyke eine Hand auf den Unterarm. »Immer langsam, niemand beschuldigt Sie hier. Sie waren mit Hannes Schrader befreundet, wir wissen das.« Er drückte Vandreyke sanft zurück in den Stuhl. »Und jetzt atmen wir alle mal kurz durch.«

»Nicht nötig«, sagte Vandreyke. Er richtete seinen Blick auf Siegfried Thom. »Wenn wir schon über Merkwürdigkeiten sprechen, sollten wir zuallererst bei der Abteilung OA anfangen. Wir hatten in Zürich eine Geldvorzeigeaktion, bei der Fasoulas anwesend war. Ich mußte ihm eine Million Euro vorlegen, die von der Firma dort deponiert worden waren.« *Firma.* Er benutzte den gleichen Begriff wie die CIA-Leute, diesmal aber bezogen auf das BKA. Viele Wiesbadener taten das. »Nachdem wir aus der Bank raus waren, wurde das Schließfach durch Beamte der Kantonspolizei wieder geleert und das Geld in Sicherheit gebracht. Korrekt, Herr Thom?«

»Ja.«

»Das Schließfach wurde am folgenden Tag aufgelöst?«

Thom nickte.

»Sehr professionell, mein Kompliment! Fasoulas hielt sich zu diesem Zeitpunkt noch in der Stadt auf. Wenn er auf die Idee gekommen wäre, sich das Vorzeigegeld noch einmal ansehen zu wollen, wären Ines und ich erledigt gewesen. Soviel zum Unterschied zwischen Theorie und Praxis. Ich weiß nicht, was ihr euch so vorstellt, aber wenn ihr hier aus dem Fenster guckt, dann seht ihr einen hübschen Park. Wenn man da draußen das gleiche tut, kann es sein, daß man eine Kugel zwischen die Augen kriegt. Deshalb habe ich keine Lust, mich auf eure akademischen Spielchen einzulassen. Ines und ich haben unseren Job gemacht. Daß wir noch leben, ist kein Anlaß für ein Dankschreiben an das BKA.«

Sophie sah, daß Thom an sich halten mußte. Er sagte keinen Ton, aber aus dem Blick, mit dem er Vandreyke ansah, sprach kalte Wut. *Jetzt verläuft die Front nicht mehr zwischen Karlsruhe und Wiesbaden, jetzt geht sie mitten durch den Raum. Hilft mir das? Nein. Alles wird noch komplizierter.*

Wolf leckte bedächtig eine Partagás an. »Danke, Herr Grimm, Sie können dann gehen. Wir haben noch einsatzspezifische Dinge zu besprechen.«

Grimm blieb nichts anderes übrig als aufzustehen. Doch es war unverkennbar, daß er Wolfs in sachlichem Ton vorgetragene Anweisung als Brüskierung empfand. Er nickte der Runde schweigend zu und verließ den Raum.

Wolf wartete, bis Grimm die Tür hinter sich geschlossen hatte. »Gregor, ich habe heute morgen mit meinem polnischen Amtskollegen telefoniert. Die vier Leichen im Schlachthaus haben dort keine reine Freude ausgelöst. Zumal die CBS die Information erst *nach* Ihrer Abreise aus Krakau erhalten hat.«

»Herr Präsident, andernfalls würden wir jetzt vermutlich nicht hier sitzen. Die CBS ist von der Mafia durchseucht wie ein Sumpf mit Mücken. Man kann einen Sumpf durchqueren, wenn man sich auskennt. Aber es ist immer nett, wenn jemand in der Nähe ist, der einen notfalls rauszieht.«

»Was genau ist passiert?«

»Zuerst waren es nur drei. Fragen haben sie erst gar nicht gestellt. Einer hat mir einen Schlachterhaken unters Kinn gehalten und gesagt – Pardon, die Damen –, daß er mir ›einen hübschen Reißverschluß machen will, damit die Scheiße aus meinem Kopf rauskann‹. Das hat mir bei der Entscheidungsfindung geholfen. Den vierten habe ich erledigt, als Ines auftauchte.«

»Haben Sie die Männer gekannt?«

»Nein, habe ich nicht. Aber sie können nur zu Czarny gehört haben.«

In diesem Moment bemerkte Sophie die kleine Falte auf Piepers Stirn. *Etwas an dem, was Vandreyke gesagt hat, paßt ihm nicht. Czarnys Männer. Daran kann doch kein Zweifel bestehen?* Ihr Nachdenken wurde von einer elektronischen Melodie unterbrochen. Wolf machte ein unwilliges Gesicht, als er sah, wie alle – abgesehen von ihm natürlich – nach den Handys griffen.

Der Anruf war für Vandreyke. »Ja? ... Ach? Nett, von Ihnen zu hören ... Wenn Sie es sagen ... So wie in Krakau?« Alle horchten auf. Vandreyke hörte schweigend zu, ehe er durch die Zähne quetschte: »Warum sollte ich Ihnen trauen?« Mit dieser Frage war das Gespräch beendet.

Vandreyke sah in die Runde, dann hielt er das Handy hoch und drückte auf die Wiedergabetaste. Die automatische Gesprächsaufzeichnung lief ab.

»Ja?«
»Fasoulas hier.«
»Ach? Nett, von Ihnen zu hören.«
»Ich glaube, es gab da ein kleines Mißverständnis ...«
»Wenn Sie es sagen.«
»Hören Sie, wir sollten reden. Dann schaffen wir das aus der Welt.«
»So wie in Krakau?«
»Lassen Sie uns in die Zukunft blicken, nicht in die Vergangenheit. Ihr Stil gefällt mir. Kommen Sie nach Paris, und wir reden wie Männer. Ich garantiere für Ihre Sicherheit.«
»Warum sollte ich Ihnen trauen?«
»Wir wissen, wer für Bremerhaven verantwortlich ist. Sie waren es nicht. Denken Sie darüber nach und rufen Sie mich an.«

Totenstille.

Sophie war die erste, die etwas sagte. »Und wenn es eine Falle ist? Das Risiko ist nicht kalkulierbar.«

Wolf drehte nachdenklich seine Zigarre hin und her. »Gregor?«

»Risiko gehört zum Geschäft.«

»Siegfried?«

Thom wog den Kopf. »Wir können die Sûreté nicht informieren. Also wäre es illegal.«

»Und was macht die Sûreté bei *uns*?« fragte Wolf und hob die Augenbrauen. »Wie oft haben Sie sich bei mir darüber beschwert!«

»Und ich mich bei ihm«, sagte Vandreyke mit einem Grinsen.

Wolf versank in Gedanken, dann nickte er. »Gut, wir machen es. Gregor, Herr Pieper und Frau Lombardi. Keine Information nach draußen. Alles weitere, wenn Fasoulas den genauen Treffpunkt genannt hat.« Er stand auf.

»Moment noch«, sagte Sophie. »Ich werde den Einsatz mitmachen!«

Wolf verzog das Gesicht, als habe man ihm gerade gesagt, er müsse zur Vorsorgeuntersuchung. »Ich denke, wir sollten ...«

»Wie du Herrn Vandreyke bereits erklärt hast: Ich bin die verantwortliche Staatsanwältin!«

Dem Präsidenten des Bundeskriminalamtes blieb nichts übrig, als zu nicken.

Sophie ließ sich bewußt Zeit mit dem Zusammenräumen ihrer Papiere, so daß sie die letzte war, die noch mit Wolf im Zimmer blieb.

»Was ist das für ein Dossier, das der BND über Czarny besitzt?« fragte sie.

»Bei mir stapeln sich die Dossiers bis zur Decke. Du mußt dich schon genauer ausdrücken.«

»Wenn es wichtige Informationen sind, haben wir ein Recht darauf.«

»Nur Geblubber. Sonst hätte ich es zur Sprache gebracht.«

»Geblubber oder nicht. Du solltest kein Geheimnis darum machen.«

»Was kriege ich dafür?«

»Ich schaffe dir den MAD vom Hals.«

Wolf dachte einen Moment über das Angebot nach, dann lächelte er. »Du lernst schnell. Sag Stalin, das geht in Ordnung.«

Sophie drehte sich wortlos um und ging hinaus.

Pieper und Vandreyke. Irgendwas stimmt nicht. Es liegt direkt vor dir. Konzentrier dich, verdammt!

Als sie auf den Flur trat, sah sie, daß Grimm sein Büro verlassen und bereits auf den Fahrstuhlknopf gedrückt hatte. Sie warteten gemeinsam, schweigend. Sophie bemerkte aus dem Augenwinkel, wie Vandreyke den Flur herunterkam. Er ging, ohne sie anzusehen, dicht an ihnen vorbei und rempelte Grimm so heftig mit der Schulter an, daß dieser gegen die Wand taumelte. Vandreyke drehte sich nicht mehr um.

»Da haben wir uns ja reichlich beliebt gemacht«, murmelte Sophie.

Grimm rieb sich seine schmerzende Schulter. »Man braucht mich nicht zu lieben. Ich war mit zweiunddreißig Referatsleiter im BMI. In zwei Jahren hatte ich dort nicht einen einzigen Freund, und ich glaube nicht, daß mir was gefehlt hat.«

»Wow! Und wenn Sie Feierabend haben, steigen Sie auf Ihr Pferd und reiten in den Sonnenuntergang. Einsame Nächte am Lagerfeuer, den Colt immer unter der kratzigen Decke. Muß ein tolles Leben sein!«

Sie drückte erneut auf den Fahrstuhlknopf. Grimm sah sie verstohlen an. Der feine Flaum auf ihrer Oberlippe. Ihr hagebuttenrotes Haar, schwerelos über der Kurve ihres Halses, als sie sich für einen Moment nach vorne beugte. Ihre Hände, die ständig nach etwas zu greifen schienen. Aber ihr Mund!

»Versuchen Sie, ein bißchen lockerer zu werden«, sagte er.

»Und Sie wissen bestimmt, wie das geht. Ausgerechnet!«

»Kennen Sie die Geschichte von dem Mann, der zum Tode verurteilt ist? ... Tja, die Wärter kommen in seine Zelle und fragen ihn, ob er noch einen letzten Wunsch hat ...«

»›Ja‹, sagt er«, führte Sophie den Satz zu Ende, »›ich würde gerne Finnisch lernen.‹«

Grimm grinste, doch Sophie fühlte, wie Wut in ihr aufstieg. »Buddeln Sie nur weiter in Ihrem Sandkasten. Mich kotzt das alles an!« Sie drehte sich auf dem Absatz um, nahm die Treppe mit schnellen Schritten, und Niklas Grimm wünschte sich in diesem Moment, er würde mehr von Frauen verstehen.

Zehn

Sie kannten einander jetzt seit achtzehn Jahren. Jan Pieper und Gregor Vandreyke hatten sich bei den Kampfschwimmern gesehen und erkannt, und die Zeit des Trainings und der Bewährung unter härtesten Bedingungen hatte sie zusammengeschweißt. Gemeinsam waren sie zum BKA gegangen, wo ihre Fähigkeiten nicht verborgen blieben und gefördert wurden. Sie waren wie Brüder. Die Kameraden, die sahen, daß diese beiden Männer sich selbst genug waren und Überlegenheit nicht herausposaunten, sondern ausübten, hielten respektvoll Abstand, so daß es nur einen Mann gab, den Pieper und Vandreyke als Gleichen anerkannten. Das war Hannes Schrader. Er war kein Draufgänger, so wie Vandreyke, kein Stratege wie Pieper, aber er hatte die Sensibilität, an der es ihnen manchmal mangelte. Schrader war ihr Freund gewesen, sie hatten ihm mehr als einmal ihr Leben anvertraut. Er war stets damit umgegangen, als sei es sein eigenes, was ihnen jetzt so schmerzhaft bewußt war wie nie zuvor.

Etwas fehlte und würde nie mehr da sein.

Am Abend fuhren sie hinaus nach Erbenheim; dort hatte Schrader mit seiner Frau und seinen beiden Kindern gewohnt. Sie schwiegen und wußten um das Vergebliche. Rechts der Straße sahen sie die Positionslampen der Kampfjets, die auf dem amerikanischen Flugplatz starteten und landeten. Irrlichter in der Dunkelheit, Sendboten aus der *wirklichen* Welt, in der auch sie lebten, die aber den meisten Menschen unbekannt war.

Der Weg vom Auto zum Haus war schwer. Lange standen sie vor der Tür und hatten Angst. Margit Schrader half ihnen, indem sie öffnete, ohne daß sie geklingelt hatten. Mit weher Stimme sagte sie: »Ich bin froh, daß ihr hier seid.« Sie war allein, die Großeltern hatten die Kinder zu sich genommen. Zwei Stunden saßen sie bei ihr, hörten ihr zu, als sie erzählte, was sie für ihren Mann bedeutet hatten, hielten sie im Arm, als sie weinte, sprachen von den letzten Tagen und davon, daß es schnell gegangen war, daß er nichts mehr gespürt hatte.

Sie waren gekommen mit einer Last und gingen mit der gleichen.

Piepers Haus war nur eine Straße entfernt. Durch den Garten konnte man auf Schraders Terrasse sehen. Vandreyke saß im Eßzimmer. Er trank Schnaps und schaute auf das Haus auf der anderen Seite des Gartens, wo Margit im Dunkeln mit ihrem Schmerz allein war. Karin Pieper setzte sich zu dem Freund ihres Mannes, der auch ihr Freund war, lehnte ihren Kopf an seine Schulter, flüsterte: »Ich kann es nicht glauben.«

Ihr Mann war oben und brachte die Kinder ins Bett. Sie liebten Vandreyke, hatten ihn mit Indianergeheul begrüßt und sich über die Geschenke gefreut, die er aus seinem Mantel zauberte. Er war der Patenonkel des Älteren.

»Er konnte echt stur sein, wenn er wollte«, murmelte Vandreyke. »Ich kann mich erinnern, daß er mal darauf bestanden hat, seinen Hund mit ins Büro zu bringen. Thom hat getobt, aber Hannes hat ihm die Hausordnung gezeigt, und da hat nichts gestanden von wegen Hunde verboten. Sie haben die Hausordnung extra ändern müssen. Und ob du's glaubst oder nicht, an dem Tag, an dem sie frisch gedruckt vorgelegen hat, ist Hannes mit dem Hund ... du weißt ja, das ist ein Riesenviech, ein richtiges Monstrum ...«

»Kein Hund, das ist ein Pferd!« sagte Pieper von der Tür her.

»Genau! Hannes ist direkt in Thoms Büro spaziert und hat sich bedankt, daß das mit der Hausordnung endlich klargestellt wurde. Und während sie so reden, hebt der Köter sein Bein und strullt direkt an Thoms Schreibtisch. Der muß ziemlichen Druck gehabt haben, Thom ist fast durchgedreht. Und weißt du, was Hannes gesagt hat? ›Sehen Sie's positiv, wenigstens der Hund scheint Sie zu mögen!‹«

Pieper hockte sich zu ihnen. Er goß sich auch einen Schnaps ein und hob das Glas. »Auf Hannes, einen der besten Scheißkerle, die es jemals gab!«

»Auf Hannes!« sagte Vandreyke. Sie kippten das Zeug runter.

Karin Pieper stand auf und sagte: »Ich laß euch jetzt allein. Schlaf gut, Gregor.« Sie gab ihm einen Kuß auf die Wange, tat das gleiche bei ihrem Mann und ging. Wie jedesmal spürte Vandreyke in diesem Moment die Leere, die ihm bewußt machte, daß niemand auf ihn warten würde, niemand, der da war, wenn er nach Hause kam. Er hatte nie wirklich eine Familie gehabt. Auch in Kanada, wo er bei der Schwester seiner Mutter aufgewachsen war, hatte er stets gewußt, daß er nicht dazugehörte. Nirgends.

Sie saßen da, tranken, wurden schläfrig in ihren Gedanken und fürchteten sich vor dem nächsten Wort des andern.

»Wie hat Ines sich gehalten?« fragte Pieper schließlich.

»Ziemlich gut.«

Über Ines Broszat sprachen sie nur, wenn Piepers Frau nicht dabei war. Er und Ines hatten vor Jahren eine Affäre gehabt, von der Karin Pieper nie erfahren hatte. Es war keine besonders ernste Sache gewesen, aber Pieper hatte seiner Frau gegenüber deshalb noch immer Schuldgefühle, und Vandreyke wußte das.

»Hannes hat mir erzählt, was Fasoulas im Schlachthaus von dir verlangt hat«, sagte Pieper unvermittelt, die Schnapsflasche in der Hand.

Vandreyke schwieg.

»Hättest du abgedrückt?«

Keine Antwort.

»Hättest du?«

»Ja.«

Pieper starrte seinen Freund an. Die Flasche zitterte leicht in seiner Hand.

»Es war nur ein Test«, sagte Vandreyke. »Die Beretta war nicht geladen.« Genau wie Pieper konnte er das Gewicht einer Waffe auf wenige Gramm genau bestimmen. Sie erkannten beide, wann das Magazin voll war und wann nicht. Sogar das unterschiedliche Gewicht von Platzpatronen und scharfer Munition war ihnen vertraut.

»Hat er es auch unserer Staatsanwältin erzählt?« fragte Vandreyke so beiläufig wie möglich und goß die Gläser wieder voll.

»Nein. Nur mir und Katja«, antwortete Pieper gedehnt.

»Okay, sag mir, was los ist!« schnaubte Vandreyke. Seit ihrem Wiedersehen hatte sein Freund nur das Nötigste gesprochen. Er trug etwas mit sich herum, und es war mehr als die Trauer über den Tod von Hannes Schrader, das spürte Vandreyke, der Pieper so nah war wie niemand sonst, ausgenommen dessen Frau, und selbst da war er sich nicht sicher.

»Die Männer, die du erschossen hast.«

»Was soll mit ihnen sein?«

»Hast du sie wirklich nicht gekannt?«

»Hab ich doch schon gesagt.«

»Ja, hast du.«

Pieper stand auf. Er ging zum Sekretär, zog einen Umschlag aus einer Schublade und warf ihn vor Vandreyke auf den Tisch.

Vandreyke zögerte, dann öffnete er den Umschlag. Er starrte auf die Kopien der Leichenfotos, die Pieper aus der Firma mitgenommen hatte.

»Was soll das?« fragte er mit schwerer Zunge.

»Guck dir *den* an – kommt er dir nicht bekannt vor?«

Vandreyke nahm das Foto in die Hand, betrachtete es und legte es wieder zurück. »Nie gesehen.«

»Falsch. Das ist Nadir Loutchansky. Vor drei Jahren in Dresden. Im Taschenbergpalais, dämmert's? Damals gehörte er zu Nikulins Männern.«

Vandreyke stand schwankend auf. Er starrte Pieper aus trüben Augen an. »Du kennst das Geschäft. Heute hier, morgen da.«

»Nikulin und Czarny hassen sich. Sie würden nie Geschäfte miteinander machen«, sagte Pieper ruhig.

»Was willst du damit sagen?«

»Gar nichts. Vielleicht kannst du's mir ja erklären.«

Vandreyke brüllte los. »Sechs Monate war ich da draußen! Sechs Monate! Ich hab mir den Arsch für euch aufgerissen und einen feuchten Händedruck dafür gekriegt! Ja, das waren schöne Hotels und dicke Autos, aber Leben war das nicht! Und jetzt muß ich mir von meinem besten Freund anhören, daß ich ein beschissener Überläufer bin! Komm schon, sag's mir wenigstens ins Gesicht! Oder bist du immer noch genauso feige wie vorhin in der Sitzung?«

»Kannst du's mir erklären?«

»Einen Scheißdreck werd ich!« Er stieß Pieper zur Seite und marschierte zur Haustür.

Karin hatte die lauten Stimmen gehört. Als sie von oben heruntergelaufen kam, sah sie, wie Vandreyke den Mantel vom Haken riß und nach draußen wankte. Ihr Mann sprang zur Tür und schrie seinem Freund hinterher: »Red mit mir, du Arschloch! Red mit mir!«

Doch Vandreyke drehte sich nicht mehr um. Er verschwand in der Dunkelheit. Pieper knallte die Tür zu und starrte seine Frau schweratmend an.

»Jan, was ist passiert?«

Er antwortete nicht, ging zurück ins Wohnzimmer, riß das Telefon von der Gabel. »Ines? Ich bin's. Jan.«

»Was ist los?«

»Sag mir, was im Schlachthaus war!«

»Weißt du doch.«

»Ich will wissen, was *wirklich* war!«

»Du bist betrunken, geh ins Bett.«

Aufgelegt.

Sehr geehrte Frau Schrader. Sie kennen mich nicht, und auch Ihren Mann habe ich erst wenige Stunden vor seinem Tod kennengelernt. Ich bin die Staatsanwältin, die für den Einsatz, bei dem er ums Leben kam, verantwortlich war. Es tut mir so unendlich leid, daß ich keine Worte finde, Ihnen zu sagen, wie sehr. Es war mein erster Fall, und ich wollte alles richtig machen. Ihr Mann hat es wohl gespürt, denn das letzte, was er zu mir sagte, war, daß ich keine Angst haben soll. Ich glaube, er war ein sehr starker Mensch, der immer versucht hat, anderen Kraft zu geben. Daß er nun tot ist, läßt mich nicht schlafen. Ich sitze hier in meinem Hotelzimmer und versuche, Ihnen zu erklären, was geschehen ist, und weiß doch, daß das unmöglich ist. Ich habe eine Entscheidung ge-

troffen, von der ich so sehr überzeugt war, daß ich nicht an Ihren Mann gedacht habe, nicht an das Risiko, das ja nicht ich eingehen mußte, sondern er. Nun muß ich damit leben, daß ich an seinem Tod schuld bin. Ich würde gerne zu Ihnen kommen, um Ihnen das alles zu sagen. Doch ich habe solche Angst davor. Ich schäme mich, daß ich nicht den Menschen gesehen habe, dessen Leben ich in Gefahr bringe, sondern nur den Erfolg, den ich mir mehr gewünscht habe als alles andere. Jetzt fürchte ich mich vor meinen Träumen. Ich weiß, daß Sie mir nie vergeben können, aber Sie sollen wissen, daß ich ...

Sophie starrte auf den Bildschirm, bis die Buchstaben vor ihren Augen verschwammen. Sie wischte sich die Tränen aus dem Gesicht und drückte auf die Löschtaste des Laptops. Die Worte verschwanden, das Bild war wieder blütenweiß. Sie saß da und weinte erneut, suchte nach der Löschtaste in ihrem Kopf und fand sie nicht.

Zur Mittagsstunde des Tages, der so geendet hatte, war ein Gulfstream-III-Jet auf dem kleinen Privatflugplatz Pinhal Novo, zwanzig Kilometer südwestlich von Lissabon, gelandet. Eine Limousine wartete auf Josef Langheinrich und seine Frau Claudia. Clemens Thürck, Langheinrichs Kommandoführer, der als einziger Sherpa den Innenminister auf allen Auslandsreisen begleiten durfte, lud das Gepäck ein. Er setzte sich hinters Steuer und fuhr, seine Schutzpersonen auf dem Rücksitz, über die Autobahn in Richtung Stadt.

Sie nahmen die Ponte Vasco da Gama, die sich in einer Länge von fast vierzehn Kilometern über den Fluß schlängelte. Ein grandioses vierspuriges Band, das golden in der Sonne glitzerte. In der Mitte des Flusses ragten vier mächtige Brückenpfeiler in den Himmel, die das freischwebende Mittelstück trugen. Hier, wo ein schneeweißes Wolkenfeld über dem Tejo hing, hatte der Viadukt seinen höchsten Punkt erreicht. Während Claudia, die zum erstenmal in Lissabon war, die herrliche Aussicht auf die Bucht genoß, wo winzige Fischerboote auf den Wellen schaukelten, löste ihr Mann seine Krawatte, steckte sie in die Tasche seines

Sakkos und beugte sich wieder über die Akten, die auf seinem Schoß lagen. Der Wagen tauchte in die Nebelbank ein und war für kurze Zeit von undurchdringlichem Weiß umgeben. Plötzlich brach es auf und präsentierte die Stadt wie in einem Werbevideo für die Touristikmesse. Claudia starrte auf das atemberaubende Wirrwarr aus weißen Häusern, die wie Bauklötze auf den Hügeln aufgestapelt waren. Jetzt stieß sie ihren Mann begeistert an. »Sieh doch!«
Langheinrich nickte nur abwesend. Er war ganz in seine Lektüre vertieft, was verhinderte, daß er den Blick bemerkte, den Claudia und Thürck im Rückspiegel wechselten. Man mochte in diesem Moment manches darin lesen, jedoch keinesfalls jenen Ausdruck von Desinteresse, zu dem sich die Frau des Innenministers seit Wochen zwang, sich ständig der Gefahr bewußt, daß ihr Mann ihr auf die Schliche kommen könnte.
Thürck nahm, Claudias Wunsch entsprechend, nicht den kürzesten Weg über die Avenida 24 de Julho, sondern verließ am Praça do Comércio die Uferschnellstraße. Er fädelte sich in den dichten Verkehr in Richtung Stadtzentrum ein. Claudia zückte ihre Kamera und schoß, als sie an einer Ampel warten mußten, Fotos von den Steinskulpturen, die Lissabons schönsten Platz bevölkerten. Dickbäuchige Hermaphroditen schauten ernst in die Sonne. Ein Schmetterling mit Frauenkopf breitete seine Flügel über einem Liebespaar aus, das sich in seinem Schatten küßte. Am Rossio, wo einst Ketzer verbrannt wurden, hockten Rucksacktouristen vor dem Palast des Großinquisitors, ständig umkreist von angolanischen Dealern, schläfrig beäugt von den Schuhputzern, deren Zeit im Rhythmus der Fado-Musik verging, die aus den Ghettoblastern unter ihren Schemeln schallte. Jetzt hatten sie die Avenida Liberdade erreicht, die Hauptschlagader der Stadt, von der Felix Krull behauptete, es sei wohl der prächtigste Boulevard, den er in seinem Leben gesehen habe. Es ging, von Moped- und Vespafahrern halsbrecherisch umkurvt, hoch zum Marquês Pombal, wo sie nach links abbogen, um über die Rua Joaquim Antonio de Aquilar das Diplomatenviertel Restelo anzusteuern.

Nach halbstündiger Fahrt erreichten sie ihr Ziel. Die Quinta lag oberhalb des Flusses in einer ruhigen Seitenstraße nahe des Parque Florestal, verborgen hinter einem hohen Zaun, dem Bougainvilleen und Zitronenbäumchen seine Wucht nahmen. Die Auffahrt wurde von steinernen Löwen bewacht. Sie war von Bananenpalmen gesäumt und mündete vor dem terrakottafarbenen Palazzo aus der Zeit der Jahrhundertwende in ein kleines Rondell.

Hier wartete Franz Krupka auf seine Gäste. Thürck stieg aus, öffnete den Wagenschlag für Claudia und den Minister, und zwei Windhunde tänzelten aufgeregt bellend um sie herum. »Dax ... Nikkei ... Sitz!« befahl Krupka. Die Hunde gehorchten aufs Wort. »Claudia, wie schön, daß du mich auch mal besuchst!« Er umarmte sie, drückte sie an seine mächtige Brust und gab ihr einen Schmatzer auf die Wange, ehe er ihrem Mann mit ausgebreiteten Armen entgegenging. »Na, Josef, wie war die Fahrt?«

»Frag mich«, sagte Claudia. »Er hat die ganze Zeit Akten gelesen.«

Krupka lachte, daß es zum Fürchten war, und schlug ihrem Mann krachend auf die Schulter, während Claudia den Blick nicht von dem parkähnlichen Garten lösen konnte, in dessen Zentrum exotische Bäume das Ufer eines mit Seerosen bedeckten Teiches säumten. Zur Linken bot sich eine überwältigende Aussicht auf die Ponte 25 de Abril, dahinter sah man die Dächer der Alfama, über denen zarter Glast sich wölbte. Der Himmel war blaßblau und verwaschen, und nur der pfeilgerade Kondensstreifen eines Jets störte das perfekte Arrangement der Zirruswolken, die schwerelos über dem Tejo segelten.

»Franz, du lebst im Paradies!« murmelte sie beinahe ehrfürchtig.

»Nie wieder arm sein, nicht für 'ne Million!« Krupka zwinkerte Langheinrich hinter Claudias Rücken zu. Er bildete mit Daumen und Zeigefinger der rechten Hand einen Kreis, den er zum Mund führte, um seinem Freund zu signalisieren, daß sie erst mal in Ruhe was trinken sollten, ehe er dem Butler, der herbeigeeilt war, einen Wink gab. »Claudia, geh doch schon mal rein, Fernando zeigt dir eure Zimmer.«

Der Butler hatte sich die beiden Koffer und Thürcks Reisetasche gegriffen und lud sie auf einen der elektrobetriebenen Golfwagen, mit denen der Hausherr und seine Gäste zwischen dem Palazzo und den weitläufig verstreuten Nebengebäuden, zu denen Stallungen, Unterkünfte für Bedienstete und ein Gästehaus gehörten, hin und her pendeln konnten.

Im ersten Moment sah es nur wie ein Stolperer aus. Doch Langheinrich kannte das Zeichen. Er war mit wenigen schnellen Schritten bei seiner Frau, die kraftlos zu Boden sank, als ihr die Beine wegknickten. Er kniete sich neben sie, bettete ihren Kopf in seinen Schoß und wartete, bis Thürck, der wußte, was zu tun war, von der Terrasse zurückrannte, wo er sich eine Karaffe mit Orangensaft geschnappt hatte.

»Was ist los?« fragte Krupka erschrocken.

»Sie braucht nur etwas Süßes«, murmelte Langheinrich. Er setzte den Krug an ihren Mund. Sie trank in kleinen verzweifelten Schlucken. Ein dünner Saftfaden lief an ihrem Mundwinkel herunter und tropfte auf ihr hübsches Kostüm. »Ist gleich vorbei. Ihr Blutzucker geht manchmal runter. Nichts Ernstes.«

Langsam wurde es besser. Doch noch immer war Claudia leichenblaß und rang nach Atem. Langheinrich strich ihr liebevoll über die schweißnassen Haare und flüsterte beruhigend auf sie ein, bis sie sich aufrichten konnte und schwankend, von ihrem Mann gestützt, zu dem Golfwagen ging. Bis zum späten Nachmittag blieben sie im Haus. Langheinrich saß an ihrem Bett, bewachte ihren Schlaf, und die beiden »Männertage«, an die einmal gedacht war, schienen sich im Nichts aufzulösen wie eine Fata Morgana in der Wüste. Doch dann wachte Claudia auf und fühlte sich plötzlich wieder so lebendig und unternehmungslustig, daß Langheinrich, der noch immer sehr besorgt war, sie nicht davon abhalten konnte, sich von Thürck in die Stadt fahren zu lassen, um ein wenig zu bummeln.

Als sie fort war, machten die Männer, Portweingläser in den Händen, einen Spaziergang durch den Park. Der Glutball der

Sonne sank auf die Hügel hinab, Lissabon atmete die letzten Stunden eines herrlichen Wintertages.

Sie setzten sich auf zwei schmiedeeiserne Gartenstühle am Teich. Ihre Hintern hatten kaum die Sitzfläche berührt, als auch schon der Butler kam und frisches Brot sowie eine Schale mit eingelegten Oliven und Zwiebeln zwischen ihnen auf den Tisch stellte. Krupka griff sich eine Olive, schob sie in den Mund und lutschte genußvoll das Grüne vom Kern.

»Bei uns ist die Hölle los«, sagte der Innenminister. »Große Koalitionen sind nichts für Memmen, das kann ich dir sagen. Immer wenn ich aus dem Kabinettsaal gehe, habe ich das Gefühl, es war das letzte Mal. Dann liege ich die halbe Nacht wach, überlege mir schon, was wir der Presse sagen, bis am nächsten Morgen der Kanzler anruft und mir erzählt, daß er schon wieder irgendeinen faulen Kompromiß schließen will. Es ist der blanke Horror, ich bin froh, wenn's vorbei ist.«

»Hat dich keiner gezwungen. Schmeiß die Brocken doch einfach hin.«

»Hast du noch so einen auf Lager?« Langheinrich warf Krupka einen schrägen Seitenblick zu. »Erst letzte Woche hat der Kanzler zu mir gesagt, daß wir jemanden wie dich jetzt gut gebrauchen könnten ...«

Krupka spuckte einen Olivenkern in den Teich. Darin schwammen Koi-Karpfen. Den schönsten, der schneeweiß war und einen kreisrunden, leuchtend roten Fleck auf der Flanke besaß, hatte er erst vor einer Woche für hundertzwanzigtausend Euro bei Sothebys ersteigert. »Als wir Kinder waren in Polen, haben sie uns als Deutsche beschimpft und auf dem Schulhof Steine nach uns geworfen, weißt du noch?« sagte Krupka. »Und als wir dann nach Deutschland kamen, waren wir für alle die Pollacken und mußten uns wieder vor den Steinen ducken. Was du heute bist und was ich besitze, haben wir uns hart erarbeitet, weiß Gott. Mir hat man nichts geschenkt. Am wenigsten die Politik. Sie ist eine Hure, die immer nur nimmt und niemals gibt. Ich wünsche dir weiter viel Spaß in ihrem kalten Bett.« Seine Hand sank nach unten, um die Köpfe der Windhunde zu streicheln, die sich links und rechts neben seinem Stuhl ins Gras gelegt hatten. Krupka schloß die Augen. Er hielt das Gesicht in die untergehende Sonne und schwieg lange.

»Josef, du kennst mein Geschäft ...«, murmelte er schließlich. »Ich handle mit dem, womit niemand etwas zu tun haben will. ›Rohwaren‹ hört sich ja noch nett an, aber wer will schon wissen, daß Blut, Därme und Fett von der kosmetischen Industrie gebraucht werden. Ehrlich gesagt, ich habe auch keine Lust, dran zu denken, wenn ich morgens mein Rasierwasser benutze.« Er griff sich mit geschlossenen Augen eine neue Olive und zuzelte den Kern heraus, ehe er ihn ausspie. »Ich habe da ein kleines Problem in Brüssel ...«

»Ich weiß.«

Krupka öffnete die Augen und sah Langheinrich erstaunt an.

»Wolf hat mir auf dem Empfang für de la Peña davon erzählt.«

»Der alte Wolf ... hat immer noch seine Finger überall, was?«

»Warum kommst du damit zu mir? Du hast ein paar EU-Hygienevorschriften übertreten, dafür brummen sie dir eine kleine Strafe auf. Das zahlst du doch aus der Portokasse.«

»Zehn Millionen. Du überschätzt meine Portokasse. Hör zu: Ich weiß, daß du Beziehungen in Brüssel hast. Red mit einem von den Kommissaren, ich spende ein paar Euro für ein Kinderheim, und die Sache ist aus der Welt.«

»Tut mir leid, das kann ich nicht machen.«

»Ich habe mehr als siebentausend Angestellte, drei Viertel davon in deinem Wahlkreis. Die könnten mich irgendwann fragen, warum ich so großzügige Parteispenden mache, wenn die Partei nichts für sie tut ...«

Sie schauten einander in die Augen. Langheinrich wollte etwas erwidern, doch er sah, wie Krupkas kleine Tochter Marie angerannt kam. Sie hatte ihre Mutter nie kennengelernt; diese war, als Marie noch ein Baby war, bei einem Autounfall gestorben. Krupka und Langheinrich sprachen nie darüber, denn bei dem Unfall war auch Langheinrichs Tochter aus zweiter Ehe ums Leben gekommen. Es geschah auf der Fahrt zur Kindstaufe, wo sie die Patentante werden sollte. Krupka wirbelte Marie lachend durch die Luft und setzte sie dann auf seinen Schoß. »Na, mußt du nicht schon ins Bett? Komm, der Papa erzählt dir noch eine Gutenachtgeschichte!«

»Au ja!«

Das Mädchen kuschelte sich an Krupka und lauschte mit großen Augen der Geschichte, die er mit sanfter, einschläfernder Stimme erzählte. »Es war einmal vor langer, langer Zeit, da zogen zwei tapfere Bauernburschen aus, ein Königreich zu erobern. Und dieses Königreich hieß Baden-Württemberg ...« Krupka brauchte nicht hinzusehen. Er wußte auch so, daß der Innenminister schon bei den ersten Worten zusammengezuckt war. »Die beiden Burschen hatten viele Freunde, und überall im Land nannte man sie die ›Spätzle-Mafia‹. Tatsächlich wurde der eine Haushofmeister und der andere Kämmerer. Da mußte er einen großen Schatz verwalten, der hieß ›schwarze Parteikasse‹. Als aber die Ritter eines anderen, mächtigen Königs davon erfuhren, schickten sie ein Heer in das kleine Königreich, das nannte man ›Steuerfahndung‹. Da mußte der Kämmerer das prächtige Schloß verlassen. Doch er hat niemals verraten, daß in Wirklichkeit sein Freund, der Haushofmeister, die schwarze Kasse verwaltet hat.«

»Was ist aus den beiden Rittern geworden?« murmelte Marie, die schon halb eingeschlafen war.

»Der Kämmerer wurde ein fleißiger Händler, genau wie dein Papa. Und der Haushofmeister ist heute ein mächtiger Fürst. Er schuldet seinem Freund noch immer einen großen Gefallen. Aber wenn er ihm diesen Gefallen nicht tut, sagt sein Freund dem großen, bösen Wolf Bescheid. Der beißt ihn dann. Und zwar ganz doll!« Er gab seiner Tochter einen liebevollen Klaps auf den Hintern. »So, jetzt aber ab ins Bett!«

»Das war eine doofe Geschichte«, maulte sie und trollte sich zu dem Kindermädchen, das vor dem Palazzo stand und wartete.

»Aber sie ist wahr«, sagte Krupka und fixierte Langheinrich.

Sie aßen für portugiesische Verhältnisse früh zu Abend, saßen danach vor dem offenen Kamin im Wohnzimmer, tranken Portwein, die Männer rauchten Zigarren. Um Mitternacht waren alle im Bett.

Zwei Stunden später stand Franz Krupka allein auf seinem Balkon. Die Nacht war sternenklar. Der Park lag still im Mondlicht. Die Positionslichter unzähliger Fischerboote leuchteten wie Martinslaternen in der Dunkelheit. Krupka rauchte und sah, wie Claudia und Thürck in den beheizten Pool stiegen. Ihre nackten Körper trafen sich. Sie berührten einander, glitten durch das phosphoreszierende Gespinst, das die Unterwasserbeleuchtung erzeugte, bis die Frau des Innenministers zum Beckenrand schwamm, mit beiden Händen über den Kopf griff und sich an der Leiter festhielt, während Thürck sie leidenschaftlich küßte. Sie gurrte, indes er unter Wasser glitt, und seine Zunge ihre Haut erforschte.

Es war 12.10 Uhr, als Sophie am Frankfurter Flughafen aus dem Taxi stieg, auf das Wechselgeld verzichtete, durch die Abflughalle hetzte und sich zum Schalter der Air France durchkämpfte, wo sie in das vorwurfsvolle Gesicht von Jan Pieper blickte.

»Pardon«, keuchte sie, »mein Auto ist nicht angesprungen, das Taxi kam zu spät, und ...«

»... die Goldfische mußten noch gefüttert werden, ja, ja, ich weiß, los jetzt, wir müssen!« raunzte Vandreyke, der, eine Zeitung unter dem Arm, hinter Sophie aufgetaucht war.

»Wo ist Lombardi?« fragte sie.

»Mit dem Auto vorgefahren. Wir treffen uns in Paris.«

Sie betraten die Schleuse, wo die Reisenden von einem Metalldetektor gescannt wurden. Die BGS-Beamten waren bereits informiert. Einer von ihnen betätigte unauffällig einen Schalter unter seinem Pult, so daß sie den Scanner passieren konnten, ohne daß ein Warnsignal ertönte, das auf die Waffen von Pieper und Vandreyke aufmerksam gemacht hätte.

Der Flug verlief ruhig und dauerte kaum fünfzig Minuten. Sophie saß links am Fenster, neben ihr Pieper. Vandreyke hockte auf der anderen Seite des Gangs, hatte Kopfhörer aufgesetzt und hörte Musik. Genau das machte Sophie stutzig. *Sechs Mo-*

nate haben sie sich nicht gesehen. Sie sind beste Freunde. Gibt es da gar nichts zu erzählen? Hör auf, du hörst schon die Flöhe husten! Vielleicht haben sie sich gestern oder vorgestern besoffen und alle Geschichten und den ganzen Tratsch durchgehechelt. Immerhin, es waren drei Tage seit Vandreykes Rückkehr vergangen. Erst gestern abend hatte Fasoulas das Treffen endgültig bestätigt: Paris. Siebzehn Uhr. Die Location hielt er noch offen. *Drei Tage. Kann ja sein, daß sie nicht dauernd aufeinanderhängen müssen, Männer sind da anders. Nein, da ist was im Busch. Sie gehen sich aus dem Weg, die haben Streß miteinander!* Nun, das konnte viele Gründe haben. Auch private. Trotzdem, der kleine Mann in Sophies Hinterkopf, auf dessen warnende Stimme sie sich in der Regel verlassen konnte, sagte ihr, daß es um Krakau ging. Sie warf einen Seitenblick auf Pieper. Er hatte die Augen geschlossen und döste. Genau wie Vandreyke, der den Sitz nach hinten gekippt und die langen Beine verrenkt hatte, um ein Nickerchen zu halten. *Krakau. Mein Verdacht gegen Vandreyke. Weiß Pieper etwas?* Wenn es so war, würde sie die letzte sein, die es erfuhr, da machte sie sich keine Illusionen. *Schluß damit!* Sie lehnte die Schläfe gegen das kalte Glas des Bullauges und starrte nach draußen in blendendes Weiß.

Jetzt eine Zigarette!

Sie landeten pünktlich in Charles de Gaulle, wo Katja Lombardi schon wartete. Der Van, in den sie stiegen, hatte französische Nummernschilder und war vollgestopft mit Equipment. Vorne war nur Platz für drei. Sophie, die gerne etwas von der Stadt gesehen hätte, blieb nichts anderes übrig, als sich hinten zwischen Monitore, Equalizer und Kabelkisten zu quetschen, wo die Aussicht sich auf ein winziges Stück Himmel beschränkte, das sie durch eine Luke im Wagendach sah. Lombardi fuhr auf die Autobahn, dann auf die Périphérique, die sie in Saint Ouen wieder verließen.

Ihr erster Zwischenstop war der Boulevard Montmartre. Sie mußten auf den Anruf von Fasoulas warten, weshalb sie, ohne Kenntnis des Treffpunktes, keine Möglichkeit hatten, das Gelände zu sondieren. Also hatte Pieper entschieden, die Wartezeit in einem Bistro nahe der Porte Clignancourt zu verbringen. Sie saßen an einem Tisch am Fenster, aßen etwas, rauchten und diskutierten zum hundertsten Mal ihre Optionen.

Natürlich konnte es eine Falle sein.

Andererseits war die Möglichkeit, von Dimitri Fasoulas Informationen über die Hintermänner des neuen Kartells zu erhalten, zu verlockend. *Wir wissen, wer für Bremerhaven verantwortlich ist. Sie waren es nicht. Denken Sie darüber nach und rufen Sie mich an.* War es ein Köder? Wenn ja, dann war der Happen so fett, daß man ihm schwer widerstehen konnte. Sophie sah gedankenverloren aus dem Fenster. Der Schnee auf den Gehwegen war steinhart. Neben den Laternen Hundekot, gefroren, daneben mattgelbe Lachen; Hundepisse, gefroren. Gegenüber war eine Fleischerei, die ihre Ware auf der Straße anbot. Rinderseiten, von Eiskristallen überglänzt, Lammkeulen auf blutigem Zeitungspapier, darüber eine Firnis aus weißem Reif. In einem Hauseingang standen Nordafrikanerinnen in fünf Pullovern und sieben Röcken, unter denen sich Kinder versteckten.

Sie brauchte Pieper und Vandreyke nicht anzusehen. Wieder spürte sie die unterschwellige Aggressivität, die zwischen ihnen wogte wie die Brandung in einer felsigen Bucht. Egal, wie Pieper dies oder jenes einschätzte, Vandreyke war genau der gegenteiligen Meinung. Wenn Pieper behaupten würde, der Eiffelturm stehe in Lyon, hätte sein Kumpel gekontert, es sei mit Sicherheit Marseille.

Als Lombardi aufstand, um sich Zigaretten zu ziehen, wartete Sophie einen kurzen Moment, ehe sie ihr nach hinten folgte.

»Wie heißt das Spiel?« fragte Sophie. »Ich hab recht und du nicht, ätsch? Oder: Ich bin so cool, ich pinkle Eiswürfel?« Lombardi stellte sich dumm. »Was ist los mit den beiden? Sie wollen mir doch nicht erzählen, daß die immer so sind.«

»Hannes Schrader war ihr Freund. Schon in Frankfurt. Es ist schwer für sie, damit klarzukommen.«

»Glauben Sie wirklich, es geht *darum*? Zu denen fallen mir eine Menge Dinge ein. ›Schwer mit etwas klarzukommen‹ gehört nicht dazu.«

»Dafür, daß Sie erst seit fünf Tagen in Wiesbaden sind, urteilen Sie erstaunlich schnell«, sagte Lombardi, zog ihre Zigaretten aus dem Auswurfschacht und ließ Sophie stehen.

Vandreykes Handy meldete sich um 15.55 Uhr. »Bois de Boulogne, Pelouses de Saint Cloud, am Westufer des Lac Supérieur. In einer Stunde. Kommen Sie allein!«

Sie zahlten und stiegen wieder in den Van. Pieper, Vandreyke und Lombardi kletterten nach hinten. Vandreyke zog sein Hemd aus, so daß Pieper ihm ein hautfarbenes Pflaster mit einer Miniwanze unter das Nackenhaar kleben konnte. Ein hauchdünnes Kabel, kaum dicker als ein Nähfaden, wurde mit speziellem Klebstoff auf dem Knochenkamm der Wirbelsäule fixiert, verschwand unter dem Gürtel und wanderte um den Körper herum. Hinter der Koppel saß der winzige Transmitter, der das Signal übertrug. Vandreyke mußte nur den Mantel offenlassen, der Rest war Technik.

Lombardi hatte Kopfhörer aufgesetzt und eine Minidisc in einen Recorder geschoben.

»Sprechprobe.«

»Im Atlantik soll es Fische geben, die ständig unter Wasser leben«, murmelte Vandreyke.

Lombardi hob den Daumen und nickte.

Pieper hielt die Hand auf. Vandreyke zog die Glock 17 aus dem Achselholster.

»Er wird dich filzen«, sagte Pieper.

Vandreyke griff kommentarlos an seinen Knöchel und schnallte auch das Wadenholster mit der Walther TPH ab. Alles war besprochen, so daß er ohne ein weiteres Wort ausstieg. Sophie sah, wie er die Straße überquerte und ein Taxi heranwinkte. Er stieg ein und verschwand.

Lombardi klemmte sich wieder hinter das Steuer des Vans. Sie nahmen erneut die Périphérique, auf der man das Stadtzentrum weiträumig umfahren konnte. Nach dreißig Kilometern hatten sie die Porte Maillot erreicht. Hinter dem gigantischen Glaswürfel der Grande Arche begann der Park. Es war bereits dunkel.

Schnee wehte wie Rauch über die Allee de Longchamp, als sie sich dem See näherten, dessen Ufer von Rasenflächen gesäumt waren. Um zehn Minuten vor fünf stoppten sie auf der Chaussee de Ceinture.

Pieper und Lombardi aktivierten die elektronischen Systeme. Das Fahrzeug war mit einer Außenkamera ausgestattet, die nachtsichttauglich war und einen Radius von hundertachtzig Grad abdecken konnte. Jan Pieper steuerte sie mit einem Joystick.

»Wo genau, Fasoulas?« hatte Vandreyke gefragt.

»Hundert Meter links der Straße, Sie werden mich schon finden.«

Er war bereits da, saß auf einer Parkbank und wandte der Kamera den Rücken zu. Soweit Pieper erkennen konnte, war er allein. Er machte einen langsamen Schwenk über die Location. Sie war unübersichtlich, dunkle Hecken und Sträucher säumten die Lichtung. Falls irgendwo ein Scharfschütze in Stellung lag, war er unmöglich auszuschalten.

»Zu riskant«, flüsterte Sophie. »Wir brechen ab!«

»Zu spät. Da ist er schon.«

Sie sahen, wie ein Taxi am Straßenrand stoppte. Vandreyke stieg aus.

Lombardi hatte ein Sniper-Präzisionsgewehr aus einer der Kisten genommen. Sie schob den Lauf durch die winzige Schießscharte und klinkte ihn in die Halterung. Pieper hockte sich dahinter. Er setzte eine AfH-Infrarotbrille auf, die mit der Außenkamera drahtlos verbunden war. Jede Kopfbewegung würde von der Kamera automatisch nachvollzogen werden, so daß er perfekte Nachtsicht hatte. Wenigstens konnte er Fasoulas im Visier behalten.

Das dreidimensionale Wärmebild, das Vandreyke auf dem Display erzeugte, wanderte auf die Lichtung. Pieper folgte ihm mit dem Lauf der Sniper.

»Vertrauen Sie ihm wirklich?« fragte Sophie.

Pieper schwieg.

Sophie und Lombardi starrten auf den Monitor. Sie sahen,

wie Fasoulas aufstand, als Vandreyke neben der Parkbank stehenblieb. Jedes Wort wurde durch die Lautsprecher übertragen.

»Guten Abend, Herr Bongartz. Sie erlauben?«

Dimitri Fasoulas klemmte die Zeitung, die er in der Hand hatte, unter den Arm und tastete Vandreyke ab. Er lächelte, als er die kugelsichere Weste unter dem Mantel fühlte. »Sie sind ein vorsichtiger Mann, das gefällt mir.«

»Dann seien Sie bitte ebenfalls so freundlich ...«

Fasoulas breitete die Arme aus und ließ sich filzen. Vandreyke dachte an alles, auch an die Zeitung. Es dauerte nur wenige Sekunden, bis er wußte, daß sein Gegenüber sauber war.

»Bitte, setzen Sie sich doch«, sagte Fasoulas. »Hier, verkühlen Sie sich nicht den Hintern ...« Er legte die Le Monde neben sich auf die Bank, und Vandreyke nahm Platz.

»Na, mein Freund«, sagte Fasoulas in freundlichem Plauderton, »was haben Sie mir zu sagen?«

»Sie wollten *mich* sprechen.«

Fasoulas lächelte. »Ich wollte Ihnen nur gratulieren: Sie sind gut. Sehr gut sogar. Es ist das erste Mal, daß ich auf einen Bullen reingefallen bin.«

Sophie hielt den Atem an.

»Nichts gegen das BKA«, fuhr Fasoulas fort, »ihr habt schon was drauf.«

»Reden Sie keinen Blödsinn, Fasoulas.«

In diesem Moment ertönte das Glockenspiel des Carillons am Croix Catelan und übertönte die Worte, die der Zypriote Vandreyke ins Ohr flüsterte. Lombardi versuchte hektisch, die Regler zu justieren, doch das Hintergrundgeräusch war zu stark, um Fasoulas' Stimme herauszufiltern.

Sophie sah, wie er aufstand und auf Vandreyke herabblickte. »Ich bin jetzt zwanzig Jahre im Geschäft und habe so meine Gewohnheiten. Zum Beispiel vergewissere ich mich, ob ich mich nicht auf eine Bombe mit Kontaktzünder setze, ehe ich es mir auf einer Parkbank bequem mache.«

Lombardis Kopf ruckte herum. Fasoulas wandte sich ruhig ab. Er entfernte sich von der Parkbank und ging über die Lichtung.

Piepers Finger krümmte sich um den Abzug. Er wollte Fasoulas ins Bein schießen, um ihn zu stoppen, doch im selben Augenblick hielt ein Panzer neben dem Van und blockierte das Schußfeld. Anton Czarny saß im Fond, eingerahmt von Plisch und Plum. Er lächelte wölfisch in die Kamera, dann zog der Daimler in schnellem Tempo davon. Das Schußfeld war wieder frei. Vandreyke saß einsam auf der Lichtung. Dimitri Fasoulas war verschwunden.

Pieper hechtete hinter das Steuer des Vans und gab Vollgas. Sophie verlor das Gleichgewicht. Sie schlug sich den Kopf an einer Kiste auf, als der Wagen über den Randstein auf die Wiese schoß. Er schlingerte über die vereiste Schneefläche und stoppte zehn Meter von Vandreyke entfernt.

Der beugte sich vorsichtig nach vorne und schielte zwischen seinen Beinen hindurch unter die Bank. Das Display des Zünders leuchtete ihm entgegen: *Noch sechzig Sekunden. Verdammter Dreckskerl!* Die Zeitung, auf der Vandreyke saß, war mit einem farblosen Flüssigsprengstoff getränkt, etwas, das er unmöglich hatte erkennen können. Sobald der Druck auf die Unterlage nachließ, würde die Chose hochgehen. Spätestens aber in einer Minute.

»Okay, okay, bleib ganz ruhig! Ich schau mir das Ding an!« Pieper ging in die Hocke. Er leuchtete den Zündmechanismus mit einer Maglite an.

»Keine Zeit!« schrie Vandreyke. »Das Auto! Mach's mit dem verdammten Auto!« Pieper verstand sofort. Er rannte zum Van, riß die Heckklappe auf, griff sich das Abschleppseil und schlang es um Vandreykes Körper. Lombardi befestigte das andere Ende an der Stoßstange.

Noch fünfzehn Sekunden.

»Weg hier, sofort weg!« brüllte Pieper die beiden Frauen an. Sie sprinteten los.

Pieper gab Vollgas, als das Display noch zwei Sekunden anzeigte. Vandreyke wurde hochgerissen und flog durch die Luft. Im selben Moment explodierte die Ladung. Die Parkbank wurde aus ihrer Verankerung gesprengt. Sie schoß wie eine Rakete in den Himmel. Vandreyke überschlug sich. Der Van schleifte ihn über den brettharten Schnee. Holzsplitter sirrten an ihm vorbei und schmirgelten den Lack von der Heckklappe des Vans.

Pieper stoppte. Er rannte zu Vandreyke, der zusammengekrümmt dalag. Er drehte ihn vorsichtig um. Vandreykes Augen waren geschlossen, ein dünner Blutfaden lief seine Schläfe herab. Pieper fühlte den Puls am Hals.

»Sag was! Komm schon, sag was!« schrie er, als Sophie und Lombardi atemlos bei ihnen ankamen.

Vandreyke öffnete die Augen, ein schiefes Grinsen verzerrte sein Gesicht. »Schrei nicht so rum, sonst platzt mir noch das Trommelfell.«

Das Bistro lag in der Rue de Montmorency im dritten Arrondissement, zwei Straßen vom Centre Pompidou entfernt. Sie saßen an der Bar, tranken Pastis und hörten zu, wie Charles Aznavour La Mamma besang. Jan Pieper starrte Vandreyke im Spiegel an, der hinter dem Tresen hing. Nur das dicke Pflaster auf dessen Stirn erinnerte an das, was geschehen war.

»Es tut mir leid, okay?« murmelte Pieper.

»Werd bloß nicht schnulzig. Ansonsten leck mich!« Vandreyke war dabei, sich zu betrinken. Ein notwendiger, wohlüberlegter Dienst an seiner Leber, den er mit dem angemessenen Ernst verrichtete. Er süffelte den letzten Rest aus seinem Glas und hielt es hoch.

»Encore une fois la même!« rief er dem Barkeeper zu.

Pieper sah, daß Sophie und Lombardi von der Toilette zurückkamen. Auch Sophie hatte ein Pflaster auf der Stirn, eine Erinnerung an den Alarmstart, den er im Bois de Boulogne hingelegt hatte. »Mir reicht's für heute.« Pieper legte einen Geldschein auf den Tresen und stand auf. »Kommst du mit?« fragte er Katja Lombardi. Er erntete ein stummes Nicken. Sie schnappten sich ihre Mäntel und gingen. Sophie überlegte kurz, ob sie sich ihnen anschließen sollte, doch dann entschied sie sich zu bleiben und setzte sich neben Vandreyke an die Bar. Sie sah ihn verhohlen im Spiegel an. Genauso wie vorhin Pieper. Ihr Kopf war direkt neben einer Flasche Glenmorange, seiner neben dem Cointreau.

»Ich habe mit Voigt telefoniert«, sagte Sophie. »Die Ermittlungen müssen ausgeweitet werden.«

»Ja, ja, weiten Sie nur schön aus ... Was ist, haben Sie keinen Durst?«

Exakt war die Reihenfolge: Grappa, ihr Kopf, Glenmorange, sein Kopf, Cointreau.

Zwei Pflaster. Als seien sie mit den Köpfen zusammengerasselt.

»Wenn Sie betrunken sind, sehen Sie fast menschlich aus«, sagte Sophie.

»Ich bin nicht menschlich, ich bin stockbesoffen!« Er leerte sein Glas in einem Zug. »Das Dumme ist nur, daß die Angst davon nicht verschwindet. Die kann nämlich schwimmen, die Angst. Ist nicht von mir. Ist von Ihrem Vater. Und der hat's auch von irgendwo. Ich war so lange sein Sherpa, daß ich nicht mehr weiß, was er mal gesagt hat und was ich.« Er schob das Glas auf dem Tresen hin und her. »Und er ... und ich ... und er ... und ich ...«

Sophie kämpfte mit sich, doch dann dachte sie, daß die Chance vielleicht nicht wiederkam. »Sie haben ihm damals das Leben gerettet. Er hat mit mir nie darüber gesprochen ...«

»Mit mir auch nicht.« Vandreyke wandte den Kopf und sah ihr in die Augen. Selbst jetzt, wo er betrunken war, spürte sie die Kraft in seinem Blick. Die Iris hatte einen Fehler, ein winziger Punkt, der silbern schimmerte wie ein Geldstück auf dem Grund eines dunklen Brunnens.

»Das muß ein schönes Gefühl sein«, sagte sie.

Er wußte nicht, was sie damit meinte. Oder tat nur so.

»Ich bin bloß seine Tochter. Aber Sie sind sein Sohn.«

Vandreyke grinste besoffen, dann stellte er mit seinen Zigaretten, seinem Aschenbecher und einem Feuerzeug die Situation nach. »Wir waren fast am Auto ... Hier ... Der Attentäter war schräg hinter uns ... Die Idioten von der Außensicherung hatten ihn einfach an uns rankommen lassen ... Es ging um die neuen Extremismusgesetze. Ihr alter Herr war pausenlos auf Achse, eine Sitzung nach der anderen. Mir saßen fünfzehn Stunden Einsatz im Kreuz, sonst hätte ich das Arschloch vorher bemerkt ... Er hatte 'ne kleine Narbe unter dem Auge, sah aus, als ob da jemand 'ne Zigarette ausgedrückt hätte. Da war es schon zu spät. Wir haben uns unter den Panzerwagen gerollt ... und buff! Die Druckwelle hat uns durchgeschüttelt wie Eiswürfel in einem Mixer.« Er wischte Kippen, Aschenbecher und Feuerzeug vom Tisch. Der Aschenbecher zersprang.

Sophie sah, wie der Barkeeper am anderen Ende des Tresens aufstand. Sie warf ihm einen beruhigenden Blick zu und legte einen Fünfzigeuroschein auf die Theke.

»Was hat er zu Ihnen gesagt ... als alles vorbei war?« fragte sie.

»Ich weiß nicht mehr.« Im nächsten Moment fiel er vom Hocker. Er krachte mit dem Rücken auf den Steinboden, blieb liegen und starrte mit einem dümmlichen Grinsen zu Sophie hoch. »Bring mich ins Bett, Schwesterlein.« Sie ging in die Hocke, griff ihm unter die Achseln und versuchte ihn aufzurichten. Er war unglaublich schwer, sie spürte die Muskeln unter der Jacke.

»S'il vous plaît!« Endlich bequemte der Barkeeper sich, ihr zu helfen. Sie waren die letzten Gäste, er war froh, daß sie gingen. Das Hotel lag schräg gegenüber auf der anderen Straßenseite. Sie taumelten über die dick verschneite Fahrbahn, ein Wunder, daß sie nicht stürzten. Der Himmel war eine Glocke aus Licht. Der Schnee unter ihren Füßen knirschte wie in jener Nacht in Baltimore, als sie die Stimme ihres Vaters am Telefon gehört hatte. Der Nachtportier war über seiner Zeitung eingenickt. Sie sah, daß die Seite mit den Todesanzeigen aufgeschlagen war. Der Fahrstuhl war eng, sie mußte sich gegen Vandreyke pressen, damit die Tür zuging. Er hatte die Augen geschlossen und murmelte unverständliches Zeugs. Sophie roch seinen Atem, in dem sich Pastis und Zigarettenrauch mischten. Eigentlich war es ein bißchen peinlich, auch lächerlich, *die große Maulwurfjägerin und das Objekt ihrer Begierde, zusammengequetscht wie die Ölsar-*

dinen, doch sie empfand die Situation als merkwürdig vertraut, so, als habe sie Vandreyke schon oft ins Bett gebracht, ihm geholfen, über jene Einsamkeit hinwegzukommen, von der sie wußte, daß kein Schlaf dagegen half. Sein Zimmer war gleich neben dem Lift, Gott sei Dank. Sophie fingerte die Schlüssel aus seiner Jackentasche. Irgendwie schaffte sie es, aufzuschließen und ihn zum Bett zu schleppen. Sie ließ ihn einfach fallen, zog ihm die Schuhe aus und packte seine Beine auf das Laken. Er lag stocksteif da, fern und fremd. Doch als sie wieder an der Tür war, vernahm sie seine leise Stimme.

»Ich weiß, was Sie hören wollen. Aber er hat nur gesagt: ›Wissen Sie, wo meine Uhr ist?‹ Tut mir leid, das war alles. Der Alte ist ein harter Hund.«

Sophie preßte ihre Hand um die Klinke und sagte: »Meine Mutter hat ihm die Uhr geschenkt.«

Da war er schon eingeschlafen.

Sie fuhr wieder nach unten. Der Fahrstuhl roch noch immer nach Vandreyke. Die Nacht lag hell und klar über den Straßen, die hoch zum Montmartre führten. Taxis schlidderten über den Schnee, vom Turm der Eglise de la Sainte Trinité schlug es drei Uhr. Erst jetzt, in diesem Moment, erinnerte Sophie sich, daß sie schon einmal hier gewesen war. *»Mama, wo fahren wir denn hin?« – »Nach Paris, mein Schatz.« – »Und Papa, kommt der nicht mit?« – »Nein, du weißt doch, er muß arbeiten.« – »Und ist es schön in Paris?« – »Wunderschön, dort wohnen die Engel.« – »Gibt es dort auch Kinder?« – »Ja, mein kleiner Liebling, die sprechen Französisch, du wirst sehen, das ist die schönste Sprache der Welt!«*

Die Gasse öffnete sich. Vor ihr lag der Boulevard Rochechouart. Ein kitschiger Schlager plärrte aus einem Bistro, und Sophie zerriß es das Herz. Was tut ein Kind, das sieht, wie seine Mutter sich langsam tötet? Ist es normal, wenn ein neunjähriges Mädchen Expertin für Tranquilizer und Wachmacher ist? *Adumbran, problematisch bei niedrigem Puls. Limbatril, gefährlich, wenn man Alkohol getrunken hat.* Sie war in der dritten Klasse und kannte schon den schönen, alten Vers: »Rohypnol, und du schläfst wie ein Stein / Captagon, eine zum Wachmachen, zwei, um fröhlich zu sein.« Einmal hatte sie die Tabletten im Kinderzimmer versteckt, in dem Teddy, den sie so liebte. So verzweifelt hatte sie die Mutter nie gesehen. Sie schrie und weinte, ihre Hände waren kalt wie Eis, als sie Sophie schüttelte und anflehte, ihr das Versteck zu verraten. Sie hatte es nicht getan. Aber dann kam ihr Vater nach Hause. Niemals würde sie die Wut in seinem Gesicht vergessen. Niemals. Später erst, sehr viel später, erkannte sie, *daß er es wußte*. Daß er keine Familie besaß, sondern nur eine Frau und ein Kind, die in seinem Leben nicht mehr Bedeutung hatten als ein Bild an der Wand. Es machte ihn rasend, daß dieses Bild nun schief hing. Das war das einzige Mal, daß er sie schlug. Die einzige Berührung, an die sie sich überhaupt erinnern konnte. Trotzdem verriet sie nicht, wo die Tabletten waren. Er schickte einen Fahrer zur Apotheke. Dann wurde es still im Haus. Spät in der Nacht schlich Sophie in das Schlafzimmer, wohin die Mutter sich verkrochen hatte. Sie lag da und war still. Sophie zog vorsichtig die Decke hoch und kuschelte sich an sie, wie sie es immer tat, wenn sie die Mutter trösten wollte. Da erst merkte sie, daß der Körper, an den sie sich preßte, kalt war. Sie hatte furchtbare Angst und wußte nicht, was sie tun sollte. Als sie in das andere Schlafzimmer lief, sah sie, daß ihr Vater fort war. Man hatte ihn ins Amt gerufen, weil die RAF wieder einen Sprengstoffanschlag auf eine US-Airbase verübt hatte. Sophie rannte zum Telefon. Sie riß den Hörer hoch und schlug auf alle Tasten. Eine Männerstimme meldete sich. Es war der Dauerdienst des BKA, zu dem es eine Direktleitung gab. Als der Krankenwagen kam, kauerte sie neben dem Bett der Mutter und umklammerte ihre Hand. Sie wollte nicht loslassen, auch nicht, als sie sah, wie der Arzt den Kopf schüttelte und seine Tasche schloß. Zwei Sherpas versuchten vorsichtig, sie wegzuziehen, doch sie schafften es nicht. Man beratschlagte, was zu tun sei. Schließlich riß man sie mit Gewalt los. Ihr Vater war mittlerweile nach Bonn geflogen, wo der Krisenstab im Innenministerium tagte. Dort erreichte man ihn. Am Morgen stand er vor der Tür des Kinderzimmers und hämmerte dagegen. Er schluchzte und schrie, es täte ihm leid. Aber sie machte nicht auf. Drei Wochen lang sprach sie kein Wort mit ihm. Dann nahm die Schwester ihrer Mutter sie zu sich. Sie war kein schlechter Mensch, doch hart und verbittert nach dem Tod des Mannes, und brauchte selber Trost. So wuchs Sophie in Augsburg auf, in dem kleinen Hexenhaus, das im Winter nach Kohlenbriketts und fettem Essen roch. Es hatte einen großen Garten. Manchmal pickten Vögel an ihr Fenster. Ein Hochzeitsfoto der Eltern war alles, was ihr geblieben war. Wenn ihr Vater anrief, versteckte sie sich. Irgendwann hörten die Anrufe auf. Kindergeburtstage kamen und gingen, ohne daß sie Klassenkameraden einlud, weil sie fragen könnten, wo ihre Mutter war. Angst vorm Dunkeln, noch als sie ihren ersten Freund hatte, Träume, die nie endeten ohne einen Schrei. Als sie achtzehn war, ging sie fort und kehrte nicht zurück.

Sacré Cœur um vier Uhr morgens. Sophie stand auf den Treppen vor der Kirche. Sie war verschwitzt und fror. *Er ist noch wach*, sagte die Stimme in ihrem Kopf. *Eigentlich habe ich ihn nie schlafend gesehen.* Sie war meist schon im Bett gewesen, wenn er nach Hause kam, und sie schlief noch, wenn er ging. *Ob er wohl schnarcht?* Als ihre Hand sich in die Manteltasche grub, um ein bißchen Wärme zu suchen, fühlte sie die Minidisc, auf der Vandreykes Gespräch mit Fasoulas gespeichert war.

Da entschloß sie sich, ihn anzurufen.

Es klingelte zweimal, ehe er abhob. »Wolf.«

Seine Stimme war kräftig und präsent, was sonst. Ihr war sofort klar, daß er bereits Bescheid wußte.

Pieper hat ihn angerufen. Natürlich.

»Ich bin's.«

»Wo bist du?«

»Noch in Paris.«

Stille. Dann sagte er: »Ihr habt großes Glück gehabt.«

»Warst du an ihrem Grab?« fragte sie. Gestern war ihr Todestag gewesen. Das war der Grund, warum Sophie sich am Flughafen verspätet hatte. Ihr Besuch auf dem Friedhof, wo sie sich hingeschlichen hatte wie eine Diebin, ängstlich, ihn zu treffen. Doch das passierte nicht, so wie es in all den Jahren nicht passiert war. Keine frischen Blumen, alles war wie immer. Diesmal aber war sie darüber traurig gewesen, ohne zu wissen, was sie erwartet hatte.

»Ich bin nicht mehr dagewesen, seit ... Ich kann nicht mit ihr reden, wenn vier Sherpas hinter mir stehen.«

Sie versuchte sich ihn hinter dem Panzerglas vorzustellen. Seltsamerweise war er ihr so näher. Plötzlich fühlte sie den Drang, ihm das zu sagen, doch sie fragte statt dessen: »Warum hast du dir keine Wohnung in der Stadt genommen? Wenn ich nur einen Tag so leben müßte, würde ich ersticken.«

»An das Panzerglas gewöhnt man sich.«

»Wenigstens das ist ihr erspart geblieben.«

Er sagte: »Bleib bitte dran, da kommt ein anderer Anruf.«

Es knackte, und sie hörte nur noch Rauschen, als sei sie Kontinente von ihm entfernt und das unterseeische Kabel, das sie verbunden hatte, gerissen, endgültig, nicht zu reparieren in einer Tiefe von zehntausend Metern.

Sie beendete die Verbindung und stieg die Stufen hinunter. Die Luft, die sie einsog, war so kalt, daß sie wie ein Pfropf im Hals steckte. Jeder Atemzug schmerzte. In dem Moment, in dem sie am Fuß der Treppe angelangt war, spürte sie, daß das Handy in ihrer Tasche vibrierte. Als sie wieder im Hotel war, löschte sie die Mailbox, ohne sie abzuhören. Sie kroch unter das Plumeau und krümmte sich zusammen, zog die Knie an den Bauch, wollte weinen und konnte nicht. Das Licht brannte bis zum frühen Morgen.

Wolf ließ den Telefonhörer sinken. Er stand am Fenster der »Burg«, der Privatwohnung des Präsidenten, und starrte hinaus in die Nacht. Das Licht der Scheinwerfer brach sich in dem Panzerglas, machte schwindlig und schmerzte in den Augen, als benutze er eine Brille mit falscher Dioptrienstärke. Eine kleine Bildergalerie war auf dem Sims aufgebaut. *Wolf mit dem Dalai-Lama. Mit Gorbatschow. Mit Präsident Bush.* Die Mächtigen waren bei ihm, aber so schutzlos wie jetzt hatte er sich noch nie gefühlt. *Nur darum ist sie zur Bundesanwaltschaft gegangen: um Krieg zu führen gegen mich.*

Um das aus ihm herauszuquetschen, von dem sie dachte, daß es die Wahrheit war. Doch diese Wahrheit war so banal, daß sie ihre Sehnsucht nach Genugtuung nie befriedigen würde. Er hatte versagt. Als Ehemann. Als Vater. Er war schuld an einem Leben in Traurigkeit, an einem einsamen Tod. Doch mehr als diesen einen Satz, den er herunterbeten konnte wie sonst nichts, hatte er ihr nicht zu bieten. *Das ist die Wahrheit.* Es war furchtbar, weil sonst nichts zu sagen war.

Wolf zog an seiner Zigarre. Sie schmeckte kalt und bitter. Fünfzig unberührte, jungfräuliche Partagás lagen in dem Humidor auf seinem Sekretär. Auf Kuba nannten die Torcedors, die Zigarrenmacher, dies ein Halbrad, so wie der Volksmund sagt, daß jemand, der fünfzig Jahre alt wird, das Halbrad seines Lebens erreicht hat. Dieser Geburtstag lag weit hinter ihm. Und wenn er den Ärzten glaubte, war ihm kein Viertel eines Rades mehr vergönnt, höchstens noch eine oder zwei Speichen. Bald würde er in dem Grab auf dem Nordfriedhof liegen, neben seiner Frau, in dem Grab, das er nie an ihrem Todestag besuchte, sondern stets am Tag darauf, aus Angst, Sophie zu begegnen. Doch gestern hatte er es gewagt. Er wußte, sie war schon in Paris und würde ihn nicht ertappen. Er hatte seine Blumen neben ihre gelegt und dasselbe Zwiegespräch geführt wie jedesmal in jedem Jahr. *»Marianne, was soll ich tun? Sie haßt mich. Sie wird mir nie verzeihen. Nur das will ich noch, dieses eine, dann komme ich zu dir und bleibe.«* Als er wieder in die Limousine stieg, schwieg er.

Der Fahrer fragte: »Wohin, Herr Präsident?«

»Zum Haus von Hannes Schrader.«

ELF

Die Halbinsel Neuhof liegt im Hamburger Hafen, links der Elbe. Im Süden und Westen wird sie durch die Rethe von den Autoterminals auf Kattwyk getrennt, im Norden bildet, aus der Luft besehen, die Köhlbrandbrücke die Grenze zu den Agrar- und Roßhafenpiers auf Steinwerder.

Gegen Mittag stoppten zwei Limousinen vor der Firmenzentrale der SAVOK AG an der Neuhöfer Brückenstraße. »Schlachtabfallverwertung Franz Otto Krupka« stand auf dem Schild über dem Eingang des imposanten Gebäudes. Es war ein vierstöckiger Klinkerbau, daneben eine Fabrikationsanlage, deren Schornsteine weißen Rauch in die eisige Luft bliesen.

»Señor de la Peña, schön, daß Sie Zeit gefunden haben!« Krupka begrüßte den bolivianischen Staatsminister mit einem kräftigen Händedruck.

»Ich freue mich auch. Gott, ist das kalt hier!«

Krupka lachte. »Drinnen wird Ihnen gleich warm. Kommen Sie, ich zeige Ihnen die Firma!« Ehe sie die Fertigungshalle betraten, reichte er seinem Gast eine Schutzmaske aus Papier und eine Pfefferminzpaste, die sie sich unter die Nase rieben. Maschinenlärm wummerte ihnen entgegen. Eine Förderschnecke transportierte die Schlachtabfälle, die von Lkws auf einer Rampe abgeladen wurden, zu den Brechern, in denen die Knochen zerkleinert wurden, dann weiter zu den riesigen Sterilisationskochern, bevor die entstandene gallertartige Masse zum Trocknen in die Verdampfer kam. Die Arbeiter trugen die gleichen Atemmasken wie Krupka und de la Peña. Doch der Gestank trotzte der Minze und stieg dem Bolivianer streng in die Nase.

Er blieb stehen und musterte den gräulichen Brei, der blasig in einer Bottichmulde schwamm. »Das sind also Rohwaren?«

»Sagen Sie ruhig: Blut, Därme, Drüsen, Schwarten und Häute. Mein Vater war Fleischer in Schlesien, ich bin damit aufgewachsen. Wir kaufen überall in Europa, Afrika und Südamerika. Ein Teil wird zu Futtermittel verarbeitet, das Fett geht an die chemische Industrie.«

»Und was macht man damit?« fragte de la Peña, während sie weitergingen.

»Der Rotz wird zu Glycerin und Gelatine veredelt. Damit kann man eine ganze Menge anstellen: Antihaftstoffe, die für Autoreifen verwendet werden, Textil- und Waschmittelzusätze, natürlich auch Kosmetika, vor allem Lippenstift, aber sagen Sie das bloß nicht Ihrer Frau!«

Sie lachten unter ihren Masken. »Ich sehe, das Geschäft läuft blendend«, sagte de la Peña.

»Ich kann nicht klagen. Unser Umsatz beträgt zwei Komma eins Milliarden Euro. Wir haben unsere eigenen Schiffe, momentan vier, aber ich denke daran, ein fünftes dazuzukaufen. Außerdem sechshundert Lkws, alle im Firmenbesitz. Ich will nicht angeben, aber in Europa sind wir mit Abstand die Größten.«

De la Peña schien beeindruckt. »Wie viele Mitarbeiter?«

»Fünftausend hier in Hamburg, weitere zweitausend in Spanien, der Tschechei und der Ukraine. Und dann noch unser neues Werk in La Paz. Dreihundert Arbeitsplätze, davon die Hälfte qualifiziert. Ich hoffe, Sie kommen im Juni zur Einweihung!«

»Das werde ich ganz sicher.«

»Das Südamerikageschäft entwickelt sich mehr als zufriedenstellend. Natürlich profitieren wir derzeit auch von dem starken Euro.«

De la Peñas Lächeln wirkte etwas gequält. »Ihre Freude ist unser Kummer. Wir exportieren hauptsächlich Zinn und Erdgas. Deutschland ist unser wichtigster Handelspartner, da müssen wir momentan enorme Einbußen hinnehmen.«

»Jammern ist der Gruß der Kaufleute«, sagte Krupka grinsend.

»Wir sind uns gar nicht so unähnlich, wissen Sie? Ich habe als

Revolutionär gegen das Establishment gekämpft und sitze jetzt in der Regierung. Sie waren ein aufstrebender Jungpolitiker in Baden-Württemberg und handeln heute mit Millionenwerten.« De la Peña lächelte, als er Krupkas überraschtes Gesicht sah. »Natürlich erinnere ich mich an die Spätzle-Mafia. Sie und Ihr Freund Langheinrich haben damals den alten Herren in der Partei kräftig eingeheizt. Offenbar nicht ohne Erfolg.«

»Man bemüht sich.« Krupka blieb stehen und sah einem Arbeiter über die Schulter. »Und die machen hier nur Pfusch!« Er griff mit bloßen Händen in einen Bottich und fischte ein ekelhaft aussehendes Gewölle aus Drüsen und Gedärm heraus, das er dem Arbeiter unter die Nase hielt. »Sieht das vielleicht wie Fettgewebe aus?« Er schmiß den blutigen Brocken in eine andere Tonne und wischte sich grunzend die Hände mit einem Lappen ab.

»Ich bin sicher, Sie haben auch heute noch glänzende Beziehungen zu Ihrer Partei«, sagte de la Peña. »Innenminister Langheinrich ist doch immer noch Ihr ... wie heißt das auf deutsch ... Spezi?«

»Ihr Deutsch ist ausgezeichnet.«

»Ich muß Ihnen nicht sagen, daß wir in Bolivien kurz vor einem Bürgerkrieg stehen. Die Kokabauern gehen gegen die Regierungspolitik auf die Barrikaden, paramilitärische Guerillas machen unserer Armee das Leben schwer, und Cuevo wächst wie ein Krebsgeschwür. Noch sind sie nur im Erdgeschoß. Aber wenn wir nicht endlich etwas unternehmen, kriegen sie das ganze Haus.«

»Wechseln Sie die Schlösser aus.«

»Das möchte ich, ja. Und vielleicht können Sie mir dabei helfen. Als Innenminister ist Ihr alter Freund Langheinrich oberster Dienstherr von Bundesgrenzschutz und BKA. Somit hat er Verfügungsgewalt über einen großen Bestand an ausrangierten Waffen. Ich habe schon mit Präsident Wolf darüber gesprochen, aber er mauert.«

»Sehen Sie, ich habe auch eine Menge um die Ohren. Zum Beispiel versuche ich seit Jahren, eine Ausfuhrlizenz für Brasilien zu bekommen. Wie es der Zufall will, habe ich erfahren, daß Sie mit dem dortigen Handelsminister gut bekannt sind. Man hört, Sie waren auf dem gleichen Internat in den USA.«

»Ich war sogar sein Trauzeuge.«

»Wie nett.«

»Werden Sie sich für mich verwenden?« fragte de la Peña.

»Ich werde es versuchen.«

»Danke«, sagte der Staatsminister.

Sie verließen die Halle, streiften die Masken ab und atmeten durch, ehe sie zurück zu den Limousinen schlenderten.

»Ich habe gehört, Sie sind heute abend in Berlin«, bemerkte Krupka.

»Unsere Fußballnationalmannschaft spielt gegen Deutschland, das möchte ich mir nicht entgehen lassen. Natürlich ist Ihr Land Favorit. Aber im Fußball und in der Politik sollte man immer auf Überraschungen gefaßt sein.«

»Ja, das muß man. Ich habe gerade eine sehr unliebsame erlebt. Die DEA benutzt zum Vernichten der Kokaplantagen neuerdings einen Pilz, den sie von Helikoptern aus versprüht. Leider tun die Amerikaner sich schwer damit, Koka-Anbauflächen und Viehweiden zu unterscheiden. Es hat sich herausgestellt, daß die Tiere den Pilz über das Futter aufnehmen und erkranken. Die Lieferung, die wir letzten Monat aus Bolivien erhalten haben, war komplett verseucht, jetzt habe ich Ärger in Brüssel.«

»Was kann *ich* da tun?«

»Von den Kolumbianern lernen, zum Beispiel. Die haben sich erfolgreich in Washington beschwert. Señor de la Peña, es ist mir unangenehm, daß ich das Thema anschneiden muß, aber Sie verstehen, daß ich an die Interessen meiner Firma denken muß. Es ist kein Geheimnis, daß Ihr Präsident, kaum daß er im Amt ist, schon in die Schußlinie geraten ist. Wir haben im letzten Jahr Rohwaren im Gegenwert von zwanzig Millionen Euro aus Bolivien bezogen. Ich brauche Planungssicherheit. Natürlich will ich den Teufel nicht an die Wand malen. Aber was ist, wenn die EU ein Embargo gegen Ihr Land beschließt?«

»Seien Sie unbesorgt. Wir arbeiten an einem umfassenden

Maßnahmenkatalog. Dazu gehört auch ein Verbot für den Import von Chemikalien, die für die Kokaproduktion benötigt werden. Eine sehr wirkungsvolle Sanktion, die dem erfolgreichen Beispiel der Kolumbianer folgt.« Er klappte seinen Mantelkragen hoch. »Übrigens – ich sage das ohne jede Polemik – werden jährlich zwölftausend Tonnen dieser Chemikalien allein von der Bundesrepublik nach Bolivien geliefert. Das wird gern vergessen. Vor allem in den Reden Ihrer Politiker.«

»Verehrter Herr Staatsminister, Sie sind ein sehr eloquenter Mann, vermutlich würden Sie die Tatsache, daß in Bolivien Strafverfahren gegen Mitglieder von Cuevo mittlerweile nur noch von anonymen Richtern durchgeführt werden, als Beweis für eine konsequente Drogenpolitik anführen. Aber ich würde Ihnen antworten, daß ein System, das zu solchen Maßnahmen greifen muß, bereits verloren hat. Denn ein Richter, der nicht den Mut besitzt, einem Angeklagten offen die Stirn zu bieten, wird bei seinen Entscheidungen immer nur einen Ratgeber haben. Und das ist die Angst.«

»Señor Krupka, Sie haben recht. Und doch gebe ich Ihnen mein Wort, daß man in spätestens fünf Jahren Bolivien nicht mehr als Narco-Demokratie ansehen wird, sondern als den Staat, der als erster in Südamerika den Rauschgiftkrieg gewonnen hat!«

»Das hat Ihre Vorgängerregierung auch verkündet. Wenn ich mich recht erinnere, war das vor mehr als einem Jahrzehnt.«

»Dann wissen Sie sicher auch, daß unser damaliger Präsident seit zwei Wochen im Gefängnis sitzt. Ich nenne das eine vertrauensbildende Maßnahme.«

Krupka lächelte. »Alles Gute. Sie hören von mir.«

»Sorgen Sie sich nicht wegen dieser Pilzgeschichte, ich kläre das. Im übrigen werde ich meinen brasilianischen Freund von Ihnen grüßen.«

»Tun Sie das.«

Am Frankfurter Flughafen trennten sich die Wege. Während Pieper und Vandreyke direkt nach Wiesbaden fuhren, nahm Sophie sich einen Mietwagen und machte sich auf den Weg nach Karlsruhe. Sie war seit acht Tagen nicht mehr zu Hause gewesen; es ließ sich nicht länger aufschieben, daß sie einen Koffer mit Kleidung packte, um die nächsten Wochen – in solchen Zeiträumen mußte sie nun definitiv denken – versorgt zu sein. Als sie die Abfahrt Karlsruhe-Mitte passierte, meldete sich ihr Handy.

»Wolf«, sagte Sophie in ihr Headphone.

»Bresser.«

Natürlich, das war zu erwarten gewesen. Zu der Vorstellung, daß Rupert Bresser sich als Referatsleiter momentan sehr einsam vorkam, gehörte nicht viel Phantasie. Der GBA hatte ihn gegen jedes hierarchische Gebot übergangen und Sophie direkt Stalin unterstellt. Eingedenk der Tatsache, daß die Bundesanwaltschaft eine sehr kleine, elitäre Behörde war, in der nur fünfzig Bundes- und Oberstaatsanwälte fest beschäftigt waren – also kaum ein Drittel einer normalen Berliner Staatsanwaltschaft –, waren es die Referatsleiter gewohnt, am Stirnende der Festtafel zu thronen und den Katzentisch den niederen Ständen zu überlassen. Rupert Bresser litt an einem akuten Mangel an Herrschaftswissen, das wurde ihr sofort klar.

»Wo sind Sie gerade?« fragte er.

»In Wiesbaden«, log Sophie. Sie hatte nicht die geringste Sehnsucht nach dem verquälten Gespräch in Bressers Büro, das ihr drohen würde, wenn sie zugäbe, nur zehn Kilometer Luftlinie von ihm entfernt zu sein.

»Frau Wolf, mich würde interessieren, wie die Dinge vorangehen. Wenn Sie schon nicht die Zeit gefunden haben, mich anzurufen, so geben Sie mir doch bitte einen kurzen Abriß.«

Die nächsten Worte mußte sie sich gut überlegen. Bresser war ihr Chef, und ihn jetzt zu brüskieren, würde ihr irgendwann noch sauer aufstoßen.

Sie sagte: »Ich habe gleich einen Termin beim Präsidenten und bin spät dran. Geben Sie mir noch ein bißchen Zeit, oder, noch besser, bitten Sie Frau Voigt, Sie auf den Stand der Dinge zu setzen. Hier ist wirklich eine wahnsinnige Hektik.«

»Frau Voigt ist nicht im Haus.«

»Es tut mir leid, Herr Bresser, ich kann jetzt wirklich nicht. Ich melde mich so bald wie möglich.« Sie legte auf, ehe er etwas erwidern konnte. *Das werde ich büßen müssen. Dafür komme ich in die Hölle!*

Ihre Wohnung war still und leer und roch nach kaltem Rauch. Sophie zog sich um und schaffte es, den großen Reisekoffer in weniger als zehn Minuten mit dem Nötigen zu füllen. Als sie ihn im Wagen verstaut hatte, lief sie wieder nach oben und klemmte sich die Espressomaschine unter den Arm. Zwar gab es im Plaza einen ausgezeichneten Kaffee, doch Sophie wollte, wenn sie schon in der Diaspora weilte, wenigstens einen vertrauten Gegenstand um sich haben. Dafür kam nur die Espressomaschine in Frage, denn den Mercedes konnte sie ja schlecht neben dem Bett parken.

Eine halbe Schachtel Zigaretten später war sie wieder im BKA. Sie marschierte schnurstracks in den Altbau, wo die Labore der Kriminaltechnik aus allen Nähten platzten.

Der Mann, den sie suchte, saß in KT 54, die auf Spracherkennung und Tonanalyse spezialisiert war. Das Türschild verriet, daß er Matysek hieß. Er hockte in einem beängstigend kleinen Kabuff, das bis zur Decke mit Gerätschaften vollgestopft war, und studierte mit Inbrunst eine Systole auf einem Monitor.

»Entschuldigung, haben Sie zehn Minuten Zeit für mich?«

Er warf einen kurzen Blick auf ihren Hausausweis und wußte Bescheid. »Was gibt's denn?«

Sophie zog die Minidisc aus ihrer Tasche und hielt sie ihm hin. Matysek schob sie in einen Recorder. Die Lautsprecher übertrugen das Glockengeläut des Carillons im Bois de Boulogne.

»Können Sie das Hintergrundgeräusch rausfiltern?« fragte Sophie.

»Hmm.« Er kratzte sich am Kopf.

»Schwierig?«

»Gehen Sie 'ne Zigarette rauchen, ich guck mal, was ich machen kann.«

Es wurden vier Zigaretten, dann rief er an. Sie ging zurück in das Labor, wo sie sich das Ergebnis von Matyseks Bemühungen anhörte. Sophie versuchte das Zittern zu unterdrücken, das von ihr Besitz ergriff, als die Abspielung beendet war. Matysek zeigte keine Regung. Er lieh ihr, wie sie es wünschte, einen kleinen Recorder, auf dem sie die Disc abspielen konnte, vergaß nicht, sie daran zu erinnern, daß sie ihn zurückgeben mußte, und nickte nur stumm, als sie sich hastig verabschiedete. *Natürlich weiß er jetzt Bescheid.* Einen Moment lang dachte sie daran, ihn auf seine Geheimhaltungspflicht hinzuweisen, doch das wäre dem Versuch gleichgekommen, eine Sturmflut mit einem einzigen Sandsack abzuwehren. *Spätestens morgen ist es im Haus rum. Dann wird es richtig lustig.*

Ihr Vater war in seinem Amtszimmer. Sie taten beide, als habe es das Telefonat gestern nacht nie gegeben.

»Ich habe gehört, du warst noch kurz in Karlsruhe.«

»Ja, war ich.«

»Hast du mit Stalin gesprochen?«

»Dazu war keine Zeit, ich hab nur was zum Anziehen geholt.«

»Pieper hat seinen Bericht über den Einsatz in Paris vorgelegt. Ich hoffe, du siehst jetzt ein, daß du dich in bezug auf Vandreyke geirrt hast. Von ihm könntest du noch viel lernen.«

»Wer sagt mir das, mein Vater oder der BKA-Präsident?«

»Du kannst es dir aussuchen.«

»Nein, das kann ich nicht. Das konnte ich noch nie!« *Jetzt passiert es doch.* »Als Kind habe ich manchmal vor dem Fernseher gehockt. Wenn du in den Nachrichten zu sehen warst, habe ich zu Mama gesagt: ›Da ist der Präsident!‹ Sie hat gemeint: ›Aber Kind, das ist doch dein Papa!‹ Und ich habe gesagt: ›Nein, das ist nicht mein Papa, das ist der Präsident!‹ Was willst du von mir? Du hast ja deine Söhne, deine Thoms und Vandreykes!«

Plötzlich standen Tränen in ihren Augen. Wut brannte tief in ihr, als sie es merkte. Wolf rang um Fassung. Doch mit ihrem nächsten Satz riß sie die Mauer ein, hinter der er sich noch immer versteckte.

»Wir werden gegen Vandreyke ermitteln.«

»Was?«

»Er steht im dringenden Verdacht, für die Mafia zu arbeiten.«

»Bist du verrückt, bist du jetzt komplett wahnsinnig geworden? Fasoulas hat versucht, ihn in Paris in die Luft zu sprengen! Du warst dabei, du hast es selbst gesehen!«

»Ich behaupte gar nicht, daß er von Fasoulas oder Czarny bezahlt wird. Er wird von dem Kartell bezahlt, das mit Cuevo ins Geschäft kommen will.« Sie griff in ihre Tasche, zog den Mini-Recorder heraus und drückte auf Play.

Die Stimme von Fasoulas plärrte blechern aus dem Lautsprecher. »*Sie sind gut. Sehr gut sogar. Es ist das erste Mal, daß ich auf einen Bullen reingefallen bin. Nichts gegen das BKA, ihr habt schon was drauf.*« Das Carillon ertönte. Doch es war nur noch als Hintergrundgeräusch wahrnehmbar. Jetzt kam der Teil, den Matysek herausgefiltert hatte. »*Ich meine natürlich offiziell. Du bist ein mieser kleiner Doppelverdiener. Denkt ihr tatsächlich, ihr könnt uns erpressen? Du und deine deutschen Freunde?*«

Sophie drückte auf die Stoptaste.

»Ist das alles?« brüllte Wolf. »Was beweist das? Nichts! Gar nichts!«

»Doch! Es beweist, daß du auf beiden Augen blind bist! Nur weil er dich damals unter diesen beschissenen Panzerwagen geschmissen hat, willst du nicht sehen, was offensichtlich ist! Ja, verdammt, er hat dir das Leben gerettet! Na und? Meins und das von Mama hast du kaputtgemacht, und es hat dich einen Scheißdreck gekümmert!«

»Damit kommst du nicht durch! Nie im Leben! Nur über meine Leiche!«

»Wenn's sein muß.« Sophie drehte sich auf dem Absatz um und ging mit schnellen Schritten aus dem Zimmer.

Wolf brüllte ihr hilflos hinterher: »Als du ein kleines Mädchen warst, war ich noch ein kleiner Abteilungsleiter. Und nicht der Präsident!«

Da hatte sie die Tür schon zugeknallt.

Der Raum war klein, kaum zwölf Quadratmeter. Ein Tisch, vier Stühle, das war alles. Eine Stenotypistin protokollierte die Vernehmung. Neben Vandreyke saß Wudtke, ein Beamter der Abteilung ZD, die für Geheimschutz zuständig war, also auch für Ermittlungen gegen BKA-Beamte, die im Verdacht standen, eine Straftat begangen zu haben. Doch schon die Sitzordnung signalisierte, daß Wudtkes Anwesenheit weniger der Unterstützung Sophies diente als vielmehr der Verteidigung des Fahnders.

Wer ihm den Auftrag dazu erteilt hatte, war unschwer zu erraten.

Gregor Vandreyke sagte praktisch gar nichts, saß entspannt da, paffte Kringel gegen die Decke und überließ es Wudtke zu antworten. Dessen Standardsatz lautete: »Dazu muß Herr Vandreyke sich nicht äußern, hier besteht Geheimschutz.« Oder auch: »Zum wiederholten Mal, Frau Staatsanwältin – etwas mehr als Spekulationen müssen Sie schon auf den Tisch legen!«

Nach zwei Stunden war sie keinen Schritt weitergekommen. Das Wasser kochte, und als Vandreyke sich zu Wudtke beugte und mit einem ostentativen Gähnen fragte: »Hast du mal 'n Kaugummi, Ralf?«, flog der Deckel vom Topf.

»Herr Wudtke«, bellte Sophie, »nehmen Sie gefälligst zur Kenntnis, daß wir nicht in der Kneipe am Tresen stehen! Wenn Sie das Bedürfnis haben, mal in Ruhe mit einem Kumpel zu quatschen, halte ich Sie nicht davon ab. Allerdings ist ein Vernehmungsraum dafür kaum der richtige Ort!«

»Ganz meine Meinung«, sagte Wudtke. »Dann schlage ich vor, daß Sie Ihre Büttenrede beenden, damit wir Feierabend machen können.«

»*Sie* machen Feierabend, und zwar sofort! Meine Dienstaufsichtsbeschwerde liegt morgen auf Ihrem Schreibtisch!«

Wudtke lächelte ungerührt. »Sie wollen mich ernsthaft rausschmeißen?«

»Dort ist die Tür. Bitte!«

Wudtke machte keine Anstalten aufzustehen, doch Vandreyke nickte ihm gelassen zu. »Schon gut, Ralf, laß uns ruhig allein. Ich hab sowieso nichts anderes vor.«

Wudtke stand zögernd auf.

»Sie auch«, sagte Vandreyke zu der Stenotypistin. Dann, an Sophie gewandt: »Ist Ihnen doch recht, oder?«

Nur wir beide. Das ist der Deal. Sie nickte stumm und wartete, bis Wudtke und die Stenotypistin den Raum verlassen hatten, ehe sie von vorne begann. Vandreykes Werdegang, seine Zeit in der Sicherungsgruppe, seine Aufgabe in der Abteilung OA – diese Fragen beantwortete er korrekt und ohne zu zögern. Als sie jedoch auf seine Tätigkeit als verdeckter Ermittler zu sprechen kam, wurden seine Lippen schmal, die Antworten einsilbig.

Sophie flüchtete sich in hilflose Ironie. »Herr Vandreyke, ich könnte Ihnen stundenlang zuhören. Das interessiert mich alles brennend. Ihre Kindheit. Ihre Hobbys. Die Farbe der Tapete in Ihrem Büro. Wirklich, Sie verstehen es, fesselnd zu erzählen.«

»Sie aber auch. Ich hab schon immer gern Märchen gehört. Diese Disc zum Beispiel ... Kindchen, Kindchen ...«

»Wie kam Ihr Kontakt zu Fasoulas zustande?«

»Ich habe im Telefonbuch unter F nachgeguckt.«

»Wissen Sie eigentlich, warum Sie hier sitzen?«

»Natürlich. Weil eine hübsche, aber ahnungslose Staatsanwältin der Bundesanwaltschaft hochnäsig hereinspaziert ist und so tut, als ob sie die Weisheit mit Löffeln gefressen hätte. Weil diese Staatsanwältin einen Vaterkomplex hat, der behandelt werden sollte. Und weil ich, ehrlich gesagt, neugierig auf den Blödsinn war, den sie mir auftischt. Ich muß sagen, Sie haben mich nicht enttäuscht. Sie haben keinen, ich korrigiere mich: *nicht den geringsten* Schimmer, was es heißt, verdeckt zu arbeiten. Ihre Akten kennen Sie alle auswendig, da bin ich sicher. Sie sind fleißig, aber keine der Theorien, die Ihren Kopf verstopfen, hätte mir oder Ines geholfen, am Leben zu bleiben! Und deshalb kommen Sie mir vor wie der Pandabär, der wild entschlossen war, Eiskunstlaufen zu lernen. Die Schlittschuhe hat er angekriegt, aber auf die Fresse geflogen ist er trotzdem.«

Er griff nach seiner Zigarettenschachtel. Sie war leer. Vandreyke langte über den Tisch, schnappte sich ungeniert Sophies

Gitanes und steckte sich eine davon ins Gesicht. »Ich darf doch. Danke.«

Sophie explodierte. »Sie sturer, arroganter Scheißkerl! Sie haben mit Fasoulas Kontakt aufgenommen, und er hat Ihnen in Krakau den Waffentransport anvertraut. Darüber war das BKA informiert. In Wirklichkeit haben Sie für die Männer gearbeitet, die in Bremerhaven den Container in die Luft gesprengt haben. Diese Männer gehören zu einem neuen Vertriebskartell, das mit Cuevo ins Geschäft kommen will. Man hat Pallucci und Grasso liquidiert, um sich als Partner von Cuevo zu profilieren. Bremerhaven war lediglich eine Arbeitsprobe. Und zwar eine, bei der die Anwesenheit des BKA einkalkuliert war. Denn eine solche Aktion unter den Augen der Abteilung OA durchzuführen, zeugt von einem Selbstbewußtsein, das man in Bolivien nur schwer ignorieren kann. Der Boß dieses Kartells ist ein Deutscher, genauso, wie Fasoulas es Ihnen im Bois de Boulogne zugeflüstert hat. Und jetzt sagen Sie mir, wer Ihnen den Kontakt zu ihm verschafft hat, sonst ...«

»... reißen Sie mir den Arsch auf, bis ich nicht mehr weiß, wo oben und unten ist?« Vandreyke blies einen hübschen Rauchkringel in die Luft.

Sophie sah ihn schweigend an. Der Pott war randvoll, aber sie hatte nur ein lächerliches Pärchen auf der Hand. Andererseits, solange Vandreyke nicht sehen wollte, brauchte sie ihre Karten ja nicht aufzudecken. »*Haben Sie die Männer gekannt?*« – »*Nein, habe ich nicht. Aber sie können nur zu Czarny gehört haben.*« Piepers Stirn, die jene Sätze mit einer Falte kommentiert hatte. Dies und das Schweigen zwischen ihm und Vandreyke in Paris. Mehr gab es nicht. Aber vielleicht war es einen Versuch wert.

»Sie haben behauptet, die Männer, die Sie in Krakau erschossen haben, hätten auf Czarnys Lohnliste gestanden ...«

Bingo! Sophie sah sofort, daß sie ins Schwarze getroffen hatte. Vandreyke verzog keine Miene, aber der silberne Punkt in seiner Iris wurde dunkel und verschmolz mit der Regenbogenhaut.

»Tja«, sagte sie gedehnt, »Ihr Freund Pieper scheint da anderer Meinung zu sein ...«

Vandreykes Gesicht rötete sich vor Zorn. »Dann fragen Sie *ihn*.«

»Warum so empfindlich? Haben wir hier Erklärungsbedarf?« Er schwieg, sie lächelte.

»Diese Männer haben zu dem neuen Kartell gehört. Pallucci und Grasso waren erledigt, der Job in Bremerhaven ebenfalls. Man traf sich noch einmal mit Ihnen im Schlachthaus. Sie wollten Ihr Geld kassieren, aber Ihre – um mit Fasoulas zu sprechen – ›deutschen Freunde‹ waren der Meinung, daß Sie Ihre Schuldigkeit getan hatten. Zu meiner Freude, wirklich, das meine ich vollkommen ernst, waren Sie schneller. Na, hat die unbedarfte Staatsanwältin da nicht eine hübsche Theorie?«

»... die kompletter Stuß ist, von Anfang bis Ende! Glauben Sie mir, Sie wollen gar nicht wissen, woher ich den Kontakt zu Fasoulas hatte. Sie würden sich mehr Ärger auf den Rücken laden, als Sie schleppen können! Lassen Sie die Finger davon! Manchmal ist es besser, an Märchen zu glauben, denn die Wirklichkeit muß man ertragen können.«

»Wollen Sie mir drohen?«

»Ich gebe Ihnen nur einen Rat.«

»Von wem stammt der Kontakt?«

»Von LeDuc.«

Sophie war einen Moment sprachlos. Er hatte einen Namen ausgesprochen, sie konnte es kaum glauben.

»Wer ist das?« fragte sie, als sie sich wieder gefangen hatte.

»Finden Sie's raus.«

»Ihnen kann keiner, nicht wahr? Sie wissen natürlich ganz genau, daß die Disc als Beweis nicht ausreicht. Und was in Krakau geschehen ist, bleibt für immer Ihr kleines Geheimnis.«

»Wenn Sie's sagen.«

»O ja, Sie glauben, Sie sind unantastbar. Der mächtige Präsident hält seine Hand über Sie. Sie stehen über dem Gesetz, denn Sie sind ja mit dem Alten auf du und du!« Jetzt äffte sie ihn nach. »Ich war so lange sein Sherpa, daß ich manchmal nicht mehr weiß, was er mal gesagt hat und was ich ... und er ... und ich ... und er ... und ich ...‹ Hören Sie gut zu, was ich Ihnen jetzt sage: Ich entziehe Ihnen die Ermittlungskompetenz für den gesamten Komplex Cuevo. Sie sind ab sofort von dem Fall entbunden. Ich werde ein Untersuchungsverfahren gegen Sie einleiten, und gnade Ihnen Gott, wir werden fündig!«

Vandreyke stand schweigend auf und ging zur Tür. Dort drehte er sich noch einmal um. »Ich denke, Sie sind ein Profi. Und Sie kennen LeDuc nicht?«

Die Tür fiel ins Schloß. Sophie atmete tief durch, dann griff sie zum Handy.

»Sekretariat des Präsidenten.«

»Sophie Wolf. Ist mein Vater noch im Haus?«

»Er ist vor fünf Minuten raus. Wenn Sie Glück haben, kriegen Sie ihn noch am Helikopter.«

Sophie erwischte ihren Vater, als er gerade in die Maschine steigen wollte. Sie mußten gegen den Turbinenlärm anschreien. »Wer ist LeDuc?!«

Wolf zuckte kurz. Dann sagte er: »Frag Vandreyke.«

»Du hast es gewußt! Du hast es die ganze Zeit gewußt und mich mit Absicht ins Leere laufen lassen!«

»Vergiß LeDuc! Der Mann ist unantastbar, an den kommst du nicht heran!«

»Ich will wissen, wer er ist!«

»Er ist Anwalt. Und er steht unter dem Schutz der belgischen Regierung. Keine Chance für dich, nicht die geringste! Jetzt entschuldige mich, ich muß nach Berlin!« Er machte sich los und stieg in die Maschine.

»Glaub nicht, daß ich aufgebe!« schrie Sophie ihm hinterher. »Hast du mich verstanden! Ich gebe nicht auf, niemals!«

Die Rotoren fuhren hoch. Sie stemmte sich wütend gegen den Wind.

Um neun Uhr abends saß sie noch immer im Büro und starrte auf den Bildschirm ihres Rechners. Sie hatte Zugriff zu den unterschiedlichsten Dateien, darunter die BKA-internen Systeme BIVAS und INPOL, doch LeDuc war nirgendwo registriert. Als sie sich aber ins Internet einloggte und den Namen in die Suchmaschine eingab, erhielt sie einundsiebzig Treffermeldungen. Claude Baptiste LeDuc. Rechtsanwalt in Bastogne. Büros in Hongkong, Rom und New York. In allen Artikeln wurde sein Name im Zusammenhang mit der Entführung der Tochter des belgischen Justizministers genannt. Das war vor zwölf Jahren gewesen. Sophie erinnerte sich vage. Unbekannte hatten das Mädchen vor dem Kindergarten in einen Wagen gezerrt und drei Wochen lang in einer Erdhöhle versteckt. Den Artikeln zufolge hatte LeDuc im Auftrag der belgischen Regierung mit den Entführern verhandelt und konnte die Freilassung des Kindes erreichen. Über Identität oder Forderungen der Kidnapper war nichts bekannt. Die Belgier hatten einen Informationsstop verhängt, der auch nach der Freilassung aufrechterhalten wurde.

Sophie schloß die Augen, massierte ihre Schläfen, von denen ein dumpfer Schmerz ausstrahlte, konzentrierte sich auf ihren Atem, bis er annähernd ruhig und gleichmäßig war. Sie widerstand dem Reflex, nach den Gitanes zu greifen, und klickte sich in das Adreßbuch ihres Videophons ein.

Zehn Sekunden später sah sie Stalins Gesicht vor sich.

»Ja?«

»Ich habe etwas herausgefunden. Es gibt einen Mann, der eine Schlüsselfigur zu sein scheint. Sein Name ist LeDuc. Das BKA betreibt in dieser Sache jedoch massive Obstruktion. Ich glaube, mein Vater braucht einen kleinen Stups aus Karlsruhe.«

»LeDuc ... helfen Sie mir mal kurz weiter.«

»Belgischer Anwalt.«

»Sekunde, diese Entführungsgeschichte?«

»Ja. Er war der Unterhändler der Regierung.«

»Denken Sie, es gibt in Wiesbaden eine Akte über ihn?«

»Ich weiß es nicht. Aber ich glaube, es ist Zeit, daß wir Kompetenz zeigen. Wenn es eine Akte gibt, hat sie einen Sperrvermerk. In BIVAS und INPOL ist jedenfalls nichts, auch nicht bei Eurojust. Frau Voigt, seit ich hier bin, wirft man mir nur Knüppel zwischen die Beine. Wir sind die Bundesanwaltschaft, man sollte uns langsam auch so behandeln!«

»Frau Wolf, Ihr Engagement in allen Ehren, aber das BKA ist

momentan in der Vorhand. Sie haben in Bremerhaven einen Fehler gemacht. Ihr Vater hat das nicht an die große Glocke gehängt, obwohl er das durchaus hätte tun können. Ehrlich gesagt, hatte ich das sogar erwartet ... Aber, nun ja, wie sagt man so schön: ›Blut ist dicker als Wasser ...‹«

»Entschuldigung, ich glaube nicht, daß es hier um familiäre ...«

»Wie auch immer, ich kann Ihnen in der Sache nicht helfen. Viel Glück. Ach ja, sollten Sie noch einmal mit Herrn Bresser telefonieren, können Sie ihn hinschicken, wohin Sie wollen. Nur nicht zu mir.«

Der Monitor wurde dunkel.

Und die Kopfschmerzen schlimmer.

Bundesinnenminister Josef Langheinrich haßte diesen dunklen Hausflur. Seine Amtszeit war jetzt im dritten Jahr, und noch nie war er die Treppen der Zehlendorfer Stadtvilla, in deren oberster Etage sich seine Dienstwohnung befand, bei Licht hinab- oder hinaufgestiegen.

Zwar hatte man im Zuge umfangreicher Baumaßnahmen, bei denen das Haus nach Sicherheitsaspekten umgestaltet worden war, die Fenster des Treppenhauses durch Glasbausteine ersetzt, doch um möglichen Observanten, die sich für den Arbeitsrhythmus des Innenministers interessierten, das Leben schwerzumachen, war entschieden worden, das Licht zu keiner Tageszeit anzumachen. So mußte Langheinrich, jedenfalls im Winter, im dünnen Strahl von Thürcks Taschenlampe durch das Haus schleichen, was erstens zu regelmäßigen Flüchen führte und zweitens einen verstauchten Knöchel zur Folge hatte, als der Minister einmal ausgerutscht war und nur Thürcks beherztes Eingreifen verhinderte, daß er zwei Treppen nach unten purzelte.

An solchen Tagen wünschte er sich, er wäre in die Wirtschaft gegangen und nicht Politiker geworden.

Die drei Panzer warteten bereits. Josef Langheinrich stieg in den mittleren, Thürck hockte sich neben den bewaffneten Chauffeur. Sechs weitere Sherpas saßen in den Begleitfahrzeugen. Sie waren, da der Minister sich in der höchsten Sicherheitsstufe befand, erstklassig ausgestattet. Jede der Limousinen wog mehr als drei Tonnen und konnte trotzdem, dank der zur Sonderausstattung gehörenden Motorleistung, auf über zweihundertfünfzig Stundenkilometer beschleunigen. Die Panzerung bestand aus speziell legiertem Stahl, dem selbst Hohlspitzgeschosse nichts anhaben konnten, was allerdings die Türen so schwer machte, daß sie sich nur mit Hilfe eines Elektromotors öffnen oder schließen ließen. Dach und Unterboden waren besonders armiert, um Schutz gegen leichte Minen und Handgranaten zu bieten. Sogar die Reifen waren schußsicher, sie enthielten eine Flüssigkeit, die sich beim Eindringen von Luft, etwa nach einem Einschuß, verhärtete und das Gummi stabilisierte.

Thürck kommunizierte über Funk mit den Begleitfahrzeugen und benutzte dazu einen abhörsicheren Zerhacker. Sie fuhren so dicht hintereinander, daß man denken mochte, die Wagen säßen auf Schienen. Der extrem kurze Abstand – weniger als fünf Meter, egal bei welchem Tempo – war Teil der Schutzphilosophie und sollte verhindern, daß ein fremdes Fahrzeug sich zwischen sie schob. Dies konnte bei hoher Geschwindigkeit zu kritischen Situationen führen, denn der Bremsweg war, dem Fahrzeuggewicht entsprechend, außergewöhnlich lang. Doch für diesen, wie auch für jeden anderen denkbaren Fall gab es Taktiken, die permanent trainiert wurden. Dazu gehörte, daß man die Fahrer darauf schulte, das Führungsfahrzeug als Rammbock zu nutzen, mit dem ein eventuelles Hindernis aus dem Weg geboxt werden konnte. Für den Fall eines Angriffs gab es die Schießscharten. Der erste Schuß wurde mit Leuchtmunition durchgeführt und diente dazu, die Blende wegzusprengen. Jetzt waren die Sherpas in der Lage, mit den Heckler-&-Koch-Maschinenpistolen, deren Stutzenmagazine jeweils sechzig Patronen faßten, einen Winkel von sechzig Grad zu bestreuen. Da jeder Wagen drei Schießscharten hatte und in der Regel sieben Sherpas den Minister begleiteten, kam man auf eine Feuerleistung von vierhundertzwanzig Schuß in drei Sekunden. Ein Horror für jeden Angreifer. Trotzdem gab es keinen perfekten Schutz, denn der Motorraum ließ sich nicht panzern, so daß es durchaus möglich war, die Fahrzeuge zu stoppen.

Drei Monate war Thürck jetzt Langheinrichs Kommandoführer. Er hatte während der Fahrt noch nie ein privates Wort an seine Schutzperson gerichtet, was Langheinrich eingedenk Thürcks Vorgänger, der eine richtige Plaudertasche gewesen war, zu schätzen wußte. Das Leben mit Bodyguards war ihm geläufig, denn vor seiner Zeit als Innenminister hatte er seiner Fraktion als parlamentarischer Geschäftsführer gedient. Doch nun zählte er, genau wie Wolf, zu dem elitären Kreis von nur zehn Personen, die in die Sicherheitskategorie I eingestuft waren, was bedeutete: »Mit einem Anschlag muß gerechnet werden.« Daran hatte Langheinrich sich bis heute nicht gewöhnt. Zwar ließ es sich nicht vermeiden, daß die Sherpas ihn auch zu privaten Anlässen begleiteten, doch die Gewohnheit mancher Politiker, »die Jungs« wie Familienangehörige zu behandeln, hatte er sich nie zu eigen gemacht. Natürlich war das nicht klug, und er fragte sich manches Mal, ob sie im Ernstfall ihr Leben für einen Mann riskieren würden, der sie permanent auf Distanz hielt. Eine Frage, die durchaus berechtigt war, wie der BKA-Präsident ihm gerne unter die Nase rieb. *»Ihre Entscheidung, Herr Minister. Aber rechnen Sie damit, daß die sich ducken, wenn's hart auf hart kommt!«* Egal. Langheinrich klammerte sich an diesen Rest von Privatsphäre wie ein Fallschirmspringer an die Reißleine, und Wolf war schon froh, daß er wenigstens Thürck als permanenten Begleiter akzeptiert hatte. Eine Entscheidung, mit der Langheinrich leben konnte, denn sein Kommandoführer war ein zurückhaltender, introvertierter Mann mit Manieren. Daß auch Claudia ausgezeichnet mit ihm klarkam, erleichterte die Sache nicht unerheblich. Ihr launischer Charakter war der Grund dafür, daß sich in den zurückliegenden Jahren mehrere Sherpas auf eigenen Wunsch in andere Kommandos hatten versetzen lassen.

Um 21.20 Uhr hatten die Limousinen das Regierungsviertel erreicht. Der eigentliche Haupteingang des Bundeskanzleramtes befand sich an der Nordseite, indes der repräsentative Ehrenhof, den die Bürger aus dem Fernsehen kannten, nur Staatsgästen vorbehalten war. Die Fahrzeuge zogen direkt hinter der Moltkebrücke scharf nach rechts. Sie waren mit einem Signalgeber ausgestattet, der die Panzersperre neben dem Wachhaus der Außensicherung automatisch nach unten gleiten ließ, so daß sie direkt in die Tiefgarage einfahren konnten. In der Parkbucht, die für den Innenminister reserviert war, endete der Begleitschutz. Während die Sherpas sich zu ihrem Aufenthaltsraum begaben, betrat Langheinrich den Lift zum Erdgeschoß. Dort mußte er in einen der großen runden Fahrstühle wechseln, um zum siebten Stock zu gelangen, wo sich das Amtszimmer des Bundeskanzlers befand.

Langheinrich ließ die mächtigen Säulen vor der gläsernen Wand zum Ehrenhof, hausintern »dicke Kinder« genannt, hinter sich, durchquerte die Sky-Lobby und wandte sich nach links. Er klopfte kurz an und trat ein, ohne auf Antwort zu warten. Der Raum war von eindrucksvollen Ausmaßen. Zwei große Fensterfronten öffneten den Blick auf den Reichstag und das Zeltdach des Sony-Gebäudes am Potsdamer Platz. Der Schreibtisch, penibel aufgeräumt, ließ vermuten, daß der Kanzler ein Mensch war, der klare Verhältnisse schätzte. Hettmer kniete vor seinem Terrarium und fütterte den Leguan, der schläfrig zu ihm hochsah, mit Küchenschaben. Das Tier, eine Brückenechse, die von großartiger Häßlichkeit war, hatte ihn treu auf all seinen politischen Stationen begleitet, was ihm den vom Kanzleramtsminister verliehenen Namen Eckehart eingebracht hatte.

»Ah, Josef! Komm, schenk uns was zu trinken ein!« schmetterte der Kanzler. Er hatte die seltsame Angewohnheit, das Alltägliche und Banale mit Pathos zu deklamieren, während das eigentlich Wichtige eher leise und beiläufig aus seinem Mund kam, ganz so, als handle es sich um eine Petitesse.

Die Schritte des Innenministers glitten über den dicken Perser, der die Geräusche schluckte wie der Leguan die Schaben. Er füllte zwei Cognacschwenker, reichte Hettmer einen davon, und sie ließen sich in die bequemen Fauteuils fallen, um genußvoll zu trinken und zu rauchen; eine Passion, der sie in der Öffentlichkeit entsagen mußten. Nachdem sie sich durch das Tagesgeschehen geplänkelt hatten, lehnte der Kanzler sich zurück. Er wärmte den Schwenker mit beiden Händen und sah nachdenklich zu dem Terrarium, wo Eckehart seine lange klebrige Zunge ausstreckte.

»Bei zwölf Grad fühlt er sich am wohlsten«, murmelte er. »Diese Gabe wünsche ich mir auch, bei dem Klima, das derzeit in der Koalition herrscht.«

Langheinrich schwieg, denn er wußte, daß Hettmer es haßte, in seinen Reflexionen, die oft den Charakter von Selbstgesprächen hatten, unterbrochen zu werden. Er wartete ab und versuchte, im Gesicht des Kanzlers zu lesen. Ingolf Hettmer war Anfang Sechzig, nicht sehr groß gewachsen und ein dürrer Hering. Man sah ihm den alten Parteisoldaten an der kräftigen Nase an, ein richtiger Erker, der fleischig aus dem hageren Gesicht ragte.

»Josef, ich bin jetzt fünf Jahre im Amt, und meine Frau meint, ich würde die Namen meiner Enkelkinder nicht auswendig kennen. Gestern bin ich zu der Erkenntnis gelangt, daß sie recht hat. Dreißig Jahre habe ich der Partei gedient, nie habe ich geklagt. Aber jetzt wird es langsam Zeit, in ruhigeres Fahrwasser zu wechseln. Bloß – für das Altenteil fühle ich mich noch zu jung ...«

Langheinrich hielt seine Anspannung nur mit Mühe im Zaum. Wie oft hatten sie hier gesessen und solche oder ähnliche Gespräche geführt, doch diesmal ahnte er, daß der Kanzler das Zauberwort sagen könnte, auf das er so lange und sehnlich gewartet hatte.

Ist heute wirklich der Tag?

»Im nächsten Herbst steht die Wahl zum Bundespräsidenten an«, sagte Josef Langheinrich vorsichtig. »Natürlich kann momentan niemand sagen, ob wir die Mehrheit in der Bundesversammlung bekommen ...«

Hettmer lächelte. »Natürlich. Aber wie heißt es so schön: ›Man sollte die Dinge nehmen, wie sie kommen, und im Zweifelsfall dafür sorgen, daß sie so kommen, wie man sie nehmen möchte.‹ Ich bin geneigt, darin ein Quentchen Wahrheit zu entdecken.«

»Wer weiß, vielleicht hält die Koalition länger, als wir alle denken ...«

Hettmer trank einen Schluck Cognac und sah Langheinrich über den Rand des Schwenkers hinweg listig an. »Ich weiß nur, daß vor Temperaturstürzen und vor Neuwahlen meine Hühneraugen drücken. Und im Moment kriege ich kaum einen Schuh zu.« Er beugte sich nach vorn und legte Langheinrich eine Hand aufs Knie. »Wenn ich abtrete, braucht die Partei einen starken Mann, der sie in den Wahlkampf führt. Ich sehe sonst niemanden.«

Die Worte des Kanzlers rasten wie ein Stromstoß durch Langheinrichs Körper. *Das ist es! Er hat es endlich gesagt!* Doch gleichwohl er innerlich vor Erregung glühte, zeigte sein Gesicht jene ernste Miene, die dem Bewußtsein der kommenden Last in angemessener Weise Ausdruck verlieh.

»Wie lange habe ich Zeit?« fragte er.

»Schwer zu sagen. Auf jeden Fall solltest du schon mal tüchtig Wind machen! Ich schlage vor, daß du dich im Bereich ›Innere Sicherheit‹ stärker exponierst, als das bislang der Fall war. Lufthoheit über den Stammtischen hat noch nie geschadet ...«

Josef Langheinrich nickte nachdenklich. In der Tat war das Innenministerium die ideale Plattform für einen ehrgeizigen Mann. Zwar ressortierten mehr als dreißig nachgeordnete Behörden zum BMI, darunter so exotische wie das »Institut für angewandte Geodäsie« oder das »Bundesinstitut für ostdeutsche Kultur und Geschichte«, doch nur der Verfassungsschutz und das BKA boten die Möglichkeit, sich sicherheitspolitisch in Szene zu setzen. Es hatte Innenminister gegeben – darunter Langheinrichs unmittelbarer Amtsvorgänger –, die dies erkannt und genutzt hatten. Langheinrich aber war die Welt der Organisierten Kriminalität und des Staatsschutzes lange Zeit zu fremd gewesen, um sich darin mit der nötigen Eleganz zu bewegen. Natürlich hatte er gelernt, vor allem den internationalen Terrorismus medienwirksam zu nutzen, indem er routiniert, bei Bedarf auch in flammenden Appellen, vor den Gefahren warnte und betonte, wie wachsam der Staat sei. Aber wirklich strategisch war er bisher nicht vorgegangen.

»Es gab schon einmal einen Innenminister mit dem schönen Vornamen Josef«, sagte Hettmer. »Es könnte an der Zeit sein, sich auf ihn zu besinnen ...«

Sie waren beide promovierte Historiker, weshalb Langheinrich die Andeutung sofort verstand. Joseph Fouché, der spätere Polizeipräfekt Napoleons, war am Sturz Robespierres beteiligt gewesen. Er hatte während der Französischen Revolution das Blutgericht zu Lyon geleitet, bei dem eintausendsechshundert Todesurteile gefällt worden waren. Zu seiner Zeit fürchtete man ihn mehr als den Teufel.

»Wenn ich mich recht entsinne, wurde er kurz vor seinem Tod als ›Königsmörder‹ verbannt«, sagte Langheinrich.

»Aber bis dahin hat dein Namensvetter seinem Land treu gedient.«

»Ich fürchte, wir haben schon einen Fouché. Leider sitzt er in Wiesbaden.«

Hettmer tätschelte ihm das Knie. »Ach, Wolf ... Warum erinnern wir ihn nicht daran, daß er politischer Beamter ist und seine Direktiven immer noch aus dem BMI erhält? Führ ihn an der kurzen Leine. Wenn er muckt, schick ihn einfach vorzeitig in Pension. Ist doch sowieso nur noch ein Jahr.«

Ein kleines zufriedenes Grübchen lugte aus Langheinrichs Wange. Wolf wurde, obwohl ohne Parteibuch, dem Koalitionspartner zugerechnet und stand unter »Artenschutz«. Daß der Kanzler nun ungeniert zum Angriff auf diese Bastion blies, zeigte dem Innenminister endgültig, daß er es ernst meinte.

Die Frage war nur: Wo genau standen die Stammtische? *Früher hätte der Kanzler gesagt:* »*Marschier ein bißchen nach rechts.*« *Nur ist die Welt ein bißchen komplizierter geworden.* Langheinrich ahnte, was auf ihn zukam. Er würde hier den Bürgeranwalt, dort den Hardliner spielen und meistens die diffuse Mitte suchen müssen. *Beschissenes Schicksal einer Volkspartei!*

»Vielleicht sollte ich mir Fouché nicht in jedem Detail zum

Vorbild nehmen. Jedenfalls nicht bei der anstehenden Novelle des Geldwäschegesetzes.«

Hettmer kräuselte nur die Nase. Sie tranken und schwiegen und dachten das gleiche. Die europäischen Regierungen hatten sich in der hektischen Zeit nach dem 11. September 2001 schon einmal die Finger verbrannt, als sie beschlossen, die Finanzströme der Mafia und des internationalen Terrorismus auszutrocknen. Der Maßnahmenkatalog zur Bekämpfung der Geldwäsche war drakonisch gewesen, und die Jagd auf die größten und gefräßigsten Haie hatte mit Getöse begonnen. Nur sollte sie nicht von langer Dauer sein, denn bald gab es eine Menge kleiner Fische, die bäuchlings an der Wasseroberfläche schwammen, während die Haie in freundlichere Gewässer gewechselt waren, um dort, in aller Selenruhe zu verdauen, was sie hier gefressen hatten.

Man konnte es auch anders ausdrücken: Die Mafia hatte ihre Profite aus Europa abgezogen und in sicheren Regionen investiert.

Wo lag das Problem? Ganz simpel: Die Staaten brauchten das Geld.

Die jährliche Kreditaufnahme der meisten westlichen Regierungen hatte bis dato zu dreißig Prozent aus Geldern gestammt, die das Organisierte Verbrechen erwirtschaftete. Die Finanzministerien konnten dieses Kapital nicht entbehren, denn nur, wenn möglichst viel davon in den legalen Wirtschaftskreislauf einfloß, vulgo: gewaschen wurde, war es möglich, die Zinsen niedrig zu halten. Das gelang plötzlich nicht mehr. Die Steuern, die Preise, die Neuverschuldung, alles schoß in die Höhe. Was die Kartelle der öffentlichen Hand verweigerten, fütterte die Rezession und wurde in Form von Abgaben an die Wähler weitergereicht. Die Politiker nannten es »den notwendigen Beitrag, den jeder von uns zu leisten hat«. Ein schöner Satz, den bald niemand mehr hören wollte. Die toten Fischlein waren nichts anderes als Durchschnittsbürger, denn der große Kampf gegen die Geldwäsche und Al Qaida war ganz nebenbei auch eine verdeckte Steuerfahndung. Schwarzarbeiter, Gaststätten, Lottoannahmestellen,

Familienbetriebe, stinknormale Erben, die ein bißchen was am Fiskus vorbeischleusen wollten, sie alle traf es hart. Im Prinzip spürte jeder die Folgen in seinem Portemonnaie. »Lockerung des Datenschutzes« war über Nacht zum meistgehaßten Schlagwort der Europäer geworden. Die Quittung kam per Wahlzettel, und die Politik mußte reagieren.

Also wurden die Harpunen und Fangnetze in aller Stille eingemottet, so daß die Haie zurückkehren konnten und alles wieder »in Ordnung« kam. Die Gesetze gegen die Kartelle waren noch immer da, bloß konnten sie nicht mehr angemessen umgesetzt werden. Diese niederschmetternde Erfahrung mußten all jene Finanzbehörden machen, denen man die nötigen Planstellen gestrichen hatte. Es gab dafür keinen wirklichen Befehl von oben. Es geschah einfach. Übriggeblieben waren eine Menge fickriger Banker, welche die Aufsichtsämter für das Kreditwesen mit Kleinanzeigen überschwemmten. Und weiter erwischte es die Falschen.

Gemeinhin nannte man sie Wähler.

»Bei der Geldwäsche«, beendete Hettmer die Stille, »werden wir dem Bürger kräftig entgegenkommen, jedenfalls was die Bareinzahlungen angeht. Eine andere Sache ist die Ermittlung gegen dieses neue Syndikat, von dem du mir erzählt hast. Die betroffenen Rüstungsfirmen sind außen vor, klar. Wir wollen schließlich keine Hexenjagd auf Lobbyisten eröffnen. Falls Wolf damit ankommt, ruckel ein bißchen am Stachelhalsband. Aber das Kartell, das in Bremerhaven auf den Plan getreten ist, muß dein Ziel sein. Vielleicht ist es schon morgen der größte Partner von Cuevo. Und *den Namen* mußt du in Europa niemandem mehr buchstabieren. Cuevo wird es verschmerzen, leider«, sagte Hettmer. »Aber für dich könnte es ein Erfolg werden, wie ihn sich deine Vorgänger nur erträumt haben.«

Langheinrich sah versonnen in sein Glas. Er dachte an die Boulevardpresse, die voll war mit rührseligen Geschichten über die Frau und die Kinder des toten BKA-Beamten und diesen Van-Carrier-Fahrer, der kurz vor der Pension gestanden hatte.

»Dann sind wir uns einig?« fragte der Kanzler. Langheinrich

hob den Kopf und nickte. »Sehr gut, Josef, sehr gut! Übrigens, was macht eigentlich unser Freund Krupka?«

»Ich soll dich von ihm grüßen.« Langheinrich griff wie selbstverständlich in sein Jackett und zog ein prallgefülltes Couvert heraus, das der Kanzler einsteckte, ohne mit der Wimper zu zucken.

»Falsche Bescheidenheit gibt Falten um den Mund«, sagte Hettmer. Er stand auf, griff nach dem Glas mit den Schaben und gab Eckehart einen Nachschlag. Der Leguan schnappte, und der Kanzler lächelte.

Es war ein Traumpaß. Der bolivianische Spieler mit der Nummer neun flankte in den Strafraum, direkt auf den Fuß des Siebeners. Körpertäuschung, kurzes Dribbling, der Ball krachte ins Netz. Zwei zu null für Bolivien.

In diesem Moment klingelte es an der Tür. Grimm sah erstaunt auf die Uhr: halb elf. Und er erwartete niemanden.

Als er öffnete, stand Sophie vor ihm.

»Hallo.«

»Hallo ...«, antwortete Grimm verdutzt.

»Ich weiß, es ist spät, aber ...«

»Entschuldigung, wie unhöflich von mir. Bitte ...«

Sie kam herein und schaute sich um. Die Wohnung bestand nur aus zwei Zimmern mit Bad und Kochnische. Man sah, daß der Bewohner Bücher liebte. Sie füllten ein großes Regal und stapelten sich auf dem Boden in jedem freien Winkel. In der Ecke standen noch unausgepackte Kartons.

»Irgendwie habe ich mir Ihre Wohnung anders vorgestellt.«

»Wie denn?«

»Vielleicht ... aufgeräumter.« Grimm erwiderte ihr Lächeln und stellte den Fernseher leiser.

»Wie lange wohnen Sie schon hier?« fragte sie.

»Zwei Monate. Ich habe noch ein Appartement in Berlin, das behalte ich, das Amt zieht ja sowieso um. Möchten Sie etwas trinken?«

»Ich möchte Sie lieber etwas fragen.«

»Ja?«

»LeDuc.«

Grimm zog die Augenbrauen hoch. »Flämischer Name mit fünf Buchstaben. Was wollen Sie sonst noch wissen?«

»Helfen Sie mir?«

»Warum gehen Sie nicht zu Ihrem Vater? Oder, noch besser, zu Ihrem Chef, dem verehrten Herrn Generalbundesanwalt?«

Sophies Gesicht sprach Bände.

»Sie müssen ein sehr einsames Mädchen sein«, sagte Grimm.

»Ich brauche einen Freund. Den brauche ich wirklich. Ich kriege im BKA keinen Fuß auf den Boden. Was ich auch tue, ich renne mir den Kopf ein.«

»Da kommen Sie ausgerechnet zu mir? Thom reibt sich bei jeder Gelegenheit an mir, die Fahnder schneiden mich, und Ihr Vater ... na ja ... ich scheine ein echtes Haßobjekt zu sein.«

Sophie lächelte schwach. »Sie sind keiner von denen.« Sie sah, daß er nicht verstand. »Kommt Ihnen das so komisch vor? Das sind alles Polizisten. Die haben ihre eigene Sprache, ihre eigenen Witze, vor allem haben sie ihre eigenen Regeln. Ich weiß, wovon ich rede. Ich stamme aus einer Polizistenfamilie.« Sie wandte ihm den Rücken zu, ging zum Fenster und schaute hinaus. Man konnte den Neroberg sehen. Das BKA war hell angestrahlt, als sei es eine Touristenattraktion. »Ich brauche die Akte. LeDuc ist der Schlüssel zu Cuevo.«

»Das ist nicht der Grund«, sagte Grimm. »Sie wachen jede Nacht schweißgebadet auf und denken an Schrader. Sie fragen sich in jeder Minute, ob Sie an seinem Tod schuld sind. Darum brauchen Sie die Akte.«

»Ich weiß nicht, ob es meine Schuld war.«

»Ja, und Sie werden es nie erfahren.«

»Ich muß das zu Ende bringen. Bitte!«

»Tut mir leid, ich kann Ihnen nicht helfen.«

Sophie zögerte, dann drehte sie sich um. »Sie und ich, wir haben viel gemeinsam. Sie haben in Harvard studiert, ich war in Stanford. Wir sind noch jung, und doch sitzen wir in Positionen, von denen die meisten unseres Jahrgangs nur träumen dürfen. Beide würden wir ohne Arroganz sagen, daß wir Überflieger sind. Sie sind ein Haßobjekt, ja. Aber das gilt auch für mich. Mein Vater läßt Sie nicht in den inneren Zirkel der Macht, das beleidigt Ihren Ehrgeiz. Es macht Sie wahnsinnig, daß Sie weniger Herrschaftswissen haben als jeder kleine Fahnder. Sie schlucken Demütigungen wie andere Leute Pillen, weil Sie immer noch hoffen, daß der große Präsident irgendwann erkennt, welche Fähigkeiten Sie besitzen. Warum sammeln wir die Knüppel, die man uns zwischen die Beine wirft, nicht auf und zimmern uns daraus einen stabilen Zaun? Jeder bleibt in seinem Garten, aber Sie dürfen von meinem Baum naschen und ich von Ihrem. Wir könnten uns richtig den Bauch vollschlagen.«

»Von zuviel Obst kann man sich den Magen verderben.«

»Die leckersten Früchte wachsen in Bolivien.«

»Ich fürchte, Sie überschätzen meinen Appetit.«

Sie musterten einander schweigend. Sophie machte einen letzten Versuch. »Sie haben Ihre Doktorarbeit über meinen Vater geschrieben ...«

»Ich sehe, Sie haben sich gut informiert.«

»›*Richard Wolf – Die Abteilung Terrorismus des BKA und die zweite Generation der RAF*‹. Ein interessantes Buch, es steht bei mir zu Hause im Regal. Vielen Ihrer Thesen würde ich zustimmen. Einer aber auf keinen Fall: Glauben Sie mir, ›*der Humanität verpflichtet*‹ war mein Vater nie. Er ist ein erzreaktionärer Knochen, der auf seine Weise genauso getrieben ist wie die, die ihn fürchten.« Sie wies mit dem Kinn auf das Fenster. »Der Hochsicherheitstrakt im siebten Stock, den sie ihm als Wohnung gegeben haben, hat den gleichen Standard wie früher Herolds ›Burg‹. Ich bin sicher, Sie wissen, wie der sein Zuhause genannt hat.«

»›Mein Stammheim‹.«

»So lebt er. So war er immer. Glauben Sie mir, er fühlt sich dort pudelwohl. Andere Menschen braucht er nur als Glieder in der Befehlskette.«

»Das hindert ihn nicht, ein großer Mann zu sein.«

Das ist nur die halbe Wahrheit. Er will. Aber er hat Angst. Und die habe ich auch. Sie sagte: »Ja, er war und ist ein großer Terroristenjäger. Er hat viel für sein Land getan. Nur nichts für seine Familie.« Sophie ging zur Tür, ging hinaus, ging ohne ein weiteres Wort.

Grimm starrte nachdenklich ins Leere. Schließlich faßte er einen Entschluß und griff zum Telefon.

»Grimm hier. Herr Merleker, bitte schicken Sie mir die Akte LeDuc auf meinen Rechner ... In diesem Fall interessiert der Sperrvermerk nicht. Präsidentenvorlage ...«

Als er zum Fernseher blickte, sah er, daß die Bolivianer einen Elfmeter verwandelt hatten. Drei zu null.

ZWÖLF

Um 9.00 Uhr erschien das Gesicht von Innenminister Langheinrich auf dem Display von Wolfs Videophon. Der Apparat besaß eine Direktleitung zum Innenministerium, so daß die Sekretärin nicht durchstellen mußte. Die Verbindung wurde automatisch kryptiert.

»Guten Morgen, Herr Präsident.«

»Herr Minister ...«

»Ich bin etwas in Eile, deshalb will ich gleich zur Sache kommen. Wir arbeiten jetzt seit drei Jahren zusammen und haben nie größere Probleme miteinander gehabt. Sicher, wir gehören nicht der gleichen Partei an, und ich bin in Ihren Augen wahrscheinlich ein liberalromantisches Arschloch.« Er fuhr rasch fort, da er wußte, daß der BKA-Präsident den letzten Satz, dem Gebot der Höflichkeit folgend, nicht stehenlassen konnte. »Lassen Sie nur, das geht in Ordnung. Herr Wolf, Staatssekretär Zwergblau wurde mir von Ihrer Partei aufgedrückt. Sie kennen mich, ich bin gewohnt, Herausforderungen anzunehmen, aber ich werde im BMI keine fünfte Kolonne dulden. Nehmen Sie also bitte zur Kenntnis, daß ich in Zukunft den Bereich ›Innere Sicherheit‹ als Chefsache betrachte. Sie werden in allen relevanten Fragen ausschließlich mit mir zusammenarbeiten. War das deutlich genug?«

»Im Sinne der Definition.«

»Das gilt auch für Ihre ungebremste Lust, den Gesetzgeber öffentlich wissen zu lassen, wie er Ihrer Meinung nach auf das Problem der Organisierten Kriminalität zu reagieren hat. Ich denke insbesondere an die anstehende Geldwäschenovelle. Ist das für Sie zumutbar?«

Was soll das? Will er meinen Rücktritt provozieren?

»Ich habe es zu akzeptieren«, sagte Wolf steif.

Sie schwiegen so lange, bis die Situation drohte, peinlich zu werden. »Fassen Sie das bitte nicht als Affront auf«, sagte Langheinrich. »Ich weiß, daß wir uns in bezug auf Dr. Zwergblau einig sind. Auf seinem Grabstein wird einmal stehen: ›Das beste, was sich von ihm sagen läßt, ist, daß er delegieren konnte.‹ Er spricht im übrigen nicht sehr gut von Ihnen. Ich denke, Sie wissen das.«

Der Morgen, als ich aus dem Leichenschauhaus kam. Ich wollte zu Sophie, aber der Minister verlangte, daß ich zurück nach Bonn fliege. Sie wußten alle, was passiert war. Aber keiner hat mir kondoliert. Nicht einer. Ich saß am Kabinettstisch und sollte über den Stand der Ermittlungen referieren. Doch meine Stimme brach. Ich konnte einfach nicht weiterreden. Zwergblau, der damals Leiter der Polizeiabteilung war, half mir. Er übernahm und führte den Vortrag zu Ende. »... wie Abteilungspräsident Wolf sicher sagen wollte ...« *Wir kannten uns, aber wir waren nie vertraut miteinander. Nachher, auf dem Flur, fühlte ich ein ungeheures Gefühl der Dankbarkeit. Dieser Mann war mir plötzlich näher als jeder andere Mensch. Er sagte:* »So läßt man sich im Beisein des Ministers nicht gehen!« *Drehte sich um und ging.*

Seitdem war die Kälte zwischen ihnen unbeschreiblich.

»Ich würde gerne noch eine Personalie besprechen«, sagte Wolf. *Quid pro quo! Umsonst kriegst du Sauhund das nicht!* »Mein Abteilungsleiter ›Zentrale Dienste‹ wird demnächst aus Altersgründen ausscheiden. Ich habe einen fähigen Gruppenleiter in der Abteilung OA, der ein lukratives Angebot aus der Privatwirtschaft hat. Der Mann ist für den Posten prädestiniert.«

»Sie meinen Siegfried Thom?«

Wolf horchte auf. Es war alles andere als selbstverständlich, daß der Innenminister jemanden aus dem mittleren Management des BKA kannte.

»Nun, es hat sich schon bis zum BMI herumgesprochen, daß er Ihr Ziehsohn ist. Ich vermute, Sie wollen noch vor der Pensionierung das Feld für den Kronprinzen bestellen ...«

Wolf ließ sich nicht provozieren. »Es wäre dumm, auf einen guten Mann zu verzichten.«

»Ich werde darüber nachdenken.«

Als Sophie vom Tisch aufstand und ihr Essenstablett auf das Förderband in der Kantine stellte, fiel ihr ein, daß sie heute ihr Handy noch nicht abgehört hatte. Drei Anrufe von Bresser waren auf der Mailbox. Der letzte mit der dringenden Bitte um Rückruf. Darauf würde er lange warten müssen, denn sie war nach gründlichem Nachdenken zu der Ansicht gelangt, daß es Stalins verdammte Pflicht war, den Referatsleiter ruhigzustellen. *Sie* hatte die Spielregeln festgelegt, jetzt war es an *ihr*, sie auch Bresser zu erklären. Wenn er sie akzeptierte – gut. Falls nicht, sollte er sich beim Schiedsrichter beschweren. Und der saß in Karlsruhe, nicht in Wiesbaden.

Die Welt schien an diesem Tag voller Königskinder zu sein. Bresser fahndete nach Sophie, sie selbst war auf der Suche nach Ines Broszat, und ihre Sekretärin in der Bundesanwaltschaft hatte sich vergeblich bemüht, in LeDucs Anwaltspraxis in Bastogne einen Gesprächstermin für Sophie zu erhalten. Angeblich war Monsieur LeDuc verreist. »*Wann er wiederkommt? Das wissen wir nicht, leider.*« – »*Würden Sie ihn bitten, zurückzurufen?*« – »*Aber wo denken Sie hin, Monsieur ist wirklich ein vielbeschäftigter Mann! Natürlich können Sie es gerne ein andermal versuchen, au revoir.*«

Tatsache war, daß Sophie nicht die geringste Möglichkeit hatte, LeDuc zu einer Aussage zu zwingen. Er war kein deutscher Staatsbürger, stand auf keiner Fahndungsliste. Sie hatte im Prinzip zwei Optionen: Zum einen konnte sie den Bundesnachrichtendienst einschalten, der qua Gesetz für das Ausland zuständig war. In diesem Fall würde der BND-Resident in Brüssel seinen Verbindungsmann im belgischen Justizministerium informieren und um ein Gespräch mit LeDuc bitten. Nicht sehr erfolgversprechend, da dieser aus bekannten Gründen über besondere Beziehungen zum Justizpalast verfügte. Zum anderen gab es die Möglichkeit der Amtshilfe. Das hieß: offizielle Anfrage an den belgischen Generalstaatsanwalt mit der Bitte, LeDuc durch einen Brüsseler Kollegen vernehmen zu lassen. Sophie müßte eine Frageliste zusammenstellen, die ihr, nach Beantwortung durch LeDuc, rückübersandt werden würde. Doch auch diese Variante half ihr momentan nicht weiter, da sie äußerst zeitraubend war. Es konnten Wochen, vielleicht sogar Monate ins Land gehen, und LeDucs Antworten würden, wie sie aus ähnlichen Fällen wußte, aus einer monotonen Abfolge von Jas und Neins bestehen.

Also mußte es einen anderen Weg geben.

Broszat? Was sie betraf, so war sie die einzige, die wußte, was *wirklich* im Schlachthaus geschehen war. Vier Leichen. Und sie gehörten nicht zu Czarny. Zu wem dann? Sophies Theorie, daß die Männer für das geheimnisvolle neue Kartell gearbeitet hatten, war nur ein Schuß ins Blaue gewesen, um Vandreyke aus der Reserve zu locken. Zwar hatte seine Reaktion ihr recht gegeben, doch was bewies das? Die Lösung des Rätsels könnte auch ganz woanders liegen. Es gab unzählige Möglichkeiten. Die Nacht war damit vergangen, sie ergebnislos durchzuspielen. Broszat jedenfalls war seit der Sitzung nach der Rückkehr aus Krakau verschwunden. In der Abteilung OA hatte man Sophie die lapidare Auskunft erteilt, sie halte sich derzeit nicht in Deutschland auf, ein wichtiger Einsatz erfordere ihre Anwesenheit in Übersee. *Sehr aufschlußreich. Sie wird von Siegfried gedeckt. Und von meinem Vater.* Formal gesehen, könnte Sophie durchaus eine Vernehmung verlangen. Als Staatsanwältin der Bundesanwaltschaft sprach sie automatisch für den GBA, der in diesem Punkt weisungsberechtigt war. Aber wäre das klug, angesichts der Tatsache, daß Stalin ihr die Rückendeckung versagte? Es wurde Sophie immer klarer, daß man sie in eine aussichtslose Schlacht geschickt hatte und jetzt im Schützengraben verrecken ließ.

Niklas Grimm legte keinen Wert auf eine Mitgliedschaft im Club der Königskinder. Sein Anruf erreichte Sophie in Wolfs Vorzimmer, wo man ihr soeben freundlich, aber mit Nachdruck klargemacht hatte, daß der Präsident weder heute noch morgen für sie zu sprechen war.

»Haben Sie einen Moment Zeit?« fragte Grimm.

»Worum geht's?«

»Wenn es Ihnen nichts ausmacht, kommen Sie doch zu mir.«

Aufgelegt.

Sein Büro war nur drei Türen weiter. Niemand antwortete, als sie klopfte. Neuer Versuch, gleiches Ergebnis. Hatte sie ihn mißverstanden? Sie drückte die Klinke herunter und lugte hinein. Niemand da. Aber der PC war eingeschaltet. Sophie blickte sich kurz um, ehe sie in den Raum schlüpfte und die Tür hinter sich schloß. Sie erkannte das VS-Signet auf dem Monitor. Es war die Akte LeDuc. Sophie überprüfte blitzschnell, wie groß die Datei war. Ziemlich umfangreich, mehr als ein Megabyte. Eine CD-ROM lag neben der Tastatur, alles sah ganz zufällig aus. Sie brauchte nur eine Minute, um die Daten herunterzuladen, schon war sie wieder draußen.

Grimm lehnte auf dem Flur gegen eines der Fenster. Sie sahen einander schweigend an. Dann sagte er: »Tut mir leid, da müssen wir uns wohl verpaßt haben.«

»Danke.«

Grimm nickte nur. Er ging in sein Büro und zog die Tür zu.

Als Sophie wieder in ihrem Kabuff war, schloß sie hinter sich ab. Sie schob die CD-ROM in ihren Laptop, denn der Tischrechner war mit dem BKA-Hauptcomputer vernetzt. Jede VS-Datei besaß, auch wenn sie nicht aus dem Menü von INPOL geladen wurde, eine Signatur, die beim Öffnen des Textes eine automatische Kontrollmeldung nach sich zog. In weniger als fünf Minuten würde das Büro des Präsidenten davon wissen. Dann wäre der Spaß vorbei. Sophie versah die Datei mit einem Codeschlüssel und aktivierte das Kryptierungsprogramm der Bundesanwaltschaft. Es war eine speziell für Karlsruhe entwickelte Software, auf die das BKA keinen Zugriff hatte. Sollte jemand auf die Idee kommen, sich für ihren Laptop zu interessieren, so würde derjenige eine lange Bastelarbeit vor sich haben. Sie steckte sich eine Gitane an, fühlte leichten Schwindel, als sie den ersten Zug tat, und öffnete die Datei.

Claude Baptiste LeDuc. Alter dreiundfünfzig. Verheiratet, zwei Kinder. Wohnhaft in La Calmine. Legale Fassade: Rechtsanwalt in Bastogne.

Legale Fassade!
Sophie drückte die Zigarette aus und setzte sich aufrecht. Laut BKA hatte LeDuc sich darauf spezialisiert, Börsengänge von südamerikanischen Firmen vorzubereiten. Bei zweien, den Laboratorios Continental S. A. in Panama City und der in Asunción ansässigen Valladolid Electrotecnia S. A., handelte es sich nach Ansicht von OA um reine Geldwaschanlagen für das Juarez-Kartell, den größten Drogenexporteur Mexikos. Zwei der anderen Firmennamen kannte Sophie aus den Czarny-Dossiers. Und zwar FishermanSec und InTrans Corp., internationale Speditionsfirmen in New York und Miami. Sie gehörten mutmaßlich zu seinem Imperium und wickelten Waffentransporte für ihn ab. Sophie ließ den Text über den Bildschirm scrollen. Sie machte sich immer wieder Notizen. Nach zwei Stunden hatte sie einen ungefähren Überblick über die Unternehmen, für die LeDuc arbeitete. Es war das Who's who des Organisierten Verbrechens. Sogar ein amerikanischer Rüstungskonzern, der im Verdacht stand, Geschäfte mit Nordkorea zu machen, war dabei. Neben seiner Tätigkeit als Anwalt und Notar schien LeDuc eine Art Vermittler zu sein, der gegen hohe Provision Geschäftspartner aus dem Bereich OK zusammenführte. Hier lag offensichtlich auch der Schlüssel zu seiner Rolle bei der Entführung der Ministertochter. Das BKA besaß Informationen, daß es sich bei den Kidnappern um die apulische Camorra gehandelt hatte, deren Investitionen in Belgien durch ein geplantes neues Geldwäschegesetz bedroht waren. Und die Camorra war ein wichtiger Klient von LeDuc. Mehrere belgische Unternehmen, an denen sie Anteile besaß, wurden von ihm vertreten beziehungsweise beraten. In diesem Licht besehen, wunderte es kaum, daß das Geldwäschegesetz nur eine Woche nach der Freilassung des Mädchens vom Tisch war. *Wie schön, wenn sich Probleme so elegant lösen lassen.*

All dies jedoch, all die Firmen und Verflechtungen, Beweise und Mutmaßungen waren nicht annähernd so interessant wie der Name des Mannes, auf den Sophie in der Rubrik »legale Kontakte« stieß.

Franz Krupka.

Dessen Firma SAVOK errichtete gerade eine neue Fabrikationsstätte in La Paz, und LeDuc war offenbar bei der Konzessionserteilung behilflich gewesen. Die Götter wußten, wie das BKA an das Material herangekommen war, aber es existierte die Kopie eines persönlichen Briefes, den Krupka vor wenigen Wochen an LeDuc geschrieben hatte. Darin bedankte er sich *»bei meinem lieben Freund Claude für die hervorragende und produktive Zusammenarbeit. Herzliche Grüße, auch an Deine Frau. Dein Franz«.*

Krupka. Sophie wußte über ihn nur das, was in der Zeitung stand. Natürlich und zuallererst war er der beste Freund des Innenministers. Beide stammten aus Schlesien und waren als Kinder deutschstämmiger Übersiedler in den sechziger Jahren nach Deutschland gekommen. Nach dem frühen Tod der Eltern wuchsen sie gemeinsam im Heim auf, boxten sich mit eiserner Disziplin nach oben und schafften dank eines kirchlichen Stipendiums Abitur und Studium. Anfang der Achtziger erreichten sie einen ersten Karrierehöhepunkt, als sie zusammen mit anderen ihrer Generation den baden-württembergischen Landesverband ihrer Partei aufmischten. Langheinrich brachte es bis zum stellvertretenden Vorsitzenden, Krupka wurde Schatzmeister. Der Spitzname dieser Jungspunde hatte sich bis heute gehalten: die »Spätzle-Mafia«.

Schon damals waren Krupka und Langheinrich unzertrennlich. Sie traten auf wie Pat und Patachon und verstanden es geschickt, ihre Lebensgeschichte karrierefördernd zu nutzen. Zwei Flüchtlingskinder, die es bis ganz oben geschafft hatten und jetzt der Gesellschaft etwas zurückzahlen wollten – für eine gute Presse war das unschlagbar. Jahre später erschütterte ein Parteispendenskandal das Ländle. Langheinrich blieb im Amt, während sein Freund Krupka die politische Verantwortung übernahm, eine Geldstrafe kassierte und zurücktrat. Kurze Zeit nach dem Ausscheiden aus der aktiven Politik gründete er die Rohwarenhandelsgesellschaft SAVOK und legte eine beispiellose unternehmerische Erfolgsgeschichte hin. Ein Schwergewicht in jeder Beziehung. Der Kanzlerpartei gehörte er noch immer an.

Baden-Württemberg war lange her. Aus heutiger Sicht hatte der Spendenskandal weder ihm noch Langheinrich geschadet.

Sophie erinnerte sich an einen Friseurbesuch. Ein Artikel in einer Frauenillustrierten. Homestory aus Krupkas Wochenenddomizil irgendwo im Süden, Spanien oder Portugal. Der Innenminister war zu Besuch. Zwei Männerfreunde, die Arm in Arm in die Kamera lachten. Im Hintergrund sah man einen Palazzo, der eines Principe würdig gewesen wäre.

Langheinrich. Das machte die Sache nicht einfacher. Wenn Sophie mit Krupka Kontakt aufnahm, mußte sie damit rechnen, daß der es seinem Spezi steckte. Dann war es nur eine Frage der Zeit, bis auch ihr Vater davon wußte. Aber was hatte sie zu verlieren? LeDuc war die einzige Spur, die sie besaß, und Krupka ...? Vielleicht wußte er, wie sie zu lesen war.

In Krupkas Hamburger Villa meldete sich eine Haushälterin.

»Tut mir leid, Herr Krupka ist in Berlin.«

»Kann ich ihn dort erreichen? Es ist wirklich wichtig!«

»Er ist auf dem Empfang der hessischen Landesvertretung. Soll ich Ihnen die Nummer geben?«

»Ja, bitte.«

»Hessische Landesvertretung, Warmuth.«

»Wolf. Ich hätte gerne Herrn Krupka gesprochen.«

»Das geht momentan nicht, er ist im Gespräch mit ...«

»Sagen Sie ihm, daß die Bundesanwaltschaft am Telefon ist.«

»Sekunde bitte.«

»Krupka.«

»Sophie Wolf, Bundesanwaltschaft. Herr Krupka, wäre es Ihnen möglich, sich mit mir zu treffen? Am besten so schnell wie möglich.«

»Worum geht es denn?«

»Das möchte ich lieber nicht am Telefon besprechen. Ich komme gerne zu Ihnen nach Hamburg. Oder wenn Ihnen Berlin lieber ist ...«

»Weder noch. Ich fliege in zwei Stunden nach Kiew. Sieht aus, als müßten Sie sich bis nächste Woche gedulden.«

Scheiße! Sophie dachte fieberhaft nach, dann kam ihr eine

Idee.« Im Büro des Ministerpräsidenten gibt es sicher eine Leitung, die sich kryptieren läßt. Würde es Ihnen Ungelegenheiten bereiten, mich von dort zurückzurufen?«

»Sie machen's aber wirklich spannend«, sagte Krupka.

»Fünf Minuten, mehr will ich nicht.«

»Also gut.« Er notierte sich die Nummer und legte auf.

Eine halbe Gitane später klingelte das Telefon. »Schießen Sie los«, sagte Krupka.

Sie erzählte ihm, ohne Czarny, Vandreyke oder Cuevo zu erwähnen, daß sie »im Zuge einer Vorermittlung« Bedarf für ein Gespräch mit LeDuc habe. Sie wisse, daß Krupka ihn kenne, und erhoffe sich von ihm einen Kontakt, mehr nicht.

Krupka hörte schweigend zu. Dann brummte er: »Monsieur LeDuc, aha ... Da haben Sie sich aber einen dicken Brocken aus der Suppe gefischt. Ist Ihr Hunger so groß?«

»Sie machen Geschäfte mit ihm. Kann man sagen, Sie sind befreundet?«

»Ach, Freundschaft. Ich bin vorsichtig mit dem Kram. Aber, ja, wir kennen uns. Er verwaltet als Treuhänder einen Großteil der bolivianischen Investitionen in Europa. Ich für meinen Teil versuche in Südamerika gerade einen Fuß in die Tür zu kriegen. Wenn Sie da keine Connections haben, müssen Sie Schmiergelder mit der Kohlenschaufel verteilen. LeDuc ist ein fabelhafter Türöffner. Und wenn wir schon mit solchen Begriffen operieren: Ich will mir seine Gunst nur ungern durch den Besuch einer deutschen Staatsanwältin verscherzen ...«

»Ich will ihn nicht verhaften. Ich will ihm nur ein paar Fragen stellen. Leider gestaltet sich das schwierig. Der belgische Justizminister scheint sehr besorgt um sein Wohl zu sein.«

»Was ich gut verstehen kann. Als seine kleine Tochter entführt wurde, hat LeDuc mit den Erpressern verhandelt und das Mädchen freigekriegt. So etwas nennt man nicht Sorge, man nennt es Dankbarkeit.«

Er machte eine Pause. Und Sophie spürte, daß die Dinge in Bewegung gerieten. Tatsächlich stieß er eine Tür auf und machte ihr das Angebot hindurchzugehen.

»Dankbarkeit ist die Grundlage für viele Geschäfte«, sagte Krupka.

»Zum Beispiel?«

»Der bolivianische Präsident Gutierez kommt in sechs Wochen zum Staatsbesuch nach Deutschland, und Minister de la Peña interessiert sich für ausrangiertes BKA-Equipment. Die Bolivianer brauchen das Zeug wie ein Kammerjäger Rattengift. Reden Sie mit dem BKA-Präsidenten – wenn ich richtig informiert bin, ist er Ihr Vater. Vielleicht fällt mir dann was ein.«

Himmelherrgott! Und ich bin mir so schlau vorgekommen!

Sie sagte hilflos: »Warum so ein Umweg? Sie sind bekanntermaßen mit dem Bundesinnenminister befreundet.«

»Freundschaft hier, Freundschaft da, was hilft es mir? Langheinrich hat es schon bei Ihrem Vater versucht. Ist ein ziemlich sturer Bock, Ihr alter Herr.«

»Und wenn ich Ihnen helfe?« *Was rede ich da? Das ist Wahnsinn!*

»Okay, hören Sie zu ...«

Sophie erwischte Niklas Grimm im Schießkino, wo er sein monatlich vorgeschriebenes Training absolvierte. Drei von zehn, keine berauschende Trefferquote. Aber Grimm wurde ja auch nicht fürs Schießen bezahlt.

»Wir müssen reden«, sagte sie.

Grimm schob die Schutzbrille auf die Stirn und lud die Sig Sauer nach. »Hat das Zeit?«

»Nein, jetzt gleich!«

Er griff sich seinen Mantel, sie gingen hinaus. Ihre Silhouetten spiegelten sich in den Glaswänden der Beamtenlaufbahn, als sie durch den Park gingen. Bussarde ließen sich durch die Winde fallen. Es roch nach Schnee, der bald wieder fallen würde.

»Haben wir einen Deal?« fragte Sophie.

»Einen Deal hat man, wenn man gibt und nimmt. Bislang bin ich nur in Vorleistung getreten.«

»Was wollen Sie wissen?«

»BND-Präsident Boehnke war im BMI. Nur er, Limmer, Langheinrich und Ihr Vater. Sehr seltsam.«

»Die Schlapphüte haben Czarny in Krakau observiert. Es gibt darüber ein Dossier. Angeblich hat er Pallucci und Grasso ein Riesengeschäft vorgeschlagen: fabrikneue Rüstungsgüter aus polnischer Produktion. Abwicklung über Scheinfirmen. Bringt uns aber momentan nicht weiter.«

Grimm nickte. Abgehakt. »Unser VB in Palermo hat Dienstag mit Thom und Ihrem Vater konferiert. Es muß um etwas Wichtiges gegangen sein ...«

»Palluccis Contabile und drei weitere Männer wurden in Lamezia Terme von einer Autobombe getötet. Mehr weiß ich auch nicht. Die DIA gibt keine Informationen heraus.«

»Was war in Paris?«

»Eine Falle. Sie wollten Vandreyke töten.«

»Trotzdem verdächtigen Sie ihn?«

»Er arbeitet für das neue Kartell. Fasoulas hat es ihm ins Gesicht gesagt.«

»Hat Vandreyke mit Ihnen kooperiert?«

»Nein. Das heißt: Er hat mich zu LeDuc geführt. Durch ihn hatte er den Kontakt zu Fasoulas.«

»Dann wissen Sie noch immer nicht, was im Schlachthaus passiert ist?«

»Das wissen nur Ines Broszat und Vandreyke. Und Broszat ist außer Reichweite. Mein Vater hat sie aus dem Verkehr gezogen.« Sophie blieb stehen und sah Grimm herausfordernd an. »Wenn's recht ist, bin ich jetzt wieder dran. Sie haben die LeDuc-Akte gelesen. Warum deckt das BKA einen Mann, der im internationalen Verbrechen zu Hause ist wie der Papst im Vatikan?«

»Das tun wir alle naselang. Mit seinen Kontakten ist er für die Abteilung OA der ideale Türöffner. Wir haben sechzig verdeckte Ermittler im ständigen Einsatz. Jemand wie LeDuc ist unbezahlbar. Aber nur so lange, wie das BKA sich nicht offiziell für ihn interessiert. Dann wäre er verbrannt und die Arbeit von Jahren umsonst.«

»›Türöffner‹. Das Wort habe ich heute schon einmal gehört. Damit sind wir bei Franz Krupka.«

Grimm sah Sophie verdutzt an. »Was haben Sie denn mit *dem* zu tun?«

»Er ist mit LeDuc befreundet. Und er kann mir helfen.«

»Ich kenne Krupka«, sagte Grimm. »Der macht schon ein Geschäft, wenn Sie ihn nach der Uhrzeit fragen. Was will er als Gegenleistung?«

Jetzt kommt der schwierige Teil. Sophie hoffte, sie würde es nicht versauen. »Der bolivianische Staatsminister Miguel de la Peña war vor ein paar Tagen zu Besuch bei Krupka und hat sich seine Firma angesehen. Dabei hat er fallenlassen, daß er vergeblich versucht hat, vom BKA Polizeihilfe zu bekommen.« Sie sah, daß Grimm die Stirn runzelte, und sprach schnell weiter. »Ich weiß nicht, was Krupka für Geschäfte mit ihm macht, aber ein Entgegenkommen des BKA scheint ihm sehr am Herzen zu liegen.«

»Wenn Ihr Vater schon abgelehnt hat, kann ich nichts für Sie tun.«

»Vielleicht doch. Wie es scheint, ist der brasilianische Handelsminister ein Freund von de la Peña. Man könnte das Ganze also, sagen wir, unbürokratisch regeln. Angenommen, die Brasilianer würden einen Antrag auf Polizeihilfe stellen ... Hätte der Aussicht auf Erfolg?«

»Sekunde, verstehe ich Sie richtig? Die werden uns um Hilfe bitten, das Material landet aber nicht in Brasilien, sondern bei den Bolivianern?«

»Ich weiß, daß diese Dinge über Ihren Schreibtisch laufen. Sie könnten ein entsprechendes Votum abgeben.«

»Hoppla. Sie nennen das ein Votum. Für mich ist es ein Spagat über einer Rasierklinge.«

»Was ist schon dabei? Die Bolivianer haben Cuevo am Hals. Es liegt in unserem Interesse, ihnen den Rücken zu stärken.«

Grimm schüttelte den Kopf. »Wir wissen von der neuen Regierung so gut wie nichts. Aber die Gerüchte, die über Präsident Gutierez im Umlauf sind, sprechen für sich. Wer sagt

Ihnen denn, daß die Waffen tatsächlich für den Kampf gegen Cuevo benutzt werden? Damit kann man auch die Opposition bekämpfen, sehr effektiv sogar. Und sollte Gutierez tatsächlich mit Cuevo in Verbindung stehen, gibt es noch ganz andere Möglichkeiten ...«

»Eine Sicherheit gibt es nie. Aber was soll Cuevo mit Schützenpanzern und Nachtsichtgeräten anfangen? Das BKA liefert Waffen an die halbe Welt. Wollen Sie behaupten, daß keine Polizeiregimes darunter sind?«

Grimm schwieg.

Scheinbar konnte Sophie Gedanken lesen. »Nur drei Menschen wissen davon: Sie, Krupka und ich. Keiner von uns hat ein Interesse, es publik zu machen. Es bleibt unser kleines Geheimnis. Und denken Sie daran: Wenn Sie weiter Herrschaftswissen wollen, führt der Weg nur über mich. Er könnte steinig sein, aber vielleicht ist es auch eine Autobahn, die direkt in den Himmel führt.«

»Ihnen geht es allein um mein Wohl, das ist mir schon klar«, sagte er und lächelte ironisch.

»Um nichts anderes«, antwortete sie und gab das Lächeln zurück.

Grimm wurde wieder ernst. »Offiziell halten Sie mich raus. Kein Wort zu Krupka. Ihn braucht nur das Ergebnis zu interessieren.«

»Versprochen.«

Er ging zurück ins Schießkino.

Das Handy von Franz Krupka meldete sich, als sein Chauffeur ihm am Flughafen Schönefeld den Wagenschlag aufhielt.

»Wolf hier.«

»Augenblick.« Er entfernte sich ein paar Schritte, damit er ungestört reden konnte. »Ich höre.«

»Positiv.«

»Garantien?«

»Sie wissen, daß das nicht geht. Aber Sie haben mein Wort. Sagen Sie DP, daß er grünes Licht hat.«

»Unser Freund hat ein Haus in Luxemburg. Am Wochenende

ist er dort zur Jagd. Er ist bereit, mit Ihnen zu reden. Aber er stellt eine Bedingung ...«

»Ja?«

»Er ist ein sehr mißtrauischer Mann. Was ihn übrigens sympathisch macht. Es gibt jemanden, dem er vertraut. Bringen Sie ihn mit. Sonst wird nichts draus.«

Sophie ahnte, nein, wußte es, bevor Krupka es aussprach. *Nicht das! Bitte nicht das!*

»Der Mann heißt Bongartz. Viel Glück.«

Das Haus lag in Biebrich, zehn Minuten Autofahrt vom Wiesbadener Stadtzentrum entfernt. Es war eine ruhige Reihenhaussiedlung, deren Bewohner dafür sorgten, daß die Buchsbaumhecken stets sauber gestutzt und die Jägerzäune jedes zweite Frühjahr frisch gestrichen wurden. Hier lebte Gregor Vandreyke alias Kurt Bongartz seit fünf Jahren. Manche Kollegen rätselten, was einen Mann wie ihn in eine solche Vorgartenhölle verschlagen hatte, doch Pieper verstand es nur allzugut. Es war einfach *unauffällig*. Die Wahl der Wohnadresse war für Vandreyke genauso Bestandteil seines Jobs wie jeder andere Aspekt seines Lebens.

Es war schon dunkel, als Pieper seinen Wagen vor dem Haus stoppte. Er klingelte nicht, sondern ging zur Garage, in der Licht brannte. Über dem Tor hing ein Basketballkorb, der schon manches Match zwischen ihnen gesehen hatte. Vor allem hing er gut sichtbar. Männer, die so durchtrainiert waren wie Pieper oder Vandreyke brauchten eine Legende, um nicht auffällig zu werden, sonst würde es nirgendwo lange dauern, bis die Nachbarn anfingen, Fragen zu stellen. *Was hat der wohl für einen Beruf? Arbeitet er in einem Fitneßstudio? Nee, da ist er nicht der Typ für. Komische Arbeitszeiten, manchmal bleibt er wochenlang weg ...* Deshalb war der Sport so wichtig – für Vandreyke natürlich mehr als für Pieper, dessen Hüftspeck eine gute Tarnung war. Sie spielten Tennis, luden die Männer aus der Nachbarschaft regelmäßig zu Fußballübertragungen der Champions League ein, ließen bei Bier und Crackern im Plauderton fallen, daß der

Leichtathletikclub, dem sie angehörten, noch Mitglieder suchte. Auch das gehörte zu ihrem Job.

An diesem Abend fand Pieper seinen Freund auf dem Boden der Garage liegend. Gregor Vandreyke schraubte an seiner wunderschönen Harley Davidson Knucklehead. Die Maschine hatte mehr als ein halbes Jahrhundert auf dem Buckel. Sie besaß Ballonreifen, einen Fischschwanzauspuff und Satteltaschen aus schwarzem, rissigem Leder. Es gab noch viel zu tun, aber wenn die Arbeit beendet war, würde das Motorrad auf jeder Ausstellung einen Preis bekommen.

»Nimm lieber den Zwölfer«, sagte Pieper. Er griff in die Werkzeugkiste und hielt Vandreyke einen anderen Schraubenschlüssel hin.

»Ich komm prima allein zurecht«, quetschte Vandreyke durch die Zähne.

»Ich nicht. In der letzten Woche ist nicht ein Gramm Stoff von Cuevo nach Europa gekommen. Der Markt ist wie leergefegt, und die Preise steigen. Sogar die Bodypackers bringen nur noch Dreck aus Tijuana.« »Bodypackers« oder »Mulis«, so nannten sie die armen Schweine, die fünfhundert Gramm oder ein Kilo im Körper transportierten. Sie waren die unterste Stufe der Nahrungskette. Verfügungsmasse, Menschenmaterial, das die Bosse nie zu sehen kriegten. »Natürlich sind die Depots noch halb voll. Aber die werden von Palluccis Cosca kontrolliert. Und die ist erledigt. Gregor, ich glaube langsam, unsere Nervensäge aus Karlsruhe hat recht. Jemand will mit den Bolivianern ins Geschäft kommen, aber das Ding ist noch nicht in trockenen Tüchern. Da rollt was auf uns zu, und es ist eine gottverdammte Lawine!«

»Geht mich nichts mehr an«, sagte Vandreyke. »Ab morgen bin ich beim Dauerdienst. Vielleicht befördert man mich, und ich darf schon bald Fingerabdrücke abgleichen.«

Er wollte weiterschrauben. Pieper bückte sich und zog ihn ohne Mühe zu sich hoch. »Woher wußte Fasoulas, daß du bei der Firma bist?«

»Frag ihn doch.« Er versuchte sich loszureißen, doch Pieper drückte ihn gegen die Wand.

»Wir haben tatsächlich einen Maulwurf! Die Schweine wußten über jeden unserer Schritte Bescheid! Wo die Waffen übergeben werden! Daß wir in Bremerhaven waren! Einfach alles! Fasoulas hat gesagt: ›Wir lassen uns von euch nicht erpressen.‹ Das heißt, das neue Kartell hat schon Kontakt mit ihm aufgenommen. Sie brauchen ihn und Czarny als Waffenlieferanten für Cuevo. Die wollen aber nicht. Das heißt Krieg!« Er ließ Vandreyke los. »Erklär mir, was Nadir Loutchansky im Schlachthaus zu suchen hatte. Ich brauch das!«

Vandreyke schwieg lange. Als er zu sprechen begann, klang seine Stimme müde und rauh. »Damals im Taschenbergpalais ... Du denkst, Loutchansky hätte für Nikulin gearbeitet. Hat er nicht. Er war einer von uns. Sein richtiger Name war Viktor Kowaljow, ein Deutschrusse, den Thom als verdeckten Ermittler vom LKA München rekrutiert hat.«

»Warum hab ich nichts davon gewußt?«

»Weil du der Grund warst, warum wir in Dresden waren.«

Pieper sah Vandreyke verwirrt an. »Ich, wieso?«

»Vier Monate vorher hatten wir die Razzia in Dortmund. Erinnerst du dich, uns haben beim Wiegen zwei Kilo Stoff gefehlt ...«

»Und? So was passiert doch dauernd. Unser V-Mann hat Scheiße erzählt.«

»Ja. Aber die von ZD haben *dich* im Verdacht gehabt.«

»Das glaube ich nicht.«.

»Im Restaurant ist Kowaljow mit dir aufs Klo. Und was hat er dort gesagt?«

»Er wollte wissen, ob ich an gutem Stoff interessiert bin«, murmelte Pieper tonlos.

»So war es abgesprochen. Tut mir leid, Thom hat es so gewollt. Sie haben dich drei Wochen lang observiert, haben deine Kontobewegungen untersucht und jeden V-Mann vernommen, mit dem du in Kontakt bist. Sogar deiner Frau haben sie nachspioniert. Ihr neues Auto, weißt du noch? Das war ein großes Thema.«

Pieper brauchte lange, um das zu verdauen. Schweiß glänzte

auf seiner Glatze. Schließlich fragte er: »Hast du es mir zugetraut?«

»Nein. Aber ich durfte dir nichts sagen. Thom hat mich dazu vergattert.«

»Was hat das mit Krakau zu tun?«

»Im Schlachthaus lief zuerst alles ohne Probleme. Sie haben mir geglaubt, als ich sagte, daß ich mit der Explosion nichts zu tun habe. Pallucci und Grasso waren ja schon tot, die wußten, wo der Hase langläuft. Aber dann ist Kowaljow in die Halle gekommen. Als er mich sah, hat er sofort die Waffe gezogen. Ich hatte keine andere Wahl.«

»Er hat also die Seite gewechselt«, sagte Pieper, der endlich verstand.

»Ja. Stell dir vor, was passiert, wenn das rauskommt. Ein verdeckter Ermittler des BKA auf Czarnys Lohnliste! Die Sache ist top-secret. Trotzdem hätte ich dir davon erzählt. Aber du hast mir nicht mehr getraut. So einfach ist das, so schnell verliert man einen Freund. Sogar unserer Staatsanwältin hast du gesteckt, daß im Schlachthaus was faul war.«

»Wie kommst du auf *das* schmale Brett? Kein Wort habe ich zu ihr gesagt.«

Vandreyke kannte Pieper lange genug, um zu wissen, daß es die Wahrheit war. »So ein raffiniertes Luder!« zischte er. »Die ist gut. Die ist *wirklich* gut. Der Alte hat ihr was vererbt.«

»Hat er hinterher mit dir gesprochen?« fragte Pieper nach einer Pause, die lang genug war, um bis zehn zu zählen. »Nach der Vernehmung, meine ich.«

Vandreyke schwieg, und Pieper verstand. Der Präsident schätzte Vandreyke mehr als jeden anderen. Doch solange die Vorwürfe gegen ihn nicht entkräftet waren, konnte er nichts für ihn tun. Der geringste Anschein von Protektion wäre in dieser Situation politischer Selbstmord. So standen die Dinge. Der Präsident des Bundeskriminalamtes mußte der »Schuldvermutung« folgen, sonst würde man der Presse seinen Kopf auf einem Silbertablett servieren. Das hatte Vandreyke allerdings nicht gehindert, bei der Vernehmung durch Sophie den Namen LeDuc auszusprechen. Er nahm Wolf seine Zurückhaltung nicht übel. Aber er war kein Masochist.

Vandreyke wischte sich mit dem Handrücken den Schweiß von der Stirn. »Und *du* ... hast du's *mir* zugetraut?«

Keine Antwort. »Hast du?«

»Ja.«

Sie standen voreinander im trüben Licht der Funzel, die von der Decke baumelte, versuchten beide, die Fassung zu wahren, und schafften es irgendwie. Vandreyke rang sich schließlich zu einem verkniffenen Grinsen durch: keine Lügen. Mehr konnte man von einem Freund nicht erwarten.

»Vandreyke, Ihr Partner ist schlauer, als ich dachte.«

Er fuhr herum. Sophie stand hinter ihnen im offenen Garagentor.

»Ich laß euch besser mal allein«, sagte Pieper.

Er machte Anstalten zu gehen, doch Vandreyke hielt ihn am Arm und fixierte Sophie. »Nur keine Hemmungen, wir sind ja unter uns!«

»Okay, ich gebe Ihnen noch eine Chance: Fahren Sie mit mir zu LeDuc. Er kennt Czarny, er kannte Pallucci, und mit Sicherheit hat er auch Kontakt zu Cuevo. Er ist Ihre einzige Möglichkeit zu beweisen, daß Sie unschuldig sind.« Sie zuckte die Achseln. »Ich weiß wirklich nicht, warum ich das tue. Nutzen Sie's, oder lassen Sie's bleiben.«

»Sie meinen es gut mit mir, ja?«

»Meine sentimentale Ader. Was soll ich machen?«

»Mich nicht für dumm verkaufen! So wie ich das sehe, gibt es doch tatsächlich etwas, was unsere Mega-Super-Macho-Staatsanwältin nicht draufhat! Sie *brauchen* mich, das ist der einzige Grund, warum Sie hier aufgetaucht sind. Leider habe ich kein Interesse. Und jetzt bewegen Sie Ihren knackigen Arsch hier raus. Aber dalli!«

Dunkle Röte schoß Sophie ins Gesicht. »Sie sind wirklich der unver...«

Vandreyke legte einen Finger an die Lippen. »Pssst, ich weiß.« Dann brüllte er: »Raus!«

Sophie spürte, daß die Kraft wie ein Sturzbach aus ihr herausfloß. *Aus, vorbei, Ende.* Sie drehte sich schweigend um und ging.

Pieper packte Vandreyke an den Schultern und funkelte ihn an. »Denk mal nach, du Arschloch! Ganz in Ruhe. Denk nur eine Sekunde nach!«

Sophies Mercedes stand neben dem Auto von Pieper. Sie zog die Wagentür auf, als Vandreyke sie herumriß. »Wenn ich mitkomme – wenn –, spielen wir das Spiel nach meinen Regeln! Ich komme nicht mit *Ihnen* mit – *Sie* kommen mit *mir*! Machen Sie's, oder lassen Sie's bleiben!«

Sie riß sich sofort los. »Ich bin Staatsanwältin der Bundesanwaltschaft, und Sie werden ...«

Weiter kam sie nicht. Vandreyke trat mit solcher Wucht gegen einen ihrer Autoscheinwerfer, daß das Glas zersprang. »Sie tun, was ich sage, verstanden! Keine Diskussionen, keine Extratouren, und wenn Sie mal Pipi müssen, fragen Sie mich um Erlaubnis. Ist das angekommen?«

»Spiel doch mal 'ne andere Platte, Gregor.«

Vandreyke wandte den Kopf. Pieper stand hinter ihm.

So seltsam. Wann immer Sophie später darüber nachdachte, was mit ihnen geschehen war und wie alles seinen Anfang genommen hatte, war es immer dieser Moment, den sie vor sich sah: wie Gregor Vandreyke vor ihr in die Hocke ging und die Glasscherben aufsammelte, die auf der Straße lagen. Er legte sie schweigend in seine linke Hand, vorsichtig, behutsam fast, ehe er langsam den Kopf hob und Sophie anschaute. Nur dieser Blick. Da war etwas, das sie nie zuvor gesehen hatte. Nicht in seinen Augen und nicht in denen irgendeines anderen Mannes. Alle Unsicherheit und Angst verließen sie. Sie gingen fort wie ein ungebetener Besuch, der viel zu lange geblieben war, und ließen nur ein einziges Gefühl zurück: daß ihr nichts geschehen würde, solange *er* nur bei ihr war. Er würde sie beschützen. Immer. Wenn es sein mußte, mit seinem Leben. Vielleicht war er der Maulwurf, den sie suchte, vielleicht war er es nicht. Aber die Antwort auf jene Frage war plötzlich so unwichtig wie sonst nichts auf der Welt, als ginge es nicht mehr darum, sondern um etwas anderes, etwas, das weh tun würde, wenn sie es zuließ, und wieder Furcht in sich barg. Und obwohl dieser Mann, Vandreyke, ihr so fremd war und so vieles in jener Vergangenheit lag, die sie weder mit ihm noch mit ihrem Vater je würde teilen können, erkannte sie doch mit vollkommener Klarheit, daß er in diesem Augenblick das gleiche empfand.

Er richtete sich auf, ließ die Scherben sachte in Sophies Hand gleiten, sagte: »Schicken Sie mir die Rechnung.«

Sie stieg in den Mercedes. Gregor Vandreyke und Jan Pieper standen auf der Straße und sahen dem Wagen hinterher.

»Sei vorsichtig«, sagte Pieper, ohne seinen Freund anzusehen.

Vandreyke betrachtete seine Hände. Eine Scherbe hatte die Haut am Finger aufgeritzt, ein kleiner Blutstropfen quoll hervor. Er rieb ihn mit dem Daumen weg. »Sie will die Wahrheit wissen. Aber sie hat keine Ahnung, auf was sie sich einläßt.«

DREIZEHN

Cancun war ein einziger großer Puff. Nachdem Castro den Amerikanern auf Kuba den Spaß verdorben hatte, war die Hotelzone an der Nichupté-Lagune innerhalb weniger Jahre praktisch aus dem Boden gestampft worden. Die großen Hotelkonzerne, die in Havanna hatten bluten müssen, waren einfach ein paar Seemeilen weiter nach Westen gezogen, wo der Sand an der Nordspitze der mexikanischen Halbinsel Yucatan genauso weiß, das Meer genauso blau und die Grundstückspreise so niedrig waren, daß man für den Gegenwert einer Stange Lucky Strike gut und gern zehn Quadratmeter erstklassigen Baugrund nachgeschmissen bekam.

Es war perfekt. Nur zwei Flugstunden von New York lag das Paradies, und bald landeten die Maschinen im Fünfminutenrhythmus. Mit den Amis kamen die Straßenhändler, dann die Bars und die Nachtclubs, schließlich die Nutten. Ihre Zahl bewegte sich im Verhältnis eins zu fünf zu derjenigen der Touristen. Eine Quote, die jedem Yankee, der hier eine Woche abfeiern und mit Kumpeln oder Geschäftsfreunden die Sau rauslassen wollte, die Freudentränen in die Augen trieb. Vierundzwanzig Stunden am Tag war Highlife auf dem Kukulcán-Boulevard, und selbst die Doormen der Fünf-Sterne-Hotelburgen, die entlang der Lagune jeden Quadratzentimeter zupflasterten, hatten es längst aufgegeben, die Chicas mit den Stöckelschuhen und den Gucci-Handtäschchen, die in den Lobbys herumlungerten, nach ihrem Zimmerausweis zu fragen.

Das Grand National Caribe war die große Ausnahme. Es war eines der führenden Hotels Mexikos, eine Oase des Luxus und der Ruhe inmitten eines Dschungels aus Leuchtreklamen. Die *wirklich Reichen* residierten nicht im Haupthaus, sondern im Senators-Club, dessen luxuriöse Strandvillen hoch über dem Kliff thronten. Von Pagen gesteuerte Elektromobile flitzten hin und her und versorgten die Gäste mit allem, was das Herz begehrte. Frisch eingeflogener kanadischer Lachs war ebensowenig ein Problem wie iranischer Kaviar oder Kopien der neuesten Hollywoodfilme, die in die Großbild-Plasmafernseher, mit denen jede der Suiten ausgestattet war, eingespeist wurden. Wenn jemand ein Mädchen haben wollte, so war es ein Model aus Los Angeles oder Miami, das dem Hotelgast bei der Abreise diskret mit dreitausend Dollar pro Nacht als »Sonderposten« in Rechnung gestellt wurde.

Lajosz Kiraly stand am Fenster seiner Villa und blickte hinunter auf den hoteleigenen Strand, wo Görtz und Hierro mit langsamen Schritten barfuß nebeneinander herliefen. Hierro stand ziemlich weit oben in der Hierarchie von Cuevo, vermutlich war er sogar im Vorstand. Sie hatten am gestrigen Abend im Blue Lagoon, dem Edelrestaurant des Grand National, mit ihm gespeist, und Kiraly war nicht entgangen, daß er zehn Bodyguards mitgebracht hatte. Zehn! In einer Branche, in der sich der Stellenwert eines Mannes an der Zahl seiner Beschützer abmessen ließ, war dies ein beeindruckendes Signal. Hierro hatte vier Villen für sich und seine Bodyguards angemietet, vielmehr bezogen, denn das Hotel gehörte zu hundert Prozent Cuevo.

Kiraly wußte das, weil Görtz es ihm erzählt hatte. Dies und vieles andere in den Tagen nach Krakau und Bremerhaven. Die beiden Aktionen waren so perfekt durchgeführt worden, daß man Kiraly ins Zentrum der Macht geholt hatte. Wäre das Kartell, dem Görtz vorstand, eine Familie der Cosa Nostra gewesen, so besäße Kiraly den Rang eines Capodecine, eines Zehnerchefs, der direkt unter der Ebene der Consiglieri operierte. Görtz suchte seinen Rat in strategischen Fragen, die Aktionen erforderten, überließ ihm die Führung der Soldaten, deren Aufgabe die Ausübung von Gewalt jedweder Form war, und vertraute ihm Geheimnisse an, um ihm seine Wertschätzung zu bezeugen. Es hatte sich für Lajosz Kiraly also doch eine schöne Wohnung in dem großen Haus mit den vielen Zimmern gefunden. Er richtete sich in ihr behaglich ein. Natürlich wußte er, daß das Treffen in Cancun von größter Bedeutung für die Zukunft des Kartells war. Doch Kiraly zweifelte nicht daran, daß Görtz jeden seiner Schritte perfekt geplant hatte. Allein die Tatsache, daß die Bolivianer zu einem Treffen bereit waren, zeigte, daß sie keine falschen Sentimentalitäten in bezug auf Pallucis Cosca an den Tag legten. Görtz hatte ihnen eine lukrative Offerte zu machen. Sie würden sie diskutieren wie Männer, die durch gemeinsame Interessen verbunden waren.

Kiraly sah, wie Görtz und Hierro stehenblieben und sich die Hand gaben. Der Bolivianer ging, von fünf Bodyguards gefolgt, zu einer der Liegen, um sich zu sonnen, während Kiralys Chef allein die Treppen zu der Villa hochstieg, denn hier, auf Cuevos ureigenstem Terrain, hatte er nichts zu befürchten, es sei denn, Hierro hätte die Absicht, ihn töten zu lassen. Das ließe sich allerdings auch durch noch so viele Leibwächter nicht verhindern.

»Wir könnten dreißig Tonnen über Genua, Kopenhagen und Le Havre kriegen«, sagte Görtz, nachdem er den Kühlschrank geöffnet und eines der eisgekühlten Erfrischungstücher herausgenommen hatte, die jeden Morgen ausgewechselt und in einem speziellen Fach für die Gäste bereitgehalten wurden. Er legte sich auf das Sofa, breitete das Tuch über sein Gesicht und entspannte sich. »Zwei Komma sieben Milliarden, die Hälfte davon in Waffen. Kein Schnäppchen, aber auch kein Wucher. In etwa das, was Pallucci bezahlt hat.«

»*Könnten?*« fragte Kiraly.

»Sie bestehen auf einer weiteren Arbeitsprobe. Der Verbindungsbeamte des BKA macht ihnen Scherereien. Ein gewisser Caspar Fischer. Wir sollen uns um ihn kümmern. Dann sind wir im Geschäft.«

»Wo?«

»Er kommt nächste Woche nach Deutschland. Vorbereitung des Staatsbesuchs von Gutierez.«

»Warum nicht in La Paz?«

»Wir sollen für sie die Drecksarbeit machen. Das ist unser Ticket.«

»Roth?«
»Ist er schon soweit?«
»Ich denke, ja.«
»Entscheiden Sie das. Sie haben freie Hand.«
Kiraly zögerte, dann sagte er: »Unser Freund in Wiesbaden hat sich gemeldet. Die Bundesanwaltschaft weiß von LeDuc.«
Görtz nahm das Tuch vom Gesicht. »Ach?«
»Ich frage mich, was passiert, wenn Czarny davon erfährt.«
»Ja, das wäre sicher interessant«, sagte Görtz lächelnd.

Um drei Uhr nachmittags begann bereits die Dämmerung. Vandreyke hatte die Scheinwerfer eingeschaltet und steuerte den Wagen über die A 6 in Richtung Saarbrücken. Die Wischer fegten in Intervallen Wasser und Graupel von der Windschutzscheibe. Für Bruchteile von Sekunden, wenn nach dem Wischvorgang die Scheibe fast trocken war, bildete sich ein Netz von Tropfkanälen um winzige Nässeinseln; fingerhutgroße Punkte, auf denen Scheinwerferlicht glitzerte und erlosch. Pieper saß auf dem Beifahrersitz und wickelte mit Hingabe Himbeersahnetorte aus der Verpackung. *Unglaublich, was seine Frau ihm alles einpackt*, dachte Sophie, die hinter den beiden Fahndern auf dem Rücksitz kauerte. Vandreyke langte nach rechts, tunkte den Zeigefinger in die Sahne und leckte ihn, von Pieper mit einem bösen Blick bedacht, ungeniert ab. Seit jenem Moment, da er auf der Straße vor seinem Haus die Glasscherben in Sophies Hand gelegt hatte, war die Furcht vor dem, was geschehen *könnte* und vielleicht geschehen *mußte*, ihr ständiger Begleiter. »*Bring mich ins Bett, Schwesterlein.*« Vielleicht war er in einem gewissen Sinn ihr Bruder. Doch so empfand sie nicht für ihn. Und er nicht für sie. Die Sorgfalt, mit der sie darauf achteten, einander auf Distanz zu halten, hatte plötzlich andere Gründe als noch in Paris, so daß das Wundervolle und das Gefährliche so dicht zusammenrückten, bis es keinen Unterschied mehr machte.

Sie wandte wieder den Kopf und starrte schweigend in den Regen. Wenig später huschte ein Autobahnschild vorbei: *Saarbrücken-Güdingen.* Hier hatte vor sechs Wochen alles begonnen.

Abdullah Bucak. Erst in diesem Moment wurde Sophie bewußt, daß sie ihn nie kennengelernt hatte, nie gesehen. Abgesehen von Fotos natürlich. Sie führten Krieg, aber es war ein Krieg gegen die Bosse, in dem die Opfer keine Rolle spielten. Nicht wirklich. Die Ermordung von Bucaks Freunden, das Entsetzliche, was man ihm angetan hatte, war nichts weiter als eine Aktennotiz, wie auch die, deren Körper von dem Gift zerfressen wurden, das der Weihnachtsmann aus Südamerika und Asien brachte, für Sophie und ihresgleichen nur in Meßkurven und Jahresberichten existierten. Jene, welche sie »die Ameisen« nannten, waren für die Strafverfolgungsbehörden nicht existent, weil der Krieg an dieser Front unmöglich zu gewinnen war.

Wenige Kilometer hinter Merzig endete die Autobahn. Sie wechselten auf die Landstraße, die von Weinbergen gesäumt wurde, und erreichten eine halbe Stunde später das malerische Städtchen Schengen, das genau auf der Grenze zwischen Deutschland, Frankreich und Luxemburg lag, weshalb es dem wohl bedeutsamsten Abkommen der Staats- und Regierungschefs der EU seinen Namen gegeben hatte. Für das BKA war es der blanke Horror. Vierhundertfünfzig Millionen Menschen lebten in einem Wirtschaftsraum, der sich kaum noch kontrollieren ließ und zum Schlaraffenland für die Kartelle mutiert war. Der Weltjahresumsatz im Drogengeschäft hatte die unvorstellbare Zahl von einer Billion Euro überschritten. Es war die größte Wachstumsbranche der Erde, das Wort Rezession existierte für die Bosse nicht. Schon jetzt erwirtschafteten sie mehr Profit als die gesamte Computer- und Autoindustrie, und ein Ende war nicht abzusehen. Jährlich wurde Stoff für mehr als zwanzig Milliarden Euro allein in der Bundesrepublik abgesetzt. Die nicht vorhandenen Grenzen machten es der Drogenmafia leicht, ihren Bestand zu sichern und die Gewinne zu optimieren. Die Kartelle operierten längst wie internationale Großunternehmen, und das waren sie ja auch, Megakonzerne, die weltweit Millionen von Menschen beschäftigten und das gleiche anstrebten wie jeder anständige Kapitalist: den größtmöglichen Profit. Es gab Fusionen und Beteiligungen, Joint-ventures und Monopolabsprachen wie in der »richtigen«, der legalen Wirtschaft. Die Kolumbianer taten sich mit den Türken zusammen, die Russen ließen ihre Geschäfte von der Cosa Nostra oder der Camorra absichern, das goldene Dreieck produzierte neuerdings nicht mehr ausschließlich Heroin, sondern auch Koks, das die Pakistanis und Südafrikaner für sie in den Westen schleusten. Cuevo wiederum hatte Dependancen in Mexiko und Honduras, wo sie gemeinsam mit dem Tijuana-Syndikat riesige Opiumplantagen betrieben, denn in diesem Marktsegment war die Gewinnmarge sogar höher als beim Stammgeschäft Kokain. All diese Gruppen tummelten sich in Europa, dem Thronsitz der mächtigen Großeinkäufer, deren Profit, da der Stoff, bis er zum Endverbraucher kam, immer weiter gestreckt und gepanscht wurde, den der Produzenten noch überstieg. Hier saß das Geld, hier war die potenteste Kundschaft, und das Schengen-Abkommen hatte das Geschäftsrisiko so weit minimiert, daß es kaum noch größer war als in jeder anderen Branche, die auf Expansion ausgerichtet war. Der Krieg hatte stattgefunden, ohne daß die Bürger es wirklich bemerkten. Nun war er im Prinzip vorbei, das hieß: verloren. Die fünfzigtausend Toten, die er noch immer jedes Jahr forderte, davon zweitausend in der Bundesrepublik, wurden im wahrsten Sinne des Wortes zu Karteileichen. Abgehakt, abgeschoben in die Statistiken. Dies war die Wahrheit, und sie war Sophie noch nie so bewußt gewesen wie in jenem Moment, in dem sie die Mosel überquerten und Schengen hinter ihnen zurückblieb.

Sie fuhren durch dichte Tannenwälder. Der Regen ließ nach. Auf den Höhen ging der Blick weit über ockerfarbene Felder. Winzige Traktoren krochen durch die Dämmerung. Das Wochenendhaus von LeDuc lag abseits von Lavelanet, einem kleinen Dorf dreißig Kilometer nördlich von Luxemburg-Stadt.

Vandreyke hatte am Morgen mit ihm telefoniert, und LeDuc hatte das Treffen bestätigt. »Siebzehn Uhr. Sie haben eine Stunde. Kein Tonband, keine offizielle Vernehmung. Ihnen vertraue ich. Aber halten Sie Ihre Staatsanwältin ruhig.«

Die Spielregeln waren klar und verständlich: Sollte LeDuc bestätigen, daß tatsächlich er den Kontakt zu Fasoulas hergestellt hatte, war Vandreyke halbwegs aus dem Schneider. Der Belgier war ein Kontaktmann des BKA, daran bestand kein Zweifel mehr. »*Wir haben sechzig verdeckte Ermittler im ständigen Einsatz. Jemand wie LeDuc ist unbezahlbar.*« Wenn sich die Spur zu LeDuc und von diesem zu Czarny und Fasoulas allerdings nicht lückenlos nachvollziehen ließ, hatte Vandreyke ein Problem. Das wußte er. Darum spürte Sophie, als sie sich Lavelanet näherten, die Unruhe, die von ihm Besitz ergriff. Zwar waren seine Bewegungen noch immer von ostentativer Gelassenheit, doch das war nur der Profi, der sich in jeder Situation unter Kontrolle hatte. Plötzlich machte er kleine Scherze, drehte das Autoradio lauter und leiser, brauchte für eine Zigarette nur noch halb so lange wie eine Stunde zuvor. Er war nervös. Und als sein Blick sich mit dem von Sophie im Rückspiegel traf, wußte er, daß sie ihn durchschaut hatte.

Vandreyke setzte ein schiefes Grinsen auf. »Es gibt noch eine zweite Möglichkeit. LeDuc könnte für das neue Kartell arbeiten. Er sollte mich unbedingt zu Fasoulas führen. Dadurch hätten sie sichergestellt, daß wir in Bremerhaven Stellung beziehen. Einen eindrucksvolleren Beweis ihrer Schlagkraft konnten sie Cuevo doch gar nicht bieten: ›Seht her, das mächtige BKA war informiert. Trotzdem sind wir an den Container herangekommen!‹ Haben Sie das schon in Betracht gezogen?«

»Ja.«

»Warum gefällt Ihnen der Gedanke nicht? Weil ich darin nicht die richtige Rolle spiele?«

Sophie schwieg.

Lavelanet bestand nur aus ein paar Gehöften, die rechts und links der mit Kopfstein gepflasterten Straße lagen. Dampf stieg von Misthaufen auf. Kein Mensch war zu sehen. Das Haus, das sie suchten, lag etwa einen Kilometer hinter dem Ortsausgang. Es war ein zweistöckiger Klinkerbau mit Satteldach, Garage für zwei Fahrzeuge. Nichts Pompöses, eher bescheiden. Nur im Erdgeschoß brannte Licht. Pieper und Vandreyke wechselten einen kurzen Blick, als sie den Polizeiwagen sahen, der in der Einfahrt parkte. Ein Peugeot mit luxemburgischem Kennzeichen.

»Hat er Personenschutz?« fragte Pieper.

»Vermutlich«, murmelte Vandreyke und kratzte sich am Kinn. Sophie sah, wie seine Nackenmuskeln sich spannten.

»Was ist?« fragte sie und beugte sich nach vorne.

»Keiner im Auto.«

»Na und? Kann man doch verstehen bei dem Sauwetter.«

»LeDuc ist gern für sich. Der will im Haus seine Ruhe haben.«

Er gab wieder Gas und bog fünfhundert Meter weiter von der Straße ab. Sie holperten über einen Feldweg, das Haus immer in Sicht. Hinter einer Biegung stand der Citroën. Er parkte halb auf dem Acker, als sei der Fahrer ein Jäger oder Spaziergänger, der den Platz für Traktoren freihalten wollte. Nur daß die Felder ringsum nicht zur Jagd taugten. Und für einen Spaziergang war es kaum das richtige Wetter. Vandreyke stoppte, damit Pieper aussteigen konnte, um sich das Auto anzusehen. Französisches Kennzeichen. Abgeschlossen. Pieper kam zurück, stieg wieder ein, und sie fuhren schweigend weiter.

An der Rückseite begrenzten knorrige Obstbäume das Grundstück. Davor war ein hoher Zaun. Pieper und Vandreyke zogen beide ihre Waffen und überprüften sie. »Sie warten, wir sehen uns das erstmal an.« Schon waren sie draußen. Sie drückten die Wagentüren zu, ohne ein Geräusch zu machen, und kletterten über den Maschendraht. Sophie starrte ihnen hinterher, bis sie im Gebüsch verschwunden waren. Plötzlich fror sie. Sie zog ihre Jacke an, die neben ihr auf dem Rücksitz gelegen hatte. Doch es half nichts. Da langte sie nach dem Sensor und aktivierte die Zentralverriegelung.

Als verspräche das Sicherheit.

Pieper und Vandreyke schlichen geduckt um das Haus herum. Sie kauerten unter einem der Fenster und verständigten sich mit Handzeichen. Pieper richtete sich vorsichtig auf und lugte ins Haus. Er starrte auf die Rücken von zwei uniformierten Polizisten. Einer von ihnen durchsuchte ein Bücherregal. Als er sich streckte und den Arm hob, sah Pieper die Waffe im Achselholster. Eine Llama mit Schalldämpfer, nicht gerade die Standardausrüstung für Flics. Er ging wieder in Deckung und signalisierte Vandreyke mit Mittel- und Ringfinger, daß sie es mit mindestens zwei Männern zu tun hatten. Vandreyke nickte und robbte zum nächsten Fenster. Anderes Zimmer. Hier hielt sich ein weiterer »Flic« auf. Schneeweiße Haare, ein Albino. Er riß die Schubladen eines Sekretärs auf und warf Unterlagen in das Feuer, das im Kamin brannte.

Auf dem Boden lag eine Leiche. Es war LeDuc. Eine große Blutlache breitete sich unter seinem Kopf aus, also konnte er noch nicht lange tot sein. Vandreyke duckte sich wieder und sah zu Pieper. Drei Finger. Pieper nickte. Er sah, wie sein Partner zu dem Polizeiauto kroch. Zwischen Rückbank und Vordersitzen klemmte eine Leiche in Unterwäsche. Vandreyke öffnete leise den Kofferraum. Hier lagen die beiden anderen Leichen. Kein Blut, keine sichtbaren Verletzungen. Vermutlich hatte man ihnen das Genick gebrochen. Egal, wer die Männer im Haus waren, sie hatten drei Flics getötet, ihre Uniformen angezogen und LeDuc vermutlich so schnell liquidiert, daß er nicht einmal die Zeit gehabt hatte, Furcht zu empfinden.

Vandreyke huschte zurück zum Haus. Er preßte sich gegen die Wand neben der Tür. Er kontrollierte seinen Atem, ehe er die Hand ausstreckte und klingelte. Die beiden Kollegen des Albinos sprangen zu dem Fenster, unter dem Pieper kauerte. Doch von dort konnten sie die Haustür nicht einsehen.

Der Albino zog seine Waffe und schlich zum Eingang. Er lugte durch den Spion. Niemand zu sehen, der Polizeiwagen stand friedlich in der Einfahrt. Der Mann dachte nach. Vielleicht waren es Kinder, die sich einen Scherz erlaubt hatten. Als er sich umdrehte, um zurück in das Zimmer zu gehen, klingelte es erneut. Der Albino war mit einem Satz an der Tür und stieß sie auf. Vandreyke packte seinen Arm. Er riß ihn nach vorne, so daß er ins Freie taumelte. Der Fahnder wollte ihm die Handkante gegen die Gurgel schmettern, aber er hatte seinen Gegner unterschätzt. Er wich dem Schlag aus, verpaßte Vandreyke einen Leberhaken und donnerte ihm den Ellenbogen in die rechte Armbeuge. Der Schmerz raste wie ein Stromstoß durch die Nervenbahnen in Vandreykes Hand, so daß er die Waffe fallenlassen mußte. Als der Albino jedoch die Llama in Anschlag brachte, sprang Vandreyke hoch und wirbelte herum wie ein Hund, der eine Frisbeescheibe fängt. Er flog waagrecht durch die Luft. Seine Stiefel krachten gegen den Solarplexus des Albinos, der mit einem Schmerzensschrei zusammensackte und ebenfalls seine Waffe fallenließ.

Erst als die Männer im Haus den Schrei hörten, erkannten sie, daß draußen etwas außer Kontrolle geriet. Sie rannten los, um ihrem Kollegen zu Hilfe zu kommen. Im selben Moment splitterte das Fensterglas hinter ihnen. Pieper hechtete in den Raum und eröffnete gleichzeitig das Feuer. Einen der Männer traf er mitten in die Stirn. Er war bereits tot, als die letzten Nervenzuckungen ihn noch torkeln ließen, drehte sich einmal um die eigene Achse und fiel dann mit dem Gesicht in den Glastisch, der in der Zimmermitte stand.

Pieper rollte sich ab und ging hinter dem Sofa in Deckung, dessen Polster von den Schüssen zerfetzt wurden, die der andere Mann in schneller Folge auf ihn abgab. Noch zweimal konnte Pieper das Feuer erwidern, dann war sein Magazin leer. Er riß die Ersatzkartusche aus dem Futteral, das er am Gürtel trug, und hämmerte sie in den Schaft. Da hörte er bereits, wie schnelle Schritte sich entfernten. Als er vorsichtig den Kopf hob, sah er, daß der zweite Mann verschwunden war. Pieper richtete sich auf. Er hielt die Sig Sauer beidhändig und sicherte nach allen Seiten. Stille. Dann heulte irgendwo hinter dem Haus ein Motor auf. Der Citroën. Dazu gehörte nicht viel Phantasie.

Sophie wußte, daß es Wahnsinn war, was sie tat. Doch als sie die Schüsse gehört hatte, war sie, ohne zu zögern, aus dem Wagen gesprungen und über den Zaun geklettert. Nasse Äste und Sträucher peitschten ihre Haut, als sie atemlos über das Grundstück hetzte. Die Angst war eine Stahlzange in ihrem Nacken, ihr Herz schlug so schnell, daß sie vor Übelkeit stolperte und ihr schwarz vor Augen wurde. Aber sie rannte weiter, unfähig, an etwas anderes zu denken als an Vandreyke, der sein Leben riskierte, weil sie ihn hierhergeführt hatte.

Dann hatte sie das Haus erreicht. Sie sah, wie Vandreyke und ein anderer Mann sich eng umschlungen über den Kies wälzten, der die Einfahrt bedeckte. Beide versuchten, an eine der Waffen zu gelangen, die wenige Meter entfernt im Matsch lagen. Als Vandreyke Sophie aus dem Augenwinkel bemerkte, war er für den Bruchteil einer Sekunde abgelenkt. Sein Gegner versetzte ihm mit dem Knie einen Tritt in den Unterleib, so daß Vandreyke keine Luft mehr bekam und ihn loslassen mußte. Der Albino war mit einem Satz bei der Waffe mit Schalldämpfer. Er stand breitbeinig da, lächelte und richtete die Pistole auf den Kopf des Fahnders.

Vandreyke verzog das Gesicht zu einer Grimasse. Im selben Moment tauchte Sophie hinter seinem Gegner auf. Sie holte aus und schlug ihm mit voller Wucht den Rechen ins Kreuz, der an der Hauswand gelehnt hatte. Der Mann kippte nach vorne. Doch der Schlag war nicht hart genug gewesen, so daß er herumfuhr und die Waffe erneut hochriß.

Diesmal war Sophie sein Ziel.

Der Schuß fiel. Vandreyke hatte die Walther TPH aus dem Wadenholster gerissen und gefeuert. Das häßliche Loch im Hinterkopf des Albinos beendete jeden Zweifel, daß es vorbei war. Der Mann fiel ohne einen Laut um und begrub Sophie unter sich.

Als Pieper angerannt kam, kniete Vandreyke auf der Erde. Er hielt Sophie im Arm und wiegte sie sanft hin und her. »Schon gut ... alles in Ordnung ...« Sie schluchzte und zitterte und klammerte sich an ihm fest, als sei ihre größte Angst, daß er wegging und sie allein ließ.

Das Molitor lag am Rande der Altstadt, in der Avenue de la Liberté. Es war eines der ältesten Hotels von Luxemburg und hatte seine beste Zeit längst hinter sich. Die Bar, die sich großspurig »Lounge« nannte, befand sich im ersten Stock. Sie war dem spröden Charme der Siebziger verpflichtet. Wer Sessel mit hölzernen Armlehnen und braunem Stoffbezug mochte und ein Faible für Wandteppiche mit geometrischem knallbuntem Muster hatte, war hier richtig.

Sophie saß an einem Fenstertisch. Sie starrte auf die Lichter der Festungsanlage, die schwach in dem Nebel glommen, der über der Stadt lag. Außer ihr hielten sich nur drei weitere Personen hier auf: der Barkeeper, der eine bizarre Leidenschaft für Adriano Celentano zu haben schien, weshalb nun schon zum drittenmal hintereinander »Azzuro« aus den Lautsprechern der Stereoanlage schmachtete, und ein Pärchen, das in einer der Nischen saß und Händchen hielt. Vandreyke kam herein. Er setzte sich Sophie gegenüber. Sie schwiegen. Er sah, daß ihre Hand, die das Whiskeyglas hielt, zitterte. »Sind Sie in Ordnung?« Seine Stimme war ruhig und sachlich, als sei Lavelanet Teil eines normalen Arbeitstags gewesen.

»Sieht so Ihr Leben aus?« fragte Sophie tonlos.

»Man kann es sich nicht immer aussuchen.«

»Ist das die schlechte Nachricht?«

»Nein, die kommt erst.« Er zog eine der Plastiktüten, wie sie die Spurensicherung verwandte, aus dem Jackett und legte sie auf den Tisch. Sophie stellte ihr Glas ab. Sie nahm das Asservat in die Hand. Es waren Papierschnipsel. Vandreyke deutete auf die halbverbrannte Ecke eines Dokuments. »Das haben wir aus LeDucs Kamin gefischt. Sehen Sie sich die Perforierung an. Meine Dienstnummer. Es ist eine Kopie meiner VE-Akte.« Sophie starrte Vandreyke wortlos an. »Sie stammt aus der Firma. Direkt aus dem Giftschrank. Glauben Sie mir, da kommt nicht jeder ran.«

»Was beweist das? Vielleicht haben *Sie* die Akte bei LeDuc deponiert.« Sie legte einen Geldschein auf den Tisch, stand auf und ging hinaus. So sehr hatte sie ihn vorhin gebraucht. Hatte zwei Stunden in der Bar gesessen und nur gewartet, daß er kam. Nein, nicht gewartet, *sich gesehnt*. Doch nun, wo er den möglichen Beweis seiner Unschuld in Händen hielt, machte ihr das solche Angst, daß sie floh vor dem, was unausweichlich war.

Noch im Lift hörte sie »Azzuro«.

Er holte sie ein, als sie die Zimmertür aufgeschlossen hatte.

Vandreyke schob Sophie zur Seite, ging an ihr vorbei und blieb in der Zimmermitte stehen. Er griff in sein Jackett, zog die Glock aus dem Holster und warf sie auf das Bett. Das gleiche tat er mit der Walther.

Sophie sah ihm regungslos dabei zu.

Er sagte: »Ich kann Ihnen nicht beweisen, daß ich unschuldig bin. Es gibt für Sie nur zwei Möglichkeiten: Vertrauen Sie mir, oder sorgen Sie dafür, daß ich vom Dienst suspendiert werde. Sie haben keinen Freund im BKA, niemanden in der Bundesanwaltschaft. Falls Sie glauben, Sie wüßten, was Druck ist, muß ich Sie enttäuschen. Sie sind bei dreitausend Meter aus dem Flugzeug gesprungen, und im Moment sieht es so aus, als ob Ihr Fallschirm nicht aufgeht. Helfen Sie mir. Dann helfe ich Ihnen.«

Sie schwieg noch immer. Er drehte sich um und wollte gehen. Sie hielt ihn am Arm fest. »Trinken Sie was mit mir?« Er reagierte nicht. »Nur ein bißchen ... reden ... erzählen Sie mir was ... irgendwas.«

Er starrte Sophie an. Dann beugte er sich einen Zentimeter nach vorn und tauchte sein Gesicht ganz leicht in ihr Haar. Sie zuckte sofort zurück. »Bitte ... bitte nicht ...«

»Warum wehrst du dich dagegen? Laß es doch einfach geschehen.«

»Ich kann nicht ... ich ...« Doch als sie sah, daß er sich abwenden wollte, war es ihr unerträglich. Sie schlang ihre Arme um ihn und küßte ihn. Sie hingen aneinander wie Ertrinkende. Ihre Gesichter schimmerten purpurfarben in dem Licht, das die Hotelreklame in das Zimmer warf. Sie waren Diebe, sie stahlen einander die Kleider in diesem Licht. Sophie ließ sich auf das Bett fallen und wälzte sich herum. Vandreyke glitt an ihre Seite. Er hatte die Augen geschlossen und genoß den Mandelgeruch ihrer Haut. Adriano Celentano wühlte sich aus der Bar bis hierher. »Azzuro, das ist der Himmel für Verliebte.« Sie hielten inne, lachten, keuchend, mit verzerrten Gesichtern wie Kämpfende. Er hatte seine Hand zwischen ihren Schenkeln, bewegungslos, während sie sich wieder bewegte. »Das ist der Himmel.« Ihr Mund, den er atmete. »Heißt blau.« Ihre Fingernägel glitten über seinen Rücken. Ihre kleinen Schreie. »Azzuro.« Dieses dämliche Lied, das niemand abstellte. Sie hörten es nicht mehr und lagen einander atemlos in den Haaren. Während draußen fremde Menschen durch die Straße trieben und fremden Gefühlen zum Opfer fielen, stießen sie alle Fremdheit aus sich heraus.

Dann lagen sie still. Sie betasteten Ihre Gesichter wie Blinde. Auch Adriano Celentano war still.

Sophie flüsterte: »Ich weiß, du wirst mir Unglück bringen.«

Sie hörte ihn sagen: »Nie.«

Doch sie wußte es besser.

VIERZEHN

»Meine Tochter!« brüllte Wolf. »Verdammt noch mal! Und du läßt dich in so eine Sache reinziehen!« Er funkelte Gregor Vandreyke an, der den Zornausbruch stumm über sich ergehen ließ. »Ist das alles, was du zu sagen hast? Na los, du bist doch sonst nicht so maulfaul!«

Außer ihm und Vandreyke hielt sich nur noch Thom im Amtszimmer des Präsidenten auf. Er betrachtete nachdenklich die Klarsichthülle, worin der Rest der VE-Akte eingeschweißt war.

»Meine Entscheidung. Ich übernehme die Verantwortung«, sagte Vandreyke ruhig.

»*Deine* Entscheidung? Ihr hattet keine Ermittlungskompetenz für Luxemburg! Keine Kompetenz!« Wolf mußte mehrmals durchatmen, bis er sich einigermaßen beruhigt hatte. »Bist du sicher, daß es Czarnys Männer waren?«

»Ganz sicher. Zwei von ihnen habe ich in Krakau gesehen. Der dritte war dabei, als ich mich in Haifa mit Fasoulas getroffen habe.«

»Gregor, du weißt, daß ich dir vertraue. An den Quatsch, den meine Tochter sich eingebildet hat, habe ich keine Sekunde geglaubt. Aber wir müssen herausfinden, wie LeDuc an deine Führungsakte gelangt ist. Wir haben ein Sicherheitsleck, und wenn wir das nicht stopfen, tanzt uns die Kundschaft auf der Nase herum!«

»Herr Präsident, kann ich Sie unter vier Augen sprechen?« Das war Thom.

»Nicht nötig. Also bitte!«

»Ihnen ist bekannt, daß die Akten streng gesichert sind. Nur eine Handvoll unserer Leute hat Zugang.«

Jeder verdeckte Ermittler besaß einen VE-Führer, der auf unterschiedlichen Kommunikationswegen, wozu auch nachrichtendienstliche Mittel wie tote Briefkästen oder konspirative Wohnungen gehörten, Kontakt mit dem VE hielt. Der VE-Führer hatte einen einzigen Stellvertreter, so daß außer diesen beiden und dem VE niemand Einsicht in die Legende hatte, die bei OA im Panzerschrank aufbewahrt wurde. Dies jedoch war ein Sonderfall. Die Bedeutung der Aktion »Weichsel« war so außergewöhnlich gewesen, daß Vandreyke und Broszat mit Zustimmung Wolfs von Thom persönlich geführt worden waren. Also befanden sich die Personen, die es betraf, in diesem Raum. Im Prinzip.

»Es ist zwei oder drei Wochen her«, sagte Thom mit sichtlichem Unbehagen. »Grimm fragte mich, ob er einige der VS-Dateien einsehen könnte, und ich habe es erlaubt.« Der nächste Satz fiel ihm schwer wie sonst nichts. »Ich kann nicht ausschließen, daß Vandreykes Führungsakte dabei war.«

Plötzlich war es totenstill im Zimmer.

»Weißt du, was du da sagst?« fragte Wolf, als er sich wieder gefaßt hatte.

Thom nickte. »Vor ein paar Tagen hat er Merleker vom Geheimschutz angerufen und die Akte LeDuc angefordert. Angeblich Präsidentenvorlage. Er war in alles eingeweiht. Krakau, Bremerhaven, Paris, Luxemburg.«

»Das ist zu verrückt!« stieß Vandreyke hervor. »Okay, Grimm ist ein arrogantes Arschloch. Aber er ist immer noch Stabschef im BKA. Glauben Sie ernsthaft, er steht auf der Lohnliste der Mafia?«

Thom antwortete nicht.

Statt dessen öffnete er die Asservatentüte und breitete die angekokelten Papierschnipsel auf dem Tisch aus. Das durfte er, denn sie waren längst nach Fingerabdrücken und sonstigen Spuren untersucht worden. Thom separierte einen der Schnipsel und hob ihn hoch. Die Buchstaben *»garine«* waren deutlich zu lesen.

Vandreyke zuckte die Schultern. »Und, was ist damit?« Er wollte weitersprechen, doch als er die Gesichter von Wolf und Thom sah, verstummte er.

»Als ich ganz jung im Amt war, haben wir bei einer Personenkontrolle eine Todesliste der RAF gefunden«, sagte Thom leise. »Es waren keine Klarnamen darunter, nur Verschlüsselungen und Codewörter. Eines war ›Big money‹. Dahinter verbarg sich, wie wir später erfahren mußten, Hanns-Martin Schleyer. Ein anderes lautete ›Margarine‹. Wir haben uns nächtelang die Köpfe zerbrochen, wer damit gemeint sein konnte. Erst nach der Ermordung von Siegfried Buback wußten wir, daß es der Generalbundesanwalt gewesen war. S. B. – so hieß die Margarinemarke.«

Wolf sah Vandreyke lange schweigend an. »LeDuc hat dir keinen direkten Kontakt zu Fasoulas verschafft. Richtig?«

»Ja. Da war noch jemand dazwischen. Silvio Badoer.«

»S. B.« sagte Wolf. »Grimm hat seine Doktorarbeit über mich und die RAF-Zeit geschrieben. Er kennt diese Geschichte, ich habe es ihm selbst erzählt. Wie es scheint, hat er Spaß an dem kleinen Spiel gehabt.« Er drückte seine Zigarre aus, obwohl sie erst halb aufgeraucht war. »Ich bin in Marokko aufgewachsen. Mein Vater war dort der erste Botschafter der Bundesrepublik nach dem Krieg. Sie haben viele Sprichwörter, die Marokkaner. An eines erinnere ich mich besonders gut: ›Tausend Feinde außerhalb des Hauses sind besser als einer drinnen.‹ Morgen bin ich in Karlsruhe, danach sehen wir weiter. Was Grimm betrifft, garantiert ihr mir absolutes Stillschweigen – gegenüber jedermann!« Er fixierte Vandreyke. »Das gilt auch für meine Tochter, versteht sich!«

Klar. Macht es dir angst? Vandreyke nickte nur. »Soll ich mich um Grimm kümmern?«

»Ja«, antwortete Wolf. »Aber das lassen wir nicht über den Geheimschutz laufen, das machst du selbst. Nimm dir ein paar Leute, denen du vertrauen kannst, die sollen ihn abhören. Sein Handy, sein Büro, seine Wohnung. Laß ihn observieren. Und nimm sein Appartement unter die Lupe. Korrespondenzen, Telefonrechnungen, Kontobewegungen, alles. Der wird mir komplett durchleuchtet, jedes Detail. Aber leg keine Akte darüber an, du erstattest mir persönlich Bericht!«

Die Sprechanlage meldete sich. Wolf hörte die Stimme seiner Sekretärin. »Herr Präsident, der belgische Justizminister für Sie.« Wolf brauchte nichts weiter zu sagen. Thom und Vandreyke standen auf und verließen den Raum.

Sophie saß vorne, direkt hinter der Trennwand, die den Passagierraum vom Cockpit des BGS-Helikopters trennte, indes Wolf, wie üblich in seine Akten vertieft, auf seinem Stammplatz in der letzten Reihe hockte. Was hatte sie erwartet? *Daß er mich umarmt und küßt und sagt, wie froh er ist, daß mir in Luxemburg nichts passiert ist?* Das würde nie geschehen. Lange Zeit war ihr nicht bewußt gewesen, daß sie die Dinge immer nur aus ihrer Perspektive gesehen hatte, nie aus der seinen. Doch in der letzten Nacht, als sie schlaflos neben Vandreyke gelegen und das leise Stöhnen gehört hatte, das seine Träume begleitete, war ihr zum erstenmal bewußt geworden, was ihre Anwesenheit in Wiesbaden für ihren Vater bedeutete: Sie war eine ständige Anklage. Allein die Tatsache, daß er sie fast täglich sehen und mit ihr sprechen mußte, verschloß ihm jede Möglichkeit, der Vergangenheit zu entfliehen. Es quälte ihn, das spürte sie. Und sie hatte sich in dieser Nacht dabei ertappt, daß ihr der Gedanke gefiel. Doch schon am Morgen, als sie und Vandreyke sich ein zweites Mal geliebt hatten und sie sich in die plötzliche Vertrautheit zwischen ihnen einkuschelte wie in eine warme Decke, hatte sie sich dafür geschämt. Welche Strafe verdiente ihr Vater für das, was er seiner Familie angetan hatte? Wie konnte sie sich anmaßen, Anklägerin und Richterin in einer Person zu sein? Vandreyke ... nein, Gregor! ... hatte ihre Gedanken gelesen, sie sanft gestreichelt und gesagt: »Jeder hat eine zweite Chance verdient.«

Über nichts anderes dachte sie seitdem nach.

Wolf war froh um diese paar Meter, die ihn von seiner Tochter trennten. Er hob den Kopf und lugte nach vorne, auf ihren Hinterkopf, wo ihr wunderschönes Haar zu einem Pferdeschwanz gebunden war. *Sie sieht aus wie du, Marianne. Sie ist dir ähnlich in so vielem, was ich an dir liebte. Und ich habe es ihr genau-*

sowenig gesagt wie jemals dir. Die Erleichterung darüber, daß sie heil aus Luxemburg zurückgekommen war, hatte ihn mehr bewegt als der Verdacht gegen seinen Stabschef, sie war sein Begleiter in jeder Minute, seit Vandreyke ihm gebeichtet hatte, was passiert war. Aber ihr das zu sagen, war sinnlos, das wußte er, denn sie würde es als plumpen Versuch auffassen, eine Wunde zu heilen, indem man einfach ein Pflaster darüberklebte. Das wollte er sich nicht antun. Und ihr auch nicht.

Susanne Voigt stand mit Johannes Steindorff am Fenster seines ovalen Amtszimmers. Der Helikopter verschwand aus ihrem Blickfeld, als er den Landeplatz auf dem Dach ansteuerte.

»Die Welt könnte nicht schöner sein«, murmelte Voigt. Seit Tagen spürte sie eine wachsende Unruhe in sich, die dem Gefühl von Lampenfieber nahekam. »Erst Bremerhaven, dann Luxemburg. Ich könnte weinen, so perfekt ist das.«

»Es war *dein* Vorschlag. Du hast mit allem recht gehabt.«

Sie siezten einander nur bei offiziellen Anlässen. Sobald sie sicher waren, ungestört zu sein, benutzten sie das vertraute Du.

»Reicht Luxemburg für uns?« fragte Steindorff und krault gedankenverloren den kleinen gescheckten Mops mit den riesigen Fledermausohren und dem Schweineschwänzchen, der sich auf der Fensterbank zusammengerollt hatte und seinem Herrchen den kahlen Bauch hinhielt.

»O ja. Das letzte, was Wolf gebrauchen kann, ist der Vorwurf der Vetternwirtschaft. Das würde ihm das Genick brechen.«

»Es ist noch zu früh, den Champagner kalt zu stellen. Warten wir ab.«

Zwei Minuten später nahmen Sophie und Wolf in den weichen Ledersesseln der Besprechungsecke Platz. Entgegen der Kleiderordnung eröffnete Susanne Voigt das Gespräch. »Ehe wir beginnen, eine kurze Erklärung: Selbstverständlich wäre die Teilnahme von Referatsleiter Bresser an dieser Unterredung von Nutzen. Leider ist er momentan in Berlin. Er hat mich gebeten, seine Abwesenheit zu entschuldigen.« Dabei warf sie Sophie einen knappen Blick zu, den diese dankbar konstatierte.

Jetzt war der GBA an der Reihe. »Sind die Mörder von LeDuc identifiziert?«

»Czarnys Männer. Eindeutig«, sagte Wolf.

»Wo befindet er sich jetzt?«

Sophie griff in ihre Aktentasche und zog mehrere unscharfe Fotos heraus. Sie zeigten Czarny auf einem Rollfeld, vor einem Lear-Jet, beim Einsteigen in den Jet. »Das kam von den italienischen Kollegen. Czarny hat sich offenbar in Brindisi aufgehalten und das Land vor vier Tagen mit unbekanntem Ziel verlassen. Wir vermuten, daß er sich irgendwo in der Karibik aufhält. Sicher ist das aber nicht. Sinnvoll wäre eine Erneuerung des bestehenden europäischen Haftbefehls durch den Generalbundesanwalt. Der Ermittlungsrichter beim BGH würde das gewiß mittragen. Die Europol- und Interpolstellen des BKA können alles weitere veranlassen.«

»Wer ist für Bremerhaven verantwortlich?« fragte Voigt. »Ich glaube kaum, daß Czarnys Leute den Container selbst gesprengt haben.«

»Wir haben gesicherte Informationen von V-Männern, daß das Marktsegment, das Cuevo seit Jahren besetzt hat, momentan brachliegt. Ein neues Vertriebskartell will in Europa an die Macht, und der Weg dorthin führt nur über Czarny. Er war einer der Köpfe des ›ancien régime‹. Aber auch die neuen Machthaber brauchen ihn. Er ist der Schlüssel.«

Steindorff wog bedächtig sein Haupt. »Herr Präsident, genau wie Sie bin ich in meinem Amt der Politik verantwortlich. Gestatten Sie mir also ein offenes Wort: Die Justizministerin ist, wie Sie wissen, mir gegenüber weisungsberechtigt. Man hat mir signalisiert, daß Berlin keinen Bedarf an einer, sagen wir, *Eskalation* der Situation hat. Offenbar sind deutsche Interessen berührt.«

Wolf lehnte sich zurück und glättete mit Spucke eine Unreinheit des Deckblatts seiner Zigarre. »Ich weiß schon, Sie spielen auf das Dossier an, das der BND über Czarnys Aktivitäten in Polen erstellt hat. Es dürfte im Kanzleramt ziemlichen Staub aufgewirbelt haben. Da wir hier unter uns sind, brauchen wir nicht lange um den heißen Brei herumzureden: Deutsche Rüstungskonzerne, mit Namen bekannt, haben Geschäftskontakte zu Czarny. Über Scheinfirmen, die ihm gehören, wickeln sie Exporte in Länder ab, die unsere Außenministerin nicht einmal besucht, weil allein das schon degoutant wäre. Nur sind diese Konzerne nicht irgendwer, sondern die Crème de la Crème der deutschen Wirtschaft. An zweien hält die Bundesrepublik nicht unbeträchtliche Anteile.« Steindorff und Voigt verzogen keine Miene und hörten schweigend zu, als Wolf fortfuhr. »Jeder hier im Raum weiß, daß auch Abgeordnete des deutschen Bundestags involviert sind, die man, ohne ihnen zu nahe zu treten, Rüstungslobbyisten nennen darf. Und Abgeordnetenbestechung wird in der Bundesrepublik, eine schöne Tradition, nur verfolgt, wenn der öffentliche Druck so groß geworden ist, daß es wirklich unumgänglich ist.

»Polemik bringt uns nicht weiter, Herr Präsident.«

»Ich will Ihnen sagen, was Polemik wäre: Wenn auf den deutschen Bundeskanzler, der in wenigen Monaten zum Staatsbesuch nach Bolivien reisen wird, ein Attentat verübt werden würde. Und zwar mit Waffen, die Czarny an Cuevo geliefert hat. Wie würden Sie das Ihrer Ministerin erklären?«

Steindorff schwieg.

»Politik ist Wahrnehmung von Interessen, die Justiz jedoch ist an das Recht gebunden«, schob Wolf nach. »Ihnen ist es sehr wohl möglich, sich in dieser Frage gegenüber dem BMJ durchzusetzen. Es liegt ganz bei Ihnen. Vierzehn Tage ist es jetzt her, daß ich Sie um eine Erneuerung des Haftbefehls gegen Czarny gebeten habe. Passiert ist nichts. Sicher, da befinden Sie sich in guter Gesellschaft mit den Belgiern. Die haben selbst nach der Ermordung von LeDuc stillgehalten. Und der Grund dafür ist evident: Brüssel fürchtet, daß die Verbindung zwischen unserem Freund, dem Anwalt und belgischen Justizkreisen offengelegt werden könnte. Auf die Innenpolitik anderer EU-Länder habe ich leider keinen Einfluß. Sollten Sie, Herr Steindorff, jedoch bei Ihrer Haltung bleiben, so versichere ich Ihnen, dafür zu sorgen, daß die Ermittlungsführung im Komplex Czarny-Cuevo einer Länderstaatsanwaltschaft übertragen wird, die vielleicht weniger Rücksichten auf das Herzklopfen ihres Dienstherrn nehmen muß. Ich würde es bedauern, denn ein Haftbefehl des Generalbundesanwaltes verleiht der Sache zweifelsohne größeres Gewicht und wäre gleichzeitig ein Signal an Cuevo, daß wir den Kampf mit aller Härte aufnehmen werden. Aber, wie gesagt, das liegt ganz in Ihrer Hand.«

Sophie war unmerklich zusammengezuckt. Es war das erste Mal, daß sie einer Besprechung zwischen dem BKA-Präsidenten und dem Generalbundesanwalt beiwohnte, und schon nach wenigen Minuten hatte ihr Vater dem GBA den Fehdehandschuh hingeworfen. Egal, was sie sich vorgestellt hatte – der Ton, den er anschlug, nahm ihr den Atem. Sie sah, daß Steindorff kaum noch an sich halten konnte. Eine dicke Ader schwoll auf seinem Hals, Zorn faltete seine Stirn. »Frau Wolf, sind Sie so nett und lassen uns allein?«

Sophie räumte schweigend ihre Unterlagen zusammen, wobei kein weiteres Wort gesprochen wurde. Sie stand auf. »Verzeihung, Herr Generalbundesanwalt, ich möchte noch etwas in eigener Sache sagen. Selbstverständlich übernehme ich die Verantwortung für den Einsatz in Luxemburg. Die Fahnder haben sich in keiner Weise schuldhaft verhalten.« Sie holte tief Luft. »Falls nötig, trage ich die Konsequenzen meiner Entscheidung.«

Steindorff sah Wolf schweigend an. Dessen Antwort kam kalt und knapp. »Es handelt sich um eine Beamtin Ihres Hauses.«

»Danke, Frau Wolf. Sie können gehen.«

Das tat sie.

»Wenn es Ihnen nichts ausmacht, Frau Voigt ...«, sagte Wolf.

Steindorffs Referentin sah ihren Chef an. Der nickte. Es blieb ihr nichts anderes übrig, als ebenfalls den Raum zu verlassen. Sie nahm eine andere Tür als Sophie, und zwar jene, die direkt in ihr eigenes Büro führte, denn sie wollte sich nicht der Peinlichkeit aussetzen, gemeinsam mit der Tochter des BKA-Präsidenten auf dem Flur herumzustehen wie ein Schulmädchen.

Diese Sorge allerdings war unbegründet, denn Sophie hatte sich sofort zum Fahrstuhl begeben und war nach unten gefahren. Wie betäubt. Das war's, sie würden ihr den Fall wegnehmen. *»Es handelt sich um eine Beamtin Ihres Hauses.«* Damit hatte er sie zum Abschuß freigegeben. Ihr eigener Vater! Wie froh er jetzt sein mußte, wie erleichtert! Doch schweigend hinnehmen würde sie das nicht. Falls er glaubte, sie würde sich heulend in ihrem Büro verkriechen, hatte er sich geirrt. Also stieg sie im Erdgeschoß aus, durchquerte mit schnellen Schritten die Halle und ging zum Helikopter, um wie selbstverständlich ihren Platz in der ersten Sitzreihe einzunehmen und zu warten.

Es wurden lange zehn Minuten.

Sobald Stalin die Tür hinter sich geschlossen hatte, sagte der GBA mit einer Scheinheiligkeit, die eine einzige Beleidigung war: »Herr Präsident, ich möchte mich ungern in Familienangelegenheiten einmischen.«

»Seit dem Tag, an dem Sie meiner Tochter die Ermittlungen übertragen haben, tun Sie nichts anderes! Glauben Sie, das wüßte ich nicht?«

»Wie darf ich das auffassen?«

Wolfs Stimme bekam eine Schärfe, die selbst für den GBA, der schon so manchen Strauß mit dem BKA-Präsidenten ausgefochten hatte, ungewohnt war. »Herr Dr. Steindorff, Sie residieren hier in einem preisgekrönten Gebäude, um das ich Sie schon so manches Mal im stillen beneidet habe. Wir sind beide in der gleichen Sicherheitsstufe, trotzdem haben Sie zusätzlich zu Ihren Panzern noch den Porsche, der Ihnen den Weg freipustet … Doch, so etwas zählt in der Welt, in der Sie und ich leben. Überhaupt scheint man in Karlsruhe ein bißchen über den Wassern zu schweben. Das gilt ganz besonders für Ihre Referentin, die, Pardon, die Kunst der Intrige zur Wissenschaft erhoben hat!«

»Es wäre durchaus hilfreich, wenn Sie sich etwas klarer ausdrücken würden«, sagte Steindorff steif.

»Machen wir's kurz: Ich habe in Bälde ein Gespräch mit dem Innenminister, in dem es um das Ansinnen der Justizministerin geht, der Bundesanwaltschaft die originäre Zuständigkeit für OK zu übertragen. Sie kennen mein Angebot, ich brauche es nicht auszusprechen. Sind wir uns einig?«

»So einig wie noch nie, Herr Präsident«, sagte Steindorff und lächelte.
»Es gibt allerdings eine Bedingung.«
»Ja?«
»Kein Wort zu meiner Tochter.«
»Da sehe ich kein Problem.«
»Was ist mit dem Haftbefehl für Czarny?«
»Der wird noch heute beim BGH beantragt.«
Wolf ging zur Tür. »Ach, wenn Frau Voigt demnächst wieder mal ihrer Leidenschaft fürs schnelle Autofahren frönt und es sie gelüstet, sich über den Streifenpolizisten, der sie angehalten hat, zu beschweren, sollte sie damit nicht das BKA behelligen. Wir haben wirklich Wichtigeres zu tun.«
Als Wolf in den Helikopter stieg, sah er den Trotz im Gesicht seiner Tochter. Sie sagte: »Weißt du was? Du bist so ein ...«
»Ja«, unterbrach er sie, »ich bin der, mit dem du morgen um elf eine Sitzung hast, auf die du dich vorbereiten solltest.« Er setzte sich nach hinten, um ein Nickerchen zu halten. Sophie war sprachlos.

FÜNFZEHN

Gleißendes Weiß bildete eine schimmernde Aura um die dicken Wattewolken, die träge unter dem Flugzeug schwammen. Ab und zu, wenn die Wolkendecke aufbrach, zeigte sich ein Flecken tintiges Blau; ein enger Schacht aus zerstoßenem Licht, der steil abfiel und tief unten das Meer ahnen ließ. Caspar Fischer wandte seinen Blick vom Fenster ab. Er sank wieder in seinen Sitz zurück, den Kopf gegen das Schlafkissen gelehnt, und fluchte zum hundertsten Mal an diesem Tag über den Unsinn, ihn für nur vierundzwanzig Stunden nach Deutschland zurückzuordern. Sicher, der anstehende Staatsbesuch von Präsident Gutierez bedurfte einer umfassenden Vorbereitung, bei der die Rolle Boliviens als eines der Hauptanbauländer von Kokain ein wichtiger Punkt war; Fischer konnte als VB mit Dienstsitz La Paz Informationen liefern, die dazu dienten, dem Bundeskanzler und der Außenministerin bei ihrer Positionierung zu helfen. Doch seit wann war dazu seine persönliche Anwesenheit in Wiesbaden erforderlich? Das Material, das er bei sich führte, durfte man brisant nennen. Indes waren die Möglichkeiten der Kryptierung so weit entwickelt, daß es problemlos über eine Satellitenleitung hätte übermittelt werden können. Außerdem gab es noch den BND-Residenten, der übermorgen ebenfalls die Heimreise antreten würde, übrigens aus demselben Grund. Fischer hatte in Wiesbaden angefragt, ob er dem Kollegen von der Schlapphutfraktion die nötigen Unterlagen nicht mitgeben könne, doch es war ihm unmißverständlich bedeutet worden, daß man den VB persönlich in der Firma sehen wolle. Ziemlich viel Geheimniskrämerei.

Er schloß die Augen, dämmerte weg und schreckte hoch, als die Stimme des Piloten aus den Lautsprechern quäkte: »Unsere Flughöhe beträgt elftausend Meter, die Außentemperatur liegt bei minus sechsundfünfzig Grad. Wir haben soeben die französische Küste erreicht und landen in einer Stunde auf dem Rhein-Main-Flughafen.«

Roth griff dem Mitarbeiter der Lufthansa, der mit zerschmettertem Schädel vor ihm auf dem Boden seines Büros im Gebäude LH I lag, in die Taschen seines Overalls, um nach einem Feuerzeug zu suchen, da er sein eigenes vergessen hatte.
 Die Zigarette danach war immer die beste.
 Als er den mit Samt ausgeschlagenen Koffer öffnete, lagen die Einzelteile des Galil-Scharfschützengewehres in ihrer ganzen Schönheit vor ihm. Er konzentrierte sich und nahm sich wie jedesmal vor, die Zeit zu unterbieten, die Kiraly benötigte, um das Präzisionsinstrument zusammenzusetzen. Zwanzig Sekunden waren zu schlagen. Die Handgriffe waren schnell und flüssig, alles geschah in perfekter Choreographie. Roth brauchte genau achtundzwanzig Sekunden, bis das Zielfernrohr in die Schiene rutschte und die Arbeit getan war. Zwei Sekunden besser als letztes Mal. Und doch schien es unmöglich, schneller zu sein als Kiraly. »*Nicht verkrampfen, Kleiner, irgendwann wirst du's schaffen. Ich hab's auch nicht über Nacht gelernt.*«
 Ja, irgendwann.
 Roth öffnete das Fenster. Er setzte das Galil auf das Dreibein, griff sich einen Bürostuhl und preßte das Objektiv gegen die Augenhöhle. Der Parkplatz lag zirka zweihundertfünfzig Meter entfernt zwischen dem Terminal I und dem Airportcenter. Die Sicht war hervorragend. Roth justierte die Zielvorrichtung, bis er den TÜV-Stempel auf einem der geparkten Fahrzeuge deutlich lesen konnte. Er war ganz bei sich, entspannt, heiter fast. Es war das erste Mal, daß er alleine arbeiten durfte. Er genoß es. Die Ruhe, die Unabhängigkeit, die Verantwortung. Lajosz Kiraly hatte ihn vieles gelehrt, jetzt brannte er darauf, dieses Wissen um die Kunst des Tötens anzuwenden und zu beweisen, daß er ein guter Schüler gewesen war. Kiraly. Dieser merkwürdige Mann, den er bewunderte und fürchtete. Seine Wohnung in Budapest. Aseptisch wie ein Operationssaal. Die Möbel mit Folie über-

zogen, Plastikteller und -geschirr, die nach Gebrauch sofort entsorgt wurden. *Wenn er was trinken will, schluckt er wahrscheinlich einen Teebeutel und kippt heißes Wasser hinterher. Egal, konzentrier dich auf deinen Job!* Roth kontrollierte die Batterieanzeige des Laser-Entfernungsmessers. Er kratzte sich unwillkürlich am linken Ohrläppchen, in dem der tiefe, schrundige Spalt klaffte, der ihn noch lange an Kurt Wilken, den Van-Carrier-Fahrer, erinnern würde.

Thom begrüßte Fischer per Handschlag.
»Hallo, Caspar! Na, guten Flug gehabt?« fragte er.
»Danke. Soweit man es acht Stunden in der Holzklasse aushält.« Fischers Stimme besaß einen unverkennbar vorwurfsvollen Unterton. Er sah seiner Reisetasche entgegen, die über die Förderschnecke wanderte.
Thom lächelte. »Ja, die Zeiten, in denen die Firma nur Business fliegen ließ, sind endgültig vorbei. Jetzt verdirbt uns das Kostenmanagement auch die kleinen Freuden des Alltags.«
Fischer schnappte sich mit säuerlichem Gesicht die Tasche. Da er als VB konsularischen Status besaß, konnten sie einen separaten Ausgang nehmen, ohne die Zollschleuse passieren zu müssen. Sie gingen zum Fahrstuhl, der direkt zu einem speziellen Parkdeck führte. Es stand ausschließlich diplomatischem Personal zur Verfügung.

Das Fadenkreuz des Suchers wanderte über den Rücken eines Ehepaares, das in einen der Wagen stieg. Roth verharrte für eine Sekunde auf dem Hinterkopf des kleinen Jungen, der von seiner Mutter auf dem Rücksitz angeschnallt wurde. Er brauchte seinen Finger nur einen Millimeter zu bewegen. Die Kugel würde die Heckscheibe durchschlagen, und die Kerzen für den nächsten Kindergeburtstag blieben im Schrank. Tatsächlich war die Versuchung groß, doch er beherrschte sich, so wie auch Kiraly sich beherrscht hätte, obwohl die Sache einen gewissen Reiz besaß. Und genau in diesem Punkt irrte Roth. Das Blut und die Schmerzen, die er anderen zufügte, waren sein Glückshormon. Darum konnte er nicht verstehen, daß Lajosz Kiraly niemals Spaß daran hatte, zu töten. Das alte Ehepaar, das er in Krakau liquidieren mußte, hatte ihm genausowenig Freude bereitet wie all die anderen, deren Leben er ausgelöscht hatte. Er tat nur, was getan werden mußte, ohne Leidenschaft, ohne Lust, denn er wußte um die Nächte, in denen die Toten die Tore seiner Träume belagerten wie eine Geisterarmee. Diese Erfahrung stand Roth noch bevor. Doch vielleicht würde er auch nicht alt genug werden, um sie zu machen.

Er war sofort wieder voll konzentriert, als er sah, wie Fischer und Thom den Fahrstuhl verließen und das Parkdeck betraten. Sie steuerten den Saab an, den Siegfried Thom vor einer Stunde hier abgestellt hatte. Perfekte Sicht, hervorragende Position, keinerlei Ablenkung. Es war wie auf dem Schießstand.

Nur einfacher.

In diesem Moment klopfte es. Sascha Roth fuhr herum. Zwar hatte er den Zugang mit der Chipkarte des Lufthansa-Mitarbeiters blockiert, doch die Elektronik, das wußte er, war so konfiguriert, daß man die Sperre mit dem korrekten Code von außen aufheben konnte. Es klopfte erneut. Zwei lautlose Sekunden später war Roth an der Tür. Er preßte sein Ohr gegen das Metall und hörte, daß der Code eingegeben wurde.

Die Tür ging auf. Die Putzfrau hatte nicht einmal Zeit, Entsetzen über den Anblick der Leiche zu empfinden. Noch ehe die Sehnerven das Bild an das Gehirn sendeten, hatte Roth sie bereits mit einem einzigen Schlag hinter das linke Ohr getötet. Er zog sie in den Raum und lugte vorsichtig hinaus auf den Flur. Kein Mensch zu sehen. Roth schloß die Tür und reaktivierte die Sicherheitssperre. Mit einem Satz war er wieder hinter dem Galil. Er machte die Atemübung, die er von Kiraly gelernt hatte, und drückte das Adrenalin, das ihn puschte, auf einen akzeptablen Pegel. Er fühlte, wie er entspannte. Die Flansche der Zielvorrichtung war warm und weich auf der Haut, als er die beiden Männer wieder ins Visier nahm.

Sie hatten den Saab jetzt erreicht.

Thom verstaute Fischers Reisetasche im Kofferraum des Saab. »Freu dich doch«, sagte er, »du hast gutes Wetter mitgebracht.«

Merkwürdig, diesen Satz zu hören und sonst nichts mehr.

Fischer riß die Augen auf und sackte direkt in Thoms Arme. Wolfs Vertrauter stürzte zu Boden und krachte, das Gewicht Fischers auf der Brust, hart gegen den Asphalt. Er starrte auf die gezackte Austrittswunde zwischen den Augen des VB. Hirnmasse quoll wulstig hervor. Blut und Knochensplitter sprenkelten Thoms Gesicht. Ehe er auch nur einen einzigen klaren Gedanken fassen konnte, fiel ein weiterer Schuß. Beton spritzte von einem Pfeiler dicht neben ihm ab. Der Querschläger erwischte ihn an der Schläfe. Es tat nicht einmal weh. So, als ob ihn jemand mit spitzen Fingern an den Haaren ziepte. Er wollte diese Finger wegschieben. Und schaffte es nicht mehr.

Gregor Vandreyke stoppte mit quietschenden Reifen vor dem Plaza. Er sprang aus dem Wagen und rannte in die Lobby.

»Ich suche einen Gast von Ihnen. Sophie Wolf. Ist sie im Haus?« fragte er atemlos eine der Empfangsdamen.

»Sekunde bitte.« Sie griff zum Telefon.

»Nicht mehr nötig, danke!« stieß Vandreyke hervor. Er hatte Sophie entdeckt, die soeben aus dem Fahrstuhl stieg. Sie machte ein verdutztes Gesicht, als Vandreyke sie am Arm packte und zur Seite zog. »Warum kann ich dich nie erreichen, verdammt? Gewöhn dir endlich an, dein Scheißhandy anzulassen!« zischte er und vergewisserte sich dabei mit einem schnellen Blick, daß niemand ihnen zuhörte.

»Danke, ich wünsche dir auch einen schönen Tag«, sagte sie. »Was ist dir denn für 'ne Laus über die Leber gelaufen?«

»Fischer ist tot!«

»Und wer ist das bitte?« fragte sie ratlos. Den Namen hatte man ihr gegenüber nie erwähnt.

»Unser VB in La Paz. Man hat ihn vor einer halben Stunde auf dem Frankfurter Flughafen liquidiert. Thom hat's auch erwischt. Er liegt auf der Intensivstation.«

Sophie starrte Vandreyke erschrocken an. »Siegfried? Ist ... ist er ...?«

»Ich weiß es nicht. Niemand darf zu ihm. Sie haben ihn in künstliches Koma versetzt.«

»Weiß mein Vater es schon?«

»Ja, er ist auf dem Rückflug von Berlin. Los, komm jetzt!« Vandreyke zog Sophie mit sich. Sie taumelte benommen in seinen Wagen und wurde in den Sitz gepreßt, als er einen Alarmstart hinlegte. Er schoß am Bahnhof bei Rot über die Kreuzung, nahm die Mainzer Straße und war fünf Minuten später auf der Autobahn. Sie rasten mit Aufblendlicht und Tempo zweihundertzwanzig über die linke Fahrspur. Wütendes Hupen und etliche Stinkefinger begleiteten sie bis Frankfurt.

»Woher hattest du das Dossier über LeDuc?« fragte Vandreyke, während er, da beide Spuren blockiert waren, nach rechts ausscherte, um mehrere Lkws auf dem Standstreifen zu überholen. Die Leitplanke war nur wenige Millimeter entfernt.

»Das kann ich dir nicht sagen«, antwortete Sophie, die kalkweiß geworden war und sich am Haltegriff festklammerte.

»Brauchst du auch nicht. Von Grimm.« Sein Blick war wie ein Messer, dem sie nicht ausweichen konnte. »Wer hat hier wen benutzt – du Grimm oder er dich?« Sie antwortete nicht. »In Luxemburg habe ich dir gesagt, wenn du mir hilfst, dann helfe ich dir. Das sagt sich leicht. Aber was ist der Satz wert ohne Vertrauen?«

»Ich habe sonst niemanden. Das hast du selbst gesagt. Und es stimmt.«

»Grimm hatte Zugang zu meiner VE-Akte. Niemand darf davon wissen. Dein Vater hat es zur Chefsache erklärt.« Er zog scharf nach rechts und schlidderte auf die Ausfahrt. Der Flughafenterminal kam in Sicht.

Das Messer bohrte sich tief in ihr Fleisch. »O Gott! Hast du ... Weiß mein Vater, woher ich das Dossier hatte?«

»Nein. Aber er wird es herausfinden.«

Das Bürogebäude, aus dessen Fenster Roth geschossen hatte, war abgeriegelt wie die Bank von England. Beamte mit MPs. Unzählige Polizeifahrzeuge, darunter allein sechs Transporter, die zur Tatortgruppe des BKA gehörten. Vandreyke zeigte seinen Ausweis. Man ließ sie durch. Die Spurensicherung war bei der Arbeit. Sophie und Vandreyke machten den Sargträgern Platz, die auf dem schmalen Flur an ihnen vorbeikamen.

»Wohin?« fragte Vandreyke.

»Uniklinik.«

Pieper hatte sie entdeckt und winkte sie zum Fenster, wo er mit Lombardi stand. Sophie vermied es, auf die Kreidestriche zu blicken, die auf dem Boden aufgemalt waren und die genaue Position der Leichen markierten.

»Okay, die kurze Version!« sagte Vandreyke zu Pieper.

»Zwei Schüsse, kurz hintereinander. Sie hatten nicht die geringste Chance.«

Sophie sah, daß das Parkdeck, auf dem es Fischer und Thom erwischt hatte, von Scheinwerfern taghell angestrahlt war. Beamte in weißen Overalls krochen über den Asphalt und untersuchten jedes Staubkorn.

»Zeugen?«

»Keine brauchbaren. Schalldämpfer, niemand hat was gehört. Thom hat fünf Minuten dagelegen, bis ihn jemand gefunden hat. Reiner Zufall. Er hätte locker verbluten können.«

»Sind die Fingerabdrücke schon abgeglichen?«

»Kannst du knicken, das war keine Landkundschaft. Keine Haare, keine Faseranhaftungen, nichts. Er hat geraucht, aber die Kippen hat er eingesammelt und mitgenommen, weil er wußte, daß wir seine DNS rausfiltern könnten. Schlaues Kerlchen, der Hurensohn hat an alles gedacht.« Doch jetzt grinste Pieper. »Na ja, an *fast* alles ... nur nicht an seine Ohren.«

»Seine was?« fragte Sophie.

»Jeder Mensch, der sein Ohr gegen einen glatten Untergrund drückt, hinterläßt etwas ... zum Beispiel Talg ...« Pieper deutete mit dem Kinn auf die Stahltür. »Die Sache ist relativ klar: Unser Mann klopft höflich an und wartet, bis er ein ›Herein!‹ hört. Er hat seinen Gewehrkoffer dabei, geht seelenruhig in das Büro, gibt dem Lufthansa-Mitarbeiter, der von seinem Schreibtisch aufgestanden ist, wahrscheinlich noch freundlich die Hand, ehe er ihm den Schädel einschlägt. Und zwar damit ...«

Pieper wies auf den blutbeschmierten Briefbeschwerer, der, in Plastik eingetütet, auf der Schreibplatte lag. »Er setzt das Gewehr zusammen und bringt es in Position. Er hat Zeit, denn er *weiß*, wann genau Fischer ankommen wird. Er *weiß* auch, daß Thom den VB abholt und sein Wagen auf dem Diplomatenparkplatz steht. Alles läuft nach Plan. Aber dann kommt ihm der Zufall in die Quere. Es klopft an der Tür. Eine Putzfrau, die wissen will, ob das Büro leer ist, damit sie reinkommen und saubermachen kann. Er schleicht zur Tür und lauscht. Vielleicht geht die Frau ja wieder weg, wenn niemand antwortet. Aber das macht sie nicht. Sie öffnet die Tür mit ihrer Chipkarte. Jetzt muß er sie töten. Keine äußeren Verletzungen bis auf ein Hämatom an der Schläfe. Ein Schlag, absolut professionell. Er geht zurück zum Fenster und erledigt seinen Job. Das Büro hinterläßt er ohne jede Spur.« Pieper lächelte grimmig. »Abgesehen von einem Ohrmuschelabdruck auf der Tür. Einen von seltener Schönheit.«

»Was bringt uns der?« fragte Sophie.

»Sie werden lachen, aber der erzählt uns, daß unser Mann um 16.15 Uhr in Terminal I/Abflughalle A unter dem Namen Jörg Lucke eingecheckt hat und mit Alitalia 475 nach Turin geflogen ist. Erster Klasse, Sitz zwo F, links am Fenster.«

»Wie bitte?«

Pieper grinste übers ganze Gesicht. »Ja, das ist eine hübsche, kleine Überraschung, nicht wahr?«

Es vergingen vier Stunden, bis das Tatortkommando und die Zielfahndung ihnen alles geliefert hatten, was sie brauchten. Sie rasten zurück nach Wiesbaden. Sophie fand sich in dem großen Lagerraum wieder, in dem Siegfried Thom sie vor nicht allzulanger Zeit seinen Leuten vorgestellt hatte. Sie warteten schweigend, bis der Präsident hereinkam. Sophie, Vandreyke, Lombardi und Pieper. Nur diese vier.

»Bitte, bleiben Sie sitzen!« Das war die Begrüßung. Wolf hockte sich ans Stirnende des Tisches. Die Partagás blieben im Etui. Auch keiner der anderen rauchte. Sein erster Blick galt Sophie.

Es war verrückt. Aber sie konnte jeden seiner Gedanken lesen und er jeden der ihren, bis auf jenes Dunkle, das sie sorgsam vor ihm verbarg.
Warst du bei ihm?
Nein, sie lassen mich nicht.
Kommt er durch?
Niemand sagt mir was.
Ich hab so an dich gedacht. Ich weiß, er ist für dich wie ein Sohn.
Ich bin froh, daß du da bist. Laß uns später reden.
Pieper nahm eine Fernbedienung in die Hand: Das, was die Experten der KT mit Laserlumineszenz auf der Tür des Lufthansabüros sichtbar gemacht hatten, wurde auf die Leinwand projiziert. Sophie konnte deutlich die Umrisse eines Ohres erkennen.

»Die Ohrmuschel eines Menschen ist ebenso einmalig wie ein Fingerabdruck«, dozierte Pieper. »Sehen Sie sich das genau an: Der Mann hat einen Schlitz im linken Ohrläppchen. Ziemlich auffällig, fabelhafte Visitenkarte.« Er sah in die Runde. Sophie bemerkte den kaum verhohlenen Triumph in seinem Blick. »Die Frage war: Auf welchem Weg hat der Täter den Flughafen wieder verlassen? Die wahrscheinlichste Variante war natürlich ein Auto, das er auf einem der Parkdecks abgestellt hat. Er steigt ein, fährt weg und ist zwei Minuten später auf der Autobahn nach Irgendwo. Aber es gibt immer eine kleine Chance für Variante Nummer zwei. Also ist ein Dutzend unserer Leute losgezogen und hat sich an jedem einzelnen Flugschalter umgehört, ob ein Mann mit einem so auffälligen Kennzeichen irgendwo eingecheckt hat.

Bei Alitalia sind wir fündig geworden, die Bodenstewardeß konnte sich genau an ihn erinnern. Er ist erster Klasse nach Turin geflogen. Diesmal natürlich ohne Handschuhe. Er sitzt entspannt auf seinem Platz am Fenster, genießt einen Drink und ahnt nicht, daß unsere italienischen Kollegen bereits eine halbe Stunde nach der Landung die Maschine total auseinandernehmen, und zwar noch bevor das Putzgeschwader bei der Arbeit ist. Zu diesem Zeitpunkt war unser Mann schon verschwunden. Aber wir haben seine Fingerabdrücke auf einem Whiskeyglas, auf der Bordkarte, auf dem Schnapper der Gepäckablage und auf den Zeitungen – La Stampa und Herald Tribune –, die er während des Fluges gelesen hat. Daher wissen wir, daß er mindestens zweisprachig ist und eine Vorliebe für den Wirtschaftsteil besitzt, denn der ist geradezu mit Fingerabdrücken übersät, besonders in der Spalte mit den Börsenkursen. Außerdem steht er auf Single-Malt. Davon hat er drei gekippt.«

»Was ist mit dem Gewehrkoffer?« fragte Wolf.

Pieper lächelte. *Gute Frage, Chef! Ein Bulle bleibt doch immer ein Bulle!* »Den hatte er nicht dabei. Also haben wir uns gefragt, wo er ihn gelassen hat. Ein Versteck? Nicht auszuschließen. Aber am wahrscheinlichsten war eines der geparkten Fahrzeuge. Der Rhein-Main-Flughafen hat knapp zwanzigtausend öffentliche Stellplätze. Dazu kommen weitere achttausendfünfhundert für das Personal. Die kann man nur mit einer speziellen Chipkarte betreten, aber das wäre für Schlitzohr wohl kein Problem gewesen. Insgesamt sechzehntausendvierhundertzweiundachtzig waren besetzt. Natürlich konnten wir die nicht alle abchecken. Allerdings werden die Parkhäuser rund um die Uhr per Video überwacht. Das war unsere Chance.«

Er sah Lombardi an. »Katja …«

»Der tödliche Schuß auf Fischer wurde um 15.51 Uhr abgefeuert. Vierundzwanzig Minuten bis zum Einchecken bei Alitalia. Wir haben nachgestellt, daß Schlitzohr mindestens neun Minuten brauchte, um seine Spuren zu beseitigen und das nächstgelegene Parkhaus zu erreichen – P 31. Dann weitere sechs Minuten bis zur Abflughalle A. Bleibt ein Zeitfenster von neun Minuten.«

Sie griff nach der Fernbedienung eines Digitalrecorders und spielte das Material ab, das sie auf dem Flughafen konfisziert hatten. Schneller Vorlauf. Es dauerte nicht lange, bis Roth im Bild war. Zuerst sah man nur seinen Rücken. Er kam, den länglichen Koffer in der Hand, aus einem der Fahrstühle, durchquerte das Parkdeck ohne Eile und steuerte einen 5er-BMW an. Er öffnete die Heckklappe, verstaute den Koffer, nahm eine Reisetasche heraus und schloß die Klappe wieder. Als er sich umdrehte, war sein Gesicht genau im Fokus der Kamera. Lombardi stoppte das Bild. Sie vergrößerte den Ausschnitt. Der Schrund in Roths Ohrläppchen war deutlich zu sehen.

»Was ist mit dem Gewehr passiert?« fragte Sophie.

»Wir haben es durch ein identisches Modell aus unserer Waffensammlung ersetzt. Das Original wird gerade untersucht. Ich bin ziemlich sicher, daß es keine Jungfrau ist. Die Halterung für den Lasersucher ist eine Eigenkonstruktion. Könnte man sich patentieren lassen. Wir haben sie im Koffer gelassen.«

»Der BMW wird also observiert?«

»Aber ja doch! Bin schon sehr gespannt, wer die Karre abholt. Wenn wir Glück haben, ist es Schlitzohr persönlich.«

»Kennen wir den Mann?« fragte der Präsident und blickte auf das unscharfe Schwarzweißbild, das die Leinwand ausfüllte.

»So nicht«, sagte Lombardi. Sie klickte einen Menüpunkt auf einem Computer an, der mit dem Recorder vernetzt war. Die Brille und der falsche Bart, mit denen Roth sich getarnt hatte, wurden von dem biometrischen Erkennungssystem wegretuschiert. »Sascha Michael Roth. Sechsundzwanzig Jahre alt, geboren in Hannover, dort hat er auch Betriebswirtschaft studiert. Und AFIS hat er ein paar Fingerabdrücke geschenkt. In seinem Abschlußjahr an der Uni ist er ein bißchen heftig mit einem Kommilitonen umgesprungen. Milz- und Leberriß, sechs gebrochene Rippen. Wie's scheint, ohne jeden Grund, bloß aus Jux. Seitdem ist er wegen Körperverletzung vorbestraft.«

»Davon abgesehen hat er ein bemerkenswertes Examen hingelegt«, ergänzte Pieper. »Zweitbester seines Semesters. Nur hatte er wegen der Vorstrafe Probleme, einen Job zu finden. Zwei Jahre lungert er so rum. Offenbar hält er sich mit Gelegenheitsjobs über Wasser, denn es gibt keine Steuererklärung von ihm. Dann macht er sich selbständig. Und zwar in einer Branche, die man nicht unbedingt mit einem BWL-Studium in Verbindung bringen würde ...«

»Er ist Chef einer Wachschutzfirma namens ›Securos‹«, sagte Lombardi und wechselte einen stummen Blick mit Pieper. Sie wußten, daß der nächste Satz einer Bombe gleichkam, die nicht nur diesen Raum, sondern das ganze BKA und vielleicht sogar die Republik erschüttern würde.

Pieper sagte: »Roths Firma hat nur *einen* Klienten. Die SAVOK AG. Die Securos übernimmt den Wachschutz sämtlicher Objekte der Firmengruppe.«

»Stille« wäre nicht der richtige Ausdruck für das Ausbleiben jeden Geräuschs. »Schock« wäre treffender.

Jan Pieper und Katja Lombardi besaßen einen Vorsprung vor den anderen, sie hatten genügend Zeit gehabt, sich an das Gefühl zu gewöhnen. »Die SAVOK gehört Franz Krupka.«

Als ob Pieper es noch aussprechen müßte.

»Er ist Honorarkonsul von Bolivien«, sagte Lombardi, »und der beste Freund des Innenministers.«

Diese eine Sekunde würde Sophie nie vergessen, so wie ein Kind niemals die heiße Herdplatte vergißt, die es einmal angefaßt hat. Wie sie dasaß, von Eiseskälte ergriffen, den Blick gesenkt, aus Angst, ihr Vater würde sie anstarren und durchschauen. Diese Furcht, er könne, so wie vorhin, ihre Gedanken lesen und wissen, daß sie, *seine Tochter!*, einen Deal mit dem Mann gemacht hatte, dessen Name ausgesprochen worden war. Endgültig, aus keinem Protokoll zu tilgen. Nicht mehr als eine Millisekunde verging, bis das, was es *bedeutete*, das Bewußtsein der Männer und Frauen in diesem Raum erreichte.

SECHZEHN

So möchte man gerne wohnen. Die Häuser hatten zwei Stockwerke. Reetgedeckte Dächer, hölzerne Fensterläden, offene Fenster, aus denen Kinder mit glücklichen Gesichtern winkten. Große, mit Schnitzereien verzierte Balkone. Zwischen den Gebäuden sauber geharkte Kieswege. Ein klarer Bach, dem man bis auf den Grund sah. Die Berge im Hintergrund waren hoch und sehr nah und sehr schön. Sie hatten schneebedeckte Spitzen, und große Kumuluswolken zogen darüber hin.

Warum das Plakat, das über dem Podium hing, auf dem Franz Krupka und Josef Langheinrich standen, ausgerechnet eine Alpenidylle zeigte, blieb das Geheimnis des Graphikers, denn die Baustelle lag mitten in Potsdam, genauer gesagt, auf dem Gelände des alten Luftschiffhafens an der Zeppelinstraße. Die Anlage war kurz vor der Fertigstellung, Richtkränze krönten die Dächer, über allem prangte die Zeile: »Alte Heimat – Wir tun was! Eine Stiftung der SAVOK AG unter Schirmherrschaft des Bundesinnenministers.«

Krupka trug, wie auch Langheinrich, einen Bauhelm. Er blickte zufrieden auf den Wald aus Mikrofongalgen und Kameras. Die Stimmen von zwei Dutzend Journalisten überschlugen sich: »Shake hands bitte! ... Hierher, lächeln Sie doch mal! ... Jetzt von der Seite, geht das?«

Franz Krupka konnte zwei Dinge auf einmal: das Blitzlichtgewitter genießen und mit Langheinrich flüstern. »Ich muß nachher mit dir reden.«

Langheinrich nickte und schwenkte seinen Bauhelm.

Ein Mann bahnte sich den Weg durch die Menge und bestieg das Podium.

Krupka lächelte. »André, hast du's doch noch geschafft!« Er wandte sich Langheinrich zu. »Josef, darf ich dir meinen Berater für das Südamerikageschäft vorstellen: André Görtz.«

»Angenehm«, sagte Görtz. Er schüttelte die Hand des Ministers, der in diesem Moment ebenfalls ein bekanntes Gesicht entdeckte.

»Ah, Herr Grimm! Hierher, kommen Sie!« rief er.

Niklas Grimm drängelte sich zu ihnen durch.

»Kennen Sie sich eigentlich?« sagte Langheinrich zu Görtz. »Niklas Grimm. Er hat mein Ministerium in der Stiftungsfrage juristisch beraten.«

»Aber ja, wir kennen uns«, antwortete Görtz und zwinkerte Grimm zu.

Krupka klopfte gegen das Mikrofon. Applaus und Stimmengewirr verstummten. »Verehrter Herr Minister, liebe Anwesende, ich freue mich, daß Sie so zahlreich zu diesem Richtfest erschienen sind. Es ist jetzt mehr als vierzig Jahre her, daß ich mit meinen Eltern von Schlesien nach Deutschland gekommen bin. Meine neue Heimat hat mich nicht mit offenen Armen empfangen. Es war ein langer, harter Weg, und ich darf mit Stolz sagen, daß ich alles, was ich heute bin, meiner eigenen Hände Arbeit verdanke. Aber ich habe auch Freunde gehabt. Gute Freunde. Einer von ihnen steht heute neben mir. Ich freue mich also ganz besonders, daß Bundesinnenminister Langheinrich die Schirmherrschaft für unsere Stiftung übernommen hat. Wir stammen aus demselben Dorf in Oberschlesien, wir sind zusammen aufgewachsen und waren zusammen im Flüchtlingsheim. Er weiß, wie wichtig es ist, Landsleuten, die in die alte Heimat übersiedeln, das Gefühl zu geben, willkommen zu sein! Schon in wenigen Wochen wird hier unser erstes Heim für deutsche Aussiedler seine Pforten öffnen. So bitte ich den Innenminister, eine Spende meines Unternehmens zur Unterstützung der humanitären Aktivitäten der Bundesregierung in Flüchtlingsfragen entgegenzunehmen ... Josef?«

Sie hielten einen großen symbolischen Scheck in die Höhe. Die Summe war beachtlich. Eine Million Euro.

Wieder wurden Fotos gemacht, klickten die Kameras. Kurze Interviews, launige Konversation bei Bier und Brezeln. Eine halbe Stunde später waren Presse und geladene Gäste verschwunden. Der Innenminister und sein Spezi standen, die Sherpas außer Hörweite, allein auf der Baustelle.

»Und jetzt ist es an der Zeit, daß er *wirklich* etwas für mich tut, der Innenminister ...«, sagte Krupka, die Linke schwer auf Langheinrichs Schulter. »Das BKA muß den Posten des Verbindungsbeamten in La Paz neu besetzen. Ich hätte da einen Wunschkandidaten ...«

»Hättest du, ja? Und darf ich auch fragen, warum?«

Krupka lächelte. »Ein Innenminister muß Verantwortung tragen. Aber er muß nicht alles wissen.«

»Erinnere mich daran am Tag meines Rücktritts.«

»Josef, du bist jetzt seit drei Jahren im Amt, und du bist ein mächtiger Mann. Gott weiß, was der Kanzler mit dir zu besprechen hat, wenn ihr nächtelang zusammenhockt. Ja, das wissen nur du, der Kanzler und sein Leguan. Ich habe dich nie fragen müssen, warum du noch in der Politik bist und ich nicht. Ich habe damals meinen Kopf für dich hingehalten. Jetzt bitte ich dich um einen Gefallen. Mehr nicht.«

»Ich habe dir bereits bei der EU-Kommission aus der Patsche geholfen. Das ist noch nicht mal drei Wochen her.«

Sein Freund machte ein gleichmütiges Gesicht. Als Studenten waren sie zusammen im Ruderverein gewesen, was Franz Krupka gelehrt hatte, daß man jederzeit in der Lage sein muß, die Schlagzahl zu erhöhen. Und genau das tat er. »Gut, daß du mich daran erinnerst. Ich habe einen Anruf aus Brüssel bekommen. Man fragt sich, warum der Bundesinnenminister sich um meine Geschäfte kümmert. Vielleicht muß ich bald vor einem Untersuchungsausschuß aussagen ... Natürlich wäre mir das sehr unangenehm. Ich dachte, wir einigen uns da auf eine Sprachregelung ...«

Der Moment, in dem der Innenminister den Blick senkte. Dafür lebte Krupka.

Niklas Grimm hatte sich für einen späteren Flieger entschieden, da er die Gelegenheit nutzen wollte, in seiner Berliner Wohnung vorbeizuschauen, die im Bezirk Dahlem lag.

Es war ein typischer Samstagnachmittag im Süden der Hauptstadt. Leere Chausseen, Villen, die vorbeiglitten, Spaziergänger mit Hunden.

Spanische Allee, Ecke Tewsstraße, bemerkte er den Audi hinter sich.

Hatte er denselben Wagen nicht bereits in Potsdam am Luftschiffhafen gesehen? Er war ihm aufgefallen, da es sich um das neueste Modell handelte, mit dessen Kauf er liebäugelte. Allzuviele sah man davon noch nicht.

Komischer Zufall. Die Ampel schaltete auf Grün. Grimm gab Gas. Doch diesmal hing er nicht seinen Gedanken nach, so wie zuvor, sondern behielt den Rückspiegel im Auge. Er fuhr absichtlich langsamer, nicht so viel, daß es auffällig war, aber doch genug, um seinen Hintermann, sollte der es eilig haben, zu veranlassen, die Spur zu wechseln und ihn zu überholen.

Tatsächlich scherte der Audi bei nächster Gelegenheit aus. Er beschleunigte und zeigte Grimm die Rücklichter.

Grimm legte beide Hände um das Steuer. Er stellte das Radio an und entspannte. Seine Gedanken glitten wieder zum gestrigen Tag, als er kurz vor Feierabend die Cuevo-Akte auf seinen Rechner hatte herunterladen wollen. *Access denied.* Erst hatte er geglaubt, bei der Eingabe einen Fehler gemacht zu haben. Doch auch der zweite Versuch verschaffte ihm keinen Zugang zu der Datei. Er hatte Thoms Büro angerufen und die lapidare Auskunft erhalten, die gewünschten Informationen seien »im Zuge einer lange geplanten Umstrukturierung mit einem Präsidentenvermerk versehen worden«. Das hieß: gesperrt. Nein, auch für den Stabschef könne man keine Ausnahme machen. »*Seien Sie so nett und wenden Sie sich an den Präsidenten.*« Es war also soweit. Der König hatte rochiert, das Mittelspiel begann. Jetzt war die Dame gefordert. Grimm drehte das Radio wieder aus und versuchte, sich zu konzentrieren. *Vielleicht habe ich Wolf überschätzt. Denkt er wirklich, er löst das Problem, indem er mich einfach aussperrt? Schwer vorstellbar, so dumm ist er nicht. Aber was hat er vor?*

Am Mexikoplatz war der Audi wieder hinter ihm.

Okay, kann immer noch Zufall sein. Grimm fuhr konstant Tempo sechzig. Er nutzte die grüne Welle und bog in die Clayallee ein. Die nächste rote Ampel war an der Kreuzung zur Königin-Luise-Straße. Beide Fahrbahnen vor ihm waren frei. Grimm bremste ab, zog im letzten Moment auf die andere Spur und hielt an. Der Audi hatte jetzt nur zwei Möglichkeiten: Entweder er stoppte rechts hinter ihm – was dämlich aussehen würde, da noch eine Wagenlänge Platz bis zum Zebrastreifen war –, oder er zog vor und zeigte sich, indem er neben Grimm zum Stehen kam. Der Fahrer entschied sich für die zweite Variante. Grimm schaute nach rechts. Zwei Männer. Sie sahen stoisch geradeaus und ignorierten ihn. Die Ampel schaltete um. Der Audi beschleunigte. Als er in die Starstraße abbog und verschwand, hatte Grimm schon den Dauerdienst des BKA an der Strippe.

»PN/1901. Ich habe eine Halternachfrage.«
»Ja?«
»B-RT-774.«
»Moment bitte.«
Das Ganze dauerte kaum zehn Sekunden. »Hören Sie?«
»Ja.«
»Ist einer von uns. Soll ich Sie durchstellen?«
»Nein, danke.« Er legte auf. Seine Hände waren so naß, daß sie vom Lenkrad abglitschten.

»Schieß los«, sagte Wolf. Er sah auf dem Display des Videophons, wie Vandreyke sich eine Zigarette ansteckte.

»Er joggt jeden Morgen eine halbe Stunde auf dem Neroberg, keine Kontakte zu anderen Personen. Um acht ist er als erster im Büro. Abends, auch samstags, bleibt er meistens bis elf oder halb zwölf und arbeitet Akten durch. Jeden zweiten Sonntag macht er frei. Er war auf einer Computermesse in Köln, hat sich aber mit niemandem getroffen. Keine privaten Telefonate, klassischer Einzelgänger. Vorgestern war er mit Langheinrichs persönlichem Referenten essen, von 20.15 bis 21.40 Uhr. Nichts Auffälliges. Grimm hat für beide bezahlt und war gegen halb elf zu Hause. Das Licht ging um zwölf aus.«

»Was ist mit seinen Konten?«
»Negativ. Kleines Vermögen aus Erbschaft. Keine größeren Bewegungen.«
»Und Potsdam?«
»Schwer zu sagen. Krupka und er scheinen sich zu kennen. Das heißt aber nichts, denn Krupka war bestimmt schon öfter im BMI.«
»Sind unsere Jungs noch dran?«
»Ja, aber sie mußten das Fahrzeug wechseln. Wie's scheint, haben sie sich ein bißchen blöd angestellt.«
»Hat er sie bemerkt?«
»Hundertprozentig. Für eine vernünftige Observation braucht man mindestens drei Autos. Es war deine Entscheidung, den Kreis der Mitwisser so klein zu halten. Das rächt sich jetzt.«
Verdammt! Wolf dachte einen Moment nach, dann fragte er: »Hast du die Lollis in seinem Büro angebracht?«
»Ja.«
»Geh noch mal rein. Mach es so, daß er sie findet.«
»Und was ist der Zweck der Übung?« Nur Vandreyke durfte so mit dem Präsidenten reden.
»Wenn er zu mir kommt, weiß ich, daß wir uns irren.«
Es klingelte.
»Gregor?«
»Hmm.«
»Kümmere dich persönlich darum. Es ist zu wichtig.« Wolf deaktivierte die Leitung. Als er die Tür der Burg öffnete, stand Sophie vor ihm. »Bitte, komm herein«, sagte er mit einem Ernst, der ihr sofort klarmachte, daß etwas geschehen war.
»Siegfried?« fragte sie beklommen.
Wolf schüttelte den Kopf. »Er schafft es. Der Kerl hat einen Kopf aus Eisen, Gott sei Dank.«
Sophie teilte die Erleichterung mit ihm wie einen saftigen roten Apfel. Wie wunderlich sie war, diese ungekannte Nähe. *»Es handelt sich um eine Beamtin Ihres Hauses, Herr Generalbundesanwalt.«* Was hatte ihren Vater dazu bewogen, ihren Kopf zu retten? Sie wußte es nicht. Aber so unerträglich der Gedanke, er

könne sie protegieren, stets gewesen war, so froh war sie nun darüber. Er hatte in Karlsruhe ihre Partei ergriffen, aus welchen Gründen auch immer. Die Mauer zwischen ihnen war so hoch wie zuvor, nichts konnte die Vergangenheit ungeschehen machen. Nur war da mit einem Mal diese Leiter, die an der Mauer lehnte. Er hatte sie dorthin gestellt. Und es lag an ihr, sie zu benutzen. *Jeder hat eine zweite Chance verdient.* Vielleicht hatte auch er über diesen Satz nachgedacht.

Doch noch ahnte er nichts von ihrem Geschäft mit Krupka. Das war das Damoklesschwert, das über ihr schwebte. *Quid pro quo.* Sie hatte ihren Teil der Abmachung eingehalten, und Krupka hatte nachgezogen, indem er Sophie die Tür zu LeDuc öffnete. Es war die Tür zu einem Leichenschauhaus gewesen. Aber nicht Krupkas Männer hatten den Belgier ermordet, sondern Killer, die von Czarny bezahlt wurden. Dafür gab es nur eine vernünftige Erklärung: Krupka hatte LeDuc ohne Vandreykes Wissen benutzt, um ihn in Czarnys Organisation einzuschleusen. In dem Moment, in dem Sophie sich für LeDuc interessierte, war er zu einer Gefahr geworden. Also schlug Krupka zwei Fliegen mit einer Klappe: Er spielte Czarny den Namen des Mannes zu, der ihm das faule Ei ins Nest gelegt hatte, womit er sich dem Waffenhändler als Geschäftspartner empfahl und gleichzeitig alle Spuren verwischte, die zu ihm selbst führen konnten. Das glaubte er jedenfalls. Was ihre Abmachung mit Krupka betraf, so war sie nicht mehr rückgängig zu machen, denn Grimm, der mit tödlicher Sicherheit ebenfalls auf Krupkas Lohnliste stand, würde sofort mißtrauisch werden, wenn sie ihn zurückpfiff. Genau darin lag ihr Dilemma: Sie konnte nicht nach vorne, sie konnte nicht zurück und steckte statt dessen in einer Schraubzwinge, an deren Gewinde nur einer drehen konnte: Franz Krupka. Sie war absolut handlungsunfähig. Es machte sie verrückt.

Wolf drehte seine Partagás lange zwischen den Fingern hin und her. »Heute abend ist eine neue Entwicklung eingetreten. Langheinrich hat Druck auf mich ausgeübt und mich angehalten, den Posten des Rauschgiftverbindungsbeamten in La Paz mit einem Mann seiner Wahl zu besetzen. Eine sehr ungewöhnliche Maßnahme. Es ist zu früh, sie zu bewerten, doch es genügt, um mißtrauisch zu sein.«

Sophies Blick zeigte pure Fassungslosigkeit. »Du glaubst tatsächlich, die Spur führt ins Innenministerium?«

»Ich habe einen merkwürdigen Beruf«, murmelte Wolf. »Man verlangt von mir, daß ich Fakten schaffe, Gewißheit vermittle, Sicherheit gebe. Wenn ich einmal etwas nicht weiß, dann muß ich so tun als ob. Das Wörtchen ›glauben‹ will man von mir nicht hören. Vielleicht habe ich es mir deshalb abgewöhnt.«

»Gewöhn's dir wieder an. Nur für mich.«

»Es ist eine Verfassungsfrage. Für eine solche Situation gibt es keinen Präzedenzfall. Ich bin politischer Beamter. Das heißt, daß der Innenminister mich jederzeit aus dem Amt entlassen kann, ohne Angabe von Gründen. Ich muß mir gut überlegen, gegen wen ich ermittle und gegen wen nicht.« Er mühte sich, Worte für das Unaussprechliche zu finden. »Tausendmal habe ich mich gefragt, wie kurz die Leine ist, an der Langheinrich mich führt. Jetzt weiß ich es. Er hat mich direkt am Halsband.«

Als habe er gerade gesagt, die Erde sei eine Scheibe. Ein Kreis habe vier Ecken. »Ist es möglich, daß du …? Nein, das kann nicht sein. Es kann nicht sein, daß du Angst hast.«

»Verstehst du nicht, um was es geht? Willst du es nicht verstehen?« stieß er heiser hervor. »Ja, wir haben nur den Ohrabdruck von Roth, aber ich kann es riechen, es steigt mir in die Nase wie Buttersäure: Die Spur führt zu Krupka! Und von ihm direkt zu Langheinrich! Der deutsche Innenminister hat Kontakt zum Organisierten Verbrechen, und mein eigener Stabschef ist involviert! Gnade uns Gott, wenn ich recht habe, dann werden wir uns schnell wieder nach den lächerlichen Parteispendenskandalen der Jahrtausendwende zurücksehnen!« Er ging auf Sophie zu und blieb dicht vor ihr stehen. »Ich müßte den GBA konsultieren. Aber kann ich ihm trauen?«

Da, zum erstenmal, verstand sie ihn. Dies war sein Angebot: Partner. *Ich habe dir in Karlsruhe geholfen, hilf du jetzt mir! Ich brauche dich, denn ohne Staatsanwältin kann ich das hier nicht durchziehen. Wo sind meine Verbündeten? Siegfried ist im Krankenhaus, und*

Gregors Qualitäten liegen woanders. Ich habe sonst niemanden. Steig über diese Mauer, bitte laß mich nicht im Stich!
Sie sagte: »Warum hast du nie so mit mir geredet?«
Wolf antwortete nicht auf ihre Frage. Er packte sie an den Schultern. Sie sah die Verzweiflung in seinen Augen. »Ich weiß, daß Grimm dir das Dossier über LeDuc gegeben hat. Aber das ist jetzt nicht mehr wichtig. Du und ich! Wir sind wichtig! Wirst du mir helfen?«

Es war nicht so, daß sie vergessen hatte, wo das Hotel war. Nur, daß das Auto ganz von selbst nach Biebrich fuhr. Sophie war seit der Fahrt zu LeDuc nicht mehr bei ihm zu Hause gewesen. Sie hatte das Gefühl, er wollte es nicht. Wenn sie sich trafen, dann in Restaurants, einmal in einer Bar; an Orten, die nichts von ihm verrieten und nichts von ihr. Selbst in ihrem Zimmer im Plaza, in das sie atemlos stürzten, um miteinander zu schlafen, schien er sich unwohl zu fühlen.
Sie bildete sich ein, es läge an der Espressomaschine.
Klare, trockene Kälte empfing sie, als sie vor seinem Haus aus dem Mercedes stieg. Der Mond war fett und weiß. Die Sterne klebten am Himmel wie Abziehbilder. Vandreyke öffnete auf ihr Klingeln. Sein Kuß schmeckte nach Rauch und Bier. Alle Zimmer waren dunkel.
Auch als sie sich geliebt hatten, lagen sie schweigend. Sie berührten einander mit Blicken, in denen Angst verborgen war. *»Ich weiß, daß Grimm dir das Dossier über LeDuc gegeben hat.«* Von wem konnte er das erfahren haben? Nur von Vandreyke. Spielte das noch eine Rolle? Nein, tat es nicht. Er war ihrem Vater verpflichtet, und sie respektierte es. Das wirkliche Geheimnis war ihr Deal mit Krupka. Und so würde es auch bleiben. Sophie fragte nicht, ob Vandreyke von dem Anruf des Innenministers wisse. Sie redete sich ein, das sei überflüssig, da ihr Vater sich ihm bereits anvertraut hatte. Doch in Wahrheit hoffte sie, er sei ahnungslos, so daß sie die Gunst des Präsidenten nicht teilen mußte. Nur dieses eine Mal. Als sie es erkannte, war sie sich sofort der Lüge bewußt, die dem Schweigen innewohnte. Viel-

leicht waren sie einmal Geschwister gewesen. Doch nun nicht mehr. Diese Gewißheit verwirrte sie mehr, als die Gier, mit der sie einander suchten, sie beunruhigte.

So dämmerte sie weg. Wieder war sie das kleine Mädchen am Strand von Agadir. Der letzte Urlaub mit ihren Eltern. Sie lag im Sand, von weißer, schaumiger Gischt umspült. Das Wasser war kalt, aber ihre Haut war umgeben von einer Fettschicht, wie Möwen sie besaßen. Alles perlte von ihr ab. Sie lag warm und sicher in ihrer Kuhle, die von der Strömung ausgespült wurde. Muscheln und Tang, winzige Kiesel und Korallenbrüche drizzelten über sie hinweg und wurden von der Tide zurückgesaugt.

Sie hörte nichts als das Rauschen der Wellen, nichts als Rauschen.

Dann erwachte sie vom leisen Klang seiner Stimme. »Wir hocken in einer dieser Glaskugeln, in denen man es schneien lassen kann. Jemand hält unsere kleine Welt in Händen und schüttelt sie.«

Da war die Angst zurück.

»Geh nicht weg«, flüsterte Sophie. »Bitte, geh nicht weg.«

Der Morgen brach an mit einer metallenen Spiegelung auf dem dichten Grau der Wolkendecke. Das erste Tageslicht wälzte sich schläfrig über die Glasfront des BKA-Hauptgebäudes und erreichte das Amtszimmer des Präsidenten im siebten Stock just in dem Moment, als Bärbel Tech, die es sich zur Gewohnheit gemacht hatte, zur selben frühen Stunde wie ihr Chef aufzustehen, eine Thermoskanne mit Kaffee auf den Besprechungstisch stellte. Fünfunddreißig lange Jahre war sie jetzt Wolfs Sekretärin, hatte mit ihm ganz unten angefangen und war in seinem Schlepptau Stufe um Stufe, Etage um Etage nach oben geklettert, bis hierhin, bis ins Allerheiligste. Für unzählige Besprechungen, für eine endlose Zahl von Sitzungen hatte sie Getränke und Häppchen auf diesen Tisch gestellt, und nichts schien an diesem Morgen anders zu sein als sonst.

Doch das war ein gewaltiger Irrtum.

Die Besprechung war für 7.30 Uhr anberaumt. Als Sophie mit Vandreyke hereinkam, hatten Pieper und Lombardi bereits Platz genommen. Und da war noch jemand. Ines Broszat. Natürlich. Sie gehörte ganz selbstverständlich dazu, als sei es niemals anders gewesen. Alle Versteckspiele hatten geendet, alle Verdächtigungen. Sophie setzte sich neben die verdeckte Ermittlerin und erwiderte ihr stummes Nicken.

Ihr Vater sprach mit ruhiger, konzentrierter Stimme. Die Fahnder zeigten keine Regung. Wolf endete mit den Worten: »Was ich Ihnen soeben über Niklas Grimm mitgeteilt habe, unterliegt der absoluten Geheimhaltung. Sie bürgen mir dafür.« Er zog an seiner Partagás, stellte fest, daß sie kalt war, und zündete sie wieder an. Damit ließ er sich so viel Zeit, daß alle begannen, auf ihren Stühlen hin und her zu rutschen. Schließlich brannte das Ding.

Für einen endlosen Augenblick gab es nur zwei Personen in diesem Raum. Sophie und Wolf. Sie sahen einander an und besiegelten ihren Vertrag.

Wolf räusperte sich. »In Norditalien gibt es einen kleinen Fluß. Er heißt Rubikon. An einem Wintermorgen des Jahres neunundvierzig vor Christus überquerte Julius Cäsar ihn mit seinen Männern, um seiner bevorstehenden Absetzung durch den Senat zuvorzukommen und gegen die Legionen von Pompeius zu kämpfen. Dieser hatte bereits die Mehrheit der Senatoren hinter sich gebracht. Sie drohten, Cäsar zum Staatsfeind zu erklären, falls er sein Kommando nicht niederlege. Er besaß nur eine einzige Legion, als er durch die Fluten des Rubikon ritt. Die Truppen von Pompeius schienen übermächtig. Und doch ging Cäsar zwei Monate später als Sieger aus dem Krieg hervor. Soviel hat die Geschichte uns also gelehrt: Macht ist relativ. Sie gehört denen, die den Mut besitzen, eine Entscheidung herbeizuführen, selbst auf die Gefahr hin, vernichtet zu werden. Sie alle gehören ab sofort zur Gruppe Rubikon. Diesen Namen wird niemand außerhalb dieses Zimmers erfahren. Kein Mensch außer uns wird wissen, daß Rubikon überhaupt existiert. Sollte es eine Verbindung von Roth zu Krupka und von diesem zum Bundesinnenminister geben, so werden wir sie offenlegen. Radikal und schonungslos. Nicht mehr und nicht weniger erwarte ich von Ihnen.«

Er richtete den Blick auf Vandreyke. »Also?«

»Roth hat das Büro von Krupkas Firmenzentrale seit Monaten nicht mehr von innen gesehen. Dafür jettet er um die halbe Welt. Wir wissen sicher von fünf Auslandsaufenthalten in acht Wochen. Unter anderem Krakau und Paris.«

»Zwei Tage vor Fischers Ermordung ist er nach Deutschland zurückgekehrt«, bemerkte Pieper. »Zeit genug, um den Anschlag auf dem Rhein-Main-Airport vorzubereiten.«

»Das Scharfschützengewehr ist untersucht«, sagte Lombardi. »Dieselbe Waffe wurde bei dem Attentat auf Pallucci verwandt.«

»Also arbeitet das neue Kartell bereits mit Cuevo zusammen«, sagte Wolf.

»Ja. Das ist vollkommen sicher.«

Stille.

Sophie zog nachdenklich an ihrer Gitane. »Warum haben sie Fischer in Frankfurt liquidiert? Warum nicht in La Paz?«

»Zuviel Wirbel. Cuevo hält die eigene Haustür sauber.«

»Was ist mit dem BMW auf dem Parkdeck?« fragte Wolf.

Pieper zuckte die Schultern. »Ich fürchte, den können wir vergessen. Grimm wird von Krupka bezahlt, wer kann daran noch zweifeln? Er war uns immer einen Schritt voraus. In Krakau. In Bremerhaven. In Luxemburg und Frankfurt. Dort waren über hundert Mann von uns, ich kann nicht für jeden die Hand ins Feuer legen. Krupka weiß von der Observation, oder er versteht nichts vom Geschäft. Sie werden den BMW stehenlassen, bis er Rost ansetzt.«

»Wo ist Roth jetzt?«

»Wir vermuten, daß er sich in Lissabon aufhält. Krupka hat dort eine Quinta, auf der er die Wochenenden verbringt. Soll ich mich mit den Portugiesen in Verbindung setzen? Sie könnten Roth beschatten.«

»Vergessen Sie es«, sagte Wolf. »Der Mann ist so gut wie tot.«

Zweites Buch

WIESEL

Die Organisierte Kriminalität ist
im Kern nichts anderes
als die Fortsetzung des Marktes
mit ungebremsten Mitteln.

SAM POPPE (Secret Service)

Eins

»Hier, Anton Pawlowitsch, nehmen Sie mein Glas«, flüsterte Roman Saizew.

Czarny setzte das Zeiss-Dialyt an die Augen und schwenkte es langsam über die glatte, schattenlos weiße Ebene, die sich bis zum Irtysch erstreckte. Er suchte den Rand des zweihundert Meter entfernten Birkenwäldchens, wo sie gestern einen Zwiebelsack mit Fleischabfällen an einen Baum gebunden hatten. Der Bär stand bis zum Bauch im Schnee und witterte. Als er sich aufrichtete, um mit seinen Tatzen das Luder aus dem Sack zu reißen, sah Czarny ihn in voller Größe. Sicher drei Meter von den Hinterläufen bis zum Kopf. Es war ein altes Tier, das es im Herbst versäumt hatte, sich genügend Fett anzufressen, und jetzt mit knurrendem Magen aus dem Winterschlaf erwacht war.

Der Tag war zum Sterben so gut wie jeder andere.

Saizew reichte Czarny die doppelläufige Repetierbüchse, eine Maßanfertigung der deutschen Firma Heym, deren Schaft speziell an seine Armlänge angepaßt war. Er legte an. Sein Zeigefinger suchte den Druckpunkt, als der Bär im Fadenkreuz war. Da sah er, wie das Tier den Kopf wandte und direkt in das Objektiv blickte. Die Augen waren groß und wäßrig. Eine frische, wulstige Schmarre, die mit Eis verkrustet war, zog sich über die Schnauze und erzählte von einem Kampf um Futter, sicher mit einem jüngeren und kräftigeren Artgenossen, bei dem er eine schmerzhafte Niederlage erlitten hatte. Das dürfte nicht länger als ein oder zwei Tage hergewesen sein, und dieser Sack roch unendlich verlockend. Trotzdem fraß er nicht, sondern stand nur da, reglos, die Tatzen in die Jute gekrallt.

Czarny zögerte. *Na, Kumpel, was machen wir jetzt? Soll ich dich mit leerem Magen erschießen? Komm, friß doch was, ich weiß, du hast Hunger. Schlag dir noch einmal richtig den Bauch voll, dann stirbt es sich leichter.* Doch der Bär ignorierte die leckeren Batzen und legte sich flach hin, so daß nur noch seine Ohren aus dem Schnee hervorlugten. *Kluger, alter Kerl. Irgend etwas stimmt nicht, und du weißt es. Hast solchen Hunger, aber deine Wachsamkeit ist noch größer.* Saizew sah erstaunt, wie Czarny lächelte. *Glaub mir, ich verstehe dich sehr gut. Du und ich, wir leben noch, weil wir nie der Gier nachgegeben haben. Hab keine Angst, Bär, hab keine Angst. Es wird ein anderer Winter kommen in einem anderen Jahr. Aber nicht heute. Heute sollst du dich satt essen und dann schlafen bis zur Schmelze.*

Czarny ließ die Büchse sinken und gab sie Saizew zurück. »Zu weit für einen sicheren Schuß. Laß uns zurückfahren.«

Saizew wunderte sich, sagte aber kein Wort. Sie stiegen vom Hochsitz und verstauten das Gewehr im Geländewagen, dem nur ein Experte angesehen hätte, daß er gepanzert war. Zwei Fahrzeuge mit Bodyguards folgten ihnen, als sie, von Süden kommend, über die Schnellstraße Omsk ansteuerten. Traktoren, beladen mit fauligen Runkelrüben, kamen ihnen entgegen. Die Fahrbahn war mit Salz bedeckt, das von den Reifen wegspritzte. In der Ferne sahen sie verfallene Gehöfte, Holzkaten eher, in denen Wolgadeutsche hausten, die auf ihre Ausreisegenehmigung warteten.

Es dämmerte, als sie die Stadt erreichten.

Sie überquerten den Irtysch. Czarny sah die Eisangler. Sie hockten auf Campingstühlen um die Löcher, die sie in das meterdicke Weiß gebohrt hatten, das den Fluß bedeckte. Die ersten Petroleumlampen wurden angezündet. Bald würde ihr Widerschein in der Finsternis irrlichtern wie die Kerzen auf einem Geburtstagskuchen, der in ein dunkles Zimmer getragen wird. So war es schon gewesen, als Czarny noch ein Kind war. Jeden Samstag hatte er bis Mitternacht mit seinem Vater unter der Brücke gehockt, hatte seinen Köder im Licht der Petroleumfunzel auf den Haken gesteckt und es genossen, wie die Stunden mit Schweigen vergingen.

So viele Länder hatte er seitdem gesehen, so viele Städte, doch nur hier, wo seine Mutter ihn geboren hatte, schmeckte es nach Heimat, roch er den süßen Duft der Erinnerung. Sein Haus auf Barbados war eine Festung, hinter deren Mauern er nichts und niemanden fürchten mußte, aber in Zeiten, in denen es erforderlich war, Ruhe zu finden und die Zukunft zu bedenken, kam er stets hierher zurück. Er liebte den Himmel Sibiriens, der so weit war und so klar, er liebte die Kälte, die seinen Verstand schärfte. Pallucci und Grasso waren tot, ihre Cosca erledigt. Der Mann, der sich Görtz nannte, wollte ihren Platz an der Tafel einnehmen, und es war an Czarny, zu entscheiden, ob er das Brot mit ihm teilen würde. Zweimal hatte der geheimnisvolle Deutsche nun schon versucht, ihn als Partner zu gewinnen. In Paris und dann, eine Woche später, durch seinen Unterhändler. Ein Ungar namens Kiraly, der ihm auf Barbados eine Nachricht überbracht hatte: »*Der Mann, der Ihnen das BKA auf den Hals gehetzt hat, sitzt in Luxemburg. LeDuc, Sie kennen ihn. Wir würden es verstehen, wenn Sie ihm die Rechnung für Bremerhaven präsentieren würden. Betrachten Sie es als ein Zeichen unseres Vertrauens und guten Willens.*« Das hatte er. Doch von den drei »Soldaten«, die er zu LeDuc geschickt hatte, war bloß einer zurückgekehrt. Der verdeckte Ermittler des BKA, den Czarny nur unter seinem Decknamen Bongartz kannte, und ein weiterer Mann waren aufgetaucht und hatten ganze Arbeit geleistet.

Bongartz. Er hat die Bombe in Paris überlebt. Dieser Schweinehund ist wie eine Katze, die man fünfmal ersäufen muß! Aber der Tag, an dem es auch ihn erwischte, würde kommen. Schon viele hatten sich eingebildet, cleverer zu sein als Anton Czarny. Die Friedhöfe, auf denen sie lagen, konnte niemand zählen.

War das Auftauchen der Fahnder Zufall gewesen? Czarny hatte dieses Wort aus seinem Sprachschatz gestrichen. Daher dachte er unentwegt darüber nach, welches Spiel Görtz mit ihm trieb. Wollte er Krieg? Nun, den konnte er haben. Andererseits war das Kartell für Czarny zu wichtig, um jetzt unüberlegt zu handeln. *Vielleicht ist es an der Zeit, nach La Paz zu fliegen und mit Cuevo zu reden.* Die Profite, die diese Partnerschaft Fasoulas und ihm garantierte, waren acht Jahre lang die Basis ihres Geschäfts gewesen, und der Gedanke, die Quelle, die so reich sprudelte, könne versiegen, war alles andere als angenehm. Trotzdem: Die Gier war nie ein guter Ratgeber.

Saizew bog nach rechts in die Maslennikova ein. Sie hielten sich nach Osten. Die Außenbezirke der Stadt blieben bald zurück. Es ging in Richtung Rostowka. Als die letzten häßlichen Betonsilos aus dem Rückspiegel verschwunden waren, verließen sie die Hauptstraße. Das große Tor zu Czarnys Anwesen fuhr auf, doch es brauchte weitere zehn Minuten, bis sie das Hauptgebäude erreichten, so riesig war das Grundstück. Das Blockhaus war aus sibirischer Fichte gezimmert. Es besaß jeden Luxus, ein Hallenschwimmbad eingeschlossen. Mehrere im gleichen Stil gehaltene Nebengebäude dienten als Unterkunft für das Personal und für Czarnys Leibgarde, die aus zweihundert Männern der Petrovskie bestand. Sie waren eher eine Drohung als wirkliche Notwendigkeit, denn Anton Czarny war hier so sicher wie ein Bär in seiner Winterhöhle.

Morgen würde er mit dem Bürgermeister von Omsk essen gehen.

Es war bereits dunkel, als er sein Abendessen genoß, das aus Shtschi-Suppe und gebackenen Pelmini bestand, die seine Haushälterin nach dem Rezept seiner verstorbenen Mutter zubereitet hatte. Dazu trank er Kumis. Der Duft von vergorener Stutenmilch füllte den Raum und rief die Kindheit zurück und ließ Czarny behaglich schnauben.

Er liebte die Einsamkeit. Nie war es anders gewesen.

Jemand klopfte. »Ja?« rief Czarny unwillig und wischte sich den Mund ab.

Es war Saizew. Er führte Genadij Tscherbanenko herein, der von Omsk gekommen war, um mit Czarny zu sprechen.

»Genotschka, mein Freund!« rief Czarny mit ehrlich gemeinter Herzlichkeit. Er stand auf, um den Besucher zu umarmen. »Ich sehe, es geht dir schlecht. Du hast abgenommen!«

»Du hast recht, Antontschik«, sagte Tscherbanenko bräsig grinsend, »vielleicht ist der Bauch dünner geworden. Aber ich kann dich beruhigen, meine Brieftasche ist noch genauso dick wie früher!«

Sie lachten, indes Saizew für sie zwei Gläser mit dem Wodka füllte, den Tscherbanenko mitgebracht hatte.

»Na, Roman ...« Einem Angestellten gegenüber, auch wenn er Czarny so nahestand wie Saizew, verzichtete Tscherbanenko auf die Benutzung eines Kosenamens. »Sorgst du auch gut für deinen Zwilling?«

»Gewiß«, antwortete Saizew.

Tscherbanenko und sein Gastgeber schmunzelten. In der Tat besaß Roman Saizew, obwohl er im Gegensatz zu Czarny keinen Schnurrbart zu bürsten hatte, eine verblüffende Ähnlichkeit mit seinem Gospodin. Sie waren im gleichen Alter, etwa gleich groß, hatten ungefähr dasselbe Gewicht. Auch die Haarfarbe stimmte. Doch der eigentliche Witz lag in der auffälligen Narbe, die beide Männer mitten auf der Stirn trugen. Was bei Czarny aber von einer Wunde herrührte, die er sich schon als Schüler beim »freiwilligen« Robotnik am Hochofen zugezogen hatte, wo ihn ein Spritzer glühende Schlacke traf, war in Saizews Fall ein Andenken an einen Kampf mit einem Mudschahed, den er in Afghanistan bestehen mußte. Zwar hatte er sich seiner Haut gewehrt, doch der Krummdolch des Dschihadi hatte ihm jenes Mal auf der Stirn hinterlassen, das dem von Czarny so frappierend glich. Dieser mußte im stillen zugeben, daß ihre Ähnlichkeit einer der Gründe war, warum er Saizew als Kommandoführer ausgewählt hatte. Es amüsierte ihn einfach. »Mein Zwilling«, so nannte er ihn gerne, diesen Namen hatte Saizew fortan weg.

»Mögen unsere Feinde von einem Gehalt leben müssen!« sagte Czarny, als Saizew sich zurückgezogen hatte, und hob sein Glas.

»Und mögen sie Zucker nur im Urin haben!« erwiderte Genadij Tscherbanenko den Trinkspruch. Sie stießen an und süffelten die Gläser leer.

Czarny und Tscherbanenko hatten schon als Kinder zusammen Eishockey gespielt und sich nie wirklich aus den Augen verloren. Damals, als die gute alte Sowjetunion so manches Business möglich gemacht hatte, war Tscherbanenko Beamter im Moskauer Außenhandelsministerium gewesen. Die Wieselfelle, die Anton Czarny ihm lieferte, wurden als Zobel deklariert und mit kräftigem Gewinn in den Westen geschafft. Es war ein lohnendes Geschäft für zwei Männer, die an den Fleischtöpfen schnupperten, ehe sie selber darin rühren durften. Jetzt, viele Jahre später, war Tscherbanenko der Omsker Gebietschef der Petrovsker Mafia. Es waren seine Männer, die Czarny in Omsk beschützten. Die Petrovskie verdiente sogar an den Leichen, die in Zinksärgen aus Tschetschenien zurückkehrten. Korrupte Beamte im Verteidigungsministerium trugen dafür Sorge, daß die Bestattungen der Gefallenen ausschließlich von Firmen durchgeführt wurden, die zu ihrem Imperium gehörten. Jeder Grabstein erbrachte der Petrovskie einen Profit von zehntausend Rubel, denn die Abrechnungen waren gefälscht und die Preise so hoch, daß sie die Hinterbliebenen ruinierten.

»Ich habe einen Anruf erhalten«, sagte Tscherbanenko, als der dritte Wodka seinen Bauch wärmte. Er lutschte an dem fetten Speck, der nach traditioneller Sitte zum Schnaps gehörte und den Alkohol neutralisierte.

»Ah ja?« murmelte Czarny. Er wußte, es mußte etwas Wichtiges sein, das seinen Freund an diesem Abend zu ihm geführt hatte.

»Görtz. Du kennst den Mann.«

»Ja, ich kenne ihn. Was wollte er von dir?«

»Er will sich mit dir treffen. An einem Ort deiner Wahl. Er sagt, er garantiert für deine Sicherheit.«

»Sonst hat er nichts gesagt?«

»Nein, sonst nichts. Er wird sich wieder bei mir melden, nachdem du deine Entscheidung getroffen hast. Das heißt, doch ... Er sagte, es wäre Zeit, daß du jemanden kennenlernst. Jemanden, der dir sicher gefallen würde.«

Czarny horchte auf. »Wörtlich?«

Tscherbanenko dachte einen Augenblick nach, ehe er nickte. »Ja, wörtlich.«

»Danke, mein Freund«, sagte Czarny, nachdem er lange geschwiegen hatte.

»Probleme?« fragte Tscherbanenko. »Etwas, wobei ich dir helfen kann?«

Czarny schüttelte den Kopf. »Nichts womit ich nicht allein klarkomme.«

»Was soll ich ihm sagen, wenn er anruft?«

»Sag ihm, ich weiß, wie ich ihn erreichen kann.«

»Das ist alles?«

»Ja, das ist alles.«

Sie saßen noch eine Weile schweigend, dann stand Tscherbanenko auf und verabschiedete sich. Er küßte Czarny auf beide Wangen und sah ihn besorgt an. »Dieser Mann ... Görtz ... Er klang wie einer, der weiß, was er will.«

»Ja, das tut er. Schlaf gut, Genotschka. Mach dir keine Sorgen.«

Als Tscherbanenko gegangen war, hielt Anton Czarny sein Wodkaglas in der Hand und betrachtete es sinnend. Lautes Gebell ertönte. Man hatte die Dobermänner aus den Zwingern gelassen, so daß sie frei auf dem Gelände herumlaufen konnten. Außer dem Hundeführer wagte jetzt niemand mehr, sich draußen aufzuhalten, denn die Tiere waren scharf abgerichtet und gingen jedem an die Gurgel.

Czarny griff zum Telefon.

»Ja?«

»Czarny.«

»Moment bitte!« kam die eilfertige Antwort des Bodyguards, der das Telefon von Dimitri Fasoulas hütete.

»Was gibt's?« fragte Fasoulas, nachdem man ihn an den Apparat gerufen hatte. Czarny stellte sich vor, wie sein Partner an einem lauen Abend auf der Terrasse seiner Villa oberhalb der Königsgräber von Paphos stand und auf das Troodos-Gebirge blickte, wo die Sonne gerade unterging.

»Görtz. Er will uns treffen.«

»Wo?«

»Wo wir wollen. Angeblich garantiert er für unsere Sicherheit.«

»Natürlich tut er das. Das wird er noch, wenn wir in unseren Särgen liegen.«

»Du sagst es.«

Fasoulas' Stimme war ein Flüstern in der Nacht. »Wir haben schon einmal Krieg gehabt. Ich sehne mich nicht nach der Zeit zurück.«

»Genausowenig wie ich. Aber manchmal muß es sein. Wir werden alle Blut lassen und danach ruhiger schlafen können.«

»Vielleicht hast du recht. Aber es muß in Ruhe bedacht werden.«

»Dimitrusja?«

»Ja?«

»Er ist nicht der Boß. Es gibt einen, der über ihm steht.«

»Woher weißt du das?«

»Er will, daß wir jemanden kennenlernen. Jemanden, der uns sicher gefallen würde. Ein großes Wort, für das es nur eine Bedeutung gibt.«

Stille.

Dann murmelte Fasoulas: »Wer könnte das wohl sein?«

»Die Bolivianer scheinen ihm zu vertrauen. Das heißt viel, denn sie trauen nicht mal ihrer eigenen Mutter.«

Fasoulas atmete hörbar aus. »Wir sehen uns bei der Taufe deines Patenkindes. Dann laß uns reden.«

»So machen wir es. Grüß Jelena von mir.«

»Das werde ich.«

Sie legten auf. Czarny ging früh zu Bett. Doch er schlief schlecht und wurde in seinen Träumen von dunklen Ahnungen heimgesucht.

Auch André Görtz hatte eine unruhige Nacht hinter sich. Vier Tage waren seit seinem Anruf bei Tscherbanenko vergangen, ohne daß Czarny reagiert hatte. Wie würde Krupka die schlechte Nachricht aufnehmen? Er war ein Mann mit vielen Tugenden, doch Geduld gehörte nicht dazu. Andererseits besaß Görtz sein volles Vertrauen, und dafür gab es einen verblüffend einfachen Grund: Er hatte Krupka vor vier Jahren um eine Million Euro bestohlen.

André Görtz war damals Abteilungsleiter der SAVOK AG gewesen und hatte es fertiggebracht, das Geld einfach im Computer verschwinden zu lassen. Nur durch einen dummen Zufall war Krupka ihm auf die Schliche gekommen und hatte Anzeige erstattet. Doch der Betrug war dermaßen raffiniert geplant und durchgeführt worden, daß Görtz auch in zweiter Instanz aus Mangel an Beweisen freigesprochen wurde. Schon bald nach der Verhandlung stand Krupka vor seiner Tür. Er hatte keine Schläger mitgebracht, machte nicht einmal den Versuch, Görtz zu drohen. Statt dessen verblüffte er ihn mit dem Angebot, wieder für ihn zu arbeiten. Diesmal aber an einem Projekt, dessen Profit die eine Million, um die er Krupka erleichtert hatte, wie Peanuts aussehen lassen würde. Görtz war ein Mann von großem Selbstbewußtsein, was nicht unbegründet war, denn seine Intelligenz und Skrupellosigkeit gaben ihm die Gewißheit, den meisten Menschen überlegen zu sein. Doch nicht Krupka. Wenn Görtz sich jemals eingebildet hatte, ein Alphatier zu sein, dann belehrte dieser Mann ihn eines Besseren. Vielleicht war er kein Intellektueller, vielleicht auch weniger gebildet als Görtz, der in Kunst und Geschichte bewandert war. Aber die Energie, die von Krupka ausging, war elektrisierender als jede andere Erfahrung, die Görtz in seinem Leben gemacht hatte.

So wurde er Krupkas rechte Hand.

Die eine Million durfte er quasi als Vorschuß behalten. Noch ehe das erste Jahr vorbei war, kamen vier weitere hinzu. Es war wie in dem Märchen »Tischlein deck dich«. Nie hatte er bereut, das Angebot angenommen zu haben, nicht bis zu dieser Stunde, da er auf der Terrasse der Quinta stand, Bier aus der Flasche trank und zusah, wie Krupka hemdsärmelig neben einem großen eisernen Topf hockte, der über einer Feuerstelle hing. Er hatte ein scharfes Messer in der Hand, eine Plastikschüssel auf dem Schoß und kratzte Schlick und Kalkgrind von einem Berg von Muscheln ab. Die kleine Marie saß im Gras am Teich und spielte mit ihrer nagelneuen Barbiepuppe. Sascha Roth half ihr beim Anziehen.

»Meine Tochter hat großen Spaß an deinem Geschenk«, sagte Krupka, ohne Görtz anzusehen, »und was hast du mir Schönes mitgebracht?«

»La Paz hat den Deal bestätigt. Dreißig Tonnen über Genua, Kopenhagen und Le Havre. Jaschev nimmt allein vier Tonnen. Die sind schon ganz jieperig in Sankt Petersburg.«

Krupka war Großhändler. Es hieß nichts weiter, als daß er jeden Euro, den sie ihrem Lieferanten Cuevo zahlten, fast verdoppelte, denn der Stoff wurde tüchtig gestreckt. Die Hälfte davon mußte in die Logistik reinvestiert werden, wozu Personalkosten, die Unterhaltung des riesigen Vertriebsnetzes und vor allem Bestechungsgelder zählten. Allein Petersburg würde zweihundert Millionen verschlingen. Peanuts. Unterm Strich blieben zirka fünf Milliarden Euro Reingewinn. Pro Jahr.

Es war das, was Krupka eine anständige Rendite nannte.

»Wie stehen die Dinge in La Paz?« fragte er.

»Ich war in einem ihrer Lagerhäuser. Du glaubst es nicht, wenn du es nicht gesehen hast. Bei denen stapelt sich die Kohle bis zur Decke. Über dreißig Kubikmeter in allen möglichen Währungen. Wenn du mich fragst, haben sie Probleme mit ihrer Geldwäsche, jedenfalls beim Cash.«

»Weiß ich. Bisher haben sie's über Korrespondenzkonten auf Antigua abgewickelt. Aber dort macht die FATF jede Woche eine neue Bank zu, und das Geschäft wird von Tag zu Tag riskanter. Auch Santiago de Chile und Toronto sind weggebrochen. Damit müssen wir uns wenigstens nicht rumschlagen.«

Görtz nickte nachdenklich. Mit der internationalen »Financial Action Task Force«, deren Personal sich aus den neunundzwanzig Mitgliedsländern der OECD rekrutierte, würden sie keine Probleme kriegen, dazu war das Modell, das Krupka ausgetüftelt hatte, einfach zu clever.

»Was gibt's Neues aus dem BKA?« fragte Krupka.

»Grimm wird observiert. Nichts Beunruhigendes.«

»Dann liegen wir doch perfekt im Plan ...«

»Leider nein«, sagte Görtz und bedachte jedes Wort, denn er fürchtete Krupkas cholerische Anfälle. »Czarny will uns die Raketen nicht liefern. Ich habe unser Gebot erneuert, aber er hat nicht reagiert. Das Dumme ist, wir brauchen ihn. Ein minderwertiges Waffensystem könnten wir auch woanders besorgen.

Aber nicht die Grails. Und nur damit gibt Cuevo sich zufrieden.«

»Was macht er für einen Umsatz?«

»Sechs, vielleicht sieben.« *Gott sei Dank dreht er nicht durch!*

»Sechs ... da sollen wir vor ihm zittern? Wir machen bald mehr als das Vierfache und diktieren verdammt noch mal den Preis! Wenn Czarny uns auf der Nase rumtanzen kann, wissen das morgen die Bolivianer. Dann sind wir schneller aus dem Geschäft, als du dir eine Line reinziehen kannst!«

»Was soll ich machen? Wir kommen nicht an ihn ran. Er hat sich in Omsk verschanzt. Dort sind mehr Bodyguards um ihn herum als um den amerikanischen Präsidenten.«

»Achtung, Feind von hinten!« sagte Krupka, der, ohne Reaktion zu zeigen, weiter seine Muscheln reinigte.

Görtz drehte sich um und sah den großen Lobster, der aus dem Topf geklettert war und scherenschnappend über den Steinboden kroch. Er packte das Tier am Rückenpanzer und warf es zurück zu seinen Artgenossen. Sie lagen zappelnd in dem heißen Sud, der fausthoch den Boden bedeckte, kratzten mit ihren perlmuttschimmernden Zangen verzweifelt und vergeblich am Topfblech und versuchten sich gegenseitig die Augen auszustechen, als verhieße das Rettung.

»Ein gutes Gefühl, wenn man Gott spielen kann«, murmelte Krupka. »Natürlich nicht halb so gut, wie Gott *zu sein*. Aber immerhin, es ist die beste aller Möglichkeiten ...«

Er trank einen Schluck Bier und wischte sich den Mund mit dem Handrücken ab, ohne das Messer wegzulegen. »Als wir noch in Schlesien gewohnt haben, hatte ich einen Freund. Er war Jude und ist mit seinen Eltern nach Israel ausgewandert. Viele Jahre später ist er zum Mossad gegangen und wurde einer ihrer besten Killer. Er war sehr gläubig und hatte ein großes Problem, weil er bei seinen Auslandseinsätzen den Kopf nicht immer bedeckt halten konnte, wie es die Thora verlangt. Also ging er zu seinem Rabbi und fragte um Rat. Der Rabbi dachte nach. Schließlich fand er eine Lösung: Sie rasierten dem Mann eine zehncentgroße Tonsur ins Haar und ließen ein winziges

Toupet anfertigen, das genau auf die kahle Stelle paßte. Der Kopf galt als bedeckt, dem Gesetz war Genüge getan. Alle waren zufrieden. Mein Freund konnte wieder seiner Arbeit nachgehen.«

Er legte das Messer beiseite und fixierte Görtz. »Ein Problem existiert nur so lange, bis es gelöst ist. Du mußt an Czarny rankommen, wie, ist mir egal.«

Görtz wollte antworten, doch sein Handy meldete sich. »Sekunde«, murmelte er und entfernte sich ein paar Schritte. Während er nur zuhörte und kein Wort sprach, kam der Butler aus dem Haus und lief zu Krupka. »Der Regierende Bürgermeister läßt Sie herzlich grüßen. Er bedankt sich für die großzügige Spende und fragt, ob Sie zu dem Empfang im Schloß Charlottenburg kommen.«

»Ich weiß nicht ...«, antwortete Krupka. »Ruf zurück und frag ihn, ob seine Frau inzwischen tanzen gelernt hat.« Er lachte dröhnend, als er das Gesicht seines Angestellten sah.

Görtz kam zurück. Er wartete, bis der Butler außer Hörweite war. Dann sah er Krupka mit ernstem Gesicht an. »Das BKA hat Roth identifiziert. Frag mich nicht, wie, aber sie wissen, daß er Fischer liquidiert hat.«

Krupka war nicht so leicht zu erschüttern. Doch nun schob er das Kinn nach vorne und stülpte besorgt die Lippen. Er blickte über die Wipfel der Bananenpalmen hinunter in die Bucht, wo die großen Tanker in Richtung Meer zogen. Dann ging sein Blick zu Roth, der neben Marie hockte und Faxen machte, die das Mädchen glucksen ließen.

»Ist Kiraly in der Stadt?« fragte er.

»Ja. Er wohnt im Avenida Palace.«

»Er soll mit Roth einen Rundgang durch die Firma machen.«

Görtz nickte. Genau das wäre auch seine Wahl gewesen.

»Sascha!« rief er laut. »Komm, hol dir doch was zu trinken!«

Roths Augen glänzten, denn er wußte, daß er jetzt zur Familie gehörte. Die Makellosigkeit der Aktion in Frankfurt hatte ihm den Respekt der Bosse eingetragen. Er sah seine Zukunft in den rosigsten Farben und mußte sich zwingen, den Stolz, der ihn erfüllte, im Zaum zu halten, damit er nicht überheblich wirkte. Seine Schritte waren raumgreifender, seine Haltung selbstbewußter als je zuvor, als er zur Terrasse stolzierte und nach der Bierflasche griff, die Krupka – *nicht Görtz, Krupka!* – ihm hinhielt.

Krupka wuschelte ihm durch die Haare. »Na, wie macht unser Kleiner sich denn?« Dabei sah er nicht Roth an, sondern Görtz.

»Aus dem wird noch mal was!« sagte Görtz und prostete Roth zu. »Hör mal, wir hätten da was zu erledigen, genau das Richtige für einen Mann wie dich. Du triffst dich mit Kiraly im Hotel, er weiß Bescheid.«

Roth nickte eifrig. »Klar, jetzt sofort?«

»Heute nacht, ein Uhr. Leg dich vorher aufs Ohr, damit du fit bist.«

»Mach ich.« Roth dackelte ab, eine Hand lässig in der Hosentasche, versucht, ein Liedchen zu pfeifen, beschwingt von der Vertrautheit, in der man mit ihm gesprochen hatte.

Krupka ging zu dem Topf mit den Lobstern. Er schüttete rotes Gewürz auf die Rückenpanzer und goß Wasser nach. Die Scheren schaufelten noch, obwohl das Innere halb gar war.

Sophie zitterten die Knie. Die Panzerlimousinen näherten sich dem Kanzleramt, dessen monumentale, einschüchternde Wucht sich in Gänze entfaltete, als sie vor dem Nordeingang stoppten und die Männer aus den Begleitfahrzeugen sprangen, um für sie, den Präsidenten und seinen Abteilungsleiter OA die Wagenschläge zu öffnen. TUAREG spürte es. Als sie nebeneinander, von den Sherpas flankiert, ins Haus gingen, murmelte er: »Eine Million Kubikmeter heiße Luft. Aber sie machen einen ziemlich guten Kaffee.« Er gab seiner Tochter einen kleinen Stups, und es gelang ihr tatsächlich zu lächeln.

Während sie im Foyer durch die elektronische Sperre mußte, konnten ihr Vater und sein Abteilungsleiter ungehindert passieren und zu BND-Präsident Boehnke schlendern, der nur Augenblicke vor ihnen angekommen war.

»Na, Julius, wie immer der erste?«

»Ach, hör auf«, schnaubte Boehnke. »Ich war gerade im Ausschuß. Arschlöcher, alle zusammen!«

Wolf grinste. »Haben die Ökos dir wieder eingeheizt?«

»Ja, ja, trampel nur auf mir herum. Die haben ihre Partei doch nur gegründet, um mich zu ärgern. An die Typen denke ich morgens beim Aufstehen, wenn ich meinen Betablocker nehme. Nachts träume ich von ihnen und nehme zwei, bevor ich ins Bett gehe. Und wenn ich in den Ausschuß muß, bin ich heilfroh, wenn ich mit drei Tabletten auskomme. Am liebsten würden die unsere gesamte Aufklärung in der ›Bäckerblume‹ abdrucken lassen. Die wollen unsere Methodik offenlegen, unsere Quellen sowieso und dazu die Klarnamen unserer Agenten. Den ganzen Quatsch nennen sie dann transparente Demokratie. Was Dämlicheres habe ich noch nie gehört!«

»›Demokratie beruht auf drei Prinzipien: auf der Freiheit des Gewissens, auf der Freiheit der Rede und auf der Klugheit, keine der beiden in Anspruch zu nehmen.‹ Mark Twain, solltest du dir auf den Nachttisch legen.«

»Hast du's denn dort liegen?«

»Seit dreißig Jahren. Ist schon ganz zerfleddert«, sagte Wolf. Er zwinkerte seinem Abteilungsleiter zu, der sich bemühte, nicht zu lachen. »Sophie, komm, ich möchte dir jemanden vorstellen … Das ist mein alter Freund Julius Boehnke – meine Tochter Sophie.«

»Sehr erfreut«, sagte Boehnke und verstieg sich zu einem Handkuß.

»Guten Tag, Herr Präsident«, sagte Sophie, das Band mit dem weißen Besucherausweis um den Hals. »Ich war schon ein paarmal bei Ihnen im Haus. Angenehm haben Sie's.«

»Soso, Sie waren bei uns, und man hat Sie mir nicht vorgestellt. Typisch, die hübschesten Besucher werden uns immer vorenthalten, nicht wahr, Richard?« Er lächelte herzlich. Sophie mochte ihn vom ersten Moment an.

Fünf Minuten später nahmen die Teilnehmer der Sitzung an dem Besprechungstisch im siebten Stock des Hauptgebäudes

Platz. Der Raum war mit Kirschholz getäfelt und strahlte bürokratische Kälte aus. Gerahmte Porträts der Altbundeskanzler und des jetzigen Amtsinhabers Hettmer zierten die Wände. Die Fensterfront wies nach Nordosten. Man sah den Lehrter Bahnhof und die Charité. Kanzleramtsminister Mangoldt, der für die Koordinierung der Geheimdienste zuständig war und am Stirnende der Tafel saß, eröffnete. Jedes Wort wurde digital mitgeschnitten und zusätzlich von einer Stenotypistin protokolliert.

»Aktennotiz: Kanzlerlage vom 8. Februar. Anwesend sind: der Staatsminister im Bundeskanzleramt. Der Bundesinnenminister mit persönlichem Referenten. Der Präsident BKA mit Abteilungsleiter OA. Der Präsident BfV mit Referatsleiter Politische Aufklärung. Der Präsident BND mit stellvertretendem Abteilungsleiter Auswertung. Oberstaatsanwältin Wolf von der Bundesanwaltschaft. Anlaß ist der in Kürze stattfindende Deutschlandbesuch des bolivianischen Präsidenten Gutierez. Das Wort hat Frau Wolf.«

Natürlich war die Anwesenheit einer Beamtin der Bundesanwaltschaft in diesen heiligen Hallen eher ungewöhnlich, wenngleich keine Premiere. Die Runde war weniger formell als eine Ministerlage oder eine Kabinettssitzung, und es kam immer wieder vor, daß Experten verschiedenster Disziplinen als Gäste in den Kreis der Giganten gebeten wurden. Wäre der VB Fischer am Leben geblieben, so hätte man mit einiger Wahrscheinlichkeit ihm diese Aufgabe übertragen. So war man Wolfs Vorschlag gefolgt und hatte sich für Sophie entschieden, die als zuständige Staatsanwältin für den Ermittlungskomplex Cuevo dafür prädestiniert war. Doch natürlich hatte in den Überlegungen ihres Vaters noch etwas anderes eine Rolle gespielt: Da Sophie im Kanzleramt für den GBA sprach, wurde die Rolle Karlsruhes bei der Bekämpfung der OK, die ja noch ohne gesetzliche Grundlage war, vorweggenommen und quasi durch die Hintertür salonfähig gemacht. Dies hatte der BKA-Präsident in einem Telefonat mit Steindorff, der nichts lieber getan hätte, als Mangoldt persönlich seine Aufwartung zu machen, so besprochen: »*Seien Sie nicht dumm, Steindorff. Wenn Sie im Kanz-*

leramt erscheinen, führt das nur zu unnötigen Diskussionen, die Ihnen zum jetzigen Zeitpunkt eher schaden als nützen. Meine Tochter ist ein fabelhafter Versuchsballon. Lassen Sie ihn steigen und warten Sie ab, wie weit er fliegt. Ihre Stunde kommt früh genug. Sie haben mein Wort.«

Sophie stand auf. Sie glättete ihr Kostüm, obwohl nichts zu glätten war, verzichtete auf ihre Notizen, um Kompetenz zu demonstrieren, sich bewußt, daß jeder im Raum neugierig war, wie sie sich halten würde. Sie dachte daran, was ihr Vater ihr eingeschärft hatte: *»Kurze, klare Sätze. Nicht zu viele Pausen. Auf keinen Fall einen kleinen Scherz. Und auf jede Frage eine Antwort, ob sie richtig ist oder nicht!«* Sie nickte der Stenotypistin zu. Ein Schalter wurde betätigt, die Jalousien fuhren herunter. Sophie nahm eine Fernbedienung in die Hand und rief das erste Bild ab. »Alfredo Gutierez, seit Anfang Dezember Staatspräsident Boliviens. Davor war er Leiter der nationalen Drogenbekämpfungsbehörde UMOPAR. Verschiedene Geheimdienste haben ihn im Verdacht, nur eine Marionette von Cuevo zu sein. Beweise gibt es dafür allerdings nicht.« Ergänzende Ausführungen, detaillierte Vita von Gutierez.

Neues Bild. »Staatsminister Miguel de la Peña, der starke Mann im Kabinett von Gutierez, sicher ein Zugeständnis an den linken Koalitionspartner BRP. Eine Reihe von Maßnahmen, die de la Peña ergriffen hat, gibt berechtigten Anlaß zur Hoffnung, daß er den Kampf mit den Kartellen entschlossen aufnehmen will.«

»Was konkret begründet diese Hoffnung?« fragte Mangoldt.

»Er hat die Ernennung des Oppositionsführers zum Generalstaatsanwalt betrieben und dafür gesorgt, daß der komplette oberste Gerichtshof ausgetauscht wurde. Außerdem hat er einen eigenen Polizeibeauftragten speziell für Cuevo bestimmt.« Weitere Beispiele. Erläuterung der bolivianischen Rechtspraxis. Sie sah ihren Vater an, der unmerklich nickte. *Wacker geschlagen. Jetzt wirf mir den Ball zu!* »Herr Präsident ...«

Wolf übernahm. »Seit der Sprengung des Containers in Bremerhaven wissen wir, daß ein neues europäisches Kartell auf den

Plan getreten ist, das von Cuevo Kokain bezieht und mit Waffen bezahlt. Wir haben durch den Bundesnachrichtendienst Hinweise erhalten, daß es während der Europareise von Gutierez zu einem Treffen mit einem Vertreter dieses Kartells kommen soll.«

»Unser Dossier liegt übrigens seit einer Woche auch dem Kanzleramt vor«, ergänzte Boehnke süffisant. »Aber wie es scheint, betreibt man hier ja lieber Auslandsaufklärung durch die Presse als über den BND.«

Fritz Limmer, sein Kollege vom Verfassungsschutz, der bezüglich des Innenministeriums, dem er rechenschaftspflichtig war, mit dem gleichen Problem zu kämpfen hatte, schmunzelte still in sich hinein, denn Boehnke tat kund, was auch er dachte. Den Mut allerdings, seinem Dienstherrn gegenüber ebenso selbstbewußt aufzutreten, hätte er niemals aufgebracht. Julius Boehnke verachtete das. Er war in seiner Jugend begeisterter Radrennfahrer gewesen und hatte als Amateur einige Siege errungen. Für ihn war Limmer nichts weiter als ein »Hinterradlutscher«, einer, der sich, statt Tempo zu machen, nur im Windschatten der anderen versteckt.

Mangoldt hob den Fehdehandschuh auf, den der BND-Präsident ihm hingeworfen hatte. »Ja, ja, mein lieber Boehnke. Und das einzige, was in Ihrem Laden nicht den VS-Stempel trägt, ist die Speisekarte in der Kantine!«

Sophie musterte den Kanzleramtsminister, den ihr Vater im Auto mit überraschendem Talent parodiert hatte. »*Einserschüler. Extrem niedrige Temperatur. Klassischer Kaltblüter, den nur die Sonne des Kanzlers wärmen kann.*«

In diesen Augenblick lugte Ingolf Hettmer herein. »Sie reden übers Essen? Ich dachte, hier wird gearbeitet?«

Ruckartig standen alle Sitzungsteilnehmer auf.

»Herr Bundeskanzler ...«, sagte Mangoldt.

»Bleiben Sie sitzen!« Hettmer stibitzte einen Keks vom Besprechungstisch. »Irgendwann muß mir mal jemand erklären, warum hier die Kantine um sechs zumacht.« Weg war er.

Boehnke grinste die anderen an. »Ich weiß nicht, ich habe das Gefühl, der Kanzler wird immer dünner.«

»Seine Frau hat die vegetarische Küche entdeckt ...«, feixte Langheinrich.

»Ja, so eine Tofuschnitte kann einen Mann schon entkräften«, gab auch Wolf seinen Senf dazu.

Alle lachten. Selbst Mangoldt rang sich ein Griemeln ab. Dann wurde er wieder ernst. »Der Bundeskanzler muß sich für den Staatsbesuch positionieren. Was schlagen Sie vor?« Sein Blick fiel auf Limmer.

Der räusperte sich. »Wir stehen gegenüber den Medien unter erheblichem Erklärungsdruck, was unsere Maßnahmen zur Bekämpfung der OK betrifft ...« Er hatte es wieder einmal elegant vermieden, sich festzulegen.

Boehnke war da schon handfester. »Wir sollten die Bolivianer als Gäste behandeln, aber deutlich machen, daß es ungeliebte Gäste sind. Man wirft sie nicht hinaus, aber man muß auch keinen Absacker mit ihnen trinken.«

»Sehr schön, Ihr Sinn für Metaphern«, sagte Langheinrich. »Trotzdem muß ich Ihnen widersprechen! Bolivien ist ein Schwerpunkt unserer Entwicklungshilfe. Das gemeinsame Handelsvolumen beträgt aktuell zwar nur hundert Millionen Euro. Aber die stammen weiß Gott nicht aus Kokaingeschäften.«

»Da gebe ich Ihnen recht, denn *die* Summe ist zweihundertmal höher!« konterte Boehnke. »Sie wissen, daß allein die Zinseinkünfte aus reinvestierten Drogengewinnen auf dem Gebiet der EU, bezogen auf die letzten zehn Jahre, mehr als eine Billion Euro betragen. In diesem Zusammenhang, lieber Herr Langheinrich, habe ich mit Erstaunen vernommen, daß Sie Ihrer Fraktion empfohlen haben, der Novellierung des Geldwäschegesetzes zuzustimmen ...«

»Ich glaube kaum, daß hier der richtige Ort ist, das zu diskutieren«, antwortete der Innenminister mit hochrotem Kopf.

»Verehrtester, was taugt eine Novellierung, die nichts besser macht und dafür vieles schlimmer? Mit den Maßnahmen, die Ihr Ressort ausgearbeitet hat, gehen Sie doch nur auf Stimmenfang, das ist reine Augenwischerei! Ich kann ja verstehen, daß Ihre Partei sich als Seniorpartner einer großen Koalition profilieren muß, aber doch bitte mit vernünftigen Argumenten. Wieso brauchen wir überhaupt eine Novellierung? Es würde schon ausreichen, wenn man das existierende Gesetz einfach anwendet!«

Langheinrich rang um Beherrschung. »Schon klar. Wenn es nach Ihnen ginge, müßten ja bereits Bareinzahlungen ab fünf Euro überprüft werden!«

»Warum besprechen Sie das nicht mit Ihrem Parteifreund, dem Finanzminister? Es ist ja allgemein bekannt, wo seine lasche Haltung zum Thema Geldwäsche herrührt. Die Investitionen der Mafia in der Bundesrepublik betragen derzeit siebzig Milliarden Euro. Bald haben wir russische Verhältnisse, dort sind es nämlich bereits vierzig Prozent des Bruttoinlandsprodukts. Die Logik, mit der hierzulande Finanzpolitik betrieben wird, könnte absurder nicht sein. Sie lautet: ›Wenn wir schon nicht verhindern können, daß die Kartelle bei uns ihr Geld verdienen, ist es doch nur recht und billig, daß der Staat etwas davon abkriegt.‹ Offenbar scheint das niemanden im Kabinett zu stören. So wie es ja auch allen völlig normal vorkommt, daß die Gesundheitsministerin auf jeder Packung Zigaretten vor den schädlichen Folgen des Rauchens warnt, während ihr Kollege aus dem Finanzressort nichts dabei findet, jährlich fünfzehn Milliarden Euro an Tabaksteuer zu kassieren, und der Sozialminister anschließend für die Krankenhaus- und Rehakosten aufkommen muß. An dem Tag, an dem man das öffentlich zugibt, zünde ich eine Kerze an. Und zwar in der katholischen Kirche von Pjönjang!«

Sophie warf ihrem Vater einen Blick zu. Sie sah, daß er sich zurückgelehnt hatte und den Machtkampf zwischen BMI und BND in aller Ruhe beobachtete. Sie war davon überzeugt, daß ihm jedes einzelne von Boehnkes Worten aus der Seele sprach, doch sie verstand auch, daß er sich nach Lage der Dinge Langheinrich gegenüber nicht exponieren durfte. So saß er schweigend da, zog an seiner Zigarre und tat so, als ginge ihn das alles nichts an.

»Ich kann mir kaum vorstellen, daß der Kanzler den Staatsbesuch absagt, nur weil der BND plötzlich die Moral als Maxime der Politik entdeckt hat«, machte der Innenminister einen letzten Versuch, Oberwasser zu behalten.

»Wie könnten wir? Darauf haben *Sie* doch das Patent!«

Mangoldt trennte die beiden Kampfhähne, indem er das Wort an Wolf richtete. »Herr Präsident?«

Wolfs Blick folgte dem Rauch seiner Zigarre, als lägen darin alle Antworten. »Die Frage ist: Steht Gutierez wirklich hinter Cuevo? Wenn ja – was will er von uns? Humanitäre Hilfe? Kredite? Es spielt keine Rolle, wie er es verbrämt – er will nur eins: Geld für Waffen. Er hat die Amerikaner im Nacken, die seine Kokaplantagen vernichten. Außerdem muß er sich gegen konkurrierende Kartelle und linke Paramilitärs im eigenen Land zur Wehr setzen. Falls Gutierez tatsächlich das Haupt der Medusa ist, dient alles, was wir den Bolivianern geben, nur dem Profit von Cuevo. Der Kanzler sollte das wissen.«

Langheinrich fixierte Wolf wütend, doch der blieb gelassen. Er hatte sich im Konjunktiv ausgedrückt. Dagegen war nichts einzuwenden.

»Was ist mit de la Peña?« fragte Mangoldt. »Können wir ihm vertrauen?«

Wolf blieb die Vorsicht in Person. »Nun ja ... wieviel Einfluß hat ein Staatsminister auf seinen Regierungschef? Ich denke, Sie sind berufen, darauf eine profunde Antwort zu geben.« Kunstpause. »... Herr Staatsminister ...«

»Zuviel der Ehre, Herr Präsident. Wir sollten zum Schluß kommen, ehe wir endgültig ins Philosophische abrutschen.«

Mangoldt stand auf. »Frau Wolf, meine Herren ... Ich werde Ihre Einschätzung dem Kanzler vortragen. Danke.«

So ging man auseinander. Der eine wütend, der andere feixend, der dritte in der Ahnung, dies könne ein bedeutsamer Tag gewesen sein, an den man noch lange zurückdenken würde.

Die Panzer warteten in der Tiefgarage. Sophie sah aus dem Augenwinkel, daß Julius Boehnke und ihr Vater stehengeblieben waren und miteinander flüsterten. Wolf nickte. Er ging zu seinem Abteilungsleiter und bedeutete ihm, wie auf der

Hinfahrt, im dritten Fahrzeug des BKA-Konvois Platz zu nehmen.

»Wir warten noch fünf Minuten. Vertreten Sie sich ein bißchen die Beine«, sagte der Präsident zu dem Fahrer der mittleren Limousine. Er stieg mit Boehnke ein. Sophie blieb, im Glauben, die beiden Männer wollten ungestört sein, draußen stehen, doch Wolf gab ihr ein Zeichen, sich zu ihnen zu setzen. So waren sie also zu dritt. Es war der bisher klarste Vertrauensbeweis, den sie von ihrem Vater erfahren hatte.

Boehnke griff in seine Aktentasche. Er zog einen Stapel Fotos heraus, die er Wolf in die Hand gab. Der blätterte sie durch, ehe er sie an Sophie weiterreichte. Straßenszene, irgendwo in einem südlichen Land, grobkörnige Aufnahmen mit einem Teleobjektiv. Die beiden Männer, die man observiert und fotografiert hatte, waren Sophie unbekannt.

»Der große mit dem Schnauzer heißt Hierro«, sagte Boehnke. »Er ist Staatssekretär im bolivianischen Innenministerium. Es ist so gut wie sicher, daß er zur Leitungsebene von Cuevo gehört.«

»Und der andere?« fragte Sophie.

»Ramon y Gil, der mächtigste Drogenboß Kolumbiens«, antwortete Wolf.

Boehnke nickte. »Er und Hierro haben sich im letzten Monat zweimal getroffen. Einmal in Rio und einmal in Cali. Dort wurde y Gil gestern auf offener Straße erschossen. Die Täter sind unerkannt entkommen.«

»Sie denken, Hierro hat y Gil ermorden lassen ... Warum?« fragte Sophie.

Das Lächeln der beiden Präsidenten war nachsichtig, doch hart an der Grenze zur Süffisanz. »Globale Konzentration der Kräfte«, sagte Wolf. »Der Drogenhandel, egal ob es sich dabei um Heroin, Kokain oder Marihuana handelt, ist ein Wirtschaftszweig wie jeder andere. Man könnte sagen: Es ist die Fortsetzung der Marktwirtschaft mit ungebändigten Mitteln. Nur die Großen überleben. Und Cuevo ist dabei, alle anderen zu schlucken.« Er sah Boehnke an. »Wo hast du das Material her?«

Boehnkes Blick sagte: *Komm schon, Richard, was soll das?* »Jedenfalls habe ich heute morgen mit deinem alten Freund Corbie darüber gesprochen.«

»Ach?«

»Nettes Telefonat. Ich soll dich von ihm grüßen.«

»Danke.«

»Angeblich hat er keine Informationen über Hierro. Aber ich habe das Gefühl, er weiß eine ganze Menge. Kennst ihn ja. Hält die Karten immer schön vor die Brust.«

Wolf nickte nachdenklich.

»Mach was draus«, sagte Boehnke. Er gab Sophie die Hand. »Guter Vortrag vorhin. Hat mich gefreut, Sie kennenzulernen.« Er stieg aus und ließ sie mit ihrem Vater allein.

»Wer ist Corbie?« fragte sie.

»Corbin Frederics, der Chef der DEA. Wir haben uns zwölf Jahre nicht gesehen.« Der Ton signalisierte: *Alte Geschichte. Frag nicht nach.* Wolf nahm seine Lesebrille ab und rieb sich über die müden Augen. »Weißt du eigentlich, daß mein korrupter Stabschef mir ein hübsches Ei ins Nest gelegt hat? Er befürwortet eine Lieferung von Polizeiausrüstungen an Brasilien. Maschinenpistolen, kugelsichere Westen, Nachtsichtgeräte ... ganz hübsche Liste. Offensichtlich hat er vergessen, daß ich schon Scheingeschäfte durchgeführt habe, als er noch in die Windeln geschissen hat. Die Waffen würden mit kurzem Umweg über Rio in Bolivien landen. Ich muß sagen, ich hätte Herrn Grimm für intelligenter gehalten.«

Sophie kroch tiefer in ihren Mantel hinein. »Ich muß dir was sagen ...«

Nur dieser Blick. Er ließ ihr Herz klopfen bis zum Hals.

»Du weißt, daß Grimm mir das Dossier über LeDuc besorgt hat. Aber den Kontakt zu LeDuc hat er mir nicht verschafft. Das war Krupka. Er und LeDuc waren Geschäftspartner. Krupka wollte eine Gegenleistung von mir. Es ging nicht anders, ich habe das Geschäft gemacht.«

Wolf verengte seine Augen zu schmalen Schlitzen.

»Ich habe Grimm überredet, die Lieferung an Brasilien zu befürworten. Es war allein meine Idee.«

Wolf schwieg. Das tat mehr weh als jedes Wort, das er hätte sagen können.

»Ich konnte doch nicht ahnen, daß Krupka der Mann ist, den wir suchen. Du hast mich im Regen stehenlassen. Und mein Chef, der mächtige Generalbundesanwalt, wo war der? Ich hatte keine andere Chance, versteh doch, ich wußte nicht, zu wem ich gehen konnte!« Sie blickte Wolf flehend an. Doch er ließ sie zappeln. Sophie gab sich einen Ruck. »Du liebst doch deine marokkanischen Sprichwörter ... ›Es ist besser, den Feind dicht bei sich zu wissen. Weil man dann seinen Atem spürt.‹ Hängt über deinem Schreibtisch.«

»Weiter«, murmelte er endlich.

»Ich weiß nicht, was du mit Grimm vorhast. Aber eine bessere Gelegenheit gibt es nicht ...«

Wolf dachte kurz nach, dann schlich tatsächlich ein Lächeln über sein Gesicht. »Gib mir doch mal dein Handy.«

Sie griff in ihren Mantel und reichte es ihm.

»Ist Grimm gespeichert?«

»Ja«, sagte sie verlegen.

»Grimm!« sagte Wolf, und die Sprachkennung übersetzte den Befehl in eine Ziffernfolge. »Wolf hier. Herr Grimm, ich habe mich nun doch entschlossen, an der Interpoltagung nächste Woche in New York persönlich teilzunehmen ... Ja, ich weiß, es ist sehr kurzfristig ... Was sind das für Termine? ... Unwichtig, kann alles warten ... Ach ja, ich möchte, daß Sie mich begleiten ... Schön. Und seien Sie so nett und machen für mich einen Termin mit Corbin Frederics von der DEA ... Nein, wir sind schon auf dem Rückweg.« Er gab Sophie das Handy zurück und lockerte, plötzlich gut gelaunt, den Krawattenknoten. »Magst du Grimms Märchen?« fragte er.

Sophie lächelte.

»Als du klein warst, habe ich dir manchmal daraus vorgelesen.«

Das Lächeln verschwand. »Ich kann mich nicht erinnern.«

»Ja, ich weiß.«

Mondlicht lag über der nächtlichen Pier, als Lajosz Kiraly und Sascha Roth aus dem Wagen stiegen und die Fabrikhalle der SAVOK AG betraten. Das Tor schloß sich hinter ihnen, der Verkehrslärm der Stadt blieb draußen. Alle Maschinen standen still. Die Schritte der beiden Männer auf dem Bodengitter des Versorgungsgangs unter der Decke waren das einzige Geräusch.

Kiraly blieb stehen. Roth lugte neugierig nach unten. Er sah direkt in einen riesigen Bottich mit stählernem Mahlwerk. Eine Knochenmühle. Die Wände waren mit verkrustetem Blut und Geweberesten bedeckt.

»Worum geht's eigentlich?« fragte er.

Kiraly antwortete nicht. Als Roth den Kopf hob, blickte er in die Mündung der Beretta, die auf ihn gerichtet war. Roth lachte, wie man über einen Scherz lacht, den man zunächst nicht versteht.

»Du bist ein talentierter Junge«, sagte Kiraly, der lieber alles andere getan hätte, als diesen Auftrag zu erledigen. Nicht, daß ihn Skrupel plagten. Nur war Roth kein gleichwertiger Gegner. »Trotzdem wirst du nicht mehr dazu kommen, dein Talent zu vervollkommnen. Es tut mir leid, aber ich kann deine Ausbildung nicht beenden.«

Da erkannte Roth, daß der Scherz eine blutige Pointe hatte.

»Warum?« stammelte er. »Ich habe alles perfekt erledigt! Du selber hast mir zu Frankfurt gratuliert! Du hast doch gesagt, daß ich ...«

»Leg deine Waffe auf den Boden«, unterbrach Kiraly ihn ruhig. »Ganz vorsichtig, ich will nur zwei Finger am Griff sehen.«

»Lajosz, bitte!« flehte Roth, den die Angst packte wie ein Habicht die Beute.

»Es liegt bei dir. Laß dich einfach abknallen, oder such deine Chance. Denn die werde ich dir geben.«

Kiraly sah, wie Roth mit sich kämpfte, dann in seine Lederjacke griff und die Makarow aus dem Achselholster zog. »Leg sie auf den Boden.« Roth gehorchte nicht, starr vor Entsetzen.

»Leg sie hin!«

»Ich will es nur verstehen. Sag mir, was ich falsch gemacht habe!«

»Bei drei liegt die Waffe auf diesem Gitter«, sagte Kiraly. »Eins ... zwei ...«

Roth bückte sich und legte die Makarow aus der Hand.

»Geh fünf Meter zurück! Na los, mach schon!«

Roth parierte. Kiraly ging zu der Makarow und legte die Beretta daneben. Dann bewegte er sich, Roth keine Sekunde aus den Augen lassend, ebenfalls rückwärts. Als er fünf Meter von den Waffen entfernt war, blieb er stehen.

Roth starrte wie hypnotisiert nach unten, in den Schlund der Knochenmühle, deren Mahlwerk noch stillstand. Dort würde es enden. Er oder Kiraly. Der Sieger würde einen Schalter umlegen und die Maschine anwerfen. Keine Spuren, keine Zeugen. Einer von ihnen würde sich auflösen wie eine Aspirintablette in einem Glas Wasser.

»Du hast viel von mir gelernt«, sagte Kiraly. »Vielleicht reicht es.«

Roth schwieg. Sein Gesicht glänzte wie eine Speckschwarte.

»Wie lange brauchst du, um das Galil zusammenzusetzen?« fragte Kiraly.

»Einundzwanzig Sekunden«, krächzte Roth und verschwieg die acht, die ihn in Wirklichkeit noch von Kiraly trennten.

»Die Sekunde wird dir fehlen.«

Im gleichen Moment hechtete Roth auf die Waffen zu.

Er war schnell, sehr schnell, doch Kiraly machte einen Flickflack, wirbelte artistisch durch die Luft und hatte die Beretta in der Hand, als Roth noch zwanzig Zentimeter davon entfernt war. Er schlug dem Mann, der für ihn immer nur »der Kleine« gewesen war, den Knauf gegen die Schläfe. Roth krachte mitten im Flug zu Boden und blieb auf dem Bauch liegen. Er war nicht bewußtlos, nur benommen, und sah erst wieder klar, als Kiraly auf ihm hockte und seine Arme mit den Knien nach unten preßte. Kiraly legte die Beretta hinter sich. Er sah in ein Gesicht, das plötzlich verzweifelt und rotznasig war wie das eines Kindes.

»Du hast gelogen«, sagte er. »Es hätte noch Monate gedauert, bis du es in einundzwanzig geschafft hättest.« Tränen schossen

Roth in die Augen, doch Kiraly rührte es nicht. »Ich habe dir gesagt, ich würde dir zeigen, wie man einen Menschen mit einer Zigarettenschachtel tötet.«

Selbst wenn Sascha Roth am Leben geblieben wäre, hätte er nie verstanden, wie die Packung Marlboro plötzlich in Kiralys Hand gelangt war.

Zwei

Für den Fall, daß TUAREG auf Reisen ging, bei denen größere Distanzen zurückzulegen waren, gab es drei Transportmöglichkeiten: einen Linienflug erster Klasse für ihn und seine Sherpas. Zweitens eine Maschine der Luftwaffe, in deren Frachtraum man den sogenannten »Käfig« installiert hatte. Dabei handelte es sich um einen Aluminiumcontainer mit eigener Klimaanlage und einem separaten Beleuchtungssystem. Er bot, eingedenk der Tatsache, daß er fensterlos war, mit Schlafsessel, Kommunikationseinrichtung und Waschecke leidlichen Komfort.

»Ich bin's. Richard«, sagte Wolf auf englisch ins Telefon.

»Hi! Wo steckst du?« hörte er die vertraute Stimme von Corbin Frederics.

»In der Kanzlermaschine.« Das war die dritte und fraglos bequemste Variante. Es hatte sich ergeben, daß Hettmer ebenfalls nach New York mußte, in seinem Fall zu einer UN-Vollversammlung, so daß Wolf die Mitfluggelegenheit nutzte. Er saß im hinteren Teil des Jets und konnte ungestört telefonieren, während der Kanzler sich vorne bei den Journalisten aufhielt, an die er off the records Hintergrundwissen verteilte wie ein Missionar Glasperlen.

»Wann landet ihr?«

»Dreizehn Uhr Ortszeit. Ich könnte mich schon heute abend von der Interpoltagung abseilen und nach Washington kommen.«

»Nicht nötig, ich bin in New York. June managt den Wahlkampf für den Bürgermeisterkandidaten. »Du kannst bei uns wohnen. Dein altes Gästezimmer ...«

»Würde ich gerne, aber die haben schon das Waldorf für mich gebucht. Dort ist auch die Tagung.«

»Okay, wo treffen wir uns?« fragte der Chef der DEA.

»Kannst du zum Hotel kommen?«
»Klar, kein Problem.«
»Sieben Uhr?«
»Einverstanden.«

Wolf ging zu seinem Platz zurück. Er sah, daß Grimm von einer Stewardeß ein Glas Wasser bekam und seine Schlaftablette runterspülte, um den Jetlag in Grenzen zu halten.

»Na, Wolf, Pille schon genommen?« Der Kanzler setzte sich ihm ohne Umschweife gegenüber.

»Nicht nötig«, antwortete Wolf, der, wie immer vor solchen Flügen, einfach die Nacht durchgearbeitet hatte, so daß er müde genug war, um bald vor Erschöpfung einzuschlafen.

»Wir brauchen eben nicht mehr so viel«, sagte Hettmer, den nur wenige Jahre von Wolf trennten. »Bei mir sind's manchmal bloß noch drei, vier Stunden. Macht mir nichts aus, komische Sache.«

Der Präsident nickte nur. *Warum sieht er mich so an? Woran denkt er jetzt?* An ihn, Wolf. Ihre erste Begegnung im Kanzleramt. Der Tag nach Hettmers Vereidigung im Reichstag, vor fünf Jahren also. Wolf oblag die Aufgabe, dem jeweiligen Kanzler das Sicherheitskonzept zu erklären, mit dem er für die Dauer seiner Amtszeit leben mußte. Zwölf Sherpas. Und ein Katalog von Verhaltensmaßregeln. Das meiste davon war Hettmer bekannt gewesen. Er hatte nur eine einzige Frage gestellt.

»Der ganze Apparat – wieviel Sicherheit garantiert er mir?«
»Wollen Sie das wirklich wissen, Herr Bundeskanzler?«
»Bitte.«
»Es gibt keine Sicherheit. Der Aufwand dient nur der Abschreckung. Ein ernsthaft geplantes Attentat werden wir nicht verhindern können.«

Wolfs Antwort war ein Schock für den Kanzler. Aber es war die Wahrheit. Hettmer hatte sie genauso erfahren müssen wie jeder seiner Amtsvorgänger. Geblieben war die Dankbarkeit, daß Wolf ehrlich zu ihm gewesen war. Dafür respektierte er ihn bis heute. Sicher, er hatte Langheinrich freie Hand in bezug auf Wolf gegeben. Aber das war Geschäft. An seiner persönlichen

Wertschätzung für den Mann auf dem Neroberg änderte es nichts.

»Fliegen Sie mit mir zurück?« fragte Hettmer.

»Ich weiß noch nicht. Mein Stabschef setzt sich mit Ihren Leuten in Verbindung.«

»Versuchen Sie, ein bißchen zu dösen.« Hettmer ging nach hinten, wo ein Ruheraum allein für ihn abgetrennt war.

Wolf legte den Kopf in die Polster und sah durch das Bullauge nach draußen. Der Schatten der Morgendämmerung schob sich über den Horizont. Er hatte eine schwarzglimmende Spitze, die, als der Jet sanft nach rechts drehte, auf dem Silber der Tragfläche klebenblieb wie frischer Teer.

So schlief er ein.

Die Maschine landete auf einem separaten Teil des Airports. Um kurz vor zwei waren sie im Waldorf Astoria. Wolf hatte keinen Blick für die berühmte, in reinem Art déco gehaltene Lobby. Es blieb ihm nur eine Stunde, um sich in seiner Suite frisch zu machen und das Positionspapier querzulesen, das Grimm für ihn vorbereitet hatte, dann war es schon Zeit.

Drei Beamte des Secret Service, die sich in den angrenzenden Zimmern einquartiert hatten und für ihn die Kindermädchen spielten, begleiteten ihn hinunter in den Grand Ballroom. Tafelparkett, Logen wie in einem Theater. Hier fand die Wahl zum Interpol-Exekutivkomitee statt, was immer dann erforderlich war, wenn einer der Mitgliedsstaaten routinemäßig ausschied. In diesem Fall Kamerun. Es war Usus, das dreizehnköpfige Komitee den fünf Kontinenten entsprechend ausgewogen zu besetzen. Also wäre erneut ein afrikanisches Land an der Reihe gewesen. Doch Wolf wußte bereits aus Grimms Dossier, daß zur allgemeinen Überraschung Bolivien zur Wahl stand. Augenscheinlich hatten die USA im Vorfeld Druck auf verschiedene afrikanische und asiatische Regierungen ausgeübt, ihnen diverse Versprechungen gemacht und so für eine knappe Mehrheit ihres Favoriten gesorgt. Bolivien ging schon im ersten Wahlgang glatt durch, woran auch die Tatsache nichts änderte, daß die EU-Vertreter, darunter Wolf, geschlossen für Ägypten gestimmt hatten. Nun ja, den Amerikanern schien viel an dem Andenstaat zu liegen. Ein interessantes Prélude zu Wolfs Treffen mit Frederics.

Pünktlich um sieben klopfte Corbie an die Tür seiner Suite. Er sah noch genauso aus, wie Wolf ihn in Erinnerung hatte. Keinen Tag älter als fünfzig, obwohl er die bereits vor zehn Jahren überschritten hatte. Kein einziges graues Haar. Dasselbe Babyface, die kräftige Nase mit den aufgeplatzten Adern, die er sich als Student in den Kühlhäusern von Dallas geholt hatte. Er war von ganz unten gekommen. Jetzt gab es nicht mehr viele, die er »Sir« nennen mußte. Seinen Präsidenten vielleicht.

»Wie lang ist es her?« brummte Corbie in seinem breiten Südstaatenakzent und umarmte Wolf, der einen Kopf kleiner war.

»Zwölf Jahre«, sagte er, als Corbie ihn wieder losließ.

»Meine Güte, das ist ja 'ne Ewigkeit!« Als ob man sich bloß aus den Augen verloren hätte.

Als habe es Anatol Juschenko nie gegeben.

»Hör zu«, sagte Corbie. »Wir wollen doch hier nicht langweilig rumhocken! Ich hab was organisiert, laß dich überraschen!«

Fünf Cadillacs, zehn Sherpas. Sie fuhren die Park Avenue bis Greenwich Village und hielten dann auf den Wall Street District zu. Die Autos holperten wie auf einer Buckelpiste. Es hatte kurz zuvor wolkenbruchartig geregnet. Die Touristen, die davon überrascht worden waren, hatten die Regenschirme, die von fliegenden Händlern für zehn Dollar an jeder Straßenecke angeboten wurden und schon nach einer Minute völlig durchgeweicht waren, einfach auf die Fahrbahn geschmissen. Die Führungsfahrzeuge hatten Blaulicht und Sirene eingeschaltet und scheuchten alles, was vor ihnen war, zur Seite, so daß sie den South Street Seaport am East River in weniger als fünfzehn Minuten erreichten. An Pier 15 wartete ein Ausflugsdampfer der Circle-Cruise-Line auf sie. Corbie hatte ihn nur für diesen Zweck gechartert. Sie umrundeten Manhattan in nördlicher Richtung auf dem East River. Der Präsident und der Chef der DEA waren allein unter Deck, während die Secret-Service-

Männer sich oben den Hintern abfroren. Ein Steward servierte ein üppiges Dinner, das aus Steak und Seafood bestand. Well done, wie Wolf es mochte. Edelzwicker aus kalifornischem Anbau. Selbst daran hatte Corbie sich erinnert.

Als sie Wards Island passierten, waren die alten Geschichten durchgehechelt *(bis auf die eine!)*, Grüße übermittelt, mehr oder weniger witzige Anekdoten ausgetauscht. Es war an der Zeit, die Servietten beiseite zu legen und der Verdauung mit einem Kentucky-Whiskey nachzuhelfen. Sie hoben ihre Gläser. Doch statt einen Trinkspruch auszubringen, sagte Wolf nur: »Fischer.«

»Unangenehme Geschichte. Tut mir leid für euch.« Natürlich wußte Corbie davon. Die DEA besaß auf dem Rhein-Main-Airport ein eigenes Büro, das bestens ausgestattet war. »Wißt ihr schon, wer es war?«

»Cuevo. Aber das war dumm. Fischer hatte einiges im Gepäck ...«

»Zum Beispiel?«

»Euer Kongreß hat ein Waffenembargo gegen Bolivien verhängt, bis die Vorwürfe gegen Gutierez geklärt sind. Trotzdem sind auf wundersame Weise allein im letzten Monat vierhundert Tonnen schweres Gerät nach Cochabamba geliefert worden. Nagelneu, aus US-Produktion ...«

Corbie zuckte die Schultern. »Nicht meine Baustelle. Da mußt du dich schon ans Pentagon wenden.«

»Ich glaube, den Umweg kann ich mir sparen. Oder willst du mir erzählen, daß die DEA auf eurem Trainingsgelände in Key West keine gemeinsamen Übungen mit der Army durchführt? Korrigiere mich, aber verletzt das nicht eure Verfassung?«

»Du weißt genausogut wie ich, daß wir in jedes Waffensystem, das in den Export geht, einen Chip eingebaut haben, mit dem wir es im Bedarfsfall deaktivieren können. Also was soll's?«

»Ja, was soll's! Die Waffen liefert ihr doch an rechte Paramilitärs, mit denen ihr Regimes stützt oder stürzt, ganz wie es euch beliebt. Sie sind eure natürlichen Verbündeten gegen die linken Bewegungen in Lateinamerika. Das Kokabusiness ist ihre

Hauptfinanzierungsquelle. Damit bezahlen sie ihre Folterhäuser und ihre Todesschwadronen, die mit euren Waffen ausgerüstet sind. Die meisten ihrer Führer sind nichts weiter als Drogenlords. Aber was stört euch das? Euer Motto war ja schon immer: ›Lieber Kokain als Kommunismus!‹«

»Das sagst ausgerechnet du! Du stehst doch weiter rechts als ich! Wenn bei dir vor der Haustür ein Haufen Dreck liegt, läßt du den auch wegkehren. Stabilität ist wichtig. Vor allem in Lateinamerika. Wir müssen uns Partner suchen, die auf unserer Seite sind.«

Ja, so wie Noriega! dachte Wolf. Der war ein guter Kumpel von Corbie gewesen. Wolf erinnerte sich, ihn Mitte der Achtziger bei einem Gartenfest der Frederics gesehen zu haben. Ein kleiner, dicklicher Parvenü. »Ananasgesicht« nannten sie ihn, wegen seiner Pockennarben. Die DEA attestierte ihm damals, ein »wichtiger Partner« im Kampf gegen die Geldwäsche zu sein. Dabei garantierte er nur die Sicherheit des Panamakanals, der für die USA überragende strategische Bedeutung besaß. Daß Manuel Noriega der größte Drogenhändler des Landes war, störte da kaum. Panama war ein Paradies für Geldwäscher aus aller Welt. Trotzdem erhielt er Briefe der amerikanischen Regierung, in denen ihm überschwenglich für seinen Kampf gegen die Rauschgiftkartelle gedankt wurde. Als er schließlich die Kontrolle über das Land verlor und es zu Massendemonstrationen gegen ihn kam, war es mit der Freundschaft vorbei. *Schluß mit Stabilität.* Jetzt war er für Washington plötzlich ein Drogenlord, Verbrecher und Staatsfeind. Man entführte ihn, um ihm in Miami den Prozeß zu machen und ihn zu vierzig Jahren Zuchthaus zu verurteilen. *Das, was du unter »rechts« verstehst, mein Lieber, ist nah am Faschismus. Und da suchst du mich vergebens.* Wolf sah auf sein Whiskeyglas, in dem die Eiswürfel schmolzen. »Stabilität ... Habt ihr darum Bolivien im Interpol-Exekutivkomitee durchgedrückt?«

»Das ist Sache des FBI. Und von Foggy Bottom.« So nannten sie den Amtssitz des US-Außenministeriums.

»Richtig. Und die bekommen ihre Direktiven aus dem Weißen Haus. Genau wie du.«

»Mache ich dich für die Politik deines Kanzlers verantwortlich?«

So kamen sie nicht weiter. »Was ist mit y Gil?« fragte Wolf.

»Liquidiert. Da tappen wir komplett im dunkeln.«

»Und Hierro?«

»Du fragst mich das gleiche wie dein Kumpel Julius. Ich weiß es nicht.«

»Du willst mir wirklich weismachen, daß du ihn nicht kennst? Einen Staatssekretär im bolivianischen Innenministerium? Ihr habt dreitausend Mann da unten. Und die Regierung tanzt nach eurer Pfeife!«

»Du überschätzt uns. Es ist drei Monate her, da hat der Vorgänger von Gutierez unsere Botschaft in La Paz angezapft und Cuevo Dutzende von Videophonmitschnitten zugespielt. Eine Menge Namen. Wir haben mehr als fünfzig Mann verloren. Man hat sie irgendwo im Chaparé verscharrt!« Corbies Stimme hatte unvermittelt einen beißenden Ton angenommen. Er trank seinen Whiskey aus. Sie schwiegen wie zwei Fremde im Fahrstuhl.

Dann sagte Corbie: »Ich kenne Hierro nicht. Du hast mein Wort.«

»So wie damals bei Juschenko?«

Jetzt war es ausgesprochen. Zwei Minuten lang sprachen sie nicht. Wolf sah aus dem Fenster. Es hatte erneut zu regnen begonnen. Schemenhaft erkannte er Industrieanlagen am Ostufer des Flusses, Öltanks und Frachtpiers. Es war das gleiche Sauwetter wie an dem Tag, an dem er Anatol Juschenko zum letztenmal gesehen hatte.

Juschenko war in den achtziger Jahren ein hoher Beamter der Moskauer Miliz gewesen. Seine Karriere bekam einen Schub, als er bei dem Putschversuch von 1991 Boris Jelzin beistand. Nachdem alles vorbei war, wurde er zum Polizeichef von Moskau befördert. So lernten Wolf und er sich kennen. Sie mochten einander. Sehr sogar. Anatol Juschenko war intelligent. Vorsichtig. Unbestechlich. Herzlicher und gastfreundlicher als er war nie ein Mann gewesen, den Wolf gekannt hatte. Sein Weg führte ihn auf Drängen Jelzins in den SWR, eine der Nachfolgeorganisationen des KGB. Dort wurde er Leiter der Abteilung Gegenspionage. Danach sollte es zwei Jahre dauern, bis sie einander wiedersahen.

Interpoltagung in Moskau. Die Bar im Hotel Ukraina. Es waren zwei einfache Sätze. So wie früher in seiner Datscha auf den Leninhügeln: *Wollen wir noch einen Saunagang machen? Und dann trinken wir einen anständigen Wodka!* Er hatte gesagt: »Ich will zu den Amerikanern überlaufen. Stell mir einen Kontakt her.«

Wolf hatte keine Fragen gestellt. Wenn ein Mann in der Position von Juschenko die Seite wechseln wollte, war das für jeden Geheimdienst der Welt wie ein Sechser im Lotto. Der BND war außen vor, Juschenko wollte unbedingt in die USA. Dort wohnte ein Bruder von ihm, in Maine. Corbin Frederics war damals der CIA-Resident in Berlin. Er nahm das Geschenk staunend an. Und er gab Wolf sein Wort, daß Juschenko ein schönes Leben haben würde.

Sie schafften es tatsächlich, ihn rauszuholen. Wolf kannte keine Einzelheiten. In Berlin sahen sie einander wieder, im strömenden Regen auf dem Vorfeld des Flughafens Tempelhof. Niemand hatte Wolf jemals so umarmt. So dankbar. Irgendwie war es kitschig, wie in »Casablanca«.

»Wir sehen uns in Maine, mein alter Freund!«

»Das werden wir. Bestimmt!«

Sie flogen ihn nach Washington, wo er in einem sicheren Haus der CIA gemolken wurde. Sein Wissen mußte unglaublich gewesen sein. Drei Monate später war er tot. Autounfall. Doch Boehnke hatte es besser gewußt und Wolf die Wahrheit erzählt: Die CIA hatte Anatol Juschenko ermorden lassen, weil er ihr halbes Agentennetz in Rußland kannte. Das Sicherheitsrisiko war ihnen zu groß geworden. Corbie. Soviel war sein Wort wert gewesen. Er hatte sich nicht einmal dafür geschämt. Tempelhof war das Ende einer wunderbaren Freundschaft gewesen. Niemals zuvor und niemals danach hatte Wolf jemanden so verachtet wie Corbin James Frederics. Er verdankte seine Karriere allein der Ermordung eines guten und anständigen Mannes.

Corbie grinste. »Du hattest schon immer einen Hang zur Sentimentalität.«

Wolfs Hand an seiner Gurgel. Er drückte ihn gegen die Schiffswand. Ein Barschrank kippte, drinnen rappelten Flaschen. Wolf drückte mit aller Kraft. Corbies Beine rutschten weg. Er hing praktisch nur noch an Wolfs Hand. Und noch immer grinste er. Wolf hatte ihm die Luft abgedreht, um dieses Grinsen zu zerstören, doch es war unzerstörbar. Er hatte eine Maske heruntergerissen und hielt eine neue Maske in der Hand. Corbies Arme fuchtelten verzweifelt hinter Wolfs Rücken. Seine Finger krallten sich ins Jackett. Wolf ließ los, angewidert. Langsam rutschte Corbie an dem Barschrank herunter und blieb sitzen, dämlich grinsend, blaulippig.

Wunschdenken.

In Wirklichkeit griff Corbie unbeeindruckt nach der Whiskeyflasche und goß nach. »Auch noch einen?«

»Wer ist das Oberhaupt von Cuevo. Ist es Gutierez?« fragte Wolf.

»Wenn ich es wüßte, würde ich damit im Zirkus auftreten.«

»Dann bereite dich schon mal auf deinen Auftritt vor. Ich habe dir gesagt, daß Fischer einiges im Gepäck hatte. Es wird dir nicht gefallen.«

Corbies Hand mit der Flasche hing in der Luft. Er kannte Wolf.

»Er führte Dokumente mit sich, die belegen, daß die DEA bei Conquista, ganz in der Nähe einer eurer Stützpunkte, ein eigenes Kokainlabor betreibt. Die bolivianische Regierung weiß davon, aber der zuständige Mann im Innenministerium, sein Name ist übrigens Enrique Hierro, hat Fischer gegenüber zunächst alles abgestritten. Mein VB blieb hartnäckig und legte Zeugenaussagen vor. Da hat Hierro ihm die Auskunft erteilt, daß die Drug Enforcement Administration eine Informationssperre verhängt hat, weil die nationale Sicherheit der USA berührt sei.«

Corbie wollte etwas erwidern. Doch Wolf hob die Hand und brachte ihn zum Schweigen. »Ihr liefert das Kokain an Cuevo, um damit euren Kampf gegen Castro und was weiß ich, wen noch, führen zu können. Das ist der einzige Zweck des Labors: die Finanzierung von verdeckten Operationen in Südamerika. Es ist alles dokumentiert, ich kann es jederzeit beweisen.« Corbie war blaß geworden. Er suchte fieberhaft nach Worten, doch Wolf war noch nicht fertig mit ihm. »Und dann natürlich noch die Kleinigkeit, daß deine eigenen Leute das Zeug kistenweise in die Staaten schaffen, um sich daran eine goldene Nase zu verdienen. Die halbe Westküste ist überschwemmt von dem Stoff. Es würde mich sehr interessieren, was euer Kongreß davon hält ...«

»Das wirst du nicht tun«, krächzte Corbie fassungslos.

»Bist du dir da so sicher?«

»Wir waren einmal Freunde. Ich weiß, das zählt etwas für dich«, preßte er hervor.

»Wir sehen uns in Maine, mein alter Freund!«

»Ja, das waren wir. Bis zu dem Moment, in dem Juschenko mit dir in die Maschine nach Washington gestiegen ist. Jetzt bist du für mich nichts weiter als ein mieser Drecksack. Da, wo andere ein Herz haben, hast du ein Loch, durch das man bis nach Arlington sehen kann. Wie viele von denen, die dort liegen, hast du auf dem Gewissen?«

»Was willst du?«

»Ich will Antworten! Fangen wir mit Hierro an!«

»Er war in Cancun.«

»Wann?«

»Am 16. Januar. Er hat sich mit einem Deutschen getroffen. Frag jetzt nicht, wie er aussah. Die Fotos, die ich gesehen habe, waren so unscharf, daß es mein eigener Bruder gewesen sein könnte. Wir vermuten, der Mann gehört zu dem neuen Vertriebskartell, das ihr am Hals habt.«

»Weiter.«

»Sie waren im Grand National. Das ganze Hotel gehört Cuevo. Mehr weiß ich nicht. Das ist die Wahrheit.«

Warum klingelt es plötzlich bei mir? ... Hierro ... Ist er mir schon einmal untergekommen? ... Da war was, lange her.

»Ich frage dich nur noch einmal. Du kennst mich. Weiß Gott,

wenn du mir nicht antwortest, mache ich wahr, was ich versprochen habe. Ist Gutierez der Boß von Cuevo?«

»Richard, du handelst dir mehr Ärger ein, als du aushalten kannst.«

»Ist er es?« *Du wirst es mir sagen. Angst ist die beste Wahrheitsdroge, besser als euer dreckiges Natriumthiopenthal!*

Corbies Kopf wippte auf und ab wie der eines Plastikdackels auf der Hutablage eines Autos. Er mußte. Es blieb ihm nichts anderes übrig.

»Es stimmt. Er ist der Mann.«

DREI

Den ganzen Tag über hatte es geschneit. Als Saizew am frühen Abend den Rover über die Cyropjazkij steuerte, mußte er den Allradantrieb zuschalten, um sich durch die Schneewehen, die bis zum Unterboden reichten, durchzukämpfen. Im Rückspiegel sah er, daß die Begleitfahrzeuge Mühe hatten, seinem Tempo zu folgen. Saizew nahm darauf keine Rücksicht. Er beschleunigte weiter und nutzte die Fahrt zum Flughafen als kleines Training für seine Leute, denen gegenüber er den unschätzbaren Vorteil von drei Jahren Afghanistan besaß, wo die meisten Straßen nur aus vereisten Geröllhalden bestanden hatten. Was ihn nun bekümmerte, waren nicht das Wetter oder die Fahrkünste seiner Männer, sondern die Gemütsverfassung von Anton Czarny. Dieser saß still, die Augen von einer dunklen Sonnenbrille verhüllt, neben Saizew und schien, anders als sonst, kein Auge für die Schönheit der tiefverschneiten Landschaft zu haben, die an ihnen vorbeizog.

Seitdem sie von der Bärenjagd zurückgekommen waren, hatte eine seltsame Melancholie von dem Mann Besitz ergriffen, der stets so dynamisch und voller Kraft gewesen war. Und der Besuch von Tscherbanenko schien diese Traurigkeit, die in vielerlei Dingen ihren Ausdruck fand, noch verstärkt zu haben. In den Tagen darauf hatte Anton Czarny das Haus nicht verlassen. Er hatte im Dunkel des großen Wohnzimmers gesessen, wenig gegessen, kaum etwas getrunken und nur das Nötigste gesprochen, so daß die Köchin und die anderen Bediensteten bald zu Saizew gekommen waren, um zu fragen, ob etwas geschehen sei, das ihren Gospodin, den sie verehrten, weil er sie mit Anstand behandelte, unglücklich machte. Selbst seine Lieblingsspeisen wollten ihm nicht mehr schmecken. Auch war das Bett, das sie am Abend mit heißen, in Tücher eingewickelten Ziegelsteinen behaglich wärmten, morgens noch unberührt, denn Czarny hatte die Nächte in dem alten Lehnsessel verbracht, der noch aus seinem Elternhaus stammte. Diese Schwermut besorgte Saizew, der sehr wohl spürte, daß es mehr war als eine vorübergehende Laune. Etwas hatte sich verändert, und Roman Saizew hatte das unbestimmte Gefühl, daß der Bär, dem sein Zwilling das Leben geschenkt hatte, der Grund dafür war.

Sie erreichten die Kreuzung zur Maršala Žukova. Czarny sah, als sie nach links abbogen, die Menschenmasse, die von dem großen Wochenmarkt an der Gusarova kam und nach Süden in Richtung Bahnhof strebte, wo bald die Züge nach Kasachstan und in die Mongolei abfahren würden. Es waren Menschen mit hohen Wangenknochen und lederner, wettergegerbter Haut. Sie hatten die weite Reise von Petropawlowsk und Koktschetaw und selbst von Astana her auf sich genommen, um ihre Handarbeitswaren, ihre Pelze und ihre mageren Kohlrüben hier auf dem Rynok zu verkaufen. Omsk war für sie die erste westliche Stadt, eine Verheißung von Reichtum und Luxus. Sie ahnten nicht, daß der wahre Kapitalismus seine Kathedralen Tausende von Kilometern im Westen, weit hinter dem Ural, errichtet hatte. Die Omsker, deren Leben hart und voller Entbehrungen war, wußten es besser. Sie träumten davon, einmal Moskau zu sehen, denn das war schon Europa. Und die Moskowiter wollten nur eines: in ein Flugzeug steigen, das sie nach Warschau brachte oder, besser noch, nach Berlin; dorthin, wo das Leben wirklich so war wie in den Fernsehserien, mit denen Amerika die Welt beglückte.

Genau nach diesem Prinzip funktionierte auch das Geschäft von Czarny und Fasoulas. Die wirklich feinen Sachen, TOW-Lenkflugkörper, Hellfire-Panzerabwehrraketen oder Heckler-&-Koch-Granatwerfer, lieferten sie an die reichen Machthaber überall auf dem Globus. Zweitklassige Ware, von der bereits das dritte Update in Produktion war, diente der Ausstattung von Söldnertruppen und Operettenregimes, die nach einigermaßen konkurrenzfähigem Material lechzten, und der Ramsch, Waffensysteme, deren Konzept seit den Achtzigern veraltet war, wurde in die vierte Welt verscherbelt, wo man schon froh war, daß es wenigstens Krach machte, wenn man auf einen Knopf drückte.

Bis zu dem Tag, an dem Anton Czarny das Zwiegespräch mit dem alten Bären gehalten hatte, war es gut so gewesen. Nichts war verwerflich an dem, was er tat, nichts, was Anlaß zu Schuldgefühlen gab. Auch Regierungen handelten mit Waffen aller Art, honorige Staaten, deren Präsidenten als ehrbare Männer galten. Sie taten es aus politischen Interessen, zum Wohl ihrer Volkswirtschaften, und Czarny hatte nie verstanden, warum ihr Handeln sanktioniert wurde und das seine als unmoralisch galt. Nun aber begann er Fragen zu stellen, die ihm nie zuvor in den Sinn gekommen waren. Die wichtigste war, wie lange er in einer Welt, in der die Jungen und Hungrigen nach der Macht griffen, noch König sein konnte. *Irgendwann wird einer kommen, der noch gerissener und noch entschlossener ist als ich. Wie lange wird es dauern? Ein Jahr, vielleicht zwei?*

Sie bogen nach rechts in die Maslennikova ab, überquerten den Irtysch und erreichten fünf Minuten später den Flughafen, wo die Cessna Citation X bereits aufgetankt und startfertig war. Nur Saizew begleitete Czarny auf seinem Flug. Die anderen wurden, da auf Zypern Männer von Fasoulas warten würden, nicht benötigt. Die zweistrahlige Maschine hatte eine Reichweite von zirka sechstausend Kilometern, was bedeutete, daß sie in Moskau zwischenlanden mußten, um nachzutanken. Nach dem erneuten Start in Sheremetyevo schlief Czarny ein. Saizew legte eine Decke über die Schultern seines Herrn, damit er nicht fror und vom Gebläse der Klimaanlage keine Erkältung bekam. Kurz vor dem Anflug auf Larnaka weckte er ihn und gab ihm einen heißen Tee, der die Lebensgeister weckte.

Die Landung war wie immer spektakulär. Die Piste begann direkt am Ende der Lagune, so daß es eine Schrecksekunde lang schien, als stürze die Maschine ins Meer, denn der Punkt, an dem die Heckräder aufsetzten, war kaum zehn Meter von der Wasserlinie entfernt. Czarny sah Palmen, als er aus dem Bullauge blickte. Sie benutzten ihre Diplomatenpässe, mußten daher nicht durch den Zoll und wurden von Plisch und Plum sowie weiteren vier Männern erwartet. Es ging in schneller Fahrt über die Küstenstraße. Links der Fahrbahn fielen Felsen steil zum Meer hinab. Die Sonne klebte am Himmel wie ein Eidotter, Fischerboote stampften durch die Wellen. Czarny hätte gerne ein Fenster geöffnet und die frische Luft eingeatmet, doch das Panzerglas war aus Sicherheitsgründen mit dem Rahmen verschweißt und ließ sich nicht öffnen.

Eine halbe Stunde später erreichten sie das Haus von Dimitri Fasoulas in den Hügeln oberhalb von Paphos; ein festungsähnliches Anwesen, zweifelsohne besser geschützt als die US-Botschaft in Nikosia. Fasoulas erwartete sie bereits. Er umarmte Czarny herzlich und schüttelte Saizew die Hand, dann gingen sie hinein. Alles war von exquisitem Geschmack und zeigte die Handschrift einer Frau, die genügend Geld und Muße hatte, ein Heim zu schaffen, in dem jedes Detail perfekt war.

Diese Frau war Jelena, Anton Czarnys Schwester. Sie hatte Fasoulas vor neun Jahren geheiratet, so daß dieser nicht nur Czarnys Freund und Partner, sondern auch sein Schwager war.

Sie saß auf der Terrasse, die kleine Olinka auf dem Schoß, deren morgige Taufe Czarny offiziell nach Zypern geführt hatte. Jelena war um vieles jünger als ihr Bruder, Mitte Dreißig erst, und hatte die gleichen Mandelaugen wie er. Jedoch fehlte ihnen jener Ausdruck von Härte und Willensstärke, die so viele seiner Feinde zu spüren bekommen hatten.

»Onkel Antoscha!« erklang eine Kinderstimme. Jorgos, Jelenas achtjähriger Sohn, den Czarny liebte wie einen eigenen, sprang vom Boden auf, wo er mit einem Kätzchen gespielt hatte, und warf sich seinem Onkel in die Arme.

»Hoppla, was bist du groß und stark geworden!« rief Czarny und wirbelte den Jungen durch die Luft, daß er vor Vergnügen juchzte.

Jelena blieb sitzen und zeigte keinerlei Anzeichen von Freude über den Besuch ihres Bruders. Sie verachtete ihn für seine Geschäfte, von denen sie erst nach ihrer Hochzeit mit Fasoulas erfahren hatte, denn Czarny hatte es vermocht, ihr weiszumachen, er verdiene sein Geld mit Import- und Exportgeschäften.

Als sie die Wahrheit herausfand, war es zu spät gewesen. Sie liebte ihren Mann und den kleinen Jorgos, der damals gerade geboren war, und lebte mit dem Schrecken, zu einer Familie von Verbrechern zu gehören. Was jedoch blieb, war die Kälte, mit der sie ihrem Bruder begegnete, den sie für ihr Unglück verantwortlich machte. Daß er nun auch noch der Taufpate der kleinen Olinka werden sollte, hatte zu heftigem Streit zwischen ihr und ihrem Mann geführt, bei dem sie schließlich klein beigeben und seinen Willen unter Tränen hatte akzeptieren müssen.

So hielt sie Czarny nur kühl die Wange hin, als dieser sich bückte, um sie zu küssen, stand danach sofort auf und ließ ihn und Fasoulas mit den Worten »Ich muß noch mal in die Stadt« auf der Terrasse allein. Jorgos wurde von ihr, obwohl er protestierte, bei der Hand genommen, wobei er das Feuerwehrauto umklammerte, das sein Onkel ihm mitgebracht hatte.

»Irgendwann wird sie einsehen, wie dumm sie sich verhält«, sagte Fasoulas, der wußte, daß sein Freund, obwohl er es nie zeigte, unter der Ablehnung seiner Schwester litt. »Komm, setz dich, wir haben viel zu besprechen!« Sie kosteten Ouzo und süßes Gebäck, das sie in türkischen Kaffee tunkten, dann beugte Fasoulas sich vor.

»Ehe wir zu unserem deutschen Freund kommen: Ich habe eine Nachricht erhalten, die dich interessieren wird. Unser Vöglein in Karachi hat gezwitschert, daß die Pakistanis ihr diplomatisches Personal angewiesen haben, Waffengeschäfte über die Botschaften abzuwickeln. Sie haben sogar Mindestquoten festgelegt. Wer sich nicht daran hält, verschwindet in den Lagern. Ich habe mir schon ein paar Gedanken gemacht, glaub mir, da wird ein reicher Tisch für uns gedeckt!«

Czarny nickte nur und nippte an dem Ouzo. Sein Blick ging hoch zum Troodos-Gebirge. Der schneebedeckte Gipfel des Olympos war hinter einer Wolkenbank verborgen.

»Nun zu Görtz«, fuhr Fasoulas fort, der nicht zu bemerken schien, daß Czarny mit seinen Gedanken weit fort war. »Betrachten wir die Sache doch nüchtern: Er hat eine große Klappe, aber im Endeffekt wird er uns das gleiche bieten wie Pallucci. Keine Abstriche am Profit, keine Abnehmer, die Dummheiten machen. Unser eigentlicher Partner ist und bleibt Cuevo. Und auf die Bolivianer konnten wir uns immer verlassen!«

Czarny schwieg. Fasoulas glaubte, den Grund dafür zu kennen. »Was in Luxemburg passiert ist, kann auch Zufall gewesen sein. Gut, du glaubst nicht daran. Aber solche Dinge geschehen, vielleicht ist es einfach nur unglücklich gelaufen. Laß uns mit Görtz reden. Er will uns seinen Boß vorstellen. Und wenn der ein vernünftiger Mann ist, sollten wir das Geschäft machen und ihm die Grails liefern. Es wäre unklug, wegen Pallucci Krieg zu führen. So denkst du doch auch, oder?«

Anton Czarny wandte den Blick vom Troodos ab. Er schüttelte langsam den Kopf. »Dimitrusja, wir kennen uns jetzt schon eine Ewigkeit, und wir haben so manche Schlacht gefochten. Die Albaner haben uns das Leben schwergemacht, dann die Kurden, dann die Ukrainer. Wir haben mit Blut bezahlt, aber unsere Feinde haben gelernt, uns zu fürchten. Jetzt werden wir wieder herausgefordert. Niemand weiß, wie es enden wird. Ja, vielleicht wären dieser Deutsche und der, der hinter ihm steht, gute Partner. Aber dafür gibt es keine Garantie. Es bleibt ein Wagnis, darum habe ich eine Entscheidung getroffen.« Er hob die Hand, als er sah, daß Fasoulas etwas entgegnen wollte. »Mein Freund, du bist zehn Jahre jünger als ich, und ich fürchte, daß ich dieser Jahre nun gewahr werde. Ich fange an, mir zu viele Gedanken zu machen, und ich werde ein bißchen sentimental. Als ich in Omsk in das Flugzeug gestiegen bin, habe ich nur daran gedacht, daß ich hoffentlich bald wieder in meine Heimat zurückkehren kann. Ich bin jetzt achtundfünfzig. Für viele wäre das kein Alter, doch in unserem Geschäft rechnen wir nach Hundejahren, das merke ich zum erstenmal. All die Häuser, das Geld, der Luxus, den wir uns so hart erarbeitet haben, sind unwichtig geworden. Ich ertappe mich dabei, daß ich mich an frisch gefallenem Schnee mehr erfreue als an der Macht. Vorhin im Flugzeug habe ich geschlafen, und mir ist im Traum ein alter Bär begegnet. Du würdest es nicht verstehen, wenn ich es dir erkläre, aber ein Mann sollte wissen, wann es Zeit ist, die Geschäfte in jüngere Hände zu legen. Ich will es tun, solange niemand mit mir Mitleid hat.«

Fasoulas sah seinen Partner erschrocken an. Er spürte, daß Anton Czarny jedes seiner Worte ernst gemeint hatte, darum machte er nicht einmal den Versuch, ihn umzustimmen. Er war wie gelähmt.

Czarny lächelte und legte seinem Freund eine Hand auf die Schulter. »Es ist ein Generationenvertrag. Für mich ist der Moment gekommen, einen neuen Lebensabschnitt zu beginnen. Du aber hast noch viele gute Jahre vor dir. Jorgos wird schneller zwanzig sein, als wir beide glauben, wenn wir ihn mit seinem Feuerwehrauto spielen sehen. Dann wird er die Familiengeschäfte übernehmen, und du wirst zur Ruhe kommen wie jetzt ich. Ich beneide dich darum. Auch ich würde gerne sehen, wie mein eigen Fleisch und Blut heranwächst und ein Mann wird. Das ist mir nicht vergönnt. Genieße es aus ganzem Herzen. Bis dahin werde ich, wenn du es willst, immer dein Ratgeber sein. Auch bei dem Geschäft mit den Deutschen, von dem ich dich wohl nicht abbringen kann. Sorge dich nicht: Jedes Herrschaftswissen, das ich besitze, all meine geheimen Kontakte werde ich an dich weitergeben. Du wirst gebieten, ohne teilen zu müssen. Das haben nicht einmal die Cäsaren im alten Rom vermocht.«

Er stand auf. Fasoulas tat es ihm nach. Sie umarmten einander und fühlten die Wehmut des Unvermeidlichen. Plisch und Plum standen gemeinsam mit Saizew im Park. Sie sahen zu ihnen hin und wunderten sich über die Dauer und Heftigkeit der Umarmung. Doch Saizew verstand. Bald würde er seinen Gospodin auf keiner Reise mehr begleiten müssen.

In der Nacht, die auf das bedeutsame Gespräch zwischen Fasoulas und Anton Czarny folgte, schickte das Meer heftigen Wind über das Land. Der Himmel war ein einziger tiefschwarzer Wirbel und die Sterne winzige weiße Schaumkronen, die auf den Wolken ritten. Das Haus war dunkel, alle schliefen, bewacht von den dreißig Männern der Leibgarde, die auf dem Gelände patrouillierten und ihre Posten auf den Mauern besetzt hielten. Die große Garage, in welcher sich der Fuhrpark mit den Panzern befand, wurde von einem Griechen gesichert, der erst wenige Monate zu der Truppe gehörte. Er stand gegen einen Pfeiler gelehnt und quälte sich, der Müdigkeit, die von ihm Besitz ergriffen hatte, zu widerstehen. Doch immer wieder sackte er für eine oder zwei Sekunden weg, um benommen hochzuschrecken, wenn sein Kinn auf die Brust fiel.

Er fuhr herum, als er eine leise Stimme hinter sich hörte.

»Peng, du bist tot«, flüsterte Plisch, der natürlich nicht Plisch hieß. Sein wirklicher Name lautete Sobhi Ramzy. Er war ein Palästinenser, der schon sehr lange die Leibgarde von Dimitri Fasoulas anführte. Ramzy lächelte, als er das erschrockene und schuldbewußte Gesicht des Griechen sah. »Das bleibt unser kleines Geheimnis. Du bist jetzt acht Stunden auf Wache, da wird jeder einmal müde. Leg dich für eine Stunde hin, ich kann sowieso nicht schlafen und halte hier für dich die Stellung.«

Der Grieche war erleichtert und dankbar, daß Ramzy, dessen Strenge unter seinen Männern gefürchtet war, so verständnisvoll reagierte. »Nur eine Stunde, dann bin ich bestimmt wieder auf meinem Posten!«

»Mach dir keine Sorgen. Jetzt hau ab!«

Der Grieche verschwand. Ramzy wartete eine Minute und witterte in die Nacht, bis er sicher war, daß sich im Umkreis von hundert Metern niemand herumtrieb. Dann zog er leise die Seitentür zur Garage auf und schlüpfte hinein. Der Strahl seiner Maglite glitt über die Limousinen, die, für den morgigen Festtag sorgfältig gewienert und vollgetankt, Reihe an Reihe standen. Ramzy schlich zu dem Daimler ganz rechts. Es war das Fahrzeug, in dem stets Fasoulas saß.

Für Czarny war ein BMW vorgesehen. So hatte Ramzy es persönlich angeordnet.

Als er sich bückte, um den Unterboden anzuleuchten, dachte er, ein einziges Mal nur, daß dies sein letzter Arbeitstag bei Dimitri Fasoulas war. *Paris. Die Nacht nach dem Treffen mit dem*

Mann am Trocadéro. Ramzy hatte nicht schlafen können und war, im Bewußtsein, daß seine Leute auf dem Posten waren und die Hotelzimmer von Fasoulas und Czarny bewachten, in ein Bistro gegangen, um einen Tee zu trinken und eine Zigarette zu rauchen. Der Fremde, der sich neben ihn an den Tresen gestellt hatte, nannte sich Kiraly. Sein Angebot war eindeutig und direkt. Er packte es in einen klaren Satz, der kein Fett hatte. Zwei Millionen Euro, die Hälfte davon als Anzahlung, wenn Ramzy bereit war zu warten, bis er einen Anruf bekam. Kiraly garantierte, dafür zu sorgen, daß er, sobald er den Auftrag erledigt hatte, eine neue Identität bekommen würde, ein neues Aussehen, ein Leben in Sicherheit. Zwei Millionen Euro. Es war einfach zuviel Geld.

Ramzy griff in seine Jacke und zog die Tafel Nußschokolade heraus, mit der er am Abend, als er mit Anton Czarny von Larnaka gekommen war, problemlos die Metalldetektorschleuse passiert und die Leibesvisitation absolviert hatte; Maßnahmen, die von ihm selbst vor Jahren eingeführt worden waren. Jeder, der sich auf dem Grundstück aufhielt, abgesehen natürlich von Fasoulas und seiner Familie, mußte sich der Prozedur unterziehen. Auch für Ramzy wurde keine Ausnahme gemacht.

Daß der Schokoladenriegel nicht ein Gramm Kakao, Milch oder gar Nüsse enthielt, sondern zu hundert Prozent aus TNT-Sprengstoff bestand, hellbraun gefärbt und mit feiner Glasur überzogen, wäre nicht einmal aufgefallen, wenn man ihn ausgewickelt und daran geschnuppert hätte, denn ein Geruchsstoff sorgte dafür, daß die Bombe zum Anbeißen duftete.

Jetzt kam der leichte Teil. Ramzy nahm seine Armbanduhr ab, schraubte die Werkplatte an der Unterseite des Gehäuses auf und entnahm den hauchdünnen Magneten. Er befestigte ihn mit Klebstoff auf der Schokoladenpackung. Dann kroch er unter den Wagen und pappte die Bombe direkt auf den Benzintank. Der bereits installierte Receiver, der nicht größer als ein Nußsplitter war und unter seinem Siegelring Platz gefunden hatte, war mit dem Zündsignal der Elektronik gekoppelt und so konstruiert, daß er nicht beim ersten Anlassen des Motors, also noch in der Garage, sondern erst bei einem zweiten Start, mit großer Wahrscheinlichkeit nach der Kindstaufe, den Impuls erhielt, der den Zünder aktivieren würde. Perfekt. Ramzy verließ die Garage, bezog seinen Posten und rauchte entspannt zwei Zigaretten, bis der Grieche, dessen Augen nach kurzem Schlummer wieder wach und aufmerksam blickten, zurückkam.

»Hättest dich nicht beeilen müssen«, sagte Ramzy.

»Geht schon wieder. Die halbe Stunde war genug.«

Ramzy schnippte seine Zigarette weg. »Mach's gut. Wir sehen uns nächste Woche.«

»Kommst du morgen nicht mit?« fragte der Grieche verwundert.

»Meine Schwester ist krank, ich bin für drei Tage fort. Ihr macht das schon, der Boß weiß Bescheid.« Sobhi Ramzy nickte dem Griechen noch einmal zu, dann verschwand er in der Dunkelheit. Das Schiff nach Athen würde noch vor Morgengrauen ablegen.

Die Taufe fand in der Kapelle von Kykkou statt, dem reichsten aller Klöster Zyperns. Es lag auf elfhundert Metern Höhe und konnte nur über steile Gebirgswege erreicht werden. Schon vor tausend Jahren waren Pilger aus Jerusalem und Byzanz hier emporgeklettert, um im Angesicht der Marienikone, die der byzantinische Kaiser Alexios Kommenos der Abtei zum Geschenk gemacht hatte, ihr Gebet zu halten. Die Ikone war der Legende nach von dem Apostel Lukas auf ein Holzbrett gemalt worden, das ihm ein Erzengel übergeben hatte. Es wurden ihr viele Wunder zugesprochen. Darum hatte Jelena, die tief in ihrem Glauben verwurzelt war, Kykkou ausgewählt. Hier sollte ihr Zweitgeborenes, so wie zuvor dessen Bruder, den Segen des Herrn erhalten.

Die Zeremonie war feierlich und voller Ernst. Nur die engsten Freunde und Familienmitglieder nahmen daran teil. Anton Czarny empfing das Kind aus den Armen seiner Schwester. Sie verspannte für den Bruchteil einer Sekunde, der nur ihnen beiden bewußt war, dann gab sie die kleine Olinka frei, und Czarny hielt sein Patenkind dem Popen hin, damit er die Stirn mit Weihwasser beträufelte und die traditionellen Worte sprach, wie es die Liturgie vorschrieb. Das Baby schrie aus vollem Hals. Alle lächelten, denn genau so mußte es sein. Anton Czarny küßte die Marienikone und murmelte »Gospodin pomilym – Herr, erbarme dich dieses Kindes und gib ihm deinen Segen«.

Dreißig Bodyguards standen draußen neben den Limousinen. Während Jelena, Jorgos an der Hand, von Plum begleitet, der den Tragekorb mit dem Baby hielt, schon ihren Wagen ansteuerte, stand Czarny mit Saizew abseits, um flüsternd das Nötige zu besprechen. Dabei ging er in die Hocke und kraulte eine der streunenden Katzen, die von den Mönchen gefüttert und mit Liebe umsorgt wurden.

»Die Feier wird nicht lange dauern. Ruf am Flughafen an, damit die Maschine in vier Stunden startbereit ist.«

»Geht es gleich zurück zum Haus, Anton Pawlowitsch?«

»Nein. Dimitri und ich haben noch etwas zu besprechen. Wir fahren hoch nach Tsakistra und machen einen Spaziergang in den Bergen. Nur du und einer seiner Männer werden uns begleiten.«

Der Kindersitz war bereits auf der Rückbank befestigt. Olinka schlummerte, denn die Taufe und die vielen Menschen hatten sie erschöpft. Als Jelena mit Jorgos einsteigen wollte, kam ihr Mann angerannt. »Fahr schon einmal vor. Antontschik und ich kommen bald nach, wir nehmen einen anderen Wagen.«

»Jetzt?« fragte Jelena enttäuscht. »Muß das sein?«

»Es dauert ja nicht lange. Wenn ihr das erste Glas Champagner getrunken habt, sind wir wieder bei euch.«

»Das sagst du immer. Und dann wird es doch wieder Abend!«

»Komm, sei lieb, es geht nicht anders.«

Er umarmte Jelena, die versteifte, als sie über die Schulter ihres Mannes zu Czarny blickte, der fünfzig Meter entfernt noch immer vor dem Eingang der Kirche stand. Jetzt hatte ihr Bruder es geschafft, ihr auch die letzte Freude an diesem Tag zu verderben.

Fasoulas beugte sich über die schlafende Olinka. Er gab ihr

einen Kuß auf die Stirn und flüsterte zärtlich: »Träum schön, mein kleiner Schatz. Dein Papa liebt dich sehr!«

Als er die Hand zurückzog, blieb der Schnuller, der neben dem Kindersitz auf der Rückbank gelegen hatte, an seinem Ärmel hängen und fiel zu Boden. Er kullerte, da der Parkplatz stark abschüssig war, unter die Limousine. Fasoulas bückte sich. Seine Hand tastete suchend das Pflaster ab. Sie war nur Zentimeter von der Bombe, die auf dem Benzintank klebte, entfernt. Dann hatte er den kleinen Ausreißer gefunden. Fasoulas richtete sich wieder auf. Er gab Jelena den Schnuller und dazu einen Kuß. Plum schnallte Jorgos an. Er wartete, bis Jelena neben den Kindern Platz genommen hatte.

Seine Hand berührte den Zündsensor.

In diesem Augenblick sagte Jelena: »Moment noch!« Sie hatte gesehen, wie eine ihrer Freundinnen ihr zuwinkte. Sie hatte ebenfalls einen kleinen Sohn. Er war im Alter von Jorgos und dessen bester Freund.

»Jelena, warum fahrt ihr nicht mit uns? Costa will doch so gern mit Jorgos zusammensitzen!«

Plum ließ den Sensor wieder los.

Fasoulas hatte auf dem Absatz kehrtgemacht. Er öffnete den Wagenschlag für seine Frau. »Fahrt ruhig mit Anna, ich nehme den hier! Und laß mir doch die Kleine! Sie schläft so schön und stört mich nicht.«

Jelena zögerte. Doch Jorgos quengelte und wollte zu seinem Spielkameraden, so daß sie nachgab. Sie stieg mit ihm aus und lief zu der Limousine ihrer Freundin. Fasoulas setzte sich auf den Rücksitz neben das Baby. Czarny ging langsam auf den Wagen zu.

»Mein Schwager kommt mit uns«, sagte Fasoulas zu Plum. »Wir machen einen kleinen Ausflug.«

Jorgos war mit seiner Mutter schon ein gutes Stück weit weg. Er drehte sich um und winkte seinem Vater noch einmal zu.

In diesem Moment startete Plum den Motor.

Die Explosion war gewaltig. Hundert Gramm TNT genügten, um den Tank, in dem sich siebzig Liter Benzin befanden, zu zerfetzen. Der BMW stieg mehrere Meter in die Luft, wo er sich überschlug, ehe er sich in eines der anderen Fahrzeuge bohrte. Eine erneute Detonation war die Folge.

Jelena wurde zusammen mit Jorgos von der Druckwelle zu Boden geschleudert. Der Junge schrie und wimmerte, aber außer einer Platzwunde am Kopf war er unverletzt.

Seine Mutter wälzte sich herum und starrte aus weit aufgerissenen Augen auf die brennenden Autos. Sie wollte hinrennen, doch der Mann ihrer Freundin Anna hielt sie fest. »Bleib hier, Jelena ... nicht!« Sie wehrte sich mit aller Kraft, die ihr die Verzweiflung verlieh, aber der Griff des Mannes war stark, und sie konnte sich nicht aus der Umklammerung winden. Schließlich hing sie nur noch willenlos in seinen Armen und schluchzte.

Anton Czarny lag auf der Erde, von Saizew und zwei weiteren Bodyguards zu Boden gerissen. Sie bedeckten und schützten ihn mit ihren Körpern, die Waffen im Anschlag. Es war ihm nicht einmal bewußt. So vielen Menschen hatte er Leid gebracht, so viele Leben ausgelöscht. Nun, zum erstenmal, erfuhr er selbst, was wirklicher Verlust bedeutete. Keine der Verwundungen, die er in Afghanistan erlitten hatte, kam dem gleich. Es war ein Schmerz, der seine Seele zerriß wie Papier. Die Bodyguards zogen ihn hoch und schleiften ihn in die Deckung des Kirchenportals. Dort ließen sie ihn los. Ein Schrei drängte an seine Kehle, doch sie war verschlossen von dem Entsetzen, das jeden seiner Muskeln lähmte und ihn auf die Knie zwang. Er hörte seinen Herzschlag, sonst nichts, hörte nicht die Kommandorufe der Männer, nicht das Handy, das direkt neben ihm piepte. Als Saizew mit schreckensbleichem Gesicht in die Hocke ging und ihm den Apparat hinhielt, glotzte Czarny ihn an, ohne ihn zu erkennen.

»Bitte, Anton Pawlowitsch ...«, stieß Saizew hervor. »Bitte ...«

Er drückte Czarny das Handy in die Hand. Dieser hörte das leidenschaftslose Timbre von André Görtz. »Nichts Persönliches, Czarny, nur Geschäft. Ich gehe davon aus, daß Sie jetzt gesprächsbereit sind. Machen Sie einen Vorschlag für ein Treffen.«

Czarny war seine eigene Stimme fremd, als er antwortete. »Sag dem Mann, der hinter dir steht, daß du die Nachricht überbracht hast. Sag ihm, er ist tot. Er kann in einer Festung wohnen und von einer Armee bewacht werden. Er ist tot. Egal, wieviel Geld er hat und wieviel Macht, wie viele Frauen er vögelt und wie viele Häuser er besitzt. Er ist tot. Sag ihm das.«

VIER

Erwartungsgemäß gab es eine Schrecksekunde, als die Atemmasken von der Kabinendecke fielen. Doch die Stewardeß beruhigte die Passagiere über Lautsprecher: »Kein Problem, der Druckausgleich wurde für den Landeanflug bereits deaktiviert. El Alto ist mit viertausendzweihundert Metern der höchstgelegene Flughafen der Welt, die Sensoren reagieren nur auf die dünne Luft.«

Grimm atmete durch. Ein Blick aus dem Fenster zeigte ihm, daß sie die verkarstete, baumlose Hochebene der Kordilleren überflogen. *Was habe ich hier verloren? Einen Peso für Wolfs Gedanken!* Er sah hinüber zum Präsidenten, der seinen Krawattenknoten, den er während des sechsstündigen Flugs gelockert hatte, wieder akkurat festzog. Sie hatten die erste Klasse praktisch für sich. Grimm, Wolf und die beiden BGS-Beamten, die ihnen von der deutschen Botschaft in Washington als Sherpas beigestellt worden waren.

»Fliegen wir mit dem Kanzler zurück?« hatte er in New York gefragt.

»Nein, Herr Grimm, es hat sich eine kleine Änderung ergeben. Wir machen einen kurzen Abstecher nach Bolivien. Ich will mir vor Ort ein Bild von der Situation machen.«

Das war am Abend nach dem Treffen zwischen Wolf und Corbin Frederics gewesen, also vorgestern. Natürlich war es Grimm nicht verborgen geblieben. Die Cadillacs und die Sherpas vor dem Waldorf hatte man schlecht übersehen können. Frederics, der Chef der DEA. Er und Wolf mußten eine Menge miteinander zu besprechen gehabt haben, denn der Präsident war erst vier Stunden später ins Hotel zurückgekehrt.

»Informieren Sie unsere Botschaft in La Paz. Wir bleiben zwei Tage. Ach, und kontaktieren Sie Staatsminister de la Peña. Bitten Sie ihn um einen Gesprächstermin.«

Was er getan hatte. De la Peña schien erfreut, als er mit ihm telefonierte. »Wie schön, daß Sie auf einen Sprung vorbeikommen. Der Zeitpunkt könnte nicht günstiger sein. Ich verspreche Ihnen, daß Sie ein besonderes Spektakel erwartet!« *Man muß vorsichtig sein am Telefon.*

Der Teil des Flughafens, auf dem der Jet ausrollte, gehörte der bolivianischen Luftwaffe FAB. Wachtürme und Soldaten wie auf einem Kasernengelände. Es war eisig kalt, so daß Wolf und Grimm dankbar die Mäntel nahmen, die ihre Sherpas ihnen reichten.

Sie bestiegen einen militärisch angestrichenen Bus, der sie zur Empfangshalle brachte. Überraschenderweise verströmte sie den Charme der Fünfziger: Sitzmöbel aus rotem Leder, schwarzer Schleiflack.

Hier wurden sie von Gernot Falcke erwartet. »Geht es?« fragte er, denn er sah, daß der Präsident nach Atem rang und pumpte wie ein Gewichtheber.

Wolf nickte benommen.

»Keine Sorge, die Stadt liegt tausend Meter tiefer. Sie kriegen bald wieder Luft!«

Sie fuhren in Panzern der Botschaft. Die Autopista wand sich schlangengleich hinunter in den schalenförmigen Talkessel, der La Paz aufnahm wie zwei Kinderhände einen Haufen Bauklötze. Ärmliche Siedlungen, deren Hütten aus Adobe-Ziegeln bestanden, krochen die Berghänge hoch. Es waren keine richtigen Favelas, nur das, was man sich eben leisten konnte, wenn man ein Minero oder ein kleiner Straßenhändler war. Dazwischen erstreckten sich braune, verdorrte Weiden, auf denen knochige Ziegen und Kühe vergeblich nach Futter suchten.

Nach fünfzehnminütiger Fahrt hatten sie den Boden der Senke erreicht. Hier war alles anders. Schöner, reicher und sogar wärmer, denn zwischen El Alto und der eigentlichen Stadt herrschte ein Temperaturunterschied von zwölf Grad. Hier unten lebten die »gente bien«, die besseren Kreise. Sie bogen von der Autopista in die Avenida Montes ein. Grimm erhaschte an der Socabaya einen Blick auf die Plaza Murillo, wo die Ehrengarde des Präsidenten mit gelben Uniformen und aufgepflanzten Bajonetten vor dem Palacio Quemado aufgezogen war. Dann verdeckten Hochhäuser wieder die Sicht.

Die deutsche Botschaft lag in der Avenida Arce im Stadtteil San Jorge. Bis vor wenigen Jahren war sie in einem einstöckigen Häuschen mit Giebeldach untergebracht gewesen. Es war zwar von einem wunderschönen Garten umgeben, hatte aber den fünfundzwanzig Mitarbeitern, von denen die Hälfte Bolivianer waren, kaum Platz zum Atmen gelassen. Nicht einmal für die Privatwohnung des Botschafters hatte sich Raum gefunden, so daß man wenige Häuserzüge weiter einen Neubau errichtet hatte, der den besonderen Sicherheitsansprüchen genügte, die La Paz erforderte. Die Schleuse war in die Außenmauer eingelassen. Davor patrouillierten Männer des BGS. Obwohl die Fahrzeuge sich über Funk angemeldet hatten und die Beamten wußten, daß der BKA-Präsident vom Flughafen abgeholt worden war, unterzogen sie die Fahrgastzellen einem kurzen Eyeball-Check. Sie nahmen Haltung an, als sie Wolf erkannten. Die Schranke fuhr hoch, sie konnten passieren. Nachdem Grimm ausgestiegen war, wanderte sein Blick die Mauern des Gebäudes hoch. Die glatte Fassade erinnerte an einen ostdeutschen Plattenbau.

Grimm registrierte, daß alle Fenster vergittert waren.

Was ist das hier? Eine Botschaft oder ein Gefängnis?

Sie wurden vom Stellvertreter des Botschafters begrüßt, einem kleinen kugelrunden Bayern, dem man ansah, daß seine Versetzung nach Bangkok, die unmittelbar bevorstand, die beste Nachricht der letzten fünf Jahren gewesen war. Es täte ihm sehr leid, aber der Botschafter halte sich, wie Wolf sicher wisse, momentan in Deutschland auf, um der Witwe von Caspar Fischer, die übrigens schwanger sei, bei dem Begräbnis beizustehen. Sein Gesicht sagte: *Was sind Sie bloß für ein Mensch, daß Sie hier sind und nicht dort!* Wolf entgegnete nur, daß er den morgigen Tag mit Staatsminister de la Peña verbringen und einen Ausflug aufs Land machen würde. Fürs erste wäre er dankbar, wenn er und Herr Grimm Gelegenheit bekämen, mit Gernot Falcke ungestört zu reden. Sicher, selbstverständlich.

Man stellte ihnen das Kaminzimmer im dritten Stock zur Verfügung. Die Einrichtung war von gediegener Eleganz. Glas, Leder, dunkles Holz. Der Präsident und sein Stabschef hatten weiterhin mit der Höhenluft zu kämpfen, denn immerhin befanden sie sich noch auf dreitausendzweihundert Metern. Selbst Grimm bewegte sich mit Trippelschritten wie ein Greis und verfluchte die Tatsache, daß es in dem Gebäude keinen Lift gab. Am Ende der drei Treppen war er so außer Atem gewesen, daß er sich am Geländer hatte festklammern müssen.

Kaum zu glauben, wie der Alte das wegsteckt, dachte er, als er sah, wie Wolf sich geruhsam in einen Sessel setzte und sich lediglich mit einem Taschentuch über die schweißige Stirn wischte. Falcke hatte von einem livrierten bolivianischen Pagen Tee und Gebäck für drei Personen bringen lassen.

»Trinken Sie!« sagte er zu seinen beiden Gästen. »Sie werden sehen, es geht Ihnen gleich besser.«

Und tatsächlich, nachdem Wolf und Grimm jeder eine Tasse getrunken hatten, verschwand die Übelkeit auf wundersame Weise, und heimeliges Wohlbefinden breitete sich in ihnen aus.

»Was ist das für ein Tee?« fragte Grimm erstaunt.

»Mate de Coca«, sagte Falcke lächelnd.

»Sie meinen, er ist …«

»… aus Kokablättern gebrüht, ja. Ein uraltes Rezept der Indios. Nichts hilft besser gegen die Höhenkrankheit.«

Grimm stellte seine Tasse sofort wieder auf den Tisch. Er verschluckte sich fast, als er Wolf sagen hörte: »Sehr gut. Ich nehme noch einen!«

Tja, mein lieber Falcke, was mache ich jetzt mit dir? Dein Freund Krupka hat dafür gesorgt, daß du den Posten hier bekommen hast. Jetzt sitzt du direkt an der Quelle. Das Gehalt, das wir dir zahlen, ist nur noch ein Trinkgeld für dich. Von wem bekommst du deine Anweisungen – von Krupka oder direkt von Cuevo?

»Na, Herr Falcke, wie entwickeln sich die Dinge in Bolivien?« fragte Wolf.

»Ganz gut eigentlich. Die neue Regierung ist sehr kooperativ, ich habe den Eindruck, sie meint es ernst mit dem Versprechen, die Kokaindustrie zu eliminieren. Gutierez hat die alte Counter Insurgency Strategy wieder ins Leben gerufen und sucht eine militärische Lösung des Problems. Ich denke, da liegt er richtig, anders wird man Cuevo nicht beikommen können.«

»Wie steht es um die innere Sicherheit?«

»Einigermaßen stabil. Natürlich machen die Kokabauern Probleme. Zwar bietet man ihnen zweitausendfünfhundert Dollar pro vernichtetem Hektar Anbaufläche, aber das reicht ihnen nicht. Jeden zweiten Tag kommt es zu Protestmärschen, auch hier in der Stadt. Ist ein ziemliches Verkehrschaos, das kann ich Ihnen sagen.«

»Engagiert Innenstaatssekretär Hierro sich in dieser Angelegenheit?«

»Hierro ist bewundernswert! Er läßt Gefängnisse im Chaparé bauen, wo die Narcotraficantes, die man erwischt hat, von Schnellgerichten abgeurteilt und sofort inhaftiert werden. Eine drastische Maßnahme, die aber sehr wirkungsvoll ist. Selbst die DEA sagt, der Mann ist ein Glücksfall für das Land!«

Darauf kannst du wetten! Ich würde lachen, wenn's nicht zuviel Anstrengung kosten würde. In diesem Moment wurden sie unterbrochen. Der stellvertretende Botschafter lugte herein. »Entschuldigung, Herr Präsident. Wiesbaden für Sie. Es scheint dringend zu sein.«

»Sie haben gewiß einen abhörsicheren Raum?«

»Das Amtszimmer des Botschafters. Wenn Sie mir bitte folgen möchten.«

Wolf ließ Falcke mit Grimm allein – *vielleicht haben sie sich ja viel zu erzählen?* – und folgte dem stellvertretenden Botschafter in den zweiten Stock.

»Die Anlage ist kryptiert. Sie kennen sich damit aus?«

»Kein Problem.« Die Tür ging zu. Zwei Minuten später sah Wolf die Gesichter seiner Tochter und der Fahnder auf dem Bildschirm des Videophons. Genau sechs Stunden Zeitunterschied. In Deutschland war es also 23.15 Uhr.

»Fasoulas wurde heute morgen auf Zypern mit einer Autobombe ermordet«, sagte Pieper ohne Umschweife. »Auch seine zehn Monate alte Tochter wurde dabei getötet. Nikosia hat sich mit unserer Interpolstelle in Verbindung gesetzt. Das Laborat wird noch untersucht. Wahrscheinlich TNT. Die haben tüchtige Leute dort. Spätestens morgen haben wir den Abschlußbericht.«

»Was ist mit Czarny?«

»Er ist direkt nach der Explosion verschwunden. Fasoulas war nicht nur sein Partner, er war auch mit Czarnys Schwester Jelena verheiratet. Das ist neu. Sorry, schlecht recherchiert«, sagte Vandreyke.

Lombardi meldete sich zu Wort. »Aber genau hier wird's interessant. Sie ist mit ihrem achtjährigen Sohn direkt nach dem Anschlag nach Berlin geflogen. Fasoulas besitzt eine Villa in Potsdam. Dort hockt sie jetzt. Das Haus wird von unseren Leuten observiert.«

Wolf horchte auf. »Sie ist *nach Deutschland* gekommen?«

»Seltsam, nicht wahr?« Das war Broszat. »Unser VB in Zypern hat sich das Ganze am Flughafen angeschaut. Czarnys Schwester hat die Insel offenbar gegen den Willen des Clans verlassen. Die Bodyguards wollten sie noch am Counter zurückhalten, aber sie konnten vor dem Zoll kein großes Theater machen. Da haben sie sie ziehen lassen.«

»Bewertung?« fragte Wolf stirnrunzelnd.

»Man darf spekulieren. Sie weiß, daß ihr Mann in Deutschland mit Haftbefehl gesucht wurde. Sie weiß aber auch, daß der nicht für *sie* gilt. Ich vermute, sie war in seine Geschäfte nicht eingeweiht.«

»Da bin ich mir nicht so sicher«, mischte Sophie sich ein. »Möglicherweise glaubt sie tatsächlich, hier nichts befürchten zu müssen. Trotzdem werde ich das Gefühl nicht los, daß mehr dahintersteckt. Ihre Leute wollten sie mit aller Gewalt am Abflug hindern. Das bedeutet meiner Meinung nach, daß sie auf Distanz zu ihrer Familie gegangen ist. Vielleicht ist das unsere Chance ...«

»Worauf willst du hinaus?« fragte Wolf.

»Die Bombe könnte eine Botschaft gewesen sein: Entweder

ihr macht Geschäfte mit uns, oder ihr macht gar keine. Wer sagt denn, daß Jelena von diesen Geschäften nichts wußte? Sie und Fasoulas waren neun Jahre verheiratet, da sollte man so manches mitbekommen. Es besteht sogar die Möglichkeit, daß sie nach Deutschland gekommen ist, um sich als Kronzeugin zur Verfügung zu stellen. Gut, das wäre ein Weihnachtsgeschenk, von dem man träumen darf. Aber wo steht geschrieben, daß wir uns nicht die Nasen am Schaufenster plattdrücken dürfen? Auf jeden Fall hat Jelena Fasoulas jetzt finanzielle Dinge zu regeln, von irgendwas muß die Frau ja leben. Ich schlage vor, daß wir uns einen richterlichen Beschluß für einen Lauschangriff auf ihre Potsdamer Villa besorgen. Einen Versuch ist es auf jeden Fall wert.«

Wolf dachte kurz nach, dann sagte er: »Einverstanden.«

»Kann ich noch einen Moment mit dir allein sprechen?« fragte Sophie.

»Sicher.«

Die Fahnder verließen das Zimmer. Als die Tür geschlossen war, fragte Sophie: »Was ist mit Krupka?«

»Schmeiß nicht mit Steinen auf Bäume, die keine Früchte tragen. Zuerst diese Jelena.«

»Und wenn Potsdam eine Sackgasse ist?«

»Dann müssen wir es anders versuchen.«

»Hmm ... Ist Grimm bei dir?«

»Er sitzt eine Etage höher mit unserem Freund Falcke.«

Sie sahen einander schweigend an. »Ich hoffe, wir haben unrecht«, sagte sie.

Er zögerte, dann stellte er die Frage, auf die sie die ganze Zeit gewartet hatte. Nach der Rückkehr aus Luxemburg. Auf dem Flug nach Karlsruhe. Bei dem Gespräch in der Burg. In der Tiefgarage des Kanzleramtes. Doch sie war ausgeblieben, überraschend, wie ein Sturm ausbleibt, obwohl alle Meteorologen ihn vorausgesagt hatten. Bezeichnenderweise geschah es ausgerechnet jetzt, als sie Tausende von Kilometern voneinander entfernt waren.

Er fragte: »Irre ich mich, oder verstehst du dich mit Gregor nun besser?«

»Könnte man so sagen, ja ...« *Habe ich wirklich ein Lächeln zustande gekriegt, oder wirke ich nur verkrampft?*
»Er lebt auf der Überholspur. Das war immer so.«
Nur diese beiden Sätze. Als sei damit alles gesagt.
Was erwartet er jetzt von mir? Will er mir plötzlich Ratschläge erteilen wie ein Vater seiner Tochter in der Pubertät? »Ich komm schon klar.« *Na, toll.*
»Ich will nur, daß du ...«
»Ja?«
»Vergiß es. Du bist alt genug.«
Was sie hatte sagen wollen, war: *Nein, bin ich nicht. Ich wäre froh, wenn wir darüber reden könnten. Hast du irgendwann mal Zeit für einen Kaffee? Ich bin so durcheinander, kannst du mir einfach nur zuhören?* Statt dessen sagte sie: »Schön, daß wir uns einig sind.«
Wolf deaktivierte die Übertragung. Gott sei Dank war die Tür so dick gepolstert, daß niemand den Fluch des Präsidenten hörte. »Als Vater bin ich wirklich ein Rohrkrepierer! Himmel, Arsch und Wolkenbruch, wie kann man sich so ungeschickt anstellen!«
Falsch gedacht, jedenfalls in bezug auf die Deaktivierung der Satellitenleitung. Wolf hatte, ohne zu wissen, daß die Anlage der Botschaft sich von der des BKA unterschied, lediglich das Bild ausgeschaltet und den Ton vergessen. So konnte er ihre Stimme hören. Aus dem Nichts, aus der Schwärze des Äthers. Als habe er bloß die Augen geschlossen und sie stände direkt vor ihm. »Wo du recht hast, hast du recht.« Es mußte viele Jahre hergewesen sein, daß ihr Vater einmal einen roten Kopf bekommen hatte. Gut, daß sie es nicht sah.
Die Stimme sagte: »Ich wünsch dir was. Tschüs!«
Wolf saß da wie vom Donner gerührt.
Dann lachte er, lachte aus voller Seele und hoffte, daß sie auch das gehört hatte. Sein Herz machte einen Hüpfer wie die Cadillacs über den Regenschirmen auf der Park Avenue, dann griff er gutgelaunt in den Humidor des Botschafters und stibitzte mit Sorgfalt eine perfekte Zigarre, die dem Anlaß angemessen war. Er zog sie an der Nase entlang, um das Aroma einzuatmen, schnitt

mit Verve die Kuppe ab, nahm sich fünfzehn Sekunden Zeit, um die Spitze mit einem Streichholz anzuwärmen, ehe er sie voller Vorfreude über der Flamme drehte. Er paffte den ersten Zug und genoß ihn wie lange nicht mehr.

Nach Mitternacht stand er am Fenster des Zimmers, das man ihm als Unterkunft zugewiesen hatte, und sah durch die Gitterstäbe auf die Lichter der Stadt. Blasmusik scheppterte von irgendwoher. Wahrscheinlich ein Straßenfest.

Es klopfte an der Tür. »Ja?« sagte Wolf, der schon im Schlafanzug war.

Grimm kam herein. »Entschuldigung, daß ich so spät störe. Interpol drängelt. Die wollen wissen, warum wir die Zypernsache an uns gezogen haben.«

»Seit wann müssen wir das begründen?«

»Nur wegen der Hygiene: Soll ich sagen, daß der Anschlag auf Fasoulas im Zusammenhang mit unseren Ermittlungen gegen Cuevo steht?«

»Cuevo ist nicht involviert«, sagte Wolf mit größter Gelassenheit. »Vermutlich handelt es sich um einen Racheakt kurdischer oder syrischer Drogenbanden. Bitte erstellen Sie, wenn wir zurück sind, ein Dossier über Aktivitäten dieser Gruppierungen. Sagen wir: für den Zeitraum der beiden letzten Jahre. Oder, besser, der letzten vier. Vertraulich, ausschließlich für mich bestimmt.«

»Natürlich.«

Es ging sehr früh los, schon kurz nach Sonnenaufgang. Zwei gepanzerte Jeeps fuhren vor.

Miguel de la Peña begrüßte Wolf wie einen guten, alten Bekannten. »Señor Wolf, wie schön, daß Sie meine Heimat einmal besuchen!« Er zwinkerte ihm zu. »Das wird heute sicher ein sehr interessanter Tag für Sie und Señor Grimm!« Auch Gernot Falcke stieg zu ihnen. Es ging in schneller Fahrt hoch nach El Alto. Wolf war froh, zum Frühstück zwei Tassen Mate de Coca getrunken zu haben, so daß ihm das Atmen einigermaßen leichtfiel, als sie auf dem Hochplateau angekommen waren. Die FAB hatte einen Learjet mit jedem Komfort für sie bereitgestellt.

»Ich dachte, wir fahren mit dem Auto«, sagte Wolf.

De la Peña lachte. »Es sind mehr als fünfhundert Kilometer, da würden wir eine halbe Ewigkeit brauchen. Außerdem ist gerade Regenzeit, und die meisten Straßen im Chaparé sind komplett überschwemmt. Selbst ein Ruderboot wäre besser als ein Jeep!«

Der Flug verlief ohne ernsthaftes Gespräch, abgesehen von der lockeren Konversation, die sich um das Wetter, die Landeskultur und ähnliches drehte. Acht Sherpas begleiteten sie, Indios, deren Gesichter seltsam leblos waren. Wolf war ein wenig des Spanischen mächtig, doch de la Peña unterhielt sich mit seinen Leuten in einer Sprache, die er nie zuvor gehört hatte. Falcke erklärte ihm flüsternd, daß es Quetschua war, ein indianischer Dialekt.

Sie überquerten die östlich von La Paz gelegene Königskordillere, deren Hänge von grandioser Trostlosigkeit waren. Kaum zu glauben, daß es hier zu Zeiten der Inkas noch dichte Wälder gegeben hatte. Schnee glitzerte in der Sonne. Dazwischen Schieferwüste, in der nichts gedieh als nackter Stein.

Nach kurzer Zeit hatten sie die Anden hinter sich gelassen. Sie flogen über den nebelverhangenen Dschungel der Yungas, wo, wie Wolf wußte, zehn Prozent des bolivianischen Kokains angebaut wurden.

Dahinter begann das Chaparé.

Schon als sie bei Tódos Santos in den Landeanflug übergingen, sah der Präsident die überschwemmten Felder und Graspampas. Der Flugplatz lag inmitten der feuchtschwülen Wildnis. Eine Wellblechhütte, ein Windsack, ein paar Treibstofftanks. Das Rollfeld befand sich auf einer künstlichen Erhöhung, so daß das Hochwasser ihm nichts anhaben konnte. Die Hitze traf Wolf wie ein Schlag ins Genick. Als er das Ende der kleinen Gangway erreicht hatte, war er von Schweiß geduscht. Erneut gab de la Peña seinen Leuten Anweisungen in Quetschua, ehe sie die hochrädrigen Amphibienfahrzeuge bestiegen, die überall durchkamen, selbst hier, wo man unter dem Wasser keine Straße mehr erkennen konnte.

Sie brauchten eine halbe Stunde für die ersten fünf Kilometer, dann hatten sie den Rio Guapay erreicht, und die Schwimmpanzer glitten in die schlammigen Fluten. Das Wasser schlug schaumige Blasen. Möbel schwammen vorbei, Stühle, Tische, Geschirr, alles grau und krustig, von Schlick und Schwemmsand bedeckt. Wolf sah die Tierleiber, die herantrieben. Ihre aufgeblähten, weißen Bäuche, darüber die Beine, steif und starr, in die Luft gereckt wie Astholz. Die Kadaver drehten sich im Wasser und rollten herum.

Einer trieb direkt auf sie zu. Als er nah genug heran war, sah Wolf die Augen. Sie schimmerten und glitzerten und bewegten sich. Hunderte von Schmeißfliegen füllten die Höhlen. Sie hatten sich durch die Pupillen gefressen und ersetzten sie mit ihren blauschillernden Facetten. Flirrende, lebende Augen in diesem Klumpen faulem Fleisch, die langsam nach innen sanken. Sie fraßen sich durch bis ins Hirn. Schwären von Fliegen setzten sich um die Öffnungen, darauf wartend, daß Platz wurde. Der Kadaver wurde von der Strömung losgeschwemmt, trieb weiter und rollte. Eine Wolke von Insekten flog auf und folgte dem Leib, für Sekunden hinunterstoßend, solange die Augenhöhlen aus dem Wasser waren.

Am anderen Ufer war der Checkpoint der UMOPAR.

Tätowierte »Leopardos« kontrollierten die Ochsenkarren, auf denen die Menschen vor der Flut flüchteten. Die Amphibienfahrzeuge wurden anstandslos durchgewunken. Nach weiteren zehn Kilometern, auf denen es sanft, aber stetig bergan ging, war das Hochwasser verschwunden wie ein Spuk. Doch was sie nun sahen, war schlimmer. Die Cocaleros hatten das Land mit Brandrodung überzogen, um Raum für ihre Plantagen zu schaffen, die schon bald wieder von der DEA zerstört wurden. Übriggeblieben war nur noch verkohlte Ödnis. Leblose Aschewüste. Nicht einmal Moskitos gab es. Nichts. Bloß stinkende, tote Mondlandschaft.

Das also ist das Spektakel, das de la Peña versprochen hatte, dachte Niklas Grimm, als er die lodernden Flammen sah. Hier, am Ende der Welt, wurde alle drei Monate das Rauschgift verbrannt, das man beschlagnahmt hatte. De la Peña hatte den Termin extra um zwei Wochen vorgezogen, nur für seine Überraschungsgäste. Offiziere von DEA und UMOPAR begrüßten den Staatsminister und seine Begleitung, während zwanzig Tonnen Kokabase, ein Berg so hoch wie ein Einfamilienhaus, in Rauch aufgingen. Viertausend Tonnen von den Blättern der Wunderpflanze hatten die Bauern ernten müssen, damit sie nach dem Trocknen, der Verarbeitung zu Paste und deren Versatz mit Ammoniak, Schwefelsäure und Kaliumpermanganat eine solch riesige Menge Base ergaben, und doch wußte Wolf, daß es kaum mehr als ein Prozent der Produktion von Cuevo war, Schwund, den man von vornherein einkalkuliert hatte.

Es kam ihm vor wie eine Szene aus einem schlechten Western. Die UMOPAR-Soldaten ballerten mit ihren Maschinenpistolen übermütig in die Luft, Lieder wurden gesungen, man setzte sich an lange Tische wie in einem Biergarten und trank Chicha, einen Maisschnaps, der Wolf und Grimm die Tränen in die Augen trieb. Fleisch wurde auf einer Feuerstelle geröstet. Da es weit und breit kein Holz mehr gab, diente Lamamist als Brennmaterial. Was man ihnen servierte, schmeckte wie Hühnchen. Grimm langte kräftig zu.

»Was ist das?« fragte er de la Peña, auf beiden Backen kauend.

»Oh. Cuy«, antwortete der Staatsminister und lieferte, als er Grimms fragendes Gesicht sah, die Übersetzung nach. »Meerschweinchen.«

Diesmal war es Wolf, der seinen Teller von sich wegschob, indes Grimm sich noch einen Nachschlag geben ließ. *So was wie mit dem Tee machst du nicht noch mal mit mir!*

»Ein traditionelles Gericht der Indios«, sagte de la Peña.

Wolfs Augen wanderten zu den zerlumpten Gestalten, die knöcheltief in der Asche standen und stumm in die Flammen starrten. Ihre Gesichtszüge waren flach, verwaschen, eingeebnet selbst die Nasen, beulenartige Huckel auf der schlaffen Haut.

»Es kommt vom Pitillo«, sagte de la Peña, der Wolfs Blick bemerkt hatte. »Sie mischen die Kokapaste mit Tabak und rauchen sie. Das Gift frißt sie auf. Aber so vergessen sie ihr Elend für die Dauer einer Pfeife.« Wolf sah ehrliches Mitleid in den Augen des Staatsministers. »Eine halbe Million Bolivianer ernährt das Koka. Sie kommen vor allem aus den niederen sozialen Schichten«, fuhr de la Peña fort. »Dieses Essen ist eine Referenz an die Cocaleros, deren Existenz wir vernichten. Der Boden ist im Prinzip fruchtbar, man könnte hier genausogut Zitrusfrüchte oder Mais anbauen. Aber davon können diese Männer und Frauen nicht leben. Auch das muß man wissen, um mein Land zu verstehen. Wenn Ihnen das Cuy nicht behagt, können meine Leute übrigens auch mit gekochtem Schafskopf dienen. Eine besondere Delikatesse.«

»Danke. Ich habe heute ein kräftiges Frühstück genossen.«

Sie hatten einen Tisch für sich allein: Wolf, Grimm, de la Peña und Falcke. Abseits von den anderen. Weit genug weg, um zu reden. »Señor Grimm, ich habe das Buch gelesen, das Sie über Ihren Präsidenten verfaßt haben. Seine Zeit als Abteilungsleiter Terrorismus des BKA«, sagte de la Peña. »Es hat mich beeindruckt.« Nun wandte er sich an Wolf. »Auch die kurze Passage über Ihre Kindheit in Marokko fand ich interessant. Sicher ist Ihnen bekannt, wie die Tuareg in ihrer Sprache die Wüste nennen?«

»Garten in Flammen.«

»Ja. Und ich weiß, was Sie jetzt denken«, sagte de la Peña. »Auch ein Freudenfeuer kann stinken.«

»Sie haben recht«, antwortete Wolf. »Auf jedes Gramm, das hier verbrennt, kommt ein Pfund, das wir nie sehen. Der Krieg dauert schon lange. Und ich fürchte, wir haben ihn verloren. Sie in Ihrem Land und ich in meinem. Ich habe mich übrigens vorgestern mit Corbin Frederics getroffen. Er ist nicht sehr optimistisch, was Ihr Ziel ›Null-Koka‹ angeht. Der Begriff hat sich durch die Politik Ihrer Vorgänger leider verbraucht.«

De la Peña antwortete mit staatsmännischer Gelassenheit. »Für die Amerikaner herrscht jede bolivianische Regierung über das Reich des Bösen. Aber sehen Sie, Señor Wolf, ich bin in einer Zeit nach Bolivien zurückgekehrt, als man unsere politischen

Gruppierungen noch ›Taxi-Parteien‹ nannte, weil ihre gesamte Mitgliedschaft in ein Taxi paßte. Damals führte García Meza, ein Politkrimineller und Kandidat der Kartelle, sein Schreckensregiment. Klaus Barbie, der frühere Gestapochef von Lyon, war sein engster Berater. Doch Arce Gómez, der Schlächter, den Meza zum Innenminister ernannt hatte, war noch schlimmer. Er herrschte über die Todesschwadronen der DOP, die sich ›Politische Polizei‹ nannte. Sogar das U. S. State Department sagte, die Mafia habe sich zum erstenmal eine Regierung gekauft. Die Inflation lag bei fünfundzwanzigtausend Prozent, das ist Weltrekord bis heute. Die Einführung von Banknoten war ein bedeutender Wirtschaftsfaktor. Wir kannten nur zweierlei: entweder Generalstreik oder Ausnahmezustand. Sie wollen sicher nicht bestreiten, daß sich seitdem vieles verändert hat. In den letzten Jahren wurden bereits mehr als vierzigtausend Hektar Anbaufläche vernichtet.«

»Wohl wahr«, erwiderte Wolf. »Aber wo eine Plantage verschwindet, entstehen an anderer Stelle zwei neue. Wir wollen keine Gemeinplätze austauschen. Indes – die Reduzierung der Anbauflächen betrug laut UNDCP-World-Drug-Report im letzten Jahr netto *fünfhundert* Hektar.«

»Diesen Vorwurf muß man unserer Vorgängerregierung machen. Wir jedoch sind entschlossen, den Kampf gegen Cuevo aufzunehmen. Nur, ohne Hilfe aus dem Ausland sind uns die Hände gebunden.«

»Aber ich habe doch bereits den Entbindungshelfer gespielt«, sagte Wolf fast nebenbei. »Denken Sie, ich wüßte nicht, daß das Polizeimaterial, das wir im nächsten Monat nach Brasilien verschiffen, hier in Bolivien landen wird?« Grimm stockte der Atem. Und selbst de la Peña, der einen glänzenden Pokerspieler abgegeben hätte, hob eine Augenbraue. Wolf lächelte. »Ich habe damit kein Problem, sonst hätte ich den Export niemals abgezeichnet. Betrachten Sie es also bitte als ersten Schritt einer gedeihlichen Zusammenarbeit.«

De la Peña hob sein Chicha-Glas. »Darauf trinke ich, Herr Präsident!«

»Allerdings ...«, sagte Wolf, ohne sein eigenes Glas anzurühren, »haben wir in Europa unsere eigenen Probleme. Zum Beispiel mit TNT.« De la Peña sah den BKA-Chef fragend an. »Daraus bestand eine Autobombe, die gestern auf Zypern explodiert ist. Sie tötete Dimitri Fasoulas, den Partner von Anton Czarny, und sein zehn Monate altes Baby. Ich erneuere also die Frage, die ich Ihnen bereits bei unserem Telefonat vor einem Monat gestellt habe: Werden Sie dafür sorgen, daß Herr Falcke, der hier mit uns am Tisch sitzt, Zugang zu V-Männern Ihres Innenministeriums erhält? Wir müssen die Schlange am Kopf packen und die Führungsebene von Cuevo zerschlagen. Sind wir darin einer Meinung?«

»Um Ihre erste Frage zu beantworten: Ja, das werde ich. Der zuständige Mann im Innenministerium ist Staatssekretär Hierro, übrigens ein Schwager von Präsident Gutierez. Ich werde Señor Falcke einen Termin bei ihm verschaffen. Nun zu Ihrer zweiten Frage. Im achtzehnten Jahrhundert wurde Bolivien von den spanischen Conquistatores gnadenlos unterdrückt. Tupac Amaru, ein Nachfahre der kaiserlichen Inkafamilie, führte unser Volk in der Rebellion gegen die Ausbeuter. Doch man nahm ihn gefangen. Er wurde auf dem Marktplatz von Cusco geköpft und zerstückelt. Seine Gefolgsleute haben seine Körperteile geborgen und sie wieder zusammengenäht. Nur den Kopf hat man niemals gefunden. An dem Tag, an dem das geschieht, so will es die Legende, wird die Rebellion von Tupac Amaru siegreich beendet werden. Lassen Sie uns Geduld haben, dann werden wir auch den Kopf von Cuevo finden. Es wird ein Freudentag für mein Land sein.«

Wolf hörte das Prasseln des Feuers, das Lachen der Soldaten, die Gesänge, die Gewehrschüsse. All das war woanders. Nicht hier. Hier und jetzt gab es nur ihn und Miguel de la Peña, dem er eine bittere Pille verabreichen mußte.

Er sagte: »Herr Grimm, Herr Falcke, seien Sie doch bitte so nett und lassen mich mit dem Staatsminister einen Moment allein.«

Grimm und Falcke entfernten sich anstandslos.

»Gut, daß Sie Staatssekretär Hierro erwähnen«, sagte Wolf. »Auch Corbin Frederics hat mit mir über ihn gesprochen. Er ist sich sicher, daß der Schwager Ihres Präsidenten zur Führungsebene von Cuevo gehört.«

De la Peña reagierte darauf wie auf die Nachricht vom Tod eines engen Familienmitglieds. Nacktes Entsetzen zeichnete sein Gesicht. *Er weiß, was es bedeutet. Gutierez' Namen brauche ich gar nicht auszusprechen.* Der Bolivianer wollte etwas sagen, doch Wolf kam ihm zuvor.

»Ich weiß, es ist ein Schock für Sie. Aber Frederics hat mir das Beweismaterial persönlich übergeben. Es ist lückenlos. Ich werde es Ihnen zur Verfügung stellen. Unter einer Bedingung: daß Hierro öffentlich der Prozeß gemacht wird und man ihm keine Art von Kronzeugenregelung gewährt. Es soll ein Fanal sein, das die Welt verstehen wird. Vor allem die Amerikaner.« *Tut mir leid, aber so ist das Geschäft. Natürlich wird Hierro nie einen Gerichtssaal von innen sehen, denn das würde Gutierez seinen Kopf kosten. Er wird ihn liquidieren müssen. Seinen eigenen Verwandten!*

De la Peña war aschfahl, als er aufstand. »Ich muß telefonieren.«

»Ich weiß, Sie werden das Richtige tun«, sagte Wolf.

Das allein ist es allemal wert! Die beschissene Höhenkrankheit! Die Kälte, die Hitze, den Fusel, von dem ich garantiert ein Magengeschwür kriege!

Es dauerte keine dreißig Sekunden, bis Grimm auftauchte. »Wieso Zypern, ich denke, Cuevo hat damit nichts zu tun? Wir wissen doch, daß es die Kurden oder die Syrer waren.«

»Das wissen wir«, sagte Wolf. »Aber nicht die Bolivianer. Und so soll es auch bleiben. Das nennt man Politik, Herr Grimm.«

Der Rückflug verging schnell. Wortlos, verkrampft. Die Verabschiedung vor der Botschaft war kurz. »Ich danke Ihnen, Herr Präsident.«

»Ich Ihnen auch, Señor de la Peña.«

Gegen achtzehn Uhr zog Wolf sich wieder in das Amtszimmer des Botschafters zurück. Das Display des Videophons zeigte einen aufgeräumten Schreibtisch mit Deutschlandfahne und davor einen Mann, der schon im Mantel war. Daran war nichts auszusetzen, denn in Berlin war es bald Mitternacht, und auch ein Innenminister hatte das Recht auf ein paar Stunden Schlaf.

»Guten Abend, Herr Minister. Ich hoffe, ich störe nicht.«

»Ist es dringend? Ich muß noch zu einem privaten Termin.«

»Dringend wohl nicht. Aber ich dachte, es würde Sie interessieren, daß Cuevo dabei ist, seine Transportwege neu zu strukturieren. Alles spricht dafür, daß Neapel und Genua als klassische europäische Umschlaghäfen in Zukunft durch Lissabon ersetzt werden. Corbin Frederics von der DEA hat mich dahingehend informiert.« *Leberhaken, sauber erwischt. Na, wie steckst du das weg?*

Langheinrich hielt sich beachtlich. Er fragte nur: »Ist das sicher?«

»So gut wie. Ich denke daran, unser Büro in Portugal aufzustocken. Soll ich Ihnen ein Dossier schicken?«

»Tun Sie das. Entschuldigung, ich habe wirklich wenig Zeit. Wir sollten das bei Gelegenheit in Ruhe erörtern.«

»Sehr gern. Schönen Abend noch, Herr Minister.«

»Für Sie auch.« Langheinrich deaktivierte die Bildübertragung. Von einer Sekunde auf die andere wurde sein Gesicht maskenhaft starr. Er hatte nicht einmal gefragt, wo Wolf gerade steckte, so durcheinander war er. Es drückte ihn in den Sessel, als habe er Bleigewichte in den Manteltaschen. Endlich stemmte er sich hoch und öffnete die Tür zum Vorzimmer, wo seine Chefsekretärin, die zum Leidwesen ihrer Familie die ausufernden Arbeitszeiten des Ministers teilen mußte, ebenfalls bereit zum Aufbruch war.

»Frau Marx, ist Herr Krupka momentan in der Stadt?« fragte Langheinrich.

»Ich glaube, er ist die ganze Woche in Lissabon. Soll ich Sie mit ihm verbinden?«

»Nicht nötig, danke.« Plötzlich standen Schweißperlen auf seiner Stirn.

FÜNF

Es war morgens, 7.20 Uhr. Sophies Turnschuhe trommelten über den hartgefrorenen Waldboden des Nerobergs. Eine Gruppe von Männern und Frauen in blauen Trainingsjacken mit dem BKA-Emblem überholte sie, bog vom Weg ab und erklomm, von ihrem Ausbilder mit scharfen Kommandos angetrieben – »Nicht schlappmachen! Schneller, meine Herrschaften, wir sind hier nicht beim Kaffeekränzchen!« –, keuchend einen rutschigen Anstieg. Sophies Blick folgte ihnen. Sie sah, wie sie ausglitten, einander gegenseitig hochhalfen und sich mit stieren Augen die steile Anhöhe hinaufquälten, deren Kuppe noch gut hundert Meter entfernt war. Dort würden sie auf die Knie fallen und kotzen.

Dann war Sophie vorbei. Sie hatte ihr eigenes Tempo, ihren eigenen Rhythmus, und absolvierte die fünf Kilometer auf dem Rundweg, den sie sich ausgeguckt hatte, normalerweise in dreiunddreißig Minuten; die zweiminütige Pause vor der Wanderhütte, wo sie ihre Dehnübungen absolvierte, eingeschlossen. Dieses kleine morgendliche Ritual half ihr, die Gedanken zu sammeln und sich für einen weiteren Tag in der Schlangengrube fit zu machen.

Das hieß, hier mußte sie sich korrigieren: Es war eine Schlangengrube gewesen bis zu dem Gespräch in der Burg, bei dem ihr Vater sie um Hilfe gebeten hatte. Ihre Zugehörigkeit zu Rubikon hatten die Fahnder als deutliches Signal verstanden. Zwar spürte Sophie, daß sie nicht wußten, was der Grund für das erkennbar entspanntere Verhältnis zwischen ihr und dem Präsidenten war. Dessenungeachtet respektierten sie die Tochter des Alten nun als eine der Ihren. Sie war keine Polizistin, das würde immer den kleinen, aber feinen Unterschied ausmachen, doch ihre Professionalität und Kompetenz, die vom ersten Tag an angezweifelt worden waren, standen nicht mehr zur Debatte. Das machte vieles einfacher.

Sophie zwang sich, auf den letzten fünfhundert Metern bis zur Wanderhütte das Tempo zu erhöhen. Obwohl sie stechende Seitenschmerzen hatte und ihr Herz mit einhundertsechzig Beats gegen die Rippen hämmerte, schaffte sie es tatsächlich zu lächeln. Gregor. Selbst er hatte sich gewundert. Und dabei wußte er doch sonst – so glaubte er jedenfalls – alles über ihren Vater.

Sein Gesicht, als sie gestern abend beim Italiener waren, ihre Hände sich berührten und streichelten und er ganz beiläufig fragte: »Na, wie läuft's denn so mit deinem alten Herrn?«

»Ganz gut, wieso?«

»Ich hab gehört, du warst mit ihm im Kanzleramt ...«

»Hmm.«

»Und?«

»Was, und?«

»Irgendwas, das ich wissen müßte ...?«

Sie hatte gezögert, absolut gekonnt, als wäge sie die Verpflichtung, ein Geheimnis zu wahren, gegen die Versuchung ab, ihrem Liebsten dieses Geheimnis anzuvertrauen, und beugte sich endlich, nachdem sie oscarreif überprüft hatte, daß niemand sie belauschen konnte, mit konspirativem Blick über den Tisch. »Du behältst es wirklich für dich?«

»Versprochen.«

»Dann sag ich's dir: Die haben im Kanzleramt sogar Papierservietten mit dem Bundesadler drauf. Ich hab eine gemopst, wenn du lieb bist, zeig ich sie dir mal ...«

Sein Gesicht war zum Küssen. Und das hatte sie dann auch getan.

Die Erinnerung daran trieb sie die letzten Meter an. Sie kämpfte sich am Opelbad vorbei, bis sie vor dem Blockhaus austrudelte. Ihre Lunge rasselte, als arbeite in ihrer Brust eine Registriermaschine, die sämtliche Gitanes zählte, deren Nikotin sie in den letzten zehn Jahren inhaliert hatte. Sie kontrollierte ihre Zeit. Vierzehn Minuten, nicht schlecht für eine Kettenraucherin, die seit Wochen selten mehr als fünf Stunden Schlaf pro Nacht bekam. Ausgepowert, fertig bis zum Anschlag. Hatte sie in Karlsruhe noch gedacht, der Arbeitsstreß wäre nicht mehr zu steigern, so hatte Wiesbaden sie eines Besseren belehrt. Seit Krupkas Name im Spiel war, lief das Hamsterrad, in dem sie steckten, schneller als je zuvor, und die kleine Glühbirne, die von der Muskelkraft Sophies und der Fahnder am Leuchten gehalten wurde, baumelte von der Decke des imaginären Bunkers, in dem Rubikon sich verschanzt hatte. Dort hockten sie, wogen jedes Detail so streng ab wie eine Marktfrau die Butter, planten Schritt für Schritt, machten zwei vor, drei zurück und begannen wieder von vorne. Sie waren eine verschworene Gemeinschaft. Jedem von ihnen war bewußt, daß Rubikon weniger eine SoKo als eine Guerillatruppe war, die den Kampf mit einem übermächtigen Gegner aufgenommen hatte. Die ganze Schlagkraft der Firma, all ihre technischen und logistischen Möglichkeiten, die ihnen theoretisch zur Verfügung standen, waren ihnen durch einen einzigen Satz des Präsidenten genommen. *»Kein Mensch außer uns wird wissen, daß Rubikon überhaupt existiert.«* So war es. Sie konnten den Apparat nicht wirklich nutzen, denn im Apparat saß der Feind. Sein Name war Niklas Grimm. Und seine Position war im Zentrum der Macht. Nichts, was offiziell über die Abteilung OA lief, würde ihm verborgen bleiben. Kein Schriftstück, keine Einsatzvorbereitung, keine Strategie, die nicht so perfekt getarnt war, daß man sie unmöglich mit Krupka in Verbindung bringen konnte. Das war die Herausforderung. Sie kam dem Versuch gleich, Makkaroni mit Tomatensoße zu essen, ohne sich zu bekleckern.

Sophie legte das rechte Bein über die Lehne einer Parkbank und begann ihre Stretchübungen. *Rubikon.* Noch immer fiel es ihr schwer, sich daran zu gewöhnen, daß sie im Grunde aufgehört hatte, für Karlsruhe zu arbeiten. Sie war Oberstaatsanwältin der Bundesanwaltschaft, doch jetzt war ihr Platz an der Seite ihres Vaters. Das war der Deal: *Hilf du mir, dann helfe ich dir!* Er hatte sie bei der Hand genommen und in das Land der Feen und Elfen geführt, von dem sie immer geträumt hatte. Sie war im Kanzleramt gewesen – *an einem Tisch mit dem BND-Präsidenten und dem Innenminister!* –, hatte mit größter Selbstverständlichkeit neben den Mächtigen gesessen und war nach ihrer Einschätzung des Bedrohungspotentials von Cuevo gefragt worden, damit sich *der Kanzler* positionieren konnte. Sogar sein Geheimwissen über das Kartell, das, was er über Gutierez und Hierro wußte, hatte ihr Vater ihr offenbart. Vor einer Stunde erst, gleich nach seiner Rückkehr aus La Paz.

Sie waren jetzt Partner. Ein Team. Verbündete. Doch mit keinem Wort sprachen sie über die Vergangenheit. Es war gut so. Das Vertrauen zwischen ihnen begann zu wachsen wie eine zarte, mit Vorsicht gegossene Pflanze, die sofort wieder eingehen würde, wenn man ihr zuviel Wasser zumutete. Ihr Stamm war der berufliche Respekt, den sie füreinander empfanden, ihre Blätter sprossen mit jeder Bewertung, in der sie einer Meinung waren. Es war Geschäft. Aber genau dies war die Ebene, auf der sie sich einander nähern konnten, ohne daß es ihnen angst machte.

Vorgestern, am Tag der Ermordung von Fasoulas, hatte sie erst gegen Mitternacht das BKA verlassen. An Schlaf war nicht zu denken, dazu war sie zu aufgewühlt gewesen. Die Espressomaschine in ihrem Hotelzimmer war buchstäblich heißgelaufen. Sophie hatte eine Tasse nach der anderen gekippt. Ohne Hunger, ohne Zeitgefühl, aufgeputscht vom Vorgeschmack des Triumphes, am Ende eines Marathonlaufs das Band zu zerreißen, das über die Ziellinie gespannt war.

Um zwei Uhr morgens hatte das Telefon geklingelt.

Nicht Bresser. Nicht Voigt. Der Meister selbst, der Herrscher aller Reußen!

»Ich weiß, es ist schon spät, Frau Wolf. Können wir trotzdem reden?«

»Natürlich, Herr Generalbundesanwalt. Eine Sekunde, ich mache nur schnell die Zwischentür zu.« Was sie natürlich nicht tat. Statt dessen hatte sie den Hörer auf die Bettdecke gelegt, den Moment genossen, schnell eine Gitane angesteckt, den Rauch lustvoll eingeatmet und dann das Telefon lässig mit Daumen und Zeigefinger ans Ohr gehalten. Sofern eine Stimme entspannt klingen konnte – ihre tat es: »So, jetzt können wir.«

»Frau Wolf, ich denke, es ist an der Zeit, daß wir einige Eckpfeiler für unsere künftige Zusammenarbeit setzen.«

»Sehr gerne, Herr Generalbundesanwalt.«

»Wie lange können sich die Ermittlungen im Gesamtkomplex Czarny-Cuevo Ihrer Meinung nach noch hinziehen?«

»Schwer zu sagen. Nach dem Attentat auf Fasoulas konzentrieren wir uns auf dessen Frau. Sie hält sich momentan in Potsdam auf. Vielleicht ist sie zur Zusammenarbeit bereit.« *Was habe ich verraten? Gar nichts. Den Zusammenhang zwischen Czarny und Krupka kennt nur Rubikon, niemand sonst.*

»Erfolgsaussichten?«

»Ich bitte um Ihr Verständnis, aber ich möchte nicht spekulieren.«

»Es geht mir um folgendes, Frau Wolf: Sie halten sich jetzt bald fünf Wochen in Wiesbaden auf. Eine ungewöhnlich lange Zeit für eine Beamtin unseres Hauses ...« *Moment, will er mich etwa nach Karlsruhe zurückbeordern?* »Andererseits gibt es gewisse ... sagen wir ... Interessen, die zu bedenken sind. Ihr Vater hält große Stücke auf Sie. Ich stimme ihm da zu. Darum habe ich entschieden, den Status quo bis auf weiteres aufrechtzuerhalten.«

Nie hatte eine Zigarette besser geschmeckt, nie ein Satz schöner geklungen.

»Nun zum Kanzleramt, Frau Wolf. Ich höre, Sie haben Ihre Sache hervorragend gemacht und die Bundesanwaltschaft würdig vertreten. Was allerdings noch aussteht, ist Ihr schriftlicher Bericht über die Sitzung. Damit meine ich nicht das Protokoll – das habe ich bereits –, sondern Ihre persönliche *Bewertung*. Ich denke doch, daß ich morgen früh damit rechnen kann?«

»Kein Problem.«

»Noch eins: Bisher haben Sie Ihre Anweisungen von Frau Voigt erhalten. Ab sofort gibt es in Karlsruhe für Sie nur einen Ansprechpartner. Und das ist meine Wenigkeit. Frau Voigt ist darüber in Kenntnis gesetzt. Notieren Sie sich bitte folgende Nummer ... Mein Privatanschluß. Ich schlage vor, daß wir einen regelmäßigen Telefontermin vereinbaren. Sagen wir: zweimal wöchentlich.«

»Selbstverständlich, wie Sie wünschen.«

Sophie hatte, in einer Mischung aus Euphorie und Wut, den Rest der Nacht damit verbracht, die geforderte »Bewertung« zu formulieren. Der Kernsatz war einfach: »*Es ist davon auszugehen, daß das Kanzleramt das Bedrohungspotential von Cuevo äußerst ernst nimmt und dem Kanzler empfehlen wird, Präsident Gutierez mit Vorsicht zu behandeln.*« Genau das wollte Steindorff doch lesen, denn es hieße, daß die Einschätzung der Bundesanwaltschaft in der Regierungszentrale am Willy-Brandt-Platz etwas zählte. War dem wirklich so? Mangoldt hatte sich nicht in die Karten blicken lassen, und bis der Kanzler dazu kam, dem bolivianischen Staatsgast die Hand zu schütteln, würde das Strategiepapier seines außenpolitischen Beraters durch Dutzende von Händen wandern, bis es überall Eselsohren hatte. Die Runde, an der Sophie teilgenommen hatte, war nur die Ouvertüre zu einer Reihe von Konsultationen gewesen, zu denen auch das Auswärtige Amt, das Entwicklungshilfeministerium und Vertreter von Wirtschaftsverbänden geladen wurden. Zu guter Letzt entschied das Küchenkabinett. Doch ob dessen Ratschlag zum Tragen kommen würde, war mehr oder weniger unsicher, denn Ingolf Hettmer war für seine impulsiven Meinungsänderungen berüchtigt. Falls es überhaupt ein Indiz für eine mögliche Haltung des Regierungschefs bezüglich der bolivianischen Interessen gab, so war es die Tatsache, daß Josef Langheinrich dem bewußten Küchenkabinett angehörte. Und hier stellte sich die Frage, wie weit er in Krupkas Geschäfte bereits verstrickt war. Die Position, die Langheinrich während der Kanzlerlage bezogen hatte, deutete auf das schlimmstmögliche Szenario hin. Sicher war das jedoch keinesfalls. Die Frage, ob der deutsche Innenminister von Franz Krupka manipuliert oder gar bezahlt wurde, war so ungeheuerlich in ihrer Konsequenz, daß sich jedes vorschnelle Urteil verbot.

Schmeiß nicht mit Steinen auf Bäume, die keine Früchte tragen!
Sophie trabte wieder los. Sie überlegte, ob sie mittlerweile an Paranoia litt. Gestern hatte sie einen handelsüblichen Keyboardtracer auf ihrem Laptop installiert. Das Programm lief still im Hintergrund und protokollierte sämtliche Tastaturbewegungen. Sollte sich in ihrer Abwesenheit jemand für ihren Rechner interessieren, würde sie es erfahren.

Bin ich verrückt, oder ist es die Welt um mich herum?
Sie passierte das Opelbad. Hier hatte sie als Kind das Schwimmen gelernt, von ihrer Mutter. Sophie hatte Angst vor dem Tiefen gehabt, große Angst. Doch sie wollte die Mutter aus dem Dunkeln herausholen, hinaus in die Welt. So hatte sie ihr vorgespielt, sie habe Freude am Schwimmen, und so lange gebettelt, bis sie mitkam.

Nasse, faulige Laubhaufen, die vom Herbst übrig waren, türmten sich auf der Liegewiese. Tauben pickten nach Würmern und Insekten. Schneewasser bedeckte, brackig vom Chlor, das an den Kacheln klebte, den Grund des Beckens. Die Aussichtsterrasse war mit gräulichem Firn überzogen, unter dem man das Schachbrettmuster der Steinplatten nur noch ahnte. Hier hatten sie gesessen. Nackte Beine, die von hohen Stühlen herunterbaumelten. Eisbecher mit Himbeeren und Sahne. Spucke auf Papierservietten, mit denen die Mutter ihr nachher den Mund abwischte. Tränen, wenn ...

»Hallo, so ein Zufall!«
Sie hatte ihn nicht kommen sehen. Er mußte schon die ganze Zeit hinter ihr gewesen sein und war nun, als sie das Tempo am Opelbad gedrosselt hatte, wie ein Schatten neben ihr aufgetaucht.

»Hallo«, sagte sie, blieb stehen, lief auf der Stelle. *Daß das hier Zufall ist, kannst du deiner Großmutter erzählen.*

»Bei schönem Wetter kann man von hier aus bis Frankfurt sehen«, sagte Grimm und zog gleichmütig die Nase hoch. Sein Jogginganzug war nagelneu, das Gesicht verschwitzt. Also war er Sophie mindestens seit der Wanderhütte gefolgt. »Wir haben einen Deal, schon vergessen?«

Wie könnte sie? Der Schrecken darüber war ständig präsent. Es gab Tage, da dachte sie an nichts anderes. Sie hatte gewußt, daß dieser Moment kommen und Grimm einfordern würde, was ihm zustand. Mehr als einmal war sie versucht gewesen, ihren Vater um Rat zu fragen. Doch die Scham darüber, daß sie diejenige gewesen war, die dem Feind die Kehle hingehalten hatte, war zu groß. *»Wenn Sie weiter Herrschaftswissen wollen, führt der Weg nur über mich. Er könnte steinig sein, aber vielleicht ist es auch eine Autobahn, die direkt in den Himmel führt.«* Sie hatte Grimm ein Angebot gemacht, nicht umgekehrt. Jetzt mußte sie die Konsequenzen tragen. Das hieß, alle Nebelkerzen zu zünden, die in Reichweite waren. *Du wartest zu lange! Er darf nicht mißtrauisch werden! Reiß dich zusammen, vielleicht nimmt er's dir ab!*

Sie fragte: »Fischer?«

»Tja, jetzt wo Sie's sagen ...«

»Ziemlich heiße Nummer, mein Vater hat die Angelegenheit zur Chefsache erklärt.«

»Soweit bin ich auch schon. Aber das dürfte uns doch nicht stören, oder?«

Wäre auch zu einfach gewesen. »Okay ... Die italienische DIA hat bei einer Hausdurchsuchung in Palluccis Villa eine Telefonrechnung gefunden, auf der mehrere Telefonate mit Fischer dokumentiert sind. Es war eindeutig sein Anschluß in der deutschen Botschaft in La Paz.« *Hat er das gefressen? Es ist verrückt. Aber nicht zu verrückt. Und es erklärt sogar, warum er keinen Zugriff mehr auf das Cuevo-Dossier hat.* Sie musterte sein Gesicht. Glatt, fast konturlos. Klatschnasse Haare, die auf der Stirn klebten, die Nase, die sich nachdenklich kräuselte. Diesem Gesicht hatte sie einmal vertraut. Das würde ihr nie wieder passieren.

»Er hat tatsächlich auf Palluccis Lohnliste gestanden?«

»Warum sollten sie sonst miteinander telefoniert haben?«

»Aber wer hat ihn liquidiert?«

»Ein Killer aus Palluccis Cosca.«

»Sicher?«

»Nein. Aber das ist momentan die Theorie.«

»Und Ihr alter Herr hält die Sache unterm Deckel ...«

»Ist doch klar. Erst LeDuc und dann das. Die Presse kann ich mir lebhaft vorstellen.«

»Wenn sie davon erfährt ...«

»Ja, wenn.« *Du wirst es ihr nicht stecken. So blöd bist du nicht!*

»Apropos LeDuc ... Was ist eigentlich genau in Luxemburg passiert?«

»Czarny. Vermutlich war er nicht besonders erfreut, daß LeDuc ihm die Firma auf den Hals gehetzt hat. Er hat seine Rechnung beglichen. Darüber brauchen wir nicht mehr nachzudenken.«

»Und Vandreyke ...?«

Die Masterfrage! Klar, jetzt zittert er vor der Antwort! Keine Angst, du Mistkerl, kannst dich ruhig noch eine Weile sicher fühlen. Hier, ich hab ein leckeres Bonbon für dich, mal sehen, wie's dir schmeckt ...

Sie sagte: »Er arbeitet für das neue Kartell. Definitiv.«

»Aber es wird nicht mehr gegen ihn ermittelt ...«

»Weil das nichts bringen würde. Der Präsident löst das ganz anders, und zwar sehr elegant. Vandreyke fühlt sich seit Luxemburg entlastet und darf wieder mitspielen. Aber er bekommt nur die Informationen, die sich sowieso nicht geheimhalten lassen.« Sie schaffte es, verschwörerisch zu grinsen. »Stellen Sie sich vor, mein Vater hat ihm tatsächlich weisgemacht, daß Cuevo hinter dem Anschlag auf Fasoulas steckt. Nur ein bißchen Geduld. Er zappelt schon im Netz, bloß weiß er's noch nicht.« Das war die Meisterprüfung. Sie hatte einfach Grimm durch Vandreyke ersetzt. Und es ergab einen Sinn.

Grimm nickte. »Kompliment, von Ihrem Vater kann man immer noch was lernen. Übrigens, er weiß, für wen die Lieferung nach Brasilien in Wirklichkeit bestimmt ist. Nicht von mir, soviel ist sicher ...«

Darauf war sie vorbereitet, der Präsident hatte sie instruiert. »Von mir auch nicht. Aber wundert Sie das? Mein Vater ist seit vierzig Jahren im Geschäft. Es erstaunt mich eher, daß er so lange gebraucht hat, um es rauszufinden. Machen Sie sich keine Sorgen. Daß wir beide das ausbaldowert haben, weiß außer uns kein Mensch. Höchstens Krupka. Und der wird es hübsch für sich behalten.« Sie sah auf ihre Uhr. »Entschuldigung, aber ich muß jetzt los.«

»Schade. Ich dachte, wir könnten ...«

»Ja?« *Das auch noch. Treibt er's wirklich so weit?*

»Vielleicht haben Sie Lust, mal mit mir essen zu gehen. Ich kenne ein ganz nettes Restaurant in der Webergasse. Sie mögen doch italienisches Essen, oder?«

Wie jungenhaft er lächeln konnte. Unbekümmert fast. Es war unglaublich, selbst jetzt mußte sie sich zwingen, dieses Lächeln nicht zu erwidern. »Ein andermal vielleicht. Bis dann.« Sie rannte los, diesmal in einem Tempo, dem er, untrainiert wie er war, unmöglich folgen konnte.

Daß sie zweifelsohne ihren Rundenrekord brechen würde, war das eine. Das andere war der Flieger, der in zwei Stunden nach Berlin ging.

Was jetzt kam, war womöglich schwieriger als alles andere zuvor.

Jelena Fasoulas.

Sechs

Die frühklassizistische Villa befand sich am Rand der sogenannten »Berliner Vorstadt«, jener noblen Halbinsel, auf der prominente Schauspieler, arrivierte Modeschöpfer und Geschäftsleute zu Hause waren. Der Garten des zweihundert Jahre alten Palais, das Dimitri Fasoulas Mitte der Neunziger gekauft hatte, reichte bis zur Seepromenade und war, zumindest im Sommer, durch eine dichte Reihe von Erlen gegen neugierige Blicke geschützt. Nach rechts besaß man eine herrliche Aussicht auf die Glienicker Brücke, wo Ost und West zu Zeiten des Eisernen Vorhangs ihre Spione ausgetauscht hatten. Links sah man die Giebeldächer des Schlosses Cecilienhof, hinter dessen Mauern die großen drei, Churchill, Truman und Stalin, im Sommer des Jahres 1945 über das Schicksal des besiegten Deutschlands verhandelt hatten.

In diesem Haus in der Schwanenallee hatte Jelena sich mit dem kleinen Jorgos gleich nach der Ankunft in Berlin-Schönefeld verschanzt. Bereits eine Stunde später hatte das erste Observationsfahrzeug des BKA auf der anderen Straßenseite Stellung bezogen. Was sie zu sehen bekamen, waren heruntergelassene Rolläden, Rauch, der aus dem Kamin quoll – und ein Peugeot, der hier nicht hingehörte. Als Lombardi am nächsten Tag mit Pieper eintraf, hatte sie zuerst nicht glauben wollen, was die Kollegen des MEK, das für die Observation zuständig war, ihnen berichteten: In dem Peugeot saßen ganz eindeutig Männer von Czarny, die sich in Dreierschichten abwechselten. Sie wußten, daß das BKA sie identifiziert hatte, wußten, daß das Haus Tag und Nacht unter Beobachtung stand. Und kümmerten sich einen Dreck darum. Lombardis Kollegen hatten an die Seitenscheibe geklopft, freundlich ihre Hundemarken gezeigt und die Papiere der Russen verlangt. Sie wurden ihnen anstandslos ausgehändigt. Die Pasportij und Visa waren blütenweiß und nicht zu beanstanden. Keiner der Männer stand auf einer Fahndungsliste, hatte eine Vorstrafe, wurde wegen irgend etwas angeklagt.

Czarny, dieser alte Fuchs, hatte einen Schachzug gemacht, dem Pieper und Lombardi notgedrungen Respekt zollen mußten. Frech, sehr frech. Das Spiel, das ablief, war absurd genug, daß es den Meistern des kalten Kriegs, die vor noch nicht allzu langer Zeit auf der Glienicker Brücke ihre lächerlichen Rituale zelebriert hatten, gefallen hätte: Sollten Czarnys Männer Kontakt mit Jelena aufnehmen, so würden die BKA-Beamten es als erste erfahren. Und auch der umgekehrte Fall – eine Kontaktaufnahme durch die Fahnder, würde stante pede nach Omsk berichtet werden, wo Czarny sich, wie sie vermuteten, direkt nach der Ermordung von Fasoulas eingeigelt hatte.

Tatsächlich startete jede Seite einen Versuch. Den Beginn machten Pieper und Lombardi. Sie gingen zur Gartentür, läuteten und zogen wieder ab, als niemand öffnete. Was blieb ihnen auch anderes übrig – sie besaßen weder einen Durchsuchungsbeschluß noch einen Haftbefehl. Dann waren die Russen an der Reihe. Doch sie hatten genausowenig Erfolg. Also begann das Warten von neuem. Warten worauf? Pieper und Lombardi wußten nicht im geringsten, was Jelena vorhatte. Alle Theorien, die diskutiert worden waren, blieben Makulatur, solange sie nicht die Initiative ergriff.

Und das geschah nicht.

Keine Telefonate, klar. Wenn einer der vier Apparate im Haus klingelte, nahm sie nicht ab. Zweimal wurde Essen von einer Pizzeria angeliefert, einmal kam der Bote eines Supermarktes und brachte kistenweise Lebensmittel. Außerdem ließen sich blicken: zwei Zeugen Jehovas, die sich den Weg hätten sparen können, und ein Junge auf einer Vespa, der Werbung vor die Tür warf. Sie wurde in der Nacht vom Wind zerfleddert und über den Vorgarten geweht.

Um 16.09 Uhr des dritten Tages passierte etwas.

Jelena Fasoulas verließ das Haus. Sie hielt Jorgos an der Hand, stieg mit ihm in den Volvo, den sie am Flughafen angemietet hatte, und fuhr los. Reiner Zufall, daß Pieper und Lombardi zu diesem Zeitpunkt vor Ort waren. Sie leiteten zwar die Aktion, beschränkten sich aber auf reines Supervising, während sie die nervige Warterei den Jungs vom MEK überließen.

Die Russen klemmten sich sofort an Jelenas Stoßstange. Pieper und Lombardi ließen sich Zeit. Sie gingen davon aus, daß ihre Zielperson keine großartigen Ortskenntnisse von Potsdam besaß, denn Jelena hatte, wie sie von der Mietwagenfirma wußten, auf einem Fahrzeug mit Navigationscomputer bestanden. Zwei Straßen von ihrem Haus entfernt saßen die Techniker der Staatsschutzabteilung ST in einem mit High-Tech vollgepfropften Van. Sie hatten glasklar mithören können, als Jelena mit einem Druck auf die Kurzwahltaste des Telematicsystems den Serviceman bei ihrem GPS-Provider anrief und das gewünschte Fahrziel angab. Pieper und Lombardi wußten also bereits Bescheid, noch ehe die Routenführung über Satellit auf das Display des Navigationscomputers geschickt wurde.

Es ging zur russisch-orthodoxen Kirche Alexandrowka.

Jelena fuhr in gemächlichem Tempo. Eben wie jemand, der den Anweisungen der sanften elektronischen Stimme folgt, die einem den Weg weist. Als sie in die Mangerstraße einfuhr, hatten Pieper und Lombardi sie und die Russen eingeholt. Nach zwei Kilometern bog der kleine Fahrzeugkonvoi in den Waldweg ein, der steil zu der Kirche emporführte. Sie thronte mit ihren Zwiebeltürmchen und dem orientalisch anmutenden Portal auf einer Lichtung über der Stadt. Wäre Sommer gewesen, hätte sich das Auge an dem saftigen Grün der Parklandschaft ergötzt, die sich bis auf die Berliner Seite des Sees erstreckte. So aber führte der Blick über kahle Baumwipfel, auf denen Krähen hockten, hoch zu einem Himmel, aus dem Schnee fiel, der nicht liegenblieb.

Jelena stieg aus und ging mit Jorgos in die Kirche. Die Russen warteten ab, was das BKA machte. Als sie sahen, daß Pieper und Lombardi nichts unternahmen, blieben sie ebenfalls im Auto. Vielleicht hatten sie Anweisung, die Fahnder nicht zu provozieren. Jedenfalls wurde immer klarer, daß Czarny weniger daran interessiert war, seiner Schwester eine Nachricht zukommen zu lassen, als zu erfahren, ob sie mit dem BKA sprach. Solange dies nicht geschah, war die Welt in Ordnung. Und genau dieser Umstand verriet eine ganze Menge. Zum Beispiel, daß Jelena etwas zu erzählen hatte. Was das sein konnte, war eine andere Frage. Wie auch immer, Pieper und Lombardi waren sich einig, daß Sophie den richtigen Riecher gehabt hatte: Es stand fest, daß zwischen Czarny und seiner Schwester Funkstille herrschte. Sonst würde die ganze Übung nämlich keinen Sinn ergeben. Jelena war gegen den Willen ihres Bruders nach Deutschland geflohen. Sie verfolgte eindeutig einen Zweck damit. Wollte sie Czarny verunsichern? Vielleicht. Hatte sie wirklich vor, mit dem Bundeskriminalamt zusammenzuarbeiten? Falls es so war, verhielt sie sich ziemlich eigenartig. Nun ja, über dieses merkwürdige Spiel konnte man sagen, was man wollte. Langweilig war es jedenfalls nicht.

Lombardi und Pieper starrten auf den kleinen Monitor, der zwischen ihnen auf der Mittelkonsole stand. Das MEK hatte im gleichen Moment, in dem Jelena Fasoulas das Fahrziel eingetippt hatte, einen Kollegen von ST zur Kirche hochgejagt. Ihm war genügend Zeit geblieben, auf dem Altar an der Stirnseite des Gottesdienstraumes eine winzige Digicam zu installieren, die bequem in der rechten Augenhöhle der Madonnenreliquie Platz fand.

Jelena war mit Jorgos allein in dem Raum. Die Fahnder sahen, wie sie sich bekreuzigte. Sie warf einen Geldschein in die Kasse, nahm sich eine Kerze und zündete sie an. Sie ging vor dem Altar auf die Knie und betete. Lombardi glaubte, Tränen auf ihrem Gesicht zu sehen, doch das war eher eine Ahnung als Gewißheit, denn dem Videobild fehlte, da es ein technisches Problem mit dem Zoom gab, die nötige Präzision. Den Zweck der Übung erfüllte es trotzdem: Die Kamera sollte festhalten, ob Jelena die Kirche als toten Briefkasten benutzte und irgendwo eine Nachricht deponierte. Egal, für wen sie bestimmt wäre, jedenfalls nicht für das BKA, denn dazu brauchte sie nur zum Telefonhörer zu greifen.

Genügend Raum für Spekulationen: War womöglich die Kerze eine Botschaft? Oder der Geldschein in der Kasse? Vielleicht hatte sie eine Notiz auf die Banknote gekritzelt ... Das würden sie bald wissen, denn die Jungs vom MEK waren von Lombardi bereits über Funk informiert worden. Sie warteten nur darauf, den Altarraum zu filzen.

Jelena beendete ihr Gebet und verließ die Kirche. Es ging zurück in Richtung Berliner Vorstadt. Diesmal hielten die Russen, die offenbar nicht erwarteten, daß etwas Entscheidendes passieren würde, deutlich Abstand.

»Sekunde, ist das nicht einer von unseren?« fragte Jan Pieper, als sie von der Straße Am Neuen Garten in die Behlertstraße einbogen.

»Wo?« erwiderte Lombardi eher aus einem Reflex als aus Neugierde.

»Links, der blaue Opel.«

Lombardi nickte nur abwesend.

»Hallo, jemand zu Hause?« fragte Pieper und tippte seiner Kollegin mit dem Zeigefinger gegen die Schläfe.

Sie warf seufzend einen Blick auf das Auto, das er ausgemacht hatte. Es stand auf dem Parkplatz vor einem Ausflugslokal am Heiligen See. »Sicher?«

Die zirka dreihundert zivilen Einsatzfahrzeuge des BKA waren selbst für die Fahnder normalerweise nicht zu identifizieren. Die Kennzeichen wurden aus dem sogenannten Achterset rekrutiert, was bedeutete, daß sie zu einem der acht großen deutschen Ballungsräume gehörten. München, Leipzig, Ruhrgebiet und so weiter. In diesem Fall Berlin.

»Die Karre kenne ich«, sagte Pieper. »Guck dir hinten links die Schramme an. Da hab ich mich vorigen Monat beim Einparken verschätzt.«

»Ach?« Jetzt wurde Lombardi doch neugierig.

Pieper hatte das Funkgerät bereits in der Hand. »OA/1635. Fahrzeuganfrage. B-CT-5899. Ist der momentan im Einsatz?«

»Sekunde OA/1635 ... Positiv.«

»Und wer?«

»OA/1611.«

»Danke, verstanden.« Pieper fuhr sich über die Stoppeln seiner Glatze, die er seit zwei Tagen nicht mehr rasiert hatte, und warf Lombardi einen kurzen Blick zu.

»Mach's nicht so spannend!«

»Gregor.«

»Ach nee!«

»Ach doch!«

»Und wie geht's ihm?« fragte Vandreyke.

»Ganz gut«, sagte Sophie. »Er langweilt sich und nervt die Krankenschwestern. Dienstag kommt er raus. Aber ich glaub nicht, daß er so schnell wieder an seinem Schreibtisch sitzt. Wahrscheinlich muß er eine Reha machen.« *Siegfried, wie erschrocken ich war, als ich dich gesehen habe. So dünn, so kraftlos. Du bist dem Tod noch mal von der Schippe gesprungen. Aber derselbe wie vorher bist du nicht mehr.*

Sie saßen ganz hinten vor der großen Glasfront, die zum See wies. Die einzigen Gäste außer ihnen waren Angler, die Stulpenstiefel trugen und ihre Ruten und Reusen an der Garderobe abgestellt hatten. Plastikeimer standen unter den Tischen, in denen Schleie und Zander schwammen. Deutsche Schlager aus der Jukebox. Es roch nach nassem Schilf und frischem Kaffee.

»Warum hast *du* ihn eigentlich nicht besucht?« fragte Sophie.

»Na ja, unser Verhältnis ist ein bißchen kitzlig. Ich glaub, er hält nicht viel von mir, bin ihm wohl zu frech.« Er drückte das Kreuz steif durch, machte einen spitzen Mund und imitierte Siegfried Thom auf das wunderbarste. »Herr Vandreyke! Glauben ist Wissen minus Fakten!«

Sophie lachte. »Den Satz hat er von meinem Vater. Das hat er zu mir schon gesagt, als ich noch ein Kind war. Verstanden hab ich's nicht, aber es klang irgendwie streng und wahnsinnig erwachsen. Da bin ich immer um zwei Zentimeter geschrumpft. Im übrigen liegst du falsch, Siegfried hat dich sehr verteidigt, als ich ... na ja, du weißt schon ...«

Vandreyke nahm ihre Hand. »... als die große Maulwurfjägerin schon ein Auge auf mich geworfen hatte und es nicht zugeben wollte?« Sophie lächelte. Sie wollte antworten, doch Vandreykes Handy meldete sich. »Ja? ... So was nennt man einen freien Tag, nie davon gehört? ... Sekunde.« Er zwinkerte Sophie zu. »Bist du hier?« Sie schüttelte grinsend den Kopf. »Nee, die ist nicht hier«, sagte Vandreyke ins Telefon, »versuch's doch mal auf ihrer Mailbox.« Er feixte, weil Pieper offenbar etwas Schlagfertiges geantwortet hatte. Dann war die kleine Frotzelei beendet, und Vandreyke hörte schweigend zu. »Okay«, sagte er schließlich. »Abwarten und Tee trinken.« Er steckte das Handy wieder weg.

»Irgendwas Neues?« fragte Sophie.

»Sieht nicht so aus. Kleiner Kirchenbesuch unserer Freundin. Hat 'ne Kerze für ihr Kind und ihren Mann angezündet. Jetzt hockt sie wieder im Haus. Die Russen warten. Wir warten. Panta rhei, alles ist im Fluß.«

»Habt ihr die Wanzen installiert?«

»Mußten wir doch gar nicht. Die Jungs von ST haben einfach den ISDN-Anschluß angezapft. In der Villa stehen vier Telefone. Wir haben von außen die Freisprecheinrichtung aktiviert. Damit können wir problemlos alle Räume akustisch überwachen.«

Jetzt staunte sie. »So simpel geht das?«

»Klar. Der dafür nötige Chip ist in jedem Apparat eingebaut, und zwar ab Werk. Auch ihr Handy und die Telematic im Auto haben wir unter Kontrolle. Kein Problem, ein IMSI-Catcher wandelt die digitale Verschlüsselung in Sprache zurück. Egal, wo sie ist, wir hören immer mit. Im ersten Stock hat sie ein Videophon, da kriegen wir sogar ein vernünftiges Bild übertragen.«

»Wie bitte?«

»Hmm. Leider läßt sie sich in dem Zimmer so gut wie nie blicken. Und telefonieren tut sie schon gar nicht.«

»Was ist mit E-Mails über einen PC?«

»Gleiches Kabel wie das Telefon. Wenn sie online wäre, könnten wir fabelhaft die Festplatte anzapfen. Außerdem haben wir ihr Faxmodem heimlich auf Rufumleitung gestellt. Sollte sie Post kriegen, landet die zuerst bei ST. Die geben sie Jan, der liest und schickt das Fax, wenn er will, an Jelena weiter, ohne daß sie was merkt. Aber das ist alles nur graue Theorie. Die Leitung ist so tot wie ein Regenwurm am Angelhaken.«

»Immerhin ein Vorteil gegenüber Czarnys Leuten. Die tappen doch total im dunkeln.«

»Träum weiter. Die Software, die wir benutzen, kann jeder Depp ganz legal im Fachgeschäft kaufen. ›DigitalComSoft‹ nennt sich das gute Stück. Glaub mir, die Russen wissen genausoviel wie wir. Na ja, vielleicht nicht ganz ... Wir haben zusätzlich einen Lolli an ihr Wohnzimmerfenster gepappt. Das Ding ist kleiner als eine Kontaktlinse und transparent wie Tesafilm. Würde dir nicht mal auffallen, wenn du das Fenster putzt.«

»Und was kann es?«

»Die menschliche Stimme erzeugt, selbst wenn man flüstert, feine Schallwellen, die sich als Vibrationen auf die Fensterscheiben übertragen und von dem Lolli aufgefangen werden. Der sendet das Ganze an unseren Van. Dort wandelt ST die Vibrationen in Töne um. Frag mich nicht, wie's geht. Aber es funktioniert.«

»Das kapier ich nicht. Ihr habt doch die Freisprecheinrichtung.« Es war herrlich. Nur ihm konnte sie die Fragen stellen, die sie sich sonst verkniff, um bloß nicht unprofessionell zu erscheinen.

»Ja, aber stell dir vor, sie wäre wirklich bereit, mit einem von uns zu reden«, sagte Vandreyke. »Dann könnten wir die Telefonkabel aus der Leitung ziehen, sozusagen als vertrauensbildende Maßnahme, und trotzdem jedes Wort aufzeichnen. Diesmal allerdings, ohne daß die Russen ihre Lauscher aufstellen.«

Sophie nickte gedankenverloren. Ihr Blick ging nach draußen. Gartenmöbel, die vor sich hinrosteten. Rotdornhecken, voll dunkler Nässe hängend. Dahinter der See, über den der Schnee wehte. Das Wasser war rauh und striemig, wie mit Sandpapier geschmirgelt. Vandreyke winkte dem Ober und tippte auf sein Colaglas: »Noch eine!«

»Der ganze technische Schnickschnack wird uns nichts helfen«, murmelte Sophie. »Die Kirche, die Kerzen ... Sie will uns etwas mitteilen. Aber was? Es liegt direkt vor uns. Wir sehen's nur nicht.«

»Die Katze beißt sich in den Schwanz. Letztendlich geht es immer um die eine Frage: Warum ist sie ausgerechnet hierhergekommen?«

Sophie wandte den Blick vom Fenster ab. Sie rührte in ihrem Kaffee, auf dem die Milchhaut schwamm. »Es gibt keinen Platz auf der Welt, wo sie sich sicher fühlen kann. Das zu wissen, muß entsetzlich sein für die Frau.«

»Dann wäre sie gut beraten, mit uns zusammenzuarbeiten.«

»Und was können wir ihr bieten? Zeugenschutz? Wer will so leben?«

»Mehr kann ihr niemand bieten.«

»Außer ...« Sie führte den Satz nicht zu Ende und schwieg.

»Außer was?«

»Ich weiß auch nicht.« Plötzlich war sie weit weg, auf einem Waldweg in Wiesbaden. »*Hallo, so ein Zufall* ...« Sie wollte etwas sagen, doch Vandreyke kam ihr zuvor.

»Laß uns den Scheiß mal für einen Moment vergessen. Hier ... für dich ...« Er zauberte ein längliches, mit einer hübschen Schleife versehenes Päckchen aus seiner Jacke. Konnte zum Beispiel ein Füllfederhalter sein.

Sophie nahm es vorsichtig in die Hand, als habe das Päckchen einen Aufdruck: *Achtung! Explodiert bei Berührung!*

»Na, mach schon. Ist keine Bombe!« sagte der große Gedankenleser Vandreyke.

Sie behandelte das Geschenk, wie nur Frauen es tun: löste mit langen Fingernägeln den Knoten der Schleife, pulte behutsam das Tesaband ab, entfaltete das Papier, als habe sie die Absicht, es wiederzuverwenden. Vandreyke bestand die Geduldsprobe mit der Gemütsruhe eines Mannes, dem das Procedere unverständlich, wenngleich bekannt war.

Was zum Vorschein kam, war eine nagelneue knallrote Zahnbürste.

Sophie drehte sie hin und her. Ratlos. Große Fragezeichen in den Augen.

»Meine ist blau«, sagte Vandreyke. »So können wir sie nicht verwechseln.«

Selbst jetzt noch brauchte sie einen Moment, bis sie verstand. Vandreyke grinste. Sophie warf sich über den Tisch und küßte ihn leidenschaftlich. Gläser kippten um, sie merkte es nicht. Die Angler, die drei Tische weiter saßen, starrten zu ihnen herüber, tuschelten, lachten dann, es war Sophie egal wie irgendwas. Als sie sich von Vandreyke löste, glühte ihr Gesicht.

»Na ja«, murmelte er, auf einmal verlegen ob der Männerblicke, »wer will schon ewig im Hotel wohnen?« Sophie strahlte ihn an. »Und wart erst mal ab, ob dir meine Bude überhaupt gefällt. Ist vermutlich ein Alptraum für 'ne Frau.«

Es war nicht direkt ein Stichwort. Doch nun, wo es sich nicht mehr vermeiden ließ, mußte sie einfach damit heraus. »Gregor ...«

»Was ist?« fragte er und überspielte die Verwunderung über den plötzlichen Ernst, mit dem sie seinen Namen ausgesprochen hatte. »Du willst mir hoffentlich nicht erzählen, daß du superordentlich bist. Kannst du vergessen, zu mir paßt nur eine richtige Schlampe!«

»Laß den Quatsch! Ich will ja! Wirklich! Nur ... wir sollten uns noch ein bißchen Zeit lassen, okay?« Er schwieg und sah Sophie abwartend an. Sie wußte nicht recht, wie sie es ihm beibringen sollte. *Er ist Profi. Er wird es verstehen, bestimmt wird er das.* »Heute morgen war ich auf dem Neroberg joggen. Grimm ist mir gefolgt. Er wollte Informationen.«

Mit einem Schlag war Vandreyke wieder in der Wirklichkeit. Er wandte den Kopf und fixierte die Männer am anderen Tisch, bis sie die Blicke auf ihre Biergläser richteten. Dann konzentrierte er sich auf Sophie.

»Was heißt das?« flüsterte er.

»Wir hatten einen Deal. Er hat mir die Akte LeDuc gegeben, und ich habe ihn mit Herrschaftswissen versorgt ... Bevor klar war, daß er der Maulwurf ist«, fügte sie hastig hinzu.

»Wofür hat er sich interessiert?«

»Luxemburg. Fischer. Und für dich. Ich habe ihn mit jeder Menge Mist versorgt. Er glaubt jetzt, daß wir dir eine Falle gestellt haben. Weil du der Mann bist, den wir suchen.«

Vandreyke sagte keinen Ton. Die Wut pochte in seinen Schläfen.

»Es wäre besser, wenn ... Vielleicht sollten wir uns für eine Weile, zwei, drei Wochen, nicht zusammen zeigen ... ich meine, privat. Er vertraut mir. Das müssen wir ausnutzen. Vielleicht kann ich was rauskriegen.«

Er schwieg noch immer.

»Ist doch keine große Sache. Ich verabrede mich mal mit ihm, wir gehen was trinken, quatschen ein bißchen, und ...«

»... und dann fickt ihr ein bißchen?«

»Gregor, hör doch ...«

»Nein, *du* hörst zu! Hör mir zu, verdammt! Du hast dich in was reingesteigert und kriegst die Kurve nicht mehr! Grimm geht dich überhaupt nichts an, das erledigt der Alte ganz allein! Halt dich da raus, ist das klar?!«

»Versteh doch! Mein Deal mit ihm hat vielleicht alles ins Rollen gebracht! Ich muß das klären, nur für mich!«

»Hör doch auf! Dir geht's doch gar nicht um den Fall! Dir geht's nur um deine Scheißkarriere, Frau Super-Bundesanwältin in spe! Na los, hau endlich ab und kriech deinem Chef in den Arsch!«

»Du bist ekelhaft! Ekelhafter Scheißkerl!« Sie sprang vom Tisch auf, Tränen in den Augen. So rannte sie nach draußen. Sie fingerte zitternd den Mietwagensensor aus der Handtasche. Stieg ein, knallte die Tür zu und stieß zurück. Es war sein Vorschlag gewesen: »*Wir nehmen zwei Autos, dann sind wir flexibler.*« *Gott sei Dank!*

Vandreyke kam ihr nachgerannt. »Hier, du hast was vergessen!« brüllte er. Er feuerte die Zahnbürste gegen ihre Frontscheibe. Die Plastikhülle zerbrach. Sophie gab Gas, daß die Räder durchdrehten und Kies wegspritzte. Sein wutverzerrtes Gesicht im Rückspiegel war das letzte, was sie sah.

Als Sophie und Vandreyke am Morgen nach Berlin geflogen waren – beide Economy, denn Sophie hatte ihr Businessclass-Ticket aus Solidarität umgetauscht –, hatte es sie kurz gereizt, ihn ein wenig mit seiner Zugehörigkeit zu den »niederen Ständen« zu foppen, die in Vandreykes erheblich geringerem Spesensatz ihren Ausdruck fand. Während Wiesbaden den Fahndern lediglich Hotelzimmer der unteren bis mittleren Kategorie genehmigte, zeigte Karlsruhe sich deutlich großzügiger und muckte selbst dann nicht, wenn seine Staatsanwälte im besten Haus am Platz abstiegen. In diesem Fall war es das Four Seasons. Sophie hatte dem Taxikutscher in Schönefeld mit allergrößter Selbstverständlichkeit das Luxushotel am Gendarmenmarkt als gemeinsames Fahrziel genannt. So als sei es niemals anders gewesen. Darüber wurde nicht gesprochen, ganz einfach. Die Leidenschaft, mit der sie sich sofort nach der Ankunft im Hotelzimmer liebten, hatte das Bett in ein Schlachtfeld verwandelt, das sie erst Stunden später mit wackligen Beinen verließen. Sein Körper, den sie so gerne roch, schmiegte sich an ihren, als sie zusammen duschten. Sie seiften einander ein und liebten sich erneut und saßen danach ermattet auf dem Boden der Wanne, während das Wasser auf sie herabprasselte. Da sagte er, Schaum auf der Nasenspitze, den Kopf gegen ihren gelehnt: »Es ist wichtig. Aber es ist nicht alles. Ich weiß so wenig von dir. Erzähl mir doch was.«

In diesem Moment hatte sie gewußt, daß sie ihn liebte. Immer.

Jetzt, nach der Rückkehr aus Potsdam, riß sie die Tür des Hotelzimmers auf. Sie stopfte seine Klamotten, Zahnbürste und Rasierzeug in seine Reisetasche und ließ einen Pagen kommen, dem sie erklärte, daß Herr Vandreyke leider heute noch abreisen würde und man ihm bitte sein Gepäck geben möge, sobald er das Hotel betrat. *Von mir aus kann er sich ein Zimmer in der letzten Absteige nehmen! Am besten in der Pension zur springenden Zecke!*

Sie zog die Vorhänge zu, legte sich auf das Bett und roch Vandreyke. Da sprang sie wieder hoch, riß mit einem wütenden Handgriff das Laken herunter und kauerte sich auf der blanken Matratze zusammen.

So wurde es Nacht.

Sie erwachte von Babygeschrei aus dem Nebenzimmer. Die Uhr auf dem Nachttisch zeigte 2.20 Uhr. Sophie starrte in die Dunkelheit. Das Kind schrie wie am Spieß. Sicher zwei, drei Minuten lang. Dann wurde es abrupt still. Vielleicht bekam es die Brust. Oder das Schlaflied wirkte.

In diesem Augenblick richtete Sophie sich auf. Sie machte das Licht an und griff nach dem Telefon. Es läutete fünfmal, bis sie Piepers verschlafene Stimme hörte. »Ja?«

»Sophie Wolf. Hören Sie, ich ...«

»Wissen Sie, wie spät es ist?«

»Jelena Fasoulas war gestern in der Kirche. Ist das richtig?«

»Ja. Wenn's Ihnen nichts ausmacht, würde ich jetzt gern weiterpennen.«

»Hat sie ihren kleinen Jungen mitgenommen?«

»Himmelherrgott, ja!«

»Hatten Sie eine Kamera dort? Ich meine, existiert davon eine Aufnahme?«

»Was soll das jetzt? Darüber können wir doch in Ruhe morgen ...«

»Ja oder nein?«

»Ja, verdammt!«

»Und wo ist das Band jetzt? Haben Sie's bei sich?«

»Es ist in Treptow bei der ST.«

»Okay, ich weiß, es ist unverschämt, aber ich brauche es. Jetzt sofort! Können Sie dafür sorgen, daß es auf meinen Laptop gemailt wird?«

»Dort ist niemand um die Zeit. Nur der Lagedienst. Und die kommen nicht ran. Meine Güte, wir haben uns das Band zigmal angeguckt! Da ist nichts, gar nichts! Das können Sie komplett vergessen!«

»Tut mir leid. Ich fürchte, da müssen Sie durch.«

»Warum zum Geier kann Gregor das nicht machen, der ist doch bei Ihnen!«

»Ich frage Sie. Nicht Herrn Vandreyke.«

Pieper fluchte so laut, daß sie den Hörer einen halben Meter vom Ohr weghalten mußte. Trotzdem lernte sie ein paar Kraftausdrücke, die sie noch nicht kannte. Dann hatte er sich ausgetobt.

»Ich bin Ihnen sehr dankbar, wirklich.«

»Sie mich auch!« brüllte er und legte auf.

Sophie ging ins Bad und hielt den Kopf unter kaltes Wasser. Das half. Genauso wie der Roomservice, der ihr eine Packung Gitanes und ein Clubsandwich brachte. Sie schlang die Weißbrothälften, zwischen denen Hühnchen und Mayonnaise pappte, hastig herunter, plötzlich hungrig, so erregt, daß es sie nicht auf dem Stuhl hielt. Sie begann, im Zimmer umherzuwandern. Riß die Vorhänge auf und starrte nach draußen. Die Zwillingstürme des Deutschen und des Französischen Doms waren hell angestrahlt. Nachtschwärmer kamen aus den Cafés und Bars rund um den Platz. Polizeisirenen.

Eine Stunde später meldete ein Signalton, daß das Material angekommen war.

Sophie öffnete die Datei mit ihrem persönlichen Schlüssel und lud sie auf den Bildschirm. Die Auflösung war nicht gerade sensationell, aber gut genug. Sophie schaltete den Ton dazu. Dann ließ sie das Video ablaufen.

Jelena betrat mit Jorgos die Kirche. Sie befand sich permanent im Objektiv. Erst bekreuzigte sie sich. Dann warf sie den Geldschein in die Kasse und nahm die Kerze. Sophie erwartete, daß Jelena sie in den großen Lüster steckte, der an der rechten Seitenwand stand. Doch das tat sie nicht. Sie bückte sich, gab die Kerze ihrem kleinen Sohn und flüsterte ihm etwas zu. Jorgos nickte und ging zu dem Lüster. Er mußte sich auf die Zehenspitzen stellen, um die Kerze mit Mühe in den Halter zu bugsieren. Jelena sah ihm dabei nicht zu. Als wisse sie, daß er schaffte, was nicht selbstverständlich war. Sie blickte starr geradeaus, direkt auf den Altar, ehe sie auf die Knie ging, um zu beten.

In diesem Moment bekam Sophie eine Gänsehaut.

Sie weiß, daß sie beobachtet wird. Irgendwo in diesem Raum ist eine Kamera. Mit Sicherheit vom BKA. Es ist an ihnen, die Nachricht zu lesen. Vielleicht verstehen sie's nicht. Vielleicht aber doch.

Jorgos kam zurück. Er kniete sich neben seine Mutter. Sie legte den Arm um ihn und strich ihm übers Haar.

Weitere zwei Stunden vergingen, in denen Sophie sich die gleiche Stelle wieder und wieder ansah. Sie wollte sicher sein, daß sie keinen Gedankenfehler machte. Aber sie kam jedesmal zu demselben Ergebnis.

Das ist es! Verdammt, das ist es!

Als sie endlich den Laptop ausschaltete, graute bereits der Morgen. Sophie zog die Vorhänge wieder zu und kroch auf die Matratze. Sie lag da und fror und dachte an *ihn* und versuchte sich seinen Körper vorzustellen, in diesem Zimmer, in diesem Bett.

Um 11.50 Uhr hockten Pieper und Vandreyke in dem mit Elektronik gespickten Van zwei Straßen von Fasoulas' Villa entfernt. Um halb elf hatte Sophie sich bei Pieper gemeldet. Er wußte nicht, was sie vorhatte, und konnte nur hoffen, daß es die zwei Stunden, die es ihn in der Nacht gekostet hatte, nach Treptow und wieder zurück zu fahren und zwischendrin das Video zu mailen, wert war. Sophie hatte lediglich angedeutet, sie wüßte einen Weg, an Jelena heranzukommen. Er solle die Techniker von ST sowie das MEK abziehen. Nur er, Lombardi und Vandreyke. Obwohl Pieper keine Ahnung hatte, was geschehen würde, hatte er dieser Entscheidung sofort zugestimmt. Falls Jelena Fasoulas wirklich bereit war, Sophie hereinzulassen, durfte niemand anderes als die Mitglieder von Rubikon zuhören. Denn sollte sie von ihrem Bruder oder ihrem Mann jemals den Namen Krupka gehört haben und ihn nun aussprechen, war das, was sie sorgsam vor den Kollegen verbargen, kein Geheimnis mehr. Also der Super-GAU. Über die Russen, die in ihrem Peugeot herumlümmelten, machte er sich weniger Sorgen. Sophie wußte, daß sie da waren und das Haus akustisch überwachten. Sie würde nichts sagen, das nicht für ihre Ohren bestimmt war.

Die beiden Fahnder saßen schweigend vor der Wand aus Monitoren. Pieper mampfte einen Döner und trank Cola aus der Dose. »Morgen, ja, nein, von mir aus«, das waren so ziemlich die einzigen Worte, die Vandreyke gesprochen hatte, seit er vor einer halben Stunde eingetroffen war. Er rauchte nicht mal. Das machte Pieper wirklich Sorgen.

»Unruhige Nacht gehabt?« fragte er, auf beiden Backen kauend, und justierte den Regler eines der Equalizer.

»Danke, kann nicht klagen.«

»Aha.« Mehr war nicht. Vandreyke hatte keine Lust, Pieper hatte keine Lust, und Lombardi, die, vierhundert Meter von der Villa entfernt, im Eisregen hinter der Böschung am Nordufer des Jungfernsees kauerte, hatte schon gar keine Lust. »Sprechprobe«, hörte sie Piepers Stimme im Ohrstöpsel des Headsets, das unter der Kapuze ihrer Pelerine verborgen war.

»Ihr könnt mich mal. Und zwar kreuzweise!«

»Was sagst du? Wir haben hier 'ne kleine Funkstörung.«

»Das kostet euch 'ne Lage, ihr Arschlöcher!«

»Komisch«, griente Pieper, »ich hab immer noch keinen Empfang.«

Nicht einmal darüber konnte Vandreyke lachen.

Zwanzig Minuten später kam sie. Sie stieg aus ihrem Mietwagen und ging zur Gartenpforte. Niemand reagierte, als sie klingelte. Sophie zog die Pforte auf und ging zum Haus. Pieper und Vandreyke sahen, daß sie etwas aus ihrer Tasche zog und direkt in die Videokamera über der Tür hielt.

Sah aus wie ein Blatt Papier.

»Die Dreier, schnell!« stieß Vandreyke hervor. Da die Türkamera mit dem ISDN-Anschluß gekoppelt war, konnten sie das Bild, das sie erzeugte, auf ihre Monitorwand übertragen und somit dasselbe sehen wie Jelena drinnen im Haus.

Was Sophie hochhielt, war klar und deutlich zu erkennen.

Ein Foto von Jorgos.

Pieper und Vandreyke schauten einander ratlos an. Im gleichen Augenblick hörten sie Jelenas Stimme über die Wechselsprechanlage. »Wer sind Sie?«

»Ich bin Staatsanwältin der Bundesanwaltschaft. Wir ermitteln gegen Ihren Bruder. Und gegen die Organisation, die für den Tod Ihrer Tochter und Ihres Mannes verantwortlich ist.«

Die Tür ging tatsächlich auf. Jelena ließ Sophie hinein.

Die Fahnder waren mucksmäuschenstill. Beide Frauen sprachen englisch.

»Was wollen Sie von mir?« fragte Jelena.

»Zunächst einmal möchte ich Ihnen beweisen, daß Sie mir vertrauen können. Sie wissen, daß Ihre Räume abgehört werden. Aber Sie wissen nicht, wie. Es ist ganz einfach. Über die Telefonanlage. Tun Sie mir den Gefallen und stöpseln Sie alle Apparate aus. Dann haben Sie erst mal Ruhe.«

Pieper glaubte, seinen Ohren nicht zu trauen.

»Ist die wahnsinnig?« zischte er und funkelte Vandreyke an, als sei der für den Schlamassel verantwortlich. Und das war er ja auch, in gewisser Weise. Schließlich hatte er genau diesen Trick Sophie verraten.

»Halt den Ball schön flach. Wir haben immer noch den Lolli am Fenster. Sie weiß das.«

»Woher soll ich wissen, daß Sie die Wahrheit sagen?« fragte Jelena Fasoulas. »Wahrscheinlich gibt es noch mehr Mikrofone hier drinnen.«

»Nehmen Sie sich einen Schirm, wir gehen am besten raus in den Garten. Im übrigen haben Sie recht. Es gibt noch eins. Kommen Sie mal her ... Sehen Sie das hier?« Sophie öffnete das Fenster und riß den Lolli mit einem Ratsch ab. Stille.

Jetzt sackte auch Vandreyke in sich zusammen.

»Schönen Dank auch, Kumpel«, sagte Pieper.

Vandreyke griff resigniert zum Mikro. »Sie sind im Garten. Wir haben keinen Ton. Hast du sie wenigstens im Bild?«

»Einwandfrei«, antwortete Lombardi, die ihre Videokamera in Stellung gebracht hatte. Das Spezialobjektiv war in der Lage, selbst auf diese Entfernung das Muttermal über Sophies Lippe zu fokussieren. »Und wieso habt ihr keinen Ton? Ich schlage vor, daß ihr mal auf den Sechser schaltet. Sie ist vorhin bei mir vorbei, ich hab ihr 'n Mikroport gegeben.« Wenn ihre Kollegen sie jetzt sehen könnten, hätte ihr Grinsen ihnen die Zornesröte ins Gesicht getrieben.

»... obwohl Ihr mächtiger Bruder direkt neben Ihnen stand«,

hörten sie, als sie hektisch den Kanal gewechselt hatten. »Sehen Sie, ich habe mich lange gefragt, was Sie bewogen hat, nach Potsdam zu kommen. Hierher, wo Ihr Bruder sich niemals hintrauen würde. Dabei ist die Antwort ganz einfach: Der Mann, der es fertiggebracht hat, die Panzerlimousine auf Zypern in die Luft sprengen zu lassen, wird überall an Sie und Ihren Jungen herankommen. Egal wo. Und das wird er versuchen, denn er fragt sich dasselbe wie wir: Was, Frau Fasoulas, wissen Sie über die Geschäfte Ihres Mannes und Ihres Bruders?«

Pieper warf einen schnellen Blick auf einen der Monitore. Der Peugeot mit den Russen war im Bild. Der, den sie wegen seiner Sommersprossen »Pünktchen« nannten, telefonierte und gestikulierte dabei wild mit der freien Hand.

Ooch, taub, stumm und blind. Soll ich kommen und pusten?

Jelena schwieg.

Lombardi sah durch ihr Teleobjektiv, wie Sophie sich bückte und einen Ball aufhob, der im nassen Gras lag. Sie wog ihn in der Hand, dann sagte sie: »Ich habe auch eine kleine Tochter. Sie ist zwei Jahre alt. Mein Mann und ich haben sie sehr lieb. Sie ist unser ganzes Glück.«

Vandreyke konnte nicht anders. Er murmelte: »Wer dich unterschätzt, ist nicht bei Verstand.«

»Ich würde nie zulassen, daß ihr etwas passiert. Lassen Sie nicht zu, daß die Mörder Ihres Kindes ungeschoren davonkommen«, sagte Sophie.

»Was haben Sie mir zu bieten?«

»Das, was Sie sich von uns erhoffen. Schutz für Ihren Jungen. Denn nur darum geht es Ihnen. Sagen Sie uns, was Sie wissen, dann verspreche ich Ihnen, Sie sind nicht umsonst nach Deutschland gekommen. Ich garantiere persönlich für seine Sicherheit. Sie haben mein Wort.«

»Diesen Satz habe ich schon einmal gehört«, sagte Jelena. »Zehn Tage bevor mein Mann und mein Kind ... meine Olinka ...« Sie brach schluchzend ab. Die Fahnder hörten, wie sie sich schneuzte. Wahrscheinlich hatte Sophie ihr ein Taschentuch gegeben. Als sie weitersprach, war ihre Stimme so leise, daß Pieper den Regler bis zum Anschlag hochfahren mußte, um etwas zu verstehen.

»Dimitri hat mit meinem Bruder telefoniert. Ich weiß nicht, worum es ging, aber sie sprachen von einem Mann, der für ihre Sicherheit garantieren würde. *Sicherheit*, was ist das Wort noch wert?«

»Es ist vier Tage her, daß die Bombe explodiert ist. Hat Ihr Bruder Sie auch nur einmal angerufen? Nein, hat er nicht. Sie haben niemanden, Frau Fasoulas. Nur uns. Wir sind die einzigen, die sich um Sie kümmern können. Glauben Sie mir: Ihrem Bruder sind Sie ganz egal, der schert sich einen Dreck um Sie. Er wird Ihnen nicht helfen. Denn Sie sind eine Bedrohung für ihn. Seine Männer hocken Tag und Nacht vor Ihrem Haus. So viel Angst hat er vor Ihnen.«

Stille.

»Ihr Mann und Ihr Bruder waren viele Jahre lang Partner. Sie haben sicher oft zusammengesessen und über ihre Geschäfte gesprochen. Manches werden Sie belauscht haben, anderes hat Ihr Mann Ihnen vielleicht anvertraut ... Mich interessiert ein einziger Name. Ich spreche ihn nur einmal aus. Denken Sie gut nach, und sagen Sie mir dann, ob er in den letzten Wochen gefallen ist.«

Drei Menschen hielten den Atem an. Pieper, Vandreyke und Lombardi.

»Franz Krupka«, sagte Sophie.

Schweigen.

Dann hörten sie wieder Jelenas Stimme. »Nein, tut mir leid.«

»Was wissen Sie sonst?«

Der kurze Traum vom langen Glück. Abgehakt.

»Da ist ein Deutscher. Kein Name. Sie haben sich mit ihm getroffen. In Paris. Am 8. Januar. Ich erinnere mich genau, weil es unser Hochzeitstag war. Dimitri hat mich aus Paris angerufen.«

»Worum ging es?«

»Ich weiß nicht. Aber Dimitri war sehr wütend, als er zurückkam. Er hat danach oft mit Anton telefoniert. Ich glaube, es hatte etwas mit Südamerika zu tun.«

»Wieso?«

»Dimitri sagte, er müßte vielleicht schon bald wieder verreisen. Nach La Paz.«

»Sonst wissen Sie nichts?«

»Nein.«

»Es muß Konten geben. In der Schweiz, in der Karibik oder in Liechtenstein ...«

»Davon weiß ich nichts. Dimitri hat mit mir nie über Geld gesprochen. Ich weiß nicht mal, ob es ein Testament gibt.«

Es dauerte lange, bis Sophies Stimme wieder aus den Lautsprechern drang. »Das reicht nicht, Frau Fasoulas. Sie müssen mir mehr bieten. Ich bin sicher, das können Sie. Sie wären niemals hier, wenn Sie nicht eine Information für uns hätten, die den Schutz Ihres Sohnes rechtfertigt.«

»Das wird nichts«, murmelte Pieper. »Sackgasse. Aus, vorbei.«

Doch Jelena belehrte ihn eines Besseren. »Dimitri hat immer gesagt: ›Uns kann nichts passieren. Saizew und dein Bruder sind beim BND.‹«

Atemlose Stille.

Es war nicht das, was sie hatten hören wollen.

Es war genaugenommen das Gegenteil.

Die Hauptstadt-Kopfstelle des BKA befand sich in einem ehemaligen Kasernengelände am Treptower Park, im gleichnamigen Bezirk der Hauptstadt. Der Präsident besaß hier ein zweites Büro, wo er sich in der Regel ein-, zweimal die Woche aufhielt. Zum Beispiel an diesem Tag. Als Sophie mit den Fahndern aus Potsdam eintraf, begab er sich sofort mit ihnen in den abhörsicheren Raum im zweiten Stock. Ein Faradayscher Käfig, der allgemein »die Glocke« genannt wurde. Sie war spartanisch eingerichtet. Besprechungstisch mit Stühlen. Betonboden und Betonwände. Neonlicht.

Gut eine halbe Minute war vergangen, seit Lombardi das Tonband ausgeschaltet hatte. Noch immer sagte niemand ein Wort. Jelenas letzter Satz war nicht mißzuverstehen, nicht interpretierbar, auf gewisse Weise endgültig wie die Diagnose eines Onkologen. *Es tut mir leid. Sie leiden an BND. Und dagegen gibt es keine Therapie.*

Lombardi, Pieper, Broszat, Vandreyke und Sophie. Jeder von ihnen wußte, daß der Präsident mit dem Chef des Bundesnachrichtendienstes eng befreundet war. Sie versuchten sich vorzustellen, was Jelenas Geständnis für Wolf bedeutete. Er war mit Sicherheit tief erschüttert. Doch man sah es ihm nicht an. Andererseits: War es wirklich ein *Geständnis* gewesen? Solange die Information nicht verifiziert war, handelte es sich um eine reine *Behauptung*. Vielleicht war das der Strohhalm, an den er sich klammerte.

»Also gut«, sagte Wolf schließlich, »lassen wir die Pointe beiseite. Was haben wir erfahren? Und was war davon neu?«

Pieper begann. »Ob es sich bei dem Chef des neuen Kartells um Krupka handelt, ist nicht verifiziert. Jedenfalls war er nicht der Mann, mit dem Czarny und Fasoulas sich in Paris getroffen haben.«

»Was macht Sie da so sicher?«

»Jelena wußte den genauen Tag«, sagte Lombardi. »Wir haben das abgecheckt. Krupka war zu der Zeit in Lissabon. Daran läßt sich nicht rütteln.«

»Das bedeutet gar nichts. Nur, daß er jemanden hat, der für das Tagesgeschäft zuständig ist«, warf Vandreyke ein.

»Ja, aber man beachte das Datum! 8. Januar, an dem Tag hat Fasoulas dich angerufen und dir das Treffen in Paris vorgeschlagen«, sagte Sophie. Seltsamerweise gelang es ihr, absolut geschäftsmäßig mit Vandreyke umzugehen. Nicht polemisch, ohne jeden Unterton, einfach nur sachlich. Es kostete Kraft. Aber es war möglich. »Schwer zu glauben, daß diese Koinzidenz Zufall war. Krupkas Unterhändler hat ihm gesteckt, daß du von der Firma bist. Und von wem konnte er das wohl wissen?«

Niemand wollte ernsthaft darauf antworten.

Broszat meldete sich zu Wort. »Dann die Rückkehr aus Paris. Jelena Fasoulas sagt, daß ihr Mann sehr wütend war und mehrmals mit Czarny telefoniert hat. Es ging um eine Reise nach La Paz. Daraus folgt erstens, daß das Gespräch nicht zur beiderseitigen Zufriedenheit verlief, was wohl bedeutet, daß Krupkas Mann die Preise drücken wollte. Zweitens erschien Fasoulas und Czarny die Situation bedrohlich genug, um Cuevo einzuschalten.«

»Waren sie in La Paz? Nein«, sagte Pieper. »Ich glaube eher, sie haben abgewartet. Zehn Tage vor Fasoulas' Tod hat das Kartell sich wieder bei ihnen gemeldet und für ihre Sicherheit garantiert. Das tut man nicht, wenn alles in Butter ist und man einen Geschäftsabschluß anstrebt. Die standen kurz vor einem Krieg. Und vermutlich kriegt Krupka den jetzt.«

»Was ist mit Jelena Fasoulas? Will sie mit ihrem Jungen ins Zeugenschutzprogramm aufgenommen werden?« fragte Wolf.

»Ich weiß es nicht«, sagte Sophie. »Sie hat sich dazu nicht eindeutig geäußert. Auf jeden Fall besteht sie darauf, vorerst in der Villa zu bleiben. Sie weiß, daß wir in der Nähe sind. Ich glaube, das beruhigt sie ein bißchen.«

»Was haben wir vor Ort?«

Vandreyke antwortete: »Einen Trupp MEK. Lückenlose Observation. Die Russen haben sich verkrümelt. Czarny weiß jetzt, daß der Kontakt stattgefunden hat. Vermutlich wird er verrückt bei dem Gedanken, daß seine Schwester mit uns zusammenarbeiten könnte.«

»Das Haus wird nicht mehr abgehört?«

»Nein. Diese Option mußten wir opfern.« Dabei sah Vandreyke Sophie nicht an.

Wolf wartete. Doch niemand sagte ein Wort. Als seien sie Trappisten, die ein Schweigegelübde abgelegt hatten. Ohne daß es ihnen wirklich bewußt war, schauten alle auf Vandreyke.

Er wußte, daß es an ihm war. Und er hatte beileibe nicht vor, sich zu drücken. »Czarny und der BND. Müssen wir das ernst nehmen?«

Bedachtsam sagte Wolf: »So etwas behauptet man nicht nur. Ich gehe davon aus, daß Jelena Fasoulas die Wahrheit gesagt hat.«

»Weiß Boehnke von den Ermittlungen gegen Czarny?« fragte Vandreyke.

»Ja, sicher. Czarny, Cuevo, LeDuc. Seine Aufklärung arbeitet uns permanent zu. In das meiste ist er eingeweiht. Abgesehen von unserem Verdacht gegen Krupka natürlich. Daß Czarny als V-Mann für die Schlapphüte arbeitet, ergibt sogar Sinn. Wenn ich an dessen Kontakte denke ... Sie würden so manchen Erfolg erklären, den der BND in den letzten Jahren an seine Fahne heften durfte.«

»Was ist mit diesem Saizew?« fragte Pieper. »Ich habe ihn in der BIVAS-Datei gesucht, aber nichts gefunden.«

»Vielleicht ein Deckname«, sagte Broszat.

»Vergessen wir Saizew mal. Kann Boehnke uns in die Quere kommen?« Das war Sophie.

»Theoretisch ja. Er könnte unsere Ermittlungen durch das Kanzleramt sperren lassen. Mangoldt wäre sein Ansprechpartner. Natürlich müßte er das begründen. ›Übergeordnetes staatliches Interesse‹, etwas in der Art. Aber wenn er das wollte, hätte er es vermutlich bereits getan.«

»Vielleicht will er nur die Pferde nicht scheu machen. Czarny wird auf der ganzen Welt gesucht. Jetzt wissen wir, daß er auf der Lohnliste des BND steht. Wenn ich ein Kerl wäre, würde ich sagen: Wir haben deinen Freund Julius mit heruntergelassener Hose erwischt. Wem gefällt das schon? Wenn du ihm sagst, was wir wissen, wird er reagieren müssen. Falls er wirklich die Macht hat, Czarny zu schützen, gehen wir ein hohes Risiko ein.«

Wolf quetschte tatsächlich ein schwaches Lächeln hervor. »Frau Staatsanwältin, das haben Sie sehr schön gesagt. Und durchaus richtig. Ich werde darüber nachdenken.« Er drückte seine Partagás aus, die bis auf einen daumennagelgroßen Stummel abgebrannt war. »Herr Pieper, Frau Broszat, Sie wissen, daß in wenigen Tagen der bolivianische Staatsbesuch beginnt. Möglicherweise wird es zum Kontakt mit Krupka kommen. Ich habe daher beschlossen, zwei der Personenschützer, die wir dem Präsidenten und seiner Entourage zur Verfügung stellen, durch Mitglieder von Rubikon zu ersetzen. Dabei habe ich mich für Sie entschieden. Ich muß Sie nicht extra daran erinnern, daß der Auftrag mehr als delikat ist und Fingerspitzengefühl erfordert.«

Pieper und Broszat nickten stumm.

So ging man auseinander. Als Sophie auf dem Parkplatz in ihr Auto steigen wollte, sah sie Vandreyke. Er stand mit Pieper zusammen. Sie blickten zu ihr herüber. Vandreyke sagte etwas. Pieper schlug sich mit der flachen Hand gegen die Stirn, drehte sich um und ging. *Was heißt das? Bin ich bescheuert oder er?* Pieper schien sich festgelegt zu haben. Er startete seinen Wagen, fuhr in Richtung Schleuse und stoppte neben Sophie.

Das Seitenfenster wurde heruntergefahren. »Darf ich Ihnen in aller Freundschaft was sagen?« *Aha. Jetzt kommt's!* »Gestern nacht hätte ich Sie umbringen können. Sie sind schuld, daß ich nur drei Stunden geschlafen habe. Aber eins ist sicher: Sie sind die beste Staatsanwältin, die ich hier in vierzehn Jahren erlebt habe. Und Gregor ist ein Idiot.« Er tippte mit dem Zeigefinger an eine imaginäre Dienstmütze, dann gab er Gas.

Sophie sah ihm sprachlos hinterher. Als sie den Kopf wandte, war Vandreyke verschwunden.

Dafür kam Lombardi auf sie zu. »Können wir kurz reden?«

»Worum geht's?«

»Außer mir hat noch niemand das Video gesehen, das ich von Ihnen und Jelena Fasoulas gemacht habe. Doch das wird nicht so bleiben ...«

»Ich habe keine Ahnung, was Sie meinen.«

»Ich denke, doch. Als Sie zurück im Haus waren, haben Sie Jelena etwas zugesteckt. Ziemlich geschickt, da will ich nicht meckern. Sie wußten ja, daß drinnen keine Kameras waren und niemand mithörte, denn den Mikroport hatten Sie vorher deaktiviert. Zu dumm, daß Sie das Fenster vergessen haben. Sie mußten die Jalousie hochziehen, um Jelena den Lolli auf der Scheibe zu zeigen. Ich hab 'ne ziemlich gute Kamera dabeigehabt. Trotzdem mußte ich es mir dreimal ansehen und das Bild extrem vergrößern, bis ich erkannt habe, was es war.«

Scheiße. Und was jetzt?

»Sie haben ihr ein Handy gegeben. Ich vermute, es ist nicht registriert. Oder sogar satellitengesteuert?«

»Das nicht. Aber es wäre mir lieb, wenn es unter uns bliebe.«

»Ich wüßte gerne, was der Zweck der Übung ist.«
»Ich möchte mit ihr in Kontakt bleiben, ohne daß jemand mithört. Ich weiß, das hört sich merkwürdig an, und ich kann Sie nur bitten, mir zu vertrauen. Es sollte möglich sein, diese Sequenz zu löschen. Davon wissen nur Sie und ich. Wenn es soweit ist, werden Sie den Grund erfahren. Einverstanden?«

Lombardi schwieg.

»Ich mache Ihnen einen Vorschlag: Schneiden Sie den Teil raus und verwahren Sie ihn sicher. Sollte ich Ihr Vertrauen enttäuschen, dürfen Sie mich in die Pfanne hauen.«

»Das werd ich, verlassen Sie sich drauf.« Lombardi ging zurück ins Haus.

»Vielleicht können wir mal einen Wein zusammen trinken?« rief Sophie ihr hinterher.

Lombardi drehte sich nicht mehr um. Sie hob nur kurz die linke Hand.

Heißt das: Ja?

Exakt in dem Moment, als Sophie den Motor ihres Wagens startete, blickte Wolf auf den Videomonitor, der auf seinem Schreibtisch stand.

Julius Boehnke trug ein kurzärmliges Hemd, keine Krawatte und wirkte absolut entspannt. »Hallo, Richard! Na, immer noch so beschissenes Wetter in Deutschland?«

Er hielt sich in Nairobi auf, wie Wolf von dem Sekretariat des BND-Präsidenten erfahren hatte. Ein Routinetreffen mit seinem kenianischen Amtskollegen und fraglos eine der angenehmeren Dienstreisen. Zwei Safaritage waren bei solchen Anlässen immer drin, das wußte Wolf aus eigener Erfahrung. Boehnke war passionierter Jäger, sicherlich hatte man in der Masai Mara einen kapitalen Springbock für ihn reserviert.

»Wann bist du wieder in Berlin?« fragte Wolf.

»In vier Tagen, warum?«

»Ich muß dich sprechen.«

»Kannst du doch. Die Leitung ist kryptiert.«

»Nicht kryptiert genug. Ruf mich an, wenn du zurück bist.«

Boehnke war hellhörig geworden, insistierte aber nicht. »Montag um elf Uhr bei mir?«

»Einverstanden.«

Kein Blick in seinen Terminkalender, keine Rückfrage bei seiner Sekretärin. Da wußte Boehnke, daß die Hütte brannte.

Am frühen Montagmorgen landete der Airbus des bolivianischen Staatspräsidenten in Schönefeld. Eine Militärkapelle hatte Position bezogen und spielte einen zackigen Marsch, als Alfredo Gutierez und seine Gattin die Gangway herunterstiegen. Miguel de la Peña folgte ihnen an der Spitze der Entourage. Ein roter Läufer war ausgerollt worden. Die Experten der Sicherungsgruppe hatten ihn bereits tags zuvor ausgemessen und anhand der Körpergröße von Frau Gutierez die Schrittlänge des Präsidenten bestimmt, so daß sie bis auf die Sekunde genau wußten, wie lange er brauchen würde, um Bundeskanzler Hettmer zu erreichen, der ihn am Ende des Cours d'honneur erwartete.

Diese Information war wichtig für die Scharfschützen des BKA auf dem Dach des Flughafengebäudes. Daß sie dort überhaupt in Stellung lagen, war mehr als ungewöhnlich. Man hatte Gutierez – den Repräsentanten eines Dritte-Welt-Landes! – auf Drängen Wolfs in die Sicherheitskategorie I eingestuft, was einen Aufwand erforderte, der sonst nur dem amerikanischen Präsidenten und dem israelischen Staatschef zuteil wurde. Das dem Kanzleramt gegenüber zu begründen, war Wolf leichtgefallen, denn er hatte lediglich darauf verweisen müssen, daß Gutierez als mutmaßliche Marionette von Cuevo auf der Todesliste etlicher europäischer Mafiaorganisationen stand und mit einem Anschlag auf ihn gerechnet werden mußte.

Natürlich war das nur die offizielle Lesart. Hauptsächlich wollte der Präsident dafür sorgen, daß Gutierez keinen Schritt machen konnte, ohne daß Rubikon davon erfuhr. Für die Berliner Autofahrer bedeutete es nichts anderes als ein Tag im Verkehrschaos. Ganze Straßenzüge waren abgesperrt worden. Man hatte die Abwasserkanäle mit Teleskopen überprüft sowie sämtliche Gullydeckel auf der Strecke zwischen dem Flughafen und dem Gästehaus der Regierung zugeschweißt. BGS-Helikopter kreisen über der City, drei Ambulanzwagen standen für den Ernstfall bereit.

Jan Pieper und Ines Broszat trugen als Erkennungszeichen der Sicherungsgruppe die SG-Nadel mit dem BKA-Emblem auf silbernem Grund, hatten dazu das obligatorische Mikrofonkabel im Ohr und standen zusammen mit ihren Kollegen, gut sechzig an der Zahl, vor der schier endlosen Reihe von Panzern, die abseits der Militärkapelle warteten. Das blecherne Scheppern der Pauken und Trompeten wurde vom Wind zu ihnen geweht.

Broszat schob ihre verspiegelte Sonnenbrille auf die Nasenwurzel. Sie trug besondere Verantwortung, denn Wolf hatte sie der SG-Leitstelle in Treptow als Meldekopf zugeteilt, was bedeutete, daß die einzelnen Kommandoführer ihr ein permanentes Bewegungsbild der bolivianischen Delegation zu liefern hatten.

Sie deckte ihr Revers-Mikro ab und flüsterte grinsend: »Ich glaube nicht, daß Gutierez so einen Aufwand schon mal erlebt hat.«

»Ich auch nicht, wenn ich ehrlich bin«, antwortete Pieper. Im Gegensatz zu Broszat, die zwei Jahre in der Sicherungsgruppe gedient hatte und darum die Aktion offiziell leitete, war ihm das Spektakel, das mit solchen Staatsbesuchen einherging, fremd und, wie jedem normalen Bürger, mehr oder weniger nur aus den Nachrichten bekannt. Das hieß natürlich nicht, daß er sich in den Einsatztechniken, in denen die Sherpas trainiert wurden, nicht auskannte, denn Pieper hatte im Laufe der Jahre an etlichen Lehrgängen teilgenommen, um für eine eventuell erforderliche verdeckte Aktion gerüstet zu sein. Sein Wissen in bezug auf das Kommende bewegte sich also ungefähr auf dem gleichen Level wie die Kenntnisse eines Eunuchen über den Sexualakt: Im Prinzip war alles klar, von der Praxis hatte er keine Ahnung.

»Übrigens«, sagte Broszat, »ich hab den Alten gebeten, mir jemand anderen zuzuteilen. Ich will nur, daß du's weißt.«

»Bild dir nichts drauf ein«, konterte Pieper. »Ich hab's genauso gemacht.«

Beide lächelten ganz leicht und blickten dabei stur geradeaus. Die Affäre, die sie gehabt hatten, lag lange zurück. In Broszats Heimatstadt Köln hätte man es als »Fisternöllchen« bezeichnet, nichts Ernstes also, eher ein vierwöchiges Intermezzo, das auf einer feuchtfröhlichen Weihnachtsfeier seinen Anfang genommen hatte. Ihre Freundschaft hatte das halbe Jahr, das sie sich nach der Trennung aus dem Weg gegangen waren, überstanden. Bloß, daß es sie ab und zu juckte, mit der alten Geschichte zu kokettieren. *Wie bei einem Eichhörnchen*, dachte Broszat. *Man weiß schon vorher, daß es einen beißen wird, aber man versucht trotzdem, es zu streicheln.*

Sie sahen, daß das Ehepaar Gutierez den Bundeskanzler erreicht hatte. Hettmer begrüßte die Präsidentengattin, eine elegante Dame in den Fünfzigern, mit einer tiefen Verbeugung, ehe er breit lächelnd Gutierez die Hand quetschte und als Ausdruck seiner besonderen Freude gleichzeitig die Schulter des Staatsgastes umfaßte. Wenn man es nicht besser wüßte – man mochte glauben, die beiden Männer würden sich aus der Buddelkiste kennen.

Gutierez erwiderte die verblüffend herzliche Geste des Bundeskanzlers mit sichtlichem Behagen. Er war ein zartgliedriger Mann von Anfang Sechzig, dessen Gesicht ebenmäßige aristokratische Züge aufwies. Die Haare waren dunkel und von feinen weißen Strähnen durchzogen. Klassisches Profil. In einem Hollywoodfilm hätte man ihn als Patriarchen besetzt.

Es machte den Eindruck, als wolle Hettmer die Hand seines Gastes bis in alle Ewigkeit festhalten. »Señora Gutierez, Herr Staatspräsident, ich darf Sie herzlich in der Bundesrepublik Deutschland begrüßen! Natürlich freut es mich besonders, daß Berlin die erste Station Ihrer Europareise ist!«

De la Peña stand dicht neben Gutierez und übersetzte. Der Präsident lächelte, regelrecht erleichtert, als Hettmer endlich losließ. Er antwortete auf spanisch und sah dem Kanzler dabei freundlich in die Augen. Wieder war es an de la Peña, den Dolmetscher zu spielen. »Präsident Gutierez bedankt sich für den herzlichen Empfang. Er freut sich bereits auf die kommenden Tage, die sicherlich mit anregenden Begegnungen und ebensolchen Gesprächen ausgefüllt sein werden. Mögen sie für beide Seiten von Nutzen sein!«

»Das hoffe ich ebenfalls!« Hettmer wies auf die Ehrenformation der Bundeswehr, die zum Spalier angetreten war.

SIEBEN

Julius Boehnke war seit vierzehn Jahren, drei Monaten und vier Tagen Präsident des Bundesnachrichtendienstes, und das war, wenn man seine Biographie betrachtete, keineswegs selbstverständlich.

Er hatte als junger Mann Sinologie und Arabistik studiert und dazu eine erstaunliche Anzahl an Semestern gebraucht. Sein Abschluß war nur mittelmäßig gewesen, was dazu führte, daß er an den Absagen, die er sich von Universitäten und Verlagen einhandelte, fast verzweifelte. Seine Frau war mit ihrer ersten Tochter schwanger, und Boehnke hielt die kleine Familie mit Aushilfsjobs über Wasser, von denen Taxifahren noch der beste war. Als er hörte, daß der BND Sprachexperten zur Übersetzung von Dokumenten suchte, überlegte er nicht lange. Er bewarb sich, wurde angenommen, und sie zogen nach München-Pullach, wo damals das Amt seinen Sitz hatte.

Das Gelände in der Heilmannstraße hatte viele Jahre zuvor Rudolf Heß gehört. Es war ein richtiges kleines Dorf, beschützt von einer hohen Mauer, mit eigener Schule, mit Geschäften, Kindergärten, einer Krankenstation und einem wunderschönen, gepflegten Park, in dem es sogar einen Rosengarten gab.

Boehnkes Frau war im siebten Himmel. Ihr Mann saß in der Abteilung III (Auswertung) und bekam auf den Tisch, was die Agenten in China, Nordkorea oder dem Sudan beschafft hatten. Schon nach kurzer Zeit fielen seinen Vorgesetzten sein fotografisches Gedächtnis und seine Intelligenz auf, und er wurde gefragt, ob er nicht in den Außendienst wechseln wolle. Boehnke hatte zwar nie auch nur im Traum daran gedacht, einmal Spion zu werden, aber die Aussicht auf ein Leben ohne Stechuhr, ohne vertrocknete Büropflanzen und ohne Kantinenessen war so verlockend, daß er beschloß, ins kalte Wasser zu springen und den Job anzunehmen.

Es war eine interessante Arbeit, die es ihm ermöglichte, die Sprachen, die er beherrschte, mit Lust anzuwenden. Seine Frau begleitete ihn auf fast allen seinen Stationen, sie liebte das Reisen und die fernen Länder.

Boehnke war »legaler« Spion in Peking, in Pjöngjang, in Kairo und in Bagdad, was bedeutete, daß er, unter dem Deckmantel einer konsularischen Tätigkeit und mit diplomatischer Immunität versehen, von der deutschen Botschaft aus operierte. Er stellte fest, daß es auch an seinem neuen Arbeitsplatz Büropflanzen und Kantinenessen gab, doch hier, fern von der lähmenden bayerischen Gemütlichkeit, störte es ihn nicht. Er bewährte sich bei der Führung von Spitzenagenten und der Anwerbung von neuen, unter denen ein hochrangiger Beamter im chinesischen Verteidigungsministerium war, der Informationen lieferte, um die der BND von der CIA beneidet wurde. Julius Boehnke war ohne Zweifel ein Topmann. Als er Jahre später ein »Illegaler« wurde und verdeckte und riskante Operationen in Vietnam und Kambodscha durchführte, erwies er sich endgültig als einer der besten Außendienstleute, die Pullach je gehabt hatte.

Zwar kam er von seinen Einsätzen immer wieder heil zurück, doch an seinem vierzigsten Geburtstag meinte seine Frau, daß es Zeit sei, ein weniger aufregendes Leben zu führen. Boehnke fand, daß sie recht hatte. Er ging zurück nach Pullach und wurde Referatsleiter in der geheimen Abteilung GLADIO, deren Aufgabe es war, im Kriegsfall hinter den feindlichen Linien zu operieren. Spätestens als er Chef der Operativen Aufklärung wurde, zweifelte niemand mehr daran, daß sein Weg ganz nach oben führen würde.

Als man ihn schließlich zum Präsidenten des BND ernannte, war er auf diesem Sessel der erste Frontmann. Er hatte Leidenschaft für das, was er tat, verlangte von seinen Mitarbeitern nichts, was er nicht von sich selbst verlangt hätte, und doch waren sein hitziges Temperament und seine Strenge gefürchtet.

Julius Boehnke blickte aus dem Fenster seines Amtszimmers.

Er sah, daß die beiden Panzer mit TUAREG in der Schleuse standen, wo sie warten mußten, bis die Stahlblöcke, die verhindern sollten, daß ein Selbstmordattentäter den Sicherheitskordon durchbrach, in der Grube versanken. In diesem Moment dachte er an die vielen Jahre, die Wolf und er sich kannten. Sie waren Weggefährten. Und sie waren Freunde. Der BKA-Präsident hatte am Telefon nicht gesagt, was ihn bewogen hatte, auf diesen Besuch zu drängen. Doch Boehnke wußte es auch so. Der Gedanke an das Gespräch, das ihm nun bevorstand, hatte ihn fünf Tage lang gequält wie ein Nierenstein, der nicht abgehen wollte.

Nun, der Doktor war jetzt eingetroffen. Die Behandlung würde schmerzhaft werden.

Als Wolf sein Amtszimmer betrat, versuchte Boehnke es zunächst mit einem kleinen Scherz. »Was ist denn mit dir los?« fragte er mit einem Lächeln, das ihn weiß Gott mehr Kraft kostete als die Thomson-Gazelle, die er in der Masai Mara geschossen und auf seinen eigenen Schultern stolz zum Jeep getragen hatte. »Du siehst aus, als könntest du einen anständigen Whiskey gebrauchen! Kein Problem, ich hab was Gutes aus Kenia mitgebracht.« Das war bemerkenswert, denn Boehnke hatte bekanntermaßen seit dem 9. November 1989 keinen Tropfen Alkohol mehr getrunken.

»Den heb dir gut auf. Ich denke, du wirst ihn gleich nötiger haben als ich!«

»Also gut«, sagte Boehnke mit einem Seufzer. »Ich weiß, warum du hier bist. Czarny arbeitet seit den Achtzigern als V-Mann für uns. Er hat unglaubliche Beziehungen. Wir wären dumm, wenn wir sie nicht nutzen würden.«

»Und womit verdient er sein Geld?«

»Die einen sagen so, die anderen sagen so ...«

»Du hast im BMI neben mir gesessen!« brüllte Wolf, dem vor Wut die Stimme zitterte. »Direkt neben mir und hast kein Wort davon gesagt! Wie einen dummen Jungen hast du mich behandelt, du alter Sausack!«

Boehnke blieb ruhig. »*Das* wirfst du mir vor? Ich darf dich daran erinnern, daß wir nicht allein waren. Glaubst du ernsthaft, ich würde gegenüber dem Innenminister und dem BfV unsere Quellen offenlegen?«

»Im Fahrstuhl waren wir allein! Und nicht nur da! Das ist eine halbe Ewigkeit her, so lange hast du Zeit gehabt, mir davon zu erzählen! Einen Scheißdreck hast du!«

Boehnke ging zum Fenster. Über das baumbewachsene Rondell fegte der Wind so stark, daß die Äste sich bogen und nach jeder Böe regelrecht zurückschnellten. »Weißt du, als ich noch ein Steppke war, hatte ich einen Onkel. Ein Riesenkerl, über zwei Meter groß. Jedesmal, wenn er zu Besuch kam, hat meine Mutter *auf* den Schränken Staub gewischt, weil sein scharfes Auge gefürchtet war. Du bist zwei Köpfe kleiner als er, aber auf seltsame Weise hast du mich immer an diesen Onkel erinnert. Als wir *ihn* mal besuchten und die Erwachsenen in der Stube saßen, bin ich heimlich in die Küche geschlichen und habe mich auf einen Stuhl gestellt. Du wirst es nicht glauben, aber auf *seinen* Schränken war mehr Dreck als in einem Staubsaugerbeutel.« Er drehte sich wieder zu Wolf um. »Hast du mir denn immer alles erzählt, Richard? Vor sechs Jahren habt ihr im Nahen Osten mit einem V-Mann zusammengearbeitet. Du weißt schon, wen ich meine. Ein sehr wertvoller Mann, seine Informationen haben dir viele Lorbeeren gebracht. Er wäre auch für mich nützlich gewesen. Doch obwohl ich von ihm wußte, habe ich dich nie darauf angesprochen und akzeptiert, daß du nicht mit mir teilen wolltest. Im übrigen hat es dich nie gestört, daß er in verschiedenen Ländern wegen versuchten Mordes und Erpressung gesucht wurde. Mich genausowenig. Deshalb habe ich es auch für mich behalten.«

Wolf schwieg. Es stimmte alles. Jedes Wort.

»Sind wir quitt?« fragte Boehnke.

»Nein, sind wir nicht. Wer ist Saizew?«

»Der Chef der Leibgarde von Czarny. Kleiner Fisch. Er wirft uns ab und zu ein paar Bröckchen hin. Hauptsächlich über die Petrovskie.«

»Deckname?«

»Richard ...«

»Deckname?«

»Eismann.« *Verdammter Hurensohn von einem Freund!*

»Du hast noch eine Bringschuld wegen dieser Sache in Polen«, sagte Wolf. »Was ist mit den Rüstungsaufträgen, auf die Czarny scharf ist?«

»Nur zu deiner Information: Wir haben den Kontakt zu Czarny zwei Wochen nach unserer Plauderstunde im BMI gekappt. Keine Angst, ich will mich jetzt nicht als Moralist aufspielen. Wenn es nach mir gegangen wäre, hätten wir die Zusammenarbeit fortgesetzt. Aber Mangoldt hat wegen dem Haftbefehl des GBA kalte Füße gekriegt und mich angewiesen, Czarny fallenzulassen.«

»Du hast mir noch nicht geantwortet.«

»Czarny ist abgetaucht. Zwei Tage nach dem Attentat auf Fasoulas hat sein Unterhändler die Verhandlungen mit dem polnischen Verteidigungsministerium abgebrochen. Wenn es nicht verrückt wäre, würde ich fast glauben, Czarny hätte sich aufs Altenteil zurückgezogen. Natürlich ist das Unsinn, aber mehr weiß ich nicht, ich schwör's dir!«

»Wenn falsche Schwüre Waggons wären, würdest du den ganzen Tag Zug fahren«, sagte Wolf, dem im gleichen Moment bewußt wurde, daß dies eine selten verquere Metapher war.

Darum mußten sie auch beide lachen. So standen sie voreinander: wie Sumoringer im Dohyo, denen die Kraft für eine weitere Runde fehlte. Ja, es war ein dreckiges Geschäft, auf den Schränken beider hatte schon lange niemand mehr Staub gewischt. Doch das war nichts wirklich Neues. Der eine wußte um die Pflichten des anderen, die es manchmal erforderten, auch einen Freund zu täuschen. Das Wort *Lüge* wäre ihnen nie in den Sinn gekommen. Denn daraus bestand das halbe Geschäft.

»Ich könnte versuchen, Czarny zu kontaktieren und ein Treffen mit dir zu arrangieren.« Das war das Äußerste, mehr, als jeder andere in Boehnkes Position für Wolf getan hätte.

Doch der schüttelte den Kopf. »Du darfst nicht persönlich in Erscheinung treten, genausowenig wie ich. Czarny würde sofort mißtrauisch werden. Laß ihn über einen deiner Beschaffer fragen, ob er Informationen über die Explosion in Bremerhaven hat. Reine Routine. Ich will ihn nur ein bißchen nervös machen, das reicht fürs erste.«

Jetzt dämmerte es Boehnke. »Du hast es gar nicht auf Czarny abgesehen ...«

»Sagen wir: nicht direkt.«

»Was willst du – Cuevo?«

Wolf zögerte mit der Antwort. *Soll ich es ihm sagen? Ich könnte einen Verbündeten brauchen. Aber Krupka? Julius würde mich für verrückt halten. Ja, wir haben uns ausgesprochen. Was es in Zukunft wert ist, wird sich zeigen. Zu früh. Es ist zu früh.*

Er sagte: »Cuevo ist illusorisch. Ich will das Vertriebskartell. Wenn irgendwas spruchreif ist, wirst du's erfahren. Mein Wort drauf.«

»Das genügt mir«, sagte Boehnke lächelnd. »Was ist mit dem Whiskey? Ich glaube, wir könnten jetzt beide einen gebrauchen.«

»Einen doppelten«, sagte Wolf. »Und laß das Soda weg.«

Der Staatsempfang sollte im Schloß Charlottenburg stattfinden. Auch das war eine besondere Ehre für Gutierez, denn im fünften Stock des Kanzleramtes gab es einen Bankettsaal für bis zu hundertfünfzig Personen, der eigentlich ideal gewesen wäre. Am späten Nachmittag liefen die letzten Vorbereitungen. Zwei Räume des Schlosses waren von besonderer Bedeutung: der sogenannte »Weiße Saal« im Knobelsdorff-Flügel, wo die illustren Gäste das Galadiner einnehmen würden, und die unmittelbar angrenzende »Goldene Galerie«. Hier hatte man Platz für eine große Tanzfläche geschaffen. Wolf und Sophie gingen mit langsamen Schritten über das noch leere Parkett. Um sie herum war ein Meer von Spiegeln. Vergoldete Blumenranken zierten Wände und Decke und schufen die Illusion eines barocken Gartenfestes. Beamte der SG waren beim Last-minute-Check. Sie trugen bereits Smoking beziehungsweise Abendkleid. Sophie verspürte einen kleinen Stich, als sie Vandreyke entdeckte, und versuchte, ihre Traurigkeit mit Professionalismus zu verscheuchen. Sie wußte, daß er und Lombardi in ständigem Funkkontakt zu Pieper und Broszat standen. Was sie zu melden hatten, klang nicht sehr aufregend. Gutierez hatte sich direkt nach der Landung in das Regierungsgästehaus zurückgezogen und kurierte seinen Jetlag; die wichtigeren Mitglieder der Entourage hielten sich zu Gesprächen im Entwicklungshilfe- und Außenministerium auf, die sich voraussichtlich bis in den frühen Abend hinziehen würden.

Der Präsident gab Vandreyke einen Wink. Eine Minute später war er mit Sophie und den beiden Fahndern, die ihre Kollegen von der SG hinausgeschickt hatten, allein. Die großen Flügeltüren gingen zu, man war unter sich.

»Die Lollis sind in zwanzig Minuten klar«, sagte Lombardi. »Wir haben die Tischordnung manipuliert. Langheinrich sitzt neben Krupka.«

»Und Gutierez?« fragte Wolf.

»Dem Kanzler gegenüber.«

Wolf zog an seiner Partagás und sah sich nach etwas um, das geeignet war, darin die Asche abzustippen. Ein Blumenkübel hielt dafür her. »Czarny hat sich 1988 dem BND angeboten«, sagte er wie nebenbei. »Wenn man aus der Kälte kommt, braucht man ein warmes Zuhause. Das hat er damals in Pullach gefunden. Irgendwann in grauer Vorzeit hat er mal Wieselfelle in den Westen geschmuggelt und als Zobel verkauft. Bei den Schlapphüten wurde er deshalb unter dem Decknamen ›Wiesel‹ geführt.«

»*Wurde?*« fragte Sophie.

»Sie haben ihn fallenlassen. Druck aus dem Kanzleramt.«

»Und das glaubst du?«

»Gute Frage. Ich habe sie mir auch schon gestellt.«

»Wie hat Boehnke reagiert – ist es für ihn völlig normal, den größten Waffenhändler der Welt als Kundschaft zu haben?«

»Geheimdienste denken nicht in diesen moralischen Kategorien. Der BND hat mehr im Giftschrank als jeder Apotheker.«

»Und Saizew?«

»Uninteressant.«

Warum nicht jetzt? dachte Sophie. *Ich kann es mir aufheben bis zum Sankt-Nimmerleins-Tag, aber dann ist es zu spät. Für so etwas gibt es nie den richtigen Zeitpunkt. Also bring's hinter dich!* Sie sagte: »Wir könnten Czarny ein Angebot machen. Aufhebung des internationalen Haftbefehls, wenn er gegen Krupka aussagt. Freies Geleit nach Deutschland.«

Lombardi und Vandreyke dachten im ersten Moment, sie hätten sich verhört. Doch Sophie schob nach: »Der BND weiß sicher, wie man ihn kontaktieren kann. Hast du daran schon mal gedacht?«

Auch Wolf war aus allen Wolken gefallen. »Freies Geleit? In Paris hat er Gregor auf eine Bombe gesetzt, hast du das schon vergessen?«

»Ich bin nicht nachtragend«, sagte Vandreyke mit schiefem Grinsen.

»Seine Männer haben LeDuc gekillt! In seinem Auftrag!«

Sophie zuckte gleichmütig die Schultern. »Den BND hat das jedenfalls nicht gestört.«

»Keine Chance, niemals! Ich will nichts mehr davon hören!«

Er wollte sich umdrehen und gehen, doch Sophie hielt ihn fest. »Ich brauche deine Erlaubnis nicht, du weißt das! Ob ich als Staatsanwältin Czarny ein Angebot mache, ist allein meine Entscheidung!« *Was red ich denn da? Himmel, das hätte ich nicht tun dürfen!* Sie wollte etwas sagen, irgend etwas, das die Bombe entschärfte, deren Lunte sie gerade angezündet hatte, doch ehe sie sich versah, hatte Wolf sie gepackt und mit sich gezogen. Er stieß die Tür zum Weißen Saal auf und donnerte sie mit Karacho hinter ihnen zu. Prunkvolle Dekoration, es war für zirka zweihundert Personen eingedeckt. Die SG-Beamten, die sich hier aufhielten, verdrückten sich sofort, als sie das Gesicht des Präsidenten sahen.

»Tür zu!« sagte Wolf gefährlich leise. Nachdem sie ins Schloß gefallen war, brach es aus ihm heraus: »Tu das nie wieder! Du kannst mir gerne deine Meinung sagen. Aber nicht so und nicht vor den Fahndern! Hast du mich verstanden? Wir verhandeln nicht mit Czarny! Undenkbar!«

Sophie riß sich los. *So hättest du gern unsere Partnerschaft: Du pfeifst, und ich tanze danach! Aber da hast du dich geschnitten, und zwar ganz gewaltig!* »Warum denn plötzlich so moralisch?« schrie sie zurück. »Du gehst doch auch sonst über Leichen und hebst dabei nicht mal die Füße an!«

»Ich dachte, wir hätten einen Deal! Das heißt nicht, daß du mir sagst, wie ich mein Geschäft zu führen habe! Wenn du mir in den Rücken fällst, werde ich dafür sorgen, daß du gefeuert wirst! Gnadenlos! Glaub mir, das kann ich!« Er ließ sie stehen und stapfte nach draußen. Sie starrte ihm hinterher.

»So hast du deine Probleme schon immer gelöst!« schrie sie.

Wolf marschierte an Vandreyke vorbei, der schweigend dastand. Er zischte ihn an: »Hat sie das von dir?«

Vandreyke sah, wie Sophie zitterte und mit den Tränen kämpfte, wollte auf sie zugehen, sie trösten, irgendwie, doch sie knallte ihm die Tür vor der Nase zu.

Acht

Um 18.01 Uhr schlug Krupka Golfbälle über ein kleines Grün aus Kunstrasen, das auf dem Kelim der Präsidentensuite im fünften Stock des Hotel Adlon ausgerollt war. Wenn er das Loch getroffen hatte, kickte ein elektrischer Mechanismus den Ball lautlos zurück.

Josef Langheinrich hatte sich bereits für den Staatsempfang umgezogen und trug Smoking, genau wie sein Freund. Er stand am Fenster und sah über den Pariser Platz. Der Verkehr flutete durch das Brandenburger Tor. Am Horizont blinkten die Signallampen auf den riesigen Auslegern der Baukräne, die sich über die City-Nord erhoben. Positionslichter für verirrte Flugzeuge. Langheinrich drehte sich vom Fenster weg und nippte an seinem Drink. Er beobachtete Krupka über den Rand des Glases hinweg. »Du siehst gut aus. Warst du wieder in Lissabon?«

»Ein paar Tage«, sagte Krupka, ohne aufzuschauen. »Warum?«

»Franz, wir kennen uns jetzt seit vierzig Jahren, und du bist mein bester Freund. Das hat mir immer viel bedeutet. Aber was bedeutet es *dir*?«

Krupka hob den Kopf. Er schaute Langheinrich fragend an.

»Vor einem Monat hast du mich um einen Gefallen gebeten. Einen großen Gefallen. Ich habe ihn dir getan und dafür gesorgt, daß der neue BKA-Statthalter in La Paz deinen Wünschen entspricht. Du bist Honorarkonsul von Bolivien, der Himmel weiß, wen du dort alles kennst. Ich habe dich nie nach deinen Geschäften gefragt, aber jetzt muß ich es tun: Womit handelst du eigentlich?«

Krupka wog den Golfschläger in beiden Händen. Falls er nervös war, zeigte er es nicht.

»Du kennst mein Geschäft«, sagte er.

»Ja, aber ich fürchte, erst seit kurzem. Dieser Verbindungsbeamte, den Wolf nach La Paz geschickt hat ... wie ist noch mal sein Name?«

»Kann mich nicht erinnern.«

»Dann helfe ich dir auf die Sprünge. Er heißt Falcke, und er wird vermutlich schon bald einen Bericht an das BKA schicken. Ich glaube, ich weiß auch, was drinsteht: Er wird schreiben, daß Cuevo dabei ist, Tanger oder Varna zum neuen europäischen Zentralhafen für seine Kokaintransporte auszubauen ... oder ist es Istanbul? Egal, du und ich, wir wissen, daß das nicht stimmt. Die Zukunft heißt Lissabon. Wie der Zufall es will, landen dort deine Schiffe an, bevor sie nach Rotterdam und Hamburg weiterfahren. Sicher transportieren sie, was auf den Frachtpapieren steht, oder?«

»Traust du mir das zu?« fragte Krupka nach einer Pause, die lang genug gewesen wäre, um mit Sorgfalt eine Zigarre anzuzünden.

»Diese Frage habe ich mir, ehrlich gesagt, gar nicht gestellt. Ich frage mich nur, was ich jetzt machen soll. Ich bin der deutsche Innenminister, und wenn das Schicksal es will, bin ich der nächste Kanzler. Weißt du, in was für eine Situation du mich bringst?«

Krupka zog den Rotz in der Nase hoch. »Erinnerst du dich, als wir noch Kinder waren? Die Schokoladenfabrik in Kattowitz und die hohe Mauer davor. Wir haben ewig versucht rüberzuklettern und haben uns dabei blutige Knie geholt. Ich habe es schließlich geschafft, du nicht. Du hast unten gestanden und vor Enttäuschung geflennt, und ich habe dich von oben ausgelacht. Josef, hier ist wieder eine Mauer. Aber diesmal helfe ich dir und ziehe dich hoch. Niemand lacht dich aus. Deine Knie bleiben heil, und auf der anderen Seite dieser Mauer ist unsere Schokoladenfabrik, eine Welt, von der du nicht einmal zu träumen wagst!«

»Ich kenne diese Welt aus den Dossiers, die Wolf mir auf den Schreibtisch legt«, sagte Langheinrich, vollkommen fassungslos, daß sein Freund nicht einmal versucht hatte, es abzustreiten. *Nicht einmal versucht!*

Im gleichen Augenblick holte Krupka ansatzlos aus. Er donnerte den Golfschläger mit voller Wucht ins Fenster. Das Glas zersplitterte, und Langheinrich zuckte entsetzt zusammen. Krupka fixierte ihn. »Das könnte ich mit deiner schönen Karriere auch machen. Das geht ganz schnell. Morgen kommt ein Glaser und macht das hier wieder heil. Aber wer sammelt *deine* Scherben ein?« Er packte Langheinrich fest bei den Schultern. »Hast du vergessen, wie unser Wahlspruch lautet? ›Jeder hat drei Möglichkeiten: befehlen, folgen oder aus dem Weg gehen.‹ Ich dachte, wir hätten uns *beide* entschieden!« Er sah Langheinrich beschwörend an. »Josef, du und ich! Wir können zusammen die Welt aus den Angeln heben!«

Langheinrich schüttelte angewidert den Kopf.

Aber warum gehe ich jetzt nicht? Gleich dort ist die Tür. Ich rufe Wolf an und sage, was ich weiß. Geh aus diesem Zimmer! Setz deine Füße in Bewegung! Verdammt, tu es, mach, daß du hier rauskommst!

»Wie du sagst: Wenn Gott will, wirst du der nächste Kanzler. Aber das Problem ist dein kleiner Landesverband, du hast keine Hausmacht in der Partei. Die kostet Geld, viel Geld.«

Darum bin ich noch hier. Weil er es weiß. Und jetzt ist es zu spät.

So war es, endgültig, wie der Moment, in dem Beton in das Fundament einer Baugrube fließt. »Hast du auch nur die leiseste Ahnung, über welche Profite wir hier reden?« fragte Krupka mit dem Lächeln des Siegers.

Langheinrich schwieg.

Krupka ging mit seinem Mund nah an das Ohr des Innenministers und nannte ihm die Zahl. *Wie einfach es ist, viel simpler, als ich gedacht habe.*

Langheinrich sagte: »Wolf hat seine Fahnder auf Gutierez angesetzt. Er will Cuevo zur Strecke bringen.«

Neun

Die Gäste des Staatsempfangs strömten in den Saal. Als Wolf von einem der Pagen eingewiesen wurde, sah er, daß man Siegfried Thom an seinem Tisch plaziert hatte. »Nanu!« sagte er in einer Mischung aus Verwunderung und Freude. »Was machst du denn hier, ich denke, du bist in der Reha?«

»Ab morgen«, antwortete Thom, der aufgestanden war und dem Präsidenten die Hand gab. »Die Klinik ist sowieso in Berlin, da habe ich gedacht, ich lasse mich noch mal kurz blicken, ehe die mich in die Mangel nehmen.« Er bemühte sich um jedes Wort, denn die Kugel, die ihn in Frankfurt erwischt hatte, hatte sein Sprachzentrum in Mitleidenschaft gezogen. Die Ärzte waren optimistisch, das Problem in den Griff zu kriegen, doch er würde Geduld brauchen.

Sophie kam auf sie zu. Sie trug ein schlichtes, sehr elegantes Abendkleid aus schwarzer Seide. Wäre Wolf nicht noch immer so wütend auf sie, er hätte den Stolz genossen, der Vater der schönsten Frau des Abends zu sein. *Wie sehr sie ihrer Mutter ähnlich ist! Was ist das, daß sie mich so zornig machen kann?* Sie ignorierte ihn einfach, umarmte Thom und gab ihm einen betont liebevollen Kuß auf die Wange. »Ich hab gewußt, daß du kommst! Hast dich prima gemacht!« Schon ging sie weiter.

»Sie hat mich dreimal im Krankenhaus besucht. Obwohl sie vor lauter Arbeit nicht weiß, wo ihr der Kopf steht«, sagte Thom.

»Ich hoffe, daß nur die Arbeit der Grund dafür ist«, murmelte Wolf, der mit einem Stirnrunzeln registrierte, daß Sophie vier Tische weiter neben Niklas Grimm Platz nahm. Sein Argwohn wäre noch größer gewesen, hätte er hören können, was sie seinem Stabschef ins Ohr flüsterte: »Glauben Sie an Zufälle? Ich nicht. Darum habe ich auch den Protokollchef bestochen!«

Sie quittierte Grimms verdutztes Gesicht mit einem ostentativen Grinsen, ehe sie das Kopfnicken des Mannes erwiderte, der ihnen gegenübersaß. Sein Name war Philipp Heinze. Sie kannte ihn aus dem Kanzleramt und wußte daher, daß er stellvertretender Leiter der Abteilung Auswertung beim BND war.

Der Kanzler stand auf und klopfte gegen sein Glas. »Verehrter Herr Staatspräsident, Exzellenzen, sehr geehrte Anwesende, ich habe die Freude, Sie im Schloß Charlottenburg begrüßen zu dürfen. Ich hoffe, Señor Gutierez, Sie genießen Ihren Besuch in unserem schönen Land, und wünsche Ihnen und Ihrer reizenden Gattin einen angenehmen und fruchtbaren Aufenthalt!« Das genügte. Hettmer war kein großer Redner, und wenn er etwas besonders haßte, dann waren es die lästigen Toasts. Normalerweise blieben sie am Bundespräsidenten hängen. Doch der trieb sich momentan leider in Asien herum.

Gutierez erhob sich. Er nahm einen Zettel aus der Smokingtasche, um den phonetisch fixierten deutschen Text vom Blatt abzulesen. »Danke, Herr Bundeskanzler. Der erste Staatsbesuch einer neugewählten Regierung ist stets ein wichtiger Schritt, der sorgfältig überlegt werden will. Es ist daher kein Zufall, daß ich ...« Er brach ab. Schweißperlen standen auf seiner Stirn. Gutierez schwankte leicht. Er griff nach einem Glas Wasser und trank in hastigen Schlucken.

Unruhe machte sich im Saal breit. Thom beugte sich zu Wolf und flüsterte: »Vielleicht ist ihm die internationale Presse auf den Magen geschlagen ...«

Doch Gutierez hatte sich bereits wieder gefangen und konnte weiterreden. »... mich hierbei für die Bundesrepublik Deutschland entschieden habe. Mein Heimatland steht vor riesigen, ja gigantischen Herausforderungen. Sie wissen, man nennt uns den ›Bettler auf dem goldenen Thron‹. Doch ich hoffe, die Staaten der EU, deren führendem Sie, Herr Bundeskanzler, vorstehen, erinnern sich auch daran, daß das Edelmetall, das über Jahrhunderte von Potosí nach Europa verschifft wurde, nicht unbeträchtlich zu ihrem Reichtum beigetragen hat.« *Wie elegant er es verstand, das Wort »Ausplünderung« zu ver-*

meiden. »Vielleicht ist es an der Zeit, uns etwas von diesem Reichtum zurückzugeben. Im übrigen kann ich Ihre Außenministerin, die, worüber ich mich freue, heute abend ebenfalls anwesend ist, beruhigen: Die Epoche, in der man Ihren britischen Amtskollegen rücklings auf einem Esel sitzend durch La Paz gejagt hat, ist seit Queen Victoria vorbei. Seien Sie also unbesorgt, was Ihren Gegenbesuch betrifft!«

Ein klarer Punktsieg über den Kanzler. Das verschaffte niemandem mehr Genugtuung als Miguel de la Peña, der die Rede verfaßt hatte. Amüsiertes Gelächter mischte sich mit dem Applaus, als Gutierez in die Runde nickte, ehe er Hettmer, der das Ganze mit Humor nahm, zuprostete. Livrierte Bedienstete hatten hinter den Stühlen Stellung bezogen und hoben unisono die Cloches von den Tellern. Das Bankett konnte beginnen.

Die Wände des Gris-de-lin-Zimmers waren mit blaßviolettem Damast bespannt. Märkische Landschaftsgemälde und große, goldgefaßte Spiegel schufen eine herrschaftliche Atmosphäre. Hettmer und Gutierez hatten in bequemen Louis-seize-Sesseln Platz genommen.

De la Peña war der Dritte im Bunde. Er übersetzte.

»Auch Präsident Gutierez freut sich über die Gelegenheit zu einem ersten Meinungsaustausch«, sagte er, nachdem das Staatsoberhaupt geendet hatte. »Natürlich weiß er, daß unser Land nicht unbeträchtlich von Ihrer Entwicklungshilfe profitiert. Trotzdem hat er Mühe, Ihre Position zu verstehen. Was er verlangt, ist nur ein bescheidener Ausgleich für die Verluste, die unsere Volkswirtschaft durch die Vernichtung der Plantagen erleidet. Der Anbau von Koka hat in Bolivien eine jahrhundertealte Tradition, die schon bestand, als man in Europa noch gar nicht wußte, wie sich das Wort buchstabiert. Präsident Gutierez fragt sich, warum unsere Kleinbauern für die Drogenpolitik der EU bluten sollen.«

Hettmer hatte sich alles schweigend angehört, dann beugte er sich vor und fixierte Gutierez mit unerwarteter Schärfe: »Ich bin kein Narr. Und ich möchte auch nicht zum Narren gehalten werden. Sie, Señor Gutierez, stehen im Verdacht, Ihr Amt als Plattform für Drogengeschäfte zu mißbrauchen. Darüber steht mir kein Urteil zu. Nehmen Sie aber bitte zur Kenntnis, daß Sie Ihren Besuch in der Bundesrepublik allein der Tatsache zu verdanken haben, daß ich gewisse Rücksichten auf die Interessen unseres transatlantischen Bündnispartners nehmen muß.« *O ja, das hat mir mein amerikanischer Kollege am Rande der UN-Versammlung unmißverständlich klargemacht.* »Ich persönlich hätte in Deutschland am liebsten nur den Kondensstreifen Ihres hübschen Flugzeugs gesehen. Aber – ehrlich gesagt – selbst das wäre mir schon zuviel gewesen!«

Dabei lächelte er, als habe er Gutierez die charmantesten Komplimente gemacht. Man sah de la Peña das Entsetzen über den Affront an. Er zögerte, die Worte des Kanzlers zu übersetzen. Doch es war gar nicht nötig. Gutierez legte seinem Staatsminister eine Hand auf den Unterarm und nickte unmerklich.

»Sehr schön«, sagte Hettmer, »ich sehe, Ihr Präsident hat mich auch so verstanden.« Er erhob sich und öffnete die Tür zur Goldenen Galerie. Walzermusik brandete ins Zimmer. Man tanzte und amüsierte sich. Hettmer entdeckte die Gattin seines Staatsgastes und eilte mit ausgebreiteten Armen auf sie zu. »Ah, Señora Gutierez! Eben habe ich Ihrem Mann gesagt, wie sehr ich mich freuen würde, wenn Sie mit mir tanzen!« Ehe sie etwas erwidern konnte, hatte er sie am Arm gefaßt und mit sich gezogen.

Gutierez' und de la Peñas Gesichter waren wie versteinert.

Sophie und Niklas Grimm standen am Rand der Tanzfläche, Champagnergläser in den Händen. »Was macht der Job?« fragte Sophie. »Aufregend?« Sie hatte erkennbar etwas über den Durst getrunken. Das hieß nicht, daß sie Schlagseite hatte, aber es konnte sein, daß das letzte Glas zuviel war.

»Aber ja!« erwiderte Grimm. »Ich darf Dossiers erstellen und die Pressearbeit koordinieren.«

»Klingt aufregend.« Sie war kurz abgelenkt, als sie wahrnahm, daß sie von Vandreyke beobachtet wurde. Sophie nutzte die Gelegenheit, um noch etwas näher an Grimm heranzurücken.

»Ich kriege schon Herzklopfen, wenn ich nur daran denke.« Grimm verzog sarkastisch den Mund, nippte an seinem Champagner und bemerkte nicht, daß Sophie den Inhalt ihres eigenen Glases hinter ihrem Rücken in einen Blumenkübel goß. Sinnigerweise in denselben, der bereits die Zigarrenasche ihres Vaters aufgenommen hatte. Müßte einen vernünftigen Dünger ergeben.

Sie sahen, daß Gutierez und de la Peña den Raum betraten.

»Unser Staatsgast scheint mir ein bißchen wacklig auf den Beinen zu sein«, murmelte Sophie. »Denken Sie, er ist krank?«

»Das wird Ihr Vater bald wissen. Spätestens, wenn das Dossier über den Gesundheitszustand von Gutierez auf seinem Schreibtisch landet.«

Sophie schaute Grimm fragend an. Sein Lächeln wirkte verlegen. »Die Toilette im Gästehaus hat einen Saugmechanismus, mit dem die Exkremente der Staatsgäste abgefangen werden, um sie zu analysieren.«

Sophie traute ihren Ohren nicht. »Wird das vom BKA gemacht?«

»Nein, vom BND. Wollen wir tanzen?«

Sophie lächelte. »Gern.« Sie stellte ihr Glas ab und ließ sich von Grimm auf die Tanzfläche führen. Er wirbelte sie gekonnt herum. Erneut erhaschte sie einen Blick von Vandreyke, ehe die Sicht wieder durch andere Tänzer verdeckt wurde.

»Sie weiß genau, daß ich sie beobachte!« murmelte Vandreyke, der Gesellschaft von Pieper bekommen hatte.

»Dagegen können wir ja Gott sei Dank was tun!« Pieper zog ihn nach draußen.

Wolfs Aufmerksamkeit galt jemand anderem: Nur wenige Meter von ihm entfernt hatte Miguel de la Peña einen günstigen Moment abgepaßt und die Gelegenheit genutzt, dem Kanzler ein Zeichen zu geben. De la Peña und Wolf hatten seit der Ankunft der bolivianischen Delegation noch kein Wort miteinander gewechselt. Es wäre auch überflüssig gewesen, denn die gestrige Zeitungsmeldung hatte für sich gesprochen: *»Enrique Hierro, Staatssekretär im bolivianischen Innenministerium, beging unmittelbar vor seiner Verhaftung Selbstmord.«*

Hettmer, der wie üblich von einer Horde Speichellecker umgeben war, die sich gegenseitig in den peinlichsten Schmeicheleien überboten, löste sich aus dem Pulk der Satrapen und fand Gelegenheit zu einem kurzen Geflüster mit dem Staatsminister.

»Herr Bundeskanzler, ich möchte noch einmal auf unser Gespräch von vorhin zurückkommen«, sagte de la Peña. »Präsident Gutierez ist in seinen Formulierungen bisweilen etwas ... sagen wir: unglücklich. Ich persönlich sehe keinen Anlaß, an der Südamerikapolitik der Bundesrepublik, speziell an jener gegenüber meinem Land, Kritik zu üben. Es steht uns auch in keiner Weise zu, Forderungen zu stellen. Sollte der Eindruck entstanden sein, unsere Regierung lasse das nötige Engagement beim Kampf gegen die Drogenkartelle vermissen, so täte mir das sehr leid. Seien Sie versichert, daß dem nicht so ist!«

»Ich freue mich über Ihre Worte, Señor de la Peña. Ich hoffe nur, Sie stehen diesbezüglich nicht auf einsamem Posten.«

»Da kann ich Sie mit gutem Gewissen beruhigen!«

»Ausgezeichnet«, sagte Hettmer und straffte das Kreuz, als er merkte, daß Kameras auf ihn und de la Peña gerichtet waren.

Langheinrich hatte andere Sorgen. Er sah, wie seine Frau mit Krupka tanzte und dabei umknickte. Nur der Tatsache, daß dieser sie geistesgegenwärtig auffing, war es zu verdanken, daß sie nicht auf ihrem Hinterteil landete. Claudia kicherte albern. Sie wurde von Krupka unter dem Getuschel der aufmerksam gewordenen Gesellschaft vom Parkett geführt, wo Langheinrich schon auf sie wartete. »Du kommst jetzt mit!« fauchte er.

»Aber warum denn? Hier ist es doch gerade so schön!« gackerte sie.

»Mach schon!«

Sie riß sich los und stöckelte davon. Langheinrich wollte ihr folgen. Doch Krupka hielt ihn fest. »Laß sie, sonst machst du's nur noch schlimmer.«

Langheinrich atmete durch.

»Wir müssen reden«, sagte Krupka.

»Bei dir im Hotel?«

»Nein, hier. Ich hab was organisiert.«

Der Innenminister nickte abwesend. Er registrierte, daß Claudia den Saalausgang ansteuerte. Ihr Blinzeln hätte man ohne weiteres übersehen können. Zwei Männern blieb es nicht verborgen: Langheinrich und Clemens Thürck, dem das Zeichen gegolten hatte. Letzterer wartete einen Augenblick, dann folgte er Claudia nach draußen.

»Entschuldige mich!« zischte Langheinrich. Er wollte Claudia und Thürck hinterher. Doch dazu mußte er an Wolf und Thom vorbei.

»Herr Minister, darf ich Ihnen Siegfried Thom vorstellen?« sagte Wolf.

»Herr Thom! Schön, daß ich den Wunderknaben endlich kennenlerne. Meinen Glückwunsch zur Beförderung!« Langheinrich schaffte es irgendwie, ein Lächeln zustande zu bringen. Er schielte zum Ausgang.

»Danke, Herr Minister«, erwiderte Thom gemessen.

»Wie geht es Ihnen denn? Furchtbare Sache, das in Frankfurt. Jetzt erholen Sie sich aber erst mal anständig!«

»Zwei Wochen Reha, dann bin ich wieder ganz der alte.«

»Sehr gut. Im übrigen danken Sie nicht mir, sondern Präsident Wolf. Er hat sich so vehement für Sie eingesetzt, daß mir gar nichts anderes übrigblieb.«

Claudia verschwand auf der Damentoilette. Thürck hatte die Klinke schon in der Hand, als Broszat ihn festhielt. »Haben wir uns in der Tür geirrt?«

»Du weißt doch: Ich pinkle immer im Sitzen.«

»Nein, wo du hinpinkelst, bleibt immer ein häßlicher Fleck.«

Sie bemerkte, daß Gutierez die Herrentoilette ansteuerte. Es schien, als habe er es eilig. Pieper hielt sich unauffällig in der Nähe des Bolivianers auf.

Broszat raunzte Thürck an: »Mach den Abflug. Sofort!«

Pieper blickte sich kurz um. Er zog die Tür zur Herrentoilette vorsichtig einen Spaltbreit auf. Gutierez hing über dem Waschbecken und übergab sich. Pieper drückte die Tür wieder zu. Schweigender Blickwechsel mit Broszat.

Jetzt tauchte Langheinrich auf. »Wo ist meine Frau?«

»Im Waschraum, Herr Minister«, sagte Thürck.

Schon kam sie wieder heraus. »Du fährst vor, ich habe noch einen Termin«, sagte Langheinrich, der mühsam die Contenance bewahrte.

»Ist das was Besonderes? Sag mir Bescheid, wenn du mal keinen hast!« lallte sie.

Thürck bahnte ihnen den Weg nach draußen. Sie schafften es, Claudia zu den Panzern zu bugsieren, die auf dem Vorplatz Stoßstange an Stoßstange standen. Thürck hielt der Frau des Ministers den Wagenschlag auf. Claudia ließ sich ohne weiteren Widerstand auf den Rücksitz fallen.

»Sie kümmern sich um sie, ja?« sagte Langheinrich zu Thürck.

»Selbstverständlich, Herr Minister.«

Langheinrich sah ihnen schweigend hinterher. Er fühlte eine Hand auf seiner Schulter.

»Ich gebe dir noch zwei Jahre, dann hat sie dir deinen ersten Bypass verschafft!« sagte Krupka. »Na ja, solange sie den Schampus nicht aus Blumenkübeln säuft, ist kein Grund zur Panik!« Sein meckerndes Lachen begleitete den Innenminister bis nach drinnen.

Das Außenkommando blieb im Wachcontainer, als Thürck ihr aus dem Wagen half. Die Haustür lag außerhalb des Sichtfeldes der Beamten. Claudia fingerte nach dem Sensor für das elektronische Schloß. Er fiel zu Boden. Thürck bückte sich und hob ihn auf, während die Frau des Ministers schwankte und sich auf seiner Schulter abstützte.

Thürck kam aus der Hocke hoch. Er öffnete die Tür für Claudia. Da legte sie die Arme um seinen Hals und küßte ihn. Sie zog ihn in den Flur. Er drückte die Tür mit der Hacke hinter sich zu. Schon hier, zwei Etagen unter der Wohnung, begannen sie hastig, einander auszuziehen.

Dann hörte man nur Thürcks Stöhnen. Claudia war ganz still. Ein dünnes Rinnsal aus Tränen und Schminke rann über ihre Wangen. Traurig und vergeblich.

Sie hatten viel zu besprechen, allein in der Schreibkammer Friedrichs des Großen, deren Decke auf geradezu obszöne Weise vor Gold starrte. *Wie gut ich dich kenne,* dachte Krupka, als er sah, wie Josef Langheinrich hier, wo keine Kameras waren, keine Hofberichterstatter, niemand, dem er seine Maske zeigen mußte, offenbarte, was ihn ausfüllte wie Zement: pure, nackte Angst.

»Wir müssen reden«, sagte Krupka. »Es wird sich einiges ändern.«

Grimm knipste das Licht an. Sophie hielt sich an ihm fest, um nicht umzufallen. *Mach ich das gut? Paß auf, nur nicht übertreiben!*

»Das ist also Ihre Berliner Wohnung«, sagte sie, leicht nuschelnd. »Gibt's hier auch was zu trinken?« Sie tastete sich zum Sofa und ließ sich fallen.

Grimm entkorkte eine Flasche Wein und füllte zwei Gläser. Er drückte Sophie ein Glas in die Hand.

Sie kicherte. »Weißt du, wie Sie jetzt aussehen? Wie mein Vater. Wenn er mir einen Ratschlag geben will.« *Du und Sie. Nicht übel.*

Er stand da, sah sie nur an und sagte dann: »Warum sind Sie hier? Sie wollen doch gar nichts von mir.« Im gleichen Moment fing er das Glas auf, das ihr aus der Hand glitt. Sie war offensichtlich im Sitzen eingeschlafen. Grimm legte ihre Beine hoch, zog ihr die Pumps aus und legte eine Decke über sie.

»Warum bist du hier?« flüsterte er.

Er ging in das angrenzende Schlafzimmer und machte das Licht aus. Als er die Tür ins Schloß drückte, öffnete Sophie die Augen.

Vandreyke hockte hinter dem Steuer des dunklen Wagens. Während eine Münze über seinen Handrücken wanderte, zwischen den Fingern verschwand, in der Handfläche wieder auftauchte, erneut über den Rücken spazierte und wieder in ihr Versteck glitt, starrte er hoch zu der Wohnung von Niklas Grimm, wo in diesem Moment auch das letzte Zimmer dunkel wurde.

Das Mondlicht suppte durch die Fenster, als Langheinrich die Diele seiner Wohnung betrat. Der Innenminister blieb vor dem großen Garderobenspiegel stehen. Was er sah, war ein Wrack. Er rieb sich mit beiden Händen über das Gesicht. Aber es blieb dasselbe.

»Josef, bist du das?« vernahm er Claudias Stimme von oben.

Er antwortete nicht, bückte sich schwerfällig und schnürte seine Schuhe auf. Jetzt sah er es. Auf dem flauschigen Teppich lag etwas, das er kannte. Die Erkennungsnadel eines Sherpas der Sicherungsgruppe. Er hörte die Schritte auf der Treppe und hob die Nadel schnell auf.

Claudia umarmte ihn. Nackt. Frisch geduscht. Leidlich nüchtern. »Tut mir leid, daß ich so zickig war.«

Langheinrich hörte sich sagen: »Schon vergessen.« Die Hand mit der SG-Nadel war zur Faust geballt.

Sophie richtete sich vorsichtig auf. Sie lauschte. Zwei Stunden waren vergangen. Kein Geräusch aus dem Schlafzimmer. Sie schlüpfte in ihre Pumps. Setzte sich vor Grimms Laptop und schaltete ihn ein. Sie klickte sich durch verschiedene Menüpunkte. Dann hatte sie gefunden, was sie suchte. »*Wolf ... Strategien ... fehlendes Herrschaftswissen ...*« Sie ließ den Text über den Monitor scrollen und stoppte erneut. »*Frisch aus dem Giftschrank: Präsident und GBA ... schwierige Gemengelage ... Druckmittel: Ermittlungen Cuevo ... Sophie Wolf: nur Spielmaterial ...*« Sie starrte auf den Bildschirm wie gelähmt. Das Licht ging an. Grimm stand in der Schlafzimmertür. Sie sprang sofort auf. Ertappt wie eine Ladendiebin im KaDeWe, die die Hand des Kaufhausdetektivs auf ihrer Schulter spürt.

»Schnüffeln Sie nur gern herum, oder soll ich Ihnen einen Ausdruck von meinen persönlichen Notizen machen?«

»Ich wollte ... ich kann das ...«, stotterte sie.

Er ging langsam auf sie zu. Sie wich vor ihm zurück, bis sie mit dem Rücken gegen die Wand stieß. Er streckte eine Hand aus. Sophie zuckte erschrocken. Doch er hatte nur nach der Klinke gegriffen und zog die Tür auf. Sie taumelte hinaus, wußte nicht, wie sie hinunter auf die Straße kam, stöckelte in ihrem Abendkleid über die menschenleere Fahrbahn, knickte um, brach sich einen Absatz ab, schmiß ihre Schuhe in hohem Bogen weg und heulte.

»Bist du jetzt glücklich?« fragte Vandreyke in ihrem Rücken.

Sie fuhr herum. Heulte nur. Wischte sich den Rotz ab. »Weißt du, was ich bin? Spielmaterial! Drei Jahre habe ich hart dafür gearbeitet, so einen Fall zu bekommen. Drei beschissene Jahre! Ich war so blöd zu denken, es war, weil ich gute Arbeit leiste. Aber damit hatte es gar nichts zu tun. Oder?« Er sagte kein Wort. »Mein Vater hat einen Kuhhandel mit Steindorff gemacht! Nur darum habe ich die Ermittlungen noch! Hast du davon gewußt? Sieh mich an! Ich will wissen, ob du davon gewußt hast!«

»Sophie, du bist eine tolle Frau und hast wirklich was auf dem Kasten. Aber wenn du dich mal richtig auskotzen willst, geh zu deinem Vater. Du wartest seit einer Ewigkeit darauf, daß er dich endlich respektiert, und du haßt dich dafür, daß du in seiner Gegenwart wieder zu dem kleinen Mädchen wirst, das er vielleicht mal im Arm gehabt hat. Tu dir den Gefallen und verschwende deine Energie nicht mit mir. Ich bin nicht dein Papa und werd's auch nie sein!«

»Herr Vandreyke, nehmen Sie zur Kenntnis, daß Sie mich in Zukunft zu siezen haben! Ist das angekommen?« Was anderes fiel ihr nicht ein.

»Aber ja doch. Wir haben zusammen geschlafen, jetzt siezen wir uns. Ist doch das Normalste von der Welt. Wenn ich mich mit allen Frauen duzen müßte, mit denen ich mal im Bett war ... Oh, là, là!«

Die Ohrfeige, die sie ihm verpaßte, war hart und schmerzhaft. Er starrte sie an. Spürte, wie seine Wange brannte.

Sagte: »Ich liebe dich.«

»Was?« fragte sie tonlos.

»Ich habe die halbe Nacht hier unten gewartet. Es hat mich verrückt gemacht. Aber es ist mir ganz gleich, ob du mit ihm geschlafen hast oder nicht. Es interessiert mich nicht.«

Sie wußte nicht, was sie tun oder sagen sollte.

»Ich weiß nicht, was du für mich empfindest«, sagte er. »Vielleicht weißt du es selber nicht. Nur: Egal, was passiert, du wirst mich nie dazu bringen, dich im Stich zu lassen.« Er drehte sich um und ging zu seinem Wagen.

Sie stand da wie erstarrt. Dann rief sie: »Gregor!«

Er blieb stehen. Sie lief zu ihm. Sah ihn scheu, fast schüchtern an. »Nie?«

»Nie.«

»Egal, was passiert?«

»Nie.« Lange Pause. »Hast du?«

»Was?«

»Mit ihm geschlafen.«

Da lachte sie, schlang ihre Arme um ihn, küßte sein Gesicht, küßte jeden Zentimeter. Vandreyke packte sie und wirbelte sie im Kreis herum. Sie wußten nicht, daß Grimm ihnen zusah, von oben, hinter der Gardine. Sie hatten einfach vergessen, wo sie waren. So blieb es, bis sie in Sophies Hotelzimmer übereinander herfielen, ihre Lust herausschrien, dann einander über die Betten jagten, juchzend, verspielt wie Kinder. Sie bekam ein Kopfkissen in die Hand und warf sich auf Vandreyke. Sie wälzten sich über den Boden, kämpften, keuchten, klammerten. Es gelang ihm, an seine Jacke zu gelangen, die auf dem Boden lag. Plötzlich hatte er eine Pistole in der Hand, etwa so groß wie ein Derringer. Er richtete sie auf Sophie und drückte ab. Der Pistolenlauf klappte auf, und eine kleine Fahne entfaltete sich: PENG!

»Na warte!«

Sie schlug ihm das Kissen an den Kopf. Der Bezug platzte auf, und es schneite Gänsefedern. Ein weißer Wirbel aus schwerelosem Nichts, der sie umhüllte wie frischer Schnee.

Zehn

Für die meisten Fernsehzuschauer, die am übernächsten Abend die Spätnachrichten sahen, kam der Bericht zwischen einem Schluck Bier und dem Griff nach den Salzstangen. Eine kurze Passage am Ende der Sendung, die man mehr oder weniger uninteressiert zur Kenntnis nahm, in Gedanken schon bei der Sportberichterstattung, die gleich folgen würde.

»... wurde heute aus dem Innenministerium vermeldet, daß Staatssekretär Ludwig Zwergblau aus gesundheitlichen Gründen um seine Entlassung gebeten hat. Man darf allerdings spekulieren, daß sein Ausscheiden aus dem Amt im Zusammenhang mit seiner ablehnenden Haltung gegenüber dem neuen Geldwäschegesetz steht, das die Kanzlerpartei mit aller Macht in der Koalition durchdrücken will. Bei seinem Nachfolger sprechen alle von einer faustdicken Überraschung. Franz Krupka gehört zwar der Regierungspartei an, war aber seit mehr als zwanzig Jahren nicht mehr politisch aktiv, weshalb man ihn durchaus als Quereinsteiger bezeichnen kann. Er kündigte bereits an, daß sein Konzern, die SAVOK AG, in Zukunft von seinem Spitzenmanager André Görtz geführt werden wird, der bisher für den Auslandsvertrieb zuständig war. Krupka will eine saubere Trennung von politischem Amt und Geschäft und wird sich, eigenen Angaben zufolge, ganz aus seinem Unternehmen zurückziehen ... Das war Edith Stresemann aus Berlin. Ich gebe zurück ins Studio.«

Wolf schaltete den Fernseher aus. Jetzt, endgültig, war es Zeit für ihn, eine Entscheidung zu treffen. Sie fiel ihm nicht leicht, alles andere als das, doch er sah keine Alternative. Der Helikopter startete am nächsten Morgen um 9.10 Uhr vom Dach des BKA. Keine zwei Stunden später standen Wolf und Johannes Steindorff sich im Karlsruher Amtszimmer des GBA gegenüber.

»Falls das ein Witz sein soll, warte ich auf die Pointe«, sagte Steindorff fassungslos. »Sollten Sie es jedoch ernst meinen, was ich mich allerdings weigere zu glauben, müßte ich annehmen, daß Sie verrückt geworden sind!«

»Herr Generalbundesanwalt, ich habe Sie nicht um eine Bewertung meines Geisteszustands gebeten, ich habe Sie lediglich aufgefordert, mir aufmerksam zuzuhören: Franz Krupka beschäftigt ein mutmaßliches Mitglied der Kokainmafia als Sicherheitschef in seinem Unternehmen. Der Name dieses Mannes ist Sascha Roth. Er ist vor zwei Wochen untergetaucht. In Lissabon. Sie wissen, daß Krupka dort einen zweiten Wohnsitz hat.«

»Na und?«

»Er ist Honorarkonsul von Bolivien. Gott weiß, wen er dort alles kennt. Die Autobombe auf Zypern tötete einen Mann namens Dimitri Fasoulas. Er war der Partner von Czarny. Niemand weiß, wo der sich momentan aufhält. Vermutlich hat er weniger Angst vor uns als vor Krupka. Dessen Schiffsflotte pendelt zwischen Südamerika und Europa. Hier ist Lissabon die erste Station und, rein zufällig, auch der neue zentrale Umschlaghafen für Kokain. Man braucht nicht lange zu spekulieren. Man braucht nur ein bißchen gesunden Menschenverstand.«

Steindorff verzog keine Miene. Er streichelte seinen Mops, der sich auf dem Sessel neben dem Fenster zusammengerollt hatte. »Ihr Besuch bei mir hat nicht zufällig mit der Tatsache zu tun, daß Franz Krupka gestern zum neuen Innenstaatssekretär ernannt wurde?«

Wolf schwieg. Das genügte als Antwort vollkommen.

»Sie wollen allen Ernstes behaupten, daß der Bundesinnenminister, der *Verfassungsminister!*, mit dem Organisierten Verbrechen in Kontakt steht? Haben Sie dafür auch nur den Hauch eines Beweises?«

»Herr Steindorff, sagen wir ruhig, wie es ist: Wir beide sind uns in herzlicher Abneigung zugetan. Meiner Meinung nach sind Sie unsicherer, als es ein Mann in Ihrer Position sein darf. Ihr Vater war vor dreißig Jahren Generalstaatsanwalt in NRW, und ich vermute, Sie haben noch immer das Gefühl, es ihm nicht recht machen zu können. Wenn Sie ihn besuchen, wundert es Sie wahrscheinlich, daß er Sie nicht fragt, ob Sie Ihre Schnürsenkel richtig zugebunden haben.« Steindorff lief puterrot an, doch Wolf sprach einfach weiter. »Ich persönlich hätte meinem heutigen Flug nach Karlsruhe eine Prostataoperation vorgezogen. Sie können also davon ausgehen, daß ich mir den Besuch gut überlegt habe. Ja, Josef Langheinrich ist der Verfassungsminister. Und er hat einen Amtseid abgelegt. Er hat sich verpflichtet, ›Schaden vom deutschen Volk abzuwenden und seinen Nutzen zu mehren‹. Ich hoffe, daß er diesen Eid nicht für interpretationsfähig hält.«

Steindorff ging auf Wolf zu und blieb dicht vor ihm stehen. »Sie haben nur noch neun Monate Amtszeit vor sich, das ist das einzige, das mich davon abhält, jetzt zum Telefon zu greifen und den Innenminister anzurufen. Ich betrachte dieses Gespräch als nicht stattgefunden. Auf Wiedersehen.«

Ich habe es versucht. Ich mußte es versuchen. Wenn er jetzt zuckt, ist alles aus! Wolf griff nach seiner Aktentasche und ging zur Tür. Das Telefon auf dem Schreibtisch des Generalbundesanwaltes läutete. Steindorff hob ab.

»Ja? ... Moment bitte!« Er sah Wolf an. »Für Sie. Der Innenminister.« Sie wechselten einen stummen Blick.

»Wolf.« Die Bildleitung war deaktiviert. Steindorff konnte nur hören, was Wolf sagte. Und das sollte sich noch als segensreich erweisen.

Langheinrichs Hand spielte mit der SG-Nadel, die er gefunden hatte. »Herr Präsident, ich möchte, daß Sie einen Wechsel in meinem Schutzkommando veranlassen. Clemens Thürck wird abgezogen, umgehend. Als Ersatz wünsche ich mir eine Beamtin.«

»Gibt es einen besonderen Grund?« fragte Wolf.

»Keinen, der Sie interessieren müßte. Auf Wiederhören.«

Wolf legte auf. Er sah in das neugierige Gesicht von Steindorff. »Interessant. Aber natürlich nicht für Sie.« So ging er.

Der Mops sprang von seinem Sessel. Er lief zu seinem Herrchen und schubberte an seinem Hosenbein. Der GBA schob ihn gedankenverloren weg.

Siegfried Thom nannte ein Häuschen in Berlin sein eigen. Ein eher schmuckloser Bungalow, der sich im Bezirk Reinickendorf-Frohnau befand. Die Immobilie war ihm aus der Konkursmasse einer seiner vier Ehen zugefallen. Wolf erinnerte sich nicht mehr, welche. Thom besaß das bemerkenswerte Talent, sich stets in Frauen zu verlieben, die ihm das Leben zur Hölle machten. Was das betraf, schien er allerdings auf dem Weg der Besserung zu sein; jedenfalls war er seit sieben Jahren solo. Das Haus hatte lange leergestanden, doch seit der Umzug von OA in die Hauptstadt begonnen hatte, diente es ihm als Zweitwohnsitz. So unscheinbar der Bungalow von außen wirkte, so überraschend wohnlich war das Interieur, denn Siegfried Thom besaß Geschmack.

Der Präsident und sein künftiger Abteilungsleiter ZD saßen im Billardzimmer, das nach Männerart eingerichtet war. Während Thom, dem die Ärzte zwei Tage Urlaub von der Reha genehmigt hatten, Mineralwasser trank, hielt Wolf sich an den Armagnac. Er schwenkte sein Glas, ließ den edlen Tropfen atmen und sah gedankenverloren auf den seltsam fehlplaziert wirkenden Bettvorleger aus Polyester, der wie ein Bild an der Wand hing. Das grottenhäßliche Stück zeigte eine Alpenwiese, auf der eine buntgescheckte Kuh weidete.

»Daß du den aufgehoben hast ...«, murmelte Wolf.

Thom lächelte. »Irgendwie war es doch unsere schönste Zeit.«

Der Wandschmuck hatte eine besondere Geschichte, welche nur jene Männer kannten, die noch gegen die erste Generation der RAF gekämpft hatten. Baader-Meinhof und Co. besaßen einen gewissen Humor. So fanden die Terroristenjäger in jeder konspirativen Wohnung, die sie aushoben, einen Bettvorleger mit ebenjener Kuh als Bildmotiv. Sollte wohl so was wie ein Gruß sein: *Ätsch, zu spät!* Die damalige Staatssekretärin im BMI war eine Intimfeindin Wolfs gewesen. Zu ihrem Unglück trug sie den Namen eines Paarhufers, denn sie hieß Langkuh. Das war eine Steilvorlage, die der Abteilungsleiter Terrorismus nicht ignorieren konnte. Wenn Wolf also im Innenministerium Bericht erstatten mußte, gefiel es ihm zu sagen: »Meine Leute sind rein, zuerst ins Schlafzimmer, und da lag auch schon die Kuh.« Dieser Satz wurde Legende, viele der damaligen Kollegen sicherten sich einen der Bettvorleger, um ihn im Büro oder zu Hause in der Kellerbar aufzuhängen. So auch Siegfried Thom.

»Es war nicht die schönste Zeit, nur die aufregendste. Aber es war nichts im Vergleich zu dem, was wir jetzt erleben. Ich wünschte mir, du wärst wieder an meiner Seite. Dann würde ich mich um einiges besser fühlen«, sagte Wolf.

Thom hielt die rechte Hand hoch. Sie zitterte wie bei einem Alkoholiker. »An manchen Tagen ist es schlimmer. Als hätte ich Parkinson. Nicht, daß es mich nicht juckt, aber ich fürchte, Herr Präsident, diesen Kampf werden Sie ohne mich ausfechten müssen.«

»Wenn du noch mal *Präsident* zu mir sagst, sorge ich dafür, daß deine Krankenschwestern dir täglich einen Einlauf verpassen!«

Thom lächelte nur schwach. »Das mit den Schnürsenkeln ... haben Sie das wirklich zu ihm gesagt?«

»Wörtlich. Sein Gesicht hätte dir gefallen.«

»Ja, vielleicht. Aber was wird er jetzt machen?«

»Gar nichts. Er wird mit seinem Köter spazierengehen, seine Rosen schneiden und abwarten, was ich tue. Für eine Fahrt ins Innenministerium fehlt ihm doch der Mumm.«

»Was ist mit Sophie – wird er sie abziehen?«

»So dumm ist er nicht. Seine Zuständigkeit für OK ist noch lange nicht durch, also braucht er mich. Nein, nein, sie behält den Fall, egal, was passiert.«

»Aber bei der notwendigen Gesetzesänderung hat jetzt noch einer mitzureden. Und zwar Krupka. Ich glaube kaum, daß er auch noch den Generalbundesanwalt am Hals haben will. Spätestens wenn unser neuer Staatssekretär anfängt, gegen Sie zu stänkern, weiß der GBA, woher der Wind weht.«

»Um so besser, dann nimmt er mich vielleicht ernst. Und was Krupka betrifft – der legt schon kräftig los. Gestern hat er der Innenministerkonferenz seine Aufwartung gemacht und ziemlich rumgepupst, von wegen: Wolf hat seinen Zenit überschritten, ist verbraucht, Zeit für frischen Wind, und so weiter. Viel

Rückendeckung kriege ich da nicht. Ich bin der alte Fürst, der auf dem Totenbett liegt, aber einfach nicht sterben will. Diejenigen, die mir gestern noch zugejubelt haben, studieren jetzt ihre Schuhe, wenn ich vorbeigehe. Soviel zu meiner Hausmacht.«

»Krupka ahnt vermutlich, daß Sie ihm auf die Schliche gekommen sind. Wenn er Langheinrich wirklich in der Tasche hat, könnte er problemlos für Ihre vorzeitige Entlassung sorgen. Das ist es, was mir Sorge bereitet.«

»Da bin ich ganz entspannt. Sie haben Zwergblau über die Klinge springen lassen, und der gehört zur selben Partei wie ich, wenngleich ich kein Mitgliedsbuch in der Tasche habe. Zweimal so kurz hintereinander können sie das dem Koalitionspartner nicht zumuten. Es war eine ganz nüchterne Entscheidung von Krupka: Entweder sie schassen mich, oder er läßt sich zum Staatssekretär krönen und bekommt damit die Kontrolle über das BKA. Natürlich würde er nur allzugern dafür sorgen, daß ich rausgeschmissen werde. Aber das könnte die Koalition sprengen, und Neuwahlen sind für unseren Freund russisches Roulett. Wer garantiert ihm, daß der lange Josef das Rennen macht? Falls nicht, war alles für die Katz. Das wird er niemals riskieren, jetzt, wo er schon so weit gekommen ist.« Er schwenkte sein Glas und sah Thom vielsagend an. »Falcke hat übrigens seinen ersten Bericht aus La Paz geschickt. Lissabon wird mit keinem Wort erwähnt.«

»Das beweist noch nicht, daß er auf Krupkas Lohnliste steht. Ich nehme an, daß die Bolivianer ihn nur mit Schrott füttern.«

»Er war der Kandidat von Langheinrich.«

»Könnte auch Zufall sein, Herr Präsident.«

»Ja, Zufall. So nennt man etwas, das man nicht glauben will.«

Thom sah, wie Wolf an seinem Armagnac schnüffelte, die Augen schloß, den Kopf in den Nacken legte. Sie verstanden einander wortlos. *Da ist noch was. Etwas, das ihn wirklich beunruhigt.* Thom sagte: »Gutierez?«

»Der BND hat seine Scheiße analysiert. Er ist vermutlich chronisch depressiv, jedenfalls steckt er bis zur Halskrause voll mit Psychopharmaka. Boehnke glaubt, daß er unmöglich die Staatsgeschäfte führen kann.«

»Also hat Ihr Freund Frederics Sie angelogen?«

»Wahrscheinlich.«

»Aber warum? Er weiß, daß Sie ihn mit den Informationen über die DEA-Labors in der Hand haben. Der riskiert doch nicht seinen eigenen Hals!«

»Es sei denn, er kriegt Druck von ganz oben.«

»Langley?«

»Höher.«

Sie schweigen. *Höher* konnte nur eines bedeuten: Weißes Haus.

»Sie wissen, daß Gutierez krank ist«, sagte Wolf. »Was sie brauchen, ist jemand, der ihnen politische Stabilität garantiert. Gutierez also nicht. Er ist nur eine Marionette. Die Macht im Staat hat jemand anderes.«

»Die Katze, die eine Maus auf dem Schwanz davontragen kann«, sagte Thom bedächtig.

»Ja. Es ist de la Peña.« Wolf stand auf und ging im Zimmer umher. »Ich bin so lange im Geschäft, ich dachte, ich hätte alles erlebt. Ich habe mir ziemlich was auf meine Menschenkenntnis eingebildet. Du siehst also: Hochmut kommt vor dem Fall.«

»Und jetzt?« fragte Thom, nachdem er Wolfs Enthüllung verdaut hatte.

»Wie sagt Ovid so schön: ›Es ist richtig, belehrt zu werden, selbst durch einen Gegner.‹ Ich nehme den alten Sack beim Wort.«

ELF

Die Gondel setzte sich mit einem Ruck in Bewegung. Sie wurde von der Winsch auf dem Dach des DV-Gebäudes langsam nach oben gehievt und stoppte eine Etage höher, direkt vor dem Fenster von Wolfs Amtszimmer. Der Mitarbeiter der Reinigungsfirma, der schwankend in luftiger Höhe hing, lugte neugierig in den Raum hinein. Er sah, wie der Präsident die beiden Männer und die drei Frauen, die in diesem Moment hereinkamen, mit Handschlag begrüßte. Damit war die Show beendet, denn Wolf drückte auf einen Knopf neben seinem Schreibtisch, so daß die Jalousien elektrisch herunterfuhren und für Sichtschutz sorgten.

Wolfs Augen ruhten auf Sophie und den Fahndern. Die knisternde Spannung war beinahe mit Händen zu greifen. »Vor ziemlich genau einem Monat habe ich in diesem Raum Rubikon gegründet. Jetzt ist es an der Zeit, daß wir handeln. Sie alle wissen, daß ich vorgestern beim GBA war. Unser Gespräch verlief leider nicht wie erhofft. Ich werde nun einige Dinge aussprechen, die der absoluten Geheimhaltung unterliegen. Es handelt sich um Maßnahmen, für die es keinerlei gesetzliche Grundlage gibt. Sollte einer von Ihnen Bedenken haben, könnte ich das verstehen. In diesem Fall soll derjenige jetzt aufstehen und den Raum verlassen. Denn danach gibt es kein Zurück.«

Wolf sah jeden einzelnen an. Nicht einer senkte den Blick. Er lächelte unmerklich. *Ich wußte, ich kann mich auf meine Truppe verlassen!* »Also gut. Wir werden in das Herz der Bundesregierung marschieren, und wir werden siegen oder verlieren. Dazwischen gibt es nichts.«

Er zündete sich in aller Seelenruhe eine Zigarre an, und Sophie verfluchte ihn wieder einmal für diese Unsitte, die er immer dann an den Tag legte, wenn er genau wußte, daß es alle verrückt machte. *Vielleicht braucht er seine kleinen Spielchen. War er früher schon so? Vermutlich. Nein, ich weiß nicht mehr.*

»Der Innenminister hat mich gebeten, seinen Kommandoführer auszuwechseln«, sagte Wolf. »Er will eine Frau ...«

»Kann ich mir lebhaft vorstellen ...«, raunzte Pieper halblaut.

»Nun ja, geben wir ihm, was er will ... Frau Broszat, ich weiß, daß Sie im Gegensatz zu Frau Lombardi Erfahrungen in der Sicherungsgruppe gesammelt haben und für diese Aufgabe prädestiniert wären. Trotzdem habe ich mich gegen Sie entschieden. Sie waren bereits mein Meldekopf beim Staatsbesuch von Gutierez, Langheinrich würde vermutlich mißtrauisch werden, wenn sich das Spiel bei ihm wiederholt.« Er sah Lombardi an. »Also übernehmen Sie das.« Stummes Nicken. »Die Bolivianer werden übermorgen nach Portugal weiterreisen«, fuhr Wolf fort. »Ich habe mich mit Boehnke verständigt. Seine Leute werden das Gästehaus der portugiesischen Regierung abhören. De la Peña braucht Boden-Luft-Raketen. So einen Deal bespricht man nicht am Telefon. Jemand muß nach Lissabon und die Residenz observieren. Wenn es noch zu einem Treffen zwischen Krupka und de la Peña kommt, dann vermutlich dort.« Er sah Sophie mit ironischem Lächeln an. »Hat unsere Frau Staatsanwältin einen Vorschlag, wer den Auftrag übernehmen soll?«

Es war das erste Wort, das er seit ihrem Streit im Schloß Charlottenburg an sie richtete. So vieles war seitdem geschehen. Sie wußte jetzt, daß er seine schützende Hand über sie hielt. Wußte, daß er Steindorff ein Opfer gebracht hatte, nur um *sie* nicht wieder zu verlieren. Denn was sonst sollte ihn dazu bewogen haben, vor seinem Intimfeind einen Kotau zu machen? Sie hatte alle Varianten durchgespielt, in der heimlichen, uneingestandenen Hoffnung, daß es keine andere Erklärung geben könne. Und sie hatte keine gefunden.

»*Gregor, bist du noch wach?*« Ihr Kopf in seiner Armbeuge, schlaflos in einer Nacht voller Wunder. »*Was war das für ein Kuhhandel zwischen meinem Vater und dem GBA?*«

»*Vermutlich OK. Steindorff will seine Spielwiese vergrößern.*«

Sie liebte das schläfrige Murmeln seiner Stimme. Sie liebte alles an ihm. *»Aber gesagt hat er es dir nicht?«*

»Er sagt mir längst nicht alles. Das denkst du bloß immer.«

Seine Hand, warm und fest auf ihrem Bauch, sein ruhiger Atem an ihrem Ohr. *»Was bedeutet es für meinen Vater?«*

»Er verliert an Macht. Und jetzt schlaf!«

»Verzeihung, Sophie, es wäre nett, wenn du mir antwortest.«

Sie sah ihren Vater an und lächelte mit gleicher Ironie zurück. »Selbstverständlich ist diese Entscheidung Präsidentensache.«

Die Fahnder hatten sich zurückgelehnt und grinsten. Auch Vandreyke.

Gleich weiß ich Bescheid. Wenn er mich mit Gregor nach Lissabon schickt, ist er mit unserer Beziehung einverstanden. Wenn. Aber ich glaub's nicht. Er will die Dinge unter Kontrolle haben. Was jetzt kommt, bringt mir eine Flasche Champagner. Aber was ich verliere, ist mehr als das.

Wolf sagte: »Dann schlage ich vor, daß du das mit Gregor machst.«

Niemand grinste breiter als Vandreyke, denn sie hatten schon gestern gewußt, daß die Reise nach Lissabon unvermeidlich sein würde. *»Eine Flasche Champagner, daß er uns zusammenläßt!«*

»Ha, die hast du schon verloren!«

Nun genoß sie die Wonnen ihrer Wettschuld.

Wolf richtete das Wort an Pieper und Broszat. »Sie beide brauche ich hier. Sie werden Kontakt zu Frau Lombardi halten und die Observation von Langheinrich koordinieren.«

»Was ist mit Krupkas Geldwäsche?« fragte Pieper. »Der Mann braucht eine verdammt große Waschmaschine. Wir könnten uns wenigstens mal das Flusensieb ansehen.«

»Das werden wir mit Sicherheit nicht. Damit scheuchen wir nur seine Banken auf.«

Wolf stand auf, die anderen taten es ihm nach.

»Noch ein Wort zu Herrn Grimm. Sie wundern sich vielleicht, warum ich ihn bisher nicht vom Dienst suspendiert habe. Nun ja. Sie werden es zu gegebener Zeit erfahren«, sagte Wolf sibyllinisch. Er nickte seinen Leuten zu, und einer nach dem anderen verließ den Raum. Nur Vandreyke blieb, auf einen Wink des Präsidenten, im Zimmer. Sophie registrierte es. Sie zögerte kurz, ging dann aber mit Pieper, Broszat und Lombardi hinaus.

Wolf wartete, bis sie die Tür hinter sich geschlossen hatte. Sein Blick ruhte in bedeutungsvoller Schwere auf Gregor Vandreyke.

»Hört meine Tochter noch auf dich?« fragte er.

»Sollte sie das?«

»Ja, denn ich fürchte, sie ist ein wenig ... außer Kontrolle geraten. Du sorgst mir persönlich dafür, daß sie nicht vergißt, woher sie jetzt ihre Anweisungen erhält. In Lissabon arbeitet sie nicht für Karlsruhe. Nur für uns.«

»Ich denke, sie weiß das.«

»Wenn nicht, mach es ihr klar.«

Das Büro war dunkel bis auf das schwache Licht, das der Monitor des Videophons abstrahlte. Sophie sah in das eisige Gesicht des Generalbundesanwaltes.

»Frau Wolf, ich bin nicht sicher, ob ich Sie richtig verstanden habe. Könnten Sie das noch einmal wiederholen?«

»Czarny weiß mit Sicherheit, wer hinter dem europäischen Vertriebskartell steckt. Wir sollten ihm bei umfassender Aussage Straffreiheit anbieten. Ich sehe keine andere Möglichkeit.«

»Haben Sie mit Ihrem Vater darüber gesprochen?«

»Ich würde sagen, diese Frage fällt allein in die Kompetenz der Bundesanwaltschaft.«

»In *meine* Kompetenz, Frau Wolf. Ich verbiete Ihnen jede Art von Deal mit Czarny. Wir sind ein Rechtsstaat. Wir verhandeln nicht mit Verbrechern.«

»Seit wann?«

»Vorsicht, junge Dame. Es ist ein schmaler Grat zwischen Engagement und Harakiri. Schmal. Aber nicht unsichtbar.«

»Es gäbe eine gesetzliche Grundlage.«

»Ah ja?«

»»Es kann von der Verfolgung einer in die Kompetenz des

Generalbundesanwaltes fallenden Straftat abgesehen werden, wenn der Beschuldigte nach der Tat dazu beigetragen hat, eine Gefahr für den Bestand oder die Sicherheit der Bundesrepublik Deutschland abzuwenden ...«

»Tätige Reue, Paragraph 153e STPO«, murmelte der Mann mit dem perfekten juristischen Gedächtnis. Kurzes Schweigen, dann sagte er: »Ihr Vater war bei mir, Sie wissen sicher bereits davon. Kennen Sie auch seine Theorie über den Boß des Vertriebskartells?«

»In diesem Punkt bin ich ganz seiner Meinung.«

»Fehler, Frau Wolf. Großer Fehler. Sie haben bei dieser Ermittlung grundsätzlich *meiner* Meinung zu sein! Muß ich das konkretisieren?«

»Nein, Herr Generalbundesanwalt.«

»Gut, dann vergessen Sie den Unsinn, den Ihr Vater sich einbildet!« Der GBA reckte den dürren Hals. Bild und Ton waren einen Moment lang leicht asynchron, so daß es aussah, als sei seine Stimme schneller als seine Gedanken. »Ich bin eher für eine andere Lösung: Czarny hält sich nach Informationen des BND in Omsk auf. Wir sollten die russischen Behörden verständigen und einen Auslieferungsantrag stellen. Den Haftbefehl der Engländer können wir vernachlässigen. In Bremerhaven gab es Tote, das wiegt schwerer als die Handgranaten, die er nach Nordirland geliefert hat. Also haben *wir* das Zugriffsprimat!«

»Im Prinzip möglich, aber ohne jede Erfolgsaussicht«, sagte Sophie und badete in der Genugtuung, den großen Meister korrigieren zu dürfen. »Die Duma hat vor wenigen Monaten ein Gesetz verabschiedet, das die Auslieferung von Personen russischer Nationalität in Länder verbietet, in denen eine lebenslange Haftstrafe droht. Da hat die Mafia ganze Arbeit geleistet, die hat mindestens die Hälfte aller Abgeordneten im Sack. Ich beginne mich zu fragen, wie viele es bei uns sind.« *Jetzt haßt du mich, das weiß ich!*

Doch Steindorff hielt die professionelle Fassade aufrecht, obwohl er innerlich kochte. »Dann gibt es immer noch eine Alternative: Drohung mit *höherem Strafantrag*. Sagen wir: Auslieferung an die USA. Dort wartet die Gaskammer auf ihn. Vielleicht beflügelt das seine Kooperationsbereitschaft.«

»Das können wir nicht. Aus dem gleichen Grund wie die Russen. In unserem Fall steht dem die Todesstrafe im Weg.«

Der GBA schien nicht länger gewillt, sich eine juristische Diskussion mit einer Untergebenen anzutun. »Frau Wolf, Sie kennen die Optionen. Zu einer anderen Vorgehensweise sind Sie nicht ermächtigt. Auf Wiedersehen.«

Der Bildschirm wurde dunkel.

Scheiß Machiavellist! Ich soll für dich ein Himmelfahrtskommando übernehmen, und du kneifst den Schwanz ein!

Nach Mitternacht. Das Amt war bis auf den Dauerdienst verlassen und gespenstisch still. Sophies Büro lag direkt neben dem Lift. Ein peitschenähnlicher Knall ertönte. Stahlseile, die im Fahrstuhlschacht pendelten. Als die Kabine stoppte und die Gewichte arretierten, klang es wie eine Guillotine, die sich in den Hackklotz grub.

Sophie griff nach ihrem Handy. Sie kannte die Nummer auswendig.

»Ja?«

»Sophie Wolf. Frau Fasoulas, haben Sie über mein Angebot nachgedacht?«

»Ich will das nicht, bitte!« flehte Jelena. »Sie haben mir versprochen, daß Sie Jorgos und mich ...«

»Nur dieses eine!« unterbrach Sophie sie. »Dann wird alles gut für Sie und Ihren Sohn! Sie hassen Ihren Bruder, und Sie haben allen Grund dazu. Wenn Sie mir diesen Gefallen tun, werde ich dafür sorgen, daß er die nötige Strafe erhält und Sie in Sicherheit sind bis an Ihr Lebensende! Wollen Sie das, Frau Fasoulas? Werden Sie *das* dafür tun?«

Im Grunde war es Zufall. Oder Glück. Niklas Grimm rief am nächsten Morgen in Sophies Büro an, um zu fragen, ob sie reden könnten. Nach allem, was passiert war, konnte er nicht zur Tagesordnung übergehen und mußte einen Weg suchen, an sie heranzukommen. Doch in der Abteilung OA hatte man ihm die Auskunft erteilt, daß sie außer Haus sei.

»Und morgen?«

»Muß sie leider verreisen.«

Grimm hatte nicht weiter nachgefragt, sondern war, einer Eingebung folgend, hinunter in die Spesenstelle gegangen, wo man ihm anstandslos mitteilte, daß man für Frau Wolf und Herrn Vandreyke zwei Tickets nach Lissabon gebucht habe, Rückflug offen.

»Philipp Heinze.«

»Ich bin's, Niklas. Wir müssen uns treffen.«

»In Wiesbaden?«

»Besser in Berlin. Neue Nationalgalerie. Heute noch.«

Während er nun durch das Museum schlenderte und vor dem großen fotorealistischen Wandbild von Gertsch, »Saintes Maries de la Mer«, stehenblieb, dachte er, wie angenehm es war, Quellen zu besitzen, von denen weder Wolf noch sonst jemand im BKA wußte. Heinze zum Beispiel. Schon auf dem Nato-Defense-College in Rom waren sie Zimmergenossen gewesen. Dort wurde die internationale Elite ausgebildet. Fünf Monate Rom, dann Praktika beim BND, der CIA, bei Scotland Yard. Sie sollten unterschiedliche Rechtssysteme kennenlernen, um später Spitzenbeamte zu werden. Ihre Verbindung war nie abgerissen. Jetzt, da sie beide in den Vorzimmern der Macht saßen, war sie wichtiger als je zuvor, denn Philipp Heinze hatte das gleiche Problem wie Niklas Grimm: »Stellvertretender Abteilungsleiter Auswertung« war zwar ein toller Titel, doch genau wie seinen Kollegen vom BKA ließ man ihn an der Macht nur riechen, selber furzen durfte er noch nicht. Daher halfen sie einander, und die Informationen, die sie austauschten, hatten ihren Karrieren den ein oder anderen Schubs gegeben. Das war schon so gewesen, als Grimm noch in der Polizeiabteilung des BMI saß und Heinze sich die ersten Sporen beim BND verdiente. Nun war es wieder einmal Zeit, sich den Bauch mit Herrschaftswissen vollzuschlagen.

»Wissen Sie eigentlich, daß die Nationalgalerie ursprünglich als Bacardi-Konzernzentrale für Havanna konzipiert worden war?« fragte Heinze hinter ihm. Grimm drehte sich nicht um. »Castro und die Revolution haben Mies van der Rohe einen Strich durch die Rechnung gemacht, und die Berliner griffen, in Unkenntnis der ursprünglichen Bestimmung, dankbar zu, als der Saukerl ihnen die Bacardi-Pläne als Museumskonzept verkaufte. Steht in keinem Stadtführer, ist aber trotzdem wahr.«

Ja, ja, ihr wißt immer alles ganz genau, dachte Grimm, während er sich von den »Saintes Maries de la Mer« löste und, ohne Heinze zu beachten, durch die Ausstellung bummelte. Im Skulpturengarten trafen sie sich wie zufällig wieder. Hier waren sie ungestört.

»Sehr hübsch, der Giacometti«, sagte Heinze. »Leider nur eine Kopie.«

»An Originalen interessiert? Dazu muß man verreisen.«

»Wohin denn zum Beispiel?«

»Ich habe gehört, daß Lissabon ein schönes Ziel ist.«

»Nicht unbedingt um diese Jahreszeit.«

»Ich glaube, doch. Wiesbaden macht gerade eine kleine Studienreise.«

»Wie nett. Muß man da neidisch sein?«

»Ich wette, die haben dort schon Anschluß gefunden. Trachtengruppe mit Schlapphüten.«

»Technische Aufklärung. Nicht mein Schreibtisch.«

»Na und?«

»Morgen, gleiche Stelle.«

Er ließ Grimm stehen und trottete zum Ausgang.

ZWÖLF

Miguel de la Peña hatte ein Nickerchen gehalten. Er öffnete in diesem Moment die Augen und sah das Schloß.

»Queluz« – Welches Licht! – hieß die ehemalige Residenz des Hauses Bragança, die als Gästehaus der portugiesischen Regierung diente. Sie befand sich in der gleichnamigen Kleinstadt nordöstlich von Lissabon. Die portugiesische und die bolivianische Flagge flatterten auf dem Largo do Palácio nebeneinander im Wind. Gardesoldaten hatten Stellung bezogen. Sie präsentierten ihre Gewehre, als der Limousinenkonvoi durch das Haupttor rollte.

Die ganze Fahrt vom Flughafen bis Queluz hatte er geträumt. Als de la Peña nun das reine Rokoko der Schloßanlage sah, erinnerte er sich plötzlich an diesen Traum: Er war in Santa Cruz gewesen, der reichsten Stadt seines Landes, imposanter und glanzvoller noch als La Paz. Der kleine Miguel hatte auf der Plaza 24 de Septiembre gestanden und mit staunenden Kinderaugen, die Hand seines Vaters umklammert, die mächtige Basilica Menor de San Lorenzo angestarrt. Wie wunderschön ihm dieser Ort vorkam, so anders als die bettelarme und häßliche Bergarbeitersiedlung, unterhalb derer seine Familie lebte.

Sie lag östlich von Oruro, in viertausendvierhundert Metern Höhe auf dem Hochplateau des Altiplano. In der »Oberstadt« kümmerten die vielköpfigen Familien der Mineros, unten residierten die Reichen. So wie es überall in Bolivien war: oben die Hütten, unten die Paläste. Die Indios, die in den Minen schufteten, nannten das Villenghetto »Durazno«, was in ihrer Sprache, dem Quetschua, »Pfirsich« bedeutete. So wohlduftend und verlockend war das Leben dort, so unerreichbar. Doch nicht für Miguel.

Sein Vater Juan de la Peña war ein Criollo, ein Nachfahre der spanischen Conquistatoren. Sie nannten ihn »Zinnbaron«, denn ihm gehörte die Mine Rayo Z, wo unzählige Mineros, viele davon Kinder, in den Hunderten von Kilometern langen Schächten und Stollen herumkrochen, um dem Berg seinen Reichtum abzuringen. Sie verfluchten ihn als »Metal del diablo«, Teufelsmetall. Die Wellblechhütten, in denen sie hausten, boten keinen Schutz vor der Kälte. Die Mineros hungerten und wurden von den Aufsehern wie Sklaven behandelt. Keiner, der nicht an der Steinstaublunge litt. In den klaren, stillen Nächten konnte man ihr Husten bis zu dem im französischen Stil errichteten Palacio hören, wo die Familie des Barons residierte. Es war ein herrschaftliches Haus mit jedem Luxus. Miguel hatte einen Privatlehrer, der ihn in Französisch und in Englisch unterrichtete, ein Pony, sogar ein Elektroauto, das man extra in Amerika bestellt hatte. Doch wenn er aus dem Fenster seines Kinderzimmers schaute, sah er nichts als den grauen Staub, den der Surazo über den Abraumhalden aufwirbelte. Wann immer er an diese Zeit zurückdachte, fror er, denn der eisige Wind des Altiplano beherrschte seine Erinnerung.

1952, lange vor der Geburt von Miguel, waren die Minen verstaatlicht worden. Später hörte er, wie sein Vater voller Verbitterung von dem Freudenfest sprach, das die Indios gefeiert hatten, indem sie Hunderte von Dynamitstangen in die Luft jagten. Der Staatskonzern, zu dem die Mine nun gehörte, hieß Comibol, und Juan de la Peña, der vergeblich auf die Abfindung wartete, die man ihm versprochen hatte, wurde notgedrungen Angestellter in seiner eigenen Firma. »Geschäftsführer« würde man heute sagen. Sein Sohn Miguel, der keine Geschwister hatte, liebte es, auf seinem Pony zu reiten, doch noch verlockender waren die Mine und die Geheimnisse, die er in ihr verborgen glaubte. Jeden Tag ritt er nach dem Unterricht hinaus nach Rayo Z, spürte, wie die Erde vibrierte, wenn die gewaltigen Gesteinsblöcke aus den Schächten gesprengt wurden, sah die Kolonnen der ausgezehrten Mineros, die so am Ende waren, daß sie ihre Heimat verließen und sich auf den Weg in die Yungas und ins Chaparé machten, wo neuer Wohlstand für alle lockte: das Koka.

Miguel mußte, hübsch gekleidet in seinem maßgeschneiderten Kinderanzug, merkwürdig ausgesehen haben inmitten der zerlumpten Bergarbeiterkinder. Doch der Anzug blieb nicht lange sauber, da er heimlich mit ihnen in den Berg hineinfuhr. Sein Vater hatte aufgegeben, es ihm zu verbieten, bestand aber darauf, daß Miguel ein Schild um den Hals trug, auf dem stand: »Ich bin der Sohn von Juan de la Peña!«, damit die Aufseher nicht auf die Idee kamen, ihn mit der Peitsche zu züchtigen wie die anderen Kinder, die ihn mochten, weil er ihnen nicht mit Hochmut begegnete und sie sogar auf seinem Pony reiten ließ. So lernte er Quetschua, die Sprache der Inkas. Manchmal schlich er in ihre Hütten, wo sie mit ihm den Hirsebrei teilten, der den Bauch füllte, ohne zu kräftigen.

In einer dieser Hütten hörte er zum erstenmal den Namen Ché Guevara.

Die Mineros, von denen viele Sozialisten waren, setzten all ihre Hoffnung in ihn. Der Kampfesbruder des großen Fidel Castro war nach Bolivien gekommen, um auch hier die Revolution anzuführen. Und warum sollte es ihm nicht gelingen, wo er es doch wenige Jahre zuvor in Kuba vorgemacht hatte? Auch am Tisch des Zinnbarons wurde über Ché gesprochen. Doch für Miguels Vater war er ein Verbrecher und Kommunist. Er reagierte mit Zorn, als er hörte, wie sein Sohn die Parolen der Mineros nachplapperte, und verbot ihm fortan, sich der Mine zu nähern. Daß Miguel sich nicht daran hielt, war eine andere Sache.

Als Ché Guevara 1967 in Nancahuazú, südlich von Santa Cruz, durch Green Berets und die CIA zur Strecke gebracht und ermordet wurde, ließ Juan de la Peña, dem Anlaß angemessen, einen guten Tropfen aus dem Weinkeller holen. Doch die heile Welt von Durazno war längst aus den Fugen geraten, denn man hatte zwar Ché getötet, nicht aber seine Ideale. Eine Streikwelle rollte über den Altiplano. Sie begann in Siglo XX, der größten Mine des Landes, breitete sich schnell aus und erreichte bald auch Rayo Z. In der Nacht jedoch, in der die Streikversammlung stattfand, marschierten Soldaten ein. Männer, Frauen und Kinder wurden niedergemetzelt. Miguel war aus dem Schlaf erwacht und hörte die Schüsse und die Schreie, ohne zu verstehen, was geschah. Am übernächsten Tag sah er die grobgezimmerten Särge, die in schweigender Prozession an ihrem Haus vorbeigetragen wurden. Er erkannte die Eltern und Großeltern und die Geschwister seiner Freunde, deren Gesichter vor Tränen schwammen.

Da weinte auch er, denn er wußte jetzt, wer in den Särgen lag.

Was nun kam, war das reine Chaos. Selbst hochrangige Militärs wechselten das Lager und bekannten sich zu Chés Visionen. Linke und Rechte prallten unversöhnlich aufeinander. Ein Putsch folgte dem anderen, was darin gipfelte, daß Bolivien an einem einzigen Tag drei verschiedene Präsidenten erlebte. Einen am Morgen, einen am Mittag, einen am Abend. Selbst Miguels Vater, der gewiß kein Sozialist war, begriff nun, daß das Ancien régime am Ende war. Es blieb einem seiner Freunde, Juan José Torres, überlassen, den Bürgerkrieg zu beenden. Der General, der seine Augen nicht länger vor dem Unrecht verschloß, putschte sich zum Präsidenten, um das Land in die Demokratie zu führen. Das Volk liebte ihn, er war die Symbolfigur all ihrer Hoffnungen. Doch nachdem er sich mit den Amerikanern angelegt und sogar das U. S. Peace Corps aus dem Land geworfen hatte, war die große Stunde des ultrarechten Generals Hugo Banzer gekommen. Er verjagte Torres mit Hilfe der internationalen Hochfinanz. Der Präsident flüchtete, zehn Monate nach seinem Amtsantritt, ins Exil, wo er fünf Jahre später ermordet wurde.

Da waren längst alle Rechnungen beglichen. Nur eine Woche nach Banzers Putsch war Miguels Vater auf offener Straße erschossen worden. Man wußte, daß er ein Freund von Torres war. Für die Mutter von Miguel war es Zeit zu handeln. Sie flüchtete mit ihm bei Nacht und Nebel nach Europa, denn die Todesschwadronen verschonten auch die Angehörigen der Regimefeinde nicht.

So kamen sie in die Schweiz, wo Miguel, der damals dreizehn

Jahre alt war, am ersten Abend aus dem Fenster sah und beim Anblick der Berge etwas von der Traurigkeit verlor, die ihn seit dem Abschied von seiner Heimat begleitet hatte. Das Internat, das man für ihn ausgewählt hatte, war sehr vornehm und sehr streng. Er haßte es. An seinem neunzehnten Geburtstag bestand er das Abitur. Er verließ seine Mutter, die nur noch in der Vergangenheit lebte und in der Dunkelheit ihres Zimmers die Fotoalben verwahrte, die ihr als einziges geblieben waren. Er sagte nicht Adiós, er schlich sich einfach davon.

Zwei Wochen später sprang er am Fehrbelliner Platz aus der Fahrerkabine des Lkws, der ihn die letzten fünfhundert Kilometer mitgenommen hatte. Jetzt war er in Berlin. Es war fremd, es war laut, es war neu.

Es begann die bisher aufregendste Zeit seines Lebens.

Während Präsident Gutierez und sein Staatsminister sich zu einem ersten kleinen Empfang im Thronsaal aufhielten, wurde in der Suite im Westflügel, die für Miguel de la Peña vorgesehen war, noch hektisch gearbeitet. Livrierte Bedienstete schleppten Gepäckstücke herein. Der Protokollchef stand bei der Zimmerbar und las die Getränkeliste vor. Einer der Pagen überprüfte, ob die Flaschenbatterie vollständig war.

»Uma giraffa de Gin ... tres de Vinho tinto ... Cognac ... duas de Single Malt Whiskey ... Vinho do Porto ... Tequilla ... duas de Rum ... uma de Wodka.«

»Está completo«, sagte der Page. Er begann damit, Zierkorken, die mit dem portugiesischen Staatswappen versehen waren, in die Hälse zu drücken. Als er sicher sein konnte, daß er für einen Moment unbeobachtet war, griff er in seine Tasche und spießte eine winzige Abhörwanze in einen der Korken. Es war die Tequillaflasche. Sie würde ihm ein hübsches Sümmchen einbringen.

Bereits zwei Stunden vor der Ankunft der bolivianischen Delegation war LH 227 in Lissabon gelandet. Enttäuschend waren die Temperaturen. Sophie, die nur leichte Sommerkleidung trug, lernte schon auf der Treppe der Gangway, daß es an der portugiesischen Küste im Winter empfindlich kalt sein konnte. Vandreyke war schon öfter hier gewesen. Er zog seine Lederjacke aus und legte sie Sophie über die Schultern.

Die Mietwagenschalter befanden sich rechts der Haupthalle. Vandreyke wählte einen Ford Mondeo. Er war knallgelb, also auffällig genug. Als er sich ganz selbstverständlich hinter das Steuer setzen wollte, war Sophie schneller und ließ ihm nur den Beifahrersitz übrig. Sie liebte solche Neckereien. Ihn nervten sie. So saß er neben ihr, als die Skyline der Stadt unter ihnen auftauchte. Blaufarben, wie aus dem Himmel gemeißelt. Vandreyke brauchte keinen Stadtplan. Er wußte Bescheid. Sophie hatte auf seine Anweisung hin den rechten Seitenspiegel so justiert, daß er permanent kontrollieren konnte, ob sie verfolgt wurden. Ihm fiel nichts auf.

Glauben, nicht wissen!

Sie sah ihn verstohlen an. Ihre Gedanken glitten immer wieder nach Sanssouci. Der Tag, der so wundervoll begonnen und mit ihrem häßlichen Streit geendet hatte. Küsse, die nach Rauch und sauren Drops schmeckten. Aufwärmen im chinesischen Teehaus, zwischen preußischem Nippes und Buddhas aus Porzellan. Schneelachen auf gewachstem Parkett. Verstohlene Küsse, wenn der Wächter wegsah. Sie hatten getan, als müsse er auf sie aufpassen. Warfen sich geheimnisvolle Blicke zu und lockten ihn von einem Raum in den anderen. Hatten ihn suchen lassen. Versteckten sich hinter Vitrinen. Küßten sich, die Lippen spröde und rissig von der Schneeluft. Heimliches Anstupsen von Buddhaköpfen. Übers Haar streicheln mit dicken Handschuhen. Und ein Buddha, der lachte.

Was war daran verkehrt? Was stimmte nicht?

»Hier machen wir's«, sagte Vandreyke.

Sie fanden einen Parkplatz, stiegen aus, taten, als hätten sie etwas zu besprechen, sahen auf ihre Armbanduhren und gaben sich einen Abschiedskuß, der signalisieren sollte, daß sie zu einer bestimmten Zeit wieder hier verabredet waren. Während Sophie den Rossio überquerte und die Rua Augusta hinunterschlenderte, ohne sich ein einziges Mal umzudrehen, war Vandreyke in das Gewimmel der Altstadtgassen rechts des Praça da Figueira eingetaucht. An der Rua das Farinhas gab es eine Ladenpassage, die bis zur Costa do Castello reichte. Vandreyke bog gemächlichen Schrittes in die Passage ein und verschwand urplötzlich in einem der Geschäfte. Es war ein Keramikladen, relativ groß und unübersichtlich. Volle Regale, hinter denen man sich unsichtbar machen konnte.

Er wartete fünf Minuten. Niemand hatte nach ihm das Geschäft betreten.

Dann ging es schnell. Vandreyke verließ die Passage und fand problemlos den Renault, den der Lissaboner VB für ihn und Sophie auf der Costa do Castello abgestellt hatte. Der Sensor für Türen und Zündung klemmte unter dem linken Hinterreifen. Schon kurze Zeit später hatte er, nach einer Achterbahnfahrt durch atemberaubend enge Gassen, vorbei an rappelvollen Eléctricos, die sich ächzend und quietschend über die steilsten Hügel quälten, die Rua dos Remédios erreicht, wo Sophie auf ihn wartete.

Jetzt waren sie sicher, daß ihnen niemand gefolgt war.

Die Pension in der Rua da Bombarda, die Vandreyke für sie ausgesucht hatte, gehörte zur einfachsten Kategorie, denn sollte man sich für sie interessieren, würden zuerst die großen Hotels gecheckt werden. Eine dicke Concierge mit Schwitzflecken unter den Achseln und einem Atem, der von ihrer Leidenschaft für gebratene Sardinen kündete, gab ihnen die Schlüssel. Ausweise oder gar Kreditkarten verlangte sie nicht. Bei dreißig Euro pro Nacht für ein Doppelzimmer war das auch kaum nötig.

Tisch, Bett, Schrank. *Meine Güte, was für eine Absteige*, dachte Sophie, als sie die Tür aufschloß. Verblichene Tapete, Rosen mit vormals grünen Blättern, verblaßte Blüten. Gardinenreste aus rotem Damast. Die Waschecke, abgeblätterte Folie mit Kachelmuster. Das Linoleum wellig, als habe der Boden einmal unter Wasser gestanden.

Ihre Kleidung ließen sie in einer der beiden Reisetaschen, die im Renault für sie bereitgelegen hatten. Die Koffer, mit denen sie vom Flughafen gekommen waren, blieben im Ford Mondeo und waren tabu. In der zweiten Tasche befand sich technisches Equipment, das Vandreyke sofort kontrollierte. Er hatte alles, was er brauchte.

So eisig es draußen war, so brutal war das Zimmer überhitzt, denn der gußeiserne Heizkörper bullerte, ohne daß man ihn regulieren konnte. Wenn man das Fenster aufmachte, war es zu kalt, wenn man es zuließ, schwitzte man wie in einer Sauna. Wenigstens gab es einen Deckenventilator. Sie lagen auf dem Bett. Der Ventilator zitterte unter den Schritten von jemandem, der über ihnen auf und ab ging. Er drehte sich so langsam, daß Fliegen auf den Blättern sitzen konnten. Ab und zu fiel eine tote Fliege auf das Laken, und sie wischten sie mit dem Handrücken herunter. So wurde es dunkel. Der VB, der in Queluz auf Posten war, hatte sich noch immer nicht gemeldet.

Der Campo dos Mártires da Pátria war groß und in der Mitte locker mit Bäumen bewachsen. Sonnenschirme und Bambusparavents standen zwischen Bistrotischen mit gußeisernen Füßen und Sesseln aus rotem Kunstleder. Jazzmusik plärrte aus Autoradios. Taxifahrer lehnten gegen ihre Wagen, ignorierten die Kälte, drehten sich Zigaretten aus Maispapier und tranken Anisette aus hohen Gläsern, in denen grünschillernde Eisstücke schwammen. Die deutsche Botschaft lag wirklich an einem der schönsten Plätze der Stadt.

Im dritten Stock des barocken Palais war der Bundesnachrichtendienst zu Hause. Zwei Männer, Müller und Schulze, saßen dicht nebeneinander. Sie trugen Kopfhörer, hatten die Füße auf den Schreibtisch gelegt und studierten einen Artikel in der neuesten Ausgabe des »Focus«. Darin ging es um gewisse Machenschaften von Geheimdiensten. Müller und Schulze hatten ihren Spaß, denn sie wußten mehr über die Geschichte, als selbst ihren Vorgesetzten lieb gewesen wäre.

»Hoppla!« Müller richtete sich ruckartig auf. Jemand betrat die Suite von de la Peña. Die Tür wurde geschlossen. Unmittelbar darauf hörten sie die leise Abfolge von Pieptönen, die erzeugt wird, wenn man eine Telefonnummer wählt. Jedenfalls war das bei de la Peñas Apparat der Fall, denn der Intel-Chip war von Müller und Schulze über Funk entsprechend programmiert worden. Der Lolli, den der Page in die Tequillaflasche gespießt hatte, übertrug den Raumton.

»Drei Ziffern. Hausintern«, murmelte Müller.

Das Gespräch dauerte nur zehn Sekunden. Dann wurde erneut gewählt. »Ortsgespräch«, sagte Schulze. Sie hörten zu und machten große Augen.

»Schulze. Er hat eine Limousine bestellt.«
»Für wann?« fragte Vandreyke.
»22.15 Uhr.«
Vandreyke sah auf die Uhr. Sie hatten noch zwei Stunden.
»Fahrziel?«
»Unbekannt.«
»Sonst nichts?«
»Ortsgespräch. Zwanzig Sekunden.«
»Mit wem?«
»Sorry, Chefsache.«
Leck mich!

Das Licht der Gaslaternen sackte müde in die Gasse hinab. Vandreyke saß neben dem Eingang der Pension auf einem Schemel und ließ sich von einem Schuhputzer die Slipper polieren. Im Nebenhaus war ein Restaurant. Austern wurden von einem Laster geladen. Männer mit Gummischürzen standen knietief in dem Berg von Muscheln, auf denen noch das Salzwasser schimmerte. Sie fuhren mit mächtigen Forken hinein, als handle es sich um Kohlen oder Mist, und schippten das Ganze auf einen Hügel aus zerstoßenem Eis.

Sophie stoppte den Renault am Straßenrand. Vandreyke drückte dem Schuhputzer ein Geldstück in die Hand. Er warf die Tasche mit dem Equipment auf den Rücksitz und tauschte mit Sophie den Platz hinter dem Steuer, denn nun begann der Teil, für den er ausgebildet war. Sie fuhren zunächst in Richtung Flughafen. Am Marquês de Pombal hielten sie sich links und waren bald auf der Autobahn. Endlose Neubausiedlungen begleiteten sie bis Queijas. Vor allen Fenstern hing Wäsche. Die Fassaden sahen aus wie Flickenteppiche. Sie wechselten auf die A 9 und erreichten Queluz um 20.50 Uhr.

Die Schloßanlage war eine Oase inmitten eines Wulstes von Wohnsilos, die genauso häßlich waren wie jene in den Außenvierteln von Lissabon. Dummerweise gab es zwei Zufahrten. Das Hauptportal am Largo do Palácio und ein Nebentor genau auf der anderen Seite. Nun, dafür hatten sie ja den VB. Er deckte den Seiteneingang ab, während Sophie und Vandreyke auf dem riesigen Parkplatz direkt gegenüber der Residenz Stellung bezogen.

Kurz nach zweiundzwanzig Uhr kam die schlechte Nachricht.

»Er will einen Chauffeur, der sich in der Gegend um Sintra auskennt.«

»Das heißt?« fragte Sophie, als Vandreyke das Handy sinken ließ.

»Daß er nicht zu Krupka will. Der wohnt in Restelo, andere Richtung.«

Sie warteten schweigend. Vandreyke hatte sich in seinen Sitz geflegelt. Er kaute Weintrauben und spuckte die Kerne aus dem offenen Seitenfenster. Das Ploppen, mit dem sie aus dem Mund schnellten, war das einzige Geräusch.

Exakt um 22.15 Uhr war es soweit. Eine Limousine mit verspiegelten Scheiben verließ die Residenz. Vandreyke wartete seelenruhig ab.

»Was ist?« fragte Sophie.

»Sachte, wir lassen ihn erst vorbeifahren«, murmelte Vandreyke. Er hob erneut das Handy. »Indio ist raus. Hau dich aufs Ohr.«

»Klar«, bestätigte der VB.

Jetzt ging es los.

Leo Zappka war spindeldürr. Jeder, der ihn sah, würde schwören, daß der erste kräftige Windhauch ihn umblies. Großer Irrtum. Er konnte es mit jedem Mann aufnehmen. Jederzeit. Darum hatte Kiraly ihn als Nachfolger für Sascha Roth ausgewählt. Zappka überwachte aufmerksam die Männer, die das Lagertor schlossen, und wandte sich dann, genau wie Kiraly, dem Container zu, der vor einer Stunde im Lissaboner Hafen von Bord eines brasilianischen Frachters gehievt worden war. Er war mit dem Logo der SAVOK AG versehen und bereits geöffnet. Die Ladung bestand aus würfelförmigen Fettblöcken mit einer Kantenlänge von zirka einem Meter. Sie wurden auf dem Boden der Halle aufgereiht. Der Gestank war bestialisch. Die Männer trugen Atemmasken. Einer von ihnen stach mit einem Instrument, das wie ein überdimensionaler Apfelentkerner aussah, einen kreisrunden Zylinder aus einem der Fettblöcke heraus. Kiraly krempelte die Hemdsärmel hoch. Er griff in das entstandene Loch, zog ein Plastikpäckchen heraus und ging damit zu dem Tisch, der in einer Ecke der Halle aufgebaut war.

Dort saß Edmondo, der Experte, vor einer Art Destillationsapparat. Er ritzte das Päckchen vorsichtig mit einem Taschenmesser auf, entnahm eine Probe des Stoffes und beträufelte sie mit einer Chemikalie. Der Verfärbungsprozeß begann. Edmondo wartete eine Minute, ehe er die Petrischale unter eine Lampe hielt, um das Ergebnis der Analyse zu begutachten. Kiraly und Zappka sahen ihm dabei über die Schulter.

»Achtzig Prozent reiner Stoff«, sagte Edmondo, »feinste Qualität.«

»Was heißt achtzig?« fragte Kiraly. »Ist er schon gestreckt?«

»Nur ein bißchen Backpulver, kein Problem.« Kiraly runzelte die Stirn, doch Edmondo lächelte. »Euer Lieferant testet, ob ihr aufpaßt. Mehr als neunzig ist sowieso nicht drin. Ihr zieht ihm die zehn Prozent ab, und alle sind zufrieden.«

Kiraly nickte Zappka zu. Der drehte sich zu den Männern um und bedeutete ihnen weiterzumachen. Während immer neue Proben neben Edmondos Tisch aufgestapelt wurden, verklebten sie die bereits analysierten Päckchen mit Isolierband und legten sie zurück in die Vertiefungen der Fettblöcke.

Hinter Sintra führte die Straße in engen Serpentinen zur Küste hinab. Winzige Bergdörfer klebten an den Hängen, dazwischen tiefdunkle Pinien- und Zypressenwälder. Miguel de la Peña hatte es sich auf der Rückbank bequem gemacht und rauchte einen dünnen Zigarillo. Die nächtliche Fahrbahn, über die das Scheinwerferlicht huschte, die Trennscheibe zwischen ihm und seinem Chauffeur, die Stille hinter der dicken Panzerung, die sogar das Motorengeräusch des Daimlers schluckte, gaben ihm das Gefühl, allein zu sein.

Genauso war es in Berlin gewesen, die ersten Wochen, in denen er sich als Packer auf dem Fleischmarkt am Westhafen durchgeschlagen hatte. Von dem Geld, das er bekam, konnte er sich eine Bruchbude im Wedding leisten, Wriezener Straße, ein Zimmer mit Außenklo, dicht an der Mauer. Er kannte niemanden in dieser riesigen Stadt, deren Winterkälte ihn an den Altiplano erinnerte. Die fremde Sprache lernte er schnell, hauptsächlich von den Männern am Hafen. Noch als er im zweiten Semester seines Jurastudiums war, hänselten ihn die Kommilitonen wegen seiner wenig akademischen Ausdrucksweise.

»Nun, Miguel ...« Damals duzten sich Professoren und Studenten. »*Wie bewertest du die Abgrenzung zwischen Legalitäts- und Opportunitätsprinzip?*«

»*Ist doch Quatsch mit Soße! Wo bleibt denn der Ermessensspielraum für die Staatsanwaltschaft? Mann, das klemmt doch vorn und hinten!*«

Er mußte leise lachen, als er nun, da sie Colares passierten, an diese Zeit zurückdachte. *Was für eine komplizierte Sprache. Nun ja, ich hab's gelernt.*

Berlin in der Blütezeit der RAF. Sie wollte das Proletariat befreien und besaß ihren einzigen Rückhalt bei den Intellektuellen. Das war neu für de la Peña, denn in Bolivien war die Basis der Rebellion immer das einfache Volk gewesen, Arbeiter und Campesinos. Im Gegensatz zu den deutschen Salonkommunisten hatte er die eine oder andere Revolution selbst erlebt und wußte daher, daß sie Träumer waren, die zwar große Reden schwangen, aber in Wirklichkeit weniger vom Sozialismus verstanden als jeder kleine Minero in Rayo Z. Er nannte sie *meine alemannischen Möchtegernguerilleros.*

Es dauerte nicht lange, bis er von zweien ihrer Kontaktmänner angesprochen wurde. Als Angehöriger eines unterdrückten und geknechteten Volks schien de la Peña ihnen prädestiniert zu sein, um den bewaffneten Kampf in seine Heimat zu exportieren. Er lachte sie aus und ging.

Keine zwei Wochen später versuchten sie es erneut. Wieder wollte er sie stehenlassen, doch diesmal hatten sie jemanden mitgebracht, den er kannte. Es war Enrique Hierro. Miguel de la Peña konnte es kaum glauben, als er plötzlich vor ihm stand. Acht Jahre war es her, seit sie einander das letzte Mal gesehen hatten. Der Tag vor dem Massaker in der Grubensiedlung. Hierro war einer seiner Freunde gewesen, der Sohn eines Mineros, und de la Peña hatte in der Gewißheit gelebt, daß er tot sei, ermordet und begraben.

Sie umarmten einander wie Brüder.

Hierros Geschichte war schnell erzählt. Noch in der Nacht der langen Messer war er mit seinem jüngeren Bruder geflüchtet. Seine beiden Schwestern, Vater und Mutter hatten die Rangers mit Bajonetten aufgespießt. Die Brüder kamen bei Verwandten in Sucre unter, denen das Kokageschäft bescheidenen Wohlstand gebracht hatte. Sie ermöglichten Hierro eine anständige Ausbildung und später sogar das Studium in Berlin, für das er zusätzlich ein Stipendium des Deutschen Akademischen Austauschdienstes besaß.

Nun hatte er eine Bitte an den Sohn des Zinnbarons.

»Du weißt, was der Schlächter Meza mit unseren Genossen macht.«

»*Deine* Genossen«, war de la Peñas lächelnde Antwort gewesen.

»Es ist *unser* Volk.«

»Ich wüßte nicht, wie ich dir helfen kann.«

»Mein Freund«, hatte Hierro geantwortet, »so oft bin ich in Durazno an deinem schönen Palast vorbeigeschlichen. Ich wußte, wie du lebst. Und du wußtest, wie ich lebe. Hast du dich nie gefragt, wer die Soldaten in jener Nacht gerufen hat? Es war dein Vater. Ja, er hat gelernt und später sogar Torres unterstützt. Doch das Blut meiner Familie und so vieler anderer hat bis zu seinem Tod an seinen Händen geklebt. Diese Schuld kann er nicht mehr begleichen. Aber *du*. Und diesmal genügt es nicht, mich auf deinem Pony reiten zu lassen.«

De la Peña hatte Hierro angestarrt, um schließlich zu fragen: »Was kann ich für euch tun?«

»Wir brauchen Sprengstoff. Das Geld haben wir, auch den Kontakt. Aber die Leute sind von der IRA. Sie sind sehr mißtrauisch und wollen eine Vorverhandlung. Ich kann es nicht machen, denn das BKA kennt mich. Sie sind überall, doch ich habe sie abschütteln können auf der Fahrt hierher. Geh du für mich. Du mußt nur sagen, was ich dir auftrage, sonst nichts. Eine einfache Geschichte, die für dich keinerlei Risiko bedeutet.«

Doch der Treffpunkt war bereits vom BKA umstellt. Die Abteilung Terrorismus hatte einen Tip von einem V-Mann erhalten. Nur stellten die Fahnder sich dumm an, denn sie griffen zu, ehe de la Peña und die drei Genossen der IRA auch nur ein einziges ernsthaftes Wort gewechselt hatten.

Es war nicht Hierros Schuld. Er selbst besorgte ihm einen Anwalt.

Die nächsten beiden Nächte verbrachte de la Peña in Untersuchungshaft. Man behandelte ihn gut und schlug ihn nicht. So überstand er die Verhöre gefaßt und mußte am dritten Tag aus Mangel an Beweisen freigelassen werden. Doch der Mann, der ihm im Vernehmungsraum eine Zigarette gegeben hatte, war nun, so viele Jahre später, wieder in sein Leben getreten. *Wolf, dieses eine Mal hast du dich geirrt. Ich war nie ein Kommunist und Revolutionär, auch wenn ich bei den Wahlen vor drei Monaten für die linke BRP kandidiert habe. Weißt du, Delegiertenstimmen kann man kaufen. Ist das bei euch anders? Damals in Berlin wollte ich nur eine Schuld bezahlen. Ich habe mein Studium beendet und bin nach dem Ende der Meza-Diktatur in mein Land zurückgekehrt. Heute bin ich ein mächtiger Mann, größer, als du es jemals sein wirst. Aber glaube nicht, daß ich dich unterschätze. Ich weiß, es gibt viele, die sich schon in die Hosen machen, wenn sie nur deinen Namen hören. Das sind die, deren Köpfe ich wegwische wie Krümel vom Tisch. Nun, das weißt du selbst. Du und ich, wir haben uns erkannt. Ich muß sogar zugeben, daß das kleine Spiel, das du im Chaparé mit mir begonnen hast, mich reizt. Eines jedoch werde ich dir niemals vergessen: daß du mich gezwungen hast, Enrique Hierro zu opfern. Er war mein Freund. Und diese Schuld wirst du bezahlen müssen!*

Sie sahen, wie die Bremslichter des Daimlers in der Dunkelheit aufglühten. Vandreyke stoppte. Von der Observation hatte de la Peña mit an Sicherheit grenzender Wahrscheinlichkeit nichts bemerkt, denn seine Verfolger waren seit Sintra ohne Licht gefahren. Sophie war es ein Rätsel, wie Vandreyke das auf der steilen, nur vom Mondlicht beschienenen Küstenstraße gelungen war. Jetzt griff er in die Tasche auf dem Rücksitz, setzte ein AfH-Nachtsichtgerät auf und justierte die Elektronik, die ein holographisches Thermobild der Zielpersonen erstellte. Je niedriger die Außentemperatur, desto höher war der Auflösungsfaktor. Er bedankte sich im stillen für die kühle Nacht. Sie sorgte dafür, daß das Zyklopenauge der Brille de la Peña problemlos erfassen konnte. Der bolivianische Staatsminister schüttelte dem Mann, der mit drei Limousinen und zwei Jeeps gekommen war, die Hand.

Es war Krupka. Er hatte seine Hunde dabei.

»Fünfzehn Sherpas«, murmelte Vandreyke. »Nein, sechzehn.« Er sah, wie de la Peña und Krupka hinunter zum Strand gingen und in der Dunkelheit verschwanden. Sechs Sherpas blieben auf der Promenade. Außer ihnen war weit und breit keine Menschenseele zu sehen, nicht einmal ein Licht. Die anderen zehn stiefelten mit zum Strand.

»Keine Chance. Wir müssen abwarten.«

»Ist Krupka dabei?«

»Ja. Entspann dich, die werden sich noch ein lauschigeres Plätzchen suchen.« Er klemmte die Nachtsichtbrille zwischen Lenkrad und Frontscheibe und korrigierte die Position, bis der Receiver, der über Funk mit dem AfH-Chip kommunizierte, ein perfektes Bild der Stelle übertrug, an welcher Krupka und de la Peña den Strand betreten hatten. Das Display war nicht größer als ein Schminkspiegel und lag in Vandreykes Schoß. Er lehnte sich mit geschlossenen Augen zurück. *Das glaub ich nicht, will er wirklich pennen?* »Mach dir nicht ins Höschen«, flüsterte er. »Hab einfach nur ein bißchen Vertrauen.«

Kann's ja mal versuchen. Sie fläzte sich ebenfalls in den Sitz und sah hoch zur Serra de Sintra. Die Nacht war sternenklar. Der Nebel, der über dem Gebirge lag, strömte zum Meer hinab wie Trockeneis.

Ostwind, der nach Salz und Tang schmeckte, flüsternde Nebelhörner von Schiffen, die man nicht sah. Krupka und de la Peña gingen am Wasser entlang, das schaumig über den Sand rollte. Die Bodyguards hielten angemessenen Abstand. »Glückwunsch, wir sind ja jetzt sozusagen Kollegen«, sagte de la Peña und brachte Krupka damit zum Schmunzeln.

»Nur beinahe. Im Unterschied zu Ihnen habe ich keinen Kabinettsrang.«

»Was nicht ist, kann ja noch werden ... Apropos, ich muß Ihnen ein Kompliment machen, das sind ja fast schon bolivianische Verhältnisse bei Ihnen in Deutschland ...«

»Ha, da soll mal einer behaupten, wir wären nicht zu Reformen fähig! Tja, Señor de la Peña, was soll ich sagen? Die Dinge entwickeln sich prächtig, ich wüßte nicht, worüber ich klagen sollte. Was ist mit Gutierez, kann er uns Probleme machen?«

»Der Präsident ist ein sehr kranker Mann. Es kostet ihn schon Kraft, vor den Kameras zu posieren. Sollen wir ihn da noch mit den Staatsgeschäften behelligen?«

Krupka bückte sich. Er hob ein Stück Schwemmholz auf und schmiß es in hohem Bogen über den Strand. Dax und Nikkei sprinteten bellend los, um zu apportieren. »Ich hoffe, er weiß Ihre Fürsorge zu schätzen ...« De la Peña lächelte nur.

Sie passierten einen Bootssteg aus schwarzem, vollgesogenem Holz, an dem die Gischt leckte. Krupka lachte plötzlich, und de la Peña verstand den Grund nicht.

»Wissen Sie, woran ich gerade denke?« sagte Krupka. »An Ihren Besuch bei mir in Hamburg. Sie wußten nicht, wer *ich* bin, und ich wußte nicht, wer *Sie* sind. Das ist keine acht Wochen her, ist das nicht komisch?«

De la Peña blieb stehen und sah Krupka nachdenklich an. »Sie haben recht. Aber das ist Vergangenheit. Früher hat in meinem Land der Yatiri aus einem Bündel Kokablättern die Zukunft gelesen. Was wird *uns* wohl die Zukunft bringen?«

»Hat ja lange genug gedauert«, sagte Vandreyke gähnend und richtete sich auf, als das leise Signal ertönte. Sophie sah auf dem Display, daß Krupka und de la Peña vom Strand wiederkamen. Erst jetzt erkannte sie, daß Vandreyke die Wärmesignatur der beiden Männer, die sich wegen ihrer dicken Mäntel von jener der lederbejackten Bodyguards unterschied, auf dem Chip des AfH-Geräts gespeichert hatte, das ihnen nun automatisch die Rückkehr der Zielpersonen meldete. Sie sahen, daß de la Peña dieses Mal in eine von Krupkas Limousinen stieg. Die Wagenkolonne fuhr los, die Verfolgung begann erneut. Sie führte über die Küstenstraße Richtung Estoril. Das altehrwürdige Seebad blieb mit seinen weißgestrichenen Holzhäusern schnell hinter ihnen zurück. Nach einer halben Stunde hatten sie wieder Lissabon erreicht. Die Fahrt ging über enge, aberwitzig steile Gassen. Sie waren von zweistöckigen, windschiefen Häusern gesäumt, deren Bewohner ihrem Nachbarn auf der anderen Seite problemlos einen Laib Brot hinüberwerfen konnten.

Dann waren sie in Restelo, wo keine Wäsche vor den Fenstern hing, kein Dreck auf den Straßen lag und hohe Mauern und Zäune die Villengrundstücke schützten. Das große schmiedeeiserne Tor von Krupkas Anwesen schwang auf, die Rücklichter des Konvois verloren sich in der Dunkelheit. Vandreyke fuhr an dem Grundstück vorbei. Er stoppte auf der anderen Straßenseite und zog den dunklen Overall an, der auf dem Rücksitz lag.

»Du wartest«, sagte er, nachdem er sein Gesicht mit Kohle geschwärzt hatte. Er griff sich die Tasche mit dem Equipment.

»Sei vorsichtig.«

Sein Blick sagte: *Kindchen, das hab ich schon tausendmal gemacht!* Er stieg aus, lief geduckt über die Straße und verschwand aus Sophies Sichtfeld, als er in das Dickicht hinter den Zitronenbäumchen und Bougainvilleen kroch, die den Zaun von außen verblendeten. Er kniete sich hin. Der Laserschneider, den er benutzte, hatte etwa die Größe eines Taschenmessers. Vandreyke benötigte zwei Minuten, um eine Öffnung in den Zaun zu schneiden, die groß genug war. Wieder hielt er inne. Er benutzte ein einfaches Haarspray, um das Netz von Laserstrahlen sichtbar zu machen. Es zog sich auf vier Metern Breite dicht hinter dem Zaun entlang. Vierzig Zentimeter, mehr Platz blieb nicht. Vandreyke schlängelte sich durch den Zaun. Er richtete sich auf und preßte sich mit dem Rücken gegen das Gitter. Zuerst warf er die Tasche über die Laserbarriere. Dann kontrollierte er seinen Atem. Er schloß die Augen, um sich auf die Aufgabe vorzubereiten. Er sah sich selbst, wie er mit einem Hechtsprung aus dem Stand die vier Meter überwand, ehe er es wirklich tat. Er rollte sich lautlos ab und blieb flach liegen, um zu lauschen. Alles ruhig.

Vorsichtig robbte Vandreyke über das Gras, bis er etwa fünfzig Meter zurückgelegt hatte und das Haupthaus in Sicht kam. Die Unterwasserbeleuchtung des Pools war eingeschaltet. Sie erzeugte einen dünnen, türkisfarbenen Lichtschleier, der wie Bodennebel über dem Becken schwebte. Die digitale Kamera, die Vandreyke benutzte, fokussierte Krupka und de la Peña problemlos auf hundert Meter Entfernung. Sie standen im Wohnraum, der hell erleuchtet war und einem Jagdzimmer ähnelte. Die Trophäen an den Wänden zeugten von etlichen Safarireisen. Ein Tigerfell lag vor dem offenen Kamin, in dem ein Feuer prasselte.

Krupka prostete seinem Gast zu. Sie tranken. De la Peña knipste sein Lächeln aus. Krupka gab ihm ein Schriftstück. Der Bolivianer las. Das Lächeln kehrte zurück.

Vandreyke hatte das Dokument genau im Visier des Supertele. *Ich werd wahnsinnig! Einmal Glück haben im Leben!*

Er hätte keinerlei Spuren hinterlassen. Wäre lautlos verschwunden und hätte die Stäbe, die er aus dem Zaun geschnitten hatte, mit dem Laserbesteck wieder angeschweißt. Man hätte mit der Nase dranstoßen müssen, um die Nähte zu sehen. Auch unachtsam war er nicht gewesen. Bloß, daß er den Hund erst bemerkte, als dieser zum Sprung ansetzte. Vandreyke wälzte sich herum. Er packte Nikkei mit der linken Hand an der Gurgel, riß das Messer aus dem Beinschaft des Overalls und rammte es dem Tier in den Hals. Er erstickte das jämmerliche Winseln, indem er die Kiefer zudrückte. Doch für Dax, den zweiten Windhund, war es laut genug. Vandreyke hörte das Bellen, hörte, wie der Hund angewetzt kam, riß die Tasche an sich und hetzte los. Keine Zeit, sich um die Laserschranke zu kümmern. Als er sie kontaktierte, schrillte der Alarm los. Der Park wurde von Scheinwerfern gleißend hell angestrahlt. Doch Vandreyke hatte sich bereits durch den Zaun gezwängt und war zurück zu dem Renault gesprintet. Sophie machte, ohne Fragen zu stellen, einen Alarmstart. Im Rückspiegel sah sie den Windhund, der auf die Straße gerannt war. Er lief ihnen laut bellend hinterher und gab erst nach zweihundert Metern auf.

Krupka blickte aus dem Fenster. Auch de la Peña war aufgestanden. »Nur die Hunde«, sagte Krupka. »Die Bewegungsmelder reagieren auf jeden Mist.« Er drehte sich wieder um. »Vergessen Sie das BKA. Wolf wird in Zukunft genau das tun, was das BMI ihm vorschreibt. Und wie es der Zufall will, bin ich dort der zuständige Mann für die innere Sicherheit.« Er biß die Spitze seiner Zigarre ab. »Womit Sie sich wirklich beschäftigen sollten, ist die leidige Geldwäsche. Antigua und die Caymans sind unsicher geworden.«

De la Peña lächelte nur.

»Sicher, ich weiß, daß Sie Alternativen haben«, fuhr Krupka fort. »Ihre Zentralbank regelt das über staatliche Schuldverschreibungen auf dem internationalen Markt. Dann haben Sie natürlich noch die klassischen Scheinexportgeschäfte und den Warenterminhandel. Das ist das Praktische daran, wenn die Regierung zur eigenen Firma gehört. Gottlob sind die schlechten

Jahre vorüber. Geldwäsche ist nicht mehr länger eine Frage der Möglichkeit, sondern nur noch eine der Rendite. Ich könnte Ihnen in einem Teilbereich etwas Hochinteressantes offerieren. Sie haben die Garantie einer absolut risikolosen Abwicklung und erhalten Zugang zu Investitionen in einem der führenden Industrieländer der Welt. Bitte haben Sie Verständnis dafür, daß ich momentan keine Einzelheiten nennen kann. Schlafen Sie darüber und sagen Sie ja oder nein.«

»Bevor man Geld waschen kann, muß man erst einmal welches verdienen. Und dazu muß man produzieren. Sie können so viele Zukunftspläne machen, wie Sie wollen, die Helikopter der DEA werden davon nicht verschwinden.«

Krupka schwieg. *Was willst du mir hier für Lügenmärchen auftischen? Die Raketen, die du von mir haben willst, brauchst du nicht für die DEA, jedenfalls jetzt nicht. Die brauchst du, um dir die Paramilitärs und die eigene Konkurrenz vom Hals zu halten. Ja, auch die haben Helikopter. Und die Amerikaner? Noch sind sie deine besten Freunde. Aber natürlich denkst du an Noriega. Du willst nicht warten, bis Uncle Sam seine Interessen ändert und dich fallenläßt und vor Gericht stellt. Du willst vorbereitet sein. Und was deine Konten angeht: Den Stand kennt Washington bis auf den letzten Cent, denn sie können mit ihrer neuesten Software in die Hochleistungsrechner jeder Bank einbrechen. Die Caymans, Antigua, die Schweiz, wo du willst! Sie könnten jeden Dollar, den du besitzt, jederzeit durch die FATF einfrieren lassen. Tun sie das? Nein. Aber fühlst du dich deshalb sicherer?*

Krupka sagte: »Die DEA ist Ihr Problem, nicht meines.«

»So? Unser vorheriger Partner war da verständnisvoller. Er wollte uns Boden-Luft-Raketen vom Typ Grail SA-7^P liefern. Leider ist die Lieferung nie in Bolivien angekommen. Sie und ich wissen, wer dafür verantwortlich war.«

»Wir mußten uns auf dem Markt durchsetzen. Anders wären wir mit Ihnen nicht ins Geschäft gekommen.«

De la Peña nickte bedächtig. »Ins Geschäft zu kommen ist das eine. Drinzubleiben ist viel schwieriger. Schlafen Sie drüber und sagen Sie ja oder nein.«

Einer von Krupkas Leuten kam hereingerannt.

»Was ist?« schnauzte Krupka unwillig. Doch das Gesicht des Mannes zeigte ihm, daß es besser wäre hinauszugehen.

»Entschuldigen Sie mich kurz«, sagte er zu de la Peña.

Sie führten ihn zu der Stelle, wo der schlaffe Hundekörper lag. Krupka stand schweigend da, ehe er langsam in die Hocke ging und dem Tier mit einer zärtlichen Bewegung über das Fell streichelte. So verweilte er eine Minute. Keiner der Männer wagte es, ihn zu stören. Schließlich richtete er sich auf. Sie sagten ihm, was sie am Zaun entdeckt hatten. Krupka gab knappe Anweisungen, dann kehrte er ins Haus zurück.

Sein Lächeln war pure Willenskraft. »Die Hunde, hab ich ja gesagt.«

»Sicher, so wird es sein«, erwiderte de la Peña.

Die Überprüfung der Lieferung war abgeschlossen, die Päckchen steckten wieder im Fett und warteten darauf, die Weiterreise nach Rotterdam anzutreten. Kiralys Männer wollten die Löcher verschließen.

»Só um instante!« sagte Kiraly. Die Arbeit wurde sofort unterbrochen.

Er ging langsam an den Fettblöcken vorbei und warf prüfende Blicke in die Öffnungen. Bei einem blieb er stehen. Er griff in die Vertiefung und zog ein Päckchen heraus. Kiraly fuhr prüfend mit den Fingern über das Plastik, dann sah er Zappka an. »Da ist kaum Fett dran.« Sie wechselten einen vielsagenden Blick. Kiraly warf, Zappka fing. Er schlitzte die Hülle auf und tupfte einen Finger hinein. Leckte daran und spuckte aus.

Zappka drehte sich um und fixierte Edmondo. »Wie lange kennen wir uns jetzt? Zwei Jahre, drei? Du würdest uns doch nicht bescheißen, oder?«

Edmondo schüttelte furchtsam den Kopf.

»Sieh mal, ich bin dir gar nicht böse«, sagte Zappka. »Wenn es nur nach mir ginge, könntest du dir soviel abzweigen, wie du willst. Aber ich habe einen Chef, der sehr böse wäre, wenn in einem der Päckchen beschissenes Kartoffelmehl ist. Das verstehst du doch, oder?«

»Ich habe nichts genommen, ich schwöre!«

»Natürlich nicht. Und wenn du mir jetzt das Päckchen gibst, vergessen wir die Sache und trinken einen zusammen. Wenn nicht, muß ich dich leider töten. Also sei nicht dumm.«

Edmondo zögerte. Man konnte regelrecht sehen, wie die Gedanken durch seinen Kopf rasten. Schließlich ging er in die Hocke. Er hob ein Gitter an, das im Boden eingelassen war, griff hinein und zog ein Päckchen heraus. Er hielt es Zappka hin. Seine Hand zitterte wie ein Lämmerschwanz.

»Das war klug von dir. Siehst du, jetzt ist alles in Ordnung«, sagte Zappka.

Edmondo atmete erleichtert durch.

Zappka warf das Päckchen einem seiner Männer zu. Als er sich wieder zu Edmondo umdrehte, hatte er eine Beretta mit Schalldämpfer in der Hand.

Er drückte ab. Edmondo hatte sein Fett weg.

»Schafft ihn fort!« herrschte Zappka die Männer an.

Kiraly nickte zufrieden. *Nur nichts einreißen lassen.*

Die meisten Restaurants und Bars an den Doca de Alcântara hatten bereits geschlossen. Nur vor einer kleinen Bodega standen noch Stühle und Tische. Sophie hatte sich in Vandreykes Lederjacke eingemummelt. Sie griff in die Brotschale, brach ein paar Krumen ab und warf sie ins Becken des Yachthafens. Möwen schossen pfeilschnell herab. Sie schlenzten über die dunklen Wellen, dippten mit den Schnäbeln ins Wasser und glitten mit ihrer Beute in die schwerelose Finsternis hinauf.

Sophie wandte den Kopf, als Vandreyke sich neben sie setzte.

»Ich wollte, du wärst eine Spinne unter dem Tisch von Krupka gewesen. Dann wüßten wir jetzt mehr«, sagte sie leise.

»Wir wissen mehr, als ich wissen wollte.« Vandreyke zog mehrere Fotos aus der Jacke. Er reichte Sophie eine Lupe. Sie beugte sich über das Material, das der Digitalprinter im Renault gerade ausgedruckt hatte. Die Schrift war gut zu lesen: *Nach Lage der Dinge müssen wir davon ausgehen, daß es sich um einen Racheakt kurdischer oder syrischer Drogenbanden handelte.* »Es ist das Zypern-

dossier, das Grimm für deinen Vater erstellt hat.« Ruhig. Sachlich. Ohne Triumph in der Stimme. »Unser Stabschef hat den Köder geschluckt. Und jetzt ist er bei Krupka angekommen.«
Sophie nickte nur. Sie spürte, wie kalter Schweiß auf ihre Stirn trat. *Was habe ich erwartet? Ein Wunder? Daß jemand kommt und sagt: »April, April!«?*
»Laß uns gehen«, sagte er.
Sie sah zu, wie sie aufstand. Ein Traum, in dem sie vorkam. Vandreyke legte einen Geldschein auf den Tisch. Er wollte sich abwenden, aber sie hielt ihn fest. »Du hast gesagt, ich hätte einen Vaterkomplex. Habe ich den wirklich?«
»Ich bin kein Psychologe.«
»Bitte.«
»Ich denke, ihr macht euch gegenseitig das Leben schwer.«
Sie streute den Rest der Brotkrumen ins Wasser. »Wenn ich etwas täte, von dem ich weiß, daß er es nie billigen würde, täte ich das dann nur, um ihm etwas zu beweisen?« fragte sie, ohne Vandreyke anzusehen.
»Das war jetzt aber ein bißchen kompliziert, oder?«
Sie mußten beide lachen. Tatsächlich. Sophie schmiegte sich an Vandreyke. Sie war einen Kopf kleiner. Deshalb sahen beide nicht, daß das Lachen aus dem Gesicht des anderen schnell verschwunden war. Sie fuhren zurück in die Pension. Sie sprachen nur das Nötigste. Die Flasche Champagner, die sie im Flughafenshop erstanden hatte, um ihre Wettschuld zu begleichen, rührten sie nicht an. Sie waren sich einig, daß er, warm wie er war, nicht schmecken würde.
Um zwei hörte sie seinen ruhigen Atem neben sich. Er war eingeschlafen. Sophie stand leise auf und rauchte eine Gitane und ging zum Fenster. Sie zog vorsichtig den Vorhang zur Seite. Die Stadt badete im Mondlicht. Da war ein Platz mit einer Telefonzelle. Eine Frau stand darin und stieß mit dem Kopf gegen die Wand. Wieder und wieder, mechanisch, wie der Bolzen einer Stanzmaschine. Sie schrie etwas in den Hörer. Auf diese Entfernung, dazu das Fenster- und das Zellenglas, nicht lauter als ein Fisch, den man gegen einen Stein schlägt. Nur, daß man wußte, sie schrie.

Noch eine Stunde. Sophie wandte sich vom Fenster ab. Lange betrachtete sie Vandreyke. Wenn er schlief, war sein Gesicht ganz anders, weich und zart. Sie suchte schon seit Tagen nach einem Wort, um zu beschreiben, was sie daran so irritierte, denn es geschah oft, daß er träumte und sie wach war. Nun, da das Mondlicht das Zimmer flutete, fiel es ihr ein, das Wort, das sie gesucht hatte, ohne es wirklich finden zu wollen: *fremd*. Sie stand vor dem Bett und zitterte plötzlich und weigerte sich, weiter zu denken als bis hierhin.

Schnell zog sie sich an und machte dabei kein Geräusch. Sie schlich aus dem Zimmer. Die Tür ließ sie nur angelehnt, aus Furcht, Vandreyke würde aufwachen.

Dazu bestand kein Anlaß. Er hatte gar nicht geschlafen.

Sophie lief über den Rossio. Vor dem Palast des Großinquisitors hockten ein paar Dealer eng zusammengekauert unter Wolldecken. Sie waren zu müde. Es war zu kalt. Sie ließen Sophie in Ruhe. Der Elevador de San Justa befand sich links von der Rua Áurea. Der eiserne Turm der Standseilbahn ragte zwischen der Häuserschlucht steil in die Höhe. Tagsüber war die Plattform, die man mit einem Fahrstuhl erreichen konnte, ein beliebtes Ziel von Touristen, denn der Blick über die Stadt und den Hafen war unvergleichlich. Nachts war der Lift normalerweise geschlossen. Sophie aber wußte, daß der, den sie hier treffen würde, für alles gesorgt hatte. Sie klopfte gegen das Scherengitter der Kabine. Ihr wurde geöffnet. Der Fahrstuhlführer stellte keine Fragen.

Sophie blickte starr gegen die Tür, als sie nach oben ruckelten. Beging sie gerade den größten Fehler ihres Lebens?

Der Lift stoppte, Sophie betrat die Plattform. Sie war kreisrund. Rechts befand sich eine Sperre, die den Durchgang zur Oberstadt, wofür der Elevador vor über hundert Jahren gebaut worden war, ab Mitternacht verriegelte.

Vier Sherpas. Mehr wäre zu auffällig gewesen.

»Ich freue mich, daß Sie auf Ihre Schwester gehört haben«, sagte Sophie in ihrem feinen Stanford-Englisch.

Er hatte ihr den Rücken zugewandt. Er lauschte. Der Nachtwind wehte den Fado durch die Gassen der Alfama. »Hören Sie das?« fragte er. »Jede Stadt hat ihr eigenes Geräusch. Das Geräusch Lissabons ist die Schwermut.« Nun erst zeigte er Sophie sein Gesicht. »Ich vermute, Sie wollen diese Schwermut nicht mit nach Hause nehmen. Genau wie ich.«

»Glück wird einem nicht geschenkt, man muß es sich verdienen. Wenn Sie nach Deutschland kommen und mit uns zusammenarbeiten, werden wir den Haftbefehl gegen Sie aufheben.«

»Was verstehen Sie unter *Zusammenarbeit*?« fragte Czarny.

»Umfassende Aussage gegen das neue Kartell. Nicht mehr. Nicht weniger.«

»Nennen Sie mir einen Grund, warum ich Ihnen trauen soll.«

»Sie sind hier. Und Sie sind frei. Das sind schon zwei Gründe. Glauben Sie mir, Sie wären längst verhaftet, wenn ich das wollte.« Sie ging langsam auf ihn zu. »Czarny, Sie sind ein sehr reicher Mann. Aber was haben Sie davon? Sie hocken in Ihrer Trutzburg in Sibirien wie in einem Gefängnis. Tag und Nacht sind Ihre Bodyguards um Sie herum, und wenn Sie verreisen, müssen Sie ständig Angst haben, entdeckt zu werden. Was ist das für ein Leben? Ihr Partner ist tot, und Ihre Freunde vom BND haben Sie fallenlassen wie eine heiße Kartoffel. Ich biete Ihnen Freiheit an. Mehr kann Ihnen niemand bieten!«

»Ja, vielleicht. Aber wie lange würde ich leben? Das, was Sie Freiheit nennen, reizt mich nicht im geringsten. Machen Sie das Angebot jemand anderem.« Er ging zum Fahrstuhl.

»Ich sage Ihnen, wie die Sache läuft: Wenn Sie sich nicht kooperativ zeigen, werden wir Ihre Schwester verhaften.« Czarny blieb stehen. Er wandte sich langsam um und starrte Sophie an. »Sie war in die Geschäfte von Fasoulas eingeweiht. Wir haben genug in der Hand, um sie für fünf bis zehn Jahre hinter Gitter zu bringen.«

»Sie hätten besser recherchieren müssen. Meine Schwester und ich hassen uns. Sie können mit ihr machen, was Sie wollen.«

»Falsch. Es mag sein, daß Jelena Sie haßt. Vielleicht auch umgekehrt. Aber Sie hängen an dem kleinen Jorgos. Er ist Ihre Familie. Wollen Sie ihm das antun?« *Jelena, wenn du mich angelogen hast, wirst du sehen, was meine Wut vermag!* »Sollen wir ihn in ein Zeugenschutzprogramm stecken? Er wird nirgendwo lange genug bleiben, um Freunde zu haben.«

»Sie bluffen doch nur.«

Es stimmt! Herrgott, sie hat die Wahrheit gesagt!

»Ich weiß, was Sie wirklich wollen: den Mann, der Ihr Patenkind getötet hat. Und ich will denselben. Sie sehen, wir haben ein gemeinsames Interesse.«

Als er zögerte, griff sie in ihre Jacke. Sie zog ein Dokument hervor und gab es Czarny. Er las die englische Übersetzung. Es war die Aufhebung seines Haftbefehls, unterschrieben von dem zuständigen Richter. Sie würde in Kraft treten, sobald er vor einem deutschen Gericht umfassend ausgesagt hatte.

Sophie wartete schweigend. *Wenn du wüßtest, wie gut ich dich kenne. Dimitri Fasoulas hat es Jelena erzählt, am Abend vor der Taufe. Du bist müde. Du willst dich aus dem Geschäft zurückziehen. Was noch? Rache für Dimitri und Geborgenheit für Jorgos. Du sehnst den Tag herbei, an dem du endlich deine Ruhe hast und für immer in deiner Heimat bleiben kannst.*

Czarny hatte seine Lektüre beendet und hob den Kopf. »Zum letztenmal: Sie bluffen nur. Meine Schwester hat nichts, gar nichts über unsere Geschäfte gewußt!« sagte er und gab ihr mit gleichmütiger Miene das Dokument zurück.

»Natürlich. Darum haben Ihre Männer auch die Villa in Potsdam belagert.«

Czarny reagierte mit einer steilen Falte über der Nasenwurzel. Doch da war es bereits zu spät. Scheinbar hatte Vandreyke die beiden Sherpas, die mit dem Rücken zu dem Gitter des Übergangs standen, nur leicht am Hals berührt. Sie sanken lautlos zu Boden. Einen Lidschlag später war er über die Barriere gehechtet und richtete die Glock auf Czarny und die beiden anderen Männer, denen keine Zeit mehr blieb, ihre Pistolen zu ziehen.

»Das war's, Czarny! Sagen Sie Ihren Gorillas, sie sollen ihre Waffen auf den Boden legen!«

»Guten Abend, Herr Bongartz. Oder wie möchten Sie genannt werden?« fragte Czarny, der sich unglaublich im Griff hatte.

Im gleichen Moment machte Sophie einen Satz nach vorne und stellte sich mitten in die Schußbahn. Zeit genug für Czarnys Sherpas, an die Holster zu gelangen. Klassische Formation, die Fünf auf einem Würfel.

Doch diesmal war Sophie der Punkt in der Mitte.

Einer der Männer zielte auf sie, der andere auf Vandreyke.

»Geh da weg! ... Weg hier!« schrie er.

Sie tat genau das Gegenteil. Ging auf ihn zu und blieb dicht vor ihm stehen. »Gregor«, flüsterte sie, »vertrau mir! Steck die Waffe zurück!«

Er hielt die Glock beidhändig und konzentrierte sich auf die Sherpas.

»Bitte, Gregor, versau's nicht!« Flehender hatte sie niemals einen Menschen angesehen. Es war ein Wunder. Es half. Er ließ die Pistole tatsächlich sinken.

Czarny gab seinen Männern ein Zeichen. Sie holten den Lift hoch, schleppten ihre Kollegen, die noch immer bewußtlos waren, in die Kabine und stiegen ein.

Ehe die Tür zuging, sagte Czarny: »Sie heißen Wolf ... ein häufiger deutscher Nachname?«

»Nicht unbedingt«, sagte Sophie.

»Dann ist es kein Zufall?«

»Er ist mein Vater.«

Die Fünfprozentneigung seines Kinns konnte man als Nicken interpretieren. Er sagte: »Mein Schiff liegt draußen, außerhalb der Zwölfmeilenzone. Zeigen Sie mir Ihre Beweise, Sie wissen, wie Sie mich erreichen können. Ich gebe Ihnen Zeit bis Sonnenaufgang.«

So verschwand er. Wie ein Geist.

»Bist du wahnsinnig, bist du völlig übergeschnappt?« schrie Vandreyke.

Sie griff wortlos in ihre Jacke und hielt hoch, was sie Czarny gezeigt hatte.

»Weiß der GBA davon?« fragte Vandreyke tonlos.

»Nein. Aber das muß er auch nicht. Ich bin als Staatsanwältin dazu befugt.«

»Du mußt verrückt geworden sein. Das wird dich den Kopf kosten. Und mich auch! Scheiße, Scheiße, Scheiße!« Er tigerte auf und ab. »Was sollte das mit den Beweisen gegen Jelena? Einen Dreck haben wir, das weißt du genau!«

»Ja, das weiß ich.« Sie griff nach ihrem Handy. »Broszat!« Die Sprachkennung sorgte dafür, daß mehr als zweitausend Kilometer entfernt, in einem Berliner Lieferwagen mit dem Aufdruck einer Reinigung, der Vibrationsalarm einen Anruf meldete.

»Ja?« fragte Broszat.

»Mailen Sie mir das Video auf meinen Rechner.«

»Kann ich nur in Treptow. Ich müßte Jan allein lassen.«

»Machen Sie's, das Band geht vor!« Sie steckte das Handy weg.

»Warum hat Ines sofort abgenommen – um die Uhrzeit? Wo steckt die?« Seltsamerweise waren das Vandreykes nächste Sätze.

»Später«, sagte Sophie.

»Weißt du, was du da tust? Sophie, dein Vater vertraut mir! Er hat ... Ich kann nicht glauben, was du von mir verlangst!«

»Ich verlange gar nichts von dir. Ich zieh das auch ohne dich durch!«

Sie wollte den Lift rufen, doch er packte sie bei den Schultern und zwang sie, ihn anzusehen.

»Tu das nicht. Bitte! Sie werden dich fertigmachen. Du wirst alles verlieren. Alles!«

»Ich weiß, er ist wie ein Vater für dich. Und du wirst lachen: Das haben wir gemeinsam. Nun gehe ich meinen eigenen Weg. Es ist Zeit dafür.«

»Ist es das wirklich wert?« fragte er.

»Du hast gesagt, du wirst mich nie im Stich lassen.«

Um 4.10 Uhr waren der Laptop und die nötige Peripherie in ihrem Zimmer aufgebaut. Sie hatten drei Stunden bis Sonnenaufgang. Sie luden das Video herunter und spielten es ab. Jelena wandte der Kamera den Rücken zu, so daß man ihre Lippenbewegungen nicht sah.

Jetzt verstand Vandreyke. »Da hast du es schon geplant. Schon an dem Tag«, sagte er fassungslos.

»Ja.« Ganz einfach.

»*Was haben Sie mir zu bieten?*« fragte Jelena.

»*Das, was Sie sich von uns erhoffen. Schutz für Ihren Jungen …*«

»Brauchbar«, sagte Sophie. »Weiter …«

Um 6.55 Uhr waren sie mit dem Umschnitt fertig. Fünf Sekunden nachdem sie die E-Mail mit der angehängten Videodatei abgeschickt hatten, kam sie bei Czarny an. Er saß unter Deck der Yacht, die Saizew gechartert hatte. Auf dem Monitor seines Rechners sah er Sophie mit Jelena im Garten der Villa.

»*Ihr Mann und Ihr Bruder waren viele Jahre lang Partner. Sie haben sicher oft zusammengesessen und über ihre Geschäfte gesprochen. Manches werden Sie belauscht haben, anderes hat Ihr Mann Ihnen vielleicht anvertraut …*«

»*Was haben Sie mir zu bieten?*«

»*Das, was Sie sich von uns erhoffen. Schutz für Ihren Jungen. Es muß Konten geben. In der Schweiz oder in Liechtenstein …*«

»*Davon weiß ich. Über Geld hat Dimitri mit mir gesprochen.*«

Das Bild wurde dunkel. Czarny formte die Lippen zu einem lautlosen Fluch.

»Er weiß, daß man ein Video manipulieren kann«, sagte Vandreyke.

»Ja. Aber er hat keine Gewißheit. Und selbst wenn er die hätte, müßte er davon ausgehen, daß wir das Band trotzdem verwenden würden. Sein Vertrauen in die deutsche Justiz ist sicher begrenzt. Also wird er reagieren, weil er glaubt, wir würden Jelena sonst verhaften.«

»Was heißt das?«

»Vermutlich wird er Kontakt zu ihr aufnehmen. Sein Neffe bedeutet ihm alles. Wer weiß, vielleicht kommt er sogar nach Potsdam. Und zwar morgen.«

»Warum bist du dir da so sicher?«, fragte Vandreyke.

»Weil Jorgos Geburtstag hat. Das weiß ich von Jelena.«

»Die Villa wird observiert. Wenn er dort auftaucht, wird man ihn verhaften. Dann können wir den Deal vergessen.«

»Deshalb habe ich das MEK abgezogen.«

»Du hast *was*?«

»Gestern abend, ganz offiziell. Wie du gesagt hast: Jelena weiß nichts. Der GBA hat keine Einwände gehabt.«

»Und dein Vater?« *Hinter jeder Frage ein neuer Abgrund.*

»Hat genickt. Was soll der Aufwand noch? Sie ist keine Quelle mehr. Czarny wird ihr nichts tun, also ist sie einigermaßen sicher. Wir müssen mit der ersten Maschine nach Berlin.«

Warum hat Ines sofort abgenommen – um die Uhrzeit? Darum!

Sophie sagte: »Du liegst richtig. Pieper und Broszat sind vor Ort, damit niemand Dummheiten macht.« Sie lächelte. »Wenn's dich beruhigt, ich hab schon gebucht. Für zwei.«

»Was denkst *du*?« fragte Görtz beim Frühstück auf der Terrasse der Quinta. Krupka antwortete nicht. Er sah, wie Dax winselnd an der Stelle herumschnüffelte, wo in der Nacht der Körper von Nikkei gelegen hatte. »Franz?«

»Ich weiß es nicht«, sagte Krupka. Es war die beunruhigendste Antwort, die Görtz je von ihm auf eine Frage erhalten hatte.

»BKA?«

»Möglich. Wenn, werden wir's bald wissen.«

Görtz sah auf die Uhr und konnte seine Nervosität nicht verbergen. »Unser Freund müßte eigentlich jeden Moment anrufen.« Krupka nickte nur abwesend. »Hat de la Peña was gemerkt?« fragte Görtz.

»So sicher, wie es in den Anden friert.«

»Aber er wird das Geschäft doch nicht platzen lassen?«

Krupka stippte sein Brötchen in den Milchkaffee. »Wenn de la Peña die Grails nicht von uns bekommt, wird er sie sich woanders besorgen. Wir brauchen ihn. Aber er braucht uns nicht unbedingt.«

»Man kann es auch andersrum betrachten: Wo sonst findet er

jemanden, der das BKA im Sack hat? Das ist das Pfund, mit dem wir wuchern können.«

»Er hat acht Jahre lang Geschäfte gemacht, ohne daß das BKA ihn groß gestört hat. Glaub mir, er beschäftigt sich mit Wiesbaden nicht halb soviel wie wir. Er rechnet in anderen Maßstäben. BKA, CIA, FBI, Mossad, was du willst. Wolf ist für ihn nur einer unter vielen.« Krupka schüttelte den Kopf. »Du mußt dich endlich mit Czarny treffen. Redet wie Männer miteinander!«

»Er ist nicht mehr in Omsk. Selbst Tscherbanenko weiß nicht, wo er steckt.«

»Die Welt ist klein, und du hast große Ohren«, sagte Krupka und wischte sich den Mund ab. »Hat Tscherbanenko dir nicht erzählt, daß Czarny seinen Neffen vergöttert? Hängt er nicht sehr an seinem kleinen Sonnenschein?«

»Vor der Villa hockt das BKA. Vielleicht auch drin.« Ehe Krupka etwas erwidern konnte, meldete sich das Handy von Görtz. *Endlich!* »Ja? ... Wann? ... Sicher? ... Gut ... Nein, wir fliegen morgen.« Er legte das Handy auf den Tisch, als sei es ein rohes Ei. Erst mal durchatmen!

»Also?« fragte Krupka ruhig.

»Die Villa wird nicht mehr observiert.«

»Ach?«

»Seit gestern abend.« Pause. »Kiraly?«

»Der ist zu wertvoll, es bleibt riskant. Manchmal muß man ein kleines Opfer bringen. Er soll einen aussuchen, der gut genug, aber entbehrlich ist.«

»Okay. Jetzt die schlechte Nachricht: Langheinrichs Frau hat mit seinem Sherpa rumgemacht.«

»Und? Das ist doch nichts Neues.«

»Ja, aber jetzt hat er's rausgekriegt. Seine neue Personenschützerin gehört zu Wolfs Fahndern.«

»Da hast du die Antwort auf deine Frage, wer heute nacht zu Besuch war.« Krupka blickte schweigend über den Park. Es war wärmer als tags zuvor. Fliegengeschmeiß glitzerte in der Morgensonne wie Straß. »Ich fürchte, die gute Claudia wird langsam zu einem Sicherheitsrisiko.«

»Was ist das noch mal für eine Krankheit, die sie hat?« fragte Görtz.
»Diabetes.«
»Ist das nicht gefährlich?«
Krupka nickte bedächtig. Er öffnete den obersten Hemdknopf und spannte die Halsmuskeln.

Dreizehn

Die Geschichte der Geheimdienste ist so alt wie die Geschichte der Menschheit. Vermutlich haben schon die Höhlenmenschen versucht, sich auf mancherlei Art Informationen zu beschaffen, um ihre Interessen zu wahren. *Du! Ja, du mit dem zotteligen Fell! Schleich dich mal rüber zur Nachbarhöhle und sieh nach, ob noch was von dem Mammut übrig ist, auf das sie den Felsen gerollt haben!* So etwas nennt man »operative Aufklärung«. Ihre Aufgabe ist das Sammeln von Erkenntnissen. *Und du da hinten, du gehst mit, damit der andere sich auf deine Schultern stellen und über den Steinwall klettern kann.* Das ist die »technische Aufklärung«, die sich der jeweils modernsten Hilfsmittel bedient. *Wenn es nach Fleisch riecht, sagt ihr mir Bescheid, damit unser Anführer einen Plan ausarbeiten kann!* Damit wären wir bei der »Auswertung«, die nichts anderes tut, als die gelieferten Informationen aufzubereiten und sie der höchsten Entscheidungsebene zuzustellen. Sollte allerdings die Nachbarhöhle in aller Heimlichkeit Späher postiert haben, die von der Sache Wind bekamen, so daß man das Mammut rechtzeitig wegschaffen konnte, war die »Gegenspionage« tätig. Wenn sie erfolgreich ist, verhindert sie die Aufklärung. Und zwar möglichst so geschickt, daß »die anderen« nichts davon merken und weiter ihre Pläne schmieden, ohne zu ahnen, daß sie zum Scheitern verurteilt sind. *Wer weiß, vielleicht können wir ihnen was abluchsen, um uns satt zu futtern!* Der Mann, der über diese Frage zu befinden hatte, nannte sich in der Bundesrepublik Deutschland des einundzwanzigsten Jahrhunderts nicht mehr Anführer, sondern Kanzler.

Die einlaufenden Nachrichten wurden normalerweise im Lage- und Informationszentrum des BND, kurz LIZ, gesammelt, um dann von der Auswertung gesichtet und gefiltert zu werden. Was für die nationale Sicherheit der Bundesrepublik von Bedeutung war, wurde dem Kanzleramtsminister bei der allmorgendlichen Lage um 7.45 Uhr von Julius Boehnke persönlich vorgelegt. Wie gesagt, *normalerweise*, denn natürlich gab es auch Informationen, die so geheim waren, daß sie weder im LIZ einliefen, noch das Kanzleramt sie jemals zu sehen bekam.

Die Audioaufzeichnung gewisser Lissaboner Telefonate allerdings war *zu geheim*, um sie selbst dem BND-Präsidenten zugänglich zu machen. Das jedoch wußten weder Wolf noch Boehnke, als sie einander an diesem Morgen mit hochroten Köpfen am Videophon anschrien.

»Hör auf, Julius! Glaubst du vielleicht, daß ich den Unterschied zwischen einem Abhörprotokoll und so einem Dreck nicht erkenne!?«

»Nur zu deiner Erinnerung: *Du* hast *mich* um einen Gefallen gebeten! Ich habe mir die Disc noch nicht mal angehört und sie gleich zu dir geschickt. Da laß ich mich doch von dir nicht für den Inhalt verantwortlich machen!«

»Was denn für ein Inhalt? Ich habe mir jetzt schon dreißig Minuten das Geschnarche von unserem Indio angetan. Natürlich könnte ich das noch stundenlang weitermachen, aber dafür fehlt mir leider die Zeit!«

»Genau wie mir. Mach's gut, Richard, und komm erst mal wieder runter.« Damit hatte Boehnke das Gespräch beendet.

Wolf feuerte die Minidisc, die vor ihm auf dem Tisch lag, in den Mülleimer. *Was treibt Julius für ein Spiel mit mir? Hat er seinen eigenen Laden nicht mehr im Griff, oder ist es schlimmer? Komm, komm, immer langsam, er ist seit zwanzig Jahren dein Freund! Also: Positionsbestimmung. Schnell erledigt – du klemmst in der Kanalisation, und ein riesiger Scheißhaufen schwimmt direkt auf dich zu! Besser du machst, daß du da rauskommst! Und wenn das nicht funktioniert, halt wenigstens die Klappe, sonst mußt du den Dreck auch noch fressen!*

Er brauchte die Hälfte einer Partagás Grand Robusto, um sich einigermaßen zu beruhigen, merkte, wie seine Wut im wahrsten Sinne des Wortes verrauchte, stand vom Schreibtisch auf und griff sich eines der Fotos, die Vandreyke ihm auf seinen privaten Rechner gemailt hatte. *Das jedenfalls reicht, um damit die Schmeiß-*

fliege im Nebenzimmer zu erschlagen! So marschierte er, die Zigarre zwischen die Zähne geklemmt, die Oberlippe bis unter die Nase gestülpt, zwei Türen weiter in das Büro von Niklas Grimm.

Der Stabschef des Präsidenten saß an seinem Schreibtisch, sichtete die Pressemappe und registrierte gelassen, daß Wolf, der sein tägliches Bulletin doch erst in einer Stunde erhalten sollte, mit Karacho die Tür hinter sich zuknallte.

»Fühlen Sie sich eigentlich wohl bei uns, Herr Grimm?« bellte er.

»Mal mehr, mal weniger«, lautete die ruhige Antwort.

Wolf schmiß den Fotoabzug auf den Schreibtisch. Grimm warf nur einen kurzen Blick darauf. Beiläufig, uninteressiert, gelangweilt.

»Sie haben dazu nichts zu sagen?« fragte Wolf, dem die Magensäure in die Speiseröhre schoß.

»Sollte ich?«

Jetzt brüllte der Präsident. »Wenn Sie erlauben, werde ich Ihnen Ihre Arroganz austreiben. Sie haben streng geheime Informationen an Krupka weitergegeben. Das erste Mal war es Vandreykes Führungsakte. Und jetzt das hier! Ich weiß nicht, was die Mafia Ihnen zahlt, aber in Zukunft werden Sie sich mächtig einschränken müssen. Der Tagessatz im Gefängnis liegt bei drei Euro!«

Grimm zog in aller Seelenruhe seine Schreibtischschublade auf und nahm einen Umschlag heraus. Er öffnete ihn, drehte ihn um, und die Wanzen, die Vandreyke in seinem Büro installiert hatte, fielen heraus. Sie kullerten auf den Teppich und wurden von den Fasern geschluckt. »Ich sollte sie finden, ich habe sie gefunden. Jetzt wissen Sie also, daß ich fünfmal am Tag mit dem BMI telefoniere und meinen Kaffee schwarz ohne Milch und Zucker trinke. Was folgern Sie als alter Polizist daraus? Richtig: daß Sie nichts über mich wissen. Gar nichts!«

Wolf stand da, ein Triumphator, dem der Triumph abhanden gekommen war. Schlagartig erkannte er, daß die Beweiskette, deren lückenlose Schönheit er gerade noch bewundert hatte, eine Bruchstelle besaß.

»Für wie dumm halten Sie mich eigentlich?« fragte Grimm und bohrte damit direkt auf den Nerv. »Dachten Sie, Sie hätten einen Deppen mit Harvard-Abschluß eingekauft? Seit Wochen darf ich den Büroboten für Sie spielen und Termine vereinbaren. Natürlich nicht die *wichtigen*, versteht sich. Sie haben mich zielgerichtet aus dem inneren Zirkel der Macht verbannt und glauben, ich hätte es nicht gemerkt? Nun ja, Sie verdächtigen mich, auf der Lohnliste von Krupka zu stehen. Diese gezielte Falschinformation über die Autobombe auf Zypern ... ich muß schon sagen. Haben Sie ernsthaft gedacht, ich hätte das auch nur eine Sekunde geglaubt? Doch, ich muß zugeben, daß es mich eine Zeitlang fast amüsiert hat. Jetzt nicht mehr. Ihr Spielchen mit de la Peña hat mich regelrecht beleidigt. Ich habe endgültig die Schnauze voll!« Er griff in sein Jackett und warf Wolf eine Disc zu. »Falls Ihnen Ihr Freund Julius den Tag versaut hat, versuchen Sie's mal damit!«

Zu den angenehmen Pflichten des Bundesinnenministers zählte der Besuch von Sportveranstaltungen. Abgesehen davon, daß der Sport ebenso zu seinem Ressort gehörte wie innere Sicherheit oder Datenschutz, war es Josef Langheinrich dieses Mal ein besonderes Vergnügen, denn das Jugendländerspiel im Berliner Olympiastadion bot ein wunderbares Podium für einen medienwirksamen Auftritt. Er hatte ihn sorgfältig geplant, so daß er nun, als die Panzer unter Blitzlichtgewitter vorfuhren, nicht gewillt war, sich die Show durch die Primadonna an seiner Seite verderben zu lassen. Es hatte ihr schon die ganze Fahrt über gefallen, ihre Launen an ihm auszutoben, und Katja Lombardi, die vorn neben dem Chauffeur saß, bewunderte im stillen die Gelassenheit, mit der Langheinrich das lächerliche Gehabe von Claudia ertrug. *Worum es dabei geht? Keine Ahnung.* Die Frau des Ministers war schon mit mieser Laune ins Auto eingestiegen.

Sie stoppten. Kameras standen in Positur, als der Chauffeur und Lombardi ausstiegen, um rechts und links den Wagenschlag aufzuhalten. Sie blieb einfach sitzen. Bockig und trotzig wie ein Kind. Ihr Mann beugte sich zu ihr herunter. »Wenn du darauf bestehst, streiten wir uns heute abend weiter. Aber jetzt reiß dich gefälligst zusammen! Wie sieht das denn aus vor der Presse!«

»Ist mir scheißegal!«

Sie starrten einander an. Dann sagte er: »Auch gut.« Er gab Lombardi einen kurzen Wink. »Bringen Sie bitte meine Frau nach Hause. Oder wo immer sie sonst hinwill.« Sprach's und ging, von den anderen Sherpas eskortiert, einem Spalier von Teenagern Autogramme gebend, ins Stadion. *Was bin ich noch? Ein Herrscher ohne Reich, dem selbst die eigene Frau die Gefolgschaft verweigert.* So strahlte er in die Kameras.

Lombardi stieg wieder ein. Sie wandte den Blick nach hinten zu Claudia. »Und jetzt?« Die Antwort war ein Weinkrampf. Einige der Kameraleute waren aufmerksam geworden und kamen angelaufen. Lombardi hieb dem Chauffeur auf die Schulter. Er gab kurzerhand Gas, bis sie außer Sichtweite waren.

»Sei so gut und nimm dir 'n Taxi zurück nach Treptow«, sagte Lombardi zu dem Kollegen, als sie gestoppt hatten. »Mach schon, kannste als Spesen abrechnen.« Er verdrückte sich. »Wo soll's denn hingehen?« fragte Lombardi und reichte Claudia, die noch immer flennte wie eine Göre, ein Taschentuch.

Claudia schneuzte hinein. Dann schluchzte sie: »Zum Kudamm.«

Drei Stunden später hatten sie sich bis zur Friedrichstraße vorgearbeitet. Claudia saß mittlerweile vorn neben Lombardi, denn auf die Rückbank und in den Kofferraum paßte beim besten Willen keine Einkaufstüte mehr. Dieses Mal waren die Galeries Lafayette das Ziel. Claudia stieg aus. Nach wenigen Metern blieb sie schwankend stehen. Lombardi sah, wie sie zeitlupenhaft auf den Bürgersteig sank. Sie sprang aus dem Wagen. Hob sie vorsichtig hoch, schob einen Arm unter ihren Rücken und setzte sie auf den Beifahrersitz. Ihr Gesicht war weiß wie Schlemmkreide.

»Ich brauche ... nur was Süßes«, hechelte sie.

Lombardi riß das Handschuhfach auf. Gut, daß sie Pieper gestern einen Schokoriegel und eine Cola stibitzt hatte. Sie puhlte die Schokolade aus der Verpackung. Claudia schob zitternd ein großes Stück in den Mund. Sie spülte mit der Cola nach, die Lombardi ihr in die Hand drückte. Es dauerte zehn Sekunden, dann schien es ihr besser zu gehen. Das Zittern hörte langsam auf, doch ihr Gesicht war noch immer gezeichnet.

»Danke«, flüsterte sie.

»Ich fahr Sie jetzt besser nach Hause«, sagte Lombardi.

Claudia schaffte es, mit Mühe zu nicken.

Nachdem Lombardi sie ins Bett gepackt hatte, ging sie hinunter in den Garten, der das Haus umschloß. Sie zückte ihr Handy. Pieper ging sofort ran.

»Sie ist krank.«

»Was heißt das?«

»Diabetes.«

»Und?«

»Die haben Streß. Ich glaub, sie fühlt sich vernachlässigt. Die ganze Karre ist randvoll mit Designerklamotten. Wenn man die Preisschilder addiert, kommt ein ganz hübsches Sümmchen zusammen. Und die Rechnungen gehen alle ... du weißt schon, wohin.«

»Was macht Pinocchio?« *Hübscher Name für Langheinrich. Hat Broszat sich ausgedacht.*

»Wieder in der Werkstatt. Vielleicht darf er dem Meister über die Schulter gucken. Mehr nicht.«

Vier wuchtige Säulen aus Travertin trugen die lichte Balkenkonstruktion der Dachterrasse von Steindorffs Privatwohnung im obersten Stockwerk der Bundesanwaltschaft. Hier standen sich Wolf und der GBA gegenüber.

»*Nicht in Ihrem Amtszimmer! Nur an einem sicheren Ort!*« Das war am Telefon Wolfs Bedingung gewesen.

»*Was soll das? Ich habe das Gefühl, Sie drehen langsam durch!*«

»*Das werden Sie, wenn Sie sehen, was ich Ihnen mitbringe!*«

»*Meine Privatwohnung. Elf Uhr.*«

»Ah, da sind Sie ja«, sagte Steindorff, als seine persönliche Referentin die Terrasse betrat. Er wandte sich wieder an Wolf. »Es ist Ihnen doch recht, wenn Frau Voigt dabei ist?«

»Ganz und gar nicht.« Wolf blickte zur Tür. »Wenn Sie so nett wären, Frau Voigt ...«

Susanne Voigt rührte sich keinen Zentimeter. »Es ist mir ein bißchen peinlich, Herr Präsident, aber ich erhalte meine Anweisungen nicht aus Wiesbaden«, sagte sie mit einer Stimme, in der man Eiswürfel klirren hörte.

Wolf sah Steindorff an. »Sie und ich. Sonst fliege ich sofort zurück.«

»Herr Präsident, Sie müssen ...«

»Sie und ich, es liegt bei Ihnen«, unterbrach Wolf ihn.

Steindorff zögerte, dann nickte er Voigt zu. »Bitte ...«

»Ach, Stalin«, sagte Wolf ruhig, »machen Sie doch die Tür hinter sich zu.« Voigt zuckte kurz, dann war sie weg. Wolf fixierte den GBA. »Ich weiß, es fällt Ihnen schwer, aber vergessen Sie jetzt unsere Differenzen der Vergangenheit, und geben Sie mir eine ehrliche Antwort: Haben Sie Frau Voigt von unserem letzten Gespräch erzählt?«

»Nein«, antwortete Steindorff, der endgültig wußte, daß sich etwas Außerordentliches ereignet hatte.

»Sicher?«

»Herr Präsident, ich bitte Sie!«

Wolf griff in sein Jackett und zog ein Abspielgerät aus der Tasche. Er startete die Disc. Steindorff hörte die Stimmen von de la Peña und Krupka.

»Wo genau?« Das war der Bolivianer.

»Praia das Marçãs, unterhalb von Colares. Es gibt viel zu bereden.«

»Ich hatte gehofft, daß wir uns in Deutschland treffen können, aber das BKA hat wie Dreck an meinen Hacken geklebt.«

»Die Fahnder sind kein Problem. Im Gegenteil, es ist immer gut, wenn man weiß, wo der Feind steht.« Krupka lachte meckernd und legte auf.

Steindorff starrte Wolf erschüttert an.

Der steckte das Gerät wieder ein und griff in seine Aktentasche. Er gab Steindorff die Fotos. Sie zeigten Krupka und de la Peña auf der Strandpromenade, dann in der Quinta. »Sie haben zwei Stunden miteinander geredet. Wir konnten das

Gespräch leider nicht abhören. De la Peña ist danach auf dem direkten Weg zurück in die Residenz gefahren. Morgen wird die Präsidentenmaschine nach Italien weiterfliegen.«

Als Steindorff hochblickte, hüpfte sein Adamsapfel unkontrolliert auf und ab, was, wie Wolf registrierte, in absurdem Gegensatz zu den Händen stand, die zwar noch die Fotos hielten, aber schlaff und lahm am Körper herabhingen. »De la Peña?« fragte er tonlos. »Ich dachte Gutierez.«

»Das möchten die Amerikaner uns glauben machen. Die wollen ihre strategischen Interessen wahren.«

»Wer weiß noch von dem Treffen?«

Wolf hatte gewußt, daß der GBA diese Frage stellen würde, nein, mußte. »*Herr Grimm, was ist mit den beiden Männern vom BND?*« – »*Sind ruhiggestellt, dafür habe ich gesorgt.*« Blieb noch Rubikon. Klar war: Je mehr Personen er nennen würde, desto eher käme Steindorff in Versuchung, Voigt oder jemand anderen einzuweihen. Wolf sagte: »Nur meine Tochter und ich. Die Wahrheit ist, ich weiß nicht, wem ich in meinem eigenen Haus noch trauen kann.«

»Was schlagen Sie vor?« fragte Steindorff. Er japste, als habe er Asthma.

»Ermächtigen Sie mich zu Ermittlungen gegen ein Mitglied der Bundesregierung. Ich halte ein ARP-Verfahren für ausreichend geeignet.«

ARP, ein Aktenzeichen, mehr nicht. Die Abkürzung bedeutete: »Allgemeine Registersache in Politischen Angelegenheiten.« Es war der kleinste gemeinsame Nenner zwischen Wiesbaden und Karlsruhe. Aber wenigstens ein Anfang. So würde Wolf überhaupt erst einen Ermittlungsauftrag und damit eine Rechtsgrundlage für die Aktivität von Rubikon erhalten.

»Langheinrich? Was macht Sie so sicher?« machte Steindorff einen letzten zaghaften Versuch, dem Unvermeidlichen zu entgehen.

»Warum hat er seinen Spezi Krupka wohl zum Staatssekretär gemacht? Krupka ist ein schwerreicher Mann, er war zwanzig Jahre nicht mehr in der Politik. Allein die Tatsache, daß er ihm den Posten angeboten hat, diskreditiert Langheinrich. Es tut mir leid. Sie wollten OK, und jetzt haben Sie's. Mit allen Konsequenzen.« Letzteres sagte er ohne Hohn.

Steindorff hatte das Gefühl, sich erbrechen zu müssen. Er wunderte sich selbst, daß er noch aufrecht stand.

»Was ist mit dem BMJ?« fragte Wolf.

»Das kann ich raushalten«, hörte Steindorff sich antworten. »Sogar ganz legal. Die Ministerin erwartet nur einmal monatlich einen Bericht von mir. Das kann ich leicht auf acht oder zehn Wochen ausdehnen.«

Für Wolf war es interessant zu hören, wie lang die Leine war, an der die Justizministerin den GBA laufen ließ. *Nur einmal im Monat. Da würde Langheinrich schon längst die Knute schwingen.*

»Wir müßten den Kanzler informieren«, sagte Steindorff.

Wolf schüttelte den Kopf. »Langheinrich ist sein Kronprinz. Ich frage mich, wie nah er und der Kanzler sich stehen ...« *Hoppla, habe ich das wirklich gerade gesagt?* dachte er, als er Steindorffs entsetztes Gesicht sah. »Vergessen Sie den letzten Satz. Dafür gibt es nicht den geringsten Anhaltspunkt. Trotzdem: Niemand darf von den Ermittlungen erfahren.« Er inhalierte tief die klare, kalte Winterluft. »Ein Krebsgeschwür wuchert in unserer Regierung, und es ist Zeit, daß wir mit der Therapie beginnen.«

Steindorffs Adamsapfel schlug die reinsten Kapriolen.

»Wißt ihr, wie lange wir hier schon hocken?« fragte Ines Broszat. Sie machte ein Gesicht, als würde sie Sophie und Vandreyke am liebsten erwürgen.

Sophie sah auf ihre Uhr. »Seit vierzehn Stunden.«

»Ja, und davor hatten wir zehn Stunden Dienst!«

»Elf!« drang Piepers brummiges Organ aus dem Lautsprecher des Lieferwagens, der, als Wäschereifahrzeug getarnt, nur eine Häuserecke von Jelena Fasoulas' Villa entfernt stand.

»Was ist denn mit dem los?« fragte Vandreyke, dem jede Nuance der Stimme seines Freundes vertraut war. Er deckte das Mikro ab, so daß Pieper nicht mithören konnte. »Hat seine Frau ihn wieder mal auf Diät gesetzt?«

»Nicht daran rühren«, sagte Broszat grinsend.

»Kleiebrötchen?«

»Schlimmer: Magerquark und Knäcke! Er hat schon drei Millimeter Stoppeln auf der Glatze.«

»Oje, geht das schon wieder los!« sagte Vandreyke. »Haut euch aufs Ohr, ihr könnt uns um acht ablösen.«

»Was war in Lissabon?« fragte Broszat als letzte Amtshandlung.

»Krupka, de la Peña, Grimm, die ganze Mischpoke. Geht jetzt pennen, wir erzählen's euch später.« Als er mit Sophie allein war, drückte er ihr ein Headset in die Hand. »Tut mir leid, aber du mußt Jans Posten an der Uferböschung übernehmen. Du kannst die Technik nicht bedienen, und wenn du hierbleibst, haben wir keinen Zugriff auf den Garten.«

»Klar.« Sie griff nach der Daunenjacke, die in der Ecke lag.

»Kannst du damit umgehen?«

Sophie starrte auf die Pistole, die Vandreyke ihr hinhielt. »Kein Problem.« Sie nahm die Sig Sauer und steckte sie ein. Sie hatte nie zuvor eine Waffe in der Hand gehabt.

Das Warten war hart, härter, als sie es sich vorgestellt hatte. Sie kauerte im Schilf, todmüde, denn auch ihr fehlte der Schlaf. Nur die drei Stunden, halb ohnmächtig im Flugzeug. Die Hände steckten tief in den Taschen der Daunenjacke. Doch an allem anderen leckte das hungrige Raubtier Kälte. Bald war ihr Gesicht taub wie bei einer Zahnoperation. Sie bewegte sich, soweit es in der winzigen Mulde ging, spannte die Muskeln, spreizte die Zehen im Schuh, um irgendwie den Kreislauf in Gang zu halten. Als sie nach einer halben Ewigkeit zum erstenmal Vandreykes Stimme im Earphone hörte, war ihr ganzer Körper steif wie Holz.

»Geht's noch?« Er klang besorgt.

»Hab schon Schlimmeres erlebt«, sagte sie tapfer.

»Stand by. Sie kriegt einen Anruf!«

Jelena benutzte das Handy, das Sophie ihr gegeben hatte. Was sollte sie machen? Es war auf jeden Fall sicherer als der ISDN-Anschluß. Kein Problem für Vandreyke. Der IMSI-Catcher entschlüsselte das Signal in Hi-Fi-Qualität.

»Ja?« Nur zwei Sätze, dann hatte der Anrufer wieder aufgelegt. Vandreyke informierte Sophie. »Männerstimme. Er fragt, ob das Geschenkpaket von Tante Olga angekommen ist. Sie sagt: ›Noch nicht.‹ Und er: ›Dann wird es wohl morgen kommen.‹«

»Einer von Czarnys Männern?«

»Ganz sicher. Sie werden morgen versuchen, sie rauszuholen.«

»Morgen erst? Dann können wir doch ...«

»Moment! Hier tut sich was!« Vandreyke hatte das Auto im Rückspiegel kommen sehen. Es war ein beigefarbener Saab. Der Mann, der ausstieg und in Richtung Schwanenallee spazierte, trug einen langen Mantel und hatte seine Basecap tief in die Stirn gezogen.

»OA/1611. Fahrzeuganfrage: B-V-448.«

»Sekunde, OA/1611 ... Brauner Saab 9000.«

»Braun oder beige?«

»Rehbraun.«

Eine Doublette! Der älteste und einfachste Trick von allen. Such dir ein Auto, nimm seine Nummer und schraub sie auf ein gleichfarbiges Modell. In einer normalen Verkehrskontrolle würde man es mit den Farbnuancen nicht so genau nehmen wie Vandreyke. »Witwentröster ist unterwegs. Du machst gar nichts!« preßte er hervor, während er schon über den Bürgersteig sprintete.

»Verstanden«, antwortete Sophie. Sie sah den Mann im gleichen Moment. Er hatte offenbar erfolglos an der Vordertür geklingelt und nahm nun den Weg durch den Garten. »Ich sehe ihn. Er kommt von hinten. Die Terrassentür ist nicht verschlossen ... Scheiße, er ist jetzt drin!«

»Okay. Bleib, wo du bist!«

Als Vandreyke die Terrasse erreicht hatte, drückte Leo Zappka die Mündung der Beretta bereits direkt auf Jelenas Stirn. Jorgos, der mit dem ferngesteuerten Feuerwehrauto gespielt hatte, das sein Onkel Anton ihm geschenkt hatte, kauerte furchtsam vor der angelehnten Tür zum Garten. Zappkas Stimme klang weich und sanft. »Du nimmst jetzt den Bengel, und wir gehen ganz gemütlich hier raus. Hast du mich verstanden?«

Von dem Jungen hatte er nichts zu befürchten, Zappka wandte ihm den Rücken zu. Doch das war ein Fehler, denn Jorgos bemerkte eine Bewegung direkt hinter sich. Er sah den Fahnder, der draußen neben der Tür kauerte. Vandreyke hielt einen Finger an die Lippen und deutete auf die Fernbedienung für das Feuerwehrauto, die Jorgos in der Hand hielt.

Zappka war noch immer ganz auf Jelena fixiert. »Ich will wissen, ob du mich verstanden hast.«

Vandreyke nahm Jorgos vorsichtig die Fernbedienung aus der Hand.

»Ich werde euch nichts tun«, sagte Zappka. »Wir machen nur eine kleine Spazierfahrt, du telefonierst mit deinem Bruder, und zum Abendessen seid ihr wieder hier.«

Das Feuerwehrauto schnurrte lautlos über das Parkett und stieß gegen Zappkas Fuß. Als er herumfuhr, flog Vandreyke schon auf ihn zu. Er riß ihn um und schaltete ihn mit einem Ellenbogenstoß auf die Drosselgrube aus.

Die Beretta schlitterte auf Jelena zu. Sie hob sie auf.

Sophie stand in der offenen Tür. »Tun Sie's nicht!« schrie sie.

Jorgos starrte mit großen Augen seine Mutter an, die langsam auf Zappka zuging. Vandreyke stellte sich ihr in den Weg. »Machen Sie keinen Unsinn! Geben Sie mir die Waffe!«

Jelena entsicherte die Beretta. Sie hatte den Bodyguards ihres Mannes oft genug bei ihren Übungen zugesehen. Sie wußte, wie man das machte. Sie sagte wie in Trance: »Wenn Sie wollen, erschieße ich auch Sie. Nur, wenn Sie wollen.«

Vandreyke erkannte, daß sie zum Äußersten bereit war. Er trat zur Seite. »Jelena, das können Sie nicht tun!« flehte Sophie.

Doch sie ging auf die Knie und setzte Zappka, der halb bewußtlos war, die Waffe an die Schläfe.

»Denken Sie doch an Ihren Sohn!«

Zappkas Atem ging stoßweise. Seine Lider flatterten. Speichel rann über das Kinn. Jelena flüsterte: »Ihr habt meinen Mann und meine Tochter umgebracht. Sie war zehn Monate alt. Und jetzt werde ich dich töten.«

Zwei Dinge geschahen gleichzeitig: Zappka kam zu sich. Er sah die Waffe und versuchte schwerfällig, sich wegzuwälzen, während Vandreyke sich nach vorne warf, um Jelena die Beretta zu entreißen. Er kam Sekundenbruchteile zu spät. Als er sie unter sich begrub, hatte sie bereits abgedrückt. Das Loch war groß. Dunkles Rot wurde wie von einer Turbine herausgeschleudert und besudelte Jelenas Gesicht.

Vandreyke richtete sich schweratmend auf. Jelena blieb einfach hocken. Apathisch, voller Blut. Die Beretta polterte auf das Parkett. Stille. Vandreyke packte sie an den Schultern und schüttelte sie. »Jelena, hören Sie mir zu! Sie werden jetzt die Polizei anrufen, und Sie werden nichts davon sagen, daß wir hierwaren. Der Mann ist bei Ihnen eingebrochen. Sie haben ihn überrascht. Es gab einen Kampf, Sie haben ihn in Notwehr getötet. In Notwehr, haben Sie mich verstanden!?«

»Das kannst du nicht tun«, stammelte Sophie. »Gregor, wir müssen ...«

Er beachtete sie gar nicht und schlug Jelena mit der flachen Hand rechts und links ins Gesicht. »Notwehr, Jelena!«

Sie sagte gleichgültig: »Ja.« Saß da und starrte reglos auf Zappkas Leiche. Endlos, ohne Zeitgefühl. Als sie schließlich den Kopf hob, waren Sophie und Vandreyke verschwunden. Sie hörte das Weinen von Jorgos.

So lebt einer, der sich für die Ewigkeit eingerichtet hat, dachte Niklas Grimm, als er die Burg betrat. Er wußte, daß nur enge Freunde und die Tochter des Präsidenten in das Allerheiligste durften. Auch hier fanden sich die orientalischen Motive, die Grimm bereits aus Wolfs Amtszimmer kannte. Die Möbel waren alt. Ein wandhohes Bücherregal, in dem Erinnerungsstücke neben Folianten und Fachliteratur standen, füllte die gesamte Längsseite des Zimmers aus. Die Lampen waren gedimmt, doch das grelle Licht der Scheinwerfer, die draußen das Gelände anstrahlten, bildete einen weißen Schleier vor dem Fenster.

Wolf hielt zwei Weinflaschen hoch. »Rot oder Weiß?«

»Rot, bitte.« Grimm hatte eine gußeiserne schwarze Teekanne entdeckt. Er nahm sie in die Hand und betrachtete sie.

»Die hat mein Vater aus Marokko mitgebracht«, sagte Wolf

und schenkte ein. »Man muß sie mit Nasenfett einreiben, damit sie so schön glänzt.« Grimm verstand nicht. Wolfs Finger ging zur Nase, als wolle er den Talg aus den Flügeln drücken. »Uralte Tradition bei den Tuareg.« Er lächelte, als er sah, wie Grimm das gute Stück schnell wieder an seinen Platz zurückstellte.

So tranken sie ihren Rotwein: ohne sich zuzuprosten. Schweigend.

»Sie haben gute Beziehungen zum BND. Offenbar bessere als ich, und das will etwas heißen«, sagte Wolf, nachdem er sein Glas abgestellt hatte.

Grimm grinste schief. »Soll nicht wieder vorkommen.«

Wolf reichte ihm die Hand. »Nehmen Sie meine Entschuldigung an?« Niklas Grimm nickte stumm und schlug ein. »Ich denke, es ist Zeit, Sie auf den Stand der Dinge zu bringen«, sagte Wolf. »Was war die letzte korrekte Information, die Sie von mir erhalten haben?«

»Die Sitzung nach Bremerhaven. Grails für Cuevo. Maulwurftheorie. Das Treffen mit Czarny in Paris. Die Ermittlungen gegen Vandreyke. Alles andere war Märchenstunde.«

»Das Wichtigste wissen Sie bereits. Krupka ist der Boß des neuen Kartells.« *Diese absurde Selbstverständlichkeit, mit der ich das mittlerweile ausspreche.* »Sein Pendant bei Cuevo ist de la Peña. Langheinrich steckt mit drin. Möglicherweise wird er von Krupka erpreßt. Er hat mich angewiesen, Falcke als VB nach La Paz zu schicken. Der gehört auch dazu.« Dann erzählte er von Rubikon. »Steindorff zieht jetzt mit. Das macht die Sache etwas einfacher.«

»Wie kam der Verdacht gegen mich zustande?«

»Sie waren Langheinrichs Mann. Er wußte von dem Maulwurf bereits einen Tag nachdem der Container in die Luft geflogen war. Dann LeDuc. Er besaß eine Kopie von Vandreykes Führungsakte. Wir wußten, daß Sie Zugriff auf das Material hatten. Dazu kam noch eine alte Geschichte aus der RAF-Zeit.« Wolf erklärte ihm kurz, was es mit »Margarine« auf sich hatte, dem Codewort, das Vandreyke aus LeDucs Kamin gefischt hatte. »Nicht zu vergessen Ihr Verhalten. Tut mir leid, es paßte einfach.« Wieder schwiegen sie. Die Frage, die Wolf schließlich stellte, war die nächstliegende.

»Warum ich so lange stillgehalten habe?« erwiderte Grimm. »Die Antwort ist einfach: Wäre ich eher zu Ihnen gekomen, hätte mich das entlastet, aber niemals hätte ich *das* von Ihnen gekriegt, was Sie mir vom ersten Tag an verweigert haben ...«

»Respekt ...«, sagte Wolf bedächtig.

»Ja, Ihren Respekt. Etwas anderes wollte ich nie. Ich weiß, Sie waren Ihr Leben lang ein Hardliner. Ich nicht. Aber vergessen Sie nicht, daß ich meine Promotion über Sie geschrieben habe. Sie sind der Mann, für den ich immer arbeiten wollte. Weil es auch Ihre andere Seite gibt. Zum Beispiel Callaghan ...«

Wolf nickte unmerklich. *Der 18. Oktober 1977. Mogadischu war vorbei, Baader, Ensslin und Raspe hatten in Stammheim Selbstmord begangen. Der britische Premierminister Callaghan war im Kanzleramt, als der Große Krisenstab tagte. Er sagte lächelnd: »Well done!« Für ihn war klar, daß wir die Gefangenen hatten ermorden lassen. Offenbar sprach er aus Erfahrung mit der IRA. Niemand wagte etwas zu entgegnen, obwohl wir alle wußten, daß es nicht stimmte. Da drehte ich mich um und ging. Man war »not amused«. Ich wäre wohl noch schneller die Karriereleiter nach oben geklettert, wenn es diesen Tag nicht gegeben hätte.*

»Das ist alles so lange her.«

»Ich weiß auch, was Sie damals zu einem bekannten deutschen Wirtschaftsführer sagten, der gefragt hatte, ob man das Lösegeld für Hans Martin Schleyer von der Steuer absetzen könne. Darum stimmt nicht, was man über Sie sagt: daß rechts von Ihnen nur noch eine Mauer ist.«

»Da muß ich Sie enttäuschen. Das stimmt. Ich habe die Gesetze immer geachtet, aber glauben Sie mir, mehr als einmal habe ich daran gedacht, diese Mauer ... Ich habe es nicht getan. Doch nun hat man uns den Krieg erklärt, und er ist schmutzig und erbarmungslos. Cicero schreibt: ›Inter arma silent leges‹ – die Gesetze schweigen im Waffenlärm.« Er umfaßte sein Rotweinglas und wärmte es. »Vielleicht ist es an der Zeit, über diese Mauer zu klettern.«

»Ja, vielleicht.«

»Ich kann Sie nicht entlasten. Sie werden für mich arbeiten, und niemand darf es wissen, denn der Feind sitzt in unserem eigenen Haus. Sie müssen weiter den Judas spielen. Also werde ich Sie wegen Verdachts auf Geheimnisverrat vom Dienst suspendieren. Halten Sie das aus?« fragte Wolf.

»Wie ich sagte, das wollte ich immer: für Sie arbeiten. Um ehrlich zu sein, habe ich bereits damit begonnen. Ich hatte ja viel Zeit.« Hatte Wolf sich zuvor noch gewundert, daß Grimm seine Aktentasche mitschleppte, so lächelte er nun, als er sah, wie sein Stabschef die Tasche öffnete und einen Packen Unterlagen herauszog. »Was hat im Moment absolute Priorität? Der Maulwurf, ganz klar. Denn solange er nicht enttarnt ist, haben wir nicht die geringste Chance, gegen Krupka vorzugehen. Ich habe mir drei Fragen gestellt: Wer hatte Zugang zu Vandreykes VE-Akte? Wer war in der Lage, ein Dossier, das ich für Sie *persönlich* erstellt habe, Krupka zuzuspielen? Wer könnte ein Motiv haben?«

Gute Fragen. Den Jungen hätten wir schon vor dreißig Jahren gebraucht. Wolf nippte an seinem Weinglas und wartete.

»Was wäre ein Motiv? Geldschwierigkeiten. Geltungssucht. Erpreßbarkeit. Rache. Ich wollte keinen Fehler machen, habe die Personalakten zigmal durchgelesen und jede nur mögliche Gegenprobe gemacht. Es gibt nur einen aus dem engeren Zirkel, der in Frage kommt.«

Wolf sah Grimm schweigend an.

»Die Antwort wird Ihnen nicht gefallen.«

»Wir sitzen nicht hier, um Spaß zu haben.«

»Siegfried Thom.«

Den Moment, in dem er diesen Namen aussprechen würde, hatte Grimm hundertmal in jeder Einzelheit vor sich gesehen. Sogar geträumt hatte er davon. Er hatte mit einem Wutausbruch gerechnet, mit einem Erdbeben, mit allem, nur nicht damit, daß der Präsident in Lachen ausbrach. Es war so herzhaft und unbefangen, daß Grimm in Versuchung kam, darin einzustimmen. Doch das tat er nicht. »Ich meine es ernst. Er hatte Zugang zu

Vandreykes Akte. Er pflegt einen teuren Lebensstil. Zu teuer für einen Gruppenleiter. Er kannte jeden Ihrer Schachzüge. *Jeden!* So ein Spielchen wie mit ›Margarine‹ paßt exakt zu jemandem aus der alten Garde. Von dem Dossier über die Kurden, das ich für Sie erstellt habe, gab es nur ein einziges Exemplar. Das hatten Sie. Ich vermute, Sie haben es ihm gezeigt, als Sie ihn besuchten. Vielleicht waren Sie für einen Moment aus dem Zimmer, und er hat eine Kopie davon angefertigt. Wäre das möglich gewesen?«

Wolf hatte sich alles zunehmend amüsiert angehört. Jetzt fragte er: »Darf ich auch mal, Herr Grimm? Ich will Sie gar nicht erst lange mit meiner Freundschaft zu Siegfried Thom langweilen. Dazu nur soviel: Wenn ich für jedesmal, wo er mir den Rücken freigehalten hat, zehn Cent bekommen hätte, könnte ich mir heute davon eine anständige Zigarre kaufen. Ja, er hatte Zugang zu Vandreykes Akte, er war sogar sein VE-Führer. Und genau *darum* hätte er die Akte niemals Krupka oder LeDuc zugespielt, denn er ist zu intelligent, um nicht zu wissen, daß er automatisch verdächtig wäre. Im übrigen mache ich mir über die Sicherheit unseres ›Giftschranks‹ keine Illusionen. Ich möchte nicht wissen, wer da alles Zugriff hat. Gerade Ihnen ist die Neugierde unserer Freunde von der Schlapphutfraktion doch bestens bekannt. Nun zu Siegfrieds Lebensstil. Es wird Sie vielleicht enttäuschen, aber er wurde mehrere Male, wie sagt man so schön, ›reich geschieden‹. Glauben Sie mir, wenn der sich was kaufen will, geht er ans Festgeldkonto und nicht zur Kreditabteilung.

Dann ›Margarine‹. Es ist nur eine grobe Schätzung, aber ich würde sagen, daß hier im Haus mehr als fünfhundert Beamte arbeiten, die sich noch gut an die RAF-Zeit erinnern. Außerdem ist die Geschichte mittlerweile auch in der Fachliteratur dokumentiert, zum Beispiel in Ihrer Doktorarbeit. Das ist also eine Sackgasse. Es stimmt, ich habe ihm das Dossier über die Kurden gezeigt. Davon abgesehen hätte er kein Duplikat anfertigen können, weil wir an dem Abend in seinem Billardzimmer gesessen haben. Und dort steht kein Kopierer. Aber selbst wenn wir das beiseite lassen: Warum sollte er Krupka etwas zuspielen, von dem er wußte, daß es eine gezielte Falschinformation war? Ergibt das für Sie irgendeinen Sinn?«

»Sie war vermutlich gar nicht für Krupka, sondern für de la Peña bestimmt«, erwiderte Niklas Grimm, der seine Felle davonschwimmen sah und sich mühen mußte, überzeugend zu wirken. »De la Peña sollte in Sicherheit gewogen werden. Thom wußte von dem Einsatz in Lissabon. Die Chance, daß Vandreyke das Papier direkt vor die Linse bekommt, stand höchstens bei tausend zu eins. Vielleicht ist das die Erklärung: Krupka hat mit Vandreyke gespielt und nicht umgekehrt. *Ihnen* hat das Foto jedenfalls als Beweis genügt, bis ich Sie eines Besseren belehrt habe.«

»Ein interessanter Gedankengang, der allerdings einen logischen Fehler aufweist: Von Lissabon wußte Thom nichts. Aber wenn, hätte Krupka bewußt in Kauf genommen, daß wir seine Verbindung zu de la Peña offenlegen. Und so dumm ist er gewiß nicht. Last, but not least haben Sie etwas ganz Wesentliches vergessen: Siegfried Thom wurde bei dem Attentat auf Fischer schwer verletzt. Denken Sie wirklich, das Kartell versucht genau den Mann zu liquidieren, den es direkt in meiner Nähe plaziert hat, den Mann, der so erfolgreich arbeitet? Und das im übrigen auch *nach* Frankfurt!«

Grimm sank förmlich in sich zusammen. Jedes Teil des Puzzles schien gepaßt zu haben, doch am Ende war nicht das Bild der Mona Lisa zu sehen, sondern nur abstraktes Gekrakel.

»Um Ihnen den allerletzten Zahn zu ziehen«, sagte Wolf mit dem Ausdruck des Bedauerns, »das Motiv Geltungssucht scheidet ebenfalls aus. Ja, Thom ist ehrgeizig, und im Gegensatz zu vielen anderen kann er sich das auch erlauben. Aber seinen Aufstieg in der Firma wird niemand aufhalten, das weiß er selbst. Dazu müßte er nicht gegen mich intrigieren.«

»Er ist nur Gruppenleiter«, widersprach Grimm, der wieder Hoffnung witterte. »Da ist es noch ein weiter Weg bis in Ihren weichen Sessel.«

»*Abteilungsleiter ZD*, wenn ich Sie korrigieren darf. Die Personalie ist noch nicht offiziell, aber beschlossen. Nach der Reha tritt er seinen Posten an, damit ist er auf dem Sprung nach ganz oben. Es tut mir leid, Sie haben sich die richtigen Gedanken gemacht, sind aber zu den falschen Schlüssen gelangt. Beginnen Sie noch einmal von vorne. Und vergessen Sie Siegfried Thom.«

Grimm gab sich endgültig geschlagen. Sie saßen noch beisammen, bis die Flasche geleert war, denn sie hatten beide das Bedürfnis, den anderen endlich zu verstehen, dann stand Grimm auf, um sich zu verabschieden.

»Eines habe ich vergessen«, sagte er. »De la Peña.«

»Ja?«

»Er ist Ihr Todfeind. Der Kampf gegen Sie ist für ihn mehr als Geschäft. Ich vermute, das wissen Sie noch nicht.«

Wolf sah seinen Stabschef verwundert an.

»Hierro«, sagte Grimm. »Er und de la Peña kannten sich sehr lange, mindestens seit Berlin Anfang der Achtziger. Er wurde damals vom BKA beschattet. Nur hat man nicht ihn verhaftet, sondern unseren späteren Staatsminister. Sie waren Freunde. Daß er Hierro opfern mußte, ist für de la Peña eine Wunde, die so lange nicht heilen wird, wie Sie am Leben sind.«

Das also. New York an einem Wintertag im Regen. Corbie und er auf dem East River. Sein plötzliches Déjà vu. *Hierro ... Da war was, lange her.*

Jetzt hatte Wolf die Antwort.

Der Weg zurück zum Lieferwagen. Vandreykes Hand in ihrem Genick. *Einen Fuß vor den anderen! Setz einen Fuß vor den anderen!* Die Decke, die er über sie legte, als sie sich schlotternd zusammenkrümmte. *»Der Mann wird überall an Sie herankommen, egal wo!«* Die Fahrt über die Avus, Scheinwerferlicht, das über ihre geschlossenen Lider strich. *»Lassen Sie nicht zu, daß der Mörder Ihres Kindes ungeschoren davonkommt!«* Der Hotellift, in dem sie zusammenklappte, so daß er sie hochheben und ins Zimmer tragen mußte. *»Sie haben niemanden, Frau Fasoulas. Nur uns. Wir sind die einzigen, die sich um Sie kümmern!«* Das eiskalte Wasser im Waschbecken, in das er ihren Kopf tauchte.

Lange.

Sie kam hoch und schnappte nach Luft wie ein Fisch, der auf dem Trockenen liegt. Bibberte, als Vandreyke ihr das Gesicht mit Frottee abrubbelte. Doch das Wasser schoß aus ihren Augen. Ein Sturzbach, den kein Handtuch stoppen konnte. *»Ich garantiere persönlich für den Schutz von Jorgos. Sie haben mein Wort!«* Er nahm sie wie eine Feder, trug sie zum Bett, zog sie aus, packte sie unter das dicke Plumeau, ihre Lippen so blau, als habe sie Heidelbeeren genascht. Zähneklappern, das nicht aufhören wollte. Die Stirn glühte wie im Fieber, während der Körper Eiseskälte verströmte. *»Nur dieses eine! Dann wird alles gut für Sie und Ihren Sohn! Dann sind Sie in Sicherheit bis an Ihr Lebensende!«* Auch Vandreyke zog sich schnell aus. Er kroch zu ihr unter die Decke, legte die Arme um sie und preßte sich an sie. Ihr Herz trommelte gegen seine Brust. *»Sie haben mein Wort! Mein Wort! Mein Wort!«*

»Wir konnten nichts für sie tun. Unmöglich!« flüsterte er. »Es war ein aufgesetzter Schuß. Die Schmauchspuren an ihren Händen. Wenn es irgendwie gegangen wäre – ich hätte meinen Kopf für sie hingehalten, jederzeit. Aber die Spurensicherung würde es herausfinden. Es mußte sein! Versteh doch: keine andere Möglichkeit!«

Der Sturzbach. Das Zittern. Die Hitze. Sonst nichts.

Es geschah nicht oft, daß Josef Langheinrich vor acht nach Hause kam. An diesem Abend war es das schlechte Gewissen, das ihn aus dem Büro trieb. Claudias Auftritt vor dem Olympiastadion war unmöglich gewesen, eigentlich durch nichts zu rechtfertigen. Dennoch wußte Langheinrich, daß er die Schuld daran trug, denn er vernachlässigte seine Frau in einer Weise, die jedes Maß überstieg. Eigentlich war er nie ein eifersüchtiger Mann gewesen, auch hatte Claudia ihm bisher keinen Anlaß gegeben, so zu empfinden. Bis Charlottenburg ... Sicher, sie war wunderschön. Und andere Männer ... Er kannte die Blicke, die sie ihr zuwarfen, sah auch, daß sie es genoß. Trotzdem war er nie auf den Gedanken gekommen, sie könne ihn betrügen. Nun aber wußte er die SG-Nadel, die er am Morgen nach dem Staatsempfang gefunden hatte, in der Schublade seines Büroschreibtischs. Gleichzeitig redete er sich ein, daß sie niemals auf den Teppich ihrer Diele gelangt wäre, wenn Claudia nur ein wenig mehr Zuwendung erfahren hätte, als er ihr nun schon über Monate zugestand. Er liebte sie, das war die reine Wahrheit. Er konnte sich ein Leben ohne sie nicht vorstellen, auch wenn ihre Ehe an einem Punkt angelangt war, wo die Frage nach der Zukunft sich aus den Tiefen des Bewußtseins in seine Gedanken drängte und er es nicht mehr schaffte, sie gänzlich zu ignorieren. Das hieß nicht, daß er sich dem Problem wirklich stellte. Doch es war ihm klar, daß er etwas tun mußte, das sie besänftigen würde.

Er hatte sie noch vom Büro aus angerufen. »Hallo, ich bin's.«
»Ja.« Ihre Stimme, kalt wie der Wind, der durch das Olympiastadion pfiff.
»Es tut mir leid, daß wir uns so gestritten haben.«
Keine Antwort. O ja, das konnte sie sehr gut.
»Zieh dir doch heute abend was Hübsches an. Was hältst du davon, wenn ich dich um sieben abhole?«
»Keine Lust. Von mir aus geh allein zu der Premiere oder dem Empfang oder was auch immer.«
»Kein Empfang, keine Premiere. Ich hol dich ab. Aber vorher mache ich noch einen kleinen Abstecher bei Bulgari in der Fasanenstraße ...«
Drachenfutter. Das wirkte immer. Auch diesmal.

Eine kleine Feier, ihr zu Ehren. Nur der engste Freundeskreis. Langheinrich hatte das Guy in der Jägerstraße ausgewählt. Ein Tisch am Fenster mit Blick auf den malerischen Innenhof, der im italienischen Stil gehalten war. Keine Sherpas, jedenfalls nicht drinnen. So sah Lombardi, die auf der Straße vor dem breiten Durchgang im mittleren der drei Panzer saß, wie die illustre Gesellschaft ihre Champagnergläser hob und auf Claudia anstieß. Das Diamantcollier, das ihr Mann ihr in diesem Moment um den Hals legte, mochte den Wert eines Mittelklassewagens besitzen. *Immer weiter so, Herr Minister. Die Registrierkasse rattert unentwegt.* Sie lehnte sich zurück und rauchte in Ruhe eine Zigarette, während drinnen dröhnend über einen Witz gelacht wurde, den Krupka erzählt hatte.

»Moment, ich hab noch einen!« tönte er. »Treffen sich zwei reiche Männer. Sagt der eine: ›Ich bin so reich, ich könnte die ganze Welt kaufen!‹ Darauf der andere: ›Tut mir leid, aber ich verkaufe nicht!‹«

Man schlug sich vor Lachen auf die edelbetuchten Schenkel.

Bis dahin war Claudia der strahlende Mittelpunkt des Abends gewesen. Als jedoch das Dessert abgeräumt war und die Männer zu Grappa und Zigarren übergingen, merkte sie mit einem Mal, daß sie abgehakt war, nein, *abgelegt* wie ein teures Spielzeug. Sie war ganz still, ganz einsam, sich bewußt, daß es am Tisch nur noch ein einziges Thema gab: die Politik.

Seltsam. Niemand in der Runde bemerkte, was mit Claudia los war. Nur Lombardi, aus dreißig Metern Entfernung. *Scheißspiel, arme Sau.* Genau in diesem Moment ging Claudias Blick nach draußen zu den Panzern. Lombardi nickte ihr zu. Claudia stand auf. Genau wie André Görtz, der neben ihr saß. Er zählte zwar nicht zu ihren Freunden, aber Krupka hatte ihn mitgebracht. Man kannte sich so lala. »Oh, Entschuldigung, zu dumm von mir!« murmelte Görtz, der Claudia wie unabsichtlich angerempelt hatte. Er bückte sich und sammelte ein, was aus ihrer Handtasche gekullert war. Kreditkarte, Schminkzeug, Inhalator, Türsensor. »Hier, bitte ...«

»Danke.« Nur einer hatte diesem Intermezzo besondere Aufmerksamkeit geschenkt. Und das war Krupka. Sein Blick traf sich sekundenkurz mit dem von Görtz, dann schnippte er dem Ober zu. »Wo bleibt denn mein Espresso?«

Claudia war unterdessen zur Theke gestöckelt und flüsterte kurz mit der jungen Frau, die den Champagner hütete. Man gab ihr eine Flasche Roederer und zwei Gläser. »Nein, nein, bemühen Sie sich nicht, ich mach das schon selber!« Sie lief hinaus auf die Straße. Langheinrich sah, wie sie den Korken von der Flasche fliegen ließ. Sie öffnete die Beifahrertür von Lombardis Panzer und setzte sich neben seine Kommandoführerin. Die beiden Frauen stießen an. Jetzt feierte Claudia ihre eigene Party.

Das Handy von Görtz meldete sich. Er entfernte sich von der Gesellschaft, ehe er das Gespräch entgegennahm. »Ja?« Görtz hörte zu, bedachte Krupka mit einem knappen Blick und schlenderte, das Handy am Ohr, auf die Toilette.

»Zappka ist überfällig«, sagte Görtz, als Krupka die Tür hinter sich schloß und sich mit dem Rücken dagegenlehnte. »Irgendwas ist schiefgelaufen.«

»Czarnys Leute.«

»Sicher.«

Krupka ging zum Waschbecken und wusch seine Hände, wie Fleischer oder Chirurgen es tun: Einseifen bis zum Handgelenk, gleitende, ruhige Bewegungen der Innenflächen über die Rücken, sorgfältiges Abspülen. »Der Mann ist ein Pickel auf unserem Arsch. Es wird Zeit, daß wir ihn ausdrücken.«

»Und wer besorgt uns dann die Grails?«

»Was nützen die uns, wenn wir im Knast sitzen? Wenn du vor dem Erschießungskommando stehst, jammerst du nicht mehr über schlechte Profite.« Er rieb die Hände trocken, bis sie rot waren und die Adern durchschimmerten. »Zieh dem Wiesel das Fell ab!«

Das Landgericht Moabit war eine Stadt. Das größte Gericht Europas. Von der Turmstraße aus sah man nur das mächtige, spätklassizistische Hauptgebäude, in dem an manchen Tagen siebenhundert Prozesse gleichzeitig stattfanden. Doch das Herzstück war das »Haus I«, die Untersuchungshaftanstalt, deren fünf riesige Arme aus rotem Klinker ihr den Spitznamen »Spinne« eingetragen hatten. Im Parterre befanden sich die abstellkammergroßen Räume, wo die Häftlinge ungestört mit ihren Anwälten sprechen konnten.

Hier saß Jelena Fasoulas Dr. Nieser gegenüber, der sich ihr erst wenige Minuten zuvor, gleich nach dem Ende der stundenlangen Vernehmungen, vorgestellt hatte. Er richtete ihr Grüße von ihrem Bruder aus. Sie solle ruhigbleiben und der Staatsanwaltschaft oder den Kripobeamten nichts sagen, das sie nicht vorher mit ihm, Nieser, abgestimmt hatte. Doch diese Ermahnung war überflüssig, denn Jelena hatte seit ihrer Einlieferung in Moabit kein einziges Wort gesprochen. Sie hörte schweigend zu, was Nieser ihr zu sagen hatte, erwiderte nichts und bat ihn statt dessen um einen Zettel und einen Stift. Er gab ihr beides. Sie schrieb einige wenige Sätze darauf und gab ihm den Zettel zurück. Er las. Als er den Blick wieder auf Jelena richtete, erkannte er, daß sie durch ihn hindurchsah. Nieser nickte nur stumm. Er stand auf und klingelte, damit der Schließer ihn hinausließ. Dreißig Minuten später saß er in seiner Kanzlei am Theodor-Heuss-Platz, die um diese Zeit, kurz vor Mitternacht, verlassen war. Er scannte den Zettel, den Jelena ihm gegeben hatte, in seinen PC und hängte ihn als Wortdatei an die Mail, die er mit einem Kryptierungsschlüssel versah, ehe er sie abschickte. Sie erreichte ihr Ziel mit einer leichten Verzögerung von zwei Minuten. Es dauerte eine weitere Minute, bis sie ausgedruckt war und Saizew an die Tür des Schlafzimmers von Czarny klopfte. Aufgrund der unterschiedlichen Zeitzonen war es in Omsk fünf Uhr morgens.

»Was ist?« murmelte Czarny, als er aus dem Bett hochschreckte. Saizew gab ihm schweigend den Zettel und zog sich sofort zurück.

In derselben Sekunde, in der ein Schrei über Czarnys Anwesen gellte, ein Schrei, der so laut war, daß die Hunde anfingen zu bellen und die Scheinwerfer angingen und die Wachmannschaft in das Haus ihres Gospodins stürmte, lag Vandreyke neben Sophie. Sie schlief. Die Tablette, die er ihr gegeben hatte, tat endlich ihre Wirkung. Er hatte die Beine angezogen und hielt die leere Flasche Gin an den Bauch gedrückt. Er spürte die Flaschenkälte durch das T-Shirt. Das Fenster stand offen. Das Carillon des Mercedes-Turms im Tiergarten klang dumpf und fern, als käme es aus dem Lautsprecher eines Fernsehers. *Pelouses de Saint Cloud. Dimitri Fasoulas auf der Parkbank im Bois de Boulogne. Das Carillon am Croix Catelan.* Aber kein Fernseher lief, kein Film, in dem ein Glockenspiel vorkam. Nur der Film in seinem Kopf, dessen Handlung er nicht in den Griff bekam.

VIERZEHN

Es war eine Frage von Beziehungen. Vandreyke hatte sie. Der Mann, den er angerufen hatte, als Sophie bereits schlief, die Flasche Gin aber noch voll war, saß im LKA Brandenburg.

»Mensch, Gregor, gibt's dich noch?«
»Du mußt mir einen Gefallen tun.«
»Jetzt, um halb zwölf?«
»Kostet dich nur ein Telefonat. Einbrecher in der Berliner Vorstadt. Die Hausbesitzerin hat ihn in Notwehr erschossen. Wo geht das hin?«
»Mordkommission Potsdam vermutlich.«
»Ich wette, da kennst du jemanden.«
»Kann schon sein, warum?«
»Mach dich mal schlau, okay? Ruf mich morgen früh an.«
»Offiziell?«
»Ja, so offiziell wie 'ne Knutscherei im Autokino. Bis dann.«

Der Anruf kam um 6.40 Uhr. Das Klingeln drückte ihm die Augäpfel gegen die Lider. Er angelte nach dem Hörer, erwischte ihn irgendwie, ließ ihn fallen, tastete mit der Hand über den Teppich, hörte eine ferne Stimme ... »*Hallo? Gregor, bist du das?*« ..., kriegte das Ding endlich zu fassen, krächzte: »Was ist?«

Nur vier Worte. Dann war der Kater schlagartig weg.

»Danke. Nein. Warum nicht in Potsdam? Gut«, flüsterte er. Er legte den Hörer auf die Gabel, ehe er sich vorsichtig im Bett aufrichtete und Sophie ansah, die noch immer schlief wie bewußtlos. Er ging leise ins Bad. Diesmal war er es, der seinen Kopf unter kaltes Wasser hielt. Als er hochkam und nach Atem rang, stand Sophie hinter ihm. Ihre Blicke trafen sich im Spiegel über dem Waschbecken.

»Sag es mir.«
»Zieh dich an. Wir müssen nach Moabit.«

Die Fahrt verging wie ein Traum, den man von nun an nie mehr vergessen würde, keine Einzelheit, weil er in den dunklen Nächten wiederkam, ein Leben lang. Der Regen. Das Schweigen. Die wenigen Sätze. »*Es ist wegen dem Kinderschänder, den sie suchen. Potsdam hat alles im Einsatz, was laufen kann. Deshalb ist es bei den Berlinern gelandet. Erste Mordkommission.*«

Die Pforte I war an der Straße Alt Moabit. Nackter Waschbeton. Vandreykes Ausweis genügte in der Schleuse. BKA. Man stellte keine Fragen. Der Gang, der zu der Zelle führte, war lang und schmal. Quadratisches Fliesenmuster. Vandreyke sah, daß Sophie sich auf ihre Schritte konzentrierte. Sie versuchte, mit den Fußspitzen die Fliesenfugen nicht zu berühren.

»Du mußt das nicht«, flüsterte er. Er spürte ihr Zittern an seinem Arm.

Sie ging weiter. Hörte ihn nicht.

Neue Schleuse. Stahlgitter. Rasseln von schweren Schlüsseln. »Bleib hier. Ich mach das allein!«

Er versuchte, sie zurückzuhalten. Sie riß sich los. Rannte. Schließer und Beamte der Spurensicherung. Gedränge vor der offenen Zellentür. Man wollte sie nicht durchlassen. Sie schrie etwas Unverständliches. Erst als Vandreyke seinen Ausweis hochhielt, machten sie Platz. Es war sehr viel Blut. Jelena hatte sich die Pulsadern aufgeschnitten. Der Leichensack war noch offen. Ihr Gesicht sah friedlich aus, fast glücklich. Ihre linke Hand hielt das Stück Plastik umklammert, das sie aus der Abdeckung der Steckdose gebrochen hatte.

Die Leichenträger drängelten. »Können wir?« Vandreyke nickte. Der Reißverschluß wurde mit einem Ratsch zugezogen. Sophie taumelte. Vandreyke umfaßte ihre Schulter und setzte sie vorsichtig auf die Pritsche. Jelenas Pritsche. Dort war es nicht passiert. Auf dem Boden. Dort war das Blut.

»Gebt uns ein paar Minuten«, sagte Vandreyke. »Und macht die Tür zu.«

»Was soll das? So können wir unmöglich unsere Arbeit ...« Einer von der Spurensicherung. Vandreyke sah ihn bloß an. Die Tür fiel ins Schloß. Jetzt waren sie mit Jelena allein. Sophie hatte aufgehört zu zittern. Keine Kraft mehr. Vandreyke drückte ihren Kopf gegen seine Schulter. Sie hatten beide die Augen geschlossen. Es war, als schwebten sie in vollkommener Finsternis. Nur Jelenas Hülle leuchtete wie ein Meerestier in unendlicher Tiefe.

Fünf Minuten. Eine Stunde. Zwei? Irgendwann saßen sie wieder im Auto. Vandreyke brachte Sophie zurück ins Hotel. Er wußte, er hätte nach Treptow fahren müssen. Aber er konnte sie nicht allein lassen. Sie lag auf dem Bett wie tot. Das Telefon klingelte pausenlos. Vandreyke riß den Stecker aus der Dose. Er wollte mit ihr reden. Zuerst versuchte er es sanft. Dann packte er sie an den Schultern. Nichts half.

Schließlich rief er Lombardi an. *Ich weiß, ihr habt einen Draht zueinander. Komm schon, heb endlich ab!* »Katja?« Er hatte Glück. Sie mußte erst zur Spätschicht ran und döste noch.

»Ja?«

»Komm ins Four Seasons. Beeil dich!«

»Was ist denn so dringend?«

Er sagte es ihr. Sie brauchte zwanzig Minuten bis zum Gendarmenmarkt.

»Weiß Jan Bescheid?« fragte sie, als er sie ins Zimmer gelassen hatte.

»Noch nicht.«

»Zieh Leine, ich mach das schon.«

Er zögerte. Es zerriß ihm das Herz, Sophie so zu sehen.

Lombardi schob ihn resolut zur Tür. »Ich ruf dich an ... Was ist? Willst du hier Mahnwache halten?« Er gab sich einen Ruck und trottete zum Fahrstuhl. Sie nahm Sophies Jacke vom Stuhl.

»Komm, Kleine, wir gehen ein bißchen spazieren.« Sophie reagierte nicht. Lombardi zog sie an wie eine Mutter ihr Kind. »... so, jetzt noch den rechten Ärmel. Siehste, klappt doch! Wo haste denn die Jacke her? Die könnt mir gefallen!«

Sophie sah zu ihr hoch. »Was tun Sie da?«

»Zuerst mal, wir duzen uns. Ist ganz einfach, ich heiße Katja. Du brauchst 'ne Kiepe frische Luft. Und ich auch.«

»Lassen Sie mich allein.«

»Hast du schon mal zu mir gesagt. Weißt du noch, im Waschraum, nach Bremerhaven? Hat's dir was genützt? Also mach hinne, ich hab keinen Bock, mich mit dir zu streiten!«
Der Flur. Der Lift. Die Lobby. Zwei Frauen, die sich warm eingepackt hatten. Die eine quasselte pausenlos. Lauter Unsinn, kreuz und quer durcheinander. Klassische Betriebsnudel. Die andere? Wie ausgekotzt.
»Wo sind wir hier?« fragte Sophie, als sie aus dem Wagen stiegen.
»Im Tiergarten, Kleine.«
»Hören Sie endlich auf, mich so zu nennen!« Es war der erste klare Satz, den sie seit Moabit gesprochen hatte.
»Wenn du aufhörst, mich zu siezen!« Sie hakte sich bei Sophie ein und zog sie mit sich über die alleeartige Schneise zwischen den Buchen und Linden. Sie war von Gaslaternen gesäumt. Der Regen flog vor ihnen her. Es schien, als berühre er die Erde nicht. »Vor hundert Jahren, als wir noch den guten, alten Kaiser hatten, standen hier rechts und links Gipsbüsten mit den Großen der deutschen Geschichte. Du weißt schon, von Ritter Kunibert bis Heinrich dem Bleichen. Die Berliner sagten ›Puppenallee‹ dazu. Wenn sie sonntags im Tiergarten spazieren waren und es in einen richtigen Fußmarsch ausartete, hieß es nachher: ›Wir waren bis in die Puppen.‹«
»Was soll das?«
»Frag ich mich auch. Willst du wieder mal den Schwanz einziehen und aufgeben? Dir selbst leid tun bis in die Puppen?«
»Ich bin schuld.« So leise. Wie der Atem eines kleinen Vogels.
»Nein, bist du nicht! Du hast versucht, ihr zu helfen. Und du warst die einzige! Denkst du, Jan oder Ines oder ich hätten nur eine Sekunde über sie nachgedacht? Haben wir nicht. Du weißt genau, da ist ein Unterschied zwischen dir und uns. Hast es deinem Vater selbst gesagt, vor dem Empfang in Charlottenburg: ›Du gehst über Leichen und hebst dabei noch nicht mal die Füße an!‹ Tja, die Tür war leider nicht dick genug. Aber der Satz stimmt haargenau. So sind wir. Irgendwann fällt es einem nicht mehr auf. Da ist es gut, wenn man mal wieder daran erinnert wird.«

»Ich hab sie im Stich gelassen.« Ihre Stimme kippte über den Abgrund, der Verzweiflung hieß.

»Es war ihre Entscheidung. Akzeptiere es endlich. Was ist? Kannst du deine Mutter wieder lebendig machen? War das auch deine Schuld?« Sophie erstarrte. »Ja, Gregor hat es mir erzählt. Wenn ich könnte, würde ich meine Kohle zusammenkratzen und dir davon 'ne Zeitmaschine kaufen. Geht leider nicht. So wie ich das sehe, hast du zwei Möglichkeiten: Setz deinem Alten eine Kugel zwischen die Augen, oder werd endlich damit fertig!«

Jetzt weinte sie. Gott sei Dank.

»Schon besser, viel besser!« sagte Lombardi erleichtert und hielt sie fest im Arm. »Nicht so schüchtern, komm schon, laß die ganze Scheiße raus!« Sophie reagierte nicht. Da brüllte sie ihr direkt ins Gesicht: »Laß die Scheiße endlich raus, du blöde Kuh!«

Sophie erschrak. Starrte Lombardi an. Dann schrie sie unter Tränen: »Warum hat sie das bloß getan? Sie hatte doch noch den Jungen! Drei Jahre, höchstens, dann wäre sie wieder draußen gewesen! Warum? Sag's mir doch!«

»Hast du's immer noch nicht kapiert? Sophie, du hast 'ne Menge Grips im Kopf, ich wär froh, wenn ich soviel auf dem Kasten hätte. Aber in dem Punkt hast du dich geirrt. Sie war schon tot, als die Autobombe explodiert ist! Sie ist nicht nach Potsdam gekommen, um den Jungen in Sicherheit zu bringen. Sie wollte sich rächen. Vermutlich hat sie's selber nicht gewußt. Aber genau so war es. Wenn's nicht in ihrem Haus passiert wäre, hätte sie einen anderen Weg gefunden. Vielleicht im Gerichtssaal. Niemand hätte es verhindern können, keiner von uns, und du schon gar nicht!«

»Was wird jetzt aus ihrem Sohn?«

Praktische Frage! Jetzt ist sie über den Berg! »Die Fürsorge kümmert sich um ihn. Aber er hat immer noch seinen Onkel. Wenn Czarny das Geschäft mit dir macht, wird Jorgos bei ihm aufwachsen und leben wie im Schlaraffenland.«

»Wenn.«

»Von dir würde ich mir jederzeit Geld leihen.«

»Was?«

»Du weißt doch: Leih dir Geld von Pessimisten, die erwarten nicht, daß sie's zurückkriegen.« Sie tat, als würde sie stutzen. »Sekunde, war das gerade ein Lächeln?«

»Du bist verrückt, weißt du das?« sagte Sophie. Sie konnte nicht anders. Sie lächelte tatsächlich und wischte sich mit dem Ärmel den Rotz von der Nase.

»Komm her, Kleine, laß dich mal drücken!« Lombardi schloß ihre Arme um Sophie, so fest, daß beide das Herz der anderen durch die dicken Jacken pochen hörten.

So war es gut. Und so blieb es, bis Sophie flüsterte: »Danke.«

»Nur nicht kitschig werden. Komm, ich kenne eine Kneipe am Savignyplatz.«

Es war das Cour Caree. Verblaßter Plüsch aus den Achtzigern. Kaffeepötte groß wie Suppentassen, Schnörkelstühle, Tischplatten aus weißem Marmor, über denen Touristen ihre Stadtpläne ausgebreitet hatten. Der Regen tippte an die Fenster, Joni Mitchell sang »Sunny Sunday«, Sophie trank den Espresso, der heiß und bitter war. Lombardi kam von der Toilette zurück und warf ihr eine Packung Gitanes zu. »Die haben sogar deine Marke! Da staunst du, was?« Sie rauchten, aßen Sandwiches, sprachen wie Freundinnen miteinander. Das waren sie ja auch. Hatte Sophie schon einmal eine wirkliche Freundin gehabt? Sie versuchte sich zu erinnern. *Nein, nie. Warum eigentlich nicht? Liegt es an mir?* Da erst spürte sie, daß es ihr gefehlt hatte.

»Tust du mir einen Gefallen?« fragte sie und lächelte verlegen. »Nenn mich nicht mehr ›Kleine‹. Wäre das in Ordnung für dich?«

»Geht klar, Kleine!« Lombardi gab ihr einen Stups. »Ich könnte übrigens auch ein bißchen Hilfe gebrauchen ...«

»Du von mir?«

»Was denkst du über Claudia Langheinrich?«

»Kommt mir vor, als ob sie auf der Kippe steht. Zu stark geschminkt, lacht zu laut, trinkt zuviel. Ich hab sie in Charlottenburg beobachtet. *Borderline*, würde mein Therapeut sagen.«

»Du hast einen Therapeuten?«

»Wozu, ich hab doch dich!«

Sie tauschte mit Lombardi ein Grinsen, dann wurde die Fahnderin wieder ernst. »Du liegst ziemlich richtig. Sie ist einsam. Das läßt sich in Cognac messen. Die Frau geht kaputt, glaub's mir.« Lombardi wischte mit der Hand über das Fensterglas, das beschlagen war. »Weißt du, als wir in Hiltrup waren, hat man uns 'ne Menge Zeugs eingetrichtert. ›Distanz‹ war eins der Zauberworte. ›Lassen Sie sich nie emotional auf eine Zielperson ein!‹ Toller Satz. Ich hab's bisher immer geschafft.«

»*Emotionale Distanz* ... Dafür bin ich ja Spezialistin.«

Doch Katja Lombardi war nicht nach Sarkasmus zumute. »Sie tut mir leid. Gar nicht gut für meinen Job.«

»Redet sie mit dir?«

»Hmm. Gestern abend. Langheinrich hat einen Tisch im Guy bestellt und dazu ein paar Claqueure. Die sollten was für ihr Ego tun. Bloß haben sie's versaut. Da hat sie bei mir im Auto gesessen, für dreißigtausend Euro Klunker um den Hals, in den Augen mehr Traurigkeit, als du für Geld kaufen kannst.«

»Soviel zu dem Unterschied zwischen dir und mir.«

»Ja, ich bin der Hahn auf dem Mist und krähe, so laut ich kann.« Lombardi sah hinaus. Die Welt schien aus lauter Regenschirmen zu bestehen. »Wenn Gregor jetzt hier säße, wüßte ich genau, was er sagen würde ...«

»Ich auch.« Sophie imitierte Vandreykes Kodderschnauze: »Ist doch hervorragend, könnte doch nicht besser laufen! Wenn sie dir vertraut, verquatscht sie sich vielleicht mal. Immer dranbleiben, Mädchen, immer schön trösten!«

»Und – hätte er damit recht?«

»Ehrliche Antwort? Ich weiß es nicht.«

Josef Langheinrich plagte sich ab. Und zwar mit der mißlichen Pflicht des Kofferpackens. Dies war eines der wenigen Dinge, die er noch persönlich erledigen mußte. Briefmarken ablecken, Telefonverbindungen herstellen, Auto fahren, all das wurde ihm von dienstbaren Geistern abgenommen, deren Aufgabe es war, dafür zu sorgen, daß der Bundesinnenminister nicht mit Unwichtigem behelligt wurde. Nur für den verdammten Koffer hatte er niemanden. Der Haushaltshilfe, die dreimal die Woche kam, brachte er nicht genug Vertrauen entgegen, und Claudia hatte, wie ihm manchmal vorkam, in solchen Läßlichkeiten noch weniger Übung als er selbst. Während er den Samsonite auf das Bett wuchtete und denselben Fehler machte wie immer – Hemden unten, Jacketts oben –, hockte sie auf dem Teppich und kramte mißgelaunt in ihrer Handtasche herum. Noch immer spürten sie die Nachwehen des Streits, der beim Sonntagsfrühstück begonnen hatte.

»Liebling?«

»Hmm?«

»Du kennst doch Sven Döbler ... der vom ZDF, du weißt schon.«

»Und?«

»Er hat seit ein paar Wochen versucht, mich zum Lunch zu treffen. Vorgestern hat es gepaßt. Wir waren im Café Einstein.«

»Schön«, hatte er abwesend gemurmelt, den Kopf im Börsenteil der FAZ.

»Er hat mir ein Angebot gemacht.«

»Ja, sicher.«

Da hatte sie über den Tisch gelangt und die Zeitung nach unten gezogen, so daß die Spitze in die Marmelade tunkte und Langheinrich gezwungen gewesen war, seine Frau anzusehen.

»Er ist wirklich sehr interessiert!«

»Interessiert – woran?«

»Sie entwickeln ein Konzept für ein neues Lifestylemagazin. Das Angebot ist überragend, nicht nur finanziell ...«

»Claudia, ich dachte, wir wären uns einig, daß du ...«

»Was? Daß ich den ganzen Tag daheim hocke und warte, bis ich höre, wie die Tür aufgeht, damit ich meinem geliebten Ehemann die Puschen und eine Flasche Bier bringen kann?«

»Bitte werd jetzt nicht unsachlich. Wie stellst du dir das vor? Wenn wir Neuwahlen kriegen, werde ich Kanzlerkandidat!«

»Na und, ist das so aufregend?«

»Jetzt hör aber auf! Das haben wir alles längst besprochen! Über das Leben der Schönen und Reichen brauchst du nicht zu berichten, das hast du jeden Tag aus erster Hand! Wenn dein Mitteilungsbedürfnis so groß ist, tratsch darüber mit deinen Freundinnen, und jetzt Schluß damit, ein für allemal!«

Er hatte ein Machtwort gesprochen. Dafür hatte sie ihn, wie so oft, mit Schweigen abgestraft. Dann war auch noch Krupka gekommen – an seinem freien Sonntag! – und hatte ihn hemdsärmlig in sein privates Arbeitszimmer gezogen, wo er sich in Langheinrichs Schreibtischsessel lümmelte, die Beine hochlegte, eine Cohiba paffte und dem Herrn Minister erklärte, wie er seine Dienstgeschäfte zu führen habe. Langheinrich hatte sich alles mit größter Beherrschung angehört und dann gefragt: »Franz, weißt du eigentlich, was ich den ganzen Tag so mache?«

»Jetzt bin ich aber gespannt!«

»Ich arbeite. Das heißt nicht, daß ich zaubern kann!«

Krupka hatte nur gelächelt. »Ach, Josef, ich sag's dir nur ungern, aber mit dir zu reden, ist, als ob man unter der Dusche steht, sich am ganzen Körper eingeseift hat, und plötzlich ist das Wasser weg. Fällt dir übrigens was an meiner Nase auf?« Und dann, als er ihn verständnislos angestarrt hatte: »Ich trag sie nicht halb so hoch wie du. Trotzdem kann ich doppelt so weit rotzen!«

So hatte sein erster freier Tag seit Wochen ausgesehen. Jetzt kramte er in seinem Schrank. »Weißt du, wo mein braunes Jakkett ist?«

»Hab ich mit Salzsäure übergossen und in der Wanne aufgelöst.«

Wenigstens redete sie wieder mit ihm. Das Schlimmste war also überstanden. Er sah, wie sie ihre Handtasche umdrehte und in den Utensilien kramte, die auf den Teppich kullerten. »Schatz, du kennst doch den britischen Innenminister«, sagte er. »Das Essen wird endlos und stinklangweilig, seine Frau ist die Pest, und morgen sitzen wir den ganzen Tag in Whitehall. Ich hätte sowieso keine Zeit, mich um dich zu kümmern ...« Ihre

Bewegungen wurden hektischer. »Nach London will ich mit dir mal allein fahren. Einfach so, nur du und ich ... Sag mal, was suchst du eigentlich?«

»Meinen Inhalator ... Verdammt, das gibt's doch nicht!«

Die exakte Bezeichnung für ihre Krankheit war Hyperglykämie, also Überzuckerung. Solange sie das Dosieraerosol benutzte, hielt sie ihren Insulinpegel auf einer normalen Höhe. Wenn sie aber im Streß war, auch nach einer körperlichen Anstrengung, konnte es passieren, daß der Zuckerspiegel absank und sich jene Schwindelanfälle einstellten, gegen die Schokolade, Cola oder etwas anderes Süßes half. Jetzt aber merkte sie, daß sie den Spiegel herunterfahren mußte. Das ging nur mit dem Spray.

»Wann hast du ihn das letzte Mal gesehen?«

»Gestern, bei dem Essen im Guy ... Mist!« Sie stopfte, was auf dem Teppich gelegen hatte, in die Handtasche zurück, riß die Nachttischschublade auf und wühlte mit zittrigen Händen darin herum.

Langheinrich sah, daß die Nadel in den kritischen Bereich ausschlug. Er kniete sich neben Claudia, nahm sie sanft in die Arme und versuchte, sie zu beruhigen. »Komm, ich laß dich doch nicht allein, wenn du deinen Inhalator nicht hast ...« So hangelte er, ohne sie loszulassen, nach ihrer Handtasche. Er brauchte nur fünf Sekunden, das Aerosol steckte im Außenfach. »Hier ... siehst du!«

Sie inhalierte sofort. Ihr Herz flog, ihr Haar, das er streichelte, fühlte sich seifig an. Gel und Schweiß, die sich vermischt hatten.

»Alles in Ordnung«, murmelte er. »Kein Problem ...«

Es war schon dunkel, als Sophie von Lombardi wieder vor dem Hotel abgesetzt wurde. Lombardis Schicht begann in dreißig Minuten. Langheinrich war bereits nach London abgeflogen. Dort waren keine Sherpas nötig, das erledigte die britische Special Branch. Lombardi war für diese Nacht der Außensicherung zugeteilt, was bedeutete, daß sie bis zum Morgengrauen im

Wachcontainer vor Langheinrichs Haus hocken und Claudias Schlaf bewachen würde.

»Mach's gut«, sagte Sophie.

»Du auch.«

Sophie winkte ihr noch nach, dann fuhr sie hoch auf ihr Zimmer. Vandreyke wartete schon auf sie. Die Unsicherheit, mit der er sie ansah, fiel von ihm ab, als sie ihn umarmte und sagte: »Mir ist nach mopsen. Wollen wir uns einen Film ansehen?« Sie ließen sich das Abendessen vom Zimmerservice bringen, hockten auf dem Bett, aßen Hühnchen mit den Fingern, sahen fern, ohne über Jelena zu reden. Der Spätfilm ging bis kurz nach Mitternacht. Sie stellten die Tabletts einfach neben das Bett und kuschelten sich aneinander und wurden schläfrig.

Um 0.58 Uhr klingelte das Telefon.

»Wir sind nicht da«, murmelte Sophie.

Doch das Klingeln wollte nicht aufhören.

Vandreyke nahm leise fluchend den Hörer ab. »Ja?«

Czarny hörte die Hunde. Sie mußten irgendwo im Ostabschnitt sein, zwei oder drei Kilometer vom Haupthaus entfernt. Ihr Bellen klang wütend und aggressiv. Vielleicht mußten sie ihr Revier gegen ein Rudel Wölfe verteidigen. Es würde für die Wölfe blutig ausgehen.

»Woher wußten Sie, wo wir sind?« fragte Vandreyke.

»Das ist doch unwichtig, Herr Bongartz. Haben Sie ein Videophon zur Verfügung?«

»Warum?«

»Ich will Sie beide ansehen können.«

»Geben Sie uns drei Minuten. Rufen Sie wieder an.«

Das tat er. Als Vandreyke und Sophie das Gespräch erneut entgegennahmen, besaßen sie über den Monitor des Laptops, den sie per Funk mit der Telefonleitung des Hotels vernetzt hatten, Bildverbindung zu Czarny.

»Die Leitung ist sicher?« fragte er.

»Absolut«, antwortete Sophie. Ihr Wort genügte ihm, denn er wußte, nach allem was in Jelenas Haus passiert war, daß ihr Verlangen nach Verschwiegenheit mindestens ebensogroß war wie das seine. Zum zweitenmal innerhalb weniger Tage sah sie ihn nun. Sein Gesicht blieb im Halbdunkel, als versuche er, etwas zu verbergen. Doch Sophie erkannte trotzdem, daß er nicht mehr der Mann war, dessen Selbstsicherheit sie auf der Plattform des Elevators zu spüren bekommen hatte. Er war alt. Er war müde. Er sprach mit einer Stimme, die so leise war, daß sie den Lautsprecher des Laptops voll aufdrehen mußten, um ihn verstehen zu können. »Ging es ... schnell?«

»Ich bin sicher, es ging schnell«, log Sophie, denn ein Mensch, der sich die Pulsadern aufschneidet und keine Badewanne mit warmem Wasser zur Verfügung hat, muß Geduld haben, bis der Tod kommt.

»Warum lügen Sie mich an?« fragte Czarny. »Denken Sie, ich weiß nicht, wie es passiert ist?«

»Sie wollte es Ihnen leichter machen, das ist alles«, sagte Vandreyke rasch.

»Ich habe gesehen, wie mein bester Freund und mein Patenkind starben. In keiner Nacht habe ich geschlafen seitdem. Sie würden es mir leichter machen, wenn wir so tun könnten, als wären wir Vertraute. Nur so tun, für die Dauer dieses Gesprächs. Ist das möglich?«

»Ja.«

»Frau Wolf, Sie haben meine Schwester dazu bewogen, mich nach Lissabon zu locken. Das war sehr geschickt von Ihnen. Nur gibt es einen kleinen Unterschied zwischen dem Angebot, das Sie ihr, und dem, das Sie mir gemacht haben ... Ich frage mich, an welches ich mich halten soll.«

»Was sollte ich tun? Sie hätte mir niemals geholfen, wenn ich ihr nicht versprochen hätte, daß ich Sie zur Strecke bringe. Es tut mir leid, aber ich muß Ihnen über Ihre Schwester nichts sagen, was Sie nicht selbst schon lange wissen.«

»Sie hat mich gehaßt. Noch in der Nacht ihres Todes.«

Sophie spürte Vandreykes Hand in ihrer, außerhalb des Sichtfelds der Videokamera. Eine war feucht. Ihre eigene?

»Sie hat ihre Kinder sehr geliebt«, murmelte Czarny. »Beide, Jorgos und Olinka. Aber die Kleine ... sie war ihr ganzes Glück.

Eine schwierige Schwangerschaft. Jelena ist bei der Geburt fast gestorben, und die Ärzte waren sich nicht sicher, ob das Baby durchkommt. Es hatte einen Herzfehler. Sie haben sie operieren lassen, in den USA. Das war vor drei Monaten. Jelena hat so sehr ... Ich hätte sie niemals in diesem Haus allein lassen dürfen.«
Sie schwiegen. Ihre Gesichter zeigten Mitgefühl. Es war nicht gespielt, das erkannte er. »Ich weiß, was geschehen ist. Sie hätten sie sofort verhaften können. Aber das haben Sie nicht. Es wäre ein außerordentliches Druckmittel gegen mich gewesen, und Sie haben keinen Gebrauch davon gemacht. Ich werde Ihnen nie vergessen, was Sie für meine Schwester getan haben. Niemals. Sie waren Menschen. Keine Beamten.«
»Ich wollte, wir hätten ihr wirklich helfen können.«
»Was ist mit dem Jungen?«
»Momentan ist er in Sicherheit. Wenn Sie uns helfen, sorge ich dafür, daß er zu Ihnen kommt. Das ist verbindlich.« Jetzt waren sie wieder beim Geschäft.
»Ich habe den Mann angerufen, den ich glücklich machen soll.«
»Wann?«
»Vor sieben Stunden. Ich habe ihm gesagt, daß ich liefere.«
Sophie drückte Vandreykes Hand so fest, daß ihre Knochen knackten. *Keinen Fehler mehr. Er erwartet die Frage, also stell sie.*
»Wie heißt der Mann?«
»Das, Frau Wolf, ist meine Lebensversicherung. Bitte haben Sie Verständnis dafür, daß ich die Police nicht aus der Hand gebe.«
»Wie ist das Procedere?«
»Ein Vorgespräch. Übermorgen. Die Lieferung am folgenden Tag.«
»Wo?«
»In Hamburg. Halten Sie sich in Hafennähe bereit. Alles Weitere vor Ort. Sorgen Sie für eine sichere Leitung.«
»Sie müssen etwas präziser werden.« Das war Vandreyke.
»Hamburger Hafen. Ab zweiundzwanzig Uhr Ortszeit. Mehr bekommen Sie nicht.«

Was bist du für ein gerissener Hund! Du weißt genau, daß wir so keinen vernünftigen Zugriff vorbereiten können. Keine Videokameras, keine Lollis, keine Vorwarnsysteme. Den Präparierungstrupp können wir zu Hause lassen.

»Wird er allein kommen?« fragte Sophie.

»Nur er und ich. Für jeden zwei Bodyguards.«

»Gut. Wir werden da sein.«

»Sie müssen mir etwas versprechen.«

»Ja?«

»Es gibt noch eine Cousine in Italien. Falls mir etwas zustoßen sollte, schicken Sie den Jungen zu ihr. Haben Sie einen Stift? Ich gebe Ihnen die Adresse.«

»Den brauche ich nicht. Das Gespräch wird automatisch aufgezeichnet, Sie wissen das.«

»Gute Antwort, Frau Staatsanwältin. Jetzt haben wir einen Deal.«

Die Villenstraße lag still im Mondlicht. Der Wachcontainer war mit vier Mann besetzt. Weitere drei patrouillierten rund um das Karree. Lombardi drosch mit den Kollegen einen anständigen Skat. Ihr anfängliches Mißtrauen – *eine Frau als Kommandoführer!* – war längst verflogen, denn die Neue konnte erstens Männerwitze erzählen, daß es einem die Suppe aus der Nase trieb (»*Wie lähmt man einen Mann von der Hüfte abwärts? – Heiraten!*«), und spielte zweitens Karten wie ein Matrose.

»Dann laßt mal schön die Hosen runter«, sagte Lombardi grinsend und legte ihren Grand-Hand-Schneider-schwarz-angesagt auf den Tisch.

Allgemeines Stöhnen.

»Nicht weinen, Jungs, ich hab euch doch noch gar nicht meine Tätowierung gezeigt.«

»Weiß schon, was draufsteht: ›Alles Luschen außer Papi‹«, machte einer den Versuch, schlagfertiger zu sein als sie.

»Falsch: ›Erst wenn das Geld im Kasten klimpert, singt der Blinde weiter!‹ Also her mit den Mücken!« Sie hatte wieder mal die Lacher auf ihrer Seite.

Ein akustisches Signal ertönte. Es war der Alarmmelder, der im Appartement des Innenministers ausgelöst worden war.

»Nur keine Panik«, sagte einer der Kollegen und mischte seelenruhig die Karten. »Wenn der Alte sie allein läßt, säuft sie sich meistens einen an. Manchmal rempelt sie im Dschumm gegen den Schalter. Ist schon das dritte Mal für diesen Monat.«

Da hatte Lombardi längst auf die Telefontaste gedrückt, die eine Direktverbindung zur Ministerwohnung herstellte. Sie hörten, wie in allen Räumen die Apparate klingelten. Niemand hob ab. Sie sah aus dem Fenster. Im Schlafzimmer brannte noch Licht.

»Tja«, grinste der Kartengeber, »und jetzt, wo der gute Thürck keine Überstunden mehr macht ... Was ist – drei Bock, drei Ramsch?«

»Spielt 'ne Runde ohne mich, ich seh mal nach.« Lombardi schnappte sich den Generalsensor, der Zugang zu sämtlichen Räumen der Villa verschaffte.

Die anderen zuckten die Achseln. »Buben werden geschoben!«

Lombardi lief im dunklen Treppenhaus nach oben. Sie blieb vor der Wohnungstür stehen und lauschte. Kein Geräusch. Sie klingelte zweimal. Niemand öffnete. Lombardi zog ihre Waffe. Der Sensor deaktivierte die Türsperre. Sie drückte mit dem Fuß gegen die Stahlverkleidung und preßte sich gleichzeitig mit dem Rücken gegen die Wand. Sie kontrollierte ihren Atem, machte eine fließende Bewegung nach links und stellte sich mitten in die Öffnung, die Sig Sauer im beidhändigen Weaver-Anschlag.

»Frau Langheinrich?« rief sie laut.

Es kam keine Antwort. Lombardi arbeitete sich langsam vor. Links war die Tür zum Badezimmer. Sie erreichte sie mit zwei schnellen Schritten. Weaver, kurzer Eyeball-Check. Leer. Küche, Eßzimmer, Gästezimmer.

Niemand.

Die Schlafzimmertür war geschlossen. Katja Lombardi preßte ihr Ohr dagegen und lauschte. Sie hörte ein leises Geräusch. Es klang wie das Fiepen eines ängstlichen Tieres. Lombardi drückte vorsichtig die Klinke herunter und stieß die Tür auf. Sie hechtete in den Raum und rollte sich ab. Als sie die Waffe wieder im Anschlag hatte, sah sie Claudia. Sie war neben dem Bett zusammengesackt, nachdem sie es noch geschafft hatte, den Notschalter zu betätigen. Die Augen waren offen, Erbrochenes verklebte den Mund. Lombardi fühlte ihren Puls. Sie war bewußtlos. Dennoch brachte ihr Atem die kleinen, verzweifelten Laute hervor, die Lombardi von draußen gehört hatte.

Sie drehte Claudia vorsichtig um, brachte sie in eine stabile Seitenlage und fuhr mit dem Zeigefinger in die Mundhöhle, um die Zunge nach vorne zu ziehen. Dann erst riß sie ihr Funkgerät aus dem Klettverschluß am Gürtel. »Minnie an Micky: hilflose Person. Brauche sofort Ambulanz!«

»Verstanden, Minnie, zwei Mann kommen hoch!«

Lombardi richtete sich auf. *Distanz! Konzentrier dich!* Sie wußte, sie hatte höchstens dreißig Sekunden. Ihr Blick fiel durch die offene Tür auf den gegenüberliegenden Raum. Langheinrichs privates Büro.

Sie brauchte genau fünfundzwanzig Sekunden.

Als sie die Rufe der Kollegen hörte, war sie schon wieder im Flur. »Hierher, sie ist im Schlafzimmer!«

Um 2.55 Uhr trafen sie sich in Schönefeld. Lombardi, Pieper, Broszat, Sophie und Vandreyke. Wolf war verständigt worden. Er hatte dafür gesorgt, daß ein Helikopter für sie bereitstand. Es war eine merkwürdige Situation. Nachdem Lombardi ihnen erzählt hatte, was passiert war, schwiegen Sophie und Vandreyke, im Einverständnis, das Gespräch mit Czarny vorläufig für sich zu behalten. Bis zu der Besprechung in Wiesbaden.

Noch während des Flugs führten Lombardi und Pieper die nötigen Telefonate. Sie fuhren vom Dach des BKA-Hauptgebäudes direkt hinab zur Burg. Es dämmerte bereits. Wolf ließ die Jalousien herunter.

»Wo ist sie?« fragte der Präsident und sah dabei Lombardi an.

»Regierungskrankenhaus.«

»Zustand?«

»Sie liegt im Koma, wahrscheinlich eine falsche Dosis Insulin. Langheinrich hat seinen Besuch in London abgebrochen und ist auf dem Rückflug.«

»Also dann, bitte!«

Lombardi griff in ihre Lederjacke und zog eine Plastikhülle heraus. Ein Blatt Papier war darin eingetütet. Sie legte es unter den Scanner. Das Bild wurde an die Wand projiziert. »Dieser Zettel stammt von Langheinrichs Schreibtisch. Ein Schmierblatt, das offenkundig als Schreibunterlage diente. Das Original habe ich in der Eile nicht finden können, aber die Schrift hat sich durchgedrückt.«

Die feinen Linien, die ein Kugelschreiber auf der Unterlage erzeugt hatte, waren mit Graphit besprüht worden, so daß der Text einigermaßen lesbar war: »6.3. / 0:30 / Hamburg / Estoril / 115 QmA.«

»Die ›Estoril‹ gehört zur Flotte der SAVOK AG. Sie liegt im Hamburger Kaiser-Wilhelm-Hafen am Kronprinzkai und wird am 6. März ablegen, also in drei Tagen. Zielort ist Porto Alegre. Die Fracht besteht offiziell aus gebrauchten Büromaschinen. Wir wissen, daß Krupka im Südamerikahandel zum Teil tatsächlich Büromaschinen als Gegenleistung für die Rohwaren liefert, die er dort bezieht. Diesmal aber wohl nicht ... Jan?«

»›Qm‹ ist das interne Kürzel der russischen Armee für die Waffengattung. ›A‹ steht für die neueste Baureihe. Wir können mit großer Sicherheit davon ausgehen, daß einhundertfünfzehn Grails zur angegebenen Uhrzeit – um 0.30 Uhr – angeliefert werden. Im Klartext heißt das: Der Bundesinnenminister und sein Staatssekretär Franz Krupka betätigen sich als Waffenhändler, und wenn wir bei der Übergabe der Raketen zugreifen, haben wir jeden verdammten Beweis, den wir für eine Anklage brauchen!«

Wolf lächelte. So lange hatte er auf diesen Augenblick gewartet. Nun suchte er nach dem Wort, das dem, was er empfand, am nächsten kam. *Triumph? Nein, definitiv. Freude? Vielleicht, obwohl ... Nein, es ist eher ... Genugtuung.* Sie wärmte seinen

Bauch wie ein guter Cognac, strömte durch seine Adern, kitzelte ihn hinter den Ohren, so daß er sich unwillkürlich kratzte. Keiner der Fahnder hatte ihn jemals zufriedener gesehen, je entspannter.

Da hörte er, wie Sophie sagte: »Wir werden nicht bis zur Übergabe warten. Wir haben etwas Besseres als die Grails.«

Es war der Tonfall ihrer Stimme, der Wolf davon abhielt zu lachen.

Die Genugtuung wich unwirklicher Ruhe, als er seine Tochter ansah. »Wie bitte?«

»Anton Czarny kommt am Abend vor der Lieferung nach Hamburg. Er trifft sich dort mit Krupka. Wir werden zugreifen und beide festnehmen. Anschließend ist Czarny zu einer umfassenden Aussage bereit.«

»Was?«

»Wir werden ihn als Kronzeugen behandeln und als Gegenleistung für seine Mitarbeit den Haftbefehl gegen ihn aufheben. Nach der Verhandlung gegen Krupka und Langheinrich kann er Deutschland als freier Mann verlassen und nach Omsk zurückkehren. Den Sohn von Jelena Fasoulas wird er mitnehmen. So ist es mit ihm verbindlich besprochen. Es ist auf Video dokumentiert.«

Das Schweigen stieg vom Tisch auf wie Rauch, wurde ein- und ausgeatmet, schwebte hoch zur Decke und sank langsam wieder herab, ehe die Stimme des Präsidenten es auflöste: »Weiß der GBA Bescheid?«

»Nein. Es ist deine Entscheidung. Wenn du ihn informieren willst, tu es.« Sie gab ihrem Handy einen Schubs, so daß es über das Holz schlitterte und gegen Wolfs Hand stieß. Alle hielten den Atem an. Sophie war nicht einmal bewußt, daß sie unter dem Tisch nach Vandreykes Hand tastete.

»An dem europäischen Haftbefehl gegen Czarny sind auch die Engländer beteiligt. Sie werden auf Auslieferung bestehen.«

»Das können wir ausschließen. Laut Eurojust reicht die Beweislage unserer Freunde von der Fish-and-chips-Fraktion vorn und hinten nicht. Die werden stillhalten, um sich nicht zu blamieren. Hier gilt das Prinzip der ›Schwere der Tat‹. Also sind wir am Zug!«

Sie hielt dem Blick ihres Vaters stand.

Er schubste das Handy zu ihr zurück. Dann wandte er den Kopf und sah Pieper an. »Wir brauchen MEK. Zwei Trupps. Nein, besser drei.«

Lange hatte sie sich vorgestellt, sie sähe die Welt aus dem Bullauge einer Raumkapsel, die auf dem Ozean schwamm. Der Hitzeschild war verbrannt, aber sie lebte. Sie war gelandet, und noch niemand hatte sie entdeckt.

Das war nun vorbei. Sie hatte die Luke ihrer Kapsel von innen aufgestoßen und sah in die Gesichter des Bergungskommandos. Es waren Wolf und Vandreyke, die ihr in der Burg gegenübersaßen. Das Grau, das sich Tageslicht nannte, klebte an den Fenstern. Broszat war schlafen gegangen, eine Etage tiefer saßen Pieper und Lombardi noch mit der Einsatzleitung zusammen, um erste Vorbereitungen für den Zugriff in Hamburg zu treffen. Später würde Lombardi sich bei der SG krankmelden. So war es besprochen. Die Truppführer des MEK erfuhren ebensowenig wie ihre Kollegen von ZD, die für die Technik zuständig waren, wem soviel Aufmerksamkeit zuteil werden sollte. Sie würden das Gesicht von Franz Krupka noch früh genug auf den Monitoren bewundern können.

Bloß stellte sich die Frage, wie die Aktion ablaufen sollte.

»*Hamburger Hafen. Ab zweiundzwanzig Uhr Ortszeit. Mehr bekommen Sie nicht.*« Was bedeutete das für sie? Nun, es war, als habe ein Operntenor in seinem Vertrag eine Klausel, die lautete: Wenn Sie raus auf die Bühne gehen, dürfen Sie alles, nur nicht den Mund aufmachen!

»Was ist mit der ›Estoril‹?« hatte Wolf gefragt. »Können wir die präparieren?«

»Theoretisch ja. Aber ich rate davon ab«, war Vandreykes Antwort gewesen. »Wir dürfen Krupka nicht unterschätzen. Er wird dafür sorgen, daß auch die Hintertür schön verschlossen bleibt. Zuviel Risiko für uns, wir werden improvisieren müssen.«

Improvisieren. Genau das, was Wolf haßte.

»Und Grimm?« Sophies größte Sorge. »Das ist ein riesiger Einsatz, wir können die Vorbereitungen kaum vor ihm geheimhalten.«

Ihr Vater hatte nur gelächelt und gesagt: »Das Problem ist gelöst. Ich habe Grimm mit sofortiger Wirkung vom Dienst suspendiert. In Kürze werden die staatsanwaltschaftlichen Ermittlungen eingeleitet werden.«

Jetzt, eine Stunde später, sog er nachdenklich den Rauch seiner Partagás ein und sah lange auf Sophie. Sie hatte ihre Schuhe abgestreift, die Knie auf dem Sofa bis ans Kinn gezogen und sah winzig und verloren in dem dicken Schlabberpullover aus, den sie von Vandreyke abgestaubt hatte.

»Du hast zu mir gesagt, ich gehe über Leichen und hebe dabei noch nicht einmal die Füße an. Vielleicht stimmt das. Aber ich ... ich wollte nie, daß du so wirst.«

»Ich auch nicht.«

Wolf sah Vandreyke an. »Hast du davon gewußt?«

»Nein!« schoß es aus ihr heraus.

»Doch, habe ich«, sagte Vandreyke ruhig und nahm ihre Hand.

Wolf nickte stumm, dann lächelte er. »Du liebst sie wohl, nicht wahr?«

»Wie verrückt.«

»Gut. Sie braucht nämlich jemanden, der auf sie aufpaßt.«

»Brauch ich nicht!«

»Siehst du!« sagte Wolf zu Vandreyke. Er stand auf und griff nach der berühmten Teekanne. »Ich mach uns mal einen Tee.«

Vandreyke setzte ein schiefes Grinsen auf. »Mineralwasser wär mir lieber.«

Jetzt lachten sie alle drei.

Sie hatten ihn schon zum Hintereingang gelotst. Doch auch hier lauerte die Presse. Mehr als dreißig Reporter, dazu die Schmeißfliegen mit den Kameras. Er hörte nicht, was sie schrien, sah nur die Gier in ihren Gesichtern. Die Sherpas bahnten ihm den Weg mit den Fäusten. Es ging zu wie bei einer Wirtshauskeilerei. Sie verrammelten die Tür hinter ihm, schoben ihn durch die Wäscherei, vorbei an weißgekleideten Frauen, die ihn anstarrten, drängten ihn in den Lift, ehe die Meute, die durch den Vordereingang gerannt war, ihn wieder erreichte. Er schwankte, rechts und links von den Sherpas gestützt, und murmelte etwas, das niemand verstand. Er ließ sich rauszerren, als der Lift stoppte. Jemand riß eine Glastür auf, und er taumelte in die Intensivstation. Ihr Körper zeichnete sich unter dem Laken ab. Ein Arzt stellte sich ihm vor, er glotzte ihn nur verständnislos an. Die Sherpas schnarrten ihre Kommandos.

Dann war es still. Sie hatten ihn allein gelassen.

Langheinrich sah, wie seine Hand das Laken berührte und sachte wegzog. Sein Gesicht war eine steinerne Maske vor den Trümmern einer Welt.

FÜNFZEHN

Um 20.10 Uhr war es Zeit, den Konvoi aufzulösen. Der Opel Vectra überholte und blieb sekundenlang auf gleicher Höhe mit Sophie, Vandreyke und Broszat, so daß Pieper und Lombardi ihnen noch einmal zunicken konnten, ehe Pieper am Horster Dreieck nach links zog, gefolgt von weiteren fünf Limousinen, in denen zwölf MEK-Beamte saßen. Sophie starrte ihnen nach, bis das Rot der Rücklichter sich in der Dunkelheit auflöste.

Pieper blieb bis zur Köhlbrandbrücke auf der A 7. Als sie Neuhof überquerten, sah Lombardi die Leuchtreklame der SAVOK AG. Sie fraß sich wie Säure aus dem Wirbel aus Schnee und Graupel, der wütend über den Hafen fauchte. *Hallo, Onkel Franz, wir sind's und kommen dich besuchen! Wirst du uns auch freundlich empfangen?* Hinter der Ellerholzschleuse wechselten sie auf den Reiherdamm. Zwei der MEK-Fahrzeuge, beide als Lieferwagen der Hafenmeisterei getarnt, blieben zurück, um am Grevenhofkanal, zweihundert Meter vom Kronprinzkai entfernt, Stellung zu beziehen, während die anderen an Piepers Heck klebten und auf das Werksgelände der Blohm-&-Voß-Schiffswerft zuhielten. Es nahm die gesamte Nordspitze der Halbinsel Steinwerder ein. Der grellorange Funkenregen, der aus den Schneidbrennern und Schweißgeräten auf den Docks stob, wurde vom Wind in die Finsternis gesaugt.

Man war informiert. Ein Mann vom Werkschutz, der auf seine neugierigen und naseweisen Fragen keine Antwort bekam, führte Pieper, Lombardi und den Truppführer des MEK zum Verwaltungsgebäude, wo sie mit dem Fahrstuhl hoch auf das Dach fuhren. Als sie ausstiegen, blies es ihnen gewaltig um die Ohren. »Tut mir leid, die Sicht ist plus minus beschissen.«

»Danke, Herr Henningsen, wir kommen jetzt allein klar.«

»Soll ich nicht lieber doch ...?«

»Danke!«

Der Werkschutzmitarbeiter verdrückte sich enttäuscht.

Sie warteten, bis der Fahrstuhl wieder nach unten fuhr, dann gingen sie zum Rand des Daches. Der Kronprinzkai lag knapp einen Kilometer südlich hinter dem Wald aus Kränen und Containerbrücken. Nachtsicht-Infrarotbrillen würden ihnen unter diesen Bedingungen nichts nützen, denn die Wärmestrahlung der Schneidbrenner, Van-Carrier und sonstiger Maschinen war zu stark, um ein vernünftiges Zielbild zu bekommen. Der Truppführer griff in seinen Rucksack. Er entschied sich für ein binokulares Baird-Fernrohr mit Restlichtverstärker. Nachdem er es auf das Dreibein geschraubt und justiert hatte, kniete er sich hin und verschaffte sich einen Eindruck von der Lage. Die »Estoril« lag auf Reede, ein Panamax. Sie wußten, daß das Schiff gestern aus Bahia eingetroffen war und Rohwaren der SAVOK AG geladen hatte. Die Fracht würde morgen früh gelöscht werden, so daß die Containerbucht wieder aufnahmebereit war.

Wofür? Das war die Frage.

»Wie sieht's aus, Micha?« fragte Pieper.

»Alles ruhig. Niemand auf Deck.«

»Vorfeld?«

»Drei, vier Van-Carrier, 'n Auto vom Zoll ... Hafenmeisterei ... Moment mal!« Er griff nach seinem Walkie-talkie. »Asterix an Obelix: Standort bitte!«

»Schon gut, Asterix, haben uns nur ein bißchen umgesehen.«

»Ihr schiebt sofort eure Ärsche dort weg, verstanden?!«

»Verstanden.«

Er sah Pieper entschuldigend an. *Sorry, kommt nicht wieder vor.* Der Fahnder kratzte sich nur stumm am Kopf.

»Zwei Mann hierher?« fragte der Truppführer.

»Okay. Wir gehen ein bißchen kuscheln.« Pieper stieg mit Lombardi in den Lift. Unten standen bereits die beiden Observationsspezialisten, um auf das Dach zu fahren und die Anweisungen ihres Truppführers entgegenzunehmen.

»Was war'n los?« Natürlich hatten sie am Funk mitgehört.

»Nicht fragen, nur wundern«, sagte Pieper. Sie machten, daß sie zurück in den Opel Vectra kamen, wo die Standheizung das Warten erträglicher machte. Lombardi sah, wie ihr Kollege seine Stullendose öffnete und mit tieftraurigem Blick die Reiscracker musterte, die zum Vorschein kamen.

»Hör mal, Jan, kannst du mir 'nen Gefallen tun?« fragte sie treuherzig.

»Hmm«, brummte er bekümmert.

»Ich muß ein bißchen abnehmen. Und jetzt hab ich dummerweise Leberkäse mitgenommen ... Wollen wir tauschen?«

Glücklicher als Pieper konnte ein Mann nicht aussehen.

Vandreyke fuhr nicht schneller als hundert. Das lag an dem Dreißigtonner, dem sie folgten. Laut Aufdruck gehörte er einer Hamburger Spedition. Allerdings kam er weder aus Hamburg, noch transportierte er Stückgut. Sein Ausleger beherbergte die Einsatzzentrale und war mit feinstem Equipment ausgerüstet. Die Satellitenantenne war verblendet, so daß sie wie eine Belüftungsturbine aussah. Vier Experten von ZD saßen hinter den Monitoren und Abhöreinrichtungen. Weitere zwei waren speziell für das »Bodydesign«, also die Körperausstattung mit Mikros, Digicams und ähnlichem, zuständig. Sie würden Arbeit bekommen, sobald der Kontakt zu Czarny hergestellt war.

»Majestix an Barde: Zielort bleibt?« quäkte es aus dem Funkgerät.

»Korrekt, Majestix«, antwortete Vandreyke.

Sie verließen die A 1 am Dreieck Hamburg-Süd und setzten die Fahrt über die Billhorner Brückenstraße fort. Links lag der Hafen. Er war nicht mehr als eine Ahnung hinter dem schmierigen Vorhang, der vom Himmel herabhing. Ihr Ziel war die Alte Speicherstadt. Sie erreichten es zehn Minuten, nachdem sie die Elbe überquert hatten. Hier begann bereits der Freihafen. Der Zoll am Brooktorkai war informiert und winkte sie durch. Sie stoppten am Sandtor. Als Vandreyke den Truck überholte, streiften die Scheinwerfer die beiden Panzer, die unter dem Torbogen eines der Kontorhäuser standen. Vandreyke wendete. Er fuhr zurück und reihte sich hinter den Limousinen ein. Sie stiegen aus. Während Broszat zu den Technikern in den Truck stieg und die MEK-Fahrzeuge, die ihnen zugeteilt waren, auf Warteposition gingen, setzten Sophie und Vandreyke sich zu TUAREG in den Wagen. Soweit Vandreyke sich erinnern konnte, war es das erste Mal, daß der Präsident persönlich bei einem Einsatz anwesend war.

»Wartest du schon lange?«

»Zehn Minuten«, sagte Wolf, den seine Sherpas in Fuhlsbüttel abgeholt hatten. »Lage?«

»Observationstrupp bei Blohm & Voß. Zugriffseinheit Nähe Kronprinzkai. Der dritte Trupp ist bei uns und spielt den Libero«, antwortete Vandreyke.

»Ist das Schiff lokalisiert?«

»Noch keine Rückmeldung. Alles im grünen Bereich, die sind gerade erst gelandet. Gib ihnen ein paar Minuten.«

Wolf nickte nur. Sie saßen eine halbe Stunde schweigend, erfuhren, daß die Estoril fokussiert war, hörten auf die fernen Geräusche des Hafens, das Brummen von Schiffsdieseln, das Kreischen der Kräne, sahen zu, wie der Schnee auf der Straße schmolz, bis Vandreyke sagte: »Ich vertret mir mal die Beine.«

Er stieg aus. Sophie spürte Wolfs Hand an ihrer Schulter. »Machst du dir Sorgen?« fragte er leise.

»Du nicht?«

»Ich weiß, was in deinem Kopf herumspukt. Aber du hast unrecht. Egal, was passiert: Die letzte Entscheidung lag bei mir«, sagte er aufmunternd.

Sie kämpfte um ein dünnes Lächeln. »Ich brauch auch ein bißchen frische Luft«, sagte sie und ließ ihn allein. Wolf sah, wie sie zu Vandreyke ging. Die Flamme seines Sturmfeuerzeugs wehte im Wind, dann brannte ihre Zigarette.

Sophie schob den Kragen der Goretexjacke hoch und stopfte die freie Hand in die Tasche. Vandreyke stand reglos da und starrte auf das ölige Wasser des Fleets. »Woran denkst du?« Und dann, als er nicht antwortete: »... Gregor?«

»Was?« Erst jetzt sah er sie an.

»Woran du denkst.«

»Ach, bloß an Hiltrup.« Ihr Blick sagte: *Red einfach nur ein bißchen mit mir.* »Unsere psychologische Abschlußprüfung. Es ging um so 'nen Glaskasten. Ich weiß auch nicht, warum's mir gerade jetzt einfällt.«

»Was glaubst du, was er vorhat?«

Czarnys Anruf, gestern abend. »*Ich habe etwas Wichtiges vergessen, Frau Wolf. Ihr Freund Bongartz soll die verdeckte Ermittlerin mitbringen, die in Krakau seine Begleiterin gespielt hat. Es tut mir leid, aber ich muß darauf bestehen.*«

»Schwer zu sagen«, antwortete Vandreyke. »Vielleicht will er Ines zu seiner Sicherheit. Vielleicht ist es auch nur ein Spiel, um uns zu verunsichern.«

»Du kennst ihn besser als ich.«

»Das bezweifle ich«, sagte er.

»Und wenn er nicht kommt?«

»Dann packen wir unseren Kram wieder zusammen, fahren zurück nach Wiesbaden und schlafen aus.«

»Was sagt dein Gefühl?«

»Wird 'ne lange Nacht.« Er schnippte seine Zigarette in das Fleet. Ihre Hand glitt zu der seinen in die Tasche seiner Lederjacke. Sie war klitschnaß.

»Kommt vom Schnee«, sagte er.

Der Kontakt datierte auf 22.01 Uhr. Sophies Handy.

»Ja?«

»Guten Abend, Frau Staatsanwältin«, sagte Czarny. Sein Englisch hatte den starken russischen Akzent, der ihr vertraut war.

Sophie gab Vandreyke ein schnelles Zeichen. »Sekunde«, nuschelte sie ins Handy, »ich muß kurz den Standort wechseln, Sie sind sehr schwer zu verstehen. Kann ich Sie gleich zurückrufen?«

»Ich rufe *Sie* an«, sagte er und legte auf.

Dreißig Sekunden später saßen sie zusammen mit Broszat in Wolfs Limousine. Das Handy meldete sich, als die Fahnder und der Präsident eben die Kopfhörer aufgesetzt hatten, mit denen sie das Gespräch verfolgen konnten.

»Verstehen Sie mich jetzt besser?«

»Ja.«

»Das freut mich, Frau Staatsanwältin. Dann ist der Empfang am Sandtor ja einwandfrei.« Sophie zuckte zusammen. Schneller Blick zu ihrem Vater. »Sie sehen also, wir haben Sie im Visier«, fuhr Czarny gelassen fort. »Hübsche blaue Jacke, die Sie da anhaben. Und jetzt hören Sie mir genau zu: Bongartz und die Frau sollen sich in Bewegung setzen. U-Bahnhof Baumwall. Dort erhalten sie weitere Anweisungen. Nur die beiden, niemand sonst. Die MEK-Fahrzeuge bleiben brav am Sandtor stehen. Falls einer Ihrer Beamten innerhalb der nächsten halben Stunde seine Position verläßt, ist unser Deal geplatzt. Keine Handys. Keine Sender, keine Mikrofone. Verlassen Sie sich darauf, daß meine Leute das überprüfen werden. Sie haben zehn Minuten.«

Sophie starrte Vandreyke an. »Czarny, Sie können nicht ...«

»Zehn Minuten«, unterbrach er sie. »Wenn sie zu spät kommen, können Sie sich auf die Heimfahrt nach Wiesbaden machen.« Aufgelegt.

Sie nahmen die Kopfhörer ab.

»Okay«, sagte Sophie. »Das war's, wir brechen ab!«

»Immer langsam«, sagte Wolf. »Gregor?«

»Woher kennt er unseren Standort? Gefolgt ist uns niemand. Hundertprozentig.«

Sophie sah die Schweißperlen auf seiner Stirn. »Zu unsicher«, stieß sie hervor. »Gregor geht auf keinen Fall da raus, das mach ich nicht mit!«

Es war auf den Tag genau zwei Wochen her, daß ihr Vater sie mit diesem Blick angesehen hatte. In Charlottenburg. »*Erzähl mir nicht, wie ich mein Geschäft zu führen habe!*«

Wolf sagte: »Laß uns für eine Minute allein.« Der Ton war unmißverständlich. Trotzdem reagierte sie nicht. »Bitte!« knurrte er. Sie feuerte die Tür hinter sich zu, starrte auf die verspiegelten Scheiben und fühlte sich wie ein Kind, das die Erwachsenen gestört hatte. Ihre Wut war grenzenlos.

Wolf wandte sich an Vandreyke. »Du hast immer auf deinen Instinkt gehört. Es ist gefährlich. Aber ist es *unmöglich*?«

»Ich weiß nicht, hab ein komisches Gefühl.«

»Du hast vorgestern mit ihm gesprochen. Hast du nicht gesagt, daß er ein Mann ist, auf dessen Wort man sich verlassen kann?«

Vandreyke zögerte mit der Antwort »Dabei bleibe ich. Aber hier geht's nicht nur um mich, ich kann das nicht allein entscheiden.« Er sah Broszat an. »Ines, wir haben schon 'ne Menge zusammen durchgestanden. Das Risiko war immer kalkulierbar. Diesmal nicht. Wenn du nicht willst, lassen wir's bleiben. Denk nicht, daß du mir was schuldig bist oder Hannes oder sonstwem. Kann sein, daß wir es heute nacht zu Ende bringen, vielleicht feilt aber auch die Pressestelle schon morgen an unseren Trauerreden.«

Er fühlte das Band zwischen ihnen. Es war straff gespannt wie eine Reißleine. Die Grimasse, die ihr Gesicht verzerrte, sollte wohl so was wie ein Lächeln sein. »War doch eigentlich ganz nett, unser Picknick im Schlachthaus«, murmelte sie. Aber ihre Wangenmuskeln zuckten.

»Okay, Chef.« Vandreyke wollte aussteigen.

Doch der Präsident sagte: »Keine Handys, wir können euch also nicht orten. Keine Sender, ihr seid stumm, und wir sind taub. MEK II ist zu weit weg, sie können es unmöglich bis zum U-Bahnhof schaffen. Ihr wißt, auf was ihr euch einlaßt. Und ich auch. Ich würde euch niemals zwingen, da rauszugehen.«

»Wir müssen uns beeilen«, war Vandreykes einzige Antwort.

Er vermied es, Sophie anzusehen, als sie ausstiegen, um sich kurz mit dem MEK zu besprechen. Die Glock 17 würde er nicht mitnehmen können, dafür aber die Walther TPH. Sie klebte im linken Stiefel.

Sieben Minuten. Bis zum U-Bahnhof konnten sie es in vier schaffen.

Sophie wartete mit ihrem Vater draußen in der Kälte. »Er will nicht gehen, er tut es nur, weil du ihn unter Druck setzt!«

»Hab keine Angst. Ich weiß, was er kann.«

Er wollte ihre Hand nehmen, doch sie zog sie weg. »Ich habe dir verziehen, was du meiner Mutter angetan hast. Obwohl ich dachte, daß ich es niemals könnte. Aber ich schwöre dir, wenn Gregor nicht heil zurückkommt, werde ich dich verfluchen bis ans Ende deiner Tage!«

Er schwieg.

Als Vandreyke kam, blieben noch sechs Minuten. Er zog Sophie an sich. »Morgen packst du deinen Kram und ziehst zu mir.«

Sie kämpfte gegen die Tränen an.

»Kriegst auch 'ne neue Zahnbürste.«

Er küßte sie. Dann lief er mit Broszat los.

»Gregor?« rief Wolf.

Da waren sie schon zehn Meter weg. Vandreyke blieb stehen. Der Präsident ging zu ihnen. Broszat spürte, daß er mit Vandreyke allein sein wollte, und entfernte sich ein paar Schritte.

Sophie sah es und betete: *Bitte, lieber Gott, laß es ihn abbrechen! Laß ihn vernünftig sein! Bitte!*

Die beiden Männer standen voreinander und sahen sich in die Augen. »Als du mich damals unter diesen Panzerwagen gezerrt hast, waren wir beide allein mit unserer Angst«, flüsterte der Präsident. »Du bist der einzige, der mich jemals so gesehen hat. Und ich habe dich so gesehen. Ich habe mich nie bei dir bedankt. Aber es bedeutet etwas für mich. Ich weiß, es war dein Job. Aber es war auch dein Leben.« Er suchte nach den richtigen Worten. »Du sollst nur wissen, daß du für mich immer ...«

»Schon gut«, sagte Vandreyke.

Wolf gab sich einen Ruck. »Dann mach jetzt deine Arbeit!«

Nun gingen sie wirklich. Sophie war nicht bewußt, daß ihre linke Hand blutete. So tief hatten sich die Fingernägel in das Fleisch gegraben.

Sie erreichten den U-Bahnhof eine Minute vor Ablauf des Ultimatums. Als sie den Eingangsbereich betraten, piepte irgendwo ein Handy. Vandreyke blickte sich um und lokalisierte den Apparat. Er lag in einem Abfalleimer zwischen den Treppen, die hoch zu den Bahnsteigen führten.

»Ruhig bleiben«, zischte er Broszat zu, die sich nervös umsah. Er griff sich das Handy und nahm den Anruf entgegen. »Ja?«

»Fahren Sie in Richtung Billstedt. Sie erhalten weitere Anweisungen.«

Vandreyke programmierte das Handy auf Vibrationsalarm und steckte es ein. Er ging mit Ines Broszat auf den Bahnsteig. Ein Penner, der neben einem Belüftungsschacht kauerte und seine Plastiktüten sortierte, ein junges Pärchen, zwei Punker, ein Pakistani mit einem dicken Strauß Rosen, mehr gab es nicht zu sehen.

Broszat lugte immer wieder unauffällig zum Ausgang, während sie auf den Zug warteten. »Wieso kennt er sich in Hamburg so gut aus?« fragte sie leise.

»Er hat zwei Jahre hier gewohnt. Ist 'ne Ewigkeit her, Anfang der Neunziger«, murmelte Vandreyke. »Mädchen, halt deine Augen ruhig!«

»Über Hamburg steht nichts in den Akten.«

»Fasoulas hat es in Krakau beiläufig erwähnt.«

»Was??« Er brüllte fast ins Telefon.

»Immer die Ruhe, Herr Pieper«, hörte er Wolfs beschwichtigende Stimme. »Es bleibt alles wie besprochen.«

»Sind die beiden präpariert?«

»Vergessen Sie das. Ich gehe davon aus, daß das Wiesel sich melden wird, sobald der Kontakt hergestellt ist. Bis dahin bleiben alle auf Stand-by.«

Der Zug kam. Das Pärchen und die Punker nahmen einen anderen Waggon, der Pakistani entschied sich für das Abteil von Broszat und Vandreyke. Sie musterten ihn stumm. Er ging auf sie zu und hielt ihnen fragend die Blumen hin. Vandreyke schüttelte den Kopf. Er setzte sich mit Broszat ans Fenster. Als er die Beine übereinanderschlug, fühlte er die Walther beruhigend in seinem Stiefelschaft. Er sah nach draußen. Die Strecke verlief überirdisch auf stählernen Stelzen. Die Hafenlichter schwammen im Regen.

»Wie kann er uns kontrollieren?« flüsterte Broszat.

»Rathaus oder Jungfernstieg. Dort sind seine Leute. Spätestens. Verdammt, ich hab dir gesagt, halt deine Augen ruhig!«

»Darf ich?«
Broszat starrte den Pakistani an. Schon saß er neben ihr. Er legte den Rosenstrauß auf die Bank und tauschte ihn gegen einen Bug-Detektor, mit dem er die beiden Fahnder blitzschnell abtastete, sich gewiß, daß die übrigen Fahrgäste – es waren nur vier – ihnen die Rücken zuwandten. »Das ist einfach«, sagte er laut, nachdem er seinen Job erledigt und nichts gefunden hatte. »Sie müssen am Jungfernstieg die S 1 in Richtung Landungsbrücken nehmen.«
Er machte sich am Rathaus dünne und verschwand in der Menge. Broszat und Vandreyke benutzten den unterirdischen Verbindungstunnel, der die beiden Bahnhöfe verband. Jungfernstieg bot nach dem Ende der Kino- und Theatervorstellungen den üblichen Trubel. Mindestens zweihundert Menschen stiegen mit ihnen um. Zwanzig davon in ihren Waggon. Unmöglich zu sagen, wer ihr Kindermädchen war. Zwei Stationen bis Landungsbrücken. Das Handy vibrierte, als sie in die Halle einfuhren. »Am Ausgang. Sie werden erwartet.«
Zwei Minuten später standen sie auf dem großen Parkplatz, der tagsüber die Touristenbusse aufnahm. Broszat hatte gerade genug Zeit, zweimal durchzuatmen, als auch schon ein E-Klasse-Daimler neben ihnen stoppte. Die hintere Tür wurde aufgedrückt. Broszat zögerte. Vandreyke gab ihr einen Schubs. Sie stiegen ein.
Zwei Russen. Beide saßen vorne.
»Kak dela?« fragte Vandreyke. Seine Stimme klang gelassen wie immer.
»Vsjo v porjadke«, kam die maulfaule Antwort.
Im selben Moment, in dem Vandreyke in die Lederjacke griff, hatte der Russe auf dem Beifahrersitz seine Makarow in der Hand. Vandreyke bot ihm lächelnd eine Lucky Strike an. »Deine Marke, Kumpel?« Die Makarow verschwand im Holster, doch der Russe blieb wachsam, Körper und Augen dem Rücksitz zugewandt, während sein Kollege den an der Westseite gelegenen Kuppelbau des Sankt-Pauli-Elbtunnels ansteuerte. Sechs Lastaufzüge. Jeder von ihnen konnte zwei Fahrzeuge aufneh-

men. Es war die schnellste Verbindung von der City nach Steinwerder.

Vandreyke hatte ihn schon vor der Einfahrt bemerkt, doch Broszat war so auf den Russen mit der Makarow fixiert gewesen, daß sie erst jetzt, wo sie in den Aufzug rollten, den zweiten Daimler sah, der sich direkt hinter sie setzte. Die Stahltür schloß sich. Sie fuhren in die Tiefe. Der Typ mit der Makarow stieg aus und wechselte den Platz mit dem Mann, der auf der Rückbank des anderen Wagens gesessen hatte. Es war Czarny.

»Schön, Sie zu sehen, Herr Bongartz«, sagte er in kehligem Russisch. Die Frau ignorierte er einfach. Er wußte, daß sie sich immer an ihren Partner halten würde. »Ich hoffe, es geht Ihnen genauso.«

»Ja, konnt's kaum abwarten.« Vandreyke musterte Czarny. Der Schnurrbart. Das farblose Haar. Die Narbe auf der Stirn. Sie war, anders als bei ihren Begegnungen in Krakau und Lissabon, nicht zugeschminkt. Das Gesicht sah dadurch leicht verändert aus. Jetzt, im Neonlicht des Fahrstuhls, konnte man jede Pore erkennen.

»Herr Bongartz, seien Sie so nett und geben Sie mir die Walther, die in Ihrem Wadenholster steckt. Oder haben Sie seit Krakau Ihre Gewohnheiten geändert?« sagte Czarny, als ob er Gedanken lesen konnte.

Da erkannte Vandreyke, daß er im Schlachthaus nur Glück gehabt hatte. Sehr viel Glück in dem Moment, als Fasoulas ihn aufgefordert hatte, Hannes Schrader zu liquidieren.

»Vorsichtig bitte«, sagte Czarny höflich. »Wir wollen doch keine Aufregung, nicht wahr?« Er nahm die TPH, die Vandreyke ihm hinhielt, und steckte sie gleichmütig ein.

Der Lastenaufzug arretierte mit einem plötzlichen Ruck, der die ganze Kabine schwanken ließ. Broszat zuckte unwillkürlich zusammen. Czarny sah es und sagte zu Vandreyke: »Sie braucht sich keine Sorgen zu machen. Sie beide sind genauso sicher wie ich. Das ist nicht gelogen.«

»Wenn Sie mir was mitteilen wollen, sehen Sie mich dabei an!« zischte Broszat in perfektem Russisch.

Vandreyke war erleichtert, denn er wußte, daß sie sich jetzt besser fühlte. Er lächelte über Czarnys erstauntes Gesicht. »Sie spricht sechs Sprachen. Ihr Russisch ist vermutlich besser als Ihres. Falls Sie es wünschen, kann sie auch mit Ihrem vertrauten Omsker Dialekt dienen.«

Czarny beguckte Broszat aus wäßrigen Augen. Er hatte ein bißchen Respekt bekommen. »Geben Sie mir bitte, was man mir versprochen hat.«

Vandreyke zog das Schriftstück aus seiner Jacke. Czarny setzte eine Lesebrille auf und studierte, während sie in die Tunnelröhre einfuhren, aufmerksam das Dokument, das ihm Straffreiheit bei Zusammenarbeit mit der Bundesanwaltschaft garantierte. Broszat sah beklommen aus dem Fenster. Kaltes Neon. Seltsam, mal wieder eine trockene Fahrbahn zu sehen. Die Wasseroberfläche der Elbe lag sechzehn Meter über ihnen. Eine Minute, dann waren sie durch und rollten in den Aufzug auf der anderen Seite. Czarny gab seine amtlich beglaubigte Lebensversicherung kommentarlos dem Chauffeur, der sie in Verwahrung nahm.

Sie waren auf Steinwerder. Rechts lag Blohm & Voss. Vandreyke stieß mit seinem Knie vorsichtig gegen das von Broszat, um ihr zu signalisieren, daß sie auf keinen Fall in die Richtung blicken sollte. Sie starrte stur geradeaus.

»Woher wußten Sie, daß wir am Sandtor sind?« fragte Vandreyke und konzentrierte sich nur auf eines: Wenn sie die Richtung beibehielten, würden sie in einer Minute den MEK-Trupp passieren, der am Grevenhofkanal Stellung bezogen hatte. Genau wie Broszat kannte er den genauen Standort.

»Oh, das war einfach. Eine Mitarbeiterin mußte nur bei dem Mobilnetzbetreiber von Frau Wolf anrufen und sagen, daß sie vergessen hat, wo ihr Handy liegt. Name und Telefonnummer genügten, so etwas gehört zum Service. Man hat uns anstandslos ihre Funkzelle mitgeteilt. Der Rest war eine Kleinigkeit.«

»Dazu brauchten Sie ihre PIN-Nummer und das Kennwort.«

»Denken Sie wirklich, das war ein Problem?«

»Okay, wie geht's jetzt weiter?«

»Ich möchte, daß Sie beide mich auf das Schiff begleiten. Sagen wir, zu meiner persönlichen Sicherheit.«

Vandreyke preßte Knie gegen Knie, um Broszat zu beruhigen. »Ich halte das nicht für eine gute Idee. Der Mann, mit dem Sie verabredet sind, kennt uns vermutlich«, sagte er und schaffte es irgendwie, ruhig zu bleiben.

»Er kennt Sie sogar sehr gut. Allerdings habe ich ihn wissen lassen, daß Sie die Seiten gewechselt haben und bereits seit längerem für mich arbeiten.«

»Das hat er Ihnen abgenommen?« *Fünfhundert Meter! Gleich hinter der Schleuse!*

»O ja. Der Gedanke, ich könnte das BKA mit an Bord schleppen, wäre wohl auch zu absurd, nicht wahr?«

Ja, du Arschloch. Auf so eine Idee kommst nur du. »Hast du mal 'ne Zigarette?« fragte er Broszat. Sie wirkte für den Bruchteil einer Sekunde irritiert, denn sie hatte vorhin gesehen, daß Vandreykes Packung noch fast voll war. Doch dann verstand sie plötzlich: Das MEK war links, also auf ihrer Fahrbahnseite. Sie griff nach ihrer Schachtel und wartete, bis Vandreyke sich bedient hatte, ehe sie sich selbst eine ansteckte. Die Flammen zuckten fast gleichzeitig aus den Feuerzeugen hoch. Dann waren sie vorbei. *Jungs, dieses eine Mal habt ihr hoffentlich nicht gepennt! Scheiße, was ist jetzt los?*

Vandreyke sah, daß sie nicht nach rechts zum Kronprinzkai fuhren, sondern sich östlich hielten und die Argentinienbrücke ansteuerten.

»Wann genau?« fragte Jan Pieper.

»Vor fünfzehn Sekunden. Zwei Limos. Langsame Fahrt Richtung Grasbrook.«

»Visuelle Identifizierung?«

»Negativ. Verblendete Scheiben. Aber die Feuerzeuge waren klar zu sehen. Zwei, auf dem Rücksitz.«

»Ist MEK II dran?«

»Ja. Letzter Standort Windhukkai.«

»Okay. Abstand halten. Auf keinen Fall zugreifen.«

Unmittelbar darauf wußte man am Sandtor Bescheid. Die beiden Panzer rasten, den dritten MEK-Trupp im Schlepptau, über die Versmannstraße am Baakenhafen entlang, überquerten die Norderelbe auf der Freihafenbrücke und hielten auf Grasbrook zu. Bis zum Holthusenkai hatten sie die Blaulichter aufgepflanzt, dann gingen sie kein Risiko mehr ein und fuhren »stumm«, mit verlangsamtem Tempo.

»Was hat er vor?« fragte Sophie und drückte eine neue Zigarette auf die Glut der vorherigen.

»Anderes Schiff«, sagte Wolf. »Er hat uns an der Nase herumgeführt.«

Sie waren am Halleschen Ufer. Als der Signalton kam, riß Sophie sofort das Handy hoch. »Ja?«

»Ich vermute, Frau Staatsanwältin, daß Sie bereits zu uns unterwegs sind. Es ist die ›Velázquez‹. Sie liegt am Afrikakai auf Reede, Schuppen 56. In Ihrem eigenen Interesse plädiere ich dafür, daß Ihre Leute Abstand halten. Der Mann, den Sie wollen, wird um dreiundzwanzig Uhr an Bord kommen. Treffen Sie die nötigen Vorbereitungen.«

»Wir haben keine Mikrofone vor Ort!«

»Die brauchen Sie nicht. Ich habe ja nette Begleitung, das dürfte besser sein als ein Tonband.« Gespräch beendet.

Hektischer Griff zum Funkgerät. Atemloses Warten auf Piepers Reaktion.

»Asterix an Gutemine ...«

»Höre, Asterix.«

»Der Frachter ist gecheckt: Gehört ebenfalls zu Krupkas Flotte. Nächster Zielhafen ist Rio. Limos sind erfaßt. Bleiben auf Distanz, Standort Afrikastraße. Ihr bezieht am Freihafenamt Stellung. TUAREG samt Karawane ist zu auffällig für den Kai. MEK III sofort zu mir.«

»Verstanden, Asterix.«

Pieper hängte das Funkgerät zurück in die Halterung des Opel Vectra und nahm das Fernglas wieder in die Hand. Die beiden Daimler hatten am Afrikakai gestoppt. Da die Velázquez auf Reede lag, war das Vorfeld ruhig. Die nächste Containerabfertigung fand vor Schuppen 55 statt, hundert Meter entfernt. Czarny stieg mit Vandreyke und Broszat aus. Die Limousinen wendeten sofort und fuhren zurück zum Veddeler Damm.

Pieper griff, ohne das Glas abzusetzen, erneut zum Mikro. »Asterix an alle: Beide Fahrzeuge verlassen die Location. Nicht eingreifen!«

»Hier Obelix. Sind nicht ganz sicher, ob wir dich richtig verstanden haben. Fahrzeuge sind erfaßt. Schnelle Fahrt Richtung Köhlbrandbrücke. Wenn wir jetzt nicht zugreifen, sind sie weg!«

»Negativ! Ich wiederhole: Ziehen lassen! Ihr habt kein Go!«

»Verstanden. Ende.«

Pieper konzentrierte sich auf Vandreyke und Broszat. Er sah, wie Vandreyke stehenblieb und Czarny am Mantel festhielt. *Ein Königreich für ein Mikro! Das ist Wahnsinn, das hätte der Alte nicht zulassen dürfen!*

»Wer erwartet uns dort oben, Czarny?« fragte Vandreyke.

»Niemand. Wir sind zwanzig Minuten zu früh. Die Besatzung hat Ausgang. Nur wir drei. Unser Ehrengast wird gewiß pünktlich sein.«

»Wer garantiert uns, daß wir kein Empfangskomitee haben?«

Czarny sah ihm ruhig in die Augen. »Das mit den Feuerzeugen war sehr geschickt von Ihnen. Aber glauben Sie mir, wenn ich es gewollt hätte, wären Ihre Kollegen jetzt noch weit weg. Es ist alles organisiert, unser deutscher Freund hat dafür gesorgt, daß außer uns niemand auf dem Schiff ist. Vertrauen gegen Vertrauen, ganz einfach.«

Vandreyke zögerte, dann ließ er Czarny los.

Sie gingen an Bord. Daß Broszat wankte, hatte nichts mit dem leichten Schlingern der Gangway zu tun.

Lajosz Kiraly benutzte ein sogenanntes geschlossenes Kreislaufsystem. Der ausgestoßene Atem wurde mittels einer Kalkpatrone von Kohlendioxid gereinigt und konnte nach der Zuführung von Sauerstoff sofort wieder inhaliert werden. Daher waren keine Luftblasen zu sehen, als er auf der Backbordseite der Velázquez auftauchte. *»Es ist riskant. Ich wüßte keinen, der es machen* *könnte. Außer Ihnen.« Ja, außer mir.* Er ließ sich von dem batteriebetriebenen Schlitten lautlos zu der Ankerkette ziehen, wo er den Unterwassergleiter festzurrte. Er zog die Flossen aus. Sie besaßen Magnetschnallen und ließen sich an den Schlitten heften. Mit dem Lungenautomaten, der wie ein Fallschirm vor seiner Brust hing, tat er das gleiche. Ein Messer im rechten Beinschaft, eine Glock 17 mit Schalldämpfer im linken Futteral, die Heckler-&-Koch-Maschinenpistole an einem Riemen über der Schulter.

Er hatte alles, was er brauchte.

Um 22.51 Uhr begann er den Aufstieg.

Vandreyke stand an der Reling. Er rauchte und sah nach Osten. Der Wind hatte abgeflaut. Er brachte keinen Schnee mehr, sondern nur noch eisigen Sprühregen, der die Straßen bald in gefährliche Rutschbahnen verwandeln würde. Am anderen Elbufer war ein Heizkraftwerk. Dicke, weiße Wolken aus Wasserdampf hingen über den Schloten.

»Haben Sie gerne hier gewohnt?« fragte er, ohne Czarny anzusehen.

»Bitte?«

»In Hamburg. Ob Sie gerne hier gewohnt haben.«

»Ich mag das Meer. Bin oft dagewesen.«

»Wo war Ihr Haus noch mal – in Ovelgönne?«

»Ja.«

»Das liegt südlich, nicht wahr?«

»Hmm.«

Im gleichen Moment fuhr Vandreyke herum. Ines Broszat sah entsetzt, wie er den Russen packte, ihm die Beine weghaute und ihn auf das Deck drückte. »Ovelgönne ist im Norden. Ich weiß nicht, wo Sie mal gewohnt haben, und es interessiert mich auch nicht. Ich will nur wissen, wer Sie sind!«

Es kam nicht oft vor, daß Anton Czarny aus vollem Herzen lachte. An einem Wintertag im vorigen Jahr jedoch waren ihm vor Vergnügen die Tränen in die Augen geschossen. Der Grund dafür war Roman Saizew gewesen. Er hatte auf einem Küchentisch des Omsker Anwesens gestanden, umringt von der Köchin und anderen glucksenden Bediensteten, die eine unübertreffliche Parodie ihres Gospodins zu sehen bekamen. Saizews Ähnlichkeit mit Czarny war schon immer verblüffend gewesen. Nun aber, da ein falscher Schnurrbart seine Oberlippe kitzelte und er die Stimme seines Herrn so perfekt imitierte, daß es zirkusreif war, hatte Czarny geglaubt, in einen Spiegel zu blicken. Er hatte kräftig applaudiert, und Saizew, dem erschrocken bewußt wurde, daß er bei seinem kleinen Schabernack ertappt worden war, drohten alle Felle wegzuschwimmen. Als er jedoch die Lachtränen sah, die über Czarnys Wangen rollten, hatte er seine Showeinlage fortgesetzt, bis Czarny sich den Bauch gehalten und laut gerufen hatte: »Aufhören! Schluß, ich kann nicht mehr!«

Er stand am Fenster seines Wohnhauses und sah hinaus in die sternenklare sibirische Nacht. Er dachte an seinen Zwilling und fragte sich, ob er ihn wohl wiedersehen würde. Es war nicht das erste Mal, daß er ihn statt seiner geschickt hatte. Lissabon war die Premiere gewesen. Czarny hatte auf dem Schiff gewartet, in der Sicherheit freier Gewässer, während Saizew sich mit Sophie Wolf auf der Plattform traf. Das, was dort geschehen war, hatte ihn im nachhinein in seiner Entscheidung bestätigt. Er hatte Genadij Tscherbanenko, dem Chef der Petrovskie, davon erzählt, so daß dieser, als er vor drei Tagen zu Besuch gekommen war, die richtige Idee gehabt hatte. »Görtz hat sich wieder gemeldet. Er schlägt ein Treffen in Hamburg vor.«

»So, tut er das?«

»Antontschik, ich weiß, was er Dimitrusja und deinem Patenkind angetan hat. Aber warum das Risiko eingehen? Schick noch einmal deinen Zwilling in die Manege. Es wäre eine Lösung, die deines Verstandes würdig ist ...«

Er lauschte. Etwas war anders. Er wußte nicht, was.

Eine ganze Nacht lang hatte er über Tscherbanenkos Vorschlag nachgedacht. Und er war zu dem Ergebnis gelangt, daß es keine bessere Lösung gab. Er fühlte eine Verpflichtung gegenüber Sophie Wolf und eine ebensolche gegenüber Bongartz, der schon dreimal tot gewesen und jedesmal wiederauferstanden war. Krakau, Paris, Luxemburg. Das war Geschäft. Doch was nun in Hamburg geschah, ging weit darüber hinaus. Er würde das, was sie für Jelena getan hatten, honorieren. *»Sie waren Menschen, keine Beamte.«* Aber das Risiko hatte er wie einen Kartoffelsack auf die Schultern seines Zwillings geladen. *»Eine Lösung, die deines Verstandes würdig ist.«* Er schmückte sich nicht gern mit fremden Federn. In der Tat war es Tscherbanenkos Idee gewesen, doch die Einzelheiten des Plans konnte nur ein Mann ausarbeiten, der perfekte Ortskenntnisse von Hamburg besaß und einiges wußte, was man nicht in einem Stadtplan fand. *»Denk an die Walther. Er hat sie in einem Wadenholster. Vorsicht, wenn er sich die Schnürsenkel zubinden will.«* Es war ein Plan, auf den er stolz sein konnte. Nicht viele hätten …

Jetzt erkannte er, was nicht stimmte. Er hörte die Hunde nicht. Czarny horchte in die Nacht, doch das einzige Geräusch war der Wind, der sich in den Satellitenantennen auf dem Dach fing. Er drückte auf den Knopf, mit dem er seine Wache rufen konnte. Nichts geschah. Er griff sich die Pistole, die er in der Schublade eines Schrankes aufbewahrte. Er öffnete die Tür. Er sah in das Eßzimmer. Hier lagen zwei. Die Köchin und ihr Mann, beide tot. Drei Leichen in der Küche. Das Blut sprudelte noch frisch aus den Kehlen.

In der Diele stand Genadij Tscherbanenko. Hinter ihm hatten zehn von Czarnys Männern Stellung bezogen.

Nein. Es waren nie meine Männer gewesen. Es waren immer seine.

»Ich war oft in diesem Haus zu Besuch, Antontschik, und immer bin ich als dein treuer Freund gekommen«, sagte Tscherbanenko ruhig, als sei die Browning, die er in der Hand hielt, nur ein Gastgeschenk.

»Warum?« Mehr wollte Czarny nicht wissen. Er war ohne Angst.

»Du kennst die Antwort. Dein Zwilling arbeitet für den BND. Er hat Informationen über meine Leute geliefert. Du hast es gewußt und geschwiegen. Jetzt frage *ich dich*, warum. Wolltest du ihm das kleine Zubrot nicht wegnehmen?«

»Es war nichts Wichtiges. Nur Kleinkram.«

»Zwanzig meiner Männer wurden letztes Jahr in Leipzig verhaftet. Fünf in Rostock. Kleinkram?«

»Wer hat es dir gesagt?«

»Görtz, wer sonst. Er ist sehr mächtig. Ich habe beschlossen, seine Macht für mich zu nutzen.« Mit einem Schlag wurde seine Stimme metallisch hart. »Erinnerst du dich, wie wir früher manchmal gegeneinander geboxt haben? Dein Zwilling hat mir einen Cut an der Augenbraue verpaßt, mehr nicht. Du weißt, wie man einen Cut schließt: indem man ein Tausendstel Adrenalin unter die Salbe mischt. Ein Tausendstel. Mehr hat es mich nicht gekostet, mit ihm fertig zu werden.«

»Du hättest es hier tun können. Wozu mußte er nach Deutschland?«

»Das, mein alter Freund, gehört zu dem großen Plan von Görtz. Aber keine Angst, du wirst deinen Zwilling gleich wiedersehen. Leb wohl, ich werde mich an unsere guten Zeiten erinnern.«

Als der Schuß fiel, war es in Hamburg Punkt 23.00 Uhr.

Kiraly hatte das Ende der Ankerkette erreicht und sich auf den Ausleger geschwungen, der das Schiff am Heck fixierte.

Vandreyke verstärkte seinen Druck auf den rechten Arm des Zwillings. »Ich frage dich zum letztenmal: Wer bist du?« Saizew stöhnte und wimmerte vor Schmerz. Aber er preßte die Zähne zusammen. »Nimm ihm die Walther ab!« Broszat griff in die Manteltasche des Zwillings, um an die Pistole zu gelangen, die Vandreyke ihm im Elbtunnel ausgehändigt hatte.

Sie hielt mitten in der Bewegung inne und starrte Vandreyke an. »Was ist?« fragte er.

Da erst sah er das Blut, das unter ihrer Jacke hervorquoll.

Sie kippte einfach um. Saizew wurde unter Vandreykes Händen schlaff. Er hatte plötzlich ein Loch mitten in der Stirn. Vandreyke ließ ihn los. Er machte aus der Hocke heraus blitzschnell eine Rolle rückwärts und erwischte mit der linken Hand instinktiv Kiralys Fußgelenk. Der Ungar verlor das Gleichgewicht, die Kugel, die Vandreyke zugedacht war, sirrte lautlos in den Nachthimmel. Er schlug Kiraly die Glock aus der Hand. Sie rutschte über das Deck. Vandreyke machte einen Hechtsprung, um die Waffe zu erreichen. Er kriegte sie tatsächlich zu fassen und wirbelte herum. Als er sie im Anschlag hatte, fühlte er einen brutalen Schmerz und sah benommen in die Mündung der Maschinenpistole, deren Kolben Kiraly ihm gegen die Schläfe gedonnert hatte. Kiraly wollte abdrücken, doch Vandreyke schaffte es irgendwie, das linke Bein artistisch abzuspreizen und den Lauf der MP zur Seite zu treten. Er flog aus seiner Rückenlage regelrecht hoch und schlug Kiraly seine Stirn gegen die Nase, so daß dieser vor Schmerz die Heckler & Koch fallen lassen mußte.

Der Ungar riß ihn im Sturz mit sich. Sie rollten, verbissen ineinandergekrallt, über das Deck. Beiden gelang es, die MP zu greifen. Gleichzeitig. Doch während Vandreyke den Lauf umklammert hielt, gehörte Kiraly der Schaft mit dem Abzug. Sie knieten keuchend voreinander. Vandreyke starrte Kiraly an. *Die Murmel war zu groß. Einfach zu groß. Es konnte nicht funktionieren. Wenn etwas unmöglich ist, dann ist es unmöglich.*

Der Schuß war laut, aber er hörte ihn gar nicht. Das großkalibrige Projektil fand in seinem Körper keinen Widerstand. Es durchschlug das Rückgrat und bohrte sich mit unverminderter Wucht in den Stahl der Reling. Vandreyke war plötzlich ganz leicht, ganz ruhig. Er fühlte nicht mehr, wie er nach hinten sank und flach liegenblieb. Seine Augen blickten in den Himmel, aus dem der Regen fiel wie Glassplitter.

»Go! Sofort Go!« Pieper hatte im gleichen Moment, in dem der Schuß gefallen war, in sein Mikro gebrüllt. Das MEK stürmte das Schiff und nutzte die Container als Deckung. Während die Lichter der aufgepflanzten Sure-fire-Leuchten über jeden Gang geisterten, der zwischen den Containern aufbrach, im Atemrhythmus auf und ab zuckten und sich mit den roten Signalpunkten der Lasersucher zu einem absurden Ballett verbanden, war Kiraly mit einem Satz bei Saizew und riß ihm den falschen Schnurrbart ab.

Er sah nicht, daß Vandreykes rechte Hand zentimeterweise über das Deck kroch und die Glock ertastete.

Kiraly sprintete los, um auf Seeseite in die Tiefe zu springen. Als er die Reling erreicht hatte, wühlte sich die Kugel in seine Schulter und riß ihn herum. Er taumelte, dann kippte er über Bord.

Die Waffe entglitt Vandreykes Hand. Er konnte sich nicht mehr bewegen. Mit letzter Kraft wandte er den Kopf. Broszat lag direkt neben ihm. Helles, flockiges Blut gurgelte aus ihrem Mund. Ein Auge war geschlossen, das andere groß wie der Mond in einer hellen Nacht. Es sah aus, als ob sie blinzelte. Vandreyke verzog das Gesicht zu einem letzten Lächeln und murmelte: »Ist doch nur Glas.« So leise. So ruhig.

Der Schuß. Sie hatte keinen Kopfhörer gebraucht, um ihn zu hören. Die rasende Fahrt zum Kai, kaum mehr als sechzig Sekunden. Mit Sturmhauben vermummte Gesichter. Männer, die sie festhalten wollten. Männer, die sie wegstieß. Sie hetzte durch den Irrgarten der Container. Ein endlos langer Weg durch einen Tunnel aus Schmerz und Angst. Dann sah sie es. Die Maskenmänner starrten sie durch ihre verspiegelten Schutzbrillen an. Sie traten schweigend einen Schritt zurück und bildeten eine Gasse für Sophie. Sie fiel einfach auf die Knie. Nahm Vandreykes Kopf in den Schoß.

Schrie: »Der Arzt! Wo bleibt der Arzt?!«

Keiner der Männer rührte sich.

Sie fühlte, wie jemand sie hochzog. Sie starrte in das Gesicht ihres Vaters. Sah nicht die Tränen, nur TUAREG, den mächtigen Herrscher über Leben und Tod, dem es gefallen hatte, ihr das Herz aus der Brust zu reißen. Da wurde sie ihrer Fäuste gewahr, die gegen seine Brust trommelten. »Ich hasse dich! Ich hasse dich! Ich hasse dich!«

Er ließ es geschehen und weinte. So sah sein Triumph aus.

Drittes Buch

WOLF

Mit der Hoffnungslosigkeit beginnt
der wahre Optimismus.

JEAN-PAUL SARTRE

Eins

Das Loch, das die Kugel in seine Schulter gerissen hatte, saß zwei Millimeter zu tief, so daß das Projektil die Gelenkpfanne nicht durchschlug. Es schrammte an dem Knochen vorbei und trat unterhalb des Schulterblattes wieder aus. Der Schmerz war brutal, doch Kiraly spürte ihn weniger als den Aufprall auf das achtzehn Meter unter ihm liegende Wasser. Benommen von dem raschen Blutverlust, hatte er keine Chance gehabt, sich in der Luft zu drehen, und war, statt glatt einzutauchen, mit einem Tempo von fast siebzig Stundenkilometern auf den Rücken geschlagen. Daß seine Wirbelsäule nicht brach, hatte er nur dem straffsitzenden Neoprenanzug zu verdanken. Noch im freien Fall hörte er über sich die Kommandorufe der MEK-Männer. Doch sein Vorteil war, daß niemand ihn gesehen hatte, keiner außer den drei Menschen, deren Leichen er auf dem Schiffsdeck zurückgelassen hatte. Pechschwarzer, schlammiger Strudel packte ihn, als er fünf Meter in die Tiefe sank, unfähig, sich zu bewegen, hilflos der enormen Energie ausgeliefert, die sein Körpergewicht in Verbindung mit diesen verdammten achtzehn Metern produzierte. Nun erst ließ er die Maschinenpistole los. Der Morast auf dem Grund des Beckens war ein Versteck für die Ewigkeit. Auch für ihn? Kiraly spürte, wie die Bewußtlosigkeit nach ihm krallte. Er stemmte sich mit letzter Anstrengung dagegen und schaffte es endlich, begünstigt von dem Auftrieb, den die dünne Wasserschicht unter dem Neopren erzeugte, zurück zur Oberfläche zu treiben. Scheinwerfer zuckten über das Hafenbecken. Obwohl sich alles in ihm dagegen wehrte, zwang er sich, erneut unterzutauchen. Wenigstens war er jetzt wieder orientiert. Die Ankerkette, an der er Tauchschlitten und Flossen befestigt hatte, war zehn Meter entfernt. Er erreichte sie mit purer Willenskraft. Seine Lunge hatte das Volumen eines Ausdauersportlers, fast sieben Liter. Das erlaubte ihm, wenn er in guter Verfassung war, drei Minuten unter Wasser zu bleiben. Jetzt mußte er schon nach zwanzig Sekunden gegen den Drang ankämpfen, aufzutauchen und nach Luft zu gieren. Aber er vollbrachte es. Die Hand fischte nach dem Mundstück. Er entriegelte den Schieber, der das Eindringen von Wasser in den Atemkreislauf verhindert hatte, ehe er den ersten tiefen Zug nahm.

Erst jetzt fühlte er, wie seine Schulter brannte. Er konnte den rechten Arm so gut wie nicht mehr bewegen. Dazu kam das Problem, daß er in der brackigen Brühe, die ihn umgab, die Hand nicht vor Augen sehen konnte. Trotzdem gelang es ihm, den Lungenautomaten anzulegen. Die Flossen hafteten mit ihren Magnetschnallen auf dem Schlitten. So ließ er sich, den Haltegriff mit dem linken Arm umklammert, in die düstere Tiefe ziehen. Der schwach leuchtende Illuminator seines Kompasses wies ihm den Weg zur »Kehrwiederspitze«. Siebenhundert endlose Meter quer durch die Norderelbe, dem meistfrequentierten Teilstück der Fahrrinne. Er mußte sich knapp über dem Grund halten, um sicherzugehen, daß keiner der großen Pötte ihn mit seiner Schraube erwischte. Kiraly brauchte eine halbe Stunde. Normalerweise hätte er beim Aufstieg dekomprimieren müssen, um den im Blut angereicherten Stickstoff abzuatmen und so der Gefahr eines Lungenrisses zu entgehen. Doch jetzt zahlte es sich aus, daß er am Morgen, bei der Planung des Tauchgangs, das Atemgemisch extrem hoch mit Sauerstoff angereichert hatte, so daß ihm vier weitere, quälende Minuten erspart blieben. Er kroch die Treppe zur Kaje hoch und zwang sich, den Tauchschlitten und den Lungenautomaten mitzuschleppen, denn er wußte, daß es in längstens zehn Minuten vor Polizei hier wimmeln würde.

Das Auto stand noch da, wo er es abgestellt hatte. Gott sei Dank besaß es ein Automatikgetriebe. Sein rechter Arm war jetzt vollkommen taub, wie abgestorben. Ehe er sich hinter das Steuer fallen ließ, zog er mit Mühe die Windjacke über, die im Kofferraum lag. Ein Mann, der in einem Neoprenanzug durch die Stadt kurvte, wäre etwa so auffällig wie der Papst im Papamobil. Er fuhr in Richtung Nordosten. Es herrschte nur wenig

Verkehr. Die Straßen waren nach dem Eisregen glatt wie eine Curlingbahn. Das Blut, das aus der Wunde rann, durchtränkte das Rückenpolster. Allein der Schmerz hielt ihn wach.

Endlich erreichte er sein Ziel. Es lag im Stadtteil Winterhude, ein Einfamilienhaus, das zum Immobilienbesitz der SAVOK AG gehörte. Der Mann, der ihm öffnete, hieß Skurski. Er stammte aus Lublin, wo er eine gutgehende chirurgische Praxis besessen hatte. Wann immer Kiraly einen gefährlichen Einsatz plante, sorgte er dafür, daß Skurski, dem man nach einem Kunstfehler die Approbation entzogen hatte, für den Notfall bereitstand. Er war in Krakau gewesen, in Bremerhaven und in Lissabon, davor in Moskau, Dschibuti und London. Jetzt wurde er zum erstenmal wirklich gebraucht.

Das chirurgische Besteck und die Spritzen lagen parat. Skurski sah sofort, was passiert war, und stellte keine Fragen. Als Kiraly auf die Pritsche sank, umfing ihn gnädige Stille. Das letzte, was er wahrnahm, war das gleißende Licht des Operationsscheinwerfers. Ehe die Traumwelt ihn willkommen hieß, dachte er noch einmal an Vandreyke. Lange Zeit hatte er sich gefragt, ob er ihm irgendwann gegenüberstehen würde.

Nun war es geschehen. Und er hatte Kiraly nicht enttäuscht.

Zwei Tage dämmerte er in dem künstlichen Koma, in das Skurski ihn versetzt hatte. Als er erwachte, hatte er Hunger. Schmerz fühlte er nicht, denn er war vollgepumpt mit Morphium.

»Wie sieht es aus?« krächzte er.

»Sie hatten großes Glück, die Kugel hat keinen Knochen verletzt. Ich habe die Wunde vernäht und den Blutverlust durch Infusionen ausgeglichen. Aber Sie haben starke Prellungen und zwei gebrochene Rippen. Sie brauchen also Geduld!«

»Kein Morphium mehr!« stöhnte Kiraly. »Ich muß wach bleiben!«

»Sie werden die Schmerzen nicht aushalten.«

»Überlassen Sie das mir. Und besorgen Sie mir Zeitungen von gestern und heute, alle, die Sie kriegen können!«

»Gehen Sie's langsam an. Vielleicht können Sie schon in drei oder vier Tagen wieder aufstehen«, sagte Skurski, während er ihn mit Suppe fütterte.

Er schaffte es am nächsten Tag. Den Schmerz drückte er unter die Oberfläche des Bewußtseins, wie der Aufprall seinen Körper unter jene der Elbe. Keine zwanzig Stunden später begann er mit den Übungen. Skurski konnte es kaum glauben, als er sah, daß Kiraly Liegestütze machte, bei denen er nur den linken Arm benutzte. Zunächst fünfzehn, dann dreißig. Am zweiten Abend kamen die Hantelübungen dazu. Er war vorsichtig und übertrieb es nicht, denn jede Bewegung der linken Schulter spürte er auch in der rechten.

Er wußte nicht genau, warum er so früh mit dem Training begonnen hatte.

Es war nur eine Ahnung.

Zwei

Das Angenehme an seinem Traum war: Er konnte soviel trinken, wie er wollte, und blieb trotzdem klar im Kopf. Pieper kippte seinen Whiskey und sog scharf den Atem ein, als das Eis an den Zähnen schmerzte. *Meine Güte, fängt das wieder von vorne an?* Eine halbe Stunde war Ruhe gewesen, nachdem der Barkeeper des Luxemburger Hotels mit den Worten »Sie kommen doch allein klar?« die Flasche Lagavulin vor seine Nase gestellt und sich verdrückt hatte, so daß die Gelegenheit günstig gewesen war, über den Tresen zu langen und die Musik auszuschalten, damit »Signor Azzuro« endlich Ruhe gab und dieser unerträgliche Schmalz, der Pieper an seine grauenhaft verregnete Hochzeitsreise nach Rimini erinnerte, in Adriano Celentanos Kehle verreckte.

Dreißig Minuten, mehr war ihm nicht vergönnt. Der Barkeeper kam zurück, rotwangig, umnebelt von einer Wolke aus Seife und Rasierwasser, was vermuten ließ, daß er und die kleine Brünette am Empfang, mit der sie ihn schon am Abend, nach der Rückkehr von LeDuc, Händchen halten sahen, die Chance für ein kurzes verstohlenes Schäferstündchen genutzt hatten. Jetzt stellte er, nicht ohne Pieper einen vorwurfsvollen Blick zuzuwerfen, die Musik wieder an. »Azzuro, das ist der Himmel für Verliebte!« Einen anderen Song schien es auf dem Endlosband nicht zu geben. »Und Azzuro heißt blau!« Pieper dachte ernsthaft daran, die Whiskeyflasche gegen den Lautsprecher zu donnern, nahm sie in die Hand, wog sie, ehrlich versucht, Celentano endgültig das Maul zu stopfen, als er sah, daß Vandreyke beschlossen hatte, ihm in seinem Traum Gesellschaft zu leisten.

Er setzte sich neben Pieper, schnappte sich, ohne den Barkeeper zu beachten, ein Glas vom Abtropfblech, füllte es zwei Finger breit und prostete seinem Freund stumm zu.

Sie tranken, während die Jahre vorüberzogen, in denen der eine der wichtigste Mensch für den anderen gewesen war, der, dessen Wissen um die eigene Angst einem half, mit dieser Angst zu leben.

Das hatte sie stets stärker verbunden als alles andere. Bis zu dem Moment in Vandreykes Garage, in dem Pieper der Antwort auf die eine Frage nicht mehr ausgewichen war. *Hast du es mir zugetraut?« – »Ja.«*

Es war die Wahrheit. Er kannte Vandreyke besser als seine Frau, besser als sein Kind, besser als jeden anderen, hatte geglaubt, alles von ihm zu wissen, zumindest fast alles, doch dieses *fast* hatte genügt, um die Furcht, Sophie Wolf könne mit ihrem Verdacht recht haben, nicht länger entrüstet wegzuschieben, sondern zuzulassen, daß sie sich ins Bewußtsein wühlte, bis es keine bloße Furcht mehr war, sondern ein nüchterner Gedanke, ein Produkt logischer Kombination, aus dem unaufhaltsam der Schrecken der Gewißheit erwuchs.

Doch nun hatten sie im Kamin von LeDuc die verbrannten Reste von Vandreykes VE-Akte gefunden. Damit waren alle Gedankenspiele beendet. Was blieb, war das Schuldbewußtsein. Er hatte seinem Freund unrecht getan. Jetzt suchte er nach Worten, ihm zu sagen, wie sehr es ihm leid tat.

»Ich schäme mich. Ich weiß nicht, was ich sonst ...«

»Hör auf mit dem Schwachsinn. Ich hab keine Ahnung, was ich an deiner Stelle gedacht hätte«, murmelte Vandreyke.

»Ich brauch das, bitte. Nimmst du meine Entschuldigung an?«

»Ja, du Arschloch. Und jetzt laß gut sein.« Vandreyke füllte die Gläser nach. »Okay, spuck's aus, damit wir's hinter uns haben.«

In der Tat. Piepers Hotelzimmer lag direkt neben dem von Vandreyke, und er hatte vorhin an dessen Tür geklopft, um zu fragen, ob sie zusammen in die Bar gehen und was trinken würden. Doch es war still geblieben. Statt dessen hatte er, als er zum Fahrstuhl ging, jene Geräusche aus Sophies Zimmer gehört, die zu laut waren, um sie ignorieren zu können.

»Du machst es noch komplizierter, als es jetzt schon ist. Das ist dir doch hoffentlich klar«, sagte Pieper.

»Ja, Papa. Aber so funktioniert das nicht. Es mußte passieren. Sie wußte es, und ich wußte es auch.«

»Wird es was Ernstes?«

Vandreyke warf Eiswürfel in seinen Whiskey. Er schüttelte das Glas, ohne daß es hörbar klirrte, denn »Azzuro« übertönte jedes Geräusch. »Nichts Ernstes. Nur, daß ich sie liebe. Verrückt, was? Ich weiß es, seit ich ihren Scheinwerfer kaputtgetreten habe. Sie ist für mich die einzige Frau.«

»Und was empfindet sie für dich?«

»Tja, das ist das Dumme. Sie liebt mich nicht. Sie denkt es nur. Ich erinnere sie an ihren Vater. Ihn sucht sie, nicht mich. Immer alles im Griff, die Selbstsicherheit in Person. Du allein weißt, daß ich nicht so bin. In dem Moment, in dem sie die Wahrheit herausfindet, wird sie mich verlassen, und es gibt nichts, was ich dagegen tun kann.«

»Scheißspiel. Aber vielleicht irrst du dich.«

Bis hierhin war alles genauso wie damals. Die Nacht in der Bar, allein mit Vandreyke, Sophie, die längst schlief, eine Erinnerung hinter Piepers geschlossenen zuckenden Lidern. Doch dann sagte sein Freund: »Was spielt das für eine Rolle? Ich bin in Hamburg gestorben.«

»Sekunde, woher weißt du das?«

»Du hast es mir in deinem letzten Traum erzählt, schon vergessen?«

»Entschuldige, ich bin ein bißchen durcheinander in letzter Zeit.«

»Wie hält sie sich?«

»Schlecht, glaube ich. Sie hat sich in Karlsruhe verkrochen. Ich hab ein paarmal bei ihr angerufen, aber sie geht nicht ran.«

»Versprichst du mir was?«

»Was du willst.«

»Kümmer dich um sie. Sie braucht jetzt jemanden.«

Pieper nickte. Sie sahen einander traurig an. Als nichts half, versuchten sie, den Schmerz mit einem Männergrinsen zu verscheuchen.

»Wann ist eigentlich meine Beerdigung?« fragte Vandreyke.

»In drei Wochen.«

»Drei Wochen? Da bin ich aber nicht mehr taufrisch.«

»Sie müssen dich erst obduzieren, kennst das doch.«

»Ja, man macht was mit, wenn man tot ist.«

»Du hast gut reden. Ich muß mir noch 'nen schwarzen Anzug kaufen.«

»Dein alter ist wohl in der Wäsche eingelaufen?« foppte Vandreyke ihn und zwickte Pieper in seine Speckrolle. »Komm, erzähl mir lieber was von Wolf.«

»Er hatte nicht mal die Chance zurückzutreten. Sie haben ihn wie einen Hund vom Hof gejagt. Ist 'ne Menge passiert seit meinem letzten Traum. Ich bin jetzt sein Sherpa. Er wollte es so. Das steht ihm zu, auch wenn er nicht mehr Präsident ist. Darf den Kommandoführer spielen. Hab fünf Männer ausgesucht, denen ich vertraue. Komische Geschichte, kann mich einfach nicht daran gewöhnen.«

»Du? Keine gute Wahl, dir fehlt die Erfahrung.«

»Ich weiß. Hab's versucht, aber konnte ihn nicht davon abbringen. Hast du nicht 'nen Tip für mich?«

»Wer ist dein Pointer?«

»Martin, du weißt schon, er war damals mit dir im Schutzkommando.«

»Guter Mann. Aber nicht für vorne. *Du* mußt sein Pointer sein! Halt dich immer zwei Meter vor ihm. Laß Martin den Backman spielen. Du hast die gleichen Reflexe wie ich. Wenn du in Form bist, kommt keiner an dir vorbei. Und hör auf mit der bescheuerten Diät, du bist am besten, wenn du dich wohl fühlst. Also futter deine Schokolade und sauf literweise Cola, sonst bist du zu nichts zu gebrauchen!«

»Danke.«

»Nichts zu danken, Kumpel. Hast du sonst noch was auf dem Herzen?«

»Grimm.«

»Ist der nicht vom Dienst suspendiert?«

»Der Alte hat nur geblufft. Grimm war immer auf unserer Seite. Wir haben uns alle in ihm getäuscht.«

»Sachen gibt's.«

»Ja, was.«

»Weiß Sophie es?«

»Nein. Der Alte hat es nur mir gesagt.«

»Dann hat er noch nicht aufgegeben?«

»Ich weiß es nicht. Übermorgen muß er in den Innenausschuß. Da werden sie ihn richtig auseinandernehmen.« Pieper wollte nachschenken, aber die Flasche war leer.

»Noch eine?« fragte der Barkeeper. Er lächelte, als Pieper ihn anstarrte: »Wissen Sie, ich habe die ganze Zeit überlegt, woher ich Sie kenne. Jetzt fällt es mir ein: Sie waren schon mal hier, ist wohl zwei Jahre her. Da war eine Frau bei Ihnen. Ich glaube, Sie waren ziemlich verliebt.«

»Jetzt mal langsam«, sagte Pieper. »Das ist *mein* Traum! Wenn's konveniert, lassen Sie mich mit meinem Kumpel allein und verdrücken sich wieder zu der Kleinen am Empfang!«

»Entschuldigung.« Der Barkeeper verschwand beleidigt.

»Warst du wirklich schon mal hier?« fragte Vandreyke.

»Mit Ines. Geldwäsche, wir haben ein paar Luxemburger Banken überprüft. Es wäre eigentlich nur eine Angelegenheit für einen halben Tag gewesen, aber Karin hab ich gesagt, ich müßte über Nacht bleiben. Es war das letzte Mal, daß wir zusammen geschlafen haben. Nachher haben wir hier gehockt und was getrunken, und ich hab ein bißchen geflennt, weil ich so ein schlechtes Gewissen hatte. Da hat sie gesagt, wir sollten damit aufhören.«

»Mach dich nicht verrückt. Es ist vorbei. Du bist ein guter Ehemann und ein guter Vater. Hab dich oft darum beneidet.«

»*Du mich?* Und ich dachte immer ...«

»Was?«

»Nichts, vergiß es.«

»Wenigstens jetzt kannst du mir die Wahrheit sagen.«

»Ach, ich glaub, ich war immer ein bißchen eifersüchtig auf dich. Die Frauen waren halt verrückt nach dir. Na ja, wenn wir unterwegs waren, hab ich mich oft gefragt, ob sich mal was ergibt. Weißt schon ... Aber ich rieche wohl zu sehr nach Ehering.«

»Erzähl mir nichts, du bist doch glücklich mit Karin.«
»Deswegen muß man doch nicht zum Wallach mutieren.«
Vandreyke lachte und leerte sein Glas und legte seinen Arm um Piepers Schulter. »Für 'nen Wallach bist du aber ein ziemlich toller Hengst!«
»Gregor?«
»Ja?«
»Wie ist sie gestorben?«
»Sie hat es gar nicht gemerkt. War gleich tot. Es war in Ordnung so.«
»In *Ordnung*?«
»Hört sich vielleicht komisch an, aber wir haben es gewußt. Beide, schon in der U-Bahn. Wenn's dich tröstet, ich hab auch nicht gelitten. Hab nur gedacht: Mensch, geht das hier tief runter! Irgendwann erwischt es dich eben. Kein Grund zu jammern, ich hab eine gute Zeit gehabt, hab alles mitgenommen. Klar, du fehlst mir. Aber wir können uns ja jederzeit sehen. Brauchst nur die Augen zuzumachen.« Er stand auf.
»Mußt du schon gehen?« fragte Pieper erschrocken.
»Es wird Zeit, daß du aufwachst. Komm schon, laß einfach los. Ich bin ja nicht aus der Welt.«
»Nur noch ein bißchen, wir können doch noch 'ne Flasche aufmachen!«
»Jan, hör zu: Du hast zwei Menschen verloren, die dir was bedeutet haben. Keiner steckt das so einfach weg. Du hast niemand, mit dem du reden kannst. Außer mir natürlich. Es ist besser, du sagst es Karin. Damit sie weiß, was mit dir los ist. Sag es ihr einfach. Sie wird es verstehen.«
»Ich kann das nicht, ich ...«
»Natürlich kannst du's. Und jetzt mach's gut. Bis bald, Kumpel.«
Er drückte ihm einen Kuß auf die Glatze und ging.
»Gregor!« rief Pieper verzweifelt. »Bleib doch hier, laß mich nicht allein! Sag mir, wie ich mit Karin reden soll! Wie soll ich's ihr denn nur erklären? Ich lieb sie ja. Aber ich hab solche Angst! Gregor?«

»Jan, wach auf, du hast geträumt ... Jan ...« Die Stimme war sanft und dicht an seinem Ohr. »Hab keine Angst. Komm, sieh mich an.«

Da öffnete er die Augen und schaute in ihr Gesicht. Sie lag neben ihm und drückte ihn an sich, und er fühlte ihre Tränen auf seiner Wange.

»Hab ich ... was geredet?« fragte er schweißnaß.

»Es ist alles gut«, sagte seine Frau. »Ich habe es gewußt, schon lange. Ich weiß, daß du mich liebst. Wir werden immer zusammenbleiben, mein Schatz, vergiß das nie. Ines und ich haben uns ausgesprochen, vor langer Zeit. Sie war sehr froh darüber. Und ich auch.«

Da weinte er und war ganz klein in ihren Armen.

»Als wir damals in Rimini waren ... unsere Flitterwochen, wo's nur geregnet hat ... ist uns da Adriano Celentano auf die Nerven gefallen?« flüsterte er. »Du weißt schon: ›Azzuro, das ist der Himmel für Verliebte‹. Haben sie das irgendwo gespielt?«

»Ich kann mich nicht erinnern. Wieso?«

Er konnte nicht anders, er mußte lachen. Sie nahm sein Gesicht in beide Hände und sah ihn verwundert an. »Ach, nichts«, sagte er unter immer neuen Tränen, die der Weinkrampf aus ihm herauspreßte. »Ich hab bloß einen irrsinnigen Kater.«

DREI

Als er sich in den Anzug gequält hatte, waren die Möbelpacker bereits verschwunden. Sie hatten das wenige, an dem er hing, in den kleinen Bungalow unterhalb des Nerobergs gebracht, wo er vor langer Zeit zu Hause gewesen war. Hier hatten sie gewohnt. Er, seine Frau und sein Kind. Ohne Sicherheitsglas, ohne Kameras, ohne Bewegungsmelder. Er konnte sich kaum noch daran erinnern. Die Zimmer waren fremd und leer. Lange stand er vor der einen Tür, vor jener, gegen deren Holz er einmal gehämmert hatte, bis seine Knöchel blutig waren.

Er wagte nicht hineinzugehen.

Pieper holte ihn ab. Sie flogen mit einer Linienmaschine der Lufthansa. Fünf Sherpas begleiteten sie. Er kannte die Männer, die meisten waren zehn Jahre in seinem Schutzkommando gewesen. Jetzt ließen ihre Blicke ihn spüren, daß er für sie ein anderer geworden war. Bis zum Landeanflug auf Berlin-Schönefeld zermarterte er sich den Kopf und versuchte zu ergründen, was sich verändert hatte. Als er sah, wie Pieper mit ihnen flüsterte und Anweisungen gab, zu denen sie gelangweilt nickten, wußte er es plötzlich: Er war nicht mehr *der Präsident*, bloß noch TUAREG, ein Kürzel für den Funk. Man hatte sie angewiesen, weiter sein Leben zu schützen, zur Not mit ihrem eigenen. Aber würden sie das auch tun? Er hatte unwiederbringlich verloren, was ihn umgeben hatte wie der Zigarrenrauch, der in seinen Anzügen hing: die Aura der Macht. Jetzt war er nur noch einer, dem man für begrenzte Zeit die Chimäre der Sicherheit gewährte, bis dem Anstand Genüge getan war und man ihm auch das wegnahm. Es quälte ihn nicht allzusehr. Er hatte nie zu denen gehört, deren Ego von Bereitschaftshelikoptern und Panzern und der Zahl der Sherpas abhängig war. Und natürlich hatte er Zeit gehabt, sich auf den Tag vorzubereiten, an dem er die Insignien der Herrschaft an seinen Nachfolger würde übergeben müssen. Wäre Hamburg nie gewesen, hätten noch zehn Monate vor ihm gelegen. Dann Schluß mit dem ganzen Brimborium.

Die Vorstellung hatte ihm immer gefallen. Spazierengehen ohne vier Mann im Nacken, wieder selber Auto fahren, einkaufen auf dem Markt, ein Henkelkorb mit Obst, frische Brötchen, einfach nur bummeln, ohne Terminplaner, ohne daß man plötzlich vom Marktstand weggerissen wurde: »*Zu unsicher! Bitte, Herr Präsident!*«

»Ja?«

»Bitte, Herr Präsident ...« Das war Pieper. Nur er redete ihn noch so an.

Sie waren gelandet und nutzten das Privileg, die Maschine als erste verlassen zu dürfen. Seltsam, in Wiesbaden, auch auf dem Flughafen Frankfurt, war ihm nichts aufgefallen, doch nun, wo seine Sherpas ihn umringten und zu den Panzern führten, die auf dem Rollfeld bereitstanden, bemerkte er, daß Pieper zwei Schritte vorausging, also die Position des Pointers einnahm. Er war der Kommandoführer, Wolf hatte ihn persönlich dazu bestimmt, und seine Aufgabe wäre die Nachhut gewesen. Doch statt dessen bewegte er sich, nach allen Seiten sichernd, dicht vor ihm, so daß seine breiten Schultern ihm den Blick versperrten und seine einzige Aussicht die Ausbuchtung unter Piepers Jackett war, wo die Waffe steckte, die er, wie die anderen Sherpas auch, nicht in einem Holster, sondern im Hosenbund über dem Gesäß trug.

Er stieg zu Wolf in die zweite Limousine, vorne neben den Chauffeur, nachdem er seine Männer in die Begleitfahrzeuge beordert hatte. Sie nahmen den Stadtring, wechselten am Funkturm auf die Avus und erreichten eine Viertelstunde später ihr Ziel, den Grunewaldturm, der sich hoch über die Wälder und Seen im Süden Berlins erhob. Steindorffs Panzerkonvoi kam fast gleichzeitig mit ihnen an. Die Sherpas, auch Pieper, blieben bei den Fahrzeugen. Sie würden dafür sorgen, daß die beiden Männer, die sich die steile, gewundene Treppe hochkämpften, auf der Aussichtsplattform ungestört blieben.

Wolf stand schweigend an der vergitterten Balustrade und blickte über den Wannsee. Trotz der Kälte waren Segelboote auf dem Wasser. Sie sahen aus wie winzige Papierschiffchen, die ein Kind ausgesetzt hatte.

Als du fünf warst, Sophie, bin ich einmal mit dir hier oben gewesen. Da war ein Junge in deinem Kindergarten, dessen Vater Pilot war. Er hat behauptet, daß sein Papa schneller fliegen kann als jeder Vogel. Und du hast mich gefragt, ob ich das auch kann. Aber ja, habe ich gesagt, natürlich kann ich das! Ich bin an dem Gitter hochgeklettert und habe so getan, als ob ich springen will. Aber du hast mich mit deinen kleinen Händen am Hosenbein gezogen und geweint und gebettelt, daß ich dich mitnehmen soll. Da habe ich es lieber gelassen.

Er drehte sich zu Steindorff um. »Morgen müssen wir beide in den Innenausschuß. Was werden Sie aussagen?«

»Die Wahrheit, was sonst? Sie, Herr Wolf, haben es unterlassen, mich von dem Einsatz zu unterrichten. Ihre Tochter hat einen Deal mit Anton Czarny gemacht, auch davon habe ich nichts gewußt. Sie wollten das Dicke aus der Gulaschkanone schöpfen, und jetzt merken Sie, daß sie voll mit Wassersuppe war. Aber das ist Ihr Problem, nicht meins. Gegen Ihre Tochter wird ein Ermittlungsverfahren eingeleitet werden. Daß man ihr die Anwaltslizenz entzieht, ist das mindeste!«

»Ich fürchte, Herr Steindorff, in diesem Fall muß ich den Ausschuß davon unterrichten, daß Sie mich in einem ARP-Verfahren zu Ermittlungen gegen den Bundesinnenminister ermächtigt haben. Das Dumme ist, daß Ihre Dienstherrin nichts davon weiß. Was denken Sie, wie sie reagieren wird? Sie werden noch am gleichen Tag Ihre Entlassungsurkunde erhalten.«

In diesem Moment haßte Wolf sich für seine Worte. Der GBA war bereit gewesen, an seiner Seite zu stehen. Es hatte mehr Mut von ihm erfordert, als Wolf ihm jemals zugetraut hatte. Und doch gab es keine andere Wahl, denn was immer gewesen war oder noch sein würde: Sophie mußte in Karlsruhe bleiben. Das war seine einzige Hoffnung, ihre einzige Chance.

Steindorffs Adamsapfel hatte sich in ein Jo-Jo verwandelt. »Was reden Sie da? Wollen Sie meinen Rücktritt erzwingen?«

»Ganz im Gegenteil: Sie dürfen so lange in Ihren Sessel furzen, bis Sie die Altersgrenze erreicht haben.« *Ich muß so mit ihm reden. Wenn er mein Mitleid spürt, ist alles verloren.* »Allerdings erfordert das eine Gegenleistung. Ich schlage vor, daß wir uns auf folgende Sprachregelung einigen: Der Deal mit Czarny und der Zugriff in Hamburg waren allein meine Entscheidung. Weder Sie noch meine Tochter haben davon gewußt. Das wird meine Aussage vor dem Ausschuß sein. Wenn Sie aber auf Ihrer Position beharren, müssen Sie Ihren Schreibtisch räumen, so wie ich. Dann gehen Sie in Schande, und im fünften Stock der Bundesanwaltschaft, wo die schöne Galerie mit den Porträts Ihrer Amtsvorgänger hängt, wird man Ihr Bildnis in Öl vergeblich suchen.«

»Ich kann unmöglich glauben, daß Sie das tun werden. Das können Sie nicht ernst meinen!«

»Sie sind kein Vater, deswegen können Sie mich nicht verstehen. Ich werde alles tun, um mein Kind zu schützen. Alles. Und wenn Sie dabei partout auf der Strecke bleiben wollen, kann ich Sie nicht daran hindern.«

Er stapfte die Treppen hinab und ließ Steindorff allein im Wind. Ehe er wieder in die Limousine stieg, nahm er Pieper beiseite. »Haben Sie Kontakt zu meiner Tochter?«

»Ich nicht. Aber Lombardi.«

»Rufen Sie sie an.«

Noch am selben Tag trafen die beiden Frauen sich in der Senator-Lounge des Rhein-Main-Flughafens. Sie hatten eine halbe Stunde. »Hör zu, Kleine«, sagte Lombardi. »Du wirst vor den Innenausschuß geladen werden. Dein Vater hat beschlossen, dich zu decken ... Hör mir zu und wart ab, bis ich fertig bin! Du willst ihn nicht mehr sehen, nicht mit ihm reden, hast ihn für immer verdammt. Okay. Du kannst deine Nase hübsch oben tragen und mit einem Lächeln auf den Scheiterhaufen steigen, so wie Jeanne d'Arc. Aber wem nützt das? Den Alten haben sie schon geschaßt. Der Mann, der Gregor und Ines getötet hat, wird sich einen anständigen Schluck genehmigen, wenn er auch noch von deinem Disziplinarverfahren in der Zeitung liest. Haben wir *dafür* gekämpft? Es ist noch nicht vorbei, glaub's mir! Wenn's dir leichter fällt, sag dir einfach, daß dein Vater es nicht für dich tut, sondern für Gregor. Von mir aus behalt deinen verdammten Stolz! Aber dann mußt du damit leben, daß er ganz umsonst gestorben ist. Und Ines dazu. Willst du das?«

Gegen Mitternacht des fünften Tages hatte das Telefon geklingelt.
»Wie geht es Ihnen?« fragte Görtz.
»Lassen Sie sich ruhig treiben«, sagte der Bademeister. Als ich das offene Meer erreichte, kamen mir Zweifel.«
Es war, solange Görtz Kiraly kannte, das erste Mal, daß dieser einen Witz machte. Da wußte er, daß es ihn hart erwischt hatte.
»Wie lange brauchen Sie, um wieder fit zu werden?«
»Hundert Jahre. Warum?«
»Können wir reden?«
»Moment.« Kiraly warf Skurski einen knappen Blick zu, so daß der Arzt ihn allein ließ und die Tür zum Nebenzimmer schloß. »Also?«
»Vandreykes Beerdigung.«
»Und?«
»Unser südamerikanischer Freund hat ein besonderes Interesse. Er will, daß wir ihm diese Gefälligkeit erweisen.«
»Vergessen Sie mich.«
Ein fetter Happen für den Weißen Hai. Dem wirst du nicht widerstehen können. »Die Zielperson ist ein guter alter Bekannter von Ihnen. TUAREG.«
»Wo und wann?« fragte Kiraly sofort.
»Berlin, Friedhof am Mehringdamm. Unser neuer Burgherr kann Vandreykes Obduktion so lange verschleppen, bis Ihnen der Termin paßt. Weitere zwei Wochen wären kein Problem. Sie werden jedes Material bekommen, das Sie brauchen. Fotos, Einsatzvorbereitungen der SG, was Sie wollen.«
»Ich muß es mir persönlich ansehen, vor Ort.«
»Lassen Sie sich Zeit. Die SG checkt die Location erst am Tag davor.«

»Geben Sie mir eine Woche, dann telefonieren wir.«
»Noch eins. Der Arzt. Ist er ein Sicherheitsrisiko?«
»Nur, wenn Sie es sagen.«
»Ich überlasse die Entscheidung Ihnen. Erholen Sie sich.«

Der Ausschuß tagte im Paul-Löbe-Haus im östlichen Spreebogen, direkt gegenüber dem Kanzleramt. Fünfundsechzig Bundestagsabgeordnete. Fünfundsechzig Feinde. Viele von ihnen hatten mehr als einmal bei Wolf antichambriert und um einen Panzer und ein paar Sherpas gebettelt. Dabei hatten sie eine Sicherheitseinstufung so nötig wie ein Taubstummer einen Anrufbeantworter. Das hatte Wolf sie auch wissen lassen. Jetzt war der Zeitpunkt gekommen, ihr Mütchen an ihm zu kühlen.

Rappe, der Ausschußvorsitzende, war ein alter Parteifreund von Langheinrich. »Zunächst möchte ich mein Bedauern darüber ausdrücken, daß der gestern zurückgetretene Generalbundesanwalt Steindorff aus gesundheitlichen Gründen dem Ausschuß nicht zur Verfügung stehen kann.«

Das war es. Nicht zu verstehen, unerklärlich. Wolf hatte dem GBA jede Möglichkeit gelassen, das Gesicht zu wahren. Doch er hatte, nur wenige Stunden nach ihrem Gespräch auf dem Grunewaldturm, sein Amt freiwillig niedergelegt. Das Verrückte aber war, daß er in seinem Rücktrittsschreiben Wolfs Version nicht nur gestützt, sondern sogar behauptet hatte, den Einsatz in Hamburg mitgetragen zu haben. Damit hatte er die politische Verantwortung für das Desaster übernommen. Ohne Not, ohne jedes erkennbare Motiv. Über nichts anderes hatte Wolf in der letzten Nacht nachgedacht. Es mußte einen Grund für Steindorffs Entscheidung geben. Er hatte stärker an seinem Sessel geklebt, die Macht mehr genossen als jeder andere. Und dann dieser Schritt! Egal, was ihn dazu bewogen hatte, Wolf ahnte, daß es von großer Bedeutung war, auch für ihn.

»Herr Dr. Wolf, Sie wurden mittlerweile von Ihrem Amt entbunden. Doch für Ihre Lebensleistung spreche ich Ihnen ausdrücklich meine Anerkennung aus. Deshalb noch einmal für das Protokoll: Dieser Ausschuß ist weder ein Gericht noch ein Tribunal. Allerdings geht es den Abgeordneten des deutschen Bundestags um die Klärung der Frage, ob Sie als Präsident des BKA bei dem Einsatz im Hamburger Hafen schuldhaft gehandelt haben. Ich weise Sie an dieser Stelle auf Ihr Auskunftsverweigerungsrecht hin, das Sie uneingeschränkt in Anspruch nehmen können, um sich nicht selbst zu belasten. Sollten Sie sich jedoch zu einer Aussage entscheiden, unterliegen Sie der Wahrheitspflicht. Das ist Ihnen bekannt?«

»Ja.« *Was sind das für Kopfschmerzen?*

»Dann möchte ich meine Zusammenfassung der Ereignisse beenden, ehe Sie Gelegenheit zu einer Stellungnahme erhalten. Sie, Herr Wolf, haben nach den vorliegenden, uns vom BMI zur Verfügung gestellten Erkenntnissen die Aktion eigenmächtig und ohne Rücksprache mit dem Bundesinnenminister angeordnet. Inwieweit der zurückgetretene Generalbundesanwalt Steindorff involviert war, muß aus erwähnten Gründen zu einem anderen Zeitpunkt geklärt werden. Fest steht, daß bei dem Feuergefecht an Bord des Schiffes drei Menschen getötet wurden. Es handelt sich dabei um zwei Beamte Ihres Hauses und um einen Geschäftsmann, der sich vermutlich mehr oder weniger zufällig auf dem Schiff aufhielt. Da Ihre schriftliche Stellungnahme von jenen des BMI und des BND erheblich abweicht, habe ich die Herren Langheinrich und Boehnke als Leiter dieser Behörden um Anwesenheit gebeten.«

Boehnke. Tagelang hatte Wolf versucht, ihn zu erreichen. Er hatte sich von seinem Sekretariat verleugnen lassen, sein Handy abgeschaltet, den Brief, den Wolf ihm schließlich geschrieben und per Boten hatte bringen lassen, nicht beantwortet. Sein bester und ältester Freund. *Hat er seinen eigenen Laden nicht mehr im Griff, oder ist es schlimmer?* Diese Frage war nun beantwortet.

Er saß nur fünf Meter von ihm entfernt, dicht neben Langheinrich und Krupka. Kein Blick. Kein Handschlag. Keine Geste, die ihn hätte hoffen lassen, es sei alles nur ein böser Traum.

»Herr Minister?«

»Die Velázquez war von der Bundesregierung gechartert. Das Kanzleramt hat eine Anfrage des bolivianischen Staatspräsidenten Gutierez an mein Haus weitergeleitet, und wir haben gerne geholfen. Bei der Ladung handelte es sich um veraltete Polizeiausrüstungen des BGS.«

»Herr Wolf, Sie haben erklärt, der besagte Zugriff habe Anton Czarny gegolten, einem Mann, dessen Vita hinlänglich bekannt ist. Wir alle wissen mittlerweile, daß man seine Leiche in einem Viehwaggon in Nowosibirsk gefunden hat. Er wurde laut den gerichtsmedizinischen Unterlagen, die uns die russische Generalstaatsanwaltschaft zur Verfügung gestellt hat, in der gleichen Nacht ermordet, in der er angeblich in Hamburg gewesen sein soll. Haben Sie für diesen Antagonismus eine Erklärung? Sie antworten nicht? Dann weiter: Laut Ihrer Aussage soll Czarny ein V-Mann des BND gewesen sein. Bleiben Sie dabei?«

»Ja.« *Tabletten. Ich muß etwas unternehmen.*

Noch ehe Rappe das Wort an Boehnke richten konnte, reagierte dieser wie ein Hund, den man mit einer Ultraschallpfeife gerufen hatte. »Herr Vorsitzender, ich muß in aller Form widersprechen! Der Name Czarny ist mir selbstverständlich bekannt, allerdings weise ich die Unterstellung zurück, er habe in irgendeiner Form mit meiner Behörde zusammengearbeitet!«

In diesem Augenblick war der langsame Verschluß der rechten Carotis, jener Arterie, welche die gleichseitige Hirnhälfte mit Blut und folglich auch mit Sauerstoff versorgte, so weit fortgeschritten, daß Wolfs Kopfschmerzen unerträglich wurden. Die Gefäßthrombose machte sich zunächst als leichte Sehstörung bemerkbar. Wolf kniff die Augen zusammen und starrte Boehnke an. Dessen Gesicht war plötzlich grotesk verzerrt, als sähe er ihn durch das Vexierglas eines Spiegelkabinetts. *Du siehst aus, als könntest du einen Whiskey gebrauchen! Kein Problem, ich hab was Gutes aus Kenia mitgebracht!* Mittlerweile hatte die Carotis der linken Halsseite automatisch die Arbeit für ihr kollabiertes rechtes Pendant mit übernommen und versuchte in einem verzweifelten Kraftakt, genügend Blut in die Ventrikel beider Hirnhälften zu pumpen. Doch damit war die Arterie überfordert. Schließlich blieb ihr nichts anderes übrig, als ihre angestammte Seite zu vernachlässigen und sich ganz auf rechts zu konzentrieren. Was folgte, war die jähe Lähmung der linken Hand, die Wolf zwang, den Füller, den er umklammert hielt, fallen zu lassen.

»Dann ist Ihnen auch der Deckname ›Wiesel‹ nicht bekannt?«

»Nein!« antwortete Boehnke mit Entschiedenheit.

»Nun zu Roman Saizew. Ich möchte zunächst betonen, daß es sich bei ihm, laut übereinstimmenden Angaben von Europol und Interpol, um einen völlig unbescholtenen Bürger der russischen Republik handelte. Tatsächlich besaß er, wenn man von dem fehlenden Schnurrbart einmal absieht, eine gewisse Ähnlichkeit mit Anton Czarny. Trotzdem entnehme ich der schriftlichen Stellungnahme von Dr. Wolf, daß es sich nicht um eine schlichte Verwechslung gehandelt haben soll. Saizew sei demnach ebenfalls ein V-Mann des Bundesnachrichtendienstes gewesen. Deckname ›Eismann‹.«

»Diese Behauptung ist absurd! Ich möchte an dieser Stelle zu Protokoll geben, daß ich mir bezüglich der Anschuldigungen von Herrn Wolf zivilrechtliche Schritte vorbehalte!«

»Frau Wolf ...«

Er versuchte krampfhaft, sich zu konzentrieren. Rappes Stimme war dumpf und fern, als erreiche sie ihn mit Zeitverzögerung in dem Schacht des endlos tiefen Brunnens, in den er fiel und fiel, ohne daß der Grund auch nur einen Zentimeter näher kam.

»Sie behaupten ebenfalls, daß sowohl Czarny als auch Saizew V-Männer des BND waren. Woher hatten Sie diese Information?«

»Von Jelena Fasoulas, Czarnys Schwester«, sagte Sophie leise.

Er suchte ihr Gesicht. Doch es war ganz klein und verschwommen und lugte ängstlich zu ihm hinunter in den senkrechten Tunnel, der direkt zum Erdmittelpunkt zu führen schien.

»Frau Fasoulas ist tot, richtig?«

»Sie hat in der U-Haft Selbstmord begangen.«

»War das Ihre einzige Quelle?«

Tu es, Kind! Wenn du ihn wirklich geliebt hast, mußt du mich verraten! Tu es, sonst ist alles verloren!

»Frau Wolf ...?«

»Bitte, ich muß vielleicht erklären, daß ...«

»War Frau Fasoulas die einzige Quelle?«

»Sie und mein Vater.« Sie konnte ihn nicht ansehen dabei.

Er fühlte eine unendliche Sehnsucht nach Stille. Sie erhörte ihn und breitete sich in ihm aus. Warm und rot machte sie ihn frei von jeder Angst.

»Sie wußten von dem Einsatz in Hamburg?«

»Ja. Ich war persönlich vor Ort anwesend. Allerdings hatte ich lediglich Kenntnis davon, daß Czarny sich an Bord des Schiffes aufhalten sollte. Diese Auskunft stammte vom Präsidenten des BKA.« Sie allein wußte, wie sehr sie sich für diese Lüge verachtete, die ihren Vater endgültig in den Abgrund stieß.

»Herr Dr. Wolf, bitte nehmen Sie dazu Stellung!«

Er wollte ja. Nur, daß er in diesem Moment auf dem Grund des Schachtes aufschlug. Der Aufprall war hart, denn die linke Arterie hatte endgültig kapituliert, so daß das Gehirn von der Blutversorgung abgeschnitten wurde.

Jetzt erst deckte jemand den Brunnenschacht ab.

Eine Woche nach dem Telefonat mit Görtz wurde das Material, das Kiraly benötigte, auf seinen Laptop gemailt. Fahnder des BKA, die bei einem Einsatz ums Leben gekommen waren, erhielten ein letztes Geleit, das einem Staatsbegräbnis ähnlich war. Daran orientierte sich auch der Sicherheitsaufwand. Kiralys größte Sorge war, daß seine Zielperson sich von dem Schlaganfall, den sie im Innenausschuß erlitten hatte, nicht mehr erholen würde. Doch Görtz sagte, er solle sich vorbereiten wie besprochen. Man müsse nach wie vor mit Wolfs Teilnahme an der Beerdigung rechnen. Von frühmorgens bis spätnachts studierte Kiraly jedes Detail und plante alles mit Sorgfalt. Diese Arbeit unterbrach er nur, um seine Übungen zu machen. Skurski versorgte ihn mit Essen und zog zehn Tage später die Fäden. Die Schulter war noch immer steif und unbeweglich, aber es gelang ihm bereits, den Arm mit Vorsicht zu strecken und zu beugen.

Dann war es Zeit, Abschied zu nehmen. Der Arzt stand vor

ihm und schaute ihn schweigend an. Kiraly sah an seinem Gesicht, was er dachte. Skurski hatte das Telefonat zwischen ihm und Görtz belauscht und seither in der Angst gelebt, von dem Mann, dessen Leben er gerettet hatte, getötet zu werden.

Er hätte Gelegenheit gehabt zu fliehen. Aber er hat sie nicht genutzt. Vertraut er mir so sehr? Sicher nicht. Es hat einen anderen Grund. Er kennt mich, daher weiß er, daß ich ihn finden würde. Jetzt ergibt er sich in sein Schicksal. Wie groß ist mein Risiko? Das BKA hat die Ermittlungen an sich gezogen. Man wird dafür sorgen, daß sie nicht nach einem Arzt suchen, der im fraglichen Zeitraum im Raum Hamburg einen Verwundeten behandelt hat. Und Skurski hat keine offizielle Praxis. Noch ehe ich in Berlin bin, wird er im Flugzeug nach Lublin sitzen. Aber eine Garantie gibt es nicht. Keine Garantie ...

»Da wäre nur noch Ihre Bezahlung«, sagte Kiraly.

Der Arzt schaffte es zu nicken.

Lajosz Kiraly griff unter seine Lederjacke. Skurski wußte, daß dort die Beretta im Holster steckte. Doch als Kiralys Hand wieder hervorkam, lagen zwanzig nagelneue Fünfhunderteuroscheine darin.

Skurski nahm sie zitternd entgegen. »Danke«, murmelte er.

»*Ich* habe zu danken«, sagte Kiraly.

Noch am gleichen Tag landete er in Berlin. Er fuhr nach Kreuzberg, um sich das Terrain anzusehen. Der Friedhof der Jerusalemer Kirchengemeinde war groß und dicht mit Bäumen bewachsen. Die klassizistischen Mausoleen, die noch aus der Kaiserzeit stammten, machten ihn zusätzlich unübersichtlich. Aber ihr Mann in Wiesbaden hatte auf Anweisung von Görtz für eine Grabstelle gesorgt, die von einem bestimmten Punkt aus erreichbar war.

Dreihundert Meter. Keine problematische Distanz.

Die Kirche Zum Heiligen Kreuz lag genau Zossener/Ecke Blücherstraße. Es war ein hoher, aus Klinkersteinen gebauter Rundbau, über dem sich eine mächtige Kuppel wölbte, die von minarettähnlichen Türmchen mit Spitzgiebeln gesäumt war. Im Entree, rechts hinter dem Eingangsportal, befand sich ein gläserner Lift. Er führte hoch zum Glockengebälk, das sich ein Stockwerk über dem Versammlungsraum des Presbyteriums erhob. Um diesen Lift zu benutzen, bedurfte es einer Chipkarte. Ein Kontaktmann von Görtz hatte das erledigt. Kiraly fuhr am Abend, als die Sicherheitsexperten der SG ihren Check bereits durchgeführt hatten, nach oben. Niemand hatte ihn gesehen. Noch in der Kabine streifte er den weißen Kapuzenoverall aus faser- und staubabweisendem Material über. Die Fenster waren dunkel angestrichen, so daß man sie, selbst mit einem hochauflösenden Feldstecher, von außen nicht einsehen konnte. Sehr praktisch. Er benutzte einen Glasschneider und achtete darauf, daß die Öffnung keinen Millimeter breiter war als nötig. Danach kratzte er ein winziges Stück Farbe vom Glas, groß genug, um durch das Visier des Scharfschützengewehrs, das er in einem Koffer mit sich führte, freie Sicht zu haben. Sorge bereitete ihm die Witterung. Sollte der Wetterbericht recht behalten und tatsächlich eine Regenfront im Anmarsch sein, würde er um die Benutzung eines Aktivlasers nicht herumkommen. Dieser ermöglichte zwar eine präzise Fokussierung des Objekts, hatte aber den Nachteil, daß geübte Augen, zum Beispiel die von Wolfs Sherpas, den roten Leuchtpunkt lokalisieren konnten. Das Risiko mußte er eingehen. *Wolf. Du bist der einzige, bei dem ich jemals versagt habe. Die juckende Stelle, die ich nicht kratzen konnte. Ich wußte immer, daß ich den Job irgendwann erledigen würde.* Ehe Kiraly sich auf die Isomatte legte, die er auf dem staubigen Boden des düsteren Gemäuers ausbreitete, griff er noch einmal nach dem Liturgieblatt, das im Entree ausgelegen hatte. Das Motto der morgigen Predigt konnte nicht passender sein: »Alles Vorhaben unter dem Himmel hat seine Stunde. Prediger Salomon 3,1.« Er steckte das Blatt weg und benutzte seine Ohrstöpsel. Der Krach, den die Kirchenglocken stündlich veranstalteten, war nervenzerfetzend. Er spürte seine Schulter. Und anders als sonst, wo er an jedem Ort, bei jeder Geräuschkulisse, auf Befehl einschlafen konnte, fand er dieses Mal keine Ruhe. Erst als der Morgen dämmerte, suchten ihn die Träume heim. Sie brachten den gleichen Schrecken wie immer.

Gegen elf Uhr kamen die ersten Panzer. Kiraly sah sich alles in Ruhe durch einen Feldstecher an. Die langläufige Waffe, ein schallgedämpftes Arctic-Warfare der englischen Firma Accuracy, hatte er bereits auf dem Dreibein fixiert und in Stellung gebracht. Das Visier und der Lasersucher waren auf einen einzigen Punkt gerichtet. *Immer die Ruhe. Die halten sich da unten alle an ihr Drehbuch.* Das Gewehr war eine Jungfrau. Görtz hatte dafür gesorgt, daß die Seriennummer entfernt worden war. Kiraly haßte es, eine Waffe benutzen zu müssen, die er nicht persönlich eingeschossen hatte, doch es ging nicht anders. Er würde sie hier oben zurücklassen müssen, denn ihm blieb nach ausgeführter Tat höchstens eine Minute, um mit dem Lift hinunterzufahren und jene Tarnung zu benutzen, über die er so sorgfältig nachgedacht hatte. Das Arctic-Warfare konnte er dabei nicht mitnehmen. Es war unvermeidlich, daß es gefunden wurde, und nicht sehr hilfreich, wenn es inkriminiert, also zuvor schon einmal benutzt worden wäre.

Aber das war momentan seine geringste Sorge. Was ihn viel mehr beschäftigte, war die Tatsache, daß er nachher den Stutzen an die gesunde Schulter pressen, also mit dem *linken* Zeigefinger abdrücken mußte. Zwar hatte er sich durch jahrelangen Drill das beidhändige Schießen antrainiert. Doch die gebrochenen Rippen ließen sich nicht ignorieren. Sollte der erste Schuß nicht erfolgreich sein und er die Waffe schwenken müssen, würde er ein Problem bekommen, das war ihm klar. Trotzdem gab es keine andere Möglichkeit. Was ihn tröstete: Es wäre das erste Mal, daß er zwei Schüsse benötigen würde. Er war entschlossen, sich diese Premiere für eine andere Gelegenheit aufzuheben.

Schon als Wolf und seine Sherpas das Flugzeug verlassen hatten, waren Blitz und Donner ihr Empfangskommando gewesen. Jetzt entluden sich die Wolken in einem Gewitter, das die Passanten von den Bürgersteigen trieb. Es schien, als würde es nie wieder anderes Wetter geben. Pieper sah schweigend zu, wie die Wischblätter gegen die Wassermassen ankämpften. Hier war

Vandreyke geboren, hier wollte er begraben werden. Das hatte er ihm vor dem Aufbruch nach Hamburg anvertraut.

»Jan?«

»Ja?«

»Wenn mir mal was passiert, kümmer dich drum, daß ich in Berlin beerdigt werde. Keine Feuer- oder Seebestattung oder so 'n Käse. Mir genügt 'ne einfache Kiste, zwei Meter mal fünfzig, genug, um die Beine auszustrecken.«

»Was soll das, wie kommst du jetzt auf so 'n Quatsch?«

»Nur so. Geht das klar?«

»Stimmt was nicht?«

»Alles in Ordnung. Ich hab halt sonst niemanden, du weißt schon.«

»Du hast Sophie.«

»Wenn's mich erwischt, hat sie andere Sorgen. Besser du machst das. Okay, ich muß jetzt. Wir sehen uns später.«

Kein Gottesdienst. Vandreyke hatte an das Sichtbare geglaubt, an das, was man anfassen, schmecken und riechen konnte.

Da keine Familiengruft existierte und eine frische Grabstelle ausgehoben werden mußte, hatten die Experten der SG die Gemeinde »überredet«, ein freies Plätzchen am Mehringdamm zu schaffen und nicht, wie eigentlich vorgesehen, an der parallel verlaufenden Zossener Straße. Dort waren die Mausoleen, die über die Umrandungsmauer ragten, niedriger, bildeten also weniger Sichtschutz, und die Fabrik- und Hinterhöfe auf der anderen Straßenseite waren zu unübersichtlich, um das Vorfeld angesichts des erwarteten Aufmarschs von VIPs zuverlässig sichern zu können.

»Herr Präsident?« Pieper war zusammen mit dem Fahrer vor dem Friedhof ausgestiegen und wollte Wolf aus dem Wagen helfen.

»Ich weiß, es ist eine Zumutung, aber warten Sie bitte draußen. Drei Minuten, ja?« sagte Wolf zu dem Chauffeur. Der SG-Beamte ließ sich nicht anmerken, daß er es in der Tat für eine Zumutung hielt, und lief zu den anderen Sherpas, die sich unter dem Dach ihrer Regenschirme dicht zusammendrängten.

Wolfs Stimme war leise, aber deutlich. »Herr Pieper, seien Sie so nett und setzen Sie sich zu mir.«

Sie saßen nebeneinander im Fond und schwiegen, während der Regen auf das Dach prasselte. »Er war Ihr bester Freund«, murmelte Wolf schließlich. »Man kann es höflich ausdrücken und von Schicksal oder unglücklichen Umständen sprechen. Wenn man will, auch bürokratisch, wie im Innenausschuß, wo man es einen Einsatz mit Todesfolge nannte. Aber was ändert das? Ich bin verantwortlich für seinen Tod. Er ist nur gegangen, weil er sich mir verpflichtet fühlte. Und Ines Broszat genauso. Nun muß ich eines wissen, und ich bitte Sie um eine ehrliche Antwort: Ist es Ihnen möglich, weiter an meiner Seite zu sein?«

»Warum zweifeln Sie daran?«

»Sie sind mein Kommandoführer. Aber mir ist nicht entgangen, daß Sie den Pointer spielen. Ich mache mir darüber meine Gedanken.«

Pieper lächelte. »Als Gregor Ihnen das Leben gerettet hat, wo war er da?«

»Er war mein Pointer«, sagte Wolf bedächtig und gleichzeitig verwundert.

»Ja, das war er. Und jetzt gibt es etwas, das ich von Ihnen wissen muß: Werden Sie mir genauso vertrauen, wie Sie ihm vertraut haben?«

»Mein Leben liegt in Ihrer Hand, genügt das nicht als Antwort?«

»Nein, tut es nicht. Er war wie ein Sohn für Sie. So etwas kann sich nicht wiederholen, das wäre wirklich zu kitschig. Aber ich kann nicht länger *Herr Pieper* sein, der Kommandoführer, dem Sie Ihre Anweisungen erteilen. Denn ich weiß, was Sie vorhaben. Sie wollen es zu Ende bringen. Sie werden nicht eher aufgeben, bis Krupka und Langheinrich und der, dessen getragener Rede wir gleich lauschen müssen, hinter Gittern sitzen. Aber um mich dabei an Ihrer Seite zu haben, braucht es mehr als ein Beschäftigungsverhältnis. Deshalb frage ich Sie: Wie offen werden wir in Zukunft miteinander umgehen?«

Es war eine einfache Frage. Doch um sie beantworten zu können, mußte Wolf klären, ob es überhaupt eine Zukunft gab: »Verachten Sie mich für das, was ich in Hamburg getan habe?«

Pieper schüttelte den Kopf. »Er stand Ihnen näher als jeder andere, vielleicht sogar näher als Ihre Tochter. Aber glauben Sie mir, Sie kannten ihn nicht halb so gut wie ich. Niemand hätte ihn zwingen können, in die U-Bahn zu steigen. Auch Sie nicht.«

»Ich hätte es ihm verbieten können.«

»Sie vergessen etwas: Er hat geahnt, daß er jung sterben wird. Wir haben oft darüber gesprochen. Es war in Ordnung für ihn.«

Wolf sah Pieper erschüttert an.

»Ja. Er ist gegangen, ohne Ihnen Vorwürfe zu machen.«

»Jan Pieper, Sie sind ein eigenartiger Mann. Gregor hat immer mit größtem Respekt von Ihnen gesprochen. Ich verstehe jetzt, was er meinte. Aber ich will ehrlich sein: Mein Kommandoführer sind Sie aus einem anderen Grund. Ich habe Sie beide oft im Schießkino und beim Kampftraining beobachtet. Manchmal habe ich mir auch Videos davon angesehen. Ich konnte keinen Unterschied zwischen Ihnen erkennen. Das heißt viel, denn die gleichen Fähigkeiten zu haben wie er darf außer Ihnen nur noch einer behaupten.«

»Der Mann, der ihn getötet hat«, sagte Pieper und war dabei vollkommen ruhig.

»Ja. Und das ist auch die Antwort auf die Frage, die Sie *nicht* gestellt haben. Wir werden Krupka und Langheinrich zur Strecke bringen. Aber wir werden auch diesen Mann finden. Und wenn es soweit ist, haben Sie freie Hand. Er soll Ihnen gehören, und ich werde die Gesetze vergessen, auf die ich einen Eid geleistet habe. Mein Wort darauf.«

Pieper nickte stumm. Es war alles, was er wissen wollte.

»Gut«, sagte er schließlich, »nur noch ein Letztes: Über das Vorgehen gegen Krupka und seine Mischpoke entscheiden Sie allein. Aber die Maßnahmen, die zu Ihrem Schutz erforderlich sind, liegen ausschließlich in meinem Ermessen. Sie haben meine Anweisungen zu befolgen, ob es Ihnen paßt oder nicht. Tut mir leid, sonst kann ich meine Arbeit nicht tun.«

»Einverstanden.«

Pieper griff nach vorne unter den Beifahrersitz und zog die schußhemmende Kevlarweste hervor, die er dort deponiert hatte. »Nehmen Sie die.«

»Ich hasse die Dinger«, sagte Wolf. »Können Sie mir das nicht ersparen?«

»Wenn es Sie tröstet: Ich trage auch eine.«

Wolf atmete resigniert durch, dann zog er den Mantel aus, um die Weste über das Jackett zu streifen. Pieper rückte sie zurecht, bis sie optimal paßte, und knöpfte den Mantel wieder zu. »Sie haben Gewicht verloren, da steht Ihnen das kleine Polster gut«, sagte er lächelnd.

Sie stiegen aus. Wolf stützte sich auf einen Stock mit silbernem Knauf, indessen die Sherpas den Trippelschritten eines alten Mannes folgten.

Jetzt war es an Pieper, sich zu wundern. Der Schlaganfall war erst zwei Wochen her und hatte Wolf sicher schwer getroffen. Doch Pieper hatte, als er ihn zu Hause abholte, gesehen, daß er schon wieder einigermaßen gut zu Fuß war. Auch konnte er sich konzentrieren und war wach im Kopf, das hatte er gerade bewiesen. Nun jedoch wirkte Wolf wie ein Greis, den man bei der Hand nehmen mußte. Allerdings hielt er den Stock mit rechts, obwohl er Linkshänder war. Das war für Pieper der einzige Hinweis auf eine Behinderung.

Wolf war sich der Irritation seines Pointers bewußt. Er murmelte, während sie zum Tor schlichen: »Alles zu seiner Zeit, Jan Pieper. Alles zu seiner Zeit.«

Jetzt sah er ihn. Seine Sherpas umringten ihn in der klassischen Formation. Das erste, was Kiraly registrierte, war die Tatsache, daß TUAREG eine kugelsichere Weste unter seinem Mantel trug. Das Kevlar konnte so dünn sein, wie es wollte, die Einschubplatte aus Keramik, die den Brustbereich bedeckte, zeichnete sich deutlich ab. Nun, sie würde gegen die Munition, die Kiraly benutzte, wenig ausrichten können, denn im Geschoßheck der Patrone saß ein Bleikern mit einer Antimonlegierung hinter einer massiven Stahlkugel, die für maximale Durchschlagskraft sorgte. Als nächstes galt seine Aufmerksamkeit den Sherpas. Vorneweg lief der Pointer. Ein Bulle, fast zwei Meter groß. *Klassischer Abräumer, einfach ignorieren.* Sein Augenmerk richtete sich vielmehr auf den Kommandoführer.

Zum erstenmal stutzte Kiraly: auch ein Brocken. Ungewöhnlich, denn seine Aufgabe als Backman war es, die Schutzperson im Ernstfall zu Boden zu reißen, was eine gewisse Beweglichkeit erforderte.

Trotzdem: Er war der Mann, auf den es zu achten galt!

Auf dem Weg von der Limousine zum Grab ließen sie ihm erwartungsgemäß keine Chance. Das würde auch während der folgenden Trauerrede so bleiben. Wolf verschwand fast völlig hinter seinem Pointer. Die anderen Sherpas sicherten Flanke und Rücken wie eine Mauer. *Die sind eine echte Mückenplage. Aber darauf war ich schließlich vorbereitet.*

Der Sarg war auf zwei Holzbohlen über dem offenen Grab aufgebahrt. Die Deutschlandfahne, die ihn bedeckte, buckelte sich unter dem Wind auf. Nur der Kranz mit der Kondolenzschleife des Bundesinnenministers verhinderte, daß sie fortgeweht wurde. Der Regen hatte etwas nachgelassen. Er zog dünne Fäden durch das fahle Grau und klöppelte auf die Uniformen der Polizeikapelle, die das Lied vom guten alten Kameraden spielte. Als Pieper sich mit Wolf und den Sherpas in die hintere Gruppe der Trauergäste einreihte, sah er seine Frau. Sie war mit einer anderen Maschine in die Hauptstadt geflogen, um dem Freund ihres Mannes, der auch ihr Freund gewesen war, die letzte Ehre zu erweisen. Ihre Blicke trafen sich für den Bruchteil einer Sekunde, ohne daß sie durch eine Regung oder ein Zeichen zu erkennen gaben, daß sie zusammengehörten. Pieper war schon immer ein sehr vorsichtiger Mann gewesen. Doch nun verbot er sich selbst die kleinste Unachtsamkeit.

Wenige Meter weiter entdeckte er Sophie und Lombardi. Sie teilten sich einen Regenschirm. Sophie hatte ihr Haar straff nach hinten gebürstet und zu einem Pferdeschwanz zusammengebunden. Ihr Gesicht war stark geschminkt. Es zeigte die Spuren der Nächte, in denen nur unruhige, quälende Träume für kurze Zeit die Schrecken der Gedanken verdrängt hatten. Lombardi hielt sie fest. Es war schon die zweite Beerdigung, bei der sie einander beistanden, denn Ines Broszat war wenige Tage zuvor mit dem gleichen Aufwand in ihrer Heimatstadt Köln beigesetzt worden. Nur Wolf hatte gefehlt, er war noch im Krankenhaus gewesen. »*Versprichst du mir was? Kümmere dich um sie. Sie braucht jetzt jemanden.*« Pieper war beruhigt, Lombardi bei Sophie zu wissen. Es gab niemanden, der so etwas besser konnte.

Dann wanderte sein Blick zu Niklas Grimm. Er stand dicht neben Krupka und Langheinrich. Auch sie teilten etwas: den gleichen ernsten und gefaßten Ausdruck in ihren Gesichtern. »*Er war immer auf unserer Seite. Wir haben uns alle in ihm getäuscht. Sophie weiß es nicht. Der Alte hat es nur mir gesagt.*«

Die Polizeikapelle beendete das Lied. Grimm sah, wie der neue BKA-Präsident, von seinen Sherpas beschirmt, auf das kleine Podium stieg, das direkt hinter dem Grab aufgebaut war. Es war ein kurzer Weg im Vergleich zu den fünfzig Metern, die er, Grimm, am Tag nach Gregor Vandreykes Tod vom Spreeufer bis zum Eingang des Bundesinnenministeriums hatte gehen müssen.

Franz Krupka und Josef Langheinrich hatten schweigend zugehört, nachdem er die Play-Taste des Abspielgeräts gedrückt hatte.

»*Praia das Marçãs, unterhalb von Colares. Es gibt viel zu bereden.*«

»*Ich hatte gehofft, daß wir uns in Deutschland treffen können, aber das BKA hat wie Dreck an meinen Hacken geklebt.*«

»*Die Fahnder sind kein Problem. Im Gegenteil, es ist immer gut, wenn man weiß, wo der Feind steht.*«

»Und wo stehen Sie?« hatte Krupka gefragt.

»Habe ich das nicht gezeigt? Das ist das Original. Es existiert keine Kopie.«

Da hatte sich die Nebentür geöffnet, und er war hereingekommen. »Ich freue mich, Sie zu sehen.«

Grimm hatte ihn angestarrt wie ein Gespenst. Er konnte sich nicht einmal erinnern, daß er seinen festen Händedruck erwiderte.

Krupka hatte seine Arme um ihrer beider Schultern gelegt. »Schön, Herr Grimm, ich bin sicher, Sie werden mit dem neuen BKA-Präsidenten hervorragend zusammenarbeiten!«

Siegfried Thom blickte schweigend auf die Trauergemeinde und sammelte sich. Er sprach frei, ohne vom Blatt abzulesen. Die leichte Sprachstörung, die ihm als scheinbare Spätfolge des Frankfurter Attentats ein so perfektes Alibi geliefert hatte, war über Nacht verflogen. Er stand voll im Saft, als habe die Kugel ihn nie erwischt. »Liebe Anwesende, es fällt mir schwer, in diesem Moment die richtigen Worte zu finden. Dies ist ein trauriger Tag für uns alle, ein Tag, den jeder fürchtet, der ein Amt wie das meine antritt. Erst eine Woche ist es her, daß ich zum Präsidenten des Bundeskriminalamtes ernannt wurde, und schon habe ich zum zweitenmal die leidvolle Aufgabe, Abschied von einem meiner besten Beamten zu nehmen ... Gregor Vandreyke war ein Mann, der wie kein zweiter Pflichterfüllung und Ehrenhaftigkeit in sich vereinte. Er besaß alles im Übermaß: Entschlossenheit, Intelligenz und Mut. Die Courage, Entscheidungen zu treffen, und jene, diese Entscheidungen auch umzusetzen. Er war kein Schreibtischhengst, er war ein Mann der Tat. Daß sein junges Leben so jäh beendet wurde, ist eine Tragödie, die uns alle mit tiefer Trauer erfüllt. Es gehört zu dieser Tragödie, daß sein Tod sinnlos war und immer unbegreiflich bleiben wird. Gregor Vandreyke wurde nur achtunddreißig Jahre alt. Er wird uns allen fehlen.«

Der Sarg wurde in die Grube gelassen.

Es war an Thom, die erste Schippe Erde zu werfen. Als er sich umwandte, sah er, daß Sophie direkt hinter ihm stand. Er schien sich vor ihrem Blick zu fürchten, doch sie starrte nur auf den Sarg, am ganzen Körper bebend.

»Geht es?« fragte Thom leise.

Sie riß ihm die Schaufel aus der Hand, stieß sie in den Erdhaufen und ließ den Sand, der sich mit dem Regen zu einer klumpigen Masse vermischt hatte, von der Schippe rutschen. Sie taumelte und spürte, wie jemand ihren Arm griff.

Es war Grimm.

Sophie schlug ihm mit der flachen Hand mitten ins Gesicht.

»Wagen Sie es nicht!« fauchte sie unter Tränen.

Sie schmiß die Schaufel in den Matsch zu seinen Füßen und bahnte sich mit schnellen Schritten ihren Weg durch die Trauergäste, die raunend eine Gasse bildeten. Lombardi folgte ihr, während Grimm stocksteif dastand, zu keiner Regung fähig.

»Machen Sie schon!« hörte er Krupkas Zischen hinter sich.

Da bückte er sich, griff nach der Schaufel und parierte.

Wolf wartete, bis außer ihm und seinen Sherpas alle vom Grab zurückgetreten waren. Als er die Schaufel nehmen wollte, hielt Pieper ihn sachte am Ärmel fest. »Nach mir. Bitte!« flüsterte er. Wolf wunderte sich, tat ihm aber den Gefallen.

Pieper nahm so schnell Abschied von seinem Freund, daß es aus der Sicht seiner Kollegen an Ignoranz grenzte. Eine Sekunde später stand er bereits auf der anderen Seite und ließ den Mann, der ihm sein Leben anvertraute, nicht aus den Augen.

Es war etwas, das er nicht greifen konnte, nicht schmecken und nicht riechen. Aber es war da. Ohne daß es ihm wirklich bewußt wurde, tastete seine linke Hand zum Rücken, wo die Sig Sauer im Hosenbund steckte. Als er den winzigen roten Punkt sah, der über Wolfs Brust zuckte und das Herz suchte, war er bereit.

Kiraly hatte gewußt, wann und wo die Chance kommen würde. Wie befürchtet, hatte sich aufgrund der Witterung das Problem mit dem Aktivlaser gestellt. Es war nicht ratsam, mit dem Signaltupfer lange herumzufuchteln, um das Ziel zu erfassen. Aus diesem Grund hatte er den Laser schon vor dem Eintreffen der ersten Trauergäste »geparkt«, und zwar auf dem roten Streifen der Kranzschleife über dem Sarg, wo er weniger auffiel als ein Blutstropfen auf einer Kardinalssoutane.

Erst als alle wichtigen Trauergäste am Sarg vorbeidefiliert

waren, hatte er die Augenhöhle gegen das Visier gepreßt. Drei Etagen unter ihm fand ein Gottesdienst statt. Kiraly hörte den Gesang. Er galt nicht Vandreyke. Für Atheisten wurde nicht gesungen.

Wolf wollte nach der Schippe mit dem Sand greifen, doch sein Pointer hielt ihn davon ab und bekam den Vortritt.

Stop! Seit wann hat ein Pointer seiner Schutzperson eine Anweisung zu erteilen? Kiralys Instinkt sagte ihm, daß er sich für den Bullen, der Wolf den Weg gebahnt hatte, schon früher hätte interessieren müssen, doch dazu war es zu spät, denn es blieben ihm nur noch Sekunden, seinen Auftrag auszuführen.

Als sein Zielobjekt die Schippe in den Sand gestochen und sich wieder aufgerichtet hatte, saß der Lasersucher direkt auf dem Herzen.

Kiralys Finger tippte gegen den Druckpunkt.

Neunhundertfünfzehn Meter pro Sekunde waren eine enorme Austrittsgeschwindigkeit. Das, was wie der eigentliche Schuß klang, war in Wirklichkeit nur der Knall, mit dem das Projektil die Schallmauer durchbrach. Zwischen dem Moment, in dem Pieper den Laserpunkt sah, und dem Aufprall der vier Gramm Geschoßmasse hatte nicht mehr als eine halbe Sekunde gelegen. Sie genügte ihm, um Wolf mit aller Wucht in die rechte Kniebeuge zu treten. Wolf verlor augenblicklich das Gleichgewicht und stürzte vornüber in das offene Grab, direkt auf den Sarg. Die Kugel zerfetzte den Engelskopf einer Gipsputte auf der Friedhofsmauer hinter ihm. Als die anderen Sherpas noch wie paralysiert waren, lag Pieper schon flach auf dem Boden, hatte die Sig Sauer im Anschlag und feuerte.

Diese Lektion würde Kiraly nie vergessen. Dreihundert Meter. Mit einer Faustfeuerwaffe! Trotzdem durchschlugen sieben in rasendem Tempo abgefeuerte Hochgeschwindigkeitsprojektile das Fenster, hinter dem er kauerte. Weitere drei spritzten dicht neben ihm von den Klinkersteinen ab. Daß er am Leben blieb, verdankte er allein seinen Reflexen. Er hatte sich sofort nach dem fehlgeschlagenen Schuß, als der Pointer die Waffe hochriß, fallen lassen, so daß zwar ein Scherbenregen auf ihn niederprasselte, er ansonsten aber unverletzt blieb.

Pieper brüllte seine Kommandos. Die Sherpas knieten vor dem Grab, in dem Wolf benommen lag, und sicherten nach allen Seiten. Die Vorschrift lautete: *sofortige Protektion der Schutzperson, schnelles Entfernen vom Tatort, um einem eventuellen zweiten Schützen keine Chance zu geben.* Doch Pieper rannte los, ohne sich weiter um Wolf zu kümmern. Er wußte ihn in relativer Sicherheit und folgte allein seinem Instinkt. Neunzig Sekunden später hatte er zusammen mit weiteren zwanzig Beamten der Sicherungsgruppe die Kirche erreicht. Eine erstaunliche Leistung für einen Mann seines Körpergewichts, der zudem die bewegungshemmende Schutzweste schleppen mußte.

Die etwa zweihundert Besucher des Gottesdienstes hatten von dem Attentat nichts mitbekommen. Als die SG in den Andachtsraum stürmte, entstand Unruhe. Der Pfarrer hob die Hände, um die Gemeinde zu beschwichtigen. Er stieg von der Kanzel und ging zu Pieper, der vorneweg gelaufen war. »Was erlauben Sie sich!« zischte er mit Blick auf die Waffe.

Pieper zeigte ihm seine Marke. »Aus diesem Haus ist gerade ein Attentat verübt worden. Der Schütze befindet sich vermutlich noch auf dem Dach. Ich muß Sie und alle Kirchenbesucher bitten, sich ruhig zu verhalten und im Saal zu bleiben. Das Gebäude ist bereits abgeriegelt.«

»Was kann ich tun?« fragte der Pfarrer nach kurzem Zögern.

»Wie gelangt man in den Glockenstuhl?«

»Der Lift ist links neben dem Portal. Sie brauchen dazu eine Chipkarte.«

»Wären Sie so freundlich?«

Pieper nickte dreien seiner Kollegen zu. Sie hatten ihn auf dem Friedhof in Aktion gesehen. Nun leisteten sie widerspruchslos seinen Anweisungen Folge. Während sie mit dem Pfarrer zum Fahrstuhl liefen, besetzten die anderen Männer die Ausgänge und bemühten sich, die Fragen, die von den Kirchgästen auf sie einprasselten, mit der gebotenen Unverbindlichkeit zu beantworten.

»Es ist das dritte Stockwerk. Darunter ist der Saal für das Presbyterium«, sagte der Pfarrer und gab Pieper die Chipkarte.

»Gibt es noch eine Treppe?«

»Nein, nur den Fahrstuhl.«

»Danke. Kümmern Sie sich jetzt wieder um Ihre Gemeinde«, sagte Pieper. Sie stiegen in die Kabine, fuhren nach oben und stoppten im zweiten Stock, wo sie den Lift arretierten, damit er von dem Attentäter, sollte er sich noch über ihnen befinden, nicht gerufen werden konnte. Combat-Stellung. Einer sicherte den anderen. Der Raum war groß und licht. In der Mitte stand ein kreisrunder Tisch mit Stühlen. Keine Nischen, kein sichtbares Versteck. Nach einer Minute gab Pieper das Signal: »Clean!« Sie betraten wieder die Kabine. Der Lift setzte sich mit einem Ruck in Bewegung.

Pieper sah die Anspannung in den Gesichtern der Männer. Keiner von ihnen hatte bisher den Ernstfall erlebt. Man hatte sie für diesen einen Moment trainiert. Doch nun erkannte er an dem Zittern ihrer Hände, daß sie um den Unterschied zwischen Theorie und Praxis wußten. Die schweren, langläufigen Smith-&-Wesson-Trommelrevolver, die sie beidhändig vor der Brust hielten, wurden nur in der Sicherungsgruppe verwandt. Sie waren die ideale Waffe für den sogenannten Deutschuß, dessen einziger Zweck darin bestand, einen Angreifer auszuschalten. Das hieß: vernichten.

Der Vorteil der Smith & Wesson gegenüber einer Pistole, wie Pieper sie benutzte, war die permanente Schußbereitschaft, ohne daß man vorher durchziehen mußte. Als Pieper vor drei Wochen in die Sicherungsgruppe eingetreten war, hatte man ihm ebenfalls zu dieser Waffe geraten, doch er hatte sich nach einem Test im Schießkino entschieden, die vertraute Sig Sauer zu behalten. Eine weise Entscheidung, denn mit dem Revolver, BKA-intern »Zimmerflak« genannt, hätte er auf eine solch große Entfernung niemals die Treffsicherheit erreichen können, die er soeben unter Beweis gestellt hatte. Die Smith & Wesson, deren Trommel außerdem nur fünf Schuß faßte, taugte für geschlossene Räume und Nahdistanzen bis zu sechs Metern. Im

Freien war sie so effektiv wie ein stumpfes Skalpell in einem Operationssaal. Jeder der drei Männer, deren Angst Pieper spürte, hatte mit dieser Waffe endlose Male auf eine Zielscheibe geballert und dabei sicher hervorragende Ergebnisse erzielt. Doch auf einen Menschen anzulegen war etwas anderes, als fünf saubere Treffer in einen schwarzen Kreis zu setzen.

Pieper bedeutete ihnen, ihre Headsets zu deaktivieren, denn das aufgeregte Geplärre der verschiedenen Kommandoführer, das in ihren Ohren dröhnte, störte die Konzentration.

»Ich zuerst«, flüsterte er, als der Lift stoppte.

Als Wolf auf den Sarg aufgeschlagen war, hatte er sekundenlang die Besinnung verloren. Die Schmerzen brachten ihn in die Welt zurück. Seine Sherpas zerrten ihn hoch, um ihn zu der Limousine zu schleifen, die mit Vollgas über den breiten Mittelweg des Friedhofs gerast war und dicht vor dem Grab gestoppt hatte. Sie warfen ihn auf die hintere Sitzbank, zwangen ihn flach auf die Polster, drückten seinen Kopf herunter und stießen in höchstem Tempo zurück. Am Ausgang mußte der Fahrer eine Vollbremsung machen, denn die anderen Kommandos hatten ihre Schutzpersonen ebenfalls panikartig in Sicherheit gebracht, so daß sich ein Stau von Panzern gebildet hatte. Als er sah, daß es kein Durchkommen gab, trat er erneut aufs Gas. Er schoß zurück in die Richtung, aus der sie gekommen waren, und hielt auf das gegenüberliegende Friedhofstor an der Zossener Straße zu. Es war verschlossen, bis auf einen kleinen Durchlaß an der Seite, der für Fußgänger gedacht war. Ohne zu zögern, benutzte er das drei Tonnen schwere Fahrzeug als Rammbock. Es riß das Tor, dessen Flügel nur von einer Kette zusammengehalten wurden, aus den Angeln. Der Wagen schlingerte über die Fahrbahn und steuerte, zwei weitere Limousinen im Schlepptau, mit aufgepflanztem Blaulicht und Sirene das Regierungskrankenhaus in Berlin-Mitte an.

Pieper trat die Tür zum Glockenraum auf. Er machte eine Hechtrolle und lag flach auf dem staubigen Boden des Gebälks, während die anderen hinter ihm in der Kabine knieten und ihm Deckung gaben.

Sie wechselten stumme Signale und checkten, die Rücken dicht an der Außenmauer, jeden Zentimeter. Es dauerte nur wenig mehr als zwei Minuten, bis sie sicher waren, daß es dem Attentäter gelungen war, noch vor ihrem Eintreffen nach unten zu verschwinden. Was sie sahen, war ein Stilleben. Das Arctic-Warfare ruhte vor der zerplatzten Fensterscheibe auf dem Dreibein. Daneben lagen der Feldstecher und die Isomatte, auf welcher der Täter vermutlich die Nacht verbracht hatte. Pieper untersuchte kurz die Fußspuren auf dem staubigen Boden. Jene, die nicht von ihren eigenen Stiefeln stammten, waren glatt und profillos wie die Abdrücke von Ballettschuhen.

Keine Haare, keine Faseranhaftungen, nichts. Schlaues Kerlchen, der Hurensohn hat an alles gedacht. Das, was Pieper vor etwas mehr als einem Monat über das Attentat auf dem Rhein-Main-Flughafen gesagt hatte, würde auch für diesen Tatort gelten, flüsterte der kleine Mann in seinem Hinterkopf. Sicher, der Unterschied war, daß der Killer die Waffe und das Fernglas hatte zurücklassen müssen. Doch Pieper gab sich nicht für eine Sekunde der Illusion hin, daß die überhastete Flucht der Grund dafür gewesen war. *Ein Mann, der die Fähigkeit besitzt, einen solchen Plan auszuarbeiten, hat mit Sicherheit einkalkuliert, daß wir, ob der Schuß erfolgreich war oder nicht, in allerhöchstens einer oder zwei Minuten hier sein würden. Also ist das Gewehr eine Jungfrau.*

Pieper verschwendete schon jetzt, wo die Waffe direkt vor ihm lag, keinen Gedanken mehr an die Arbeit der Ballistik und der Spurensicherung. Ihn beschlich vielmehr die Ahnung, daß der Mann, mit dem sie es zu tun hatten, von anderem Kaliber war als jener, der so freundlich gewesen war, ihnen in Frankfurt einen Ohrmuschelabdruck zu hinterlassen.

Nüchtern betrachtet gab es nur zwei Möglichkeiten: Entweder war es dem Täter gelungen, die Kirche vor dem Eintreffen der SG-Beamten zu verlassen, oder er befand sich noch im Haus. Die Fahrt mit dem Lift hatte zirka vierzig Sekunden gedauert. Von ganz unten bis ganz oben. Pieper hatte die Zeit mitgestoppt und den Zwischenaufenthalt im zweiten Stock subtrahiert. *Vierzig Sekunden! Angenommen, er hätte den Lift blockiert und wäre sofort hinuntergefahren ... Dann wäre es möglich gewesen, rechtzeitig aus der Kirche rauszukommen. Von den Besuchern des Gottesdienstes hätte keiner was mitgekriegt, denn der Lift liegt in ihrem Rücken, gleich am Eingang. Andererseits wimmelt es draußen schon den ganzen Tag überall von SG. Es wäre riskant gewesen. Und der hier scheint mir einer zu sein, der sich mit Risiken auskennt ...*

Die Kollegen forderten über Funk die Tatortgruppe an, indes Pieper bereits wieder nach unten fuhr. Er betrat den Andachtsraum. Zweihundert Menschen. Einer von ihnen konnte der sein, den er suchte. Oder war es eine Frau? Pieper war nicht unbedingt ein Macho. Doch in der Geschichte politischer Auftragsattentate gab es keinen einzigen Fall, in dem man es mit einer Killerin zu tun gehabt hatte. Ein *Er*, Pieper legte sich fest.

Der Mann, der in der drittletzten Bankreihe saß, hatte ein paar schüchterne Haarsträhnen über seine Glatze gebürstet. Die dickrandige Brille, die halb die Augenbrauen bedeckte, war mit Hansaplast geflickt. Er war von unbestimmtem Alter, eher in den Fünfzigern als jünger. Der Anzug war zerschlissen und billig und spannte über dem Bauch. Das linke Bein schien kürzer zu sein als das rechte, denn der Fuß steckte in einem klobigen orthopädischen Schuh. Er stützte sich auf einen Krückstock, während sein Blick unmerklich Jan Pieper folgte, der langsam durch die Bankreihen ging und jedem einzelnen Kirchenbesucher ins Gesicht sah. Seine Kollegen waren damit beschäftigt, die Personalien aufzunehmen. Es herrschte ein Stimmengewirr wie auf einem Basar.

Kiraly hatte die Maske schon am frühen Morgen angelegt. Überleben war für ihn eine Frage der Perfektion, in jeder Hinsicht. Er war in viele Geheimnisse eingeweiht, auch in jene der Mimikry. Der Anzug hatte besondere Raffinesse, denn er war von der Art, wie Bühnenschauspieler oder Artisten, deren Arbeit rasche Rollenwechsel erforderten, sie benutzten. Statt Nähten besaß er Klettverschlüsse, die sich mit einem einzigen Ratsch lösen oder auch in Sekundenschnelle schließen ließen. So war es ihm noch im Fahrstuhl gelungen, den Plastikoverall unter seiner »Künstlergarderobe« verschwinden zu lassen. Nur für die Schuhe, welche die papiernen Überzieher für die Füße bedeckten, hatte er einen Moment länger gebraucht. Doch daß er die Schnürsenkel erst band, als er schon auf seiner Bank gesessen hatte, war niemandem aufgefallen.

Dem Gedanken, erneut versagt und sein Ziel verfehlt zu haben, gab er keinen Raum. Seine ganze Konzentration galt Pieper. Die anderen Beamten waren ihm völlig gleichgültig. *Eins fünfundneunzig*, schätzte Kiraly, als er ihn vorsichtig taxierte. *Nicht austrainiert, sicher fünfzehn Kilo zuviel*. Das war beunruhigend, denn die Vorstellung, dieser Mann, dessen Fähigkeiten er so eindrucksvoll zu spüren bekommen hatte, könne ihm eines Tages in topfittem Zustand gegenübertreten, weckte keine Begehrlichkeit in ihm. Als er Vandreyke auf dem Schiffsdeck begegnet war, hatte er in ihm den gleichwertigen Gegner erkannt. Daß er noch lebte und der andere in einem Sarg lag, war nur dem glücklichen Umstand zu verdanken, daß Kiraly das Überraschungsmoment auf seiner Seite gehabt hatte. Dennoch war er mehr tot als lebendig aus dem Hafenbecken gekrochen. Ihr Kampf war von unvorstellbarer Härte und Intensität gewesen. Drei Leichen. Eine davon war Czarnys »Zwilling«. Nun wurde ihm bewußt, daß auch Vandreyke einen Zwilling besaß. Eine solche Reaktion, dazu die hohe Schußfrequenz und die Treffsicherheit, kannte er nur von den Videoaufnahmen, die er regelmäßig von seinem eigenen Training erstellte, um seine Reflexe zu überprüfen. Da er nicht dazu neigte, sich in die Tasche zu lügen, mußte er zugeben, daß er nicht einmal sicher war, ob seine Kunst der dieses Mannes, den nur noch zwei Bankreihen von ihm trennten, ebenbürtig war. Dieser Gedanke ließ Furcht in ihm hochkriechen, denn in weniger als einer Minute würden sie einander in die Augen sehen. Dann würde sich erweisen, was die Tarnung, die er so akribisch geplant hatte, wert war.

Pieper blieb vor ihm stehen. Er sah auf den Mann herab, dessen Hand am Krückstock zitterte. »Würden Sie mir Ihren Namen nennen?«

Kiraly starrte ihn nur an, sein Kopf wackelte ängstlich.

Die junge Frau, die neben ihm saß, legte beruhigend eine Hand auf seine Schulter und sprach an seiner Stelle: »Mein Onkel kann Sie nicht verstehen. Er ist Rumäne und nur für ein paar Tage bei mir zu Besuch. Wenn Sie möchten, kann ich für Sie übersetzen.«

»Fragen Sie ihn bitte, ob ihm ein Mann aufgefallen ist, der während der Predigt den Andachtsraum betreten hat.«

Die Frau übersetzte. Kiraly antwortete auf rumänisch und wackelte dabei immer stärker mit dem Kopf. »Er hat nichts gesehen, und ich auch nicht. Verzeihen Sie, aber er ist schrecklich aufgeregt, weil ihm die vielen Polizisten angst machen. Mein Onkel kennt das noch aus der Zeit von Ceauşescu. Die Geheimpolizei hat ihn tagelang grundlos verhört und gefoltert. Er ist ein sehr kranker Mann«, sagte die Frau.

Sie strich Kiraly sanft über die Wange und flüsterte ihm zärtlich etwas zu. Pieper zögerte, dann sagte er: »Entschuldigen Sie bitte die Unannehmlichkeit. Die Kollegen nehmen nur noch die Personalien auf, dann können Sie gehen.«

Kiraly rückte mit seinem Ohr nah an das der jungen Frau, um der sinnlosen Übersetzung zu lauschen, indes er noch immer die Energie fühlte, die von Pieper ausging, jene Kraft, die ihn zittern ließ, ohne daß er sich groß bemühen mußte. *Ich weiß nicht, wie alt ich werde, und nicht, wie alt du wirst. Aber dieser Moment wird bleiben. Sollten wir uns jemals wiedersehen, so werden wir uns beide daran erinnern. Möge es nie geschehen.*

Die Aufnahme der Personalien war schnell erledigt. Der falsche Reisepaß, den Kiraly mühsam aus seiner Jacke fingerte, war von einwandfreier Qualität. Seine Begleiterin hatte dem Beamten bereits ihren korrekten Personalausweis ausgehändigt. Daran würde nichts zu beanstanden sein, denn sie war weder vorbestraft noch sonstwie auffällig geworden und hatte eine feste Arbeitsstelle als Sekretärin in einer Berliner Spedition. Daß es sich dabei um eine verdeckte Tochterfirma der SAVOK AG handelte und die Frau keine Sekretärin, sondern Spezialistin für operative Unterstützung war, stand in keiner Datei, fand sich in keinem Register.

Sie sah auf ihre Armbanduhr. »Verzeihung«, sagte sie zu dem Beamten, als dieser etwas ratlos Kiralys rumänischen Reisepaß studierte, »aber mein Onkel muß in drei Stunden zurück nach Bukarest fliegen. Er wird dort von einer Krankenschwester erwartet, die ihn in sein Pflegeheim bringt. Es wäre wirklich sehr freundlich, wenn wir gehen könnten.«

»Natürlich.« Der Beamte gab Kiraly seinen Paß zurück. »Danke für Ihr Verständnis, angenehme Heimreise.«

Die Frau nickte Kiraly zu. Er ließ sich von ihr beim Aufstehen helfen und hakte sich ein, während er, die freie Hand auf den Stock gestützt, zum Ausgang humpelte. Draußen standen Dutzende Polizeifahrzeuge. Niemand achtete auf sie, als sie brav an der Fußgängerampel warteten, bis es Grün wurde, dann die Straße überquerten und sich in den Fiat Punto setzten, den die Frau auf einem Behindertenparkplatz abgestellt hatte. Sie fuhren über die Skalitzer Straße, kreuzten die Spree auf der Oberbaumbrücke und waren fünf Minuten später in der kleinen Wohnung am Ostbahnhof, die von der Spezialistin vor einer Woche angemietet worden war.

»Das war sehr gute Arbeit von Ihnen«, sagte Kiraly und ging ins Bad, um die Maske abzunehmen und sich umzuziehen. Er sah, wie die junge Frau ihm folgte. Sie hielt ihre linke Hand unter fließendes Wasser. Blut lief in den Ausguß. Sie sagte kein Wort und legte nur die beiden Splitter in die Seifenschale. Es waren Spuren des Glasregens, der im Glockenstuhl auf Kiraly niedergegangen war. Er hatte sie in der Hektik übersehen. Sie nicht. Es war ihr in der Kirche, als sie ihrem »Onkel« beruhigend über Schulter und Wange strich, geglückt, die verräterischen Indizien zu entfernen, ehe Pieper darauf aufmerksam werden konnte.

»Danke«, murmelte Kiraly, der sich im stillen dafür verfluchte, daß es diesem SG-Beamten gelungen war, ihn so sehr aus dem Konzept zu bringen, daß er die einfachsten Regeln der Spurenvernichtung mißachtet hatte. Noch nie, niemals, war er so verwirrt gewesen wie nach der einen Sekunde, in der Wolfs Pointer nicht nur das Leben seiner Schutzperson gerettet, sondern gleichzeitig Kiraly lokalisiert und das Feuer auf ihn eröffnet hatte.

Dreihundert Meter. Ich glaube es immer noch nicht.

»Kann ich noch etwas für Sie tun?« fragte die Frau.

Kiraly schüttelte den Kopf. »Sagen Sie Ihrem Kontaktmann, daß ich mich melden werde.« Er griff in die Reisetasche, die er gestern hier deponiert hatte, und zog ein dickes Bündel Fünfhunderteuroscheine hervor.

»Man hat mich schon bezahlt«, sagte sie verwundert.

»Nicht gut genug«, erwiderte er, legte das Geld in ihre Hand und ging.

Drei Sherpas sicherten die Tür des Ambulanzzimmers, in dem Wolf versorgt wurde. Sie machten Platz für Pieper, der die Tür hinter sich schloß. Der Arzt war schon gegangen. Wolf hockte auf einer Pritsche und knöpfte sich mühsam das Hemd zu.

»Schön, Sie zu sehen, Herr Präsident«, sagte Pieper.

»Für dich ab jetzt Richard«, erwiderte Wolf mit einem schiefen Lächeln. »Das ist eine alte Tradition bei mir. Gregor hat sie eingeführt.«

Pieper gab das Lächeln kurz zurück, dann wurde er wieder ernst. »Hab ich dir was gebrochen?«

»Zwei Rippen, und das Kreuzband ist angerissen. Wenn ich das Bein schone, komme ich vielleicht um einen Gips herum.«

»Solange dir noch was weh tut, ist alles in Ordnung.«

»Okay, zum Geschäft: Habt ihr ihn erwischt?«

Pieper schüttelte den Kopf. »Er hat sich unsichtbar gemacht wie ein Regentropfen in einer Pfütze. Ich glaube nicht, daß er noch in der Kirche war. Der ist eiskalt einfach rausspaziert.«

»Was ist?« fragte Wolf, als er Piepers nachdenkliches Gesicht sah.

»Krakau. Das Attentat auf Pallucci. Ist nur so eine Ahnung, aber es könnte sein, daß wir heute einen alten Bekannten wiedergetroffen haben. Die Handschrift paßt. Und der Schuß war wirklich nicht von schlechten Eltern.«

»Habt ihr die Waffe?«

»Klassische Jungfrau, abgehakt. Außerdem glaube ich kaum, daß das Tatortkommando sich überschlägt. Dafür wird Thom schon sorgen. Aber weißt du, was interessant ist? Der Gewehrstutzen war auf einen Linkshänder justiert. Unser Freund in Krakau hat mit rechts abgedrückt.«

»Also doch ein anderer Mann?«

»Nicht unbedingt. Und damit sind wir in Hamburg. Auf dem Schiff sind fünf Schüsse gefallen. Vier aus der Glock mit Schalldämpfer. Zwei davon waren für Ines und Saizew. Gregor hat es mit der Heckler & Koch erwischt. Also fehlen zwei Projektile. Die KT hat sie nirgendwo gefunden. Aber die Glock lag direkt neben Gregor.«

»Du denkst, er hat unserem Mann ein Andenken hinterlassen ...?«

»Exakt. Mindestens eine Kugel. Damit mußte er durch die Elbe, vermutlich mit einem Tauchschlitten. Keiner der umliegenden Kais, dazu war er zu intelligent. Also quer durch die Fahrrinne. Dann hat er einen Arzt gebraucht. Eine .9-mm-Parabellum reißt ein ziemliches Loch. Der hat geblutet wie ein Schwein. Trotzdem hatte er einen verdammt guten Schutzengel, denn es wurden keine Knochen und keine Organe verletzt, sonst hätte er den Auftrag für den Friedhof niemals annehmen können. Arme, Beine oder Schulter ...«

»Die rechte Schulter.«

»Ja. Darum mußte er seine Schußhaltung ändern.«

»Drei Wochen ...«, murmelte Wolf bedächtig. »Reicht das, um so eine Verletzung auszukurieren?«

»Der Junge ist hart, mit dem müssen wir rechnen. Wenn du noch Präsident wärst, würde ich sagen: alle einschlägigen Ärzte im Raum Hamburg checken! Aber dazu fehlt uns die Manpower. Fragt sich bloß, wer ein so großes Interesse an deinem Tod hat ... Krupka?«

»Der Gedanke liegt nahe. Aber ich glaube es nicht. Sie haben mich geschaßt, ich bin kein Gegner mehr, den sie ernst nehmen.«

»Wer dann?«

»De la Peña.«

Pieper sah ihn ungläubig an. »Wieso denn das?«

»Enrique Hierro war sein Freund. Ich habe ihn ans Messer geliefert.«

»Der Staatssekretär, der sich angeblich erhängt hat?«

Wolf nickte. »Wahrscheinlich hat de la Peña Krupka um den kleinen Gefallen ›gebeten‹. Der wollte sich keinen Fehler leisten, dazu ist das Geschäft mit Cuevo zu wichtig. Darum hat er seinen besten Mann geschickt. Ich denke, du hast recht mit deiner Theorie: Heute sind wir dem Mann sehr nahe gewesen, der Gregor und Ines Broszat getötet hat. Nicht so nah, wie er es wollte. Aber nah genug für mich«, sagte er stöhnend und mühte sich mit dem letzten Hemdknopf ab.

»Laß mich das machen.« Pieper half ihm.

»Weiß Sophie es schon?« fragte Wolf.

»Auf dem Friedhof war sie nicht mehr. Aber die Nachrichten sind natürlich voll davon.« Es tat ihm weh, die Enttäuschung in Wolfs Gesicht zu sehen. *Nicht mal nach seinem Schlaganfall hat sie ihn besucht. Und es stand nicht gut um ihn, das wußte sie.* »Vielleicht hat sie versucht, dich zu erreichen, aber man hat sie nicht durchgelassen«, sagte er hilflos.

»Eine Bitte für die Zukunft«, erwiderte Wolf, während er sich ächzend aufrichtete. »Du machst mir nichts vor, und ich dir nicht. Einverstanden?«

Pieper nickte stumm.

VIER

Sie überflogen die nächtliche City. Unter ihnen wand sich der atmende Körper aus flüssigem Neon, aus dem irisierende Tentakel sich schlängelten, als sei die Stadt eine feuerfarbene, pulsierende Qualle. Ein riesiges, träges Tier, das in einem Ozean aus Finsternis schwamm, in dem ansonsten kein Leben war.

Siegfried Thom wandte den Blick vom Fenster ab. Franz Krupka saß neben ihm im hinteren, von der Pilotenkanzel abgetrennten Teil des Helikopters. Der Innenstaatssekretär hatte seinen Hemdkragen geöffnet und rieb sich über die rotgeränderten Augen. Seine Stimme klang müde und abgekämpft. »Die letzte gottverdammte Lieferung war nichts als beschissenes Milchpulver! Was denkt dieser Maisfresser eigentlich, wie er mit uns umspringen kann?!«

Thom schwieg. Zwar hatte er es nie so lautstark kundgetan wie der bekannte Altkanzler, der als junger Mann am Tor des Bonner Kanzleramtes gerüttelt und gerufen hatte: »Ich will da rein!« Trotzdem hatte er seit seinem ersten Tag im BKA nur ein Ziel gehabt: die Chefetage. Den Weg dorthin hatte er immer mit der Erklimmung eines Achttausenders verglichen, die äußerste Fitneß verlangte. Als Krupka ihm vor einem Jahr das Angebot gemacht hatte, die Expedition zu finanzieren und ihm seinen Lebenstraum zu erfüllen, war daran eine klare Bedingung geknüpft gewesen: Aufstieg ja, aber kein Durchmarsch! Keine Atemmaske oder sonstiger Schnickschnack. Die Finger sollte er in den Fels krallen, in das schartige Geröll, und sich mit blutigen Händen langsam nach oben arbeiten, bis auf dem Gipfelkreuz der Lohn warten würde. Irgendwie war es Thom gelungen, sich einzureden, daß Krupka ihn, sobald er seinen Teil der Abmachung eingehalten hatte, nicht länger zwingen würde, Dreck zu fressen. Denn genau das war es für ihn: Dreck. Er war nicht über Nacht zum Verbrecher und Königsmörder geworden, litt nicht an plötzlicher Amnesie, die ihn vergessen ließ, daß er diejenigen, deren Partner er nun war, zuvor bekämpft hatte. Nur, daß er diesen Teil des Kontrakts einfach ausblendete. *Der eigene Furz riecht immer gut.* Das funktionierte auch bei ihm. Es war eine nüchterne Kosten-Nutzung-Rechnung gewesen. Wolf selbst hatte ihm, als Thom schon die Todeszone erreicht hatte, mit der Beförderung zum Abteilungsleiter ZD ein komfortables Basislager für die Erstürmung des Gipfels errichtet. Doch die senkrechte Eiswand, die ihn noch von seinem Ziel trennte, konnte er nur überwinden, wenn Langheinrich ihm Steigeisen, Pickel und ein Sauerstoffgerät zugestand. Und der Herr über Langheinrichs Entscheidungen war nur einer: sein Staatssekretär Krupka.

Dem schien es an der Zeit, seinen Satrapen daran zu erinnern: »Siegfried, das ist kein Spiel. De la Peña hat uns eine Botschaft geschickt: Wenn wir ihm die Raketen nicht liefern, sitzen wir demnächst auf dem trockenen. Noch sind die Depots voll, aber irgendwann ist Ebbe. Nix, niente, nada! Wir brauchen die Grails. Ich weiß nicht, wo wir sie herkriegen, aber wir sind am Arsch, wenn uns nicht bald was einfällt!«

Uns. Wir. Das war es, was Thom angst machte.

»Ich habe heute den Bericht der KT gekriegt«, sagte er vorsichtig. »Keine brauchbaren Spuren. Aber die Laborierung, die der Attentäter benutzt hat, ist interessant: Sie gehört zur Standardausrüstung der ungarischen Armee ...«

»So?« fragte Krupka wie nebenbei.

»Vielleicht kannst du mir ja helfen. Die Fahndung nach dem Schützen bindet momentan eine zwanzig Mann starke SoKo. Lohnt sich der Aufwand?«

Krupka antwortete nicht sofort. *Er weiß nicht, daß es de la Peñas persönlicher Wunsch war. Kiralys Versagen. Könnte das der Grund für die Milchpulverlieferung sein? Scheiße, nein! Einen Mann in einer solchen Sicherheitsstufe zu erwischen, ist reine Lotterie, wenn du's nicht mit einer Kamikazeaktion machst. Das weiß de la Peña genausogut wie ich. Wenn der Kanzler Langheinrich in der Sache nicht unter Druck setzen würde, hätte ich dem Alten seine Sherpas und die Panzer längst weggenommen. Von mir aus könnte er auf einem Fahrrad durch die Gegend karriolen!*

»Das Schutzkommando steht ihm gesetzlich zu«, hatte der Innenminister ihn zurechtgewiesen, nachdem Krupka sich richtig ausgekotzt hatte.

Ich pisse auf das Gesetz! Und de la Peña auch!

»Wie gesagt, zwanzig Mann. Ich würde gerne wissen, ob das Sinn macht«, sagte Thom, der noch immer auf Krupkas Antwort wartete.

»Ich bin kein Hellseher.«

»Nein, aber du bist der mächtigste Mann Deutschlands.«

Wie schmeichelhaft. Und nicht mal gelogen. »Wolf war eine Ewigkeit BKA-Präsident und davor Chef der Terrorismusbekämpfung. Es gibt viele, die noch eine Rechnung mit ihm zu begleichen haben, aber wenige, die ihn so gut kennen wie du. Also sag mir lieber, was er machen wird. Ist er so fertig, wie er aussieht? Oder spielt er nur Theater?«

»Ich will wissen, ob du was mit dem Anschlag zu tun hast!« sagte Thom mit Aplomb, nicht länger gewillt, sich zum Narren halten zu lassen.

»Weißt du …«, antwortete Krupka gedehnt, »ich sehe dich immer noch bei deiner Amtseinführung auf dem Podium stehen. Dein eleganter maßgeschneiderter Anzug, das Einstecktuch passend zur Krawatte, die Schuhe, die geglänzt haben, als ob du sie mit Spucke poliert hättest … Das war sicher der größte Tag in deinem Leben, und du hast ihn genießen dürfen, weil du nie die falschen Fragen gestellt hast. Du warst so sentimental, ich hab gedacht, du fängst gleich an zu heulen. Als ich das letzte Mal sentimental war, kostete eine Kugel Eis noch zehn Pfennig. Und jetzt gib mir gefälligst eine Antwort!«

»Ich weiß es nicht. Der Schlaganfall, und jetzt die Sache auf dem Friedhof … Er ist ein zäher Knochen, aber ich bezweifle, daß er uns was vorspielt«, sagte Thom resigniert.

Es schien Krupka vorerst zufriedenzustellen. Er puhlte einen Zigarrenkrümel aus den Zähnen und sah mit einem Blick aus dem Fenster, daß der Anflug auf Schönefeld begonnen hatte.

Dort würden sich ihre Wege trennen. Während Siegfried Thom mit einer Linienmaschine nach Wiesbaden zurückkehrte, wartete auf Krupka sein Privatjet. Vor ihm lagen drei freie Tage in Lissabon. Er hatte sie sich redlich verdient.

»Ich bin übers Wochenende in Portugal«, sagte er. »Stör mich dort nicht. Es sei denn, jemand hätte versucht, dich zu töten.«

Thom war blaß geworden.

»Warum lachst du nicht?« fragte Krupka. »Das war ein Witz.«

Kiraly lag seit einer Stunde bis zum Hals im Schlamm. In dem mit Jugendstilelementen verzierten Seitenflügel des Széchenyi-Bades, östlich des Budapester Heldenplatzes, war eine komfortable Kabine für ihn reserviert. Seit seiner Rückkehr aus Berlin kam er jeden Tag hierher und fühlte, wie die jod- und kieselsäurehaltige Erde seine Schulter heilte.

»Niemand macht Ihnen einen Vorwurf. Sie waren perfekt. Ich habe selbst gesehen, was passiert ist«, hörte er die Telefonstimme von Görtz.

»Nicht *ich* war perfekt. Was wissen Sie über den Mann?« fragte Kiraly.

»Er hat zu Wolfs Guerillatruppe gehört. Er und Vandreyke waren Freunde.«

»War er in Krakau?«

»Nein, aber in Bremerhaven, Paris und Luxemburg. Vergessen Sie ihn. Der Alte ist fertig. Wir haben nichts mehr von ihm zu befürchten, genausowenig wie von seinem neuen Sherpa.«

»Besorgen Sie mir seine Akte. Ich will alles über ihn wissen!«

»Ich sage Ihnen doch: Er kommt Ihnen nicht mehr in die Quere.«

»Schicken Sie mir die Akte!«

Kiraly legte auf. Er sah, wie die hübsche Masseurin hereinkam, um ihn abzuduschen. Danach würde sie ihn eincremen und sanft verwöhnen. Vielleicht würde er dann aufhören, an den zu denken, der sich in seinem Kopf eingenistet hatte wie ein Parasit.

»Der Täter ist also noch nicht ermittelt?« fragte der Kanzler.

Langheinrich schüttelte den Kopf. »Das BKA arbeitet auf Hochtouren. Ich habe Thom persönlich angewiesen, die Ermittlungen mit größtmöglichem Einsatz voranzutreiben.«

Hettmer sah aus dem Fenster. Das Regierungsviertel war in der Nacht so lebendig wie sein Leguan bei Temperaturen um den Gefrierpunkt. »Verdammte Schweinerei, das Ganze! Ich habe heute drei Interviews gegeben, und jedesmal ging es nur um Wolf und das Attentat. Es wäre schön, wenn ich zur Abwechslung mal wieder zum Regieren käme. Freitag bin ich in Peking, ich habe keine Lust, auch dort noch von deutschen Journalisten auf die Sache angequatscht zu werden.« Er drehte sich zu Langheinrich um, der einen seltsam abwesenden Eindruck machte. »Wolf war ein guter Mann. Einen solchen Abgang hat er nicht verdient. Trotzdem will ich nicht verhehlen, daß es mir das Leben einfacher macht. Sein ständiges Gemäkel an der geplanten Novellierung des Geldwäschegesetzes hat die Zusammenarbeit in der Koalition nicht unbedingt beflügelt. Andererseits ... jetzt hat sich die Presse schon auf uns eingeschossen. Warum lassen wir in puncto Geldwäsche nicht alles beim alten? Wir verkaufen unseren Sinneswandel zähneknirschend als Opfer und kriegen dafür die Zustimmung für die Rentenkürzung. Sind wir ehrlich: Von einer Lockerung des alten Gesetzes profitiert letztlich sowieso nur die Mafia.«

»Du weißt, ich widerspreche dir ungern, aber ich glaube nicht, daß wir jetzt noch einen Rückzieher machen können. Eine Änderung unserer Haltung würde in den Medien als Schwäche ausgelegt werden. Gut, vielleicht reißt es die Koalition auseinander. Aber dann gehen wir wenigstens nicht als Memmen in die Neuwahlen. Was Wolfs Qualitäten angeht, gebe ich dir allerdings recht. Allein sein Versuch, Karlsruhe die Zuständigkeit für die Organisierte Kriminalität zuzuschustern ... Das war clever von ihm, und er hatte vollkommen recht!«

»Nur stellt sich jetzt die Frage nach Steindorffs Nachfolger.«

»Ich würde sagen, die Justizministerin hat das Recht der ersten Nacht«, antwortete Langheinrich vorsichtig, denn er wußte, daß Hettmer genau diese Reaktion von ihm erwartete. *Aufpassen, gleich kommt die Steilvorlage!*

Der Kanzler nahm den Querpaß wie vorausgesehen auf und spielte seinem Kronprinzen den Ball zurück. »So sexy finde ich sie nun auch wieder nicht«, sagte er. »Hast du einen Vorschlag?«

»Nach so einem Desaster ist es immer gut, wenn man jemanden nimmt, der den Laden kennt. Ich denke da an Susanne Voigt, Steindorffs Referentin. Die Qualifikation hat sie, auch das richtige Parteibuch. Zwar will sie für den nächsten Bundestag kandidieren, aber der weiche Sessel in Karlsruhe dürfte verlockender sein als die harte Hinterbank im Plenum.«

»Voigt ... kriegen wir die mit Anstand durch die Fraktion?«

»Die Badenser stehen hinter ihr.«

»Die Badenser ... das ist ja eine gewaltige Hausmacht«, murmelte der Kanzler ironisch. »Tut mir leid, Verehrtester. Vielleicht taugt sie etwas, aber ich fürchte, da müssen wir uns was anderes einfallen lassen.« Er legte Langheinrich eine Hand auf die Schulter. »Josef, du hast eine schwere Zeit hinter dir. Ich weiß, daß du seit dem Tod deiner Frau noch keine Minute für dich hattest. Mach ein paar Tage frei, erhol dich, spiel ein bißchen Golf.« Er lächelte. »Ich habe auch damit angefangen. Aber ich fürchte, ich habe für das Spiel das gleiche Talent wie meine Frau fürs Kochen. Glaub mir, der Tag, an dem wir uns zum erstenmal eine Haushälterin leisten konnten, war der schönste meines Lebens.«

Er lachte, und Langheinrich folgte der Pflicht, darin einzustimmen.

Der Helikopter hatte Thom auf dem Rhein-Main-Flughafen in Empfang genommen. Zwei Mann sicherten die Maschine, nachdem sie auf dem Dach des BKA-Hauptgebäudes gelandet war. Als die Fahrstuhltür einschnappte, spürte er die Anspannung noch stärker als zuvor, wo er seinen Sherpas den souveränen Präsidenten vorgespielt hatte. Er schloß die Augen. Alles, was er sah, war Krupkas wutverzerrtes Gesicht. »*Was denkt dieser Maisfresser eigentlich, wie er mit uns umspringen kann!*« Der Lift setzte sich in

Bewegung. Thom hatte nie zur Klaustrophobie geneigt. Jetzt kam ihm die Kabine vor wie eine Zelle. »*Als ich das letzte Mal sentimental war, kostete eine Kugel Eis noch zehn Pfennig!*« So oft hatte er sich gefragt, wie der Moment des Triumphes sich anfühlen würde. Jetzt wußte er es. Auf dem Gipfelkreuz, das zu erklimmen ihm mit so viel Mühe gelungen war, hatte nicht der dressierte und mächtige Bundesadler gehockt, vor dem von nun an alle zittern würden. Statt dessen hatte ein dünnes Fähnchen im Wind geflattert, darauf das hingekritzelte Wörtchen »Präsident«. Das war sein Lohn gewesen. Ein Titel ohne Wert. Die Macht, die Wolf besessen hatte, war fremder und unerreichbarer als je zuvor. Selbst als Gruppenleiter OA war er in seinem Wollen freier gewesen als nun, wo Krupka, dessen Handschrift das Fähnchen trug, die Entscheidungen traf, die er, Thom, nur noch exekutieren durfte.

Er fuhr gleich ins Erdgeschoß und ging durch die Beamtenlaufbahn hinüber zum Seitentrakt. Draußen war es stockdunkel bis auf die grünblinkenden Kästen der Bewegungsmelder, die jeden verirrten Hasen registrierten. Er meldete sich beim Haussicherungsdienst ab, damit man wußte, wo er war, und nahm die Treppe zum Schwimmbad.

Das Telefon in der Umkleidekabine läutete, als er gerade die Schuhe ausgezogen hatte.

»Na, Herr Präsident, ist uns nach einem kleinen Entspannungsbad?« hörte er die spöttische Stimme von Gernot Falcke. Sie klang so nah, daß man denken konnte, er befände sich im gleichen Haus und nicht in La Paz, am anderen Ende der Welt.

»Bist du verrückt, mich hier unten anzurufen!«

»Reg dich ab, die Leitung ist kryptiert.«

»Gibt's was Besonderes?« Thom wollte nur noch seine Ruhe.

»Unschöne Sache, das auf dem Friedhof. Reine Jubelarien hat das hier nicht ausgelöst ...«

»Was hat La Paz damit zu tun?«

»Du bist doch sonst nicht so schwer von Begriff.«

Da erst fiel der Groschen. *Bin ich schon so durcheinander, daß mein Verstand nicht mehr funktioniert? De la Peña. Rache für Hierro.*

»Was habt ihr euch vorgestellt – daß das einfach flutscht?« fragte er.

»Es flutscht nie so, wie man will. Muß ich *dir* das extra sagen ...?«

Nein, mußt du nicht. Ich lebe seit fünfundzwanzig Jahren damit.
Der Tag im Hochsommer. Thom und Falcke waren zwei Jungspunde in der Abteilung Terrorismus. Die Rasterfahndung hatte ihren Trupp nach Augsburg geführt. Ein Haus in der Radetzkystraße, dicht am Lech. Dort vermutete man eine konspirative Wohnung der RAF. KW nannten sie so etwas. *Wir haben für alles Abkürzungen. Nur nicht für die schlaflosen Nächte.* Der entscheidende Rasterpunkt war der Briefkasten an der Vordertür gewesen. Die RAF-Leute verwendeten einen Magneten, mit dem sie die Wohnungsschlüssel unter dem Blech des Kastens anhefteten, wenn sie das Haus verließen. Das Risiko, in eine Kontrolle zu geraten und das BKA über den Schlüssel zu der KW zu führen, war einfach zu groß. Sechs Mann hatte ihr Referatsleiter auf das Haus angesetzt, nachdem ein Postbote den Magneten durch Zufall entdeckt hatte. Vier im Hausflur, um bei Entnahme des Schlüssels unmittelbar zugreifen zu können, zwei weitere im Hinterhof, wo es einen separaten Eingang gab. Diese beiden waren Thom und Falcke. Es war eher unwahrscheinlich, daß der Wohnungsinhaber die Hintertür wählen würde, aber man wollte auf alles vorbereitet sein. Schon mehrmals war es in ähnlichen Situationen zu Schußwechseln gekommen, bei denen es auf beiden Seiten Tote gegeben hatte.

»Killfahndung« nannte es die RAF, »Killverteidigung« das BKA.

Elf Stunden lagen sie schon in Stellung. Der Tag war brütend heiß gewesen, selbst um Mitternacht hatte es noch dreißig Grad. Sie schwitzten in ihren Schutzanzügen wie die Tiere. Über dem Lech, dessen enger Kanal direkt hinter dem Haus verlief, dampfte der Gestank der Kloake. Es war die Hölle.

Der Mann, auf den sie gewartet hatten, benutzte den Hintereingang. Thom war noch zu unerfahren, das wurde ihm zum Verhängnis. Er kam aus seiner Deckung hoch, ehe das Zielobjekt an der Tür war. Der Terrorist fuhr herum. Thom feuerte sofort. Ein Reflex, geboren aus der maßlosen Wut, einen Tag und eine halbe Nacht *nur wegen dem da* in diesem stinkenden Loch gekauert zu haben. Danach war er wie betäubt. Es blieben zehn Sekunden, bis die Kollegen vom Vorderhaus bei ihnen ankamen. Falcke hatten sie genügt. Er war zu dem Toten gerannt, hatte ihn kurz abgetastet, die Walther PPK gefunden, sie mit einem Taschentuch herausgezogen und sie ihm in die Hand gedrückt.

Damit war es ein klarer Fall von Notwehr.

Thom hätte die Wahrheit sagen müssen, es hätte ihm vermutlich nicht einmal geschadet, denn das Strafgesetzbuch kannte den Begriff des *Notwehrexzesses*, den man dem Schützen zugestand, wenn er unter Schock oder Todesangst gehandelt hatte. Doch er schwieg und hielt sich an das, was Falcke sofort nach dem Eintreffen der Kollegen ausgesagt hatte: der blitzschnelle Griff unter die Jacke. Die Hand an der Waffe. Der Schuß als letzte Möglichkeit.

Viele Jahre lang sprachen sie nicht mehr darüber. *Bis … Ja, bis …*

»Nächste Woche komme ich rüber«, hörte er Falckes Stimme am Telefon. »Vielleicht trinken wir mal ein Bier auf die alten Zeiten.«

»Ja, vielleicht. Bis dann.«

Er zog sich aus und ging in die Halle. Sie war still wie immer. Nichts erinnerte daran, daß man sich in einem Hochsicherheitstrakt befand. Thom ließ sich in das dunkel schimmernde Naß gleiten. Er schwamm mit ruhigen, gleichmäßigen Zügen. Das Ende der Bahn kam langsam näher. Thom kniff die Augen zusammen. Er erkannte, daß er nicht allein im Wasser war. Als er den Schatten sah, der sich aus dem Halbdunkel schälte, erschrak er. Es war Wolf, der sich an der Leiter festhielt und ihm entgegensah. Thom war sekundenlang versucht abzutauchen. Doch dann wurde ihm klar, wie lächerlich das wäre. Also schwamm er weiter und legte zwei Meter neben Wolf die Hände auf den Beckenrand.

»Was machen Sie hier?« fragte er.

»Überrascht?« murmelte Wolf, den jedes Wort Kraft zu kosten schien. »Natürlich, es hätte auf dem Friedhof auch klappen können. Ein Mord auf einer Beerdigung ... Ich muß zugeben, das hätte einer gewissen Ironie nicht entbehrt.«

»Wir fahnden nach dem Täter.«

Wolf wechselte auf die andere Seite der Leiter, kam also näher. Er krächzte: »Kennst du die Geschichte von der Marionette, die eine ihrer Schnüre durchgebissen hat? Sie dachte, frei zu sein, und strampelte. Dabei hat sie sich in den anderen Strippen verheddert und sich selbst erdrosselt.«

Thom starrte ihn an. Er sah die Mühe, mit der Wolf sich an der Leiter festklammerte.

»Ganz recht, Siegfried, ich bin fertig. Glaub mir, wenn ich nur die geringste Chance sähe, dir und deinesgleichen das Handwerk zu legen, ich würde es tun. Das quält mich. Daß ich es nicht zu Ende bringen kann. Was mich jedoch noch mehr quält, ist die Erinnerung an den Abend in deinem Billardzimmer. Spätestens da hätte ich es wissen müssen. Aber ich wollte es nicht sehen, selbst als wir über den dämlichen Bettvorleger gesprochen haben, den du an der Wand hängen hast. Du warst mir zu nah. Einfach zu nah. An dem Abend habe ich dir Grimms Dossier gezeigt. Mit deinem fotografischen Gedächtnis hast du einfach eine Kopie erstellt. Das Briefpapier mit dem Amtsstempel war kein Problem. Nur sag mir eins: Als ich dir erzählt habe, daß Gutierez krank ist, warst du es selbst, der auf de la Peña getippt hat. Warum? Darüber zerbreche ich mir die ganze Zeit den Kopf.«

»Wenn ich es nicht ausgesprochen hätte, wären Sie mißtrauisch geworden. Es war zu offensichtlich, ganz einfach.«

»Der Schuß in Frankfurt?«

»Ein Querschläger. So etwas passiert.«

Wolf nickte nur. »Ist es nicht merkwürdig? Wir waren oft gemeinsam hier unten, aber nie zusammen im Wasser. Du bist am Beckenrand neben mir hergelaufen und hast mir kluge Ratschläge erteilt. Vielleicht sollte ich mich bei dir revanchieren.«

Jetzt war Thom fast amüsiert. »Sie wollen *mir* einen Ratschlag geben?«

»Sagen wir lieber, einen Buchtip. Wenn du mal eine freie Minute hast, schlag einfach nach bei Goethe: ›Was du ererbt von deinen Vätern, erwirb es, um es zu besitzen.‹ Du hast dir das Amt nicht erworben, Siegfried, du hast dafür gemordet. Mir fehlen die Beweise. Darum kann ich nicht dein Richter sein und nicht dein Henker. Das zu wissen, macht mich noch kränker, als ich schon bin. Aber jemand wird es tun, eines Tages.« Wolf schwankte und kämpfte, um sich mit der rechten Hand an der Leiter hochzuziehen und aus dem Wasser zu steigen. Er griff nach seinem Stock wie ein Alkoholiker nach der Flasche.

Thom sagte: »Seien Sie froh, daß es Sie so hart erwischt hat. Ich will nicht, daß Ihnen etwas zustößt. Aber ich hätte nicht die Macht, es zu verhindern.«

Wolfs höhnisch zitternde Stimme hallte von den Kachelwänden wider. »Das sagt mir der Präsident des BKA, der keine Macht besitzt. Jetzt spricht er zu seinem Vater, den er verraten hat. Und jammert darüber, wie schlecht die Welt ist. Was willst du von mir – Vergebung? Die wirst du nicht bekommen. Du bekommst, was du verdienst. An dem Tag, an dem ich davon erfahre, werde ich eine gute Flasche Roten öffnen und mich für eine Sekunde an dein wehleidiges Geschwätz erinnern.«

Er humpelte zum Ausgang. Als er die Tür zum Umkleideraum erreicht hatte, drehte er sich noch einmal zu Thom um, der ihm die ganze Zeit nachgestarrt hatte. »Du hast zum erstenmal nicht ›Herr Präsident‹ zu mir gesagt. Daran werde ich mich nie gewöhnen.«

Mit der Zeit hatte er seinen Frieden damit gemacht. »Azzuro«. Er wußte zwar, daß das Lied da war, aber er nahm es einfach nicht mehr wahr.

»Haben Sie abgenommen?« fragte der Barkeeper.

»Vier Kilo, sieht man's?« antwortete Pieper.

»Im Gesicht. Steht Ihnen nicht schlecht. Was ist das Geheimnis? Keine Cola, keine Schokolade?«

»Hmm. Und ein bißchen Training. Jeden Tag fünf Stunden.«
»Kompliment. Aber der Whiskey schmeckt noch, wie ich sehe.«
»Den trinke ich nur noch im Traum.«
»Ja, so machen's die Profis«, sagte der Barkeeper, während er die Gläser spülte. Es war wie immer spät und Pieper der einzige Gast. »Ihr Freund war schon lange nicht mehr hier ...«
»Ich weiß«, sagte Pieper traurig.
»Das heißt ... doch, vor etwa zehn Tagen. Nach dem Attentat auf dem Friedhof. Sie waren wohl zu beschäftigt, um zu träumen.«
»Hat er nach mir gefragt?«
»Das nicht, aber nach dem zweiten Whiskey hat er den Kopf geschüttelt und gemurmelt: ›Sieben Schüsse ins Schwarze, aber drei daneben ... Tsss, tsss ...‹ Können Sie damit was anfangen?«
Pieper schwieg.
»Jetzt erinnere ich mich wieder: Hat er nicht in Ihrem letzten Traum zu Ihnen gesagt: ›Hör auf mit der bescheuerten Diät, du bist am besten, wenn du dich wohl fühlst.‹ Sie geben wohl nicht viel auf seine Ratschläge?«
»Ach, kümmern Sie sich doch um Ihren eigenen Kram!«

FÜNF

Was hatte sie sich vorgestellt – daß die junge Frau an der Rezeption des Four Seasons sie wissend ansehen würde, vielleicht mitleidig? Natürlich war das Unsinn. Sie sagte: »Zimmer 642? Moment, ich seh mal kurz nach!« Und dann: »Ja, das ist frei. Wie lange möchten Sie denn bleiben?«
»Nur heute«, antwortete Sophie.
Sechster Stock. Sie stand vor der Tür und zögerte lange, ehe sie die Magnetkarte durch den Scanner zog. Alles war sauber und ordentlich. Es roch nach einem Reinigungsmittel. Sophie setzte sich auf die Bettkante. Sie weinte nicht. Sie fragte sich, wo das ganze Wasser geblieben war. Tage, Nächte, Tage. Es war ihr unerklärlich, wie viele Tränen der Schmerz produzieren konnte. Vermutlich saß eine Fabrik in ihrem Kopf, die nichts anderes tat, als Nachschub zu fertigen. Momentan war gerade Schichtwechsel.
Erst jetzt bemerkte sie, daß der Fernseher lief. Das stumme, hauseigene Infoprogramm. Sie starrte auf den Bildschirm und las: *Herzlich willkommen, Frau Wolf. Wir wünschen Ihnen einen angenehmen Aufenthalt!* Eigentlich mochte sie diese anonymen Hotelketten. Ein Zimmer war wie das andere. Es hatte etwas beruhigend Vertrautes. Manchmal hatte sie sich vorgestellt, in der einen Stadt etwas auf dem Zimmer zu vergessen und es in der nächsten wiederzufinden.
Es war ihre Hand, die sich bewegte, ohne daß der Kopf es befahl. Sie zog die Nachttischschublade auf. Der Schrecken, der sie packte, war fünfzehn Zentimeter lang und hatte die Form eines Derringers. Sie zitterte und kämpfte mit sich, dann nahm sie die Spielzeugpistole in die Hand. Das Putzgeschwader hatte sie einfach übersehen. Oder sich einen Spaß daraus gemacht, sie liegenzulassen.
Sie drückte ab, und die kleine Fahne entfaltete sich: PENG!

Sophie rannte hinaus und schlug die Tür hinter sich zu.
Der Schichtwechsel war vorbei. Die Fabrik begann wieder mit der Produktion.

Irgendwie landete sie im Einstein Unter den Linden. Die Versuchung, sich von der Kellnerin eine Packung Gitanes bringen zu lassen, der Kaugummi, der ihr half, gegen die Sucht anzukämpfen, der Eisklumpen in ihrem Bauch. Sie trank drei Espressi, doch sie waren nicht heiß genug, um ihn zum Schmelzen zu bringen. Sie verlor die Zeit, rief bei Lombardi an, hörte nur die Mailbox, ging aufs Klo, als sie merkte, daß die Tränen wieder hochstiegen, und wußte, daß sie mit jemandem reden mußte, weil sie sonst verrückt wurde.

Zwar lag das Grab direkt am Mehringdamm. Aber sie wollte vorsichtig sein, der Schrecken steckte ihr noch in den Gliedern. Darum hatte sie dem Taxifahrer das Tor an der Zossener Straße als Ziel genannt. Der Mittelgang verband das eine Ende mit dem anderen. Sie näherte sich mit kleinen, achtsamen Schritten. Der Wind hatte die Wolkendecke aufgerissen. Sonnenstrahlen brachen durch und brachten zum erstenmal seit langer Zeit ein bißchen Wärme. Rechts und links erhoben sich die pompösen Mausoleen, mit denen Fabrikanten und kaiserliche Ministerialräte sich verewigt hatten. Dazwischen bemooste Steinplatten, deren Inschrift verwittert war, unleserlich. Eines der Gräber war markiert: *Die Ruhezeit ist abgelaufen.* Ein Friedhofsgärtner schippte Pflanzenstrünke in eine Karre. Er nickte Sophie schweigend zu. Die Grube, in die sie vor zehn Tagen die nasse Erde geworfen hatte, war geschlossen. Ein matschiger Hügel türmte sich auf. Die Kränze und Blumen waren bereits entfernt. Es gab noch keinen Grabstein, nur ein schlichtes Holzkreuz mit seinem Namen.

Sie ging in die Hocke und schwieg lange und flüsterte dann: »Es gab soviel, was ich dir sagen wollte. Daß du der unverschämteste Kerl warst, den ich jemals kennengelernt habe. Wie ich es gehaßt habe, daß du mich immer wie ein kleines Mädchen behandelt hast. Daß ich wußte, du bist kein Mann, mit dem ich leben kann. Und daß ich dich sehr geliebt habe.

Das habe ich wirklich, weißt du das?« Sie wischte sich mit dem Handrücken die Tränen aus dem Gesicht. »Mein Vater wollte immer einen Sohn. Warum erzähle ich dir das? Du weißt es ja. Wenn er sich einen hätte backen können, er wäre genauso gewesen wie du. Ich kann ... ich weiß nicht, ich kann mich nicht erinnern, daß er mir auch nur ein einziges Mal gesagt hat, daß er mich liebhat. Aber einmal ... ich habe vor unserem Haus auf der Straße gespielt, und ein Auto ist gekommen und hat mich angefahren. Ich hatte ein Bein gebrochen. Ich habe auf dem Asphalt gelegen und konnte mich nicht mehr bewegen. Er ist aus dem Haus gerannt und hat geschrien: *Mein Kind! Das ist mein Kind!*«

»Ich habe Todesangst um dich gehabt.« Sie fuhr herum. Wolf stand hinter ihr.

Sie rannte los, doch er erwischte ihren Ärmel. »Sophie, bitte ...!« Ihre Bewegung riß ihn um. Der Krückstock flog zwei Meter weiter in den Dreck. Sie rannte weiter. Und stand plötzlich vor Pieper. Er sagte kein Wort. Sah sie nur an. Da drehte sie sich langsam um. Wolf kniete keuchend vor dem Grab und starrte zu ihr hin.

»Hast du ihn jetzt, wo du ihn willst?« hörte sie Piepers ruhige Stimme in ihrem Rücken.

Es war keine bewußte Entscheidung, aber ihre Beine setzten sich in Bewegung. Sie hob den Krückstock auf und hielt ihn ihrem Vater hin. Er griff danach und stemmte sich schwerfällig hoch. Sie sah ihm schweigend zu und half ihm nicht.

Die Sonne kam und ging, bis Wolf zu sprechen begann. Er sagte: »Ich kann es nicht ungeschehen machen.«

»Wenn das alles ist«, sagte Sophie und wandte sich ab, um endgültig zu gehen.

»Zwei Antworten. Mehr erwarte ich nicht von dir«, sagte er.

Sie ging weiter.

»Ist das zuviel verlangt? Wenn du sie mir gibst, werde ich dich für immer in Ruhe lassen. Dann bist du mich endgültig los.«

Sie blieb stehen. Wußte nicht, warum. Nur anschauen konnte sie ihn nicht. Sie wandte ihm den Rücken zu und sah Pieper an, der seine Augen hinter einer dunklen Sonnenbrille verborgen hatte.

»Als ihr damals zu LeDuc gefahren seid, habe ich nichts davon gewußt«, sagte Wolf. »Es war Gregors einzige Chance, seine Unschuld zu beweisen. Allein darum ist er mitgekommen: weil du ihn gezwungen hast. Daß er und Jan lebend da rausgekommen sind, war reiner Zufall. Sie hätten beide tot auf der Einfahrt liegen können. Das ist meine erste Frage: Was hätte es für dich bedeutet?«

Sie stand stocksteif da. Pieper nahm seine Sonnenbrille ab. Sie sah in seinen Augen die Antwort.

Aber ihr Vater war noch nicht fertig. »Jelena Fasoulas. Du hast den Deal mit Czarny gemacht und Gregor damit überrumpelt. Er hat dir nur geholfen, weil er dich geliebt hat. Als Zappka in der Villa aufgetaucht ist und sie kämpften ...« Jetzt drehte sie sich abrupt um und starrte ihn an. »Ja, er hat mir davon erzählt«, sagte Wolf ruhig. »Ich weiß genau, was in Potsdam passiert ist. Dort ist er dem Tod ein letztes Mal von der Schippe gesprungen. Du mußtest damit rechnen, daß einer von Czarnys Männern auftaucht. Haben dich in der Nacht davor schlimme Träume geplagt, weil du wußtest, daß du Gregors Leben riskierst? Hast du dir diese Frage ein einziges Mal gestellt? Ich hoffe es, denn dann weißt du, warum ich wie ein Bettler vor dir stehe.«

Sie schwieg, verzweifelt darüber, daß sie das, was er verlangte, nicht aussprechen konnte. Wo blieben die Worte, die ihr hätten helfen können? Wo war der Haß? Er hatte so tief in ihr gebrannt, daß sie dachte, er würde nie verlöschen und ewig lodern. Jetzt suchte sie nach der Glut. Stocherte hilflos herum und fand nur kalte Asche.

Wolf ging langsam auf sie zu und blieb dicht vor ihr stehen. »Ja, er war wie ein Sohn für mich. Aber nicht, weil ich lieber einen Sohn als eine Tochter gehabt hätte. Ich flehe dich an, mir zu glauben, daß ich es weiß: Ich habe so ziemlich alles falsch gemacht, was ein Vater falsch machen kann. Aber ich liebe dich. Deine Mutter hat gewußt, wie sehr. Ich bin so stolz auf dich. Das war ich immer, und ich hasse mich dafür, daß ich es dir nie gesagt habe. Ich hatte zwei Söhne. Der eine ist tot, der andere hat mich verraten, und nichts wird jemals wieder so sein wie zuvor. Jetzt habe ich nur noch dich. Ich wünschte, du könntest mir eine zweite Chance geben. Ich kann dir nicht versprechen, daß es gutgeht. Aber ich will versuchen, es nicht zu versauen.«

Immer wieder hatte sie sich diese Frage gestellt: ob sie es einfach vergessen hatte oder verdrängt. Wäre es möglich, daß es einmal, ein einziges Mal nur, geschehen war, ohne daß sie sich daran erinnerte? Vielleicht, weil sie zu klein gewesen war und das Gestein der Zeit den einen glücklichen Moment unter sich begraben hatte, so daß er unwiederbringlich verloren war, zertrümmert und zermahlen unter dem Gewicht der Jahrzehnte. Lange hatte ihre Hoffnung sich an den Asphalt geklammert, als sie vor dem Auto gelegen hatte und er aus dem Haus gelaufen war. *»Mein Kind! Das ist mein Kind!«* Doch sie hatte nur seine Stimme gehört, ihn nicht gesehen. Sie war bewußtlos geworden, ehe er bei ihr ankam. Erst im Krankenhaus war sie wieder aufgewacht, und ihre Mutter hatte an ihrem Bett gesessen, so daß sie nicht wußte, ob es wirklich geschehen war: daß er sie *berührt* hatte. Aber all das, die Sehnsucht der Träume und die verzweifelte Suche nach Erinnerung waren vorbei, als sie ihn jetzt, da er vor ihr stand und sie das Flehen in seinen Augen sah, umarmte, fühlte, wie sein Herz schlug, nicht bemerkte, wie er den Krückstock fallen ließ, nur spürte, wie er sie an sich drückte und nicht mehr loslassen wollte, nicht, weil sie ihn halten mußte, sondern nur, weil sie sein Kind war.

Er küßte sie auf die Wange und sagte: »Wie gut du riechst!«

Da lachte sie und wischte sich die Tränen aus dem Gesicht. Sie hakte sich bei ihm ein und ging mit ihm und Pieper zum Ausgang. Sie paßten sich Wolfs gemächlichem Tempo an. Er spürte bei jedem Schritt den Tritt, den Pieper ihm verpaßt hatte. Die beiden gebrochenen Rippen taten ihr übriges.

»Weiß man schon, wer es war?« fragte Sophie.

»Es ist bisher nur eine Ahnung«, sagte Wolf.

»Du hast dir im Laufe der Jahre viele Feinde gemacht. Vielleicht kommen die jetzt aus den Löchern gekrochen.«

»Das Loch, aus dem der gekrochen kam, kenne ich. Es steht ein großer Schreibtisch darin, und der Mann, der dahinter sitzt, trägt das Bundesverdienstkreuz und ist Staatssekretär im Innenministerium.«

»Wer war der Schütze?«

»Der Mörder von Gregor und Ines«, sagte Pieper. »Wir haben keine Beweise, aber es besteht kein Zweifel: Er war es, und er wird es wieder versuchen.«

Jetzt bemerkte sie es zum erstenmal. »Hast du abgenommen?«

»Komisch, hat mich gestern schon mal jemand gefragt.« Er grinste. »Noch elf Kilo, dann habe ich mein Kampfgewicht. Sei so lieb und futter in meiner Gegenwart nichts Süßes und nichts Fettes. Ich bin voll auf Entzug.«

Wolf blieb vor dem Friedhofstor stehen. »Sophie, du weißt, daß dein Großvater der erste Botschafter der Bundesrepublik in Marokko war. Die Nazis hatten ihn drei Jahre ins KZ gesteckt, danach wollte er helfen, die junge Demokratie aufzubauen. 1955 sind wir nach Bonn zurückgekehrt. Er war gegen die Wiederbewaffnung. Trotzdem war er stolz auf unser Land. Diesen Stolz hat er auf mich vererbt, das war der Grund, warum ich nach dem Staatsexamen ins BKA eingetreten bin. Ich habe geschworen, das Recht zu achten. Niemals hätte ich es für möglich gehalten, daß ich diesen Satz einmal sagen würde, doch ich weiß jetzt, daß wir in einer Bananenrepublik leben. Es ist eine hochtechnisierte, mächtige Bananenrepublik. Aber sie bleibt, was sie ist. Das werde ich nie akzeptieren.« Er hielt sein Gesicht in die lang vermißte Sonne. »Von uns, von niemandem sonst, wird es abhängen, ob wir in einem Land leben werden, das von Verbrechern regiert wird. Das kann ganz schnell passieren. Die Koalition steht vor dem Ende, Neuwahlen sind in Sicht. Sollte Langheinrich zum Kanzlerkandidaten nominiert werden und auch die Wahlen gewinnen, wofür er gute Chancen hat, ist der nächste Bundeskanzler ein Mafioso. Das ist kein Horrorszenario. Das ist eine Tatsache. Setzen wir uns damit auseinander!«

»Was wird mit dir?« fragte sie.

»Mein Arzt meint, daß ich in sechs Monaten tot bin, wenn ich nicht in die Reha gehe. Ich habe mich dazu durchgerungen, ihn ernst zu nehmen. Jan begleitet mich. Aber es gibt immer noch Rubikon. Gleich wirst du mehr erfahren.«

Sophie folgte seinem Blick. Auf der gegenüberliegenden Straßenseite parkte ein unauffälliger VW-Passat. Die Scheiben waren abgedunkelt, so daß sie nicht erkennen konnte, wer am Steuer saß.

»Du wirst erwartet«, sagte Wolf. Er umarmte sie noch einmal kurz, dann stieg er mit Pieper in den Panzer. Nur einer. Die Begleitfahrzeuge waren, außer Sichtweite, am anderen Ufer des Landwehrkanals zurückgeblieben. Denn eines war klar: Sosehr Pieper seinen Männern vertraute – sie durften nichts von dem wissen, was nun folgen würde.

Sophie überquerte die Straße und blieb zögernd vor dem Passat stehen. Sie starrte die verspiegelten Scheiben an. Es war nur eine Ahnung, obwohl ihr Verstand sagte, daß es nicht sein könne. Doch als sie sich schließlich einen Ruck gab und einstieg, war es Gewißheit.

»Hallo«, sagte Niklas Grimm ruhig.

»Hallo«, hörte sie sich antworten.

Er fuhr los. Sie nahmen das Hallesche Ufer in Richtung Tiergarten, bogen in die Klingelhöfer Straße und umrundeten den Großen Stern. Der direkteste Weg auf die Autobahn wäre die Otto-Suhr-Allee gewesen, doch Grimm entschied sich für den Saatwinkler Damm, den sie nach kurzer Fahrt durch Moabit erreichten. Das Untersuchungsgefängnis, in dem Sophie Jelena das letzte Mal gesehen hatte, blieb zurück, ohne daß sie Schmerz empfand.

Plötzlich ergab alles einen Sinn. Als sie letzte Woche gehört hatte, daß Grimm von Thom zum Leiter der KT befördert worden war, jener Abteilung, in welcher sich die kriminaltechnischen Einrichtungen und Labore befanden, war der Haß in ihr hochgestiegen wie Säure in einem Reagenzglas über einem Bunsenbrenner, ein solcher Haß, daß sie in diesem Moment Jelena zum erstenmal verstanden hatte. Sie wäre bereit gewesen, Grimm zu töten, ohne zu zögern, ohne Reue, so wie Jelena in Potsdam Zappka getötet hatte. Weil er es war, an dessen Händen das Blut von Gregor klebte. Doch nun erkannte sie mit Bewunderung, daß ihr Vater ein U-Boot mitten in die mächtige Flotte des Feindes eingeschleust hatte. *Niklas. Was ist er für ein mutiger Mann, was hat er auf sich genommen! Wie schwer es ihm gefallen sein muß, meine Verachtung zu ertragen!* Da schämte sie sich unendlich für ihren Haß und auch für die Ohrfeige, die sie ihm auf dem Friedhof verpaßt hatte.

Doch als sie es aussprechen und sich entschuldigen wollte, sagte er nur: »Auch eine?« Sie hatte ihn nie mit einer Zigarette gesehen. Jetzt waren es Gitanes, ihre alte Marke.

Sie schüttelte den Kopf. »Ich gewöhn's mir gerade ab.«

Er machte Anstalten, die Packung sofort wegzustecken, da er mittlerweile wußte, wie die Sucht sich anfühlte. Doch sie sagte: »Rauchen Sie nur. Wenn ich das nicht aushalte, schaff ich's nie.« Sie steckte sich einen Kaugummi in den Mund und versuchte, die Hinterlist zu ignorieren, mit der das würzige Aroma, das er inhalierte und wieder ausstieß, ihre Sinne kitzelte.

Grimm öffnete das Fahrerfenster einen Spaltbreit, damit der Rauch etwas abzog, während sie auf dem Stadtring in Richtung Norden fuhren. Sie sprachen nicht. Als sie in den Flughafentunnel eintauchten, sah er verstohlen nach rechts. *Jedesmal, wenn sie sich an ihrer Oberlippe kratzt, an einer Stelle, die vermutlich schon seit ihrer Kindheit empfindlich ist, einer winzigen Stelle, fast schon im Mundwinkel, die sich beim kleinsten Anlaß, einer Aufregung zum Beispiel, auch nach einem Kuß, wenn ich mich nicht rasiert habe, rötet und zu jucken beginnt, muß ich an unsere erste Begegnung denken ...* Das hatte er geschrieben, in einer schlaflosen Nacht vor vielen Wochen, der Nacht, nachdem er ihr die LeDuc-Akte zugespielt hatte und sie »Partner« geworden waren. Er hatte schon immer gerne geschrieben, kleine Prosaskizzen, auch Tagebücher, die nie jemand zu sehen bekam. Jene Zeilen jedoch enthielten einen entscheidenden Fehler ... *auch nach einem Kuß, wenn ich mich nicht rasiert habe ...* Eben das war der Unterschied zwischen Fiktion und Realität, zwischen dem, was man wollte, und dem, was man kriegte. Nun war er es, der sich schämte, denn er wußte und hatte es schon damals gewußt, daß nicht er es war, dessen Bartstoppeln sie kitzeln würden, sondern die eines anderen Mannes. Vielleicht wäre es ihm leichter gefallen, darüber hinwegzusehen, wäre es irgendeiner gewesen, einer, dem man den Respekt verweigern konnte, weil er kein Rivale war, den man ernst nehmen mußte.

So saßen sie nebeneinander: zwei, die sich schämten und nicht wußten, wo sie anfangen sollten.

Als sie den Tunnel verließen und den langen Schatten sahen, den die Sonne vor dem Auto hertrieb, sagte Grimm: »Ich habe ihn sehr gemocht. Und er ist gestorben, ohne zu wissen, daß ich auf seiner Seite war.«

Er verließ die Autobahn bei Birkenwerder.

Brandenburg war ein Bundesland mit vielen merkwürdigen Ortsnamen. Bademeusel, Mülrose oder Herzsprung gehörten ebenso dazu wie Busendorf, Waterloo und Philadelphia. Ihr Ziel lag fünf Kilometer nördlich des ehemaligen KZ Sachsenhausen. Eine Handvoll grauer, eingeschossiger Häuser säumte die unasphaltierte Durchgangsstraße, die im Sommer zentimeterdick mit Staub bedeckt war und zu allen anderen Jahreszeiten wahlweise mit Matsch oder Eis. Das Kaff hieß Nassenheide, und die Kneipe, vor der Grimm den Passat abstellte, trug den sinnigen Namen »Zum nassen Heiden«. Sie war von der Art, daß man beim Reinkommen unwillkürlich drei Finger hochhalten und rufen wollte: »Fünf Bier für die Männer vom Sägewerk!«

Lombardi wartete bereits. Sie stand auf, umarmte Sophie und sagte: »Gut, daß du da bist.« Sie setzten sich zu ihr an den Tisch beim Fenster, der erst zu wackeln aufhörte, als sie einen Bierdeckel unter eines der Beine klemmten. Sie waren die einzigen Gäste.

Die Wirtin trug was Braunes, das gut zur Tapete paßte. »Na?« Sollte wohl heißen: *Was darf's sein?*

»Kann ich einen Espresso haben?« fragte Sophie.

Der Blick, den sie erntete, sagte: *Klar. Und nehmen Sie dazu einen rosa Elefanten, die sind heute bei uns im Angebot!*

»Zwei Cola wären nett«, sagte Grimm. Sie kamen pronto,

dann verschwand die Frau in der Küche, aus der es nach Hackfleisch und dicker Soße roch.

»Es ist nicht gerade das Ritz, aber ich habe diesen Ort ausgewählt, weil wir hier ungestört sind«, sagte Grimm. »Solange Rubikon besteht, darf uns niemand zusammen sehen. Achten Sie darauf, daß Sie nicht verfolgt werden, wenn Sie zu einem Treffen fahren. Und vor allem telefonieren Sie niemals aus dem Amt mit mir oder Pieper! Benutzen Sie nie eine offizielle Leitung!«

Sophie und Lombardi nickten. Sie akzeptierten ohne Einwände, daß Niklas Grimm jetzt der Kopf ihrer kleinen Guerillatruppe war. Die letzten Entscheidungen würde Wolf treffen, sicher, aber das operative Geschäft hatte er dem Mann anvertraut, der noch vor kurzem ihr größter Feind gewesen zu sein schien. Sonderbarerweise hatte Sophie keine Probleme damit. Grimm wandte sich an sie: »Hat Frau Lombardi Sie schon über die neueste Entwicklung informiert?«

Sie schüttelte den Kopf. Lombardi war ihre Trösterin gewesen, ihre Freundin, diejenige, die ein Taschentuch parat hatte, wenn eins nötig war. Über das Amt und alles, was damit zusammenhing, hatten sie seit dem Treffen in der Lounge des Frankfurter Flughafens kein Wort mehr verloren. Sophie hatte sich vier Wochen Urlaub genommen. Erst morgen würde sie wieder in Karlsruhe anfangen. *»Es ist noch nicht vorbei, glaub's mir!«* Diesen Satz hatte sie nicht vergessen, vor allem nicht im Innenausschuß. Doch seine wahre Bedeutung erkannte sie erst jetzt.

»Ich bin erwartungsgemäß versetzt worden«, sagte Lombardi. »Zuerst ins Referat ›Illegaler Handel mit exotischen Tieren‹. Sehr aufregend. Gleich an meinem zweiten Arbeitstag habe ich auf dem Stuttgarter Flughafen einen Papagei konfisziert. Stell dir vor, der konnte tatsächlich sprechen. Die ganze Fahrt bis zum Zoo hat er mich als Schlampe beschimpft.«

»Bitte!« Grimm wollte, daß sie endlich auf den Punkt kam.

»Ist ja gut«, brummelte Lombardi. »Herr Grimm war so freundlich, mir einen Job zu besorgen, der ein bißchen interessanter ist: Sicherungsgruppe. Nette Kollegen, angenehmes Büro in Berlin Treptow, der Sessel ist so bequem, daß man überhaupt nicht mehr aufstehen will.«

Sicherungsgruppe. Also die gleiche Abteilung, für die auch Pieper arbeitete. Sophie verstand den Sinn nicht ganz. *Weit weg von Wiesbaden, keine klassische Ermittlungsfunktion, ständige Aufsicht, Arbeitszeiten, die der Wahnsinn sind.*

»Die SG ist in zwei Gruppen mit je vier Referaten aufgeteilt«, beendete Grimm ihr Rätselraten. »SG 1 besteht praktisch nur aus Sherpas. Aber SG 2 beschäftigt sich, wie es im Beamtendeutsch so schön heißt, mit ›besonderen Schutzaufgaben‹. Eines der Referate ist der *Zeugenschutz.*«

»Du weißt, daß wir Personen, die in das Programm aufgenommen werden, kurzfristig, meist bis zu einer Gerichtsverhandlung, bei der sie als Kronzeugen auftreten sollen, kreuz und quer in der ganzen Republik herumkutschieren«, sagte Lombardi. »Manchmal sind es konspirative Wohnungen, in denen wir sie unterbringen, in der Regel aber ganz normale Hotels, immer für eine Nacht, höchstens zwei. Es braucht also jemanden, der die Locations aussucht, sie vorher checkt, ein bißchen Logistik macht und viel reist.«

»Und das ist dein Job ...« Sophie erfaßte den Vorteil sofort: permanente Beweglichkeit, so gut wie keine Kontrolle, maximale Unabhängigkeit.

»Hast es haarscharf erfaßt!« sagte Lombardi grinsend. »Ich bin so was Ähnliches wie unsichtbar. Mal hier, mal dort. Keiner kann mich überprüfen.«

»Wie sieht's bei Ihnen aus?« fragte Grimm Sophie.

»Keine Ahnung, morgen ist mein erster Arbeitstag. Vermutlich in meiner alten Truppe. Also Terrorismus. Ratet mal, wer meine neue Referatsleiterin ist.«

»Ist nicht wahr!« sagte Lombardi.

»Doch, Stalin. Ich bin ziemlich gespannt, wie die Begrüßung ausfällt.«

»Vergessen wir Karlsruhe erst einmal. Seit Frau Lombardi keine Papageien mehr festnimmt, geht sie einer durchaus sinnvollen Beschäftigung nach. Sie hat eine Observation im Hamburger Freihafen durchgeführt ...«, sagte Grimm.

»Die Schiffe der SAVOK AG werden alle auf Steinwerder und den Containerterminals in Grasbrook abgefertigt. Ich hab mich an einen der Zöllner geklemmt. Der Mann ist definitiv gekauft. Durchsuchung kann man das, was er macht, nicht nennen. Mit den Fahrern ist er praktisch auf du und du. Natürlich ist das nur einer. Die haben zig Prüfungsstellen, mehrere Hauptzollämter, dazu noch die mobilen Kontrollgruppen. Krupka muß dort eine Menge Leute haben, sonst läßt sich das nicht bewerkstelligen.«

»Das Prinzip ist doch klar«, sagte Sophie. »Seine Schiffe liefern den Stoff, dann wird er von seiner Lkw-Flotte übernommen. Das Ganze im europäischen Maßstab. Also nicht nur über Hamburg, sondern auch von anderen Überseehäfen aus: Rotterdam, Lissabon, Marseille und so weiter. Rohwaren sind die ideale Verpackung. Welcher Zöllner wühlt schon gern in dem Schmadder herum! Und das Zeug stinkt dermaßen, daß die Drogenhunde nicht anschlagen, weil jeder andere Geruch überlagert wird.«

»Ecco!« sagte Grimm. »Aber der Mann, von dem Frau Lombardi spricht, arbeitet in der Röntgenanlage beim Hauptzollamt Waltershof. Genau darum ist er für uns so interessant. Die lassen einen ganzen Lkw reinfahren, damit sie ihn von oben bis unten durchleuchten können. Bis zu vierzehn Fahrzeuge stündlich. Zwar machen sie nur Stichproben, aber die Anlage ist natürlich für Krupka das größte Risiko, zumindest in Hamburg. Und was die Verpackung angeht, hat Frau Lombardi ...«

»Okay, jetzt reicht's!« bollerte sie los. »Wenn wir schon um den Totempfahl hocken wie die Sioux vor dem Angriff der Ogalalla, sollten wir uns wenigstens duzen. Erstens bin ich die Älteste von uns drei Hübschen, auch wenn man's mir wirklich nicht ansieht, und zweitens will ich mir gar nicht ausmalen, was du ...« – dabei sah sie Grimm an – »... in den letzten Monaten für 'ne Scheiße mitgemacht hast! Irgendwelche Einsprüche? ... Prima!« Sie prostete ihm mit ihrem Colaglas zu.

Er hob konsterniert eine Augenbraue. »Vor ein paar Wochen

habe ich mal einen Blick in Ihre Personalakte geworfen. Wissen Sie, was in Ihrer psychologischen Beurteilung stand?«

»Laß mich raten«, grinste Lombardi: »Erstklassige Beamtin. Scheint allerdings ein Autoritätsproblem zu haben.«

»Und was lernen wir daraus?« fragte Grimm.

»Daß die Tussis, die sich bei uns Psychologinnen nennen, doch nicht so blöd sind, wie immer behauptet wird. – Für dich Katja, wenn's genehm ist!«

Da mußte auch Grimm kapitulieren.

»Niklas«, murmelte er. Sie drückte ihm einen Schmatzer auf die Wange. Er atmete durch und warf Sophie einen scheuen, fast bangen Blick zu. »Also dann ...« Sie stießen an und brachten es mit Anstand hinter sich.

Sophie lächelte und sagte: »Sie kratzen ein bißchen.«

Gottlob kam die Wirtin des Nassen Heiden in diesem Augenblick aus der Küche zurück und lieferte ihm für sein verlegenes Schweigen ein perfektes Alibi in Form eines falschen Hasen, der fett in der Soße schwamm. Sie setzte sich an einen Tisch, der weit genug weg war, schaufelte Kartoffeln auf die Gabel, und schnaufte nur, als alle drei unisono »Mahlzeit!« sagten.

Gut, daß Jan nicht hier ist. Der würde durchdrehen, dachte Sophie.

Grimm räusperte sich und sprach zur Sicherheit noch eine Nuance leiser. »Zurück zur SAVOK. Ich habe mir mal die Finanzunterlagen der letzten Jahre angesehen.«

»Wie sind ... bist du«, fragte Sophie, »denn da rangekommen?«

»Ihr wißt, daß Langheinrich als Schirmherr für Krupkas Stiftung fungiert. Zwei Wochen vor der Einweihung des Aussiedlerheims in Potsdam hat er mich angerufen und mich gebeten, ihn da juristisch ein bißchen zu beraten. Unser neues Stiftungsrecht war diesbezüglich sehr hilfreich. Krupka hat dem BMI alle möglichen steuerlichen Vorgänge und auch Bilanzen zur Ansicht gegeben.«

»Und?« flüsterte Sophie elektrisiert.

»Alles einwandfrei, das Unternehmen ist gesund. Zwei Steuerprüfungen in den letzten drei Jahren, keine Beanstandungen.«

»Und die Stiftung?«

»Die erhält große Summen an Spenden. Allerdings ist Krupka kein Nutznießer, und die Verwendung der Gelder, soweit ich erkennen kann, ist gut belegt und rechtens. Also bringt uns das vorerst nicht weiter. Trotzdem sollten wir es nicht aus den Augen verlieren. Die SAVOK ist nur die legale Fassade für das eigentliche Geschäft. Ihre Schiffe und die firmeneigene Spedition sorgen für die Logistik. Da müssen wir graben. Vielleicht sollten wir's wirklich über den Zöllner versuchen.«

Sophie nicke nachdenklich.

Lombardi griff in ihre Tasche und förderte ein Kinderüberraschungsei aus Schokolade hervor. Sie legte es auf den Tisch und trompetete: »Ratet mal, was da drin ist!«

»Ich wette, du wirst es uns gleich sagen«, seufzte Grimm. Er mußte sich an ihre Schrullen erst gewöhnen.

»So ist es, Herr Abteilungsleiter! Wie es der Zufall will, kenne ich jemanden bei der SAVOK. Wir waren zusammen auf der Schule.«

Grimm und Sophie reckten sofort gierig die Hälse.

»Nur nicht sabbern«, beschwichtigte Lombardi sie. »Ist bloß 'ne kleine Maus aus der Buchhaltung, ein paar vertrocknete Pflanzen, Foto von ihrem Kleinen, Kaffeebecher mit eigenem Namen. Wir haben zusammen Wein getrunken, ein bißchen geratscht, ihr wißt schon. Sie war regelrecht happy, daß sie mal vom Büro erzählen konnte. Der Job ist so langweilig, daß nicht mal ihr Mann danach fragt. Für uns ist das schon interessanter. Ist ein paar Wochen her, da hatte sie ein kleines Problem. Einige der Fahrer aus der Spedition haben höhere Spritkosten abgerechnet als früher. Das ist ihr komisch vorgekommen. Als sie bei ihrem Vorgesetzten nachgefragt hat, hieß es, da brauche sie sich nicht drum kümmern, alles sei in Ordnung. Das ist aber noch nicht die Pointe ... Unsere kleine Buchhalterin konnte anhand der Fahrtenschreiber erkennen, daß die Trucker während der Touren längere Pausen machen, die nicht vorgeschrieben sind und sich auch durch den Transportauftrag nicht erklären lassen. Das wäre weiter kein Problem, aber die zusätzlichen Stunden tauchen nicht auf den Gehaltsabrechnungen auf. Da hat sie sich natürlich gefragt: Was machen die in der Zeit, so ganz für lau? Und wieder hat ihr Chef gesagt: ›Kein Problem, einfach ignorieren.‹«

»Ach?« murmelte Grimm.

»Gelle! Ich hab bei konkurrierenden Speditionen recherchiert und festgestellt, daß dort mit gleichen Fahrzeugen auf identischen Strecken deutlich weniger Sprit verbraucht wird ...«

»Es gibt zwei Möglichkeiten«, sagte Sophie, »entweder sie liefern direkt an ihren Zwischenhändler, oder sie haben ein Depotsystem. Wenn ja, dann sind die Depots gut versteckt und liegen nicht an der Autobahn. Man muß ziemliche Umwege machen. Das kostet Zeit und Sprit.«

Grimm griff nach seinen Gitanes und tippte die Zigarette auf die Schachtel, um den Tabak festzuklopfen. »Genauso hat's Pallucci gemacht, so machen's die meisten von den Großen. Was anderes ergibt wenig Sinn. Die kriegen den Stoff tonnenweise. Da müßten die Zwischenhändler ständig Gewehr bei Fuß stehen. Das funktioniert nicht. Die bunkern das Zeug und verscherbeln es dann nach Bedarf.« Blick zu Lombardi. »Weiß deine kleine Maus, wo sie die Pausen machen?«

»Plus minus fünfzig Kilometer. Vergiß es, das ist wie ein Ringkampf im Tunnel. Und für 'ne einigermaßen vernünftige Observierung der Trucks fehlt uns die Manpower. Der Zöllner. Das ist unser Mann!«

»Okay. Kümmere dich darum«, sagte Grimm und schaute auf die Uhr. »Ich muß zurück, Thom hat eine Abteilungsleiterkonferenz anberaumt.« Er zögerte kurz, ehe er Sophie ansah. »Du kannst mit mir zurückfahren oder mit Katja ...«

Ehe sie antworten konnte, sagt Lombardi: »Besser mit Niklas. Ich muß gleich weiter nach Cottbus. Aber spätestens Freitag bin ich in Hamburg. Wir telefonieren.«

Diesmal nahmen sie nicht die Autobahn. Grimm wählte die Strecke über Oranienburg und Birkenwerder. Sophie wunderte sich, sie wußte ja, er hatte einen Termin in Treptow. Aber ihm schien alle Zeit der Welt zu gehören. Sie fuhren über

Alleen, die durch die braunen Äcker schnitten wie ein Kreiderädchen über einen Musterbogen. Kastanien, deren kahle Äste die ersten zarten Knospen noch verbargen. Nur Weidenkätzchen und Forsythien kündeten absurderweise von einem Frühling, der unfaßbar weit weg zu sein schien. Sie schwiegen bis Hohen-Neuendorf, dann sagte Grimm: »Diese Sache mit dem Duzen ... Wir müssen das nicht, ich meine, wenn Lombardi nicht dabei ist ...«

»Schon in Ordnung.« Sie lächelte, versank kurz in Gedanken, fragte: »Wie funktioniert das eigentlich? Glaubst du, daß Thom dir vertraut?«

»Ich denke, ja. Er hat mich auf die Probe gestellt, und ich habe bestanden.« Er sah ihren fragenden Blick. »Nach seiner Amtseinführung wollte er wissen, wie ich mir meine künftige Aufgabe in der Firma vorstelle. Stabschef wäre natürlich ideal gewesen, ich hätte praktisch auf seinem Schoß gesessen, die perfekte Plattform für uns. Aber ich wußte, er wollte mich nur testen. Also habe ich mich für die Abteilungsleitung der KT entschieden. Kein operativer Einfluß, viel Bürokram, null Einsicht in die Strategie der Chefetage. Die Kröte mußte ich schlucken. Doch die Position hat auch Vorteile: Zugriff auf sämtliche Ergebnisse der Spurensicherung, Zusammenarbeit mit dem Tatortkommando, ungehinderter Zugang zur Asservatenhalle. Damit können wir schon was anfangen.«

»Es ist mir ein bißchen peinlich, dich das zu fragen, aber kriegst du – wie nennt man das? – eine ›Sonderzulage‹?«

»Fünfundzwanzigtausend Euro. Jeden Monat. Das Geld landet auf einem Konto in der Schweiz. Dein Vater weiß darüber Bescheid.«

Sie pfiff leise durch die Zähne. »Damit könnten wir Krupka doch drankriegen.«

»Wer von uns beiden ist hier die Staatsanwältin? Eine Geldstrafe wegen Beamtenbestechung, denkst du, das juckt ihn?« Wieder schwiegen sie. Grimm versuchte, in Sophies Gesicht zu lesen. Mit seinen nächsten Worten lag er ziemlich richtig.

»Du denkst an Thom, stimmt's?«

Sie nickte. »Ich kann es immer noch nicht fassen. Krupka muß ihn mit irgendwas in der Hand haben. Aber was könnte das sein?«

»Die Frage habe ich mir auch schon gestellt, nächtelang. Totes Gleis, glaub's mir. Aber eins ist klar: Thom ist nur eine Marionette. Wenn er sich unbeobachtet fühlt, siehst du es ihm an. Der hat ziemlich mit seinen Strippen zu kämpfen. Ich habe das Gefühl, er hat sich das Ganze ein bißchen anders vorgestellt.«

Sie waren kurz vor Berlin-Frohnau. »Kannst du mal rechts ranfahren?« Er tat ihr den Gefallen. »Claudia Langheinrich. Was hatte die eigentlich für eine Bestattung?« fragte sie, nachdem Grimm den Motor ausgeschaltet hatte.

»Sie wurde eingeäschert.«

»Hat man sie obduziert?«

»Ja«, sagte er verwundert. »Warum?«

»Wer hat das gemacht – Treptow?« Er nickte. »Du kannst es ja mal abchecken, aber ich wette, daß Thom das Obduktionsergebnis unter Verschluß hält«, sagte sie.

»Gut möglich«, erwiderte er bedächtig und griff automatisch nach seinen Gitanes.

Ebenso automatisch puhlte Sophie einen Kaugummi aus dem Papier. »Seit dem Innenausschuß stelle ich mir immer wieder die gleiche Frage: War es wirklich Langheinrich, der uns die Falle gestellt hat, oder hat er nichts davon gewußt?« murmelte sie.

»Der Zettel, den Lombardi ... Katja gefunden hat, trug seine Handschrift. Und er stammt direkt von seinem Schreibtisch.«

»Trotzdem ... Wo ist dieser Zettel eigentlich?«

»Dein Vater hat ihn. Er war nicht so dumm, seinen Trumpf aus der Hand zu geben.«

»Nehmen wir an, die Sache wäre den normalen Dienstweg gegangen. Wo wäre der Zettel dann gelandet?«

»KT 53.«

»Das gehört zu deiner Abteilung.«

»Und?«

»Hat Thom schon mal danach gefragt?«

»Nicht, daß ich wüßte. Aber falls er sich dafür interessiert, kommt er sicher zu mir.«

Sie schwieg lange. »Wenn mein Vater eine Kopie davon erstellen würde, könnte er sie dir dann zuspielen, damit du sie für den Notfall parat hast?«

»Was für ein Notfall?«

»Nur so ein Gefühl. Wäre das möglich?«

»Pieper könnte das erledigen.«

»Dann machen wir's so.«

Sie setzten die Fahrt fort, ohne daß Grimm weiter nachfragte. Sophie stieg am S-Bahnhof Hermsdorf aus. Es wäre zu unsicher gewesen, sie mit in die City zu nehmen. Ehe sie die Wagentür öffnete, gab sie ihm noch die Nummer ihres Satellitenhandys. Die neueste Generation war sogar gegen das Echolon-Abhörsystem der CIA resistent. Sie reichten sich die Hand wie zwei Geschäftspartner nach einer Routinebesprechung. Grimm sah ihr hinterher, als sie zum Eingang des Bahnhofs lief. Das war der Vorteil von verdunkelten Scheiben: Man konnte bloß von einer Seite durchsehen ... *Wenn sie sich jetzt noch mal umdreht und winkt ... Nur so ein Gefühl ...* Aber das tat sie nicht. Sie verschwand in der Eingangshalle, und alles, was zurückblieb, war der leichte Zimtgeruch ihres Kaugummis. Grimm mußte sich damit zufriedengeben wie ein Bettler mit einem Zehncentstück.

SECHS

Krupka blieb stehen und sah zum Himmel. »Wenn du mich fragst: Der Mond sieht aus wie mit Hühnerscheiße gesprenkelt.«

An dir ist wirklich ein Lyriker verlorengegangen, dachte Langheinrich mit leichtem Ekel, während sie über den Strand unterhalb von Carvoeira liefen und ihre Sherpas gebührend zurückblieben. Möwen saßen auf leeren Abfalltonnen und wollten nicht glauben, daß die Saison noch nicht begonnen hatte. Graue Steinwälle vor der Brandung, teerfarbenes Gewölle von Tang und Miesmuscheln, das von der Flut angeschleppt wurde.

Langheinrichs Blick folgte den Windhunden, die an der Wasserlinie nach verendeten Vögeln suchten.

Ja, es waren wieder zwei. Krupka hatte, schon am Tag nachdem seine Männer den Kadaver von Nikkei auf seinem Grundstück gefunden hatten, ein neues Tier geordert und bekommen. Es hörte sogar auf den gleichen Namen wie sein Vorgänger. *So bist du. Du kannst alles austauschen, wie es dir gefällt. Heute einen Hund, morgen einen Präsidenten, übermorgen vielleicht mich.* Langheinrich kannte den Menschen, der sich neben ihm bückte, nach einem Häufchen Sand griff und ihn in der Hand zerrieb, so genau, daß es Momente gab, in denen ihm davon übel wurde.

»Josef, du hast eine schwere Zeit hinter dir. Ich weiß, daß du seit dem Tod deiner Frau noch keine Minute für dich hattest. Mach ein paar Tage frei, erhol dich, spiel ein bißchen Golf«, hatte der Kanzler gesagt. Er hätte sich überall verkriechen können, an jedem Ort der Welt. Aber warum war er nach Portugal geflogen, dorthin, wo der Mann zu Hause war, in dessen Furcht er seine Tage und Nächte verbrachte? Die Antwort war ihm schwergefallen, doch sie war immer noch leichter zu ertragen als die Lüge, aus der sein halbes Leben bestanden hatte. Krupka war ein Kotzbrocken, ein Ver-

brecher, ein mieser Erpresser. Das und noch viel mehr. Und gleichzeitig sein einziger Freund, alles, was Langheinrich hatte. Nur er verstand ihn. Nur er wußte genug, um ihm die gnädige Illusion des Trostes zu gewähren.

»Claudia hat die Hunde sehr gemocht, weißt du? Als wir das letzte Mal hier waren, hat sie mich tagelang genervt, auch ein Tier zu kaufen. Ich kann immer noch nicht glauben, daß sie ... Sie war ... war so ...« Er brach ab.

Krupka legte einen Arm um seine Schulter. »Schon gut.«

»Ich verstehe einfach nicht, wie das passieren konnte«, stieß Langheinrich hervor. »Sie hat ihre Krankheit doch gekannt. Warum hat sie nur die falsche Dosis genommen?«

»Vielleicht hat sie sich gar nicht geirrt ...«, sagte Krupka vorsichtig.

Langheinrich blieb wie angewurzelt stehen und starrte ihn an. »Du denkst, es war Selbstmord?«

»Ist dir das nie in den Sinn gekommen?«

Langheinrich schüttelte erschrocken den Kopf. »Sie war nicht der Typ dafür. Sicher, ich habe sie viel allein gelassen, und sie hat zuviel getrunken. Aber an dem Abend ... Mir kam alles ganz normal vor.«

»Man steckt eben nicht drin«, sagte Krupka achselzuckend und ließ Langheinrich mit dem plötzlichen Schuldgefühl allein, das in ihm aufstieg wie die Gischt, die in dampfenden Wirbeln hochgeschleudert wurde.

Selbstmord? Sie hat keinen Brief hinterlassen, gar nichts. Aber das hätte auch nicht zu ihr gepaßt. Ein Tod wie der von Marilyn, und dann ein ewiges Leben in strahlender Schönheit. Die Vorstellung hätte ihr gefallen. Kein Brief, damit das Rätsel, das blieb, die Phantasie ihrer Bewunderer noch viele Jahre lang beschäftigen konnte. Und niemand wüßte, daß sie es allein wegen mir getan hat. Weil ich der Dieb gewesen bin, der ihr die Bewunderer stahl. Noch am Tag davor habe ich ihr verboten, wieder zu arbeiten. Im Rampenlicht zu stehen. Der Star zu sein, der sie war, bis wir heirateten ...

Langheinrich hielt es nicht mehr aus.

Er mußte vor den Gedanken fliehen, die seine unschuldige

Trauer in nacktes Entsetzen verwandelten. »Ich denke dauernd an Wolf. In seiner schriftlichen Stellungnahme hat er behauptet, sie hätten den Tip mit dem Waffentransport von einem Informanten bekommen. Aber er wollte den Namen nicht preisgeben.«

»Und?« fragte Krupka.

Langheinrich bemerkte den lauernden Unterton in der Stimme seines Freundes nicht. »Ich kenne Wolf. Ich bin sicher, er hat in dem Moment nicht die Wahrheit gesagt. Aber warum? Er hatte nichts mehr zu verlieren. Wenn er einen Informanten gehabt hätte, wäre das ein Zeuge gewesen. Und einen Zeugen hätte er wirklich gebrauchen können.«

»Josef, nimm's mir nicht übel, aber du machst dir um die falschen Dinge Gedanken. Entspanne dich, genieß die paar Tage hier. Die nächsten Wochen werden hart genug! Was ist, wollen wir noch einen Happen essen?«

»Ich bin nur müde. Laß uns zurückfahren.«

Eine halbe Stunde später stoppten sie vor der Quinta. Der Innenminister zog sich, ohne ein weiteres Wort gesprochen zu haben, sofort ins Gästehaus zurück. Als Krupka sich umwandte, stand Görtz hinter ihm.

Krupka sagte: »Er ist mißtrauisch geworden. Ruf Thom an. Er soll den verdammten Zettel verschwinden lassen!«

André Görtz war sich bewußt, daß das Leben voller Zufälle stecken konnte, doch daran dachte er nicht, als er zum Telefon griff, um ein Wörtchen mit dem BKA-Präsidenten zu reden. Dieser stand genau zu diesem Zeitpunkt, nur zehn Meter von Sophie entfernt, in der Privatwohnung des GBA im fünften Stock der Bundesanwaltschaft und unterhielt sich angeregt mit Rupert Bresser, den man als Steindorffs Nachfolger auserkoren hatte. Es war zwar nicht unbedingt selbstverständlich, daß ein Mann, der noch vor wenigen Wochen lediglich einem Referat vorgestanden hatte, so steil nach oben kletterte. Doch eine externe Lösung hatte sich nicht ergeben, und die drei Abteilungsleiter, die als nächste hätten »Hier!« rufen dürfen, standen, auch das war reiner Zufall, vor der Altersgrenze, so daß die Wahl auf den im Haus anerkannten Bresser gefallen war.

»Entschuldigen Sie mich bitte«, sagte Thom, nachdem einer seiner Sherpas ihm ein Handy gereicht hatte. Als er nach draußen ging, wo sich die kleine Lobby mit den Corbusier-Sesseln befand, in der man ungestört reden konnte, fiel ihm zum erstenmal auf, daß sämtliche Türklinken sich unnatürlich hoch, fast schon in Schulterhöhe, befanden. *Vielleicht eine Macke des Architekten. Oder er hat gedacht, hier oben wohnt ein Riese.*

Er ließ sich in einen der Sessel fallen. »Ja?« fragte er ins Telefon.

Von drinnen hörte er das gedämpfte Stimmengewirr der Gäste, die Bresser zu dem kleinen Empfang anläßlich seiner Amtseinführung in sein künftiges Penthouse gebeten hatte. Die alten Möbel waren schon weg, die neuen noch nicht da. Zirka achtzig Personen, also der engste Kreis, lehnten an Stehtischen und ließen sich von den Bediensteten mit Champagner und Hors-d'œuvres verwöhnen. Man war unter sich. Nur Steindorff hatte sich nicht den Tort angetan zu erscheinen.

Stalin hatte den Moment, in dem Thom den Raum verlassen hatte, instinktsicher genutzt und war, wie Sophie aufmerksam registrierte, sofort auf Bresser zugeschossen, um das Gespräch mit ihm zu suchen. *Vorsicht, Mädchen. Auf der Schleimspur, die du hinter dir herziehst, kann leicht jemand ausrutschen.* Da standen sie beisammen, ihre Lieben, und taten, als habe Voigt den früheren Referatsleiter und direkten Vorgesetzten von Sophie nie von den Ermittlungen gegen Czarny und das neue Vertriebskartell abgeschnitten. Im Gegenteil, sie schienen sich ausgezeichnet zu verstehen. Doch Sophie wußte genau, daß schon wieder die Messer gewetzt wurden. *Wenn ich jetzt Gedanken lesen könnte, würde ich ein paar Beleidigungen lernen, um die Katja mich beneiden würde.*

Besoldungsrechtlich besehen, hatte auch Stalin Karriere gemacht. Sie war nun Bressers Nachfolgerin in Sophies altem Referat. Zwar brachte das ein paar Euro mehr auf der Gehaltsabrechnung, hieß jedoch faktisch, daß man sie aus dem Paradies der Chefetage vertrieben hatte. *Die frühere Königin ist nur noch eine*

Hofschranze. Das muß sie wahnsinnig machen. Leider hatte Sophie keinen Grund, sich darüber zu freuen. Stalin saß jetzt direkt vor ihrer Nase, und sie würde Sophie an jedem verdammten Tag, darauf war sie vorbereitet, als Spiegel benutzen. *»Spieglein, Spieglein an der Wand, wer ist die Mächtigste im ganzen Amt?«* Und ich werde lügen und sagen: »Du bist es, hochmögende Stalin! Was weiß denn Bresser schon? Dich wird er ständig um Rat fragen, niemand anders!« Da würde die kleine Hofschranze zufrieden sein, bis Zeit ins Land ging und die ersehnte Bitte des Königs ausblieb. Und dann wäre die Schuldige schnell ausgemacht: Sophie Wolf, die Frau, die sich erdreistet hatte, dem späteren Herrscher zu verweigern, was ihm zustand. Daß es nur auf Stalins Anweisung geschehen war, nur weil Steindorffs herrische Referentin mit niemandem hatte teilen wollen, würde diese einfach vergessen, so wie die katholische Kirche vergessen hatte, daß es die Inquisition jemals gegeben hatte.

»Sie sind Sophie Wolf, richtig?«

Als sie sich umdrehte, schaute sie in die Augen der Bundesjustizministerin. Sie war Mitte Vierzig, ihr Haar kurz und graumeliert und die Haut, am Hals und an den Armen, weiß und glatt. Wie Hühnchenfleisch. Glatt und trocken und weiß. Sie war stark geschminkt und schwitzte. *Sie sehen glänzend aus, Frau Ministerin*, war Sophie versucht zu sagen.

»Wie geht es Ihrem Vater?«

»Ich hoffe, gut«, antwortete sie kühl und ließ ihre Gesprächspartnerin durch den Tonfall wissen, daß sie keinen Kontakt zu ihm hatte.

»Er war ein beeindruckender Mann.« Die Ministerin machte eine süffisante Pause. »Obwohl wir uns, das ist wohl kein Geheimnis, persönlich nicht sehr geschätzt haben.«

»Soweit ich weiß, lebt er ja noch.«

Die Ministerin räusperte sich. »Natürlich.«

Kleine orangefarbene Inseln hatten sich auf ihrem Gesicht gebildet, vor allem auf Stirn und Wangen, dazwischen eine Andeutung von Hühnchenweiß. Da ritt Sophie der Teufel. Sie griff in ihre Handtasche und zog ihren kleinen Schminkspiegel hervor.

»Entschuldigung«, sagte sie leise. »Ich weiß, es ist hier sehr heiß. Gleich nebenan ist ein Waschraum, da könnten Sie sich ein bißchen frisch machen.«

Die Ministerin starrte ihr verschwitztes Spiegelbild an. Sie drehte wortlos auf dem Absatz um und verließ mit schnellen Schritten den Raum. Sophie lächelte unmerklich, klappte ihre Tasche wieder zu und ging. Sie hatte hier nichts mehr verloren. Noch eine Nacht, hoffentlich ein bißchen Schlaf, dann steckte sie wieder in der Knochenmühle. Sie lief über die Galerie, die sich rund um das Atrium zog, vorbei an den Porträts der bisherigen Amtsinhaber. Es waren protzige Ölgemälde im Stil der alten Meister. Düstere Farben, burgunderrote Roben, als seien es Bildnisse von Kardinälen oder Päpsten. Hier waren sie versammelt, die Herrscher der Inquisition, die entschieden, was Recht und was Unrecht war.

Als Sophie eben den Fahrstuhlknopf gedrückt hatte, wurde sie von hinten angetippt. Stalin funkelte sie mit unverhohlener Wut an. »Was fällt Ihnen ein, wie können Sie es wagen, die Ministerin so zu düpieren!«

Sophie stutzte. *Was soll das? Es ist doch allgemein bekannt, wie haarig das Verhältnis zwischen Karlsruhe und dem BMJ ist. Die besten Witze über die Ministerin hat doch Stalin selbst immer erzählt!*

»Frau Wolf, eigentlich wollte ich das Thema erst morgen früh ansprechen. Aber vielleicht ist es ganz gut, wenn Sie eine Nacht darüber schlafen, um in Ruhe zu entscheiden, ob Ihnen Ihre künftige Aufgabe in diesem Haus zusagt.« Wenn beißende Ironie Sabber produzieren würde, hätte es von Stalins Kinn nur so getropft. »Sie werden sich in Zukunft um den Kinderkram kümmern. Dort brauchen wir unbedingt noch eine fähige Frau.«

Kinderkram. Nur wenige außerhalb der Behörde wußten, daß die Bundesanwaltschaft neben den klassischen Feldern Terrorismus, Spionage und Revision auch für Unterhaltsansprüche von Kindern deutscher Staatsbürger, die sich nach einer Scheidung der Eltern im Ausland aufhielten oder gar von einem Elternteil gekidnappt worden waren, Zuständigkeit besaß. Dabei ging es um so aufregende Dinge wie Sorgerecht, Fragen der Vormundschaft und Rückführung nach Deutschland. Es war von allen Referaten dasjenige, das in der Hierarchie ganz unten stand und den höchsten Papierberg produzierte.

»Die Zeiten, in denen Sie zu bestimmen hatten, wo mein Schreibtisch steht, sind vorbei«, zahlte Sophie ihr die Beleidigung mit gleicher Münze heim.

»Oh, ich sehe, man hat Sie noch nicht informiert. Ich bin nur noch vierzehn Tage in Karlsruhe und habe Ihr altes Referat auf Bitte von Herrn Bresser lediglich interimsweise übernommen. Ab 1. Mai wechsle ich in die Abteilung Strafrecht im BMJ und werde in meiner neuen Funktion die Fachaufsicht über die Bundesanwaltschaft führen.«

Sag was, irgendwas! Zeig ihr bloß nicht, wie sprachlos du bist! Fachaufsicht. Damit kann sie dem GBA Anweisungen erteilen. Sie ist mächtiger als je zuvor. Nicht sie hat vorhin geschleimt, sondern Bresser. Mein Gott, war ich dumm! Das alles schoß ihr in Sekundenschnelle durch den Kopf.

Sie lächelte. »Eine neue Herausforderung, wie schön!« Stalin hätte nicht verdutzter dreinblicken können. Der Lift kam, und Sophie betrat die Kabine. »Übrigens«, sagte sie, ehe die Tür zufuhr, »ich habe festgestellt, daß das Porträt von Herrn Steindorff noch in der Galerie fehlt. Vermutlich ist es ja bereits in Arbeit. Ich wüßte auch schon einen schönen Titel: ›Bildnis eines Einserschülers.‹« Stalin blieb fassungslos zurück. Doch Sophie ballte im Fahrstuhl die Faust vor diebischer Freude. Dazu hatte sie allen Grund, denn die vermeintliche Drecksarbeit, die man ihr zugewiesen hatte, barg für sie im Grunde nur Vorteile: langwierige Verfahren, die es unmöglich machten zu kontrollieren, wieviel Zeit sie hierfür oder dafür brauchte, Besuche von Jugendämtern, Auftritte vor Familien- und Vormundschaftsgerichten überall im Land, Aufenthalte im Bundeszentralregister. Wenn man so wollte, das Pendant zu Lombardis Job beim Zeugenschutz. Doch was ihrer Freundin nur mit Hilfe von Grimm gelungen war, hatte in Sophies Fall Stalin erledigt, im Glauben, sie damit zu malträtieren. Kompliment an die alte Intrigantin: Sie hatte die Quadratur des Kreises geschafft!

Sophie legte eine Johnny-Cash-CD in den Player des SLK, noch ehe sie die Tiefgarage verließ. Die Straßen waren trocken und verlassen. Die Regenfront hatte sich entschlossen, im Osten zu bleiben und Baden zu verschonen. Alles kam ihr fremd vor. Die Ampeln, die Kreuzungen, die Wegweiser zur Schnellstraße nach Ettlingen. Als sie vor ihrem Haus stoppte, meldete sich das Satellitenhandy.

»Können wir reden?« fragte Lombardi.

»Hallo, Margret«, sagte Sophie. »Ich stecke gerade im Verkehr, kann ich dich gleich zurückrufen?«

»Kein Problem.«

Sophie gab wieder Gas. Sie ließ den Friedhof rechts liegen und fuhr hoch zum Schweinsteigbuckel. Niemals wäre sie so verrückt gewesen, aus dem Auto heraus zu telefonieren. Wenn sie einen Bug-Detektor besäße, hätte sie den SLK längst auf Lollis abgescannt. Sie nahm sich vor, Pieper oder Katja bei nächster Gelegenheit um ein solches Gerät zu bitten. Oder besser Niklas, der war als Leiter der KT näher dran.

Sie erreichte das Waldstück und bog nach links in einen Versorgungsweg für Forstarbeiter. Nach wenigen Metern kam eine Schranke. Sie stieg aus und entfernte sich vom Auto, um ganz sicherzugehen. Dunkelheit umfing sie. Ein Eichelhäher schrie. Es roch nach Harz und frisch geschlagenem Holz.

»Jetzt können wir«, sagte sie ins Handy.

»Na, haste das Gequatsche mit Anstand hinter dich gebracht?«

»Da gehen die Meinungen auseinander«, antwortete Sophie und dachte dabei an die Justizministerin und an Stalin. »Du wirst es nicht glauben, aber Steindorffs Schoßkätzchen ist den Kratzbaum nach oben geklettert. Sie wechselt ins BMJ. Und zwar in die Fachaufsicht.«

»Holla! Wer hat denn da dran gedreht?«

»Ich nehme an, Steindorff. Der hat seinen Rücktritt so teuer verkauft wie möglich.« Sie erzählte kurz von ihrer Versetzung und teilte mit Lombardi die Belustigung über Stalins Dummheit.

»Werd bloß nicht unvorsichtig«, sagte Lombardi nach einer

kleinen Pause. »Die Schnepfe kann dir noch eine Menge Ärger machen. Und wer weiß, vielleicht versteckt unser neuer GBA sich unter ihrem weiten Rock. Halt dich ein bißchen zurück, spiel nicht die Aufsässige!«

»Ich bin Beamtin, rausschmeißen können sie mich nicht. Und wohin wollen sie mich noch versetzen – zur Putzkolonne?«

»Du verstehst mich schon: immer höflich sein, immer nett und artig, und wenn sie dich zum Kaffeeholen schicken, spuck einfach rein, bevor du ihnen die Tasse gibst.«

»Wie war's in Cottbus?« fragte Sophie, um das Thema zu wechseln.

»Uninteressant. Ich bin Donnerstag in Hamburg. Da könnten wir uns den Zöllner vorknöpfen. Wie sieht's aus bei dir?«

»Kann ich noch nicht sagen. Ich muß erst gucken, was morgen auf meinem Schreibtisch liegt. Aber irgendein Kinderkram steht sicher auch in Hamburg an. Müßte eigentlich klappen.«

»Okay, gib mir Bescheid.«

Sophie zögerte. »Du warst doch in Cottbus, oder?«

Eigentlich sollte Lombardis Stimme verlegen klingen, doch sie sagte in aller Seelenruhe: »Klar war ich in Cottbus. Muß so drei oder vier Jahre her sein.«

»Hat der Witz auch eine Pointe?«

»Hör mal, Kleine ...«

»Du weißt, daß ich das hasse!«

»Also, liebste Freundin, was hier läuft, sieht doch ein Blinder mit Krückstock. Oder willst du mir echt erzählen, daß du nicht gemerkt hast, wie Niklas dich ansieht?«

»Du hast sie wohl nicht alle! Gregor ist fünf Wochen tot, und du erzählst mir so einen Mist!« schnauzte sie Lombardi an.

Stille am anderen Ende der Leitung. Dann sagte Lombardi: »Der Nachmittag, als Jan und ich euer Auto vor der Kneipe in Potsdam gesehen haben. Dort hast du dich mit Gregor nach dem Spaziergang in Sanssouci aufgewärmt.« *Übers Haar streicheln mit dicken Handschuhen. Und ein Buddha, der lachte.* »›Irgendwas war verkehrt. Irgendwas hat nicht gestimmt.‹ Das hast du selbst gesagt. Denk mal darüber nach.«

Lombardi legte einfach auf. Sophie stand in der Dunkelheit und fror und hielt das Handy umklammert. Einen Moment lang dachte sie daran, Lombardi zurückzurufen und zur Rede zu stellen, doch dann drehte sie sich um und ging zurück zum Auto. Sie fuhr in ihre Wohnung, die eiskalt war, denn sie hatte am Nachmittag sämtliche Fenster geöffnet, um endlich den Zigarettenrauch, der in den Möbeln und Gardinen hing, zu verjagen. Fenster zu, ausziehen, Zähne putzen, Decke über den Kopf. Oft sprach sie, wenn sie etwas sehr beschäftigte, leise vor sich hin. Diesmal nicht. Sie fürchtete, das Appartement könnte verwanzt sein. Das perfekte Alibi. So perfekt, daß es ihr angst machte.

Die Wipfel der Bananenpalmen wiegten sich sanft im Wind. Krupka saß am Frühstückstisch und warf Brotfetzen in den Fischteich, wo die Koi-Karpfen sich mit aufgerissenen Mäulern um die Leckerbissen balgten. Görtz saß seinem Chef gegenüber. Er studierte die Herald Tribune, ließ sich von dem Butler Kaffee nachschenken und lugte über den Zeitungsrand. Langheinrich hatte das Gästehaus verlassen und kam zu ihnen.

Auch Krupka hatte den Minister entdeckt. Er stand auf und haute seinem Freund salopp auf die Schulter. »Na, wie war die Nacht?«

»Ging so. Und bei dir?«

»Weiß nicht, hab ja geschlafen!« Krupka lachte dröhnend über seinen eigenen Kalauer. »Noch ein Gedeck für unseren Gast!« rief er dem Butler zu, als er sich wieder eingekriegt hatte. Langheinrich setzte sich. Krupka sah, wie eine Limousine vor dem Haus stoppte. Zwei Sherpas wuchteten Aktenberge aus dem Kofferraum. »Was wird denn das, wenn's fertig ist?«

»Franz, es ist wunderbar, daß ich hier ein paar Tag ausspannen kann, aber die Arbeit macht sich nicht von allein«, sagte Langheinrich.

Krupka zwinkerte Görtz zu. »Komisch, bei uns funktioniert das ganz gut.« Langheinrich verzog keine Miene. Krupka tätschelte seine Wange. »Entspanne dich, Josef. Heute abend fliege ich zurück nach Berlin und sorge dafür, daß deine Ministerialdirigenten und Abteilungsleiter wieder in der Furcht des Herrn leben.«

Der Butler brachte das Gedeck. Görtz legte die Zeitung weg und sah Krupka abwartend an. Der stippte sein Croissant in den Kaffee. »Josef, wir müssen etwas besprechen«, sagte er. »Du weißt, daß ich dich ungern mit unseren Geschäften behellige, aber manchmal muß es eben sein. De la Peña hat uns eine Nachricht geschickt: Wenn wir ihm die Grail-Raketen nicht liefern, macht er die Schotten dicht. Du weißt, was das heißt.«

»Ja, daß ich Ruhe habe vor dir.«

»Falsche Antwort. Du hast noch einen Versuch.«

»Franz, wir reden hier nicht über Spielzeug. Sogar die Amis wären froh, wenn sie so eine Waffe hätten. Die Mudschaheddin hatten damals nur Stinger. Und selbst damit haben sie die Sowjets aus Afghanistan verjagt.«

»Obwohl sie nicht halb so gute Beziehungen hatten wie du«, sagte Krupka. Er zündete sich in aller Seelenruhe eine Zigarre an. »Josef, du denkst zuviel nach. Das war schon immer dein Fehler. Erinnerst du dich noch, wie wir seinerzeit in Tansania auf der Pirsch waren ...?«

Langheinrich sah ihn irritiert an.

»Kennst du die Geschichte?« fragte Krupka Görtz. »Nein? Hör zu, die ist wirklich witzig! Das war vor zwölf Jahren. Wir waren zu dritt. Josef, ich und Norbert Kilgan. Du wirst ihn nicht kennen, er hatte ein paar Juwelierläden in München und Wien. Netter Kerl, ein Kopf wie ein Stier und ein Gebiß wie ein Pferd. Zwei Wochen Safari im Tarangire-Nationalpark. Die haben uns mit einem Flugzeug mitten im Busch abgesetzt. Ein alter Masai hat auf uns gewartet, das war unser Fährtensucher. Ich wette, der war über achtzig. Stank wie Otter. Die nächste Siedlung war Arusha, hundertfünfzig Kilometer, dazwischen gab's nur ein paar Ziegenhütten, und selbst die waren zwei Tagesmärsche weit weg. Aber es hatte was. Kleiner See, großes Zelt, kein Zaun oder so 'n Scheiß. Das Flugzeug würde erst wiederkommen, um uns abzuholen. Oder für 'ne kurze Zwischenlandung, wenn wir was geschossen hätten. Dafür hatten wir 'n Handy. Nur eins, ein zweites wäre ja auch überflüssig gewesen.«

»Was wolltet ihr denn schießen?« fragte Görtz.

»Die Big Five, ist doch klar. Wir hatten 'ne Ausnahmegenehmigung, das hat Josef über unseren Botschafter geregelt, nicht wahr?«

»Hmm.« Langheinrich fragte sich, worauf Krupka hinauswollte.

»War wirklich ein hübsches Plätzchen«, fuhr Krupka fort. »Tagsüber brüllend heiß, nachts kalt wie in der Arktis. Am ersten Abend sitzen wir so vor dem Zelt und trinken Bier, und Norbert sagt: ›Ich muß mal pissen.‹ Er steht auf, geht ein paar Meter weg und fällt um. Herzschlag, er war gleich tot. Da hocken wir also wie die Deppen und überlegen, was wir tun sollen. Josef geht ins Zelt, holt das Handy, stolpert, und das Ding fliegt in hohem Bogen in den See. Wir haben's rausgefischt, aber es war nix mehr zu löten.«

»Ist nicht wahr, du willst mich veräppeln!« sagte Görtz.

»Glaub's mir ruhig. Vierzehn Tage, bis das Flugzeug wiederkam. Bis dahin hätte der gute Norbert genauso gestunken wie unser Masai. Also haben wir ihn in Plastik verschnürt wie eine Mumie und diskutiert, wo wir ihn unterbringen sollen. Vergraben ging nicht, unser Fährtensucher meinte, daß die Löwen so was metertief riechen. Josef machte den Vorschlag, ihn mit einem Stein zu beschweren und im See zu parken. Keine gute Idee, wegen der Krokodile. Da sagte der Masai, das beste wäre, wenn wir ihn an einem Affenbrotbaum aufhängen. Hoch genug, damit das Viehzeug nicht drankommt. So haben wir's gemacht. Wie gesagt: zwei Wochen. Drei Tage haben wir ein bißchen getrauert, dann haben wir beschlossen, auf die Jagd zu gehen wie geplant. Jeden Abend, wenn wir zurückgekommen sind, haben wir ihn vom Baum runtergeholt wie die Briten ihre Flagge in Hongkong und ihn zu uns ins Zelt gelegt. Kam uns irgendwie pietätvoller vor. So waren wir wieder zu dritt. Drei Kumpels im Männerurlaub. Der Masai hat draußen gepennt, wie er's gewohnt war.« Krupka schneuzte sich geräuschvoll die Nase. »Aber weißt du, was komisch war? Nach ein paar Tagen haben wir ganz vergessen, daß wir mit 'ner Leiche campen. Er hat zwischen unseren Schlafsäcken gelegen und sich angehört, was wir auf der Pirsch so alles gesehen hatten. Wir haben ganz normal mit ihm geredet, manchmal auch geflucht, wenn man nachts zum Pinkeln mußte und über ihn gestolpert ist. ›Kannst du nicht aufpassen, du Arschloch?!‹, so was in der Art. Irgendwann kam das Flugzeug, hat uns abgeholt, und wir haben ihn nach Deutschland überführt. Seine Witwe hat in München am Flughafen gewartet. Sie hat uns umarmt und war ganz gerührt, weil wir uns so um ihn gekümmert hatten. Ehrlich, mir war's kein bißchen peinlich.«

»Und – habt ihr was geschossen?« fragte Görtz.

»Nur 'nen Büffel, am vorletzten Tag. Wenn du ins Haus gehst, hängt sein Kopf gleich links.« Nun erst sah er Langheinrich an. »Siehst du, Josef, das ist der Unterschied zwischen uns: Ich bin, was ich tue. Aber du bist, was du denkst. Dabei gewöhnt man sich so schnell auch an die verrücktesten Dinge. Noch ist dir das alles ein bißchen fremd und unheimlich, aber glaub mir, schon bald kommen dir Gespräche wie das von vorhin ganz normal vor. Dann werden wir uns in Ruhe unterhalten und für jedes Problem eine Lösung finden.«

»Wie denkst du dir das eigentlich?« schnaubte Langheinrich. »Soll ich den Verteidigungsminister anrufen? ›Entschuldigung, Herr Kollege, ich hätte da eine blöde Frage: Haben Sie zufällig mal daran gedacht, sich bei den Russen zu melden und ein paar hundert Grails zu ordern? Wirklich? Großartig! Ich werde mich mit einem Essen revanchieren!‹«

Kaum hatte er das gesagt, als Krupka aufsprang. Er kniete sich neben den Fischteich und griff mit beiden Händen blitzschnell ins Wasser und kümmerte sich nicht darum, daß sein Hemd bis zum Ellenbogen naß wurde. Er kaschte einen der sündhaft teuren Karpfen und warf ihn neben Langheinrich ins Gras. Das Tier zuckte hilflos hin und her, riß das Maul auf und schnappte nach Luft. Langheinrich war ebenfalls aufgesprungen. Aber nicht aus Wut, sondern aus Ekel, den Todeskampf mit ansehen zu müssen.

»Guck ihn dir genau an. Das bist du. Wenn ich mit dir fertig bin!« brüllte Krupka so laut, daß selbst Görtz erschrocken den Kopf einzog.

Langheinrich konnte nicht anders. Er versuchte hektisch, den Karpfen zu greifen, doch er glitschte ihm immer wieder aus den Händen. Krupka und Görtz sahen ihm seelenruhig dabei zu. Schließlich wußte Langheinrich sich nicht weiter zu helfen und schob das Tier angewidert mit dem Fuß zurück ins Becken. Er drehte sich schweratmend zu Krupka um. »Falls du nicht weißt, wo deine Grenze ist. Sie ist genau hier!« So stapfte er, ohne die beiden Männer noch eines Blickes zu würdigen, zurück zum Gästehaus.

Krupka trat gegen den Tisch. Das ganze Gedeck flog zusammen mit Brötchen, Frühstückseiern, Orangensaft und Zeitungen zu den Fischen. »Grenzen sind was für Männer ohne Eier! Ich scheiß auf deine Grenzen! Hast du gehört: Ich scheiß drauf!« brüllte er dem Minister hinterher. Langheinrich drehte sich nicht mehr um.

Görtz stellte den Tisch wieder auf und setzte sich. Er kannte Krupka und wußte, daß er genauso schnell, wie er den Gipfel der Palme erklommen hatte, auch wieder runterklettern würde. Tatsächlich, nach einer halben Minute, die in Schweigen verging, lehnte Krupka sich zurück, zog wieder an seiner Zigarre und fragte: »Also, was machen wir?«

»Eigentlich ist es doch gar nicht so kompliziert. Die Grails werden wir von Tscherbanenko bekommen, das wissen wir. Wir müssen ihm nur ein bißchen Zeit geben, bis er Czarnys alte Kontakte übernommen hat. Was wir brauchen, ist eine Zwischenlösung. Ich will das Problem nicht verniedlichen. Aber ich bin sicher, de la Peña würde sich fürs erste auch mit Stingern zufriedengeben. Sozusagen als Appetithappen, bis Tscherbanenko soweit ist.«

»Aus welchem Fleisch sollen wir die rausschneiden?«

Görtz lächelte. »So wie ich das sehe, haben wir drei Probleme.

Erstens: Keine Raketen – kein neuer Stoff. Zweitens: Siegfried Thom. Du weißt, es haben sich Kritiker zu Wort gemeldet, die seine schnellen Karrieresprünge vom Gruppen- zum Abteilungsleiter und dann zum Präsidenten des BKA ein wenig überzogen finden. Denen muß man das Maul stopfen ...«

»Und drittens?« fragte Krupka, der langsam neugierig wurde.

»Die Spaghettis.«

In der Tat hatten sie Kummer mit einem apulischen Clan der Sacra Corona. Während alle anderen Zwischenhändler, an die Krupka den Stoff weiterverkaufte, ihren Zahlungsverpflichtungen bargeldlos nachkamen, bestanden die »Spaghettis«, wie André Görtz sie zu nennen pflegte, auf Cash, was auf einige Besonderheiten ihres Vertriebssystems zurückzuführen war. Für Krupka war dies ein ständiger Stein in seinem Schuh, denn das Waschen von Bargeld war erheblich komplizierter und risikoreicher als ihr Standardverfahren. Immerhin ging es um etwa hundert Millionen Euro jährlich. Liebend gern hätte er sich einen anderen Zwischenhändler für die Region gesucht. Doch die Clans, die in Frage gekommen wären, zitterten vor der Macht ihrer Konkurrenten und wagten keine Geschäfte hinter deren Rücken.

»Eins, zwei, drei«, sagte Görtz. »Ist doch eine Kleinigkeit.«

Krupka brauchte nur wenige Sekunden, dann glitt ein Lächeln über sein Gesicht, das die letzte Kummerfalte glattzog. »Was zahle ich dir eigentlich?«

»Zu wenig, wenn du mich fragst.«

»Da hast du ausnahmsweise verdammt recht!«

Das Terrain war unübersichtlich. Beidseits der Straße erhoben sich fünfstöckige Gebäude. Keine Balkons, keine Fenster, die man einsehen konnte, Flachdächer, auf denen eine Armee von Scharfschützen sich hätte unsichtbar machen können. Pieper brüllte ein Kommando in sein Headphone, als die drei Panzer, deren mittleren er steuerte, mit Tempo einhundertachtzig brutal abbremsen mußten, um nicht gegen den Lkw zu rasen, der aus einer Einfahrt geschossen war und die Fahrbahn blockierte. Jedes der Fahrzeuge wog mehr als drei Tonnen. Trotzdem wendeten sie absolut synchron, die Außenspiegel nur Zentimeter voneinander entfernt, und rasten in die Richtung zurück, aus der sie gekommen waren. Sie hatten die Standardbesetzung: zwei Sherpas plus Fahrer.

Nur Pieper bildete eine Ausnahme. Er war Fahrer und Sherpa in Personalunion und allein mit seiner Schutzperson, die auf der Rückbank kauerte. Er trat das Gaspedal bis zum Anschlag durch und hielt sich atemberaubend dicht hinter dem Führungsfahrzeug. Seine Augen huschten unablässig über die Häuserfronten. Dazwischen lagen Trümmergrundstücke, die mit Büschen und Sträuchern bewachsen waren. Ein Alptraum. Natürlich nur für Pieper, nicht für den Attentäter.

Der Mann trug einen schwarzen Overall. Er kniete dicht an der Straße, in einer Art wilder Mülldeponie, einem Berg von Unrat, den man dort einfach abgekippt hatte. Die Panzerfaust hatte er bereits in Stellung gebracht. Es war eine schwedische Miniman-AT-4. Eine sogenannte »Wegwerfwaffe«. Man konnte nur einmal damit feuern, danach war sie unbrauchbar.

Jetzt waren die Limousinen in Sichtweite. Der Attentäter wartete, bis das erste Fahrzeug vorbei war und Pieper sich mit seiner Schutzperson in idealer Distanz befand. Der flossenstabilisierte Gefechtskopf wurde von der Treibladung auf eine Geschwindigkeit von dreihundert Metern pro Sekunde katapultiert und fand sein Ziel in der linken hinteren Tür des Daimlers. Die Kartusche zerplatzte, ein knallroter Farbklecks breitete sich auf dem Lack aus. Im gleichen Moment, in dem der Einschlag stattgefunden hatte, riß Pieper das Steuer herum. Er holte die letzten Reserven aus dem Aggregat heraus und überholte das Führungsfahrzeug, während er gleichzeitig den Rückspiegel kontrollierte. Er sah, daß die beiden anderen Limousinen abrupt stoppten. Die Sherpas hatten die Blenden der Schießscharten weggesprengt und bestreuten den Standort des Attentäters mit Dauerfeuer aus ihren Maschinenpistolen. Doch sie wurden, offenbar durch einen zweiten Attentäter, von der gegenüberliegenden Straßenseite mit einem Scharfschützengewehr unter schnellen Beschuß genommen. Die Fenster und Türen der Limousinen sahen aus, als habe jemand rote Farbe aus Kübeln darübergeschüttet. Hätte sich panzerbrechende Hohlspitz- oder Hartkernmunition in dem Magazin befunden, wären sie jetzt alle tot.

Vollbremsung. Pieper stieß zurück, in einem Tempo, bei dem ein normaler Autofahrer Probleme gehabt hätte, geradeaus zu fahren. Der schwere Wagen schlingerte keinen Millimeter. Er raste direkt in den Kistenstapel, hinter dem sich der zweite Attentäter verschanzt hatte. Der Mann, der von dem unkonventionellen Fahrmanöver völlig überrascht war, wurde von seiner eigenen Deckung begraben. Pieper stieß die Seitentür auf und hechtete ins Freie. Die fünf Kilo, die er bereits abtrainiert hatte, machten sich angenehm bemerkbar. Sein Gegner blickte in die Mündung der Sig Sauer. Gleichzeitig drückte Pieper ihm mit dem freien Ellenbogen die Luft ab. Der Mann produzierte nur ein Krächzen. »Was soll das? Laß mich los, du Arschloch!«

Pieper verzog keine Miene. »Ich kann dich nicht hören. Du bist tot.«

Zehn Minuten später saß er seinem Ausbilder in dessen Büro gegenüber. Es befand sich in der Kommandantur des früheren NVA-Kasernengeländes bei Lehnin, fünfzehn Kilometer westlich von Potsdam, das nun als Ausbildungszentrum der Sicherungsgruppe diente.

»Herr Pieper, was Sie vor zwei Wochen in Berlin unter Beweis gestellt haben, war spektakulär und wird im Kollegenkreis viel diskutiert. Meine Anerkennung, auch ich bin beeindruckt. Heute jedoch handelte es sich nicht um einen Ernstfall, sondern um eine Übung!« Mit diesem Satz verschwand der joviale Tonfall des Ausbilders und wich schneidender Schärfe. »Sie sind neu in der SG und möglicherweise mit einigen unserer Taktiken noch nicht so vertraut, wie es erforderlich wäre. Sie waren mit der Schutzperson in Ihrem Fahrzeug allein. Ein zweiter Sherpa hätte in diesem Trainingssegment keinen Sinn gemacht, denn Sie, Herr Pieper, hatten nur eine einzige Aufgabe: die Schutzperson in Sicherheit zu bringen und ihren Kollegen in den Begleitfahrzeugen die Ausschaltung des Gegners zu überlassen. Stimmen Sie mir soweit zu?«

»Welche Kollegen?«

»Wie meinen Sie das?«

»Sie haben sich die Karren doch angesehen. Noch ein bißchen mehr Rot, und wir könnten sie als Ferraris verkaufen. Die waren mausetot.«

»Das ändert nichts«, sagte der Ausbilder, nachdem er einen Moment lang geschwiegen hatte. »Sagen Sie mir doch möglichst in einem klaren Satz, wie Sie Ihren Auftrag verstehen.«

Pieper zögerte keine Sekunde. »Wenn jemand versucht, meine Schutzperson zu töten, werde ich sichergehen, daß er wirklich ausgeschaltet ist. Sollte ich daran den geringsten Zweifel haben, wird er jederzeit die gleiche Erfahrung machen wie vorhin mein Kollege. Ohne Übungsmunition.« Pieper stand auf und ging zur Tür. Dort drehte er sich noch einmal um. »Im übrigen möchte ich mich entschuldigen: Es waren drei Sätze.«

»Sagen Sie das bitte noch einmal«, bat Wolf.

»Achtzig neue Planstellen in den letzten vier Wochen. Thom hat den Einstellungsstop zwei Tage nach Hamburg aufgehoben«, antwortete Grimm.

»Wo kommen die Leute her?«

»Diverse Landeskriminalämter, Bundesgrenzschutz, Kripodezernate. Alle für den operativen Einsatz. ZD, OA, SG. Ich bin sicher, die Führungszeugnisse sind tadellos. Einige hat er zu Gruppen- und Referatsleitern gemacht. Den Verbindungsposten bei Europol hat er auch neu besetzt. Vielleicht ist sogar die GSG-9 infiziert.«

»Krupkas Männer«, sagte Wolf und lutschte an der kalten Zigarre. Die Ärzte hatten ihm das Rauchen verboten.

»Natürlich. So kriegt er den Laden in den Griff.« Genau wie Wolf hatte er sich niemals der Illusion hingegeben, man könne eine so riesige Behörde wie das BKA allein dadurch kontrollieren, daß man den Präsidenten austauschte. Das wäre etwa so effektiv gewesen wie der Versuch, eine Dornenhecke mit einer Nagelschere zu schneiden. Man mußte das Tagesgeschäft unter die Fuchtel kriegen. Und genau daran wurde auf dem Neroberg konsequent gearbeitet.

»Der Abteilungsleiter ZD gehört dazu«, sagte Grimm vorsichtig.

Jetzt erschrak Wolf. ZD – Zentrale Dienste – war die wichtigste Schnittstelle im Haus. Hier saßen nicht nur das MEK und die Tatortgruppe, sondern auch die Europol- und Interpolbüros, und, vor allem: der Dauerdienst. Er steuerte die komplette Kommunikation des Amtes. Mit der Übernahme dieses Referats hatte Krupka das gleiche getan wie jeder halbwegs intelligente Putschist, der zuerst die wichtigsten Fernsehsender unter Kontrolle bringt, bevor er über das Land herrschen kann. Der ganze Schriftverkehr, jede Mail, alle kriminalistischen Daten, die von der gesamten deutschen Polizei, der kleinsten Dorfwache bis zum Hauptstadt-Kripodezernat, zur Zentralstelle nach Wiesbaden geliefert oder von dort angefragt wurden, liefen hier durch. Routinemäßige Fahrzeughalteranfragen genauso wie die größten Ermittlungskomplexe gegen Organisierte Kriminalität. *Warum bin ich nicht von allein darauf gekommen? Ich habe Thom ja noch persönlich zum Abteilungsleiter ZD gemacht. Die Stelle war nach seinem Tigersprung vakant. Der perfekte Zeitpunkt für Krupka.*

»Auch jemand in Ihrer Abteilung?« fragte Wolf, nachdem er sich einigermaßen gefaßt hatte.

»Nicht einer. Und das ist die gute Nachricht, denn es heißt, daß sie mir vertrauen. Ich frage mich nur, wie Krupka die Leute so schnell auftreiben konnte. Die stehen alle auf seiner Lohnliste. So etwas geht doch nicht über Nacht.«

»Versetzen Sie sich einfach in seine Situation: Um ein solches Geschäft aufzuziehen, braucht es eine lange Vorbereitung. Es würde mich nicht wundern, wenn er vor zwei oder drei Jahren noch nicht die geringste Ahnung vom Drogenhandel gehabt hätte. Nur die Profite waren ihm vertraut, so wie jedem Zeitungsleser. Also mußte er zunächst einmal eine Logistik aufziehen. Er hat sich Männer gesucht, die schon einiges über das Geschäft wußten. Zum Beispiel Thom«, fügte Wolf nach einer kleinen, bitteren Pause hinzu. »Vielleicht auch Falcke, der saß in Reggio di Calabria ja direkt an der Quelle. Aber ebenso andere, solche, die intelligent genug waren, es zu lernen. Die hat er über einen Hintereingang in die Schule geschickt. Vermutlich bei Pallucci, möglicherweise auch bei Czarny oder sogar Cuevo. Dort haben sie nichts weiter getan, als sich alle Kniffe abzugucken. Vertriebsmodalitäten, Umgangsformen, Preise, Eigenheiten, von denen nur Insider Kenntnis haben. Das Ganze unbemerkt, versteht sich, denn die Wirte durften nichts von ihren Parasiten ahnen. Die achtzig Mann, von denen Sie sprechen, bilden bloß die Elite. Wahrscheinlich sind es Tausende in ganz Europa, das Business funktioniert nur durch flächendeckende Korruption. Versuchen wir, es positiv zu sehen: Diese achtzig kennen wir jetzt. Erstellen Sie eine komplette Liste. Das ist ein guter Anfang!«

Sie hoben beide die Köpfe, als die Tür aufging und Sophie den Nassen Heiden betrat. Sie setzte sich zu ihnen. Im selben Moment schleppte die Wirtin zwei Teller mit mächtigen Kohlrouladen auf einem Berg von Kartoffeln aus der Küche. Die gute Frau stellte die Kalorienbomben vor Grimm und Wolf auf den Tisch und fragte dann Sophie: »Det gleische noch ma?«

»Nur eine Limonade bitte.« Sie konnte sich unmöglich vorstellen, daß ein Mensch in der Lage war, eine solche Portion zu vertilgen. *Außer Jan natürlich. Gut, daß er nicht da ist ...*

»Wo ist Pieper eigentlich?« fragte sie, nachdem die Wirtin weg war. »Ich habe auch die Limousine nicht gesehen.«

»Training bei der SG«, antwortete Wolf. »Es sind nur sechzig Kilometer. Er hat mich hier abgesetzt und holt mich nachher wieder ab. Wir fahren dann gleich weiter nach Garmisch. Dort ist meine Reha.«

»Werden die Kollegen nicht mißtrauisch, wenn er allein mit dir durch die Gegend gondelt?«

»Die Sache auf dem Friedhof ... So etwas schafft eine besondere Bindung, das wußten sie auch von mir und Gregor. Und nach Garmisch kommen sie mit. Pieper ruft sie nachher über Funk, dann treffen wir uns mit ihnen in Dreilinden ... Und du?« fragte er, schon auf beiden Backen kauend.

»Meine Maschine nach Hamburg geht um drei. Katja und ich werden uns um den Zöllner kümmern.« Ihr Blick ging unwillkürlich zu dem Pärchen, das außer Hörweite am Tresen saß.

Der Mann hatte schwarze Handrücken, wahrscheinlich ein Industriearbeiter aus Hennigsdorf. Die Arme, die seine Kleine ihm um den Hals legte, waren kräftig wie die einer Landarbeiterin.

Wolf tippte Sophie an, die den Blick vom Tresen abwandte. »Du hast den richtigen Riecher gehabt. Der Schmierzettel schien Thom ziemlich am Herzen zu liegen.«

Sie sah ihn fragend an. Grimm antwortete anstelle ihres Vaters: »Schon zwei Tage nachdem du davon gesprochen hast, hat er mich zu sich gerufen. Er wollte, daß ich ihm Langheinrichs Notiz aushändige.«

»Und?« fragte Sophie wie elektrisiert.

»Pieper hat sie mir rechtzeitig beschafft.«

»Aber doch nicht das Original?«

»Wo denkst du hin? Das habe immer noch ich«, sagte Wolf.

»Wie hat Thom reagiert?«

»Du wirst es nicht glauben, aber er hat den Zettel in den Aschenbecher auf seinem Schreibtisch gelegt und ihn vor meinen Augen verbrannt. Mehr Vertrauen kann man von seinem Präsidenten nicht erwarten.« Falls Grimms Stimme einen ironischen Unterton hatte, wurde er von Wolf großzügig überhört.

»Irre ich mich, oder kommt das Wichtigste erst noch?« fragte Sophie.

Grimm lächelte.

KT 53. Dort gab es einen Mann, dem Wolf vertraute. Kurz vor der Pension, aber immer noch der Beste in seinem Fach. Er war Spezialist für FISH. »Forensisches Informationssystem Handschriften«.

»Herr Schulte, ich brauche einen Abgleich. Eilsache. Können Sie sich das mal angucken?«

»Wenn ich hier mal was auf den Tisch kriege, das keine Eilsache ist, geh ich zum Arzt. Dann hab ich was an den Ohren«, hatte er gemurmelt, erst den Zettel und dann die Grußpostkarte gemustert, die Grimm ihm hinhielt.

»Das ist das Original.«

»Geburtstagsgrüße vom Bundesinnenminister?«

»*Beziehungen haben noch nie geschadet.*« Natürlich war Grimm klar gewesen, daß Schulte gleich Bescheid wissen würde. Der Einsatz in Hamburg. Dazu diese Notiz. Aber nach dem Abgleich hatte er nur hochgeschaut, ihm nüchtern das Ergebnis mitgeteilt und gesagt: »*Grüßen Sie den Präsidenten von mir.*«

Grimm hatte sich gefragt: Welchen meint er? Da hatte Schulte gemurmelt: »*Wir sind fast der gleiche Jahrgang, waren damals zusammen in Hiltrup.*«

Jetzt kämpfte Grimm mit einem mächtigen Klumpen aus Kartoffeln und Soße. »Die Handschrift ist gefälscht«, sagte er, an Sophie gewandt. »Fast perfekt. Aber eben nur fast. Trotzdem: Dazu muß man eine Schrift genau kennen.«

Wolf nickte kalt. »Krupka. Claudia Langheinrich starb an einer falschen Dosis Insulin, und Lombardi war als erster bei ihr in der Wohnung. Krupka wußte von Thom, daß wir sie in das Schutzkommando eingeschleust hatten. Er hat uns die Falle gestellt. Hätte er Langheinrichs Handschrift fälschen müssen, wenn der eingeweiht gewesen wäre? Definitiv nein.«

»Er konnte sich ausrechnen, daß Katja sich in Langheinrichs Arbeitszimmer umsieht ... Aber dazu mußte er den Zettel dort deponieren«, sagte Sophie.

»Pieper hat sich die Fahrtenbücher von Krupkas Schutzkommando angesehen. Krupka war an dem Nachmittag, bevor Claudia gestorben ist, für eine halbe Stunde bei Langheinrich. Vielleicht hat er bei dieser Gelegenheit auch das Dosieraerosol ausgetauscht. Oder tags zuvor, in dem Restaurant.«

»Also wurde sie tatsächlich ermordet ...«, murmelte Sophie, die noch immer nicht fassen konnte, daß sie mit ihrem Gefühl recht gehabt hatte.

»So sicher, wie ich in der Sauna schwitze«, sagte ihr Vater. »Nur beweisen können wir das nicht.« Er schob seinen halbleeren Teller von sich weg und stand auf, da er nach dem fetten Essen ein menschliches Bedürfnis verspürte. »Entschuldigt mich mal für einen Moment.«

Auch Grimm legte Messer und Gabel zur Seite. Erst jetzt bemerkte er, daß Sophie mit ihren Gedanken ganz woanders war.

Sie starrte wieder zu dem Pärchen am Tresen. Die beiden konnten ihre Finger nicht voneinander lassen.

Grimm faßte nach ihrer Hand und drückte sie. »Die dürfen das, okay?«

Sie griff unter den Ärmel ihres Pullovers und riß das Nikotinpflaster, das sie am Karlsruher Flughafen gekauft hatte, mit einem Ratsch ab. »Kann ich bei dir eine schnorren?«

»Klar.« Er schob ihr seine Zigarettenschachtel zu. Als sie die Lasche aufklappte, sah sie, daß sich keine Gitanes darin befanden, sondern nur Kaugummistreifen. Grimm zuckte die Schultern. »Ich bin heute morgen von meinem eigenen Husten aufgewacht. Alles in allem war es eine ziemlich kurze Kettenraucherkarriere.«

Sophie mußte lachen.

Sie teilten sich einen Kaugummi und redeten über das Wetter.

Der Raum war sehr groß. Die Seitenwände verjüngten sich konisch und bestanden im Prinzip aus einer einzigen riesigen Leinwand, die dem Film, der gleich ablaufen würde, einen dreidimensionalen Effekt verleihen würde.

Pieper stand mit zwei Kollegen der SG in der Mitte des Schießkinos. »Fertigmachen!« kam die Stimme des Ausbilders aus den Lautsprechern.

Sie zogen ihre Waffen aus dem Hosenbund. Pieper kontrollierte das Magazin der Sig Sauer, während die beiden anderen die Trommeln ihrer Revolver aufklappten. Dann steckten sie die Waffen wieder zurück. Das Licht wurde auf Halbdunkel gedimmt, der Film lief ab. Sie wußten nicht, was sie erwartete, denn das Material wurde ständig ergänzt und ausgetauscht, so daß die Situation, der sie ausgesetzt waren, stets neu war.

Immer war es der Ernstfall.

Der Linux-Hochleistungsrechner, mit dem der Projektor verbunden war, generierte eine virtuelle Szenerie, die ein absolut realistisches Abbild der Wirklichkeit darstellte. Sogar Gerüche wurden illusioniert, in diesem Fall Bratwürste und etwas Diffuses, das Piepers Nase als durchgeschmurgeltes Kabel identifizierte. Man sah einen weitläufigen Platz, auf dem sich eine riesige Menschenmenge befand. Offenbar eine Wahlkampfveranstaltung. Pieper und Co. gehörten zur Außensicherung, hatten also mit dem unmittelbaren Personenschutz der Begleitkommandos nichts zu tun. Drei Panzer fuhren vor. Die Sherpas sprangen aus den Fahrzeugen und sicherten das Terrain, ehe der Pointer den Wagenschlag für den Minister öffnete. Er stieg aus und steuerte, von vier Männern abgedeckt, das Podium an. Gleichzeitig zuckten an den Seitenwänden des Schießkinos Blitzlichter auf, um die Beleuchtungsproblematik zu verstärken. Hände reckten sich dem Minister von allen Seiten entgegen. Er war aufgrund der schwierigen Lichtverhältnisse nur undeutlich in dem Gedränge zu erkennen, blieb stehen, gab sogar Autogramme und mußte von seinen Sherpas sanft angestoßen werden, damit er sich endlich wieder vorwärts bewegte und die Gasse nutzte, die der Pointer mit Brachialgewalt für ihn freischaufelte.

Als er noch fünf Meter von dem Podium entfernt war, sah Pieper eine blitzschnelle Bewegung dicht hinter dem Minister. Die beiden Männer, die neben ihm im Schießkino standen, rissen, ehe er reagierte, ihre Revolver hoch und feuerten die Trommeln leer. Pieper tat gar nichts. Doch im gleichen Moment, als die Kollegen die Waffen sinken ließen und ihn verwundert ansahen, hatte er schon die Sig Sauer in der Hand und gab einen einzigen Schuß ab. Das Animationsprogramm wurde gestoppt, das Licht im Saal ging an.

Piepers Partner stierten fassungslos auf die Leinwand.

Jeder ihrer Schüsse hatte ins Schwarze getroffen. Doch die beiden vermeintlichen Attentäter entpuppten sich als Schulkinder, die sich nur neugierig nach vorne gedrängelt hatten. Derjenige aber, dessen Zielobjekt der Minister gewesen war, hatte seine Pumpgun erst halb unter dem Parka hervorgezogen, als Piepers Kugel ihn mitten zwischen die Augen traf. Dabei hatte er sich nur am Rand der Veranstaltung befunden. Nicht im Zentrum.

»Wer von euch bringt's ihren Eltern bei?« fragte Pieper.

Wolf kam zurück und sah Grimm und Sophie kaugummikauend. Er setzte sich mit wissendem Nicken. »Ich träume sogar von meinen Zigarren.«

Grimm sagte: »Krupka und Langheinrich sind Freunde seit über vierzig Jahren. Und Langheinrich weiß nicht, daß Krupka seine Frau getötet hat. Ich frage mich, was er tun wird, wenn er es herausfindet.«

»Möglicherweise ist dieser Zettel unsere Lebensversicherung. Wenn der Zeitpunkt gekommen ist, werden wir sie einlösen«, murmelte Wolf. Er lutschte an seiner kalten Partagás. »Betrachten wir das Ganze als Schachspiel. Was war der letzte Zug, den unser Gegner gemacht hat?«

»Das Attentat auf dem Friedhof«, sagte Sophie.

»Richtig. Und wir haben den Zettel, das war unsere Antwort auf den versuchten Angriff auf den König. Aber was wird Krupka als nächstes tun?«

Sophie ließ eine Kaugummiblase platzen. »Krupka braucht die Grails. Er muß den Stoff mit Waffen bezahlen, sonst verliert er Cuevo als Partner. Die Frage ist nur, woher er sie kriegen will. Die Bolivianer werden sich nicht mit veraltetem Material zufriedengeben. Viele Möglichkeiten bleiben ihm nicht.«

»Glaub mir, Kind, wenn der Mann *eines* hat, dann sind es Möglichkeiten!«

So ging es die nächste Stunde weiter. Sie diskutierten jede Variante, versuchten, in Krupkas Kopf zu kriechen, um herauszufinden, wie er dachte, was er fühlte, was er plante. Um kurz vor dreizehn Uhr kam Pieper. Er blieb einen Moment stehen und nahm automatisch Witterung zu den Dämpfen auf, die aus der Küche zogen.

Wolf, Sophie und Grimm schoben ihre Stühle weg, sie hatten schon bezahlt. »Vergiß es, Jan. Es hat grauenhaft geschmeckt«, sagte Wolf. Das schien ihn ein wenig zu trösten.

Sie nahmen Abschied vor der Tür. Wolf umarmte Sophie und drückte sie, so fest er konnte. Sie spürte, wie dünn er war, und bemühte sich, nicht allzu sentimental zu wirken.

Pieper klappte den Kofferraum des Panzers auf. Er gab Sophie ein Kästchen, das aussah wie ein Mini-Lautsprecher. »Ein Rauschgenerator. Steck ihn daheim und im Büro einfach in die Steckdose. Im Auto genügt der Zigarettenanzünder.«

»Was kann das Ding?«

»Es sendet ein Rauschsignal aus, das du gar nicht bemerkst. Der Mensch hat zwei Ohren, im Gegensatz zu einem Lolli, der alles nur mono überträgt. Wir filtern unbewußt jedes Geräusch und entscheiden, was wichtig ist und was nicht, selbst wenn um uns herum jede Menge Krach ist. Das Rauschen, das von dem Ding erzeugt wird, löst ein Frequenzchaos aus, so daß du nicht mehr abgehört werden kannst. Stell dir einfach vor, du hättest deine Stereoanlage auf volle Lautstärke gedreht und würdest dabei leise telefonieren ... Den hier kannst du auch gebrauchen.« Er gab ihr einen Bug-Detektor, nicht größer als ein Handy. »Ist so leicht zu bedienen wie ein Toaster. Funktioniert auf eine Distanz von maximal einem Meter. Nimm dir dein Auto vor und die Wohnung. Vergiß auch den Kleiderschrank nicht, könnte sein, daß man dir eine Brosche geschenkt hat, von der du noch nichts weißt.«

Sophie lächelte, denn sie hatte sich zwar vorgenommen, Pieper oder Grimm um das Equipment zu bitten, es aber bisher noch nicht getan. Dafür verdiente Pieper einen Kuß. Erst als die Limousine außer Sicht war, drehte sie sich um. Grimm stand vor ihr und hielt die Hände auf. Auch er hatte ihr sowohl einen Rauschgenerator als auch einen Bug-Detektor mitgebracht.

»Da war ich wohl zu spät«, murmelte er verlegen.

»Doppelt genäht hält besser!« Sophie nahm auch sein »Präsent«. Sie wollte eigentlich nur sagen: *Bis dann!* Doch ehe sie zum Nachdenken kam, hatte sie ihm ebenfalls einen Kuß gegeben, auf den Mund, nicht auf die Wange wie bei Pieper. Schnell stieg sie ins Auto, damit er nicht sah, daß ihr die flammende Röte ins Gesicht geschossen war.

Grimm starrte ihr hinterher, bis sie an der Kreuzung links abbog, und leckte vorsichtig über den Lipgloss, der klebengeblieben war.

SIEBEN

Der Jeep Cherokee wartete im Parkhaus unter dem Terminal 4 des Flughafens Fuhlsbüttel. Lombardi hatte sich aus dem Achterset der Sicherungsgruppe bedient und sinnvollerweise ein Hamburger Kennzeichen ausgewählt. Das Auto war perfekt. In der City würde Lombardi wie eine gelangweilte Pöseldorferin wirken, die sich das Spielzeug ihres Mannes ausgeliehen hatte, um mit einer Freundin auf Shoppingtour zu gehen. Im Hafengebiet war der Jeep so auffällig wie ein Van-Carrier auf dem Chassis-Platz.

»Hallo«, sagte Lombardi nur, als Sophie zu ihr in den Wagen stieg.

»Hallo.«

Sophies einziges Gepäck war ihr kleiner Rimowa-Koffer. Sie würde morgen nach Karlsruhe zurückfliegen, nachdem sie ihren fälligen Termin beim hiesigen Vormundschaftsgericht wahrgenommen hatte.

Lombardi entschied sich für die Alsterkrug-Chaussee. Nieselregen, Hamburger Wetter also. Das Luftgebläse arbeitete auf Hochtouren, um die Scheibe freizuhalten. Im Auto war es warm, draußen kalt. Die beiden Frauen versteckten sich hinter ihrem Schweigen und dachten an ihr Telefonat. *»Irgendwas war verkehrt. Irgendwas hat nicht gestimmt. Das hast du selbst gesagt.«* Lombardi tat es leid, daß sie so hart mit ihrer Freundin umgesprungen war, und Sophie wußte, daß sie es nicht aus Böswilligkeit oder einer Laune heraus getan hatte. *»Denk mal darüber nach.«* Tat sie überhaupt noch etwas anderes? Siedlungsbauten aus rotem Klinker säumten die vierspurige Straße. Blitzsaubere Radwege, Grünstreifen, an jeder Ecke ein Mülleimer an einem Peitschenmast, Bauarbeiter. Die Gehsteige wurden saniert, damit alles noch steriler, noch perfekter wurde. *Eine langweilige Ge-*

gend kann man sich nicht vorstellen, dachte Sophie. *Wenn ich hier leben müßte ...*

»Drei Jahre haben wir hier gewohnt. Das Haus da vorne«, sagte Lombardi.

»Wir?« fragte Sophie, froh, daß das Schweigen vorbei war.

»Mein Exmann und ich.«

»Du warst verheiratet?«

»Mit achtzehn, gleich nach dem Abi. Meine Sandkastenliebe. Ich hatte 'nen dicken Bauch, er hat 'ne Banklehre gemacht. Seine Eltern haben uns unterstützt, sonst wären wir nicht über die Runden gekommen.«

»Schwanger? Heißt das, du ...«

»Ich hab das Kind im siebten Monat verloren.« Sie sah Sophies Blick. »Laß gut sein, ist hundert Jahre her. Jedenfalls haben wir danach weniger geredet als du und ich vorhin. Jeden Abend kam er von der Arbeit, hat sein Essen gekriegt und nicht *einmal* gesagt, ob's ihm schmeckt oder nicht. Irgendwann war mir endgültig klar, daß ich kaputtgehe. Ich hab 'ne große Dose Chappi gekauft und daraus Gulasch gemacht. Er hat reingehauen wie immer. Kein Kommentar. Da hab ich meinen Kram gepackt und meine Bewerbung fürs BKA in den Briefkasten geschmissen. Jetzt gehört ihm die Bank, er hat drei Kinder und 'ne Frau. Ich glaub, wenn die mal stirbt, kondolieren sämtliche Hamburger Juweliere.« Sie warf Sophie einen tiefernsten Blick zu und prustete plötzlich los. Beide lachten, bis ihnen die Tränen kamen.

Sie waren jetzt in Eppendorf, wechselten auf die Breitenfelder Straße und erreichten kurze Zeit später Sankt Pauli. Selbst die grelle Reklame der Reeperbahn hatte gegen den stärker werdenden Regen keine Chance. Vor den Landungsbrücken stieg Sophie aus.

»Zwanzig Minuten, maximal halbe Stunde«, sagte Lombardi.

»Alles klar, bis gleich.« Sophie stand auf dem Vorplatz und sah zu, wie der Jeep den Kuppelbau des Elbtunnels ansteuerte. Hier hatte die letzte Fahrt von Gregor Vandreyke und Ines Broszat begonnen, so weit war das Tatortkommando mit seiner Recherche gekommen.

»Haste mal 'nen Euro?« Der Anblick des Punkers, der seine Hand aufhielt, war nicht hübscher als der des Elbtunnels. Aber er tat weniger weh.

Als die Aufzugtür sich öffnete und sie in den Tunnel einfuhr, dachte auch Lombardi an jene Nacht. Das Neon war wie ein Gruß aus dem Reich der Toten. Sie zwang sich, nicht mehr daran zu denken. Als sie Steinwerder erreicht hatte und über den Reiherdamm fuhr, sah sie nicht nach rechts, wo sie und Pieper im Auto gesessen hatten und nichts weiter tun konnten als warten. Die Erinnerung war grausam. Sie beschleunigte und war froh, als sie die Ellerholzschleuse passiert hatte und auf den Roßdamm einbog, der direkt in die Köhlbrandbrücke überging. Links war die SAVOK AG. *Hallo, Onkel Franz, wir sind's und kommen dich besuchen! Wirst du uns auch freundlich empfangen?* Das war nicht hundert Jahre her, es waren tausend. Sie nahm die Abfahrt hinter dem Rugenberger Hafenbecken und bezog Stellung gegenüber dem Hauptzollamt Waltershof.

Der Mann hieß Trommler. Seine Schicht ging von neun bis fünf. Lombardi wartete nur zehn Minuten, dann hatte er Feierabend. Ein großer Schlacks, einer von den Typen, die so pflichtbewußt aussehen, daß man nie auf den Gedanken käme, sie könnten mit ihrem Beamtengehalt nicht zufrieden sein. Er wohnte in Wandsbek und fuhr mit seinem familientauglichen Renault immer die gleiche Strecke. Sie gab ihm dreihundert Meter Vorsprung, ehe sie den Cherokee startete. Es ging auf demselben Weg zurück, auf dem sie gekommen war. Im Aufzug des Elbtunnels war sie direkt hinter ihm. Das Tor schloß sich, die Kabine ruckelte geruhsam nach unten. Lombardi stieg aus. Sie schenkte sich das Vorspiel und klopfte gleich mit ihrer Hundemarke an das Seitenfenster des Renaults. Trommler starrte sie an wie eine Außerirdische. Lombardi wartete. Er entschloß sich, die Scheibe runterfahren zu lassen.

»LKA?« fragte er tonlos.

»So steht's geschrieben. Wir fahren jetzt hübsch hintereinander her und parken an den Landungsbrücken. Ich will mich nur kurz mit Ihnen unterhalten. In einer Stunde können Sie schon mit Ihrem Dackel spazierengehen.«

Die Mole war fast menschenleer. Das Wetter hatte auch die hartnäckigsten Touristen vertrieben, und die Lockvögel der Rundfahrtbarkassen standen sich die Beine in den Leib. Sophie sah Lombardi und der zittrigen Hungerharke entgegen, die neben ihr hertrottete. »Tag, Herr Trommler«, sagte sie freundlich. »Ich hätte mir für unser Gespräch besseres Wetter gewünscht, aber man kann es sich nicht immer aussuchen.«

»Was wollen Sie eigentlich von mir?« fragte Trommler. Er wurde von Sekunde zu Sekunde zappliger und wußte nicht, wohin mit seinen Händen.

Sophie schaute schweigend über das Hafenbecken. »*Man kann es sich nicht immer aussuchen.*« *Gregors Lieblingsspruch.* Ein dicker Pott wurde in Richtung Elbmündung geschleppt. Die Bugwelle hatte die Pier erreicht und klatschte gegen die Fender. Sophie und Lombardi hatten es behaglich warm unter ihren Kapuzenjacken. Trommler fror in seinem Beamtenanzug. Aber wen kümmerte das?

»Tja, da kommt ganz schön was zusammen ... mehrfache Beihilfe zu Zollvergehen ... Unterschlagung ... Bestechung im Amt ... Mitgliedschaft in einer kriminellen Vereinigung ... Ich fürchte, Sie haben sich umsonst auf Ihre schöne Pension gefreut.«

»Wovon reden Sie überhaupt? Das muß alles ein schrecklicher Irrtum sein! Ich schwöre, ich habe nie ...«

Lombardi unterbrach ihn kalt. »Schwören Sie lieber nicht. Es ist immer häßlich, wenn man beim Meineid erwischt wird. Wir haben einen Fahrer der SAVOK, der bezeugen kann, daß Sie bei der Durchleuchtung der Lkws beide Augen zudrücken. Der Mann ist glaubwürdig. Ich schlage vor, daß wir jetzt gleich ins Präsidium fahren und eine Gegenüberstellung machen.«

»Bitte, können wir nicht ...?«

»Hören Sie auf, mit uns zu feilschen, wir sind hier nicht auf dem Fischmarkt! Geben Sie die Sache zu oder nicht?«

Trommler leckte sich über die regennassen Lippen und dachte nach. Aber wie er sein Blatt auch drehte und wendete – er hatte nur Luschen auf der Hand. »Wie würde es denn dann weitergehen?« fragte er schließlich.

»Ich will ehrlich zu Ihnen sein«, sagte Sophie. »Sie sind uns völlig egal. Uns reizt nur die Ladung. Wir haben gar kein Interesse daran, Ihnen Ihr Leben kaputtzumachen. Wenn Sie mit uns zusammenarbeiten, gehen wir damit um wie mit einem Beichtgeheimnis. Aber hören Sie endlich auf, uns für dumm verkaufen zu wollen. Das ist ja ekelhaft.«

Er kämpfte mit sich. »Ich kriege manchmal einen Anruf. Dann weiß ich, daß ein Transport ansteht.«

»Was für ein Transport?«

»Die SAVOK importiert zum Teil Tierprodukte, die nicht den EU-Hygienevorschriften entsprechen. Ich sorge dann dafür, daß die Ware ordnungsgemäß verzollt wird und einen Reinheitsstempel bekommt ... Ich ... Versprechen Sie mir, daß ich nicht ... Bitte!«

»Wissen Sie, was ich denke?« sagte Lombardi. »Sie sind so blöd, wenn ich Ihnen sagen würde, daß Ihr Kopf ein Amboß ist, hauen Sie sich mit dem Hammer drauf! Zunächst mal folgendes: Sie haben mit Reinheitsstempeln überhaupt nichts zu tun. Ihre Aufgabe besteht allein in der Röntgenkontrolle der Container. So erkennen Sie zum Beispiel den Unterschied zwischen Heroin, Kokain oder Mehl und anderem Kram. Sie haben da schöne Farbmonitore, die zeigen das alles kunterbunt. Ihre Bildauswertungsstation hat vier Arbeitsplätze. Die Scheiße, von der wir reden, passiert immer in Ihrer Schicht. Also gehören noch mindestens drei andere dazu. Die lassen wir jetzt der Einfachheit halber mal beiseite, und Sie erzählen uns, wann die letzte Lieferung war.«

Bei jedem ihrer Worte war Trommler kleiner und kleiner geworden, bis sein Ego in eines der kleinen Säckchen gepaßt hätte, von denen die Rede war. »Vor vierzehn Tagen. Seitdem ist nichts mehr gekommen.« Er flüsterte fast.

»Ist das ungewöhnlich?« fragte Sophie.

Er nickte. »Sonst kommen die Transporte jede Woche.«

»Schön, Herr Trommler, ich sage Ihnen, wie wir's machen werden: Wenn die nächste Lieferung angesagt ist, rufen Sie mich an. Dann leistet Ihnen jemand vom BGS ein bißchen Gesellschaft«, sagte Lombardi.

»Und was soll ich den anderen erzählen? Sie können doch nicht ...«

»Sie brauchen gar nichts zu erzählen. Der Kollege guckt einfach mal vorbei, ganz zufällig, 'ne kleine Routineinspektion. Kein Mensch denkt dabei an Sie.«

Eine Viertelstunde später saßen die beiden Frauen in der Lounge des Hotels Mariott am Gänsemarkt. Sie tranken Campari-Soda und wünschten sich, die amerikanische Touristengruppe würde aufhören zu schunkeln und »Kleine Möwe fliegt nach Helgoland« zu singen. Es klang wie »Little Mummy flies to Hello-Land«. Gott sei Dank zahlten sie bald und gingen. Noch draußen sangen sie weiter. Karierte Sommerhosen im Regen, Schirme mit aufgedruckter Texasflagge.

»Wo hast du die LKA-Marke eigentlich her?«

»Hat Niklas mir besorgt. Sie ist gefälscht. OA hat sie vor ein paar Wochen bei einem Trickbetrüger beschlagnahmt und von KT 43 untersuchen lassen. Dann ist sie bei den Asservaten gelandet. Da konnte er leicht rankommen.«

»Was denkst du – spielt er mit?« fragte Sophie.

»Trommler? Kommt drauf an, vor wem er mehr Schiß hat – vor uns oder vor denen, die ihn bezahlen. In dem Fall wären wir am Arsch. Aber ich hab so 'n Gefühl, wir könnten Glück haben. Mit dem Kollegen vom BGS hab ich gestern telefoniert. Der scharrt schon mit den Hufen.«

»Wie gut kennst du ihn?«

»Nicht besonders. Aber Ines war ziemlich eng mit ihm befreundet, er war sogar auf ihrer Beerdigung. Er heißt Hartmann. Sieht aus wie Johnny Depp, ist nicht auf den Kopf gefallen. Du weißt, daß die Sicherungsgruppe, je nach Bedarf, auch Leute vom Grenzschutz anfordert, um die Begleitkommandos zu verstärken. Als Ines damals bei der SG war, hat Hartmann zwei Jahre mit ihr Dienst geschoben. Da sind sie sich ein bißchen nähergekommen, weißt schon ...«

»Meine Güte, die war aber ziemlich unterwegs.« Sophie dachte an Pieper.

»Na ja, sie hatte was von einem Zugvogel. Ich kann mich erinnern, da war so 'n Hübscher bei ST. Frag mich nicht, wie die ihre gemeinsame Mittagspause verbracht haben ... Thom ist ihnen irgendwann auf die Schliche gekommen und hat ...«

»Ich weiß jetzt, was verkehrt war«, sagte Sophie. Sie starrte durch das Fenster nach draußen und sah keinen Regen mehr, sondern Schnee, der auf gewichstem Parkett schmolz.

»Ja?« fragte Lombardi ruhig.

»Der Nachmittag in Sanssouci. Es war ganz anders. Wir haben nicht mit dem Aufseher Verstecken gespielt. Ich wollte. Aber Gregor nicht. Ich glaube, es war ihm peinlich. Es ist nie passiert. Bloß in meinem Kopf«, flüsterte sie. »Was ich gesucht habe, war kein Mann, der Kinderspiele mochte. Aber ich wollte es nicht wahrhaben. Wenn er geschlafen hat und ich wach war und ihn die halbe Nacht ansah, habe ich das Zittern gekriegt, richtige Panik. Weil dann die Härte aus seinem Gesicht verschwunden war, die Unerbittlichkeit, die Souveränität, die ...« Sie brach ab.

»... du von deinem Vater gekannt hast«, sagte Lombardi sanft.

Sophie nickte nicht einmal, brauchte gar nicht zu antworten. »Nur bei unserer Kissenschlacht im Four Seasons war alles in Ordnung. Weil er die kleine Spielzeugpistole hatte. Die paßte zu ihm. Aber in Hamburg, als wir am Sandtor gestanden haben und meine Hand zu ihm in die Jackentasche krabbelte ... Er hatte Angst, das wußte ich in dem Moment.«

»Durfte er das nicht?«

»Ich habe es nicht ertragen. Und dafür habe ich mich geschämt. Als er ging, war er wie ein Fremder für mich. Er hat noch gesagt: ›Morgen packst du deinen Kram und ziehst zu mir.‹ Und ich hab nur gedacht: O Gott, wie soll das funktionieren? Und darum ... darum ...«

»... fühlst du dich so schuldig. Aber das mußt du gar nicht. Jeder hat mal Angst. Auch für Gregor war es keine Premiere. Er konnte sich nur besser verstellen als alle anderen. Jan ist genauso. Nur, daß er manchmal darüber spricht. Darum hab ich ihn so gern.« Sie legte ihren Arm um Sophie und drückte sie an sich. »Worüber reden wir? Allein über deinen Vater. Du hast dir ein Bild von ihm gemacht. Es war falsch, aber es hat in den Rahmen gepaßt, den du selbst gezimmert hast. Jetzt weißt du's besser. Du mußt nichts mehr suchen, was nie da war. Das ist kein Grund zum Weinen, das ist einer zum Feiern!« Sie winkte dem Ober. »Bringen Sie uns zwei Gläser Champagner! Aber was Anständiges bitte!«

»Ich bin jetzt schon ein bißchen beduselt«, sagte Sophie. Sie löste sich vorsichtig von Lombardi und schneuzte sich.

»Dann wird's ja Zeit, daß wir zum Hauptgang übergehen!«

Es war wie damals mit Vandreyke in Berlin. Zwar hatte Lombardi das Mariott für die Sicherungsgruppe gecheckt, aber ihr Spesensatz hätte nur für eine Übernachtung in einer Pension gereicht. Doch Sophie gelang es nach dem vierten Champagner, Lombardi zu überzeugen, daß das Bett in ihrem Zimmer groß genug war. Sie fuhren mit dem Fahrstuhl nach oben, kicherten, ohne zu wissen, worüber, schwankten wie die Matrosen und kuschelten sich, dick vermummt in ihren Pullovern, in Löffelstellung aneinander. So schliefen sie ein. Es war die erste Nacht seit langem, in der die Träume in ihrem Versteck blieben.

Sieben Stunden Fahrt lagen hinter ihnen. Sie hatten die Autobahn bereits verlassen und folgten dem Führungsfahrzeug auf der Schnellstraße, die direkt nach Garmisch wies. Außerhalb des Sichtfeldes der Scheinwerfer ahnten sie Äcker und Weiden. Die Berge, von denen sie wußten, daß sie nah und hoch und mächtig waren, hatten sich in der Finsternis verkrochen. Wolf saß still auf dem Rücksitz und sah nicht nach draußen. Die besondere Dicke und Krümmung des Panzerglases tat den Augen schnell weh. Auch den Fahrern bereitete das zu Beginn ihrer Ausbildung Probleme. Sie lernten erst mit der Zeit, damit umzugehen. Soweit war Pieper, der am Steuer saß, noch nicht. Darum hatte er beim letzten Tankstop dankbar die beiden Aspirin genommen, die Wolf ihm hingehalten hatte. *Wenn jedes unserer Probleme mit zwei Aspirin zu lösen wäre, was dann? So viele passen nicht in eine Schachtel.*

Boehnke. Das war das größte Rätsel. Obwohl er im Innenausschuß wie immer korrekt angezogen war, weißes Hemd, Jackett, Krawatte, hatte Wolf die Schwitzflecken unter seinen Achseln geahnt. Angstschweiß. Angst vor Krupka. Womit hatte dieser den BND-Chef in der Hand? Es mußte etwas Großes sein. Julius Boehnke war kein Mann, den man so leicht unter Druck setzen konnte, das wußte niemand besser als Wolf selbst. Dann Steindorff. Sein mysteriöser Rücktritt. Hatte Stalin etwas damit zu tun? Kein abwegiger Gedanke. Sie war schon immer die wahre Herrin seiner Entscheidungen gewesen. Und jetzt ihre Beförderung ins Justizministerium. Fachaufsicht über die Bundesanwaltschaft. Die *wahre* Macht.

Hat Krupka diese Tür für sie aufgestoßen? Sollte es so sein, Gott steh uns bei, dann sitzt er auf dem Scheißhaufen ganz oben. Er kontrolliert das BKA, den BND, die Bundesanwaltschaft, eventuell das BMJ und definitiv das BMI. Wenn Langheinrich tatsächlich der nächste Kanzler wird, gehört seinem Spezi der ganze Staat. Mit Sicherheit gab es seit Kriegsende in Deutschland niemanden, der so mächtig war. Und nur eine Handvoll Menschen wissen davon. Aber was, wenn Langheinrich die Wahl verliert? Es wäre ärgerlich für Krupka, doch das Genick bricht es ihm nicht. Dann hat er immer noch das BKA, den BND und die Bundesanwaltschaft. Also fast die komplette Innere Sicherheit. Die Frage ist: Was will er, was ist sein wirkliches Ziel? Im Zweifel alles. Auf jeden Fall mehr als Geld.

Er will Herrschaft. Das ist der Kick, den er braucht. Wie ein Junkie.

Was waren Wolfs Optionen? Natürlich hatte er noch immer Kontakte, um die ihn auch Siegfried Thom beneidet hätte. Die Chefs einiger LKAs, ein paar Polizeipräsidenten, den Innenminister eines großen Bundeslandes. Die meisten von ihnen hatte er vor Urzeiten auf der Führungsakademie in Hiltrup persönlich ausgebildet. *Ich müßte mir Verbündete suchen. Aber wem kann ich trauen? Niemandem, außer diesen vieren: Jan, Lombardi, Grimm und Sophie. Alles andere ist russisches Roulette. Nimm dir ein Beispiel an Castro. Der hat's damals auch geschafft, obwohl ihm niemand eine Chance gegeben hat!* Da mußte er lächeln, denn es war wohl das erste Mal, daß er, der schärfste Falke und größte Kommunistenfeind, sich mit einem Revolutionär verglich.

»Kennst du eigentlich jeden Ausbilder der SG?« fragte Pieper, der Wolfs kleines Schmunzeln im Rückspiegel bemerkt hatte und wußte, daß jetzt die Gelegenheit günstig war, etwas loszuwerden.

»Ja, warum?«

Pieper erzählte ihm von dem Anschiß am Morgen und vergaß auch nicht zu erwähnen, daß sein Fahrmanöver der Grund dafür gewesen war.

»Wie heißt der Mann?« fragte Wolf.

»Schultz.«

»Davon gibt es zwei. Wie sah er aus?«

»Eins fünfundachtzig. Ende Vierzig, drahtig, leichter fränkischer Dialekt, gut versteckt, aber immer noch zu ahnen.«

»Dann haben wir ab jetzt drei mit dem Namen«, sagte Wolf so ruhig wie möglich. »Was genau hast du zu ihm gesagt?«

Pieper erzählte es ihm.

»Verdammt!« sagte Wolf.

»Was ist?« fragte Pieper, der ahnte, daß die Sorge, die er den ganzen Tag mit sich herumgeschleppt hatte, nicht grundlos gewesen war.

Wolfs Antwort schenkte ihm eine Gänsehaut. »Thom hat die Schaltstellen neu besetzt. Auch ZD.« Das Ortsschild Garmisch flog vorbei. Eine Ausfallstraße mit Einkaufszentren, Tankstellen, Baumärkten, Blumenzentren. Könnte auch irgendwo im Ruhrpott sein.

»Da hab ich wohl Mist gebaut«, sagte Pieper zerknirscht.

»Du konntest es nicht wissen. Ich habe es auch heute erst erfahren.«

»Darum geht es nicht. Ich hätte ihm niemals meine Gefühle zeigen dürfen. Und ich habe noch einen Fehler gemacht: Ich war zu gut. Jetzt wissen sie, wie fit ich bin.«

»Das wissen sie schon seit dem Friedhof. Außerdem kann es

auch ein Vorteil sein. Sie werden lange überlegen, bevor sie es noch mal versuchen.«

»Ja, aber wenn, dann werden sie's richtig machen. Der Typ auf dem Kirchdach war eine verdammte Maschine. Beim nächsten Mal wird er Verstärkung mitbringen. Vielleicht bin ich dann nicht gut genug.«

»Du bist bereit«, murmelte Wolf. »Ich weiß es, du weißt es, und der Mann, an den du Tag und Nacht denkst, weiß es auch.«

Sie schwiegen bis zur Ortsmitte, wo der Navigationscomputer sie anwies, sich links zu halten. Das Rathaus war frisch renoviert und taghell angestrahlt, so daß die aufwendige Lüftlmalerei zur Geltung kam. Die Häuser waren mit Schindeln gedeckt und hatten breite, mit Schnitzereien verzierte Balkone, die sich über die ganze Front zogen. Tagsüber war es sicher der perfekte Kitsch. Aber in dem Zwielicht der Straßenlaternen war jeder Balkon, jede pittoreske Dachgaube eine Deckung, die man unmöglich einsehen konnte.

»Bist du eigentlich verheiratet?« fragte Wolf, dem sonderbarerweise gerade jetzt bewußt wurde, daß er so gut wie nichts von Pieper wußte.

»Seit zehn Jahren.«

»Kinder?«

»Zwei. Der Jüngere ist vier, sein Bruder sieben. Und wenn der Test, den Karin gestern gemacht hat, keine Fehlanzeige ist, sind wir in acht Monaten zu fünft.«

»Glückwunsch!«

»Danke.«

Das Schweigen dauerte bis zur nächsten Ampel. »Wie kommen sie damit klar, deine Frau und die Kleinen? Du bist kaum noch zu Hause. Wer weiß, wann sich das ändert.«

»Sie kennen's nicht anders. Du weißt doch, wie Thom uns rumgescheucht hat. Karin hat sich irgendwie damit arrangiert. Und die Jungs ... Ich versuch halt, es so gut hinzukriegen, wie's geht. Mal besser, mal schlechter.«

»Ich verspreche dir, wenn das hier vorbei ist ...«

»Schon gut. Ich hab mir den Beruf ausgesucht. Wollte nie

'nen anderen. Im übrigen haben wir beide, du und ich, uns versprochen, daß wir uns gegenseitig nichts vormachen. Wir werden das zu Ende bringen. Dann sehen wir entweder Gregor und Ines wieder oder unsere Familien. Wie unsere Chancen stehen, wissen wir. Karin weiß es auch. Und sie hat nicht versucht, mich zurückzuhalten, als ich ihr gesagt habe, warum ich zur SG gehe. Gregor war der Patenonkel meines Ältesten. Als ich mich verabschiedet habe, ist nichts unausgesprochen geblieben.«

Wolf nickte nur. *So wie bei mir und Sophie. Es ist gut, wenn man nicht geht, ohne sich verabschieden zu können.*

Ihr Ziel lag am Ortsausgang, an der Straße nach Mittenwald. Es war eine exklusive Privatklinik, in der Wolf, dessen Herzbeschwerden ihm das Leben schon seit einer Reihe von Jahren schwermachten, sich bereits mehrmals aufgehalten hatte. Ihr Eintreffen war angekündigt worden. Hecker, der Chefarzt, begrüßte sie persönlich in der luxuriösen Lobby.

»Ich freue mich, Sie zu sehen, Herr Präsident.«

»Den Präsidenten können Sie weglassen. Ansonsten freue ich mich auch.« Er hatte erwartet, sein angestammtes Zimmer zu bekommen, doch Hecker erklärte ihm, daß dort gerade renoviert wurde und man für ihn und das Schutzkommando in einem anderen Flügel eine halbe Etage freigemacht hatte.

»Der Blick wird Ihnen gefallen, Sie sehen direkt auf die Zugspitze«, sagte der Chefarzt, der sie in ihr neues Domizil begleitete. »Das Regierungskrankenhaus hat mir Ihre Unterlagen zugeschickt. Wenn es Ihnen recht ist, fangen wir morgen früh mit ein paar kleinen Tests an. Nichts Aufregendes, Sie kennen das ja schon. Schlafen Sie gut.«

Wolfs Zimmer war groß und komfortabel. Ausstattung wie in einem Hotel. Fernseher, großes Bett, Badezimmer mit Whirlpool. Nur die Minibar fehlte. Wolf ließ sich auf dem Bett nieder, Pieper zog die blickdichten Vorhänge zu und packte sein Equipment aus. Der erste Arbeitsschritt war relativ einfach. Er fuhr mit dem Bug-Detektor über jeden Zentimeter des Appartements, in dem seine Schutzperson die nächsten vierzehn Nächte verbringen würde. Keine Resonanz, weder im Zimmer noch im Bad, auch nicht an den Decken, die er mit seinen langen Armen locker erreichen konnte. Aber das hatte er auch nicht erwartet. Sollte jemand die Location präpariert haben, war es ein Profi gewesen, der sich in etwa vorstellen konnte, wie Pieper vorgehen würde. Also kam der Protector IVx zum Einsatz. Keine handelsübliche Ware, nichts, was zur Standardausrüstung des BKA gehörte. Das Gerät war in der Lage, auch winzigste Energiequellen zu erfassen. Im Winkel neben der Badezimmertür wurde er fündig. Der Lolli steckte hinter dem Bleirohr der Heizung, das ihn vor einem normalen Bug-Detektor schützte wie die Weste einen Patienten vor der Strahlung im Röntgenraum. Perfekt, aber nicht perfekt genug. Pieper fuhr mit seiner Arbeit fort, bis er sicher war, daß sich nur ein einziger Mitesser eingenistet hatte. Vor allem, das war das Wichtigste: keine Digicam. Drinnen jedenfalls.

Er machte das Licht aus. Wolf sah schweigend zu, wie er das gleiche Procedere auf dem Balkon wiederholte und dabei auch nicht das Fenster vergaß. Sauber wie nach dem Besuch einer Gebäudereinigung. Er winkte Wolf nach draußen, schloß die Balkontür und bedeutete ihm, sich zu setzen.

»Wie sieht's aus?« fragte Wolf.

Anstatt zu antworten, entgegnete Pieper: »Wo war dein altes Zimmer?«

»Westflügel, zweiter Stock. Die 224«, sagte Wolf verwundert.

»Schnuppere noch ein bißchen frische Luft. Bin gleich wieder da.« Pieper verschwand, griff in seinen Koffer und entnahm den Multi-Pick, der auf den ersten Blick wie eine kleine Stabtaschenlampe aussah. Er verließ das Zimmer ohne jedes Geräusch und ließ die Tür angelehnt. Zwei seiner Männer hatten draußen Posten bezogen. Pieper nickte ihnen nur schweigend zu und hielt einen Finger an die Lippen. Er nahm die Treppe statt des Fahrstuhls. 224 lag am Ende des Ganges. Pieper klopfte an. Keine Antwort. Er drückte die Klinke herunter. Verschlossen. Er steckte eine hauchdünne Nadel in den dafür vorgesehenen Schraubverschluß auf der Spitze des Multi-Picks. Die Nadel arbeitete sich mit vierundvierzigtausend Schwingungen pro Minute lautlos durch den Bohrmuldenzylinder und entriegelte das Schloß schnell und zerstörungsfrei. Pieper öffnete die Tür und lugte kurz in den Raum. Ein Blick genügte ihm. Der Multi-Pick funktionierte im Prinzip wie ein Akkuschrauber. Er mußte ihn lediglich umpolen, um die Tür wieder sorgfältig zu verschließen.

Zwei Minuten später setzte er sich zu Wolf auf den Balkon.

»Wir haben ein Problem«, sagte er.

»Na?«

Pieper kratzte sich an der Glatze. »Ich hab mir das Zimmer angesehen, das angeblich renoviert wird. Das ist so gut in Schuß, da könntest du sofort einziehen. Sogar Diätschokolade liegt auf dem Kopfkissen. Und der Lolli, den ich eben gefunden habe, liegt *unter* Putz. Ziemlich raffiniert. Das war für einen Maurer und einen Tapezierer ein halber Tag Arbeit ...«

»Der Chefarzt ...«, murmelte Wolf.

»Genau. Hier war ein Präparierungstrupp. Die haben ihm gesagt, wo er dich unterbringen soll. Geh also davon aus, daß die Untersuchungsräume, der Speisesaal, das Schwimmbad und so weiter, im Prinzip jede Location, in der du dich aufhalten wirst, mit Mitessern gespickt ist. Wir können sie nicht ausdrücken. Denn dann wüßte Thom, der mit Sicherheit dahintersteckt, daß wir ihm auf die Schliche gekommen sind.«

»Also auch kein Rauschgenerator?«

»Unsere Technik bleibt im Koffer, damit können wir soviel anfangen wie ein Pinguin mit einem Salatbesteck. Der einzige sichere Platz ist dieser Balkon. Und den können wir nur nachts betreten, ohne Licht. Selbst dann ist es noch gefährlich genug. In dem Waldstück da drüben könnte sich eine halbe Armee unsichtbar machen. Du weißt, was unsere Nachtsichtgeräte draufhaben. Wir bleiben hübsch sitzen und unterhalten uns nur hinter der Veranda, genau in dieser Ecke. Die kann niemand einsehen.«

»Was ist mit den Sherpas? Ihre Zimmer sind mit Sicherheit auch verwanzt. Die könnten das ein oder andere erzählen, zum Beispiel, wenn sie mit ihren Frauen telefonieren.«

»Das bleibt ein Risiko. Aber ich gehe davon aus, daß die Jungs weniger interessant sind als du und ich. Trotzdem werde ich ihr Quartier morgen checken. Ich laß sie kurz mal beim Frühstück mit dir allein, das ist schnell erledigt. Und die Telefonanlage kriege ich in den Griff. Das mache ich noch heute nacht. Die haben eine zentrale Steuerung im Keller.«

»Woher weißt du das?« fragte Wolf verdutzt.

»Ganz einfach, ich hab mir bei dem Architekten die Baupläne für den ganzen Hotelkomplex besorgt. Frag mich jetzt bitte nicht, wie ich das angestellt habe. Du kannst jedenfalls davon ausgehen, daß ich mich hier besser auskenne als der Hausmeister. Hab alles auswendig gelernt.«

Wolf lächelte nur. *Gregors Zwilling. Ich habe es immer gewußt!*

Auch Pieper grinste. »Okay, wir müssen also beide ein bißchen Theater spielen. Ich will ja nicht angeben, aber ich habe bei einer Schulaufführung des ›Blaumilchkanals‹ mal den dritten Passanten gegeben!« Kurzes Schmunzeln, dann wurden sie wieder ernst.

»Ich sollte mehr über deine Krankheit wissen. Was genau hat der beschissene Schlaganfall mit dir angestellt?« fragte Pieper.

»Zunächst einmal funktioniert meine linke Seite nicht so, wie sie sollte. Ich habe motorische Störungen in der Schulterregion, im Arm und in der Hand. Zähne putzen, Türen öffnen, ein Glas halten und so weiter kann ich momentan nur mit rechts. Mein größtes Problem ist aber der Thalamusschmerz ... Wenn es dich beruhigt: Ich habe bis vor ein paar Wochen auch nicht gewußt, wie dieses Wort buchstabiert wird. Der Schlaganfall hat das Zwischenhirn angegriffen, das vom Thalamus wie von einer Wand umschlossen wird. Sämtliche Nervenfasern, die Empfindungen wie Tastsinn, Gehör oder Temperaturwahrnehmung transportieren, müssen da durch. Die Ärzte nennen es ›das Tor zum Bewußtsein‹.«

»Wie macht sich das bemerkbar?«

»Stechende, manchmal brennende Schmerzen. Streß kann die Symptome verstärken. Dann weißt du ja Bescheid. Am Anfang haben sie mir Morphium gegeben. Jetzt fresse ich dreimal täglich ein Antidepressivum, das hilft einigermaßen. Der Schmerz ist zwar noch da, aber ich nehme ihn weniger wahr.«

»Gibt's auch eine gute Nachricht?«

»Ja, in der Tat. Bei etwa zehn Prozent der Patienten stellt sich heraus, daß die Zellen in unmittelbarer Nachbarschaft der betroffenen Hirnareale die verlorengegangenen Funktionen übernehmen. Zum Glück gehöre ich dazu. Zwar hilft es meiner Motorik nicht auf die Sprünge, aber ich habe keine Sprach- und Konzentrationsstörungen. Im Gegenteil: Die Zellen reparieren sich selbständig und verschaffen mir die Denkschnelligkeit eines jungen Mannes. Verrückt, nicht wahr? Ich bin so klar im Kopf wie nie zuvor. Gestern habe ich das Kreuzworträtsel der FAZ in zehn Minuten gelöst. Einen Haken hat die Sache allerdings: Es hält nur kurze Zeit an, und man weiß nicht, wann es vorbei ist.«

»Was passiert dann?«

»Tja, entweder ich bin einigermaßen wieder der alte und brauche für das Kreuzworträtsel eine Stunde, oder du mußt in Zukunft für mich Windeln kaufen und mir den Sabber vom Kinn wischen. Lassen wir uns überraschen.«

»Welche Größe?« fragte Pieper. »Ich meine die Windeln. Nur für den Fall der Fälle.«

»Ich habe schon von deinem Humor gehört. Aber ich wollte es nie so richtig glauben«, sagte Wolf.

»Also dann, Bühne frei!« Pieper half Wolf aus dem Balkonsessel und stützte ihn. »So, Herr Präsident«, murmelte er mit sanfter Stimme, als spräche er zu einem Kind. »Noch einen Meter, dann haben wir es geschafft.« Wolf ließ sich auf das Bett fallen. Er wartete, bis Pieper die Balkontür geschlossen und die Vorhänge zugezogen hatte. »Kommen Sie, ich helfe Ihnen beim Ausziehen ... Na also, gleich haben wir's ...«

»Ich weiß nicht, was mit mir los ist ... ich weiß nicht ...«, greinte Wolf, während er sich ohne Piepers Hilfe auszog und in seinen Pyjama schlüpfte.

»Sehen Sie, jetzt ist alles in Butter. Noch Zähne putzen?« fragte Pieper.

»Nur noch schlafen ... will nur noch schlafen ...«, flüsterte Wolf. Seine Stimme wurde immer leiser, bis selbst Pieper nicht mehr verstand, was er vor sich hin grummelte. Er schnappte sich sein Equipment, machte das Licht aus und verließ das Zimmer.

»Ihr bleibt hier. Martin und Lutz lösen euch um zwei ab«, sagte er zu den beiden Sherpas auf dem Flur, ehe er in seinem eigenen Zimmer verschwand.

Ein Lolli. Hinter dem Heizungsrohr.

Acht

Lajosz Kiraly mußte das Video der SG-Trainingseinheit, das Görtz ihm gemailt hatte, nur ein einziges Mal ablaufen lassen. Piepers Treffsicherheit im Schießkino war keine Überraschung. Das, was Kiraly wirklich Sorgen machte, war Piepers Gewicht. Beim Hechtsprung aus dem Panzer war der Unterschied zum Friedhof am deutlichsten zu sehen gewesen. *Fünf Kilo, vielleicht sechs. Und das in nur vierzehn Tagen.* Kiraly wußte, was man tun mußte, um in so kurzer Zeit Fett- in Muskelmasse zu verwandeln. *Er macht sich fit. Für mich. Er ist wie ein Rennpferd, das ungeduldig auf den Startschuß wartet. Ist es nur professioneller Ehrgeiz?* Das wäre die angenehmste Lösung, da ein Profi nichts Überflüssiges tat, nichts, was das Risiko unkalkulierbar machte. *Aber Vandreyke war sein bester Freund. Vielleicht will er seinen Tod rächen.* Dieser Gedanke war beunruhigend, denn es hieße, daß ein Profi, ein wirklicher Profi, bereit war, sein Leben zu opfern, um eine Rechnung zu begleichen. Es würde ihm einen Vorteil gegenüber jedem Gegner verschaffen.

Kiraly selbst waren Gefühle wie Haß oder Rachsucht fremd. Doch er ahnte, daß sie dem anderen, dessen Körperbeherrschung ihm keine Bewunderung, wohl aber den Respekt des Gleichen abnötigte, vertraut waren.

Er schaltete den Rechner aus und lehnte sich auf dem Plastikbezug seines Sofas zurück. Wie fit war er selbst? Seine Schulterwunde war so gut wie verheilt. Seit Tagen schon trainierte er in den gewohnten Intervallen. Fünf Stunden täglich. Bald würde er seine alte Geschmeidigkeit zurückerhalten. Geschmeidig genug? *Vielleicht wären sechs Stunden besser ...* »Vergessen Sie ihn, er kommt Ihnen nicht mehr in die Quere«, hatte Görtz gesagt. Kiraly hätte nichts lieber geglaubt als das.

Das Telefon klingelte. »Ja?« fragte er und hörte schweigend zu.

Um 7.30 Uhr war Frühstückszeit. Wolf saß in dem modern und hell eingerichteten Speisesaal der Privatklinik. Er mümmelte sein Diätfrühstück genauso lustlos wie am gestrigen Mittag die Kohlroulade, denn sein Problem mit dem Thalamus wirkte sich auch auf den Geschmackssinn aus. Er sah zum Nebentisch. Dort saßen die Sherpas, nicht ahnend, daß Pieper zur gleichen Zeit ihre Zimmer inspizierte.

»Guten Morgen!« sagte Chefarzt Hecker gut gelaunt. »Na, Herr Wolf, wollen wir gleich mal runter in die Folterkammer?«

»Gern.« Wolf stand auf und humpelte mühselig, die rechte Hand auf den Stock gestützt, nach draußen. Die Sherpas folgten ihnen. »Ach«, sagte Wolf, als sie endlich die Tür erreicht hatten, »würde es Ihnen etwas ausmachen, mit mir einen Moment rauszugehen? Mir fehlt die frische Luft. Nur zwei Minuten, das bringt meinen Kreislauf wieder in Gang.«

»Sicher«, antwortete Hecker, wenngleich er sich wunderte.

Als er mit Wolf die Glasveranda betrat, über die man direkt in den Park gelangte, stieß er fast mit Pieper zusammen. »Oh, Pardon«, sagte dieser, während Hecker keine Ahnung hatte, daß er gleichzeitig mit einem Bug-Detektor gescannt wurde.

Pieper nickte Wolf freundlich zu. »Gehen Sie ruhig ein paar Schritte, Herr Präsident, das wird Ihnen sicher guttun.« Er gab seinen Jungs einen stummen Wink, der ihnen bedeutete, ihn mit TUAREG allein zu lassen, und hielt sich zehn Meter hinter Wolf und dessen Arzt.

»Herr Dr. Hecker, wie lange kennen wir uns jetzt eigentlich?« fragte Wolf, nachdem er sich ächzend in dem kleinen stuckverzierten Pavillon niedergelassen hatte, dessen Dach von Rundsäulen getragen wurde, damit man die Aussicht genießen konnte. Das durfte er ganz unbesorgt, denn Pieper hatte die Location noch in der Nacht auf Lollis untersucht, ohne das geringste zu finden. *Und: Das Waldstück liegt auf der anderen Gebäudeseite ...*

Hecker dachte einen Moment nach. »Ich glaube, neun Jahre. So lange machen Ihre Herzkranzgefäße uns schon Kummer.«

»Neun Jahre, ja ... Sagen Sie mir: Unterliegt ein Arzt nicht der Schweigepflicht, ähnlich wie ein Priester?«

»Selbstverständlich, bei allem, was seine Patienten betrifft«, sagte Hecker, dessen Nervosität Wolf, sollte es sich nicht um eine harmlose Bindegewebsschwäche handeln, an dem unmerklichen Zucken der Lidmuskeln erkannte.

»Bei allem, was Ihre Patienten betrifft, so, so ...‹ Bezieht sich das auch auf den Besuch, den Sie vor einigen Tagen erhalten haben?«

»Ich fürchte, ich verstehe Sie nicht ganz.«

»Dann seien Sie doch bitte so freundlich, mir zu erklären, warum in meinem neuen Zimmer ein Maurer und ein Tapezierer bei der Arbeit waren, und noch jemand, dessen Berufsbezeichnung eher in mein Fachgebiet fällt, während mein angestammtes Appartement blitzsauber und aufgeräumt ist. Da muß die nächsten zehn Jahre nicht renoviert werden.«

Hecker war blaß geworden. Er suchte nach einer möglichst einleuchtenden Erklärung, sich gleichzeitig bewußt, daß es eine solche nicht geben konnte.

»Sehen Sie, Herr Doktor, wir haben beide ein Problem«, sagte Wolf. »Ich werde in diesem Haus permanent observiert, und Sie verdienen Ihr Geld damit, daß die wohlbetuchten Patienten, viele davon prominent, sich in Ihrem Refugium sicher fühlen, denn es bietet ihnen, was sie suchen: Anonymität und Geborgenheit. Haben Sie eine Vorstellung, was mit Ihrem vollen Buchungskalender passiert, wenn hier ein Attentat auf mich verübt wird? Ich fürchte, daß er bald viele Löcher enthält. Sicherlich mehr als mein Körper, sollte der Anschlag gelingen. Dabei lasse ich noch außer acht, wie die Presse reagieren würde, falls es mich gelüstet, sie von dem ... sagen wir: ›Sicherheitsstandard‹ ... dieser Klinik zu informieren.«

Hecker sagte kein Wort. Starrte Wolf nur an. Pieper schlenderte zu dem Pavillon und setzte sich ihnen gegenüber. Er steckte sich in aller Ruhe eine Lucky Strike zwischen die Zähne, ehe er murmelte: »Wie viele Männer waren es?«

»Drei«, sagte Hecker tonlos.

»Haben sie Ihnen gedroht?«

»Sie sagten, sie könnten mir jederzeit einen Kunstfehler unterjubeln, das ginge ganz einfach. Ich zweifle nicht daran, daß sie es ernst meinen.«

»Da tun Sie recht. Vor den dreien und vor denen, die hinter ihnen stehen, müssen Sie tatsächlich Angst haben. Aber vor mir noch viel mehr. Ich bin Tag und Nacht in Ihrer Nähe, und ich schwöre Ihnen, wenn ich nur puste, stellen sich die Härchen in Ihrem Nacken auf. Guter Doktor, ich rate Ihnen sehr, auf jede meiner Fragen mit nichts als der reinen Wahrheit zu antworten. Denn glauben Sie mir, Sie haben keine Ahnung, wie das Spiel heißt, in dem Sie kein mächtiger Chefarzt sind, sondern nur ein kleiner Würfel, den ich aus dem Fenster feuere, ehe ich verliere. Habe ich mich mit der gebotenen Deutlichkeit ausgedrückt?«

Hecker nickte. Seine Augenlider flirrten wie die Flügel einer Wespe.

»Haben diese Leute jemanden hiergelassen? Jemanden im Haus?«

»Nein, das war überhaupt kein Thema.«

»Ein neuer Pfleger vielleicht ... oder eine Krankenschwester?«

»Bestimmt nicht! Nichts von alledem!«

Pieper sah ihn schweigend an. Er wußte, was sein Blick vermochte.

»Ich sage die Wahrheit! Sie sind am selben Tag, an dem sie gekommen sind, wieder gegangen«, stieß Hecker hervor.

»Welche Lokalitäten haben sie sich vorgenommen?«

»Das Appartement von Herrn Wolf und Ihres. Außerdem mein Arztzimmer und sämtliche Räumlichkeiten, die für die Therapie in Frage kommen.«

»Was ist mit dem Begleitkommando?«

»Für deren Zimmer haben sie sich nicht interessiert.«

Gute Antwort, dachte Pieper, denn seine kleine Inspektion hatte in der Tat ergeben, daß die Unterkünfte der Sherpas clean waren. »Und der Park, irgendwelche Richtmikrofone?«

»Nein.«

Erst jetzt schaltete Wolf, der seit Piepers Auftauchen schweigend dagesessen und nur zugehört hatte, sich in das Gespräch ein. »Herr Doktor, Sie sind hier der Fachmann, darum muß ich

Ihnen nicht erklären, daß ein Schlaganfall für den Betroffenen mehr oder weniger gravierende Folgen haben kann. In meinem Fall, so lautet jedenfalls meine Selbstdiagnose, hat die rasche Versorgung im Regierungskrankenhaus das Schlimmste verhindert. Ich bin, wie Sie unschwer erkennen können, wieder einigermaßen auf dem Damm. Ehrlich gesagt, sogar noch ein bißchen besser, als es den Anschein macht. Bloß sollte das unser kleines Geheimnis bleiben. Wir führen hier so etwas wie eine komische Oper auf, und Ihnen ist die Rolle des Buffos zugefallen. Versuchen Sie also, etwas Fröhlichkeit in das Stück zu bringen, denn schließlich müssen Sie mich nach der niederschmetternden Diagnose, die Sie mir nach eingehender Untersuchung stellen werden, ein wenig aufrichten.«

»Einer der Männer sagte, er würde sich den Befund der Berliner Kollegen beschaffen. Dann wird er Bescheid wissen«, sagte Hecker hilflos.

»Na und?« sagte Pieper. »Sie werden Ihrem Patienten schonend beibringen, daß man in Berlin leider ein wenig zu optimistisch gewesen ist und sich sein Zustand als wesentlich ernster herausgestellt hat als zunächst angenommen. Sehen Sie da ein Problem?«

Hecker schüttelte stumm den Kopf.

»Schön. Dann habe ich nur noch eine letzte Frage: Hat man Ihnen, für den Fall, daß Herr Wolf einen kleinen therapeutischen Ausflug in die Umgebung machen möchte, ein besonders lohnendes Ziel ans Herz gelegt?«

Wolf lächelte. *Es ist unglaublich, an was er alles denkt!*

In der Tat sagte Hecker ganz pianissimo: »Den Wankgipfel. Man kann mit einer Kabinenbahn bis auf achtzehnhundert Meter hochfahren und hat eine schöne Aussicht auf das Wettersteinmassiv. Ich soll Ihnen dazu raten, weil die Höhenluft Ihnen guttut.«

»Das ist aber nett, ich freue mich schon darauf«, murmelte Wolf. Er ließ sich von Pieper hochhelfen und sah Hecker an. »Jetzt dürfen Sie mir Ihre berühmte Folterkammer zeigen.«

Als Wolf sich gerade seinem zweiten Elektroenzephalogramm unterzog, landete die 11.15-Uhr-Maschine aus Budapest in Fuhlsbüttel. Lajosz Kiraly mietete sich einen kleinen Mercedes. Er fuhr kreuz und quer durch die Außenviertel von Hamburg, gemächlich, ohne Ziel, denn es blieben ihm neun Stunden, bis es Zeit war, das zu erledigen, was ihn zurück an den Ort geführt hatte, der beinahe zu seinem Grab geworden wäre. Erst als er auf dem Wiesendamm war, erkannte er, daß er instinktiv das Haus gesucht hatte, in dem Skurski ihn operiert und gepflegt hatte. Er stoppte gegenüber dem zweistöckigen Klinkerbau, saß da, rauchte, die Augen geschlossen, während er auf das Schiffsdeck zurückkehrte und wieder um sein Leben kämpfte. Sie knieten voreinander, er und Vandreyke, dem nur der Lauf der Maschinenpistole gehörte und nicht der Abzug. Der Blick des Fahnders war ohne Angst, nahezu entspannt. Als Kiraly abdrückte, kam es ihm vor, als sei der andere erleichtert, froh, daß die Dinge in Ordnung kamen. Würde es bei ihm auch so sein, eines Tages, wenn es soweit war?

Auch das Wetter meinte es besser mit ihm als in jener Nacht. Die Sonne schien. Es war warm genug, um das Schiebedach zu öffnen. *Neun Stunden. Warum eigentlich nicht?* Sein Navigationscomputer führte ihn auf dem kürzesten Weg zu den Landungsbrücken. Kiraly löste ein Ticket für eine Hafenrundfahrt. Er saß schweigend an Bord der Barkasse, sah über das Wasser und hatte kein Ohr für die launigen Erklärungen des Kapitäns.

»Links sehen Sie die Bananenpiers, wo blutjunge Hamburgerinnen die exotischen Früchte erst mal zwischen ihren nackten Schenkeln krummbiegen, bevor sie verkauft werden dürfen!«

Der Tidenhub ließ die Elbe an den Stahlwänden der Trockendocks schmatzen. Sirenen, ein Eisverkäufer, der die Runde machte, sanftes Wellenschaukeln. »Wenn Sie jetzt nach rechts sehen, gucken Sie genau auf den Afrikakai!« hörte er die Lautsprecherstimme. »Dort war vor fünf Wochen der BKA-Einsatz, von dem Sie alle in der Zeitung gelesen haben! Ja, auch das ist Hamburg, das Tor zur Welt für die Guten und die Bösen!«

»Entschuldigung?«

»Ja?«

Kiraly schaute hoch und sah in die lächelnden Gesichter eines Touristenpärchens. »Können Sie vielleicht ein Foto von uns machen, mit dem Afrikakai im Hintergrund?« Der Mann hielt ihm bittend sein Handy hin.

»Sicher«, sagte Kiraly.

Die beiden stellten sich in Positur, er schoß das Foto.

»Danke, sehr nett von Ihnen«, sagte der Mann.

Kiraly lächelte. »Gern geschehen.« Er wandte den Kopf und blickte lange auf die Stelle, wo die Velázquez auf Reede gelegen hatte. Die Guten und die Bösen. Zu welchen gehörte er? Kiraly war kein Mann, der in solchen plakativen Kategorien dachte. *War Vandreyke ein Guter gewesen? Sicher. Er war gut, in allem, was er tat. Genau wie ich. Und auch der andere, der jeden Tag fitter und sehniger und ungeduldiger wird. Und die Bösen? Das sind die in den Märchen.*

Die Begrüßung war wie immer. Freundlich, wenngleich mit jener leicht irritierenden Distanz, die auch der Abschied mit sich brachte. Wie jedesmal stand Grimm einen Moment in dem langen Flur der Altbauwohnung, sah zwar die offene Tür zu dem Raum am anderen Ende, in den sie sich gleich begeben würden, wartete aber, bis sein Shrink die Hand ausstreckte und ihm bedeutete, ruhig vorzugehen. »Shrink.« Grimm war im Englischen fast so gut bewandert wie in seiner Muttersprache. Den amerikanischen Slangausdruck für Psychiater hatte er erstmals in einem Woody-Allen-Film gehört, er glaubte sich zu erinnern, daß es »Annie Hall« gewesen war. Erst dachte er, die Bezeichnung käme aus dem Jiddischen, doch als er im Oxford Advanced Learner's Dictionary nachgeblättert hatte, fand er die englische Übersetzung: zusammenschrumpfen, schwinden, zurückweichen. Das ergab einen Sinn, denn genauso empfand er die wöchentlichen Sitzungen, zu denen er jeden Mittwoch abend ging.

Die Eitelkeit schrumpft. Habe ich Glück, schwindet die ein oder andere Angst. Wenn er mir zu dicht auf die Pelle rückt, ziehe ich mich zurück.

Er legte sich auf die Couch, die tatsächlich, als habe ein Filmausstatter sich Mühe gegeben, das Patientenzimmer von Sigmund Freud möglichst originalgetreu nachzugestalten, einen roten Überzug mit geometrischem Muster aufwies. Der Stoff kratzte ein bißchen, doch daran hatte Grimm sich gewöhnt. Der Shrink nahm das Klemmbrett, auf dem er sich seine Notizen machte, und setzte sich ihm gegenüber. »Wir haben letztes Mal über diese junge Frau gesprochen, die bei Ihnen in der Firma gearbeitet hat und kürzlich versetzt worden ist.«

Firma. Das war ja nicht gelogen. Aber natürlich hatte Grimm dem Shrink nie gesagt, daß er beim BKA war. Zu Beginn ihrer Sitzungen hatte er seinen Beruf als »Tätigkeit im Spitzenmanagement eines führenden deutschen Unternehmens« umschrieben. Großer Mitarbeiterstab, Verantwortung für einen herausragenden Geschäftsbereich.

»Die Frau war Ihnen sehr wichtig«, fuhr der Shrink mit seiner wohltemperierten Stimme fort. »Denken Sie noch viel an sie?«

»Wir haben etwas umstrukturiert. Dadurch habe ich wieder ab und zu Kontakt zu ihr. Aber es bleibt natürlich schwierig. Sie wissen, warum.«

»Ihr Liebhaber, der tödlich verunglückt ist. Macht Ihnen das ein schlechtes Gewissen?«

»Wie meinen Sie das?«

»Nun, es ist noch nicht sehr lange her, und Ihre Gefühle für diese Frau haben sich doch dadurch sicher nicht geändert. Fühlen Sie sich schuldig, wenn Sie sich das eingestehen?«

Grimm zögerte, ehe er antwortete. »Ja. Vorgestern zum Beispiel.«

»Was war das für eine Situation?«

»Sie hat mir zum Abschied einen Kuß gegeben, eher kollegial, nehme ich an. Aber ich denke, sie braucht jetzt keinen, der mehr will als ein bißchen Lipgloss, der flüchtig klebenbleibt. Und dann hat sie natürlich auch noch den Kummer mit ihrem Vater. Ich will die Dinge nicht unbedingt verkomplizieren.«

»Der frühere Vorstandsvorsitzende, der den Schlaganfall hatte«, sagte der Shrink. »Ich habe eigentlich den Eindruck, daß er auch für Sie so eine Art Vaterfigur ist, liege ich da falsch?«

»Mein Vater lebt noch, das wissen Sie.«

»Ja, aber er wohnt mit seiner zweiten Frau schon seit langem in Florida, nicht wahr? Ich habe nicht das Gefühl, daß er in Ihrem Leben eine zentrale Rolle spielt. Zumindest haben Sie das immer bestritten.«

»Warum klopfen Sie nicht erst freundlich an, statt gleich die Tür einzutreten?« murmelte Grimm mit geschlossenen Augen.

»Pardon, sind Sie bitte so nett und lassen mich rein?« fragte der Shrink mit der größtmöglichen Ironie, zu der er fähig war. »Oder braucht es auch ein Gastgeschenk – vielleicht ein paar kluge Sätze über Väter und Söhne?«

Grimm sagte, die Augen weiter geschlossen: »Ich kenne einen guten Witz: Kommt ein Mann zum Psychiater und sagt: ›Eins vorneweg, Herr Doktor, wir können über alles reden, nur nicht über meinen verehrten Herrn Vater.‹«

»Wenn es Ihnen recht ist, Herr Grimm, lache ich später darüber. Soweit ich Sie verstanden habe, steht Ihre Firma vor der Gefahr einer feindlichen Übernahme, und der Patriarch, der bis zu seinem Schlaganfall die Geschicke geleitet hat, vertraut Ihnen in dieser kritischen Phase nicht nur sein Geschäft, sondern auch seine Tochter an. Beunruhigt Sie das nicht? Das setzt Sie doch unter Druck ...«

»Ich bin es gewohnt, Druck auszuhalten.«

»Das bezweifle ich nicht.«

»Warum fragen Sie dann?«

»Haben Sie denn schon einmal vor einer solchen Situation gestanden?«

»Nein«, mußte Grimm zugeben. »Aber ich verrate Ihnen etwas: Ehe ich zulasse, daß meine Firma übernommen wird, muß man über meine Leiche steigen. Und dazu ist ein verdammt großer Schritt nötig.«

Der Shrink machte sich schweigend seine Notizen. Fünf Minuten später war die Sitzung beendet. Sie standen wieder am anderen Ende des Flures und gaben einander die Hand. Doch dieses Mal hielt der Shrink sie einen Moment länger fest als sonst. »Ich habe neulich auch einen guten Witz gehört: Sagt der

Psychiater zu seinem Patienten: ›Ich denke, wir sollten die Sitzungen jetzt abbrechen, die paar Hemmungen, die Ihnen geblieben sind, werden Sie noch dringend brauchen.‹«

Grimm lachte kein bißchen.

Der Rauhhaardackel zog so stark an der Leine, daß es Trommler endgültig zuviel wurde. »Himmelherrgott, hör endlich auf, verrückt zu spielen!« herrschte er den Hund an, mit dem Resultat, daß dieser seine wütende Widerborstigkeit nur verstärkte. Es war kurz vor acht, und es dämmerte bereits. Die Laternen im Eichtalpark an der Wandse, jenem Flüßchen, dem der Stadtteil Wandsbek seinen Namen verdankte, glommen auf, indes die Angst, die seit zwei Tagen in Trommlers Brust hockte, glühte wie ein Höllenfeuer. Gestern hatte er es nicht mehr ausgehalten und Harry Dirks angerufen, der mit ihm zusammen in der Bildauswertstation der Container-Röntgenanlage arbeitete. Er war es gewesen, der ihm vor zwei Monaten von jener wundersamen Einnahmequelle erzählt hatte, der Trommler nun seine Alpträume verdankte. Vier Arbeitsplätze, vier Kollegen in einer Schicht. Drei waren bereits im Geschäft. Nur Trommler mußte noch bearbeitet werden. Es war ganz beiläufig geschehen, bei einem kleinen Umtrunk in Brücke 10, ihrem Stammlokal an den Landungsbrücken. Zwei Tage hatte er mit sich gekämpft, dann hatten sie ihn weichgeklopft. Die Hypothek auf das Reihenhaus, die beiden Töchter, die studieren wollten, das Auto, dessen Leasinggebühren ihn auffraßen. Es gab eine Menge Gründe.

»Na, alles im Lot?« hatte Dirks gefragt, als Trommler sich meldete. Seine Stimme hatte entspannt geklungen und doch einen kleinen Unterton besessen, denn es war ihr freier Tag gewesen. Probleme, sollte es welche geben, besprachen sie normalerweise beim Bier nach der Schicht.

»Nichts ist im Lot!« Trommler hatte fast geschrien, als er von Lombardi und Sophie erzählte.

Dirks hatte schweigend zugehört. »Bist du sicher, daß die vom LKA sind?«

»Ich sag dir doch, die eine hat mir ihre Marke gezeigt!«

»Hast du dir den Namen gemerkt?«

»Scheiße, Scheiße, nein, die haben mich so auseinandergenommen, daß ich vergessen habe, wo oben und unten ist! Die wissen alles, jedes Detail, ich wette, die sind schon seit Wochen hinter uns her!«

»Hör auf, mich anzubrüllen, mir fällt gleich das Ohr ab! Jetzt beruhig dich wieder, ich kümmere mich drum.«

Dirks hatte aufgelegt und Trommler mit seiner Angst allein gelassen. An jenem Abend in Brücke 10 hatte er den größten Fehler seines Lebens begangen, und immer hatte er sich eingeredet, daß es doch nur eine Kleinigkeit war, die man von ihm verlangte. Ein bißchen wegsehen, das war alles. »*Glaub mir, es ist eine todsichere Sache*«, hatte Dirks damals gesagt. *Todsicher.* Jetzt war sein Leben nur noch eine Rutschbahn, und ganz unten wartete ... »Verdammt, gib endlich Ruhe!« herrschte er den Hund an.

»Aber was kann denn das Tier dafür?« hörte er eine sanfte Stimme mit osteuropäischem Akzent. Er fuhr herum und starrte in das Gesicht von Kiraly. Dessen Blick genügte. Trommlers Hand ließ die Leine los. Der Hund rannte kläffend davon, wahrscheinlich weil er einen Hasen gewittert hatte. Der würde wesentlich bessere Chancen haben als Trommler, den Kiraly am Hals packte und gegen einen Baum drückte. Er ruderte wild mit den Armen und versuchte sich zu wehren, doch Kiraly versetzte ihm einen Faustschlag mitten ins Gesicht, so daß das Blut aus Trommlers Nase schoß wie Bier aus einer Flasche, die man geschüttelt hatte.

»Bitte ... bitte nicht ... ich ... bitte ...«, flennte Trommler.

Kiraly legte einen Finger an die Lippen. »Pssst ... Hör mir einfach nur zu. Kriegen wir das hin, ohne daß ich dir alle Knochen brechen muß?«

Trommler nickte schlotternd. Kiralys Stimme war ganz ruhig. »Weißt du nicht, was wir mit Männern machen, die mit dem LKA reden? Wir schneiden ihnen die Eier ab und stopfen sie ihnen in den Mund. Wir hacken ihnen die Hände ab und die Füße und lassen sie ausbluten. Die Leiche sägen wir klein und schmeißen sie auf den Müll. Dann bringen wir ihre Familien um, ihre Frauen und ihre Kinder. Nicht, weil wir grausam sind. Wir machen das aus Vorsicht. Das verstehst du doch, oder?« Trommler bekam keinen Ton heraus und starrte Kiraly nur an. »Du kriegst viel Geld von uns, und du weißt auch, wofür«, fuhr dieser in seinem Plauderton fort. »Entweder du verdienst es dir, oder das, was von dir übrig ist, paßt in einen Müllsack. Jetzt will ich nur sehen, daß du nickst. Das genügt als Antwort vollkommen.«

Trommler nickte, indem sein Kinn einfach auf die Brust fiel. Erst jetzt erkannte Kiraly, daß er dem Zollbeamten so stark die Luft abgeschnürt hatte, daß er bewußtlos geworden war. Er ließ ihn zu Boden sinken und schlug ihm mit der flachen Hand ins Gesicht. Nach fünf Sekunden öffnete Trommler die Augen und starrte ihn benommen an. Kiraly wuchtete ihn hoch, lehnte ihn gegen den Baum und setzte sich daneben ins Gras, so daß es aussah, als halte Trommler nur eine kleine Rast und habe jemanden gefunden, der ihm dabei Gesellschaft leistete. »Ich will, daß du mir ganz präzise antwortest. So präzise, wie du in deinem ganzen Leben noch auf keine Frage geantwortet hast: Wie haben die beiden Frauen ausgesehen?«

»Die eine ... ich weiß nicht ...«, nuschelte Trommler. Er hielt zitternd eine Hand unter seine Nase, um das Blut aufzufangen.

»Nennst du das präzise?« Die Faust war so schnell, daß Trommler sie nicht einmal sah. Er fühlte, wie etwas brach, und brüllte vor Schmerz. Kiraly erstickte den Schrei mit der Hand. »Ich schlage vor, wir versuchen es noch einmal: Wie sahen die Frauen aus? Laß dir ruhig Zeit.« Er gab Trommlers Mund frei.

»Die mit der Marke war groß und blond. Ziemlich kräftig, aber nicht dick. Sie hat Sommersprossen und spricht leichten Hamburger Dialekt.« Es war ihm ein Rätsel, wieso er plötzlich keine Schmerzen mehr hatte, während die Worte nur so aus ihm heraussprudelten. Dabei fühlte er die Erleichterung eines Seiltänzers, der ohne Netz und Sicherungsleine arbeitet und in schwindelerregender Höhe die rettende Plattform erreicht hat. Doch als er sah, wie Kiraly die Augen zu Schlitzen verengte, packte ihn erneut der Schrecken.

Er erwartete, abermals geschlagen zu werden, und riß die Hände vors Gesicht, doch Kiraly sagte nur: »Und die andere?«
»Eine schlanke Rothaarige«, flüsterte Trommler, dankbar, daß der Schlag ausblieb. »Anfang bis Mitte Dreißig, auffallend hübsch. Sie trug ein Businesskostüm, eigentlich sah sie gar nicht wie eine Polizistin aus.«
Kiraly dachte nur: *Verdammt!* »Was wollten sie genau?« fragte er.
»Ich soll ihnen Bescheid geben, wenn wieder ein Transport ansteht. Dann werden sie jemanden vom BGS vorbeischicken.«
Kiraly sah Trommler lange prüfend an, ehe er aufstand und sich den Dreck von der Hose klopfte. »Such jetzt lieber nach deinem Köter. Sonst mache ich das für dich.« Er verschwand in der Dunkelheit und hörte noch, wie Trommler sich übergab. Kiraly stieg in seinen Mietwagen. Der Rückflug nach Budapest war für morgen früh gebucht. Doch nun wußte er, daß die Maschine ohne ihn starten würde.
Der Abend war mild, verglichen mit der Eiseskälte, die in den Monaten zuvor geherrscht hatte. Kiraly hätte gleich in sein Hotel gehen können oder in eine Show auf der Reeperbahn, wo er vielleicht etwas Ablenkung gefunden hätte, doch das Auto fuhr wie auf Schienen zu dem einzigen Platz, an dem er jetzt in Ruhe nachdenken konnte. Es holperte über das Kopfsteinpflaster des Brooktorkais, so wie der Opel mit Vandreyke und Sophie in jener Nacht vor fünf Wochen, in der es geregnet hatte, als gäbe es kein Morgen. Kiraly fuhr am Sandtor entlang und stoppte an der Kehrwiederspitze, genau dort, wo er damals aus dem Wasser gekrochen war. Er hockte sich auf die Mole und ließ die Beine baumeln und starrte in die trübe Brühe, durch die ihn der Illuminator seines Kompasses gelotst hatte. *Kehrwiederspitze. Und ich dachte, ich kehre niemals wieder.* Noch immer waren Hafenbarkassen unterwegs. Bunte Girlanden rankten sich um die Persennings auf den Decks, Schlagermusik. Auf einem der Boote wurde getanzt und geschunkelt, vielleicht eine Hochzeit oder eine Geburtstagsfeier. Der Wind kam von Nordwesten und schleppte den Salzgeruch des Meeres mit sich. Es war ein Abend für Verliebte, keiner für die Einsamen.

Schon als gestern das Telefon geklingelt und Görtz ihm den Auftrag gegeben hatte, sich den Zöllner vorzunehmen, war ihm klar gewesen, daß es etwas Wichtiges war, sonst hätte man ihn nicht damit behelligt. Für den Kleinkram, das Kniescheibenbrechen und die üblichen Einschüchterungen, gab es genügend Leute vor Ort. Aber das Zauberwort LKA hatte genügt, um für ihn einen Platz erster Klasse in der Frühmaschine zu buchen und ihm eine Suite in einem der besten Hotels der Stadt zu reservieren. *»Die eine war groß und blond. Ziemlich kräftig, aber nicht dick. Sie hat Sommersprossen und spricht leichten Hamburger Dialekt.«* Görtz hatte Kiraly als Anlage zu Piepers Akte die nötigen Informationen über jedes einzelne Mitglied der kleinen Guerillatruppe, die ihnen auf den Fersen gewesen war, gemailt. Das Material stammte von Thom. *Rubikon. Ein sinniger Name. Cäsar hat damals den Sieg über seinen Feind Pompeius davongetragen. Aber was hat es ihn gekostet, wie viele Legionen ...* Zu Rubikon hatten nur fünf Männer und Frauen gehört, abgesehen von Wolf. Zwei davon waren tot. Vandreyke und Broszat. Blieben noch drei. Über Pieper wußte Kiraly mehr als über die anderen beiden, nur auf ihn war er die ganze Zeit fixiert gewesen.

Jetzt jagte die Bilddatei in seinem Kopf die Informationen mit der Präzision eines Hochleistungsrechners direkt in den Arbeitsspeicher: *Katja Lombardi, siebenunddreißig Jahre alt, geschieden, keine Angehörigen, soweit bekannt. Fahnderin in der Abteilung OA. Schwarzer Gürtel in Karate. Topfit in jeder Beziehung.* Kiraly hatte sie auf dem Friedhof gesehen, dicht neben der anderen Frau. *»Eine Rothaarige, auffallend hübsch. Sie trug ein Businesskostüm, eigentlich sah sie gar nicht wie eine Polizistin aus.«* Sophie Wolf, TUAREGS Tochter. *Stanford-Absolventin. Brillante Juristin, mit Mitte Dreißig schon Oberstaatsanwältin in Karlsruhe. Problematisches Verhältnis zu ihrem Vater.* Wie schwierig? Sie war Vandreykes Geliebte gewesen. Und sie hatte ihre Emotionen nicht im Griff. Kiraly dachte an die Ohrfeige, die sie Grimm gegeben hatte. Das war der einzige Lichtblick. Ein Gegner, der sich nur von seinen Gefühlen leiten ließ, war am leichtesten auszurechnen.

Emotionen ... Beherrschte er denn die seinen noch? In diesem Moment erschreckte ihn, wie hart er mit Trommler umgesprungen war. Es wäre gar nicht nötig gewesen, der Zöllner hätte ihm auch sonst alles erzählt, aus lauter Angst. Trotzdem hatte Kiraly ihm die Luft bis zur Bewußtlosigkeit abgeschnürt und ihm die Nase gebrochen. Zweimal vermutlich.

Warum hatte er das getan? Er dachte an Sascha Roth, der ein Sadist gewesen war, den nur die Angst seiner Opfer leben ließ. So war Kiraly doch nie. Hatte er in seinem Job jemals etwas Überflüssiges getan? Nicht bis heute. Pieper. Er brachte ihn dazu. Der Gedanke beunruhigte ihn, denn er war es gewohnt, die Dinge unter Kontrolle zu haben, und haßte es, manipuliert zu werden. Doch genau das geschah.

Kiraly kam endgültig zu dem entscheidenden Punkt: Lombardi war nach Wolfs Entlassung in eine andere Abteilung versetzt worden, Zeugenschutz, wo sie keinen Unsinn machen konnte. Das gleiche galt für Sophie Wolf, die man in der Bundesanwaltschaft kaltgestellt hatte. Dennoch waren sie in Hamburg gewesen, *beide, zusammen,* mit einer falschen LKA-Marke, und hatten Trommler in die Mangel genommen. Kiraly wünschte sich, daß es dafür eine andere Erklärung gäbe, aber egal, welche Möglichkeiten er durchspielte, er kam stets zu dem gleichen Ergebnis: Rubikon existierte noch. Und das war noch immer nicht die wirklich schlechte Nachricht. Die bestand darin, daß Lombardi und Sophie Wolf ihre Befehle mit Sicherheit weiter von dem Alten erhielten, der angeblich todkrank in einem Krankenhaus in Garmisch lag. Darum ging es. Um nichts anderes. Denn wenn Kiraly jetzt Görtz anrufen und ihm sagen würde, was hier vorging, wäre sein Auftrag klar. Er würde ein drittes Mal versuchen müssen, Wolf zu liquidieren. Und das bedeutete, daß er es mit *ihm* zu tun bekäme. Kiraly beschloß, seine Chancen kühl und besonnen zu kalkulieren. Sie standen, wenn er sein eigenes Können und das von Pieper realistisch einschätzte, bei fünfzig zu fünfzig. *Mache ich mir was vor? Ich habe zwar gesehen, was er kann. Aber vielleicht hat er noch Reserven, von denen ich nichts weiß?* Damit würde die Wippe, auf der sie beide saßen, sich auf Piepers Seite nach unten neigen, denn Kiraly war an der Grenze des Möglichen angelangt. *Der Grenze, die meine Vorstellungskraft mir setzt.* Er mochte keine James-Bond-Filme oder solchen Unsinn, aber er war sich durchaus bewußt, daß es auf der ganzen Welt höchstens fünf, vielleicht zehn Männer gab, die es mit ihm aufnehmen konnten. Einen von ihnen hatte er getötet, dort drüben, auf dem Kai in Grasbrook. Und einer von denen, die noch übrig waren, hockte siebenhundert Kilometer entfernt in einer Urlaubsidylle in Bayern und tat nichts anderes, als auf ihn, Kiraly, zu warten. *Vielleicht sucht er mich irgendwann sogar.*

Soll er doch. Aber muß ich ihn suchen?

Auf seinem Züricher Konto lagen mittlerweile gut sechs Millionen Euro. Er war schon zuvor der Spitzenverdiener der Branche gewesen, und auch Görtz hatte ihn angemessen für seine Arbeit bezahlt. Allerdings hatte Kiraly auch die nötige Gegenleistung erbracht. Krakau. Bremerhaven. Hamburg. Niemand außer ihm hätte diese Aktionen mit der gleichen Sorgfalt planen und durchführen können. Und was Görtz betraf: Er hatte sich die Blöße gegeben, den Alten zu unterschätzen. Zwar hatten seine Männer die Klinik verwanzt, um ganz sicherzugehen. Aber egal, wie schlecht es Wolf ging – Kiraly wußte jetzt, daß er die Zügel noch in der Hand hatte. *Die ganze Observation nützt einen Scheißdreck. Er spielt nur mit uns.*

Kiraly war jetzt achtunddreißig Jahre alt. Das Niveau, auf dem er sich befand, würde er bei entsprechendem Training noch vier oder fünf Jahre halten können, dann wäre es ohnehin Zeit, sich aus dem Geschäft zurückzuziehen. In drei Wochen mußte er nach Mexiko, so war es seit langem mit Görtz besprochen. Cuevo und das Tijuana-Kartell bauten ein Joint-venture in Guadalajara auf, und die Vertriebskartelle aus Europa, Asien und den USA schickten ihre Spezialisten, um bestimmte Modalitäten zu besprechen. Kiraly hatte es als gutes Zeichen gesehen, daß Görtz ihn dafür ausgewählt hatte, denn es verhieß, daß er für einen Wechsel in das Management der Firma vorgesehen war. Doch wie lange würde es noch eine Firma geben? Der Südamerikatermin schien ihm mit einem Mal perfekt zu sein, es war der ideale Zeitpunkt, sich abzusetzen. Er dachte an die kleine Insel vor Costa Rica, die er letztes Jahr über einen Strohmann gekauft hatte. Sand so weiß wie die Haut einer Geisha, ein kleiner Wasserfall, so viel Sonne wie in Hamburg Regen. Vielleicht war es seine letzte Gelegenheit.

Nichts, was man logisch erklären konnte. Nur, daß er es wußte.

Kiraly stand auf und setzte sich in den Wagen und griff nach seinem Satellitentelefon. Es wurde sofort abgenommen. »Müssen wir uns Sorgen machen?« fragte Görtz ohne Umschweife.

»Überhaupt nicht«, antwortete Kiraly. Er sah das Gesicht seines Gegenübers auf dem Videodisplay des Handys. »Zwei Mäuschen vom LKA.«

»Sind Sie sicher?«

»Ist in Wiesbaden irgendwas über den Dauerdienst gelaufen?«

»Nein.«

»Sehen Sie. Die sind Einzelkämpferinnen und wollen sich die goldene Ehrennadel verdienen. Lassen Sie mich das erledigen. Ich bleibe noch ein paar Tage und regle das ganz elegant.«

Er legte auf und schloß die Augen und dachte an den Strand. Ein kleines Bootshaus würde sich gut machen.

Neun

Das Gelände befand sich an der B 167 zwischen Neu- und Altruppin, etwa sechzig Kilometer nördlich von Berlin. Mit Betonplatten gepflasterte Wege hatten den Kampf gegen das wuchernde Unkraut verloren. Aus zart blühenden Sträuchern und Büschen ragte einsam eine verrostete Ehrentafel, auf der in kyrillischen Buchstaben den Helden der ruhmreichen russischen Panzertruppen gedacht wurde, deren 353. Regiment, »Wapniarsko-Berlinskij«, hier einst beheimatet gewesen war. Von halb verfallenen Mannschaftsunterkünften blätterte streifig die Farbe ab. Fensterlose Remisen und windschiefe Schuppen, deren Dächer von Flechten überzogen waren, lugten zwischen Pappeln hervor, die eine Allee quer durch das verwunschene Gelände andeuteten.

Die Spezialisten von ZD hatten die provisorische Einsatzzentrale auf dem Flachdach der früheren Kommandantur errichtet. Das elektronische Equipment war aufgebaut, der Einsatzleiter der drei GSG-9-SETs kommunizierte mit seinen Männern.

»SET I?«
»Auf Position.«
»Roger. SET II?«
»Auf Position.«

Siegfried Thom saß auf einem Campingstuhl mitten im Getümmel und wurde von einer Maskenbildnerin abgepudert. Der Einsatzleiter beugte sich flüsternd zu ihm hinab. »Was ist mit dem dritten SET – sollen wir die Hinterfront zusätzlich sichern?«

»Wieviel Mann haben wir dort?«
»Drei.«
»Das sollte reichen«, murmelte Thom.

In einer offenen Panzer-Abschmiergrube kauerten fünf GSG-9-Männer in voller Montur. Einer von ihnen befestigte eine Digicam auf seinem Helm und setzte ihn auf. Der Truppführer schielte von oben herunter. »Alles klar, Kalle?« Kopfnicken. »Okay, dann geht ihr auf Tauchstation.«

Seine Männer begannen damit, die Grube mit dünnen Holzbohlen abzudecken.

Thoms Maske war jetzt fertig. Sylvia Kleinert, eine dieser jungen Fernsehreporterinnen, bei denen man nie so richtig wußte, ob sie den Job ihrem blendenden Aussehen oder verborgenen journalistischen Fähigkeiten verdankten, setzte sich ihm gegenüber. Sie wandte den Kopf und sah den Kameramann an, der hinter ihr Stellung bezogen hatte.

»Mach eine feste Einstellung, close up«, sagte sie. Dann, lächelnd zu Thom: »Können wir, Herr Präsident?«

»Bitte.«

»Herr Thom, zunächst einmal vielen Dank, daß Sie uns diese Aufnahmen ermöglichen. Es ist ein Novum in der deutschen Fernsehgeschichte, daß ein Kamerateam hautnah bei einem großangelegten Zugriff der GSG 9 anwesend sein darf. Erklären Sie unseren Zuschauern doch bitte kurz, welches Ziel der Einsatz hat.«

»Gerne, Frau Kleinert. Sie wissen, daß ich, übrigens in Kontinuität zu meinem Vorgänger, der Bekämpfung des internationalen Terrorismus und der Organisierten Kriminalität höchste Priorität einräume. Dazu gehört auch, daß wir diesen Kampf – soweit möglich – transparent machen; die Bürger haben ein Recht darauf. Wir erwarten in wenigen Stunden die Übergabe eines großen Rauschgifttransports, den wir in Zusammenarbeit mit holländischen und belgischen Behörden schon seit Rotterdam verfolgen. Sie verstehen sicher, daß ich jetzt nicht ins Detail gehen kann.«

»Woher ist Ihnen der Übergabeort bekannt?«

»Durch einen verdeckten Ermittler. Es hat vor wenigen Tagen an gleicher Stelle eine Probelieferung stattgefunden, die wir observiert haben. Der eigentliche Transport hat die deutsch-belgische Grenze bereits heute nacht passiert und ist ... Herr Garnek, wie lautet die aktuelle Position?«

»Autobahn, kurz hinter Magdeburg.«

Ja, wir haben alles im Griff, dachte Thom. *Wenn es Krupka nicht gäbe, könnte Görtz den Laden alleine schmeißen. Der Plan ist perfekt, einen anderen Ausdruck kann man dafür beim besten Willen nicht finden.*

Görtz hatte schon seit längerem einen Maulwurf in einem konkurrierenden holländischen Vertriebskartell sitzen, das vom Tijuana-Syndikat mit Stoff beliefert wurde. Dieser Mann, der Zugang zur Chefetage besaß, hatte einen Kontakt zur Sacra Corona hergestellt und seinen Boß davon überzeugt, den Italienern, die als Zwischenhändler an Krupka gebunden waren und genau wie er auf dem Trockenen saßen, acht Tonnen reines Kokain anzubieten, frisch aus Rotterdam. Der Preis war horrend, und die Menge überstieg den Bedarf der Sacra Corona. Doch sie lechzte nach einer Lieferung, um ihre Straßenhändler bedienen zu können. Der Clan hatte, in der Hoffnung, für lange Zeit autonom zu werden, sämtliche Reserven zusammengekratzt, um das Geld aufbringen zu können. Wie schon Seneca sagte: ›Nur das Einfache kann genial sein.‹ Heute würde Krupka der Konkurrenz einen harten Schlag versetzen und gleichzeitig die Spaghettis ausmerzen. Sie hatten zu der Übergabe die halbe Chefetage auf die Reise geschickt, wie Görtz von seinen Mittelsmännern wußte. Der entscheidende Punkt war: Keiner von ihnen würde überleben, denn der Auftrag an die Männer der GSG 9, die in Wirklichkeit für Krupka arbeiteten, war eindeutig.

Es ekelte Thom, mehr als alles andere zuvor. *Aber was ist die Alternative? Soll ich vom Gipfel runtersteigen, die weiße Fahne schwenken und rufen:* »Nicht schießen, bitte!« *Das wäre eine hervorragende Idee. Und morgen sitze ich im Knast.*

»Herr Thom, Sie haben hier fünfzehn Mann GSG 9 in Stellung gebracht. Offenbar rechnen Sie mit erheblichem Widerstand ...«, sagte die Journalistin.

»Ganz recht. Diese Männer sind extrem gewaltbereit und vermutlich schwer bewaffnet ... So, das muß fürs erste reichen.« Er ging zu seinem Einsatzleiter.

Kleinert blickte ihren Kameramann an. »Hast du alles?«

»Sitzt, paßt, wackelt und hat Luft!«

Drei Stunden später rollte ein unauffälliger Rover, gefolgt von einem Lkw, in gemächlichem Tempo auf das Gelände. Der Rover war mit sechs Mann voll besetzt. Der Mann auf dem Beifahrersitz des Lkws hatte das Seitenfenster heruntergekurbelt, hielt eine Maschinenpistole im Anschlag und sicherte das Terrain. Auf dem Flachdach herrschte absolute Stille. Die BKA-Beamten starrten gebannt auf die Monitore, die ihre Sendesignale von Dutzenden perfekt getarnter Kameras erhielten. Der kleine Fahrzeugkonvoi fuhr über die Allee und hielt auf das offene Tor eines riesigen Gebäudes zu: die Panzerhalle. Der Einsatzleiter flüsterte in sein Mikro: »Rapunzel ist im Schloß. Funkstille bis auf Kommando.«

Es dauerte nur wenige Minuten, bis drei fette Daimler auftauchten. Auch ihr Ziel war die Panzerhalle.

»Prinz will zu Rapunzel. Weiter Funkstille!«

Der Kameramann des Fernsehteams lag dicht hinter der Einsatzleitung. Er versuchte, ein Stück nach vorne zu robben, um eine vernünftige Einstellung zu bekommen, doch einer der Männer zog ihn unsanft zurück.

Thom bemerkte es und zischte: »Der soll uns aus den Füßen gehen!«

Bis hierhin entsprach der vorbereitete Trailer der Reportage der Realität. *»Brandenburg, heute um 14.15 Uhr. Es war ein Novum in der deutschen Fernsehgeschichte, daß ein Kamerateam bei einem Einsatz der GSG 9 anwesend sein durfte. Siegfried Thom, der neue Präsident des Bundeskriminalamtes, hat unserem Sender die Aufnahmen persönlich gestattet. Das BKA hatte Kenntnis von einem großen Kokaintransport, der auf dem Gelände einer ehemaligen sowjetischen Kaserne bei Berlin an Mittelsmänner einer Mafiaorganisation übergeben werden sollte. Es handelte sich um mehr als acht Tonnen reines Kokain, die größte Menge, die jemals in der Bundesrepublik Deutschland beschlagnahmt wurde ...«*

Die Monitore auf dem Dach zeigten das Innere der Panzerhalle. Die Ladeluke des Lkws stand offen. Mehrere mit Holzwolle ausgestopfte Kisten waren aufgebrochen, ein Teil der tönernen Gartenzwerge, die sich darin befanden, lag zerschlagen auf dem Boden. Zwischen den Scherben Kokainsäckchen. Man hatte sechs große Koffer auf die Kühlerhaube des Rovers gewuchtet. Sie waren randvoll mit Fünfhunderteuroscheinen.

Im gleichen Moment, in dem die Tränengas-Granatwerfer der GSG 9 ihre Kartuschen durch die Fensterhöhlen der Halle katapultierten, rannten die Zugriffstrupps los, Gasmasken aufgesetzt, MPs und Glocks im Anschlag. Beißender Rauch breitete sich aus. Auf den Monitoren erkannte man undeutlich die Silhouetten von Männern, die im Nebel herumirrten. Das Stakkato der MP-Salven klang, als würden kistenweise Chinaböller gezündet. Dazwischen das heisere Bellen der Glocks. Die Lasersucher, die herumgeisterten, ließen alles wie ein Feuerwerk aussehen. Kommandos hallten aus den Lautsprechern wider. »Ich geb dir Deckung! ... Zwei Mann hierher! ... Wo bleibt die Verstärkung, verdammt? ... Das ist meiner! ... Achtung, rechts hinten ...«

Noch immer dachte der Einsatzleiter, Krupkas Mann: *Läuft doch!*

Seltsamerweise war es die Reporterin, die das Geräusch als erste bemerkte. Sie starrte zum Himmel und sah den Helikopter, der wie ein riesiges Insekt hinter den Baumwipfeln auftauchte und schnell näher kam.

Die Bordkanone des alten, aber sorgfältig instand gesetzten MI-24-Hind-Militärhubschraubers, der vor etwas mehr als einer Stunde von einem stillgelegten sowjetischen Flugplatz nahe Brno in der Tschechei gestartet war, saß unter der Rumpfspitze. Der Pilot steuerte die Maschine, die eine Reichweite von gut elfhundert Kilometern besaß, direkt auf das Flachdach zu. Das 12,7-mm-Maschinengewehr ließ, während das Rohr von dem Dauerfeuer glühte, leere Patronenhülsen herabregnen. Die Garben fetzten über das Dach. Kleinert und ihr Kameramann brachten sich mit einem Hechtsprung hinter einem Kamin in Sicherheit. Hier hatte auch Thom nach Deckung gesucht, nur um hilflos zuzusehen, wie seine Leute mit Pistolen auf einen Helikopter schossen, gegen dessen massive Panzerung sie machtlos waren. Die neun Tonnen schwere Maschine raste dicht über ihre Köpfe hinweg und setzte noch einmal eine Salve ab, ehe sie so schnell verschwand, wie sie gekommen war. Zwei Beamte lagen schwerverletzt auf dem Dach. Ihre Schreie gellten durch die Stille. Die Journalistin starrte Thom an. Er zitterte wie an dem Abend in seinem Billardzimmer, als er Wolf so gekonnt den Rekonvaleszenten vorgespielt hatte. Nur, daß er sich diesmal kein bißchen anstrengen mußte.

Sylvia Kleinert erwies sich als Profi. Alles, was sie dachte, war: *Wir brauchen einen neuen Trailer!*

Die Fahrstuhltür im dritten Stock der BKA-Kaserne Treptow fuhr zu. Krupka sah Thom an, der neben ihm stand. Fünf Stunden waren seit dem Hubschrauberangriff vergangen. Krupka kam es vor, als würde der BKA-Präsident seines Gnadens jeden Moment zusammenklappen. Thom drückte auf den Stopschalter. Die Kabine arretierte.

»Die hätten mich umbringen können!« stieß er hervor.

»Haben sie aber nicht.« *Tja, das war der Teil des Plans, den wir dir wohlweislich verschwiegen haben.*

»Hast du mir nicht zugehört? Sie haben mich fast erwischt! Ich habe nur beschissenes Glück gehabt, sonst wäre ich jetzt im Leichenschauhaus!« schrie Thom, sich nach einer Erklärung sehnend, von der er wußte, daß er sie nie bekommen würde. Als Krupkas Schweigen unerträglich wurde, flüsterte er: »Franz, wie weit willst du noch gehen? Wo soll das hinführen?«

»Nach oben. Hoffe ich doch. Und jetzt reiß dich gefälligst zusammen!«

Krupka drückte auf den Knopf.

Der Fahrstuhl fuhr nach unten.

Als die Tür sich öffnete, wurden sie von einem Dutzend Kameras und Mikrofonen fast wieder in die Kabine zurückgedrückt. »Herr Staatssekretär, bitte eine kurze Stellungnahme ... Herr Präsident, können Sie bitte ... Nur ein paar Fragen ... Haben Sie nähere Erkenntnisse über ...«

Krupka hob abwehrend die Hände. »Sie werden alle nötigen Informationen erhalten ... Entschuldigung, wenn Sie so freundlich wären ...« Ihre Sherpas bahnten ihnen den Weg zu dem Podium, das auf dem hell angestrahlten Parkdeck aufgebaut war. Dahinter stand ein offener Container, in dem sich die Säcke mit dem Rauschgift stapelten. Es war kaum zu glauben. Der Dompteur gab ihm einen kleinen Klaps, und der Zirkusgaul namens Thom trabte in die Manege.

»Meine Damen und Herren, ich möchte Ihnen zunächst danken, daß Sie so zahlreich zu dieser spät anberaumten Pressekonferenz erschienen sind. Sie wissen bereits, daß uns heute ein möglicherweise entscheidender Schlag gegen eines der größten Drogenkartelle Europas gelungen ist. Bei dem Zugriff wurden acht Tonnen Kokain sichergestellt. Zu weiteren Details gebe ich das Wort an Staatssekretär Franz Krupka vom Bundesinnenministerium ...«

»Danke, Herr Präsident. Ehe ich mich zur Sache äußere, möchte ich den Familien der beiden getöteten BKA-Beamten mein Beileid aussprechen. Bitte verstehen Sie, daß ich aus Sicherheitsgründen die Namen der Männer nicht nennen darf, aber seien Sie versichert, daß unser tiefes Mitgefühl ihren Angehörigen und unsere ganze Abscheu ihren Mördern gilt. Dieser Zugriff hat zwar bewiesen, daß unser Staat den Verbrechersyndikaten das Feld nicht kampflos überläßt, aber auch, daß wir es mit einem Gegner zu tun haben, der in einem unvorstellbaren Maße aufgerüstet hat. Unsere Einsatzkräfte waren einem Helikopterangriff ausgesetzt, der mit nie dagewesener Brutalität und Kaltblütigkeit durchgeführt wurde. Es grenzt an ein Wunder, daß nicht noch mehr Beamte getötet wurden.« Kunstpause, Griff zum Wasserglas. »Es kann und darf nicht sein, daß die Männer, die ihr Leben für den Schutz und die Unversehrtheit unserer Bürger einsetzen, wehrlos sind. Bundesinnenminister Josef Langheinrich hat daher beschlossen, die GSG 9 in Zukunft mit Stinger-Raketen zur Abwehr von Angriffen aus der Luft auszustatten. Eine entsprechende Anweisung habe ich im Namen des Ministers vor einer Stunde unterzeichnet.«

Natürlich war es die Spitzenmeldung in den Spätnachrichten. Zuerst die rasenden Bilder, verwackelt, da mit einer Handkamera aufgenommen. Einem der Italiener war es in dem Chaos gelungen, in den Lkw zu gelangen. Der Dreißigtonner raste aus der Panzerhalle. Ein GSG-9-Mann feuerte auf die Fahrerkabine. Die Windschutzscheibe zerplatzte wie ein Wasserglas in einer Mikrowelle. Der Truck kam vom Kurs ab und schrammte auf zwei Rädern über eine Rampe, ehe er kippte und seitlings gegen eine Betonmauer krachte. Die Leiche des Fahrers hing aus der offenen Tür. Jetzt war auch der letzte der Bosse tot. Die wenigen »Soldaten« knieten mit erhobenen Händen auf dem Boden und ließen sich ohne Gegenwehr verhaften.

Dann die Pressekonferenz. Thom hielt ein Kokainsäckchen hoch. Er lächelte in die Kamera. »Den politischen Kommentar spricht Sylvia Kleinert, die Augenzeugin des Einsatzes war«, sagte der Anchorman.

»Schnee in Berlin. Dies ist ein großer Tag für die deutsche Polizei und vor allem ein Triumph für den neuen BKA-Präsidenten. Sicherlich ist die Bestürzung über den Tod der beiden Beamten groß. Daß Thom jedoch schon in seiner vierten Amtswoche ein solcher Schlag gegen die Drogenkartelle gelungen ist, dürfte diejenigen endgültig zum Verstummen gebracht haben, die voreilig Anstoß am schnellen Karrieresprung des Vorzeigebeamten genommen haben, der noch bis vor kurzem Abteilungsleiter im BKA war. Politische Beobachter sprechen von einem Traumstart für den Nachfolger des langjährigen Präsidenten Wolf. Dieser hat, wie aus Berliner Kreisen kolportiert wird, Thom quasi selbst zu seinem Amtserben bestimmt und dürfte sich an diesem Tag mehr als bestätigt fühlen. Daß Bundesinnenminister Langheinrich so energisch und schnell reagiert hat, erregt Aufsehen, zeigt aber, daß unsere Polizei, entgegen manchen Befürchtungen, durchaus fähig ist, auf die Herausforderungen der Organisierten Kriminalität zu reagieren. Die Ausstattung der GSG 9 mit Stinger-Raketen ist ein Novum, aber eines, das hoffnungsvoll stimmt. Staatssekretär Krupka hat völlig recht, wenn er fordert, daß der Staat seine Beamten schützen muß. So ist diese Entscheidung auch ein Signal an jene, die glauben, unsere Demokratie herausfordern zu können. Ein mutiges

Signal. Und mehr als ein Schritt in die richtige Richtung. Ich gebe zurück zu Markus Töpper ins Studio ...«

Der Ton des Fernsehers war ausgeschaltet. Das Zirpen der Grillen, das durch die offene Terrassentür drang, war das einzige Geräusch im Wohnzimmer von Krupkas Quinta.

Langheinrich riß den Telefonhörer hoch. »Ich brauche die Flugbereitschaft. Morgen früh ... Ist mir egal! Um acht, verstanden!« Er knallte den Hörer auf. Sein Herz schlug bis zum Hals. Er stellte sich vor, wie er in das Moabiter Innenministerium stürmen, die Tür zum Büro seines Staatssekretärs aufreißen und brüllen würde: »*Stinger für die GSG 9! Denkst du wirklich, du kommst damit durch?*«

Natürlich war Krupkas Reaktion vorhersehbar. »*Bin ich doch schon. Die Raketen sind längst unterwegs nach Hangelar zum BGS. Also reg dich ab.*«

»*Es ist Zeit, daß dich jemand stoppt. Offensichtlich muß ich derjenige sein! Du bist nichts als ein Stück Scheiße, das an meinem Schuh klebt! Guck morgen ins Internet. Dort steht der Name von deinem Nachfolger!*«

Ja, genau das würden seine Worte sein! Allmählich beruhigte er sich ein wenig.

Das Telefon klingelte. »Was ist?«

»Josef«, hörte er die Stimme des Kanzlers, »ich muß schon sagen ... Hatten wir nicht vereinbart, daß du dich für ein paar Tage aus der Frontlinie zurückziehst?«

»Ich kann dir das erklären! Ich werde sofort ...«, stotterte Langheinrich und wischte sich über die Augen, in denen der Schweiß brannte.

»Mein Lieber«, unterbrach Hettmer ihn, »ich wußte schon, warum du der Mann sein mußt, der uns in die Schlacht führt. Chapeau für eine mehr als reife Leistung! Das war erstklassige Arbeit von dir, meine höchste Anerkennung! Machen wir uns nichts vor«, fuhr er fort, ehe Langheinrich etwas erwidern konnte, »die Koalition steht noch so sicher wie ein Haus in Wanne-Eickel über einem stillgelegten Stollen! Die Themen im nächsten Wahlkampf sind klar: Asyl, Renten, Arbeitsplätze, innere Sicherheit. Da hast du uns mit einem Schlag in strategische Position gebracht. Links machen wir Stimmen mit der Geldwäschenovelle und rechts mit deinen Erfolgen gegen die OK! Diese Sache mit den Stingern ... Meine Güte, darauf muß man erst mal kommen! Und was die toten Beamten angeht, da werden wir beide zur Beerdigung gehen, das allein spart uns schon die Hälfte unserer Werbezeiten!«

»Ja, genau so sehe ich das auch«, hörte Langheinrich sich antworten.

Wolf starrte auf die Computertomographie, die Hecker an das Leuchtbrett in seinem Arztzimmer gepinnt hatte. Drei Viertel der Hirnareale leuchteten tiefgrün, waren also gesund. Doch der Rest zeichnete sich rostbraun ab und markierte die abgestorbenen Zellen. Was folgte, war die schlimmstmögliche Diagnose. Daß sie vorher abgesprochen war, minderte Wolfs »Schock«. Nicht zu vergessen, daß die Tomographie nicht sein Hirn, sondern das eines anderen Schlaganfallopfers zeigte. »Ich will Ihnen nichts vormachen«, sagte Hecker, sich bewußt, daß die Wanze unter seinem Schreibtisch jedes Wort weiterleitete. »Sie waren zuvor schon ein Risikopatient. Ihr Cholesterinspiegel, die Herzkranzgefäße, die Zigarren. Ich fürchte, die Berliner Kollegen hätten sich mehr Zeit für die Untersuchung nehmen sollen. Offenbar handelt es sich um ein verschlepptes Blutgerinnsel, dazu die Arteriosklerose. Wir werden viel Arbeit vor uns haben. Die Prognose ist schlecht, alles andere wäre gelogen. Trotzdem: Wir werfen doch die Flinte nicht ins Korn!«

»Was können Sie machen?« fragte Wolf mit wehleidiger Stimme.

»Zunächst einmal werden wir Sie auf Marcumar setzen, um zu versuchen, Ihrer Durchblutung wieder auf die Sprünge zu helfen. Und die Krankengymnastik beginnt noch heute. Ich habe mich für das Taubsche Bewegungstraining entschieden. Kurz gesagt: Auf Sie kommen täglich sechs Stunden Knochenarbeit zu.«

»Ich danke Ihnen für Ihre Offenheit, Herr Doktor. Dann fangen wir am besten gleich an«, sagte Wolf.

Eine Stunde später lag er im Behandlungsraum auf dem Schlingentisch und begann mit Hilfe einer Physiotherapeutin die Übungen. Pieper machte unterdessen seine Liegestütze, dreißig mit dem linken Arm, dreißig mit dem rechten, dann die Sit-ups. Der erste Schweißtropfen würde noch dreißig Minuten auf sich warten lassen. Genau wie Wolf starrte er, ohne das Tempo zu verlangsamen, auf den Fernseher, der an der Wand hing. Die Morgennachrichten brachten eine Wiederholung der gestrigen Topmeldung.

»... *ein Traumstart für den Nachfolger des langjährigen Präsidenten Wolf. Der hat, wie aus Berlin kolportiert wird, Thom quasi selbst zu seinem Amtserben bestimmt und dürfte sich an diesem Tag mehr als bestätigt fühlen.*«

Das war Wolfs Lieblingsstelle.

Pieper hörte ein Signal und kontrollierte sofort das Videodisplay seines Handys. Zuerst schlug der Bewegungsmelder an. Er besaß eine Reichweite von fünf Metern und einen Öffnungswinkel von hundertzwanzig Grad und war in die Digicam integriert, die Pieper hinter dem Glas des Feuermelders auf dem Flur installiert hatte. Das dazugehörige Bild kam mit einer Millisekunde Verzögerung. Pieper sprang sofort auf. Er steckte das Handy in die Hosentasche und warf Wolf einen knappen Blick zu.

Krupka betrat den Raum. Zwei Sherpas. Einer zückte seinen Scanner und fand nur den firmeneigenen Lolli. Der Staatssekretär lächelte, als sein Mann ihm das mit einem Blick signalisierte. Er sah zunächst Pieper an, dann die Physiotherapeutin. »Wenn Sie so nett wären ...«

Pieper reagierte nicht.

Wolf nickte ihm zu. Doch er zögerte noch immer.

»Haben Sie Angst, daß ich ihn erschieße?« fragte Krupka.

Pieper gab sich einen Ruck und ging zusammen mit der Frau nach draußen. Krupkas Sherpas folgten ihnen. Sie zogen die Tür zu, so daß sie zu viert auf dem Flur standen. »Na, Kollegen, habt ihr mittlerweile noch ein bißchen trainiert?« fragte Pieper gedehnt, denn es waren die beiden, denen er im Schießkino eine Lektion erteilt hatte. Sie zogen es vor zu schweigen.

Krupka setzte sich auf einen Stuhl. Im TV wurde gerade zum x-tenmal sein Konterfei eingeblendet. »Ich weiß nicht ... ich sehe in der Glotze immer Scheiße aus. Finden Sie nicht?«

»Dazu brauchen Sie keinen Fernseher«, sagte Wolf schleppend.

Krupka lächelte nur. Noch als er in den Flieger gestiegen war, der ihn nach München brachte, wo er stellvertretend für Langheinrich an der Innenministerkonferenz teilnehmen würde, hatte er keine Ahnung gehabt, daß er die Zeit, die ihm blieb, zu einem kleinen Abstecher nach Garmisch nutzen würde. Doch dann hatte Görtz angerufen und ihm von der taufrischen Diagnose erzählt. Da war die Entscheidung für den »Krankenbesuch« ganz spontan gefallen, aus einer Laune heraus.

Und es hat sich gelohnt. Er sieht aus, als wäre er schon tot. Nicht mal richtig sprechen kann er. Wie lange er's wohl noch macht? Sechs Monate? Eher weniger.

»Ich wollte nur mal sehen, wie's Ihnen so geht ... Wie ist das eigentlich, wenn man weiß, daß man am Verrecken ist?«

»Es ist genauso, wie Sie es sich vorstellen«, murmelte Wolf. *Wie schön, eine neue Seite an dir zu entdecken. Du bist also nicht nur ein Mörder, sondern auch ein Sadist. Hab keine Angst, ich tue dir was Gutes, damit du die Erektion, die dir mein Anblick verschafft, noch eine Weile auskosten kannst.*

»Ich würde die paar Wochen, die ich noch habe, gerne herschenken, wenn ich *Sie* so sehen könnte«, krächzte er.

»Ein großzügiges Angebot. Glauben Sie mir, ich weiß es zu schätzen. Aber wie die Dinge stehen«, grinste Krupka, »kann ich es leider nicht annehmen. Im übrigen haben Sie, falls es Sie tröstet, meinen Respekt. Sie waren der Gegner, den ich erwartet hatte. Wissen Sie eigentlich, daß wir viel gemeinsam haben, Sie und ich? Doch, tatsächlich! Wir glauben beide an das System. Man könnte sogar sagen, wir repräsentieren es. Denn wir wissen, wovon es zusammengehalten wird. Von der Gier. Der nach

Profit und der nach Macht. Ja, wir sind gar nicht so verschieden, wie Sie gerne glauben möchten. Sie haben Ihre Macht bis zuletzt genossen. Ich kann das gut verstehen, denn ich habe genau das gleiche vor.«

»Sie irren sich, Krupka. Sie kennen keinen Genuß, nur Habgier. Das ist die freudloseste aller Sünden. Und sie wird bestraft.«

Sein Besucher stand auf. »Der Präsident des BKA ist ein mächtiger Mann. Aber wie heißt es so schön: ›Demokratie ist Macht auf Zeit.‹ Mir scheint, Ihre Uhr ist stehengeblieben. Hier, nehmen Sie meine!« Er nahm die Rolex vom Handgelenk und warf sie auf den Schlingentisch. Das Zifferblatt zerbrach. Krupka sah auf Wolf herab wie auf ein Insekt, eine Sekunde versucht, es einfach zu zertreten, sich dann aber der Überlegenheit bewußt, die sich in der Freiheit ausdrückte, Gnade oder Willkür walten zu lassen, ganz wie es ihm beliebte. »Wenn es da oben einen Gott gibt, sehen wir uns vielleicht irgendwann wieder. Und wenn nicht – es wäre gelogen zu sagen, daß ich Sie vermisse.« Damit drehte er sich um und ging, nicht ohne noch zwei Sekunden in der offenen Tür stehenzubleiben und sich an Wolfs Hilflosigkeit zu ergötzen.

Pieper kam herein und schloß die Tür. Seine Augen verweilten schweigend auf dem Präsidenten. Es war lange her, daß er ihn so vergnügt gesehen hatte. Wolf warf ihm mit der rechten Hand die Rolex zu.

Jan, an das Souvenir werden wir uns noch lange erinnern!

ZEHN

Lombardi kriegte vor Aufregung kein Auge zu. Um 2.00 Uhr hielt sie es nicht mehr aus und griff zum Telefon. »Du wirst es nicht glauben: Trommler hat sich gemeldet.«

»Wo steckst du?« murmelte Sophie, die der Anruf mitten aus dem Tiefschlaf gerissen hatte.

»Schon in Hamburg. Der Container ist morgen um 9.50 Uhr an der Reihe. Das Zeug kommt frisch aus Caracas!«

Sophie saß sofort senkrecht im Bett. »Mach dich bloß nicht verrückt. Wir wissen immer noch nicht, ob wir Trommler trauen können.«

»Alte Pessimistin! Wie sieht's bei euch aus?«

»Die Stinger, klar. Aber das ist nicht die Hauptsache ...«

»Ach?« fragte Lombardi.

»Falls Trommler die Wahrheit gesagt hat, ist jetzt seit drei Wochen nichts mehr über Hamburg gekommen. Das bedeutet vermutlich, daß auch in den anderen europäischen Häfen Ebbe herrscht. Vielleicht haben die Stinger Krupka vorerst Luft verschafft, aber wenn Cuevo tatsächlich nicht mehr liefert, könnte der Zugriff der GSG 9 noch einen zweiten Zweck erfüllt haben ...«

»Nämlich?«

»Krupka braucht dringend Stoff. Ich bin ziemlich neugierig, was eigentlich in der Asservatenkammer des BKA liegt. Würde mich sehr wundern, wenn es Kokain ist. Niklas ist schon dran. Morgen wissen wir mehr.«

Mit diesen Sätzen war für Lombardi die Nacht endgültig vorbei. Um kurz nach neun traf sie sich am Windhukkai mit Hartmann, dem Kollegen vom BGS. Er hatte tatsächlich ein wenig Ähnlichkeit mit Johnny Depp, wenn man von der randlosen Brille absah, die auf seiner Nasenspitze saß.

»Wie erklären wir denen, daß du dabei bist?«

»Ich bin 'ne kleine Praktikantin, ganz einfach, stelle viele dumme Fragen, und du erklärst mir genervt die große weite Welt der Drogenfahndung.«

»Du hast keinen Ausweis.«

»Deiner wird genügen.«

Sie fuhren gemeinsam in seinem Wagen. Hartmann hatte keine besonderen Fragen gestellt. Das war gut so, denn es hieß, daß es für ihn, abgesehen von Lombardis Anwesenheit und der Tatsache, daß möglicherweise vier Zollbeamte bestochen waren, ein Routinejob war. Auf den Gedanken, der geachtete Franz Krupka könnte ein Rauschgifthändler sein, kam er nicht, und Lombardi tat den Teufel, es ihm zu sagen. Ein Container eines unbescholtenen Unternehmers wurde von irgendeiner Mafiaorganisation ohne Wissen des Eigners zum Transport genutzt. So etwas kam alle Tage vor. Und dafür, daß Lombardi die BKA-Marke steckenlassen wollte, hatte sie ihm eine einleuchtende Erklärung geliefert: verdeckter Einsatz, ganz einfach.

Vier korrupte Beamte, wen juckt's? So weit sind wir.

Die Containerprüfanlage sah aus wie eine Gesamtschule, nur daß die Packhalle wie ein Klotz herausragte. Das Procedere war sowohl Lombardi als auch Hartmann bekannt. Die Trucker fuhren auf den Parkplatz und lieferten die Abfertigungsunterlagen, also Frachtpapiere oder Carnets, im Datenerfassungsgebäude ab, wo sie gescannt und in das betriebseigene Rechnersystem eingegeben wurden. Danach erhielten sie eine Magnetkarte mit Laufnummer, verbunden mit der Aufforderung, das Fahrzeug vor dem Röntgentunnel abzustellen.

Lombardi hatte sich noch in der Nacht, schlaflos nach dem Telefonat mit Sophie, die Gesichter von Trommlers Kollegen in der Bildauswertstation vorgestellt, wenn Hartmann mit ihr zur Tür hereinkommen würde. Erschrecken war das mindeste, was sie erwartete. Noch wahrscheinlicher: blankes Entsetzen. Doch als sie nun den Raum mit den Monitoren und Meßgeräten betraten und Hartmann gut gelaunt »Moin, die Herren!« sagte, erwiderten Schichtleiter Harry Dirks und seine drei Mitstreiter den Gruß mit größter Gelassenheit und signalisierten: *Man kennt sich, kein Problem.* Selbst Trommler brachte es fertig zu lächeln.

Scheiße! war Lombardis erster Gedanke. *Trommler hat gequatscht, die wissen Bescheid. Zwei Möglichkeiten: Entweder hier kommt heute kein Lkw der SAVOK durch, oder sie haben dafür gesorgt, daß die Fracht clean ist.* Trommlers Gesicht bestätigte ihre Befürchtung. Auf seiner Nase saß ein dickes Pflaster, die linke Augenhöhle war dunkelblau angeschwollen. *Die haben ihn auseinandergenommen. Das Ding ist gelaufen!*

Hartmann schnüffelte auf der gleichen Fährte. »Meine Güte, was ist denn mit dir passiert?« fragte er mit Blick auf Trommlers lädiertes Gesicht.

Dirks grinste. »Hättest ihn gestern abend in Brücke 10 sehen sollen. Der hat sich so vollaufen lassen, daß er mit Schmackes in die Tür gelaufen ist. Wär ja weiter kein Problem gewesen, bloß war sie zu.« Drei lachten.

Ja, und morgen meldet ihr euch geschlossen an der Schauspielschule an!

»Wen hast du uns denn da Hübsches mitgebracht?« fragte Dirks.

»Ich komm vom Raub und mach 'n Praktikum. Mensch, das sieht ja echt professionell aus hier bei euch!« sagte Lombardi an Hartmanns Statt. *Weitermachen, auch wenn alles im Arsch ist!*

»Ist es auch«, sagte Dirks. »Wir kriegen hier Container bis neunzehn Meter Länge und vier dreißig Höhe rein. Wollt ihr 'n Kaffee?«

»Super!« sagte Lombardi. »Wie funktioniert das Ding überhaupt?« Sie sah unauffällig auf die große Uhr, die über der Tür hing.

Zwanzig Minuten. Aber was spielt das noch für eine Rolle?

»Wir haben zwei Linearbeschleuniger, die katapultieren Elektronen auf eine Energie von zehn Megavolt. Damit röntgen wir die Ladung, horizontal und vertikal. Mit Milch?«

»Nee, ohne«, sagte Lombardi und nahm Dirks den Kaffeepott ab. »Ist das nicht gefährlich, das Röntgenzeug?«

»0,1 Milligray. Liegt fünftausendfach unter dem Grenzwert.«

Hier unten gruselte es Grimm jedesmal ein bißchen. Die riesige Asservatenhalle des BKA befand sich auf einem der Parkdecks unter dem Hauptgebäude; ein Labyrinth, in dem kaltes Neonlicht vergeblich gegen die Düsternis ankämpfte. Grimm passierte die Ausstellungsstücke, die man zu reinem Showzweck hier aufbewahrte, um sie bei Führungen von VIPs vorzeigen zu können. Die Babybombe von Ulrike Meinhof etwa, oder die Stalinorgel, mit der die RAF versucht hatte, die Bundesanwaltschaft zu beschießen. Außerdem gab es den völlig zerstörten Panzer des früheren Chefs der Deutschen Bank, Alfred Herrhausen, zu sehen und auch die Fliegerfaust, mit der das Kölner Attentat auf den französischen Staatspräsidenten verübt worden war.

Die Rauschgiftcontainer standen im hinteren Teil der Halle aufgereiht. Natürlich waren sie verschlossen. Grimm studierte die aufgeklebten Inhaltsverzeichnisse. Er wandte sich um, als er die Stimme von Lukas Martynek, dem Asservatenverwalter, hinter sich hörte.

»Das ist aber ein seltener Besuch hier unten!«

»Morgen, Herr Martynek.« Sie gaben sich die Hand. »Wo liegen eigentlich die Asservate von dem Zugriff in der sowjetischen Kaserne?«

»Dort drüben, sind gestern aus Berlin eingetroffen ...« Martynek deutete mit dem Kinn auf einen der Container. »Da haben Sie gerade noch Glück gehabt, morgen früh wird das Zeug verbrannt.«

»Dafür haben sie's extra von Berlin hierhergebracht?«

»Der spanische Innenminister wird im Haus ein bißchen rumgeführt. Dann gibt's die übliche Opernarie, die pusten den kompletten Stoff aus dem letzten halben Jahr im Krematorium durch den Schornstein.« So nannten sie den Verbrennungsbunker.

»Hatte ich ganz vergessen, da habe ich ja wirklich Glück. Seien Sie doch so nett und schließen Sie bitte auf. Wir haben einen Kurier am Düsseldorfer Flughafen verhaftet. Die KT muß eine Vergleichsanalyse machen.«

»Da kommen Sie persönlich?« fragte der Asservatenverwalter verdutzt.

»Wir haben morgen AG-Kripo-Sitzung, ich muß präpariert sein.«

Kein Risiko. Martynek ist hier seit zwanzig Jahren das Faktotum.

Zwei Minuten später hatte Grimm, was er wollte. Zwei Gramm in einem Tütchen genügten vollkommen. Sein Weg führte ihn schnurstracks in seine eigene Abteilung. KT 34 war auf toxikologische Untersuchungen spezialisiert. Als der Chemiker die Probe in den Gaschromatographen eingab, hatte er keine Ahnung, woher sie stammte.

Exakt um 9.51 Uhr landeten die Daten des SAVOK-Containers auf den Rechnern. *Okay,* dachte Lombardi. *Variante zwei. Die Fracht ist einwandfrei, und wir müssen abziehen wie die Engländer aus Dünkirchen.*

»So, wen haben wir denn da?« sagte Dirks fast genüßlich. »Ah, SAVOK, kommt aus Caracas. Dann wollen wir den Patienten mal auf Herz und Nieren untersuchen.«

Mistkerl, verdammter! Lombardi sah auf einem der Monitore, wie die Hubgabel des Fördersystems die Vorderachse des Lkws hydraulisch anhob und der Truck, von dem Systemoperator gesteuert, in den Tunnel gezogen wurde. Der Durchleuchtungsvorgang würde nur knapp fünfzig Sekunden dauern und nicht sehr aufregend sein. Viel interessanter war die Auswertung der ausgedruckten kolorierten Röntgenbilder, für welche Dirks und Trommler, die dafür speziell geschult waren, fünfzehn bis zwanzig Minuten brauchen würden.

Sie breiteten die Fahnen auf dem dafür vorgesehenen Tisch aus und beugten sich über die Computergraphiken. Hartmann und Lombardi sahen ihnen über die Schulter. Die Ware war in Fässern untergebracht und für ein ungeübtes Auge nichts als ein Wirrwarr von knalligen Farben. *Ist doch sowieso egal, die spielen mit uns Katz und Maus.* Tatsächlich sagte Dirks: »Sauber, der nächste bitte!«

Lombardi hatte sich bereits resigniert abgewandt, als sie hörte, wie Hartmann zischte: »Was ist denn das hier?« Er wies auf diverse Punkte in dem Farbenchaos. Im selben Moment sah Lombardi, wie Dirks und Trommler die Gesichtszüge entgleisten. *Das gibt's nicht!* Erst jetzt kam ihr der Gedanke, daß das Zufallsprinzip nicht so perfekt außer Kraft gesetzt worden war wie erwartet, denn bei den für die Durchleuchtung ausgewählten Fahrzeugen handelte es sich nur um Stichproben. Lombardi war automatisch davon ausgegangen, daß Trommler und seine Kollegen einen Kniff gefunden hatten, diesen Vorgang zu manipulieren, um ihnen einen garantiert blitzsauberen Container präsentieren zu können.

Doch wie es schien, war etwas schiefgelaufen.

»Gebt mir doch mal die Ladepapiere«, sagte Hartmann. »Was ist, irgendwelche Einwände?« Seiner Aufforderung wurde mit einem Engagement Folge geleistet, als sei er ein Proktologe, der befahl: Bücken!

»Därme, Blut, Drüsen, Schwarten ...«, murmelte Hartmann. »Aber könnt ihr mir die hellen Stellen mal erklären?«

Lombardi erinnerte sich sofort an das, was er ihr gestern am Telefon erklärt hatte: »*Es kommt nur auf die Verpackung an. Koks ist immer in Plastik verschweißt, im Gegensatz zu Backpulver oder ähnlichem. Weiße Raster auf dem Röntgenbild. Das bricht ihnen in der Regel das Genick!*«

»Okay, gucken wir uns das mal an«, sagte Hartmann. »Gebt dem Fahrer Bescheid!« Es blieb Dirks nichts anderes übrig, als mit schreckensbleichem Gesicht zum Telefon zu greifen und die Außenmitarbeiter anzuweisen, den Trucker samt Fahrzeug in die Packhalle zu lotsen.

»Nach euch, bitte!« Hartmann schnappte sich die Hardcopy mit dem Ergebnis der Bildauswertung. Die computergenerierten Markierungen würden sie genau zu den verdächtigen Stellen führen.

Die Packhalle hatte die Größe eines Schwimmbades mit Fünfzigmeterbahn. Gabelstapler fuhren zu der offenen Frachtluke des Containers und begannen damit, die Fässer abzuladen. Der Trucker stand fluchend daneben. »Das könnt ihr doch mit mir nicht machen! Was soll das Ganze? Glaubt ihr, ich hab meine Zeit geklaut?«

»Immer mit der Ruhe, geht gleich weiter«, sagte Hartmann.
»Ach, hör doch auf, das ist doch alles Scheiße!«
Hartmann sah Dirks und dessen Kollegen an. »Wollt ihr?«
»Pardon«, sagte Dirks verkniffen. »Nicht unsere Baustelle.« Er hielt Lombardi und Hartmann zwei papierne Atemmasken und Stulpenhandschuhe hin.

Das nützt dir jetzt auch nichts mehr, du Penner! Lombardi griff sich ohne zu zögern ein Paar Handschuhe und eine Maske. Hartmann tat dasselbe und gab ihr etwas von dem Duftstoff, den er in der Tasche trug. Sie schmierten ihn sich unter die Nase, ehe sie die Masken anlegten, die Handschuhe überstreiften und die ersten beiden Fässer öffneten. Der Minzgeruch war stark, aber gegen den Gestank der Tierabfälle hatte er keine Chance. Lombardi hielt unwillkürlich den Atem an und griff bis zum Ellenbogen in ihr Faß hinein.

»Geht das vielleicht auch schneller? Das ist Terminfracht!« erdreistete sich der Trucker.

»Haben Sie Angst, das fängt an zu stinken?« sagte Lombardi und kämpfte gegen den Brechreiz an, der in ihr hochstieg. Sie ertastete das Säckchen unter ihren Fingern, vergaß die Übelkeit und genoß nur noch das unsagbare Glücksgefühl, das durch ihren Körper strömte. Sie riß sich die Atemmaske vom Gesicht, wandte den Kopf in Richtung des offenen Hallentores und atmete ein paar Sekunden lang tief durch.

»Was haben wir denn hier?« fragte Hartmann, als er das Säckchen in die Hand nahm und hellwach beäugte. Er säuberte es unter fließendem Wasser, ehe er es auf einen der Packtische legte und aufriß.

Lombardi fühlte sich wie Cäsar auf der anderen Seite des Rubikons, doch dann hörte sie, wie Dirks seelenruhig sagte: »Ich weiß ja nicht, für was du's hältst, aber für mich sieht das aus wie feingemahlenes Knochenmehl. Ganz normal, wo ist das Problem?«

Hartmann starrte auf die gräuliche Substanz, zerrieb sie zwischen den Fingern und sah Lombardi schweigend an.

Ihr vermeintlicher Triumph wich unsagbarer Wut.

»Sie können weiterfahren«, sagte Hartmann zu dem Trucker.
»Mist, verdammt! Und wer macht mir hier die Sauerei weg?«
Lombardis Blick glitt an den Gesichtern der Beamten entlang, die es tatsächlich fertigbrachten, sie nicht auszulachen. Sie fixierte Trommler. Er sah durch sie hindurch. Draußen startete Kiraly den Motor des Kleintransporters, der auf dem Altenwerder Damm gegenüber dem Hauptzollamt Waltershof geparkt hatte, und fuhr in gemächlichem Tempo Richtung Köhlbrandbrücke.

Er freute sich auf einen ruhigen Abend in Budapest.

Grimms Anruf erreichte Sophie auf einem der mehrere hundert Meter langen Laufbänder des Münchner Franz-Josef-Strauß-Flughafens. »Ist das sicher?« fragte sie nur, sich bewußt, daß unter den Fluggästen, die vor und hinter ihr standen, einer sein konnte, der schon in der Stuttgarter Maschine gesessen oder sie hier in München erwartet hatte und jetzt seine Lauscher aufsperrte.

»Hundert Prozent reines Milchpulver«, sagte Grimm.

»Sekunde, Sabine ... Bleib bitte dran!« Sophie verließ das Laufband und steuerte, das Handy in der Jackentasche, ihren kleinen Rimowa-Koffer in der Hand, eine Tür mit dem Hinweis »Toiletten« an. Da sie nicht zum erstenmal auf diesem Flughafen war, wußte sie, daß die Klos meist eine Etage höher oder tiefer lagen. Man mußte eine Treppe benutzen, um sie zu erreichen. Nachdem sie die Tür hinter sich geschlossen hatte und ein paar Stufen höhergestiegen war, wartete sie zehn Sekunden. Es war ihr niemand gefolgt. Erst jetzt griff sie wieder nach dem Headphone. Sie stellte den Koffer ab, lehnte sich gegen die Wand und sagte: »Wir können.«

»Erzähl es deinem Vater. Wann trefft ihr euch?«

»In anderthalb Stunden. Jan hat alles organisiert ... Stand-by«, setzte sie hastig hinzu, denn sie hörte Schritte.

Ein Mann, Aktentasche, unauffälliges Aussehen, kam die Treppe hoch. Er blieb vor Sophie stehen, die das Headphone wieder abgenommen hatte.

»Ja?« fragte sie mit klopfendem Herzen.

»Entschuldigung, ich glaube, ich habe mich verlaufen«, sagte er hilflos lächelnd. »Wissen Sie, wie ich zur Ebene 04 komme?«

»Einfach die Treppe hoch, nächster Ausgang.«

»Danke, nett von Ihnen.« Er ging weiter und verschwand.

Sie wartete, bis die Tür ins Schloß fiel, ehe sie wieder in ihr Mikro sprach. »Sorry, falscher Alarm.«

»Das ist es hundertmal. Und Nummer hunderteins ist ernst.« Sie wartete auf die Frage, er stellte sie. »Bleibt es bei unserem Plan?«

»Ja. Aber ich muß es meinem Vater gegenüber wenigstens andeuten. Ich nehme an, er wird nicht nachfragen. Auch als er noch Präsident war, wollte er sicher nicht immer alles wissen.«

»Da hast du recht, so ist es manchmal besser. Okay, sei vorsichtig und paß auf dich auf, ja?«

»Wir telefonieren später«, sagte Sophie.

»Grüß ihn von mir.« Aufgelegt.

Sie stieg wieder hinunter auf die Ebene 03 und löste ein Ticket für die S 8 in Richtung Ostbahnhof. Der Zug stand bereits und fuhr eine Minute später los. Sechs Fluggäste waren zusammen mit ihr eingestiegen. Als sie aus dem Tunnel hochkamen, sah sie weißblauen Himmel. Postkartenidylle. Sie fuhr bis Unterföhring. Außer ihr blieben alle sitzen. Was Sophie auf dem Bahnsteig zu sehen bekam, war ein trostloses Industriegebiet und ein cremefarbener Citroën, der an der Medienallee auf sie wartete.

Sobald sie eingestiegen war, fuhr Pieper los. Erst hinter der nächsten Ecke sagte er: »Hallo.«

»Schön, dich zu sehen«, entgegnete sie und musterte ihn. »Sieben Kilo?«

»Zehn.«

Sophie versuchte sich an den übergewichtigen, etwas unbeholfen wirkenden Mann zu erinnern, dem sie vor dreieinhalb Monaten zum erstenmal begegnet war. Er hatte, wenn man von der rasierten Glatze absah, keine Ähnlichkeit mehr mit dem sehnigen Athleten, der neben ihr am Steuer saß.

Sie lächelte, zog eine Tafel Schokolade aus ihrer Handtasche und legte sie ihm in den Schoß. »Dann kannst du die hier ja gut gebrauchen.«

»Bist du verrückt, willst du mich wieder anfixen?«

»Diät. Schmeckt nicht, aber man hat was im Mund.«

»Mit Nüssen?« fragte er hoffnungsvoll.

»Mit *ganzen* Nüssen!«

»Was hast du den Sherpas erzählt?« fragte Sophie, als sie den Zubringer für die A 95 Richtung Garmisch erreicht hatten.

»Das war nicht schwer. Am Anfang haben sie geglaubt, sie könnten die nächsten Monate eine ruhige Kugel schieben. Seit dem Friedhof wissen sie es besser. Auch wenn sie keine Ahnung haben, wer dahintersteht: Denen ist vollkommen klar, daß sie einen der meistgefährdeten Männer des Landes beschützen müssen. Sie denken, es ist die Mafia, die es auf ihn abgesehen hat, Vergeltung für seine Politik in der Vergangenheit. Ganz so unrecht haben sie damit ja nicht. Ich habe ihnen gesagt, daß die Klinik komplett verwanzt ist. Von der Sache mit dem Wankgipfel wissen sie auch. Also spielen sie jetzt mit. Die haben genug Schiß, das kannst du mir glauben.«

»Wie habt ihr's angestellt?«

»In der Tiefgarage sind keine Lollis. Drei von den Jungs sind mit den Panzern zu dem ›empfohlenen‹ Ausflugsziel gefahren, verspiegelte Scheiben, du siehst von außen nicht, wer drinsitzt. Zwei haben sich den Jaguar des Chefarzts geborgt und deinen Vater auf den Rücksitz gelegt. Er wartet schon auf uns. Die Karre hier gehört der Physiotherapeutin, die ihn behandelt. Sehr nett. Ich glaub, die würde mich gerne mal massieren.« Er grinste, als er Sophies Blick sah. »Keine Panik, alles rein dienstlich.«

»Wie denkst du über den Wankgipfel? Wollen sie es dort versuchen?«

Pieper steckte sich ein großes Stück Schokolade in den Mund. »Glaub ich nicht.« Er erzählte ihr von Krupkas Krankenbesuch. »Die nehmen uns nicht mehr ernst. Wollen nur auf Nummer Sicher gehen und alles unter Kontrolle haben.«

»Sie merken doch, daß mein Vater nicht im Wagen sitzt, spätestens an der Talstation, wo die Bahn abfährt.«

»So weit kommen die Jungs gar nicht, die drehen kurz vorher um. Der Funk wird mit Sicherheit abgehört. Also meldet der Kollege im mittleren Fahrzeug an die anderen, daß TUAREG sich nicht gut fühlt und ins Bett muß. Zurück in die Tiefgarage, ein paar Monologe mit einem Präsidenten, der nicht da ist, das war's. Okay, erzähl, was Grimm rausgekriegt hat.«

Sie sagte es ihm. Pieper war so wenig überrascht, daß er sich einen Kommentar schenkte. Statt dessen fragte er: »Wie hast du's Karlsruhe erklärt?«

»Wieso? Heute ist Samstag, da hat auch eine Staatsanwältin mal frei.«

Als sie die Abfahrt Murnau passierten, meldete sich Lombardi. Drei deprimierende Sätze, dann steckte Sophie ihr Handy wieder ein. Sie erzählte Pieper, was in Hamburg passiert war, und sie schwiegen bis zum Bahnhof von Garmisch-Partenkirchen. Er war so häßlich, wie ein Siebziger-Jahre-Bau sein konnte, an dessen Fassade man ziegelrote Farbe geklatscht hatte. Es war warm, als sie den Citroën verließen. Die Schmalspurlinie führte steil hoch zur Zugspitze. Um Piepers Hals baumelte eine Digitalkamera, er sah wie ein Tourist aus. Sophie registrierte, daß er jeden Fahrgast checkte. Sein Gesichtsausdruck beruhigte sie.

Steil schossen die Felswände hoch. Auf den Brüchen rann Schmelzwasser in dünnen Bächen hinunter ins Tal. An der Station Grainau begann die Zahnradstrecke, und ein anderer Triebwagen übernahm. Es ging durch dichten Nadelwald, bis sie die Baumgrenze überschritten hatten, dann tauchten sie in einen Tunnel ein und erreichten bald das Schneefernerhaus.

So warm es unten gewesen war, oben empfing sie trockene, scharfe Kälte. Der Komplex aus Gaststätten und Aussichtsplattformen thronte auf dem Gipfel. Auf dem verschneiten Zugspitzplatt waren Ski- und Snowboardfahrer unterwegs. Die Skilifte wurden bis Ende Mai in Betrieb gehalten.

Ihr Vater erwartete sie an der Südseite der Terrasse vor dem »Münchener Haus«. Sie sah, wie sehr er sich freute. Die beiden Sherpas wechselten ein paar geflüsterte Worte mit Pieper, dann zogen sie sich zurück, blieben aber auf strategischer Position. Nur Pieper hielt Schrittdistanz.

Wolf und seine Tochter umarmten sich. Merkwürdigerweise waren seine ersten Sätze: »Ich bin so wütend auf mich. Gestern habe ich deinen Brief bekommen und mich dabei ertappt, daß ich nur quergelesen habe. Das habe ich dreißig Jahre lang getan. Alles nur quergelesen. Entschuldige bitte. Ich habe es dann noch mal versucht, und er war wirklich sehr schön. Danke.«

Sie drückte ihn, und sie setzten sich auf eine der Aussichtsbänke. Das Panorama war atemberaubend, aber dafür hatten sie beide keinen Blick.

»Wie geht es dir?« fragte Sophie.

Er versuchte, seinem Lächeln einen Hauch von Zuversicht zu geben. »Ich bin zäh. Ehe ich schlappmache, wächst Moos auf Krupkas Schreibtisch.«

»Das würde ich gern glauben«, flüsterte sie besorgt.

Ihr Vater schwieg lange, dann sagte er: »Ich vermisse das Amt. Glaub mir, ›kein Abschied auf der Welt fällt schwerer als der Abschied von der Macht‹. Ist nicht von mir, ist von Grimm. Und der hat's von Talleyrand. Mir scheint, die alten Franzosen haben sich ausgekannt.«

»Ich soll dich von ihm grüßen. Nicht von Talleyrand, von Niklas.«

Sie schmunzelten kurz. Sophie berichtete von der Milchpulversache und dem Reinfall in Hamburg.

Wolf hörte sich alles in Ruhe an. Er stellte einige knappe Nachfragen, ehe er murmelte: »Es hat uns keiner gesagt, daß es ein Spaziergang wird.«

»Aber eins ist klar: Über Hamburg wird Krupka es nicht mehr versuchen.«

»Das juckt ihn nicht. Er hat mindestens zwanzig andere Häfen.« Wolf sah Sophies nachdenklichen Gesichtsausdruck. »Na?«

»Glaubst du, er ist uns auf die Schliche gekommen?«

»Gute Frage. Lombardi hat eine LKA-Marke benutzt, das war schon hilfreich. Aber Krupka hat erstklassige Leute. Trotzdem: Er war gestern so siegessicher ... das war nicht gespielt.«

»Wir spielen auch und hoffen, daß sie's nicht merken.«

»Warten wir den nächsten Attentatsversuch ab, dann wissen wir mehr.« Als er Sophies erschrockenes Gesicht sah, tat ihm der Satz sofort leid. »Nimm das nicht ernst, ist nur meine persönliche Art, damit umzugehen.« Sie nickte. »De la Peña wartet auf seine Raketen. Wie es aussieht, hat er die Lieferungen eingestellt. Aber Krupka ist jetzt obenauf. Er hat sich nicht nur eine schöne Portion Koks besorgt, sondern auch die Stinger. Sicher nur ein Zwischengang für Cuevo, bis er die Grails servieren kann.«

»Das war unglaublich. Allein die Idee!« sagte Sophie.

»Ja, und wir müssen uns vorerst mit den Brosamen begnügen, die von dem silbernen Tablett fallen.«

»Was glaubst du, wie wird Krupka es anstellen?«

Jetzt, ein einziges Mal, warf Wolf Pieper einen kurzen Blick zu. Er war nah genug, um jedes Wort mitgehört zu haben, und wußte über diese Waffen deutlich mehr als der Präsident. »Die Stinger, die er sich von der Bundeswehr liefern läßt, sind hochmodern und besitzen ein Bildwandlersystem der vierten Generation«, murmelte Pieper, während seine Augen scheinbar über die Stubaier Berge wanderten. »Immer noch nicht so gut wie die Grails, aber erstklassige Ware. Die Stinger bestehen aus drei Teilen: dem Flugkörper, dem Startrohr und dem Griffstück. Das Startrohr ist ein Wegwerfprodukt, kann man vernachlässigen. Auch das Griffstück, das die Abfeuerungs- und Visiervorrichtung sowie den Freund-Feind-Kennungschip enthält, ist für Cuevo uninteressant und im Prinzip wertlos.«

»Wieso?« fragte Sophie, ohne Pieper anzusehen.

»Weil es wiederverwendet werden kann. Davon hat Cuevo wahrscheinlich genug auf Lager, so was kann man sich auf dem freien Markt besorgen. Aber was nützt dir das schönste Griffstück, wenn du kein Projektil hast?«

»Also kriegt de la Peña nur die Flugkörper ...«

»Ja. Die Dinger, die bei der GSG 9 in Hangelar landen, sind bis auf wenige Ausnahmen vermutlich Attrappen. Ein, zwei echte werden sie zum Training benutzen. Das wird sowieso hauptsächlich mit Dummies durchgeführt.«

»Und wenn wir das beweisen können? Wir brauchen nur einen zuverlässigen Mann bei der GSG, der das für uns checkt! Ich verstehe nicht, wie ihr darüber so gelassen reden könnt!« sagte Sophie wie elektrisiert.

Wolf schüttelte den Kopf. »Was Jan gesagt hat, ist nur eine Theorie. Krupka hat die GSG 9 unter Kontrolle, das kannst du vergessen! Allein der Einsatz auf dem Kasernengelände! Ja, der Zugriff galt Verbrechern, aber es war auch eiskalter Mord. Die haben jeden der Bosse erledigt, ohne mit der Wimper zu zucken. Und was die anderen Punkte angeht: Natürlich wissen wir eine Menge. Aber nichts davon bringt uns wirklich weiter. Acht Tonnen Milchpulver in der Asservatenhalle des BKA, die morgen früh verbrannt werden, Übertretung der EU-Hygienevorschriften für Tierabfälle, Bestechung im Amt. Das reicht allenfalls, um Krupka und Thom politisch zu erledigen und Langheinrich schwer zu beschädigen. Doch es ist nicht genug. Ich will sie alle im Gefängnis sehen, die ganze Sippschaft! Vergiß die Stinger. Im übrigen gibt es auch eine gute Nachricht. Ich habe gestern mit Grimm telefoniert. Das war wirklich mehr als interessant. Sagt dir der Name Philipp Heinze etwas?«

»Stellvertretender Abteilungsleiter Auswertung beim BND«, erwiderte sie wie aus der Pistole geschossen. »Er war mit uns im Kanzleramt, bei der Besprechung vor dem Staatsbesuch von Gutierez.«

»Richtig, alter Freund von Grimm. Er hat ihm die Originalaufnahme von Krupkas Lissaboner Telefonat besorgt. Hinter dem Rücken von Boehnke. Da muß man schon einen ziemlichen Arsch in der Hose haben. Pardon«, setzte er entschuldigend hinzu.

Sie lächelte. »Ist mir sogar lieber so. Dann habe ich das Gefühl, du redest mit mir wie mit deinen Männern.«

»Heinze weiß seit dem Mitschnitt Bescheid. Und er hält dicht. Ja, wir haben einen Maulwurf bei den Schlapphüten.«

Sophie schnappte nach Luft, indes Wolf mit ruhiger Stimme weitersprach: »Mittlerweile ist klar, daß Boehnke von Krupka erpreßt wird. Frag mich nicht, womit, ich denke über fast nichts anderes mehr nach. Saizew, unser mysteriöser ›Eismann‹, hat dem BND Informationen über die Petrovsker Mafia geliefert. Wir können davon ausgehen, daß Krupka es wußte. Der Omsker Statthalter der Petrovskie heißt Tscherbanenko, ein alter Freund von Czarny. Es war ein Kinderspiel, ihm die Information über Saizew zuzuspielen. Dessen verblüffende Ähnlichkeit mit seinem Boß war die halbe Miete. Stell dir vor, auf der Velázquez hätte tatsächlich die Leiche von Czarny gelegen. Dann wäre ich noch Präsident und würde das Bundesverdienstkreuz mit Stern und Schulterband tragen, denn ich hätte den größten Waffenhändler der Welt zur Strecke gebracht.«

Jetzt erst erkannte Sophie die Genialität von Krupkas Plan. »Laß mich raten: Tscherbanenko sollte dafür sorgen, daß nicht Czarny, sondern Saizew nach Hamburg kommt, und wenn es ihm gelingt, Czarnys Kontakte zu übernehmen, ist er mit Krupka im Geschäft. Ein Riesendeal.«

»Exakt. Und damit sind wir wieder bei Philipp Heinze. Der BND hat Kenntnis davon, daß Tscherbanenko schon zweimal nach Tschetschenien gereist ist, um sich mit einigen der Truppenkommandeure zu treffen, die Czarny mit Ware versorgt haben. Unser russischer Mafioso arbeitet an der Sache. Wenn er erfolgreich ist, bekommen Krupka und de la Peña alles, was sie wollen. Hunderte von Grails, frisch aus der Produktion.«

»Das nennst du eine gute Nachricht?« fragte Sophie tonlos.

»Gut ist immer, was man weiß. Schlecht ist, wenn man im dunkeln tappt.«

Sie saßen eine Weile schweigend und hielten die Gesichter mit geschlossenen Augen in die Sonne.

Dann sagte Sophie: »Da ist noch was. Wir beschäftigen uns die ganze Zeit nur mit den Methoden, mit denen Krupka seine Gewinne erzielt. Aber was passiert damit? Er muß das Geld waschen. Und wir reden hier nicht über Cents. Das sind ein paar Milliarden Euro pro Jahr.«

»Hmm«, murmelte Wolf.

»Wir wissen doch schon lange, daß Langheinrich versucht, das bisherige Geldwäschegesetz auszuhöhlen. Aber dabei ging es immer nur um Peanuts. Bargeldeinzahlungen bis zehntausend Euro. Jetzt reden wir von Dimensionen, in denen bisher noch niemand gedacht hat ... Ich weiß, wir hatten das Thema schon einmal, und du hast abgeblockt, weil du Krupkas Banken nicht rebellisch machen wolltest. Seitdem ist viel passiert. Vielleicht sollten wir neue Wege gehen ...«

»Ich bin ganz Ohr«, sagte Wolf.

»Na ja, Krupka sammelt unermüdlich Geld für seine Stiftung ›Alte Heimat‹. Langheinrich ist der Schirmherr. Für mich sieht das wie eine perfekte Waschanlage aus. Die Frage ist nur, wie wir da rankommen.«

»Ich habe das Gefühl, du hast eine Idee.«

»Ja. Aber legal ist das nicht.«

»Nichts, was wir hier tun, ist legal.«

Sie war erleichtert, daß das sein ganzer Kommentar war.

Wolf murmelte: »Jetzt nicht erschrecken. Einfach sitzenbleiben.« Ehe sie zum Nachdenken kam, sah sie, wie er sich mühsam von der Bank hochstemmte und ihm dabei die Beine wegknickten. Sophie zwang sich, seiner Anweisung Folge zu leisten. Sie war erleichtert, als er sich kerzengerade aufrichtete und Pieper anblickte. »Alles im Kasten?« Pieper nickte und hängte sich die Kamera wieder um den Hals. Sophie schaute verdutzt drein.

»Entschuldige. Es sollte echt aussehen«, sagte ihr Vater.

Er begleitete sie zusammen mit Pieper zur Bahnstation. Es war verabredet, daß sie allein hinunterfahren und in Garmisch den Zug nach München nehmen sollte. Pieper, Wolf und die Sherpas würden noch eine halbe Stunde warten, ehe sie in die Klinik zurückkehrten. Als sie vor dem Niedergang standen, gab Wolf Pieper ein Zeichen, das ihm bedeutete, ein paar Schritte wegzubleiben.

Wolf nahm Sophie in den Arm. Er flüsterte: »Es ist fünfundzwanzig Jahre her, daß ich deine Mutter begraben habe. Vielleicht denkst du, daß es seither keine Frau mehr in meinem Leben gegeben hat. Und in gewisser Weise stimmt das auch ... bis auf einmal. Es war vier Monate nach ihrem Tod. So früh schon. Ich war damals ... ich hatte das Gefühl, daß alles in mir taub und leblos ist. Ich wollte bloß etwas spüren.« Sie starrte ihn an. »Ich hatte lange Zeit Schuldgefühle, weil ich dachte, ich hätte deine Mutter betrogen. Doch das habe ich nicht. Ich habe ihr nie versprochen, daß ich allein bleibe, falls sie vor mir stirbt. Es hat sich einfach ... ergeben. Irgendwann habe ich mich daran gewöhnt. Das heißt nicht, daß ich all die Jahre glücklich war. Niemand, der allein ist, ist glücklich. Und dich unglücklich zu sehen ist das Schlimmste für mich.«

Bevor sie etwas erwidern konnte, sagte er: »Da kommt deine Bahn. Ich denk an dich!« Er gab ihr rasch einen Kuß auf die Wange, schon wurde sie von den anderen Fahrgästen in Richtung Waggon gedrückt. Sie sah nicht aus dem Fenster, sah nicht zurück. Sie versuchte zu verstehen, was ihr Vater ihr gerade gesagt hatte. Aber sie war sich nicht sicher.

Erst im Tal blickte sie wieder hoch. Cafés mit Stühlen und Tischen auf den Bürgersteigen. Spaziergänger, Pullover um die Hüften geschlungen. Sophie schaute auf die Uhr. Halb vier. Sie stieg am Bahnhof aus, suchte sich eine ruhige Ecke und wählte Grimms Satellitenhandy an. Sollte er nicht frei sprechen können, würde die Mailbox sich melden. Doch er ging sofort ran.

»Ich bin im Auto, wir können.«

»Er hat nicht nachgefragt, also haben wir grünes Licht.«

»Wann und wo?«

»Übermorgen bin ich in Köln. Ich kann über Nacht bleiben.«

»Sekunde ... Übermorgen ist fein. Der Rechner hat garantiert eine Sicherheitsabfrage, damit können sie den Anrufer zurückverfolgen. Also müssen wir es von einem Hotel aus machen. Wir nehmen am besten das Maritim.«

»Einverstanden. Übermorgen, 20.00 Uhr im Maritim.«

Das kleine Fischerstädtchen Port Antonio lag an der Nordostküste von Jamaika und verdankte seine relative Bekanntheit zwei Personen: Harry Belafonte, der hier seinen legendären »Banana-Boat-Song« geschrieben hatte, dessen Refrain »Hey, Mister Tallyman, tally me banana« noch heute in jeder Bar des Ortes gesungen wurde, und vor allem Errol Flynn. Er hatte vor mehr als einem halben Jahrhundert auf der vorgelagerten Insel Navy Island gewohnt und in seiner Villa rauschende Feste gefeiert, zu deren Gästen auch illustre Mafiagrößen zählten, darunter Sam Giancana, Pate von Chicago und persönlicher Freund von JFK, oder Santos Trafficante, mit dem die CIA bei ihren stümperhaften Mordanschlägen auf Castro zusammengearbeitet hatte.

Miguel de la Peña sah über das Wasser der kleinen Lagune, das in der Sonne türkis und an manchen Stellen, im Schatten von Mangroven, tiefblau schimmerte. Das Beach-Ressort befand sich zwanzig Kilometer südlich von Port Antonio. Es gehörte zu den exklusivsten Domizilen der Welt, und das weißgestrichene Holzhaus, das der bolivianische Staatsminister sein eigen nannte, war, dafür gab es kein anderes Wort, ein Traum. So wie Anton Czarny die Abgeschiedenheit der sibirischen Tundra gesucht hatte, gefiel es de la Peña, seine knapp bemessenen freien Tage hier auf Jamaika zu verbringen, wo er seiner Leidenschaft, dem Sporttauchen, frönen konnte, denn seinem Heimatland Bolivien fehlte seit dem unseligen Krieg mit Peru der Zugang zum Meer.

»Ich hoffe, Sie haben die Konferenz in Madrid mit Anstand überstanden«, hörte er Krupkas Stimme im Handy.

»Danke«, sagte de la Peña knapp.

»Konferenzen sind das Schlimmste an dem Job. Wenn ich das ein Leben lang machen müßte, würde ich irgendwann Amok laufen. Das wäre eine Studie wert – ob Amokläufer viel in Konferenzen gesessen haben.«

»Diese war durchaus interessant. Die EU-Außenminister bereiten den nächsten G-8-Gipfel vor. Man hat mich eingeladen, um über den Kampf gegen die Kokainkartelle zu berichten.«

»Da hätte man ja keinen besseren Fachmann finden können!« Damit war der Konversation Genüge getan, und Krupka wechselte den Tonfall. »Señor de la Peña, wir sind beide Profis, darum respektiere ich Sie. Offenbar beruht dieser Respekt aber nicht auf Gegenseitigkeit. Sie haben uns jetzt zweimal Milchpulver geschickt. Und ich wüßte nicht, daß wir einen Vertrag über die Lieferung von Milchpulver abgeschlossen hätten.« Er zögerte kurz. »Wenn es wegen der Friedhofssache ist ... Ich hätte Ihnen den Gefallen gerne getan. Aber es war unkalkulierbar. Trotzdem: Wolf ist tot, ehe Sie Ihren nächsten Geburtstag feiern.«

»Das höre ich gern. Doch sehen Sie, mein lieber Señor Krupka, Ihre Worte erinnern mich an eine alte jiddische Anekdote. Man hat sie mir bei einem Arbeitstreffen in Israel erzählt, ich denke, sie wird Ihnen gefallen: Ein Gläubiger schickt seinem Schuldner eine Mahnung. Der Schuldner reagiert nicht. Es folgt eine zweite Mahnung. Der Schuldner schweigt. Aber nach der dritten Mahnung wird es ihm zu bunt. Er ruft den Gläubiger an und schreit ins Telefon: ›Ich werde meine Schulden bezahlen, aber zuerst mußt du mit der Mahnerei aufhören!‹ Korrigieren Sie mich, aber ich dachte, wir hätten eine klare Geschäftsgrundlage. Ich liefere weiter, sobald ich die verbindlich vereinbarte Gegenleistung habe. Und falls Sie versucht sind, das zu verwechseln: Ich bin nicht der Schuldner.«

»Geben Sie mir zwei oder drei Tage, dann besprechen wir die Übergabe.«

De la Peña horchte auf. »Sie haben die Grails?«

»Stinger, neueste Generation. Betrachten Sie es als Zwischenlösung. Die Grails kriegen Sie innerhalb der nächsten vier Wochen, Sie können sich darauf hundertprozentig verlassen.«

De la Peñas Schweigen konnte man als Zustimmung interpretieren. Dann sagte er: »Tijuana hat sich bei mir gemeldet. Dieser BKA-Zugriff bei Berlin schlägt Wellen bis hierher. Sie wissen, daß mir an einer guten Zusammenarbeit mit den Mexikanern sehr gelegen ist. Ich möchte unser Joint-venture in Guadalajara nicht durch eine ... sagen wir: Ungeschicklichkeit gefährden.«

»Tijuana hat sein Geld bekommen. Draufgezahlt haben nur die Holländer und die Spaghettis, an die sie den Stoff weiterverkaufen wollten. Ich sehe da kein Problem. Und falls Ihre mexikanischen Freunde noch jemanden mit freien Kapazitäten suchen, geben Sie ihnen ruhig meine Telefonnummer.«

De la Peña ging nicht darauf ein. »Spielt Ihr Innenminister einfach so mit?«

»Machen Sie sich keine Sorgen um Langheinrich. Der wird unser nächster Kanzler und muß sich um das große Ganze kümmern. Um die Umwelt, um die Arbeitslosigkeit, um die Steuern. Für solche Kleinigkeiten wie ein paar Raketen hat er nun wirklich keine Zeit.«

Der Bolivianer lauschte einen Moment auf das Sirren eines Kolibris. »Das ist sehr traurig, was mit seiner Frau passiert ist. Aber solche Unfälle geschehen nun einmal.« Die Pause, die er machte, genügte dem kleinen Vogel, um hunderttausendmal mit den Flügeln zu schlagen. »Es war doch ein Unfall?«

»Natürlich, was sonst?«

De la Peña steckte das Handy weg. Er ging zurück auf die Terrasse, wo der Mann saß, dessentwegen der Staatsminister seinen Lunch unterbrochen und sich vom Tisch entfernt hatte, um ungestört mit Krupka sprechen zu können. Tscherbanenko ließ sich das Jerk schmecken, Hühnchen, das nach Landessitte auf der Asche einheimischer Gewürzhölzer gegrillt war.

»Deutschland hat die Lieferung der Grails bestätigt. Innerhalb der nächsten vier Wochen, wie Sie gesagt haben, Genadij.«

»Sicher, ich stehe zu meinem Wort.« Tscherbanenko war es eigentlich unangenehm, wenn ein Nichtrusse ihn ohne Vaternamen ansprach. Es wirkte immer gekünstelt und hatte etwas Plump-Vertrauliches. Doch bei de la Peña akzeptierte er es. Mehr noch, es war wie ein Ritterschlag. »Görtz ist ein Mann, vor dem man Respekt haben muß«, sagte er vorsichtig. »Gleichwohl frage ich mich bisweilen, ob es richtig war, ihm den Gefallen zu tun und meinen alten Freund in Omsk zu töten.«

»Ich hätte ebenso gehandelt. Czarny hat von Saizews Verrat gewußt und ihn gedeckt. Dennoch nennen Sie ihn noch immer einen Freund?«

»Es waren so viele Jahre ... Und ich bin immer noch nicht sicher, ob Anton wirklich wußte, was sein Zwilling an den BND geliefert hat.«

»Sie sagten selbst, er habe es zugegeben.«

»Ja, aber ich kannte ihn. Etwas anderes als dieses Eingeständnis wäre ein Zeichen von Schwäche gewesen. Es hätte bedeutet, daß er seine Firma nicht mehr im Griff hat. Diese Frage wird mich bis ins Grab beschäftigen.«

De la Peña schwieg und wunderte sich. *Diese Russen, sie sind so sentimental. Das ist schwer zu verstehen für einen wie mich. Für die Deutschen sicher auch. Und genau darum geht es: Tscherbanenko denkt, er sei ein großer Fisch. Aber er kennt noch nicht einmal Krupkas Namen, sondern nur den von Görtz. Die Waffen wird er liefern, so wie Czarny. Aber dessen Intelligenz besitzt er nicht, sonst wüßte er, daß Görtz nur der zweite Mann ist* ... Er sagte: »Es war Geschäft. Czarny hätte nicht gezögert, das gleiche mit Ihnen zu tun.«

»Vielleicht, ja.«

»Verstehen Sie mich bitte nicht falsch, Genadij. Sie haben mich um dieses Treffen gebeten, und ich habe es Ihnen gewährt. Ich bin sicher, Sie hatten einen Grund, um den halben Erdball zu reisen, um mich persönlich kennenzulernen.« *Vielleicht ist er doch nicht so sentimental* ...

»Nun ja, ich wußte von Anton einiges über das System«, sagte Tscherbanenko mit größtmöglicher Obacht. »Waffen gegen Kokain. Es hat mich fasziniert, obwohl ich mir oft die Frage gestellt habe, warum man es so umständlich anstellt ... Angenommen, man würde auf den Zwischenhändler verzichten und das Business direkt abwickeln ... Wäre das nicht für beide Seiten lukrativer? Die Waffen, die ich Görtz liefere, müssen Sie, Señor de la Peña, mit einem Aufschlag bezahlen. Den könnten Sie sich leicht sparen. Ist das nicht das wahre Paradies – jenes, in dem alles im Überfluß ist, aber nichts *überflüssig*?«

De la Peña nahm sich ein Stück von dem Jerk und kaute es bedächtig. »Sehen Sie die Lagune? Können Sie sich einen schöneren Platz auf dieser Erde vorstellen? Das fällt schwer, nicht wahr? Seit ich dieses Haus besitze, ergötze ich mich an dem Anblick. Aber irgendwann dachte ich, es könne dort unten, geheimnisvoll verborgen, noch herrlicher, noch wundervoller sein. Mich packte die Neugierde, und ich bin hinabgetaucht, um zu sehen, welches Arkadien ich wohl finden würde. Fünfundsechzig Meter ging es in die Tiefe. Doch alles, was ich auf dem Grund erblickte, war ein Berg von verrosteten Waschmaschinen und Kühlschränken, Müll, den die Bediensteten der anderen Ressortgäste in die Lagune gekippt hatten. Das ist das ganze Geheimnis. Ein Haufen Schrott unter einer paradiesischen Oberfläche.«

Tscherbanenko sah ihn lauernd an. »Ja?«

»Die Geschäfte sollten so bleiben, wie sie sind. Vom Paradies darf man träumen, betreten wird man es nie. Sie sind eingeladen, mein Gast zu sein, solange es Ihnen behagt. Doch dieses Gespräch werden wir beide vergessen. Entschuldigen Sie mich jetzt, ich muß noch einige Telefonate führen.«

Er ging und ließ den Russen allein. Alles war gesagt.

ELF

Grimm benutzte einen normalen Mietwagen. Das Nummernschild hatte er auf einem Rastplatz ausgetauscht, eine Doublette, wie sie in KT 43 dutzendweise rumlagen. Er brauchte knappe zwei Stunden bis zum Kölner Hotel Maritim.

Er checkte an der Rezeption ein und zahlte bar – für das Zimmer und die Tiefgarage. Ein Ausweis war nicht nötig. Die Personalien erfand er, während er das Anmeldeformular ausfüllte, ohne es zu berühren. Auch vergaß er nicht, seine Handschrift zu verstellen. Man gab ihm die Magnetkarte, die nicht nur zur Öffnung der Zimmertür, sondern auch für die Fahrstühle benötigt wurde, die im Inneren des riesigen, verglasten Atriums auf und ab fuhren. Im Erdgeschoß gab es etliche Boutiquen und Läden mit Reisebedarf sowie mehrere Restaurants und Kneipen.

Sophie saß vor der »Köllschen Stubb« und zahlte gerade ihren Tomatensaft. Sie mußte zweimal hinsehen, ehe sie Grimm erkannte. Er hatte sich die Haare gefärbt und trug eine dicke Hornbrille, was ihn völlig verändert aussehen ließ. Grimm steuerte die Fahrstühle an. Sophie folgte ihm. Sie wartete, bis er die Magnetkarte durch den Scanner gezogen hatte, und stieg mit ihrer Umhängetasche einfach zu ihm in die Kabine. Zwei Geschäftsreisende, die zufällig den gleichen Lift nahmen, niemand beachtete sie.

Sie stiegen im dritten Stock aus. Eine Loggia führte zum Zimmertrakt. Sie waren allein auf dem Flur. Ehe sie Grimms Zimmer betraten, streiften sie die Gazehandschuhe über, die er mitgebracht hatte. Vorsichtshalber hängte er das Schild »Bitte nicht stören!« vor die Tür.

»Dir ist niemand aufgefallen?« fragte er.

»Nur so 'n hübscher Dunkelhaariger. Mit dem bin ich gleich mit. Ich glaub, er will mir seine Brillensammlung zeigen.«

Grimm lächelte. »So könnte man es nennen, ja.« Er nahm die Brille ab und zog die Vorhänge zu. Er klappte seinen Pilotenkoffer auf. Oben lag eine zusammengefaltete Plastikplane, darunter war der Laptop. Er breitete die Plane über das Bett und stellte den Computer darauf. Sophie sah zu, wie er das Gerät betriebsbereit machte.

Sie fragte: »Wieso kennst du dich damit so gut aus, du hast doch Jura studiert?«

»Und vier Semester Informatik. Jetzt ist es mein Hobby. Im übrigen sind Jura und Informatik gar nicht so verschieden. Beides sind in sich geschlossene, logische Systeme, man muß nur das Prinzip kennen.«

»Erklärst du mir, was du machst? Ich will mir Mühe geben, es zu verstehen«, sagte Sophie, als sie sah, wie Grimm ein kleines Kästchen an den Laptop anschloß.

»Das ist ein Funk-LAN-Adapter, damit wählen wir uns drahtlos in das hoteleigene Telefonnetzwerk ein. Wenn wir den Access-Node, den Zugangsknoten, haben, steht die Tür zum Internet sperrangelweit offen.«

»Woher kennst du die Zieladresse?«

»Gute Frage, darauf kriegst du eine witzige Antwort! Die Büros, also auch die Rechner von Krupkas Stiftung, sind im gleichen Gebäude untergebracht wie die SAVOK-Zentrale, ein ganzer Seitenflügel, ich war mal da. Neuerdings versenden sie Infomaterial über das Internet. Krupka will ja Spenden sammeln, nicht wahr? Das machen sie immer nur nachts, weil dann die Gebühren niedriger sind. Auch das BKA wird damit beliefert. Vorige Woche habe ich so eine Mail das erste Mal in meinem Briefkasten im Büro gefunden. Daher weiß ich die IP-Nummer, will sagen: die Internetadresse des Gateway-Rechners der Stiftung. Ich mußte sie nur aus den Kopfdaten extrahieren.«

»Gateway-Rechner?« fragte Sophie ratlos.

»Stell ihn dir als Schleuse vor, die alle Schiffe der SAVOK passieren müssen, ehe sie in das große Meer dürfen, das sich Internet nennt. Und wo man rauskann, kann man auch hinein. Der Pott, in dem wir sitzen, fährt einfach nur in die umgekehrte

Richtung, aber wir benutzen die gleiche Schleuse.« Er sah auf das Display des Laptops. »Jetzt stellt sich folgendes Problem: Der Gateway-Rechner der ›Alten Heimat‹ hat exakt fünfundsechzigtausendfünfhundertfünfunddreißig TCP-Ports, nennen wir sie, um bei unserem Beispiel zu bleiben, Schleusenkammern. Zwar sind die meisten davon stillgelegt oder momentan außer Betrieb, aber es ist immer noch eine ziemlich große Schleuse. Jede Kammer erfüllt einen bestimmten Zweck. Durch die eine wird Kohle transportiert, durch die zweite Altpapier und so weiter. Aber nur wenige der Kammern sind für uns interessant, nämlich diejenigen, durch die *brisante* Fracht der Stiftung gelotst wird. Der Sondermüll, das ist das, was wir suchen.« Er schob eine CD in das Laufwerk des Laptops und startete das Programm. »Ich benutze jetzt einen Portscanner. Der Punkt ist: Wir müssen die Ports so unauffällig wie möglich durchleuchten.«

»Warum?«

»Wenn wir zu schnell sind, springt bei denen das IDS-System an. Stell es dir einfach als Einbruchsalarm vor. Macht viel Krach und blockiert sämtliche Schleusenkammern.«

»Wie verhinderst du das?«

»Mit was ganz Gemeinem: Jede der Kammern wird innerhalb von maximal fünf Sekunden gescannt. Ein Zufallsgenerator steuert das, denn wenn wir logisch vorgehen würden, also von eins bis fünfundsechzigtausendfünfhundertfünfunddreißig, merkt ihr Alarmsystem das.« Er grinste.

»Was ist?«

»Ich denke an unsere Software. Die ist erstklassig, das BKA hat sie beim Chaos-Computer-Club beschlagnahmt ... Also, wir müssen zuerst einmal ein Schiff finden, das gerade irgendwo durch die Schleuse fährt. Irgend etwas, das aktiv ist ... Guck mal, da haben wir ja schon was ...«

»Nämlich?«

»Ein FTP-Server, das ist ein von der Stiftung angebotener Dienst, mit dem man sich spezielle Daten herunterladen kann. Dieser Dampfer hier ist sogar ganz interessant: Er befördert Bauzeichnungen von Aussiedlerheimen, wahrscheinlich für die Architektenbüros, die haben wilde Arbeitszeiten und müssen Tag und Nacht an so was rankommen.« Er deutete auf den Bildschirm. »Sauber aufgelistet ... Potsdam ... Bayreuth ... Rostock ... Darmstadt ... Flensburg ... Krupka will in den nächsten Jahren mehr als hundert dieser Komplexe hochziehen. Ist eine Menge Zeug in den Dateien.«

Ist eine Menge Zeug in meinem Kopf. »Können wir damit was anfangen?«

»Sehe ich nicht. Trotzdem sichern wir das Material.«

Sophie sah ihn verstohlen an. Sein Gesichtsausdruck war entspannt, gleichwohl er hochkonzentriert arbeitete. *Er denkt einfach nur schnell. So wie ich. Irgendwann müssen wir mal zusammen Scrabble spielen, das könnte lustig werden.*

»Aber hallo!« sagte Grimm. Sophie starrte auf den Monitor. »Log in prompt« erschien. »Wir werden vom Schleusenwärter aufgefordert, uns anzumelden.«

Scrabble. Ist es das, was ich will? »Wo ist das Problem?« fragte sie.

»Eigentlich gar keines, ganz im Gegenteil. Unser Schleusenwärter hat die Pensionsgrenze überschritten. Auf deutsch: Der FTP-Server ist nicht das neueste Modell, den müßten sie dringend mal auswechseln.«

»Heißt das, er ist einfach zu knacken?«

»Nicht direkt. Bloß kenne ich diese Version. Der Programmierer, der sie erstellt hat, war ein bißchen schlampig. Und ich habe etwas, das diese Schlamperei bestraft.« Grimm wechselte die DC-Software.

»Wie sieht die Strafe aus?« *Nur Schuldgefühle? Oder ist es das Ende einer Freundschaft?*

»Ich jage jetzt eine Menge Zeichenketten in den Server. Anders gesagt: Wir bohren ein Loch in das Wehr, das die Kammer flutet. Unser Schleusenwärter versucht gleich hektisch, das Leck abzudichten. Das Dumme ist, daß er es nicht schaffen wird. Irgendwann gibt er auf, öffnet für uns das Wehr, und wir können in die Schleuse reinfahren. Das geht vermutlich recht ... Schon passiert! Der FTP-Server ist gecrasht, wir sind im normalen Befehlseingabemodus und haben Zugriff auf das System.«

»Das war schon alles?«

»Schön wär's! Das Wehr auf der anderen Seite ist ja immer noch zu. Jetzt gucken wir uns zuerst einmal die Host-Datei an. Das ist eine Art Logbuch, in dem alle Rechner, sprich Reeder, verzeichnet sind, deren Schiffe durch die Schleuse dürfen. Die Stiftung nimmt, wie gesagt, einen ganzen Seitenflügel ein. Gehen wir also davon aus, daß wir es mit einer Menge Reedereien zu tun haben. Siehst du, hier ist die Benutzerdatenbank.« Er öffnete ein Menü. »Tja, schlechte Nachricht für unseren Schleusenwärter. Da haben wir sie komplett beisammen, jeden einzelnen Rechner der Stiftung.«

»Das ist ja alles kryptiert«, sagte Sophie.

»Was denkst du denn? Wenn das nicht so wäre, müßten wir schwer enttäuscht sein. Falls wir Pech haben ...« Er klickte sich weiter durch das Menü. »Kein Pech, Riesenglück! Wir sind in der Shadow-Datei! Das ist ein großer Moment für unseren kleinen Dampfer. Vielleicht schippern wir schon bald direkt in den Hafen der ›Alten Heimat‹!«

»Was ist eine Shadow-Datei?« *Was ist das für ein Gefühl?*

»Sie enthält die Klarnamen zu den kryptierten Codes. Der, den wir suchen, muß einer sein, der Zugriff zu allen geheimen Dokumenten hat ...«

»Krupka.«

»Oder André Görtz.« Er sah ihren erstaunten Blick. »Hast du dir über den nie Gedanken gemacht? Glaubst du wirklich, Krupka vertraut die SAVOK AG jemandem an, auf den er nicht hundertprozentig zählt? Görtz ist seine rechte Hand, darauf verwette ich mein Harvard-Diplom!«

Tatsächlich suchte Sophie vergeblich nach dem Namen »Krupka«, nach »Präsident« oder »Vorsitzender«. Was sie zu sehen bekam, war: »Vize«.

»Da haben wir ihn«, sagte Grimm ohne jedes Erstaunen. Er begann damit, die Shadow-Datei auf die Festplatte des Laptops herunterzuladen. Dazu benötigte er nicht mehr als drei Minuten. Erneut wechselte er die CD-ROM und schob eine andere Software in den vorgesehenen Schacht.

»Was kann das Programm?« fragte Sophie.

»Sekunde.« Er trennte die Funkverbindung, ehe er die Software startete, denn die Datei, die es zu entschlüsseln galt, hatte er ja bereits heruntergeladen. »Nennt sich Password-Cracker. Er sucht nach dem Kennwort, um Zugriff zu kriegen.«

»Wie lange kann das dauern?«

»Hängt von der Komplexität des Kennworts ab. Vielleicht ein paar Minuten, vielleicht die halbe Nacht. Stinklangweilig. Komm jetzt, Zeit umzuziehen.«

Sie gingen hinaus, ließen das Schild »Bitte nicht stören!« hängen und wechselten in das Zimmer, das von Sophie vier Türen weiter für die gleiche Nacht angemietet worden war. Dafür gab es einen guten Grund, denn wenn das Suchprogramm zum Erfolg führte, würden Krupkas Leute, falls Grimm nicht genug Zeit blieb, die Protokolldateien im Zentralcomputer der Stiftung zu säubern, die Quelle des Einbruchs lokalisieren können. Da im Hotel die Abrechnung jedes Zimmers separat aufgelistet wurde, würden sie ein Problem bekommen. Deshalb hatten sie zwei Zimmer angemietet. In dem von Grimm würden sich keine Spuren, weder Fingerabdrücke noch Faseranhaftungen, finden lassen. Sophies Domizil dagegen war völlig unverfänglich. Der Signalnehmer, den sie mitgenommen hatten, würde sich melden, sobald der Password-Cracker fündig geworden war.

Die Räume waren identisch. Nur brauchten sie hier keine Handschuhe und keine Plastikdecke. Sophie sah aus dem Fenster. *Manchmal habe ich mir vorgestellt, in dem einen Zimmer etwas zu vergessen und es in dem nächsten wiederzufinden.* Sie ertappte sich bei dem Gedanken, die Gazehandschuhe anzubehalten. Aber das war natürlich Unsinn.

Einer der Hunde sprang an Krupka hoch. Er schob ihn weg und wischte sich den Sabber von der Jacke, in Gedanken schon bei BND-Präsident Julius Boehnke, der genau in diesem Moment den flachen Geschenkkarton vor sich liegen hatte, den Krupkas Kurier in sein Privathaus in Pankow geliefert hatte. Krupka griff zum Telefon. Die Leitung war sicher.

»Ja?« fragte Boehnke.

»Lieber Herr Präsident, auf Ihrem Empfang letzte Woche war soviel Trubel, ich hatte gar keine richtige Gelegenheit, Ihnen zu gratulieren. Herzlichen Glückwunsch! Mit dreiundsechzig liegt das Schlimmste hinter einem!«

Boehnke schwieg.

»Wollen Sie Ihr Geschenk nicht aufmachen?« fragte Krupka.

Boehnke zögerte, dann öffnete er den Karton, der mit einer großen Schleife versehen war. Der Inhalt bestand aus einem Stapel Dokumente. Der BND-Präsident starrte auf das oberste Blatt. Ein Blick genügte.

»Ich hoffe, daß mein kleines Präsent ganz in Ihrem Sinne ist«, sagte Krupka. »Und ich erwarte, daß Sie das Südamerikadossier, in dem Ihr Agent in La Paz über Cuevo Bericht erstattet, bei der nächsten Kanzlerlage präsentieren. Natürlich sollten Sie es noch mit einem Aktenzeichen Ihres Hauses versehen. Wir wollen ja schließlich nicht, daß Sie dumm dastehen.«

»Das kann ich nicht tun.«

»O doch. Sonst zeige ich Ihnen, was mir so durch den Kopf geht, wenn ich mal nicht einschlafen kann. Sie wissen, das würde Ihnen nicht gefallen ... Ach, und was Ihren Empfang angeht: Kaufen Sie nächstesmal vernünftigen Kaviar. Meine Zunge ist immer noch ganz pelzig.«

Zwei Stunden waren vergangen. Der Password-Cracker schnüffelte auf der Kennwortfährte wie ein ausgebuffter Jagdhund auf der eines Fuchses. Sophie und Grimm hatten zunächst, nachdem das Programm seine Arbeit aufgenommen hatte, auf dem Bett gehockt, Signalnehmer und Handschuhe als »entmilitarisierte Zone« zwischen sich, hatten ein bißchen geredet, dies und das, nichts davon wirklich aufregend, nur um sich abzulenken. Einmal war Sophie aufgestanden, hatte das Radio eingeschaltet und es sofort, als sie die herzschwere Melodie von Paul Youngs »Now I know what made Otis blue« hörte, wieder ausgeschaltet.

Fünf Minuten vergingen mit gemeinsamen Erinnerungen an die USA. Stanford und Harvard.

»Laß mal sehen, was es zu trinken gibt«, sagte Grimm und öffnete den Glasschrank, hinter dem sich die Minibar verbarg. Über dem Kühlschrank stand eine Weinflasche auf einem Tablett. »Ist Rot in Ordnung?«

»Gern, danke.« *Alles ist in Ordnung. Nichts ist in Ordnung.*

Er öffnete die Flasche und füllte zwei Gläser halb voll und hielt ihr eines davon hin. »Nicht schlecht, ein Montepulciano.«

Da erst, bei diesem Satz, ging es nicht mehr. Sie starrte das Glas an, die Hände im Schoß verschränkt, wissend, sie würden zittern, wenn sie losließe.

»Was ist?« fragte er.

Sie antwortete nicht. Hielt sich an ihren Händen fest.

»Sophie?«

Sie hob den Kopf und sah ihn an. Die Tränen in ihren Augen weigerten sich zu fließen, schwammen nur und taten, als hätten sie ihr Versteck nie verlassen. »Gregor wollte, daß wir ... er hatte dort vor Jahren einen alten Bauernhof gekauft ... in Montepulciano ... Er sagte, daß wir zusammen ... später einmal ...« Sie brach ab.

Grimm stellte sein Glas ab und legte seinen Arm vorsichtig um ihre Schulter. »Komm her ... schon gut ...«

»Ich hätte nie gedacht, daß ich so ...« Sie flüsterte nur. »Ich träume jede Nacht von ihm. Er nimmt mich in seine Arme, und alles ist gut. Wir lieben uns und verstecken uns vor der Welt wie zwei glückliche Traumtänzer ...«

»Ich weiß«, sagte er. Traurig und endgültig.

Doch sie küßte ihn. Ganz plötzlich. Ohne Flüchtigkeit, ohne Zartheit, mit verzweifelter Leidenschaft, die ihn tief erschreckte. Dennoch erwiderte er den Kuß.

Und wußte gleichzeitig: Es geht nicht.

Er löste sich vorsichtig von ihr. »Sophie, nicht ... wir sollten nicht ...«

»Hilf mir ... hilf mir doch!« flehte sie und zog seinen Kopf wieder zu sich heran und küßte ihn erneut. Diesmal wehrte er sich nicht. Sie zogen einander aus, als ständen sie am Ufer eines Sees und hätten einen Ertrinkenden gesehen, zu dem sie weit hinausschwimmen müßten, um ihn zu retten. Grimm fühlte ihre Haut, fühlte, wie sie sich gegen ihn preßte, hörte ihren Atem, der die Lust herausstieß. Dann wurde er gewahr, daß es keine Lust war. Daß sie weinte. Er hörte auf, sich zu bewegen. Sie lag unter ihm, steif wie ein Brett. Wie tot. Zitterte nicht einmal. Hatte die Augen geschlossen. Nur die Tränen rannen unter den Wimpern hervor.

»Sag etwas. Sag irgendwas. Aber schweig mich nicht an«, flüsterte er.

Es dauerte so lange, daß er glaubte, sie würde nie wieder sprechen. Er hörte ihre Stimme, ohne sie zu erkennen.

»Verzeih mir bitte.«

Grimm starrte sie an. Packte sie bei den Schultern. Hob sie hoch und schüttelte sie. »So einfach ist das? Ich soll dir verzeihen, und deine Welt ist wieder in Ordnung? Ja, verdammt, du hast ihn geliebt, und jetzt wartest du jede Nacht darauf, daß der Eisbrocken, der in deiner Brust sitzt, endlich schmilzt! Was hast du dir vorgestellt – daß mein Körper warm genug dafür ist? Ist es das? Ich will wissen, was du dir gedacht hast! Red mit mir! Du sollst mit mir reden, verdammt noch mal!«

Sie hing nur zitternd in seinen Armen.

In diesem Moment meldete sich der Signalnehmer. Ein winziges Piepsen, leiser als ein Handy, das auf die kleinste Lautstärke eingestellt war. Grimm sprang sofort auf. Er zog sich schnell an. Sophies Augen waren offen. Sie sah ihm teilnahmslos zu.

»Warte hier!« stieß er hervor. Er griff sich die Gazehandschuhe und die Magnetkarte für das andere Zimmer und rannte hinaus.

Das Password flimmerte auf dem Bildschirm. *»Ich träume jede Nacht von ihm. Er nimmt mich in seine Arme, und alles ist gut.«* Die Arbeit, auf die er sich konzentrieren mußte, half ihm, nicht mehr daran zu denken. Grimm loggte sich wieder ins Netz ein. Sekundenbruchteile später betrat er den Bereich, in dem die sensiblen Daten abgelegt waren. Zwei Einträge verwiesen auf File-Server, also jene Rechner, die niemals abgeschaltet wurden und rund um die Uhr liefen, denn ihre Aufgabe war die permanente Datensicherung. Das Password war Grimms »Sesam-öffne-dich«.

Das Problem lag in dem verrückten Arbeitsrhythmus von Görtz. Manchmal war er nachts im Büro, dann wieder nur am Tag, es hing davon ab, wie sehr die *wahren* Geschäfte der SAVOK AG ihn beanspruchten. An diesem Abend hatte er lange mit Krupka in dessen Blankeneser Villa gesessen und die letzten Entwicklungen diskutiert. Tscherbanenko. Boehnke. De la Peña. Die Stinger. Lauter gute Nachrichten. Nun, kurz vor Mitternacht, war er bester Laune in die Firmenzentrale an der Neuhöfer Brückenstraße gefahren, um noch ein wenig an dem zu arbeiten, was er und Krupka »das Nötige« nannten. Doch als er sich vor seinen Rechner setzte und das Password eingab, erhielt er die Kontrollmeldung, daß er sich bereits eingeloggt hatte. Görtz stutzte. Er startete das Programm erneut und erhielt die gleiche Ansage. Er griff zum Telefon. Von den drei Mitarbeitern, die als Netzwerkadministratoren fungierten, war immer einer im Haus. Während Grimm auf die Fortschrittsanzeige des Laptops starrte und sah, wie die Daten heruntergeladen wurden, fuhr der Administrator mit dem Lift nach oben in die Chefetage der SAVOK AG.

»Irgendwas nicht in Ordnung, Herr Görtz?«

»Sehen Sie sich das mal an«, sagte sein Chef.

Dem Spezialisten genügte ein schneller Blick. »Ist Herr Krupka in seinem Büro?« fragte er, denn dieser war außer Görtz der einzige, der Zugang zu den bewußten Dateien hatte.

»Nein, warum?« Der Gesichtsausdruck des Administrators genügte. Görtz war kein Computerexperte, doch nun dämmerte ihm, daß das Password nicht innerhalb, sondern *außerhalb* des Hauses eingegeben worden war.

»Nehmen Sie das Ding sofort vom Netz!« brüllte er.

»Das kann ich machen, aber dann kriegen wir nicht raus, wo die Laus sitzt, die sich eingenistet hat. Ihre Entscheidung.«

»Wie lange dauert das?« Görtz' Stimme überschlug sich fast.

»Zehn Sekunden.«

»Checken Sie's!«

Der Administrator klickte sich rasend schnell durch mehrere Menüpunkte. Im selben Moment, in dem Grimms Fortschrittsanzeige »Noch 65 Sekunden« meldete, wurde seine IP-Nummer lokalisiert. Gleichzeitig trennte der Administrator den Gateway-Rechner vom Netz.

»Wir haben ihn ... Augenblick ... Hotel Maritim, Köln!«

Die Datenübertragung brach ab. Jetzt wußte auch Grimm, daß er entdeckt worden war. Er schaltete den Laptop aus, packte ihn, so schnell er konnte, zusammen mit der Plastikplane in den Pilotenkoffer und rannte hinüber in Sophies Zimmer. Sie hatte sich inzwischen angezogen. Saß da und wagte nicht, ihn anzusehen.

»Weg! Wir müssen sofort weg!« Grimm zerrte Sophie hoch und hängte sich ihre Tasche über die Schulter. »Liegt hier noch irgendwas? Hast du noch was im Bad?« Er sprach chinesisch, sie verstand nur japanisch. Jetzt schrie er: »Ich will wissen, ob hier noch was ist!«

»Nein«, sagte sie leise.

Er sah vorsichtshalber doch nach, schob Sophie hinaus und zog die Tür zu. Sie ließ sich von ihm über die Loggia zu den Fahrstühlen mitziehen. Grimm stoppte abrupt. Er sah die beiden Männer, die unten in die Halle rannten und die Rezeption ansteuerten, wo sie gleich ihre BKA-Marken vorzeigen würden. Er drehte sofort um und hetzte mit Sophie zurück. Sie nahmen das Treppenhaus. Sophie stolperte einfach hinter ihm her. *Wenn sie an die Tiefgarage denken! Verdammt, wenn sie daran denken!* Er stieß die Tür auf, das Neon empfing sie. Dreißig Sekunden, dann hatte er den Saab gefunden.

Grimm warf die beiden Gepäckstücke auf die Rückbank, drückte Sophie auf den Beifahrersitz, sprang hinter das Steuer. Fünf Sekunden bis zur Sperre. *Für eine Nacht bezahlt, ich muß nicht zurück zur Rezeption, dem Himmel sei Dank!* Es kostete ihn Überwindung, nicht zu rasen, als die Schranke hochfuhr. Kein Auto, kein Aufpasser. Acht Sekunden, ehe einer der beiden Männer, die in die Halle gestürmt waren, den Ausgang der Tiefgarage erreichte, war Grimm in dem Tunnel, der direkt hinunter zum Leystapel, der linksrheinischen Uferstraße, führte. Jetzt waren sie in Sicherheit.

Sind wir das? Er sah Sophie an, während er in Richtung Zoobrücke fuhr. Sie sprach kein Wort bis zum Hauptbahnhof.

»Kommst du zurecht?« fragte Grimm, als er vor der Haupthalle stoppte. Er wußte nicht, was er sonst sagen sollte.

Sie wandte den Kopf und schaute ihm in die Augen und sagte ganz ruhig: »Ich könnte es verstehen, wenn du mich haßt.« Sie stieg aus, griff sich ihre Tasche und ging.

Grimm sah ihr nicht hinterher.

ZWÖLF

Um kurz vor 2.00 war er wieder in Frankfurt gewesen. Er hatte den Mietwagen am Flughafen zurückgegeben, nachdem er zuvor auf einem unbeleuchteten Autobahnparkplatz gestoppt und die Doublette durch das reguläre Nummernschild ersetzt hatte. Er war in sein eigenes Auto umgestiegen und zurück nach Wiesbaden gefahren. Die drei Stunden, seit er und Sophie sich in Köln getrennt hatten, waren vergangen, ohne daß er einen einzigen klaren Gedanken fassen konnte. Als er endlich zu Hause war, fand er noch die Kraft, die Daten, die er aus dem Rechner der »Alten Heimat« gestohlen hatte, auf einer Minidisc zu speichern. Er deponierte sie in dem Versteck unter seiner Badewanne. Während das Computerprogramm, das die Festplatte des Laptops von allen verräterischen Spuren säuberte, mit der Arbeit begann, entfärbte er seine Haare. Dann fiel er aufs Bett und tauchte in eine Welt ein, in der es nur Fahrstühle, Tiefgaragen und Computer gab.

Etwas anderes ließ er nicht zu.

Der Wecker riß ihn aus einem Traum, an den er sich Gott sei Dank nicht erinnerte. Noch gestern abend war der Gedanke an diesen Tag ein einziger Horror gewesen, weil eine Sitzung die andere jagen würde. Jetzt war er froh darüber. Es begann um 8.00 Uhr mit der üblichen Morgenlage, bei der die einzelnen Abteilungsleiter mit dem Präsidenten zu einer Videokonferenz zusammengeschaltet wurden. Je nachdem, was anlag, dauerte sie bis zu einer Stunde. Grundsätzlich bestimmte der Präsident den Fahrplan. An diesem Tag ging es, wie an den Tagen zuvor, wieder um den Zugriff in der sowjetischen Kaserne. Thom gefiel es, seinen neuen Stabschef seitenlang aus der internationalen Presse zitieren zu lassen. Das allein erfüllte für Grimm den Tatbestand der seelischen Grausamkeit. Danach drehte es sich um so aufregende Dinge wie die Vorbereitung der traditionellen BKA-Herbsttagung – *wir haben Ende April!* – und Haushaltsfragen. Die Abteilungen wurden von Thom einzeln aufgerufen, jeder gab ein kurzes Statement, niemand hörte wirklich hin.

Doch gerade als Grimm schon am Einnicken war, sah er auf dem Display des Videophons, daß Bärbel Tech, Wolfs frühere Sekretärin, die Thom übernommen hatte, die Tür des Präsidentenzimmers aufriß und ihrem Chef etwas zuflüsterte.

»Ich denke, wir sind für heute durch«, sagte Thom rasch. »Bis morgen, meine Herren, danke.« Das Bild wurde dunkel.

Grimm wußte, daß Thom jetzt mit Krupka oder Görtz sprach und von dem Einbruch informiert wurde. *Vielleicht weiß er es auch längst, und sie haben irgendwas rausgefunden? Muß ich mir Sorgen machen? Ich bin sicher, ich habe an alles Wichtige gedacht. An der Rezeption wird man sich kaum an mich erinnern. Und wenn, dann suchen sie nach einem Dunkelhaarigen mit dicker Brille. Trotzdem ...*

Sein Videophon meldete sich. Grimm sah Thoms Gesicht.

»Herr Grimm, haben Sie nach Feierabend eine Stunde Zeit?«

»Ja, das geht. Irgendwas Besonderes?«

»Wir sollten uns nur mal unterhalten. Wäre Ihnen 20.30 Uhr recht?«

»In Ihrem Amtszimmer?«

»Lieber in der Burg. Bis heute abend dann.«

Grimm saß da und starrte auf den dunklen Bildschirm. Wenn ihn genau jetzt jemand gefragt hätte, was Angst sei, hätte er gesagt: *Nichts als ein Blick in den Spiegel.* Irgendwie brachte er den Tag hinter sich. Dauernd sah er auf die Uhr. Er wußte nicht, wovor er sich mehr fürchtete – vor einem Anruf von Sophie oder dem »Gespräch«, zu dem Thom ihn gebeten hatte.

Er klingelte auf die Minute pünktlich.

»Ich freue mich, kommen Sie doch rein!« sagte Thom.

Zwei Möglichkeiten: Entweder, es macht ihm Spaß, mit mir zu spielen, oder er weiß nichts. Kann er so gut schauspielern wie der Alte? Die Frage hätte er sich besser nicht gestellt, denn Thom selbst hatte nach dem Attentat auf dem Rhein-Main-Flughafen die Antwort darauf gegeben.

»Setzen Sie sich. Cognac?«

»Gern, danke.« Während Thom zwei Schwenker füllte, sah Grimm sich um. Vor sieben Wochen war er das erste Mal hier gewesen. Der Raum besaß keinerlei Ähnlichkeit mehr mit dem behaglichen Refugium, das Wolf sich geschaffen hatte. Stahl, Glas und Leder bestimmten jetzt das Ambiente. Die Kälte der Macht.

Man kann sich auch was einbilden, oder?

»Ich weiß, was Sie jetzt denken«, sagte Thom und setzte sich Grimm gegenüber. »Unser erster Crash, am Morgen der Besprechung nach Krakau.« Er lächelte. »›Das haben Sie sicher lange vor dem Spiegel geübt ...‹ Ach, wissen Sie, ich war genauso in Ihrem Alter. Erst mal die Platzhirsche wegbeißen, da sind wir uns ziemlich ähnlich, glaube ich.«

»Ja, daran habe ich wirklich gedacht«, sagte Grimm und entspannte sich. Er sah, wie Thom seinen Schwenker mit beiden Händen wärmte. Plötzlich wußte er, warum der neue Burgherr ihn hierher eingeladen hatte. *Er hat niemanden, mit dem er reden kann. Vor Krupka hat er Angst. Und ich wüßte nicht, welche Freunde er hätte. Er sucht einen Verbündeten. Er denkt, ich bin auf seiner Seite.* Grimm hob sein Glas und prostete Thom zu: »Was soll's, jetzt sind wir ja Partner!«

»Ja, Partner«, sagte der Präsident, der keiner war, und hielt seine Nase in das Bouquet, ehe er trank. Er ließ den Tropfen auf der Zunge zergehen und murmelte dann: »Ich bin seit einer Ewigkeit beim BKA. Vom ersten Tag an wollte ich Präsident werden. Ich war oft in diesem Zimmer. Ich dachte immer, ich wüßte, wie es sich hier lebt.«

»Und?« *Ich bin sein Beichtvater. Es ist nicht zu glauben. Ein Königreich für einen Lolli!* schoß es Grimm durch den Kopf, obwohl er von Wolf wußte, daß die Burg mit Detektoren ausgestattet war. *Aber ich würde es ihm gerne vorspielen. Das ist Wahnsinn!*

»Ich hatte keine Ahnung. Ein Wackerstein, der einen nach unten zieht«, sagte Thom. Er schwieg, trank wieder, schob eine Dunhill in seine Zigarettenspitze, rauchte zwei Züge. »Manchmal wünsche ich mir, ich wäre wie Krupka. Das einzige Gewicht, das der spürt, ist sein Portemonnaie in der Gesäßtasche. Und wenn ich nur halb so viele Leute kennen würde wie er, würde ich meinen Data wegschmeißen und ein Telefonbuch benutzen.«

»Ja, wenn's nicht so unhandlich wäre«, sagte Grimm.

Thom hatte, ganz in Gedanken, den kleinen Witz überhört. »So war er schon immer. Schon in Württemberg.«

Grimms Gesichtsausdruck war eine Meisterleistung. Aber etwas Erstaunen durfte er schon zeigen.

»So lange kennen Sie sich?«

»Ja, ja, die Spätzle-Mafia ... Ich war eben jung und habe mich von Krupka und Langheinrich begeistern lassen. Ich dachte wirklich, die bringen frischen Wind in den Laden. Wenn ich heute daran denke ... Sie werden lachen, aber ich habe meinen Jahresurlaub dafür geopfert, Krupka im Wahlkampf in der Gegend herumzukutschieren. Die hatten kein Geld für Sherpas, da hab ich das eben gemacht.«

»Meine Güte, das müssen Zeiten gewesen sein!«

»Der Witz war, daß Langheinrich den wirklichen Dreck am Stecken hatte. Krupka hat ihn nur gedeckt, weil es ihn damals schon in die Wirtschaft zog. Bloß hat unser Innenminister das nicht kapiert. Er hat dankbar Pfötchen gegeben, weil sein Kumpel nach außen die Verantwortung für die schwarzen Kassen übernommen hat. Das bekommt er jetzt mit Zinseszins zurück.«

»Muß uns das Sorgen bereiten?«

»Krupka hat mich heute morgen angerufen. Jemand ist in den Rechner seiner Stiftung eingedrungen. Sie wissen nicht, was er alles runtergeladen hat. Vor allem wissen sie nicht, wer es war. Damit darf ich mich jetzt rumschlagen. Verdammte Drecksarbeit!«

»Warum ist die Stiftung so wichtig für ihn?« fragte Grimm.

»Da bin ich überfragt. Ich weiß über die Geschäfte von Krupka genausoviel wie Sie. Die Details kennen nur er und Görtz.« Thom schenkte Cognac nach und schüttelte nachdenklich den Kopf. »Was mir wirklich Sorgen macht, ist Wolf. Es muß ihn hart erwischt haben, sonst würde er nicht so ruhig bleiben. Aber vielleicht hat er auch noch ein As im Ärmel, von dem wir nichts wissen. Es macht mich regelrecht verrückt.«

Grimm lächelte. »Sie haben ganz recht, wir sind uns ziemlich ähnlich. Ich habe mir auch den Kopf darüber zerbrochen und vorsichtshalber einen Kollegen vom bayerischen LKA, den ich noch von früher kenne, um einen Gefallen gebeten. Wolf hat sich vor drei Tagen mit seiner Tochter getroffen, auf der Zugspitze. Mein Mann war ganz in der Nähe und hat sich die Sache in Ruhe angesehen.«

»Sie wollen mich veralbern!«

Grimm zog schmunzelnd zwei Fotos aus der Jacke und gab sie Thom. Wolf, der beim Aufstehen hinfiel. Sophie, die einfach sitzenblieb. Ihr Gesicht, das Gleichgültigkeit ausdrückte. Zumindest konnte man den Schrecken, der sich in Wirklichkeit darin spiegelte, so interpretieren, denn Grimm wußte, daß das Auge immer das sieht, was es will.

»Es war wohl ein letzter Versöhnungsversuch von ihm. Wie man unschwer sieht, würde sie ihn eher verrecken lassen, als ihm zu helfen. Mein Mann sagt, er ist so was wie eine lebende Leiche. Das Thema ist durch, glauben Sie mir.«

Thom legte die Fotos vor sich auf den Tisch. Er lächelte und sah Grimm lange an. »Ja, wir haben unsere Reibereien gehabt, Sie und ich. Aber ich habe immer gewußt, aus Ihnen kann was werden. Suchen Sie sich's aus: Wollen Sie wieder Stabschef werden oder lieber Vize. In der KT versauern Sie doch nur.«

»Stabschef. Da kenne ich mich schließlich aus.«

»Einverstanden. Wir warten noch zwei Wochen, dann mache ich das klar.« Er reichte Grimm die Hand, dankbar, einen Verbündeten gefunden zu haben.

Grimm schlug ein. »Damals in Württemberg ...«, sagte er, als er sich wieder zurückgelehnt hatte. »Wer war da eigentlich noch alles dabei? Ich meine, das war wirklich vor meiner Zeit, ich weiß ja nur, was der Flurfunk so erzählt ...«

»Ich dich auch«, sagte Pieper. »Gibst du mir noch mal den Großen?« Er stand auf dem Balkon seines Zimmers und sah über den nächtlichen Park der Klinik und genoß die Kälte, die seine Gedanken schärfte.

»Papa?« hörte er die Stimme seines Ältesten.

»Wie war dein Fußballspiel?«

»Sechs zu eins. Wir haben sie richtig massakriert!«

»Prima! ... Hör mal, Tiger, ich bin jetzt schon 'ne ganze Weile weg und weiß noch nicht, wann ich zurückkomme. Alles senkrecht bei dir?«

»Klar.«

Pieper registrierte, daß ein weiterer Anrufer ›anklopfte‹. Ein Blick auf das Display genügte. »Du bist jetzt der Mann im Haus. Paß gut auf deine Mutter und auf deinen Bruder auf, ja?«

»Logo.«

»Hab dich lieb. Bis bald.« Er beendete das Gespräch und nahm Grimms Anruf entgegen. »Wir können.« Er hörte schweigend zu, was ihm aus Wiesbaden zugeflüstert wurde. Dann sagte er: »Ich weiß nicht, ob er schon schläft. Aber ich denke, ich mache ihn besser wach. Brauen Sie sich einen starken Kaffee, oder werfen Sie ein paar Pillen ein. Das wird eine ziemlich lange Nacht.«

Er zog die Balkontür ebenso lautlos zu wie jene des Zimmers und ging hinüber zu Wolfs Appartement. Pieper gab den beiden Sherpas, die Nachtschicht hatten, ein stummes Zeichen. Er öffnete die Tür mit seinem Zweitschlüssel, ohne vorher anzuklopfen, ohne ein Geräusch zu verursachen, und schloß sie hinter sich. Wolf war noch wach. Pieper wies mit dem Kinn auf den Balkon und löschte das Licht. Wolf zog sich einen dicken Bademantel über. Sie setzten sich in die sichere Ecke, ehe Pieper weitergab, was er erfahren hatte.

Wolf hörte konzentriert zu. »Ich denke, wir brechen hier bald unsere Zelte ab«, sagte er schließlich. »Gib mir mal das Ding.« Pieper reichte ihm das Handy. Wolf kannte die Nummer auswendig. »Guten Abend, Herr Steindorff, entschuldigen Sie, daß ich so spät noch störe ... Ja, geht mir genauso ... Ach, die Ärzte ... Nein, ich fahre übermorgen zurück nach Wiesbaden. Ich dachte, ich könnte einen kurzen Abstecher bei Ihnen machen

... Ah, so? Ja, solche Familienfeste will man ungern verpassen. Trotzdem habe ich das Gefühl, daß Sie sich mit mir treffen werden. Ich denke, es ist Zeit, daß wir uns mal in aller Ruhe über Württemberg vor zwanzig Jahren unterhalten ...«

Waren es zwei oder drei Sekunden? So lange hielt Steindorff den Atem an.

»Schön. Dann bin ich so gegen eins bei Ihnen«, sagte Wolf, während gleichzeitig Grimm vierhundert Kilometer entfernt mit der Arbeit begann. Es war eine solche Masse von Informationen, daß er allein zwei Stunden brauchte, um das System der Dateiablage zu analysieren. Er hätte nach diesem und dem vorangegangenen Tag todmüde sein müssen, doch niemals hatte er sich wacher gefühlt. Egal, was er finden würde, es war für Krupka bedeutsam genug gewesen, um Thom zu alarmieren. Viele interessante Schiffe hatten die Schleuse passiert. Doch sinnigerweise führte seine kleine Zollinspektion ihn zurück zu dem allerersten Dampfer: dem FTP-Server für die Architektenbüros.

Piepers Handy vibrierte um 4.15 Uhr unter dem Kopfkissen.

Er war sofort wach und wechselte wieder auf den Balkon. Grimm sagte nur wenige Sätze. Pieper murmelte: »Wie lange werden Sie brauchen?«

»Mindestens bis übermorgen. Wenn ich durcharbeite.«

»Können Sie sich krank melden?«

»Das hatte ich vor, ja.«

»Okay. Der Alte und ich fahren nach Bad Herrenalb zu Steindorff. Haben Sie eine Deutschlandkarte griffbereit?«

»Sekunde, auf meinem Laptop ... Hier ist was Passendes. Raststätte Heimsheim, liegt direkt an der A 8. Für mich zweieinhalb Stunden, für Sie drei. Dann zirka vierzig Minuten bis Herrenalb.«

»Elf Uhr.«

Am übernächsten Morgen saß Wolf in aller Frühe dem Chefarzt in dessen Büro gegenüber. »Herr Wolf, es gibt Gespräche, die mich schon Tage vorher quälen, doch mein Beruf bringt es mit sich, daß ich dem nicht ausweichen kann. Die letzten Tests haben nun endgültige Gewißheit gebracht. Sie kennen die Diagnose, ich sehe es an Ihrem Gesicht ...«

»Ja, Sie haben recht. Ich weiß es längst, darum habe ich auch schon gepackt. Ich will nach Hause«, sagte Wolf gefaßt und hörte sich an, wie Hecker die ihm verbleibende Lebenserwartung auf ein bis zwei Monate taxierte.

Sie tauschten die fälligen Floskeln aus, ehe der Arzt auf ein einfaches Heben von Piepers linker Augenbraue hin sagte: »Ich begleite Sie noch zum Wagen.« Hätte es eine Kamera gegeben, sie hätte das Bild eines grenzenlos erleichterten Doktors übertragen.

»Nur noch ein Letztes«, sagte Pieper, nachdem Wolf in der Tiefgarage schon in den Panzer gestiegen war. »Kommen Sie nicht auf den Gedanken, Sie könnten jetzt, wo ich weg bin, mit Ihren Freunden über unser Arrangement sprechen. Das wäre dumm von Ihnen, denn diese Leute mögen es nicht, wenn sie hintergangen werden. Vergessen Sie das niemals.«

Hecker nickte nur.

Zwanzig Minuten später waren sie auf der Autobahn. Die Fahrzeuge waren clean, also nicht verwanzt, das hatte Pieper noch einmal überprüft. Sie absolvierten sämtliche abgesprochenen Manöver, nahmen Abfahrten, blieben ein Stück auf der Landstraße, wechselten erneut auf die A 7, wiederholten das Spiel und machten eine kleine Stadtrundfahrt durch Ulm. Als sie schließlich auf der A 8 waren, konnte Pieper endgültig sicher sein, daß sie nicht verfolgt wurden. Kurz vor Leinfelden wies er die Begleitfahrzeuge an zurückzubleiben. Sie würden in einer Stunde auf Kommando wieder zu ihnen stoßen.

Grimm wartete an der verabredeten Stelle. Pieper parkte den Panzer in der hintersten Ecke des großen Areals zwischen Lkws, die sowohl zur Autobahn als auch zur Zufahrt der Raststätte eine Sichtblende bildeten.

»Guten Morgen«, sagte Grimm, als er einstieg. Seine Augen strahlten, obwohl sie rot umrändert waren und tief in den Höhlen lagen.

»Sie sehen aus, als wollten Sie nie wieder schlafen«, sagte Wolf lächelnd.

»Wollen schon, nur nicht können.«

»Jetzt bin ich aber neugierig.«

»Meine Güte, ich weiß gar nicht, wo ich anfangen soll. Das ganze System ist so kompliziert, daß man vermutlich Monate, wenn nicht Jahre bräuchte, um alles offenzulegen. Betrachten Sie das, was ich herausgefunden habe, als eine Art grobe Übersicht. Es gibt noch unendlich viele schwarze Löcher, aber das Prinzip scheint mir einigermaßen klar zu sein. Zuerst bin ich über ein paar Firmen gestolpert, die sich Bauzeichnungen und Grundrisse für die Aussiedlerheime aus dem Rechner der ›Alten Heimat‹ herunterladen. Dabei ist mir aufgefallen, daß die gleichen Unternehmen auch mit der SAVOK zusammenarbeiten. Da gibt es also Überschneidungen, das war ein wichtiger Hinweis. Dann habe ich weitergegraben. Eine Unzahl von Geschäftsverbindungen. Vierhundertsiebenunddreißig habe ich bisher entdeckt, wahrscheinlich sind es mehr als tausend. Die meisten sitzen im Ausland, ich nehme an, daß es zum größten Teil Scheinfirmen sind. Die SAVOK und die Stiftung stellen ihnen Rechnungen, für die vermutlich nicht die geringste Gegenleistung erbracht wird. So was kann ein gerissener Prokurist leicht vor dem Finanzamt verschleiern.«

»Verstehe ich das richtig: Krupka versteuert die fingierten Einnahmen legal, und seine Scheinfirmen setzen das Ganze komplett als Betriebsausgabe von der Steuer ab?« fragte Wolf.

»Richtig. Das funktioniert natürlich nur, wenn die Scheinfirmen auch zahlen. Wie sie an das nötige Geld gelangen, ist klar: Die Zwischenhändler, an die Krupka den Stoff liefert, überweisen auf Auslandskonten. Bis die Beträge ihr eigentliches Ziel erreichen, haben sie die Erde so oft umrundet wie die internationale Raumstation und x-mal bei diversen Korrespondenzbanken Station gemacht. Die Quelle wird durch Stückelungen und immer neue Transaktionen verborgen. Es im Detail nachzuvollziehen ist unmöglich. Jedenfalls für mich.«

»Das dürfte doch aber nur ein kleines Stück vom großen Kuchen sein. Es geht um jährlich fünf Milliarden Euro. Die kann Krupka schließlich nicht einfach in seiner Firmenbilanz verstecken, genausowenig wie in der Stiftung, abgesehen davon, daß die ihre Gewinne nur Stiftungszwecken zuführen darf«, sagte Pieper.

»Natürlich. Und damit wären wir bei der ›Blauen Wolga‹.«

»Was ist das?«

»Ein schnell wachsender Immobilienfonds. Er errichtet in den nächsten Jahren einhundertzwanzig Siedlungskomplexe für Spätaussiedler und gibt sie der ›Alten Heimat‹ zur Nutzung. Dafür entrichtet die Stiftung Mietkaufraten. Nach zehn Jahren sind alle Objekte in das Stiftungseigentum übergegangen. Die bis dahin geflossenen Mietgelder stammen zum größten Teil aus staatlicher Sozialhilfe, EU-Fördertöpfen und privaten Spenden. Ein Milliardenbetrag.«

»Die Gewinne dürfen nur stiftungseigenen Zwecken dienen!« beharrte Pieper.

»Ja doch, nur nicht ungeduldig werden! Ich habe doch noch gar nicht gesagt, wo die ›Blaue Wolga‹ ihr Konto hat. Krupka ist nicht so dumm wie die Russen, die ihre Geldwäsche über so exotische Adressen wie die Südseeinsel Nauru abwickeln. Zwar kostet dort eine Bankgründung nur sechstausend Dollar, aber die FATF hat das natürlich längst spitzgekriegt. Trotzdem scheint unser Freund, der Staatssekretär, das alte Brecht-Zitat zu kennen, wonach ein Einbruch in eine Bank nichts gegen die Gründung einer solchen ist. Er macht es ganz frech und bleibt im eigenen Land. ›Stollberg, Niehaus & Nehl‹, sagt das einem von Ihnen was?« Wolf und Pieper schüttelten die Köpfe. »Eine Privatbank in Dresden. Sie wurde vor fünf Jahren ins Handelsregister eingetragen. Das geht ganz einfach, man braucht nur jemanden, der eine Zeitlang in leitender Funktion im Bankgeschäft tätig war. So steht es im Kreditwesengesetz. Die Mindesteinlage beträgt drei Millionen Euro.«

»Sie wollen damit sagen, daß Krupka eine Bank besitzt?« fragte Wolf.

»Genau das, mit sauberem Geld gekauft. Die Herren Stollberg

und Niehaus waren bei der Spätzle-Mafia, das weiß ich seit meinem Kamingespräch mit Thom. Die Bank ist mir aber auch vorher schon mal untergekommen. Sie wissen, daß ich Langheinrich als Schirmherrn der Stiftung juristisch beraten habe. In den Bilanzen, die Krupka ihm zur Verfügung gestellt hat, ist der Name zum erstenmal aufgetaucht. Darum hat es bei mir gleich geklingelt. Wer Nehl ist, weiß ich nicht, aber für mich steht fest, daß alle drei nur Strohmänner von Krupka sind.«

»Fünf Jahre. So lange hat er es also geplant. Mindestens«, sagte Wolf tonlos.

»Ja. Seine Strohmänner hatten genug Zeit, ein ganz normales Bankgeschäft aufzubauen. Sie mußten und müssen nur darauf achten, eine erkennbare Einseitigkeit der Geldflüsse zu verschleiern. Ihre Hauptkunden sind die SAVOK AG und einige ihrer Tochterunternehmen. Aber unsere Dresdener Freunde betreiben als legale Fassade auch das übliche Kreditgeschäft, Geldanlagen, Girokonten und so weiter. Das Ganze nennt man eine Schattenbank. Und das führt uns zu einem wichtigen Punkt: Das Geld, das von den Scheinfirmen direkt auf dem Konto der SAVOK oder dem der ›Alten Heimat‹ landet, ist nur der Schwanzpuschel des Tigers. Stollberg, Niehaus & Nehl besitzen drei Filialen. In Shanghai, La Paz und Sankt Petersburg. La Paz ist besonders interessant, denn Bolivien stand bis vor kurzem noch auf der ›Name-and-shame-Liste‹ der FATF, auf der die aktuellen Geldwäscheparadiese aufgelistet sind. Damit werden internationale Sanktionen möglich. Zum Beispiel hat man Banken angehalten, keine Gelder aus dem schönen Andenland mehr entgegenzunehmen. Nach dem Amtsantritt der Regierung Gutierez ist Bolivien von der Liste verschwunden ...«

»Lassen Sie mich raten: Ein positives Votum der DEA hat dafür gesorgt«, sagte Wolf.

»Ganz recht, besonders de la Peña wird in dem neuesten Bericht Ihres Freundes Corbie mit Lob nur so überschüttet. Sein – Zitat – ›äußerst engagiertes Vorgehen gegen den Kokaanbau‹ hat ihm mehr Applaus eingetragen als einem Drittkläßler ein gewonnener Buchstabierwettbewerb. Heute ist La Paz einer der sichersten Finanzplätze der Welt. Und was Krupkas Dependance in Sankt Petersburg angeht – der dortige Direktor war bis vor vier Jahren Chef der russischen Bankaufsicht. Vor Zeiten hatte der BND ihn schon mal im Visier. Das weiß ich von meinem Schlapphut Heinze ... Aber unternommen hat Ihr alter Freund Boehnke nichts«, schob Grimm vielsagend nach.

Wolf und Pieper waren sprachlos.

»Schon lustig, nicht wahr?« sagte Grimm bitter.

»Was ist mit dem Bundesaufsichtsamt für das Kreditwesen, ist das nicht eine ständige Bedrohung für Krupka?« fragte Pieper schließlich.

»Aber wieso denn? Schließlich läuft nur der kleinste Teil der Drogenprofite direkt über Dresden. Und das BAKred reagiert nach wie vor nur, wenn die Bank einen Verdacht meldet. Erst dann bekommen sie Einsicht in die Kontobewegungen. Ich will jetzt keinen langen Vortrag über die Möglichkeiten dieser vielzitierten Behörde halten. Nur soviel: Die personelle Ausstattung reicht gerade mal, um drei Tausendstel der angezeigten Fälle zu bearbeiten. Vor allem dürfen Sie eines nie vergessen: Krupkas wichtigste Tarnung ist seine moralische und politische Integrität. Dahinter versteckt er seine kriminellen Aktivitäten wie ein faules, verrottetes Gebiß hinter einem vertrauenerweckenden stockseriösen Grinsen. Da hilft auch keine staatliche Kontoevidenzzentrale.«

Pieper schaltete die Standheizung ein. Ihm war kalt geworden.

»Für die große Nummer hat er ja die Tochterbanken. Die überweisen«, fügte Grimm an, »nachdem alles kreuz und quer über den Globus gewandert ist, das Geld direkt an die Stiftung. Das heißt, da muß ich mich korrigieren: *die Stiftungen*.«

»Wie meinen Sie das?« fragte Wolf, der den ersten Schock verdaut hatte.

»Es gibt mindestens zwei. Eine ist nur für den Bau der Aussiedlerheime zuständig, die andere für den Unterhalt. Aber ich wette, es gibt noch viel mehr.« Er machte eine kleine Pause, ehe er fortfuhr. »Tja, wenn man einen so langen Witz erzählt wie ich, muß die Pointe was taugen! Hier ist sie: Alle Stiftungen haben ihren Sitz in Liechtenstein. Die ›Alte Heimat/BAUinvest‹ ist vermutlich sogar einigermaßen sauber. Der Rest ist der pure Dreck. Ja, es hat sich anscheinend wenig geändert seit den Hessen und dem Projekt Norfolk. Daran erinnert sich ja heute kaum noch jemand. Nach dem 11. September stand Liechtenstein, da schließt sich der Kreis, als Offshore-Elysium ebenfalls auf der ›Name-and-shame-Liste‹ der FATF. Das traf den wichtigsten Berufsstand des Fürstentums, die Notare und Steueranwälte. Die schöne Maid im Herzen Europas, die so viele Freier hatte, litt plötzlich an häßlichem Hautausschlag. Ein paar Jahre hatte sie Grund zum Jammern, heute ist wieder alles beim alten, genauso wie in Guernsey und der Schweiz und auf den Bahamas. Vielleicht haben unsere Steuerparadiese sich ja zusammengetan und die UNO-Schulden der USA bezahlt.

Auf jeden Fall ist das Liechtensteiner Stiftungsrecht für Krupka maßgeschneidert. Es gibt mehr als sechzigtausend Stiftungen im Fürstentum. Fünfzehntausend Euro genügen als Einlage. Die Gründungsurkunde wird im Öffentlichkeitsregister abgelegt. Der Inhaber der Stiftung bleibt anonym. Seinen Namen und den von möglichen anderen Begünstigten findet man nur im Beistatut. Das liegt fest verschlossen im Tresor des Treuhänders. Gehen wir einfach mal davon aus, daß der auch geschmiert ist. Krupka kann sein blütenweißes Geld in Liechtenstein liegenlassen oder es auf ein Konto seiner Wahl bei jeder beliebigen Bank irgendwo auf der Welt überweisen. Die Liechtensteiner arbeiten wie in alten Zeiten mit keiner ausländischen Behörde zusammen. Nicht einmal deren eigene Steuerverwaltung kommt an irgendwelche Informationen. Am Ende ist der Dreck so sauber wie ein Kinderpopo.«

Wolf schwieg lange. Dann sagte er: »Warum sind Sie so pessimistisch, was die Beweislage angeht? Sie haben nur zweieinhalb Tage gebraucht, um so weit zu kommen.«

»Es hört sich bloß gut an, das ist alles. Ich habe eine Menge schwarze Löcher elegant gestopft. Aber für eine Staatsanwaltschaft würde es längst nicht reichen. Ein Jahr ist das mindeste.

Und da bin ich noch sehr optimistisch. Im übrigen habe ich auch eine Ahnung, wie er das Bargeld gewaschen hat, das ihm seine Zwischenhändler von der Sacra Corona angedreht haben.«

Wolf sah überrascht drein, doch Pieper schmunzelte. Er hatte Grimm von dieser Eigenheit der Italiener erzählt. Schließlich fiel das in sein Fachgebiet.

»Sie haben von Pallucci jährlich Stoff im Wert von zirka hundert Millionen Euro bezogen. Krupka war drei Monate im Geschäft, bis er die Italiener mit dem GSG-9-Zugriff rausgekegelt hat. Nehmen wir also zwanzig bis dreißig Millionen Euro als Grundlage. Ich habe zwar bisher nur Bruchstücke des Systems gefunden, aber es sieht aus, als hätten die SAVOK-Lkws die Scheine von Italien nach Deutschland gebracht. Der Zoll dürfte keine Probleme gemacht haben, das wissen wir allerspätestens seit Hamburg. Vermutlich ging das Geld zu einem Notar, der bei unseren Dresdnern ein Konto besitzt. Sie kennen das Gesetz. Der Notar muß nur den Namen eines Kunden angeben, der Immobilien erwerben will, und beglaubigen, daß das Geld aus legalen Quellen stammt. Die Namen werden nicht überprüft, können also reine Phantasie sein, dafür haftet der Notar. Er ist noch nicht einmal verpflichtet, auch nur einen *Verdacht* auf Geldwäsche zu melden. Vor Gericht kann er sein Auskunftsverweigerungsrecht in Anspruch nehmen.«

»Dann hat Krupka begonnen, Grundbesitz zu erwerben?« fragte Wolf, den nichts, aber auch gar nichts mehr wunderte.

»Ein Objekt ist mir untergekommen. Sie werden nie raten, was es ist ...«

»Immer raus damit!«

»Eine BKA-Liegenschaft in Berlin. Über dreihundert Wohnungen für hauseigene Beamte.«

»Ist ja reizend, so bleibt alles in der Familie«, sagte Pieper.

Nach kurzem Schweigen schlug Wolf seinem ehemaligen Stabschef krachend auf die Schulter. »Das war allerfeinste Arbeit! Gratulation!«

»Sehe ich auch so!« schob Pieper hinterher. »Du hast wirklich was drauf!« Erst Grimms erstaunter Gesichtsausdruck machte

ihn darauf aufmerksam, daß er ihn zum erstenmal geduzt hatte. »Ich heiße Jan, okay?«
Sie gaben sich lächelnd die Hand.
»Und ich Richard«, sagte Wolf.
»Ja, Herr Präsident«, rutschte es Grimm heraus.
»Paß gut auf, Niklas, ich habe schon einmal einen gehabt, den ich permanent geduzt habe, während ich immer der Präsident blieb. Du wirst dir doch wohl keinen Verbrecher zum Vorbild nehmen?«
Jetzt lachten sie alle drei.
»Also gut, was weiß Krupka über den Einbruch?« fragte Wolf und kam damit wieder zum Geschäft.
Grimm zögerte kurz mit der Antwort. »Nun ja, da er nicht weiß, wer ihn bestohlen hat, wird er sich in erster Linie fragen, was heruntergeladen wurde. Sie haben mich fünfundsechzig Sekunden vor Beendigung des Vorgangs vom Netz abgeklemmt. Also ist ihnen klar, daß eine Menge durch die Leitung gerauscht ist. Allerdings ist die Dateistruktur dermaßen kompliziert und unübersichtlich, daß sie zu demselben Schluß kommen werden wie ich – daß es Jahre dauern kann, um alles zu durchschauen, wenn überhaupt. Ich sehe zwei Möglichkeiten: Entweder sie reagieren relativ gelassen und vertrauen dem Chaos, das bei ihrer Geldwäschemethode Prinzip ist. Oder sie werden nervös und beginnen, die wichtigsten Scheinfirmen und die Konten aufzulösen. Bis auf Liechtenstein natürlich. Denn dort hat niemand Zugriff.«
»Was hältst du für wahrscheinlicher?« fragte Pieper.
»Die Auflösung. Dafür können sie sich sogar Zeit lassen. Wie gesagt, die Beweislast liegt bei uns. Und was das angeht, braucht Krupka sich auf mittlere Sicht keine Sorgen zu machen.«
»Ich denke, das sollte er doch. Spätestens nach meinem Besuch bei Steindorff«, murmelte Wolf.
»Ja, da haben Sie … hast du wohl recht«, sagte Grimm.
Ehe sie auseinandergingen, fragte Wolf: »Hast du was von Sophie gehört?«
»Nicht seit dem Maritim«, antwortete Grimm vorsichtig.

Wolf sah ihn eine Sekunde prüfend an, dann nickt er. »Gute Heimfahrt. Heute abend bin ich zurück in Wiesbaden. Wir telefonieren.«

Gott sei Dank, er fragt nicht. »Richte Steindorff meine besten Grüße aus.«

»Ich denke, das werde ich lieber bleibenlassen.«

Pieper lotste die Begleitfahrzeuge über Funk auf die idyllische Schwarzwald-Bäderstraße. Beim Anstieg zum Kuppelzen klemmten sie wieder an ihrer Stoßstange. Auf Piepers Kommando hin wurde auf die klassische Formation – Führung, Schutzperson, Nachhut – verzichtet, so daß er mit Wolf an der Spitze des Konvois blieb und das Tempo vorgab. Ihr Weg führte sie durch eine der schönsten Landschaften Deutschlands, eine Achterbahnfahrt über Höhen und Täler. Vor Herrenalb ging es wieder steil bergan. Die Kirschbäume blühten bereits, und die Limousinen glitten durch einen flirrenden Tunnel aus Blüten und Licht. Der Schwarzwald lag unter ihnen wie eine große grüne Patchworkdecke, auf der die Berge picknickten.

»Die nächste rechts«, sagte Wolf, als sie den kleinen Kurort erreicht und das Zisterzienserkloster passiert hatten. Er war schon einmal hier gewesen, ewig her.

Die Villa des ehemaligen Generalbundesanwaltes lag am Ortsrand, verborgen hinter einem stählernen Zaun, geschützt wie ein Gefängnis, denn Steindorff hatte, auch wenn er während seiner Zeit als GBA hier nur die Wochenenden verbrachte, dafür gesorgt, daß das Grundstück den gewohnten Sicherheitsstandard aufwies. Sogar einen Wachcontainer gab es. Irgendwann würde man ihn wohl abreißen.

Pieper verlangsamte das Tempo. Er schnarrte eine kurze Ansage ins Funkgerät und stoppte vor der Einfahrt. Der Grund war leicht erkennbar: Das Tor stand offen. »Hat er keine Sherpas mehr?« fragte Pieper.

»Würde mich wundern«, sagte Wolf bedächtig.

Pieper zog die Sig Sauer aus dem Gürtel und legte sie in seinen Schoß. Bilder stiegen in ihm hoch. *Lavelanet. Das verlassene*

Grundstück von LeDuc. Wieder hielt er das Mikro an den Mund. »Stand-by.« Er wußte, daß die Sherpas ihre Maschinenpistolen griffbereit hatten. Im gleichen Moment sahen er und Wolf, wie die Haustür aufging. Steindorff kam heraus. Er trug Freizeitkleidung und blickte abwartend zu ihnen hin. Ob jemand hinter ihm in der Diele stand, war nicht zu erkennen.

»Was denkst du?« fragte Wolf.

»Weiß nicht.«

Johannes Steindorff regte sich nicht. Pieper zögerte, dann wies er die hintere Limousine an, vorbeizufahren und die Lage zu sondieren. Ein Befehl, den die Kollegen gewiß nur ungern hörten, wenngleich er verständlich war, denn die Sicherheit der Schutzperson hatte oberste Priorität. Der Wagen scherte aus, rollte auf das Gelände und hielt direkt vor Steindorff. Zwei Mann sprangen aus dem Panzer. Sie duckten sich hinter der Karosserie. Kurzer Wortwechsel mit dem früheren GBA, dann erhielt Pieper das Signal »Clean!«. Nun erst folgten die beiden anderen Limousinen.

»Du bleibst sitzen«, wies Pieper Wolf an, ehe er ausstieg. Er sprach kurz mit Steindorff und öffnete dann den Wagenschlag für den Präsidenten.

Wolf und Steindorff reichten einander die Hand.

»Entschuldigen Sie den Auftritt, wir wollten nur sichergehen«, sagte Wolf.

»Ich kann Sie gut verstehen. Wollen wir ein paar Schritte laufen, oder möchten Sie lieber sitzen?« erwiderte Steindorff mit Blick auf Wolfs Krückstock.

»Ein bißchen frische Luft tut immer gut.« Sie gingen, während Pieper mit seinen Leuten zurückblieb, in den Garten und setzten sich in eine kleine Laube. Johannes Steindorff sah zum Mauzenberg hoch. Wolf glaubte, hinter dem Terrassenfenster einen Schatten im Rollstuhl gesehen zu haben. Steindorffs Frau, die an Parkinson erkrankt war.

»Was die Sherpas angeht – ich wollte keine«, sagte der Mann, der einmal der Herrscher über Karlsruhe gewesen war.

»Gab es dafür einen besonderen Grund?«

»Warum fragen Sie, wenn Sie es doch wissen? Selbstverständlich wollte man mir Männer zuteilen. Aber sie hätten auf Krupkas Kommando gehört ... Wäre ich dann sicherer als jetzt?« fragte er resigniert.

»Wohl kaum.«

»Ich habe eben keinen wie diesen.« Steindorff wies mit dem Kinn auf Pieper, den er von den Fernsehbildern des Friedhofsattentats kannte. »Das ist Ihr Privileg. Sicher genießen Sie es.«

»Ja«, sagte Wolf ruhig.

Wieder schwiegen sie, dann fixierte der Ex-Präsident den Ex-GBA. »Sie haben steile Karriere gemacht, vom kleinen Assessor bis zum Generalbundesanwalt. Das ist ein weiter Weg. Sie haben mir nie erzählt, wo Sie eigentlich angefangen haben ... in Stuttgart, richtig?«

»Ja.«

»Vor vielen Jahren waren Sie dort Staatsanwalt. Sie haben gegen eine Reihe von Parteipolitikern ermittelt. Die Journaille nannte sie die Spätzle-Mafia. Es ging um undurchsichtige Parteispenden und Steuerhinterziehung. Krupka und Langheinrich haben dazugehört. Genauso wie Thom und Falcke, der neue Verbindungsmann in La Paz. Die beiden letzteren waren damals nur Statisten. Jetzt drängt es sie zu Sprechrollen.«

»Ich habe die ganze Zeit darauf gewartet, daß Sie zu mir kommen. Ich wußte, Sie würden es herausfinden«, sagte Steindorff müde. »Nur interessehalber – wie haben Sie es geschafft? Die Einträge im Bundeszentralregister werden nach zwanzig Jahren gelöscht.«

»Das stimmt, aber das BKA nimmt es mit dem Datenschutz nicht so genau. Susanne Voigt, ihre persönliche Referentin, war auch bei der Truppe. Als studentische Hilfskraft für Krupka.«

»Sie wissen ja, wie es heißt: ›Geschichte wiederholt sich nicht. Und wenn, dann nur als Farce.‹ Die Wahrheit ist so banal, daß ich es selbst kaum glauben kann. Ich hatte ein Verhältnis mit ihr. Es dauerte drei Jahre, meine Frau ahnt nichts davon.« Wie von selbst ging sein Blick zu der Terrasse, wo die Sherpas Platz genommen hatten und von einer Angestellten mit Kaffee bewirtet wurden. Die Dame des Hauses hatte sich zu ihnen gesellt. Der Mops sprang an Piepers Beinen hoch und bettelte um ein Stück Kuchen.

»Ich wußte, wenn Sie davon erfahren, kommt alles raus. Trotzdem bin ich froh, daß Sie da sind ... Ich liebe meine Frau. Aber ich kann ihr schon lange nicht mehr in die Augen sehen«, sagte Steindorff. Er schüttelte den Kopf, als sei der Gedanke, der darin herumspukte, so absurd, daß es ihn amüsierte und gleichzeitig graute.

»Was ist?« fragte Wolf.

»Wir haben uns nur in Berlin getroffen. Privat, meine ich. In einer konspirativen Wohnung des BKA. Susanne ... Voigt hatte den Schlüssel von Thom.«

Wolfs Ekel war auf der höchsten Stufe der Skala angelangt. Es gelüstete ihn nicht einmal mehr nach einem Kommentar. Er fragte nur: »Bis wann ging diese Affäre?«

»Exakt bis zum Tag meines Rücktritts.«

»Ab wann wußte Voigt von den Ermittlungen gegen Krupka?«

»Seit seiner Ernennung zum Staatssekretär. Ihr Besuch bei mir, als Sie mir von dem Anfangsverdacht erzählt haben ... Ja, Sie brauchen es nicht auszusprechen. Ehe Sie mir das Tonband mit dem Lissabonner Telefonat zwischen Krupka und de la Peña vorspielten, wollten Sie sichergehen, daß es unter uns bleibt. Sie haben mich gefragt, ob Voigt eingeweiht war. Weiß Gott, Sie hatten Grund dazu. Aber da war schon alles zu spät. Ich habe Sie angelogen. Trotzdem, glauben Sie mir: Nicht eine Sekunde habe ich daran gedacht, sie könnte mit Krupka gemeinsame Sache machen.«

»Wie wichtig ist sie in der Hierarchie?«

»Ich nehme an, sie ist nur ein kleiner Befehlsempfänger, so wie vermutlich Thom und Falcke. Ich bezweifle auch, daß Langheinrich mehr geblieben ist als sein Titel. Alle Fäden laufen bei Krupka zusammen.«

»Sie wissen, warum ich nach Voigts Stellung in der Hierarchie frage.«

»Ja, das BMJ, ihre Fachaufsicht über die Bundesanwaltschaft ... Es ist eine Gleichung mit nur einer Unbekannten, dennoch ist sie schwer zu lösen. Alles hängt davon ab, ob die Personalie vom Küchenkabinett des Kanzlers beschlossen wurde oder direkt im Justizministerium. Um ehrlich zu sein, wäre mir die erste Variante lieber, denn dann stände Langheinrich dahinter. Sollte die Entscheidung direkt im BMJ getroffen worden sein, bedeutet es, daß Krupka auch dort das Zepter schwingt. Es würde mich nicht wundern.«

»Erklären Sie mir, warum Sie zurückgetreten sind.«

»Nennen Sie es einen Rest von Anstand. Als wir auf dem Grunewaldturm standen und ich Ihnen zuhörte, habe ich den gesehen, der ich sein wollte und nie war. Auf dem Rückflug nach Karlsruhe dachte ich an nichts anderes. Ich habe Voigt gesagt, daß ich nicht mehr kann und nicht mehr will. Sie hat mich bekniet, im Amt zu bleiben. Da habe ich erkannt, daß sie die ganze Zeit nur einen Auftrag ausgeführt hat. In der Bundesanwaltschaft und im Bett. Ich habe mich selbst verabscheut. Und wußte gleichzeitig, daß ich bloß eine von Krupkas Marionetten sein würde, wenn ich an meinem Schreibtisch festhalte. Die Entscheidung fiel mir nicht so schwer, wie Sie vielleicht dachten.«

Wolf setzte eine dunkle Brille auf, um seine Augen vor der Sonne zu schützen. Steindorffs Frau sah zu ihnen hin. Er nickte ihr zu. Er fühlte Mitleid.

»Sie hatten recht«, hörte er Steindorff sagen. »Mein Vater und die Schnürsenkel. Nicht im wörtlichen Sinn, aber so war es. Ein Leben in Angst. Vor ihm, vor den Lehrern in der Schule, später vor den Professoren, dann vor meinen Vorgesetzten. Zuletzt vor mir selbst. Irgendwann mußte Schluß sein. Und es ist sonderbar, eigentlich kurios, jetzt, wo ich ohne jeden Schutz bin, fühle ich mich zum erstenmal frei. Ich habe endlich keine Angst mehr, nicht einmal vor diesem Tor dort, das Tag und Nacht offensteht.«

»Wie hat sie reagiert – Voigt, als Sie ihr sagten, daß Sie nicht mehr wollen?«

»Getobt. Ich glaube, es ging ihr hauptsächlich um Ihre Tochter. Krupka befürchtete vermutlich, sie könnte irgendeinen Unsinn machen, also mußte sie kaltgestellt werden. Das hat Voigt ja noch als letzte Amtshandlung geschafft, ehe sie nach Berlin gewechselt ist.«

»Sie saß vor ihrer Zeit in der Bundesanwaltschaft im BMI. Dort war sie zuständig für die Sicherheitsüberprüfung von leitenden BKA-Beamten. Also auch für Thom und Falcke. Sie brauchen jetzt nichts zu sagen, es genügt, wenn Sie nicken.«

»Was soll das noch? Sie sind auf der richtigen Fährte. Trotzdem: Nichts von alldem ist gerichtsverwertbar.« Steindorff stand auf. Fast sah er erleichtert aus. »Wenn es überhaupt Beweise gibt, liegen sie im Panzerschrank des BKA. Ich hoffe, Sie haben dort noch einen Mann, dem Sie vertrauen können.«

Sie gaben einander die Hand. »Danke. Sie haben mir mehr gesagt, als Sie mußten«, sagte Wolf, der sich ebenfalls hochgestemmt hatte.

»Machen Sie etwas daraus.«

Steindorff wandte sich ab, ausgebrannt, erledigt, und sah ihnen nicht hinterher, als sie aufbrachen.

Noch auf der Autobahn telefonierte Pieper mit Grimm.

Es war nur eine Ahnung gewesen. Sie wußte nach einem kurzen Telefonat mit ihrem Vater, daß er zurückgekehrt war, hatte erfahren, wie die Dinge standen, auch, daß er sich in den Bungalow unterhalb des Nerobergs zurückgezogen hatte. Der Gedanke, Pieper dort zu treffen, hätte nahegelegen, doch sie war, ohne am Telefon überhaupt nachzufragen, in ihren SLK gestiegen, nach Wiesbaden gefahren und in Biebrich von der Autobahn abgebogen. Das kleine Reihenhaus war dunkel, nur in der Garage brannte Licht. Da wußte sie, daß ihr Gefühl sie nicht getrogen hatte. *Wann bin ich hier gewesen? In der Nacht, bevor Rubikon gegründet wurde. Der Mond, fett und weiß. Die Sterne, die am Himmel klebten wie Abziehbilder. Er sagte:* »*Wir hocken in einer dieser Glaskugeln, in denen man es schneien lassen kann. Jemand hält unsere kleine Welt in Händen und schüttelt sie.*«

Leise Musik dudelte aus einem steinalten Kofferradio. Eine Arbeitslampe baumelte über der Harley-Davidson. Pieper trug Vandreykes Blaumann und reinigte den Luftfilter. Er hatte Sophie den Rücken zugewandt und sagte, ohne sich umzudrehen: »Willst du ein Bier?«

»Gern.«

Pieper wischte sich die Hände an einem Lappen ab, griff in einen mit Wasser gefüllten Eimer und zog zwei Dosen Becks heraus. Er warf, sie fing. Sie setzten sich auf die große Werkzeugkiste und tranken. Die Musik knisterte und knarzte in dem ollen Lautsprecher des Radios. Cool Jazz, irgendwas von John Coletrane. Es war kalt. Sophie griff sich eine kratzige Wolldecke und legte sie über ihre Schultern. *Wir waren nur einmal hier zusammen. Unser Zuhause waren die Hotels.*

»Ist mein Vater jetzt allein?«

»Die Sherpas sind bei ihm. Fitte Jungs, brauchst dir keine Sorgen zu machen.«

Sie schwiegen, dann fragte sie mit Blick auf die Maschine: »Woher hatte er die eigentlich?«

Pieper wischte sich mit dem Ärmel den Schaum vom Mund. »Vor drei Jahren hat er sie einem Schrotthändler in Holland abgeschwatzt. Der Witz war: Er hatte nicht mal 'nen Motorradführerschein. Ich hab eine alte BMW, 'ne Gummikuh aus den Sechzigern, damit sind wir manchmal durch die Gegend gegurkt. Gregor hatte immer Schiß in den scharfen Kurven. Zugegeben hat er's natürlich nicht, aber ich hab's gemerkt, weil er sich in meine Speckrolle gekrallt hat. Nie im Leben wär er mit der Harley gefahren. Er wollte sie sich ins Wohnzimmer stellen. Ich hab immer gesagt: ›Du hast 'nen Knall!‹ Und er sagte: ›Die ist zu schön zum Fahren. Die wirklich schönen Dinge schaut man nur an.‹«

Sophie nuckelte an ihrem Bier und legte den Kopf an seine Schulter.

»So war er. Bloß bei dir hat er eine Ausnahme gemacht«, sagte Pieper. Er spürte, wie ihre Muskeln verspannten. »Es wäre nicht gutgegangen, das wußte er genau. Aber er wollte es einfach. Hamburg war nicht das Ende eurer Beziehung. Luxemburg. Der Anfang war das Ende.« Sophie hob den Kopf und starrte ihn an. »Wir haben darüber gesprochen, in der Nacht damals. Du hast schon geschlafen. Er kannte deine Gefühle besser als du. Es gibt nichts, wirklich nichts, was du dir vorwerfen mußt«, sagte er ruhig. Ihr weher Blick. Er legte seinen Arm um sie und hielt sie einfach fest. Ein öliger Striemen blieb zurück, als er sich den Schweiß von der Stirn rieb. »Und die Maschine ... Ich weiß auch nicht, warum ich daran weiterschraube. Jedenfalls nicht, weil ich denke, er würde es von mir erwarten oder so. Es ist bloß ... Ich will nur etwas zu Ende bringen.«

Die Arbeitslampe flackerte. Bald würde die Birne ihren Geist aufgeben.

»Sie müßten jeden Moment hier sein«, murmelte Pieper.

»Wer?«

»Wir.«

Sophie richtete sich ruckartig auf und sah zum Garagentor. Lombardi und Grimm standen im Gegenlicht. Sie sah nur die Silhouetten, nicht die Gesichter. Pieper drückte sie noch einmal kurz, dann sagte er zu Lombardi: »Wir gehen schon mal rein.«

Sie verschwanden und ließen Sophie mit Grimm allein.

Er kam ihr nicht entgegen. Er wartete.

Sie ging zu ihm und blieb vor ihm stehen.

Sein Blick war Schmerz, der ihre war Angst.

Sie flüsterte: »Ich wollte dir nicht weh tun. Ich weiß, das hört sich schrecklich abgedroschen an. Aber ich habe dich so gebraucht. Ich schäme mich dafür mehr, als ich dir sagen kann.« Er schwieg. »Ich habe mich niemals vorher so geschämt.«

»Du mußt dich nicht entschuldigen. Ich verstehe schon.«

»Nein, tust du nicht! Weißt du noch: Ich habe dir gesagt, er war so richtig und so falsch zur gleichen Zeit. Du bist richtig. Nur die Zeit ist verkehrt. Gib uns ein bißchen davon. Ich dachte, wenn wir ... Können wir nicht einen Fuß vor den anderen setzen und abwarten, was passiert?« Sie rang um ein Lächeln. Nicht nur um das ihre, auch um das seine. »Fürs erste könnte ich gut einen Freund gebrauchen.«

»Das ist nicht sehr viel«, sagte er.

»Mit der Hoffnungslosigkeit beginnt der wahre Optimismus. Ist das von Sartre?« fragte sie scheu.

Er nahm sie einfach in die Arme.

Die Zeit stand still und hatte doch einen großen Sprung gemacht.

Als sie ins Wohnzimmer kamen, schauten sie in die neugierigen Gesichter von Pieper und Lombardi. Grimm lächelte. »Die Kuppelschwester und ihr Bruder. Sollen wir euch jetzt auch noch beglückwünschen?«

»Wenn's nicht zuviel Umstände macht«, sagte Lombardi grinsend.

Sie fühlten sich wohl, alle vier, schwiegen und dachten das gleiche: daß dieser Ort, Vandreykes Wohnzimmer, angemessen war, denn von nun an würde der Weg, der vor ihnen lag, nicht länger eine Slalomstrecke mit Hindernissen und Schikanen sein, sondern ein Highway, schnurgerade, eben und breit in der prallen Sonne.

Grimm ließ sich aufs Sofa fallen, steckte sich einen Kaugummi in den Mund und genoß die Spannung der anderen. »Also gut, hier kommt das, wie Katja sagen würde, Überraschungsei: Für die Sicherheitsüberprüfung von Beamten aller Bundesbehörden ist zunächst einmal der Verfassungsschutz zuständig, der hat dafür eine eigene Gruppe. Da das BfV aber zum Innenministerium resortiert, existiert dort ein Fachreferat, das die ordnungsgemäße Durchführung des Procederes überwacht und somit sicherstellt.«

»Stalin«, sagte Pieper.

»Korrekt.«

»Wie lange hat sie den Job gehabt?«

»Bis vor zehn Jahren, dann ist sie nach Karlsruhe umgezogen. Die regulären Sicherheitsüberprüfungen werden in einem fünfjährigen Turnus wiederholt. Aber es gibt natürlich Ausnahmen. Schließlich macht ein Beamter, wenn er nicht zu den Dummen gehört, Karriere und erhält damit Zugang zu immer sensibleren VS-Ermächtigungen, zum Beispiel ›Streng geheim‹ oder noch höher, was automatisch einen neuen Check nach sich zieht. Bei

Thom war das exakt vor dreizehn Jahren der Fall. Damals wurde er zum VE-Führer befördert. Ihr ahnt sicher, wer zu den verdeckten Ermittlern gehörte, die er betreut hat.«

»Falcke!« sagte Sophie.

»Natürlich. Nach ihren Beförderungen wurden beide wie erwartet durchleuchtet, allerdings erst mit einjähriger Verspätung, eventuell aus Kalkül, vielleicht aber auch nur, weil ein Aktenberg abgearbeitet werden mußte. Die Kopien der Dokumente liegen im Panzerschrank der VS-Stelle. Fragt mich jetzt nicht, wie ich geschwitzt habe, aber ich bin rangekommen. Die Beurteilungen waren einwandfrei. Sie wurden von Stalin persönlich abgezeichnet.«

»Und?«

»Eigentlich ist KT 41 für die Papieranalyse zuständig, aber dort konnte ich schlecht eine alte Sicherheitsüberprüfung des jetzigen Präsidenten auf den Tisch legen. Also bin ich zu KT 53, zu dem Mann, dem ich Langheinrichs gefälschte Handschrift gezeigt habe. Er ist loyal. Und er verstand von der Materie genug für eine Untersuchung. Spitzt bitte schön eure Ohren: Mehrere Seiten des Abschlußberichts der Überprüfung sind nachträglich ausgetauscht worden. Damit wir uns richtig verstehen: die Kopien! Ein Abgleich der Fingerabdrücke hat eindeutig ergeben, daß Stalin das Material in der Hand hatte. Das bedeutet, daß noch mindestens eine weitere Person involviert ist, denn wer die Kopie fälscht, tut das auch mit dem Original. Jemand beim BfV. Den mußte Stalin weichklopfen, wenn er nicht schon längst zu der Bande gehört hat.«

»Nachträglich ausgetauscht – warum? Offenbar waren die Überprüfungen ohne Beanstandung, sonst wären Thom und Falcke doch sofort in Schwulitäten gekommen«, sagte Lombardi verwundert.

»Genau die Frage habe ich mir auch gestellt«, erwiderte Grimm. »Darum bin ich nach dem Ausschlußprinzip vorgegangen: Was fehlte in den Beurteilungen, das wir von unseren beiden Bäckerburschen bereits wissen? Es war leicht herauszufinden: Ihr Engagement in Baden-Württemberg sollte offenkundig verschleiert werden. Doch da ist noch etwas: Ich weiß von Thom, daß er und Falcke sich schon seit der RAF-Zeit kennen, sie haben zu einem Trupp der Terrorismusfahndung gehört. Aber auch davon findet sich nichts mehr in ihren Vitae. Egal, was es war, es mußte unbedingt getilgt werden.«

»Urkundenfälschung!« sagte Sophie, die es kaum noch auf ihrem Stuhl hielt.

»Ja, wir haben vielleicht eine Zeugin. Aber um sie vernehmen zu können, müssen wir sie erst mal greifen. Dann stellt sich die Frage, ob sie bereit ist zu singen«, murmelte Lombardi.

»Kronzeugenregelung. Das fällt in dein Ressort.«

»Schon klar, aber wir müssen Stalin quasi entführen, weil wir keinen Haftbefehl haben. Und selbst wenn wir das tun – was Wahnsinn ist –, wie sollen wir sie zu einer Aussage zwingen? Sie wird ihren Anwalt verlangen, spätestens dann klingelt bei Krupka das Telefon. Tut mir leid, meine Süßen, aber ihr stellt euch das alles ein bißchen zu einfach vor.«

Sophie lächelte. »Du gehst doch so gern ins Kino. Wie oft hast du den ›Paten‹ gesehen?«

»Achtmal.«

»Na also, erinnere dich an Luca Brasi, den Chefkiller von Vito Corleone. Ich werde Stalin ein Angebot machen, das sie nicht ablehnen kann.«

»Willst du sie vor die Wahl stellen, daß entweder ihre Unterschrift auf der Aussage landet oder ihr Gehirn an der Wand?«

»Besser, viel besser!«

»Zeugenschutz heißt, daß wir Manpower brauchen. Wir müssen sie herumkutschieren und in Hotels unterbringen. Das kann ich unmöglich allein. Und du, Jan oder Niklas könnt mir nicht dabei helfen.«

Auf dieses Argument wußte auch Sophie beim besten Willen keine Antwort mehr.

Doch Pieper beugte sich nach vorne. »Drei oder vier Mann aus deinem Referat, das müßte hinkommen.«

»So ungefähr«, sagte Lombardi.

»Es müssen welche sein, auf die wir uns verlassen können.

Zwei kenne ich, und du auch. Helbig und Kruse, die waren früher bei OA. Sie verehren den Alten, die werden mitmachen. Fehlt noch einer, das kriegst du schon hin. Du mußt sie im übrigen gar nicht groß bequatschen. Es genügt, wenn du ihnen den Mitschnitt von Stalins Aussage vorspielst. Spätestens dann sind sie dabei.«

»Wenn wir eine Aussage kriegen.«

»Alte Pessimistin!« raunzte Sophie. Und grinste dabei.

Sie nahmen in Rhein-Main zwei aufeinanderfolgende Linienmaschinen nach Berlin, um zu vermeiden, daß sie zusammen gesehen wurden. Gegen vier trafen sie sich im Tiergarten, genau dort, wo die Puppenallee abging.

Lombardi musterte Sophie. »Bist blaß um die Nase – schlecht geschlafen?«

»Kein Auge habe ich zugemacht.«

»Da haben wir ja wieder was gemeinsam.«

Sie bezogen Stellung in der Jerusalemer Straße, gegenüber der Tiefgarage für die Mitarbeiter des Justizministeriums. Es nieselte, dann schien wieder die Sonne, gefolgt von einer Wolke, unter der es stockfinster wurde, ehe der Wind sie fortfegte und den Himmel strahlend blau anstrich. Aprilwetter, so verrückt wie das, was sie vorhatten. Pünktlich um 17.30 Uhr verließ Stalin mit ihrem E-Klasse-Mercedes das Amt und steuerte die Leipziger Straße an. Sie hielt sich Richtung Westen. Berufsverkehr, die Autos klebten im Schneckentempo Stoßstange an Stoßstange. Kein leichter Job für Lombardi. Sie konnte sich schlecht direkt hinter Stalin einreihen, also mußten sie riskieren, sie an einer Ampel zu verlieren. Zweimal wäre es fast passiert, an der Friedrichstraße und am Halleschen Ufer, doch Lombardi gelang es jedesmal dranzubleiben, indem sie ausscherte und bei Rot über die Kreuzung schoß. Es wurde nicht einmal gehupt – die Hauptstadt eben.

»Wo wohnt sie?« fragte Sophie, als sie das Bauhausmuseum passierten und es etwas zügiger voranging.

»In Friedenau, dort hat sie ein Penthouse. Wir machen's vor ihrer Tür.«

Bis zur Martin-Luther-Straße lief alles glatt. Doch Stalin zog vor der Kreuzung zur Grunewaldstraße unerwartet nach links und fuhr in die entgegengesetzte Richtung zurück.

»Hat sie uns gesehen?« stieß Sophie erschrocken hervor.

»Weiß nicht. Locker bleiben, vielleicht muß sie ... Genau!« sagte Lombardi, die im Rückspiegel sah, daß der Mercedes an der Tankstelle Ecke Rosenheimer stoppte. »Die braucht nur Sprit oder kauft sich 'ne Zeitung.« Sie wendete an der Kreuzung, nahm den gleichen Weg wie ihr Zielobjekt und stoppte am Straßenrand. Stalin tankte.

Sophie atmete durch. »Warum machen wir's nicht gleich hier?« fragte sie. »Wir warten, bis sie bezahlt hat, stellen uns neben sie, du zeigst deine Marke, und sie muß umsteigen und den Mercedes stehenlassen.«

»Ganz schlecht. Die wird Rabatz machen, darauf kannst du dich verlassen, und hier sind zu viele Leute. Zweitens steht dann ein Auto an der Säule, das niemand wegfährt. Der Tankwart ruft eine Streife, kleine Halternachfrage beim Dauerdienst in Wiesbaden, schon haben wir die Firma an der Hacke.«

»Und das alles nur wegen ZD ...«, sagte Sophie zerknirscht.

»Ja. Damit kann Krupka jeden Pudel durch den Reifen springen lassen.«

Lombardi gab wieder Gas, wendete an der nächsten Kehre und parkte auf der anderen Seite. »Wenn sie nach Hause fährt, muß sie uns nach. So fällt's weniger auf«, murmelte sie, als sie den verwunderten Blick von Sophie bemerkte.

Genau so war es. Fünf Minuten später suchte Stalin sich einen Parkplatz in der stillen Friedenauer Seitenstraße, wo ihre Wohnung lag. Als sie ausstieg, sah sie schon in die Gesichter von Sophie und Lombardi. Sie war zu verdutzt, um ein einziges Wort herauszubekommen.

»Frau Voigt, ich muß Sie leider bitten mitzukommen«, sagte Lombardi.

»Mitkommen ... wohin?« Es war sicher nicht die intelligenteste aller möglichen Fragen, aber die einzige, die Stalin in diesem Moment einfiel.

»Hier geht's lang. Diskutieren können wir dann später«, sagte Sophie und hielt den hinteren Wagenschlag von Lombardis Auto auf.

»Was erlauben Sie sich? Sie werden ...«

»... jetzt erst mal die Klappe halten!« zischte Lombardi. Sie hatte Voigt, ehe diese auch nur eine Bewegung gesehen hatte, gepackt, drückte ihren Kopf nach unten und schmiß sie kurzerhand auf die Rückbank. Rascher Blick, keine Kiebitze. Als Sophie sich hinter das Steuer klemmte und losfuhr, nicht zu schnell, nicht zu langsam, hatte Lombardi Stalins Hände schon hinter dem Rücken mit einem Plastikband gefesselt.

»Frau Lombardi, das wird Sie Ihren Kopf kosten!« schrie Stalin.

»Sie kennen meinen Namen ... woher denn? Vielleicht von Herrn Thom?« fragte sie ruhig. Von diesem Moment bis zur Ankunft in der Weddinger Wildenowstraße sprach Steindorffs frühere Referentin kein Wort mehr.

Die konspirative Wohnung lag im linken Seitenflügel des Hinterhofs. Ein Zimmer mit Kochnische und Klo, Couch, Tisch, zwei Stühlen, dicken Vorhängen. Es war alles, was ein VE-Führer bei einem Treffen mit einem verdeckten Ermittler benötigte. Um neun sah Sophie zum erstenmal auf die Uhr. »Frau Voigt, Sie haben ein ganz erstaunliches Sitzfleisch. Meinen Respekt. Aber wir hocken jetzt hier seit drei Stunden, und ich finde, es ist langsam Zeit, einen Schritt voranzukommen. Möchten Sie mir da nicht zustimmen?«

»Ich will meinen Anwalt sprechen.« Den Satz kannten Sophie und Lombardi bereits auswendig. Stalin griff nach ihren Marlboros und zog die vorletzte Zigarette aus der Packung. Sie rauchte und starrte gegen die Decke.

»Ach ja, Ihr Anwalt ... Wir können die Sache gerne noch großartiger aufbauschen. Warum rufen wir nicht auch die Presse an oder, viel besser, das Fernsehen. Sie waren doch schon immer mediengeil. So kommen Sie endlich mal wieder in die Abendnachrichten«, sagte Sophie in freundlichstem Ton. Sie

war, genau wie Lombardi, ganz gelassen, denn ihren eigentlichen Trumpf hatten sie noch nicht ausgespielt, einfach aus Neugierde, wie lange und wie frech Stalin schweigen würde. »Denken Sie, wir hätten auch nur das geringste Interesse an Ihnen? Das haben wir nicht. Sie sind Juristin und kennen das Geschäft. Wenn Sie mit uns zusammenarbeiten, sorge ich dafür, daß Sie als Kronzeugin behandelt werden. Sie können mit einem blauen Auge aus der Sache rauskommen. Seien Sie nicht dumm.«
Keine Antwort.

»Nur mal 'ne Frage: Die Wohnung, in der Sie sich mit Steindorff getroffen haben, sah die auch so schäbig aus, so verranzt wie die hier?« fragte Lombardi.

Voigt zuckte zusammen. Doch Lombardi würdigte ihren Schock mit keinem weiteren Kommentar. »Fangen wir also noch mal von vorne an: Sie waren vor zwanzig Jahren studentische Wahlkampfhelferin in Baden-Württemberg und haben für Krupka und Langheinrich gearbeitet. So weit sind wir uns doch einig, oder?«

»Wir sind uns höchstens einig, daß es draußen dunkel ist.«

»Auch Thom haben Sie damals kennengelernt. Außerdem Falcke, heute Rauschgiftverbindungsbeamter in La Paz. Ich denke, man könnte Sie alte Freunde nennen.«

»Man kann sich seine Freunde nicht immer aussuchen.«

Sophie und Lombardi wechselten einen stummen Blick. Jetzt hatten auch sie den Spaß an dem Spiel verloren. »Aber man kann sich aussuchen, ob man Urkunden fälscht oder nicht«, sagte Sophie. Sie griff in ihre Aktentasche und schob ein Schriftstück über den Tisch. »Ihre Unterschrift? Ja oder nein?«

Diesen Gesichtsausdruck würden weder sie noch Lombardi je vergessen. Beide suchten nach einem passenden Vergleich. Sah sie aus wie jemand, der mit nagelneuen Budapester Schuhen in einen fetten Hundehaufen getreten ist? Oder eher wie eine Gärtnerin, deren sorgsam angelegte Rosenbeete von Wildschweinen verwüstet wurden?

Lombardi legte sich fest: *Wie eine Ratte, die im Kanalrohr feststeckt!*

»Okay, Frau Voigt, hier ist mein Angebot«, sagte Sophie. »Sie wissen natürlich, daß die Kronzeugenregelung in Ihrem Fall keine Straffreiheit garantiert, sondern nur einen Erlaß, dessen Höhe im Ermessen des Richters liegt. Daher bieten wir Ihnen etwas Besonderes an: Wir werden aussagen, daß Sie sich freiwillig gestellt haben. Das bekommen Sie schriftlich, nach Ihrem Geständnis. Damit dürften Sie um das Gefängnis herumkommen.«

Stalin kämpfte mit sich.

»Die Offerte gilt hier und jetzt. Denken Sie in Ruhe darüber nach. Wir wollen nicht unverschämt sein. Sie haben, sind wir mal großzügig, zehn Sekunden«, sagte Lombardi und konnte es doch, genau wie Sophie, nicht fassen, als die Frau, die ihnen gegenübersaß, zu sprechen begann.

»Es stimmt, wir waren zusammen in Württemberg ...«

»Sekunde!« Sophie stellte ein Aufzeichnungsgerät auf den Tisch und schaltete es ein. »Jetzt bitte noch mal laut und deutlich und zum Mitschreiben!«

»... Wir haben uns in Württemberg kennengelernt. Langheinrich war Parteivize und Krupka Schatzmeister. Alle wußten, daß Langheinrich den Wahlkampf aus schwarzen Kassen finanzierte. Als es rauskam, hat Krupka seinen Kopf für ihn hingehalten. Jahre später bin ich ins BMI gewechselt. Dort war ich zuständig für die Sicherheitsüberprüfungen, also auch für das BKA.«

»Gernot Falcke war damals verdeckter Ermittler und Siegfried Thom sein VE-Führer?«

»Ja. Bei dem Check kam heraus, daß sie größere Beträge auf Konten in Luxemburg abgezweigt hatten. Sie haben einfach Informanten erfunden und sie großzügig bezahlt. Als ich Thom damit konfrontiert habe, hat er alles zugegeben. Ich denke, Falcke war die treibende Kraft. Er hatte Thom in der Hand. Womit, weiß ich nicht konkret. Irgendeine alte Geschichte aus der RAF-Zeit.«

»Obwohl Sie von diesen Konten wußten, haben Sie eine einwandfreie Beurteilung geschrieben?«

»Thom hat mich angefleht, ihn nicht auffliegen zu lassen. Ich habe ihm den Gefallen getan, um der alten Zeiten willen.«

»Wie kam Krupka ins Spiel?«

»Wir haben uns zufällig getroffen, ein paar Wochen später, auf dem Bundespresseball. Ich hatte was getrunken. Da habe ich ihm von Thoms und Falckes kleinen Schweinereien erzählt ... Ich ... mir ist nie in den Sinn gekommen, daß er das benutzen könnte. Aber er hat wohl schon damals einen Plan gehabt, der seine späteren Geschäfte betraf.«

»Er wollte, daß Sie den Bericht nachträglich noch einmal korrigieren ...«

»Die Württemberger Zeit und die Zugehörigkeit von Thom und Falcke zum gleichen RAF-Ermittlungstrupp sollten getilgt werden.«

»Warum?«

»Thom hat ein RAF-Mitglied erschossen, in Augsburg. Es war Notwehr. Ich habe bis heute nicht verstanden, wo das Problem lag. Damals wußte ich auch nicht, warum Thom und Falcke für Krupka so wichtig waren. Bis ...«

»... bis zu dem Tag, an dem Krupka Ihnen von Krakau erzählte. Er hat Ihnen eingeflüstert, mich nach Wiesbaden zu schicken und mir die Ermittlungen zu übertragen. Denn er mußte für seine, wie Sie es nennen, ›Geschäfte‹ das BKA und die Bundesanwaltschaft unter Kontrolle haben«, sagte Sophie.

Die letzte Marlboro, der letzte Zug.

»Ja. Nach Steindorffs Rücktritt hat er sich erkenntlich gezeigt und mir den Posten im Justizministerium beschafft. Das ist alles. Kann ich jetzt etwas zu essen haben? Bitte.«

Es fehlte nur noch, daß sie flennte.

»Später, Frau Voigt. Jetzt interessiert uns erst mal das BfV. Wer war dort ihr Kontaktmann bei den Sicherheitsüberprüfungen?«

DREIZEHN

Ein Tag war ins Land gegangen, gefolgt von einer halben Nacht. Der Koalitionsausschuß hatte am frühen Morgen seinen Sitzungsmarathon im »Kleinen Kabinettssaal« des Kanzleramtes begonnen. Nun, gegen Mitternacht, hatten die Verständigungsprobleme babylonisches Ausmaß angenommen. »Man erreichte einander nicht mehr«, wie es im Politdeutsch so schön hieß. Krupka hatte lange durchgehalten, aber irgendwann kapituliert und aufgehört, sich an der Diskussion zu beteiligen. Statt dessen war er in eine meditative Betrachtung der beiden großformatigen Wandgemälde vertieft. »Sonntag der Bergbauern« von Ernst Ludwig Kirchner und »Orientalische Hochzeit«, ein Werk von August Macke. Die Bilder hatten im Amtszimmer des Vorgängers von Bundeskanzler Hettmer gehangen. Der wiederum hatte den französischen Impressionisten den Vorzug gegeben und Kirchner und Macke hierher »verbannt«. Sie wollten zu der nüchternen Holzvertäfelung nicht recht passen.

Wenn das, was hier stattfindet, eine orientalische Hochzeit wäre, wie sähe dann wohl die Scheidung aus? fragte Krupka sich gerade, als er spürte, wie sein Handy in der Hosentasche vibrierte. Der Name des Anrufers wurde auf dem Display angezeigt. »Bin gleich wieder da«, flüsterte Krupka dem neben ihm sitzenden Langheinrich zu und verschwand hinaus in die Lobby. »Ja?« Es war sicher gut, daß in dem Moment, als er hörte, was Görtz zu sagen hatte, niemand in der Nähe war, der sein Gesicht sah.

Krupka murmelte zwei schnelle Sätze, lief zu den Aufzügen und fuhr sofort hinunter in die Tiefgarage, ohne in die Sitzung zurückzukehren.

Schon fünfzehn Minuten später betrat Siegfried Thom, der sich seit gestern in der Hauptstadt aufhielt, Krupkas Amtszimmer im Bundesinnenministerium.

»Sie haben Voigt! Scheiße, ich weiß nicht, wie sie es angestellt haben, aber sie ist im Zeugenschutzprogramm! Die SG kutschiert sie kreuz und quer durch die Republik, und niemand kommt an sie ran! Ist das wahr, stimmt das?« brüllte Krupka sofort los.

Thom nickte stumm.

»Das ist *dein* Amt! *Deine* Truppe! Wie konnte das passieren? Ich will eine Antwort! Du willst mir doch nicht erzählen, daß die Leute, die wir in dem Referat sitzen haben, nichts wissen!«

»Es sind vier. Lombardi ist eine davon. Sie muß die anderen irgendwie auf ihre Seite gebracht haben. Die alte Garde, vermutlich sind sie Wolf verpflichtet. Es gibt keine Funkmeldung, gar nichts.« Nie war Thoms Stimme leiser gewesen, nie brüchiger.

»Seit wann weißt du es?«

»Sechs Stunden. So lange habe ich versucht rauszukriegen, wo sie stecken. Unsere Standardunterkünfte, die Hotels, die KWs, alles gecheckt. Nichts.«

»Für das Zeugenschutzprogramm braucht man eine Staatsanwaltschaft! Wo haben sie die her – aus dem Hut gezaubert?«

Thom schüttelte den Kopf. »Eine Staatsanwaltschaft ist nicht nötig, so was haben wir auch früher schon ohne gemacht. Und wenn doch, ist es irgendein alter Kontakt von Wolf. Mit dem entsprechenden Material kannst du überall hingehen, wenn du willst, in die tiefste Provinz.«

»Wolf kann nicht dahinterstecken! Unmöglich! Ich habe ihn selbst gesehen, er liegt so gut wie auf dem Totenbett! Sein Arzt hat es ihm bestätigt!«

»Franz, man muß wissen, wann es vorbei ist«, sagte Thom unwirklich ruhig. Diesmal senkte er nicht den Blick, als Krupka ihn anstarrte.

André Görtz stürmte herein. »Schwein gehabt! Wir haben die ISDN-Leitung von Voigts Schwester angezapft. Schon eine Stunde später haben sie telefoniert.«

»Und?« bellte Krupka.

»Wir wissen nicht, wo sie jetzt sind, aber morgen geht es nach Saarbrücken. Kongreßhotel. Dort bleiben sie mindestens für eine Nacht.«

»Gut, sehr gut«, murmelte Krupka.

»Es kommt noch besser«, sagte Görtz. »Wolf. Eine seiner Limousinen hat einen Motorschaden. Sie muß ausgetauscht werden. Der Fahrer hat mit ZV telefoniert, die sind für die Wartung zuständig. Unser Mann hat gefragt, ob es dringend ist, schließlich braucht ein Ex-Präsident, der zum Sterben nach Hause gefahren ist, keine drei Panzer in Bereitschaft. Aber der Fahrer sagte, daß er den Ersatzwagen morgen in aller Frühe braucht, er hätte eine wichtige Erledigung zu machen. In Saarbrücken.«

»Wolf will sich mit Stalin treffen. Kein Zweifel«, sagte Krupka. Görtz nickte. Krupka atmete durch und ging ein paar Schritte. Er neigte und spannte den steifen Hals, bis die Knochen knackten, dann sagte er: »Was soll's? Etwas Besseres kann uns doch gar nicht passieren.«

»Ecco!« bestätigte Görtz.

Thom verschlug es schier den Atem. »Das glaube ich nicht, das kann nicht euer Ernst sein!« stieß er hervor.

»O doch. Wir schaffen uns zwei Probleme auf einmal vom Hals«, sagte Krupka. »Voigt war sowieso eine unsichere Kantonistin. Und Wolf ... muß ich dir das wirklich erklären?«

»Voigts Aussage nützt ihnen nichts, sie ist unter Zwang zustande gekommen!« schrie Thom, gewillt, dem Wahnsinn ein Ende zu machen. »Die hatten keinen Haftbefehl, es war reines Kidnapping. Dafür gibt es ein ›Verwertungsverbot‹! Das packt kein Richter an!«

»Pardon, mein Lieber, aber da muß ich mal kurz den Juristen rauskehren! Falls das Angebot, das sie Voigt gemacht haben, so verlockend ist, daß sie bei ihrer Aussage bleibt, kannst du dein ›Verwertungsverbot‹ vergessen! Dann wird sie als Zeugin zugelassen! In einem Punkt allerdings hast du recht: Erpressung eines Geständnisses. Das ist juristisch unanfechtbar. Allerdings erst, wenn die Zeugin tot ist und somit nicht das Gegenteil behaupten kann.«

»Franz, hast du nur die geringste Ahnung, was die Presse mit ...?«

»Die Presse, scheiß auf die Presse! Was glaubst du, wie unsere Presse aussieht, wenn wir's nicht machen?« dröhnte Krupka. Wieder das Handy. Er sah auf das Display und nahm den Anruf entgegen. »Ja? ... gut ... halbe Stunde.«

Krupka steckte den Apparat weg. Er griff zur Fernbedienung und schaltete den Fernseher an. Mitglieder des Koalitionsausschusses hasteten durch die Lobby des Kanzleramtes. Unglaubliche Hektik. Mehrere Kamerateams waren im Einsatz. Hauen und Stechen unter den Journalisten. »... ist die Bombe soeben geplatzt. Nachdem Bundeskanzler Hettmer vor einer Viertelstunde erklärt hatte, daß seine Partei kompromißlos auf der Novellierung des Geldwäschegesetzes beharrt, kam es zum offenen Bruch der Koalition. Es heißt, daß Präsidien und Vorstände der Koalitionspartner sich an bislang unbekannten Orten zu Beratungen zurückziehen. Derzeit ist ungewiß, ob und wann es zu Neuwahlen kommen wird. Allerdings gilt als sicher, daß Hettmer für eine erneute Kandidatur nicht zur Verfügung steht. Sein Nachfolger soll, wie bereits durchsickerte, Bundesinnenminister Josef Langheinrich werden, ein Mann, der schon lange ...«

Krupka schaltete den Ton aus und sah Thom an. Der BKA-Präsident seines Gnadens schloß die Augen, als Krupka sagte: »Jetzt müssen wir es tun.«

Kiraly wachte auf und schrie: »Der Abzug gehört mir, du Arschloch! Mir allein!« Er starrte in die Dunkelheit und brauchte zwei Sekunden, bis er gewahr wurde, daß das Telefon ihn geweckt hatte.

»Was ist?« fragte er, als er schweißgebadet den Hörer hochriß. Das Gespräch dauerte lange. Es gab vieles, das er wissen, und noch mehr, das er fragen mußte. Schließlich legte er auf.

Vor zwei Wochen, nachts an der Kehrwiederspitze, hatte er noch geglaubt, es bliebe ihm genügend Zeit, sich in Südamerika abzusetzen. Dieser schöne Traum war nun vorbei. Auf dem kleinen Privatflugplatz bei Budapest würde in zwei Stunden eine Challenger bereitstehen, um ihn ins Saarland zu bringen. *Es wird alle Fragen beantworten, du wirst dich nicht mehr damit quälen müssen. Kismet.*

»Das ist jetzt schon Ihr fünfter«, sagte der Barkeeper. Seine Stimme besaß einen leicht vorwurfsvollen Unterton, als er Pieper ansah.

»Machen Sie hinne, ich brauch's heute.«

Der Barkeeper schenkte seufzend nach. Doch Pieper hob das Glas nicht an. Er sah, wie Vandreyke hereinkam und sagte: »Für mich einen Doppelten!«

»Wo warst du?« fragte Pieper und fühlte gleichzeitig die Erleichterung, daß der, auf den er so lange gewartet hatte, endlich zurückgekommen war.

»Hab dir zugesehen. Hat mir gefallen, was du so machst.« Vandreyke tastete mit zwei Fingern nach der Stelle, wo Piepers Speckrolle gesessen hatte, und fand festes Muskelfleisch. »Für mich hättest du das Training nicht durchziehen müssen. Aber jetzt ist es dein Ding, geht mich nichts mehr an.«

Ein Blick, drei Worte. »Ich habe Angst«, sagte Pieper.

»Ich weiß. Du glaubst, daß es morgen passiert.«

»Ja. Wie gut war er – auf dem Schiff?«

»Gut genug für mich.«

»Die Heckler & Koch, mit der es dich erwischt hat ... Es war ein aufgesetzter Schuß. Im Abschlußbericht der Ballistik wurde vermutet, daß ihr voreinander gekniet habt. Stimmt das?«

»Du wirst es herausfinden.« Vandreyke kippte den Doppelten in einem Zug und streichelte Pieper über die Glatze. »Bis morgen. Oder bis irgendwann.« Er ging zur Tür.

»Gregor?«

»Ja?« sagte Vandreyke und drehte sich noch einmal um.

»Damals in Marrakesch. Lleyton Safin. Ines und Hannes hatten nicht mal Zeit, ihre Waffen zu ziehen. Du allein gegen vier Mann. Wie hast du's gemacht? Hast es mir nie erzählt.«

»Nichts, was du nicht auch kannst«, sagte Vandreyke und verschwand.

Als Pieper nach seinem Glas greifen wollte, traurig, daß sein Freund nicht länger geblieben war, bemerkte er, daß seine Frau neben ihm saß. Sie trank nicht, bestellte auch nichts, sah ihn nur an.

»Zieh dir morgen was Warmes an, Jan, es wird regnen«, sagte sie zärtlich.

»Der Wetterbericht behauptet was anderes.«

»Es *muß* regnen, du weißt es. So wie in Hamburg. Es wird wie aus Kübeln schütten.« Sie küßte ihn und sagte dann: »Du hattest recht. Mit Rimini. Celentano hat uns wirklich genervt.«

Es war seltsam. In diesem Moment hörte er auf, die Musik wahrzunehmen.

Vierzehn

Bis Sulzbach hatte die Sonne geschienen, grell und fett und sattgelb über einem wolkenlosen Himmel. Doch noch ehe sie die Stadtautobahn links der Saar an der Wilhelm-Heinrich-Brücke verließen, hörten sie es. Das Gewitter rollte grollend heran wie eine gewaltige Lawine, die ins Tal stürzte. Regen war nicht das richtige Wort. Die Welt schien unterzugehen. Es war die jähe Verwandlung von Licht in Finsternis, von Wärme in Eiseskälte. Pieper starrte auf die trüben, kaum sichtbaren Rücklichter des Führungsfahrzeugs, die seine einzigen Orientierungspunkte waren. Er glaubte sich im Innern eines Wasserfalls. Egal, wo die Welt geblieben war. Das, was da draußen auf ihn wartete, kam nicht von oben. Es war aus der düsteren Tiefe der Träume emporgestiegen, in der es bis zu dieser einen Stunde gelauert hatte.

Pieper zwang sich, das Nötige zu tun. Er sprach in sein Headphone, das wahlweise mit dem Funk und dem Satellitenhandy verbunden war. »Eisenbahnstraße, kurz vor Viktoriabrücke, eine Minute bis Ankunft.«

Wolf hörte nicht hin. Er war mit seinen Gedanken weit fort, bei dem Telefonat, das er mit Sophie geführt hatte. Thom und Falcke, der Zugriff in Augsburg ... Wolf war damals der Abteilungsleiter gewesen, natürlich wußte er, daß Thom zu seinen Leuten gehört hatte, denn aus dieser Zeit resultierten die Anfänge ihrer früheren Freundschaft. Doch die anderen? Er konnte sich beim besten Willen nicht an Falcke erinnern, dazu war die Abteilung Terrorismus einfach zu groß gewesen. Sie hatte in den Siebzigern und Achtzigern überragende Bedeutung besessen, über sechshundert Beamte, sogar mehr als heute, wo Al Qaida die Personalstärke diktierte. *Aber Thom? Ich weiß noch, wie er in meinem Büro gehockt hat. Die konspirative Wohnung, seine Notwehr. So haben wir uns kennengelernt, und ich wurde sein väterlicher*

Freund. Er war noch so jung, so durcheinander. Ich dachte nur: Wie furchtbar, daß er einen Menschen erschießen mußte.

Erst als Pieper in das Headphone brüllte: »Verdammt!« horchte Wolf auf. Ihre Blicke trafen sich.

»Einer von Katjas Jungs. Er hat Stalin gestern abend mit ihrer Schwester telefonieren lassen, Katja hat's gerade erst erfahren. Könnte sein, daß wir Besuch kriegen«, murmelte Pieper.

»Überrascht dich das?« fragte Wolf.

»Nein.« Pieper spürte, wie das Adrenalin sich auflöste.

»Entweder das Hotel oder das Auto. Deine Entscheidung«, sagte Wolf.

»Das Auto, wie geplant. Ich will mobil bleiben. Wenn sie das Gespräch abgehört haben, könnten sie schon im Hotel sein. Katja weiß Bescheid. Sie hat drei Mann, das sollte für die Lobby reichen. Und das Vorfeld ist gecheckt.«

Sie waren jetzt auf der Viktoriabrücke. »Okay, wir kommen raus«, hörte Pieper Lombardis Stimme. Vier Sherpas, sie inklusive, umringten Stalin in der Liftkabine des Kongreßhotels. Als die Limousinen unter dem Dach der Vorfahrt stoppten, wurde sie schon durch die Lobby gezerrt und nach draußen gedrückt. Die Männer, die ihr kaum Platz zum Atmen ließen, waren mindestens einen Kopf größer als sie, so daß so gut wie nichts von ihr zu sehen war. Lombardi deckte ihren Rücken. Sie schoben Stalin in den Fond des mittleren Panzers, wo sie sich neben Wolf wiederfand. Kein Sherpa, dazu war das, was es zu besprechen galt, von zu großer Bedeutung.

»Guten Tag, Frau Voigt«, sagte Wolf. Mehr nicht.

Sie schwieg. Pieper stieg aus und sah, daß die Kollegen vom Zeugenschutz die Waffen im Anschlag hatten und nach allen Seiten sicherten. Er lief zu Lombardi und nahm sie einen Schritt beiseite. »Du fährst den Alten. Ich mache die Führung und bin euer Pointer.« Er sah ihre Verwunderung. »Alles in Ordnung, Katja«, sagte er ruhig. Sie nickte nur und wollte sich schon abwenden. Doch er hielt sie fest. »In Marrakesch, als das mit Safin passiert ist, waren wir beide nicht dabei. Nur Gregor, Ines und Hannes. Hat einer von ihnen dir mal etwas davon erzählt?« Sie antwortete nicht sofort. »Es ist wichtig, Katja, sag's mir!«

»Ines, einmal.«

»Ja?«

Sie ging mit dem Mund dicht an sein Ohr und flüsterte einen einzigen Satz. Pieper rieb sich stumm über die Glatze. »Ich hab's auch versucht, im Training. Bestimmt fünfzigmal. Aber es war zu schwierig für mich«, sagte Lombardi. »Ich kenne nur einen, der es vielleicht könnte.« Sie drehte sich um und übernahm Piepers Platz am Steuer von Wolfs Limousine.

Pieper wechselte in das Führungsfahrzeug, das er sich mit zwei schwerbewaffneten Sherpas teilte. Drei weitere befanden sich im dritten Wagen, dessen Aufgabe die Nachhut war. Lombardis Kollegen blieben zurück, als der Konvoi losfuhr und die Rücklichter ihren Kampf gegen den Regen verloren.

Es wäre kein Problem gewesen, Stellung in der Nähe des Hotels zu beziehen und die Prozedur, selbst bei diesem Wetter, mit einem hochauflösenden Sichtgerät zu beobachten. Doch Kiraly hatte dies einem seiner Männer überlassen, der die Abfahrt über Funk meldete. Er wußte auch so, wie Pieper aussah. Fit bis in die letzte Faser, optimales Kampfgewicht. Es war immer gut, Distanz zu wahren. Wenn alles glattging, würden sie sich nicht einmal begegnen.

Wollte Kiraly das? Nein, nicht mehr.

Der einzige wirklich interessante Satz der Funkmeldung bestand darin, daß Pieper das Führungsfahrzeug übernommen hatte und Lombardi sich um Wolf und die Zeugin kümmerte.

Hier und jetzt. Nur er und ich. Er weiß es auch.

Sieben Fahrzeuge hatte er auf Wolf angesetzt, sechs davon für die Observation, denn die Ausbildung der Sherpas machte es erforderlich, die größtmögliche Vorsicht walten zu lassen. Die Jäger mußten die Beute in Sicherheit wiegen. Also würden sie sich bei der unmittelbaren Verfolgung permanent abwechseln. Einer der Männer, die Kiraly ausgesucht hatte, war der Hoffnung gewesen, das Zielobjekt könne einen Navigationscomputer benutzen, der sich anzapfen ließ. Doch diese Möglichkeit hatte Kiraly nicht eine Sekunde in Erwägung gezogen. Hier waren Profis unter sich. Die hochmoderne Technik, die beiden Seiten zur Verfügung stand, würde nur eine Nebenrolle spielen. *Auge um Auge, Mann gegen Mann. So und nicht anders.* Er hörte, daß der Panzerkonvoi wieder auf der Stadtautobahn war und in Richtung Süden fuhr. Kiraly benutzte einen Rover. Er schätzte, daß er sich zwei Kilometer hinter dem Renault befand, der momentan die Observation anführte. In Saarbrücken-Sankt Arnual wurde ein Richtungswechsel gemeldet. Bundesstraße, zügige Fahrt in Richtung Güdingen. Nummer zwei übernahm. Ein Peugeot.

Als die Panzer in Brebach an der roten Ampel gegenüber der Halberger Hütte stoppten, war weder Wolf noch Lombardi oder Stalin die Ironie dieses Moments bewußt. Sie standen exakt dort, wo vor bald fünf Monaten die beiden müden Polizisten auf ihrem Heimweg neben dem Lieferwagen angehalten hatten, in dessen Laderaum Abdullah Bucak und seine Freunde gefesselt und geknebelt lagen.

Der Regen war so dicht, daß selbst von dem riesigen Gußstahlwerk nichts zu sehen war. Seit der Abfahrt hatte Wolf noch kein Wort an Stalin gerichtet. Nun erst sah er sie an. »Wie fühlen Sie sich?« fragte er, gleichwohl er es wußte.

Sie erwiderte den Blick, strich sich fahrig das Haar aus der Stirn, und ihre Hand zitterte dabei. Wer sie in ihren Hochzeiten erlebt hatte, würde sie nicht wiedererkennen in diesem elenden Häufchen Furcht. »Seit drei Tagen habe ich niemanden gesehen außer Ihren Männern ... und der da.« Sie wies mit dem Kinn auf Lombardi, deren Grinsen im Rückspiegel klebte. »Jeden Tag wechseln wir das Hotel. Ich bin nicht für eine Sekunde allein. Wenn ich auf die Toilette will, muß ich um Erlaubnis bitten. Danke, es geht mir gut.«

Sie hatten Brebach verlassen und fuhren in Richtung Bliesgau. Wiesen und Äcker, links ein steil aufragender Tannenwald über Felsen. Der Sturm stieß wie eine Faust hinein und bog die Wipfel mühelos auseinander. Lombardi hörte Piepers

Stimme im Ohrstöpsel. »Durch den nächsten Ort, schnurgeradeaus.«

»Verstanden.«

»Dann weiter Landstraße. Stand-by.«

Auch der Kollege, der das hintere Fahrzeug steuerte, bestätigte. Er starrte immer wieder in den Rückspiegel. Doch der Regen war wie eine Wand. Sichtweite kaum mehr als dreißig Meter. Manchmal ein Licht, das ein Scheinwerfer sein konnte. Die beiden Sherpas, die bei ihm waren, umklammerten ihre Maschinenpistolen. Was sie in Garmisch für Angst gehalten hatten, war vergessen. Das hier war der wirkliche Alptraum. Und dabei wußten sie noch nicht einmal, was sich in dem Chrysler-Van abspielte, der sich seit dem Hotel auf der Autobahn parallel zur Landstraße gehalten hatte. Er war an der Fechinger Talbrücke abgefahren und näherte sich schnell.

Der Alptraum war genau einhundert Zentimeter lang, besaß einen 84-mm-Gefechtskopf und eine wirksame Schußweite von zweihundertfünfzig Metern. Die offizielle Bezeichnung dieser leichten Standardpanzerfaust der amerikanischen Armee lautete AT 8, besser bekannt war sie jedoch unter dem Namen »Bunker Buster« – Bunker-Knacker. Sie konnte Betonwände von Schutzbauten durchschlagen, Feldbefestigungen zertrümmern, Fahrzeuge bis zu einer bestimmten Armierungsstufe bekämpfen. Für Wolfs Limousine war sie eigentlich einen Tick zu schwach. Doch das Zielobjekt hatte eine Achillesferse. Und die war bekannt.

Fechingen lag in einem Talkessel. Hinter dem Ortsausgang ging es in Serpentinen hoch in Richtung Bliesransbach. Wäre der Regen nicht gewesen, hätte Pieper Felder gesehen, die in sanften Wellen über die Hügel flossen. Er war noch nie in dieser abgelegenen Gegend gewesen, und doch kam ihm alles, ohne jede Sicht, seltsam vertraut vor.

Als gehöre er hierhin.

In der nachfolgenden Limousine zitterte eine Marlboro in Stalins Mundwinkel. Sie kramte hektisch in ihrer Handtasche und suchte nach dem Feuerzeug.

Wolf sagte: »Frau Voigt, ich habe Ihr Vernehmungsprotokoll

aufmerksam studiert. Zwei Fragen blieben unbeantwortet. Ich bin zu dem Schluß gelangt, daß Sie es mir persönlich sagen wollten. Das ist der Grund für das Treffen, um das Sie gebeten haben, nicht wahr?«

Stalin unterbrach ihre Suche. Sie hob den Kopf und nickte.

»Dieser Mitarbeiter im Referat Geheimschutz des BfV, der Ihnen vor dreizehn Jahren beim Frisieren der Sicherheitsüberprüfungen geholfen hat – wie ist sein Name?« fuhr Wolf fort.

»Fritz Limmer. Heute nennt er sich Präsident des Amtes.«

Wolf schien nicht verwundert. Er war bereits zu demselben Schluß gelangt. Nur Lombardi konnte ihr Entsetzen nicht verbergen. »Steht er genau wie Sie auf Krupkas Lohnliste?« fragte Wolf, um ganz sicherzugehen. Voigt wollte protestieren, doch er unterbrach sie sofort. »Mich interessiert nicht im geringsten, ob Sie Geld erhalten haben. Wenn Sie sich dabei besser fühlen, verstehen Sie Lohnliste ruhig im übertragenen Sinn.«

Sie waren kurz vor der Hügelkuppe, als der Chrysler auf Kiralys Kommando das letzte Observationsfahrzeug abgelöst und sich auf Sichtweite den Rückleuchten des Konvois genähert hatte. Die Scheinwerfer waren auf Standlicht geschaltet, so daß die Nachhut den Van in dem schaumigen Strudel, den die Reifen aufwirbelten, nicht bemerkte. Zwei Männer kauerten im Laderaum. Jeder von ihnen hatte einen Bunker Buster betriebsklar gemacht, die Gefechtsköpfe saßen in den Startrohren. Der Doppelzünder für die Hohlladung würde sowohl auf harte wie auch auf weiche Ziele ansprechen und beim Aufprall, abhängig von der Härte der Oberfläche, augenblicklich oder mit einer Verzögerung von drei Tausendstelsekunden die Detonation auslösen.

Stalin hatte das Feuerzeug gefunden, doch es fiel ihr wieder aus der zitternden Hand. »Wie mächtig ist Krupka? Kontrolliert er auch das Justizministerium?« fragte Wolf und bückte sich, um das Cartier aufzuheben.

Genau in diesem Augenblick hatte der Van beschleunigt. Der Fahrer der Nachhut sah ihn im Rückspiegel. Fünfundzwanzig Meter bis zu Wolfs Panzer. Allein der Versuch, bei dieser Sicht, auf dieser engen Straße zu überholen, machte klar, daß der Ernstfall eingetreten war. Noch ehe der Fahrer reagieren und den Funkalarm absetzen konnte, wurden die Mündungskappen ausgeblasen. Der erste Gefechtskopf war in der Luft und drang von schräg oben in den Kofferraum von Wolfs Limousine ein. Abgesehen vom Motor war es das einzige ungeschützte Fahrzeugteil. Die Detonation sprengte das Blech weg und schleuderte es in den Himmel. Die Keramikpanzerung hielt. Doch die zentimeterdicke Heckscheibe wurde durch die Verstauchung der Zelle aus der Verankerung gerissen.

Für Lombardi fühlte es sich an, als habe King Kong auf die Limousine eingedroschen. Die Hitzewelle, die der Detonation folgte, versengte ihr die Haare im Nacken. Sie riß das Steuer herum, um zu verhindern, daß der Wagen über die Böschung kippte. Irgendwie schaffte sie es, ihn auf der Fahrbahn zu halten. Dieses Manöver rettete ihr vermutlich das Leben, denn der zweite Gefechtskopf sirrte über die Kühlerhaube und explodierte im Nichts. Da hatte Stalin längst geschrien. Die mehrere Zentner schwere Heckscheibe war nach innen gekracht und deckte die Rückbank wie ein Sargdeckel ab. Wolf und seine Zeugin waren darunter verschwunden. Lombardi hatte keine Zeit, sich um ihre Schutzperson zu kümmern. »II Vollgas!« hatte Pieper gebrüllt und sie damit gemeint. Sie scherte hinter ihm aus, raste in die Wand aus Gischt, jagte durch den dichten Wald, der beidseits der Straße lag. Sie wußte, daß Pieper eine Vollbremsung gemacht hatte.

»Ausschalten!«

Die Sherpas der beiden verbliebenen Limousinen hatten bereits ihre MPs in die Halterungen geklinkt. Einhundertachtzig Schuß in drei Sekunden, und es blieben immer noch sechzig in Reserve. Die Außenhaut des Vans wurde von der Salve wie von einem großen Dosenöffner aufgeschlitzt. Die Männer im Laderaum waren sofort tot. Doch noch immer fuhr der Chrysler.

»Nachsetzen!« befahl Pieper.

Er sah, wie der hintere Wagen an ihm vorbeizog und den Van rammte, so daß dieser gegen die Leitplanke krachte und sich überschlug. Sollte der Fahrer noch leben, würde er gegen die drei SG-Beamten keine Chance mehr haben.

Alles, worauf Pieper sich konzentrierte, war der Rückspiegel. *Wo steckst du? Ich weiß, daß du in der Nähe bist! Zeig dich! Komm schon, zeig dich!* Es war ein Wunder, aber es trat ein. Für die Dauer eines Wimpernschlags fegte der Wind den Regen derart heftig über die Straße, daß Pieper so etwas Ähnliches wie Sicht bekam. Der Rover befand sich hundert Meter hinter ihm. Der Fahrer wendete aus dem Stand und raste zurück in die Gegenrichtung.

Das Manöver eines Profis.

Pieper tat es ihm nach. »Was hast du vor?« schrie der Sherpa neben ihm.

»Nachladen!« war Piepers einzige Antwort.

Nach etwa einem Kilometer rasender Fahrt sah er, wie der Rover nach links zog und in einen Seitenweg schlingerte. Pieper folgte ihm in einem Tempo, das seinen beiden Kollegen den Puls bis zum Anschlag trieb. Es ging steil hoch zum Birnberg, wie die Ortsansässigen die Anhöhe nannten. Die Fahrbahn war asphaltiert und breit genug, vermutlich war sie für Traktoren angelegt worden. Als sie den höchsten Punkt erreichten, hatte der Regen den Rover verschluckt. Pieper verlangsamte und fuhr nur noch im Schrittempo.

Endlich entdeckte er den Wagen. Sackgasse. Er stand vor einer Schranke.

»Sichern!« sagte Pieper ruhig. Er griff unter den Sitz, hängte sich die Heckler-&-Koch-Maschinenpistole, die er dort deponiert hatte, quer über die Brust, zog die Sig Sauer aus dem Hosenbund und ließ sich aus dem Auto fallen. Die beiden Sherpas öffneten die Seitentüren. Sie verschanzten sich dahinter, ihre eigenen MPs im Anschlag. Pieper robbte durch eine Schlammkuhle dicht neben der Straße. Als er den Rover erreichte, sah er, daß der Fahrer ihn verlassen hatte. Er flüsterte in sein Headphone: »Martin zu mir, Jürgen, du haust sofort ab! TUAREG braucht mehr Manpower! Kripo informieren!«

»Und du?«

»TUAREG sichern, habe ich gesagt!«

Der eine übernahm das Steuer und stieß zurück, während der andere zu ihm robbte. Pieper sah seine flackernden Augen und zögerte plötzlich. *Er ist der Beste der fünf. Gute Reflexe. Aber sicher nicht gut genug für den. Trotzdem, es ist zu unübersichtlich für einen Mann ... Aber er hat eine Frau und ein Kind ...*

Die Stimme des Kollegen war schneller als der Gedanke, der Piepers nächster gewesen wäre: »Ich halblinks, du geradeaus. Okay?«

Pieper gab sich einen Ruck und nickte. »Permanenter Funkkontakt!«

Der SG-Beamte schlug sich bereits ins Unterholz, als Pieper die Motorhaube des Rovers öffnete, das Verteilerkabel abklemmte und einsteckte. Er nahm den matschigen Fußpfad, der direkt hinter der Schranke begann. Bald war er bis auf die Haut durchnäßt, als er sich, jeden Baum, jeden Strauch als Deckung nutzend, durch den kleinen Birkenwald vorkämpfte, der den Steinbruch umgab. Er lag genau in der Mitte zwischen den beschaulichen Ortschaften Fechingen und Bübingen. Bis 1957 war er in Betrieb gewesen. Seitdem hatte die Natur sich zurückerobert, was ihr gehörte. Pieper blieb stehen, um zu lauschen, doch das einzige Geräusch war der Sturm, der ihm den Regen ins Gesicht peitschte.

Du wirst ihn fühlen. Nicht hören.

»Standort?« flüsterte er. Die Receiver der Headsets wurden von der weitreichenden Funkantenne des Panzers noch immer mit dem Trägersignal bedient.

»Waldstück links. Komme langsam in deine Richtung.«

»Okay. Stand-by.«

Pieper verlor jedes Zeitgefühl, er kroch mehr, als daß er lief. Irgendwann tauchten vermoderte Ruinen vor ihm auf. Es waren die Reste der Bahnstation, auf der man noch vor einem halben Jahrhundert die aus dem Fels gesprengten Kalksandsteinbrocken in Loren verladen hatte, um sie mit einer Seilbahn über die Saar in das lothringische Industrierevier zu schaffen. Damals mußte sich hier ein großer Platz befunden haben. Jetzt war alles dicht zugewachsen. Pieper preßte sich gegen die schimmlige Außenwand, bis er eine Türöffnung erreichte. Er kontrollierte seinen Atem, hechtete ins Innere, rollte sich ab und spürte, daß etwas seinen linken Arm aufritzte. Eine rostige Stahlstrebe. Blut quoll aus dem Anzug. Pieper ignorierte den Schmerz und starrte in das Halbdunkel. Der Raum war leer. Er flüsterte in das Headphone: »Standort?« Keine Antwort. »Standort, Martin!« Stille. *Kann an dem Gemäuer liegen. Ruhig bleiben.* Er sah eine Tür, die zu einem weiteren Raum führte, und war mit einer katzenhaften Bewegung dort. Hechtrolle, die Sig Sauer sofort im Hüftanschlag.

Ein Blick genügte. Pieper sicherte kurz, dann ging er auf die Knie. Martin lag auf der Seite, Fötusstellung, als schliefe er. Nur daß der Kopf nicht zur Brust, sondern zum Rücken gekippt war. Genickbruch. *Einer der Besten. Und er hat ihn noch nicht einmal gesehen. Kein Mucks über Funk.*

Im selben Moment, in dem er bemerkte, daß der Mörder seinem Opfer das Headset abgenommen hatte, hörte er Kiralys Stimme in seinem Ohrstöpsel. »Du wolltest mich kennenlernen. Jetzt ist es soweit.«

Pieper drehte sich, obwohl noch immer in der Hocke, rasend schnell um die eigene Achse. Er war mit der Leiche allein. Der Mann konnte überall sein. Drinnen oder draußen. Er spürte ihn, ohne ihn zu sehen. Als Kiraly in der Tür auftauchte, war Pieper bereits herumgerollt, so daß die drei schnell hintereinander abgefeuerten Schüsse ihn verfehlten. Kiralys Vorteil war der sichere Stand, der unfehlbare Weaver-Anschlag. Doch im Bruchteil dieser einen Sekunde, in der Pieper durch den Morast wirbelte, der den Boden bedeckte, raste durch seinen Kopf, was Lombardi ihm zugeflüstert hatte.

»Er hat mit links gezogen, aber mit rechts geschossen.«

Die Bewegung. Das ist es. Ein Profi zielt immer auf den Punkt, den du erreichen willst, nie auf die Ausgangsstellung! Es war, als stoße Pieper gegen eine unsichtbare Wand. Er stoppte mitten in der Walze und stemmte sich in die entgegengesetzte Richtung. Kiralys Auge war nicht schnell genug, um das Manöver nachzuvollziehen. Als Pieper Sichtkontakt hatte, war die Sig Sauer schon von seiner linken in die rechte Hand geflogen. Optimale Atemtechnik, nicht völlig eingeatmet, nicht völlig ausgeatmet, so daß der Körper nicht verkrampfte. Die Kugel riß Lajosz Kiraly von der Tür weg. Er verschwand, als habe er dort nie gestanden.

Pieper überwand die vier Meter mit einem einzigen Hechtsprung. Er starrte in die Düsternis. Keine Spur von seinem Gegner. Aber die Blutfährte war zu frisch, als daß der Regen sie schon hätte wegwaschen können. Er folgte ihr geduckt auf der aufgeweichten Erde. Jetzt erst sah er den Steinbruch, ein zerklüftetes Labyrinth, dessen Senke vierzig Meter unter ihm lag. Pieper kauerte unter einem Felsvorsprung, zwei Schritte vor der Kante des fünfzig Grad steilen Abhangs, als Kiraly sich über ihm fallen ließ. Pieper trat ihm das Messer aus der Hand. Sie folgten ihrem Urinstinkt. Sie ließen die Pistolen los und krallten sich ineinander. So stürzten und rutschten sie über das Geröll in die Tiefe, rollten über Jahrmillionen altes Gestein, das die Fossilien von Ammoniten und Fischen in sich barg, wurden eins mit der Zeit, waren ein einziger Körper, eine einzige Faust, ein einziger Schrei. Sie schlugen nicht auf Fels, sie klatschten in das Wasser, das kniehoch den bemosten Grund bedeckte.

Der Trageriemen der Heckler & Koch, die Pieper um die Brust geschnallt hatte, löste sich, und die Maschinenpistole flog in die Brühe, zwei Meter von ihnen weg. Kiraly, dem die Kugel einen blutigen Scheitel gezogen hatte, stieß Pieper den Ellenbogen gegen den Hals. Er versuchte, die Waffe zu erreichen. Pieper stützte sich mit einer Hand ab und wirbelte herum wie ein Breakdancer. Er säbelte Kiraly die Beine weg und hechtete ebenfalls auf die Waffe zu.

Sie erreichten sie beide gleichzeitig.

Es war wie in Hamburg, auf dem Deck der Velázquez. Pieper gehörte der Lauf, Kiraly der Schaft mit dem Abzug. Der Mörder von Gregor Vandreyke und Ines Broszat und so vielen anderen dachte nicht eine Sekunde daran, daß es so sein *mußte*. Sie starrten einander in die Augen. Kiraly wurde gewahr, daß Pieper ihn jetzt erkannte.

Der alte Mann in der Kirche. »Verzeihen Sie, aber er ist schrecklich aufgeregt, weil ihm die vielen Polizisten angst machen.«

»Was war das Motto der Predigt an diesem Tag?«, fragte Pieper ruhig.

»Alles Vorhaben unter dem Himmel hat seine Stunde.«

»Genau«, sagte Pieper.

Kiraly drückte ab. Der Schuß war laut, sein Echo hallte von den Wänden der Schlucht wider. Doch in Piepers Gesicht regte sich zur Verwunderung des anderen kein Muskel. Lajosz Kiraly fühlte nur den eigenen, entsetzlichen Schmerz, als Vandreykes Freund ihm das Messer, das er aus dem Beinschaft gezogen hatte, unterhalb des Bauchnabels in das Fleisch stieß und es in einem einzigen, entschlossenen Ruck bis zum Halsansatz hochzog.

Auf Kiralys Netzhaut blieb das letzte Bild seines Lebens gespeichert. Es waren Piepers Augen.

Er richtete sich auf und wischte das Messer am Hosenbein ab und sah nicht mehr auf das, was er zurückließ. Die Heckler & Koch, deren Magazin er am Morgen mit Platzpatronen gefüllt hatte, nahm er mit.

Fünfzehn

Tags zuvor hatte sie einen unaufschiebbaren Termin beim Kasseler Vormundschaftsgericht wahrnehmen müssen. Die Nachbesprechungen hatten sich bis in den Abend hingezogen, gefolgt von einem kleinen Umtrunk, dem sie schwerlich ausweichen konnte, da der zuständige Richter ein Studienkollege von ihr gewesen war. Auch gab es kein Problem wegen der Übernachtung, denn morgen war der 1. Mai, also arbeitsfrei. Doch natürlich war das nur die halbe Wahrheit, denn sie hatte ja an nichts anderes gedacht als an den kommenden Tag und gehofft, etwas Ablenkung zu finden. Ausgerechnet in der langweiligsten Stadt Deutschlands. Das war ihr, während sie sich zwang, über Anekdoten aus unendlich fernen Studienzeiten zu schmunzeln, nicht gelungen. Mehrmals hatte das Handy sich gemeldet, worauf sie reagierte wie der Pawlowsche Hund auf die Glocke. Aber es war nie das richtige, das mit dem Satellitenanschluß. Vor Mitternacht war sie in ihrem Hotelzimmer angekommen. Sie hatte zwei Cognacflaschen aus der Minibar gekippt, während sie sich durch die Fernsehkanäle zappte, bis sie einnickte. Gegen drei Uhr nachts war das Handy ihr Wecker gewesen.

»Hallo«, hatte Lombardi gesagt.

»Ist was passiert?« Erschrecken, plötzliches Herzrasen.

»Nein, alles ruhig. Ich kann nur nicht schlafen. Und du?«

»Jetzt nicht mehr.«

»Tut mir leid.« Zehn Minuten lang erzählten sie sich ein bißchen was, nichts von Belang, zwei, die taten, als sei es ein normales Gespräch unter Freundinnen. »Ich melde mich morgen«, hatte Lombardi schließlich gesagt.

»Ja, tu das.«

Der Anruf erreichte Sophie im Speisewagen des ICE »Willy Brandt«, auf der Rückfahrt zur Bundesanwaltschaft, eine halbe

Stunde nach dem Attentat. Zehn Sekunden, die für einen Schweißausbruch genügten. Sie verließ den Zug überhastet in Kaiserslautern, ergatterte einen Mietwagen und raste nach Saarbrücken.

Die zwei Stunden kamen ihr vor wie Tage.

Als Sophie am Autobahnkreuz Neunkirchen auf die A 623 wechselte, befand sich Julius Boehnke in seiner Privatvilla in Pankow. Das Telefon war auf Raumton geschaltet. Der BND-Präsident stand hinter der Terrassentür und blickte in den Garten, während er hörte, was ihm aus dem Amt gemeldet wurde.

»Voigt war sofort tot.«

»Und Wolf?« Er wunderte sich über seine eigene Ruhe.

»Hatte unwahrscheinliches Glück. Leichte Kopfverletzung, mehr wissen wir auch nicht.«

»Was macht Wiesbaden?«

»Informationssperre. Thom hat es zur Chefsache erklärt.«

»Die Täter?«

»Unbekannt. Wir bleiben dran.«

»Gut, danke.« Boehnke deaktivierte die Verbindung mit der Fernbedienung in seiner Hosentasche. Erst jetzt sah er seine Frau. Sie spiegelte sich in der Terrassentür. Er wagte nicht, sich zu ihr umzudrehen.

»Julius, das ist es nicht wert«, sagte sie leise.

Er senkte den Kopf und drückte die Stirn gegen das kalte Glas. Zehn Minuten später kam das Schutzkommando, um ihn abzuholen. Sie fuhren ihn ins Amt. Die Mitarbeiter, die ihm auf den Fluren aufgeregt entgegenliefen, bekamen auf ihre Fragen keine einzige Antwort. Boehnke ging in sein Büro. Er setzte ein Schreiben auf, versiegelte den Umschlag und rief seinen persönlichen Referenten zu sich. Dieser erhielt die Anweisung, das Schriftstück, dessen Inhalt nur Boehnke kannte, dem Bundespräsidenten zuzustellen. Keine Nachfrage. Er wartete, bis der Referent gegangen war, dann legte er, was ihm wichtig war, in den kleinen Pappkarton, den einer der Sherpas besorgt hatte. Es war nicht viel. Die Fotos von seiner Frau und seinen Kindern, zwei, drei Geschenke von ausländischen Amtskollegen. Die wichtigsten Akten hatte er ohnehin schon vor Tagen an einem sicheren Ort deponiert. Die Flugbereitschaft brachte ihn in einer Stunde nach Saarbrücken-Ensheim. Er war zu müde, zu betäubt, um daran zu denken, daß ihm dieser Luxus wohl zum vorletzten Mal zuteil wurde. Drei Panzer des saarländischen LKA nahmen ihn in Empfang. Es war eine kurze Fahrt bis zum Krankenhaus Winterberg.

Das Schlimmste war überstanden, das wußte sie spätestens seit Lombardis zweitem Anruf. Da stand sie schon an der Schranke der Klinik und wies sich aus, damit sie auf den Parkplatz durfte. Ihr Vater war auf seinem Zimmer, das von den Sherpas bewacht wurde. Lombardi nickte ihr beruhigend zu, ehe sie Sophie mit ihm allein ließ. Sie umarmten einander kurz, nicht zu heftig, denn er hatte nicht nur Abschürfungen und eine leichte Gehirnerschütterung, sondern auch Splitterverletzungen auf dem Rücken davongetragen.

Wolf griff in die Tasche seines Bademantels und zog Stalins Cartier-Feuerzeug heraus. »Das hat mir das Leben gerettet. Wäre sie es gewesen, die sich gebückt hat, hätten wir jetzt noch eine Zeugin.«

Damit war alles gesagt. Die Umstände der »Festnahme«, die illegale »Vernehmung« in der konspirativen Wohnung, das Verwertungsverbot. Keine Zeugin, kein Gerichtsverfahren. Voigt war ihr einziger Trumpf gewesen.

Sophie versuchte, die Beklemmung mit einem kleinen Scherz abzuschütteln. »Du könntest dich glatt beim Film melden. Die suchen vielleicht noch jemanden für eine Neuverfilmung von Lawrence von Arabien«, sagte sie mit Blick auf den Kopfverband, der wie ein Turban aussah.

»Ich fühle mich eher wie die Mumie von Gizeh«, machte Wolf das Spiel mit.

Es klopfte an der Tür. »Ja?« sagte er.

Pieper kam herein. Seine Vernehmung auf dem Polizeipräsidium hatte bis jetzt gedauert. Er trug noch immer den halb zerfetzten, blutbesudelten, dreckstarrenden Anzug. Unter dem aufgerissenen Stoff des linken Unterarms sah Wolf die Gaze. Man hatte die Schnittwunde mit vierzehn Stichen genäht.

»Ich weiß es schon«, sagte Wolf ruhig.

Pieper nickte nur.

»Martin?«

Pieper schüttelte stumm den Kopf. Es war ein merkwürdiger Blick, mit dem die beiden Männer einander ansahen.

»Wie war es? So wie du es dir vorgestellt hast?« fragte Wolf leise.

»Ja.«

»Ist es ... ist es der Mann gewesen, der Gregor getötet hat?« flüsterte Sophie.

»Ihn und Ines. Und er starb, wie es ihm angemessen war.«

Sie schwiegen. Sie erinnerten sich. Sie fühlten sich einander nah.

Es klopfte erneut. Lombardi kam herein und flüsterte Wolf etwas zu. Zehnmal schlug sein Herz, dann sagte er: »In einer Minute. Hier.«

Als Sophie und Pieper mit Lombardi das Zimmer verließen, sahen sie Boehnke.

Er ging an ihnen vorbei, ohne einen Blick, ohne eine Geste des Erkennens, und schloß die Tür hinter sich. Wolf musterte das Gesicht des Mannes, der so lange sein Freund gewesen war. In diesem Moment gingen seine Gedanken weit zurück in die Vergangenheit. Der 9. November 1989. Wolf hielt sich damals in Rom auf, wo eine Interpoltagung stattfand. Boehnkes Stimme am Telefon war betrunken und traurig gewesen, er hatte nur noch gestammelt: »Die Mauer ist offen ... alles vorbei ... die Tschechen, die Polen, die Ungarn ... alles weg ... die Russen und Kuba wahrscheinlich als nächstes ... Was machen wir jetzt?« Es war das Ende aller Feindbilder gewesen, weil es keine Feinde mehr gab. Jetzt hatte man wieder eine Mauer niedergerissen, nur daß diesmal die Freunde verschwunden waren. Bis auf jene, die draußen standen, auf dem Flur.

»Wie geht es dir?« fragte Boehnke.

»Sophie sagt immer, ich hätte hundert Leben. Scheinbar war noch eins übrig«, antwortete Wolf kalt.

»Ich könnte auch eins gebrauchen.«

»Verdien's dir.«

Boehnke schwieg lange, dann sagte er: »Du weißt, ich bin früher Radrennen gefahren. Den, der auf keiner Rechnung stand, der auf der Zielgeraden das Feld von hinten aufrollte, nannten wir ›Schwarzes Pferd‹. Das bin jetzt ich. Vielleicht ist es noch nicht zu spät, um für dich den Sprint anzuziehen.«

Kein Wort von Wolf.

»Es ist viele Jahre her, ich war damals noch Abteilungsleiter Operative Aufklärung, als ich einen V-Mann auf eine Zelle libyscher Terroristen angesetzt habe«, sagte Boehnke schleppend. »Ich hatte ihm den Auftrag persönlich erteilt. Er sollte die Zelle nur ausspähen. Wochen später ist ein US-Verkehrsflugzeug über einem Dorf an der schottischen Küste abgestürzt. Es gab zweihundertneunundfünfzig Tote.«

Wolf starrte ihn an. »Die Lockerbie-Bombe ...«

»PanAm PA 103. Dieses Kürzel werde ich nie vergessen.«

Wolfs Verstand arbeitete schnell, und doch brauchte er einen Augenblick, bis er begriff. »Czarny war dieser V-Mann ...«

»Ja. Er hat den Libyern den Plastiksprengstoff beschafft und dabei ein gutes Geschäft gemacht. Ich schwöre dir, ich habe nichts davon gewußt. Erst viel später. Zu spät. Ich hätte sofort zu meinem Präsidenten gehen müssen. Aber ich habe geschwiegen. Weil ich wußte, es kostet meinen Kopf. Zwanzig Jahre. Dann kam Krupka. Ich habe keine Ahnung, wie er es erfahren hat. Aber er weiß es. Am Tag vor eurem Zugriff in Hamburg hat er seine Füße auf meinen Schreibtisch gefläzt. Seitdem sagt er mir, wo es langgeht.«

»Er weiß es sicher von Limmer.«

»Was?«

»Der gehört zu seinen Leuten ... Und Lockerbie? Was bleibt unter euch Schlapphüten schon geheim?«

Boehnke mußte sich setzen. Endlich murmelte er: »Spielt das noch eine Rolle? Deine Zeugin ist perdu. Vielleicht hast du Beweise gegen Krupka. Aber du willst mehr. Langheinrich und Thom. Und sicher auch mich. Hier bin ich: Tscherbanenko hat die Grails. Er wird sie am Mittwoch liefern. Am Abend des Parteitags, auf dem Langheinrich sich zum Kanzlerkandidaten küren läßt.«

»Wo?«

»In Berlin.«

»Berlin ...«, wiederholte Wolf fassungslos.

»Ja«, sagte Boehnke mit bitterer Stimme. »Er hätte es genausogut in Moskau oder Warschau oder Kiew machen können. Aber die deutsche Hauptstadt ist sicherer. Soweit sind wir. Vor zwei Stunden habe ich mein Rücktrittsschreiben dem Bundespräsidenten zugesandt. Ich habe jetzt viel Zeit. Ich bin froh, daß es vorbei ist.«

Wolf hatte Fragen, Boehnke beantwortete sie. Schließlich ging er, wie er gekommen war. Ohne einen Blick. Sophie, Pieper und Lombardi betraten wieder das Krankenzimmer. Wolf sagte ihnen das Nötige. Pieper hatte keine Kraft mehr, auch nur den Kopf zu schütteln.

»Sag du es ihm«, murmelte Lombardi und stieß Sophie an.

»Niklas hat mich angerufen. Er hatte den ganzen Tag Angst. Wegen Thom. Spätestens seit heute mußte ihm klar sein, daß wir ihm etwas vorgespielt haben. Allein mein Besuch hier im Krankenhaus ... Niklas hat ihm erst vor einer Woche die Fotos von der Zugspitze gezeigt. Thom weiß genau, was läuft.«

»Und?« fragte Wolf hellwach.

»Vor einer halben Stunde sind sie sich auf dem Flur begegnet. Thom blieb kurz stehen und sagte nur: ›Sie tun das Richtige.‹ Einfach so, dann ist er weitergegangen und in seinem Amtszimmer verschwunden.«

Sechzehn

Wenn man »Schweben« definiert als Fehlen jeden Kontakts zu einem festen Untergrund, so kam Josef Langheinrich diesem Zustand sehr nahe, als er die in den Parteifarben geschmückte Eingangshalle des Berliner Kongreßzentrums am Funkturm eroberte. Seine Sherpas rissen die aluminiumverkleideten Glastüren auf und führten ihn durch das Spalier von Parteitagsdelegierten, deren Hoch- und Bravorufe ihn begleiteten.

Der Kanzlerkandidat in spe ignorierte professionell die rücklings vor ihm herstolpernde Kamerameute. Wäre sein Pointer nicht gewesen, der ihm rauhbauzig eine Gasse bahnte, hätten sie ihm die Objektive und Mikrofongalgen direkt gegen die Nase gedonnert. Langheinrich strahlte nach allen Seiten, schüttelte hier eine Hand, klopfte da eine Schulter, betrat schließlich die Rolltreppe, wo er sich noch einmal umdrehte und das Victory-Zeichen machte. Es war sein Tag, seine Stunde.

Die Lounge, in der er bis zu seiner Rede verweilen würde, war im Design der Achtziger gehalten. Schwarze Ledersessel mit Chromfüßen, kleiner Besprechungstisch, kaltes Buffet für den Minister und seine engsten Mitarbeiter. Die gute Laune machte Appetit, man langte kräftig zu. Wer wollte, konnte auf Videomonitoren verfolgen, wie Ingolf Hettmer im Saal 1 des ICC das Podium betrat. Anders als sein Kronprinz hatte der Kanzler, der so viele Bäder in der Menge genossen hatte, daß sie ihm längst lästig waren, sich im Panzer mittels eines Lastenaufzugs direkt hinter die Bühne fahren lassen, wo er nur noch hatte aussteigen müssen, um läppische zehn Meter bis zum Podium zurückzulegen.

Hettmer wartete, bis der kräftige Applaus abgeebbt war, ehe er das Wort an die vierzehnhundert Delegierten richtete. »Liebe Parteifreunde, bevor wir zur Abstimmung kommen, möchte ich eine persönliche Erklärung abgeben: Ich habe der Partei mehr als dreißig Jahre in verschiedenen Ämtern gedient. Die letzten fünf Jahre als Bundeskanzler. Dies ist ein Amt auf Zeit, und wir leben, entgegen manchen Presseberichten, nicht in einer Monarchie, wo der Potentat seinen eigenen Nachfolger bestimmt. Wenn ich Sie also jetzt um Ihre Stimme für Josef Langheinrich bitte, so ist das weder absolutistisch noch selbstherrlich, sondern entspringt allein meiner tiefsten Überzeugung. Er ist der Mann, der uns dorthin führen wird, wo wir hingehören! In eine Regierungsverantwortung ohne Juniorpartner, ohne Wenn und Aber! Ich weiß, Sie werden ...«

Krupka stand mit Görtz und Thom beisammen. Er war entspannt wie selten in seinem Leben. Voigt war tot, und Wolf hatte in den fünf Tagen, die vergangen waren, keinen Mucks getan. Es gab dafür nur eine logische Erklärung: Er hatte nichts in der Hand, einen Scheißdreck! Krupka fühlte sich wie Churchill. *»Ich bin kein Journalist, der über Ereignisse berichtet, ich mache Ereignisse, über die Journalisten berichten.«*

»Siehst du, Siegfried, manchmal ist die Welt viel weniger kompliziert, als du sie immer machst«, pflaumte er Thom an und feixte über dessen ernstes Gesicht. *Tut mir leid, Kumpel, aber du wirst nicht alt auf deinem Posten. Dort brauchen wir bald jemanden, der ein bißchen zupackender ist als du ...*

»Ja, du hast wie immer recht gehabt«, antwortete Thom. Er fragte sich, warum er hierhergekommen war. Er hätte zu Hause bleiben können, in der Burg, um zu warten, bis sie kamen, um ihn abzuholen. Nun, im Angesicht von Krupkas herrischem Grinsen, kannte er die Antwort. *»Was du geerbt von deinen Vätern, erwirb es, um es zu besitzen.«* Es war ein steiler Anstieg gewesen auf diesen Achttausender. Noch immer schmerzte sein ganzer Körper von der Qual, die es ihn bis zum Gipfel gekostet hatte. Doch seitdem hatte er nichts anderes getan, als tatenlos zuzusehen, wie Krupka eine Lawine nach der andern lostrat. Die, welche darunter begraben lagen, würden für alle Zeit im ewigen Eis bleiben. Es waren so viele. Und Thom hockte auf einem Berg von Leichen.

Hettmer hatte seine Ansprache beendet. Langheinrichs Gefolgsleute wandten ihre Blicke von den Monitoren ab und applaudierten, Häppchen in den Händen, dem neuen König. Er wehrte ab. »Nach der Abstimmung bitte!«

Als Grimm die Lounge betrat, hatte das Stimmengewirr längst wieder eingesetzt. Niemand nahm Notiz von ihm. Er steuerte zielstrebig Langheinrich an und flüsterte ihm etwas ins Ohr. Der Minister zuckte unmerklich zusammen, fing sich jedoch schnell und hob die Stimme. »Meine Damen, meine Herren ... Entschuldigung ... Wären Sie bitte so nett und würden uns einen Moment allein lassen ... Geht das? ... Danke.« Seine Parteifreunde wechselten verdutzte Blicke, verließen aber, wie gebeten, den Raum.

»Wie war das genau?« fragte Langheinrich.

»Thom hat mich heute zu sich gerufen und verlangt, daß ich das verschwinden lasse«, sagte Grimm. »Der Zettel lag seit dem Hamburger Zugriff in meiner Abteilung, ohne daß ich davon Kenntnis hatte. Ich weiß nicht genau, was er damit will, aber er sagte, es sei eine handschriftliche Notiz von Ihnen, und eine von Wolfs Fahnderinnen, ich glaube, Lombardi, hätte sie in der Nacht, als Ihre Frau starb, auf Ihrem Schreibtisch gefunden.«

Er gab Langheinrich den Zettel. Der Minister las. Er mußte sich mit einer Hand an der Wand abstützen, um nicht zu taumeln.

»Ist Ihnen nicht gut? ... Soll ich ein Glas Wasser ...?« fragte Grimm besorgt.

»Nein, nein ... geht schon wieder. Danke. Lassen Sie mich bitte allein.«

»Sekunde, das ist ein bißchen verrutscht ...«, sagte Grimm. Er beugte sich vor und rückte dem Kandidaten das Bundesverdienstkreuz zurecht.

Langheinrich bemerkte es nicht einmal.

Im Saal hatte die Abstimmung begonnen. Noch als die junge Parteihelferin den verschlossenen Umschlag im Auftrag des Ministers an Krupka aushändigte, war dieser vollkommen ahnungslos, beschwingt, nachgerade heiter. Als er jedoch das Couvert öffnete und erkannte, was sich darin befand, lernte er etwas hinzu. Landläufig hieß es Angst. Thom stand nicht weit von ihm und sah es. Er wußte, daß es jetzt bald soweit sein würde.

Eine Minute später schloß Krupka die Tür der Lounge hinter sich. Nun, anders als so viele Male zuvor, war Langheinrich es, dessen Stimme maßloser Wut gehorchte. Der Haß, den er in diesem Moment empfand, war so groß, daß er keine Furcht mehr neben sich duldete.

Sophies Mietwagen stand im Avus-Innenring, direkt vor dem Funkturm, nur wenige Meter vom ICC entfernt. Das Aufnahmegerät, das sie und Grimm benötigten, war kleiner als eine Zigarettenschachtel. Es empfing das Bild- und Tonsignal von dem Lolli, den Grimm mitten auf dem Bundesverdienstkreuz des Innenministers plaziert hatte. Zwei Sekunden waren vergangen, seit dieser Krupka allein gelassen hatte, um in den Saal zu schreiten, wo vierzehnhundert Menschen gemeinsam mit Millionen anderen, die auf die Videodisplays von Handys und die Monitore von PCs und Fernsehapparaten sahen, nur auf ihn, den Triumphator, warteten.

Sophie und Grimm waren zu aufgewühlt, um irgend etwas zu sagen. Grimm spulte die Aufnahme zur Sicherheit noch einmal einen Tick zurück und startete das Replay. *»Du kannst mir nicht mehr drohen! Du bist erledigt. Wenn ich mit dir fertig bin, wirst du dir wünschen, du wärst nie ...«*

»Ich kann es nicht glauben«, flüsterte Sophie.

»Los jetzt!« sagte Grimm.

Der frisch gekürte Kanzlerkandidat trat hinter die Mikrofone und schaute auf die Delegierten herab, die nicht aufhören wollten zu applaudieren. Wenn auch noch Luftballons in die Höhe gestiegen wären, hätte man sich auf einem Nominierungsparteitag in Washington geglaubt. Die Videobeamer, die Langheinrichs Konterfei direkt auf die riesige Leinwand hinter ihm projizierten, zeigten, daß seine Hände zitterten. Und genau das sorgte dafür, daß die Begeisterung des Publikums sich in Taumel steigerte. Alle riß es von den Sitzen.

Ein Mann, der Gefühle zeigt! Unser Mann!
Er sammelte sich, ehe er die Stimme erhob. »Liebe Parteifreunde ... Freunde und Kollegen! Danke für die überwältigende Zustimmung. Ich nehme die Wahl an.« Donnernder Applaus, in vernünftigen Dezibel kaum noch zu messen. Krupka und Görtz standen auf der Ebene C des Saales in einer der Nischen, die sich neben den Notausgängen befanden. Sie taten, als ob auch sie applaudierten, wenngleich sie nicht einmal bei völliger Stille das geringste Geräusch produziert hätten.

Langheinrich hob die Hände, bis der Orkan endlich an Kraft verlor. »Freunde, vor uns steht eine Zeit der Bewährung, eine Zeit, in der keine Schwätzer, sondern Macher gefragt sind. Hier und jetzt beginnt unser Kampf für eine neue Politik! Eine Politik, in der wieder das Wohl und die Sorgen der Bürger und nicht die kleinkarierten Parteiinteressen eines profilneurotischen, abgewirtschafteten Koalitionspartners im Mittelpunkt stehen!« Erneuter Beifall. Frenetisch.

In diesem Moment sah Thom sie.

Sophie und Grimm marschierten durch den Mittelgang, von niemandem beachtet, zwei einzelne in dem Gewoge aus Parteifahnen und hochgerissenen Armen. Die Technik des Saales wurde von einem zentralen Platz aus gesteuert. Reihe 24, mitten im Getümmel.

Grimm hielt dem Toningenieur eine Minidisc hin. »Legen Sie die ein!«

»Bitte was? Ich kann doch nicht einfach ...«

»Doch, Sie können!« Grimm hielt seine Marke hoch.

»Meine Freunde ... Freunde«, erhob Langheinrich die Stimme, »das Wichtigste, das Allerwichtigste in diesem Moment ist Glaubwürdigkeit! Nach der Jagd und vor der Wahl wird am meisten gelogen. Doch die Bürger sollen wissen, daß wir nicht zu denen gehören, deren Versprechungen ...«

Die Mikrofonanlage schien plötzlich ausgefallen zu sein. Josef Langheinrich klopfte ratlos mit dem Knöchel gegen das Mikro. Zuerst sahen die Delegierten nur das Bild auf der Leinwand hinter ihm. Es war verwackelt und zeigte Krupka aus der Untersicht von Langheinrichs Revers. Die Ratlosigkeit wich blankem Entsetzen, als der Ton hinzukam. »Sag es mir ins Gesicht! Sag mir, daß du meine Frau umgebracht hast!«

Der Beifall hatte sich sekundenschnell in gespenstische Stille verwandelt. Langheinrich stand wie eine Statue auf dem Podium und starrte ins Leere, als ob er den Sinn seiner eigenen Worte, die noch immer aus den Lautsprechern dröhnten, nicht verstehe. »Nein, natürlich nicht persönlich! Bei dir ist ja nichts, gar nichts persönlich, alles nur Geschäft! Für die Drecksarbeit hast du ja deine Thoms und Görtz' und wie sie alle heißen! Du Schwein, du mieser Verbrecher! Du hast genau gewußt, daß Wolfs Fahnderin Claudia finden würde! Ihr habt das Dosieraerosol ausgetauscht! Und du selbst hast meine Handschrift gefälscht! Was glaubst du, wer du bist! Gott? Genügen dir die Milliarden nicht, die du mit deinen Drogengeschäften verdienst? Ich verfluche den Tag, an dem ich mich mit dir eingelassen habe! Und ich verfluche dich! Hörst du, ich verfluche dich!«

Dann Krupka. »Bist du jetzt fertig, ja? Hast du dich endlich ausgekotzt? Du willst Bundeskanzler werden? Du hast ja noch nicht mal deine eigene Frau im Griff gehabt! Denkst du, ich lasse mir von einem kleinen Flittchen alles kaputtmachen? Und tu nur nicht so scheinheilig! Du hast doch nicht im Ernst geglaubt, daß es Selbstmord oder ein Unfall war! Aber du wolltest die Wahrheit ja gar nicht wissen! Genauso, wie du nicht wissen willst, wo das viele Geld her ist, das du von mir bekommst! Denkst du, ich habe dir deine Hausmacht gekauft, damit du mich wie Dreck behandeln kannst? Von mir aus darfst du Kanzler werden. Aber wo's langgeht, bestimme immer noch ich! Wenn ich will, zertrete ich dich! Ich zerquetsche dich wie eine lästige, kleine Schmeißfliege, hast du das kapiert?«

Als der Tumult losbrach, setzte Langheinrich sich schwerfällig in Bewegung. Er torkelte durch die Tür hinter dem Podium. Sie führte direkt in die Halle, wo die Parteihelfer und Referenten vor ihren Druckern und Internetservern gehockt hatten, um die Presse permanent mit Material füttern zu können.

Der Kanzlerkandidat kam genau zwei Meter weit. Dann stand

Pieper vor ihm. Drei SEK-Beamte der Berliner Kripo, die an diesem Abend im ICC regulären Dienst schoben, hielten sich im Hintergrund. Sie waren von Pieper, ohne daß er ihnen Einzelheiten genannt hatte, vor einer halben Stunde gebeten worden, sich bereitzuhalten.

»Herr Minister, ich muß Sie bitten mitzukommen«, sagte Pieper ruhig.

»Was soll das? Das ist doch absurd, ich werde ...« Langheinrich wollte einfach weitergehen, doch die SEK-Männer hielten ihn fest und legten ihm Handschellen an.

Thom stand auf und sah den vieren entgegen, die von Wolfs Sherpas übriggeblieben waren. Gestern hatten sie ihren Kameraden Martin zu Grabe getragen. Jetzt war es ihnen ein Bedürfnis, dem Mann, der von Lajosz Kiraly gewußt und all dies zugelassen hatte, seine Rechte vorzulesen.

»Ich brauche keinen Anwalt. Ich bin zu einer umfassenden Aussage bereit«, sagte Thom gefaßt und ließ sich abführen.

Krupka und Görtz waren durch die Tür des Notausgangs verschwunden. Sie erreichten den Versorgungstunnel und hetzten zu den Materialaufzügen. Es waren sechs Stockwerke bis hinunter in den Ü-Wagen-Raum, eine Garage, groß genug für drei Fernsehübertragungsfahrzeuge. Sie wurde seit Jahren nicht mehr benutzt, denn die moderne Digitaltechnik hatte sie überflüssig gemacht. Hier stand die Limousine von Görtz. Sie zogen das Außentor auf, sprangen in den Wagen und preschten direkt auf den Messedamm. Es waren nur hundert Meter bis zur Stadtautobahn. Rasende Fahrt nach Süden.

»Und wenn Wolf von Schönefeld weiß?« stieß Görtz hervor. Der Schweiß durchnäßte ihm das Hemd.

»Das kann er nicht. Unmöglich!«

»Den Satz habe ich schon mal von dir gehört. Da hast du behauptet, er wäre so gut wie tot!«

»Halt's Maul! Schneller!«

»Selbst wenn wir es schaffen ... Die werden uns rausholen! Die kriegen uns, auch wenn wir im Flugzeug sind!«

»Nie im Leben! Die Maschine ist exterritoriales Gebiet, so ähnlich wie eine Botschaft! Keine deutsche Behörde hat dort Zugriff! Aber das spielt überhaupt keine Rolle! Ich sage dir, keiner vom BKA weiß was davon! Nicht mal Thom! Und jetzt konzentrier dich, du Arschloch! Gleich links!«

Vom ICC bis zu Langheinrichs Privatwohnung war es eine kurze Autofahrt gewesen. Pieper stoppte vor dem Haus. Er öffnete den hinteren Wagenschlag. Die Kollegen vom SEK waren aus dem zweiten Fahrzeug gestiegen. Sie warteten an der Straße, während Pieper den Minister zur Tür führte. Wolfs Anweisung hatte gelautet: *»Hausarrest bis zur Vernehmung!«*

Langheinrich blieb stehen und sah Pieper an. »Nur ein paar Minuten ... bitte.« Pieper sagte keinen Ton. »Was wollen Sie? Rache für Ihren toten Partner? Die haben Sie. Denken Sie, ich würde versuchen zu flüchten ... durch die Nachbargärten ... der deutsche Innenminister? Lassen Sie mir ein bißchen Würde, mehr verlange ich nicht.«

Die SEK-Beamten starrten zu ihnen hin, konnten kein Wort verstehen, sahen aber, daß Pieper Langheinrich unverwandt in die Augen blickte.

»Was hat er Ihnen bedeutet – Vandreyke?« fragte der Minister.

»Er war wie ein Bruder für mich.«

»Und ich habe meine Frau geliebt.«

Pieper traf seine Entscheidung und schloß die Handschellen auf.

»Danke«, sagte Langheinrich. Er öffnete die Haustür und ging hinein.

Pieper setzte sich hinter das Steuer der Limousine und sah hoch zum Haus, wo im obersten Stock das Licht im Arbeitszimmer anging. Nur dort. Seine Hand griff nach den Lucky Strikes. Er legte den Kopf zurück und rauchte mit geschlossenen Augen. Als der Aschestreifen so lang war, daß er sich löste und in seinen Schoß rollte, fiel der Schuß. Pieper warf die Zigarette aus dem Fenster und fuhr los, während die SEK-Männer zum Haus rannten.

Der Flughafen Berlin-Brandenburg-International sollte eigentlich längst fertiggestellt sein, doch noch immer war einer der beiden langgestreckten Terminals, zwischen denen sich die viertausend Meter lange Start-und-Lande-Bahn »2/5 Links« befand, nichts als ein Stahlgerippe, das aussah wie das Skelett eines Dinosauriers.

Es waren insgesamt fünfzehn Mann MEK, die Wolf zur Verfügung standen. Einer der Truppführer stand neben ihm im Tower, die anderen waren auf ihren Positionen. Gestern hatte Pieper eine Liste von Männern erstellt, denen sie vertrauen konnten. Alle waren mit ihm, Vandreyke und Hannes Schrader im gleichen Hiltrupper Jahrgang gewesen. Jeder hatte einen Anruf erhalten: *»Präparier dich für Mittwoch. Nähe Flughafen Schönefeld, volles Equipment. Tut mir leid, ich kann noch nicht sagen, worum es geht. Um 22.30 Uhr ist Langheinrichs Rede auf dem Parteitag. Stell einfach das Autoradio an.«*

Seit zwanzig Minuten waren die Männer einsatzbereit. Die Truppführer hatten, genau wie Wolf, hochauflösende Ferngläser angesetzt und justierten die Zielelektronik auf die zweite Landebahn »2/5 Rechts«, die fünfhundert Meter vom Tower entfernt war. Die bolivianische Regierungsmaschine stand einsam am äußersten Ende des Rollfeldes. Die Gangway war heruntergelassen, die hintere Tür stand offen. Ein Tankwagen näherte sich dem Flugzeug. Wolf sah, wie drei Männer ausstiegen und sich an dem Tankstutzen zu schaffen machten. Da sie sich unter dem Bauch des Jets befanden, konnten die Insassen nicht sehen, was im Fadenkreuz der Nachtsichtgeräte deutlich zu erkennen war: Die vermeintlichen Flughafenmitarbeiter hatten Headsets aufgesetzt und verständigten sich in Zeichensprache. Drei weitere Männer sprangen aus dem Tankwagen und kauerten sich hinter die riesigen Heckräder. Sie trugen Sturmhauben und waren mit Maschinenpistolen sowie Glock 17s bewaffnet. Wolf schwenkte sein Glas ein Stück nach links. Neben einem unbeleuchteten Shelter hatten zusätzliche Einsatzkräfte Stellung bezogen. Wolf wußte es nur. Er hatte nicht einmal einen Schatten von ihnen gesehen.

»Was ist mit dem Tankwagen? Wir können die Männer nicht länger halten, ohne daß der Pilot mißtrauisch wird«, murmelte der Truppführer neben Wolf.

»Wie heißt das?« fragte Lombardi, die in diesem Moment mit Sophie und Grimm hereinkam.

»Herr Präsident«, erwiderte der Truppführer sofort.

»Schon besser«, sagte Lombardi, gleichwohl Wolf abwinkte.

»Okay. Der Tankwagen kann abziehen. Drei Mann bleiben unter der Maschine. Die anderen brauchen wir für das ›Catering‹«, sagte Wolf.

De la Peña wird am kommenden Mittwoch gegen Abend vom G-8-Gipfel in Moskau zurückfliegen. In Berlin ist eine Zwischenlandung geplant. Offiziell, um den Jet aufzutanken. Aber wir beide wissen, daß es um etwas anderes geht. Tscherbanenkos Männer werden die Grails in Schönefeld direkt in die bolivianische Regierungsmaschine laden«, hatte Boehnke ihm vor fünf Tagen in Saarbrücken anvertraut. Ja, Julius, dafür bin ich dir dankbar, obwohl du mich verraten hast. Aber vergeben werde ich dir nie.

»Für dich im übrigen Richard«, sagte Wolf zu Lombardi.

Sie strahlte kurz, dann sagte sie: »Limmer ist verhaftet.«

»Und Falcke?«

»Der BGS in La Paz ist informiert. Sie haben ihn in der Botschaft unter Hausarrest gestellt.«

»Wo ist Krupka jetzt?«

»Er müßte eigentlich jede Sekunde hier sein. Sie haben die Autobahn wie erwartet verlassen. Der Observationstrupp hält sich zurück.«

»Herr Präsident!« zischte der Truppführer.

»Ja?«

»Feld vier, 2/5 Rechts.«

Der Zugang für Versorgungsfahrzeuge lag am Rand der kleinen Ortschaft Waltersdorf, am südöstlichen Ende des Flughafens, wenig mehr als hundert Meter von der Regierungsmaschine entfernt. Görtz stoppte vor dem Tor. Zwei seiner Männer hatten es bereits geöffnet. »Alles ruhig?« fragte er und preßte die Hände fest um das Lenkrad, damit man das Zittern nicht bemerkte.

»Keine Probleme. Das Catering kommt in zwei Minuten.« Offenbar wußten die Männer nicht das geringste über das, was sich im ICC abgespielt hatte.

»Hallo, Onkel Franz, schön, dich zu sehen«, murmelte Lombardi, als sie den Daimler im Fadenkreuz hatte. Er näherte sich mit ausgeschalteten Scheinwerfern dem Flugzeug.

»Zielobjekt ist visiert. Kein Go!« flüsterte der Truppführer in sein Headphone. »Ich wiederhole: Kein Go!«

»Verstanden«, bestätigte ein Trupp nach dem anderen.

Der Daimler stoppte genau neben dem Shelter, hinter dem das MEK in Stellung lag. Krupka und Görtz liefen geduckt zu dem Airbus. Als sie die Gangway erklommen hatten und die Tür erreichten, sahen sie in die ausdruckslosen Gesichter mehrerer indianischer Bodyguards. De la Peña gab ein kurzes Kommando. Seine Männer ließen die Pistolen sinken, so daß Krupka und Görtz die Maschine betreten konnten. Sie war komfortabel, doch keineswegs luxuriös eingerichtet. Man hatte lediglich mehrere Sitzreihen herausgenommen und damit Platz für Kommunikationstechnik, einen Konferenztisch sowie einige Schlafsessel geschaffen.

Der bolivianische Staatsminister fixierte Krupka: »Ich hatte das, soll ich sagen: Vergnügen?, die Parteitagsrede über Internet zu verfolgen. Ist das Ihre Vorstellung von einer ruhigen, unauffälligen Geschäftsbeziehung?«

»Die Dinge haben sich anders entwickelt, ja. Trotzdem bekommen Sie, was Sie wollten. Ich habe versprochen zu liefern und werde mein Wort halten. Alles, was ich will, ist eine kleine Mitfluggelegenheit.«

»Warum sollte ich das tun? Nennen Sie mir einen Grund.«

»Ein Mann wie ich wird für Sie immer ein wichtiger Partner sein. Das nötige Kapital besitze ich, wie Sie wissen.«

De la Peña schwieg. Einer seiner Leute flüsterte ihm etwas zu. »Si?«

Der Bolivianer sah aus dem Bullauge. Drei Cateringfahrzeuge der Lufthansa hatten neben der Maschine gestoppt. Männer entluden große Kisten und verstauten sie im Frachtraum. Als de la Peña sich wieder zu Krupka umwandte, sagte er: »Respekt. Sie sind ein Mann, den man nie unterschätzen darf.«

Krupka erwiderte das Lächeln mit dem Selbstbewußtsein des Gleichen. Er war in Gedanken schon in der Luft, als de la Peña ein Handy gereicht wurde.

Dieser hörte Wolfs Stimme. »Verehrter Herr Staatsminister, ich möchte Sie davon informieren, daß wir Ihr Catering etwas modifiziert haben. Leider fehlt der Ware etwas Entscheidendes. Man nennt es Gefechtsköpfe. Was Sie erhalten haben, sind nur Startrohre und Griffstücke, zwanzig Jahre alt, erste Generation Grail, Abfall der NVA. Ich habe vorerst kein Interesse an Ihnen. Nur an Ihren beiden Gästen. Nach internationalem Recht dürfen wir Ihrem Flugzeug keinen Besuch abstatten. Aber wir können es hier festhalten, bis Moos auf den Bugrädern wächst. Seien Sie versichert, das werden wir. Denn wenn ich zulasse, daß Sie diese Subjekte mitnehmen, würde ich akzeptieren, daß der Staat, dem ich diene, erpreßbar ist. Und das kann ich nicht. Das Privileg, in einem solchen zu leben, möchte ich ganz und gar Ihnen überlassen. Denken Sie darüber nach. Die Entscheidung über die Starterlaubnis liegt allein bei Ihnen.«

De la Peña ließ das Handy sinken und sah Krupka an. Das Lächeln war verschwunden, als sei es ein Tape gewesen, das man mit einem Ratsch von seinem Mund gerissen hatte. »Ihre Freunde vom BKA haben das dringende Bedürfnis, sich mit Ihnen zu unterhalten. Ich will dem nicht im Weg stehen.«

»Was reden Sie? Sie haben die Grails! Sie haben es doch selbst gesehen!«

»Einen Dreck habe ich. Und jetzt raus hier!«

»Das können Sie nicht machen! Sie müssen uns mitnehmen!« schrie Görtz und wollte auf de la Peña zustürmen. Der Schuß aus der Waffe eines Bodyguards stoppte ihn. Eine Fleischwunde am Oberarm. Viele, die André Görtz mit einem Fingerschnipsen hatte töten lassen, wären dafür dankbar gewesen. Er wurde zusammen mit seinem Boß aus der Maschine gedrängt.

»Ihr dreckigen Bastarde! Ihr gottverdammten Maisfresser!« brüllte Krupka. Es gelang ihm, während er nach draußen bugsiert wurde, sich noch einmal umzudrehen. Sein Hals war rot und dick angeschwollen, als ob ihm der Kopf platzen wollte. Ein letztes Mal traf sich sein Blick mit dem von Miguel de la Peña.

»Adiós«, sagte der Bolivianer.

Sie taumelten die Gangway hinab. Görtz versuchte sich jammernd an Krupka festzuklammern. Der stieß ihn angewidert von sich weg. Die Flugzeugtür schloß sich hinter ihnen. Das MEK war ihr Empfangskommando. Man riß ihnen die Hände auf den Rücken, fesselte sie mit Plastikbändern, schleifte sie zu dem Shelter, warf sie einfach in den Matsch.

Als die Maschine startete, hatte Wolf den Tower bereits verlassen. Er stand auf dem Vorfeld und leckte eine Partagás an, ehe er sie mit Stalins Feuerzeug genüßlich anzündete. Er mußte die Flamme nicht einmal mit der Hand schützen, so windstill war die Nacht. Wolf genoß den ersten tiefen Zug seit zwei Monaten. Er schaute zu dem wolkenverhangenen Himmel. Man sah keinen einzigen Stern. Nur die Positionslichter eines Flugzeugs auf dem Weg in eine trügerische Sicherheit. *Ja, ich lasse dich wegfliegen. Aber was werden deine amerikanischen Freunde tun, wenn sie erfahren, was sich hier zugetragen hat? Auf dem Flughafen der Hauptstadt des führenden Landes der EU! Nur darum habe ich Krupka nicht sofort im Kongreßzentrum festnehmen lassen. Um dich zu korrumpieren. Dein Kumpel Corbie und die, die ihm befehlen, sind die Herren der Welt. Aber das hier werden sie nicht einfach ignorieren können. Erinnere dich an Noriega und Escobar und Samper. Dann weißt du, was dich erwartet.*

Und wir? Wir warten auf den, der nach dir kommt.

Krupka lag auf dem Bauch, die Hände auf dem Rücken, umgeben von einem Kordon aus schwerbewaffneten MEK-Beamten. Er hob mit Mühe den Kopf, als der Präsident neben ihm in die Hocke ging. »Sie haben mir etwas geliehen. Ich möchte es Ihnen zurückgeben.«

Wolf schmiß die Rolex in den Dreck, wandte sich ab und ging.

Epilog

Das Notwendige und Unumgängliche, das, was die Bürokratie verlangte, zog sich bis zum frühen Morgen hin. Die Festnahme von elf Mitgliedern beziehungsweise Helfern der Petrovskie, darunter fünf Deutsche, Beschlagnahmung von Grails im Wert von zweihundert Millionen Euro.

Vernehmungen, Protokolle, Geständnisse.

Sophie und Grimm kitzelten die ersten frechen Sonnenstrahlen in den Gesichtern, als sie langsam über den Parkplatz des Frachtterminals gingen. Fluglärm erfüllte die Luft. Es roch nach Kerosin und Abgasen. Aber auf dem Asphalt hüpften schon die Spatzen und pickten, was Pieper, der auf einer Cateringkiste hockte, ihnen zuwarf. Er hatte einen Berg von Chipstüten, Gummibärchen, Schokoladenriegeln und Colaflaschen neben sich aufgetürmt und schlug sich den Bauch voll, daß es zum Fürchten war. Lombardi thronte im Schneidersitz auf der Kühlerhaube eines BGS-Fahrzeugs und sah ihm vergnügt zu.

Grimm musterte das Vorhängeschloß der Kiste. »Die hast du doch nicht etwa aufgebrochen? Junge, Junge, schwerer Diebstahl! Dafür kannst du zwei Jahre kriegen«, sagte er grinsend.

»Purer Mundraub! Mildernde Umstände ohne Ende!« feixte Lombardi.

»Seh ich genauso!« Sophie gab Pieper einen Kuß auf die Glatze.

Sie wollte mit Grimm schon weitergehen, als Pieper murmelte: »Es waren nur fünfzehn Kilo. Aber ich habe mich nicht mehr erkannt. In zwei Wochen bin ich wieder der alte, dann dürft ihr mich in die Speckrolle kneifen. Aber nur ihr. Vielleicht auch meine Frau, das überleg ich mir noch.«

Sophie und Grimm setzten lächelnd ihren Weg fort.

»Was wirst du jetzt machen?« fragte sie.

»Ausschlafen. Und dann zur Arbeit gehen.«

»Ich habe gehört, bei euch brauchen sie gute Juristen.«

»Kann schon sein.«
»Du könntest ein gutes Wort für mich einlegen ...«
»Schick mir deine Bewerbung«, sagte Grimm und legte einen Arm um Sophie. Nicht zu fest, nicht zögerlich, einfach nur selbstverständlich.
Fühlt sich gut an, dachte sie.

GLOSSAR

AFIS	Automatisiertes Fingerabdruck-Identifizierungssystem des BKA
ARP	Allgemeine Registersache in Politischen Angelegenheiten
BIVAS	Informations-, Vorgangsbearbeitungs- und Auswertungssystem des BKA
BAKred	Bundesaufsichtsamt für das Kreditwesen
BGS	Bundesgrenzschutz/Uniformierte Polizei des Bundes
BKA	Bundeskriminalamt
BfV	Bundesamt für Verfassungsschutz
BGH	Bundesgerichtshof
BMI	Bundesministerium des Inneren
BMJ	Bundesministerium für Justiz
BND	Bundesnachrichtendienst
CIA	Central Intelligence Agency
CBS	Centralne Biuro Śledze (Polnische Kriminalpolizei)
DEA	Drug Enforcement Administration (Drogenbekämpfungsbehörde der USA)
DIA	Italienische Spezialeinheit zur Bekämpfung der Organisierten Kriminalität
ETA	Baskische Untergrundorganisation
FAB	Bolivianische Luftwaffe
FATF	Financial Action Task Force (Internationale Organisation gegen Geldwäsche)
FBI	Federal Bureau of Investigation
FISH	Forensisches Informations-System Handschriften des BKA
GBA	Generalbundesanwalt
GSG 9	Grenzschutzgruppe 9 (Zugriffselite des Bundes)

INPOL	Polizeiliches Informationssystem der deutschen Polizei (Zentralstelle: BKA)
IRA	Irish Republican Army
KHAD	Ehemaliger afghanischer Geheimdienst
KT	Kriminaltechnische Abteilung des BKA
KW	Konspirative Wohnung
LKA	Landeskriminalamt
MAD	Militärischer Abschirmdienst der Bundesrepublik
MEK	Mobiles Einsatzkommando
MI 5/6	Britischer Geheimdienst
MIT	Türkischer Geheimdienst
MOSSAD	Israelischer Geheimdienst
NSA	National Security Agency der USA
OA	Abteilung Originäre Zuständigkeit & Auswertung des BKA. Die Bekämpfung der Organisierten Kriminalität ist hier angesiedelt.
OK	Organisierte Kriminalität
PKK	Kurdische Freiheitsbewegung
UMOPAR	Bolivianische Drogenbekämpfungsbehörde
RAF	Rote Armee Fraktion
SEK	Sondereinsatzkommando der Kriminalpolizei
SET	Spezial-Einsatz-Trupp der GSG 9
SG	Sicherungsgruppe Berlin des BKA (Personen- und Zeugenschutz)
SoKo	Sonderkommando der Kriminalpolizei
Spetsnaz	Eliteeinheit der Roten Armee
ST	Abteilung Staatsschutz des BKA
VE	Verdeckter Ermittler
VB	Verbindungsbeamter
V-Mann	Bezahlter Informant von Polizei oder Geheimdiensten
VS	Verschlußsache (Bezeichnung für nach Sicherheitsrelevanz eingestufte Dokumente)
ZD	Abteilung Zentrale Dienste des BKA

NACHSCHRIFT

Fünf Jahre habe ich an dem Roman gearbeitet. Zuallererst hat meine Frau mir die Kraft gegeben. Aber großen Dank schulde ich auch Hans Ludwig Zachert, dem früheren Präsidenten des Bundeskriminalamtes. Sein überragendes Fachwissen und die Türen, die er mir geöffnet hat, haben dieses Buch erst möglich gemacht. Er war der Fels in der Brandung.

Gleicher Dank gilt meinem Herausgeber Jürgen Haase. Er war der Mann der ersten und der letzten Stunde und ist mir ein wertvoller Freund.

Viele andere haben zum Gelingen beigetragen. Julius Volz und Stefan Schnegg gaben mir einen faszinierenden Kursus in Computerhacking. Michael Benstein, Sachverständiger für Schußwaffen beim Bundeskriminalamt, Klaus Nehl vom BPA, Wolfgang D. Svoboda vom ICC Berlin sowie Dieter Pawlik und Tim Thielebein von Eurogate Bremerhaven halfen mit Rat und Tat. Die Zollpressestelle Hamburg, speziell Herr Schrader, hat mich genauso mit Informationen versorgt wie die Pressestellen von BKA (Danke, Herr Stoltenow!), BND, BMI, Auswärtigem Amt und Bundestag. Nicht minder danke ich Wolfgang Henningsen, der alles über den Hamburger Hafen weiß, sowie den Experten einer führenden deutschen Bank, die ungenannt bleiben möchten. Gleiches gilt für die beiden Mitarbeiter der Bundesanwaltschaft, deren Insiderwissen unschätzbar war. Zuletzt danke ich Günter Lamprecht für den Glaswürfel.

Ich hoffe, daß ich niemanden vergessen habe.

Zu meinen Quellen gehörte auch eine große Zahl an Fachliteratur. Einige Bücher möchte ich gerne weiterempfehlen: *Schmutzige Hände* von Jürgen Roth, *Crime Without Frontier* von

Claire Sterling, *Die globale Bedrohung* von Walter Laqueur, *The Octopus. Europe in the Grip of Organized Crime* von Brian Freemantle, *Im Namen des Staates* von Andreas von Bülow und nach so vielen Jahren unvermindert aktuell, *Der Mob* von Dagobert Lindlau. Bemerkenswerte Werke, die mir sehr nützlich waren.